핑거스미스

Sarah
Waters

세라 워터스 장편소설 최용준 옮김

이 책은 실로 꿰매어 제본하는 정통적인 사철 방식으로 만들어졌습니다.
사철 방식으로 제본된 책은 오랫동안 보관해도 손상되지 않습니다.

샐리 O-J에게

  레니 구딩스, 줄리 그라우, 주디스 머리, 마커스 호프만, 브리짓 입스, 캐럴라인 홀리데이, 로라 고잉, 케이트 테일러, 조앤 칼로제라스, 주디스 베넷, 신시아 헤럽, 히라니 히모나와 베로니카 라고에게 고마움을 전한다.

1부

1

그 시절, 내 이름은 수전 트린더였다. 사람들은 날 〈수〉라고 불렀다. 나는 태어난 해는 알지만 태어난 날짜는 오랫동안 알지 못했기에 크리스마스를 생일로 삼았다. 나는 내가 고아라고 생각한다. 내가 알기로 어머니는 죽었다. 하지만 어머니를 본 적은 한 번도 없으며 어머니는 내게 아무런 존재도 아니었다. 만약 내가 누군가의 아이라고 말해야 한다면 나는 석스비 부인의 아이였다. 그리고 아버지 역으로는 템스 강 근처 버러에 있는 랜트 스트리트에서 자물쇠점을 하는 입스 씨가 있었다.

기억하기로, 내가 세상과 세상에서의 내 위치에 대해 생각한 첫 순간은 이러하다.

플로라라는 여자가 있었다. 플로라는 극장에서 구걸을 시키기 위해 석스비 부인에게 1페니를 주고 나를 빌려 갔다. 사람들은 구걸을 위해 나를 빌려 가곤 했다. 머리털 색이 밝았기 때문이었다. 그리고 플로라 역시 아주 밝은 금발이었기에 나에게 자기 동생 역을 시키려 했다. 지금 생각해 보니 그날 밤 플로라가 나를 데려간 곳은 세인트 조지 원형 광장에 있는 서리 극장이었다. 「올리버 트위스트」를 공연하는 중이었다. 그때의 무서운 기억이 아직도 생생하다. 맨 위층 관중석은 경사져 있었고, 무대 제일 앞 관중석을 바로 내려다보는 구조였다. 술 취한 여인이 내가 입고 있던 드레스 리본을 잡아당기던 기억이 난다. 불꽃 때문에 무대가 활활 타오르는 듯 보였던 것이, 배우들이 큰 소리로 말하던 것이, 관중들이 비명 지르던 것이 기억난다. 배역 중에 빨간 가발에 구레나룻을 한 이가 있었다. 외투 입은 원숭이가 분명하다고 생각했다. 그런 식으로 좋아서 까불며 뛰어다녔다. 충혈된 눈으로 으르렁대는 개는 더 엉망이었다. 최악은 개 주인이자 기둥서방으로 나오는 빌 사이크스라는 인물이었다. 빌 사이크스가 낸시라는 불쌍한 여자를 몽둥이로 때리자 우리 열에 있던 사람들이 모두 일어났다. 누군가 무대로 장화를 한 짝 던졌다. 내 옆에 있던 여자가 외쳤다.

「야, 이 짐승 같은 새끼야! 나쁜 자식! 너 같은 놈은 마흔 명을 합쳐도 그 여자만 못하다고!」

관중석이 술렁인 게 사람들이 일어섰기 때문인지, 아니면 무대를 향해 고함치던 여인 때문인지, 그도 아니면 완전히 창백한 얼굴을 하고 빌 사이크스 발치에 꼼짝도 않고 쓰러져 있던 낸시 때문인지 그건 잘 모르겠다. 하지만 나는 무시무시한 공포에 사로잡혔다. 우리 모두가 살해당할 거란 생각이 들었다. 비명을 지르기 시작했고, 플로라는 그런 나를 말리지 못했다. 무대를 향해 소리쳤던 여인이 내게 팔을 두르고 씩 웃어 보이자 나는 더욱 크게 비명을 질렀다. 이윽고 플로라가 울기 시작했다. 플로라는 당시 겨우 열두세 살쯤이었던 것 같다. 플로라가 나를 데리고 집으로 가자, 석스비 부인이 플로라의 귀싸대기를 올렸다.

「이 아이를 데리고 그 따위 곳에 가다니, 어떻게 되어 먹은 정신머리야?」 석스비 부인이 말했다. 「같이 계단에 앉아 있었어야지. 얼굴 새파래져 비명 지르는 꼴로 데려오라고 아이들을 빌려 주는 줄 알아? 지금 나랑 장난치자는 거야 뭐야?」

석스비 부인은 나를 무릎에 앉혔고, 나는 다시 눈물을 흘렸다. 플로라는 내 앞에 서서 아무 말 없이 벌게진 뺨 너머로 머리털만 잡아당겼다. 부인은 불같이 화를 냈다. 플로라를 노려보면서, 슬리퍼 신은 발로는 융단을 톡톡 치며 끊임없이 의자를 흔들었다. 삐걱 소리가 나는 커다란 나무 의자로, 부인 말고는 아무도 그 의자에 앉지 못했다. 부인은 두텁고 단단한 손으로는 떨고 있는 내 등을 어루만져 주었다. 이윽고 부인이 말했다.

「난 네 옷이 어떻게 생겼는지 다 알아.」 부인이 조용히 말했다. 부인은 모든 사람들의 옷 구조를 알고 있었다. 「뭘 가져왔어? 손수건? 손수건 몇 장하고 숙녀 지갑?」

플로라는 머리카락을 입으로 가져가 씹었다. 「지갑 하나요.」 잠깐 뒤 플로라가 말했다. 「그리고 향수 한 병이랑요.」

「내놔 봐.」 손을 내밀며 석스비 부인이 말했다. 플로라의 얼굴이 어두워졌다. 그러나 플로라는 치마 허리춤의 찢어진 곳으로 손가락을 들이밀었다. 찢어졌다고 여겼던 곳이 사실은 찢어진 곳이 아니라 드레스 안쪽에 꿰매 놓은 자그마한 비단 주머니 주둥이라는 사실을 알게 된 내가 얼마나 놀랐는지, 당신은 아마 짐작도 못할 것이다. 플로라는 검은 천으로 된 손가방과 마개가 은사슬로 연결된 병을 꺼냈다. 손가방에는 3펜스와 육두구 반쪽이 들어 있었다. 아마도 내 드레스를 잡아당겼던 술 취한 여인에게서 훔친 듯했다. 병뚜껑을 열자 장미향이 났다. 석스비 부인이 코를 킁킁댔다.

「거 참 별거 없네.」 석스비 부인이 말했다. 「안 그래?」

플로라가 고개를 들었다. 「더 가져올 수도 있었어요.」 나를 흘끗 보며 플로라가 말했다. 「저 애가 발작을 일으키지만 않았다면 말이에요.」

석스비 부인은 몸을 기울이더니 플로라를 다시 한 대 쳤다.

석스비 부인이 말했다. 「만약 네가 무슨 짓을 할지 내가 미리 알았더라면 이나마도 못 벌었을 거야. 내 한 가지 일러두지. 도둑질 때문에 아이가 필요하면 내게 있는 다른 아이를 데려가. 수는 안 돼. 알아들었어?」

플로라는 부루퉁한 표정을 지었지만 알았다고 대답했다. 석스비 부인이 말했다. 「좋아. 이제 꺼져. 그리고 그 손가방은 놓고 가고. 안 그러면 네 엄마에게 네년이 신사들이랑 놀아났다고 말할 테니.」

그리고 석스비 부인은 나를 자기 침대로 데려갔다. 손으로 시트를 문질러 침대를 데워 주었다. 그리고 몸을 구부려 내 손가락에 입김을 불어 따뜻하게 해주었다. 부인이 데리고 있는 아이들 가운데 부인이 그렇게 해주는 아이는 나뿐이었다. 부인이 말했다. 「이제 겁나지 않는 거지, 수?」

하지만 나는 겁이 났기에 겁난다고 말했다. 극장에 있던 기둥서방이 나를 찾아내 지팡이로 때릴까 봐 겁이 났다고 말했다. 부인은 그 기둥서방에 대한 이야기를 들어 보았다며 허풍쟁이라고 말했다.

부인이 말했다. 「빌 사이크스, 맞지? 그치는 클러큰웰 출신이야. 버러 출신과는 문제를 일으키지 않아. 버러 아이들은 그 치가 감당하기에는 너무 벅차거든.」

내가 말했다. 「하지만 오, 석스비 부인! 낸시라는 불쌍한 여자를 못 보셔서 그래요. 그 남자가 낸시를 때려눕힌 뒤 죽이는 모습을 부인이 못 보셔서 그래요!」

「낸시를 죽여?」 부인이 말했다. 「낸시를? 아냐, 낸시는 한 시간 전에 여기에 왔었어. 얼굴만 조금 맞았을 뿐이야. 이제 머리털을 전과 다른 식으로 말아서 네가 다시 만나도 낸시가 빌 사이크스에게 맞았는지도 못 알아볼걸.」

내가 말했다. 「하지만 그 남자가 낸시를 다시 때리지는 않는 거죠?」

부인은 낸시가 마침내 지각을 되찾아 빌 사이크스를 완전히 떠났으며 와핑에서 멋진 남자를 만났고, 그 남자는 낸시에게 설탕쥐와 담배를 파는 작은 가게를 차려 주었다고 말했다.

석스비 부인은 목 가까이 있던 내 머리털을 들어 베개 위에 가지런히 펴주었다. 말했듯이, 나는 굉장한 금발이었다. 비록 자라면서 평범한 갈색으로 바뀌었지만 말이다. 그리고 석스비 부인은 내 머리털을 식초로 씻긴 뒤 반짝거릴 때까지 빗질해 주곤 했다. 이제 부인은 머리털을 가지런히 놓아 준 뒤 머리 타래를 들어 올려 입술에 댔다. 「플로라가 널 데리고 또다시 도둑질하는 곳에 데려가거든 내게 말하렴. 그럴 거지?」

나는 그러겠노라 대답했다. 「그래, 착하지.」 석스비 부인이 말했다. 그리고 방을 나갔다. 부인은 촛불을 들고 나갔지만 문을 반쯤 열어 놓았으며, 창문을 가린 천은 레이스였기에 천 너머로 가로등이 보였다. 바깥 거리는 단 한 번도 아주 어둡거나 아주 조용했던 적이 없었다. 위층에는 여자아이와 남자아이들이 때때로 와 머무는 방이 두 개 있었다. 아이들은 웃고 발을 구르고 주화를 떨어뜨리고 가끔은 춤을 추었다. 벽 너머로는 입스 씨의 누이가 있었다. 늘 침대에 누워 지냈고 종종 공포에 질려 비명을 지르며 깨어났다. 그리고 집 안 곳곳에는 석스비 부인의 아기들이 든 요람이 소금에 절인 청어 상자처럼 들어차 있었다. 아기들은 밤중 아무 때고 조그마한 소란에도 깨어나 칭얼거리거나 울곤 했다. 그러면 석스비 부인이 가서 은수저로 병에서 진을 따라 아기들에게 먹였고, 그럴 때면 은수저가 유리잔에 부딪히면서 딸깡거리는 소리가 났다.

하지만 오늘 저녁, 위층 방은 비어 있는 듯했으며 입스 씨의 누이도 조용했다. 그리고 아마 집이 조용해서 아기들도 조용히 잠들어 있는 듯했다. 하지만 나는 소음에 익숙해져 있었기 때문에 잠들지 못하고 깨어 있었다. 누운 채로 다시금 잔인한 빌 사이크스 생각을 떠올렸다. 그리고 그 발치에 죽어 있던 낸시도 떠올렸다. 근방의 어떤 집에서 남자가 욕하는 소리가 들렸다. 이윽고 교회 종이 울리며 시간을 알렸다. 종소리는 바람 부는 거리를 가로지르며 이상야릇하게 들려왔다. 플로라는 아직까지 뺨이 아플지 궁금했다. 클러큰웰이 버러에서 얼마나 가까운지, 지팡이를 짚고 다니는 남자가 얼마나 빨리 그 길을 걸을 수 있을지 궁금했다.

나는 그 어렸던 당시에도 상상력이 풍부했다. 랜트 스트리트에 발소리가 나더니 창밖에서 멈췄다. 발소리에 이어 개가 낑낑대는 소리, 발톱으로 긁는 소리, 조심스럽게 우리 가게 문 손잡이 돌아가는 소리가 들려오자, 나는 베개에서 일어나 비명을 지르려 했다. 하지만 그 순간, 개 짖는 소리가 들렸고, 귀에 익은 소리였다. 극장에서 본 눈이 충혈된 괴물이 아니라, 우리 집 개 잭이었다. 잭은 곰처럼 맞서 싸울 수 있었다. 이윽고 휘파람 소리가 들렸다. 빌 사이크스는 절대 그렇게 달콤하게 휘파람을 불지 못했다. 입스 씨였다. 저녁 식사로 석스비 부인과 함께 먹을 뜨거운 고기 푸딩을 사러 나갔다 온 것이었다.

「어때요?」 입스 씨 목소리가 들렸다. 「여기 뿌려져 있는 그레비 소스 향 좀 맡…….」

이윽고 입스 씨 목소리는 중얼거림으로 바뀌었고, 나는 다시 침대에 누웠다. 당시 나는 다섯 살이나 여섯 살이었을 것이다. 하지만 다른 것과 마찬가지로 또렷하게 기억하고 있다. 누워서 칼과 포크, 접시 소리, 석스비 부인의 한숨 소리, 부인의 의자가 삐거덕거리는 소리, 바닥에 스치는 부인의 슬리퍼 소리를 듣던 기억이 난다. 그리고 그전까지는 전혀 알지 못했던 사실, 즉 세상이 어떻게 구성되어 있는지를, 세상에는 악인인 빌 사이크스 같은 사람과 선인인 입스 씨 같은 사람, 그리고 낸시처럼 어느 쪽으로라도 속할 수 있는 사람이 있다는 사실을 알게 된 것을 기억한다. 그리고 낸시가 마침내 이쪽(그러니까 설탕쥐가 있는 좋은 쪽 말이다)에 속하게 되었다는 사실을 알게 되어 무척이나 다행이라고 생각했다.

낸시가 결국은 살해된다는 사실을 알게 된 것은 아주 오랜 뒤 「올리버 트위스트」를 두 번째로 보았을 때였다. 그때 플로라는 잘나가는 핑거스미스였다. 플로라는 시시한 서리 극장 대신 웨스트엔드에 있는 극장과 홀 등을 일터로 택했다. 플로라에게는 붐비는 사람들 사이를 유령처럼 헤치고 다닐 수 있는 재능이 있었다. 그러나 다시는 나를 데리고 일을 하러 가지 않았다. 다른 모든 사람들처럼 플로라도 석스비 부인을 너무나 무서워했다.

플로라는 불쌍하게도 결국 숙녀가 차고 있던 팔찌를 훔치다가 현장에서 잡혔고, 절도죄로 유배되었다.

랜트 스트리트에 사는 우리는 모두 크든 작든 도둑이었다. 하지만 우리는 실제 뭔가를 훔치기보다는 속임수를 쓰는 쪽이었다. 비록 플로라가 치마 사이 찢어진 곳으로 손을 넣어 지갑과 향수를 꺼내는 모습에 놀라 눈을 동그랗게 뜨고 바라보기는 했지만 그 뒤로 나는 다시는 그렇게 놀라지 않았다. 입스 씨 가게로 외투 안감, 모자, 소매나 스타킹에 가방이나 꾸러미를 숨겨 가져오는 사람이 없는 날은 무척 지루한 날이었던 것이다.

「잘 지내시죠, 입스 씨?」 찾아온 사람은 이렇게 말하곤 했다.

「잘 지내지, 친구.」 입스 씨는 다소 콧소리로 대답하곤 했다.

「특별한 소식은?」

「별로요.」

「뭔가 특별한 거라도 가져왔나?」

남자는 눈을 찡긋하곤 했다. 「특별한 겁니다, 입스 씨. 아주 끝내주고 귀한…….」

찾아온 사람들은 늘 이렇게 아니면 이 비슷하게 말했다. 입스 씨는 고개를 끄덕인 뒤 가게 문에 블라인드를 드리우고 열쇠를 돌리곤 했다. 입스 씨는 신중한 사람이어서 창문가에서는 절대로 장물을 살펴보지 않았다. 입스 씨가 있는 카운터 뒤편에는 녹색 모직 커튼이 드리워져 있었고, 그 뒤로는 부엌으로 곧장 통하는 통로가 나 있었다. 만약 찾아온 도둑이 입스 씨가 아는 사람이면 입스 씨는 그 사람을 식탁까지 데리고 오곤 했다. 「이리 오게, 젊은 친구.」 입스 씨는 말하곤 했다. 「나는 아무에게나 이러지 않네. 하지만 자네는 오랫동안 나와 거래를 해온 사이이고, 뭐냐, 가족 같은 존재라네.」 그러고는 가지고 온 물건을 컵과 빵 껍질과 티스푼 사이에 내놓게 했다.

석스비 부인은 그곳에서 갓난아기에게 빵 죽을 먹였다. 도둑은 석스비 부인을 보고 모자를 벗곤 했다.

「안녕하세요, 석스비 부인?」

「잘 있었어요, 자기.」

「안녕, 수? 무척 컸구나!」

나는 그 사람들이 마술사보다 위대하다고 생각했다. 외투와 소매에서 지갑, 비단 손수건, 회중시계가, 또는 보석, 은접시, 놋쇠 촛대, 페티코트가, 어떤 때는 옷 한 벌이 통째로 나오기도 했던 것이다. 「이건 좋은 물건입니다, 이건…….」 도둑들은 물건을 꺼내 놓으며 이렇게 말하곤 했다. 그러면 입스 씨는 손을 문지르며 기대에 가득 찬 표정을 지었다. 그러나 이윽고 장물을 자세히 보고 나면 얼굴이 침울해지곤 했다. 입스 씨는 굉장히 온화한 인상에 굉장히 정직해 보이는 사람이었다. 뺨이 무척 창백했고 입술과 구레나룻은 단정했다. 그런 입스 씨가 침울한 표정을 하면 보는 사람은 가슴이 거의 미어졌다.

「쓰레기로군.」 입스 씨는 고개를 젓고 지폐를 만지작거리며 말하곤 했다. 「이런 건 팔아먹기 어려워.」 또는 「촛대로군. 화이트홀에 있는 금고에서 지난주에 최상품 촛대 한 다스를 구했어. 그것도 아직 그대로 있네. 처리할 방법이 없더군.」

입스 씨는 가격을 평가하는 척하며, 그러나 상대방이 모욕감을 느낄까 봐 차마 말하지 못하겠다는 표정을 지으며 자리에서 일어나곤 했다. 이윽고 입스 씨가 가격을 말하면, 도둑은 말도 안 된다는 표정을 지었다.

남자는 말하곤 했다. 「입스 씨, 그 돈이면 런던 브리지에서 여기까지 걸어온 수고비도 안 나옵니다. 제대로 쳐주세요.」

하지만 그때쯤 입스 씨는 상자로 가 1실링짜리 은화들을 꺼내 와 식탁에 하나씩 내어 놓았다. 하나, 둘, 셋, 그리고 입스 씨는 네 번째 은화를 손에 들고 잠시 망설였다. 도둑은 토끼를 보는 사냥개 같은 눈길로 반짝이는 은화를 바라보았다. 입스 씨는 바로 이 점을 노리고 은화를 늘 아주 반짝이도록 닦아 놓았다.

「다섯 개를 주시면 안 되겠습니까, 입스 씨?」

입스 씨는 정직한 얼굴을 들어 도둑을 보며 어깨를 으쓱거렸다.

「나도 그러고 싶네, 친구. 정말로 그러고 싶어. 그리고 설사 자네가 뭔가 이상한 물건을 가지고 와도 나는 돈을 쥐야만 하겠지. 그래도 이건 해도 너무하잖은가.」 입스 씨는 비단이나 지폐 또는 번쩍이는 놋쇠 제품 위로 손을 흔들며 말하곤 했다. 「이건 해도 너무하네. 이렇게 되면 내가 도둑질을 하는 셈이지 않나. 석스비 부인 아이들 입에서 먹을 것을 훔치는 게 되는 거야.」

그리고 입스 씨는 도둑에게 은화를 쥐여 주었고, 도둑은 주머니에 은화를 넣고 재킷을 여민 뒤 기침을 하거나 코를 쓱 문지르곤 했다.

그때쯤 입스 씨는 마음을 바꾼 듯한 행동을 보이곤 했다. 입스 씨는 상자 앞으로 다시 걸어갔다. 「오늘 아침에 뭔가 먹었나, 친구?」 입스 씨는 물었다. 그러면 도둑이 하는 말은 한결같았다. 「빵 부스러기 한 쪽 못 먹었습니다.」 이러면 입스 씨는 도둑에게 6펜스짜리 은화를 하나 쥐여 주고는 그 돈을 경마에 쓰지 말고 꼭 아침 식사를 하라고 당부한다. 그러면 도둑은 이런 식으로 말했다.

「당신은 보석입니다, 입스 씨. 진짜로 보석 같은 존재예요.」

입스 씨는 그 남자가 가지고 온 물건으로 10에서 12실링 정도 이득을 보았다. 이 모든 과정은 정직하고 공평해 보였다. 쓰레기니 촛대니 했던 말은 당연히 과장이었다. 입스 씨는 값이 나갈 물건과 그렇지 못한 물건을 보는 눈이 있었다. 도둑이 가고 나면 입스 씨는 나를 보고 눈을 찡긋했다. 입스 씨는 다시 두 손을 비볐고, 얼굴에는 활기가 돌아왔다.

입스 씨는 말했다. 「자, 수, 천 가져와서 이것들에 광 좀 내주련? 그리고 얘야, 혹시 석스비 부인이 다른 일 시킨 게 없고, 짬이 좀 있으면 이 옷에 박힌 자수에 수고 좀 해주지 않으련? 아주 천천히, 조심스레 해야 한다. 네 조그만 가위랑 핀으로 말이야. 이건 한랭사(寒冷紗)란다. 보이니? 조금만 거칠게 다뤄도 찢어지지…….」

나는 이런 식으로 내 이름 철자를 배웠다. 글자를 쓰는 게 아니라 지우면서 말이다. 〈수전〉이라 찍혀 있는 손수건을 통해 내 이름이 어떻게 생겼는지를 배웠다. 글 읽기로 말하자면, 괜히 그런 것을 배우느라 사서 고생하지 않았다. 석스비 부인은 꼭 필요하다면 읽을 수는 있었다. 입스 씨는 읽을 수 있었고, 심지어는 쓸 수도 있었다. 하지만 둘을 제외한 우리에게 그건 쓸데없는 일이었다. 굳이 말하자면, 히브리어를 말하거나 재주를 넘는 것과 비슷하다고나 할까? 유대인이나 곡예사에게는 쓸모 있겠지만, 그 사람들이 할 일을 굳이 우리까지 해야 할 필요가 뭐 있겠는가?

어쨌든 나는 그렇게 생각했다. 하지만 셈은 배웠다. 은화를 다루며 배웠다. 진짜 은화는 물론 우리가 간직했다. 가짜 은화는 너무 반짝였기 때문에 유통하기 전에 미리 그리스를 바르고 손때를 묻혀 더럽게 만들어야만 했다. 나는 그렇게 하는 방법도 배웠다. 비단과 리넨은 새것처럼 보이도록 세탁하고 다림질하는 방식이 있었다. 보석의 경우는 보통 식초로 윤을 냈다. 은식기는 저녁 식사 때 썼다. 하지만 단 한 번씩뿐이었다. 식기에 새겨져 있는 문장(紋章)과 각인 때문이었다. 식사를 마치면 입스 씨는 컵과 사발을 가지고 가 녹인 뒤 은덩이로 만들었다. 금과 주석도 그렇게 만들었다. 입스 씨는 절대 모험을 하지 않았다. 입스 씨가 지금까지 멀쩡한 이유였다. 우리 부엌으로 들어오는 물건은 무엇이든 간에 완전히 다른 모습이 되어 나갔다. 그리고 비록 들어올 때는 정문, 즉 랜트 스트리트에 있는 가게 문을 통해 들어왔지만 내보낼 때는 다른 쪽으로 보냈다. 물건들은 뒷문을 통해 나갔다. 그곳에는 대로가 없었다. 좁은 포도(鋪道)와 어둡고 좁은 뒷골목뿐이었다. 그곳에 서면 당혹감이 들 수도 있다. 하지만 보는 방법만 안다면 어쨌든 그곳에는 길이 있었다. 그 길을 따라가면 오솔길이 나오고, 오솔길은 다시 굽이지고 어두운 길로 이어지고, 그 길을 따라가면 홍교(虹橋)들이 보였다. 그리고 홍교 가운데 하나를 따라가면 더 어두운 길이 하나 나왔는데, 이 길을 가면 사람들 눈에 띄지 않고 아주 빠르게 강까지

갈 수 있었다. 그게 어느 홍교인지는 알지만, 더 자세히 말하지 않겠다. 우리는 그곳에서 배를 가지고 있는 사람 두셋을 알았다. 구불구불한 이 길을 따라 우리 친구들이 살았다. 입스 씨의 조카들로, 나는 사촌이라 불렀다. 부엌에서 나온 장물은 이 사촌들을 통해 런던 구석구석으로 보내졌다. 무슨 물건이든, 정말로 무슨 물건이든 깜짝 놀랄 만한 속도로 보낼 수 있었다. 8월이라 해도 덩어리가 반의반도 녹기 전에 얼음을 전달할 수 있었다. 여름에도 햇볕을 배달할 수 있었다. 입스 씨가 살 사람을 찾아낼 터였다.

간단히 말해, 우리 집으로 들어온 물건은 대부분 금세 다시 집 밖으로 나갔고, 집에 그대로 남아 있는 경우는 그리 많지 않았다. 사실상 집에 들어왔다가 그대로 머무른 게 딱 하나 있었다. 장물이 엄청나게 들고나는 와중에서도 어떻게든 견뎌 낸 단 하나였다. 입스 씨와 석스비 부인이 가격을 불러 볼 생각조차 해보지 않았던 듯한 물건.

당연히 그건 나를 말하는 것이다.

나는 그 점에 대해 어머니에게 고마워했다. 어머니 이야기는 비극이었다. 어머니는 1844년 어느 날 밤 랜트 스트리트에 왔다. 「덩치가 산만 했어, 아가, 널 데리고 있었거든.」 석스비 부인이 말했다. 그때 난 어머니가 나를 데리고 왔다는 뜻으로 그 말을 알아들었다. 치마 뒷주머니나 외투 안감에 꿰매 놓은 구멍에 쑤셔 넣어서 말이다. 이야기를 좀 더 듣고서야 나는 내가 잘못 이해했음을 알았다. 내가 알기로 어머니는 도둑이었다. 「능력 있는 도둑이었단다.」 석스비 부인은 그렇게 말하곤 했다. 「얼마나 대담했는지! 그리고 예뻤단다.」

「그랬어요, 석스비 부인? 어머니도 금발이었어요?」

「너보다 더 밝은 금발이었어. 하지만 얼굴은 너처럼 뾰족했지. 그리고 종잇장처럼 말랐었단다. 우리는 네 어머니를 위층에 있게 했어. 나랑 입스 씨 말고는 아무도 네 어머니가 여기 있는 것을 몰랐지. 네 어머니 말이, 경찰 분과 네 군데에서 현상 수배가 걸렸다고 했거든. 그리고 잡히면 교수형이었단다. 죄목이 뭐였느냐고? 네 어머니는 그냥 도둑질이었다고 하더구나. 내 생각에는 좀 더 심각한 거였을 거 같지만 말이다. 네 어머니는 아람 밤톨같이 오달진 사람이었어. 왜냐하면 널 낳으면서도, 맹세컨대, 한 번도 불평하거나 소리 지르지 않았거든. 그냥 널 보고 네 작은 이마에 입 맞추기만 했지. 그리고 내게 널 보살펴 달라며 6파운드를 주었지. 모두 금화로 말이야. 그리고 모두 진짜 돈이었어. 네 어머니는 마지막으로 할 일이 하나 남았고, 그 일을 마치면 한몫 잡게 되리라고 했단다. 그리고 주위가 잠잠해지면 다시 네게 돌아올 계획이었지……」

석스비 부인은 이렇게 말하곤 했다. 그리고 그때마다, 이야기를 시작할 때는 차분했던 목소리가 끝에 가서는 떨리는 목소리로 바뀌었고, 눈에는 눈물이 글썽거렸다. 부인은 어머니를 기다렸지만 어머니는 돌아오지 않았던 것이다. 대신 끔찍한 소식이 찾아왔다. 어머니에게 한몫 안겨 주리라던 일이 제대로 풀리지 않았다. 어떤 남자가 자기 접시를 지키려다 살해됐다. 남자를 죽인 것은 어머니의 칼이었다. 어머니의 친구가 밀고를 했다. 경찰이 마침내 어머니를 잡았다. 어머니는 감옥에 한 달간 갇혀 있었다. 그리고 교수형을 당했다.

다른 살인범처럼, 어머니는 호스몽거 레인 감옥 옥상에서 교수형 당했다. 석스비 부인은 내가 태어난 방 창가에 서서 발판이 떨어지는 모습을 지켜보았다.

그 창문은 전망이 아주 좋았다. 모든 사람이 이구동성으로 런던 남쪽에서 가장 전망이 좋은 곳이라고 말했다. 교수형이 있는 날이면 사람들은 그 창문가에 자리를 잡기 위해 후하게 값을 치렀다. 교수대 바닥이 덜컹거리며 떨어지면 비명을 지르는 여자애들도 있었지만, 나는 절대 그러지 않았다. 단 한 번도 몸서리치거나 눈을 깜빡이지 않았다.

「쟤가 수전 트린더야.」 그런 내 모습을 보면 누군가 속삭이곤 했다. 「쟤 어머니도 살인죄로 교수형을 당했어. 쟤, 용감하지 않니?」

나는 그런 말 듣는 게 좋았다. 누군들 안 그렇겠는가? 하지만 사실 나는 전혀 용감하지 않았다. 이제는 누가 그걸 안다고 한들 아무렇지도 않다. 그런 일에 대해 용감해지려면 우선 측은하다는 느낌부터 들어야 했다. 그렇지만 알지도 못하는 사람에 대해 어떻게 측은한 느낌이 들 수 있겠는가? 어머니가 그렇게 죽은 건 안된 일이었다. 그러나 어머니가 〈이미〉 죽은 이상, 죽은 이유가 아이를 목 졸라 죽이는 식의 사악한 죄가 아니라 접시에 목숨 건 구두쇠를 살해한 것처럼 용기 있는 일 때문이었다는 점에 나는 기뻐했다. 어머니가 나를 고아로 만든 것은 슬픈 일이었다. 하지만 내가 알던 애들 중엔 어머니가 주정뱅이거나 미치광이인 경우도 있었고, 서로 싫어해 절대 사이좋게 지내지 못하는 쪽도 있었다. 그런 것보다는 차라리 어머니가 죽은 쪽이 더 좋았다!

차라리 석스비 부인 쪽이 더 좋았다. 월등히 좋았다. 석스비 부인은 나를 맡아 달라고 한 달치 비용을 받았다. 그리고 17년이나 나를 키우고 있었다. 이런 게 사랑이 아니고 무엇이란 말인가? 부인은 나를 공립 구빈원에 보낼 수도 있었다. 외풍 심한 아이용 침대에서 울게 내버려 둘 수도 있었다. 하지만 부인은 나를 무척이나 소중히 여겼고, 혹시라도 경찰에게 잡힐까 봐 도둑질하는 곳에는 가지 못하게 했다. 그리고 자기 침대에서 같이 자게 했다. 식초로 내 머리털을 윤내 주었다. 보석이나 받을 취급이었다.

그리고 나는 보석이 아니었다. 진주조차 되지 못했다. 내 머리털은 결국 완전히 평범한 색이 되고 말았다. 얼굴도 평범했다. 평범한 자물쇠를 따고, 평범한 열쇠를 깎을 수 있었다. 은화를 튀겨 보고 소리만으로 은화가 진짜인지 가짜인지 구별할 수 있었다. 하지만 그런 건 누구든 배우기만 하면 할 수 있는 일이었다. 나 말고 다른 아이들은 왔다가 잠시 머무른 뒤 아이 어머니가 데려가거나 새로운 어머니를 찾거나 아니면 죽었다. 그리고 물론 나는 자기가 어머니라며 나타나는 사람도 없었고, 죽지도 않았으며, 대신 직접 진 술병과 은수저를 들고 아이들이 있는 요람에 갈 정도로 자랐다. 가끔 나는 입스 씨가 눈을 번득이며 나를 응시하고 있다는 느낌을 받았다. 장물 보듯 날 보면서, 내가 여기에 얼마나 오래 있었는지, 또 누구에게 넘길 수 있을지를 생각하는 것 같아 보였다. 하지만 종종 사람들이 피는 물보다 진하다는 말을 하면 석스비 부인의 표정이 어두워졌다.

「이리 오렴, 아가, 어디 좀 보자꾸나.」 부인은 그렇게 말하곤 했다. 그리고 내 머리에 손을 얹고 엄지로 뺨을 쓰다듬으며 내 얼굴을 찬찬히 살펴보았다. 「네 얼굴에 〈네 어머니〉가 있구나.」 부인이 말했다. 「그날 밤처럼, 지금도 네 어머니가 나를 보고 있구나. 돌아와서 네게 한 몫 잡아 주겠다고 생각하고 있구나. 네 어머니가 어떻게 알았겠니? 불쌍한 것 같으니. 결코, 돌아오지 못하지! 넌 아직은 아무 재산이 없단다. 넌 여전히 한몫 잡아야 한단다. 그리고 우리 것도 말이다. 수, 네가 한몫 잡을 때 말이다…….」

석스비 부인은 이런 말을 수없이 했다. 유아용 침대에서 아픈 등을 문지르며 일어설 때마다 부인은 투덜대거나 한숨을 쉬었고, 그때마다 부인은 내가 어디 있는지 확인한 뒤 얼굴이 밝아지며 만족한 표정을 지었다.

〈하지만 우리에게는 수가 있지.〉 석스비 부인은 그렇게 말하는 듯했다. 〈지금은 상황이 어렵지. 하지만 우리에게는 수가 있지. 수가 모든 걸 해결해 줄 거야…….〉

나는 부인이 그렇게 생각하도록 놔두었다. 하지만 나는 진짜 이유를 알고 있다고 생각했다. 부인에게 오래전에 자식이 있었다는 말을 들은 적이 있었다. 사산이었다. 부인이 내 얼굴을 열심히 바라보며 〈죽은 아이〉 얼굴을 본다는 생각을 했다. 그런 생각을 하면 오싹 소름이 돋았다. 나 자신이 아니라 내가 전혀 모르는 누군가 때문에 사랑받는다는 생각을 하면 묘한 느낌이 들었던 것이다.

당시 나는 사랑에 대해 다 안다고 생각했다. 뭐에 대해서든 뭐든지 다 안다고 생각했다. 만약 누군가 내게 커서 뭐가 되고 싶으냐고 물었다면, 감히 말하건대, 나는 아기들을 맡아 키우고 싶다고 했으리라. 아마 도둑이나 장물아비와 결혼하려 했으리라. 내가 열다섯 살 때, 걸쇠를 훔쳐다 주며 내게 키스하고 싶다고 말한 남자아이가 있었다. 그 얼마 뒤, 우리 뒷문에 서서 내가 얼굴 붉히는 모습을 보려고 일부러 「자물쇠공의 딸」을 휘파람으로 불곤 하던 아이도 있었다. 석스비 부인이 둘 다 쫓아 버렸다. 그 부분에서 부인은 다른 모든 부분에서와 마찬가지로 무척 조심스러웠다.

「대체 널 누구에게 보내려고 그런다니?」 쫓겨난 남자아이 둘이 물었다. 「에디 왕자[1]'에게라도 보낼 거래?」

랜트 스트리트로 오는 사람들은 나를 느리다고 생각했던 것

---

1 빅토리아 여왕의 손자이자 왕위 계승 서열 2위였던 앨버트 에드워드 왕자의 애칭.

같다. 내가 말하는 〈느리다〉는 〈빠르다〉의 반대말이다. 버러 기준으로 볼 때 아마도 나는 느렸던 것 같다. 하지만 내 생각에 나는 충분히 똑똑했다. 그런 일을 하는 그런 집에서 일이 어떻게 돌아가는지 꽤 제대로 알고 있지 못했다면, 즉 뭐가 어디로 들어가서 뭐가 되어 나오는지 확실하게 알고 있지 못했다면, 안 쫓겨나고 계속 커왔을 리가 없었다는 말이다.

무슨 말인지 알아듣겠는가?

당신은 내가 내 이야기를 시작하길 기다리고 있다. 아마 나 역시 기다렸던 듯하다. 하지만 당시 이미 내 이야기는 시작되어 있었다. 다만, 나도 당신과 마찬가지로 이미 이야기가 시작된 것을 몰랐을 뿐이었다.

진짜로 이야기가 시작됐다고 내가 생각했던 때는 지금부터다.

내가 열일곱 살이 된 크리스마스에서 몇 주 지난 어느 겨울밤이었다. 어두운 밤이었다. 비 같은 안개, 눈 같은 비로 가득한 깜깜한 밤이었다. 어두운 밤은 도둑과 장물아비에게 안성맞춤인 때였다. 그 가운데서도 겨울날의 어두운 밤이 최고였다. 일반인들은 집에 꽁꽁 틀어박혀 있고, 신사들은 모두 시골로 내려가 머무르기에, 런던의 커다란 집들은 아무도 없이 문이 닫힌 채 털리기만 기다리고 있는 것이다. 이런 밤이면 물건이 많이 들어왔고, 입스 씨가 벌어들이는 수입은 그 어느 때보다 높았다. 추위 때문에 도둑들은 협상을 아주 빨리 끝냈다.

랜트 스트리트에 있는 우리는 별로 춥지 않았다. 부엌에 있는 난로 말고도 입스 씨의 자물쇠 작업용 화로가 있기 때문이었다. 입스 씨는 화롯불에 늘 석탄을 넣어 두었기 때문에 뭔가 녹이거나 주조해야 할 때 불이 꺼져 있는 경우는 절대 없었다. 이날 밤, 화로 곁에는 남자아이 서너 명이 붙어 금화를 녹이며 땀을 뻘뻘 흘리고 있었다. 석스비 부인은 커다란 전용 의자에 앉아 있었고, 그 곁에는 갓난아기 둘이 한 요람에 있었다. 그리고 우리 집에 묵고 있는 남자아이와 여자아이가 한 명씩 있었다. 존 브룸과 데인티 워런이었다.

존은 열네 살 정도로, 마르고 까무잡잡하고 잔머리에 능했다. 늘 뭔가를 먹고 있었다. 기생충이 있던 것이라고 생각한다. 이날 밤, 존은 땅콩 껍질을 깬 뒤 껍질을 바닥에 집어 던졌다.

석스비 부인이 그 모습을 보았다. 「예절 좀 지키지 않을래?」 부인이 말했다. 「네가 어지럽히면 수가 그걸 치워야 하잖니.」

존이 말했다. 「불쌍한 수. 어이구, 가슴이 미어지네요.」

존은 한 번도 날 좋아한 적이 없었다. 나는 존이 질투를 했다고 생각한다. 존은 나처럼 갓난아기일 때 우리 집에 왔다. 그리고 나처럼, 존 어머니도 죽고 존은 고아가 되었다. 하지만 존은 너무나 이상하게 생긴 아이였기 때문에, 데려가려는 사람이 아무도 없었다. 석스비 부인은 존을 네 살인가 다섯 살 때까지 키운 뒤 구에 맡겼다. 하지만 워낙 사악한 존은 그곳에서마저 쫓겨났고, 빈민 수용 시설에서는 늘 도망쳐 나왔다. 가게 문을 열면 계단에서 자고 있는 존을 발견하는 일이 계속되었다. 석스비 부인은 마침내 선박 주인에게 존을 맡겼고, 존은 중국까지 항해를 했다. 그때 번 돈으로 존은 버러로 돌아왔고 뻐기고 다녔다. 존은 그 돈으로 한 달 정도 버텼다. 이제 존은 랜트 스트리트 바로 근처에 살며 입스 씨 일을 도와줬다. 그리고 그 외에도 데인티를 조수로 쓰며 야비한 사기도 쳤다.

데인티는 붉은 머리에 스물세 살 된 여자아이로, 다소 백치 끼가 있었다. 하지만 손이 아름답고 하얬으며, 바느질 솜씨가 아주 좋았다. 존은 개를 훔친 뒤 잡종견을 순종으로 보이게 하려고 그 개 위에 다른 개가죽을 꿰매도록 데인티에게 시켰다.

존은 개 도둑과 일을 하고 있었다. 개 도둑은 암캐 한 쌍을 길렀다. 암캐가 발정이 나면 개 도둑은 개를 끌고 거리를 걸어 다니며 주인 있는 개들을 꾀어 내 납치한 뒤 마리당 10파운드씩 몸값을 받고 돌려주었다. 이 방법은 개가 사냥개이거나, 주인이 정 많은 여자일 때 가장 잘 통했다. 하지만 절대 돈을 주지 않는 주인도 있었다. 개의 꼬리를 잘라 보내 보아도 동전 한 닢 내놓지 않았다. 그 정도로 매정했다. 그런 경우 존의 친구는 납치한 개를 목 졸라 죽인 뒤 헐값에 존에게 팔아넘겼다. 존이 그 고기를 어떻게 처리했는지는 확실히 모르겠다. 토끼 고기로 속여 팔았거나 아니면 자기가 먹었을지도 모른다. 하지만 가죽은, 앞에서 말한 것처럼, 데인티를 시켜 잡견에게 꿰맨 뒤 화이트채플 마켓에서 순종으로 속여 팔았다.

데인티는 그렇게 하고 남은 가죽 조각을 연결해 존에게 멋진 외투를 만들어 줬다. 그날 밤, 데인티는 가죽 조각을 연결하고 있었다. 옷깃과 어깨, 소매 반 정도는 완성되어 있었고, 벌써 마흔 마리 정도 다른 개가죽이 들어가 있었다. 벽난로 앞이라 개가죽 냄새가 지독하게 풍겼고, 우리 집 개를 완전히 돌게 했다. 늙은 투견 잭 말고, 소설에 나오는 도둑 이름을 따서 찰리 왝[2]이라고 이름 붙인 갈색 개였다.

이따금 데인티는 외투를 들어 어떠냐며 우리에게 보여 주었다.

「네가 데인티보다 키가 크지 않아 데인티에겐 다행스러워, 존.」내가 말했다. 언젠가 데인티가 내게 했던 말이었다.

「네가 죽지 않아서 네겐 다행이야.」존이 대답했다. 존은 키가 작았고, 자신도 그걸 알고 있었다. 「우리에게는 안된 일이지

2 조지 새비지가 1865년에 쓴 『새로운 잭 셰퍼드, 찰리 왝』에 나오는 도둑 이름.

만 말이야. 네 가죽을 내 외투 소매에 쓰고 싶어. 여기 소맷부리, 내가 콧물을 닦는 곳에 말이야. 불도그나 복서 가죽 옆에 꿰매면 딱 집에 있는 느낌이 들걸.」

존은 늘 지니고 다니는 칼을 꺼내 들어 엄지손가락으로 칼날을 검사했다. 「아직 어떻게 할지 정하지 않았어.」 존이 말했다. 「하지만 어느 날 밤 몰래 와서 네가 자는 동안에 가죽을 조금 벗겨 갈 거야. 만약 내가 그걸 꿰매 달라고 하면 데인티 너는 뭐라고 할 거야?」

데인티는 손으로 입을 막고 비명을 질렀다. 데인티는 반지를 끼고 있었다. 데인티 손에는 너무 큰 반지였다. 그 때문에 데인티는 손가락에 실을 조금 감고 있었고, 실은 새까맸다.

「못됐어!」 데인티가 말했다.

존은 씩 웃으며 칼끝으로 부러진 이를 툭툭 쳤다. 석스비 부인이 말했다.

「이제 그만해. 안 그러면 정신이 번쩍 들도록 머리를 한 대 때려 줄 테니까. 수를 겁먹게 하면 내 가만 안 둘 거야.」

나는 그 말을 듣자 곧바로, 존 브룸 같은 갓난애 때문에 겁을 먹게 되면 목을 긋고 말겠다고 말했다. 그러자 존은 자신이 기꺼이 그 목을 그어 주겠다고 말했다. 석스비 부인이 의자에서 몸을 숙이더니 존을 때렸다. 한참 전, 그 옛날 밤 부인이 몸을 숙여 플로라를 때렸듯, 그 뒤로도 몸을 숙여 다른 사람들을 때렸듯 말이다. 이 모든 게 나를 위해서였다.

존은 되받아치기라도 할 듯 잠깐 부인을 보았다. 그리고 더 세게 때리고 싶은 표정으로 나를 노려보았다. 그때, 데인티가 자리에서 움직였고, 존은 몸을 돌려 데인티를 때렸다.

데인티를 때리고 존이 말했다. 「내가 동네북도 아니고, 왜 모두가 날 미워하는 거야.」

데인티가 울음을 터뜨렸다. 그리고 존의 소매를 잡았다. 「다른 사람들이 뭐라고 해도 맘 쓰지 마, 조니.」 데인티가 말했다. 「네 곁엔 내가 있잖아, 안 그래?」

「네가 있다라, 맞는 말이긴 하지.」 존이 대답했다. 「똥이 삽에 딱 붙어 있는 것처럼 말이야.」 존은 데인티 손을 밀쳐 냈고, 데인티는 의자에 털썩 주저앉아 개가죽 외투를 그러모으고 바늘땀 위로 눈물을 뚝뚝 흘렸다.

「이제 그만 그쳐라, 데인티.」 석스비 부인이 말했다. 「네가 만든 멋진 작품이 망가지잖니.」

데인티는 1분 정도 울었다. 그때 화로에서 일하던 남자아이 하나가 뜨거운 은화에 손가락을 데더니 욕을 하기 시작했다. 그러자 데인티가 웃음을 터뜨렸다. 존은 땅콩을 입에 집어넣고 껍질을 바닥에 뱉었다.

이윽고, 우리는 조용히 앉아 있었다. 아마 15분 정도 그렇게 있었을 것이다. 찰리 왝은 불 가에 누워 꿈속에서 합승마차라도 쫓는지 몸을 실룩거리고 있었다. 녀석의 꼬리는 합승마차 바퀴에 깔려 꺾여 있었다. 나는 페이션스 게임[3]을 하려고 카드를 꺼냈다. 데인티는 바느질을 했다. 석스비 부인은 졸고 있었다. 존은 정말로 아무런 일도 하지 않고 있었다. 하지만 가끔 훈수를 두려고 카드를 힐끔거렸다.

존은 〈하트 년 위에 삽쟁이 잭을 올려놓으면 되잖아〉라든가 또는 〈어이쿠, 좀 빨리빨리 못하냐!〉 따위 말을 하곤 했다.

나는 〈너 정말 짜증 난다〉라는 따위 말을 하며 게임에 집중했다. 카드가 낡아 넝마처럼 흐느적거렸다. 이 카드로 사기 게임을 하다 싸움이 벌어졌고, 그 통에 한 명이 살해됐다. 나는 마지

3 혼자서 하는 카드 게임. 솔리테어라고도 한다.

막으로 카드를 쫙 펼쳐 놓은 뒤, 카드가 어떻게 맞아떨어지는지 존이 볼 수 없도록 의자를 약간 돌려 앉았다.

그때, 별안간 갓난아기 하나가 선잠에서 깨어 울기 시작했고, 찰리 왝도 깨어나 짖어 댔다. 갑작스러운 바람에 벽난로 불꽃이 굴뚝을 따라 껑충거렸고, 빗방울이 더욱 거세게 석탄 위로 쏟아지며 석탄에서 쉬익 소리가 났다. 석스비 부인이 눈을 떴다. 「무슨 일이지?」 부인이 말했다.

「뭐가 무슨 일이에요?」 존이 말했다.

그리고 그 소리가 났다. 쿵. 집 뒤편으로 통하는 길에서 들리는 소리였다. 그리고 또 한 번 쿵 소리가 들렸다. 이윽고 쿵 소리는 발소리로 바뀌었다. 발소리는 부엌문 앞에서 멈추었고, 잠깐 정적이 찾아오더니 곧 느리고 둔중한 노크 소리로 바뀌었다.

〈똑-똑-똑〉. 이런 소리였다. 마치 연극에서 죽은 사람 유령이 돌아와 문을 두드릴 때 나는 소리 같았다. 어쨌든 도둑이 문을 두드리는 소리는 아니었다. 도둑이 두드리는 소리는 빠르고 가벼웠다. 소리만 들어도 어떤 일로 왔는지 짐작할 수 있었다. 하지만 이번 문 두드리는 소리는 도무지 종잡을 수가 없었다. 그리고 안 좋은 일일 것만 같았다.

우리 모두가 그렇게 생각했다. 우리는 서로 바라보았고, 석스비 부인은 요람에서 아기를 꺼내 가슴에 꼭 끌어안고 울음을 멈추게 했다. 존이 찰리 왝을 잡고 주둥이를 꽉 틀어쥐었다. 화롯가에 있던 아이들은 쥐새끼처럼 조용해졌다. 입스 씨가 조용히 말했다. 「누구 올 사람 있나? 얘들아, 이걸 치워라. 손가락 댄 건 잊어버려라. 푸른 옷이 온 거면, 우린 끝장이다.」

남자아이들은 금화를 마찰시켜 얻어 낸 금가루와 금화를 모아 손수건에 싼 뒤 모자나 바지 주머니에 넣기 시작했다. 그 가운데 한 명, 즉 입스 씨 조카 가운데 가장 나이가 많은 필이 잽싸게 문으로 다가가 문 옆 벽에 몸을 기대었다. 한 손은 외투 안에 들어가 있었다. 필은 감옥에 두 번 갔다 왔고, 늘 다시는 감옥에 가지 않으리라고 맹세했다.

다시금 문 두드리는 소리가 들렸다. 입스 씨가 말했다. 「모두 챙겼나? 그럼 이제 조용히 있어라, 얘들아. 움직이지 말도록. 수, 우리 아가, 네가 문을 열어 주면 어떻겠니?」

나는 다시 석스비 부인을 보았고, 부인이 고개를 끄덕이기에 문으로 가서 빗장을 열었다. 문이 너무나 급작스레 열리며 나를 세게 쳤기에 필은 누군가 어깨로 문을 치고 들어왔다고 생각했다. 필이 벽에 몸을 딱 기대고 칼을 꺼내 쥐는 모습이 눈에 들어왔다. 하지만 문이 활짝 열린 것은 단지 바람 때문이었다. 부엌으로 갑자기 바람이 몰아치면서, 촛불 절반이 꺼지고 화로에 불꽃이 일어나고 내가 펼쳐 놓은 카드가 완전히 날아가 버렸다. 복도에 남자가 서 있었다. 새까만 옷을 입고, 흠뻑 젖어 물을 뚝뚝 흘리고 있었으며, 발치에는 가죽 가방이 있었다. 희미한 불빛에 남자의 창백한 뺨과 구레나룻이 보였지만, 눈동자는 모자 그늘에 완전히 가려져 있었다. 남자가 입을 열지 않았더라면 나는 누군지 알아보지 못했을 것이다. 남자가 말했다.

「수! 수 맞지? 맙소사! 널 보려고 40마일이나 왔어. 날 여기 계속 세워 둘 거야? 추워 죽겠어!」

그제야 나는 누구인지 알아보았다. 비록 1년 넘게 보지 못했지만 말이었다. 이런 식으로 말하면서 랜트 스트리트에 오는 사람은 백 명에 한 명도 없었다. 남자의 이름은 리처드 리버스 또는 딕 리버스 또 어떤 때는 리처드 웰스였다. 하지만 우리는 다른 이름으로 불렀다. 그리고 석스비 부인이 나를 바라보며 〈누가 온 거니?〉라고 물었을 때 내가 말한 이름이기도 했다.

「젠틀먼이에요.」 내가 말했다.

우리는 이 남자를 그렇게 불렀다. 그러나 진짜 신사들이 직접 발음할 때처럼 제대로 발음하지 않고, 생선에서 뼈 발라내듯 적당히 발음을 발라내고 〈제먼〉이라고 불렀다.

「젠틀먼이에요.」 내가 말했다. 필은 즉시 칼을 치우고 침을 뱉은 뒤 화로로 돌아갔다. 하지만 석스비 부인은 의자로 돌아갔고, 안겨 있던 갓난아기는 부인 가슴에서 벌게진 얼굴을 돌리며 입을 벌렸다.

「젠틀먼!」 석스비 부인이 외쳤다. 갓난아기는 비명을 지르기 시작했고, 존 손에서 벗어난 찰리 왝은 젠틀먼에게 짖으며 달려가더니 젠틀먼 외투에 앞발을 들이댔다. 「이게 얼마만이에요! 데인티, 촛불을 붙이고 냄비에 물을 담아 벽난로에 올려놓으렴.」

「우린 당신이 푸른 옷인 줄 알았어요.」 젠틀먼이 부엌으로 들어올 때 내가 말했다.

「그건 아니지만 대신 얼굴이 파랗게 얼었지.」 젠틀먼이 대답했다. 가방을 내려놓고 온몸을 떨며 흠뻑 젖은 모자와 장갑을, 그리고 물이 뚝뚝 듣는 두꺼운 외투를 벗었다. 금세 모자, 장갑, 외투에서 김이 모락모락 피어올랐다. 젠틀먼은 두 손을 비비더니 머리를 쓸어 넘겼다. 젠틀먼은 머리털과 구레나룻을 길게 길렀는데, 빗물에 젖으면서 전보다 더 길고 짙고 윤이 나 보였다. 손가락에는 반지를 여럿 끼고 있었고, 조끼에는 보석 달린 줄이 늘어진 회중시계가 꽂혀 있었다. 나는 한눈에 그 반지와 시계가 가짜이며 보석은 인조라는 것을 알아챘다. 하지만 정말로 잘 만든 가짜였다.

데인티가 초에 불을 켜자 방이 밝아졌다. 젠틀먼은 여전히 손을 비비고 고개를 끄덕이며 주위를 둘러보았다.

「잘 지내셨습니까, 입스 씨?」 젠틀먼이 느긋하게 말했다. 「잘 지냈나, 친구들?」

입스 씨가 말했다. 「아주 잘 지내네, 친구.」 남자아이들은 아무 대답도 하지 않았다. 필이 말했다. 딱히 누군가를 향해 한 말은 아니었다. 「저 친구, 뒷문으로 들어온 거지?」 그리고 다른 남자아이가 껄껄댔다.

이런 아이들은 언제나 젠틀먼 같은 이를 남색가라고 생각한다.

존 역시 웃었지만 웃음소리가 다른 아이들보다 더 컸다. 젠틀먼이 존을 보았다. 「잘 있었나, 진드기 새끼야.」 젠틀먼이 말했다. 「원숭이는 잃어버렸나?」

존은 워낙 혈색이 나빠서 사람들은 늘 존을 이탈리아인이라고 생각했다. 젠틀먼의 말에 존이 손가락을 코에 대며 말했다. 「내 엉덩이에 키스나 하시지 그러셔.」 존이 말했다.

「그래도 돼?」 젠틀먼이 웃으며 말했다. 젠틀먼은 데인티를 보며 눈을 찡긋했고, 데인티는 놀라 고개를 휙 숙였다. 「안녕, 예쁜이.」 젠틀먼이 말했다. 그리고 젠틀먼은 찰리 왝 앞에 몸을 숙이고 녀석의 귀를 잡아당겼다. 「안녕, 왝스터, 경찰이 어디 있지? 응? 경찰 어디 있어? 쫓아 버려!」 찰리 왝이 거칠어졌다. 「어유, 착한 녀석.」 젠틀먼이 녀석을 쓰다듬고 허리를 펴며 말했다. 「착하다. 잘했어.」

그리고 젠틀먼은 석스비 부인이 앉은 의자 앞에 가 섰다.

「안녕하세요, 석스비 부인?」 젠틀먼이 말했다.

진을 마신 갓난아기는 이제 울음을 멈추고 조용해져 있었다. 석스비 부인이 손을 내밀었다. 젠틀먼은 손을 잡고 처음에는 손가락 관절에, 그리고 다음에는 손가락 끝에 입을 맞추었다. 석스비 부인이 말했다.

「그 의자에서 일어나라, 존. 젠틀먼에게 비켜 줘.」

존은 잠시 분노에 찬 표정을 짓더니 자리에서 일어나 데인티의 걸상에 앉았다. 젠틀먼은 자리에 앉아 벽난로 쪽으로 다리를 벌렸다. 젠틀먼은 키가 컸고 다리가 길었다. 나이는 스물일곱 아니면 여덟쯤이었다. 젠틀먼 옆에 서면 존은 여섯 살짜리 아이로 보였다.

석스비 부인은 젠틀먼이 하품을 하고 얼굴을 문지르는 동안 계속 젠틀먼을 지켜보았다. 이윽고, 젠틀먼은 석스비 부인과 눈이 마주치자 싱긋 웃었다.

「자, 자.」 젠틀먼이 말했다. 「일은 어떠세요?」

「꽤 잘돼요.」 부인이 대답했다. 갓난아기는 꼼짝 않고 누워 있었고, 부인은 전에 내게 그랬듯 아기를 어루만졌다. 젠틀먼이 아기를 보며 고개를 끄덕였다.

젠틀먼이 말했다. 「그 자그마한 꼬맹이는 위탁인가요, 아니면 가족인가요?」

「당연히, 위탁이지요.」 부인이 말했다.

「남자아인가요, 여자아인가요?」

「남자아이예요. 제 먹을 걸 타고 난 행운이 있기를! 내 손으로 키워야 할, 엄마 없는 또 다른 불쌍한 갓난아기죠.」

젠틀먼은 석스비 부인에게 몸을 숙였다.

「운 좋은 꼬마로군요!」 젠틀먼이 말하고 눈을 찡긋했다.

석스비 부인이 외쳤다. 「어머!」 그리고 얼굴이 장미처럼 붉어졌다. 「못됐어요!」

남색가이든 아니든 상관없이, 젠틀먼은 여자 얼굴을 확 붉어지게 만드는 재주가 있었다.

우리는 그 남자를 젠틀먼이라 불렀다. 정말로 신사였기 때문이었다. 자신의 주장에 따르면 젠틀먼은 진짜 신사들이 다니는 학교에 다녔으며, 아버지와 어머니, 그리고 젠틀먼이 무척이나 마음 아프게 했던 여동생 모두 상류 계급이었다. 한때는 돈이 많았으나 노름으로 모두 잃었다. 그 이후로 젠틀먼의 아버지는 단 한 푼의 유산도 주지 않겠노라고 했다. 그래서 젠틀먼은 이후 옛날식으로 돈을 벌어야만 했다. 바로 도둑질과 사기였다. 하지만 젠틀먼은 그러한 삶을 너무나 잘 꾸려 나갔기에, 우리는 모두 젠틀먼 선조 중에 나쁜 피가 있었고 그게 젠틀먼에게서 발현된 게 분명하다고 말했다.

젠틀먼은 마음만 먹었다면 꽤 훌륭한 화가가 될 수도 있었다. 그리고 파리에 있으면서 위조 분야에서 약간 일을 하기도 했다. 그리고 그 일이 실패하자, 내가 알기로, 젠틀먼은 프랑스어 책을 영어로 또는 영어 책을 프랑스어 책으로 번역하며 1년을 보냈다. 번역할 때마다 조금씩 다르게 하고 제목을 바꾸어서 한 가지 책으로 스무 가지 정도 되는 다른 번역본을 냈다. 하지만 젠틀먼은 대부분 사기를 쳤고, 또 커다란 카지노에서 도박꾼으로 일했다. 상류 사회와 어울릴 수 있는 능력이 있었으며 상류 사회 사람들처럼 정직하게 보이기 때문이었다. 특히 숙녀들이 젠틀먼에게 열광했다. 젠틀먼은 부유한 상속녀와 세 번이나 거의 결혼 직전 단계까지 갔지만, 번번이 아버지들이 젠틀먼을 의심하게 되어 파혼을 당했다. 또한, 유령 은행에서 발행한 주식을 팔아 여러 명을 파산시키기도 했다. 젠틀먼은 무척 잘생겼으며, 석스비 부인은 젠틀먼을 무척 아끼고 사랑했다. 젠틀먼은 1년에 한 번 정도 장물을 가지고 랜트 스트리트에 와 입스 씨를 찾았으며 가짜 주화를 받고 주의 사항과 비밀 정보를 듣고 갔다.

나는 젠틀먼이 장물을 가져왔다고 생각했다. 그리고 석스비 부인도 그렇게 생각한 듯했다. 젠틀먼이 벽난로 앞에서 몸을 녹이고 데인티가 럼이 든 차를 가져다주자, 석스비 부인은 잠든 아이를 요람에 누이고 무릎 위에 치마를 가지런히 편 다음 이렇게 말했던 것이다.

「자, 젠틀먼. 다시 만나 반가워요. 한두 달 정도 못 봤죠? 뭔가 입스 씨가 보고 싶어 할 만한 걸 가져왔나요?」

젠틀먼은 고개를 흔들었다. 「안타깝게도 입스 씨가 좋아할 만한 물건이 없군요.」

「네? 없어요? 들으셨어요, 입스 씨?」

「무척 아쉽군.」 화로 옆 의자에 앉아 있던 입스 씨가 말했다.

석스비 부인의 태도가 은밀해졌다. 「그러면, 제가 좋아할 만한 게 있는 건가요?」

하지만 젠틀먼은 다시 고개를 흔들었다.

「아니요, 없습니다, 석스비 부인.」 젠틀먼이 말했다. 「없습니다. 네가 좋아할 만한 것도 없어, 가리발디.[4]」 존을 말하는 것이었다. 「데인티, 필, 남자아이들, 심지어 찰리 왝이 좋아할 만한 것도 없습니다.」

젠틀먼은 이렇게 말하고는 방 안을 한 바퀴 둘러보았다. 그리고 마지막으로 나를 바라보고 난 뒤, 아무 말도 하지 않았다. 나는 흩어진 카드를 주운 뒤 무늬별로 정리했다. 젠틀먼, 그리고 그 곁에서 존과 데인티와 석스비 부인(아직도 얼굴이 꽤 상기되어 있었다) 역시 나를 바라보고 있는 모습을 보고 나는 카드를 내려놓았다. 젠틀먼은 손을 뻗어 카드를 집어 든 뒤 섞기 시작했다. 젠틀먼은 그런 사람이었다. 언제나 손을 바쁘게 움직여야만 하는 그런 사람이었다.

「자, 수.」 젠틀먼이 말했다. 여전히 내게 눈을 고정하고 있었다. 젠틀먼의 눈동자는 아주 맑은 푸른색이었다.

「자, 뭐요?」 내가 대답했다.

4 19세기 이탈리아의 장군, 정치가.

「이거 어떻게 생각해? 난 너에게 볼일이 있어서 온 거야.」

「수에게라고!」 존이 역겹다는 표정으로 말했다.

젠틀먼이 고개를 끄덕였다. 「너랑 볼일이 있어. 청할 게 있거든.」

「청한다고!」 필이 우리 말을 듣고 끼어들었다. 「조심해, 수, 젠틀먼이 너랑 결혼하고 싶은 모양이야!」

데인티가 비명을 질렀고, 남자아이들은 모두 킬킬거렸다. 젠틀먼은 눈을 끔벅거리더니 마침내 내게서 눈을 떼고 석스비 부인 쪽으로 몸을 기울이고 말했다.

「화롯가에 있는 친구들이 자리를 좀 비켜 주게 할 수 있나요? 하지만 존과 데인티는 여기 두고요. 둘의 도움이 필요해요.」

석스비 부인이 망설이다가 입스 씨를 힐끗거렸다. 그러자 입스 씨가 바로 말했다. 「좋아. 얘들아, 여기 금화는 가루를 충분히 냈고, 불쌍한 여왕님은 안색이 꽤 창백하시구나. 더 했다가는 반역죄로 잡혀가겠다.」 입스 씨는 통을 들더니 뜨거운 금화를 하나씩 물속에 집어넣기 시작했다. 「노란 애들이 쉬잇거리며 우는 소리를 들어 보렴.」 입스 씨가 말했다. 「금화가 제일 잘 알고 있지. 자, 금화가 뭘 알고 있지?」

「저희는 가볼게요, 험프리 삼촌.」 필이 말했다. 필은 외투를 입고 옷깃을 세웠다. 다른 남자아이들도 똑같이 했다. 「안녕히 계세요.」 남자아이들이 말하고 나, 존, 데인티, 석스비 부인에게 고개를 끄덕였다. 젠틀먼에게는 아무 말도 하지 않았다. 젠틀먼은 남자아이들이 나가는 모습을 지켜보았다.

「뒤를 조심하라고, 친구들!」 문이 닫히자 젠틀먼이 소리쳤다. 필이 다시금 침을 뱉는 소리가 들려왔다.

입스 씨는 자물쇠를 잠갔다. 그리고 다시 와 차를 따른 뒤, 데인티가 젠틀먼에게 차를 따랐을 때처럼 럼을 콸콸 따랐다. 김과 함께 럼 향기가 피어올라 벽난로 냄새, 금 갈린 냄새, 개가죽 냄새, 젖어 김이 오르는 두터운 외투 냄새와 섞였다. 창살문으로 떨어지던 빗줄기가 약해졌다. 존은 혀로 껍질을 골라내며 땅콩을 먹었다. 입스 씨는 등불을 옮겼다. 식탁, 얼굴, 손이 밝게 보였다. 하지만 방 안 다른 부분은 그림자에 잠겨 있었다.

잠시 아무도 입을 열지 않았다. 젠틀먼은 여전히 카드를 만지작거렸고, 우리는 가만히 앉아 젠틀먼을 지켜보았다. 입스 씨가 가장 열심히 젠틀먼을 지켜보았다. 눈을 가늘게 뜨고 머리를 갸우뚱했다. 마치 총신이 정렬되어 있는지 재어 보고 있는 듯했다.

「자, 친구.」 입스 씨가 말했다. 「할 이야기가 뭔가?」

젠틀먼이 고개를 들었다.

젠틀먼이 말했다. 「이야기는 이렇습니다.」 젠틀먼은 카드를 한 장 뽑아 그림을 위쪽으로 해 식탁에 놓았다. 다이아몬드 킹이었다. 「이런 남자가 있다고 생각해 보십시오.」 카드를 올려놓으며 젠틀먼이 말했다. 「나이 들고 나름대로 현명하며 사실 교양 있는 학자이죠. 그렇지만 이상한 버릇이 있습니다. 그 사람은 런던에서 적당히 떨어진 외딴 마을 근처에 있는 외딴 집에서 살고 있습니다. 지금 시점에서는 정확히 어디인지는 마음 쓰지 마십시오. 그 집엔 책과 인쇄물로 가득한 커다란 방이 있습니다. 오로지 책과 인쇄물, 그리고 자기가 수집하는 작품들만을 위한 방이죠. 그래요, 그 방을 사전이라 부르도록 합시다. 그 방은 그 사람의 모든 책이 들어 있는 사전입니다. 하지만 그 사람은 그림들도 그렇게 해놓길 원합니다. 멋진 앨범에 그림을 넣어 두고 싶어 하죠. 하지만 그렇게 하는 것은 그 사람 능력 밖의 일입니다. 그래서 그 사람은 신문에 광고를 내죠. 똑똑한 젊은이의 도움이 필요하다고 말이죠.」 여기서 젠틀먼은 첫 번째 카드 옆에 다른 카드를 내려놓았다. 스페이드 잭이었다. 「수집품을 배접(褙接)하는 일을 도와줄 사람 말이지요. 그리고 어떤 똑똑하고 젊은 청년이 신문을 봅니다. 이 청년은 당시에 런던 도박장에서 꽤 잘 알려진 사람이었고, 침식이 제공되고, 떳떳하다고 말하기는 약간 무리가 있는 이런 종류의 일을 무척이나 하고 싶어 했기에 그 광고에 답을 보냈고, 그 사람은 답장을 검토하고 젊은이가 그 일에 적합하다고 생각합니다.」

「똑똑한 젊은이는 자네를 말하는 거로군.」입스 씨가 말했다.

「똑똑한 젊은이는 저를 말하는 겁니다. 정말 잘 아시는군요!」

「그리고 시골에 있는 그 집은 보물이 가득한 거로군.」존은 부루퉁해 있으면서도 젠틀먼의 이야기에 빨려들었다. 「그리고 넌 그 집에 있는 진열장이며 서랍장 자물쇠를 따 열 생각이고. 입스 씨에게서 연장을 빌리러 온 거야. 세상물정 모르는 순진한 수는 정찰역을 시키려는 거고 말이야.」

젠틀먼은 고개를 갸웃하며 숨을 들이켜고는 짜증 난다는 식으로 손가락을 들어 올렸다. 그리고 입을 열었다.

「얼음처럼 썰렁한 곳이지!」젠틀먼이 말했다. 「시골에 있는 그 집은 지독한 곳이야. 2백 년은 되었고 어두침침하고 바람이 숭숭 들고 지붕 꼭대기까지 저당이 잡힌 데다 그나마 지붕은 성한 곳 하나 없이 비가 샌다고. 안타깝게도, 양탄자나 꽃병, 접시 하나도 노력을 들일 만한 가치가 없어. 그 신사도 그냥 도자기에 식사를 한다고. 우리처럼 말이야.」

「욕심쟁이 늙은이로군!」존이 말했다. 「하지만 그런 노랑이들은 은행에 돈을 쟁여 놓잖아. 안 그래? 그 늙은이가 모든 돈을 네게 넘긴다는 유언장을 쓰게 해놓고선 독이 필요해 온 거로군.」

젠틀먼은 고개를 저었다.

「1온스도 필요 없어?」기대에 찬 눈으로 존이 물었다.

「1온스도. 한 방울도 필요 없어. 그리고 은행에 돈도 없어. 적어도 그 늙은이 이름으로는 말이야. 그 노인은 너무나 조용히 또 너무나 이상하게 살기 때문에 돈으로 뭘 살 수 있을지도 잘 모르는 사람이야. 하지만 그곳에서 혼자 사는 건 아니지. 봐, 그 노인네가 같이 살고 있는 사람은…….」

하트의 퀸.

「헤, 헤.」 교활한 표정을 지으며 존이 말했다. 「마누라로군. 좋은 먹잇감이네.」

그러나 젠틀먼이 다시 고개를 저었다.

「딸이로군. 그것도 좋지.」 존이 말했다.

「마누라도, 딸도 아니야.」 눈과 손가락으로 퀸의 불행한 얼굴을 어루만지며 젠틀먼이 말했다. 「질녀야. 다 컸어.」 젠틀먼은 나를 힐끗 보았다. 「수 정도 나이일 거야. 외모는 예뻐. 지성으로 말하자면, 사려 깊고 학식도 깊지.」 젠틀먼이 싱긋 웃었다. 「그리고 수줍음 그 자체지.」

「얼간이일세!」 흥미를 보이며 존이 말했다. 「최소한 그 여자가 부자이기는 한 거지?」

「부자야. 맞아.」 고개를 끄덕이며 젠틀먼이 말했다. 「하지만 애벌레는 날개가 나야 제 세상이고, 클로버는 꿀이 생겨야 제 세상이지. 그 여자는 상속녀야, 조니. 유산이 많은 게 확실하고, 삼촌은 그 돈에 손을 댈 수 없지. 하지만 그 상속에는 이상한 조건이 달렸다. 그 여자는 결혼하기 전에는 땡전 한 닢 손댈 수 없어. 만약 노처녀로 죽는다면 그 돈은 사촌에게 돌아가.」 젠틀먼은 하얀 손가락으로 카드를 어루만졌다. 「그러나 만약 남편을 맞는다면 여자는 여왕처럼 부자가 되는 거지.」

「얼마나 부자인가?」 입스 씨가 물었다. 그때까지 입스 씨는 아무 말도 하지 않고 있었다. 젠틀먼은 그 말을 듣고 고개를 들어 입스 씨 눈길을 받았다.

「현금으로 1만입니다.」 젠틀먼이 조용히 말했다. 「국채로 5천이고요.」

벽난로 속 석탄이 〈팍〉 하며 튀었다. 존이 부러진 이 사이로 휘파람을 불고, 찰리 왝이 짖었다. 나는 석스비 부인을 힐긋 보았지만, 부인은 고개를 숙이고 있었고 표정이 어두웠다. 입스 씨가 생각에 잠긴 표정으로 차를 한 모금 마셨다.

「난 그 늙은이가 그 여자를 가까이 둔다는 데 걸겠네. 안 그런가?」 찻물을 삼키고 입스 씨가 말했다.

「맞습니다.」 젠틀먼이 고개를 끄덕이며 뒤로 물러섰다. 「그 노인은 요 몇 해 동안 질녀를 비서로 삼았습니다. 몇 시간이고 계속해서 책을 읽게 했습니다. 제가 볼 때, 그 노인은 자기 질녀가 다 커서 숙녀가 되었다는 사실을 모르는 것 같습니다.」 젠틀먼은 비밀스러운 웃음을 지었다. 「하지만 그 여자는 그 사실을 아는 것 같습니다. 제가 그 집에서 그림에 관련된 일을 시작하자마자, 여자는 그림 그리기에 대한 자신의 열정을 깨닫습니다. 저를 선생님으로 해서 수업을 받고 싶어 하게 되죠. 저는 제 목적을 속이기 충분할 정도로 그 분야를 잘 알고 있습니다. 그리고 그 여자는 파스텔과 돼지도 구별 못할 정도로 아무것도 모릅니다. 하지만 여자는 제가 가르치는 것은 무엇이든 받아들입니다. 저는 일주일 동안 교습을 합니다. 저는 여자에게 선 그리는 법, 음영 넣는 법을 가르칩니다. 둘째 주에는 음영 넣기에서 구도 잡는 법으로 넘어갑니다. 셋째 주에는 수채화를 공부합니다. 다음 주에는 유화 물감을 섞습니다. 다섯째 주에는……」

「다섯째 주에는 네가 그 여자와 한 코 뜨는 거야.」 존이 말했다.

젠틀먼은 눈을 감았다.

「다섯째 주가 되면, 수업은 취소돼.」 젠틀먼이 말했다. 「그런 여자가 혼자서 신사 선생님과 함께 같은 방에 있으리라고 생각하나? 우리 곁엔 아일랜드 하녀가 늘 같이 있었어. 내 손가락이 자기 아가씨에게 너무 가까이 접근한다거나 내 숨결이 아가씨의 자그맣고 하얀 뺨에 너무 따뜻하게 가 닿기라도 할 것 같으면 기침을 하고 얼굴을 붉히며 말이야. 내가 보기에 그 하녀는 엄청난 새침데기야. 마침 하녀는 성홍열에 걸리지. 거의 죽을 지경이 되고 말이야. 불쌍한 년 같으니. 이제 내 숙녀께는 가정부 말고는 샤프롱을 해줄 사람이 아무도 없지만, 가정부는 너무 바빠서 수업에 같이 앉아 있을 수가 없어. 그래서 수업은 끝나게 되었고, 물감은 팔레트에 말라붙어 버렸어. 이제 나는 그 아가씨를 저녁 식사 때 삼촌 옆에 앉아 있는 모습으로만 볼 수 있어. 그리고 가끔, 그 여자 방문 앞을 지날 때면 한숨 소리가 들리지.」

입스 씨가 말했다. 「그렇게 잘되어 가고 있었는데 시기 한 번 교묘하군.」

「그렇죠.」 젠틀먼이 말했다. 「바로 그겁니다.」

「불쌍한 아가씨로군요!」 데인티가 말했다. 눈이 눈물로 촉촉했다. 금방이라도 울 것 같았다. 「그리고 참으로 사랑스럽다고 했죠? 몸매랑 얼굴은 어때요?」

젠틀먼은 무관심한 눈으로 데인티를 보았다. 「남자 눈을 아주 꽉 채울 만해.」 어깨를 으쓱하며 젠틀먼이 말했다.

존이 큰 소리로 웃었다. 「그 여자 눈을 내가 채워 주고 싶은걸!」

「난 네 눈을 채워 주고 싶어.」 젠틀먼이 차분하게 말했다. 그리고 눈을 깜빡였다. 「이 주먹으로 말이야.」

뺨이 붉으락푸르락해지며 존이 벌떡 일어섰다. 「어디 한번 해보지 그러셔!」

입스 씨가 손을 들어 올렸다. 「어이! 어이! 그만해! 아이와 숙녀들 앞에서 그러는 건 용납 못 해! 존, 앉아서 닥치고 있어. 젠틀먼, 자네는 이야기를 해주겠다고 약속했네. 지금까지 한 이야기는 파이 껍질에 불과했어. 고기는 어디 있나, 친구? 고기는 어디 있느냐고? 그리고 무엇보다, 왜 수가 그걸 요리하는 것을 도와야 하나?」

존은 걸상 다리를 발로 찬 뒤 자리에 앉았다. 젠틀먼은 담뱃갑을 꺼내 들고 있었다. 우리는 젠틀먼이 성냥을 찾아 불을 붙일 때까지 기다렸다. 젠틀먼 눈에 비치는 유황 불꽃을 지켜보았다. 이윽고, 젠틀먼이 식탁에 다시 몸을 기대더니 그 위에 놓았던 카드 석 장을 매만지며 귀퉁이를 곧게 폈다.

「고기를 원하시는군요.」 젠틀먼이 말했다. 「좋습니다, 여기 있습니다.」 젠틀먼은 하트 퀸을 톡톡 쳤다. 「저는 그 여자와 결혼해서 재산을 가질 겁니다. 가로챌 생각이죠.」 젠틀먼은 하트 퀸을 한쪽으로 밀어 냈다. 「삼촌의 코앞에서 말이죠. 들으신 대로, 저는 이미 꽤 진도를 나간 상태입니다. 하지만 그 여자는 좀 이상한 축에 드는 데다가 혼자선 자신을 못 돌보는 사람입니다. 그렇다고 똑똑하고 엄한 여자를 새 하녀로 들인다면, 어이구, 전 끝장입니다. 저는 그 노인네 앨범에 쓸 제본 용품을 구한다는 핑계로 런던에 왔습니다. 제가 그곳에 돌아가기 전에 수를 먼저 거기로 보내고 싶습니다. 수가 그곳에서 하녀로 일하면서 제가 그 여인에게 구혼하는 것을 도와줬으면 합니다.」

젠틀먼이 나와 눈길을 마주쳤다. 새하얀 손으로 여전히 나른하게 카드를 가지고 놀고 있었다. 그러다 목소리를 낮춰 말했다.

「그리고 그것 말고도 또 있습니다.」 젠틀먼이 입을 열었다. 「수의 도움이 필요한 부분이 말입니다. 일단 그 여자와 결혼하고 나면, 더는 제 곁에 그 여자를 두고 싶지 않습니다. 그 여자를 떼어 내 줄 사람을 압니다. 그 사람에겐 그 여자를 가둬 둘 수 있는 집이 있죠. 정신 병원입니다. 그 사람은 여자를 가까이 두고 감시할 겁니다. 아주 가까이 둘 것이기 때문에, 어쩌면……」

젠틀먼은 말을 마치는 대신 카드 그림을 아래로 뒤집은 뒤 뒷면을 계속 손가락으로 눌렀다. 「저는 그 여자와 결혼만 하면 됩니다.」 젠틀먼이 말했다. 「그리고 조니가 말한 것처럼, 그 여자와 한 코 떠야겠죠. 한 번만요. 돈을 위해서요. 그런 뒤 생각지도 못한 때에 그 여자를 정신 병원으로 데려갈 겁니다. 안 될 게 뭐 있습니까. 그 여자는 이미 반 백치라고 제가 말씀드리지 않았습니까? 하지만 전 확실하게 일을 처리하고 싶습니다. 그 여자를 계속 멍청한 상태로 두기 위해, 그리고 그 여자를 잘 구슬려 음모에 빠지게 하기 위해 수가 필요합니다.」

젠틀먼은 다시금 담배를 빨아들였고, 사람들은 좀 전에 그랬듯이 모두 내게로 시선을 돌렸다. 모두가 그랬다. 석스비 부인을 제외하고 말이다. 부인은 아무 말 없이 젠틀먼이 하는 말을 듣고만 있었다. 부인은 젠틀먼이 이야기를 하는 동안 잔에서 잔 받침으로 차를 조금 따른 뒤 그 물을 잔 받침에서 돌리다가 마침내 입으로 가져갔다. 부인은 뜨거운 차를 마시지 못했다. 부인은 뜨거운 차가 입술을 딱딱하게 만든다고 했다. 그리고 내가 아는 성인 여자 가운데 부인의 입술이 가장 부드러웠다.

이제, 침묵 속에 부인은 잔과 받침을 내려놓고 손수건을 꺼내 입가를 훔쳤다. 젠틀먼을 보았고, 마침내 입을 열었다.

「왜 수인 거죠?」 석스비 부인이 물었다. 「전 잉글랜드에 있는 여자아이 가운데 왜 꼭 수여야 하는 거죠?」

「〈왜냐하면〉 수는 당신 아이니까요, 석스비 부인.」 젠틀먼이 답했다. 「저는 수를 믿으니까요. 수는 좋은 아이니까요. 다시 말해, 법을 그렇게 조목조목 잘 지키지는 않는 나쁜 아이라서 제게는 좋은 아이인 거죠.」

석스비 부인은 고개를 끄덕였다. 그리고 다음 질문을 했다. 「그러면 얼마나 생각하고 있는 거죠?」

다시금 젠틀먼은 나를 보았다. 하지만 여전히 대답은 부인에게 했다.

「2천 파운드를 받게 될 겁니다.」 구레나룻을 매만지며 젠틀먼이 말했다. 「그리고 그 여자가 가지고 있던 잡동사니나 드레스, 보석 따위를 가질 수 있습니다.」

그렇게 거래는 성립되었다.

우리는 다 거래를 마무리 지었다고 생각했다. 「어때?」 마침내 젠틀먼이 내게 말했다. 그리고 내가 아무 말도 하지 않자 젠틀먼이 말했다. 「이렇게 갑작스레 이야기를 꺼내 미안해. 하지만 너도 상황을 알다시피 내가 조치를 취할 시간이 별로 없어. 나는 빨리 하녀로 일할 애를 구해야 해. 그게 너였으면 좋겠어, 수. 다른 누구보다도 네가 그 일을 했으면 좋겠어. 하지만 네가 할 수 없다면 빨리 말해 주지 않으련? 다른 사람을 찾아야 하니까 말이야.」

「데인티가 할 수 있을 거야.」 그 말을 듣고 존이 말했다. 「데인티는 하녀로 일한 적도 있어. 그렇지, 데인티? 페컴에 있는 저택에서 숙녀를 모시고 있었다고.」

「내가 기억하기에는 데인티가 모자 핀으로 그 숙녀의 팔을 찌르는 바람에 잘렸을걸.」 차를 마시며 입스 씨가 말했다.

「나쁜 년이었다고요.」 데인티가 말했다. 「그리고 사람 성질을 돋웠고요. 지금 말하는 여자는 그년이랑은 달라 보여요. 들어 보니 그 여자는 정말로 멍청이에요. 멍청이 하녀 노릇은 잘할 수 있어요.」

「요청을 받은 건 수야.」 석스비 부인이 조용히 말했다. 「그리고 수는 아직 대답을 안 했고.」

그 말에 다시금 모두가 나를 보았다. 그리고 그 눈길에 마음이 불안해졌다. 나는 고개를 돌렸다. 「모르겠어요.」 내가 말했다. 「제가 볼 때는 위험한 계획 같아요. 저한테 숙녀를 모시는 하녀 역을 맡기겠다고요? 뭘 어떻게 하는지 제가 어떻게 알겠어요?」

「우리가 가르칠 수 있어.」 젠틀먼이 말했다. 「데인티가 가르칠 수 있어. 데인티가 그쪽 일을 아니까 말이야. 어려워 봤자 얼마나 어렵겠어? 그냥 앉아서 바보같이 웃어 주면서 방향염이나 들고 있으면 된다고.」

내가 말했다. 「그 숙녀가 절 하녀로 원하지 않으면 어떻게 하죠? 왜 꼭 절 하녀로 쓰고 싶어 하겠어요?」

하지만 젠틀먼은 이미 생각해 둔 바가 있었다. 젠틀먼은 모든 걸 생각하고 있었다. 나를 자기 옛날 유모의 동생 딸이라 소개하리라고 말했다. 생활고에 빠진 도시 처녀로 말이다. 그러면 자기 얼굴을 봐서라도 나를 하녀로 쓰리라고 했다.

젠틀먼이 말했다. 「우리가 추천장을 써줄 거야. 범 스트리트에 사는 패니 부인 따위 서명으로 해서 말이야. 그 여자는 그게 진짜인지 아닌지 모를 거야. 상류 사회는 구경도 못해 봤고 런던과 예루살렘도 구별 못한다고. 그게 진짜인지 누구에게 물어보겠어?」

「모르겠어요.」 내가 다시 말했다. 「만약 그 여자가 당신에게 별 관심이 없다면요? 당신이 바라는 것과 달리 말이에요.」

겸손한 표정을 지으며 젠틀먼이 말했다. 「뭐, 이젠 젊은 여인이 날 좋아하면 나도 그쯤은 알지 않을까 생각하는데.」

그때 석스비 부인이 말했다. 「이를테면 당신을 충분히 좋아하지 않으면요? 뱀버 양이나 핀츠 양처럼 이번 아가씨도 그런 경우라면요?」

뱀버 양과 핀츠 양은 젠틀먼이 거의 낚을 뻔한 상속녀였다.

그러나 젠틀먼은 그 이름을 듣고 코웃음을 쳤다. 「안 그럴 겁니다.」 젠틀먼이 말했다. 「그런 여자가 아닙니다. 제가 압니다. 그 여자들에게는 아버지가 있었죠. 모든 일을 변호사와 결정하는 야심 찬 아버지가요. 이 여자의 삼촌은 책밖에 모르는 사람입니다. 나를 충분히 좋아하지 않을 수도 있다라……. 글쎄요. 제가 할 수 있는 말은 이것뿐입니다. 좋아하게 될 겁니다.」

「삼촌 집에서 같이 야반도주를 할 정도로 말인가요?」

「끔찍한 집입니다.」 젠틀먼이 대답했다. 「그 여자 또래에게는 말입니다.」

「하지만 바로 그 나이가 자네 작업에 걸림돌이 될 거야.」 입스 씨가 말했다. 물론 당신도 젠틀먼이 하려는 일에 대해 알고 있는 법 지식이 조금씩은 있을 것이다. 「그 여자가 스물한 살이 될 때까지는 삼촌의 동의가 있어야 할 거야. 여자를 데리고 신속하고 조용히 도망치는 거야 자네 맘이지만, 아마 그 삼촌이라는 자가 도로 데려갈 걸세. 자네가 남편이라는 건 조금도 개의치 않고 말이야.」

「하지만 그 여자는 제 부인이 되어 있을 겁니다. 무슨 말인지 아시겠죠.」 젠틀먼이 은밀한 목소리로 말했다.

데인티는 멍한 표정을 지었다. 존이 데인티 얼굴을 보았다. 「한 코 뜨는 거 말이야.」 존이 말했다.

「그 여자는 몸과 명예를 망치겠군요.」 석스비 부인이 말했다. 「그러면 다른 신사들은 그 여자를 원하지 않을 거고요.」

데인티의 입이 그 어느 때보다도 커다랗게 벌어졌다.

「맘 쓰지 마라.」 손을 들어 올리며 입스 씨가 말했다. 이윽고 입스 씨는 젠틀먼에게 말했다. 「교활한 짓이군. 무척이나 교활한 짓이야.」

「그렇지 않다고 말하지는 않겠습니다. 하지만 기회는 있을 때 잡아야죠. 밀져야 본전 아닙니까? 설사 아무것도 얻지 못한다 할지라도 수에게 휴가는 될 겁니다.」

존이 소리 내 웃었다. 「휴가라.」 존이 말했다. 「맞아. 빌어먹게 긴 휴가겠지. 만약 네가 잡히면 말이야.」

나는 입술을 깨물었다. 존 말이 맞았다. 하지만 내게 위험은 그리 문제가 아니었다. 도둑이 되어 위험을 걱정하다가는 도둑이 되기는커녕 미쳐 버리고 말 터였다. 내가 확신할 수 없는 것은 내가 이런 종류의 휴가를 원하는가 하는 점이었다. 버러를 떠나 있는 것을 원하는지 알 수 없었다. 한번은 석스비 부인과 함께 브롬리에 있는 부인 사촌을 만나러 간 적이 있었다. 나는 후두염에 걸려 집에 돌아왔다. 시골은 조용하고 괴상하며 그곳 사람들은 얼간이 아니면 집시라는 기억이 남아 있었다.

내가 어떻게 얼간이 여자와 같이 살 수 있겠는가? 데인티와는 다를 터였다. 데인티는 그냥 약간만 돌았고 가끔만 난폭해질 뿐이었다. 그 여자는 정말로 미쳤을지도 몰랐다. 날 목 졸라 죽이려 할지도 몰랐다. 그리고 그 집에서 사방 몇 마일 안쪽으로는 내 비명을 들을 수 있는 사람이 아무도 없을 터였다. 집시는 도움이 안 될 터였다. 집시들은 남을 돕지 않는다. 설사 누군가 곤경에 빠진다 할지라도 집시는 강 건너 불구경하듯 한다는 것은 모두가 아는 사실이다.

내가 말했다. 「그 여자는 어떤 여자인가요? 당신 말로는 머리가 좀 이상하다면서요.」

「이상한 게 아니야.」 젠틀먼이 말했다. 「그냥 현실에서 좀 동떨어져 있다는 거지. 순진하고 꾸밈이 없어. 세상 물정 모르고 살았지. 그 여자도 고아야. 너처럼 말이야. 하지만 넌 석스비 부인 덕분에 총명하게 컸지만 그 여자에게는 석스비 부인 같은 사람이 없었거든.」

그러자 데인티가 젠틀먼을 보았다. 데인티 어머니는 주정뱅이였고 강물에 몸을 던졌다. 아버지는 데인티를 때리곤 했다. 데인티 여동생을 때려죽이기까지 했다. 데인티가 소곤대는 목소리로 말했다.

「그거 사악한 짓 아닌가요, 젠틀먼? 당신이 하려는 일 말이에요.」 그 말을 듣기 전엔 아무도 그런 생각을 하지 못했던 게 분명했다. 하지만 이제 데인티가 그 말을 하자, 주위를 둘러보아도 그 누구도 나와 눈을 마주치려 하지 않았다.

그 말에 젠틀먼이 껄껄거렸다.

「사악해?」 젠틀먼이 말했다. 「오, 마음씨 착한 데인티에게 축복이 있기를. 당연히 사악한 일이지! 하지만 만 5천 파운드라는 거금이 걸려 있는 사악한 일이라고! 만 5천 파운드라니, 정말 아름답지 않아? 한번 흥얼거려 보라고! 그리고 그 돈을 정직하게 벌었을 것으로 생각하는 거야? 꿈도 꾸지 말라고! 돈은 절대 그렇게 못 벌어. 1실링당 가난한 사람 스무 명씩 등골을 빼먹으며 벌은 거라고. 로빈 후드라는 사람을 들어 보기는 했겠지?」

「당연하죠!」 데인티가 말했다.

「그거야, 수와 나는 로빈 후드같이 행동할 거야. 부자에게서 황금을 빼앗아 원래 주인들에게 돌려주는 거지.」

존이 입을 비쭉거렸다. 「이런 사기꾼 같으니.」 존이 말했다. 「로빈 후드는 영웅이자 정의로운 사람이었어. 사람들에게 돈을 돌려줘? 네가 어떤 사람인데? 넌 숙녀를 갈취하려는 거고. 네 어머니한테나 그렇게 해.」

「내 어머니?」 얼굴을 붉히며 젠틀먼이 대답했다. 「이 일과 어머니가 무슨 상관이 있는데? 우리 어머니 같은 건 목 매달아 버려!」 그리고 젠틀먼은 석스비 부인을 보았다가 다시 내게 고개를 돌렸다. 「이런, 수.」 젠틀먼이 말했다. 「미안해.」

「괜찮아요.」 내가 재빠르게 말했다. 그리고 식탁을 물끄러미 보았다. 모두 다시 조용해졌다. 아마 모두 생각에 빠진 모양이었다. 교수형이 있는 날처럼 〈저 아이 참 용감한데?〉라고 생각하는지도 몰랐다. 그랬으면 좋겠다는 생각이 들었다. 그리고 다시 생각해 보니, 그러지 않았으면 좋겠다는 생각이 들었다. 왜냐면, 말했듯이, 나는 전혀 용감하지도 않으면서, 지난 17년 동안 내가 용감하다고 사람들이 생각하게 내버려 두었기 때문이었다. 하지만 이제 여기 젠틀먼은 용감한 소녀를 찾아, 자기 말에 따르면 춥고 미끄러운 길을 40마일이나 헤치고 나를 보러 온 것이다.

나는 눈을 들어 젠틀먼의 눈을 보았다.

「2천 파운드야, 수.」 젠틀먼이 조용히 말했다.

「아주 반짝이겠군, 멋져.」 입스 씨가 말했다.

「드레스랑 보석도!」 데인티가 말했다. 「오, 수! 그걸 걸치면 정말 멋져 보일 거야!」

「숙녀처럼 보이겠구나.」 석스비 부인이 말했다. 그리고 나는 부인의 말을 듣고, 시선을 느꼈고, 부인이 나를 바라보며 이전에도 수없이 그랬던 것처럼 내 얼굴에서 우리 어머니 얼굴을 보고 있는 것을 알 수 있었다. 〈넌 여전히 한몫 잡아야 한단다.〉 부인이 이렇게 말하는 것이 들리는 것만 같았다. 〈넌 여전히 한몫 잡아야 한단다. 그리고 우리 것도 말이다. 수, 네가 한몫 잡을 때 말이다…….〉

그리고 어쨌든, 부인이 옳았다. 마침내 내가 한몫 잡을 기회가 하늘에서 뚝 하고 떨어진 것이다. 내가 뭐라고 할 수 있겠는가? 나는 다시 젠틀먼을 보았다. 가슴속에서 심장이 방망이질하듯 뛰었다. 내가 말했다.

「좋아요. 하겠어요. 하지만 2천이 아니라 3천 파운드예요. 그리고 만약 그 숙녀가 날 맘에 들어 하지 않아 집으로 돌려보내더라도, 어찌되었든 백 파운드를 주세요. 고생한 대가로요.」

젠틀먼은 생각에 잠기며 망설였다. 당연히, 쇼였다. 잠시 뒤, 젠틀먼은 싱긋 웃으며 내게 손을 내밀었고, 나 역시 손을 내밀었다. 젠틀먼은 내 손가락을 잡은 손에 힘을 주며 껄껄거렸다.

존이 얼굴을 찡그렸다. 「일주일 안에 수가 틀림없이 울며 돌아온다는 데 걸겠어.」 존이 말했다.

「벨벳 드레스를 입고 돌아올 거야.」 내가 대답했다. 「여기까지 올라오는 장갑을 끼고 베일이 달린 모자를 쓰고 은화가 가득 찬 가방을 들고 말이야. 그러면 넌 날 아가씨라고 불러야 할걸. 그렇죠, 석스비 부인?」

존은 침을 뱉었다. 「그렇게 하느니 차라리 내 혀를 뽑고 말겠다!」

「내가 직접 뽑아 주지!」 내가 말했다.

어린애 같은 말이었다. 나는 어린애였다! 아마 석스비 부인도 내가 어리다고 생각했으리라. 아무 말 없이 자리에 앉아 손으로는 부드러운 입술을 만지며 가만히 나를 바라보고만 있었기 때문이다. 부인은 웃고 있었지만 얼굴에는 고뇌가 서려 있는 듯했다. 나는 하마터면 부인이 두려워하고 있다고 말할 뻔했다.

아마 부인은 두려워하고 있는지도 몰랐다.

아니, 이제야 내게 그런 생각이 드는 건지도 모른다. 그다음 어떤 무섭고 음침한 일이 일어날지 알게 된 지금에야 말이다.

2

나중에 알게 되었지만, 책에 미친 노인은 크리스토퍼 릴리라
고 했다. 질녀의 이름은 모드였다. 이들은 런던 서편, 메이든헤
드웨이를 지나 말로라는 마을 근처에 있는 브라이어라는 집에
살았다. 젠틀먼의 계획은 나를 이틀 거리의 그곳에 기차로 혼자
보낸다는 것이었다. 젠틀먼이 말하길, 자신은 최소한 한 주는
런던에 머물며 노인의 책 제본에 관한 일을 해야 한다고 했다.

나는 혼자서 여행해 그 집까지 간다는 계획이 별로 마음에 들
지 않았다. 이제까지 서쪽으로 가장 멀리 가본 건 크레몬 가든
스 정도가 고작이었다. 그곳도 입스 씨의 조카들과 토요일 밤
에 춤 구경하러 가끔 가보았을 따름이었다. 그곳에서 춤추는
프랑스 소녀가 줄에 올라 강을 건너며 거의 떨어질 듯한 장면
을 봤다. 참으로 〈볼만〉했다. 사람들 말로는, 그 여자아이가 스
타킹을 신고 있다고 했다. 하지만 내 눈엔 맨다리처럼 보였다.
그러나 아이가 밧줄 위를 걸을 때 나는 배터시 다리에 서서 해
머스미스 너머 펼쳐진 전원 풍경을 바라보던 기억이 난다. 오로
지 나무와 언덕뿐이었고 굴뚝 하나도, 교회의 뾰족탑 하나도
보이지 않았다. 오! 정말 섬뜩하기 그지없었다. 만약 내가 언젠
가는 버러를 떠날 것이라고, 모든 친구와 석스비 부인과 입스

씨를 뒤로하고 전적으로 홀로 길을 떠나 저 컴컴한 언덕 저편에 있는 집으로 하녀가 되러 가리라고 누군가가 내게 말해 주었다면, 나는 분명 그 사람 면전에서 비웃었으리라.

하지만 젠틀먼은 릴리 양이 혹시라도 다른 아이를 먼저 하녀로 구해 우리 계획을 망칠 수도 있으니 내가 한시바삐 출발해야 한다고 했다. 젠틀먼은 랜트 스트리트에 온 바로 다음 날 자리에 앉아 릴리 양에게 편지를 썼다. 이렇게 외람되게 편지 드리는 것을 용서해 주시길 바란다고, 하지만 어릴 때 자기에게 엄마나 다름없던 유모에게 방문차 왔다가 유모가 죽은 여동생의 딸 때문에 슬퍼 넋이 나갈 지경인 걸 보게 되었노라고 젠틀먼은 써 내려갔다. 물론, 죽은 여동생의 딸이란 나를 가리키는 것이었다. 이야기인즉, 내가 시중들던 숙녀가 곧 결혼하여 인도로 떠나게 되어 나는 일자리를 잃고 말았다는 것이었다. 그래서 나는 모실 만한 다른 숙녀를 찾고 있지만 이러한 와중에 자꾸만 나쁜 길로 새려는 유혹을 곳곳에서 받고 있으며, 따라서 마음씨 고운 숙녀 한 분이 도시의 악으로부터 나를 멀리 데려갈 기회를 혹시라도 주신다면 얼마나 좋을지 기타 등등의 말을 젠틀먼은 늘어놓고 있었다.

내가 말했다. 「만약 이런 허풍을 믿는다면요, 젠틀먼, 그 여자는 당신이 말한 것보다 훨씬 더 멍청한 게 분명해요.」

그러나 젠틀먼은 스트랜드와 피커딜리에선 이런 이야기로 일주일에 닷새는 무척 후한 저녁을 얻어먹는 소녀가 백 명은 족히 된다고 답했다. 그리고 만일 런던의 매정한 신사들이 이런 이야기에 은화를 던져 준다면, 늘 혼자이고, 아무것도 모르고, 우울하고, 더 잘 말해 줄 사람 하나 없는 모드 릴리 양은 훨씬 더 친절하지 않겠느냐는 것이었다.

「두고 보라고.」 젠틀먼이 말했다. 그러고는 편지를 봉하고 주소를 적은 뒤 동네 아이를 시켜 우체국으로 달려가 부치게 했다.

그리고 젠틀먼은 자기 계획이 성공하리라는 확신에 가득 차, 나를 숙녀의 적절한 하녀로 키워 내기 위해 당장이라도 교육을 시작해야 한다고 말했다.

첫 단계로, 석스비 부인과 젠틀먼은 내 머리를 감겼다. 그때까지 내 머리는 버러의 소녀들이 많이 하는 식으로, 빗으로 머리털을 뒤통수와 머리 양옆으로 세 갈래로 나눈 뒤 크게 몇 번 곱슬곱슬하게 만 모양이었다. 먼저 설탕물로 머리털을 적신 뒤 아주 뜨거운 인두로 머리털을 말면 머리모양이 굉장히 단단해진다. 일주일이나 그 이상까지도 머리가 흐트러지지 않게 되는 것이다. 하지만 젠틀먼은, 시골 숙녀에게는 너무 유행에 빠른 머리 모양이라며, 머리털이 완전히 부드러워질 때까지 다시 머리를 감게 하고는 한 번만 머리털을 나눈 뒤 평범하게 땋아 핀으로 뒤통수에 고정시켰다. 젠틀먼은 데인티에게도 머리를 감게 했다. 그리고 내가 머리를 빗고 또 빗고 핀을 꽂고 또 꽂아 마침내 자기 마음에 차자, 마치 데인티가 그 숙녀, 즉 릴리 양이기라도 한 것처럼 데인티의 머리를 숙녀에 어울리는 차림으로 내가 빗기고 고정하게 했다. 젠틀먼은 여자아이처럼 야단법석을 떨었다. 단장을 마치고 나니, 데인티와 나는 어찌나 평범하고 두루뭉술해 보이던지, 수녀원에 들어가려고 노력하고 있는 것만 같았다. 존은 우리 사진을 목장에 가져다 놓으면 우유를 응고시키는 새로운 방법처럼 보이리라고 말했다.

데인티는 그 말을 듣자 머리에서 핀들을 뽑아 내 벽난로에 던져 버렸다. 아직 핀에 붙어 있던 머리털 때문에 쉭 소리를 내며 불길이 솟아올랐다.

「네 여자에게 그런 식으로밖에 못하겠니?」입스 씨가 존에게 말했다. 「울리는 게 고작이야?」

존이 껄껄거렸다. 「나는 데인티가 우는 게 좋아요.」 존이 말했다. 「그래야 땀을 덜 흘리죠.」

정말 나쁜 자식이었다.

하지만 존은 자기도 모르게 젠틀먼의 계획에 완전히 몰입해 있었다. 우리 모두가 그랬다. 내가 알기엔 처음으로, 입스 씨는 가게 블라인드를 내리고 화로가 식도록 내버려 두었다. 사람들이 열쇠를 깎아 달라고 와서 문을 두드려도 받아 주지 않았다. 도둑 두세 명이 장물을 가져왔지만 입스 씨는 고개를 저었다.

「안 돼, 친구. 오늘은 안 돼. 처리할 일이 좀 있거든.」

이른 아침, 입스 씨는 필만 들어오게 했다. 필을 앉히고는 전날 밤 젠틀먼이 써둔 목록을 쭉 읽게 했다. 그러고 난 뒤, 필은 모자를 눈 위로 깊숙이 내려쓰고는 떠났다. 두 시간 뒤, 필은 가방과 캔버스천 트렁크를 들고 돌아왔다. 강가에서 장물 가게를 운영하는 지인에게서 구해 온 물건이었다.

트렁크는 내가 시골로 떠날 때 가져갈 것이었다. 가방 안에는 그럭저럭 내게 맞을 만한 갈색 드레스와 망토, 신, 검은 비단 스타킹이 있었고 그 무엇보다도, 눈부시게 새하얀 숙녀용 속옷이 잔뜩 있었다.

입스 씨는 그저 가방 입구의 끈을 풀고 안을 잠깐 들여다보더니 리넨 속옷이 있는 것을 보고는 부엌 저 멀리 가 앉았다. 거기서 입스 씨는 종종 즐겨 분해하고 분을 뿌린 뒤 다시 조립하는 브라마 자물쇠를 집어 들었다. 입스 씨는 존을 곁에 데리고 가 나사를 들고 있게 했다. 하지만 젠틀먼은 숙녀용품을 하나씩 꺼내 식탁 위에 펼쳐 놓았다. 그리고 식탁 옆으로 부엌 의자를 하나 끌어 왔다.

「좋아, 수.」 젠틀먼이 말했다. 「이 의자가 릴리 양이라고 가정하자. 릴리 양에게 어떻게 옷을 입힐래? 스타킹과 속바지부터 시작해 보자.」

「속바지요?」 내가 말했다. 「설마 그 여자가 다 벗었다는 말은 아니겠죠?」

데인티가 손으로 입을 가리고는 킥킥거렸다. 데인티는 새로이 만 머리를 하고선 석스비 부인의 발치에 앉아 있었다.

「다 벗었느냐고?」 젠틀먼이 말했다. 「물론, 당연하지. 어떻게 안 그래? 릴리 양은 옷이 더러워지면 모두 다 벗어야만 해. 목욕하려면 다 벗어야 한다고. 벗을 때 옷을 받아 주는 게 네 일이야. 그리고 새 옷을 건네주는 것도 네 일이고.」

미처 생각지 못한 일이었다. 발가벗은 낯선 여자아이 옆에 서서 속바지를 건네주어야 하면 어떤 기분이 들까. 언젠가 여자아이가 발가벗은 채 비명을 지르며 랜트 스트리트를 달려가고 경찰과 간호사가 그 뒤를 쫓아가는 모습을 본 적이 있었다. 릴리 양이 그렇게 공포에 사로잡히면 나는 릴리 양을 붙들어야 하나? 내가 얼굴 붉히는 것을 젠틀먼이 보았다. 「걱정하지 마.」 젠틀먼이 거의 웃다시피 하며 말했다. 「고상한 척하자는 건 아니겠지?」

나는 아니란 걸 보이려고 고개를 흔들었다. 젠틀먼은 고개를 끄덕이더니 스타킹을 집어 들었고 그다음엔 속바지를 집었다. 그리고 부엌 의자의 좌석 위에 대롱대롱 늘어뜨렸다.

「다음은 뭐지?」 젠틀먼이 내게 물었다.

나는 어깨를 으쓱했다. 「시미일 거 같네요.」

「슈미즈야, 그렇게 불러야 해.」 젠틀먼이 말했다. 「그리고 잊지 말고 데워 놨다가 건네줘야 해.」

젠틀먼은 시미를 집어 들어선 부엌 불 가까이 가져갔다. 그리고는 마치 의자가 진짜 그걸 입고 있기라도 한 듯이 속바지 위쪽, 등받이에 조심스레 걸쳐 놓았다.

「자, 이제 코르셋 차례야.」 젠틀먼이 다시 말했다. 「릴리 양은 네가 가능한 한 꽉 조여 주길 바랄 거다. 자, 한번 해봐.」

젠틀먼이 시미 근처에 레이스가 뒤에 달린 코르셋을 놓았다. 그리고 몸을 굽혀 자기가 코르셋을 의자 위로 단단히 잡고 있는 동안 내게 레이스를 당겨 리본 모양으로 매듭을 짓게 했다. 그러다 보니 마치 채찍질이라도 당한 양 손바닥 위로 빨갛고 하얗게 줄이 갔다.

「왜 릴리 양은 평범한 다른 애들처럼 앞에서 당길 수 있는 그런 코르셋을 쓰지 않는 거죠?」 구경하던 데인티가 물었다.

「왜냐하면 말이지.」 젠틀먼이 말했다. 「그러면 하녀가 필요 없어지거든. 그리고 하녀가 필요하지 않게 되면, 릴리 양은 자신이 숙녀인지 아닌지 알 수가 없거든. 알겠어?」 젠틀먼이 눈을 찡긋했다.

코르셋 다음엔 캐미솔 차례였고, 그다음엔 가슴받이였다. 그러고는 버팀살 아홉 개짜리 크리놀린을, 그다음엔 더 많은 페티코트를 입혀야 했다. 이번엔 비단으로 만든 것이었다. 그러고 나서 젠틀먼은 데인티를 시켜 위층에 달려가 석스비 부인의 향수병을 가져오게 했고, 내게 시미의 리본들 사이로 보이는 의자 등받이의 쪼개진 나무에 향수를 뿌리게 했다. 젠틀먼 말로는 그게 릴리 양의 목 부분이라 했다.

그리고 그러는 내내 나는 이런 말들을 계속해야만 했다.

「팔 좀 올려 주시겠어요, 아가씨, 이 프릴들을 펼 수 있게요.」

「어떤 게 좋으시겠어요, 아가씨, 주름 깃 달린 거요, 아니면 층층 주름이 달린 거요?」

「이제 해도 될까요, 아가씨?」

「꽉 조이는 게 좋으세요?」

「더 조여 드릴까요?」

「오, 혹시 제가 꼬집게 되더라도 제발 용서하세요.」

마침내 이 모든 야단법석을 마치고 나니, 몸이 돼지처럼 뜨거워졌다. 릴리 양은 단단히 조인 코르셋과 마루에 쫙 펼쳐진 페티코트들을 입고선 장미처럼 상큼한 향을 내뿜으며 우리 앞에 앉아 있었다. 하지만 어깨와 목 부분은, 당연한 말이지만, 다소 부족한 감이 있었다.

존이 말했다. 「말이 별로 없는 분이네, 안 그래?」 입스 씨가 브라마 자물쇠에 분을 뿌리는 동안 존은 내내 우리에게 곁눈질을 해오고 있었다.

「숙녀시니까.」 젠틀먼이 턱수염을 쓰다듬으며 말했다. 「그리고 천성적으로 수줍은 성격이야. 하지만 수와 선생님인 나랑은 무척 친해지게 될 거야. 그렇지?」

젠틀먼은 의자 옆에 쪼그리고 앉아 부풀어 오른 치마를 손가락으로 어루만졌다. 이윽고 젠틀먼은 치마 안으로 손을 집어넣더니 비단이 겹겹이 둘러싼 곳까지 깊숙이 집어넣었다. 어찌나 손놀림이 능숙하던지, 어떻게 하는지 아주 잘 아는 것처럼 보였다. 손이 깊이 올라갈수록 젠틀먼의 뺨이 분홍색으로 변하고, 비단이 바스락거리고, 크리놀린이 덜컥거리며, 의자가 부엌 마루를 치고, 다리 연결 부분이 희미한 신음을 냈다. 그러더니 의자가 조용해졌다.

「그거야, 사랑스럽고 귀여운 계집.」 젠틀먼이 부드럽게 말했다. 젠틀먼은 손을 빼더니 스타킹을 들어 올렸다. 젠틀먼은 그것을 내게 건네고 하품을 했다.

「자, 이제 잠잘 시간이라고 해보자고.」

존은 여전히 우리를 보며 아무 말 없이 눈만 깜빡이며 다리를 떨고 있었다. 데인티가 눈을 비볐다. 데인티 머리는 반쯤 곱슬곱슬했으며 태피 냄새가 심하게 나고 있었다.

나는 가슴받이 중간에 있는 리본부터 시작해서 코르셋에 있는 레이스를 끌렀다.

「이걸 꺼내야 하는데, 발을 잠시 들어 주시겠어요, 아가씨?」

「숨을 조금만 살살 쉬어 주시겠어요, 아가씨? 그러면 이게 풀릴 거예요.」

젠틀먼은 한 시간, 아니 그 이상 내게 이런 식으로 일하게 했다. 이윽고 젠틀먼은 평평한 다리미를 데웠다.

「여기에 침을 좀 뱉어 봐 줄래, 데인티?」 다리미를 데인티에게 들이밀며 젠틀먼이 말했다. 데인티는 침을 뱉었다. 그리고 침이 지글거리자 젠틀먼은 담배를 꺼내 뜨거운 다리미 바닥에 대고 불을 붙였다. 이윽고, 젠틀먼이 서서 담배를 피우는 사이, 석스비 부인은 내게 숙녀의 리넨을 어떤 식으로 다리고 개켜야 하는지 설명해 주었다. 부인은 옛날, 아기를 맡아 길러 주는 일을 생각해 내기 한참 전에는 한때 세탁소에서 다림질하는 일을 했다. 그리고 단언컨대 그 일을 배우느라 또 한 시간이 흘렀다.

이윽고 젠틀먼은 나를 위층으로 올려 보내더니 필이 구해 온 옷을 입어 보게 했다. 평범한 갈색 드레스로, 내 머리털 색과 다소 비슷했다. 그리고 우리 부엌 벽 역시 갈색이었기에 옷을 입고 내려오자 내 모습은 거의 눈에 띄지 않았다. 차라리 파란색이나 보라색 드레스가 나을 듯했다. 하지만 젠틀먼은 이 옷이 도둑이나 하인에게 안성맞춤이며, 특히나 그 두 가지 목적 모두로 브라이어에 가는 내게는 더할 나위 없이 딱 어울린다고 했다.

우리는 그 말에 웃었다. 나는 통이 좁은 새 치마에 익숙해지기 위해 방을 걸어 보았고, 품이 너무 커서 다시 꿰매야 할 곳은 없는지 데인티에게 보여 주었다. 그동안 젠틀먼은 내게 선 채로 무릎 굽혀 인사하는 법을 연습시켰다. 이건 생각보다 어려웠다. 내가 살아온 식의 삶에 좋은 점이 있다면, 그건 바로 윗사람을 모실 필요가 없다는 점이었다. 나는 이제까지 한 번도 무릎 굽혀 인사해 본 적이 없었다. 하지만 이제 젠틀먼은 내게 무릎 굽혀 몸을 낮췄다 일으키기를 엄청나게 반복시켰고 나중엔 속이 다 울렁거리기 시작했다. 젠틀먼 말로는, 숙녀의 하녀라면 무릎 굽혀 인사하기는 바람이 부는 것처럼 자연스러워야 한다고 했다. 일단 방법을 알고 나면 절대로 잊지 않으리라고 말했다. 그리고 적어도 그 점에는 젠틀먼의 말이 옳았다. 오늘날까지도 제대로 무릎 굽혀 인사할 수 있기 때문이다. 혹은, 가능하다. 그럴 마음만 내킨다면 말이다.

어쨌거나, 인사하는 법을 끝내자 젠틀먼은 내게 이야기를 외우게 했다. 그리고 제대로 외웠는지 보기 위해 자기 앞에 세워 놓고 교리 문답을 외우는 여자아이처럼 이야기를 되풀이하게 시켰다.

젠틀먼이 말했다. 「자, 그럼 네 이름이 뭐지?」

「수전입니다?」 내가 말했다.

「수전입니다가 다야?」

「수전 트린더입니다?」

「수전입니다, 〈나리〉. 잊으면 안 돼. 브라이어에서 난 젠틀먼이 아니야. 그곳에서 난 리처드 리버스 씨야. 넌 날 〈나리〉라고 불러야 해. 릴리 씨에게도 마찬가지고. 그리고 네가 모실 숙녀분이 명령을 내리면 너는 〈아가씨〉나 〈릴리 아가씨〉나 〈모드 아가씨〉라고 말해야 해. 그리고 우리는 모두 널 〈수전〉이라고 부를 거야.」 젠틀먼이 얼굴을 찌푸렸다. 「하지만 수전 트린더는 안 돼. 그 이름을 쓰면 일이 잘못되었을 때 너를 쫓아 랜트 스트리트로 추적해 올 수도 있으니까. 뭔가 더 나은 이름을 찾아보자.」

「밸런타인.」내가 곧바로 말했다. 내가 무슨 말을 할 수 있겠는가? 나는 겨우 열일곱 살이었다. 여린 구석이 있었다. 젠틀먼이 내 말을 듣더니 입술을 말았다.

「멋진 이름이야.」젠틀먼이 말했다. 「만약 네가 무대에 올라갈 생각이라면 말이야.」

「아는 애들 중에도 진짜로 이름이 밸런타인인 애들이 있다고요!」내가 말했다.

「사실이에요.」데인티가 말했다. 「플로이 밸런타인이랑 그 애여동생 둘이오. 맙소사, 하지만 전 그 애들이 싫어요. 정말로 그런 애들 이름을 원하는 건 아니지, 수?」

나는 손가락을 깨물었다. 「아닌 거 같아.」

「당연히 아니지.」젠틀먼이 말했다. 「멋진 이름이 우리를 망칠 수도 있어. 이 일은 생사가 걸린 작업이야. 우리는 네 정체를 숨길 수 있는 이름이, 누구의 주의도 끌지 않을 이름이 필요해. 우리가 필요한 이름은……」젠틀먼은 잠깐 생각에 잠겼다. 「추적할 수 없어야 해. 동시에 우리가 외우기 쉽고 말이야…… 브라운은 어때? 네 드레스와 어울리잖아. 아니면, 그래. 이거 좋겠다. 이걸로 하자. 스미스. 수전 스미스.」젠틀먼이 빙긋 웃었다. 「어쨌든 너도 스미스의 일종이잖아. 이거 말이야.」

젠틀먼은 손을 내리고 손바닥을 뒤집은 뒤, 가운뎃손가락을 구부렸다. 이 표시는, 그리고 젠틀먼이 뜻하는 단어는 핑거스미스였다. 도둑을 뜻하는 버러의 은어였다. 우리는 다시 웃음을 터뜨렸다.

마침내 젠틀먼은 기침을 하고 눈물을 닦았다. 「와, 정말 재밌네.」젠틀먼이 말했다. 「자, 어디까지 했더라? 아, 그래. 다시 말해봐. 네 이름이 뭐지?」

나는 대답을 한 뒤 〈나리〉를 덧붙였다.

「아주 좋아. 네 집은 어디지?」

「제 집은 런던에 있습니다, 나리.」 내가 말했다. 「어머니는 돌아가셨고 나이 든 이모와 살고 있습니다. 나리가 어릴 때 유모였던 사람입니다, 나리.」

젠틀먼은 고개를 끄덕였다. 「상세한 부분까지 아주 잘했어. 하지만 표현은 그렇게 좋지 못해. 더 잘해 보라고. 석스비 부인이 그것보다는 잘할 수 있게 널 키운 걸 난 알고 있다고. 제비꽃이나 팔러 다니는 애가 아니잖아. 다시 말해 봐.」

나는 얼굴을 찌푸렸다. 그러나 좀 더 조심스레 다시 말했다.

「선생님께서 어리셨을 때 유모로 일하던 분입니다, 나리.」

「낫군. 훨씬 나아. 그러면 여기 오기 전에는 어디에 있었지?」

「친절한 숙녀를 모셨습니다, 나리. 메이페어에서요. 그분께서는 최근에 결혼을 하셨고 인도로 가시는데 거기서는 원주민 여자를 하녀로 쓰실 생각이라 제가 필요 없으십니다.」

「이런. 정말 딱하구나, 수.」

「그렇습니다, 나리.」

「그러면 브라이어에 있게 해주면 릴리 양에게 고마워하겠구나?」

「오, 나리! 죽도록 고맙죠.」

「또 제비꽃 나온다!」 젠틀먼은 손을 흔들었다. 「맘 쓰지 마. 괜찮을 거야. 하지만 그렇게 내 눈을 뻔뻔하게 쳐다보면 안 돼. 그보다는 내 신발을 보도록 해. 그래. 이제 이걸 말해 봐. 중요한 거야. 새 여주인을 모시는 동안 네가 할 일이 뭐지?」

「아침에 아가씨를 깨워 드려야 합니다.」 내가 말했다. 「그리고 차를 따라 드립니다. 아가씨를 씻겨 드리고 옷을 입혀 드린 뒤 빗질을 해드립니다. 보석을 깔끔하게 손질해 둬야 하고 훔쳐서는 안 됩니다. 아가씨가 산책하고 싶으실 때는 같이 걸어야 하며 앉아 쉬고 싶으실 때는 같이 앉아 있어야 합니다. 더워하실 때를 대비해 부채를, 낮잠을 주무시고 싶어 하실 때 쓰실 수 있도록 담요를, 두통이 있으실 때를 대비해 오 드 콜로뉴를, 메스꺼우실 때를 대비해 방향염을 가지고 다녀야 합니다. 그림 수업 시간에는 샤프롱으로 수업에 같이 있어야 하며 부끄러워하실 때는 얼굴을 보면 안 됩니다.」

「잘했어! 그리고 넌 어떤 성격이지?」

「대낮처럼 정직합니다.」

「그럼 다른 사람 모르게 우리끼리만 알아야 하는 네 목적은 뭐지?」

「아가씨가 선생님을 사랑해서 삼촌을 버리게 하는 겁니다. 아가씨한테서 선생님이 한 재산 잡게 해드리는 겁니다. 그리고 리버스 씨께서는 제 몫을 챙겨 주시고요.」

나는 치마 가장자리를 들어 올리고 배운 대로 부드럽게 무릎을 굽혀 젠틀먼에게 인사했다. 눈은 젠틀먼의 장화 끄트머리에 계속 고정했다.

데인티가 손뼉을 쳤다. 석스비 부인이 두 손을 비비며 말했다.

「3천 파운드야, 수. 오, 하느님! 데인티, 아기 좀 이리 주렴. 뭔가 꽉 껴안을 게 필요하구나.」

젠틀먼은 옆으로 물러서 담배에 불을 붙였다. 「잘하는군.」 젠틀먼이 말했다. 「꽤 잘해. 이제는 사소한 부분만 좀 다듬으면 될 거 같아. 나중에 다시 연습하자고.」

「나중이라고요?」 내가 말했다. 「오, 젠틀먼. 아직도 안 끝난 거예요? 만약 릴리 양이 당신 때문에 절 하녀로 쓰는 거라면 제가 얼마나 쓸 만하든 무슨 상관이겠어요?」

「〈릴리 양〉은 상관없어 할 거야.」 젠틀먼이 대답했다. 「찰리 왝에게 앞치마를 둘러 보낸다 할지라도 릴리 양은 아무 관심이 없을 거야. 하지만 네가 속여야 하는 사람은 그 여자 한 사람이 아니야. 노인도 있어. 삼촌 말이야. 그리고 하인들도 있고 말이야.」

내가 말했다. 「하인들이라고요?」 나는 미처 이 생각을 하지 못했다.

「당연하지.」 젠틀먼이 말했다. 「설마 커다란 집이 혼자서 굴러간다고 생각하는 거야?, 우선 웨이 씨라고 관리인이 있지.」

「웨이 씨!」 존이 콧방귀를 뀌며 말했다. 「사람들이 밀키라고는 안 해?」

「안 해.」 젠틀먼이 말했다. 젠틀먼은 다시 내게로 돌아서며 말했다. 「그렇지만 웨이 씨는 큰 문제가 되지는 않을 거야. 대신 스타일스 부인이 문제지. 가정부야. 부인은 너를 훨씬 더 꼼꼼하게 지켜볼 테니, 조심해야 해. 그리고 웨이 씨의 조수인 찰스가 있고, 부엌일을 하는 여자가 한둘 정도 있는 걸로 알고 있어. 그리고 잔심부름을 하는 하녀가 하나인가 둘 있고. 마부하고 마구간 돌보는 아이들, 정원사들이 있지. 하지만 대부분은 볼일이 잘 없으니, 맘 쓰지 마.」

나는 겁에 질려 젠틀먼을 바라보았다. 내가 말했다. 「그런 사람들이 있다는 말은 한 적 없잖아요. 석스비 부인, 젠틀먼이 그 사람들 얘기를 했나요? 그 집에 백 명도 더 되는 하인이 있고, 그 사람들 앞에서 하녀 연기를 해야 한다고 말했어요?」

석스비 부인은 갓난아기를 반죽처럼 돌려 대고 있었다. 「이제는 솔직해져 봐요, 젠틀먼.」 고개를 들지도 않고 부인이 말했다. 「어제저녁까지만 해도 하인들에 대해서는 꼭꼭 숨겨 놓고 있었잖아요.」

젠틀먼이 어깨를 으쓱했다. 「사소한 거니까요.」 젠틀먼이 말했다.

사소해? 젠틀먼은 늘 이런 식이었다. 이야기를 반만 해주고선 사람들이 모두 다 들은 걸로 믿게 했다.

하지만 이제 와서 마음을 바꾸기에는 너무 늦은 때였다. 다음 날, 젠틀먼은 다시 나를 열심히 연습시켰다. 그리고 그다음 날, 릴리 양에게서 편지가 왔다.

젠틀먼은 시티[5]에 있는 우체국에서 편지를 찾아 왔다. 편지가 집으로 배달되면 이웃들이 무슨 일인지 궁금해할 터였다. 젠틀먼은 편지를 찾아 온 뒤 우리가 지켜보는 가운데 개봉했다. 우리는 조용히 앉아 편지 내용을 들었다. 입스 씨만이 손가락으로 식탁을 가볍게 두드렸고, 그 때문에 나는 입스 씨가 초조해하고 있다는 사실을 알았다. 그리고 나 역시 점차 초조해졌다.

편지는 짧았다. 릴리 양은 말하길, 첫째로 리버스 씨의 편지를 받아서 무척이나 기쁘다고 했다. 그리고 옛 유모에게 이렇게까지 하다니, 참으로 사려 깊고 친절한 행동이시라고 했다. 그리고 다른 신사들도 리버스 씨처럼 친절하고 사려 깊었으면 좋겠다고 적었다.

조수가 떠난 뒤로 릴리 양의 삼촌은 무척 기분이 안 좋으시다고 했다. 집 분위기가 굉장히 달라졌고 조용하고 음울해진 듯하다고 적었다. 아마 바뀐 건 날씨일지도 모르겠다고도 했다. 하녀에 대해서도 썼다. 여기서 젠틀먼은 빛을 더 잘 비추어 보려고 편지를 기울였다. 하녀에 대해서는, 불쌍한 아그네스가 죽을병에 걸린 게 아니었다고 말해 줄 수 있어 얼마나 기쁜지 모르겠다고 적었다…….

우리는 편지 내용을 듣고 숨을 들이켰다. 석스비 부인은 눈을 감았고, 입스 씨는 차가운 화로에 재빨리 시선을 던지며 지난 이틀 동안 잃어버린 수입이 얼마나 되는지 계산했다. 하지만 젠틀먼은 빙그레 웃었다. 계속되는 편지에 따르면, 하녀는 죽을

5 런던 중심가.

병은 아니지만 건강이 너무 안 좋고 기운이 없어 코크로 돌려보냈다고 했다.

「아일랜드인에게 축복이 있기를!」 손수건을 꺼내 머리를 문지르며 입스 씨가 말했다.

젠틀먼은 계속 읽어 나갔다.

「당신이 말씀하신 여자아이를 만나면 아주 기쁠 거랍니다.」 릴리 양이 썼다. 「지금 즉시 그 아이를 제게 보내 주시면 좋겠어요. 이렇게 절 기억해 주시는 분들이 전 얼마나 고마운지 몰라요. 제 평안을 생각해 주는 분들은 그리 많지 않거든요. 만약 그 아이가 착하고 열심이기만 하다면, 전 분명 그 아이를 사랑할 거예요. 그리고 제게는 무척이나 소중한 사람이 될 거랍니다. 리버스 씨, 왜냐하면 그 아이는 바로 당신이 있는 런던에서 올 테니까요.」

젠틀먼은 다시 싱긋 웃더니 편지를 입으로 가져가 앞뒤로 입 맞추었다. 가짜 반지가 등불 빛에 번쩍였다.

물론 모든 것이 영악한 악마가 약속한 대로였다.

그날 저녁은 내가 랜트 스트리트에서 마지막으로 보내는 저녁이자, 젠틀먼이 릴리 양의 재산을 갈취하는 먼 여정으로 향하는 첫 저녁이었다. 입스 씨는 따끈한 고기가 나오는 식사를 준비했고, 벽난로에 쇳덩이를 넣어 뜨겁게 달궜다. 축하주로 플립[6]을 만들기 위해서였다.

그날 저녁 식사는 귀에 음식을 채운 돼지머리였다. 내가 가장 좋아하는 음식으로, 나를 위해 준비한 요리였다. 입스 씨는 고기 써는 칼을 들고 뒷문 계단으로 가 소매를 걷은 뒤 날을 세우려 몸을 굽혔다. 입스 씨는 몸을 숙이며 손으로 문설주를 짚었

---

6 증류주에 설탕, 달걀, 향료를 섞은 술.

고, 나는 머리털이 곤두서는 이상한 기분으로 그 모습을 바라보았다. 문설주에는 내가 어렸을 때 얼마나 자랐는지 보기 위해 크리스마스마다 입스 씨가 나를 세워 놓고 머리 위에 칼로 금을 그은 자국이 들어차 있었던 것이다. 이제 입스 씨는 돌에 대고 날 선 소리가 날 때까지 칼을 앞뒤로 움직였다. 이윽고 칼을 석스비 부인에게 건네자, 부인은 고기를 잘라 접시에 담았다. 우리 집에서는 언제나 부인이 고기를 썰었다. 귀는 각각 입스 씨와 젠틀먼에게 돌아갔고, 코는 존과 데인티에게, 그리고 가장 부드러운 부위인 볼살은 부인과 내 몫이 되었다.

이 모든 것이, 이미 말했듯이, 나를 위해서였다. 하지만 모르겠다. 어쩌면 문설주에 있는 표시를 보았기 때문일 수도 있었다. 어쩌면 내가 집을 떠나고 난 뒤 석스비 부인이 구운 돼지 머리뼈로 만들 수프 생각 때문일 수도 있었다. 어쩌면 돼지머리 그 자체일 수도 있었다. 속눈썹과 코에 난 뻣뻣한 털에 갈색 당밀 방울이 붙어 있는 돼지머리는 얼굴을 찡그린 것처럼 보였다. 그러나 다 같이 식탁에 둘러앉아 있으면서 나는 점차 슬퍼졌다. 존과 데인티는 게걸스럽게 음식을 먹어 치우면서 웃고 다투었고 때때로 젠틀먼이 슬쩍 괴롭히면 발끈하기도 하고 부루퉁해지기도 했다. 입스 씨는 깔끔하게 접시를 비웠고, 석스비 부인도 자기 접시를 깨끗이 비웠다. 나는 돼지고기 조각을 하나 집었지만 전혀 입맛이 당기지 않았다.

나는 반을 데인티에게 주었다. 데인티는 그것을 존에게 주었다. 존은 개처럼 으르렁거리며 달려들었다.

그리고 접시가 깨끗이 비자 입스 씨는 플립을 만들기 위해 달걀과 설탕과 럼을 섞었다. 입스 씨는 잔 일곱 개에 플립을 채우고 화로에서 쇳덩이를 꺼낸 뒤 뜨거운 기운을 죽이기 위해 잠시 허공에 흔든 다음 잔에 넣었다. 플립을 데우는 것은 자두 푸딩에 브랜디를 붓고 불을 붙이는 것과 비슷했다. 다들 만드는 모습 보는 것과 음료가 치직거리는 소리 듣기를 좋아했다. 존이 말했다. 「한 잔 주실래요, 입스 씨?」 저녁 식사를 마친 존의 얼굴은 벌겠고, 페인트처럼, 혹은 장난감 가게 유리창에 붙은 그림의 아이 얼굴처럼 번쩍거렸다.

우리는 앉아서 이야기하고 웃으며, 젠틀먼이 부자가 되고 내가 갓 번은 3천 파운드를 가지고 집에 돌아오면 얼마나 멋질지에 대해 말했다. 나는 여전히 조용히 있었지만, 아무도 눈치 채지 못한 듯했다. 마침내 석스비 부인이 배를 두드리며 말했다.

「갓난아기를 침대에 재우게 한 곡 들려주지 않으실래요, 입스 씨?」

입스 씨는 한 시간을 쉬지 않고 주전자처럼 휘파람을 불 수 있었다. 입스 씨는 잔을 밀어 놓고 코밑수염에 묻은 플립을 닦은 뒤 「선원 재킷」을 불기 시작했다. 석스비 부인은 콧노래로 따라 부르다가 눈시울이 축축해졌고, 마침내 콧노래를 멈췄다. 부인의 남편은 선원이었으며 바다에서 사라졌다. 부인 처지에서 보면 말이다. 부인의 남편은 버뮤다 제도에 살고 있었다.

「멋져요.」 휘파람 연주가 끝나자 부인이 말했다. 「하지만 다음 곡은 제발 좀 명랑한 걸로 해주세요! 안 그러면 질질 짜고 말테니까요. 애들이 춤추는 모습을 좀 보자고요.」

입스 씨가 빠른 곡을 불자, 석스비 부인이 손뼉을 쳤고, 존과 데인티는 일어나 의자를 뒤로 밀었다. 「제 귀걸이 좀 맡아 주시겠어요, 석스비 부인?」 데인티가 말했다. 존과 데인티는 벽난로 선반의 도자기 장식품이 덜그럭거리고 구르는 발에 먼지가 풀풀 피어나도록 폴카를 추었다. 젠틀먼은 일어나 벽에 기댄 채 담배를 피우며 둘이 춤추는 모습을 지켜보았다. 그리고 〈그래!〉, 〈잘한다, 조니!〉 하고 외치며 껄껄댔다. 돈도 걸지 않고서

투견장에서 테리어를 응원하는 그런 폼이었다.

둘은 내게 같이 추자고 했지만, 나는 괜찮다고 했다. 먼지 때문에 재채기가 났고, 쇳조각이 플립을 너무 데워 달걀이 굳어 있었다. 나는 석스비 부인이 입스 씨 누이를 위해 남겨 둔 플립과 약간의 고기를 위층에 가져다주겠다고 자청했다. 「그래 주렴, 고맙구나.」 여전히 박자에 맞춰 손뼉을 치며 부인이 말했다. 나는 접시와 잔과 초를 들고 조용히 위층으로 올라갔다.

겨울밤 부엌을 떠나는 건 늘 천국을 떠나는 기분이었다. 그럼에도, 자고 있는 입스 씨 누이 곁에 음식을 놔두고 아래층에서 춤추는 소리에 깨어난 갓난아기 한두 명을 살펴본 뒤에도, 나는 아래층으로 다시 내려가지 않았다. 층계참을 따라 짧은 복도를 지난 뒤 석스비 부인과 함께 쓰는 방문 앞에 섰다. 그리고 다시 계단을 올라 내가 태어난 자그마한 다락방으로 들어갔다.

그 방은 늘 추웠다. 오늘 밤은 바람이 거셌는데 창문이 헐거웠기에 다른 때보다 더 추웠다. 마루는 드러게트[7] 조각이 깔린 평범한 널빤지 바닥이었다. 세면대에서 튀는 물 때문에 붙여 놓은 파란 유포(油布)를 제외하면 벽은 휑뎅그렁했다. 내가 올라갔을 때 마침 세면대에는 젠틀먼의 조끼와 셔츠, 그리고 옷깃 한두 개가 걸려 있었다. 젠틀먼은 입스 씨와 함께 부엌에서 잘 수도 있었지만 늘 여기서 잤다. 나라면 어느 곳을 고를지 뻔했다. 바닥에는 젠틀먼이 진흙을 털어 내고 광을 낸 목 높은 가죽 장화가 축 처져 있었다. 그 옆에는 가방이 있었고, 하얀 리넨이 삐져나와 있었다. 의자에는 주머니에서 흘러나온 은화와 담뱃갑, 봉랍이 있었다. 은화는 가벼웠다. 봉랍은 태피처럼 부서지기 쉬웠다.

7 거친 털에 황마를 섞은 깔개.

침대는 대충만 정리되어 있었다. 침대 위에는 고리를 뺀 붉은 벨벳 커튼이 덮개를 대신하고 있었다. 불난 집에서 가져온 것으로, 아직까지도 석탄재 냄새가 났다. 나는 커튼을 집어 망토처럼 어깨에 둘렀다. 그리고 촛불을 손으로 비벼 끈 뒤 떨며 창가에 서서 지붕과 굴뚝, 그리고 어머니가 교수형을 당했던 호스몽거 레인 감옥을 바라보았다.

유리창에는 갓 얼은 눈꽃이 피어 있었고, 나는 그 위에 손가락을 얹고 얼음을 녹여 더러운 물로 만들었다. 입스 씨의 휘파람 소리와 데인티의 발 구르는 소리가 여전히 들려왔지만, 내 앞에 펼쳐진 버러의 거리는 어둠에 잠겨 있었다. 거리에는 내가 있는 곳 같은 창가 몇 군데에서만 희미한 빛이 보였고, 사륜마차 불빛이 지나가며 그림자를 던졌다. 그리고 누군가 추위를 헤치고 그림자처럼 빠르고 어둡게 달려왔다가 역시 재빠르게 사라졌다. 나는 저곳에 살고 있을 모든 도둑과, 도둑의 아이들을 생각했다. 그리고 다른 집, 다른 거리, 런던의 더 밝은 부분에서 자신들의 삶을, 낯설고 평범한 삶을 살고 있을 보통 사람들을 생각했다. 나는 커다란 집에 사는 모드 릴리를 생각했다. 그 여자는 나를 몰랐다. 나도 사흘 전까지만 해도 그 여자를 몰랐다. 그 여자는 데인티 워런과 존 브룸이 우리 집 부엌에서 폴카를 추는 동안 내가 이곳에 서서 자신을 망칠 계획을 짜고 있는 것을 몰랐다.

그 여자는 어떻게 생겼을까? 나는 모드라는 이름의 다른 여자아이를 알고 있었다. 그 아이는 입술이 반만 있었다. 싸우다가 입술 반을 잃었다고 주장하곤 했다. 하지만 나는 진실을 알고 있었다. 그 아이는 태어날 때부터 그렇게 태어났고 싸움에 젬병이었다. 그 아이는 결국 싸움이 아니라 상한 고기를 먹고 죽었다. 상한 고기 딱 한 점이었는데 그렇게 죽고 말았다.

하지만 그 아이는 머리털이 아주 검었다. 젠틀먼은 또 다른 모드, 자기의 모드는 금발에 예쁘다고 했다. 그러나 젠틀먼의 모드를 떠올려 보려 하면, 부엌에서 코르셋을 입히던 의자처럼 마르고 갈색에 꼿꼿한 모습만 떠올랐다.

나는 다시 한 번 무릎 굽혀 인사를 해보았다. 벨벳 커튼 때문에 마음먹은 대로 움직여지지가 않았다. 다시 해보았다. 돌연, 공포에 질려 땀이 나기 시작했다.

이윽고, 부엌문이 열리고 계단 오르는 소리가 들리더니 뒤이어 석스비 부인이 나를 부르는 소리가 들렸다. 나는 대답하지 않았다. 부인이 나를 찾아 아래쪽 침실을 확인하는 발소리가 들렸다. 그리고 조용해졌다가 다시 다락방 계단을 오르는 발소리가 났고, 곧 부인이 든 촛불이 보였다. 계단을 오르느라 부인은 가볍게 한숨을 쉬었다. 아주 가벼운 한숨이었다. 부인은 다소 뚱뚱한 편이지만 아주 날래기 때문이었다.

「여기 있는 거니, 수?」 부인이 조용히 말했다. 「이렇게 어두운데 혼자 있는 거니?」

부인은 주위를 둘러보았고, 내가 보았던 은화와 봉랍, 젠틀먼의 장화와 가죽 가방을 보았다. 이윽고 부인은 내게 다가와 따뜻하고 마른 손을 내 뺨에 댔다. 부인이 나를 간질이거나 꼬집기라도 한 것처럼, 그래서 킬킬거리거나 소리라도 지르듯이 나는 참지 못하고 말을 내뱉었다.

「제가 안 가면 어떻게 되는 건가요, 석스비 부인? 제가 못하겠으면요? 용기가 사라져 부인을 실망시키면요? 데인티를 대신 보내면 안 되나요?」

부인은 고개를 저으며 웃음 지었다. 「자, 진정하렴.」 부인이 말했다. 부인은 나를 데리고 침대로 가 같이 앉았고, 내 머리를 자기 무릎에 누인 뒤 내 뺨에서 커튼을 치우고 머리를 쓰다듬었다. 「진정하렴.」

「멀리 가야 하지 않나요?」 부인 얼굴을 쳐다보며 내가 말했다.

「그리 멀지 않단다.」 부인이 대답했다.

「제가 그곳에 가 있는 동안 제 생각을 하실 건가요?」

부인은 내 귓가에 끼어 있던 머리털을 빼내 주었다.

부인이 조용히 말했다. 「단 한순간도 네가 내 아이가 아닌 적이 있었니? 그리고 내가 널 걱정하지 않을 거 같니? 하지만 네 곁에는 젠틀먼이 있을 거란다. 젠틀먼이 그저 그런 보통 악당이었다면 너를 맡기지 않았을 거야.」

적어도 그건 사실이었다. 하지만 여전히 내 가슴은 빠르게 고동쳤다. 나는 다시 모드 릴리를 생각했다. 자기 방에 앉아 한숨을 쉬며, 코르셋 끈을 풀어 주고 벽난로 앞에서 자기 잠옷을 들고 있어 줄 나를 기다리고 있는 모드 릴리를 생각했다. 〈불쌍한아가씨〉라고 데인티는 그렇게 말했다.

나는 입술 안쪽을 깨물었다. 「하지만 제가 해야 하는 건가요, 석스비 부인?」 내가 말했다. 「아주 비열하고 음흉한 속임수 아닌가요?」

부인은 나와 시선을 마주쳤다. 그리고 눈을 들어 창밖 풍경을 향해 고개를 끄덕였다. 부인이 말했다. 「〈네 어머니〉라면 아무 고민 없이 이 일을 했을 거란다. 그리고 네가 이제 해내는 걸 보면 네 어머니가 어떻게 느낄지도 알지. 네가 지금 하는 일에 대해 걱정과 자부심을 동시에 느꼈을 테고, 결국 자부심 쪽이 이겼을 거란다.」

그 말에 나는 생각에 잠겼다. 잠시 우리는 가만히 앉아 아무 말도 하지 않았다. 그리고 나는 그전까지 내가 한 번도 해보지 않았던 질문, 사기꾼과 도둑에 둘러싸여 랜트 스트리트에 살면서 한 번도 들어 보지 못했던 질문을 했다. 내가 속삭이는 목소리로 물었다.

「부인, 목이 매달리면 아플까요?」

내 머리를 쓰다듬던 부인의 손이 멈췄다. 이윽고 부인은 다시 좀 전처럼 내 머리를 쓰다듬기 시작했다. 부인이 말했다.

「목 주위 밧줄 말고는 아무것도 느끼지 못할 것 같구나. 좀 간지럽지 않을까 싶어.」

「간지러워요?」

「따끔따끔하다고 할 수도 있겠구나.」

부인의 손이 여전히 나를 어루만지고 있었다.

「바닥이 열리면요?」 내가 물었다. 「그땐 뭔가 느끼리라고 생각하지 않으세요?」

부인이 다리를 움직였다. 「아마 경련이 있겠지.」 부인이 인정했다. 「바닥이 열리면 말이야.」

나는 호스몽거 레인에서 교수형당하는 사람들을 지켜보던 생각을 했다. 그 사람들은 어김없이 경련을 일으켰다. 그 사람들은 흡사 꼭두각시 원숭이 인형처럼 경련을 일으키며 발버둥 쳤다.

「하지만 죽음은 빠르게 찾아온단다.」 부인이 말했다. 「내 생각에는 그렇게 빠르기 때문에 고통은 금방 사라질 거 같구나. 그리고 여자를 목매달 때는, 너도 매듭을 어떻게 하는지 잘 알고 있겠지, 수. 좀 더 빨리 죽을 수 있게 매듭을 매어 주잖니?」

나는 다시 고개를 들어 부인을 보았다. 부인은 들고 왔던 초를 마루에 세워 놓아, 촛불이 아래에서 부인 얼굴을 비췄고, 때문에 부인 뺨이 부풀어 보이고 눈은 나이 들어 보였다. 나는 몸을 떨었고, 부인은 내 어깨에 손을 얹고 벨벳 위로 세게 문질렀다.

이윽고 부인은 머리를 기울였다. 「입스 씨 누이가 다시 정신이 혼란스러운 모양이다.」 부인이 말했다. 「자기 어머니를 부르

고 있구나. 지난 15년 동안 어머니를 찾았지. 불쌍한 영혼 같으
니. 나는 저런 식으로 살고 싶진 않다, 수. 죽을 땐 무엇보다도
빠르고 깔끔하게 죽고 싶어.」

부인은 그렇게 말하고는 눈을 찡긋했다.

부인의 말은 진심인 것처럼 보였다.

하지만 때때로 부인이 단지 안심시키려고 그렇게 말한 건 아
닐지도 모른다는 생각이 들곤 한다.

하지만 당시에는 그렇게 생각하지 않았다. 단지 일어나 부인
에게 키스하고 부인이 어루만져 주었던 머리털을 다시 정돈했
다. 그때 부엌문에서 쿵 하는 소리가 다시 들렸다. 그리고 이번
에는 계단을 따라 더 무거운 발소리가 들렸고, 데인티 목소리가
뒤따랐다.

「어디 있어, 수? 춤추러 오지 않을 거야? 입스 씨 연주도 죽
이고, 여기 정말로 재미있어.」

데인티가 소리를 치는 바람에 갓난아기들 절반이 깼고, 그 아
기들이 나머지 절반을 깨웠다. 하지만 석스비 부인이 자기가 아
기들을 돌보겠다고 하여, 나는 아래층으로 내려가 이번에는 춤
을 췄다. 젠틀먼이 내 춤 상대였다. 젠틀먼은 나를 데리고 왈츠
스텝을 밟았다. 젠틀먼은 많이 취했고 나를 꼭 껴안고 춤췄다.
존은 다시금 데인티와 춤췄고 반 시간 정도 부엌을 쿵쾅거리며
춤을 췄다. 그리고 춤추는 내내 젠틀먼은 〈잘한다, 조니!〉, 〈자,
기운 내! 기운 내라고!〉라고 외쳐 댔으며, 입스 씨는 휘파람을
잠시 멈추고 소리가 부드럽게 나오라고 입술에 버터를 약간 발
랐다.

다음 날 정오에 나는 집을 떠났다. 모든 짐을 캔버스 천 트렁
크에 꾸려 넣고 평범한 갈색 드레스와 망토를 걸치고 단조로운

머리에는 보닛을 썼다. 지난 사흘 동안 젠틀먼에게 최대한 많은 것을 배웠다. 나는 내 이야기와 새로운 이름인 수전 스미스를 외우고 있었다. 해야 할 일이 딱 하나 남아 있었는데, 내가 부엌에 앉아 마지막 식사(빵과 마른고기였다. 고기는 너무 말라서 잇몸에 달라붙었다)를 하는 동안 젠틀먼이 그 일을 했다. 젠틀먼은 가방에서 종이와 펜과 잉크를 가져와 추천서를 썼다.

젠틀먼은 순식간에 추천서를 완성했다. 당연히, 젠틀먼은 문서 위조에 능했다. 젠틀먼은 잉크를 말리려 종이를 들고는 소리내 읽었다. 추천서에는 이렇게 쓰여 있었다.

〈이 편지를 보는 분께. 메이페어, 웰크 스트리트에 사는 앨리스 던레이븐은 수전 스미스 양을 추천합니다…….〉 나머지는 기억이 나지 않지만 편지는 이런 식으로 쓰여 있었고, 내게는 괜찮게 들렸다. 젠틀먼은 다시 편지를 평평하게 놓은 뒤 숙녀의 글씨체로 서명을 했다. 그리고 편지를 석스비 부인에게 건넸다.

「어떻게 생각하십니까, 석스비 부인?」 싱긋 웃음 지으며 젠틀먼이 말했다. 「수의 상황에 어울리나요?」

하지만 석스비 부인은 자신에게는 그걸 판단할 능력이 없다고 했다.

「당신이 가장 잘 알잖아요.」 시선을 돌리며 부인이 말했다.

당연히, 우리가 랜트 스트리트에서 도우미를 쓸 때는 추천서를 가지고 오는 사람도 없었지만 보고 싶어 하지도 않았다. 가끔 난쟁이처럼 작은 여자애가 집에 와서 갓난아기 냅킨을 삶고 마루 청소를 해주긴 했다. 하지만 그 아이는 도둑이었다. 정직한 아이를 도우미로 쓸 수는 없었다. 그랬다가는 3분 만에 우리가 하는 일을 완전히 파악할 터였다. 우리는 그걸 감당할 수 없었다.

그런 이유로, 석스비 부인은 손사래 치며 거부했고, 젠틀먼은 추천서를 다시 꼼꼼히 읽어 본 뒤 내게 눈을 찡긋하고 추천서를 접고 봉인해 내 트렁크에 넣었다. 나는 마른고기 조각과 빵을 마저 삼키고 망토를 여몄다. 내게 작별 인사를 하는 사람은 석스비 부인뿐이었다. 존 브룸과 데인티는 한 시 전에는 일어난 적이 없었다. 입스 씨는 금고를 열러 보에 간 뒤였다. 입스 씨는 한 시간 전 내 뺨에 키스를 하고 1실링을 주었다. 나는 모자를 썼다. 드레스와 마찬가지로 모자 역시 탁한 갈색이었다. 석스비 부인이 모자를 똑바로 해주었다. 그리고 두 손으로 내 얼굴을 만지며 빙그레 웃었다.

「하느님이 보호해 주시길 빈다, 수!」 석스비 부인이 말했다. 「네가 우리를 부자가 되게 해주는구나!」

하지만 부인의 웃음은 점차 무시무시해져 갔다. 지금까지 나는 부인과 하루 이상 떨어져 지내 본 적이 없었다. 부인은 흐르는 눈물을 감추기 위해 몸을 돌렸다.

「빨리 데려가세요.」 부인이 젠틀먼에게 말했다. 「빨리 데려가세요. 그래서 제가 안 볼 수 있게 해주세요!」

그래서 젠틀먼은 팔을 내 어깨에 두르고 집 밖으로 데리고 나갔다. 젠틀먼은 우리 뒤에서 걷던 남자아이를 발견하고는 그 아이에게 내 트렁크를 들게 했다. 젠틀먼은 합승마차 정류장에 나를 데리고 가 패딩턴 역까지 마차로 태우고 간 다음 기차에 탈 때까지 바래다 줄 생각이었다.

지독한 날씨였다. 그렇지만 강을 건널 일이 흔치 않았기 때문에 나는 서더크 브리지까지 걸어가며 경치를 보고 싶다고 말했다. 그곳에 가면 런던 전경을 볼 수 있으리라 생각했다. 하지만 걸어가는 동안 안개는 점차 짙어졌다. 다리에 도착했을 때는 최악 같아 보였다. 세인트 폴 성당의 검은 돔과 강에 있는 너벅선들을 볼 수는 있었다. 도시의 검은색 윤곽을 볼 수는 있었다. 하지만 아름다운 모습은 보이지 않았다. 도시의 아름다운 모습은 사라졌거나 그림자처럼 되어 버렸다.

「기분 묘하네. 저 아래에 강이 있다고 생각하니 말이야.」가장자리를 물끄러미 바라보며 젠틀먼이 말했다. 젠틀먼은 몸을 굽히고 침을 뱉었다.

우리는 안개를 예상하지 못했다. 안개 때문에 교통은 느려지다 못해 엉금엉금 기어가듯 막혀 버렸고, 비록 합승마차를 잡았지만 20분 뒤에는 마부에게 값을 치르고 다시 걸었다. 나는 한 시 기차를 탈 예정이었다. 하지만 넓은 광장을 잰걸음으로 지나고 있을 때 한 시를 알리는 종소리가 들렸고 다시 15분을, 30분을 알리는 종소리가 들렸다. 추와 종을 플란넬로 싼 뒤 울리기라도 하듯, 지독히 축축하면서도 마지못한 듯이 들렸다.

내가 말했다. 「그냥 돌아간 다음 내일 다시 오면 안 될까요?」

하지만 젠틀먼은 나를 마중하기 위해 말로 마부와 이륜 경마차가 나오기로 되어 있다고 했다. 그리고 아예 안 나타나는 것보다는 늦는 편이 낫다고 했다.

하지만 마침내 패딩턴 역에 도착하자 열차들은 모두 지연되어 있었고 교통과 마찬가지로 기차도 천천히 움직였다. 차장이 깃발을 들어 브리스톨행 기차에 타도 된다는 신호를 줄 때까지 또다시 한 시간을 기다려야 했다. 나는 이 기차를 타고 메이든헤드까지 간 뒤 그곳에서 다른 기차로 갈아탈 예정이었다. 우리는 재깍거리는 시계 뒤에 서서 안절부절 못하며 손에 입김을 불었다. 커다란 등들이 켜져 있었지만, 안개가 끼면서 증기와 뒤섞여 홍교에서 홍교로 떠다니는 통에 빛은 아주 약했다. 벽에는 앨버트 왕자의 서거를 애도하는 검은 조기(弔旗)가 걸려 있었다. 상장(喪章)은 새 때문에 줄이 그려져 있었다. 이렇게 큰 곳이 이 꼴이 되니 무척 울적해 보였다. 그리고 물론, 주변에는 엄청나게 많은 사람이 붐볐고, 모두가 기차를 기다리며 욕을 하거나 난폭하게 떠밀었고 아이나 개가 우리 다리에 부딪혀도 그냥 내버려 두었다.

「이런, 씹할.」 배스 체어[8]가 발가락을 깔고 지나가자 짜증이 가득한 목소리로 젠틀먼이 말했다. 젠틀먼은 몸을 굽혀 장화 먼지를 턴 뒤, 몸을 세우고 담배에 불을 붙인 다음 기침을 했다. 옷깃을 높이 세우고 차양이 넓은 모자를 썼다. 플립 물이 든 것처럼 눈 흰자에는 노란색이 껴 있었다. 이 모습을 보고 있자니 여자들이 깜빡 죽고 못 사는 그런 남자로는 전혀 보이지 않았다.

젠틀먼은 다시 기침을 했다. 「이런 망할 놈의 싸구려 담배 같으니.」 빠져나온 담배 가닥을 혀에서 끄집어내며 젠틀먼이 말했다. 이윽고 나와 시선이 마주친 젠틀먼은 표정을 바꿨다. 「완전 망할 놈의 싸구려 인생이라니까. 안 그래, 수키? 이제 곧 이따위 삶과는 안녕이라고.」

나는 아무 말 없이 시선을 돌렸다. 전날 밤에는 젠틀먼과 빠른 왈츠를 추었다. 이제, 랜트 스트리트와 석스비 부인과 입스씨로부터 떨어져 있자니, 젠틀먼 역시 주변에 투덜거리며 모여 있는 사람들과 다름없는 이방인으로 여겨졌고, 그런 젠틀먼이 무서웠다. 〈당신은 내게 아무것도 아니야.〉 나는 생각했다. 그리고 하마터면 발길을 돌려 집으로 돌아가야 한다고 다시 한번 더 말할 뻔했다. 하지만 그런 말을 했다가는 젠틀먼이 더욱 짜증을 내고 화를 내리라는 사실을 알고 있었다. 그래서 아무 말도 하지 않았다.

젠틀먼은 담배를 다 피우고 다시 한 개비를 피웠다. 젠틀먼은

---

8 덮개가 달린 휠체어.

오줌을 누러 갔고, 나도 오줌을 누러 갔다. 치마를 단정히 하고 있는데 기적 소리가 들렸다. 돌아와 보니 차장이 기차가 곧 출발한다는 말을 해 모여 있던 사람 절반 정도가 정차해 있는 기차를 향해 파도처럼 밀려드는 중이었다. 우리도 그 틈에 섞여 기차로 갔다. 젠틀먼은 나를 이등석으로 데려다 준 뒤, 기차 지붕에 가방과 상자를 올려놓는 사람에게 내 트렁크를 건넸다. 나는 팔에 아이를 안고 있는 얼굴이 하얀 여자 옆에 자리를 잡았다. 맞은편에는 튼튼한 몸집에 농부 같아 보이는 사람 둘이 앉아 있었다. 여자는 내가 같이 있어서 다행이라고 생각하는 듯했다. 당연했다. 내 옷차림이 무척이나 깔끔하고 그럴듯했기 때문에, 여자는 내가 버러에서 도둑질을 한다는 사실을 알 리가 없었다(하, 하!). 내 뒤로 남자아이와 늙수그레한 아버지가 카나리아가 든 새장을 들고 탔다. 남자아이는 농부 옆에 앉았다. 늙수그레한 아이 아버지는 내 옆에 앉았다. 이등석이 기울며 삐거덕거리자, 우리는 모두 고개를 뒤로 젖히고 천장에서 떨어지는 먼지와 니스 조각을 바라보았다. 천장 위로는 짐들이 쿵쿵 쌓이고 주르르 미끄러지는 소리가 들려왔다.

문이 다시 잠깐 활짝 열렸다 닫혔다. 사람들이 계속해 올라타는 통에 정신이 없어 나는 젠틀먼을 거의 보지 않고 있었다. 젠틀먼은 나를 태운 뒤 돌아서 차장과 이야기를 나누었고, 이제 열린 차창으로 다가와 말했다. 「네가 아주 늦을 거 같아 걱정이야, 수. 하지만 내 생각에는 경마차가 말로에서 널 기다릴 거야. 분명히 기다릴 거야. 너도 그렇게 믿어야만 해.」

순간, 나는 경마차가 나를 기다리지 않으리라는 사실을 깨달았고, 비참한 느낌과 함께 걱정이 더럭 들었다. 내가 재빨리 말했다.

「같이 가면 안 되나요? 그래서 집까지 데려다 주면 안 돼요?」

하지만 어떻게 젠틀먼이 그렇게 할 수 있었겠는가? 젠틀먼은 고개를 가로젓고는 미안한 표정을 지었다. 농부 같은 사람 둘, 여자, 남자아이와 늙수그레한 아이 아버지 모두가 우리를 지켜보았다. 짐작건대, 우리가 말하는 집이 어떤 곳이며, 나 같은 여자아이에게 그 집에 대해 이런 목소리로 말하는 차양 넓은 모자를 쓴 남자는 누구인지 궁금해하는 듯했다.

이윽고 짐꾼이 지붕에서 내려왔고, 또 한 번 기적이 울리더니 기차는 끔찍하게 몸을 흔들며 움직이기 시작했다.

젠틀먼은 모자를 벗어 들고 엔진이 속력을 높일 때까지 기차를 따라왔다. 이윽고 젠틀먼은 따라오는 것을 포기했다. 돌아서서 모자를 다시 쓰고 옷깃을 올리는 모습이 보였다. 그리고 가버렸다. 이등석은 아까보다 더 심하게 삐걱거리며 흔들리기 시작했다. 여자와 농부들은 가죽끈을 잡았다. 남자아이는 창에 얼굴을 갖다 댔다. 카나리아는 새장 살에 부리를 들이밀었다. 갓난아기가 울기 시작했다. 30분 정도를 계속 울었다.

「진 안 가지고 다녀요?」 마침내 내가 여자에게 말했다.

「진?」 여자는 내가 독약이라고 말하기라도 한 듯한 표정으로 되물었다. 그리고 입술을 실룩이더니 나와 함께 앉게 되어 기분 상한다는 듯 쌀쌀맞은 표정을 지었다. 교만한 여자였다.

여자와 아이, 퍼드덕거리는 새, 잠들어 코를 고는 늙수그레한 아이 아버지, 종이 총알을 만들고 있는 남자아이, 담배를 피우며 점차 짜증을 부리는 농부 둘, 기차를 덜컹거리고 멈추게 했으며 메이든헤드에 두 시간이나 연착시키고 그 때문에 말로행 기차를 놓치고 다음 기차를 기다리도록 한 안개. 이런 모든 것 때문에 나는 이번 여행이 너무나도 비참했다. 수중엔 먹을 게 전혀 없었다. 브라이어에 일찌감치 도착해 하인들과 같이 차를 마실 줄 알았기 때문이었다. 정오에 빵과 마른고기를 먹은 뒤로는 아무것도 먹은 게 없었다. 그때는 잇몸에 자꾸 달라붙었어도, 일곱 시간 뒤 메이든헤드에 닿고 보니 점심이 성찬이었다고 해야 할 만했다. 그곳 기차역은 패딩턴 역과 달랐다. 메이든헤드 역에는 커피 가게, 우유 가게, 케이크 가게가 있었다. 음식을 파는 곳은 단 한 곳뿐이었고, 그나마 닫혀 있었다. 나는 트렁크 위에 앉았다. 안개 때문에 눈이 따끔거렸다. 코를 풀자 손수건이 새까매졌다. 어떤 남자가 그 모습을 보고 말했다. 「울지 마렴.」 싱긋 웃으면서 남자가 말했다.

「우는 거 아냐요!」 내가 말했다.

남자는 눈을 찡긋하더니 이름을 물었다.

도시에서 그건 치근덕거릴 때 하는 행동이었다. 그러나 지금 여긴 도시가 아니었다. 나는 대답하지 않았다. 말로행 기차가 도착하자 나는 이등석 뒤편에 앉았고, 남자는 앞편에 앉았다. 그러나 얼굴을 내 쪽으로 향하며 한 시간 내내 내 시선을 잡아 보려 애썼다. 데인티가 해준 말이 떠올랐다. 한번은 데인티가 기차를 탔는데 옆에 신사가 앉았고, 신사는 바지를 내리고 데인티에게 성기를 보여 줬으며 그것을 잡아 달라고 했다고 했다. 데인티가 그것을 잡자 신사는 데인티에게 1파운드를 주었다고 했다. 이 남자가 자기 성기를 잡아 달라고 하면 난 어떻게 할까 하는 생각이 들었다. 비명을 지를까, 아니면 고개를 돌릴까, 아니면 그것을 만질까, 그것도 아니면 다른 뭔가를 할까 하고 말이다.

하지만 내가 가는 곳에서는 1파운드가 필요할 일이 없었다!

어쨌든, 그런 돈이 있으면 처신하기가 불편했다. 데인티는 아버지가 그 돈을 보면 자신이 한 음탕한 짓을 알게 될까 겁이 나 그 돈을 절대로 쓸 수가 없었다. 데인티는 풀 먹이는 집 벽의 느슨한 벽돌 뒤에 돈을 숨겼고, 벽돌에 자신만 아는 표시를 해두었다. 그곳이 어딘지는 죽을 때 말해 주겠다며, 그 돈으로 자기 장례를 치러 달라고 했다.

그러니까, 나와 같은 기차를 탄 남자는 나를 열심히 바라보았지만, 설사 남자가 바지를 내리더라도 나는 결코 보지 않을 터였다. 그리고 마침내 남자는 나를 향해 모자를 살짝 기울이더니 기차에서 내렸다. 그 뒤로도 기차는 몇 번 더 정차했고, 그때마다 누군가 기차에서 내렸다. 타는 사람은 아무도 없었다. 역들은 점차 작고 어두워져만 갔으며, 마침내 나무밖에 보이지 않았다. 주변에는 나무 말고는 아무것도 보이지 않았고, 그 너머로는 수풀이 보였으며, 그 너머로는 안개가, 갈색이 아닌 회색 안개가 그 뒤로 보이는 검은 밤하늘과 함께 펼쳐져 있었다. 그리고 나무와 수풀은 우거질 대로 우거져 있는 듯 보였고, 하늘은 내가 생각할 수 있는 자연스러운 하늘색보다 훨씬 더 새까맸으며, 기차는 마지막으로 멈췄다. 그곳이 말로였다.

나 말고는 내리는 사람이 아무도 없었다. 내가 마지막 승객이었다. 차장은 정차를 외친 뒤 내 트렁크를 내려 주기 위해 다가왔다.

「짐을 옮겨야죠. 마중 나온 사람이 아무도 없나요?」

나는 브라이어에서 이륜 경마차가 마중 나오기로 했다고 말했다. 차장은 내가 말하는 이륜 경마차가 혹시 우편 배달을 위해 오는 마차냐고 묻더니, 그 마차라면 세 시간 전에 떠난 것 같다고 말했다. 차장은 나를 살펴보았다.

「런던에서 온 거죠, 그렇죠?」 차장이 말했다. 이윽고 차장은 기관실에서 이쪽을 보고 있던 기관사에게 외쳤다. 「이 아가씨가 런던에서 왔는데, 브라이어로 가신다는군. 브라이어 이륜 경마차는 이미 왔다 간 것 같다고 말씀드렸어.」

「이미 왔다 간 게 맞을걸.」기관사가 말했다. 「그럴 거야. 세 시간 전에 왔다 갔을 거야.」

나는 서서 몸을 떨었다. 이곳은 집보다 추웠다. 더 춥고 더 어두웠으며 공기에서는 이상한 냄새가 났고 사람들은…… 내가 말 안 했던가? 사람들은 어마어마한 바보들이었다.

내가 말했다. 「그곳까지 데려다 줄 합승마차를 부를 수 있을까요?」

「합승마차?」차장이 말했다. 차장이 기관사 쪽을 향해 소리쳤다. 「합승마차를 불러 달라네그려!」

「합승마차라고!」

둘은 기침이 날 때까지 한껏 웃어 젖혔다. 차장이 손수건을 꺼내 입을 닦으며 말했다. 「오, 맙소사. 맙소사, 맙소사. 말로에서 합승마차를 찾다니!」

「제길, 닥쳐요.」내가 말했다. 「닥쳐요. 둘 다요.」

나는 트렁크를 들고 불빛이 한두 개 보이는 곳을 향해 걸어갔다. 마을의 불빛일 거라는 생각이 들었기 때문이다. 차장이 말했다. 「어이, 말괄량이 아가씨! 웨이 씨에게 아가씨 이야기를 할 거요. 웨이 씨가 뭐라고 생각하나 보자고…… 여기서 그런 런던 말투로 이야기하다니 말이오!」

다음에 뭘 할 생각이었는지 기억나지 않는다. 나는 역에서 브라이어까지 거리가 얼마나 되는지 몰랐다. 심지어 어느 쪽 길로 가야하는지도 몰랐다. 런던은 40마일 떨어져 있었고 나는 암소와 황소가 무서웠다.

하지만 시골 길은 도시 길과는 다르다. 시골 길은 기껏해야 네 갈래 정도뿐이고, 어디로 가도 결국은 같은 장소로 통한다. 나는 걷기 시작했고, 1분 정도 걸었을 때 뒤에서 발굽 소리와 삐거덕거리는 바퀴 소리가 들렸다. 그리고 내 옆으로 이륜 경마차가 서더니 마부가 내려 등불을 들고 내 얼굴을 살폈다.

「당신이 수전 스미스로군요.」 남자가 말했다. 「런던에서 왔지요? 모드 아가씨가 당신 때문에 종일 초조해하셨습니다.」

마부는 좀 늙은 남자로 이름은 윌리엄 잉커였다. 릴리 씨의 마부였다. 윌리엄 잉커는 내 트렁크를 들어 주었고 자기 옆 자리에 내가 앉는 걸 도운 뒤 말을 출발시켰다. 마차가 가는 동안 내가 바람에 몸을 떨자 윌리엄 잉커는 무릎을 덮으라고 격자무늬 담요를 건네주었다.

브라이어까지는 육칠 마일 정도 되는 거리였고, 윌리엄 잉커는 파이프 담배를 피우며 덜컹거리지 않게 편안히 마차를 몰았다. 나는 안개(여전히 박무 비슷한 것이 끼어 있었다)와 느려 터진 기차에 대해 이야기했다.

윌리엄 잉커가 말했다. 「그게 런던이죠. 안개로 유명한 곳이잖아요. 안 그래요? 예전에도 시골에 많이 와봤나요?」

「별로요.」 내가 말했다.

「런던에서 하녀 일을 했다면서요, 맞죠? 마지막으로 있던 곳은 좋은 곳이었나요?」

「꽤 좋았어요.」 내가 말했다.

「숙녀의 하녀치고는 기묘한 식으로 말하는군요.」 윌리엄 잉커가 말했다. 「프랑스에 가본 적 있어요?」

나는 무릎 위 담요를 가지런히 하며 잠깐 뜸을 들였다. 「한두 번요.」 내가 말했다.

「짧지 않아요? 프랑스 놈들 말이에요. 그럴 거 같은데. 다리 말이에요.」

내가 아는 유일한 프랑스 사람은 강도였다. 사람들은 그 남자를 〈독일인 잭〉이라 불렀다. 이유는 모른다. 〈독일인 잭〉은 키가 훤칠했다. 하지만 윌리엄 잉커를 기분 좋게 하기 위해 나는 이렇게 말했다.「짧았던 거 같아요.」

「내 그럴 줄 알았지.」

길은 완벽하게 조용하고 캄캄했기에 나는 말이 히힝거리는 소리, 바퀴 소리, 우리 목소리가 들판 너머까지 들리리라는 생각을 했다. 이윽고 근처 가까운 곳에서 천천히 종이 울렸다. 당시 내게는 런던에서처럼 즐겁게 들리지 않고 무척 슬프게 들렸다. 종은 아홉 번 울렸다.

「저건 브라이어 종소리입니다. 시간을 알리는 거죠.」 윌리엄 잉커가 말했다. 우리는 그 뒤 조용히 앉아 있었고, 얼마 지나지 않아, 높다란 돌담에 도착해 그 옆으로 난 길을 따라갔다. 곧, 돌담은 커다란 홍예문이 되었고, 그 뒤로 담쟁이로 반쯤 덮인 회색 집의 지붕과 끝이 뾰족한 창문들이 보였다. 꽤 크기는 했지만 젠틀먼이 묘사했던 대로 엄청나게 크거나 그렇게까지 음울해 보이지는 않았다. 하지만 윌리엄 잉커가 말 발걸음을 늦췄을 때 내가 무릎에서 담요를 치우고 트렁크에 손을 뻗자 그가 말했다.「기다려요, 아가씨. 아직 반 마일 더 가야 해요!」그리고 어떤 남자가 집에서 등불을 들고 나오자 윌리엄 잉커가 소리쳤다.「안녕히 주무세요, 맥 씨. 우리가 지나가고 나면 문을 잠그셔도 됩니다. 이쪽은 스미스 양입니다. 보세요. 마침내 데려왔어요.」

브라이어라고 생각했던 건물은 그저 관리인 주택일 뿐이었던 것이다! 나는 물끄러미 바라만 볼 뿐 아무 말도 하지 않았고, 우리는 그곳을 지나 헐벗고 시커먼 나무들이 두 줄로 늘어선 사이로 들어섰다. 길이 굽어지자 나무 행렬도 같이 굽어졌고, 이윽고 움푹한 곳이 나왔다. 트인 시골 길에 있을 때는 공기가 좀 더 깨끗한 감이 있었는데 그곳에 들어서니 공기가 다시금 무거워졌다. 어찌나 무겁던지, 얼굴과 속눈썹과 입술에 축축한 기운이 느껴졌다. 눈을 감았다.

이윽고 축축한 기운이 지나갔다. 눈을 뜨고 다시 길을 바라보았다. 길이 오르막으로 바뀌었고, 우리는 나무 행렬 사이를 빠져나와 자갈이 깔린 공터로 들어서 있었다. 여기에 바로 그곳이 있었다. 흐릿한 안개를 뚫고 엄청난 크기로 우뚝 솟아 있는 곳, 창문은 모두 새까맣고 굳게 닫혀 있으며 벽에는 죽은 담쟁이가 달라붙어 있고 굴뚝에서는 회색 연기 같은 것이 희미하게 흩날리는 곳, 모드 릴리가 있는 저택이자 이제부터 내가 우리 집이라 불러야 할 곳, 바로 브라이어였다.

우리는 건물 정면으로 곧장 가지 않고 옆쪽으로 말을 몰아간 뒤 건물 뒤쪽으로 난 길을 따라갔다. 건물 뒤편에는 여러 가지가 마구 쌓여 있는 마당, 변소, 현관 등이 있었고, 새까만 벽과 닫혀 있는 창문도 더 보였으며, 개 짖는 소리도 들렸다. 그중 한 건물 높은 곳에 둥글고 하얀 판에 검은 바늘이 돌아가는 시계가 달려 있었다. 들판 저편에 있을 때 종 치는 소리가 들렸던 바로 그 시계였다. 윌리엄 잉커는 그 아래에 말을 세우고 내가 내리는 것을 도왔다. 벽 하나의 문이 열려 있고, 여자가 밖에 서서 우리를 지켜보고 있었다. 추위를 막기 위해 두 손으로 양어깨를 감싸고 있었다.

「스타일스 부인입니다. 마차가 오는 소리를 들었군요.」윌리엄이 말했다. 우리는 마당을 가로질러 부인에게로 갔다. 우리 위쪽의 자그마한 창문에서 촛불이 빛나다 펄럭이더니 꺼지는 걸 본 것 같았다.

문 안으로 들어서니 복도가 있었고, 복도를 따라가니 랜트 스트리트에 있는 우리 부엌 다섯 배 정도 되는 크고 밝은 부엌이 나왔다. 백도제(白塗劑)를 바른 벽에 단지들이 줄지어 진열

되어 있었고, 천장 기둥에 달린 고리들에는 토끼가 몇 마리 걸려 있었다. 깨끗하게 닦인 넓은 식탁에는 남자아이 한 명, 여자한 명, 그리고 여자아이 서너 명이 앉아 당연히 나를 뚫어져라 쳐다보고 있었다. 여자아이들은 내 보닛과 망토 재단을 살폈다. 여자아이들이 입은 드레스와 앞치마는 그냥 단순한 하인용 복장이었기에 나는 자세히 살펴보지 않았다.

스타일스 부인이 말했다. 「자, 늦을 수 있는 최대한으로 늦었군요. 조금만 더 늦었다면 마을에서 묵어야 했을 겁니다. 우리는 일찍 자고 일찍 일어납니다.」

부인은 쉰 살쯤 되어 보였고, 주름 장식이 된 하얀 모자를 썼고, 상대방 눈을 제대로 보지 않으며 말을 했다. 허리춤에 사슬에 꿴 열쇠 꾸러미를 차고 있었다. 평범한 구식 열쇠들이었고, 맘만 먹는다면 어느 열쇠라도 복사할 수 있었다.

나는 부인에게 약식으로 무릎 굽혀 인사했다. 나는 부인에게 내가 패딩턴으로 돌아가지 않은 것에 대해 고마워하라고, 돌아갈 걸 그랬다고 생각한다고, 런던에서 40마일 떨어진 곳에 오기 위해 내가 어떤 일을 겪었는지 안다면 아마 누구라도 런던을 떠나지 말아야 했다고 동의하리라고 말하지 않았다. 물론 그렇게 말할 수도 있었다. 그러나 그러지 않았다. 대신 나는 이렇게 말했다.

「마차로 마중 나와 주셔서 정말 감사드립니다.」 식탁 주변에 앉아 있던 여자아이들이 내 말을 듣고 킥킥거렸다. 같이 앉아 있던 여자(알고 보니 요리사였다)는 일어나 쟁반에 내가 먹을 저녁 식사를 챙기기 시작했다. 윌리엄 잉커가 말했다.

「스미스 양은 런던에서도 아주 고급스러운 곳에 있었습니다, 스타일스 부인. 그리고 프랑스에도 여러 차례 다녀왔답니다.」

「그랬군요.」 스타일스 부인이 말했다.

「한두 번밖에 안 돼요.」 내가 말했다. 이제 모두 내가 자랑을 했다고 생각할 터였다.

「스미스 양 말로 그곳에 사는 놈들은 다리가 아주 짧다는군요.」

스타일스 부인이 고개를 끄덕였다. 식탁에 앉아 있던 여자아이들은 다시금 소리 죽여 킥킥거렸고, 그 가운데 한 명이 남자아이에게 뭐라고 속삭이자 남자아이 얼굴이 빨개졌다. 하지만 쟁반에 음식이 준비되자 스타일스 부인이 말했다.

「마거릿, 이걸 제 찬방(饌房)으로 가져가세요. 스미스 양, 손과 얼굴 씻는 곳으로 데려다 드려야 할 것 같군요.」

나는 이 말을 옥외 변소로 안내하겠다는 뜻으로 알아듣고 안내해 달라고 말했다. 부인은 내게 초를 주고 짧은 복도를 지나 다른 쪽 마당으로 데려갔다. 그곳에는 꼬챙이에 종이를 꽂아 놓은 노천 변소가 있었다.

그러고 난 뒤 부인은 나를 자그마한 자기 방으로 데리고 갔다. 방에는 왁스 플라워가 놓인 벽난로 선반, 선원 그림이 담긴 액자(바다로 간 스타일스 선장인 듯했다), 그리고 완전히 까만 털로만 만든 승천하는 천사 그림(스타일스 씨인 듯했다)이 있었다. 부인은 자리에 앉아 내가 식사하는 모습을 지켜보았다. 저민 양고기와 버터와 빵이었다. 그리고 나는 굉장히 배가 고팠기 때문에 마파람에 게 눈 감추듯 금세 다 먹어 치웠다. 식사를 하는 동안 아까 전에 들었던 시계 종소리가 천천히 울리며 아홉 시 반을 알렸다. 내가 말했다. 「시계가 밤새 시간을 알리나요?」

스타일스 부인이 고개를 끄덕였다. 「하루 종일 30분 간격으로 시간을 알리지요. 릴리 씨는 아주 규칙적인 일과를 좋아하시거든요. 곧 알게 될 겁니다.」

「릴리 아가씨는요?」 입가에 묻은 부스러기를 집어내며 내가 말했다. 「아가씨는 뭘 좋아하시나요?」

부인은 앞치마를 정돈했다. 「모드 아가씨는 아가씨 삼촌이 좋아하는 걸 좋아하시지요.」 부인이 대답했다.

그리고 입술을 잠시 들썩이다가 다시 말을 했다.

「알게 되겠지만, 스미스 양, 모드 아가씨는 아주 젊으시지만 그럼에도 이 저택의 안주인이십니다. 하인들은 아가씨를 귀찮게 하지 않습니다. 하인들은 제 지시를 따르니까요. 저는 가정부 일을 굉장히 오래 해왔고, 그래서 제 안주인을 위해 하녀를 어떻게 관리해야 하는지 정도는 잘 알고 있습니다. 하지만 비록 가정부라 할지라도 명령받은 대로 일해야 하고, 모드 아가씨는 이번 채용을 저와 상의해야 했는데도 말없이 처리해 버리셨죠. 정말 한 번 상의도 없어요. 전 아가씨 또래 여자가 아주 현명하다고는 생각하지 않아요. 하지만 어떻게 될지 알게 되겠지요.」

내가 말했다. 「전 릴리 아가씨가 하시는 일이라면 뭐든지 잘한 일이었다고 판명 나리라고 믿어요.」

부인이 말했다. 「여기 하인들은 훌륭한 하인들이고, 모드 아가씨가 하시는 일이 잘되도록 확실하게 처리를 합니다. 이 집은 잘 관리되고 있어요, 스미스 양. 그리고 스미스 양도 일을 잘했으면 좋겠어요. 스미스 양이 지난번에 있던 곳은 분위기가 어땠는지 저는 모릅니다. 런던에서는 숙녀를 모시는 하녀가 어떤 일을 하는지도 모릅니다. 저는 런던에 가본 적이 없으니까요.」 런던에 가본 적이 없다니! 「그래서 뭐라고 말을 할 수가 없군요. 하지만 다른 여자아이들에게 조심스럽게 대한다면 그 아이들도 당신을 조심스럽게 대하리라고 믿습니다. 남자들과 마구간 돌보는 아이들의 경우는, 물론 가능한 한 말을 건네지 않는 쪽으로 하는 것이 좋겠습니다……」

부인은 이런 식의 말을 15분 정도 쉬지 않고 계속했고, 내가 말했듯이, 말하는 동안 절대로 내 눈을 똑바로 보지 않았다. 부인은 내가 집 안 어디에 다녀도 좋은지, 식사는 어디서 해야 하는지, 하루에 내가 먹을 수 있는 설탕과 맥주는 얼마나 되는지, 속옷 세탁은 언제 넘기면 되는지 따위를 일러 주었다. 부인은 말하길, 지난번에 모드 아가씨를 모셨던 하녀는 모드가 마시고 남은 차를 부엌에서 일하는 사람들에게 넘겨주곤 했다고 했다. 모드 아가씨가 쓰고 남은 양초 토막도 그런 식이었다. 양초 토막은 웨이 씨가 가져갔다. 그리고 웨이 씨는 양초 토막이 몇 개나 나오는지 알고 있었다. 초를 나누어 주는 사람이 웨이 씨였기 때문이었다. 코르크는 나이프를 닦는 찰스가 가져갔다. 뼈와 가죽은 요리사 차지였다.

「너무 말라 거품이 일지 않아서 모드 아가씨가 세면대에 남겨 놓는 비누 조각은 당신이 가져도 좋습니다.」 부인이 말했다.

글쎄, 하인들이란 게 이렇다. 자그마한 자기 몫을 찾아 구석구석을 파헤친다. 내가 양초 토막이나 비누 쪼가리 따위를 원하리라 생각했다니! 비록 이전까지는 느껴 본 적이 없었더라도 이제는 3천 파운드를 벌 수 있다는 기대감이 어떤 것인지 잘 알고 있었다.

부인은 내게 식사를 마쳤다면 앞으로 내가 지낼 방을 보여 주겠다고 했다. 하지만 방으로 가는 동안 아주 조용히 움직여야 한다고 했다. 릴리 씨는 집이 조용한 것을 좋아하며 심란한 것을 참지 못하기 때문이라고 했다. 그리고 모드 아가씨 역시 릴리 씨처럼 과민한 구석이 있기 때문에 쉬고 있을 때 방해를 하거나 짜증을 돋우면 안 된다고 했다.

부인은 그렇게 말했다. 말을 마치고 부인은 등불을, 나는 초를 들었고, 부인을 따라 복도를 지나 어두운 계단을 올라갔다. 「이게 하인들이 다니는 통로입니다.」 걸으며 부인이 말했다. 「당신도 늘 이쪽으로 다녀야 합니다. 모드 아가씨가 별도로 명령하지 않으면 말입니다.」

계단을 오를수록 부인 목소리와 발소리는 점차 부드러워졌다. 마침내 층계를 여섯 줄 오르고 나자, 부인은 나를 문으로 안내하며 문 너머가 내 방이라고 속삭였다. 손가락을 입술에 대고 부인은 천천히 손잡이를 돌렸다.

나는 이전까지 내 방을 가져 본 적이 없었다. 지금도 특별히 내 방을 원하지는 않았다. 하지만 방을 가져야만 했기에, 이 방 정도면 될 거란 생각을 했다. 방은 작고 평범했다. 종이 꽃 장식이나 석고로 만든 개가 몇 개 있으면 좀 더 나아 보였을 것이다. 그러나 벽난로 선반 위에는 거울이 있었고, 벽난로 앞에는 깔개가 있었다. 침대 옆에는 내가 가지고 왔던 캔버스 트렁크가 놓여 있었다. 윌리엄 잉커가 가져다준 게 분명했다.

침대 머리맡 근처에 문이 또 하나 있었다. 문은 꽤 굳게 닫혀 있었고 열쇠가 꽂혀 있지 않았다. 「이 문은 어디로 통하나요?」 또 다른 복도나 벽장으로 통하리라 생각하며 내가 스타일스 부인에게 물었다.

「모드 아가씨 방으로 통하는 문입니다.」 부인이 말했다.

내가 말했다. 「저 너머에 모드 아가씨가 침대에서 주무시고 계시다고요?」

아마 내 목소리가 좀 컸던 모양이다. 하지만 부인은 내가 마치 비명을 지르거나 소란이라도 떨었다는 듯 몸을 떨어 댔다.

「모드 아가씨는 잠에서 잘 깨십니다.」 부인이 조용히 대답했다. 「그리고 밤에 깨시면 하녀를 곁으로 잘 부르시지요. 아직은 당신을 낯설어하시니 아가씨께서 당신을 부르지는 않을 겁니다. 아가씨 방문 앞 의자에 마거릿을 앉혀 둘 겁니다. 그리고 마거릿이 내일 아가씨 아침 식사 시중을 들고 옷을 입힐 겁니다. 그다음, 준비를 마치고 있다가 아가씨가 부르면 들어가 질문에 대답하세요.」부인은 아가씨가 나를 마음에 들어 했으면 좋겠다고 했다. 나 역시 그러길 바란다고 대답했다.

그리고 부인은 방을 나갔다. 부인은 아주 조용히 나갔지만 문에서 멈춰 서더니 손을 열쇠 꾸러미에 가져갔다. 나는 부인의 행동을 보고 등골이 오싹해졌다. 순간 부인이 감옥을 관리하는 교도관처럼 보였기 때문이다. 나는 나도 모르게 입을 열었다.

「절 여기 가두시려는 건 아니겠죠?」

「가둬요?」얼굴을 찡그리며 부인이 말했다.「뭐 하려요?」

나는 모르겠다고 대답했다. 부인이 나를 살펴보고 턱을 당기더니 문을 닫고 나갔다.

나는 엄지를 들었다. 〈이거나 먹으시지!〉 나는 생각했다.

나는 침대에 걸터앉았다. 딱딱했다. 지난번 하녀가 성홍열에 걸려 이곳을 떠난 뒤로 침대 시트와 담요를 갈았는지 궁금했다. 너무 어두워서 잘 보이지 않았다. 스타일스 부인은 등불을 가져가 버렸고, 나는 초를 통풍구에 놓아두었다. 불꽃이 고꾸라지며 커다란 검은 그늘을 드리웠다. 나는 망토를 풀었지만 어깨에 그대로 걸쳐 놓았다. 아팠다. 추위와 여행, 아까 먹은 잘게 썬 고기 때문이었다. 식사가 너무 늦어져 위에 얹혀 버렸고 속이 쓰렸다. 열 시였다. 랜트 스트리트 집에선, 자정이 되기 전에 자는 사람을 비웃곤 했다.

〈차라리 감옥이 낫겠군.〉 나는 생각했다. 감옥이 더 활기찰 것 같았다. 여기에는 오로지 끔찍한 정적만이 있을 뿐이었다. 귀를 기울여도 아무 소리도 들리지 않았다. 일어나 창가로 가 밖을 보면 지대가 어찌나 높은지, 마당과 마구간이 어찌나 깜깜한지, 그 뒤로 펼쳐진 땅이 어찌나 조용하고 고요한지 정신이 어찔할 지경이었다.

윌리엄 잉커와 걸어올 때 창문에서 펄럭였던 촛불을 떠올렸다. 어느 방에서 나온 빛인지 궁금했다.

나는 트렁크를 열고 랜트 스트리트에서 가져온 물건들을 살펴보았다. 하지만 진짜 내 물건은 하나도 없었다. 트렁크에는 젠틀먼이 가져가도록 시킨 페티코트와 슈미즈뿐이었다. 드레스를 벗고 잠시 얼굴에 가져가 댔다. 드레스 역시 내 것이 아니었다. 하지만 데인티가 꿰맨 솔기를 찾아 냄새를 맡았다. 존 브룸의 개 가죽 외투 냄새가 데인티의 바늘에 붙어 있다가 드레스 솔기에서까지 냄새를 풍긴다는 생각이 들었다.

석스비 부인이 돼지 머리뼈로 만들었을 수프 생각을 했다. 모두 둘러앉아 수프를 먹으며 나를 생각하고 있거나 아니면 완전히 다른 생각을 하고 있으리라는 상상을 하자 기분이 무척이나 이상해졌다.

내가 만약 툭하면 질질거리는 여자아이였다면 그런 생각만으로도 분명 울고 있었을 것이다.

하지만 나는 우는 아이가 아니었다. 나는 잠옷으로 갈아입고 그 위에 망토를 걸치고 스타킹과 단추 끄른 신발을 신었다. 침대 머리맡에서 닫혀 있는 문을, 열쇠 구멍을 바라보았다. 모드가 열쇠를 가지고 있어 자물쇠를 여는 게 아닐까 하는 생각이 들었다. 만약 문으로 다가가 몸을 굽히고 열쇠 구멍을 통해 저쪽을 들여다본다면 뭐가 보일지 궁금해졌다. 그런 생각이 든 뒤에도 가서 보지 않을 수 있는 사람이 누가 있겠는가? 그래서 살금살금 다가가 몸을 굽히고 열쇠 구멍에 눈을 대보았지만, 침침한 불빛과 모호한 그림자만이 보일 뿐, 자고 있든 깨어 있든 그도 아니면 짜증을 내고 있든 여하튼 사람의 흔적은 찾아볼 수 없었다.

그래도 모드의 숨소리는 들을 수 있지 않을까 하는 생각을 했다. 몸을 곧게 펴고 숨을 고른 다음 귀를 문에 바짝 댔다. 내 심장 소리와 피가 으르렁대는 소리가 들렸다. 작고 희미한 소리가 들렸다. 벌레나 딱정벌레가 문의 나무 안에서 살금살금 걷는 소리일 터였다.

1분, 혹은 2분 정도 계속 귀를 기울였지만 문 너머에선 아무 소리도 들리지 않았다. 그래서 나는 엿듣기를 그만두었다. 신발과 양말대님을 벗고 침대로 들어갔다. 시트는 밀가루 반죽처럼 차갑고 축축했다. 나는 좀 더 따뜻하게 하려고 망토를 이불 위에 펼쳐 놓았다. 또한, 누군가 밤에 나를 찾아오면 잽싸게 망토를 걸치고 도망가기 위해서이기도 했다. 무슨 일이 일어날지 어떻게 알겠는가? 초는 계속 켜두었다. 만약 양초 토막이 하나 모자란다고 웨이 씨가 불평한다면, 할 수 없는 일이었다.

도둑에게도 약점은 있는 법이다. 그림자가 계속해 일렁이며 춤을 췄다. 밀가루 반죽 같은 시트는 여전히 차가웠다. 커다란 시계가 열 시 반, 열한 시, 열한 시 반, 열두 시를 쳤다. 나는 누워서 떨며 석스비 부인과 랜트 스트리트, 집을 진심으로 그리워했다.

3

사람들은 나를 새벽 여섯 시에 깨웠다. 내게는 아직 한밤중만
같았다. 켜놓았던 초는 당연히 다 타고 없어졌으며, 두터운 창
문 커튼이 가는 햇빛을 막고 있었던 것이다. 하녀 마거릿이 문
을 두드렸을 때, 나는 여기가 랜트 스트리트의 낡은 방이라고
생각했다. 그리고 마거릿은 감옥에서 탈출한 도둑이며 입스 씨
에게 쇠톱으로 족쇄를 풀어 달라고 온 것이라 생각했다. 가끔
그런 경우가 있었다. 어떤 경우 도둑은 우리를 아는 친절한 남
자였고, 또 어떤 경우에는 절박한 처지의 악당일 때도 있었다.
톱질이 너무 느리다며 입스 씨 목에 칼을 들이댄 남자도 있었
다. 그래서 마거릿이 문을 두드리는 소리를 듣고 나는 침대에서
벌떡 일어나 외쳤다. 「오! 기다려요!」 비록 내가 말하고서도 뭘
기다리라는 건지, 누구더러 기다리라고 한 건지 잘 몰랐지만 말
이다. 마거릿 역시 몰랐으리라고 생각한다. 마거릿이 문틈으로
얼굴을 들이밀고 속삭였다. 「불렀어요?」 마거릿은 내가 쓸 따
뜻한 물이 담긴 항아리를 들고 방에 들어와 벽난로에 불을 피웠
다. 그리고 침대 밑에 손을 넣고 요강을 꺼내 오줌통에 비운 뒤
앞치마에 걸어 놓았던 축축한 천으로 요강을 닦았다.
　집에서는 내가 요강을 닦곤 했다. 이제 마거릿이 오줌통에 내

오줌을 담는 것을 보고 있자니 보기 좋다고 할 수만은 없었다. 하지만 나는 말했다. 「고마워요, 마거릿.」 그리고 괜히 말했다는 생각을 했다. 마거릿이 내 말을 듣고 경멸하듯 고개를 갑자기 젖혔기 때문이다. 그 모습이 흡사, 〈네가 뭐라도 되는 줄 알아? 뭐가 고맙다는 거야?〉라고 말하는 듯했다.

여하튼 하인들이란. 마거릿은 나보고 스타일스 부인의 찬방에서 아침 식사를 해야 한다고 말했다. 그리고 돌아서 나갔다. 나가면서 내 드레스와 신발, 열려 있는 트렁크를 잽싸게 훔쳐보는 것 같았다.

나는 벽난로에 불이 붙기를 기다렸다가 일어나 옷을 입었다. 씻기에는 너무 추웠다. 잠옷은 축축하고 차가웠다. 커튼을 열고 햇빛이 들어오게 하고 보니, 천장은 습기로 갈색 줄이 있었고 나무 벽은 하얗게 얼룩져 있었다. 전날 밤 촛불 빛 아래에선 보지 못한 부분들이었다.

옆방에서 중얼거리는 목소리가 들려왔다. 마거릿이 말하는 소리가 들렸다. 「네, 아가씨.」 그리고 문 닫히는 소리가 났다.

그리고 조용해졌다. 나는 아침 식사를 하러 아래로 내려갔다. 처음에는 하인용 계단을 내려간 뒤 어두컴컴한 복도에서 길을 잃고 옥외 변소가 있는 마당으로 나갔다. 지금 보니 옥외 변소는 쐐기풀로 둘러싸여 있었고, 마당에 있는 벽돌들은 부서진 채 잡초가 우거져 있었다. 집 벽에는 담쟁이가 붙어 있었고, 유리가 없는 창도 있었다. 결국 젠틀먼 말이 맞았다. 이 집은 털 만한 가치가 없었다. 그리고 하인들에 대해 젠틀먼이 한 말 역시 맞았다. 스타일스 부인의 찬방에 가보니 반바지를 입고 비단 스타킹을 신고 분 뿌린 가발을 한 남자가 있었다. 웨이 씨였다. 웨이 씨는 자신이 릴리 씨 집사 일을 45년 동안 해왔다고 말했다. 그래 보였다. 여자아이가 아침 식사를 가져오자 웨이 씨에게 제일 먼저 차려 주었던 것이다. 우리는 아침 식사로 훈제 햄과 달걀 하나, 맥주 한 잔을 먹고 마셨다. 이곳에서는 식사 때마다 맥주가 따라 나왔으며, 맥주를 양조하는 방이 따로 있었다. 그런 주제에 런던 사람들을 주정뱅이라고 말하다니!

웨이 씨는 내게는 거의 한마디도 하지 않고 대신 스타일스 부인과 집안 살림에 대해 이야기를 했다. 내게는 내가 떠나온 것으로 되어 있는 가족에 대해서만 물었다. 그리고 내가 메이페어 웰크 스트리트에 사는 던레이븐 가족에 대해 이야기하자 웨이 씨는 약삭빠른 표정으로 고개를 끄덕이며 그 집의 집사를 아는 것 같다고 말했다. 허풍쟁이라는 증거였다.

웨이 씨는 일곱 시에 일어섰다. 스타일스 부인은 웨이 씨가 먼저 일어설 때까지 식탁을 뜨지 않았다. 찬방을 떠나며 부인이 말했다.

「좋은 소식이 있습니다. 모드 아가씨가 어젯밤에 푹 주무셨답니다, 스미스 양.」

뭐라고 말을 해야 할지 알 수 없었다. 어쨌거나 부인은 계속해 말했다.

「모드 아가씨는 일찍 일어나십니다. 아가씨께서 스미스 양을 보내 달라고 하셨습니다. 올라가 아가씨를 뵙기 전에 손을 씻으시는 게 어떨까요? 모드 아가씨는 아가씨 삼촌처럼 깔끔하시답니다.」

내가 볼 때 손은 깨끗해 보였다. 그러나 어쨌든 시키는 대로 찬방 구석에 있는 자그마한 돌 싱크대에서 손을 씻었다.

맥주 기운이 오르면서, 마시지 말 걸 그랬다는 생각이 들었다. 마당을 가로지를 땐, 옥외 변소에 들려야 했다는 생각이 들었다. 다시는 옥외 변소까지 가는 길을 못 찾아갈 거란 확신이 들었다.

초조했다.

스타일스 부인이 나를 데려갔다. 우리는 전날 밤처럼 하인용 계단을 지났지만 그 뒤로는 더 멋진 복도가 나타났고, 문이 한두 개 보였다. 부인은 그 가운데 한 문을 두드렸다. 나는 대답을 듣지 못했지만 부인은 들은 모양이었다. 부인은 등을 곧게 펴고 강철 손잡이를 돌린 뒤 나를 데리고 안으로 들어갔다.

다른 방과 마찬가지로 이번에 들어간 방도 어두웠다. 벽에는 온통 검은색 낡은 판자가 대어 있었고, 마루에는 여기저기 닳아 올이 드러난 싸구려 터키 양탄자 두 장 말고는 아무것도 깔려 있지 않았다. 양탄자 역시 검은색이었다. 묵직해 보이는 커다란 탁자가 몇 개 있었고, 딱딱한 소파가 한두 개 있었다. 갈색 언덕을 그린 그림과 마른 잎이 가득 담긴 꽃병, 입에 하얀 알을 물고 있는 죽은 뱀이 담긴 유리병이 있었다. 창밖으로는 회색 하늘과 벌거벗고 축축한 가지가 보였다. 유리는 작았으며, 납 창살이 달렸고, 창틀 안에서 덜컹거렸다.

낡고 거대한 벽난로에서는 작은 불이 퍼덕거리고 있었고, 그 앞에 이 집의 안주인이자 우리 모든 음모의 기초가 되는 모드 릴리 양이 있었다. 모드는 약한 불꽃과 연기를 바라보며 서 있다가 내 발소리를 듣고 몸을 돌리더니 움찔하며 눈을 깜짝였다.

나는 젠틀먼이 해준 설명을 듣고 모드가 뛰어나게 아름다우리라고 기대하고 있었다. 하지만 그렇지 않았다. 적어도 살펴보던 당시에는 아름다워 보이지 않았다. 내가 보기에, 모드는 다소 평범한 인상이었다. 키는 나보다 일이 인치 정도 컸지만, 보통 키 정도였다. 내가 작은 편이기 때문이다. 머리는 나보다 금발이었으나 아주 금발은 아니었다. 눈은 좀 더 밝은 갈색이었다. 입술과 뺨은 아주 통통하고 매끄러웠다(이 부분에서는 모드가 나보다 훨씬 예뻤다는 걸 인정한다. 나는 입술 깨물기를 좋아하며 뺨에는 주근깨가 있고, 사람들 말에 따르면 내 인상은 날카로운 편이기 때문이다). 나는 어려 보였다. 하지만 내가 어려 보인다고 했던 사람들은 지금 내 앞에 서 있는 모드 릴리를 봐야만 했다. 만약 내가 어리다면, 모드는 갓난아기요, 영계요, 아무것도 모르는 숙맥이기 때문이었다. 이미 말한 것처럼, 모드는 내가 오는 것을 보자 깜짝 놀랐다. 그리고 뺨을 진홍색으로 물들이며 한두 발짝 내게 다가왔다. 이윽고 모드는 걸음을 멈추고 단정하게 두 손을 치마 앞으로 모았다. 치마는 품이 넉넉하고 짧았으며 발목이 보였다. 모드 나이 정도 되는 여자가 이런 치마를 입은 걸 보기는 처음이었다. 그리고 놀라우리만큼 가는 허리에 장식 띠를 하고 있었다. 머리털은 벨벳 망사로 묶었으며, 발에는 빨간 프루넬라[9]로 만든 슬리퍼를 신고 있었다. 손에는 깨끗한 흰색 장갑을 끼고 손목까지 단추를 채워 놓았다. 모드가 말했다.

「스미스 양, 스미스 양 맞지? 네가 런던에서 새로 온 내 하녀로구나! 수전이라고 편하게 불러도 될까? 네가 브라이어를 좋아했으면 좋겠어, 수전. 나도 좋아해 줬으면 좋겠고. 둘 다 좋아할 만한 점은 별로 없지만 말이야. 그렇지만, 너는 아주 쉽게, 아주 쉽게 해낼 것 같아. 정말이야.」

여전히 뺨이 새빨개진 채로 모드는 고개를 갸웃하고 나를 거의 보지 않으면서, 부드럽고 달콤하면서도 망설이는 듯한 목소리로 말했다. 내가 말했다. 「분명 아가씨를 좋아하게 되리라 생각합니다, 아가씨.」 나는 랜트 스트리트에서 연습했던 일을 생각하며 치마를 쥐고 무릎 굽혀 인사했다. 그리고 몸을 펴자 모드가 웃으며 다가와 내 손을 잡았다.

9 질긴 모직물의 일종.

모드는 내 뒤, 문에 서 있던 스타일스 부인을 보았다.

「돌아가 보셔도 돼요, 스타일스 부인.」 모드가 상냥하게 말했다. 「하지만 앞으로 스미스 양에게 잘해 주셔야 해요.」 모드는 내 눈을 보았다. 「너도 들었겠지만, 나는 고아란다, 수전. 너처럼 말이야. 어렸을 때 브라이어에 왔어. 아주 어렸을 때였고, 돌봐 줄 사람이 아무도 없었어. 그때부터 스타일스 부인이 엄마의 사랑이 무엇인지 가르쳐 주려고 얼마나 노력을 했는지, 도저히 말로는 설명할 수 없을 정도였단다.」

모드는 싱긋 웃으며 고개를 기웃했다. 스타일스 부인은 모드와 시선을 마주치지는 않았지만 뺨 색이 약간 변하면서 눈꺼풀이 파르르 떨렸다. 나라면 절대로 스타일스 부인에게서 어머니같이 자애로운 부분을 찾지 못했을 터였다. 하지만 하인은 자기가 모시는 귀족에게 감상적이 된다. 개가 악당을 좋아하게 되듯 말이다. 내 말을 믿어도 좋다.

어쨌든 스타일스 부인은 눈을 깜빡이고 잠시 겸손한 표정으로 있다가 우리를 두고 방을 떠났다. 모드는 다시 빙긋 웃으며 등받이가 딱딱한 소파 가운데 하나로 나를 데리고 갔다. 벽난로에 가까운 소파였다. 모드가 내 곁에 앉았다. 그리고 여행에 대해 물었다. 「우리는 네가 길을 잃은 줄로만 알았어!」 그리고 내 방에 대해서 물었다. 침대는 맘에 드는지, 아침 식사는 좋았는지 같은 질문도 했다.

「그런데 정말로 런던에서 온 거야?」 모드가 물었다. 내가 랜트 스트리트를 떠난 뒤 모두가 한결같이 물어 온 질문이었다. 내가 어디 별천지에서 오기라도 한 것처럼 말이다! 그러나 다음 순간, 이번 질문은 좀 다르다는 생각이 들었다. 멍청한 촌뜨기가 묻는 식이 아니라, 알고 싶은 열망에 찬 태도였다. 마치 런던이 모드에게 특별한 의미가 있어 정말로 런던에 대해 듣고 싶어 하는 듯했다.

물론, 나는 왜 그런지 안다고 생각했다.

다음으로, 모드는 내게 자기 하녀로서 해야 할 일에 대해 설명해 주었다. 가장 중요한 일은, 이미 알고 있던 것처럼, 모드와 함께 있으면서 친구가 되어 주고, 정원을 같이 산책하고 드레스를 정돈하는 것이었다. 모드는 눈을 내리깔았다.

「여기 브라이어가 다소 유행에 뒤처진다는 걸 알게 될 거야.」 모드가 말했다. 「그렇지만 찾아오는 손님이 거의 없으니 별문제가 안 된다고 생각해. 삼촌은 내가 단정하게 있기만 하면 좋아하셔. 하지만 물론 너는 런던에서 유행하는 멋진 스타일에 익숙해져 있겠지.」

나는 데인티의 머리 모양과 존의 개 가죽 외투를 떠올렸다. 「꽤 익숙합니다.」 내가 말했다.

모드가 계속 말했다. 「그리고 네가 마지막으로 모셨던 분은 굉장히 세련된 숙녀였겠지? 그분이 날 본다면 분명 웃으실 테지!」

이야기를 하며 모드는 계속 얼굴을 붉게 물들였고, 또다시 내게서 시선을 돌렸다. 나는 또다시 생각했다. 〈완전 숙맥이구먼!〉

하지만 나는 앨리스 부인(젠틀먼이 꾸며 낸 인물로, 내가 모신 걸로 되어 있는 부인이었다)은 무척 상냥하기 때문에 그 누구도 비웃지 않으셨으며, 어쨌든 간에, 진짜로 판단을 해야 할 것은 옷이 아니라 사람이기 때문에 멋진 옷이라는 게 아무것도 아니라는 것을 아는 분이셨다고 말했다. 전반적으로 보아 꽤 똑똑하게 대답했다고 생각했다. 그리고 모드도 그렇게 생각하는 듯했다. 왜냐하면 내가 그렇게 대답하자 모드가 나를 바라보는 눈길이 달라지고 얼굴색이 차분해졌으며 다시 내 손을 잡고 이렇게 말했기 때문이다.

「착하구나, 수전.」

내가 말했다. 「앨리스 부인께서는 늘 그렇게 말씀하셨어요, 아가씨.」

그리고 나는 젠틀먼이 써준 소개장이 떠올랐고, 지금이 그 소개장을 보여 줄 때라고 생각했다. 나는 주머니에서 소개장을 꺼내 모드에게 건넸다. 모드는 일어나 봉랍을 뜯더니 밝은 데서 보려고 창가로 걸어갔다. 그리고 멋들어진 필체로 쓰인 소개장을 한참 동안 바라보다가 잠깐 나를 훔쳐보았다. 심장이 쿵덕거렸다. 모드가 뭔가 이상한 점을 발견했다는 생각이 들었기 때문이다. 하지만 아니었다. 마침내 소개장을 쥔 모드의 손을 보자 손이 떨리고 있었던 것이다. 그래서 나는 모드 역시 나만큼이나 소개장이 어떤 형식이나 내용이어야 하는지 알지 못하며 단지 이제부터 무슨 말을 해야 할지 생각하는 거라고 추측했다.

모드에게 어머니가 없어서 참으로 안됐다는 생각이 들었다.

「그렇구나. 앨리스 부인이 너를 정말 높게 평가해 줬구나. 그집을 떠나게 되어 정말 아쉬웠겠네.」 소개장을 아주 작게 접어 주머니에 넣으며 모드가 말했다.

「정말 그랬습니다, 아가씨.」 내가 말했다. 「하지만 아시다시피, 앨리스 부인은 인도로 가셨습니다. 그곳은 햇볕이 굉장히 뜨거우리라고 생각합니다.」

모드는 싱긋 웃었다. 「브라이어의 잿빛 하늘을 좋아하게 될까? 알게 되겠지만, 여기선 절대로 햇볕이 쨍쨍하게 내리쬐지 않아. 삼촌이 금지하셨지. 강한 햇빛은 책을 바래게 하거든.」

모드는 이를 드러내며 소리 내어 웃었다. 이가 작고 무척 하얬다. 나는 살짝 웃었지만 입술을 벌리지는 않았다. 내 이는 지금도 노랗지만, 당시에는 싯누렇다는 표현이 어울릴 정도였기 때문이다. 그리고 모드의 이를 보고 있자니 내 이는 더욱 노랗게만 여겨졌다.

모드가 말했다. 「우리 삼촌이 학자인 거 알지, 수전?」

내가 말했다. 「그렇다고 들었습니다, 아가씨.」

「삼촌은 커다란 서재가 있단다. 그쪽 분야 책으로는 잉글랜드 전체에서 가장 큰 서재에 들어가지. 곧 보게 될 거야.」

「정말로 대단하겠는데요, 아가씨.」

모드가 다시 웃었다. 「물론, 읽는 걸 좋아하겠지?」

나는 침을 삼켰다. 「읽는 걸 좋아하느냐고요, 아가씨?」 모드는 고개를 끄덕이며 대답을 기다렸다. 「아주 많이요.」 마침내 내가 말했다. 「제 말은, 분명 아주 많이 좋아했을 거라고요. 만약 책과 신문을 읽을 기회가 많았다면 말이죠.」 나는 기침을 했다. 「그러니까, 만약 누군가 책과 신문을 보여 줬다면 말이죠.」

모드는 나를 빤히 바라보았다.

「배웠다면 말이에요.」 내가 말했다.

모드는 더욱 빤히 나를 바라보았다. 이윽고 모드는 짧으면서도 믿을 수 없다는 듯한 웃음을 터뜨렸다. 「농담하지 마.」 모드가 말했다. 「읽을 수 없다는 말은 아니겠지? 정말이야? 한 단어도, 한 글자도 못 읽는다고?」 모드의 웃음이 찡그림으로 바뀌었다. 모드 옆 작은 탁자에 책이 놓여 있었다. 여전히 반쯤은 웃고 반쯤은 찡그린 얼굴로 모드는 책을 집어 내게 건넸다. 「읽어 보렴.」 모드가 상냥하게 말했다. 「네가 겸손을 부리는 거 같아. 아무 곳이나 읽어 보렴. 더듬거려도 괜찮아.」

나는 아무 말 없이 책을 받아 들었다. 그러나 땀이 나기 시작했다. 나는 책을 펴고 한 쪽을 들여다보았다. 종이에는 검은 글자가 촘촘히 들어서 있었다. 다른 쪽을 펴보았다. 더 심했다. 화끈거리는 얼굴 위로 모드의 시선이 불꽃만 같았다. 침묵이 느껴졌다. 얼굴이 더 화끈거리기 시작했다. 〈운에 맡기는 거야.〉 나는 생각했다.

내가 시도했다. 「하늘에 계신 우리 아버지…….」

하지만 나머지가 기억이 안 났다. 나는 책을 덮고 입술을 깨물고 바닥을 내려다보았다. 나는 굉장히 씁쓸한 마음으로 생각했다. 〈제길, 이렇게 해서 우리 계획은 끝장나는 거군. 모드는 자기에게 책을 읽어 주지 못하거나 멋들어진 글씨로 편지를 써 주지 못하는 하녀는 쓰려 하지 않을 거야!〉 나는 눈을 들어 모드를 보고 말했다.

「배울 수 있어요, 아가씨. 기꺼이 배울게요. 눈 깜짝할 새에 배울 수 있다고 자신해요.」

하지만 모드는 고개를 젓고 있었고, 표정에 무언가가 있었다.

「배운다고?」 내게 다가와 부드럽게 책을 가져가며 모드가 말했다. 「오, 그러지 마! 안 돼, 안 될 일이야. 그건 내가 허락 못 해. 읽으면 안 돼! 아, 수전, 네가 우리 삼촌의 조카로 이 집에 산다면, 내 말이 무슨 뜻인지 알게 될 거야. 정말이야!」

모드는 빙그레 웃었다. 그리고 여전히 웃으며 나와 시선을 마주치고 있는 동안, 저택에 있는 종이 무겁게 그리고 천천히 여덟 번 울렸다. 그러자 모드가 웃음을 거뒀다.

모드가 몸을 돌리며 말했다. 「자, 나는 삼촌에게 가봐야 해. 그리고 시계가 한 시를 알리면 나는 다시 자유로워질 거야.」

모드는 그렇게 말했다. 이야기 속의 여자아이같이 들렸다. 마법사니 괴물이니 기타 등등의 신기한 삼촌을 둔 여자아이 이야기들이 있지 않은가? 모드가 말했다.

「한 시에 삼촌 방으로 날 데리러 와줘, 수전.」

「네, 아가씨.」 내가 말했다.

이제 모드는 무언가 딴생각을 하며 주변을 둘러보았다. 벽난로 위에 거울이 있었고, 모드는 거기로 다가가 장갑 낀 손으로 얼굴과 옷깃을 매만졌다. 나는 모드가 몸을 구부리는 모습을 지켜보았다. 짧은 드레스가 딸려 올라가면서 장딴지가 보였다.

모드는 거울을 통해 나와 눈을 마주쳤다. 나는 또다시 무릎 굽혀 인사했다.

「가봐도 될까요, 아가씨?」 내가 말했다.

모드가 뒤로 물러섰다. 「여기 있으럼.」 모드가 손을 저으며 말했다. 「그리고 내 방 좀 정리해 줘. 그렇게 해줄래?」

모드는 문 쪽으로 걸어갔다. 하지만 손잡이 근처에서 걸음을 멈추었다. 모드가 말했다.

「여기서 네가 즐겁게 지냈으면 좋겠어, 수전.」 이제 〈모드〉는 다시 얼굴을 붉히고 있었다. 그 모습을 보자 내 뺨은 차가워졌다. 「런던에 있는 네 이모가 너를 너무 많이 그리워하지 않았으면 좋겠어. 리버스 씨가 말한 분이 이모 맞지?」 모드는 눈을 내리깔았다. 「네가 리버스 씨를 만났을 때 그분은 잘 지내고 계셨어?」

모드는 그 질문이 자신에게 아무 의미도 없다는 것처럼 가볍게 물었다. 그러나 나는 똑같은 식으로 행동하는 사기꾼들을 알고 있었다. 그 사람들은 가짜 은화 더미 사이에 진짜 실링을 하나 놔두어 모든 은화를 진짜처럼 보이게 했다. 지금 모드가 나와 나이 든 이모에 대해 괜히 한번 물어보는 것처럼 말이다!

내가 말했다. 「리버스 씨는 아주 잘 계셨어요, 아가씨. 그리고 아가씨께 안부의 말씀을 전하셨어요.」

모드는 이제 문을 열고 반쯤 그 뒤로 몸을 숨긴 상태였다. 「정말로 그러셨어?」 모드가 말했다.

「정말이에요, 아가씨.」

모드는 문에 이마를 댔다. 「친절한 분이신 것 같아.」 모드가 부드럽게 말했다.

나는 젠틀먼이 부엌 의자 옆에 웅크리고 앉아 페티코트 안쪽 깊숙이 손을 넣으며 〈사랑스러운 계집〉이라고 말하던 모습이 떠올랐다.

「리버스 씨는 정말 친절하세요, 아가씨.」 내가 말했다.

이윽고, 집안 어디에선가 자그마한 요령이 짜증 부리듯 빠르게 딸랑거렸다. 그 소리에 모드는 〈삼촌이야〉라고 외치며 어깨 너머를 바라보았다. 모드는 문을 반쯤 닫긴 채로 두고 몸을 돌려 달려갔다. 모드가 계단을 내려가면서 슬리퍼가 바닥에 부딪히는 소리와 계단이 삐걱대는 소리가 들렸다.

나는 잠시 기다렸다가 문으로 다가가 발로 문을 차 닫았다. 그리고 벽난로 앞으로 가 손을 녹였다. 랜트 스트리트를 떠나온 뒤로 충분히 몸이 따뜻했던 적이 없었다. 나는 고개를 들고 모드가 보았던 거울을 보며 일어나 얼굴과 주근깨 난 두 뺨과 이를 들여다보았다. 혀를 내밀어 보았다. 그리고 손을 문지르며 낄낄댔다. 모드는 젠틀먼이 말한 그대로였기 때문이었다. 그리고 이미 젠틀먼에게 완전히 빠진 게 분명했기 때문이었다. 벌써 3천 파운드를 잘 포장한 뒤 내 것이라고 써 붙여 놓은 거나 마찬가지였고, 구속복을 든 의사가 정신 병원 정문에서 모드를 기다리며 서 있는 거나 마찬가지이기 때문이었다.

그것이 모드를 만난 뒤 내가 했던 생각이었다.

하지만 뭔가 마음에 차지 않았다. 그리고 낄낄거리며 웃었던 것도 다소 억지스러웠음을 인정하지 않을 수 없다. 그렇지만, 왜 그런지 꼭 집어 이유를 댈 수는 없었다. 나는 어둠 때문이라고 생각했다. 모드가 나가고 나자 집은 전보다 더 어둡고 조용해진 것처럼 보였기 때문이다. 벽난로에서 재가 떨어지는 소리, 유리창이 흔들리고 부딪히는 소리만이 들렸다. 창으로 다가갔다. 외풍이 지독했다. 외풍을 막기 위해 창문턱에 자그마한 빨간 모래주머니를 놓아두었지만 소용없었다. 그리고 모래주머니는 모두 젖어 곰팡이가 피어 있었다. 모래주머니에 손을 대어 보니 손가락에 녹색이 묻어났다. 나는 그곳에 서 몸을 떨며 바깥 경치를 보았다. 이런 것도 경치라고 부를 수 있는지 모르겠다. 바깥에는 평범한 풀밭과 나무뿐이었다. 검은 새 몇 마리가 잔디에서 벌레를 찍어 내고 있었다. 어느 쪽이 런던일까 궁금해졌다.

갓난아기 울음이나 입스 씨 누이 소리가 들렸으면 하고 간절히 바랐다. 광을 낼 장물 한 꾸러미나 가짜 은화 몇 개에 기꺼이 5파운드를 낼 의사가 있었다.

그때 뭔가 다른 생각이 났다. 〈내 방 좀 정리해 줘.〉 모드는 이렇게 말했다. 그리고 내가 보기에 이 방은 모드의 응접실일 뿐이었다. 그러니 모드가 자는 방이 어딘가에 있을 터였다. 이제 와 보니, 집 벽이 모두 짙은 떡갈나무판으로 되어 있어 보기에 무척 우울하고 어지러웠으며, 문이 틀에 딱 맞게 만들어져 있어 문을 찾아내기가 어려웠다. 하지만 열심히 벽을 들여다보자, 내 맞은편 벽에 틈과 손잡이가 보였다. 그러고 나자 문 모양이 눈에 확연히 보였다.

예상했던 대로, 그 문을 열자 모드의 침실이 나왔다. 물론 침실에는 다른 문도 있었다. 어젯밤 내가 귀를 대고 모드의 숨소리를 듣던 내 방문이었다. 하지만 이제 문 건너편이 어떻게 생겼는지를 보고 나니 내 행동이 무척이나 바보스러웠다는 생각이 들었다. 이 방은 일반적인 숙녀 방이었던 것이다. 아주 크지는 않았지만 충분히 컸으며, 달콤한 향이 희미하게 배어 있고, 낡은 모린[10] 차양과 커튼이 달린 높다란 사주 침대가 있었다. 나라면 이런 침대에서 자면 재채기가 나올 것만 같았다. 90년 정도는 한 번도 치운 적이 없을 듯한, 차양에 쌓여 있을 먼지와

10 커튼 따위에 쓰는 두꺼운 모직물.

죽은 파리와 거미 더미가 머릿속에 떠올랐기 때문이다. 침대는 정리되어 있었지만, 잠옷은 침대 위에 놓여 있었다. 나는 잠옷을 접어 베개 아래 놓았다. 베개에 금발이 한두 가닥 보이기에 집어 들어 벽난로에 넣었다. 하녀 일이란 게 다 이런 식이었다. 굴뚝이 벽에서 돌출된 부분에 낡고 커다란 거울이 걸려 있었고, 거울은 대리석처럼 은색과 회색으로 잔뜩 얼룩져 있었다. 그 뒤로 자그마한 구식 옷장이 있었다. 반들거리는 검은색 옷장에는 꽃과 포도가 가득 새겨져 있었고, 여기저기가 갈라져 있었다. 숙녀들이 나뭇잎만 걸치고 다녔을 시절에 만들었을 법한 물건이었다. 아무렇게나 들어가 있는 가벼운 드레스 예닐곱 벌에 이미 선반이 삐걱거렸고, 크리놀린 한 벌에 문이 제대로 닫히질 않았다. 그 모습을 보니 모드에게 어머니가 없는 게 얼마나 불쌍한 일인지 다시 한 번 더 생각하게 되었다. 어머니가 있었다면 이런 낡은 물건은 바로 치우고 좀 더 유행에 맞으면서 우아한 물건들을 마련해 줬을 테니 말이다.

하지만 랜트 스트리트에서 우리 같은 직업에 종사하는 사람들이 배우는 일 가운데 하나는 좋은 물건을 제대로 다루는 법이다. 나는 드레스들(모두가 이상하고 짧고 소녀 취향이었다)을 집어 잘 턴 다음 깔끔하게 개켜 선반에 돌려놓았다. 그리고 신발을 위에 얹어 크리놀린을 평평하게 하자 문이 제대로 닫혔다. 이 옷장은 벽감 안에 있었다. 또 다른 벽감에는 화장대가 놓여 있었다. 화장대 위에는 머리솔, 병, 핀이 마구 흩어져 있었다. 나는 이것들 역시 정리했다. 그리고 화장대에 붙어 있는 예쁜 서랍들을 열어 보았다. 이런, 참으로 볼 만했다. 전부 〈장갑〉이 들어 있었다. 어지간한 상점보다 더 많은 장갑이 있었다. 맨 위 서랍에는 흰색 장갑, 중간 서랍에는 검은 비단 장갑, 맨 아랫단에는 벙어리 가죽 장갑이 들어 있었다.

장갑마다 손목 안쪽 부분에 진홍색 실로 수가 놓여 있었다. 모드의 이름인 듯했다. 가위와 핀으로 이름을 지우고 싶어졌다.

물론, 그런 짓은 하지 않았다. 대신 장갑은 단정히 놓인 채로 그대로 두고 다시 방을 돌아다니며 모든 것을 만져 보고 살펴보았다. 둘러볼 게 그리 많지는 않았다. 하지만 호기심을 불러일으키는 물건이 하나 더 있었다. 상아를 아로새긴 작은 나무 상자로, 침대 옆 탁자에 놓여 있었다.

상자는 잠겨 있었고, 들어 올리자 안에서 둔탁한 소리가 났다. 열쇠는 보이지 않았다. 아마 줄 같은 것에 꿰어 몸에 지니고 다닐 거란 생각이 들었다. 하지만 자물쇠는 간단한 것이었고, 이런 종류의 자물쇠는 철사만 있으면 열 수 있었다. 굴을 소금물에 담그는 것만큼이나 간단한 일이었다. 나는 모드의 머리핀을 썼다.

나무 상자는 플러시 천으로 안감이 대여 있었다. 경첩은 은이었고, 삐걱거리지 않게 기름칠이 되어 있었다. 상자 안에서 뭘 볼 거라 기대했는지 잘 모르겠다. 아마 젠틀먼에게서 받은 물건, 기념품이나 편지, 또는 사랑의 징표 따위를 기대하지 않았을까. 그러나 상자 안에는 아름다운 금발 숙녀의 초상화가 담긴 조그만 황금 액자가 빛바랜 리본에 매달려 있었다. 여인의 눈은 부드러웠다. 20년 전에 유행했던 옷을 입고 있었으며, 액자는 낡았다. 여인은 모드와 별로 닮지 않았지만, 모드 어머니가 거의 맞을 듯했다……. 그렇지만, 만약 그렇다면, 모드가 이 그림을 목에 걸고 다니지 않고 상자에 넣어 놓은 게 무척이나 이상했다.

나는 액자에 무슨 표시가 없는지 이리저리 돌려 보면서 이 문제에 대해 꽤 오랫동안 곰곰이 생각해 보았다. 덕분에 처음에는 다른 모든 물건과 마찬가지로 차가웠던 액자가 시간이 지나며 따뜻해졌다. 하지만 집 안 어디선가 무슨 소리가 났고, 그 소리를 듣자 만약 모드 또는 마거릿이나 스타일스 부인이 방에 들어왔다가 내가 열린 상자 앞에 서서 초상화를 들고 있는 모습을 본다면 어떻게 될까 하는 생각이 퍼뜩 들었다. 나는 잽싸게 초상화를 상자에 넣고 자물쇠를 잠갔다.

상자 자물쇠를 열기 위해 구부렸던 머리핀은 내가 간직했다. 모드가 머리핀을 발견하고 나를 도둑으로 생각하게 할 수는 없는 노릇이었다.

그 뒤로는 할 일이 없었다. 나는 잠시 더 창가에 서 있었다. 열한 시에 하녀가 쟁반을 가지고 들어왔다. 「모드 아가씨는 여기 안 계세요.」 은제 찻주전자를 보고 내가 말했다. 하지만 차는 나를 위한 것이었다. 나는 차를 우아하게 조금씩 마셨다. 좀 더 오랫동안 마시기 위해서였다. 이윽고 하녀가 다시 한 번 방으로 오는 수고를 덜어 주기 위해 나는 쟁반을 들고 아래로 내려갔다. 하지만 내가 쟁반을 들고 부엌으로 들어오는 모습을 보자, 여자아이들은 나를 빤히 바라보았고, 요리사가 말했다.

「어이쿠, 맙소사! 만약 마거릿이 때 맞춰 오지 않는다고 생각한다면 스타일스 부인에게 말하세요. 하지만 피 양은 누구도 게으르다고 한 적이 없던 걸로 기억하는데요.」

피 양은 성홍열 때문에 아팠던 아일랜드 하녀였다. 단지 친절하게 행동하려 했을 뿐인데 그 여자보다 더 거만한 걸로 보이다니 무척이나 짜증 나는 상황이었다.

그러나 나는 아무 말도 하지 않았다. 나는 생각했다. 〈당신은 날 좋아하지 않을지라도, 모드 양은 나를 좋아한다고!〉 이 집에 있는 사람 가운데 모드만이 내게 상냥한 말을 해준 유일한 사람이었다. 돌연 나는 시간이 빨리 흘렀으면 좋겠다고 생각했다. 다른 이유가 있어서가 아니라, 오로지 모드를 다시 만날 수 있기 때문이었다.

적어도 브라이어에서는 항상 시간을 알 수 있었다. 시계가 열두 시를 알리고, 다시 열두 시 반을 알렸고, 나는 뒤쪽 층계로 가 서성이다가 잔심부름 일을 하는 하녀를 만났으며, 하녀는 내게 서재로 가는 길을 가르쳐 주었다. 서재는 일층에 있었고, 멋진 나무 계단과 현관이 내려다보이는 회랑을 지나 있었다. 하지만 회랑 역시 집 안 다른 곳과 마찬가지로 온통 어두침침하고 낡았다. 집만 본다면 이곳이 유명한 학자의 집이라고 생각하기는 어려웠다. 서재 문 옆에는 나무 방패, 그리고 유리 눈알이 하나 박힌 동물 머리가 그 위로 걸려 있었다. 나는 시계가 한 시를 알릴 때까지 그곳에 서서 기다리며 녀석의 희고 작은 이빨에 손가락을 대어 보았다. 문 저편으로 모드의 목소리가 들렸다. 삼촌에게 책이라도 읽어 주고 있는 듯, 아주 희미하고 느리고 평조인 목소리였다.

이윽고 한 시를 알리는 소리가 들리자, 나는 손을 들어 문을 두드렸다. 가느다란 남자 목소리가 들어오라고 말했다.

나는 우선 모드를 봤다. 모드가 앉은 책상 위로 책이 펼쳐져 있었고, 모드의 손이 표지를 잡고 있었다. 손에서 장갑을 벗었고, 작고 하얀 장갑은 곁에 단정히 놓아두었는데, 갓을 씌운 등 옆에 앉아 있었기 때문에 손가락에 환한 빛이 비치며 활자가 찍힌 종이 위에서 극도로 창백해 보였다. 모드 위로는 창이 있었다. 창유리는 노란색으로 페인트칠이 되어 있었다. 모드 주변 사방으로, 방 벽 모두가 선반으로 되어 있었다. 그리고 선반에는 책이 가득했다. 이렇게 많은 책을 본 사람은 아무도 없을 것이다. 엄청난 양이었다. 한 사람이 대체 얼마나 많은 글을 읽어야 한단 말인가? 나는 책들을 보며 몸서리를 쳤다. 모드가 앞에 놓인 책을 덮고 일어섰다. 하얀 장갑을 집어 손에 꼈다.

모드는 오른쪽, 방 끝 부분을 보았다. 열린 문에 가려 내 쪽에 선 그곳이 보이지 않았다. 심술궂은 목소리가 들려왔다.

「뭐야?」

문을 좀 더 열자 페인트칠이 된 또 다른 유리창, 더 많은 선반과 책, 그리고 커다란 책상이 하나 더 보였다. 책상 위는 종이로 가득했으며 갓을 씌운 등도 놓여 있었다. 그 뒤로 모드의 늙은 삼촌인 릴리 씨가 앉아 있었다. 그리고 릴리 씨의 외모에서 됨됨이가 그대로 드러나고 있었다.

릴리 씨는 벨벳 외투에 벨벳 모자 차림이었다. 모자에는 한때 술이 달렸을 자리에 빨간 울 그루터기만 튀어나와 있었다. 손에는 펜을 쥐고 있었지만, 펜은 종이에서 떨어져 있었다. 모드의 손이 하얀 것과 대조적으로 릴리 씨의 손은 시커멓다. 보통 사람의 손이 담배에 찌들 듯, 릴리 씨는 먹물에 절어 있기 때문이었다. 하지만 머리털은 하얬다. 턱은 말끔하게 면도되어 있었다. 입은 작고 아무 색이 없었지만, 단단하고 뾰족한 혀는 거의 새까멨다. 책장을 넘길 때 엄지와 손가락에 침을 묻혔던 게 분명했다.

릴리 씨의 눈은 축축하고 힘이 없었으며, 녹색이 들어간 안경을 걸치고 있었다. 릴리 씨가 나를 보고 말했다.

「누구냐?」

모드는 손목 단추를 채우고 있었다.

「새로 온 하녀예요, 삼촌.」 모드가 조용히 말했다. 「스미스 양이라고 해요.」

릴리 씨의 녹색 안경 뒤로 눈이 가늘어지면서 더욱 축축해졌다.

「스미스 양이라…….」 릴리 씨의 눈은 나를 보고 있었지만 말은 자기 조카에게 하고 있었다. 「저 애도 지난번 애처럼 교황 예찬자냐?」

「모르겠어요.」 모드가 말했다. 「물어보지 않았어요. 교황 예
찬자야, 수전?」

나는 그게 무슨 말인지 몰랐다. 하지만 나는 말했다. 「아니요,
아가씨. 아닌 거 같은데요.」

릴리 씨는 즉각 손으로 귀를 막았다.

「저 애 목소리가 맘에 안 드는구나.」 릴리 씨가 말했다. 「조용
히 있으면 안 되는 거냐? 좀 더 부드럽게 말할 순 없는 거냐?」

모드가 빙그레 웃었다. 「할 수 있어요, 삼촌.」 모드가 말했다.

「그런데 쟤는 왜 여기에 와 날 방해하는 거냐?」

「저를 데리러 온 거예요.」

「널 데리러 왔다고?」 릴리 씨가 말했다. 「벌써 시계 종이 울린
거냐?」

릴리 씨는 조끼의 시계 주머니에 손을 넣어 낡고 커다란 황금
리피터[11]를 꺼내더니 시보를 듣기 위해 고개를 기울였고, 입이
살짝 벌어졌다. 나는 여전히 장갑을 채우기 위해 손을 더듬거리
며 서 있는 모드를 보았다. 그리고 모드를 돕기 위해 한 발 앞으
로 다가섰다. 하지만 릴리 씨는 내가 다가서는 모습을 보자 인
형극에 나오는 펀치 씨[12]처럼 경련을 일으키면서 검은 혀를 쑥
내밀었다.

「손가락, 이 여자야!」 릴리 씨가 외쳤다. 「손가락! 손가락!」

릴리 씨는 시커먼 손가락으로 나를 가리키며 잉크가 날리도
록 펜을 흔들어 댔다. 나는 나중에 릴리 씨 책상 아래 양탄자가
꽤 시커먼 것을 보고, 릴리 씨가 펜을 꽤 자주 흔든다고 추측하
게 되었다. 그렇지만 이 당시 릴리 씨는 무척 이상해 보인 데다

11 버튼을 누르면 시간을 알려 주는 음향이 나오는 시계.
12 인형극 「펀치와 주디 쇼」의 주인공.

가 목소리가 어찌나 새되던지 나는 심장이 덜컥 내려앉는 느낌이었다. 나는 릴리 씨가 쉽게 열을 받는 사람이리라 생각했다. 나는 다시 한 발 앞으로 더 다가섰고, 그 모습을 본 릴리 씨는 더욱 날카롭게 비명을 질렀다. 마침내 모드가 내게 다가와 팔을 잡았다.

「겁먹지 마.」 모드가 부드럽게 말했다. 「삼촌은 이걸 말씀하시는 거야. 봐.」 그리고 모드는 내 발밑에 있는 것을 보여 주었다. 발밑 어두운 색 마루 널 위로, 출입구와 양탄자 끄트머리 사이 공간에 검지를 편 놋쇠 손 모양이 박혀 있었다.

「삼촌은 하인들이 당신 책 보는 걸 싫어하셔서.」 모드가 말했다. 「그러다가 책이 상할까 봐 말이야. 그래서 이 표시 이상으로는 하인들이 서재 안쪽으로 들어오지 못하게 하셔.」

모드는 슬리퍼 끄트머리로 놋쇠를 밟았다. 모드의 얼굴은 왁스처럼 매끄러웠으며 목소리는 물처럼 맑았다.

「그 아이가 표시를 봤느냐?」 모드의 삼촌이 물었다.

「네.」 발을 다시 거두어들이며 모드가 말했다. 「아주 잘 보고 있어요. 다음에는 알 거예요. 그렇지, 수전?」

「네, 아가씨.」 나는 무슨 말을 해야 할지, 어떻게 누구에게 해야 할지 거의 감을 잡지 못하며 대답했다. 인쇄된 글을 읽는다고 책이 상한다는 말은 처음 들었기 때문이다. 하지만 내가 책에 대해 뭘 안단 말인가? 게다가, 노인은 너무나 별났고 내게 뻣성을 부렸기에 나는 뭐든지 다 진실일 수 있다고 생각했다. 「네, 아가씨.」 내가 다시 말했다. 그리고 덧붙였다. 「네, 나리.」

그리고 나는 무릎 굽혀 인사를 했다. 릴리 씨는 녹색 안경 너머로 나를 노려보며 코웃음을 쳤다. 모드가 장갑을 다 잠그자, 우리는 서재를 나서기 위해 몸을 돌렸다.

「그 아이가 좀 부드러운 목소리를 내게 해라, 모드.」 모드가 문을 닫는 등 뒤로 릴리 씨가 말했다.

「네, 그럴게요, 삼촌.」 모드가 중얼거렸다.

복도는 그전보다 더욱 어두워 보였다. 모드는 나를 데리고 회랑을 돈 뒤 계단을 올라 이층 자기 방으로 데려갔다. 방에는 가벼운 점심이 차려져 있었고, 또 다른 은주전자에는 커피가 담겨 있었다. 하지만 요리사가 차려 놓은 음식을 본 모드는 인상을 썼다.

「달걀이네.」 모드가 말했다. 「부드럽게 익었네. 꼭 너처럼 부드러워. 삼촌 어떻게 생각하니, 수전?」

내가 말했다. 「아주 똑똑하신 분인 거 같아요, 아가씨.」

「맞아.」

「그리고 아주 커다란 사전을 쓰고 계시죠?」

모드는 눈을 끔벅이다가 고개를 끄덕였다. 「맞아. 사전이지. 시간이 굉장히 오래 걸리는 작업이야. 우리는 지금 F 항목을 만들고 있어.」

모드는 내가 그 일에 대해 어떻게 생각하는지 보려는 듯이 나와 시선을 맞췄다.

「멋지네요.」 내가 말했다.

모드는 다시 눈을 끔벅이더니 숟가락을 대고 첫 번째 달걀 윗부분을 깼다. 그리고 달걀 안에서 흰자위와 노른자위가 섞여 있는 걸 보고 다시 인상을 찡그리더니 접시를 반대편으로 밀쳐 냈다. 「나 대신 네가 먹어.」 모드가 말했다. 「모두 다 먹어야 해. 난 대신 빵에 버터를 발라 먹을 테야.」

달걀은 모두 세 개였다. 모드가 달걀에서 뭘 봤기에 그렇게 까다롭게 굴었는지 아직도 모르겠다. 모드는 달걀을 내게 건네 주었고 내가 달걀을 먹는 동안 나를 지켜보며 빵을 조금 베어 먹고 커피를 찔끔찔끔 마셨고, 끼고 있는 장갑 한 부분을 한동안 계속 문지르며 말했다. 「여기에 노른자 자국 좀 봐. 손가락 쪽에. 으, 흰색 장갑에 노란색 얼룩이라니, 정말 끔찍해!」

식사 내내 모드는 달걀 자국에 얼굴을 찡그리고 있었고 나는 그런 모드를 바라보며 식사를 마쳤다. 쟁반을 가지러 마거릿이 오자, 모드는 일어나 자기 침실로 들어갔다. 그리고 다시 나왔을 때는 장갑이 다시 새하얬다. 서랍에서 새 장갑을 꺼내 낀 것이다. 나중에 모드의 침실 벽난로에 석탄을 넣다가 모드가 먼저 꼈던 장갑을 발견했다. 모드는 장갑을 벽난로 쇠창살 안쪽으로 집어 던졌고, 불꽃에 양가죽이 오그라들어 인형 장갑처럼 보였다.

확실히 모드는 특이하다고 부를 만했다. 하지만 랜트 스트리트에서 젠틀먼이 말했던 대로, 모드는 미치거나 반쯤 멍청이인 걸까? 나는 그렇지 않다고 생각했다. 내 생각에 모드는 단지 아주 외로웠으며 아주 책을 좋아했고 지루했을 뿐이었다. 이런 집에 산다면 누군들 그렇지 않겠는가? 점심이 끝나자, 모드는 창가로 갔다. 하늘은 회색이었고 비가 올 듯했지만, 모드는 밖으로 나가고 싶다고 말했다. 모드가 말했다. 「자, 산책할 옷으로 뭘 입을까?」 우리는 모드의 자그마한 검은색 옷장 앞에 서서 외투와 보닛과 장화를 살펴보았다. 그러면서 거의 한 시간이 지나갔다. 내 생각엔, 그것이 모드가 원하던 것이었다. 내가 모드의 신발끈을 묶으며 쩔쩔매자 모드는 자기 손을 내 손 위에 올려놓고 말했다.

「천천히 해도 돼. 왜 서두르는 거니? 서두르라고 하는 사람도 없잖아. 안 그래?」

모드는 싱긋 웃었지만 눈은 슬펐다. 내가 말했다. 「네, 아가씨.」

마침내 모드는 연회색 망토를 걸치고 양가죽 장갑 위에 벙어리장갑을 꼈다. 모드는 내게 작은 가죽 가방에 손수건, 물병, 가위를 준비해 넣으라고 했다. 모드는 가위를 뭐에 쓸지 말해 주지 않은 채 가방을 들고 가게 했다. 나는 모드가 꽃을 따려는 모양이라고 생각했다. 모드가 나를 데리고 커다란 계단을 내려가 문으로 가자, 웨이 씨는 우리가 내려오는 소리를 듣고 빗장을 열기 위해 달려 나왔다. 「안녕하십니까, 모드 아가씨?」 고개 숙여 인사하며 웨이 씨가 말했다. 그리고 내게도 말했다. 「안녕하십니까, 스미스 양?」 홀은 어두웠다. 집 밖으로 나왔을 때, 우리는 서서 눈을 끔벅였고, 하늘과 창백한 해를 막기 위해 손으로 눈 위를 가렸다. 집을 처음 보았을 때는 섬뜩한 느낌이 들었으나, 그때는 밤이었고 안개가 끼어 있었다. 그러니 낮에 보면 조금은 덜 섬뜩해 보여야 정상이었다. 하지만 반대로 집은 더욱 섬뜩해 보였다. 한때는 아주 웅장한 모습이었겠지만, 이제 굴뚝들은 주정뱅이처럼 비딱하게 서 있고 지붕은 이끼와 새둥지로 녹색이 되어 있었다. 집은 온통 죽은 덩굴 식물에 뒤덮여 있거나, 오래전에 덩굴 식물이 있었던 곳엔 얼룩이 져 있었다. 벽 아랫단의 담쟁이덩굴은 모두 줄기가 잘려 있었다. 집 앞쪽의 커다란 정문은 중간이 갈라져 있었다. 하지만 비로 인해 나무가 불었기 때문에 문은 오직 반만 열렸다. 모드는 크리놀린을 눌러 평평하게 한 뒤 몸을 옆으로 해서 문을 빠져나가야만 했다.

모드가 우울한 장소를 빠져나오는 모습을 보고 있노라니 굴에서 진주가 빠져나오는 것처럼 이상한 기분이 들었다.

하지만 모드가 문을 닫으며 집 안으로 들어가는 모습을 보는 것, 그리고 굴 껍데기가 열렸다가 모드를 삼킨 뒤 다시 닫히는 모습을 보는 것은 더욱 이상했다.

그러나 정원에는 볼 것이 그리 많지 않았다. 정원에는 집까지 가로수 길이 나 있었다. 집이 들어서 있는 자갈밭 공터가 있었다. 약초 정원이라 부르는 장소에선 대부분 쐐기풀이 자랐다. 그리고 무성하게 자란 숲 속에는 막다른 오솔길이 나 있었다.

숲 끝 부분에는 창이 없는 자그마한 석조 건물이 있었다. 모드 말에 따르면 얼음 창고였다. 「가서 안을 들여다보자.」 모드는 그렇게 말하곤 했다. 그리고 몸이 덜덜 떨려 올 때까지 서서 뿌연 얼음 덩어리를 지켜보곤 했다. 얼음 창고 뒤편에는 진흙길이 나 있었고, 그 길을 따라가면 주목(朱木)에 둘러싸인 채 문이 꽉 닫힌 낡고 붉은 예배당이 있었다. 내가 그때까지 보아 온 가운데 가장 이상하고 조용한 곳이었다. 그곳에선 새 한 마리 지저귀는 소리조차 들려온 적이 없었다. 나는 가고 싶지 않았지만, 모드는 종종 그곳에 갔다. 모드 이전에 살았던 릴리 가문 사람들 묘지가 모두 예배당에 있었기 때문이었다. 그리고 묘지 가운데 평범한 비석이 하나 있었는데, 바로 모드의 어머니가 묻힌 곳이었다.

모드는 거의 눈도 깜빡이지 않으면서 그 앞에 한 시간씩 앉아 있곤 했다. 모드가 가위를 챙긴 이유는 꽃을 따기 위해서가 아니라 단지 묘지에 난 풀을 깎기 위해서였다. 그리고 어머니 이름을 박아놓은 납 활자에 생긴 얼룩은 젖은 손수건으로 닦아 냈다.

모드는 손이 떨리고 숨이 가빠 올 때까지 비석을 닦곤 했다. 내게는 절대로 손대지 못하게 했다. 처음으로 그곳에 갔던 날, 내가 도우려 하자 모드가 말했다.

「어머니 무덤을 돌보는 일은 딸의 의무야. 잠시 저쪽에 가서 내 쪽을 보지 말고 있어 줘.」

그래서 나는 모드를 홀로 두고 무덤들 사이를 배회했다. 땅은 강철처럼 단단했으며 장화에 부딪히면 소리가 났다. 걸으며 어머니를 생각했다. 어머니는 무덤이 없었다. 감옥에서는 살인자에게 무덤을 만들어 주지 않았다. 살인자 시체는 석회에 넣었다.

달팽이 등에 소금을 뿌려 본 적이 있는지? 존 브룸이 그렇게 하곤 했고, 달팽이가 쉬잇 소리와 함께 거품을 내는 것을 보고 깔깔댔다. 한번은 내게 이렇게 말했다.

「네 엄마도 이렇게 쉬잇 소리 내며 거품을 물더라. 네 엄마도 이렇게 거품을 물며 소리를 냈고 그 냄새를 맡은 사람이 열 명은 죽었어!」

존은 다시는 그 말을 하지 않았다. 내가 부엌 가위를 집어 녀석 목에 가져다 댔던 것이다. 내가 말했다. 「나쁜 피는 유전이야. 나쁜 피는 꼭 티가 나지.」 그때 녀석 얼굴은 정말 가관이었다!

내 안에 나쁜 피가 흐르고 있다는 사실을 알면 모드가 어떤 표정을 지을지 궁금했다.

하지만 모드는 결코 물으려 하지 않았다. 내가 쿵쿵거리며 주변을 배회하는 동안, 모드는 그저 앉아서 자기 어머니 이름만 열심히 바라보았다. 마침내, 모드는 한숨을 쉬며 주위를 둘러보았고, 손으로 눈을 훔치더니 두건을 썼다.

「이곳에 있으면 우울해져.」 모드가 말했다. 「조금만 더 걷자.」

모드는 주목이 빙 둘러싼 곳에서 나를 데리고 나와 울타리 샛길로 들어서더니 숲과 얼음 창고에서 멀어져 정원 쪽으로 갔다. 그곳에서 벽을 따라 난 오솔길로 가면 입구가 나왔다. 모드는 입구 열쇠를 가지고 있었다. 문을 나가면 강둑이 나왔다. 집에서는 강이 보이지 않았다. 강에는 반쯤 썩어 버린 오래된 선착장이 있었고, 작은 너벅선이 뒤집혀 있었고, 배 바닥에 앉을 만한 공간이 있었다. 강은 좁았고, 물은 아주 조용하고 진흙 때문에 탁했으며 잽싸게 움직이는 물고기로 가득했다. 강둑을 따라 골풀이 빽빽하고 높게 자라 있었다. 모드는 골풀 옆을 천천히 걸으며, 골풀이 물과 만나는 곳에서 생긴 어둠을 초조한 눈으로 바라보았다. 나는 모드가 뱀을 무서워한다고 여겼다. 이윽고 모드는 갈대를 뽑아 부러뜨리더니 도톰한 입술로 그 끝을 물고 앉았다.

나는 모드 곁에 앉았다. 바람은 없었지만 추웠고 어찌나 조용하던지 귀가 다 시렸다. 공기가 희박하다는 생각이 들었다.

「강이 쭉 뻗어 있네요.」 나는 예의상 말을 꺼냈다.

거룻배가 지나갔다. 배에 탄 사람들이 우리를 보고 모자에 손을 댔다. 내가 손을 흔들었다.

「런던으로 가는구나.」 배에 탄 사람들을 보며 모드가 말했다.

「런던요?」

모드가 고개를 끄덕였다. 나는 이 작은 강줄기가 템스 강일 줄은 몰랐다. 누가 그런 생각을 할 수 있겠는가? 나는 모드의 말을 배가 더 가서 더 큰 강줄기와 만날 거라는 말이라고 이해했다. 하지만 그러나 그 배가 런던(아마도 런던 브리지 아래를 지나갈 터였다)으로 간다는 생각을 하니 나도 모르게 한숨이 나왔다. 나는 강굽이를 따라 배가 지나가는 모습을 보기 위해 고개를 돌렸다. 이윽고 배가 시야에서 사라졌다. 배 엔진 소리가 멀어져 가고, 굴뚝에서 나오는 연기는 회색 하늘과 합쳐지며 사라졌다. 다시금 공기가 희박해졌다. 여전히 모드는 부러뜨린 갈대를 입에 물고 앉아 있었고, 정처 없는 시선이었다. 나는 돌을 들어 물에 던지기 시작했다. 모드는 내 모습을 지켜보았고, 물이 첨벙거릴 때마다 눈을 깜짝거렸다. 이윽고, 모드는 나를 데리고 집으로 돌아갔다.

우리는 모드의 방으로 돌아갔다. 모드는 바느질거리를 꺼냈다. 색도 없고 형체도 없어, 저절로 식탁보를 만들려는 건지 뭔지 알 수가 없었다. 나는 모드가 다른 일을 하는 것은 단 한 번도 본 적이 없었다. 모드는 장갑을 낀 채 바느질을 했다. 아주 지독한 솜씨로, 바느질 자국은 삐뚤삐뚤했으며 그나마 반 정도는 다시 실을 뽑아 버렸다. 그 모습이 무척 신경에 거슬렸다. 우

122

리는 불꽃이 틱틱거리는 벽난로 앞에 함께 앉아 맥없이 이야기를 나눴고(무슨 내용이었는지는 기억나지 않는다), 이윽고 날이 어두워지자 하녀가 촛불을 들고 왔다. 그리고 바람이 심해지면서 창문이 전보다 더 심하게 덜컹거리기 시작했다. 내가 혼잣말을 했다. 「하느님, 젠틀먼이 빨리 오게 해주세요! 이렇게 일주일을 보냈다가는 죽고 말 거예요.」 그리고 나는 하품을 했다. 모드가 내 눈을 바라보았다. 그리고 모드 역시 하품을 했다. 그리고 그 때문에 나는 더욱 크게 하품을 했다. 마침내 모드는 바느질거리를 밀어 놓고 다리를 움츠린 뒤 머리를 소파 팔걸이에 기대더니 잠이 든 듯했다.

시계가 일곱 시를 알릴 때까지 우리가 한 일은 그게 전부였다. 일곱 시 종을 들은 모드는 더욱 크게 하품을 한 뒤 손가락으로 눈을 비비며 일어났다. 일곱 시는 모드가 다시 옷을 갈아입고 비단 장갑으로 갈아 껴야 하는 시간이었다. 삼촌과 저녁 식사를 하기 위해서였다.

모드는 릴리 씨와 두 시간을 함께 보냈다. 물론 나는 옆에서 지켜보는 대신, 하인들과 함께 부엌에서 저녁 식사를 했다. 하인들이 말하길, 릴리 씨는 저녁 식사를 마친 뒤 응접실에 앉아 모드가 책 읽어 주는 소리에 귀 기울이는 것을 좋아한다고 했다. 그것이 릴리 씨의 낙인 모양이었다. 왜냐하면, 하인들 말이, 찾아오는 손님도 거의 없지만, 있다 할지라도 언제나 옥스퍼드와 런던에 사는 책 좋아하는 신사들이라는 것이었다. 그리고 모드가 그 사람들 앞에서 책을 읽게 하는 것이 릴리 씨의 낙이라고 했다.

「아가씨는 책 읽는 거 말고 다른 일은 안 하시나요? 불쌍해요.」 내가 물었다.

「아가씨 삼촌이 다른 건 못하게 하시죠.」 잔심부름하는 하녀가 말했다. 「끔찍이 아끼시거든요. 바깥으로도 거의 내보내지 않으시고요. 나가면 큰일이라도 날 줄 아시나 봐요. 아가씨가 늘 장갑을 끼고 계시는 것도 다 삼촌이 시켜서 그러는 거랍니다.」

「그만하세요!」 스타일스 부인이 말했다. 「아가씨가 들으시면 뭐라고 하시겠습니까?」 그 말에 잔심부름하는 하녀는 입을 다물었다. 나는 자리에 앉아 릴리 씨를, 그리고 릴리 씨의 빨간 모자와 황금 리피터, 녹색 안경, 검은 손가락과 혀를 떠올렸다. 그리고 달걀을 보며 얼굴을 찡그리고 어머니 무덤에서 비석을 열심히 닦아 내던 모드를 떠올렸다. 사람을 소중히 하는 방식치고는 참 희한한 방식이었고, 모드가 그런 식으로 행동하게 된 것도 당연해 보였다.

나는 모드에 대해 모든 것을 다 알고 있다고 생각했다. 물론 나는 아무것도 모르고 있었다. 나는 별말 없이 하인들이 이야기하는 것을 들으며 저녁 식사를 했다. 식사 뒤, 스타일스 부인이 자기 찬방에 가서 웨이 씨와 함께 내 몫의 푸딩을 먹지 않겠느냐고 물었다. 그래야 할 것 같은 생각이 들었다. 나는 털로만 만든 그림을 바라보며 앉아 있었다. 웨이 씨는 메이든헤드 신문에서 기사를 읽어 주었고, 읽어 주는 모든 이야기(황소가 울타리를 부쉈다거나 교구목사가 교회에서 재미있는 설교를 했다는 식의 이야기였다)마다 스타일스 부인은 고개를 저으며 이렇게 말했다. 「거참, 이런 소식을 들어 본 적이 있나요?」 그리고 웨이 씨는 킬킬대며 말했다. 「봐요, 스미스 양. 우리도 뉴스 쪽에선 런던에 절대로 뒤지지 않는다니까요!」

웨이 씨 목소리 위로 희미한 웃음소리와 의자가 삐걱거리는 소리가 들려왔다. 요리사와 식기실 하녀들, 윌리엄 잉커, 나이프 닦는 아이가 부엌에서 노는 소리였다.

이윽고 저택의 시계가 시간을 알리고, 그 뒤 바로 하인용 종이 울렸다. 릴리 씨가 웨이 씨의 시중을 받아 침대에 들고 모드는 내 시중을 받아 잠자리에 들 시간이라는 뜻이었다.

나는 돌아오는 길에 또다시 거의 길을 잃을 뻔했다. 그럼에도 모드는 나를 보자 말했다.

「너니, 수전? 아그네스보다 행동이 빠르네.」 모드는 싱긋 웃었다. 「그리고 예쁘기도 네가 더 예쁜 거 같아. 나는 빨간 머리 여자아이는 예쁠 수가 없다고 생각해. 네 생각은 어때? 그리고 금발도 그렇고. 나는 머리털 색이 더 짙었으면 좋겠어, 수전!」

모드는 저녁 식사 때 포도주를 마시고, 나는 맥주를 마신 뒤였다. 우리는 나름대로 꽤 취해서 비틀거렸다. 모드는 벽난로 위 커다란 은도금 거울 앞에 서더니 나를 자기 옆에 세우고 내 머리를 자기 쪽으로 끌어당겼다. 그리고 머리털 색을 비교했다. 「네 머리색이 더 진해.」 모드가 말했다.

그리고 모드는 벽난로에서 떨어져 내게 잠옷을 입히게 했다.

모드 옷을 벗기는 일은 낡은 우리 집 부엌에서 의자에 입혀 놓았던 옷을 벗기는 것과는 완전히 딴판이었다. 모드는 선 채로 벌벌 떨며 말했다. 「빨리해! 얼어 죽겠어! 오, 하느님!」 모드의 침실도 집 안 다른 곳처럼 외풍이 들었던 것이다. 더구나 내 손가락이 차가웠기에, 손이 닿을 때마다 모드는 깜짝깜짝 놀랐다. 하지만 잠시 뒤 손가락은 따뜻해졌다. 숙녀 옷을 벗기는 일은 힘든 작업이다. 모드가 입고 있던 코르셋은 길었으며 살대는 강철이었다. 허리는, 이미 말했던 것 같지만, 가늘었다. 의사가 봤다면 병이 들 거라고 말할 만한 그런 허리였다. 크리놀린은 시계태엽에 쓰는 스프링으로 만들어져 있었다. 머리 망사로 싼 머리털은 반 파운드 정도 되는 핀과 은빗으로 고정되어 있었다. 페티코트와 시미는 옥양목이었다. 하지만 그 모든 것 안에 감춰져 있는 모드는 버터처럼 부드럽고 매끈했다. 내 눈엔 너무나 부드러웠다. 모드가 멍드는 모습을 상상했다. 모드는 껍데기 벗긴 가재 같았다. 내가 잠옷을 가져오는 동안, 모드는 스타킹만 신은 채 팔은 머리 위로 올리고 눈을 꼭 감고 서 있었다. 나는 잠시 동안 몸을 돌려 모드를 바라보았다. 내가 바라본들 모드에겐 별 문제될 것도 없었다. 나는 모드의 가슴과 엉덩이, 북슬북슬한 털(오리 깃털처럼 갈색이었다), 그리고 털에서 갈라진 곳을 비롯해 모든 것을 보았다. 모드는 정원 기둥에 서 있는 동상처럼 창백했다. 어쩌나 창백한지 빛이 나는 듯했다.

하지만 한편으로 모드의 창백함은 보고 있노라면 걱정이 되는 쪽이었기에, 모드에게 옷을 입히자 기뻐졌다. 나는 모드의 드레스를 깔끔하게 정리해 옷장에 넣고 억지로 문을 닫았다. 모드는 앉아서 하품을 하며 내가 와서 머리를 빗겨 주길 기다렸다.

모드의 머리털은 멋졌고, 아주 길었다. 나는 머리털을 빗겼고, 움켜쥔 뒤 가격이 얼마나 나갈지 생각했다.

「무슨 생각을 하고 있어?」 거울을 통해 내 눈을 보며 모드가 말했다. 「예전에 모셨던 부인 생각? 그 부인 머리가 더 예뻤어?」

「그 부인 머리는 아주 별로였어요.」 내가 말했다. 말을 하고 나니 괜히 앨리스 부인에게 미안해졌다.

「하지만 그분은 잘 걸어 다니셨어요.」

「나는 잘 걸어?」

「네, 아가씨.」

정말이었다. 모드는 발이 작았고, 발목은 허리만큼이나 가늘었다. 모드가 빙그레 웃었다. 머리털을 대봤던 것처럼, 모드는 내 발도 자기 발 곁에 대보게 한 뒤 둘을 비교했다.

「네 발도 예쁜걸.」 모드가 상냥하게 말했다.

모드는 침대에 들었다. 모드는 말하길, 어둠 속에 누워 있어도 상관없다고 했다. 베개 곁에는 양철 삿갓을 씌운 골풀 양초가 있었고(늙은 수전노나 쓸 법했다), 모드는 내가 들고 있던 촛불로 골풀 양초에 불을 붙이게 했다. 그리고 침대 커튼을 묶어 닫지 못하게 했다. 대신 살짝만 닫아 방 저편을 볼 수 있게 했다.

「네 방문 꼭 닫아 놓지 않을 거지, 그렇지?」 모드가 말했다. 「아그네스는 닫아 놓은 적이 없어. 네가 오기 전에 마거릿은 의자에 앉아 있었는데, 난 그게 싫었어. 꿈을 꾸다가 마거릿을 소리쳐 부를까 겁이 났거든. 마거릿은 나를 꼬집어서 깨워. 네 손은, 수전, 마거릿 손처럼 힘이 세. 하지만 손길이 부드러워.」

모드는 이렇게 말하면서 재빨리 자기 손가락을 내 손가락 위에 포개 놓았다. 그리고 나는 양가죽 감촉에 다소 몸이 오싹해졌다. 모드는 이미 비단 장갑을 벗고 하얀 양가죽 장갑을 다시 끼고 있었기 때문이었다. 이윽고, 모드가 손을 치우더니 팔을 담요 안으로 집어넣었다. 나는 담요를 아주 부드럽게 끌어올렸다. 내가 말했다. 「그게 다인가요, 아가씨?」

「응, 수전.」 모드가 대답했다. 모드는 베개 위에서 뺨을 움직였다. 모드는 머리털이 목을 따끔거리게 찌르는 것을 좋아하지 않았다. 모드는 머리털을 머리 뒤로 빼냈고, 머리털은 밧줄처럼 곧고 가늘고 어둡게 그림자 속으로 사라졌다.

촛불을 치우자 그림자가 물결처럼 모드를 덮쳤다. 등불이 모드의 방을 흐릿하게 비추고 있었지만 침대 부분은 깜깜했다. 나는 내 방문을 반쯤 닫았고, 모드가 머리를 드는 소리가 들렸다. 「조금 더 열어 줘.」 모드가 부드럽게 말했고, 나는 문을 좀 더 열었다. 그리고 일어서 얼굴을 문질렀다. 브라이어에 온 지 겨우 하루째였다. 하지만 내 인생에서 가장 긴 날이었다. 손은 레이스를 잡아당기느라 욱신거렸다. 눈을 감자 옷 고리가 보였다. 내 옷을 벗는 것도 재미가 없는 마당에 모드의 옷까지 벗기다니.

마침내 나는 앉아 촛불을 껐다. 그리고 모드가 움직이는 소리에 귀를 기울였다. 집 안 전체가 정적에 잠겨 있었다. 모드가 베개에서 일어나 침대에서 몸을 트는 소리가 또렷하게 들렸다. 손을 뻗어 열쇠를 꺼내 작은 나무 상자에 집어넣는 소리가 들렸다. 자물쇠가 딸각하는 소리에 나는 침대에서 일어났다. 나는 생각했다. 〈자, 너는 못할지라도 나는 조용히 할 수 있어. 나는 너나 네 삼촌이 생각하는 것보다 더 부드럽게 움직일 수 있어.〉 그리고 나는 문이 열린 틈으로 다가가 모드의 방을 엿보았다. 모드는 커튼을 친 침대에서 몸을 내밀어, 아름다운 숙녀, 즉 어머니의 초상화를 손에 들고 있었다. 내가 지켜보는 동안, 모드는 초상화를 입으로 가져가 키스를 하고 부드럽고 슬픈 목소리로 무엇인가를 말했다. 그리고 한숨을 쉬며 초상화를 내려놓았다. 모드는 열쇠를 침대 곁에 있는 책에 넣어 두었다. 나는 책을 볼 생각은 하지도 못했다. 모드는 상자를 잠그고 탁자에 얌전히 놓은 다음, 한 번 그리고 다시 한 번 만진 뒤 커튼 뒤로 사라졌고, 정적이 찾아왔다.

이윽고 모드를 지켜보고 있기에는 너무 피곤해졌다. 나 역시 다시 돌아왔다. 내 방은 잉크처럼 시커멨다. 손을 더듬어 담요와 시트를 찾은 뒤 걷고 그 안으로 들어갔다. 그리고 숙녀를 시중드는 하녀용 좁은 침대에서 개구리처럼 차갑게 누워 있었다.

그 뒤 얼마나 오래 잠들었는지 모르겠다. 끔찍한 소리에 잠이 깼지만 무슨 소리인지는 알 수 없었다. 일이 분 정도, 나는 눈을 떴는지 감았는지도 모르겠는 상태로 누워 있었다. 어둠이 너무나 깊었기 때문에 아무 차이가 없었다. 모드의 방으로 통하는 문으로 눈을 돌렸을 때야 열린 문 사이로 희미한 불빛이 보였고, 그제야 내가 깨어 있고 꿈을 꾸는 것이 아니라는 사실을 알았다. 내 생각에, 내가 들은 소리는 뭔가 엄청난 것이 부서지거나 쿵 하고 떨어지는 소리인 듯했고, 그다음엔 아마도 외침이 들렸던 듯했다. 눈을 뜨는 순간엔 방이 조용했다. 하지만 고개를 들고 심장 박동이 빨라지는 것을 느끼고 있는데, 다시 외침이 들려왔다. 모드였다. 모드가 높고 겁에 질린 목소리로 외치고 있었다. 예전 하녀를 부르고 있었다.

「아그네스! 오! 오! 아그네스!」

모드에게 가면 무슨 모습을 보게 될지 알 수 없었다. 창문이 부서져 있고 강도가 모드 머리채를 잡고 머리털을 자르고 있을지도 몰랐다. 그러나 창문은 비록 여전히 덜컹거렸지만 부서져 있지는 않았다. 그리고 방에는 모드 말고는 아무도 없었다. 모드는 턱밑으로 담요를 잔뜩 움켜쥐고 풀어헤친 머리털에 얼굴이 반쯤 가려진 채 침대 커튼 사이로 나타났다. 얼굴이 창백했고 낯설어 보였다. 갈색 눈동자가 새까맣게 보였다. 폴리 퍼킨스[13]처럼, 배 속에 든 씨처럼 새까매 보였다. 모드가 말했다. 「아그네스!」

내가 말했다. 「저 수예요, 아가씨.」

모드가 말했다. 「아그네스, 그 소리 들었어? 문은 닫혀 있어?」

「문요?」 문은 닫혀 있었다. 「거기에 누가 있나요?」

「남자는?」 모드가 말했다.

「남자요? 강도인가요?」

「문에 없어? 가지 마, 아그네스! 그 사람이 널 다치게 하면 어떻게 해!」

모드는 겁을 냈다. 너무 두려워해서 나까지 겁이 나기 시작했다. 내가 말했다. 「아무도 없는 것 같아요, 아가씨.」 내가 말했

---

13 「패딩턴 그린의 어여쁜 폴리 퍼킨스」라는 영국 노래의 등장인물.

다. 「제가 촛불을 켜볼게요.」

하지만 양철 삿갓이 쓰인 골풀 양초를 써서 촛불을 붙여 본 적이 있는지? 심지에 제대로 불을 붙이기가 어려웠다. 게다가 모드는 계속 훌쩍이며 나를 아그네스라 불렀고, 그 때문에 심란해진 나는 손이 너무 떨려 초를 제대로 들고 있을 수도 없었다.

내가 말했다. 「조용히 하셔야 해요, 아가씨. 여긴 아무도 없어요, 그리고 설사 있다 할지라도 제가 웨이 씨를 불러 잡게 할게요.」

나는 골풀 양초를 들었다. 「불을 가져가지 마!」 모드가 즉시 외쳤다. 「부탁이야. 그러지 마!」

나는 그저 촛불을 문 쪽으로 가져가 문에 아무도 없다는 걸 보여 주려 했을 뿐이라고 말했다. 그리고 모드가 훌쩍이며 이불을 움켜쥐고 있는 사이, 나는 촛불을 들고 응접실 문으로 가 약간은 주춤거리면서도 눈 깜짝할 사이에 문을 활짝 열었다.

응접실은 무척 어두웠다. 몇 개 안 되는 커다란 가구들이 웅크리고 있는 모양이 흡사 「알리바바와 40인의 도둑」 연극에서 도둑들이 들어가 있는 바구니를 떠올리게 했다. 버러에서 브라이어까지 이렇게 먼 길을 와서 강도에게 살해당하면 얼마나 우울할까 하는 생각이 들었다. 그리고 만약 강도가 내가 알고 있는 사람이라면? 가령 입스 씨 조카 가운데 한 명이라면? 세상일, 알게 뭔가?

이런 생각을 하며 나는 두려움 속에 어두운 방을 바라보고 서 있었다. 강도가 있을 경우 나도 당신들과 한패니 공격하지 말라고 소리 지르고 싶은 마음이 없지는 않았지만, 당연하게도 방 안에는 아무도 없었고, 교회만큼이나 조용했다. 나는 방 안을 들여다본 뒤 잽싸게 복도 쪽 문으로 가서 복도를 내다보았다. 복도 역시 어둡고 조용했다. 저 멀리서 시계가 째깍거리는 소리와 창문이 좀 더 심하게 덜컹거리는 소리만 들렸다. 하지만 비록 도둑은 없다 할지라도 유령이 나올 것만 같은 캄캄하고 조용한 대저택에서 골풀 양초를 들고 잠옷 차림으로 서 있는 것이 즐거울 리가 없었다. 나는 잽싸게 문을 닫고 모드의 방으로 돌아와 침실 문을 닫고 침대 옆으로 다가가 불을 껐다.

모드가 말했다. 「그 사람을 봤어? 오, 아그네스, 그 사람이 거기 있었어?」

나는 막 대답을 하려다 멈추었다. 검은 옷장이 있는 방구석으로 시선을 돌렸을 때 뭔가 낯선 것이 보였던 것이다. 뭔가 길고 하얗고 빛나는 것이 나무 벽을 배경으로 움직이고 있었다……. 아 참, 내가 상상력이 풍부하다고 말했던가? 나는 그것이 분명 죽은 모드의 어머니가 나를 괴롭히기 위해 유령이 되어 돌아온 것이라 생각했다. 심장이 하도 벌렁거리다 못해 입으로 튀어나올 것만 같았고, 심지어 심장 맛이 느껴지는 기분까지 들었다. 나는 비명을 질렀고, 모드가 비명을 질렀고, 그리고 나를 움켜쥐고 더욱 심하게 흐느꼈다. 「보지 마!」 모드가 외쳤다. 그리고 다시 외쳤다. 「날 두고 가지 마! 날 두고 가지 마!」

그리고 나는 허연 물체의 정체가 무엇인지 알았다. 깡충깡충 뛰다가 하마터면 웃음을 터뜨릴 뻔했다.

허연 물체는 모드의 신발과 함께 선반에 구겨 넣었던 크리놀린이 비어져 나온 것에 지나지 않았던 것이다. 옷장 문은 활짝 열려 벽을 쳤고, 그 소리에 우리가 잠을 깬 것이었다. 크리놀린은 고리가 걸려 옷장에서 흔들리고 있었다. 내가 걸으면서 스프링이 튀었던 것이었다.

말했듯이, 나는 하마터면 웃음을 터뜨릴 뻔했다. 하지만 고개를 돌려 모드를 보자, 모드의 눈은 여전히 새까맣고 거칠었으며 얼굴은 어찌나 창백하고 어찌나 나를 꽉 쥐고 있던지, 모드 앞에서 웃는 것은 너무 잔인하다는 생각이 들었다. 나는 두 손으로 입을 막고 떨리는 손가락 사이로 숨을 내쉬었고, 이가 떨리기 시작했다. 나는 그 어느 때보다도 추웠다.

내가 말했다. 「아무것도 아니에요, 아가씨. 알고 보니 아무것도 아니에요. 그냥 꿈을 꾸신 거예요.」

「꿈이라고, 아그네스?」

모드는 머리를 내 가슴에 기대고 떨었다. 나는 모드의 머리털을 뺨에서 떼어 정돈해 주었고, 모드가 침착해질 때까지 안아 주었다.

마침내 내가 말했다. 「자, 이제 다시 주무시겠어요? 담요를 덮어 드릴게요.」

하지만 내가 모드를 침대에 누이자 모드는 나를 더욱 세게 잡았다. 「날 두고 가지 마, 아그네스!」 모드가 다시 말했다.

내가 말했다. 「저는 수예요, 아가씨. 아그네스는 성홍열에 걸려 코크로 돌아갔어요. 기억나세요? 이제 누우셔야 해요. 안 그러면 한기가 들어 아가씨도 아프실 거예요.」

모드는 나를 바라보았고, 모드의 시선은 비록 여전히 침울했지만 약간은 맑아진 듯했다.

「날 두고 가지 마, 수!」 모드가 속삭였다. 「무서워. 꿈꾸는 게 무서워!」

모드의 숨은 달콤했다. 손과 팔은 따뜻했다. 얼굴은 상아나 설화석고처럼 매끄러웠다. 〈우리 계획이 성공하면 몇 주 뒤 모드는 정신 병원 침대에 누워 있을 거야. 그때는 누가 모드에게 상냥하게 대해 줄까?〉 나는 생각했다.

나는 모드를 떼어 냈다. 하지만 잠시뿐이었다. 나는 침대로 올라간 뒤 담요 안으로 들어가 모드 곁에 누웠다. 팔로 모드를 껴안자 모드는 그 즉시 내게 안겼다. 최소한, 이 정도는 해줄 수 있어 보였다. 나는 모드를 좀 더 가까이 끌어당겼다. 모드는 무척이나 가냘팠다. 석스비 부인과 달랐다. 석스비 부인과는 전혀 달랐다. 모드는 어린애에 가까웠다. 여전히 약간 떨고 있었고, 눈을 깜빡이자 속눈썹이 깃털처럼 내 목을 스치고 지나갔다. 하지만 시간이 지나면서 떨림이 멈추자, 속눈썹이 다시 한 번 내 목을 스쳤고 그리고 잠잠해졌다. 모드는 무거워지고 따뜻해졌다.

「착하기도 해라.」 모드가 깨지 않도록 부드럽게 내가 말했다.

다음 날 아침, 나는 모드보다 약간 먼저 일어났다. 모드는 눈을 뜨고 나를 보더니 혼란스러운 눈빛을 보이다가 그것을 감추려 애썼다.

「내가 밤에 꿈꾸다 깼어?」 시선을 피하며 모드가 말했다. 「내가 바보 같은 말을 했어? 내가 잘 때 이상한 말을 한다고 하더라. 보통 여자애들이 코를 골듯이 말이야.」 모드는 얼굴을 붉히더니 소리 내어 웃었다. 「하지만 너 정말 착하다. 내 곁에 와서 같이 있어 줬잖아!」

나는 모드에게 크리놀린 이야기는 하지 않았다. 여덟 시가 되자 모드는 삼촌에게 갔고, 나는 한 시에 모드를 데리러 갔다. 이번에는 바닥에 있는 손가락을 넘어가지 않도록 주의를 기울였다. 그리고 우리는 정원을 걸으며 묘지와 강까지 산책했다. 모드는 바느질을 하고, 졸고, 종소리를 듣고 저녁 식사를 했다. 그리고 나는 스타일스 부인과 함께 있다가 아홉 시 반이 되자 모드에게 가 모드를 재웠다. 이 모든 일이 첫날에 했던 일의 반복이었다. 모드가 말했다. 「잘 자.」 그리고 베개를 베고 누웠다. 나는 내 방에 서서 모드가 작은 상자를 여는 소리를 들었고, 모드가 초상화를 꺼내 키스하고 다시 상자에 넣어 두는 모습을 훔쳐보았다.

그리고 내가 촛불을 끈 지 2분도 되지 않아 모드가 부드럽게 나를 불렀다.「수!」

모드는 잠이 오지 않는다고 했다. 춥다고 했다. 자기가 겁에 질려 깨어날 경우를 대비해 이번에도 내가 자기 곁에 있어 줬으면 좋겠다고 했다.

모드는 다음 날 저녁에도 같은 말을 했다. 그리고 그다음 날 저녁에도 그랬다.「괜찮아?」모드가 내게 물었다. 아그네스는 늘 괜찮아 했다고 했다. 그러면서 말했다.「메이페어에서는 앨리스 부인과 함께 잔 적이 없지?」

뭐라고 대답을 할 수 있겠는가? 잘은 모르지만, 여주인과 하녀가 여자아이들처럼 같이 자다니, 보통 그럴 수도 있지 않을까 하는 생각이 들었다.

처음에는 모드와 내가 함께 자는 게 보통이었다. 모드는 그 뒤 악몽을 꾸지 않았다. 우리는 자매처럼 함께 잤다. 정말로 자매 같았다. 나는 언제나 언니나 여동생이 있었으면 했다.

그리고 젠틀먼이 돌아왔다.

4

젠틀먼은 내가 브라이어에 도착하고 두 주쯤 뒤에 온 듯하다. 겨우 두 주밖에 안 되었어도, 브라이어에서 시간이 어찌나 천천히 흐르고, 하루하루가 어찌나 한결같고 조용하고 길던지 시간이 그 두 배는 되게 흐른 것만 같았다.

어쨌든 간에, 두 주라는 시간은 이 집에서 통용되는 이상한 습관들을 모두 알아내기에 충분한 시간이었다. 내가 하인들에게 익숙해지고, 하인들이 내게 익숙해지는 데 충분한 시간이었다. 한동안, 나는 왜 하인들이 내게 무뚝뚝한지 알 수가 없었다. 나는 부엌에 내려가면 누구를 만나든 〈안녕하세요?〉라고 말하곤 했다. 「안녕, 마거릿? 잘 지내, 찰스?」 (찰스는 나이프 닦는 아이였다.) 「안녕하세요, 케이크브레드 부인?」 (요리사 이름이었다. 그리고 진짜 이름이었다. 농담으로 부르는 이름이 아니었고, 아무도 웃지 않았다.) 그러나 찰스는 내게 말하는 게 너무 겁난다는 듯한 표정으로 나를 보았다. 그리고 케이크브레드 부인은 다소 퉁명스러운 듯한 목소리로 대답하곤 했다. 「〈난〉 아주 잘 지낸다고 할 수 있지요. 고마워요.」

나는 그걸 질투 때문이라고 생각했다. 나를 보면, 브라이어처럼 조용하고 구식인 동네에서는 한 번 보지도 못할 화려한 런던

135

생활이 연상되기 때문이라고 생각했다. 하루는 스타일스 부인이 나를 구석으로 데려갔다. 부인이 말했다. 「제가 이런 말 한다고 언짢게 생각하지 말았으면 좋겠어요, 스미스 양. 당신이 지난번에 있던 집은 어땠는지 모르지만······.」 부인은 내게 말을할 때면 늘 이런 식으로 시작했다. 「당신이 런던에 있었을 때는 어떤 식으로 일을 했는지 모르지만, 여기 브라이어에서는 각자의 신분에 굉장히 주의를 기울입니다······.」

알고 보니, 케이크브레드 부인은 내가 자신에게 아침 인사를하기 전에 부엌 하녀와 나이프 닦는 아이에게 인사를 하는 것을모욕이라 여기고 있었다. 그리고 찰스는 내가 자기에게 아침 인사 하는 것이 자기를 괴롭히려는 뜻이라고 여겼다. 이 모든 것이 지나가는 개가 웃을 정도로 말도 안 되는 소리였다. 하지만이곳 사람들에게는 생사의 문제였다. 앞으로 40년 동안 쟁반과구운 패스트리를 날라야 하는 사람에게라면 생사의 문제일 〈수도 있다〉는 생각이 들었다. 어쨌든 간에, 이 사람들과 계속 지내야 하니 주의를 기울여야겠다는 생각이 들었다. 나는 찰스에게초콜릿 조각을 주었다. 버러에서 가져와 조금도 먹지 않고 가지고 있던 것이었다. 마거릿에게는 향이 나는 비누를 주었다. 그리고 케이크브레드 부인에게는 젠틀먼이 필을 시켜 밀매품 가게에서 가져오게 했던 검은 스타킹을 주었다.

나는 아무런 악감정도 없길 바란다고 말했다. 그 뒤부터 계단에서 찰스를 만나면 나는 고개를 돌렸다. 그리고 사람들은내게 훨씬 친절해졌다.

이게 바로 하인들이다. 하인이 〈모두 주인님을 위해서입니다〉라고 말을 한다면 그건 〈모두 저를 위해서입니다〉라는 뜻이다. 내가 참을 수 없는 것은 그런 양면성이었다. 브라이어에서하인들은 모두 이런저런 방식으로 속임수를 썼지만, 모두가 진짜 도둑마저도 얼굴을 붉힐 만한 비열하고 치사한 방법들이었다. 예를 들어, 케이크브레드 부인은 릴리 씨의 그레이비소스에 들어갈 지방을 빼돌려 몰래 푸줏간 소년에게 팔아먹었다. 또는 모드의 슈미즈에 달린 진주 단추를 떼어 낸 다음 단추가 떨어져 없어졌다고 하기도 했다. 이건 마거릿의 수법이었다. 사흘 동안 지켜보고 나니 이들의 수법을 모두 알게 되었다. 누가 뭐래도 나는 석스비 부인의 딸 같은 존재 아닌가. 이제 웨이 씨에 대해 말해 보자. 웨이 씨는 코 옆에 자국이 나 있었다. 버러에서라면 우리는 그걸 〈술싹〉이라고 불렀을 터였다. 웨이 씨 같은 위치의 사람이 어떻게 해서 코에 그런 자국이 나 있었겠는가? 웨이 씨가 가지고 있는 열쇠 꾸러미에는 릴리 씨의 포도주 저장 창고 열쇠도 있었다. 그렇게 반짝이는 열쇠는 다시 보기 어려웠다! 그리고 우리가 스타일스 부인의 찬방에서 식사를 마치고 나면, 웨이 씨는 알아서 쟁반을 거두는 척하곤 했다. 그리고 아무도 자신을 안 보고 있다고 생각하면 다른 잔에 조금씩 남아 있는 맥주를 커다란 잔에 몰아서 담은 뒤 한 번에 들이키곤 했다.

나는 이 모습을 보았다. 하지만 당연히 아무에게도 말하지 않았다. 나는 이곳에 소란을 피우러 온 것이 아니었다. 설사 웨이 씨가 죽도록 술을 마신다 해도 나와는 아무 상관없었다. 그리고 어쨌거나 나는 대부분의 시간을 모드와 함께 보냈다. 나는 모드에게도 익숙해지기 시작했다. 모드에게는 물론 자신만의 까다로운 구석이 있었다. 그러나 대수롭지 않은 면들이었고 맞춰 주느라 괴로운 종류도 아니었다. 그리고 나는 작은 일들을 열심히 하는 데 능숙했다. 모드의 드레스를 챙기고 핀과 빗과 상자들을 정리하는 일이 즐거워지기 시작했다. 나는 갓난아기에게 옷을 입히는 데 익숙했다. 모드에게 옷을 입히는 데도 익숙해졌다.

「팔을 들어 주세요, 아가씨.」내가 말했다. 「발을 들어 주세요. 여기에 서세요. 이제, 이리로요.」

「고마워, 수.」모드는 늘 나지막이 중얼거렸다. 가끔 눈을 지그시 감곤 했다. 「넌 정말 날 잘 아는구나.」모드는 이렇게 말하곤 했다. 「넌 내 온몸 구석구석을 다 알고 있는 것 같아.」

정말로 나는 금세 그렇게 되었다. 나는 모드가 무엇을 좋아하고 무엇을 싫어하는지 알았다. 모드가 먹는 음식과 남기는 음식이 무엇인지 알았다. 그래서, 예를 들어, 요리사가 계속해서 달걀을 올려 보내자 나는 요리사에게 내려가 달걀 대신 수프를 달라고 했다.

「맑은 수프로요.」내가 말했다. 「될 수 있는 한 맑은 수프를 만들어 주세요. 되죠?」

요리사는 인상을 썼다. 요리사가 말했다. 「스타일스 부인이 안 좋아할 텐데.」

「스타일스 부인은 그 수프를 드실 필요 없어요.」내가 대답했다. 「그리고 모드 아가씨의 하녀는 스타일스 부인이 아니에요. 저라고요.」

그리하여 요리사는 수프를 올려 보냈다. 모드는 그것을 완전히 비웠다. 「왜 웃는 거야?」수프를 다 먹고 나자 불안한 기색으로 모드가 말했다. 나는 웃지 않았다고 말했다. 모드는 숟가락을 내려놓았다. 그리고 장갑을 보더니 저번처럼 얼굴을 찡그렸다. 장갑에는 물이 튀겨 있었다.

「그냥 물일 뿐이에요.」모드의 얼굴을 보며 내가 말했다. 「괜찮아요.」모드는 입술을 깨물었다. 모드는 무릎 위에 손을 올려놓고 잠시 더 그렇게 앉아 있으며 손가락을 훔쳐보았고, 점점 불안해했다. 마침내 모드가 말했다.

「물에 기름이 조금 들어 있는 거 같아······.」

앉아서 모드가 초조해하는 모습을 지켜보고 있느니 모드 방에 들어가서 새 장갑을 가져다주는 편이 더 나았다. 「제가 해드릴게요.」 손목에서 단추를 끄르며 내가 말했다. 처음에 모드는 내게 자기 맨손을 못 만지게 했지만 얼마 지나지 않아 허락했다. 내가 살살하겠다고 말했기 때문이었다. 모드 손톱이 자라면 나는 모드가 가지고 있는 날아가는 새 모양 은가위로 손톱을 잘라 주었다. 모드의 손톱은 부드럽고 티 하나 없이 깨끗했으며 어린애 손톱처럼 빨리 자랐다. 내가 손톱을 자르면 모드는 움찔거렸다. 손 피부는 부드러웠다. 하지만 다른 곳 피부와 마찬가지로 지나치다 싶게 부드러워서, 볼 때마다 피부에 멍이나 상처를 낼 만한 날카롭거나 거친 물건이 꼭 함께 떠올랐다. 모드가 다시 장갑을 끼자 안심이 되었다. 손톱을 깎을 때면 나는 손톱 조각을 무릎 위에 모아 두었다가 벽난로에 집어 던지곤 했다. 그러면 모드는 일어나 손톱 조각이 검게 변하는 모습을 지켜보곤 했다. 빗질을 한 뒤 머리솔이나 빗에서 머리털을 떼어 내 벽난로에 넣을 때도 그랬다. 머리털이 석탄 위에서 벌레처럼 꿈틀거리다가 불꽃을 일으키고 재로 변하는 동안 얼굴을 찡그리며 지켜보았다. 어떤 때는 나도 모드 곁에 서서 함께 지켜보곤 했다.

집안 물건 중에는 눈여겨 볼 만한 게 별로 없었던 것이다. 대신 우리는 연기가 피어오르는 모습이나 구름이 떠가는 모습 따위를 지켜보곤 했다. 우리는 날마다 강가로 산책하러 나가 강물이 얼마나 불고 주는지를 보았다. 「가을에는 물이 넘쳐.」 모드가 말했다. 「그러면 골풀이 모두 물에 잠겨. 난 그게 싫어. 그리고 가끔은 밤에 물에서 하얀 안개가 피어올라 거의 삼촌 집 벽까지 올 때도 있어…….」 모드는 몸을 떨었다. 모드는 모든 것을 〈삼촌 것〉이라고 표현했지 단 한 번도 〈내 것〉이라고 말하는 법이 없었다. 꽁꽁 언 땅이 장화 아래에서 바스락거리자 모드가 말했다. 「풀이 정말 잘 부서지네! 강도 얼 거 같아. 벌써 얼고 있을 거야. 강이 어떻게 맞서 싸우는지 알아? 강은 흐르고 싶은데 추위가 가로막는 거야. 보여, 수? 여기, 골풀 사이에 말이야.」

모드는 시선을 고정하더니 얼굴을 찡그렸다. 나는 모드 얼굴의 움직임을 지켜보았다. 그리고 말했다. 수프에 대해 말할 때와 똑같이 말이다. 「그냥 물일 뿐이에요, 아가씨.」

「그냥 물이라고?」

「갈색 물이에요.」

모드는 눈을 끔벅거렸다.

「추워하시네요.」 내가 말했다. 「집으로 돌아가요. 너무 오래 나와 계셨어요.」 나는 모드와 팔짱을 꼈다. 별 생각 없이 한 행동이었다. 그러나 모드는 팔이 뻣뻣하게 굳어 있었다. 하지만 다음 날인가 그다음 다음 날인가에는 모드가 먼저 팔짱을 꼈고, 그때는 전보다 덜 뻣뻣했다. 그 뒤로는 자연스레 팔짱을 끼고 다녔던 것 같다……. 나도 모르겠다. 한참 뒤에야 이 일에 의문을 품고 기억을 돌이켜 보았다. 그러나 한때는 따로 걷다가 어느 순간부터 팔짱을 끼고 걸었다는 사실밖엔 떠오르지 않았다.

모드는 결국 단지 여자아이에 지나지 않았다. 모두 모드를 숙녀라고 불렀어도 말이다. 즐거움이 무엇인지 전혀 모르고 자란 아이에 불과했다. 어느 날, 나는 모드의 서랍을 정리하다가 카드 한 벌을 발견했다. 모드는 분명 어머니 물건일 거라고 말했다. 모드는 카드 무늬는 알고 있었지만 그게 다였다. 모드는 잭을 기사라고 불렀다! 그래서 버러에서 하는 쉬운 게임 한두 개를 가르쳐 주었다. 올포와 풋이었다. 우리는 처음에는 성냥개비와 못을 놓고 게임을 했다. 하지만 다른 서랍에서 작은 칩을 찾아냈다. 물고기, 다이아몬드, 초승달 모양의 자개 칩이었다.

그 뒤로 우리는 그 칩으로 게임을 했다. 자개 칩은 부드럽고 서늘해 손에 착착 달라붙는 게 감칠맛이 있었다. 내 말은, 내 손에 말이다. 모드는 당연히 장갑을 끼고 있었다. 그리고 모드는 카드를 내려놓을 때, 다른 카드에 귀퉁이와 가장자리가 딱 맞도록 깔끔하게 내려놓았다. 그리고 얼마 뒤, 나도 그렇게 카드를 내려놓기 시작했다.

우리는 게임을 하면서 이야기를 나눴다. 모드는 런던 이야기를 좋아했다. 「그곳이 정말로 그렇게 커?」 모드가 묻곤 했다. 「그리고 극장이 있어? 고급 양장점도?」

「그리고 식당도 있죠. 온갖 종류의 가게도요. 공원도요, 아가씨.」

「공원? 삼촌 것 같은 거?」

「약간 비슷해요.」 내가 말했다. 「하지만 당연히 사람들로 가득하죠. 로인가요, 하이인가요, 아가씨?」

「하이야.」 모드는 카드를 내려놓았다. 「정말 사람들로 그렇게 가득해?」

「제가 더 높아요. 여기요. 피시 셋이죠. 아가씨는 둘이고요.」

「정말 잘하네! 정말 사람들로 그렇게 가득하다고 했어?」

「당연하지요. 하지만 어두워요. 자르시겠어요?」

「어둡다고? 정말이야? 나는 런던이 밝다고 생각했어. 커다란 가스등이 있지 않아?」

「커다란 가스등이 있지요. 다이아몬드 같아요.」 내가 말했다. 「극장이랑 홀에요. 거기서 춤을 추실 수도 있어요, 아가씨. 밤새도록요…….」

「춤춘다고, 수?」

「네. 춤요, 아가씨.」 모드의 얼굴이 변했다. 나는 카드를 내려놓았다. 「당연히, 춤추는 걸 좋아하시겠죠?」

「난…….」 모드는 얼굴을 붉히며 시선을 내리깔았다. 「나는 한 번도 배운 적이 없어.」 눈을 들며 모드가 말했다. 「네 생각에, 내가 런던에서 숙녀가 될 수 있으리라고 보니?」 모드가 재빨리 덧붙였다. 「내 말은, 내가 만약 그곳에 간다면 말이야……. 내가 런던에서도 숙녀가 될 수 있으리라고 생각해? 춤을 못 춰도?」

모드는 다소 불안한 표정으로 손을 입술로 가져갔다. 내가 말했다. 「되고말고요. 하지만 배우고 싶지 않으세요? 춤 선생님을 구해 보세요.」

「내가?」 모드는 미심쩍은 눈으로 보더니 고개를 저었다. 「잘 모르겠어…….」

나는 모드가 무슨 생각을 하는지 추측해 보았다. 모드는 젠틀먼에 대해, 그리고 자기가 춤출 줄 모른다는 것을 알면 젠틀먼이 뭐라 할지에 대해 생각하고 있었다. 젠틀먼이 런던에서 만날 수도 있는 여자들에 대해 생각하고 있었다.

나는 일이 분 정도 모드가 초조해하는 모습을 지켜보았다. 그리고 일어서며 말했다. 「보세요. 쉬워요. 보세요…….」

나는 모드에게 스텝 두어 가지로 시작해 춤까지 몇 가지를 보여 주었다. 그리고 모드를 일으켜 세운 뒤 함께 춰보게 했다. 모드는 내 팔 안에 나무토막처럼 서서 겁먹은 눈으로 발만 내려다보았다. 모드의 슬리퍼가 터키 양탄자에 걸렸다. 그래서 나는 양탄자를 뒤로 밀었다. 그러자 모드는 좀 더 쉽게 움직였다. 나는 모드에게 지그와 폴카를 보여 주었다. 내가 말했다. 「봐요. 이제 우리가 날고 있죠? 안 그래요?」 모드는 내 드레스를 꼭 붙잡고 있었고, 나는 드레스가 찢어질 것 같다는 생각이 들었다. 「〈이쪽〉으로.」 내가 말했다. 「자, 이제 〈이쪽〉으로요. 잊지 마세요. 저는 신사예요. 물론 진짜 신사 분과라면 더욱 잘하실 수 있어요…….」

이윽고 모드는 다시 비틀거렸고, 우리는 서로 떨어져 각자 의자에 털썩 앉았다. 모드는 옆구리에 손을 댔다. 숨차하고 있었다. 얼굴은 그 어느 때보다도 발갰다. 뺨은 땀으로 촉촉했다. 치마는 접시에 그려진 조그만 네덜란드 여자아이의 치마처럼 풍성해져 있었다.

모드는 나와 눈이 마주치더니 빙긋 웃었다. 하지만 여전히 겁먹은 표정이었다.

「나는 춤을 〈추게 될〉 거야.」 모드가 말했다. 「런던에서 말이야. 그렇지, 수?」

「그럼요.」 내가 말했다. 그리고 그 순간엔, 그렇게 되리라고 믿었다. 나는 다시 모드를 일으켜 춤추게 했다. 우리가 춤을 멈추고, 모드가 차분히 기분을 가라앉힌 뒤 벽난로 앞에 서서 차가운 손을 따뜻하게 데울 때에야, 모드가 런던에서 춤추는 일은 절대로 없으리라는 생각이 떠올랐다.

나는 모드의 운명을 알고 있었지만(아주 잘 알았고, 그렇게 되도록 돕고 있기까지 했다!), 그럼에도 나는 모드의 운명을 다소는 이야기나 연극 속 등장인물의 운명처럼 느꼈던 것 같다. 모드의 세계는 너무나 기묘하고 조용해서, 정상적인 세상이 엄청나게 거친 곳으로 느껴지게 했다. 다시 말해, 속임수가 있는 평범한 세상, 내가 돼지머리 고기와 플립으로 저녁 식사를 하는 사이 석스비 부인과 존 브룸이 젠틀먼이 훔친 돈으로 내가 무엇을 할지 생각하며 키득거리는 그러한 세상을 그 어느 때보다도 거칠어 보이게 했다. 하지만 모드의 고립된 세계에선 평범한 세계가 너무나 동떨어진 곳으로 느껴지기도 하다 보니, 그러한 거침은 아무런 의미도 없었다. 처음에 나는 〈젠틀먼이 오면 이렇게 해야지〉라든가 〈일단 젠틀먼이 모드를 정신 병원에 집어넣으면 난 저렇게 해야지〉라는 따위 혼잣말을 하곤 했다. 그러나 그런 말을 중얼댄 뒤 모드를 보면, 모드가 어찌나 순진하고 착하던지 그러한 생각은 사라져 버리고 결국 머리를 빗기거나 드레스 허리끈을 제대로 펴주는 걸로 끝나곤 했다. 미안해서 그런 건 아니었다. 혹은, 당시에는 그렇게 많이 미안하진 않았다. 단지 한꺼번에 아주 오랜 시간을 함께했기 때문이라고 생각한다. 그리고 모드의 앞날에 대해 생각하며 끔찍한 기분이 들기보다는 모드에게 상냥하게 대하면서 모드 앞날에 무슨 일이 벌어질지에 대해 생각하지 않는 편이 더 좋았다.

물론, 모드는 달랐다. 모드는 기대를 하고 있었다. 이야기하며 즐거워하곤 했다. 하지만 그보다 더 자주, 조용히 생각에 잠기곤 했다. 그럴 때면 표정이 바뀌곤 했다. 밤에 모드 옆에 누워 있으면, 모드 머릿속에서 생각이 바뀌고 또 바뀌는 것을 느낄 수 있었다. 어둠 속에서 모드가 따뜻해지는 걸, 어쩌면 얼굴을 붉히는 걸 느낄 수 있었다. 그래서 나는 모드가 젠틀먼을 생각하고 있는 것을, 얼마나 빨리 돌아올 것인지 따져 보는 것을, 젠틀먼이 자기 생각을 하고 있을지 궁금해한다는 것을 알 수 있었다. 젠틀먼 역시 모드 생각을 하고 있다고 말해 줄 수도 있었다. 그러나 모드는 절대로 젠틀먼 이야기를 하지 않았고, 이름을 말하지도 않았다. 모드는 젠틀먼의 유모로 일한 것으로 되어 있는 나이 든 내 이모에 대해 한두 번인가 안부를 물어봤을 뿐이었다. 그리고 나는 모드가 그러지 않았으면 좋겠다고 생각했다. 이모에 대해 말하다 보면 석스비 부인이 떠올랐기 때문이다. 그리고 집이 그리워졌기 때문이다.

그리고 어느 날 아침, 우리는 젠틀먼이 곧 돌아온다는 것을 알게 되었다. 모드가 잠에서 깨어난 뒤 얼굴을 문지르고 얼굴을 찡그린 것만 빼면 평범한 아침이었다. 아마 그게 사람들이 말하는 예감인 모양이었다. 하지만 그런 생각은 나중에야 들었다. 당시에는 모드가 뺨을 비비는 것을 보고 이렇게 말했다. 「왜 그러세요?」

모드는 혀를 움직였다. 「입 안이 자꾸 베여.」 모드가 말했다. 「이 하나가 좀 뾰족한 거 같아.」

「어디 봐요.」 내가 말했다.

나는 모드를 창가로 데리고 가 세운 뒤 두 손으로 얼굴을 감싸고 잇몸 주변을 더듬어 보았다. 거의 즉시 뾰족한 이를 찾아냈다.

「어, 이건 날카롭기가…….」 내가 입을 열었다.

「뱀 이빨보다 더하지, 수?」 모드가 말했다.

「바늘보다 더하다고 말하려고 했어요, 아가씨.」 내가 대답했다. 나는 모드의 바느질 상자로 가서 골무를 가져왔다. 새 모양 가위에 어울리는 은골무였다.

모드는 턱을 어루만졌다. 「아는 사람 가운데 뱀에게 물린 사람 있어, 수?」 모드가 내게 물었다.

뭐라고 대답할 수 있겠는가? 모드의 생각은 꼭 이런 식으로 치달았다. 아마도 시골에 살다 보면 이렇게 되는 모양이었다. 나는 그런 사람이 없다고 대답했다. 모드는 나를 본 뒤 다시 입을 벌렸고, 나는 골무를 손가락에 끼고 뾰족한 이에 대고 날카로운 부분이 사라질 때까지 문질렀다. 석스비 부인이 갓난아기들에게 이렇게 하는 것을 여러 번 보았다. 물론 아기들은 다소 버둥거렸다. 모드는 분홍색 입술을 벌리고 고개를 뒤로 젖힌 채 굉장히 조용히 서 있었다. 처음에는 눈을 감고 있더니 이윽고 눈을 뜨고 나를 바라보며 뺨을 붉게 물들였다. 모드가 침을 삼키자 울대뼈가 올라갔다 내려갔다. 모드의 숨결에 내 손이 축축해졌다. 나는 골무로 이를 문지르다가 가만히 엄지로 만져 보았다. 모드가 다시 침을 삼켰다. 눈꺼풀이 파르르 떨렸고, 나와 시선이 마주쳤다.

그리고 나와 시선이 마주친 순간, 문을 두드리는 소리가 났다. 우리는 둘 다 깜짝 놀라 펄쩍 뛰었다. 나는 한 발 뒤로 물러섰다. 잔심부름하는 하녀였다. 하녀는 쟁반에 편지를 담아 왔다. 「모드 아가씨에게 온 겁니다.」 하녀는 말을 하고 무릎 굽혀 인사를 했다. 나는 편지의 필체를 보고, 그 즉시 젠틀먼에게서 온 것임을 알아차렸다. 심장이 철렁했다. 모드도 그랬던 것 같다.

「이리 가져다줄래?」 모드가 말했다. 그리고 덧붙였다. 「숄도 좀 건네주겠어?」 얼굴에서 홍조는 사라졌지만 내가 누르고 있던 뺨은 여전히 빨갰다. 모드 어깨에 숄을 걸쳐 주는데 모드가 떠는 것이 느껴졌다.

나는 방으로 들어가 책과 쿠션을 집어 들고 바느질 상자에 골무를 넣고 닫으며 몰래 모드를 지켜보았다. 모드는 편지봉투를 뒤집었지만 못 열고 만지작거리기만 했다. 장갑을 끼고 있으니, 봉투를 찢을 수 없는 것도 당연했다. 그러자 모드는 나를 훔쳐본 뒤 손을 내렸고 (여전히 떨면서도 무관심한 척하고 있었다. 편지가 전혀 중요하지 않은 척하려는 속셈이었지만 역으로 그 행동에서 모드가 편지를 자신의 전부로 생각함이 드러났다) 한쪽 장갑 단추를 끌러 벗은 뒤 봉인을 뜯고 봉투에서 편지를 꺼내 맨손으로 들고 읽어나갔다.

이윽고 모드는 길게 한숨을 쉬었다. 나는 쿠션을 들고 두드리며 먼지를 털었다.

「좋은 소식인가요, 아가씨?」 내가 말했다. 그렇게 말해야 할 것 같았기 때문이다.

모드는 주저했다. 「아주 좋은 소식이야.」 모드가 대답했다. 「삼촌에게는 말이야. 리버스 씨가 런던에서 보내온 거야. 무슨

소식일 거 같아?」 모드가 빙그레 웃었다. 「브라이어로 돌아오
신대. 내일!」

　모드의 입술에는 하루 종일 웃음이 페인트처럼 묻어 있었다.
그리고 오후가 되어 삼촌에게서 돌아오자, 모드는 바느질이나
산책은 물론이거니와 심지어 카드놀이조차 마다하고 방 안을
서성였고, 가끔 거울 앞에 서서 눈썹을 손질하고 도톰한 입술을
만져 볼 뿐이었다. 내게는 말을 걸거나 눈길조차 주는 일이 드
물었다.
　나는 카드를 꺼내 혼자서 놀았다. 랜트 스트리트에서 킹과
퀸을 늘어놓으며 자신의 음모를 이야기하던 젠틀먼 모습이 떠
올랐다. 그리고 데인티 생각도 났다. 데인티의 어머니는(결국
물에 빠져 죽고 말았지만) 카드 점을 볼 줄 알았다. 나는 데인
티 어머니가 카드 점 보는 모습을 여러 번 보았다.
　나는 거울 앞에 서서 공상에 빠진 모드를 바라보았다. 내가
말했다.
　「미래를 알고 싶으세요, 아가씨? 어떤 카드가 나오는지 보고
미래를 읽을 수 있다는 걸 아세요?」
　그 말에 모드가 얼굴을 돌리고 나를 바라보았다. 잠깐 뒤 모
드가 말했다.
　「집시 여인들이나 할 수 있다고 생각했는데, 아니야?」
　「으흠. 마거릿이나 스타일스 부인에게는 말하지 마세요.」 내
가 말했다. 「할머니가 집시 공주셨어요.」
　사실 할머니가 집시 공주였을 수도 있긴 했으니 완전히 틀린
말은 아니었다. 나는 카드를 모아 모드에게 내밀었다. 모드는
망설이다가 다가와 커다란 치마를 평평하게 펴고 옆에 앉으며
말했다. 「어떻게 하면 되는데?」

나는 모드에게 1분 동안 눈을 감고 가장 먼저 떠오르는 것을 계속 생각하고 있으라고 말했다. 모드는 그렇게 했다. 그다음 나는 모드에게 내게서 카드를 받아가 손에 들고 처음 일곱 장을 그림이 밑으로 가도록 탁자에 놓으라고 말했다. 데인티의 어머니가 그렇게 했던 기억이었다. 아니 어쩌면 아홉 장이었을지도 모른다. 어쨌든 모드는 일곱 장을 내려놓았다.

나는 모드 눈을 보며 말했다. 「자, 정말로 아가씨 미래에 대해 알고 싶으세요?」

모드가 말했다. 「수, 겁주지 마!」

나는 다시 말했다. 「정말로 알고 싶으신 거예요? 카드에서 뭐라고 나오건, 아가씨는 그대로 따라야만 해요. 카드에 길을 가르쳐 달라고 한 다음에 다르게 행동하면 굉장한 불운이 찾아와요. 여기서 알게 되는 운명대로 따르겠다고 약속하시겠어요?」

「약속해.」 모드가 조용히 대답했다.

「좋아요.」 내가 말했다. 「여기 우리 앞에 아가씨 인생이 놓여 있어요. 우선 첫 번째 부분부터 보도록 하죠. 이 카드들은 아가씨 과거를 보여 줘요.」

나는 처음 두 장을 뒤집었다. 하트의 퀸과 스페이드 3이었다. 내가 아직도 카드를 기억하고 있는 건, 모드가 눈을 꼭 감고 앉아 있을 때 내가 원하는 대로 카드를 섞었기 때문이다. 내 처지였다면 누구나 그랬으리라고 생각한다.

나는 카드를 살펴보고 말했다. 「흠, 슬픈 카드군요. 여기에 친절하고 아름다운 숙녀가 있어요. 보이시죠? 그리고 여기에는 이별이 있고 불화가 시작되네요.」

모드는 나를 빤히 보더니 손을 목에 갖다 댔다. 「계속하렴.」 모드가 말했다. 얼굴이 창백했다.

「자 그럼 다음 카드 석 장을 보도록 하죠. 이 카드들은 아가씨의 현재를 나타내요.」 내가 말했다.

나는 과장된 몸짓으로 카드를 뒤집었다.

「다이아몬드 킹이군요. 고집 세고 나이 든 신사를 뜻하죠. 클럽 5군요. 바짝 마른 입을 뜻해요. 스페이드 기사는…….」

나는 뜸을 들였다. 모드가 내 쪽으로 몸을 숙였다.

「그게 무슨 뜻인데?」 모드가 말했다. 「기사는 뭐야?」

나는 기사는 말을 탄 상냥하고 젊은 남자라고 했다. 그러자 모드가 눈을 동그랗게 뜨고 나를 보는데 어찌나 놀라고 또 믿는 눈치이던지 미안한 생각이 다 들 지경이었다. 모드가 낮은 목소리로 말했다. 「이제는 〈겁〉이 나! 다음 카드는 뒤집지 마.」

내가 말했다. 「아가씨, 뒤집어야만 해요. 안 그러면 아가씨의 행운이 모두 사라져 버려요. 여기를 보세요. 이 카드들은 아가씨의 미래예요.」

나는 첫 장을 넘겼다. 스페이드 6이었다.

「여행이군요!」 내가 말했다. 「아마, 릴리 씨와 하는 여행이겠죠? 아니면 마음의 연인과…….」

모드는 아무 말도 없이 내가 넘긴 카드만을 뚫어져라 바라보고 있었다. 이윽고 모드가 입을 열었다. 「마지막 카드도 보여줘.」 모드가 속삭였다. 나는 카드를 뒤집었다. 모드가 먼저 카드를 보았다.

「다이아몬드 퀸이네.」 돌연 얼굴을 찡그리며 모드가 말했다. 「이건 무슨 뜻이야?」

내가 알 리 없었다. 나는 연인을 뜻하는 하트 2가 나오게 할 생각이었다. 그러나 어찌하다 보니 카드를 잘못 섞은 모양이었다.

「다이아몬드 퀸.」 마침내 내가 말했다. 「많은 재산을 뜻하는 거예요.」

「많은 재산?」 모드는 내 쪽으로 숙였던 몸을 일으키더니 주변을, 낡은 양탄자와 검은 떡갈나무 벽을 바라보았다. 나는 카드를 집어 섞었다. 모드는 치마를 가볍게 털고 일어섰다. 「못 믿겠는 걸.」 모드가 말했다. 「네 할머니가 정말로 집시였다는 거. 너는 얼굴이 너무 하얘. 못 믿겠어. 그리고 네 점괘도 못 믿겠어. 이런 건 하인들이나 하는 놀이야.」

모드는 저쪽으로 가더니 다시 거울 앞에 섰다. 나는 모드가 고개를 돌려 뭔가 따뜻한 말을 해주길 기대했지만 모드는 그러지 않았다. 하지만 모드가 걸어가며 의자를 살짝 쳤고, 그 바람에 하트 2가 눈에 띄었다. 바닥에 떨어져 있었다. 모드가 슬리퍼 신은 발로 카드를 밟아, 카드 숫자 부분이 구겨져 있었다.

구겨진 자국이 아주 선명했다. 그래서 그 뒤로 몇 주 동안 나는 게임을 할 때마다 그 카드를 언제나 바로 알아볼 수 있었다.

하지만 그날 오후, 모드는 카드를 보기만 해도 현기증이 난다며 카드를 치우게 했다. 그리고 저녁엔 짜증을 냈다. 모드는 침대로 들어간 뒤 내게 작은 컵에 물을 따르게 했다. 그리고 내가 옷을 벗기는 동안, 모드는 병을 꺼내 컵에 액체 세 방울을 탔다. 약이었다. 나는 이날 처음으로 모드가 약을 먹는 모습을 보았다. 약을 먹자 모드는 하품을 했다. 그러나 다음 날 아침 일어나 보니, 모드는 이미 잠에서 깨어 머리카락을 입에 문 채 누워 침대 위 차양에 그려진 그림을 쳐다보고 있었다.

「머리를 세게 빗겨 줘.」 옷을 입히라고 내 앞에 서며 모드가 말했다. 「세게 빗기고 윤이 나게 해줘. 오, 내 뺨은 왜 이렇게 끔찍하도록 창백한 거야! 꼬집어 줘, 수.」 모드는 내 손가락을 자기 얼굴에 대고 눌렀다. 「뺨을 꼬집어 줘. 멍이 들어도 괜찮아. 끔찍하게 창백한 뺨보다는 차라리 시퍼런 게 나아.」

모드의 눈동자가 까맸다. 약 때문인 듯했다. 이마에는 주름이

져 있었다. 멍 이야기에 마음이 그다지 좋지 않았다. 내가 말했다.

「가만히 서 계세요. 안 그러면 옷을 입혀 드릴 수가 없어요…….
훨씬 낫네요. 자, 어떤 드레스를 입으실래요?」

「회색?」

「회색은 눈 색깔에 비해 너무 옅어요. 음, 파란색은 어떠세
요…….」

파란색은 모드의 금발을 더욱 도드라지게 해줬다. 모드는 내
가 단추를 채워 옷을 조이는 동안 거울 앞에 서서 매무새를 살
폈다. 단추를 채워 나가는 동안 모드의 표정이 점차 부드러워지
며 도도해졌다. 이윽고 모드가 나를 보았다. 내가 입은 갈색 드
레스를 보았다. 모드가 말했다.

「네 드레스는 좀 평범해, 수. 안 그래? 다른 걸 입는 게 어때?」

내가 말했다. 「다른 옷요? 전 이 옷 한 벌뿐인데요.」

「이게 전부라고? 맙소사. 난 벌써 이 옷이 물렸는걸. 앨리스
부인을 모실 때는 무슨 옷을 입었어? 그분은 너그러우셨다며?
자신이 입던 옷을 네게 물려주지 않았어?」

내게 이 드레스 한 벌만 들려 브라이어로 보냈다는 점에서 나
는 젠틀먼에게 약간은 실망했다. 그리고 그렇게 느낀 게 옳았다
고 생각한다. 내가 말했다.

「그게 말이죠, 사실은요, 아가씨. 앨리스 부인은 천사처럼 너
그러우셨어요. 하지만 또한 좀 인색한 편이기도 하셨죠. 그분
은 제게 주셨던 드레스를 인도에서 일할 하녀에게 주겠다며 도
로 가져가셨어요.」

모드는 검은 눈을 깜빡이더니 안됐다는 표정을 지었다. 모드
가 말했다.

「런던에서는 숙녀가 하녀를 그런 식으로 대하니?」

「인색한 분들만 그러세요, 아가씨.」 내가 대답했다.

그러자 모드가 말했다. 「흠, 난 여기서 인색할 이유가 하나도 없어. 넌 다른 드레스가 있어야 해. 아침에 입을 거 말이야. 그리고 그거 말고도 한 벌쯤 더 필요하지 않겠어? 가령, 손님이 올 수도 있고……」

모드의 얼굴이 옷장 문 뒤로 사라졌다. 모드가 말했다.

「자, 너랑 나랑은 몸매가 비슷한 거 같아. 여기 내가 한 번도 안 입었고 줘도 아깝지 않을 옷이 두세 벌 있어. 넌 치마를 길게 입는 걸 좋아하지? 삼촌은 내가 긴 치마 입는 걸 싫어하셔. 긴 치마는 건강에 나쁘다고 생각하시거든. 하지만 네가 입는 건 당연히 상관 안 하실 거야. 넌 그냥 여기 아랫단을 조금 늘리기만 하면 돼. 물론, 네가 할 수 있겠지?」

글쎄, 난 실을 뽑아내는 데는 확실히 능숙했다. 그러고 필요하다면, 일자로 꿰매는 정도는 할 수도 있었다. 내가 말했다. 「고맙습니다, 아가씨.」 모드는 내게 드레스를 내밀었다. 주황색 벨벳 천으로 만든 묘한 드레스로, 술 장식이 달리고 치마폭이 넓었다. 모드는 나를 살펴보더니 말했다.

「오, 입어 봐, 수전. 어서! 자, 내가 도와줄게.」 모드는 가까이 다가오더니 내 옷을 벗기기 시작했다. 「봐, 나도 할 수 있어. 너만큼 잘하잖아. 자, 이제 내가 네 하녀고, 너는 내가 모시는 아가씨야!」

모드는 내 옷을 벗기고 자기 옷을 입히는 내내 약간은 초조한 듯한 목소리로 소리 내어 웃었다. 「자, 여기 거울을 봐.」 마침내 모드가 말했다. 「우리 꼭 자매 같아!」

모드는 내게서 낡은 갈색 드레스를 벗기고 이상하게 생긴 주황색 옷을 머리 위로 입힌 뒤 고리를 거는 동안 나를 거울 앞에 세웠던 것이다. 「숨을 들이쉬어.」 모드가 말했다. 「좀 더! 드레스가 꼭 조이기는 하겠지만 대신 숙녀의 몸매가 되게 해줄 거야.」

물론 모드는 허리가 가늘었고 키도 나보다 1인치는 더 컸다. 머리털 색은 내가 더 짙었다. 우리는 자매 같아 보이지 않았고, 우리 둘 다 겁먹은 듯한 표정이었다. 모드가 준 드레스를 입자 발목이 모두 드러났다. 버러 남자아이에게 이런 내 모습을 보이 느니, 콱 쓰러져 죽어 버리는 게 나았다.

하지만 여기엔 이런 내 모습을 볼 버러 남자아이라곤 없었다. 그리고 버러 여자아이 역시 없었다. 게다가 벨벳 천이 굉장히 고급이었다. 내가 치마에 달린 술 장식을 잡아당기며 서 있는 동안, 모드가 보석 상자로 달려가 브로치를 꺼내 오더니 내 가슴에 달아 주고 고개를 약간 갸우뚱하며 어울리는지를 살펴보았다. 그때 응접실 문 두드리는 소리가 났다.

「마거릿이야.」얼굴을 분홍색으로 물들이며 모드가 말했다. 그러고는 외쳤다. 「여기 화장방으로 들어와, 마거릿!」

「쟁반을 가지러 왔습니다, 아가…… 어머! 스미스 양! 스미스 양이에요? 아가씨인 줄로만 알았어요. 정말이에요!」

마거릿이 얼굴을 붉혔고, 침대 커튼 그늘에 숨어 있던 모드는 손으로 입을 가리고 천진난만한 표정을 지었다. 모드는 웃느라 몸을 마구 떨었고, 검은 눈동자가 반짝거렸다.

「가령 말이야.」마거릿이 나가자 모드가 말했다. 「가령, 리버스 씨가 마거릿처럼 들어와서 너를 나인 줄로 착각했다고 생각해 봐. 그러면 우리는 어떻게 할까?」

또다시 모드는 웃음을 터뜨리며 몸을 떨었다. 나는 거울을 바라보고 싱긋 웃었다.

이건 정말 대단한 일이었던 것이다. 숙녀로 여겨지는 것 말이다. 안 그런가?

바로 내 어머니가 원했을 법한 일이었다.

그리고 어쨌든 간에, 나는 모드의 모든 옷과 보석을 가질 예정이었다. 그게 단지 예정보다 일찍 시작되었을 뿐이었다. 나는 오렌지색 드레스를 받았고, 모드가 삼촌에게 가 있는 동안 앉아서 치맛단을 내리고 조끼를 늘렸다. 16인치 허리를 흉내 내려다 다치고 싶은 마음은 전혀 없었다.

「자, 우리 멋져 보이니?」모드를 데리러 가자, 모드가 말했다. 모드는 서서 나를 살펴보더니 자기 치마를 매만졌다. 「하지만 여기 먼지가 묻었어.」모드가 외쳤다. 「삼촌 책장에서 나온 거야! 오, 책, 책은 정말 지긋지긋해!」

모드는 두 손을 꽉 움켜쥐었고, 금방이라도 눈물을 흘릴 것만 같았다.

나는 먼지를 떨어냈고, 모드에게 왜 아무것도 아닌 일로 짜증을 내냐고 말해 주고 싶은 마음이 굴뚝같았다. 모드는 사실 부댓자루 같은 옷을 입고 있어도 상관없었다. 석탄 나르는 사람 같은 얼굴이어도 상관없었다. 은행에 〈모드 릴리 양〉이라는 이름 앞으로 만 5천 파운드가 들어 있는 한, 모드가 어떤 모습을 하고 있어도 젠틀먼은 모드를 원할 터였다.

모든 걸 다 알면서도 아무것도 모르는 척하며 모드를 바라보기란 무척이나 어려운 일이었다. 그리고 상대가 모드만 아니었어도 상당히 웃기는 상황이 될 수도 있었다. 나는 이렇게 말하곤 했다. 「몸이 안 좋으세요, 아가씨? 뭔가 가져다 드릴까요? 얼굴을 보실 수 있게 손거울을 가져다 드릴까요?」그러면 모드는 이렇게 대답했다. 「몸이 안 좋으냐고? 그냥 좀 추울 뿐이야. 그리고 몸을 데우려고 걷는 거야.」그리고 이렇게 덧붙였다. 「거울이라니, 수? 왜 내가 거울을 봐야 하는데?」

「제 생각에, 아가씨가 평소보다 얼굴을 자주 비춰 보시는 것 같아서요.」

「내 얼굴을? 내가 뭘 하러?」

「저야 모르지요, 아가씨. 하지만 확실히 그러셨어요.」

나는 젠틀먼이 탄 기차가 네 시에 말로에 도착하고, 내 때에 그랬듯이 윌리엄 잉커가 마중 나갔다는 사실을 알고 있었다. 세 시가 되자 모드는 창가가 밝으니 거기에 앉아서 바느질을 하고 싶다고 말했다. 물론, 그때는 창가 역시 어두침침했다. 하지만 나는 아무 말도 하지 않았다. 덜컹거리는 창틀과 곰팡이 핀 모래자루 옆의 작은 방석 위 창가 자리는 방에서 가장 추운 장소 였다. 그러나 모드는 한 시간 반 동안이나 그곳에서 숄을 두르 고 몸을 떨면서 실눈으로 자수를 놓았고, 틈틈이 집으로 통하 는 길을 몰래 엿보았다.

이게 사랑이 아니면 내 손에 장을 지지겠다고 생각했다. 그리 고 만약 이게 사랑이라면, 연인들이란 바보천치였고, 내가 사랑 에 빠져 있지 않아 다행이라고 생각했다.

마침내 모드는 손을 가슴에 대고 숨죽여 소리를 질렀다. 윌리 엄 잉커가 모는 마차 불빛을 본 것이다. 모드는 일어나 창가를 떠나 벽난로로 가서 두 손을 한데 모으고 섰다. 이윽고 자갈길 에서 말 울음소리가 들렸다. 내가 말했다. 「리버스 씨가 오신 걸 까요, 아가씨?」 그리고 모드가 대답했다. 「리버스 씨? 벌써 시 간이 그렇게나 되었나? 글쎄, 그런 거 같구나. 삼촌이 무척 좋 아하시겠네!」

모드의 삼촌이 젠틀먼을 먼저 보았다. 모드가 말했다. 「아마 리버스 씨를 마중 나가라고 삼촌이 부르실 거야……. 내 치마 어때? 회색을 입어야 했지 않았을까?」

하지만 릴리 씨는 모드를 부르지 않았다. 사람들 목소리와 아래층 방문 닫히는 소리가 들려왔지만, 그로부터 한 시간이 지 난 뒤에야 잔심부름 하녀가 와서 리버스 씨가 도착했다는 소식을 전해주었다.

「리버스 씨는 예전 방에서 쉬고 계셔?」 모드가 말했다.

「네, 아가씨.」

「여행을 하신 뒤라 좀 피곤하시겠지?」

리버스 씨는 아주 피곤한 것은 아니라며 저녁 식사 때 삼촌과 함께 릴리 양을 만나고 싶다는 전갈을 보냈다. 그전에는 방해하고 싶지 않다는 말과 함께였다.

「알겠어.」 그 말을 듣자 모드가 말했다. 그리고 입술을 깨물었다. 「리버스 씨에게 전해주렴. 식사 시간 전에 응접실로 찾아오셔도 전혀 방해가 되지 않는다고 말이야…….」

모드는 얼굴을 붉히며 1분 30초 정도 이런 식으로 단어를 늘어놓았다. 그리고 마침내 잔심부름 하녀가 모드의 전갈을 가지고 방을 나섰다. 15분이 흘렀다. 그러고는 젠틀먼과 함께 돌아왔다.

젠틀먼은 방으로 성큼 들어섰고, 처음에는 나를 보지 않았다. 젠틀먼의 눈은 오로지 모드 쪽에 쏠려 있었다. 젠틀먼이 말했다.

「릴리 양, 저를 이곳에 들어오게 해주시다니, 정말 친절하십니다. 여행 때문에 옷차림이 더럽고 형편없는데도 말입니다. 과연 아가씨다우십니다!」

목소리가 온화했다. 젠틀먼은 자신이 더럽다고 했지만, 내가 볼 땐 얼룩 하나 없었다. 재빨리 자기 방으로 가 외투를 갈아입고 온 듯했다. 머리털은 잘 손질되어 있었고, 구레나룻은 말쑥했다. 새끼손가락에 수수하게 생긴 작은 반지를 끼고 있었지만, 그 외엔 손에 아무 장식도 없었고 아주 말끔했다.

젠틀먼은 의도했던 분위기를 제대로 풍겨 주고 있었다. 멋지고 상냥한 신사란 인상을 주고 있었다. 마침내 젠틀먼이 내 쪽으로 시선을 돌리자, 나는 나도 모르게 무릎 굽혀 인사하고는 살짝 부끄러워졌다.

「그리고 이쪽이 수전 스미스군요!」 젠틀먼이 말했다. 내가 입은 벨벳 드레스를 살펴보더니 입술을 실룩이며 웃는 듯한 표정을 지었다. 「하지만 처음 보았을 때는 숙녀인 줄로 착각했습니다. 정말입니다!」 젠틀먼은 내게 다가오더니 손을 잡았고, 모드 역시 내 쪽으로 왔다. 젠틀먼이 말했다. 「브라이어가 맘에 들길 바라, 수. 새로 모시는 아가씨에게 좋은 인상을 주고 있으면 좋겠고.」

내가 말했다. 「저도 그러길 바랍니다, 나리.」

「수는 아주 좋은 아이랍니다.」 모드가 말했다. 「무척 좋은 아이예요, 정말로요.」

모드는 초조해하고 또 고마워하면서 말을 했다. 마치 낯선 사람과 어떻게든 대화를 해나가기 위해 자기 개 이야기를 꺼내듯 말이다.

젠틀먼은 날 잡은 손에 한 번 힘을 주고는 놓아주었다. 젠틀먼이 말했다. 「물론, 당연히 좋은 사람일 수밖에 없죠. 당신과 함께라면, 릴리 양, 그 누구라도 좋은 사람이 될 수밖에 없지 않겠어요? 당신이 모범이 되어 줄 테니 말이에요.」

창백하던 모드의 안색이 다시 상기되었다. 「너무 친절한 말씀이시네요.」 모드가 말했다.

젠틀먼은 고개를 저은 뒤 입술을 깨물었다. 그리고 중얼거렸다. 「어떤 신사라도 〈당신〉과 함께 있으면 친절하게 바뀔 수밖에 없습니다.」

이제 젠틀먼의 뺨이 모드처럼 분홍색으로 물들었다. 숨을 참아 얼굴 붉히는 방법을 알고 있는 게 분명했다. 젠틀먼은 모드에게 시선을 고정했고, 마침내 모드는 젠틀먼을 바라보며 싱긋 웃었다. 그러고는 소리 내어 웃었다.

그리고 모드를 만난 뒤 처음으로, 젠틀먼이 옳았다는 생각을 했다. 모드는 아름다웠고, 살갗이 아주 희었으며 호리호리했다. 젠틀먼 옆에서 젠틀먼과 눈을 마주치는 모드를 보다가 깨달은 사실이었다.

바보천치들이었다. 커다란 시계가 시간을 알리자, 둘은 깜짝 놀라 서로 시선을 돌렸다. 젠틀먼은 자기가 모드를 너무 오래 붙잡았다고 말했다. 「저녁 식사 때 삼촌과 함께 뵐 수 있겠지요?」

「삼촌과 함께요, 네.」 모드가 조용히 말했다.

젠틀먼은 고개 숙여 인사하고 방을 나갔다. 그리고 방을 거의 다 나가서야 나를 기억한 듯했다. 팬터마임을 하듯 자기 주머니를 두드리며 은화를 찾는 시늉을 했다. 1실링짜리 은화를 꺼내더니 내게 돈을 받아 가라는 신호를 보냈다.

「이거 가지렴, 수.」 젠틀먼이 말했다. 젠틀먼은 내 손을 들고 은화를 꼭 쥐여 주었다. 가짜였다. 「잘되고 있어?」 젠틀먼은 모드가 듣지 못하도록 조그맣게 덧붙였다.

내가 말했다. 「오, 감사합니다, 나리!」 그리고 나는 또다시 무릎 굽혀 인사를 하며 눈을 찡긋했다. 공교롭게도, 두 동작을 다 같이 하기에는 너무 복잡했다. 절대로 해보라고 추천하고 싶지 않다. 눈을 찡긋거리느라 인사하다 중심을 잃었던 것 같기 때문이다. 그리고 무릎 굽혀 인사하느라 눈 찡긋거리는 것도 제대로 하지 못했던 게 분명하다.

그러나 젠틀먼이 그걸 알아차렸던 것 같진 않다. 그저 만족스러운 듯 싱긋 웃고 다시 고개 숙여 인사를 한 뒤 방을 나갔다. 모드는 잠깐 나를 보더니 조용히 자기 방으로 들어가 문을 닫았다. 모드가 방 안에서 뭘 했는진 모르겠다. 나는 모드가 나를 부를 때까지 앉아 있다가, 30분 뒤 저녁 식사를 위해 옷 갈아입는 것을 도왔다.

나는 자리에 앉아 은화를 튕겨 보았다. 내가 생각했다. 「뭐, 가짜 은화도 진짜만큼 빛나는 거니까.」

하지만 뭔가가 맘에 들지 않았다. 그리고 왜 그런지도 알 수 없었다.

그날 저녁, 모드는 저녁 식사 뒤 응접실에 한두 시간 정도 머물며 삼촌과 젠틀먼에게 책을 읽어 주었다. 그때까지 나는 응접실에 가본 적이 없었다. 단지 웨이 씨나 스타일스 부인과 함께 식사를 하면서 우연히 들은 이야기를 통해 모드가 나와 함께 있지 않을 때 무슨 일을 하는지만 알고 있었다. 나는 여전히 저녁 시간을 부엌과 스타일스 부인의 찬방에서 보내고 있었다. 대부분 아주 지루한 시간이었다. 하지만 오늘 저녁은 달랐다. 나는 아래층으로 내려갔다가 마거릿과 마주쳤다. 마거릿은 포크 두 개로 커다란 햄을 굽고 있었고, 케이크브레드 부인은 숟가락으로 그 위에 꿀을 붓고 있었다. 마거릿은 입술을 동그랗게 모으며, 꿀 먹인 햄은 리버스 씨가 가장 좋아하는 음식이라고 말했다. 케이크브레드 부인은 리버스 씨에게 요리를 해주면 기분이 좋다고 했다.

마거릿은 낡은 울 스타킹 대신 내가 준 검은 비단 스타킹을 신고 있었다. 잔심부름 하녀들은 주름 장식이 더 많이 달린 모자로 바꿔 쓰고 있었다. 나이프를 관리하는 찰스는 머리를 단정히 빗고 가르마를 칼날처럼 반듯하게 탔다. 벽난로 옆 걸상에 앉아 휘파람을 불며 젠틀먼의 장화에 광을 내고 있었다.

찰스는 존 브룸과 동갑이었다. 그러나 존이 거무스름한데 반해, 찰스는 피부가 하앴다. 찰스가 말했다. 「이걸 어떻게 생각하세요, 스타일스 부인? 리버스 씨 말에 따르면, 런던에 가면 코끼리를 볼 수 있대요. 런던에서는 공원 우리에 코끼리를 가둬 놓았대요. 여기서 우리에 양을 가둬 놓듯이 말이에요. 그리고 6펜스만 내면 코끼리 등에 타볼 수 있다네요.」

「맙소사!」 스타일스 부인이 말했다. 부인은 드레스 목덜미에 브로치를 하고 있었다. 검은 털이 잔뜩 달린 상복용 브로치였다.

〈코끼리!〉 나는 생각했다. 암탉 사이로 걸어가는 수탉처럼 젠틀먼이 하인들 사이를 헤집고 다니며 꼬리를 치는 모습이 눈에 선했다. 하인들은 젠틀먼이 잘생겼다고 말했다. 공작(公爵)보다도 교육을 잘 받았고 하인을 제대로 대할 줄 안다고 말했다. 또한, 젠틀먼처럼 똑똑하고 젊은 남자가 다시 들려 주어 모드 아가씨에게 얼마나 다행이냐고들 했다. 만약 내가 거기서 사람들에게 진실을 말해 주었어도, 당신들 모두가 멍청이이고 리버스 씨는 인두겁을 쓴 악마이며 모드와 결혼한 뒤 재산을 가로채고 병원에 가둔 뒤 죽기를 바랄 작정이라고 말해 주었어도, 만약 내가 그런 얘기를 해주었어도, 사람들은 결코 내 말을 믿지 않았을 것이다. 내가 미쳤다고 했을 것이었다.

하인들은 나 같은 존재보다는 늘 신사를 믿으려 한다.

그리고 물론, 나는 사람들에게 그런 말은 전혀 하지 않았다. 혼자 속으로만 간직했다. 그리고 나중에, 찬방에서 푸딩을 먹는 동안, 스타일스 부인은 브로치를 만지작거리며 조용히 있었다. 웨이 씨는 신문을 들고 변소에 갔다. 웨이 씨는 질 좋은 포도주 두 병을 릴리 씨 저녁 식사에 내어 놓아야만 했다. 그리고 웨이 씨는 우리 가운데 젠틀먼이 온 것을 반가워하지 않는 유일한 인물이었다.

적어도, 나는 기쁘다고 생각했다. 「난 기쁜 거야.」 나는 혼자 중얼거렸다. 「단지 그걸 모르고 있는 것뿐이야. 젠틀먼과 둘이

서만 만나게 되면 깨닫게 될 거야.」 나는 하루나 이틀 정도가 지나면 둘이서만 만날 수 있으리라고 생각했다. 하지만 우리가 만나기까지는 거의 두 주일이나 걸렸다. 물론, 나는 모드 없이 혼자서는 넓은 집안을 돌아다닐 이유가 없기 때문이었다. 나는 젠틀먼이 자는 방을 한 번도 본 적이 없었고, 젠틀먼도 절대 내 방으로 오지 않았다. 게다가, 브라이어에서는 하루 일과가 어찌나 딱 짜여 있는지, 흡사 기계적으로 이루어지는 거대한 쇼와도 같아, 절대로 그 과정을 바꿀 수가 없었다. 아침이면 시계 종이 우리를 잠에서 깨웠고, 그 뒤로 우리는 이 방 저 방으로 옮겨 다니며 저녁 종이 울려 잠자리에 들 때까지 각자 맡은 일을 했다. 마룻바닥에 우리가 갈 길이 홈으로 파여 있는 듯했다. 활대를 미끄러져 다니는 것 같았다. 집 한 간에 커다란 조종간이 있고, 커다란 손이 그 조종간을 돌리는 듯했다. 창밖이 어둡거나 안개가 짙어 회색일 때면, 머릿속에 조종간이 떠올랐고 조종간 돌아가는 소리가 들리는 것만 같았다. 조종간 회전이 멈추면 어떤 일이 벌어질까 점차 두려워졌다.

시골에서 살다 보면 그렇게 변하게 된다.

젠틀먼이 오면서, 우리의 쇼가 약간 휘청거렸다. 지렛대가 삐걱댔고 사람들은 활대에서 잠깐 몸을 떨었으며 홈도 한두 개가 새로 새겨졌다. 그러고는 모든 것이 다시 예전처럼 매끄럽게 돌아갔다. 하지만 순서에 변동이 생겼다. 모드는 이제 릴리 씨가 뭔가를 적는 동안 릴리 씨에게 책을 읽어 주러 가지 않았다. 모드는 자기 방에 있었다. 우리는 앉아 바느질을 하거나 카드놀이를 하거나 그도 아니면 강이나 주목과 묘지 주위를 산책했다.

젠틀먼의 경우엔, 일곱 시에 일어나 침대에서 아침 식사를 했다. 찰스가 젠틀먼 시중을 들었다. 여덟 시가 되면, 릴리 씨 그림 일을 시작했다. 릴리 씨가 젠틀먼을 감독했다. 릴리 씨는 자기 책만큼이나 그림에 미쳐 있었고, 젠틀먼이 일할 수 있는 작은 방을 마련해 주었다. 그 방은 서재보다도 더 어둡고 비좁았다. 오래되고 꽤 값어치 나가는 그림들인 듯했다. 나는 릴리 씨의 그림을 한 번도 본 적이 없었다. 아무도 본 사람이 없었다. 릴리 씨와 젠틀먼은 늘 방 열쇠를 몸에 지니고 다녔으며 방에서 나오든 안에 있든 언제나 문을 잠그고 있었다.

둘은 오후 한 시까지 일했고 그다음에 점심을 먹었다. 모드와 나는 우리끼리 식사를 했다. 우리는 조용히 식사를 했다. 모드는 전혀 먹지 않고 앉아서 기다리기만 했던 것도 같다. 이윽고, 2시 15분 전이 되면 모드는 화구를 가져왔다. 연필과 물감, 종이, 마분지, 나무 이젤이었다. 그리고 늘 같은 순서에 따라 화구를 아주 깔끔하게 준비하곤 했다. 모드는 내가 화구 차리는 것을 절대 돕지 못하게 했다. 만약 붓이 떨어져 내가 그것을 주워 주기라도 하면 모드는 모든 물건을, 종이, 연필, 물감, 이젤을 그러모은 뒤 처음부터 다 다시 차렸다.

나는 아무것도 건드리지 말아야 한다는 사실을 배웠다. 단지 지켜보아야 한다는 것을 알게 되었다. 그리고 시계가 두 시를 알리는 소리를 들었다. 1분 뒤면, 젠틀먼이 와 모드에게 그날의 수업을 가르쳤다.

처음에 둘은 응접실에서 수업을 했다. 젠틀먼은 탁자 위에 사과, 배, 물병을 하나씩 올려놓았고 모드가 마분지에 그리는 동안 서서 고개를 끄덕였다. 모드는 붓을 삽자루 다루 듯했다. 하지만 젠틀먼은 모드가 엉망진창으로 그려 놓은 그림을 들고 고개를 갸웃하거나 또는 눈을 가늘게 뜨고 이렇게 말하곤 했다.

「단언컨대, 릴리 양, 오늘도 기법 하나를 확실히 습득하셨군요.」 또는 이렇게 말했다.

「지난달에 밑그림을 그렸는데, 정말 진도가 빠르십니다!」

「그렇게 생각하세요, 리버스 씨?」 모드는 얼굴이 온통 붉어진 채 이렇게 묻곤 했다. 「배가 좀 가늘게 그려지지 않았나요? 원근법을 좀 더 연습해야 하지 않았을까요?」

「원근법은, 아마, 조금 틀린 것 같습니다.」 젠틀먼은 이런 식으로 말했다. 「하지만 릴리 양, 당신에게는 단순한 기교를 능가하는 재능이 있습니다. 사물의 본질을 볼 줄 아십니다. 당신 앞에 서 있기가 겁이 날 지경입니다! 만약 그 눈으로 〈저〉를 본다면 제 속에 감춰진 어떤 모습을 볼지 걱정입니다.」

젠틀먼은 강한 목소리로 시작해 점차 달콤하게 말하다가 숨을 죽이고, 마지막엔 주저하는 목소리로 말을 맺곤 했다. 그러면 모드는 마치 밀랍으로 만든 여자아이가 벽난로에 너무 가까이 다가가 있는 듯한 표정을 짓곤 했다. 모드는 과일을 다시 그렸다. 이번에는 배가 바나나처럼 그려졌다. 그러면 젠틀먼은 채광이 나쁘다거나 붓이 나빠서 그렇다고 말했다.

「제가 당신을 런던으로 데려갈 수만 있다면, 릴리 양, 런던에 있는 제 화실로 데려갈 수 있다면 얼마나 좋을까요!」

젠틀먼은 자신이 첼시에 집이 있는 예술가라고 거짓말했다. 젠틀먼은 재능 있는 예술가 친구를 많이 알고 있다고 말했다. 모드가 말했다. 「숙녀 예술가 친구 분도 있나요?」

「물론이지요.」 젠틀먼이 대답했다. 「제 생각으로는……」 그리고 젠틀먼은 고개를 저었다. 「에, 제 의견은 보통 사람과 좀 다르답니다. 모두의 취향에 맞지도 않고요. 여기를 보세요. 이 선을 좀 더 확실하게 그려 보세요.」

젠틀먼은 모드에게 다가가 손을 잡았다. 모드는 젠틀먼 쪽으로 얼굴을 돌리고 말했다.

「당신 생각이 어떤지 말해 주지 않으시겠어요? 솔직하게 말하셔도 돼요. 저는 어린아이가 아니랍니다, 리버스 씨!」

「어린아이가 아니죠.」모드의 눈을 바라보며 젠틀먼이 부드럽게 말했다. 그리고 젠틀먼은 갑자기 놀라 흠칫거렸다. 그리고 말을 이었다. 「어쨌거나, 제 의견은 많이 부드러운 편입니다. 그건 당신의, 성과 창작에 관련된 문제입니다. 제가 보기에는, 릴리 양, 당신 그림에는 여성만이 표현할 수 있는 무엇인가가 있어야만 합니다.」

모드가 침을 삼켰다. 「그게 뭔가요, 리버스 씨?」

젠틀먼이 부드럽게 말했다. 「이런, 제가 외람된 말씀을 드렸군요.」

모드는 가만히 앉아 있다가 몸을 꿈틀했다. 의자가 삐걱거렸다. 그 소리에 놀랐는지 모드는 손을 거둬들였다. 모드는 고개를 들고 거울을 보더니 그 안에서 자신을 바라보는 내 눈을 보고 얼굴을 붉혔다. 그러자 젠틀먼 역시 고개를 들어 거울 속의 모드를 바라보았다. 그 모습에 모드는 더욱 얼굴을 붉히며 시선을 내렸다. 젠틀먼은 모드에서 내게로 시선을 돌렸다가 다시 모드에게 시선을 돌렸다. 젠틀먼은 손을 들어 구레나룻을 쓸어내렸다.

이윽고 모드는 과일 그림에 붓을 댔다. 「오!」 모드가 외쳤다. 물감이 눈물처럼 흘러내렸다. 젠틀먼은 맘 쓰지 말라며 오늘 수업은 이만하면 충분하다고 말했다. 젠틀먼은 탁자로 가더니 배를 들고 문질러 닦았다. 모드는 붓, 흑연과 함께 주머니칼을 가지고 있었는데, 젠틀먼은 이 주머니칼을 꺼내 배를 세 조각으로 잘랐다. 젠틀먼은 한쪽을 모드에게, 한쪽은 자신이, 그리고 마지막 한쪽은 즙을 털어 낸 뒤 내게 가져왔다.

「거의 다 익은 것 같아.」 눈을 찡긋하며 젠틀먼이 말했다.

젠틀먼은 배 조각을 입으로 가져가더니 두 입 만에 먹어 치웠다. 뿌연 즙 방울이 젠틀먼 수염에 알알이 맺혔다. 젠틀먼은 꼼꼼히 손가락을 핥았다. 그리고 나는 내 손가락을 핥았다. 모드는 이번만은 장갑이 더러워져도 개의치 않고, 배 조각을 들고 따짝거렸다. 표정이 어두웠다.

우리는 비밀에 대해 생각하고 있었다. 진짜 비밀이었고 비열한 비밀이었다. 셀 수 없을 정도로 많은 비밀이었다. 지금에 와서 나는 무엇인가를 알고 있던 사람은 누구이며, 아무것도 모르던 사람은 누구이며, 모든 것을 알고 있던 사람은 누구이며, 사기꾼은 누구인지 정리해 보려 하지만 결국은 포기하고 만다. 생각만 해도 머리가 지끈거린다.

마침내 젠틀먼은 모드에게 바깥에 나가서 그림을 그려 보자고 제안했다. 나는 그 말을 듣는 즉시 그게 무슨 뜻인지 알 수 있었다. 젠틀먼이 정원 주변의 그늘지고 으슥한 온갖 곳으로 모드를 데리고 다니며 그걸 교육이라 부르겠다는 뜻이었다. 모드도 그런 짐작을 했던 것 같다. 「오늘 비가 올 것 같니?」

모드는 창문에 얼굴을 대고 구름을 바라보며 걱정 어린 목소리로 말했다. 때는 2월 말이었고, 여전히 추웠다. 하지만 리버스 씨가 다시 돌아온 뒤로 이 집 사람들 모두가 생기를 찾았듯, 이제는 날씨마저도 들떠 점차 온화해지는 듯했다. 바람이 잦아들었고, 창문도 더는 덜컹거리지 않았다. 하늘은 잿빛에서 진줏빛으로 바뀌었다. 잔디는 당구대처럼 녹색이 되었다.

아침에 모드와 단 둘이 걸을 때면, 나는 모드 옆에서 걸었다. 물론 이제 모드는 젠틀먼과 함께 걸었다. 젠틀먼이 팔을 내밀면, 모드는 잠깐 머뭇거리는 척하다가 팔을 잡곤 했다. 모드는 내 팔을 잡는 데 익숙해져 있었기 때문에 젠틀먼 팔을 좀 더 쉽게 잡을 수 있었다는 생각이 든다. 하지만 걷는 게 상당히 뻣뻣했다. 그럼에도 젠틀먼은 모드를 좀 더 가까이 끌어올 교활한 수단들을 찾아냈다. 모드와 머리가 가까이 있으면 모드 쪽으로 머리를 숙이곤 했다. 모드 옷깃에서 먼지를 털어 주는 척하곤 했다. 그러면 깜짝 놀라며 사이가 벌어지곤 했지만, 점차 공간이 줄어들었고, 마침내는 소매가 서로 스치고 모드 치마가 젠틀먼의 바지에 말리는 지경이 되었다. 나는 그 모든 과정을 지켜보았다. 둘 뒤에서 걷기 때문이었다. 나는 물감, 붓, 나무 이젤, 걸상이 든 가방을 들고 있었다. 가끔 둘은 내게서 멀어지며 나에 대해 완전히 잊은 듯이 보였다. 이윽고 내가 기억났다는 듯 모드가 몸을 돌려 말했다.

「수, 정말 착하네! 이렇게 걸어도 괜찮아? 리버스 씨는 4분의 1마일 정도 더 걸으실 생각이야.」

리버스 씨는 언제나 4분의 1마일 더 걸을 생각이었다. 젠틀먼은 모드가 정원 주위를 천천히 걷게 했다. 말로는 모드가 그릴 경치를 찾는다는 핑계였지만, 실제로는 모드 곁에 붙어 뭔가를 중얼거렸다. 그리고 나는 둘의 모든 도구를 들고 그 뒤를 따라다녀야 했다.

물론, 둘이 함께 걸을 수 있는 것은 내 덕분이었다. 나는 젠틀먼을 지켜보며 적절하게 행동하는지 지켜보기로 되어 있었다.

나는 젠틀먼을 열심히 지켜보았다. 또한 모드도 지켜보았다. 모드는 가끔 젠틀먼의 얼굴을 보곤 했다. 그러나 땅을 볼 때가 더 많았다. 때때로 꽃이나 나뭇잎, 퍼덕이는 새가 모드의 주의를 끌었다. 모드가 그쪽으로 주의를 돌리면, 젠틀먼은 몸을 반쯤 돌려 나와 눈을 마주치고는 사악한 웃음을 지어 보였다. 그러나 모드가 다시 젠틀먼에게 시선을 돌릴 때쯤이면 젠틀먼은 다시금 시치미를 뚝 떼곤 했다.

그런 순간의 젠틀먼을 보면, 젠틀먼이 모드를 사랑한다고 맹세라도 할 수 있었다.

모드를 보면, 모드가 젠틀먼을 사랑한다고 맹세할 수 있었다.

그러나 모드가 떨리는 감정을 겁내한다는 게 자명했다. 젠틀먼은 진도를 빨리 나갈 수가 없었다. 젠틀먼은 모드가 팔에 기대게 할 때와 그림 그릴 때 손을 잡고 붓질을 가르칠 때 외에는 절대로 모드를 만지지 않았다. 모드가 물감을 찍어 바르는 것을 지켜보려 젠틀먼이 모드에게로 몸을 굽힐 때면, 둘의 숨결이 하나가 되고 젠틀먼의 머리털이 모드의 머리털과 뒤섞이곤 했다. 하지만 젠틀먼이 조금만 더 가까이 접근하면 모드는 몸을 움찔거렸다. 모드는 계속해 장갑을 끼고 있었다.

마침내 젠틀먼은 강가에 한 장소를 찾아냈고, 모드는 날마다 더 짙은 색으로 골풀을 더해 가며 그곳 경치를 그리기 시작했다. 저녁이면 모드는 응접실에 앉아 젠틀먼과 릴리 씨를 위해 책을 읽었다. 밤이 되면 초조해하며 침실로 돌아왔고, 어떤 때는 더 많은 약을 먹었으며, 어떤 때는 자면서 몸을 떨기도 했다.

그럴 때면 나는 모드가 떨지 않을 때까지 몸에 손을 올려놓았다.

나는 모드가 침착하게 지내도록 했다. 젠틀먼을 위해서였다. 나중이 되면 젠틀먼은 내가 모드를 초조하게 만들길 원할 터였다. 그러나 난 지금은 모드를 침착하고 단정하게 지내도록 했으며, 아주 예쁘게 옷을 입혔다. 식초로 머리를 감기고 빛이 날 때까지 빗질을 해주었다. 젠틀먼은 모드의 응접실로 와 모드를 살펴보고 고개 숙여 인사하곤 했다. 그리고 젠틀먼이 〈릴리 양, 날이 지날수록 더욱 아름다워지시는군요!〉라고 할 때면 그게 진심으로 하는 말이란 걸 알 수 있었다. 하지만 나는 또한 이 말이 아무것도 하지 않고 가만히 있던 모드를 향한 칭찬이 아니라 이 모든 일을 다 해낸 내게 보내는 칭찬이라는 것도 알고 있었다.

나는 그런 식으로 소소한 일들을 추측해 내곤 했다. 앞에서도 얘기했듯이, 젠틀먼은 내게 탁 터놓고 말할 순 없었지만, 입가에 머금은 웃음과 눈짓으로 멋진 연극을 했다. 우리는 둘이서만 이야기할 기회를 기다렸다. 그리고 그런 기회가 절대로 오지 않을 것 같아 보이기 시작할 무렵, 그 기회가 찾아왔다. 그리고 우리에게 그런 기회를 준 이는 바로 우리 순진한 모드였다.

어느 날 아주 이른 아침, 모드는 자기 방 창문을 통해 젠틀먼을 보았다. 모드는 창가에 서서 머리를 창문에 대고 말했다.

「저기 리버스 씨가 있어. 봐. 풀밭을 걷고 계셔.」

나는 창가로 가 모드 곁에 섰다. 너무나 당연하게도, 젠틀먼이 담배를 피우며 풀 위를 걷고 있었다. 다소 낮게 뜬 태양 때문에 젠틀먼의 그림자가 아주 길게 드리워졌다.

「키가 크시지 않아요?」 곁눈질로 모드를 보며 내가 말했다. 모드는 고개를 끄덕였다. 자기 숨결로 유리창이 뿌예지자, 모드는 창을 닦았다. 그리고 말했다.

「어머!」 젠틀먼이 넘어지기라도 한 듯한 말투였다. 「어머! 담뱃불이 꺼진 모양이야. 리버스 씨, 어떻게 해!」

젠틀먼은 새까만 담배 끄트머리를 살펴보더니 불 꺼진 끄트머리에 바람을 불어 보았다. 이제 젠틀먼은 바지 주머니에 손을 넣고 성냥을 찾았다. 모드는 또다시 유리창을 닦았다.

모드가 말했다. 「이제, 리버스 씨가 저 담배에 불을 붙이실 수 있을까? 성냥을 가지고 계실까? 오, 없으신 거 같아! 더구나 시계는 벌써 20분도 전에 30분을 알리는 종을 쳤으니 리버스 씨는 곧 삼촌에게 가봐야만 해. 그렇네, 리버스 씨는 성냥이 없으셔. 주머니를 전부 다⋯⋯.」

모드는 두 손을 그러모으고 심장이 터질 것 같다는 표정으로 나를 바라보았다.

내가 말했다. 「그렇다고 무슨 큰일도 아니잖아요, 아가씨.」

「하지만 안되셨잖아.」모드가 다시 말했다.「오, 수, 만약 네가 서둘러만 준다면 성냥을 갖다 드릴 수 있어. 봐, 이제 담배를 버리시잖아. 저 표정 너무 슬프지 않니!」

우리에게는 성냥이 없었다. 성냥은 마거릿이 자기 앞치마에 넣어 보관하고 있었다. 내가 그 말을 하자 모드가 말했다.

「그러면 촛불을 가지고 가! 뭐라도 가져다 드려! 벽난로에 있는 석탄을 가져다 드려! 오, 좀 더 빨리 움직일 순 없는 거야? 내가 보내서 왔다고 말하면 절대 안 돼!」

모드가 내게 이런 일을 시키다니, 믿기는가? 단지 젠틀먼이 아침에 담배를 피울 수 있게 하려고 내게 부젓가락으로 불붙은 석탄을 들고 층계 두 줄을 내려가게 하다니 말이다. 그리고 내가 그렇게 했다는 사실을 믿을 수 있는가? 뭐, 난 하녀니까 그 일을 해야만 했다. 젠틀먼은 내가 풀밭을 가로질러 자신에게 오는 걸 보고, 내가 들고 오는 게 무엇인지 보더니 껄껄거렸다.

내가 말했다.「그래요. 당신이 담뱃불을 붙일 수 있도록 모드가 보냈어요. 기쁜 척하세요. 모드가 보고 있으니까요. 귀찮다는 표정을 지어 보든지요. 원한다면요.」

젠틀먼은 고개는 움직이지 않았지만 모드가 있는 창가로 눈길을 보냈다.

「정말 착한 아가씨라니까.」젠틀먼이 말했다.

「제가 보기에, 저 여자는 당신에게 너무 과분해요.」

젠틀먼은 싱긋 웃었다. 하지만 신사가 하인에게 웃는 그런 웃음이었다. 그리고 그 덕분에 젠틀먼은 친절해 보였다. 모드가 창가에서 더욱 가쁘게 숨을 쉬며 우리를 지켜보는 모습이 눈에 선했다. 젠틀먼이 조용히 말했다.

「어떻게 되어 가고 있어, 수?」

「잘되어 가고 있어요.」내가 대답했다.

「모드가 날 사랑하는 거 같아?」

「그렇다고 생각해요. 네.」

젠틀먼은 은갑을 꺼내더니 담배를 끄집어냈다. 「하지만 네게 그렇게 말하지는 않았지?」

「제게 말할 필요가 없으니까요.」

젠틀먼은 석탄 쪽으로 몸을 숙였다. 「모드가 널 믿어?」

「안 그럴 수 없죠. 달리 사람이 없으니까요.」

젠틀먼은 담배를 입으로 가져가 빨더니 한숨을 내뱉었다. 담배 연기가 찬 공기를 파랗게 물들였다. 젠틀먼이 말했다. 「이제 모드는 우리 거야.」

젠틀먼은 약간 뒤로 물러서더니 눈짓을 했다. 나는 젠틀먼이 신호를 보낸 대로 잔디에 석탄을 떨어뜨렸고, 젠틀먼은 내가 석탄 줍는 것을 돕기 위해 몸을 숙였다. 「그러고는?」 젠틀먼이 말했다. 나는 중얼거리는 목소리로 젠틀먼에게 약에 대한 이야기와 모드가 꿈을 무서워한다는 이야기를 했다. 젠틀먼은 웃음을 머금고 내 이야기를 듣고 있었고, 내내 부젓가락으로 석탄을 서투르게 집다 놓치길 계속했다. 그리고 마침내 석탄을 집어 올리더니 내 손을 부젓가락 손잡이에 대며 손에 힘을 주었다.

「약과 꿈은 좋은 신호야.」 젠틀먼이 조용히 말했다. 「나중에 그게 우리 계획에 도움이 될 거야. 하지만 지금은 네가 어떻게 해야 하는지 알고 있지? 모드를 잘 지켜봐. 모드가 널 사랑하게 만들라고. 모드는 우리의 소중한 보석이야, 수키. 난 곧 모드를 장식대에서 꺼내 현찰로 바꿀 거야……. 이렇게 간직해.」 젠틀먼은 평범한 목소리로 계속 말했다. 웨이 씨가 집 안 정문에 나와 왜 문이 열려 있는지 살피고 있었다. 「이렇게 말이야. 석탄이 떨어져 릴리 아가씨의 양탄자를 태우지 않게 말이야…….」

나는 젠틀먼에게 무릎 굽혀 인사를 했고, 젠틀먼은 다른 쪽으로 걸어갔다. 그리고 웨이 씨가 문에서 걸어 나와 무릎을 굽히고 태양을 바라보더니 가발을 뒤로 젖히고 그 아래를 긁었고, 젠틀먼이 마지막으로 중얼거렸다.

「랜트 스트리트 사람들이 네게 내기를 걸었어. 석스비 부인은 네가 성공한다는 쪽에 5파운드를 걸었어. 자기 대신 네게 키스해 달라고 하더군.」

젠틀먼은 입술을 오므려 키스하는 시늉을 하더니 그 입 모양 그대로 담배를 물고 푸른 연기를 내뿜었다. 이윽고 젠틀먼이 고개 숙여 인사했다. 젠틀먼의 머리털이 옷깃 위로 떨어졌다. 젠틀먼은 하얀 손을 들어 머리털을 귀 뒤로 쓸어 넘겼다.

웨이 씨가 계단에 서서 젠틀먼을 다소 유심히 살펴보는 모습이 보였다. 버러의 거친 아이들이 생각났다. 마치 자신이 가장 원하는 일이 무엇인지 잘 모르는 듯한 표정이었다. 젠틀먼을 비웃고 싶은 건지, 아니면 허파가 튀어나오도록 한 대 갈겨 주고 싶은지 말이다. 그러나 젠틀먼은 계속 순진한 눈빛을 유지했다. 젠틀먼은 모드가 자기 방 그늘에서 자기를 더 잘 볼 수 있도록 태양을 향해 고개를 들고 성큼성큼 걸었다.

그날 이후, 모드는 젠틀먼이 산책하고 담배 피우는 모습을 날마다 지켜보았다. 유리창에 얼굴을 대고 서 있곤 했기에, 유리창에 눌려 모드 이마에는 동그란 붉은 자국이 났다. 창백한 얼굴에 대조되는 완벽한 진홍색에 완벽하게 동그란 자국이었다. 열병에 걸린 여자아이 뺨에 난 자국처럼 보였다. 날이 지날수록 그 자국이 점점 짙어지고 지독해진다는 생각이 들었다.

이제 모드는 젠틀먼을 지켜보았고, 나는 둘을 지켜보았다. 그리고 우리 셋은 열병이 끝나길 기다리고 있었다.

나는 처음에 일이 끝나기까지 두세 주 정도 걸리리라 예상했다. 그러나 이미 두 주가 지났는데도 우리는 전혀 진척이 없었다. 그리고 또다시 두 주가 지났지만 상황은 달라지지 않았다. 모드는 기다리는 데 이골이 나 있었으며, 집안은 너무나도 순조롭게 돌아갔다. 모드는 가끔 홈에서 약간 이탈해 젠틀먼에게 가깝게 다가가는 경우가 있었다. 그리고 젠틀먼은 남들 모르게 자기 본분을 약간 벗어나 모드에게 좀 더 접근하곤 했다. 하지만 그런 행동은 둘만의 새로운 홈을 팔 뿐이었다. 우리는 쇼를 완전히 끝낼 필요가 있었다.

모드가 속내를 털어놓게 할 필요가 있었다. 그래야 내가 모드를 부추겨 일을 진행시킬 수 있었다. 나는 암시를 천 가지도 넘게 던졌다. 그러나 리버스 씨가 정말 친절한 신사라든지, 정말 잘생기고 제대로 컸다든지, 삼촌이 정말 좋아하시는 것 같다든지, 아가씨가 리버스 씨를 정말 좋아하시는 것 같다든지, 숙녀가 결혼할 생각이 있다면 리버스 씨 같은 신사가 제대로 된 선택이 아니겠느냐는 따위의 암시를 아무리 주고, 마음을 열 기회를 아무리 줘도, 모드는 전혀 반응하지 않았다. 날씨가 다시 추워졌다가 따뜻해졌다. 3월이었다. 그리고 거의 4월이 다 되었다. 5월이 되기 전까지는 릴리 씨의 그림이 모두 배접될 터였고 젠틀먼은 떠나야 했다. 하지만 모드는 여전히 아무 말도 하지 않았다. 그리고 젠틀먼은 괜스레 서둘렀다가 모드가 겁을 집어먹고 움츠러들까 저어하여 모드에게 아무런 압력도 주지 않고 있었다.

나는 기다리는 게 초조해졌다. 젠틀먼도 초조해졌다. 모두 밀정이라도 된 것처럼 초조해했다. 모드는 몇 시간이나 연속해 안절부절못하며 앉아 있곤 했고, 그러다가 집 안 시계가 종을 울리면 움찔 놀랐으며 그 때문에 나 역시 놀라곤 했다. 젠틀먼이 찾아올 시간이 되면 모드는 젠틀먼의 발소리가 들릴 때까지 귀를 쫑긋대며 불안해했고, 젠틀먼이 문을 두드리면 벌떡 일어서거나 비명을 지르거나 잔을 떨어뜨려 깨먹곤 했다. 그리고 밤이 되면 뻣뻣이 누워 눈을 뜨고 있거나 잠결에 이리저리 뒤척이며 뭐라고 중얼거렸다.

〈이 모든 게 사랑 때문이야!〉 나는 생각했다. 나는 이런 모습을 본 적이 한 번도 없었다. 버러에서는 이런 일이 어떤 식으로 진행되는지 생각해 보았다. 나는 이 모든 일이 여자가 남자를 좋아할 때, 그 남자도 자신을 좋아하는 것 같다고 생각되면 보통 하는 행동들이라고 생각했다.

만약 젠틀먼 같은 남자가 나를 좋아한다면 나는 어떻게 할지 생각해 보았다.

여자아이들이 잘 그렇듯, 모드를 구석에 데려가 이야기를 나눠야할지도 모르겠다는 생각이 들었다.

그러다가, 그랬다가는 모드가 나를 무례하다고 여길 수도 있다는 생각이 들었다. 훗날, 나중에 일어난 일에 비추어 보니 상당히 기분이 묘해졌다.

그러나 내가 그러기 전에 다른 일이 먼저 벌어졌다. 마침내 열병이 끝났다. 쇼는 끝이 났으며 우리 기다림은 그 보답을 얻었다.

모드가 젠틀먼에게 키스를 허락했던 것이다.

입술은 아니었지만, 훨씬 더 나은 곳이었다.

나는 안다. 왜냐하면 직접 보았기 때문이다.

4월의 첫날, 강가였다. 4월 초치고는 날씨가 너무 따뜻했다. 태양은 잿빛 하늘에서 밝게 빛나고 있었으며, 모두 천둥이 칠거라고 했다.

모드는 드레스 위에 재킷과 망토를 둘렀고, 더워했다. 모드는 나를 부르더니 망토를 벗기게 했고, 곧 재킷마저 벗기게 했다.

모드는 앉아 골풀을 그리고 있었고, 젠틀먼은 근처에서 그런 모드를 바라보며 웃음 짓고 있었다. 태양 때문에 모드는 눈을 가늘게 떴다. 계속해 손을 들어 눈을 가렸다. 장갑이 물감 때문에 더러웠고, 얼굴에도 물감이 묻어 있었다.

공기가 짙고 따뜻하고 무거웠지만, 땅은 만지면 차가웠다. 땅에는 겨울의 한기가 그대로 남아 있었고 강의 축축함이 배여 있었다. 골풀에서는 역한 냄새가 났다. 열쇠공이 줄질하는 듯한 소리가 들렸다. 젠틀먼이 황소개구리 소리라고 했다. 다리가 긴 거미와 딱정벌레가 보였다. 솜털이 보송보송하고 통통한 싹이 빽빽하게 돋아난 덤불이 보였다.

나는 덤불 옆, 뒤집힌 너벅선 위에 앉았다. 젠틀먼은 나를 위해 너벅선을 제방 옆 쉼터까지 옮겨 주었다. 그곳이 젠틀먼이 나를 떼놓을 수 있는 곳 중에 가장 먼 곳이었다. 나는 케이크 바구니에 거미가 들어가지 못하도록 지키고 있었다. 그것이 내 일이었다. 모드가 그림을 그리고, 젠틀먼이 웃음 지으며 모드를 지켜보다가 가끔 모드 손을 잡는 동안 말이다.

모드는 그림을 그렸고, 이상할 정도로 뜨거운 태양이 점차 땅으로 내려오면서 잿빛 하늘에 빨갛게 층이 지기 시작했고, 공기는 점점 더 짙어졌다. 그리고 나는 잠이 들었다. 잠이 들자 랜트 스트리트 꿈을 꾸었다. 입스 씨가 화로를 다루다 손을 데어 비명을 지르는 꿈을 꾸었다. 비명에 나는 잠을 깼다. 나는 내가 어디 있는지 한순간 잊은 채 너벅선에서 벌떡 일어났다. 그리고 주변을 둘러보았다. 모드와 젠틀먼이 사라지고 없었다.

모드가 앉아 있던 걸상과 끔찍한 그림이 보였다. 붓과 물감이 보였다. 붓 하나가 땅에 떨어져 있었다. 나는 그곳으로 가 떨어진 붓을 주웠다. 내가 깨어 땀을 뻘뻘 흘리며 모든 물건을 정리하게 내버려 두고 모드만 데리고 집에 돌아가다니 참으로 젠틀먼답다고 생각했다. 하지만 모드가 나를 남겨 두고 홀로 젠틀먼을 따라가는 모습은 상상도 할 수 없었다. 나는 정말 하녀가 된 기분이 들었다. 진심으로 자기 주인을 걱정하는 하녀 말이다.

그때, 모드가 속삭이는 소리가 들렸다. 조금 걸어가자 둘이 보였다.

둘은 멀리 있지 않았다. 단지 강을 따라가 제방 모퉁이를 돈 곳에 있을 뿐이었다. 둘은 내가 다가가는 소리를 듣지 못했고, 주위를 둘러보지도 않았다. 골풀을 따라 걸어온 게 분명했다. 그리고 마침내 젠틀먼이 모드에게 말을 했다고 나는 생각한다. 젠틀먼은 처음으로 내가 엿듣지 않는 상황에서 모드에게 말한 것이다. 그리고 젠틀먼이 무슨 말을 했을지, 어떻게 했기에 모드가 젠틀먼에게 이렇게 기대어 있는지 궁금했다. 모드는 젠틀먼의 옷깃에 머리를 기대고 있었다. 모드의 치마 뒷단은 거의 무릎 높이까지 걷혀 있었다. 그렇지만 모드는 젠틀먼에게서 단호히 얼굴을 돌리고 있었다. 모드의 팔은 인형 팔처럼 축 처져 있었다. 젠틀먼은 모드 머리털을 따라 입을 움직이고, 속삭였다.

그리고 내가 보고 있는 사이, 젠틀먼은 모드의 연약한 손을 들어 장갑을 천천히 반쯤 벗겼다. 그리고 맨손바닥에 키스를 했다.

그리고 그로써 나는 젠틀먼이 모드의 마음을 사로잡은 것을 알았다. 젠틀먼이 한숨을 쉬었던 것 같다. 모드도 한숨을 쉬었던 것 같다. 모드는 젠틀먼에게 힘없이 안겨 있다가 몸을 떨었다. 모드의 치마가 더욱 높이 올라가면서 스타킹 끄트머리와 하얀 허벅지가 보였다.

공기는 당밀처럼 짙었다. 손으로 쥐고 있던 부분의 드레스가 축축했다. 이런 날 드레스를 입고 있으면 강철로 된 팔다리라도 땀을 흘릴 터였다. 대리석으로 만든 눈이라 할지라도 나처

럼 이 모습을 곁눈질했을 터였다. 나는 눈을 뗄 수가 없었다. 둘
의 꼼짝도 않는 모습에, 젠틀먼의 수염과 대조적으로 무척이나
창백한 모드의 손, 손가락 관절 부위까지 벗겨진 장갑, 들쳐 올
라간 치마의 모습에 나는 주문에 걸린 듯 얼어붙었다. 황소개구
리 울음소리가 엄청나게 크게 들렸다. 강물은 혓바닥처럼 골풀
사이로 찰싹거렸다. 나는 계속해 지켜보았고, 젠틀먼은 고개를
숙이고 다시 모드에게 부드럽게 키스했다.

　젠틀먼이 모드에게 키스하는 모습을 보았으니 기뻐해야 마
땅했다. 기쁘지 않았다. 대신 젠틀먼의 구레나룻이 모드의 손바
닥을 문지르는 모습을 상상했다. 모드의 매끈하고 하얀 손가
락, 부드럽고 하얀 손톱이 떠올랐다. 그날 아침, 나는 모드의 손
톱을 깎아 주었다. 옷을 입히고 머리를 빗겨 주었다. 모드의 옷
과 외관을 단정하게 해주었다. 이 모든 것이 바로 이 순간을 위
해서였다. 모두가 젠틀먼을 위해서였다. 이제, 젠틀먼의 검은
재킷과 머리털에 대조적으로 모드는 너무나 깔끔하고 여리고
창백해 보였으며, 부서져 버릴 것만 같았다. 젠틀먼이 모드를
꿀꺽 삼켜 버리거나 멍들게 만들 것만 같았다.

　나는 고개를 돌렸다. 한낮의 열기가, 공기의 짙음이, 골풀의
역겨운 냄새가 너무나 지독하게 다가왔다. 몸을 돌려 그림이 있
는 곳으로 조용히 돌아왔다. 잠시 뒤 천둥이 쳤고, 그리고 또 잠
시 뒤, 치마 소리가 들리면서 모드와 젠틀먼이 굽은 제방을 따
라 황급히 걸어왔다. 모드는 젠틀먼과 팔짱을 끼고 있었으며,
장갑은 단추가 채워져 있었고, 눈은 땅을 바로 보고 있었다. 젠
틀먼은 모드 손가락을 잡고 있었고, 고개를 돌리고 있었다. 젠
틀먼은 나를 보자 눈짓을 했다. 젠틀먼이 말했다.

　「수! 널 깨우고 싶지 않았어. 잠깐 산책을 하며 강물을 보다
시간 가는 줄 몰랐지. 이제 해도 졌고 곧 비가 올 거야. 아가씨

외투 가지고 있지?」

나는 아무 말도 하지 않았다. 모드 역시 조용히 있었고, 발만 바라보고 있었다. 나는 모드에게 망토를 걸쳐 주었고 물감과 그림, 걸상, 바구니를 챙긴 뒤 모드와 젠틀먼 뒤를 따라 정원 벽문을 지나 집으로 들어갔다. 웨이 씨가 문을 열어 주었다. 웨이 씨가 문을 닫는데 다시 천둥이 쳤다. 그리고 비가 퍼붓기 시작했다. 어둡고 얼룩진 빗방울이었다.

「딱 맞춰 들어왔군요!」 자신에게서 손을 거두는 모드를 바라보며 젠틀먼이 부드럽게 말했다.

젠틀먼이 키스했던 손이었다. 모드는 여전히 그곳에서 젠틀먼 입술의 감촉을 느끼고 있는 게 분명했다. 모드가 젠틀먼에게서 몸을 돌리고 손을 가슴께로 모으더니 손가락으로 손바닥을 어루만졌기 때문이다.

5

비는 그날 밤 내내 내렸다. 지하실 문보다 수위가 낮았던 강물이 비 때문에 불어나면서 부엌과 식품 저장실, 찬방으로 넘쳐 흘렀다. 우리는 웨이 씨와 찰스가 부대를 쌓을 수 있도록 저녁 식사를 서둘러 마쳤다. 나는 스타일스 부인과 함께 뒤쪽 층계 창가에 서서 빗물이 튀기는 모습과 번개가 번쩍이는 장면을 지켜보았다. 스타일스 부인은 팔을 문지르며 하늘을 쳐다보았다.

「바다에 나가 있는 선원들은 불쌍하다니까.」 부인이 말했다.

나는 일찌감치 모드 방으로 올라가 어둠 속에 앉아 있었고, 그래서 모드는 방에 돌아왔을 때, 내가 방에 있다는 사실을 잠시 알아차리지 못했다. 모드는 서서 손으로 얼굴을 감쌌다. 그때 다시 번개가 치면서 나를 본 모드는 놀라 펄쩍 뛰었다.

「여기 있었어?」 모드가 말했다.

눈이 동그래진 듯했다. 모드는 삼촌, 그리고 젠틀먼과 함께 있다가 올라온 터였다. 나는 생각했다. 〈이제 내게 말해 주겠지.〉 그러나 모드는 그저 나를 바라보기만 하다가, 천둥이 울리자 몸을 돌려 침실로 갔다. 나는 모드를 따라 침실로 들어갔다. 내가 옷을 벗기는 동안 모드는 젠틀먼의 팔에 안겨 서 있던 때처럼 힘없이 서 있었고, 젠틀먼이 키스했던 손은 보호하기라도 하려는 듯 몸에서 약간 떼어 들고 있었다. 침대에서 모드는 가끔 베개에서 고개를 드는 것을 빼고는 아주 가만히 누워 있었다. 다락방 가운데 한곳에서 계속해 빗방울이 새고 있었다. 「빗소리 들려?」 이윽고 부드러운 목소리로 모드가 말했다. 「천둥이 멀어지고 있어.」

나는 물로 가득 찬 지하실을 생각했다. 바다에 나가 있는 선원을 생각했다. 버러를 생각했다. 비가 오면 런던에 있는 집들은 고통에 끙끙댔다. 물에 젖은 집이 침대에 누워 있는 석스비 부인에게 고통을 호소하는 동안, 부인이 나를 생각해 줄지 궁금했다.

〈3천 파운드!〉 부인은 이렇게 말했다. 〈우와!〉

모드는 다시 머리를 들고 숨을 들이켰다. 나는 눈을 감았다. 〈여기 그 돈이 가고 있어요.〉 나는 생각했다.

하지만 결국 모드는 아무 말도 하지 않았다.

내가 깨었을 때 비는 그쳤고 집은 조용했다. 모드는 우유처럼 창백한 얼굴로 누워 있었다. 아침 식사가 도착했지만 모드는 음식을 밀쳐 두고 먹으려 하지 않았다. 모드는 별것 아닌 일에 대해 조용조용히 말했다. 연인처럼 보이지도, 행동하지도 않았다. 하지만 나는 모드가 조만간 사랑에 빠진 사람다운 태도로 뭔가를 말하리라 생각했다. 지금은 멍해져 있는 것뿐이라고 생각했다.

언제나처럼, 모드는 젠틀먼이 걷고 담배 피우는 모습을 지켜보았다. 그리고 젠틀먼이 릴리 씨에게 가고 나자, 모드는 걷고 싶다고 말했다. 태양이 희미하게 떠 있었다. 하늘은 다시 잿빛이었고, 땅은 납 웅덩이처럼 보이는 것으로 가득했다. 공기는 깨끗하게 씻겨 있었고, 그 때문에 나는 기분이 나빠졌다. 그러나 우리는 늘 그랬듯이 숲과 얼음집으로, 그리고 예배당과 묘지로 산책하러 나갔다. 어머니 무덤에 도착하자 모드는 무덤 가까이 앉아 비석을 응시했다. 비석은 비 때문에 거무스름해졌고, 무덤들 사이 풀은 비에 맞아 성겨져 있었다. 커다랗고 검은 새 두세 마리가 우리 주변을 조심스레 걸어 다니며 벌레를 찾고 있었다. 나는 놈들이 벌레를 쪼는 모습을 보았다. 그리고 나도 모르게 한숨을 쉰 모양이었다. 모드가 나를 바라보았고, 찡그리며 딱딱하게 굳어 있던 얼굴이 부드러워졌기 때문이다. 모드가 말했다.

「슬퍼하는구나, 수.」

나는 고개를 저었다.

「그런 거 같은걸.」 모드가 말했다. 「내 잘못이야. 내가 널 이런 외딴곳까지 오게 했고, 난 계속해서 내 생각만 했잖아. 그렇지만 너는 어머니의 사랑을 받았다가 그걸 잃는 게 어떤 건지 알고 있어.」

나는 고개를 돌렸다.

「괜찮아요.」 내가 말했다. 「아무렇지도 않아요.」

모드가 말했다. 「넌 용감해…….」

나는 교수대에서 죽은 어머니를 생각해 보았다. 그리고 돌연 그전까지 한 번도 원하지 않았던 바람을, 즉 어머니가 보통 사람처럼 정상적인 방법으로 죽었으면 좋았을 텐데 하고 바랐다. 모드가 내 마음을 읽기라도 한 듯 조용히 말했다.

「그런데, 어머니는…… 내 질문 때문에 마음 아프진 않겠지? 어머니는 어떻게 돌아가셨어?」

나는 잠시 생각했다. 그리고 마침내 나는 어머니가 핀을 삼켰고, 그게 목에 걸려 죽었다고 말했다.

나는 정말로 그렇게 죽은 여인을 알고 있었다. 모드는 나를 빤히 바라보더니 손을 자기 목에 가져다 댔다. 그리고 자기 어머니 무덤을 말끄러미 바라보았다.

「어떤 느낌이 들 거 같아?」 모드가 조용히 말했다. 「만약 네가 어머니에게 그 핀을 먹였다면 말이야.」

질문이 이상하게 들렸다. 그러나 물론 나는 이제 모드의 이런 엉뚱한 말들에 익숙해져 있었다. 나는 내가 그런 짓을 했다면 아주 부끄럽고 슬펐으리라고 말했다.

「그랬을 거 같아?」 모드가 말했다. 「어떤 느낌일까 궁금해. 어머니는 날 낳다가 돌아가셨거든. 나는 내 손으로 어머니 등을 찌른 거나 마찬가지야!」

모드는 묘한 표정으로 자기 손가락을 보았다. 손가락 끝에는 빨간 흙이 묻어 있었다. 내가 말했다.

「말도 안 돼요. 누가 아가씨에게 그런 생각을 하게 했죠? 정말 못됐네요.」

「그런 사람 없어.」 모드가 대답했다. 「그냥 나 혼자 생각한 거야.」

「그럼 그건 더 나빠요. 아가씨는 현명하시니까 상황을 더 잘 아셔야 하잖아요. 태어나고 말고가 아기가 결정할 수 있는 일인 것처럼 말씀하시다니요!」

「태어나지 않았으면 좋겠다고 생각해.」 모드가 말했다. 거의 울먹이고 있었다. 비석들 사이에서 검은 새 한 마리가 날아올랐다. 날개 치는 소리가 창문 밖으로 양탄자 터는 소리처럼 들렸다. 우리는 고개를 돌리고 새가 날아가는 모습을 지켜보았다. 그리고 내가 다시 모드를 보았을 때, 모드의 눈에는 눈물이 고여 있었다.

나는 생각했다. 〈왜 우는 거야? 넌 사랑에 빠졌어. 사랑에 빠졌다고.〉 나는 모드에게 그걸 상기시켜 주려 했다.

「리버스 씨요.」 내가 입을 열었다. 하지만 모드는 그 이름을 듣자 몸을 떨었다.

「하늘을 보렴.」 모드가 재빨리 말했다. 하늘이 점점 어두워지고 있었다. 「다시 천둥이 칠 거 같아. 다시 비가 오고 있네. 봐!」

모드는 눈을 감고 얼굴에 그대로 빗방울을 맞았으며, 곧 무엇이 빗방울이고 무엇이 눈물인지 구별할 수 없게 되었다. 나는 모드에게 다가가 팔을 잡았다.

「망토를 두르세요.」 내가 말했다. 이제 빗발이 잦고 거세졌다. 모드는 내가 두건을 씌우고 끈을 묶어 주는 동안 어린아이처럼 가만히 있었다. 만약 내가 모드를 무덤에서 데리고 나가지 않았다면 모드는 흠뻑 젖을 때까지 그대로 서 있었을 거란 생각이 든다. 그래서 나는 비틀거리는 모드를 데리고 작은 예배당 문으로 갔다. 문은 녹슨 사슬과 맹꽁이자물쇠로 굳게 닫혀 있었지만, 그 위로 썩은 나무 현관이 돌출되어 있었다. 거센 빗방울을 맞자, 현관 나무가 떨렸다. 치마 밑단이 흙탕물로 시커메졌다. 우리는 예배당 문에 어깨를 딱 붙인 채 서로 가까이 서 있었고, 비는 곧게, 화살처럼 곧게 내렸다. 화살 천 개와 불쌍한 마음 하나. 모드가 말했다.

「리버스 씨가 내게 청혼했어, 수.」

모드는 독송을 하는 여자아이처럼 생기 없게 말했다. 그리고 모드가 이 말을 하기를 그토록 열심히 기다려 왔음에도, 대답을 하는 내 목소리도 모드 목소리와 마찬가지로 어두웠다. 내가 말했다.

「어머, 모드 아가씨. 이보다 기쁜 소식이 어디 있겠어요!」

빗방울 하나가 우리 얼굴 사이로 떨어졌다.

「정말이야?」 모드가 말했다. 모드의 뺨이 축축해지고, 머리털이 뺨에 달라붙었다. 모드는 계속 불쌍하게 말했다. 「그렇다면, 미안해. 그러겠노라고 대답하지 않았거든. 내가 어떻게 그럴 수 있겠어? 삼촌은…… 삼촌은 절대 날 포기하지 않을 거야.

내가 스물한 살이 되려면 4년이나 남았어. 어떻게 그렇게 오래 기다려 달라고 리버스 씨에게 말할 수 있겠어?」

당연히, 우리는 모드가 그렇게 생각하리라는 것을 예상하고 있었다. 우리는 모드가 그렇게 생각하길 원했다. 모드가 그렇게 생각해야 도망가서 비밀리에 결혼하기가 쉽기 때문이었다. 나는 조심스레 말했다. 「정말로 삼촌이 그러시리라고 확신하세요?」

모드는 고개를 끄덕였다. 「삼촌은 날 놓아주지 않으실 거야. 읽고 기록할 책이 있는 한 말이야. 그리고 책은 늘 있다고! 게다가, 삼촌은 자부심이 강하셔. 물론 리버스 씨는 신사의 자제 분이시지만…….」

「그러나 아가씨 삼촌은 리버스 씨가 충분치 않다고 생각하시는 건가요?」

모드는 입술을 깨물었다. 「만약 리버스 씨가 청혼한 것을 삼촌이 아신다면, 삼촌은 리버스 씨를 돌려보내실 거야. 하지만 한편으론, 리버스 씨는 여기 일이 끝나도 어쨌거나 돌아가셔야 해! 집으로 돌아가셔야 한다고…….」 모드 목소리가 흔들렸다. 「그 뒤엔 내가 리버스 씨를 무슨 수로 볼 수 있겠어? 그런 상황에서 어떻게 4년 동안이나 마음을 간직할 수 있겠느냐고?」

모드는 양손으로 얼굴을 가리고 본격적으로 울기 시작했다. 모드의 어깨가 들먹거렸다. 그런 모습을 보고 있자니 마음이 안 좋았다. 내가 말했다. 「우시면 안 돼요.」 나는 모드 뺨을 만지며, 젖은 머리털을 치웠다. 내가 말했다. 「정말로, 아가씨. 우시면 안 돼요. 이제 와서 리버스 씨가 아가씨를 포기하리라고 생각하시는 거예요? 어떻게 그럴 수 있겠어요? 리버스 씨에게 아가씨는 그 무엇보다도 더 중요한 존재라고요. 아가씨 삼촌께서도 그걸 아시면 마음을 바꾸실 거예요.」

「내 행복 따위는 삼촌에게 아무것도 아니야.」 모드가 말했다.

「삼촌에게는 오직 자기 책이 전부야! 삼촌은 나를 책처럼 만들어 버렸어. 누구도 고르거나 집거나 좋아해선 안 되는 책이 되어 버렸어. 나는 어두침침한 이곳에 영원히 박혀 있을 운명이라고!」

모드는 그 어느 때보다도 더욱 비통하게 말했다. 내가 말했다.

「아가씨 삼촌은 아가씨를 사랑하세요. 분명해요. 하지만 리버스 씨도…….」 나는 단어가 목에 걸려 기침을 했다. 「리버스 씨도 아가씨를 사랑하세요.」

「리버스 씨가 나를 사랑한다고 생각해, 수? 그분은 어제 네가 자는 동안 강가에서 너무나도 격정적으로 말씀하셨어. 런던과, 런던의 자기 집과 화실에 대해 이야기하셨어. 나를 그곳으로 데려가고 싶다고 하셨어. 자기 제자가 아니라 아내로서 말이야. 리버스 씨는 온통 그 생각뿐이라고 말씀하셨어. 내 대답을 기다리는 게 죽도록 고통스럽다고 하셔. 그 말이 정말이라고 생각해, 수?」

모드는 대답을 기다렸다. 나는 생각했다. 〈그 말은 거짓말이 아냐. 거짓이 아니야. 젠틀먼은 모드를 사랑해. 모드가 가진 돈 때문에 말이야. 젠틀먼이 이제 와서 그 돈을 놓치게 되면, 아마도 〈정말로〉 죽어 버릴걸.〉 내가 말했다.

「네, 아가씨.」

모드는 땅을 바라보았다. 「하지만 리버스 씨가 무엇을 할 수 있겠어?」

「아가씨 삼촌에게 말씀을 드려야겠죠.」

「그분은 못 그래!」

「그렇다면…….」 나는 숨을 들이쉬었다. 「다른 방법을 찾아야죠.」 모드는 아무 말 없이 고개만 끄덕였다. 「그래야만 하세요.」 여전히 아무 말이 없었다. 내가 말했다. 「아가씨가 하실 수 있는 다른 방법이 있지 않나요……?」

모드는 고개를 들어 나와 눈을 맞췄고 눈물을 삼키기 위해 눈을 깜빡였다. 초조한 듯 좌우를 둘러보더니 좀 더 가까이 다가왔다. 그리고 속삭였다.

「아무에게도 말하지 않을 거지, 수?」

「뭘 말이에요, 아가씨?」

모드는 다시 눈을 깜빡이며 망설였다. 「말하지 않겠다고 약속해야 해. 맹세해!」

「맹세해요!」 내가 말했다. 「맹세해요!」 그러는 내내 나는 〈자, 어서 말해!〉라고 생각했다. 비밀을 털어놓기 두려워하는 모드를 보고 있는 게 끔찍하기 때문이었다. 나는 그 비밀이 무엇인지 이미 알고 있었으니 말이다.

그리고 모드가 털어놓았다. 그 어느 때보다도 조용히 말했다. 「리버스 씨가 말씀하시길, 같이 도망가재. 야밤에 말이야.」

「야밤이라고요?」 내가 말했다.

「리버스 씨가 몰래 결혼하재. 아마 삼촌이 나를 되찾으려 할지도 모른다고 하셨어. 하지만 자기 생각엔 안 그러실 것 같대. 만약에 내가…… 아내가 되면…… 말이야.」

그 단어를 말하며 모드의 얼굴이 창백해졌다. 뺨에서 핏기가 가시는 것이 보였다. 모드는 자기 어머니 비석을 보았다. 내가 말했다.

「마음 가는대로 하셔야 해요, 아가씨.」

「잘 모르겠어. 확신이 안 가.」

「하지만 사랑하신다면, 주저하다간 그분을 잃어요!」

모드의 시선이 낯설어졌다. 내가 말했다. 「리버스 씨를 사랑하시죠, 그렇죠?」

모드는 고개를 약간 돌렸고, 여전히 묘한 표정을 지은 채 아무 대답도 하지 않았다. 이윽고 모드가 말했다.

「모르겠어.」

「모르시다니요? 어떻게 그런 일을 모르실 수가 있으세요? 리버스 씨가 다가오는 걸 보실 때면 가슴이 콩닥거리지 않으세요? 그분 목소리에 가슴이 설레고 손길에 몸이 떨리지 않으세요? 밤에는 그분 꿈을 꾸지 않으세요?」

모드는 도톰한 입술을 깨물었다. 「그런 게 내가 그분을 사랑한다는 뜻이야?」

「당연하죠! 그럼 그게 무슨 뜻이겠어요?」

모드는 대답하지 않았다. 대신, 눈을 감고, 몸을 떨었다. 손을 한데 모으고 젠틀먼이 어제 입술을 댔던 손바닥 부분을 다시 어루만졌다.

그리고 이제야 나는 모드가 그곳을 어루만지는 게 아니라 문지르고 있다는 사실을 깨달았다. 어제의 키스를 소중히 여기고 있던 게 아니었다. 모드는 젠틀먼 입이 닿은 자리를 화상 입은 것처럼, 가려운 것처럼, 가시 박힌 것처럼 느꼈고, 입술이 닿았던 곳을 문질러 그 기억을 지우려던 것이었다.

모드는 젠틀먼을 조금도 사랑하지 않았다. 모드는 젠틀먼을 두려워했다.

나는 숨을 들이켰다. 모드는 눈을 뜨고 나와 눈을 마주쳤다.

「어떻게 하실 건가요?」 내가 속삭였다.

「내가 어떻게 할 수 있겠어?」 모드가 전율했다. 「리버스 씨는 나를 원해서. 청혼을 하셨고. 나를 자기 아내로 맞으실 생각이야.」

「그러면…… 싫다고 하세요.」

모드는 내 말이 안 믿긴다는 듯 눈을 깜빡였다. 나 역시 내가 한 말이 믿기지 않았다.

「리버스 씨 청혼을 거절하라고?」 모드가 천천히 말했다. 「거절을 하라고?」 모드 표정이 바뀌었다. 「그리고 그분이 떠나는 모습을 창가에 서서 지켜보라고? 아니, 어쩌면 삼촌 서재에 있을 때 그분이 떠나서, 난 깜깜한 창 때문에 아예 보지조차 못할지도 몰라. 그리고, 그리고…… 오, 수, 그렇게 하고 나면 내가 평생을 두고 후회할지도 모른다는 생각은 안 들어? 이 집을 찾아오는 사람 중에 리버스 씨 반만큼이라도 나를 원할 남자가 있으리라고 생각해? 내게 무슨 선택이 있겠어?」

이제 모드의 시선이 어찌나 흔들림 없고 솔직했던지 나는 움찔해 버렸다. 잠시 대답을 하지 않고 고개를 돌려 우리가 기대서 있었던 나무문을 내려다보았다. 그리고 문에 걸린 녹슨 사슬과 맹꽁이자물쇠를 바라보았다. 맹꽁이자물쇠는 자물쇠 가운데에서도 가장 간단한 종류이다. 최악은 따는 부분이 가려져 있는 부류이다. 그런 것들은 정말로 따기가 어렵다. 입스 씨가 가르쳐 준 지식이었다. 나는 눈을 감고 입스 씨의 얼굴을 떠올렸다. 그리고 석스비 부인의 얼굴을 떠올렸다. 〈3천 파운드야……!〉 나는 숨을 들이켠 뒤 다시 모드를 보며 말했다.

「리버스 씨와 결혼하세요, 아가씨. 삼촌 허락을 기다리지 마시고요. 리버스 씨는 아가씨를 사랑하시고, 사랑은 아무것도 해치지 않아요. 시간이 지나면 리버스 씨를 사랑하게 되실 거예요. 그전까진 리버스 씨와 함께 도망가셔서 뭐든지 하라는 대로 하세요.」

잠시 모드는 비참한 표정을 지었다. 마치 내게서 다른 말을 기대했던 것 같은 표정이었다. 하지만 정말로 잠깐이었다. 이윽고 모드의 얼굴이 맑아졌다. 모드가 말했다.

「그렇게. 그렇게 할게. 하지만 혼자 갈 수는 없어. 나 혼자 가게 하면 안 돼. 네가 나랑 같이 가야 해. 그렇게 하겠다고 말해 줘. 나와 함께 가서 계속 내 하녀가 되겠다고 말해 줘. 런던에서도 말이야!」

나는 그러겠노라고 말했다. 모드는 높고 신경질적으로 웃다가 낮은 소리로 흐느꼈고 그러다 거의 기절할 지경이 되었다. 모드는 젠틀먼이 약속한 집에 대해 이야기했다. 그리고 런던의 유행에 대해 이야기하며 내게 물건 고르는 걸 도와 달라고 했다. 그리고 자신이 타게 될 마차에 대해 말했다. 내게 멋진 드레스를 사주겠노라고 했다. 그때가 되면 나를 하녀가 아니라 동반자라고 부르겠노라고 했다. 내게도 하녀를 구해 주겠노라고 했다.

「내가 부자가 될 거라는 거 알아?」 모드가 단조로운 목소리로 말했다. 「내가 결혼하면 말이야.」

모드는 몸을 떨었고 웃으며 내 팔을 잡더니 나를 가까이 잡아당겨 내게 머리를 기댔다. 뺨이 차고 진주처럼 부드러웠다. 머리털은 빗방울로 반짝였다. 모드가 흐느끼고 있었다는 생각이 든다. 그러나 굳이 모드를 밀어내 확인하지는 않았다. 모드에게 내 얼굴을 보여 주고 싶지 않기 때문이었다. 그 당시 내 눈빛이 분명히 아주 끔찍했을 거란 생각이 든다.

그날 오후, 모드는 평소처럼 화구와 그림을 준비했다. 그러나 붓과 물감은 결국 쓰이지 않았다. 젠틀먼은 응접실로 오더니 재빠르게 모드에게 다가왔고, 모드를 자기 쪽으로 끌어오고 싶으나 그럴 수 없어 아쉽다는 듯한 자세로 모드 앞에 섰다. 젠틀먼은 모드의 이름을 불렀다. 〈릴리 양〉이 아니라 〈모드〉라고 말했다. 조용하면서도 격렬한 목소리로 불렀고, 모드는 몸을 떨며 순간 망설이더니 이윽고 고개를 끄덕였다. 젠틀먼은 큰 한숨을 쉰 뒤 모드의 손을 잡고 무릎을 꿇었다. 내게는 좀 강요하는 몸짓으로 보였고, 모드마저도 의심스러워하는 표정을 지었다. 모드가 말했다. 「안 돼요. 여기서는 안 돼요!」 그리고 재빨리 나를 보았다. 그러자 젠틀먼이 모드의 표정을 보고 말했다. 「하지만 수 앞에서는 편히 행동해도 되지 않을까요? 수에게 말씀하셨죠? 모든 걸 알고 있나요?」 젠틀먼은 모드 말고 다른 대상을 보면 눈을 다치기라도 한다는 듯 머리를 묘하게 한 자세로 내게 몸을 돌렸다.

젠틀먼이 말했다. 「아, 수. 만약 네가 지금까지 네가 모시던 주인의 친구였던 적이 있다면 지금 친구가 되어 주렴! 만약 네가 혹시라도 바보스러운 연인들을 상냥하게 보아 준다면, 지금 우리를 상냥하게 보아 주렴!」

젠틀먼은 나를 열심히 바라보았다. 나 역시 젠틀먼을 열심히 바라보았다.

「수는 우리를 돕겠다고 약속했어요.」 모드가 말했다. 「그렇지만, 리버스 씨…….」

「오, 모드.」 모드의 말을 듣자 젠틀먼이 말했다. 「저를 모욕하실 생각입니까?」

모드는 고개를 낮췄다. 그리고 말했다. 「그럼 리처드라고 부를게요.」

「그게 훨씬 듣기 편하군요.」

젠틀먼은 여전히 무릎을 꿇은 채 얼굴을 앞으로 기울이고 있었다. 모드가 젠틀먼의 뺨을 만졌다. 젠틀먼은 고개를 돌려 두 손에 키스를 했고, 그러자 모드는 잽싸게 손을 뺐다. 모드가 말했다.

「수는 우리를 있는 힘껏 도와줄 거예요. 그래도 조심해야 해요, 리처드.」

젠틀먼은 빙그레 웃으며 고개를 내저었다. 젠틀먼이 말했다.

「그러니까, 지금 제 모습을 보시고도 제가 조심하지 않으리라고 생각하시는 겁니까?」 젠틀먼은 일어서더니 모드 쪽으로 한 발 다가갔다. 「제가 사랑 때문에 얼마나 조심스러워질지 아십니까? 여기를 보세요, 제 두 손을 말입니다. 두 손 사이로 거미줄이 쳐져 있다고 해보지요. 바로 제 야망입니다. 그리고 그 중앙에 거미가 있습니다. 보석 색깔의 거미가요. 이 거미는 바로 당신입니다. 저는 이렇게 당신을 다룰 겁니다. 아주 부드럽고 조심스럽고 조용하게 말입니다. 당신은 제가 당신을 이렇게 쥐고 있어도 모를 거란 말이지요.」

하얀 두 손을 찻잔 모양으로 오므리며 젠틀먼이 말했다. 그리고 모드가 손 안 공간을 들여다보자, 젠틀먼은 손가락을 펼치고 껄껄 웃었다. 나는 시선을 돌렸다. 내가 다시 모드를 보았을 때, 젠틀먼은 모드의 두 손을 잡고 가만히 자기 가슴 앞에 들고 있었다. 모드는 좀 더 편해진 듯 보였다. 둘은 자리에 앉아 낮은 목소리로 이야기를 나눴다.

그때, 모드가 무덤가에서 했던 말이, 모드가 손바닥을 문지르던 기억이 떠올랐다. 내가 생각했다. 〈아무것도 아니었어. 이젠 다 잊어버린 것 같아. 이렇게 멋지고 친절해 보이는 젠틀먼을 어떻게 사랑하지 않을 수가 있어?〉

나는 생각했다. 〈당연히 모드는 젠틀먼을 사랑해.〉 나는 젠틀먼이 모드 쪽으로 몸을 숙이고 모드를 만지고 얼굴을 붉히게 하는 모습을 지켜보았다. 내가 생각했다. 〈누군들 안 그러겠어?〉

이윽고 젠틀먼은 고개를 들고 나와 시선을 마주했고, 멍청하게도 나 역시 얼굴을 붉혔다. 젠틀먼이 말했다.

「넌 네 할 일에 충실하지, 수. 눈도 날카롭고. 조만간 우리는 네 그런 점에 고마워하게 될 거야. 하지만 오늘은…… 그러니까 말이야, 다른 곳에서 좀 할 일이 있지 않았나?」

젠틀먼은 눈으로 모드의 침실 문을 가리켰다.

「저기에 네게 주려고 1실링을 두었어.」 젠틀먼이 말했다. 「네가 그래 준다면 말이야.」

나는 거의 일어설 뻔했다. 하마터면 문 쪽으로 갈 뻔했다. 하인 역할을 하는 데 그토록 익숙해져 있었던 것이다. 그리고 모드를 보았다. 얼굴에 혈색이 하나도 없었다. 모드가 말했다.「하지만 마거릿이나 다른 아이들이 문 앞으로 오면 어떻게 해요?」

「그 사람들이 뭐 하러 그러겠습니까?」젠틀먼이 말했다.「그리고 그런다한들 무슨 소리를 듣겠습니까? 우리가 아무 소리 없이 조용히 있을 텐데 말이죠. 그러면 하인들은 다시 가던 길로 갈 겁니다.」젠틀먼이 나를 보며 싱긋 웃었다.「좀 봐줘, 수.」젠틀먼이 음흉하게 말했다.「연인들을 위해 좀 봐줘. 넌 연인이 있었던 적 없어?」

젠틀먼이 이 말을 하기 전까진, 거의 나가려던 중이었다. 하지만 돌연 〈자기가 뭔데 이래라저래라야?〉 하는 생각이 들었다. 젠틀먼은 왕이라도 되는 양 행동하고 있었지만 실상은 사기꾼에 불과했다. 끼고 있는 반지는 가짜였고, 가지고 있는 은화니 금화니 모두가 가짜였다. 젠틀먼보다는 내가 더 모드의 비밀을 많이 알고 있었다. 나는 모드 침대에서 모드와 함께 잤다. 나는 모드가 나를 자기 누이동생처럼 사랑하게 했다. 젠틀먼은 모드를 겁내게 할 뿐이었다. 나는 원한다면 모드가 젠틀먼에게서 마음을 돌리게 할 수도 있었다! 결국에 젠틀먼은 모드와 결혼할 터였고, 그거면 충분했다. 원할 때마다 젠틀먼이 모드에게 키스할 수 있는 정도면 충분했다. 하지만 모드가 질질 끌려 다니며 겁먹게 놔두고 싶진 않았다. 나는 생각했다. 〈빌어먹을. 어찌되든 3천 파운드는 받을 거잖아!〉

그래서 내가 말했다.「저는 릴리 아가씨 곁을 떠나지 않을 거예요. 아가씨 삼촌께서 좋아하지 않으실 테니까요. 그리고 스타일스 부인이 알기라도 하면 전 여기를 떠나야 한답니다.」

191

젠틀먼은 나를 보고 인상을 썼다. 모드는 나를 전혀 보고 있지 않았다. 하지만 나는 모드가 고마워하고 있음을 알고 있었다. 모드가 부드럽게 말했다.

「어쨌든, 리처드, 수에게 너무 많은 것을 요구하면 안 돼요. 곧, 얼마든지 오래 함께할 수 있을 테니까요…… 안 그래요?」

그러자 젠틀먼은 그 말이 맞노라고 했다. 둘은 벽난로 앞에서 가까이 붙어 앉아 있었고, 잠시 뒤 나는 창문 가로 가 앉아 바느질을 하며 둘이 방해받지 않고 서로 얼굴을 바라볼 수 있게 내버려 두었다. 젠틀먼이 속삭이는 소리가, 껄껄거리며 웃을 때 숨 몰아쉬는 소리가 들려왔다. 그러나 모드는 조용했다. 그리고 젠틀먼이 떠나며 모드 손을 잡고 입 맞추자, 모드가 몸을 떨었다. 어찌나 심하게 떨던지, 나는 모드가 몸을 떨던 이제까지의 기억을 모두 되살려보면서 무슨 영문으로 내가 그동안 그런 떨림을 사랑으로 착각해왔는지 의아해했다. 문이 닫히자 모드는 자주 그랬듯이 거울 앞에 서 얼굴을 들여다보았다. 그렇게 한 1분 정도 서 있다가 몸을 돌렸다. 아주 천천히 그리고 부드럽게 소파로 갔다가 다시 의자로, 그리고 창문으로 걸어갔다. 금세 방 전체를 가로질러 내 옆으로 왔다. 모드는 몸을 굽혀 내가 바느질하는 것을 보았고, 벨벳 망사에 담긴 모드의 머리털이 내 머리털을 스쳤다.

「바느질을 잘하네.」 모드가 말했다. 절대 잘하지 못했는데 말이다. 나는 열심히 바느질을 했지만 바느질 자국이 삐뚤삐뚤했다.

그리고 모드는 몸을 일으켜 세웠고 아무 말도 하지 않았다. 한두 번, 모드는 숨을 들이켰다. 모드는 내게 뭔가를 묻고 싶어 하는 것 같았지만 묻진 않았다. 마침내 모드는 다시 내 곁을 떠나갔다.

그렇게 해서 우리 덫은 마침내 완성되었다. 처음엔 정말 쉽게 생각했지만, 실제로는 참으로 많은 공이 들었던 덫이었다. 이제 필요한 건 어서 시간이 지나 덫이 사냥감을 무는 것뿐이었다. 젠틀먼은 4월 말까지 릴리 씨 비서로 일하기로 되어 있었고, 계약이 끝날 때까지 머물 작정이었다. 「그래야, 그 늙은이가 계약을 깼다고 고소하지 않지.」 젠틀먼은 내게 이렇게 말하며 껄껄 댔다. 「사고 칠 일이 있으니 하나 더 추가하진 말아야지.」 젠틀먼은 원래 떠나기로 되어 있는 날, 다시 말해 4월의 마지막 날 저녁에 떠날 계획이었다. 그러나 런던으로 가는 기차를 타는 대신 주변을 어슬렁거리다가 밤이 깊어지면 집으로 돌아와 모드와 나를 만날 예정이었다. 젠틀먼은 들키지 않고 모드와 함께 도망친 뒤 삼촌이 이 사실을 알고 쫓아와 모드를 데려가기 전에 가능한 한 빨리 결혼식을 올려야만 했다. 젠틀먼은 이 모든 계획을 다 짜놓았다. 조랑말이나 마차는 쓸 수 없었다. 절대로 관리인 주택을 통과할 수 없기 때문이었다. 그래서 배를 가지고 와 강에서 모드를 태운 뒤 모드가 릴리 씨 질녀라는 사실을 모르는 조그맣고 외딴 교회로 데려갈 예정이었다.

　교회에서 결혼식을 하려면 그 교구에 보름 동안은 살았어야 한다. 하지만 젠틀먼은 다른 모든 일과 마찬가지로 이 일 역시 처리해 놓은 상태였다. 모드가 젠틀먼의 손을 잡으며 결혼을 약속한 며칠 뒤, 젠틀먼은 그럴듯한 핑계를 대고 메이든헤드로 말을 타고 나갔다. 그리고 그곳에서 결혼 특별 허가증을 받았다. 즉, 젠틀먼과 모드는 결혼 예고[14]를 할 필요가 없었다. 그다음 젠틀먼은 주위에 있는 적당한 교회를 찾아보았다. 그리고 알맞은 곳을 찾아냈다. 너무나 조그맣고 쇠락해서 이름도 없는

14 결혼식 전에 교회에서 3회 연속 일요일에 결혼을 공고하여 이의를 묻는 절차.

(이름이 없을 리야 없겠지만 여하튼 젠틀먼은 그렇게 말했다)
마을에 있는 그런 교회였다. 젠틀먼은 목사가 주정뱅이라고 했
다. 교회 바로 옆에는 얼굴이 시커먼 돼지를 키우는 과부가 사
는 오두막이 있었다. 젠틀먼이 2파운드를 주자 그 과부는 젠틀
먼에게 방을 제공하겠으며, 누군가 물어 오는 사람이 있으면 젠
틀먼이 그 집에서 한 달째 살고 있다고 말하겠노라 맹세했다.

그런 여자는 젠틀먼 같은 신사를 위해서라면 무슨 일이든 한
다. 그날 밤, 젠틀먼은 족제비처럼 즐겁고 그 어느 때보다도 멋
진 모습으로 브라이어로 돌아왔다. 그리고 모드의 응접실로 찾
아와 우리를 앉혀 놓고 자신이 한 모든 일을 낮은 목소리로 이
야기해 줬다.

젠틀먼이 이야기를 마치자 모드 얼굴이 창백해졌다. 모드는
식사를 거르기 시작한 터였고, 얼굴이 야위고 있었다. 그리고
눈꺼풀이 시커메졌다. 모드는 두 손을 모았다.

「3주가 남았구나.」 모드가 말했다.

나는 모드가 한 말이 무슨 뜻인지 알 것 같았다. 모드에게는
젠틀먼을 좋아하려고 노력해 볼 수 있는 시간이 3주 남아 있었
다. 나는 모드가 머릿속으로 날짜를 세고 생각에 잠기는 모습
을 지켜보았다.

모드는 그날이 지나면 이후에 벌어질 일을 생각하고 있었다.

즉, 모드는 결국 젠틀먼과 사랑에 빠지지 못했던 것이다. 모
드는 젠틀먼의 키스나 젠틀먼의 손이 자신의 손을 만지는 감촉
을 결코 좋아하지 못했다. 여전히 불쌍할 정도로 공포에 절어
움찔거렸다. 그러고는 용기를 내어 젠틀먼을 마주한 뒤, 젠틀먼
이 다가오고 손을 뻗어 머리털이나 얼굴을 만지면 수동적으로
받아들였다. 처음에 난 젠틀먼이 모드를 내성적이라고 여긴다

고 생각했다. 그다음엔 젠틀먼이 모드의 반응이 느린 걸 좋아하는 게 아닌가 하는 생각이 들었다. 젠틀먼은 모드에게 친절히 대하다가 압박을 가하곤 했고, 그래서 모드가 어색하게 행동하거나 혼란스러워할 때면 이렇게 말하곤 했다.

「아! 잔인하십니다. 당신을 향한 제 사랑을 가지고 노셨다고밖엔 생각이 되지 않는군요.」

「아니에요.」 모드는 이렇게 대답하곤 했다. 「아니에요, 어떻게 그렇게 말씀하실 수 있나요?」

「당신이 저를 정말로 사랑한다는 생각이 들지 않습니다.」

「당신을 사랑하지 않는다고요?」

「사랑을 보여 주려 하지 않으시니까요. 혹시……」 그리고 이 대목에서 젠틀먼은 내 시선을 잡기 위해 음흉한 시선을 보냈다. 「혹시 누군가 다른 사람을 염두에 두고 계신가요?」

그러면 모드는 그 말이 사실이 아니라는 것을 증명이라도 하려는 듯 젠틀먼이 키스하게 내버려 두곤 했다. 그럴 때면 모드는 몸이 뻣뻣해지거나 꼭두각시처럼 힘이 없었다. 가끔 모드는 거의 울먹이곤 했다. 그러면 젠틀먼은 모드를 달랬다. 젠틀먼은 자신이 모드와 함께할 자격이 없는 짐승이며, 모드가 더 나은 사랑을 찾을 수 있도록 자신은 모드를 포기해야만 한다고 말했다. 그러면 모드는 다시 젠틀먼에게 키스를 허락하곤 했다. 나는 추운 창가 자리에서 둘의 입술이 닿는 소리를 들었다. 젠틀먼의 손이 모드의 치마를 더듬는 소리를 들었다. 이따금 나는 둘이 있는 곳을 보았다. 단지 젠틀먼이 모드를 너무 겁먹인 건 아닌지 확인하기 위해서였다. 그러나 굳은 얼굴과 창백한 뺨을 한 채 젠틀먼의 턱수염에 입을 대고 있는 모드를 보는 것과, 눈에서 눈물이 흐르는 모드를 보는 것 가운데 어느 쪽이 더 불쾌한지 알 수 없었다.

「모드를 좀 내버려 두면 안 돼요?」 어느 날, 모드가 책 찾는 일로 삼촌에게 불려 나간 사이, 내가 젠틀먼에게 말했다. 「당신이 그런 식으로 귀찮게 하는 걸 모드가 싫어하는 거 몰라요?」

젠틀먼은 잠깐 의심스러운 눈으로 나를 보았다. 그리고 눈썹을 치켰다. 「싫어한다고?」 젠틀먼이 말했다. 「모드는 그걸 열렬히 원하고 있어.」

「모드는 당신을 무서워해요.」

「모드는 자신을 무서워하고 있어. 모드 같은 여자들은 늘 그렇지. 하지만 아무리 수줍어하고 고상한 척해 봤자야. 결국에 가서는 모두 같은 걸 원하니까 말이야.」

젠틀먼은 말을 멈추고 킬킬댔다. 젠틀먼은 그걸 상스러운 농담으로 여겼다.

「모드는 당신 도움을 얻어 브라이어에서 빠져나가길 원할 뿐이에요.」 내가 말했다. 「나머지에 대해서는 아무것도 모른다고요.」

「모두 아무것도 모른다고 말하지.」 하품을 하며 젠틀먼이 대답했다. 「하지만 마음속으로는, 꿈속에서는 모든 것을 다 알고 있지. 엄마 젖 먹을 때부터 다 알고 있다고. 모드 침대에서 아무 소리 못 들었어? 모드가 뒤척이고 한숨을 쉬지 않던? 나 때문에 한숨을 쉬는 거야. 좀 더 열심히 들어야 하겠구먼. 내가 와서 같이 들어 줘야 할 것 같네. 그렇게 해줄까? 오늘 밤 네 방으로 갈까? 네가 나를 모드 방으로 데려가. 모드 심장이 얼마나 심하게 뛰는지 보게 될걸. 내가 볼 수 있도록 네가 모드 드레스를 내려 줘도 되고 말이야.」

젠틀먼은 나를 놀리고 있었다. 젠틀먼은 괜히 그런 장난을 치다가 모든 걸 잃는 위험을 감수할 인물이 절대로 아니었다. 그러나 나는 젠틀먼의 말을 듣고 젠틀먼이 밤에 찾아오는 상상을 했다. 모드의 드레스를 내리는 상상을 했다. 나는 얼굴이 붉어져 고개를 돌렸다. 내가 말했다.

「제 방이 어딘지 절대 못 찾을걸요.」

「물론 찾을 수 있지. 내게는 이 집 평면도가 있거든. 나이프 관리하는 꼬마에게서 구한 거지. 착한 아이야. 입이 싸기도 하고 말이야.」 젠틀먼은 다시금 좀 더 크게 킬킬거렸고, 앉아 있던 의자에서 기지개를 켰다. 「그냥 기분 전환이라고 생각해! 그래 봤자 모드에게 무슨 해가 있겠어? 나는 쥐새끼처럼 살금살금 들어갈 거야. 나는 살금살금 걷기를 잘한다고. 그냥 보기만 할 거야. 아니면, 모드가 잠에서 깨어 내가 자기 방에 있는 걸 보게 될 수도 있겠지. 그 시에 나오는 여자아이처럼 말이야.」

나는 시를 많이 알았다. 모두가 군인에게 애인을 빼앗기는 도둑에 관한 시였다. 그리고 하나는 우물에 빠지는 고양이에 관한 것이었다. 그렇지만, 젠틀먼이 지금 말하는 시는 알지 못했고, 날 화나게 하지도 못했다.

「모드를 내버려 둬요.」 내가 말했다. 아마도 젠틀먼은 내 목소리에서 뭔가를 느낀 모양이었다. 젠틀먼이 나를 보았고, 목소리가 굵직해졌다.

「오, 이런 수키.」 젠틀먼이 말했다. 「이제 양심적인 사람이 된 거야? 네 그 멋진 기술들에 이어 상냥한 방법들을 배운 거야? 네 친구나 집을 볼 때, 네가 그렇게 상냥해져 열성적으로 숙녀를 모시게 될 줄 누가 상상이나 했겠어? 네가 지금 얼굴 붉히는 모습을 보면 석스비 부인이 뭐라고 할까? 그리고 데인티와 조니는 뭐라고 할까!」

「내가 마음씨가 곱다고 말할걸요?」 으르렁대며 내가 말했다. 「어쩌면 정말로 마음씨가 고운지도 몰라요. 그게 뭐가 문젠데요?」

「빌어먹을.」 똑같이 으르렁대며 젠틀먼이 말했다. 「너 같은 여자아이가 고운 마음씨로 무슨 덕을 봤는데? 데인티 같은 여자아이에게 그런 마음씨가 무슨 소용인데? 기껏해야 그 아이를 죽이는 게 고작일걸?」 젠틀먼은 모드가 삼촌에게 불려 나간 문 쪽으로 고갯짓을 했다. 「생각해 봐.」 젠틀먼이 말했다. 「저 여자 가 원하는 게 네 양심의 가책일 거 같아? 저 여자가 원하는 건 네가 자기 코르셋 끈을 매주고 빗질을 해주고 요강을 비워 주 는 거라고. 맙소사, 네 꼴이 이게 뭐야!」 나는 몸을 돌려 모드의 숄을 들어 접기 시작했던 것이다. 젠틀먼은 내 손에서 숄을 빼 앗았다. 「언제부터 이렇게 온순하고 깔끔해진 거야? 네가 모드 에게 뭘 빚졌다고 생각하는 건데? 내 말 잘 들어. 나는 모드 같 은 계급 사람들을 잘 알고 있어. 내가 그런 사람들에 속해 있으 니까 말이야. 모드가 친절해서 너를 브라이어에 데리고 있다는 따위 말은 하지 마. 네가 상냥해졌다는 따위 말도 하지 말고 말 이야. 결국, 네 마음이나 모드의 마음이나 똑같아. 사람 마음은 다 똑같아. 나도 마찬가지고 말이야. 가스관에 달린 계량기랑 크게 다를 바 없단 말이야. 사람 마음도 동전을 집어넣어야만 기운차게 펌프질을 한다고. 석스비 부인이 그 정도쯤은 가르쳤 어야 하는 거 아냐?」

「석스비 부인은 내게 많은 걸 가르쳐 줬어요.」 내가 말했다. 「하지만 당신이 지금 말한 건 아니에요.」

「부인이 널 너무 곱게 키웠어.」 젠틀먼이 대답했다. 「너무 곱 게 말이야. 버러 아이들 말이 맞아. 넌 느려. 너무 오랫동안 너 무 곱게 키웠어. 그러니 이렇게 되어 버렸지.」 젠틀먼은 내게 주 먹을 쥐어 보였다.

「지랄하고 자빠졌네.」 내가 말했다.

내 말에 구레나룻 뒤로 젠틀먼의 뺨이 선홍색으로 바뀌었고, 나는 젠틀먼이 일어서 나를 한 대 치리라고 생각했다. 그러나 젠틀먼은 의자에서 몸을 앞으로 숙이고 내가 앉은 의자 손잡이를 쥐었을 뿐이었다. 젠틀먼이 조용히 말했다.

「한 번만 다시 이따위로 굴면 계획에서 널 빼버리겠어. 내 말 알아듣겠어? 난 이제 네가 없어도 될 정도로 모드와 진도를 나 갔다고. 모드는 뭐든지 내 말대로 할 거야. 런던에 사는 옛 유모 가 갑자기 아파서 간호해 줄 질녀가 필요해졌다면 어떨까? 그 럼 넌 어떻게 할래? 네 낡은 드레스를 다시 걸치고 빈손으로 랜 트 스트리트로 돌아가고 싶어?」

내가 말했다. 「릴리 씨에게 말할 거예요!」

「그 말을 할 수 있을 만큼 오래 릴리 씨 서재에 있을 수나 있 을 거 같아?」

「그러면, 모드에게 말하겠어요.」

「그러시든가. 말하는 김에 나에게 뾰족한 꼬리와 갈라진 발 굽도 달렸다고 해보지 그러셔? 내가 짠 계획에 어울리려면 그 정도는 되어야 하지 않겠어? 하지만 인생에서 나 같은 사람을 만나리라고 예상하는 사람은 아무도 없어. 차라리 모드는 네 말을 믿지 않는 쪽을 택할 거야. 모드는 널 믿을 여유가 없어! 이미 나와 이 정도까지 진도를 나갔으니 이제 나와 결혼을 해 야지 안 그러면 평판만 망가지거든. 모드는 내가 말하는 대로 해야 해. 아니면 이곳에 머물며 평생 아무것도 하지 않거나 말 이야. 모드가 후자를 택할 거 같아?」

내가 무슨 말을 할 수 있단 말인가? 모드는 이 집에 머물러 있고 싶지 않다고 이미 내게 확실히 말한 바 있었다. 그래서 나 는 잠자코 있었다. 하지만 그 순간부터 젠틀먼이 싫어졌던 것 같다. 젠틀먼은 손으로 내 의자를 잡고 나와 눈을 마주치며 잠 시 그대로 앉아있었다. 그리고 모드의 슬리퍼 소리가 계단 쪽에 서 들려왔고, 곧 모드 얼굴이 문가에 나타났다. 당연히 젠틀먼 은 이미 자세를 고쳐 앉고 표정도 바꾼 상태였다. 젠틀먼이 일어섰고, 나도 일어섰으며, 나는 절망적인 마음으로 무릎 굽혀 인사를 했다. 젠틀먼은 잽싸게 모드에게 다가가 모드를 벽난로 쪽으로 데려갔다.

「몸이 차네요.」 젠틀먼이 말했다.

둘은 벽난로 선반 앞에 서 있었지만, 나는 거울을 통해 둘의 얼굴을 보았다. 모드는 벽난로 바닥에 있는 석탄을 보고 있었다. 젠틀먼은 나를 노려보고 있었다. 이윽고, 젠틀먼이 한숨을 쉬더니 징글맞은 고개를 저었다.

「오, 수.」 젠틀먼이 말했다. 「오늘 넌 지독히 엄하구나.」

모드가 고개를 들었다. 「왜 그러시죠?」 모드가 말했다.

나는 침을 삼키고 아무 말도 하지 않았다. 젠틀먼이 말했다.

「불쌍한 수는 저 때문에 피곤한 모양입니다. 당신이 삼촌에게 가 있는 동안 제가 수를 괴롭혔거든요.」

「수를 괴롭혀요? 어떻게요?」 반은 웃고, 반은 찡그린 표정으로 모드가 물었다.

「뭐, 저는 수가 바느질하는 걸 방해하면서 계속 당신 이야기만 했답니다! 수는 자기가 상냥한 사람이라고 주장하지만 실은 정말 매정한 아이랍니다. 제가 수에게 당신을 보고 싶은 마음에 눈이 시큰거린다고 했더니, 제 눈을 플란넬로 싸서 방에 놓고 다니라고 하더군요. 당신의 목소리를 듣고 싶어 귀가 울린다고 했더니, 마거릿을 불러 귀에 넣을 피마자유를 가져오게 하겠다나요. 당신의 키스를 받고 싶어 하는 순진하고 하얀 이 손을 보여 주었더니 수가 말하길……」 젠틀먼은 잠시 말을 멈췄다.

「그랬더니요?」 모드가 말했다.

「그게, 손을 주머니에 넣으라고 하더군요.」

젠틀먼이 싱긋 웃었다. 모드는 의심스러운 눈으로 잠깐 내 쪽을 보았다. 「불쌍한 손 같으니.」 마침내 모드가 말했다.

젠틀먼은 팔을 들었다. 「제 손은 여전히 당신의 키스를 원하고 있습니다.」 젠틀먼이 말했다.

모드는 망설이더니 호리호리한 두 손을 들어 젠틀먼의 손가락과 손마디를 잡고 입술로 가져갔다. 「그곳이 아닙니다.」 젠틀먼이 잽싸게 말했다. 「그곳이 아니라, 이곳입니다.」

젠틀먼은 손목을 돌려 손바닥을 보여 주었다. 모드는 다시 망설이다가 손바닥으로 고개를 숙였다. 손바닥에 모드의 입과 코와 얼굴 반이 가려졌다.

젠틀먼은 나와 시선을 마주치고 고개를 끄덕였다. 나는 고개를 돌리고 다시는 젠틀먼을 보지 않았다.

젠틀먼이 옳았다. 빌어먹을 젠틀먼. 모드에 대한 이야기가 아니었다. 젠틀먼이 마음씨와 가스관에 대해 무엇이라 지껄이든, 모드는 상냥하고 친절했으며 다정함과 아름다움과 선함 그 자체였고, 나는 그것을 알고 있었다. 하지만 나에 대한 젠틀먼의 이야기는 옳았다. 어떻게 빈손으로 버러에 돌아갈 수 있단 말인가? 나는 석스비 부인이 한몫 잡게 해줘야 했다. 어떻게 부인과 입스 씨, 그리고 존에게 가서 내가 계획을 박차고 나왔으며 3천 파운드를 날려 버렸다고 말할 수 있단 말인가? 이유라고는 단지…….

이유는 뭐? 단지 내 마음이 내가 생각했던 것보다 더 고와서? 아마도 그 말을 들으면 부인이나 입스 씨, 존 모두 내가 용기가 없어서 실패했다고 말할 터였다. 내 앞에서 비웃을 터였다! 내게는 명성이 있었다. 나는 살인자의 딸이었다. 사람들이 내게 기대하는 바가 있었다. 그 가운데 고운 마음씨는 포함되어 있지 않았다. 어떻게 그럴 수가 있겠는가?

그리고 내가 이 모든 것을 포기했다손 치자. 그렇다고 어떻게 모드를 구할 수 있단 말인가? 내가 그냥 집에 갔다고 하자. 어찌되었든 젠틀먼은 모드와 결혼한 뒤 모드를 정신 병원에 가둘 터였다. 아니면, 내가 젠틀먼을 고발했다고 치자. 젠틀먼은 브라이어에서 쫓겨나고, 릴리 씨는 모드를 더욱 가까이 붙들고 있으려 할 터이고, 그러느니 차라리 정신 병원에 갇히는 것이 나을 터였다. 어느 쪽이든 간에, 나는 모드의 운명을 크게 다른 방향으로 바꿀 수 없었다.

그러나 모드의 운명은 오래전부터 정해져 있었다. 모드는 급류에 휩쓸려 가는 어린 가지와도 같았다. 모드는 우유와도 같았다. 너무나 창백하고 너무나 순수하고 너무나 단순했다. 모드는 망쳐질 수밖에 없는 운명이었다.

게다가, 내가 온 곳에서는 그 누구도 운이 좋지 않았다. 그리고 비록 모드의 운이 나쁘다 할지라도, 그게 나까지 운이 나빠야 한다는 뜻일까?

나는 그렇지 않다고 생각했다. 그랬기에, 이미 말했던 것처럼, 비록 모드에게 미안하기는 했지만, 모드를 구하기 위해 노력할 정도로 많이 미안하지는 않았다. 나는 모드에게 진실을 말할 생각도 없었고, 젠틀먼이 악당임을 폭로할 생각도 없었으며, 우리 계획을 망쳐 우리 몫을 날려 버릴 뭔가를 해볼 생각도 절대 없었다. 나는 모드에게 젠틀먼이 자기를 사랑한다고 믿게 했다. 젠틀먼이 친절하다고 믿게 했다. 부드럽다고 믿게 했다. 나는 모드가 젠틀먼을 좋아하기 위해 노력하는 모습을 지켜보았다. 젠틀먼이 모드를 속여 결혼한 뒤 몸을 망치고 정신 병원에 가둘 것을 알고 있으면서 말이다. 나는 모드가 야위어 가는 모습을 지켜보았다. 창백해지고 약해지는 모습을 지켜보았다. 두 손으로 머리를 받치고 손가락 끝으로 아픈 이마를 문지르는 모습을 지켜보았다. 그러면서 모드는 자신이 지금 자신이 아닌

다른 누군가였다면 좋았을 터라고, 브라이어에 있는 그 어떤 집이라도 괜찮으니 삼촌 집만 아닌 데서 살았다면 좋았을 터라고, 젠틀먼이 어떤 사람이라도 좋으니 다만 자신이 결혼해야 하는 남자만 아니었다면 좋았을 터라고 바라곤 했다. 그리고 나는 그런 것이 싫었지만 외면해 버렸다. 나는 생각했다. 〈방법이 없어. 이건 저 사람들 일이라고.〉

하지만 신기한 일이었다. 모드에 대한 생각을 안 하려고 노력하면 할수록, 나 자신에게 〈모드는 내게 아무런 존재도 아니야〉라고 말을 하면 할수록, 모드 생각을 머릿속에서 지우지 못하고 계속 생각하게 되었다. 날이 밝은 동안엔 내내 모드와 함께 앉아 있거나 걸었으며, 내가 모드를 끌어가고 있는 운명 때문에 모드를 만지거나 시선을 마주치기가 어려웠다. 그리고 날이 지면 나는 모드의 한숨 소리를 듣지 않기 위해 밤새도록 담요를 머리끝까지 올리고 등을 돌린 채 누워 있었다. 하지만 그 사이, 모드가 자기 삼촌에게 가 있는 동안, 나는 모드를 느낄 수 있었다. 눈먼 사기꾼은 촉감으로 자신이 만지는 것이 금인지 아닌지 알 수 있다는 말처럼, 나는 집 벽을 통해 모드를 느낄 수 있었다. 마치 나도 모르는 사이에 우리 둘 사이에 실이 연결된 느낌이었다. 그리고 모드가 어디에 있든지 간에 실이 나를 모드 쪽으로 끌어당겼다. 그건 흡사…….

〈그건 흡사 내가 모드를 사랑한다는 말 같잖아.〉 나는 생각했다.

그 생각에 나는 바뀌기 시작했다. 초조하고 겁이 나기 시작했다. 모드가 나를 보면 내가 무슨 생각을 하는지 알 것이라 생각이 들었다. 혹은 젠틀먼이나 마거릿, 스타일스 부인이 알게 될 수도 있었다. 이런 소문이 랜트 스트리트로 퍼져 존 귀에 들어가는 경우를 생각해 보았다. 그 누구보다도 존 생각이 가장 먼저 났다. 존의 시선과 웃음소리를 떠올렸다. 「내가 무슨 짓을 했느냐고?」 내가 말하는 모습을 떠올려 보았다. 「아무 짓도 안 했어!」 정말로 난 아무 행동도 하지 않았다. 이미 말했듯이, 나는 단지 모드를 그렇게 〈생각〉하고 그렇게 〈느꼈을〉 뿐이었다. 모드의 옷과 신발과 스타킹이 전과 다르게 보였다. 모드의 모습과 따뜻함과 향기를 그대로 간직하고 있는 듯이 보였다. 접어서 평평하게 하고 싶지 않았다. 모드의 방도 전과는 다르게 보였다. 브라이어에 처음 왔던 날처럼 방을 거니는 습관이 생겼다. 그러면서 모드가 집어 들어 만졌던 모든 물건들을 바라보았다. 모드의 상자, 어머니의 초상화. 책. 정신 병원에도 모드가 볼 책이 있을까? 머리칼이 끼어 있는 모드의 빗. 그곳에도 모드 머리를 빗겨 줄 사람이 있을까? 모드의 거울. 나는 모드가 즐겨 서 있던 장소, 즉 벽난로 가까운 곳에 서서 모드가 자기 얼굴을 보던 식으로 내 얼굴을 들여다보았다.

「열흘 남았어.」 나는 혼잣말을 했다. 「열흘이야. 그러면 부자가 되는 거야!」

그러나 혼자 이런 말을 중얼거리고 있는데, 말하는 중간에 거대한 시계가 울리며 시간을 알릴 때가 있었다. 그러면 나는 우리 계획이 마무리되는 시점까지 한 시간 더 다가갔으며, 우리가 만든 함정의 아가리가 모드에게 좀 더 가깝게 다가가고 좀 더 단단하게 둘러쌌으며 억지로 열기 더욱 어려워졌다는 생각에 몸을 떨곤 했다.

물론, 모드도 시간이 흐르는 것을 느끼고 있었다. 그리고 그 때문에 모드는 늘 하던 행동에 더욱 집착했다. 산책을 하고 식사를 하고 침대에 눕는 따위 모든 일을 그전보다 더욱 집요하고 더욱 깔끔하게, 자그마한 시계태엽 인형처럼 해나갔다. 지금 생각해 보면, 모드는 이런 일들을 젠틀먼을 피하기 위한 안전책으로 했던 듯하다. 혹은 시간이 너무 빨리 흐르는 것을 막기 위해서 그랬던 것 같다. 나는 모드가 차를 마시는 모습을 지켜보곤 했다. 잔을 들고, 한 모금 마시고, 잔을 내려놓고, 잔을 들고, 다시 한 모금 마시는 모습이 기계처럼 보였다. 또는 초조해하며 서둘러 삐뚤삐뚤 바느질을 하는 모습을 지켜보기도 했다. 그리고 나는 시선을 돌리곤 했다. 나는 융단을 밀어 놓고 모드와 폴카를 추던 때를 떠올리곤 했다. 날카로운 이를 매끈하게 갈아주던 때를 떠올리곤 했다. 모드의 턱을 잡고 있던 기억과 혀가 축축했다는 기억을 떠올리곤 했다. 당시에는 그런 행동이 평범해 보였다. 하지만 이제 나는 모드의 입에 손가락 넣는 모습을 평범하게 떠올릴 수가 없었다.

모드는 다시 악몽을 꾸기 시작했다. 한밤중에 당황하며 깨기 시작했다. 한두 번은 침대에서 일어났다. 눈을 뜨자, 모드가 어지러울 정도로 방 안을 서성이고 있었다. 「깼니?」 내가 부스럭대는 소리를 들은 모드가 말했다. 그리고 내 옆으로 와 눕더니 몸을 떨었다. 가끔 내게 손을 뻗치기도 했다. 하지만 손이 내 몸에 닿으면 바로 치웠다. 흐느낄 때도 있었다. 아니면 이상한 질문을 하곤 했다. 「내가 진짜 존재하는 거야? 내가 보여? 내가 진짜야?」

「더 주무세요.」 하룻밤은 내가 이렇게 말했다. 마지막이 얼마 남지 않은 날 밤이었다. 「무서워.」 모드가 말했다. 「오, 수, 나 무서워…….」

이번에 모드의 목소리는 전혀 잠겨 있지 않았고, 대신 부드럽고 깨끗하며 너무나 불행하게 들렸기에 나는 완전히 잠에서 깨어 모드의 얼굴을 보았다. 얼굴이 보이지 않았다. 모드가 늘 켜두던 자그마한 골풀 양초가 삿갓에 닿아 꺼졌거나 다 타버린 모양이었다. 언제나처럼, 커튼이 쳐져 있었다. 새벽 서너 시쯤이었던 것 같다. 침대는 상자 속처럼 깜깜했다. 모드의 숨결이 어둠 속에서 흘러나왔다. 그 숨결이 내 입에 닿았다.

「왜 그러세요?」 내가 말했다.

모드가 말했다. 「꿈을 꿨어……. 내가 결혼하는 꿈을 꿨어.」

나는 고개를 돌렸다. 그러자 모드의 숨결이 내 귀에 닿았다. 정적 속에서 너무나도 크게 들렸다. 나는 다시 머리를 움직였다. 내가 말했다.

「뭐, 곧 결혼하실 거잖아요. 진짜로요.」

「하는 걸까?」

「할 걸 아시잖아요. 자, 이제 다시 주무세요.」

그러나 모드는 자려 하지 않았다. 모드가 조용히 그러나 무척 뻣뻣하게 누워 있는 게 느껴졌다. 모드의 심장 박동이 느껴졌다. 마침내 모드가 다시 속삭였다. 「수…….」

「〈무슨〉 일인데요, 아가씨?」

모드는 입술을 적셨다. 「넌 내가 착하다고 생각해?」 모드가 말했다.

모드는 꼭 어린아이처럼 말했다. 나는 그 말에 다소 당황했다. 다시 고개를 돌리고 어둠 속을 응시하며 모드의 얼굴을 보려 애썼다.

「착하냐고요, 아가씨?」 눈을 가늘게 뜨며 내가 말했다.

「그렇게 생각하는구나.」 유감스러워하는 목소리로 모드가 말했다.

「당연하죠!」

「네가 그렇게 생각하지 않았으면 했는데. 나는 내가 착하지 않았으면 좋겠어. 나는…… 내가 현명했으면 좋겠어.」

〈나는 네가 잤으면 좋겠어.〉 나는 생각했다. 하지만 그 말은 하지 않았다. 대신 이렇게 말했다. 「현명해지고 싶으시다고요?

지금은 안 그러신 거예요? 삼촌의 그 많은 책을 모두 읽으신 아가씨 같은 분이 말이에요?」

모드는 대답하지 않았다. 단지 아까처럼 뻣뻣한 자세로 누워 있을 뿐이었다. 그러나 모드의 심장은 더욱 세게 뛰었다. 박동이 갑작스레 빨라지는 것이 느껴졌다. 모드가 숨을 들이쉬는 것이 느껴졌다. 모드는 숨을 들이쉬더니 한동안 내뱉지 않았다. 이윽고 모드가 입을 열었다.

모드가 말했다. 「수, 난 있지, 네가 알려 줬으면 하는 게 있어…….」

〈진실을 알려 줬으면 해.〉 나는 모드가 이렇게 말하려 했다고 생각했다. 그러자 내 가슴도 모드처럼 뛰기 시작했고, 땀이 나기 시작했다. 나는 생각했다. 〈모드는 알아. 짐작하고 있었어!〉 그리고 나도 모르게 〈하느님, 감사합니다〉라는 생각이 들었다.

그러나 그게 아니었다. 전혀 아니었다. 모드는 다시 숨을 들이켰고, 나는 다시 모드를, 뭔가 무시무시한 것을 묻기 위해 용기를 내고 있는 모드를 느낄 수 있었다. 나는 그게 무엇인지 알고 있어야 했지만 몰랐다. 내 생각에, 모드는 그 질문을 할 용기를 내기 위해 한 달 정도 버거워했던 것이다. 마침내 모드 입에서 단어들이 튀어나왔다.

「알려 줬으면 하는 게 있어.」 모드가 말했다. 「첫날밤에 아내가 어떻게 해야 하는지 알려 줘!」

나는 모드의 말을 듣고 얼굴을 붉혔다. 아마 모드도 그랬으리라. 너무나 어두워 서로 얼굴이 보이지 않았다.

내가 말했다. 「모르세요?」

「뭔가…… 있다는 건 알아.」

「그렇지만, 그게 뭔지는 모르시고요?」

「어떻게 알 수 있겠어?」

「하지만 아가씨, 정말로 모르신다는 거예요?」

「〈어떻게〉 내가 알 수 있겠어?」 베개에서 일어나며 모드가 외쳤다. 「모르겠니? 모르겠어? 나는 내가 뭘 모르고 있는지조차 모르는 무식쟁이라고!」 모드는 부들부들 떨었다. 이윽고 모드가 진정하는 게 느껴졌다. 「내 생각에……」 밋밋하고 부자연스러운 목소리로 모드가 말했다. 「내 생각에, 그분이 내게 키스할 거야. 그러시겠지?」

또다시 모드의 숨결이 내 얼굴에 와 닿았다. 나는 〈키스〉라는 단어를 느꼈다. 또다시 얼굴이 붉어졌다.

「그러시겠지?」 모드가 말했다.

모드가 끄덕이는 게 느껴졌다. 「뺨에?」 모드가 말했다. 「입술에?」

「입술이에요, 아가씨.」

「그렇겠지. 입술이겠지……」 모드는 얼굴에 손을 가져갔다. 마침내 어둠 속에서도 장갑의 흰색이 보이고, 손가락으로 입술 문지르는 소리가 들렸다. 소리는 실제보다 더 크게 느껴졌다. 침대는 이전보다 더 답답하고 더 어두워 보였다. 골풀 양초가 다 타버리지 않았으면 좋았을 거란 생각이 들었다. 시계가 울렸으면 좋겠다고 생각했다(이 생각을 한 건 이때가 유일했다). 방에는 오직 정적과 모드의 숨소리뿐이었다. 오직 어둠과 모드의 창백한 손뿐이었다. 세상이 줄어들거나 무너져 내렸는지도 몰랐다.

「그리고 또 내게 어떤 걸 원하실까?」 모드가 물었다.

나는 생각했다. 〈빨리 말해. 빨리 말하는 게 최선이야. 빠르고 평범하게 말해.〉 그러나 모드와 함께 있으면 평범해지기가 어려웠다.

「아가씨를 껴안으려 하실 거예요.」 잠시 뒤 내가 말했다.

모드는 손을 멈췄다. 당시 모드가 눈을 끔벅였다는 생각이 든다. 그 소리를 들었다는 생각이 든다. 모드가 말했다.

「그분이 나를 품에 안고 서 있고 싶어 하신다는 거야?」

모드가 그 말을 하자 나는 즉시 젠틀먼의 팔에 안겨 있는 모드를 그려 보았다. 나는 둘이 서 있는 모습을 보았다. 버러에서 밤이 되면 남녀가 대문간이나 벽에 기대 그러는 모습을 종종 볼 수 있듯 말이다. 그런 모습을 보면 사람들은 눈을 돌린다. 나도 이제 눈을 돌리려 애썼다. 그러나 당연히, 대신 볼 만한 게 하나도 보이지 않았다. 보이는 것은 오직 어둠뿐이었다. 마음속에서 모드와 젠틀먼의 모습이 슬라이드처럼 환하게 그려졌다.

나는 모드가 내 대답을 기다리고 있다는 사실을 깨달았다. 나는 초조해하며 말했다.

「서 있으려 하지 않으실 거예요. 아가씨가 서 계시면 불편하거든요. 누울 곳이 없거나 빨리해야 할 경우에만 서 계시는 거예요. 신사 분이시라면 아내를 소파나 침대에서 껴안으세요. 침대가 제일 좋고요.」

「침대?」 모드가 말했다. 「이런 거?」

「아마 이런 거겠죠……. 비록 제 생각에 이런 깃털 침대는 엉망진창이 되어 모양을 되돌리기가 무척이나 어렵겠지만요. 아가씨가 다 마치시면 말이요!」

나는 깔깔 소리 내어 웃었다. 그러나 웃음소리가 너무 크게 튀어나왔다. 모드가 움찔거렸다. 그리고 인상을 찡그리는 듯했다.

「마치다니……」 단어 뜻을 알아듣지 못하겠다는 듯이 모드가 중얼거렸다. 그리고 덧붙여 말했다. 「뭘 마쳐? 껴안는 거?」

「〈그걸〉 마쳤을 때요.」 내가 말했다.

「그러니까, 네 말은 껴안는 거?」

「〈그걸〉 끝마치는 거예요.」 나는 고개를 돌렸다가 다시 돌렸다. 「정말 어둡네요! 초가 어딨죠? 〈그걸〉 끝마치는 거예요. 어떻게 더 쉽게 설명할 수 있겠어요?」

「난 네가 더 쉽게 설명해 줄 수 있다고 생각해, 수. 넌 침대나 깃털이라는 식으로 돌려 말하고 있어. 침대나 깃털이 나랑 무슨 상관이야? 넌 〈그거〉 얘기를 하고 있잖아. 〈그게〉 뭔데?」

「〈그건〉 침대에서 키스 다음에, 껴안은 다음에 하는 거예요. 그게 진짜죠. 키스는 그냥 시작일 뿐이에요. 그다음에 그게 아가씨를 덮쳐 오는 거예요. 뭐랄까, 박자와 음악에 맞춰 춤을 추고 싶어지는 것과 비슷해요. 설마 한 번도……?」

「한 번도 뭐?」

「아니에요.」 내가 말했다. 나는 계속해 뒤척였다. 「마음 쓰지 마셔야 해요. 쉬울 거예요. 춤추는 것처럼요.」

「하지만 춤추는 건 쉽지 않아.」 모드가 계속 우겼다. 「춤추는 건 배워야만 할 수 있는 거야. 네가 가르쳐 줬잖아.」

「이건 달라요.」

「뭐가 다른데?」

「춤추는 방법은 아주 많아요. 하지만 이건 오직 한 가지 방법으로만 할 수 있어요. 일단 시작하고 나면 어떻게 하는지 아시게 될 거예요.」

모드가 머리를 흔드는 게 느껴졌다. 「아니라고 생각해.」 비참한 목소리로 모드가 말했다. 「그냥 알게 되지 않을 거야. 키스를 하면 깨닫게 되리라고 생각하지 않아. 리버스 씨의 키스는 그랬던 적이 없어. 혹시…… 혹시 내 입술에 뭔가 그런 걸 느낄 수 있는 근육이나 신경이 없는 게 아닐까……?」

내가 말했다. 「맙소사, 아가씨. 혹시 여자가 아니라 외과의사이신 거예요? 당연히 아가씨 입술은 정상이에요. 여길 보세요.」 모드가 나를 완전히 깨워 놓았다. 스프링처럼 탄탄하게 감아 제대로 설명을 시작하게 했다. 나는 베개에서 일어났다. 「아가씨 입술이 어디 있죠?」 내가 말했다.

「내 입술?」 모드가 놀란 기색으로 대답했다. 「여기.」

나는 입술을 찾아 키스를 했다.

나는 제대로 키스하는 법을 알고 있었다. 데인티가 가르쳐 준 적이 있었기 때문이다. 하지만 모드에게 키스하는 것은 데인티와 했을 때와 달랐다. 이번에는 어둠과 키스하는 듯했다. 마치 어둠에 생명이, 형체가, 맛이, 온기가, 부드러움이 있는 듯했다. 처음에 모드의 입술은 뻣뻣했다. 그러나 이윽고 내 입술과 함께 움직였다. 그리고 입술이 열렸다. 모드의 혀가 느껴졌다. 모드가 침을 삼키는 게 느껴졌다. 또한…….

나는 키스를 하면서 단지 모드에게 시범을 보일 생각이었다. 하지만 모드와 입술이 닿는 순간, 젠틀먼에게 키스를 받으면 느낄 거라고 내가 말했던 모든 일이 내게 일어나기 시작했다. 현기증이 났다. 얼굴이 엄청나게 달아올랐다. 독주를 마신 느낌이었다. 완전히 취한 느낌이었다. 입술을 떼었다. 이제 내 입에 와 닿는 모드의 숨결이 무척 차가웠다. 내 입은 모드의 입에 닿아 젖어 있었다. 내가 속삭였다.

「느껴지시나요?」

내 말이 이상하게 들렸다. 마치 지금 키스가 내 혀에 무슨 짓을 한 것 같았다. 모드는 대답하지 않았다. 미동도 하지 않았다. 숨은 쉬고 있었지만 너무나도 가만히 있어 돌연 나는 이런 생각을 했다. 〈만약 나 때문에 모드가 실신한 거면 어쩌지? 그리고 다시는 정신이 들지 않으면? 모드 삼촌에게 뭐라고 말해야 하지……?〉

이윽고 모드가 살짝 움직였다. 그리고 입을 열었다.

「느껴져.」 모드가 말했다. 모드의 목소리도 나와 마찬가지로 이상했다. 「네가 날 느끼게 했어. 이렇게 신기하고 뭔가를 원하게 되는 기분이라니. 나는 한 번도…….」

「그 느낌은 리버스 씨를 원하시는 거예요.」 내가 말했다.

「정말?」

「분명히 그래요.」

「모르겠어. 난 모르겠어.」

모드는 불행한 목소리로 말했다. 그러나 모드는 다시 몸을 움직였고, 그 결과 내게 좀 더 가까이 다가왔다. 모드의 입이 내 입 가까이 왔다. 모드는 자신이 무슨 행동을 하는지 거의 모르는 듯했다. 아니면 알면서도 어쩔 수 없는 모양이었다. 모드가 다시 말했다. 「난 무서워.」

「겁먹지 마세요.」 내가 즉시 말했다. 모드가 겁먹으면 안 된다는 걸 알고 있기 때문이었다. 너무나 겁을 먹어 젠틀먼과 결혼하겠다는 생각을 바꾸면 어떻게 한단 말인가?

그게 내가 한 생각이었다. 나는 모드에게 그것을 어떻게 하는지 보여 주어야지 안 그러면 겁을 먹고 우리 계획을 망치리라고 생각했다. 그래서 나는 다시 모드에게 키스를 했다. 그리고 모드를 만졌다. 모드의 얼굴을 만졌다. 우리 입술이 닿은 곳, 우리 입가의 촉촉하고 부드러운 부분부터 시작해서 턱과 뺨, 이마를 만져 나갔다. 예전에도 모드를 씻기고 옷을 입히기 위해 모드를 만졌다. 그러나 지금처럼 한 적은 한 번도 없었다. 모드는 너무나도 부드러웠다! 너무나 따뜻했다! 마치 어둠 속에서 모드 모양을 한 온기를 불러온 듯했다. 어둠이 내 손에서 올차게 바뀌고 빠르게 커진 것만 같았다.

모드는 떨기 시작했다. 나는 모드가 여전히 겁을 내고 있다고 생각했다. 이윽고 나 역시 떨리기 시작했다. 그리고 젠틀먼 생각을 잊었다. 오직 모드만을 생각했다. 모드 얼굴이 눈물로 젖기 시작하자 나는 입술로 눈물을 닦아 줬다.

「당신은 진주예요.」 내가 말했다. 모드는 그토록 하얬다. 「진주예요, 진주, 진주.」

어둠 속에서 말하기는 쉬웠다. 행동하기도 쉬웠다. 하지만 다음 날 아침, 잠에서 깨어 침대 커튼 사이로 들어오는 회색 빛줄기를 보며 내가 지난밤에 한 일을 떠올리자 〈하느님, 맙소사〉라는 생각이 들었다. 모드는 여전히 자고 있었고 눈살을 찌푸리고 있었다. 입이 벌어져 있었다. 입술은 말라 있었다. 내 입술 역시 말라 있었다. 손을 올려 내 입술을 만져 보았다. 그리고 손을 뗐다. 모드 냄새가 났다. 그 냄새에 몸 안쪽에서부터 전율이 일었다. 이 전율은 지난밤 내가 모드와 몸을 맞대고 움직였을 때 나를, 우리 둘을 휘어잡았던 전율의 유령이었다. 〈갖다.〉 버러의 여자아이들은 이렇게 표현했다. 〈그 남자가 널 가졌어?〉 사람들은 그것이 재채기처럼 다가온다고 말했다. 하지만 재채기는 그것과 아무런 관계가 없었다. 전혀 관계없었다……

나는 기억을 되살리며 다시 몸을 떨었다. 손가락 끝을 혀에 댔다. 날카로운, 식초 같은, 피 같은 맛이 났다.

돈 맛이 났다.

두려워졌다. 모드가 살짝 움직였다. 나는 모드에게서 시선을 돌린 채 일어났다. 내 방으로 갔다. 아픈 느낌이 들기 시작했다. 아마 술에 취한 모양이었다. 아마 저녁 식사 때 마신 맥주가 잘못된 모양이었다. 어쩌면 열이 있는 것도 같았다. 손과 얼굴을 씻었다. 물이 너무 차가워 바늘에 찔리는 느낌이었다. 다리 사이도 씻었다. 그리고 옷을 입었다. 그리고 기다렸다. 모드가 깨어 움직이는 소리가 들리자 천천히 모드에게 갔다. 커튼 사이 공간으로 모드를 바라보았다. 모드는 베개에서 일어나 잠옷 끈을 매고 있었다. 지난밤 내가 풀어 놓은 끈이었다.

그 모습을 보고 있으니 다시 몸 안에서 전율이 일었다. 하지만 모드가 눈을 들어 내 눈을 보았을 때, 나는 그 시선을 피했다.

시선을 피했다! 그리고 모드는 자기 옆으로 오라고 나를 부르지 않았다. 모드는 아무 말도 하지 않았다. 모드는 내가 방으로 들어오는 것을 보았지만 잠자코 있었다. 마거릿이 석탄과 물을 가지고 들어왔다. 마거릿이 벽난로 앞에 꿇어 앉아 있는 동안 나는 얼굴을 붉힌 채 옷장에서 옷을 꺼내며 서 있었다. 모드는 계속 침대에 있었다. 이윽고 마거릿이 나갔다. 나는 드레스와 페티코트와 신발을 꺼냈다. 물을 따랐다.

내가 말했다. 「옷 입혀 드릴 테니 일어나 이리 오지 않으시겠어요?」

모드는 그렇게 했다. 모드는 일어나 천천히 팔을 들어 올렸고, 나는 모드가 입은 드레스를 들어 올렸다. 허벅지가 붉게 물들어 있었다. 모드 다리 사이에 난 곱슬곱슬한 털이 거무스름했다. 가슴 위쪽, 내가 너무 세게 키스했던 곳에는 진홍색 멍이 들어 있었다.

나는 그곳을 가렸다. 모드가 나를 말릴 수도 있었다. 내 손을 잡고 그만두게 할 수도 있었다. 어쨌거나 모드는 내가 모시는 주인이었다! 하지만 모드는 그렇게 하지 않았다. 나는 모드를 데리고 벽난로 위에 있는 은거울로 데려갔고, 내가 머리를 빗기고 핀을 꽂아 주는 동안 모드는 눈을 내리깔고 서 있었다. 자기 얼굴을 만지는 내 손가락이 떨리는 것을 알고 있었지만 모드는 아무 말도 하지 않았다. 내가 핀을 거의 다 꽂았을 때야 고개를 들고 나와 시선을 마주쳤다. 그리고 눈을 깜빡였다. 뭔가 할 말을 찾는 듯했다. 모드가 말했다.

「내가 정말 정신없이 잤지?」

「네.」 내가 말했다. 내 목소리가 떨렸다. 「악몽도 꾸지 않으시고 말이죠.」

「악몽은 안 꿨어.」 모드가 말했다. 「꿈을 하나 꾸기는 했지만. 하지만 무척 달콤한 꿈이었어. 아마…… 아마, 그 꿈에 네가 나왔던 거 같아, 수…….」

모드는 기다리고 있다는 듯 내 눈을 계속 바라보았다. 모드 목에서 맥박이 뛰는 모습이 보였다. 그에 맞춰 내 맥박도 뛰었다. 가슴 속 심장이 쿵쾅거렸다. 그때 모드를 내 쪽으로 끌어당겼다면, 모드는 내게 키스했을 거라는 생각이 든다. 만약 내가 〈사랑해요〉라고 말했다면, 모드도 다시 그렇게 말해 주었을 것이다. 그리고 모든 것이 바뀌었을 것이다. 나는 모드를 구할 수도 있었다. 어떻게 인지는 모르지만, 모드를 운명에서 구할 방법을 찾을 수 있었는지도 몰랐다. 우리는 젠틀먼을 속일 수 있었을지도 몰랐다. 어쩌면 모드를 데리고 도망쳐 랜트 스트리트로 도망갔을지도 몰랐다…….

하지만 그랬다가는, 내가 악당이라는 사실을 들키게 될 터였다. 모드에게 진실을 털어놓을까 하는 생각을 했다. 그 생각을 하니 더욱 몸이 떨렸다. 그렇게 할 수 없었다. 모드는 너무나 단순했다. 너무 착했다. 모드에게 뭔가 문제만 있어도, 마음속에 못된 구석만 있었어도 좋았으련만……! 그러나 아무것도 없었다. 있는 것이라고는 오직 진홍색 멍뿐이었다. 단 한 번의 키스가 그 자국을 만들었다. 버러에 가게 되면 모드는 어떻게 행동할까?

게다가, 버러에서 모드와 함께 있게 되면, 〈나〉는 어떻게 행동해야 하는 걸까?

존이 킬킬거리는 웃음소리가 다시 들려왔다. 석스비 부인이 떠올랐다. 모드가 내 얼굴을 보고 있었다. 나는 마지막 핀을 고정한 다음 벨벳 망사를 씌웠다. 나는 침을 삼키고 말했다.

「아가씨 꿈에서요? 아닐 거예요, 아가씨. 제가 아닐 거예요. 분명…… 분명, 리버스 씨일 거예요.」 나는 창가로 걸어갔다. 「보세요. 저기 계시잖아요! 벌써 담배를 거의 다 태우셨네요. 저분이 그리워지실 거예요, 좀 기다려 보시기만 하면요.」

그날 하루 종일 우리는 서로 서먹서먹해했다. 우리는 걸었지만, 떨어져 걸었다. 모드가 내 팔을 잡으려 했지만 내가 피했다. 그리고 그날 저녁 모드를 침대에 누이고 커튼을 내리다가 모드 옆의 빈자리를 보고 내가 말했다.

「밤이 이제 무척 따뜻해졌어요, 아가씨. 혼자 주무시는 게 더 편하지 않으시겠어요……?」

나는 패스트리같이 얇은 시트가 깔린 좁은 내 침대로 돌아갔다. 모드가 밤새 뒤척이고 한숨 쉬는 소리가 들렸다. 나 역시 뒤척이고 한숨을 쉬었다. 우리 둘을 연결한 실이 내 심장을 당기고 있기에, 너무나 세게 당기고 있기에 심장이 아려 왔다. 침대에서 일어나 모드에게 가고 싶은 마음이 백번도 넘게 들었다. 〈모드에게 가! 뭘 기다리는 거야? 모드 옆으로 가!〉라는 생각이 백번도 넘게 들었다. 하지만 그때마다 만약 그렇게 했을 때 일어날 일이 떠올랐다. 모드 옆에 누우면 모드를 만지게 되리라는 사실을 잘 알고 있었다. 모드의 숨결이 내 입술에 닿으면 키스하고 싶어지리라는 사실을 잘 알고 있었다. 그리고 키스를 하면 모드를 구하고 싶어지리라는 사실을 잘 알고 있었다.

그래서 나는 그러지 않았다. 다음 날 저녁에도, 그다음 날 저녁에도 나는 아무 행동도 하지 않았다. 그리고 곧 더는 밤은 없었다. 시간이, 언제나 그토록 느리게 흘러가던 시간이 돌연 빠르게 흘러 4월 말이 되었다. 그리고 그때는 무언가 바꾸기에는 너무나 늦었다.

6

젠틀먼이 먼저 떠났다. 릴리 씨와 모드는 대문에서 젠틀먼을 배웅했으며, 나는 모드 방 창으로 젠틀먼이 떠나는 모습을 지켜보았다. 모드는 젠틀먼과 악수를 했고, 젠틀먼은 고개 숙여 인사했다. 이윽고, 젠틀먼은 말로 역으로 가기 위해 이륜 경마차를 탔다. 젠틀먼은 팔짱을 끼고 앉더니 모자를 벗었고 마차 밖으로 고개를 내밀어 모드, 그리고 나와 눈을 맞췄다.

〈악마 같은 놈.〉 나는 생각했다.

젠틀먼은 아무런 신호도 보내지 않았다. 그럴 필요가 없었다. 젠틀먼은 우리에게 계획을 다시 한 번 훑어 주었고, 우리는 그 계획을 달달 외우고 있었다. 젠틀먼은 기차로 3마일을 간 다음 그곳에서 기다릴 예정이었다. 우리는 자정까지 모드의 응접실에 있다가 도망치기로 했다. 젠틀먼은 시계가 자정을 넘겨 30분을 칠 때 강가에서 우리를 만나기로 되어 있었다.

그날 하루도 다른 날들처럼 지나갔다. 모드는 언제나 그랬듯이 삼촌에게 갔다 왔으며, 나는 모드 방을 천천히 다니며 모드의 물건을 살펴보았다. 물론, 이번에는 어떤 물건을 가져갈지 정하기 위해서였다. 우리는 함께 앉아 점심을 했다. 정원과 얼음집과 묘지와 강가를 산책했다. 이렇게 할 수 있는 마지막 기회였지만, 모든 일은 평소와 다름없었다. 변한 것은 바로 우리였다. 우리는 아무 말 없이 걷기만 했다. 가끔 우리 치마가 서로 엉켰고, 한 번은 우리 손이 서로 엉켰고, 우리는 벌에라도 쏘인 듯 즉시 떨어졌다. 하지만 모드가 나처럼 얼굴을 붉혔는지 그건 모르겠다. 나는 계속 모드를 외면하고 있었던 것이다. 방으로 돌아온 모드는 조각처럼 가만히 서 있었다. 가끔 한숨만 내쉴 뿐이었다. 나는 탁자 위에 브로치와 반지가 가득한 상자와 식초가 담긴 접시를 놓고 앉아 보석에 광을 내고 있었다. 가만히 앉아 있으니 차라리 이런 일이라도 하는 것이 낫다는 생각이었다. 한번은 모드가 다가와 나를 바라보았다. 이윽고 모드는 눈을 훔치며 시선을 거두었다. 식초 때문에 눈이 따갑다고 했다. 나 역시 식초 때문에 눈이 따가웠다.

이윽고 저녁이 되었다. 모드는 저녁 식사를 하러 갔고, 나도 식사를 하러 갔다. 아래층 부엌에 가보니 모두가 우울한 표정을 하고 있었다.

「리버스 씨가 가고 나니 집이 전 같지 않네요.」하인들이 말했다.

케이크브레드 부인은 머리끝까지 성이 나서 얼굴을 잔뜩 찌푸리고 있었다. 마거릿이 숟가락을 놓치자 부인은 국자로 마거릿을 후려쳐 비명을 지르게 했다. 그리고 우리가 저녁 식사를 시작하자마자 식탁에서 찰스가 울음을 터뜨렸고, 결국 찰스는 턱에서 콧물을 닦으며 부엌에서 달려 나가고 말았다.

「찰스가 아주 힘든가 봐요.」잔심부름하는 하녀 가운데 한 명이 말했다. 「런던으로 함께 가서 리버스 씨를 모실 작정이었대요.」

「썩 돌아와!」웨이 씨가 머리분을 흩날리며 일어나 외쳤다. 「그 나이씩이나 먹어서 이렇게 철없게 구는 너나, 그 남자나, 내가 다 부끄럽다!」

그러나 찰스는 웨이 씨에게도 그 누구에게도 돌아오려 하지 않았다. 한때는 젠틀먼의 아침 식사를 챙기고 장화에 광을 내고 멋진 외투에 솔질을 했다. 하지만 이제 찰스는 잉글랜드에서 가장 조용한 집에 틀어박혀 칼을 갈고 잔에 윤을 내야 할 처지였다.

찰스는 계단에 앉아 울며 머리를 난간에 들이받고 있었다. 웨이 씨가 와서 찰스를 때렸다. 웨이 씨가 찰스 등을 혁대로 때리는 소리, 찰스의 비명이 들렸다.

그 때문에 식사 분위기가 더욱 무거워졌다. 우리는 조용히 음식을 먹었고, 다 먹을 무렵 웨이 씨가 시뻘게진 얼굴로 돌아왔다. 가발이 삐뚤어져 있었다. 나는 스타일스 부인, 웨이 씨를 따라 푸딩을 먹으러 찬방에 가지 않았다. 두통이 있어 갈 수 없다고 말했다. 정말로 두통이 있는 것만 같았다. 스타일스 부인은 나를 살펴보더니 시선을 돌렸다.

「정말 약하군요, 스미스 양.」 스타일스 부인이 말했다. 「건강은 런던에 두고 온 모양이에요.」

하지만 이 여자가 무슨 생각을 하든 내 알 바가 아니었다. 스타일스 부인도, 웨이 씨도, 마거릿도, 케이크브레드 부인도 다시는 볼 일이 없을 터였으니 말이다.

나는 저녁 인사를 하고 위층으로 올라갔다. 물론, 모드는 아직도 자기 삼촌과 함께 있었다. 모드가 돌아올 때까지 나는 계획대로 준비를 했고, 가져가기로 한 드레스와 신발과 잡동사니들을 모두 챙겼다. 모두 모드 거였다. 내 갈색 드레스는 놓고 가기로 했다. 한 달도 입지 않은 드레스였다. 나는 그 드레스를 내 트렁크 바닥에 넣었다. 트렁크도 놓고 갈 셈이었다. 가방밖엔 가지고 갈 수 없었다. 모드는 자기 어머니가 쓰던 낡은 가방 두 개를 찾아냈다. 가죽은 축축했고, 흰 곰팡이가 피어 있었다. 놋쇠로 글씨가 박혀 있었는데, 어찌나 굵게 박혀 있던지 나조차 읽을 수 있었다. M과 L이었다. 모드 어머니 이름이자 모드 이름이었다.

나는 가방 안에 종이를 대고 빠듯하게 짐을 꾸렸다. 가장 무겁고 내가 들 예정인 가방에는 내가 닦은 보석을 넣었다. 나는 안에서 굴러다니며 상하지 않도록 보석을 린넨으로 쌌다. 장갑도 보석과 함께 넣었다. 진주 단추가 달린 하얀 양가죽 장갑 한 짝이었다. 모드는 이 장갑을 한 번 낀 뒤 잃어버린 줄로 알고 있었다. 나는 모드를 기억하기 위해 이 장갑을 간직하기로 했다.

심장이 둘로 찢어지는 것 같았다.

이윽고, 삼촌에게 가 있던 모드가 돌아왔다. 모드는 손사래를 치며 들어왔다. 「오!」 모드가 말했다. 「머리가 다 지끈거려! 오늘 밤에는 삼촌이 날 붙잡고 영영 안 놓아주시는 줄로만 알았어!」

나는 모드가 이럴 줄 예상하고 있었다. 그래서 모드를 진정시키기 위해 웨이 씨로부터 포도주를 좀 받아 둔 차였다. 나는 모드를 앉힌 뒤 포도주를 약간 마시게 했고, 손수건에도 적셔 이마에 문질렀다. 포도주 때문에 손수건이 장미처럼 분홍빛으로 물들었고, 손수건으로 문지른 이마는 진홍색이 되었다. 모드 얼굴이 차가웠다. 눈썹이 파르르 떨리고 있었다. 모드가 눈을 뜨자, 나는 한 발 물러섰다.

「고마워.」 조용히 모드가 말했다. 눈길이 무척 부드러웠다.

모드는 포도주를 좀 더 마셨다. 포도주는 상등품이었다. 모드가 마시고 남긴 것을 내가 마셨고, 그 포도주는 불길처럼 나를 핥고 지나갔다.

내가 말했다. 「자, 옷 갈아입으셔야죠.」 모드는 저녁 식사용 옷을 입고 있었다. 나는 외출용 드레스를 꺼내 놓고 있었다. 「하지만 버팀살은 놓고 가셔야 해요.」

크리놀린을 가져갈 공간이 없기 때문이었다. 크리놀린이 없었기 때문에, 모드의 짧은 드레스는 결국 긴 드레스가 되어 버렸고, 평소보다 훨씬 더 말라 보였다. 모드는 이미 몸이 마르고 있었다. 나는 모드에게 튼튼한 장화를 신겼다. 그리고 가방을 보여 주었다. 모드는 가방을 만져 본 뒤 고개를 흔들었다.

「모든 걸 다 준비해 놓았네.」 모드가 말했다. 「나는 다 기억해 내지도 못했을걸. 네가 없었으면 아무것도 준비하지 못했을 거야.」

모드는 나와 시선을 맞추었다. 고맙고도 슬픈 눈초리였다. 내 얼굴이 어떻게 보였을지는 하느님만 아신다. 나는 시선을 돌렸다. 하녀들이 아래층에서 올라오자 집이 삐걱거리다가 조용해졌다. 이윽고, 시계 종이 아홉 시 반을 알렸다. 모드가 말했다.

「그분이 오실 때까지 세 시간 남았구나.」

모드는 천천히 그리고 움찔거리는 듯한 목소리로 말했다. 예전에 〈3주가 남았구나〉라고 했을 때 바로 그 어조였다.

우리는 모드의 응접실로 등불을 가지고 나와 창가로 갔다. 비록 강이 보이지 않았지만, 우리는 정원 담을 바라보며 그 뒤로 차갑게 흐르며 모든 준비를 마치고 우리를 기다리고 있을 강을 생각했다. 우리는 거의 아무 말도 없이 한 시간 정도 서 있었다. 가끔 모드가 몸을 떨었다. 그러면 나는 〈추우세요?〉 하고 물었다. 그러나 모드는 추운 게 아니었다. 마침내 기다림의 무게가 나까지 무겁게 짓누르기 시작했고, 초조해지기 시작했다. 모드의 가방을 잘못 쌌다는 생각이 들었다. 모드의 리넨이나 보석이나 그 흰 장갑을 빼먹고 안 싼 것만 같았다. 가방에 그 장갑을 넣은 것을 알고 있었는데도, 나도 모드처럼 조바심이 나기 시작했다. 나는 모드를 창가에 두고 침실로 가 가방을 열었다. 드레스과 리넨을 모두 꺼냈다가 다시 꾸렸다. 그리고 가방을 조이려 끈을 버클에 걸어 당기는데, 끈이 끊어졌다. 가죽끈은

너무 낡아 거의 삭기 직전이었다. 나는 바늘을 가져와 끈을 큰
땀으로 단단하게 꿰맸다. 실을 끊으려 입에 대는데 소금 맛이
났다.

응접실 문 열리는 소리가 들렸다.

심장이 쿵하고 내려앉았다. 침대 그림자 속에 가방을 안 보
이게 치우고 일어나 귀를 기울였다. 아무 소리도 들리지 않았
다. 응접실로 통하는 문으로 가 안을 들여다보았다. 창문 커튼
이 열려 있었고, 그 사이로 달빛이 비쳤다. 그러나 방은 비어 있
었고 모드가 보이지 않았다.

모드는 문을 열어 두고 자리를 비운 것이다. 나는 살금살금
문으로 가 복도를 엿보았다. 그때, 평소 삐걱대던 소리 외에 다
른 종류의 소리가 들린 듯했다. 아마 멀리서 다른 문을 열고 닫
는 소리인 듯했다. 하지만 확신할 순 없었다. 속삭이는 목소리
로 외쳐 보았다. 「모드 아가씨!」 그러나 속삭이는 소리조차 브
라이어에서는 우렁차게 들렸다. 그래서 나는 입을 다문 채 귀를
쫑긋 세우고 어둠 속을 열심히 들여다보았다. 그러다가 복도로
몇 걸음 걸어 나가 다시 귀를 기울였다. 모아 쥔 두 손에 힘이 들
어갔다. 뭐라 말할 수 없을 정도로 불안했다. 그러나 솔직히 말
해, 약이 오른 것도 사실이었다. 이런 늦은 시간에 이유도 없이,
한마디 말도 없이 밖을 돌아다니다니 모드답지 않았던 것이다.

시계가 열한 시 반을 알리자, 나는 다시 한 번 모드를 불러 보
고 복도를 따라 몇 걸음 더 걸어갔다. 그러나 발이 융단 끝에 걸
려 하마터면 넘어질 뻔했다. 모드는 이곳에 아주 익숙했기에 초
없이도 잘 다닐 수 있었지만, 내게는 완전히 낯선 곳이었다. 모
드를 찾아 헤매고 싶지 않았다. 혹시 내가 어둠 속에서 길을 잃
기라도 하면? 다시는 되돌아올 수 없을 터였다.

그래서 나는 시간이 지나가는 것을 헤아리며 기다리고만 있

었다. 침실로 돌아가 가방을 꺼냈다. 그리고 창가에 섰다. 보름 달이어서 밤이 밝았다. 집 앞에 펼쳐진 잔디는 정원 담 끝과 그 너머 강까지 이어져 있었다. 강 어딘가에 젠틀먼이 있고, 내가 보고 있는 지금도 점점 가까이 오고 있을 터였다. 젠틀먼이 얼마나 기다려 줄까?

마침내 땀범벅이 되어 있는데 시계가 열두 시를 쳤다. 나는 종이 울릴 때마다 가만히 선 채 몸을 떨었다. 마지막 종이 울리고 메아리가 퍼졌다. 〈시간이 됐어.〉 그리고 그 생각을 하는 순간, 툭 하고 부드러운 장화 소리가 들렸다. 모드가 문 앞에 서 있었다. 어둠 속에서 창백한 얼굴로 고양이처럼 가쁘게 숨을 쉬었다.

「미안해, 수!」 모드가 말했다. 「삼촌 서재에 갔다 왔어. 마지막으로 한 번 보고 싶었거든. 하지만 삼촌이 잠들길 기다려야 했어.」

모드는 몸을 떨고 있었다. 나는 모드가 창백한 얼굴로 연약한 몸을 이끌고 그 시커먼 책들 사이에 조용히 홀로 있는 모습을 떠올려 보았다. 「괜찮아요.」 내가 말했다. 「하지만 이제 서둘러야 해요. 이리 오세요. 이리요.」

나는 모드에게 망토를 주고, 내 망토를 여몄다. 모드는 주변을 둘러보며 두고 가는 물건들이 뭔지 보았다. 모드가 이를 떨기 시작했다. 나는 모드에게 가장 가벼운 가방을 주었다. 그리고 모드 앞에 서서 입에 손가락을 댔다.

「자, 진정하세요.」 내가 말했다.

불안함이 싹 사라지고 돌연 마음이 편해졌다. 어머니를, 그리고 어머니가 체포되기 전까지 헤치고 다녔을, 잠에 젖은 어두운 집들을 떠올렸다. 포도주가 몸 안에 퍼지듯, 나쁜 피가 내 몸을 휘감았다.

우리는 하인용 계단을 통해 내려갔다. 전날, 나는 이 계단을 오르내리며 어느 부분에서 유달리 심하게 삐걱대는 소리가 나는지 유심히 살폈다. 이제 나는 모드의 손을 잡고 모드가 발 디디는 곳을 지켜보며 모드를 계단 아래로 이끌었다. 부엌문과 스타일스 부인의 찬방 문이 있는 복도의 첫머리에 도착하자 나는 모드를 멈춰 세운 뒤, 귀를 기울이며 기다렸다. 모드는 계속 내 손을 잡고 있었다. 쥐 한 마리가 널판을 따라 잽싸게 도망쳤다. 그러나 다른 움직임은 없었고, 아무 소리도 들리지 않았다. 바닥에 카펫이 깔려 있어 신발 소리가 거의 나지 않았다. 오직 우리 치마가 스치며 바스락거리는 소리만이 들려왔다.

마당으로 통하는 문은 잠겨 있었지만 자물쇠에는 열쇠가 꽂혀 있었다. 나는 열쇠를 돌리기 전에 뽑아서 쇠기름을 약간 발랐다. 그리고 문을 잠그고 있는 위아래 볼트에도 쇠기름을 발랐다. 쇠기름은 케이크브레드 부인의 찬장에서 가져온 것이었다. 그래 봤자 푸줏간 소년에게서 동전 하나 덜 받을 뿐일 터였다! 모드는 놀란 표정으로 내가 자물쇠에 쇠기름을 바르는 모습을 지켜보았다. 내가 부드럽게 말했다.

「이건 쉬운 거예요. 만약 다른 길로 갔다면 어려웠을 거예요.」

그리고 나는 모드에게 눈을 찡긋했다. 직업의 만족감이란 이런 것이었다. 그때, 나는 정말로 자물쇠가 더 따기 어려웠으면 좋았으리라고 생각했다. 나는 손가락에서 기름을 깨끗이 빨아낸 뒤, 문에 어깨를 기대고 문틈 안으로 세게 밀었다. 그러자 열쇠는 부드럽게 돌아갔고, 볼트도 갓난아기처럼 부드럽게 틀 안으로 미끄러져 들어갔다.

바깥공기는 맑고 차가웠다. 달이 검고 커다란 그림자를 드리웠다. 고마운 일이었다. 우리는 빠르고 매끄럽게 이 벽에서 저 벽으로, 가장 어두운 부분을 따라 움직였고, 잔디 가장자리를 잽싸게 가로질러 울타리와 그 너머 나무까지 달려갔다. 모드는 다시 내 손을 잡았고, 나는 모드에게 어디로 뛰어가야 하는지 알려 주었다. 딱 한 번, 모드가 망설이는 것을 느끼고 뒤돌아보니, 모드는 반은 겁먹은 듯한, 그러면서도 거의 웃고 있는 듯한 이상한 표정으로 집을 바라보고 있었다. 불이 켜진 창은 하나도 없었다. 아무도 밖을 보고 있지 않았다. 집이 연극에 나오는 집처럼 평면적으로 보였다. 나는 1분 정도 기다렸다가 모드 손을 잡아당겼다.

「이제 가셔야 해요.」 내가 말했다.

모드는 고개를 돌리고 다시는 집을 바라보지 않았다. 우리는 정원 벽까지 재빠르게 걸었고, 그 뒤로는 축축하고 뒤엉킨 오솔길을 따라 걸었다. 덤불에 망토 털실이 걸리고, 풀 속에서 벌레들이 튀어나오거나 우리 앞으로 주르르 미끄러지며 도망갔다. 우리는 유리로 만든 실처럼 곱고 빛나는 거미줄을 짓밟고 끊으며 지나갔다. 우리가 만드는 소음이 무시무시했다. 숨이 점점 가빠졌다. 굉장히 오래 걸었기 때문에 나는 우리가 강으로 가는 문을 놓치고 지나갔다고 생각했다. 하지만 오솔길이 점차 뚜렷해지더니, 환한 달빛을 받으며 홍예문이 나타났다. 모드는 나를 앞서가더니 열쇠를 꺼내 문을 열었고, 우리는 문을 지나쳐 계속 빠르게 걸어 나갔다.

이제 정원 밖으로 나왔기에, 조금은 숨을 돌릴 수 있었다. 우리는 가방을 내려놓고, 어둠 속에, 벽 그늘 속에 가만히 서 있었다. 저편 둑 골풀은 반사되는 달빛 때문에 끝에 날카롭고 뾰족한 싹이 난 것처럼 보였다. 강은 거의 은빛으로 빛났다. 이제 들리는 소리라고는 물 흐르는 소리와 이름 모를 새가 우는 소리뿐이었다. 그때 물고기가 첨벙거리는 소리가 들렸다. 젠틀먼이 있다는 표시는 아무 데도 보이지 않았다. 우리는 계획보다 빨리 도착했던 것이다. 귀를 기울여 보았지만 아무 소리도 들리지 않았다. 고개를 들어 하늘을, 하늘에 있는 모든 별들을 보았다. 평소보다 별이 더 많아 보였다. 모드를 보았다. 모드는 얼굴 주위로 망토를 잡고 있다가 내가 자기를 돌아보는 모습을 보고는 손을 내밀어 내 손을 잡았다. 모드가 내 손을 잡은 것은 내게 방향을 이끌어 달라는 것도, 내게 위안을 구하기 위함도 아니었다. 단지 그 손이 내 손이기 때문에 잡고 있는 것뿐이었다.

하늘에서 별 하나가 움직였고, 우리 둘 다 고개를 돌려 그 별이 움직이는 것을 보았다.

「행운의 징조예요.」내가 말했다.

그때 브라이어의 종이 울렸다. 열두 시 반을 알리는 종이었다. 종소리는 정원을 가로질러 선명하게 들려왔고, 맑은 공기 때문에 그 소리가 더 날카롭게 들렸던 것 같다. 1초 정도 메아리가 귓가를 맴돌았고, 메아리 너머로 좀 더 부드러운 소리가 들려왔다. 우리는 그 소리를 듣고 떨어져 섰다. 조심스레 노 젓는 소리, 물이 나무를 주르륵 미끄러지며 나는 소리였다. 은빛 강의 굽이 근처에서 배의 시커먼 형체가 나타났다. 나는 노가 잠겼다 올라가며 달빛 은화를 뿌려 대는 모습을 지켜보았다. 이윽고 노가 높이 치켜지더니 침묵이 찾아왔다. 배는 골풀 쪽으로 미끄러지듯 다가왔고, 젠틀먼이 좌석에서 몸을 반쯤 일으키자 다시 흔들거리며 삐걱댔다. 젠틀먼에겐 우리가, 우리 있는 곳이 보이지 않았다. 우리는 벽 그림자 속에 숨어 기다리고 있었던 것이다. 젠틀먼에겐 우리가 보이지 않았다. 우리가 먼저 젠틀먼에게 가야 했다. 그러나 내가 아니라 모드가 먼저 움직였다. 모드는 강가로 뻣뻣하게 나아가 젠틀먼이 던진 밧줄 사리를 받아 들었고, 배가 잠잠해질 때까지 배가 밧줄 당기는 힘을 몸으로 버텨 냈다.

젠틀먼이 말을 했는지는 기억나지 않는다. 젠틀먼은 내게 시선을 주지 않았던 것 같다. 젠틀먼은 모드가 오래된 부두를 가로지르는 걸 도운 뒤, 내게도 손을 내밀어 썩은 널빤지를 건너게 도와주며 딱 한 번 나를 보았을 뿐이다. 모든 행동이 침묵 속에서 이루어졌던 듯하다. 배는 좁았고, 앉으면서 치마가 둥글게 펼쳐졌다는 기억이 난다. 젠틀먼이 배를 돌리기 위해 노를 잡자 배가 다시 흔들렸고, 그 바람에 나는 돌연 배가 뒤집혀 치마 주름이나 주름 장식이 물에 젖으면서 물속에 빠져 들어가는 게 아닌가 갑자기 겁이 났기 때문이다. 그러나 모드는 차분하게 앉아 있었다. 젠틀먼이 모드를 살펴보았다. 하지만 여전히 아무도 입을 열지 않았다. 우리는 눈 깜짝할 사이에 배에 올라탔고, 배는 빠르게 나아갔다. 강의 흐름이 우리가 가는 방향과 일치했다. 1분 정도, 강물은 정원 담을 따라 흘렀다. 젠틀먼이 모드 손에 키스하던 곳을 지나갔다. 그러다가 담이 저 멀리 구불구불 이어지며 멀어졌고, 대신 시커먼 나무들이 줄지어 나타났다. 모드는 무릎에만 시선을 고정하고 앉아 있었다.

우리는 아주 조심스레 나아갔다. 너무나 조용한 밤이었다. 젠틀먼은 가능한 한 강둑 그늘을 따라 배를 저어 갔다. 오직, 이따금 나무가 듬성듬성해졌을 때만 달빛을 받으며 나아갔다. 하지만 주위에는 아무도 없었다. 강가에 집들이 보였지만, 문이 닫히고 불은 꺼져 있었다. 강이 넓어지면서 섬들과 섬에 정박해 있는 너벅선, 풀을 뜯는 말 따위가 보이기 시작하자, 젠틀먼은 노질을 멈추고 배가 조용히 나아가게 했다. 그러나 우리가 지나가는 소리를 듣는다거나 다가와 살펴보는 사람은 여전히 없었다. 이윽고 강이 다시 좁아졌다. 그리고 그 뒤로는 집도 배도 더는 보이지 않았다. 오직 어둠과 간간이 비치는 달빛, 삐거덕거리는 노, 오르락내리락하는 젠틀먼의 손, 구레나룻 위로 하얀 뺨만이 보일 뿐이었다.

우리는 강을 따라 멀리까지 가진 않았다. 브라이어에서 2마일 정도 떨어진 둑에서 젠틀먼은 배를 댔다. 이곳이 젠틀먼이 출발한 곳이었다. 젠틀먼은 출발 전에 이곳에 말을 남겨 두었고, 말 위에는 숙녀용 안장이 얹혀 있었다. 젠틀먼은 우리가 내리는 것을 도왔고, 모드를 말 등에 앉힌 뒤 그 옆에 가방을 멨다. 젠틀먼이 말했다.

「다시 1마일 정도 더 가야 합니다. 모드?」 모드는 대답하지 않았다. 「힘내셔야 합니다. 거의 다 왔습니다.」

말을 마치고 젠틀먼은 나를 보며 고개를 끄덕였다. 우리는 출발했다. 젠틀먼은 고삐를 잡고 말을 끌었고, 모드는 말 위에서 몸을 웅크린 채 뻣뻣이 있었으며, 나는 그 뒤를 따라 걸었다. 여전히 우리는 아무와도 마주치지 않았다. 또다시 고개를 들어 별을 보았다. 집에서는 이토록 밝은 별을 볼 수 없었다. 하늘이 이처럼 깜깜하고 맑은 적은 한 번도 없었다.

말에는 편자가 없었다. 발굽이 흙길 때리는 소리가 둔탁했다.

우리는 천천히 나아갔다. 모드를 위해서였다. 몸이 흔들리며 욕지기가 나는 일을 막으려 그랬다고 생각한다. 어찌되었든, 모드는 아파 보였다. 그리고 마침내 젠틀먼이 준비해 둔 장소, 즉 기울어진 오두막 두세 채와 커다랗고 시커먼 교회가 있는 곳에 도착하자, 모드는 그 어느 때보다도 더 아파 보였다. 개 한 마리가 나오더니 짖기 시작했다. 젠틀먼은 개를 발로 찼고, 녀석이 깨갱거렸다. 젠틀먼은 우리를 교회에서 가장 가까운 오두막으로 데려갔다. 열려 있던 문으로 남자가 나오고, 그 뒤로 등불을 든 여인이 따라 나왔다. 둘은 우리를 기다리고 있었다. 따라 나온 여인이 우리를 위해 방을 준비한다던 사람이었다. 여인은 하품을 했고, 하품을 하는 와중에서도 모드를 잘 보기 위해 고개를 쭉 뺐다. 여인은 젠틀먼에게 무릎 굽혀 인사를 했다. 남자는 교구 목사인지 사제인지 하는 인물이었다. 뭐라도 상관없었다. 남자가 고개 숙여 인사했다. 남자는 때 묻은 흰색 제복을 입고 있었고, 면도를 해야 할 듯했다. 남자가 말했다.

「어서 오십시오. 어서 오세요, 아가씨. 도망치기 딱 좋은 밤이로군요!」

젠틀먼은 단지 〈모든 게 준비되었습니까?〉라고만 말했다. 젠틀먼은 모드가 말에서 내리는 것을 돕기 위해 팔을 내밀었다. 모드는 안장에 손을 댄 자세로 어색하게 미끄러져 내려와 젠틀먼으로부터 떨어져 섰다. 모드는 내게 오지 않고 홀로 서 있었다. 여인은 여전히 모드를 살펴보고 있었다. 여인은 창백하고 경직된 아름다운 얼굴을, 아파 보이는 표정을 살펴보고 있었고, 모드가 임신을 해 공포심에서 결혼을 한다고 생각하는 게 눈에 보였다. 누구라도 그렇게 생각할 법했다. 아마 전에 젠틀먼이 여인과 이야기하며 그렇게 생각하게 한 듯했다. 그렇게 해놓는 게 젠틀먼에게 유리하기 때문일 터였다. 만약 릴리 씨가 모드를 되찾으러 오는 경우 젠틀먼이 다른 곳이 아닌 바로 릴리 씨 집에서 모드와 관계를 한 듯 보이게 할 수 있기 때문이었다. 아기는 나중에 유산되었다고 하면 그만이었다.

〈5백 가지라도 이유를 델 수 있지.〉 나는 생각했다.

모드를 살펴보는 여인을 바라보며, 그리고 그렇게 빤히 모드를 바라보는 여인을 미워하며, 나는 그런 생각을 했다. 그런 생각을 하는 나 자신조차 미워하며 그런 생각을 했다. 목사가 앞으로 나서더니 다시 한 번 고개 숙여 인사했다.

「모든 것이 다 준비되었습니다.」 남자가 말했다. 「단지 아주 사소한 문제가 하나…… 특별한 환경에 따르는…….」

「알았습니다, 알았어요.」 젠틀먼이 말했다. 젠틀먼은 목사를

저편으로 데려가더니 지갑을 꺼냈다. 말이 머리를 흔들었지만,
다른 오두막에서 남자아이가 나와 말을 끌고 갔다. 그 아이 역
시 모드를 바라보았다. 그러나 모드에게서 내게로 시선을 돌리
더니 정작 내게 모자를 만지며 인사했다. 물론, 남자아이는 모
드가 안장에 앉아 있는 모습을 보지 못했으며, 나는 모드가 준
드레스를 입고 있었기 때문에 굉장히 숙녀처럼 보였던 게 분명
했다. 그리고 모드는 무척이나 축 처지고 움츠러들어 있었기 때
문에 하녀처럼 보인 듯했다.

모드는 아이가 내게 인사하는 것을 보지 못했다. 모드는 땅
바닥에 시선을 고정하고 있었다. 목사는 돈을 받아 제복 안쪽
에 있는 비밀 주머니에 넣더니 두 손을 비벼 댔다. 「자, 좋습니
다.」 목사가 말했다. 「숙녀 분께서는 옷을 갈아입으시겠습니
까? 방에 먼저 들르시겠어요? 아니면 지금 당장 식을 올리시겠
습니까?」

「당장 식부터 하겠습니다.」 다른 누가 대답할 새도 없이 젠틀
먼이 말했다. 젠틀먼은 모자를 벗고 머리를 단정히 한 다음 귀
주변에 곱슬곱슬한 머리털을 매만지느라 잠시 법석을 떨었다.
모드는 아주 뻣뻣한 자세로 서 있었다. 나는 모드에게 가 두건
을 단정히 씌우고, 망토를 좀 더 단단히 여며 주었다. 그리고 손
으로 머리며 뺨을 어루만졌다. 모드는 나를 보려고 하지 않았
다. 얼굴이 차가웠다. 치마 가장자리는 상복용 염료에 담그기
라도 한 듯 시커멨다. 망토에는 진흙이 묻어 있었다. 내가 말했
다. 「벙어리장갑을 주세요, 아가씨……」 벙어리장갑 안쪽에 하
얀 양가죽 장갑을 끼고 있음을 알고 있기 때문이었다. 내가 말
했다. 「결혼식에는 갈색 벙어리장갑보다 하얀 장갑이 훨씬 나
을 거예요.」

모드는 내가 장갑을 벗기게 두었고, 선 채로 손을 엇걸었다.

여인이 내게 말했다.「숙녀에게 드릴 꽃 없나요?」나는 젠틀먼을 보았다. 젠틀먼은 어깨를 으쓱했다.

「꽃을 원하시나요, 모드?」무성의하게 젠틀먼이 말했다. 모드는 대답하지 않았다. 젠틀먼이 말했다.「보아하니, 꽃이 없어도 괜찮을 거 같군요. 자, 목사님, 괜찮으시면……」

내가 말했다.「적어도 꽃은 준비해 드려야죠! 단 한 송이만이라도 쥐고 교회로 들어가야죠!」

여인이 말하기 전까지 나는 꽃 생각은 전혀 못하고 있었다. 그러나 이제…… 오, 맙소사! 꽃다발도 없이 모드를 아내로 맞이하려는 잔인한 인간을 보고 있자니 몸서리가 쳐지면서 참을 수가 없었다. 내 목소리는 거의 사납게까지 들려, 젠틀먼은 나를 보며 인상을 찡그렸고, 목사는 호기심 어린 시선을 보냈으며, 여인은 미안해했다. 이윽고 모드가 내 쪽으로 눈을 돌리며 천천히 말했다.

「저는 꽃이 있으면 좋겠어요, 리처드. 꽃을 원해요. 그리고 수에게도 꽃이 있어야 해요.」

〈꽃〉이라는 단어는 말할 때마다 점점 더 이상하게 들리고 있었다. 젠틀먼은 숨을 내쉬고 짜증 난다는 표정으로 주위를 둘러보았다. 목사 역시 주변을 둘러보았다. 새벽 한 시 반 정도 된 시간이었으며, 달빛도 없어 아주 어두웠다. 우리는 나무딸기 울타리로 둘러싸인 우중충한 녹지에 서 있었다. 울타리는 검었다. 설사 그곳에 꽃이 있다 할지라도 결코 찾아낼 수 없을 터였다. 내가 여인에게 말했다.

「우리가 쓸 만한 꽃 가진 거 없나요? 꽃병에 꽂아 놓은 거라도 없어요?」여인은 잠시 생각하더니 잽싸게 오두막으로 들어갔다. 마침내 여인이 가지고 나온 것은 금방이라도 부러질 것만 같은 가느다란 줄기 몇 가닥 위에서 떨고 있는, 은화처럼 둥글

고 종이처럼 하얗고 금방이라도 부러질 것 같은 마른 이파리가
달린 여윈 가지였다.

　루나리아였다. 우리는 선 채로 눈길은 주었지만 아무도 그
이름을 입 밖에 내려 하지 않았다. 그러자 모드가 줄기를 받아
들고 둘로 나눠 한쪽을 내게 내밀었다. 그러나 대부분은 자신이
들고 있었다. 모드 손에 들린 루나리아는 좀 전보다 더욱 심하
게 떨리고 있었다. 젠틀먼은 담배에 불을 붙이고 두 모금을 빨
더니 집어 던졌다. 담배가 어둠 속에서 새빨갛게 빛을 냈다. 젠
틀먼은 목사에게 고개를 끄덕였고, 목사는 등불을 들더니 교회
문을 지나, 줄지어 늘어선 묘비들 사이 오솔길로 인도했다. 달
빛이 기울어져 있는 묘비를 비추며 짙고 선명한 그림자가 졌다.
모드는 젠틀먼과 함께 걸었고, 젠틀먼은 모드와 팔짱을 꼈다.
나는 여인과 함께 걸었다. 우리는 입회인 역을 하기로 되어 있
었다. 여인의 이름은 크림 부인이었다.

　「멀리서 오셨나요?」여인이 말했다.

　나는 대답하지 않았다.

　교회는 단단한 석조 건물이었고, 달이 비치고 있었음에도 상
당히 검게 보였다. 내부에는 백도제가 발려 있었지만 색이 누렇
게 변해 있었다. 제단과 신도석 주변에 촛불이 몇 개 켜져 있었
고, 촛불 주위로 나방이 몇 마리 날아다녔으며, 밀랍에 빠져 죽
은 녀석도 몇 마리 보였다. 우리는 좌석에 앉는 대신 곧장 제단
으로 갔고, 목사는 성서를 들고 우리 앞에 섰다. 목사는 성서를
펼치고 눈을 끔벅였다. 목사는 어물어물 성서를 읽어 나갔다.
크림 부인이 말처럼 거칠게 숨을 쉬었다. 나는 가느다랗고 흰
루나리아 가지를 들고 제단 앞에 섰고, 자기 가지를 꽉 쥐고 젠
틀먼 옆에 서 있는 모드를 바라보았다. 나는 모드에게 키스했
다. 모드 옆에 누워 있었다. 모드의 몸을 손으로 쓸어내렸다. 진

주라고 불렀다. 모드는 석스비 부인을 제외하고는 그 누구보다도 내게 친절했다. 그리고 내가 모드의 인생을 망가뜨리려는 생각뿐이었을 때, 모드는 내가 자신을 사랑하게 했다.

그런 모드가 이제 결혼하려는 참이었고, 죽도록 공포에 질려 있었다. 그리고 곧 그 누구도 다시는 모드를 사랑하지 않을 터였다.

나는 젠틀먼이 모드를 바라보는 모습을 보았다. 목사가 성서 위로 기침을 했다. 목사는 앞에 선 남녀가 결혼하면 안 되는 이유를 아는 사람이 있는지 물어보았다. 목사는 고개를 숙인 채 눈썹 사이로 둘을 쳐다보았고, 일순 교회에는 정적이 감돌았다.

나는 숨을 멈추었지만 아무 말도 하지 않았다.

아무 대답이 없자 목사는 모드와 젠틀먼을 보며 둘에게 똑같은 질문을 했고, 심판의 날이 오면 가슴에 담아 둔 끔찍한 비밀들을 털어놓아야만 할 터이며 그런 비밀이 있다면 지금 털어놓고 끝을 내는 편이 더 낫다고 말했다.

또다시 정적이 감돌았다.

목사는 젠틀먼 쪽으로 돌아섰다. 목사가 한꺼번에 죽 말을 뱉었다. 「당신은 죽는 날까지 아내와 함께하며 존경하겠습니까?」

「그러겠습니다.」 젠틀먼이 말했다.

목사가 고개를 끄덕였다. 이윽고 목사는 모드를 보며 같은 질문을 했다. 모드가 망설이다 대답했다.

「그러겠습니다.」 모드가 말했다.

그 말에 젠틀먼은 좀 더 편안한 자세로 섰다. 목사는 옷깃에서 목을 길게 빼고 긁적였다.

「누가 이 여인의 손을 건네 혼인을 성사시키겠습니까?」 목사가 말했다.

나는 젠틀먼이 내 쪽으로 돌아설 때까지 조용히 서 있었다.

그리고 젠틀먼이 머리를 움직여 신호를 보내자 나는 모드 옆으로 가서 섰다. 누군가가 내게 내가 모드의 손을 잡아 목사에게 건네면 목사가 다시 젠틀먼에게 모드의 손을 건넬 것이라고 알려 주었다. 크림 부인이 그 일을 대신 맡아 주었으면 하는 생각이 굴뚝같았다. 장갑을 끼지 않은 모드의 손가락은 밀랍으로 만든 손가락처럼 뻣뻣했고 차가웠다. 젠틀먼은 모드의 손을 잡고 목사가 읽어 주는 말을 따라했다. 모드도 젠틀먼의 손을 잡고 같은 말을 따라했다. 모드의 목소리가 어찌나 가는지 연기가 어둠 속으로 피어올랐다가 이내 사라지는 느낌이었다.

이윽고 젠틀먼이 반지를 꺼냈고, 다시 모드의 손을 잡고 손가락에 반지를 끼웠으며, 그러는 내내 목사가 하는 말을 따라했다. 자신은 모드를 공경하고 모든 재산을 공유할 것이라 했다. 모드 손가락에 끼워진 반지가 이상하게 보였다. 촛불에 보았을 때는 금반지 같았지만 나중에 확인해 보니 가짜였다.

모든 것이 엉망이었으며 더 나쁠 수는 없었다. 목사는 또 다른 기도문을 읽더니 두 손을 올리고 눈을 감았다.

「하느님께서 맺으신 것을 사람이 풀지 못할 것입니다.」 목사가 말했다.

그게 끝이었다.

둘은 결혼했다.

젠틀먼은 모드에게 키스했고, 모드는 정신이 아찔한 듯 휘청거렸다. 크림 부인이 중얼거렸다.

「이 여자는 자기가 어떤 남자를 만났는지 모르고 있구먼. 표정을 보라고. 나중에 알게 되겠지. 정말 끝내주는 남자를 만났다는 걸 말이야. 헤헤헤.」

나는 여인 쪽을 보지 않았다. 만약 그랬다면 한 방 날리고 말

앉을 것이다. 목사는 성서를 덮더니 우리를 데리고 호적부를 보관하는 방으로 갔다. 그 방에서 젠틀먼과 모드는 각자 자기 이름을 썼다. 모드는 이제부터 〈리버스 부인〉이었다. 그리고 크림 부인과 내가 그 아래에 이름을 적었다. 젠틀먼은 이미 내게 〈스미스〉라고 쓰는 법을 가르쳐 준 상태였다. 하지만 나는 여전히 글씨 쓰는 게 서툴렀고 그래서 부끄러웠다. 정말로 부끄러웠다! 방은 어두웠고 축축한 냄새가 났다. 들보에서 뭔가 퍼드덕거렸다. 새이거나 박쥐인 모양이었다. 모드를 보니 모드는 그늘을 응시하고 있었다. 퍼드덕거리던 뭔가가 자신을 덮칠까 두려워하는 듯했다.

젠틀먼이 모드의 팔을 잡더니 교회 밖으로 데리고 나갔다. 구름이 달을 가리면서, 밤이 더욱 어두워졌다. 목사는 우리와 악수를 한 뒤 모드에게 고개 숙여 인사했다. 그리고 교회를 나갔다. 목사는 빨리 걸었고, 걸어가며 제복을 벗었다. 안에 입고 있던 옷은 검은색이었다. 촛불을 끄듯 자기 몸을 꺼버린 것만 같아 보였다. 크림 부인은 우리를 자신의 오두막으로 데려갔다. 부인이 등불을 들고 걸었고, 우리는 비틀거리며 그 뒤를 따라갔다. 출입구 천장이 낮아 젠틀먼의 모자가 걸려 벗겨졌다. 부인이 우리를 계속 안내했다. 우리 치마에 비해 너무 좁은 기우뚱한 계단을 지나자 찬장만 한 크기의 층계참이 나왔다. 그곳을 지나느라 우리는 잠시 밀치락달치락했고, 그러는 사이 모드의 소맷부리가 등피에 걸리며 그을렸다.

닫힌 문이 두 개 보였고, 각각 자그마한 침실로 통했다. 첫 번째 방에는 마룻바닥 위 임시 침대에 짚으로 만든 좁다란 매트리스가 있었다. 내 것이었다. 두 번째 방에는 더 큰 침대와 안락의자, 옷장이 있었다. 젠틀먼과 모드가 쓸 방이었다. 모드는 방으로 들어가더니 아무것도 보지 않고 바닥에만 시선을 고정한 채

서 있었다. 방에는 촛불이 하나뿐이었다. 모드의 가방은 침대 옆에 놓여 있었다. 나는 가방으로 가서 물건들을 하나씩 꺼내 옷장에 넣었다. 크림 부인이 말했다. 「정말 멋진 리넨이네요!」 부인은 문에서 우리를 보고 있었다. 젠틀먼은 크림 부인 옆에 서서 야릇한 표정을 짓고 있었다. 페티코트 다루는 법을 가르쳐 준 사람은 젠틀먼이었다. 그런데 이제 모드의 시미와 스타킹을 꺼내는 모습을 본 젠틀먼은 거의 겁을 먹은 듯한 표정을 하고 있었다. 젠틀먼이 말했다.

「자, 전 아래층에서 마지막 담배를 피우고 오겠습니다. 수, 여기를 좀 안락하게 정돈해 주겠어?」

나는 대답하지 않았다. 젠틀먼과 크림 부인은 아래층으로 내려갔다. 둘의 장화 소리가 천둥소리처럼 크게 났고, 문과 마룻널과 비뚤어진 층계가 흔들렸다. 나는 젠틀먼이 바깥으로 나가는 소리를 듣고 성냥을 켰다.

모드를 보았다. 모드는 여전히 루나리아 줄기를 들고 있었다. 내게 한 발짝 다가오더니 빠르게 말했다.

「만약 나중에 내가 큰 소리로 널 부르면 와줄 거야?」

나는 모드에게서 꽃을, 그리고 망토를 받아 들었다. 내가 말했다. 「그런 생각 마세요. 그건 1분이면 끝나요.」

모드는 여전히 장갑을 끼고 있던 오른손으로 내 손목을 잡았다. 모드가 말했다. 「있지, 난 진심이야. 리처드가 뭘 하든 거기엔 마음 쓰지 마. 만약 내가 널 부르면 오겠다고 말해 줘. 대가로 돈을 줄게.」

모드의 목소리가 이상했다. 손가락을 떨면서도 내 손목을 세게 쥐고 있었다. 그렇게나 많은 돈을 동전 한 닢처럼 줘버리겠다는 모드의 생각이 끔찍하게 다가왔다. 내가 말했다.

「약이 어디에 있죠? 보세요, 여기 물이 있어요. 약을 드시면 주무실 수 있을 거예요.」

「잔다고?」 모드가 말했다. 모드는 깔깔 웃더니 숨을 추슬렀
다. 「넌 내가 자고 싶을 거라고 생각하는 거야? 결혼 첫날밤에?」

모드는 내 손을 밀쳐 냈다. 나는 모드 등 뒤에 서서 옷을 벗기
기 시작했다. 드레스과 코르셋을 벗기고 난 뒤 나는 고개를 돌
리고 조용히 말했다.

「요강을 쓰시는 게 좋을 거예요. 리버스 씨가 돌아오시기 전
에 다리를 씻으시고요.」

모드가 몸서리를 쳤다는 생각이 든다. 나는 보지는 않았지만
물이 철벅거리는 소리를 들었다. 그 뒤 나는 모드 머리를 빗겼
다. 방에는 모드가 서서 비춰 볼 거울이 없었다. 또한, 모드가
침대에 누워 침대 옆을 보았을 때, 옆에는 협탁도, 상자도, 초상
화도, 등불도 없었다. 모드는 장님처럼 손을 뻗었다.

이윽고 집 문 닫히는 소리가 들리자, 모드는 털썩 쓰러지더니
담요를 움켜쥐고 가슴께까지 끌어올렸다. 하얀 베개 색깔에 대
조되어 모드의 얼굴이 검어 보였다. 하지만 나는 모드가 창백하
다는 것을 알고 있었다. 젠틀먼과 크림 부인이 아래층 방에서
이야기하는 소리가 들려왔다. 둘의 목소리가 선명하게 들렸다.
마룻널 사이로 벌어진 틈이 있었고, 그 사이로 희미하게 불빛이
보였다.

나는 모드를 보았다. 모드가 내 시선을 받았다. 눈동자는 검
지만 유리처럼 빛났다. 「계속 눈을 피할 거야?」 내가 고개 돌리
는 것을 보고 모드가 속삭였다. 그 말에 나는 다시 고개를 돌렸
다. 모드의 얼굴이 무시무시해 보여 얼굴 보는 것이 고통스러웠
지만, 보지 않을 수 없었다. 젠틀먼은 계속 이야기를 하고 있었
다. 어디선가 바람이 들어와 촛불을 흔들었다. 몸이 떨렸다. 모
드는 여전히 내 눈을 보고 있었다. 이윽고 모드가 다시 말했다.

「이리 오렴.」모드가 말했다.

나는 고개를 저었다. 모드가 다시 같은 말을 했다. 나는 다시 고개를 저었다. 그러나 결국 모드에게 갔다. 나는 삐걱거리는 마룻널을 조심스레 가로질러 갔고, 모드는 손을 들어 내 얼굴을 자기 얼굴에 가까이 가져가더니 키스했다. 모드가 달콤한 입술로 키스를 했다. 모드가 흘린 눈물로 짠맛이 났다. 나 역시 모드에게 키스하지 않을 수 없었다. 가슴속에서 얼음처럼 차갑게 얼어 있던 심장이 이제 모드 입술의 열기에 녹아 물처럼 흘러내렸다.

하지만 다음 순간, 모드는 이렇게 했다. 계속 내 머리를 잡고 있던 손가락에 힘을 주어 내 입을 자기 입으로 너무나 세게 밀었다. 그리고 내 손을 잡더니 처음에는 자기 가슴으로, 그다음에는 담요에 덮여 있던 자기 다리 사이로 가져갔다. 모드는 내 손가락이 화끈거리도록 그곳을 문질렀다.

모드의 키스로 반짝 느꼈던 달콤한 감정이 공포 혹은 두려움 같은 것으로 바뀌었다. 나는 모드를 밀치며 손을 빼냈다. 「싫은 거야?」내게 손을 뻗으며 모드가 부드럽게 말했다. 「오늘 밤을 위해 전에도 그래 준 거 아니었어? 내 입술에 키스해 주고 거기를 애무해 줘서 내가 그이를 좀 더 쉽사리 견뎌 낼 수 있게 해주면 안 돼? ……가지 마!」모드가 다시 나를 잡았다. 「전에 넌 날 두고 갔었지. 그때 넌 내가 꿈을 꾼 거라고 했지. 지금 나는 꿈을 꾸는 게 아니야. 꿈이었으면 좋겠어! 하느님은 아셔, 하느님은 아신다고. 내가 지금 이게 꿈이었으면 한다는 걸, 잠을 깨면 다시 브라이어였으면 한다는 걸 말이야!」

모드의 손가락이 내 팔에서 미끄러지고, 모드는 도로 쓰러져 베개에 축 늘어졌다. 나는 일어나 모드의 표정을, 말을, 격앙된 목소리를 두려워하며 손을 맞잡았다 풀었다 했다. 모드가 비명을 지르는 건 아닐까, 기절을 하는 건 아닐까 두려웠다. 제기랄! 내가 자신에게 키스했었다고, 젠틀먼이나 크림 부인에게 들릴 정도로 크게 외칠까 두려웠다.

「쉿! 쉿!」 내가 말했다. 「이제는 결혼하셨어요. 달라지셔야지요. 이제는 아내가 되신 거예요. 아내라면 응당…….」

나는 입을 다물었다. 모드가 머리를 들었다. 아래층에서 누군가 촛불을 들고 움직였던 것이다. 좁은 층계를 따라 젠틀먼의 장화 소리가 점차 커졌다. 젠틀먼은 발걸음을 늦추더니 문 앞에서 망설였다. 아마 브라이어에서 그랬듯이 문을 두드려야 할지 고민하는 모양이었다. 마침내 젠틀먼은 엄지로 천천히 빗장을 열고 들어왔다.

「준비되었나요?」 젠틀먼이 말했다.

젠틀먼과 함께 밤의 한기가 들어왔다. 나는 젠틀먼에게도 모드에게도 침묵을 지켰다. 모드의 얼굴을 보지 않았다. 나는 내 방으로 가 침대에 누웠다. 망토와 드레스를 걸친 채 베개 밑에 머리를 묻고 어둠 속에 누워 있었다. 그리고 그날 밤 잠에서 깰 때마다 뺨 아래 지푸라기 매트리스 속에서 벌레들이 바스락거리는 소리가 들렸다.

다음 날 아침, 젠틀먼이 내 방으로 왔다. 젠틀먼은 셔츠 바람이었다.

「모드가 널 보자는군. 옷을 입혀 달래.」 젠틀먼이 말했다.

젠틀먼은 아래층에서 아침 식사를 했다. 모드는 방에서 식사 쟁반을 받았다. 접시에는 달걀과 콩팥이 담겨 있었다. 모드는 둘 다 건드리지도 않았다. 창문 옆 안락의자에 죽은 듯이 조용하게 앉아 있었다. 그 모습을 보자마자 나는 이제부터 모드와 함께 있는 것이 어떨지를 깨달았다. 모드의 얼굴은 매끈했지만 눈언저리가 검었다. 손에는 장갑을 끼고 있지 않았다. 노란 반지가 반짝였다. 모드가 나를 보았다. 달걀이 담긴 접시, 창밖 풍경, 내가 모드 머리 위로 든 드레스 따위 물건을 볼 때처럼, 부드럽고 이상하고 멍한 시선으로 나를 보았다. 그리고 내가 뭔가 사소한 일로 질문을 하자, 모드는 내 말을 듣고 잠시 뜸을 들이다 대답을 하고 눈을 깜빡였다. 마치 질문이, 그리고 답이, 심지어는 답하려 목구멍이 움직이는 것조차 무척이나 놀랍고 낯설다는 듯한 태도였다.

내가 옷을 입히고 나자, 모드는 다시 창가에 앉았다. 모드는 손목을 위로 구부리고 손가락을 약간 들고 있었다. 마치 손가락을 내려 편안한 자세를 취하면 폭넓은 치마의 부드러운 천에 손을 다치기라도 할 것 같은 자세였다.

모드의 고개가 살짝 기울어 있었다. 나는 모드가 브라이어에서 울리는 종소리를 들으려 한다고 생각했다. 하지만 모드는 삼촌이나 브라이어에서의 생활에 대해 절대 한마디도 언급하지 않았다.

나는 집 뒤 옥외 변소로 요강을 들고 가 비웠다. 그리고 층계를 오르려는데 이쪽으로 오는 크림 부인을 만났다. 부인은 침대 시트를 들고 있었다. 부인이 말했다.

「리버스 씨가 침대 리넨을 갈아 달라고 하셔서요.」

부인은 눈이라도 찡긋하고 싶은 듯한 표정이었다. 그러나 나는 부인이 눈을 찡긋할 정도로 부인을 오래 보지 않았다. 나는 시트에 대해 까맣게 잊고 있었던 것이다. 나는 천천히 계단을 올랐고, 부인은 숨을 거칠게 쉬며 뒤를 따라왔다. 부인은 모드에게 살짝 무릎 굽혀 인사한 뒤 침대로 가 담요를 걷었다. 침대 시트에는 검은 핏자국이 여기저기에 뭉개져 있었다. 부인은 서서 핏자국을 보더니 내 눈을 바라보았다. 〈거참, 내 눈을 믿을

수가 없네. 꽤 거친 양반들일세!〉라고 말하는 듯했다. 모드는
창밖을 바라보고 있었다. 아래층 방에서 젠틀먼이 나이프로 접
시 긁는 소리가 들렸다. 크림 부인은 시트를 들어 올리더니 그
아래 매트리스에 피가 배어 있는지 살펴보았다. 매트리스는 멀
쩡했고, 그걸 보자 부인은 기뻐했다.

　나는 부인이 리넨 가는 것을 도와준 뒤, 문까지 배웅했다. 부
인은 나가기 전 다시 한 번 무릎 굽혀 인사를 하더니 모드의 부
드러우면서도 묘한 표정을 보았다.

　「힘들었나 보네요.」 부인이 속삭였다. 「엄마가 그리운 모양이
죠?」

　나는 처음에는 아무 말도 하지 않았다. 하지만 우리 계획을,
내가 어떻게 대답해야 하는지를 떠올렸다. 〈기왕 할 거면 빨리
해치워 버리는 게 낫지.〉 울적한 기분 속에 생각했다. 나는 부인
과 함께 자그마한 층계참에 서서 문을 닫았다. 내가 조용히 말
했다.

　「그게 문제가 아니에요. 다른 문제가 좀 있어요. 리버스 씨는
마님을 끔찍이 사랑하시기 때문에 말이 나도는 걸 원치 않으세
요……. 리버스 씨가 마님을 이곳으로 데려오신 건 시골 공기를
쐬면 마님이 좀 진정되실까 해서예요.」

　「진정을 시킨다고요?」 부인이 말했다. 「그러니까…… 그건가
요? 맙소사! 설마 발작을 일으켜 돼지를 풀어 준다거나 이곳에
불을 지르거나 하지는 않겠죠?」

　「아니요, 아니에요.」 내가 말했다. 「마님께서는 단지…… 단
지 머릿속에 생각하시는 게 너무 많으실 뿐이에요.」

　「불쌍한 분이시네요.」 크림 부인이 말했다. 하지만 나는 부인
이 무슨 생각을 하는지 알 수 있었다. 부인이 계약했을 때는 미
친 여인이 집에 있겠다는 조건이 아니었다. 그리고 그 뒤로 부

인은 식사를 가져올 때면 모드를 곁눈질했고 자칫 틈을 보이면 물리기라도 한다는 듯 쟁반을 아주 잽싸게 놓고 나갔다.

「저 여자는 날 안 좋아해.」 두세 번 부인이 그렇게 행동하는 것을 본 모드가 말했다. 그 말에 나는 침을 삼키고 말했다. 「마님을 안 좋아한다고요? 말도 안 돼요! 부인이 마님을 안 좋아할 이유가 어디 있겠어요?」

「모르겠어.」 손을 내려다보며 모드가 조용히 말했다.

나중에 젠틀먼도 모드가 그렇게 말하는 것을 들었다. 그리고 내 방으로 가는 나를 잡았다. 「좋은 징조야.」 젠틀먼이 말했다. 「크림 부인이 모드를 두려워하게 해. 모드는 크림 부인을 두려워하게 하고 말이야. 외모도 단정해 보이지 않게 하고 말이야. 나중에 의사를 부르면 그게 도움이 될 거야.」

젠틀먼이 일주일을 기다렸다가 의사를 불렀다. 내 인생에서 최악의 일주일이었다. 처음에 젠틀먼은 모드에게 그곳에서 하루만 묵으면 된다고 말했다. 그러나 다음 날, 젠틀먼이 모드를 보더니 말했다.

「얼굴이 너무 창백하십니다, 모드! 건강이 그다지 좋지 않은 것 같군요. 당신 건강이 회복될 때까지 좀 더 이곳에 머물러야 할 것 같다는 생각이 드는데요.」

「이곳에 더 머무른다고요?」 모드가 말했다. 모드의 목소리가 탁했다. 「하지만 런던에 있는 당신 집으로 가도 되지 않나요?」

「제가 볼 땐 정말로 건강이 안 좋은 것 같은데요.」

「건강이 안 좋다고요? 하지만 난 아주 건강해요……. 수에게 물어봐요. 수, 리버스 씨에게 내가 얼마나 건강한지 말해 주지 않을래?」

모드는 앉아 몸을 떨었다. 나는 아무 말도 하지 않았다. 「단지 하루 이틀 정도예요.」젠틀먼이 말했다.「당신이 안정을 취하고 마음이 평안해질 때까지만요. 침대에 좀 더 누워 있으면 어떨까요……?」

모드는 흐느끼기 시작했다. 젠틀먼은 모드 곁으로 갔고, 그 때문에 모드는 더욱 몸서리를 치며 더 크게 흐느꼈다. 젠틀먼이 말했다.「오, 모드, 당신이 이러는 모습을 보니 제 가슴이 다 찢어집니다! 만약 당신을 런던으로 데려가는 것이 당신을 평안하게 하는 길이라면 전 즉시 그렇게 할 겁니다. 그곳까지 제 팔로 당신을 안고 갈 겁니다. 제가 안 그러리라고 생각하시는 겁니까? 하지만 지금 당신 모습을 한번 보십시오. 그러고도 당신이 건강하다고 말씀하시겠습니까?」

「모르겠어요.」모드가 말했다.「여기는 너무 낯설어요. 겁나요, 리처드…….」

「그러면 런던은 낯설지 않을 거 같나요? 그리고 런던처럼 소란스럽고 붐비고 어두운 곳에 있으면 겁먹게 되지 않겠습니까? 오, 안 됩니다. 이곳이 당신이 있을 곳입니다. 이곳에는 당신을 편안하게 돌봐 줄 크림 부인이 있으니까요…….」

「크림 부인은 절 싫어해요.」

「당신을 싫어해요? 오, 모드. 이제 바보처럼 구시는군요. 그렇게 생각하시다니 유감입니다. 그리고 수도 유감이라고 생각할 겁니다. 그렇지, 수?」나는 대답하지 않았다.「당연히 수도 유감일 겁니다.」차갑고 푸른 눈으로 나를 보며 젠틀먼이 말했다. 모드 역시 나를 보더니 시선을 돌렸다. 젠틀먼은 모드의 머리를 잡고 이마에 키스했다.

젠틀먼이 말했다.「자, 이제 언쟁은 그만하도록 하지요. 하루 더 묵을 겁니다……. 단 하루만입니다. 당신 뺨에서 창백한 기운이 가시고 눈이 다시 빛날 때까지만 말입니다!」

다음 날도 젠틀먼은 같은 이야기를 늘어놓았다. 나흘째 되는 날, 젠틀먼은 모드에게 매섭게 대하며, 자신은 모드를 첼시로 데려가 신부로 소개하고 싶은 마음뿐인데, 모드는 자신을 기다리게 하고 실망시키려는 생각인 듯하다고 말했다. 그리고 닷새째 되는 날, 젠틀먼은 모드를 껴안고 거의 울먹이며 사랑한다고 말했다.

그 뒤로, 모드는 자신이 얼마나 이곳에 머물러 있어야 하는지 묻지 않았다. 모드의 뺨은 다시는 장밋빛으로 돌아오지 않았다. 눈동자가 탁했다. 젠틀먼은 크림 부인이 온갖 영양가 있는 음식을 만들어 줄 거라고 말했지만, 부인이 가져오는 음식이라고는 달걀과 콩팥, 간, 기름이 뚝뚝 떨어지는 베이컨, 피를 굳혀 만든 푸딩뿐이었다. 고기 때문에 방에서는 시큼한 냄새가 났다. 모드는 손도 대지 못했다. 대신 내가 먹었다. 누군가는 먹어 치워야 했기 때문이었다. 나는 그 음식을 먹었고, 모드는 창가에 앉아 밖을 보며 손가락에 낀 반지를 돌리거나, 손을 쭉 뻗거나 머리칼로 입가를 스치곤 했다.

모드의 머리털 색 역시 눈동자처럼 탁했다. 모드는 머리를 감기지 못하게 했다. 빗질도 거의 못하게 했으며, 빗이 자기 머리를 긁고 지나가는 것을 견딜 수 없다고 했다. 모드는 브라이어에서 도망칠 때 입었던, 가장자리가 진흙투성이인 드레스를 계속해 입고 있었다. 모드는 자기가 가진 최고급 드레스(비단으로 만든 것이었다)를 내게 주었다. 모드가 말했다.

「여기서 내가 이걸 입어 뭐하겠니? 네가 입은 걸 보고 있는 게 훨씬 나은걸. 옷장에서 썩히느니 네가 입는 게 훨씬 나아.」

비단 아래에서 손가락이 닿자, 우리는 깜짝 놀라 서로 물러섰다. 첫날밤 이후로 모드는 다시는 내게 키스하려 하지 않았다.

나는 드레스를 받았다. 앉아서 드레스 허리를 늘리고 있으니 끔찍했던 시간이 잘 지나가 좋았다. 그리고 모드는 내가 바느질하는 걸 보는 게 좋은 듯했다. 내가 바느질을 마치고 옷을 입은 뒤 모드 앞에 서자, 모드 표정이 이상해졌다. 「정말 멋져 보인다!」 혈색이 돌며 모드가 말했다. 「옷 색 덕에 네 눈동자와 머리카락 색이 두드러져 보여. 그럴 줄 알았어. 이제 넌 정말 아름다워. 안 그래? 난 평범하고 말이야. 그렇게 생각하지 않아?」

나는 크림 부인에게서 작은 거울을 빌려 모드에게 줬었다. 모드가 떨리는 손으로 그 거울을 들고 와 우리 얼굴을 비추었다. 나는 모드가 예전에 자기 방에서 내게 옷을 입히고 우리를 자매라고 했던 때를 떠올렸다. 그리고 그때 모드가 얼마나 즐거워하고 포동포동했으며 근심걱정 없는지를 떠올렸다. 당시 모드는 거울 앞에 서서 젠틀먼을 위해 아름답게 치장하길 좋아했다. 그랬던 모드가 이제는, 이제는 자신이 평범해 보이는 것에 기뻐하고 있었다(나는 보았다! 모드의 절박하면서도 은밀한 시선에서 나는 보았다!). 모드는 그러면 젠틀먼이 자신을 원하지 않을 것이라 생각하고 있었다.

나는 어떻게 해도 젠틀먼은 모드를 원할 거라고 말해 줄 수도 있었으나 입을 다물었다.

이제, 나는 젠틀먼이 모드와 무슨 일을 했는지 모르겠다. 나는 절대 필요 이상으로 젠틀먼과 말하지 않았다. 필요한 일은 모두 했지만, 흐릿하고 비참한 정신으로, 일종의 비몽사몽 상태에서 감정도 생각도 거의 없이 모든 일을 처리했다. 나는 모드만큼이나 처져 있었다. 그리고 젠틀먼은, 공정하게 평가하건대, 나름 자기 일로 바쁜 듯 보였다. 젠틀먼은 날마다 잠깐씩 와서 모드에게 키스하거나 호통을 칠뿐이었다. 나머지 시간에는 크림 부인의 응접실에서 담배를 피웠다. 마룻바닥을 통해 들어온 담배 연기는 고기 냄새, 요강 냄새, 침대 시트 냄새와 섞였다. 한

두 번인가 젠틀먼은 승마를 나가기도 했다. 젠틀먼은 릴리 씨 소식을 들으러 나갔다 오기도 했지만, 들어온 소식이라고는 브라이어에서 뭔가 이상한 소동이 있었다는 것뿐이었고, 아무도 정확히 어떻게 된 일인지는 알지 못했다. 젠틀먼은 저녁마다 집 뒤편 울타리에 서서 얼굴이 까만 돼지를 지켜보곤 했다. 혹은 비석 사이 오솔길이나 교회 뜰을 잠깐씩 걷곤 했다. 하지만 젠틀먼은 우리가 자신을 지켜보는 걸 안다는 듯한 자세로 걸었다. 젠틀먼은 예전에 하던 식으로 성큼성큼 걷지도, 담배를 피우지도 않았으며, 대신 자기 등 뒤를 보는 우리 시선을 견딜 수 없다는 듯 씰룩이며 걸었다.

그리고 밤이 되면, 나는 모드 옷을 벗겼고, 그러면 젠틀먼이 방으로 들어왔고, 나는 둘을 남겨 두고 내 방으로 가 바스락거리는 매트리스와 베개 사이에 머리를 처박고 혼자 누워 있었다.

모드에게 그 짓을 하는 건 단 한 번이면 족하다고 젠틀먼에게 말해 줬어야 했다. 모드가 임신을 할 수도 있다고 젠틀먼에게 겁줄 수도 있을 거란 생각을 해야 했다. 하지만 젠틀먼은 이제 모드의 손이 얼마나 매끄러운지, 가슴이 얼마나 부드러운지, 입이 얼마나 따뜻하고 섬세한지 알게 되었으니 그 짓을 좋아할 다른 이유가 생겼다는 생각이 들었다.

그리고 매일 아침 모드에게 가보면 모드는 더욱 야위고 창백해졌으며 전날 밤보다 더욱 멍해 있었다. 젠틀먼은 나와 시선을 마주치는 일이 점차 줄었고 구레나룻을 잡아당겼으며 더는 거드름도 피우지 않았다.

적어도 젠틀먼은 자신이 하는 일이 얼마나 지독한 일인지 알고 있었다. 피도 눈물도 없는 악당이었다.

마침내 젠틀먼은 의사를 불렀다.

나는 젠틀먼이 크림 부인의 거실에서 편지 쓰는 소리를 들었다. 의사는 젠틀먼이 아는 사람이었다. 나는 그 의사가 분명 한 때는 돌팔이 의사로, 아마 숙녀들 약품을 전문으로 하다가 정신 병원 쪽 일이 더 안전하다고 생각해 방향을 틀었으리라고 생각한다. 그러나 우리에겐 이런 돌팔이가 안전했다. 의사는 젠틀먼의 음모에 포함되어 있지 않았다. 젠틀먼은 의사와 돈을 나누고 싶어 하지 않을 터였다.

게다가, 우리가 꾸민 이야기는 너무나 탄탄했다. 그리고 우리 이야기 뒤에는 크림 부인이 있었다. 모드는 젊었고, 돌았으며 세상에서 격리되어 있었다. 모드는 젠틀먼을 사랑하는 듯 보였었고, 젠틀먼은 모드를 사랑했다. 그러나 둘이 결혼하자마자 모드가 이상하게 변했다.

어느 의사라도 젠틀먼의 이야기를 듣고 당시의 모드와 나를 보았다면, 같은 결론을 내렸을 거라고 나는 생각한다.

의사에게는 동행이 있었다. 조수이자 역시 의사였다. 숙녀를 병원에 넣으려면 의사 둘의 증언이 필요하다. 이들의 병원은 레딩 근방이었다. 이들이 타고 온 대형 사륜마차는 이상한 모양으로, 햇빛 가리개는 미늘창 덧문같이 생겼으며 뒤쪽에는 대못들이 달려 있었다. 하지만 이번에 온 것은 모드를 데려가기 위함이 아니었다. 단지 모드를 조사하러 온 것이었다. 데려가는 것은 다음번의 일이었다.

젠틀먼은 모드에게 의사들을 동료 화가라고 소개했다. 모드는 별 관심이 없는 듯했다. 모드는 내가 자신을 씻기고 엉클어진 머리도 좀 손질하고 드레스도 단정히 하도록 했다. 하지만 그 뒤로 모드는 의자에 앉아 아무 말도 하지 않았다. 의사들이 탄 사륜마차가 도착하는 것을 보고서야 모드는 마차를 뚫어져라 바라보며 좀 더 가쁘게 숨을 쉬기 시작했다. 그리고 나는 나처럼 모드도 해 가리개와 대못을 알아차렸는지 궁금해졌다. 의사들이 마차에서 내렸다. 젠틀먼은 이야기를 하기 위해 재빨리 둘에게 다가갔으며, 서로 악수를 한 뒤 머리를 맞대고 수군거렸고, 우리가 있는 창 쪽을 은밀히 바라보았다.

이윽고 젠틀먼이 둘을 기다리게 하고 돌아왔다. 이층으로 올라왔다. 두 손을 비비며 싱긋거리고 있었다. 젠틀먼이 말했다.

「자, 어때요! 제 친구인 그레이브스와 크리스티가 런던에서 여기까지 왔습니다. 제가 이 친구들에 대해 말했던 것 기억하시죠, 모드? 이 친구들이 제가 진짜로 결혼했다고 믿지 않는 것 같아요! 자기들 눈으로 직접 확인하러 왔답니다.」

젠틀먼은 여전히 싱글거리고 있었다. 모드는 젠틀먼을 보려 하지 않았다.

젠틀먼이 말했다. 「당신만 괜찮으면, 여보, 그 친구들을 당신에게 데려와도 될까요? 지금 크림 부인과 함께 아래층에 있답니다.」

그때 내 귀에 부인과 의사들이 응접실에서 낮은 목소리로 심각하게 이야기하는 소리가 들렸다. 나는 의사들이 무슨 질문을 하는지, 크림 부인이 무슨 대답을 할지 알고 있었다. 젠틀먼은 모드가 말을 하기 기다렸지만, 모드는 아무 말 없이 나를 보았다. 젠틀먼이 말했다.

「수, 잠깐 나 좀 보지 않겠어?」

젠틀먼은 내게 눈짓을 보냈다. 모드가 눈을 깜빡이며 우리를 지켜보았다. 나는 젠틀먼과 함께 기울어진 층계참으로 나갔고, 젠틀먼이 내 등 뒤로 문을 닫았다.

「의사들이 오면, 나와 모드만 남겨 두고 자리를 피해 줘.」 젠틀먼이 조용히 말했다. 「그때는 내가 모드를 살필게. 아마 초조하게 할 수 있겠지. 네가 곁에 있으면 모드는 늘 너무 침착해진다고.」

내가 말했다. 「의사들이 모드를 다치게 하지 마요.」

「다치게 한다고?」 젠틀먼은 웃음이라도 터뜨릴 기색이었다. 「이 사람들은 악당들이야. 자신들이 맡은 미치광이들을 안전하게 데리고 있고 싶어 해. 할 수만 있다면 금괴처럼 방화 금고에 넣어 두려고 할 거야. 그래야, 수입이 계속 들어오니까. 모드가 다치는 일은 없을 거야. 그리고 저 사람들은 자기들이 무슨 일을 하는지 잘 알고 있기도 해. 악평이 돌면 일감을 얻는 데 문제가 생기니까. 약속할 수 있어. 하지만 저 사람들이 모드를 만나고 이야기를 나눌 필요가 있어. 너와도 이야기해야 하고. 물론, 넌 어떻게 대답해야 하는지 잘 알고 있겠지.」

나는 인상을 썼다. 「내가요?」 내가 말했다.

젠틀먼은 눈을 가늘게 떴다. 「장난하지 마, 수. 지금은 중요한 때라고. 무슨 말을 해야 하는지 알지?」

나는 여전히 뚱한 자세로 어깨를 으쓱했다. 「그런 거 같아요.」

「좋아. 그럼 그 사람들을 우선 네게 먼저 데려갈게.」

젠틀먼이 내 몸에 손을 올려놓으려 했다. 나는 재빨리 몸을 틀고 물러섰다. 그리고 조그만 내 방으로 돌아와 기다렸다. 잠시 뒤 의사들이 들어왔다. 젠틀먼이 의사들과 함께 들어와 문을 닫고 그 앞에 서더니 내 얼굴을 보았다.

의사들은 젠틀먼처럼 키가 컸고, 한 명은 몸집이 좋았다. 검은 재킷을 걸치고 고무장화를 신고 있었다. 둘이 움직이자 바닥이, 벽이, 창문이 부르르 떨었다. 둘 가운데 한 명, 즉 마른 쪽만이 이야기를 했다. 다른 한 명은 지켜보고만 있었다. 둘은 내게 고개 숙여 인사했고, 나는 무릎 굽혀 인사했다.

「아.」 내가 인사를 하자, 말을 하는 쪽 의사가 조용히 말했다. 자신을 크리스티 의사라고 소개했다. 「자, 이제 저희가 누군지 아시겠죠? 제가 좀 주제넘은 질문들을 해도 괜찮으시겠습니까? 저희는 리버스 씨 친구로서, 리버스 씨의 결혼과 리버스 씨의 부인에 대해 무척 궁금해하고 있답니다.」

「네.」 내가 말했다. 「그러니까, 마님을 말씀하시는 거군요.」

「아.」 크리스티 의사가 다시 말했다. 「마님이죠. 자, 제 기억을 되살려 주십시오. 당신이 모시는 마님이 누구죠?」

「리버스 부인입니다.」 내가 말했다. 「결혼 전에는 릴리 아가씨였지요.」

「리버스 부인은 릴리 아가씨였다. 아.」

크리스티 의사가 고개를 끄덕였다. 말을 않고 있던 의사, 즉 그레이브스 의사가 연필과 공책을 꺼냈다. 크리스티 의사가 말을 계속 했다.

「그분이 당신이 모시는 분이고. 그러면 당신은……?」

「마님의 하녀입니다, 나리.」

「그렇겠죠. 당신 이름은 무엇이지요?」

그레이브스 의사는 연필을 들고 쓸 준비를 했다. 젠틀먼이 내 눈을 보며 고개를 끄덕였다. 「수전 스미스입니다, 나리.」 내가 말했다.

크리스티 의사는 더 자세히 나를 보았다. 「망설이는 듯하군요.」 의사가 말했다. 「그게 당신 이름인 게 확실합니까?」

「제 이름 정도는 알고 있다고 생각하는데요!」 내가 말했다.

「물론이죠.」

크리스티 의사가 싱긋 웃었다. 내 심장은 여전히 쿵쾅거렸다. 아마도 그것을 알아차린 모양이었다. 의사의 태도가 부드러워지기 시작했다. 의사가 말했다.

「자, 스미스 양, 얼마나 오랫동안 지금의 마님을 모셔 왔는지 말씀해 주시겠습니까……?」

마치 랜트 스트리트에서 젠틀먼이 나를 앞에 세워 놓고 내 신

상명세를 외우게 하던 때와 비슷했다. 나는 의사들에게 메이페어에 살던 앨리스 부인, 젠틀먼의 옛 유모, 죽은 어머니, 모드에 대해 이야기해 주었다. 나는 모드가 처음에는 리버스 씨를 좋아한 듯 보였지만, 결혼 첫날밤 이후 한 주가 지난 지금은 굉장한 슬픔에 빠져 자신을 돌보지 않게 되었으며 그 때문에 겁이 난다고 말했다.

그레이브스 의사는 이 모든 것을 받아 적었다. 크리스티 의사가 말했다.

「겁이 난다라. 당신이 어떻게 될까 겁이 난다는 뜻입니까?」

내가 말했다. 「제가 아닙니다, 나리. 마님이 어떻게 될까 그러는 거죠. 마님이 자신을 해칠지도 모른다는 생각이 듭니다. 마님은 그 정도로 힘들어하고 계십니다.」

「알겠습니다.」 크리스티 의사가 말했다. 「당신은 마님을 좋아하시는군요. 그분에 대해 아주 좋은 말을 해주었지요. 자, 이제 이 질문에 답해 주십시오. 리버스 부인의 상태가 좋아지게 하려면 어떤 치료가 필요할 것 같다고 생각하십니까?」

내가 말했다. 「제 생각에는…….」

「생각에는?」

「가능하다면…….」

크리스티 의사가 고개를 끄덕였다. 「계속하십시오.」

「가능하다면, 의사 선생님이 마님을 데리고 가서 지켜보아 주세요, 나리.」 내가 급히 말했다. 「가능하다면, 누구도 마님을 건드리거나 다치게 하지 못할 만한 곳으로 데려가 주세요…….」

심장이 목구멍으로 터져 나올 것만 같았고, 눈물 때문에 목이 멨다. 젠틀먼은 여전히 나를 주시하고 있었다. 의사는 내 손을 잡고 낯익은 방식으로 손목 부분을 짚었다.

「자, 자.」 의사가 말했다. 「그렇게 흥분하시면 안 됩니다. 마님께서는 당신이 바라는 모든 치료를 받게 되실 겁니다. 이렇게 착하고 성실한 하인을 두고 있다니, 그분은 정말 행운이십니다!」

크리스티 의사는 내 손을 부드럽게 어루만지더니 놓아주었다. 의사는 시계를 보고 젠틀먼과 시선을 마주치더니 고개를 끄덕였다. 「아주 좋습니다.」 의사가 말했다. 「아주 좋아요. 자, 이제 저희를 다른 쪽 방으로 안내해 주시겠습니까……?」

「물론입니다.」 젠틀먼이 잽싸게 말했다. 「물론 그렇게 하겠습니다. 이쪽으로 오십시오.」 젠틀먼이 문을 열었고, 의사들은 내게 검은 등을 돌리고 방을 나갔다. 나는 의사들이 나가는 모습을 보다가 돌연 어떤 감정에 사로잡혔다. 비참함인지 두려움인지 알 수 없었다. 나는 한 발 내디디며 등 뒤에 대고 소리쳤다.

「마님은 달걀을 싫어하세요, 나리!」 내가 외쳤다. 크리스티 의사가 몸을 반쯤 틀었다. 나는 말을 하며 치켜들었던 손을 내려놓았다. 「마님은 달걀을 싫어하세요.」 내가 좀 더 힘없이 말했다. 「달걀이 들어간 모든 요리를 싫어하세요.」

내가 생각해 낼 수 있는 건 그게 전부였다. 크리스티 의사는 싱긋 웃더니 고개 숙여 인사했다. 그러나 뭔가 익살스러운 태도였다. 그레이브스 의사는 공책에 〈달걀을 싫어한다〉라고 적었다. 혹은 적는 척했다. 젠틀먼은 둘을 데리고 모드의 방으로 갔다. 그리고 젠틀먼이 다시 내게 돌아왔다.

「저 사람들이 모드를 만나는 동안 여기 있을 거지?」 젠틀먼이 말했다.

나는 대답하지 않았다. 젠틀먼이 문을 닫았다. 그러나 벽은 종잇장 같았다. 의사들이 움직이는 소리, 낮게 웅얼대며 질문하는 소리가 들렸다. 그리고 일이 분 뒤, 모드가 우는 소리가 가늘고 높게 울리다가 나직해졌다.

의사들은 모드와 오래 있지 않았다. 필요한 것은 나와 크림 부인에게서 이미 다 얻었다고 나는 생각한다. 의사들이 돌아가고 나자, 나는 모드에게 갔고, 젠틀먼은 모드가 앉은 의자 뒤에 서서 두 손으로 모드의 창백한 얼굴을 감싸고 있었다. 젠틀먼은 허리를 굽혀 모드의 얼굴을 살피고 있었다. 아마 속삭이며 괴롭히고 있던 모양이었다. 그리고 내가 들어오는 것을 보자 몸을 곧게 펴며 말했다.

「마님을 보렴, 수. 눈빛이 좀 밝아진 것 같지 않아?」

모드의 눈은 아직까지 그렁그렁한 눈물로 반짝이고 있었다. 그리고 눈가가 붉었다.

「괜찮으세요, 마님?」 내가 말했다.

「아내는 괜찮아.」 젠틀먼이 말했다. 「내 친구들이 기운을 북돋아 준 모양이야. 좋은 친구들이지, 크리스티와 그레이브스 말이야. 아내를 즐겁게 해줬더라고. 자, 말해 보렴, 수. 신사가 재미있게 해주는데도 건강해지지 않을 숙녀가 있겠어?」

모드는 고개를 돌리고 손을 들더니 자신을 잡고 있던 젠틀먼의 손가락을 힘없이 약간 떼어 냈다. 젠틀먼은 모드 얼굴을 잠시 더 잡고 있다가 물러섰다.

「난 정말 바보였어.」 젠틀먼이 내게 말했다. 「이렇게 조용한 곳에 있으면서 리버스 부인에게 활기차게 있으라고 말을 하다니 말이야. 조용함이 아내에게 도움이 되리라고 생각했지. 이제, 아내에게 필요한 건 도시의 부산함이라는 걸 알겠어. 그레이브스와 크리스티 역시 그걸 알았어. 그 친구들은 우리를 첼시로 데려가고 싶어 안달이더라고. 세상에, 크리스티는 우리가 쓰라고 자기 사륜마차와 마부를 보내 주겠다는군! 우리는 내일 떠날 거야. 모드, 당신 생각은 어떤가요?」

모드는 창밖으로 시선을 돌리고 있었다. 이제 모드는 고개를 젠틀먼 쪽으로 돌렸다. 하얀 뺨에 희미하게 혈색이 돌고 있었다.

「내일요?」 모드가 말했다. 「그렇게나 빨리요?」

젠틀먼이 고개를 끄덕였다. 「내일 출발할 겁니다. 조용하고 멋진 방과 훌륭한 하인들이 있는 커다란 집으로 말이에요. 그 모든 것이 당신이 오기만을 기다리고 있습니다.」

다음 날, 언제나 그랬듯 모드는 아침 식사로 나온 달걀과 고기를 밀쳐 두었다. 하지만 이번에는 나조차 그것을 먹을 수 없었다. 나는 모드에게서 시선을 돌린 채 옷을 입었다. 나는 모드의 몸 구석구석을 모조리 알고 있었다. 모드는 진흙 얼룩이 진 낡은 드레스를 계속 입었고, 나는 모드가 준 멋진 비단 드레스를 입었다. 여행을 할 예정이었기에 옷이 구겨질까 봐 다른 옷으로 갈아입으려 했지만 모드는 그러지 못하게 했다.

나는 버러로 돌아가 이 옷을 입는 생각을 했다. 어두워지기 전에 집에 돌아가 석스비 부인과 함께 있을 수 있다는 게 믿어지지 않았다.

나는 모드의 가방을 쌌다. 나는 물건을 만지면서도 거의 아무런 느낌 없이 천천히 짐을 꾸렸다. 가방 하나에는 모드의 리넨, 슬리퍼, 약, 보닛, 머리솔을 넣었다. 모드가 정신 병원에 가지고 갈 물건들이었다. 다른 가방에는 그 외 모든 것을 넣었다. 내가 가질 물건이었다. 내가 앞에서 언급했던 하얀 장갑만 한쪽에 밀어 두었다. 그리고 가방을 다 꾸린 뒤, 나는 장갑을 내 드레스의 조끼 안쪽, 가슴께에 단정히 넣어 두었다.

사륜마차가 왔고, 우리는 준비를 마친 상태였다. 크림 부인이 우리를 현관까지 배웅했다. 모드는 베일을 쓰고 있었다. 나는 모드를 도와 기우뚱한 계단을 내려갔고, 모드는 내 팔을 잡았다. 오두막 밖으로 나오자 모드는 내 팔을 더욱 꽉 잡았다.

모드는 일주일 넘게 방에만 틀어박혀 있었다. 모드는 하늘과 검은 교회를 보고 움찔했으며, 베일을 쓰고 있었는데도 부드러운 공기에 뺨을 세게 맞은 듯한 표정이 되었다.

나는 모드 손을 잡았다.

「행복하게 사세요, 마님!」 젠틀먼이 돈을 주자 크림 부인이 외쳤다. 부인은 서서 우리를 지켜보았다. 우리가 도착한 첫날 말을 끌고 갔던 남자아이가 다시 나타나 우리가 떠나는 모습을 지켜보았다. 다른 남자아이 한두 명도 같이 구경 와서 낡은 황금색 문장을 검게 덧칠한 마차 문을 만지며 우리를 지켜보았다. 마부가 아이들에게 가볍게 채찍을 휘둘렀다. 마부는 우리 짐을 마차 지붕에 묶은 뒤 발판을 내려 주었다. 젠틀먼이 내 손에서 모드를 데려가 마차 안으로 이끌었다. 젠틀먼이 내 눈을 보았다.

「그만, 그만.」 경고하는 듯한 목소리로 젠틀먼이 말했다. 「감상에 젖을 시간 없어.」

모드는 자리에 앉아 고개를 뒤에 기댔고, 젠틀먼은 그 옆에 앉았다. 나는 반대편에 앉았다. 문에는 손잡이가 없이 오직 열쇠만 있었다. 금고 열쇠 같은 종류였다. 마부가 문을 닫자 젠틀먼은 문을 잠근 뒤 열쇠를 주머니에 넣었다.

「얼마나 걸리죠?」 모드가 물었다.

젠틀먼이 말했다. 「한 시간요.」

도착하기까지 한 시간보다 훨씬 더 걸린 것처럼 느껴졌다. 평생이 걸린 듯했다. 따뜻한 날이었다. 햇살이 유리창을 때려 마차 안은 무척 더웠지만 창은 열 수 없게 고정되어 있었다. 짐작건대, 미치광이들이 도망갈 수 없게끔 해놓은 듯했다. 마침내, 젠틀먼이 줄을 당겨 해 가리개를 닫았고, 우리는 덜컹거리며 더위와 어둠 속에서 아무 말 없이 앉아 있었다. 시간이 지나며 속이 메슥거려 왔다. 모드가 좌석 쿠션에 머리를 기대고 있는 모습이 보였지만 눈을 떴는지 감았는지는 보이지 않았다. 모드는 자기 앞에 두 손을 꽉 모아 쥐고 있었다.

하지만 젠틀먼은 초조해하며 옷깃을 끄르고 시계를 보고 소맷부리를 뜯어 댔다. 두세 번인가 손수건을 꺼내 코를 풀기도 했다. 사륜마차가 느려질 때마다 젠틀먼은 몸을 숙이고 미늘창 밖을 내다보았다. 어느 순간, 마차가 굉장히 느려져 거의 정지한 상태가 되었다가 방향을 바꾸기 시작했다. 젠틀먼은 밖을 다시 내다보고 똑바로 앉은 뒤 넥타이를 조였다.

「거의 다 왔습니다.」 젠틀먼이 말했다.

모드는 젠틀먼 쪽으로 고개를 돌렸다. 사륜마차가 다시 느려졌다. 나는 해 가리개를 열기 위해 줄을 당겼다. 우리는 녹색 길 어귀에 있었고, 길에 세워진 돌 홍예 아래로 철문이 보였다. 어떤 남자가 문을 열고 있었다. 사륜마차가 덜컹거린 뒤 다시 길을 달리기 시작했고, 길이 끝나자 집이 하나 나왔다. 그 집은 조금 더 작고 깔끔한 것만 빼면 브라이어와 아주 비슷했다. 창문에는 창살이 달렸었다. 나는 모드가 어떻게 하는지 보려고 고개를 돌렸다. 모드는 베일을 젖히고 오두막에서 보이던 탁한 눈빛으로 창밖을 보고 있었다. 그러나 탁한 눈빛 뒤로, 뭔가 아는 듯한 혹은 뭔가를 두려워하는 듯한 기색이 이는 것을 본 것도 같았다.

「겁먹지 마시길.」 젠틀먼이 말했다.

젠틀먼이 한 말은 그게 다였다. 모드에게 한 말인지 아니면 내게 한 말인지 아직도 모르겠다. 사륜마차는 또다시 방향을 바꿨고, 이윽고 멈췄다. 그레이브스 의사와 크리스티 의사가 우리를 기다리고 있었고, 그 옆에는 뚱뚱하고 거대한 덩치의 여인이 팔꿈치까지 소매를 걷고 캔버스 천으로 된 앞치마를 백정처럼 두른 채 서 있었다. 크리스티 의사가 앞으로 다가왔다. 의사는 젠틀먼 것처럼 생긴 열쇠를 가지고 있었고, 바깥쪽에서 자물쇠를 열었다. 그 소리에 모드가 깜짝 놀라 움찔거렸다. 젠틀먼이 모드에게 손을 얹었다. 크리스티 의사가 고개 숙여 인사했다.

「날씨가 좋군요.」 크리스티 의사가 말했다. 「리버스 씨. 스미스 양. 리버스 부인. 당연히 저를 기억하시겠죠?」

크리스티 의사가 손을 내밀었다.

의사는 내게 손을 내밀고 있었다.

한순간 완벽한 정적이 흘렀던 것 같다. 나는 의사를 보았고, 의사는 내게 고개를 끄덕였다. 「리버스 부인?」 의사가 다시 말했다. 이윽고 젠틀먼이 몸을 숙여 내 팔을 잡았다. 나는 처음에는 젠틀먼이 나를 자리에 계속 앉혀 두려고 하는 줄 알았다. 다음 순간, 나는 젠틀먼이 나를 자리에서 일으키려 한다는 사실을 깨달았다. 크리스티 의사가 내 다른 팔을 잡았다. 둘은 나를 일으켜 세웠다. 내 신발이 계단에 걸렸다. 내가 말했다.

「잠깐요! 무슨 짓이에요? 무슨……?」

「몸부림치지 마십시오, 리버스 부인.」 크리스티 의사가 말했다. 「저희는 부인을 돌보려는 겁니다.」

크리스티 의사는 손을 흔들었고, 그레이브스 의사와 다른 여인이 앞으로 다가왔다. 내가 말했다.

「당신들이 원하는 건 내가 아니에요! 무슨 짓을 하는 거예요? 리버스 부인이라니요? 전 수전 스미스예요! 젠틀먼! 젠틀먼, 말 좀 해줘요!」

크리스티 의사는 고개를 저었다.

「여전히 그 낡고 슬픈 상상을 하고 있군요?」 크리스티 의사가 젠틀먼에게 말했다.

젠틀먼은 고개를 끄덕였고, 너무 불행해 말조차 할 수 없다는 듯한 표정을 지었다. 나는 정말로 젠틀먼이 불행했길 바란다! 젠틀먼은 몸을 돌려 가방을 하나 내렸다. 모드 어머니가 쓰던 가방 가운데 하나였다. 크리스티 의사는 나를 좀 더 꽉 잡았다. 의사가 말했다. 「자, 어떻게 당신이 메이페어의 웰크 스트리트에 있던 수전 스미스일 수가 있습니까? 그런 장소가 존재하지 않는다는 걸 모르십니까? 진정하십시오. 부인도 아시잖습니까. 그리고 우리가 부인이 그걸 인정하게 해드리겠습니다. 비록 1년이 걸린다 할지라도 말입니다. 자, 그렇게 몸을 비틀지 마십시오, 리버스 부인! 아름다운 드레스가 망가지지 않습니까.」

나는 크리스티 의사의 손아귀에서 벗어나기 위해 발버둥치고 있었다. 하지만 나는 힘을 풀었다. 나는 비단 소매를, 잘 먹어 포동포동하고 매끄러운 내 팔을 바라보았다. 그리고 내 발치에 놓여 있는, 놋쇠로 M과 L이 박힌 가방을 보았다.

그 순간, 마침내, 나는 젠틀먼이 꾸민 더러운 음모의 대상이 바로 나였음을 깨달았다.

나는 울부짖었다.

「이 돼지 같은 자식아!」 다시 몸을 비틀어 젠틀먼 쪽으로 다가가려 하며 내가 외쳤다. 「이런 망할 놈! 오!」

젠틀먼은 사륜마차 출입구에 서 있었다. 마차가 살짝 기울어 있었다. 크리스티 의사는 나를 더욱 세게 움켜쥐었고, 의사의 얼굴이 험악해졌다.

「제 병원에서는 그런 말을 쓰시면 안 됩니다, 리버스 부인.」 의사가 말했다.

「이 남색꾼 새끼.」 내가 의사에게 말했다. 「저 새끼가 무슨 짓을 했는지 모르겠어? 저놈이 거짓말하고 있는 걸 모르겠어? 당신이 데려가야 할 건 내가 아니라……」

나는 여전히 발버둥쳤고, 의사는 여전히 나를 붙잡고 있었다. 그러나 나는 이제 의사 너머로, 흔들리는 사륜마차로 눈길을 주었다. 젠틀먼은 다시 마차 안으로 들어가 손으로 얼굴을 가리고 있었다. 젠틀먼 너머로 모드가 앉아 있었다. 미늘창 가리개 사이로 들어온 빛줄기가 모드를 비추고 있었다. 모드의 얼굴은 말랐고, 머리털은 부스스했다. 입고 있는 드레스는 하녀들 드레스처럼 낡아 있었다. 모드의 눈은 거칠었고, 눈물이 고이기 시작하고 있었다. 그러나 그 눈물 뒤로 보이는 모드의 시선은 차갑고 단단했다. 대리석처럼, 놋쇠처럼 단단했다.

진주처럼 단단했고, 진주 속 모래처럼 단단했다.

크리스티 의사는 내가 모드를 보는 것을 보았다.

「뭘 보고 계시는 겁니까?」 크리스티 의사가 말했다. 「부인의 하녀를 아실 텐데요?」

나는 아무 말도 할 수 없었다. 하지만 모드는 할 수 있었다. 모드는 평소와 다른 목소리로, 떨리는 목소리로 말했다.

「불쌍한 우리 마님. 오! 이런 모습을 보니 제 가슴이 미어져요!」

당신은 모드를 숙맥이라고 생각했다. 숙맥이라니, 말도 안 되는 소리다. 그 계집은 모든 것을 알고 있었다. 그년은 처음부터 다 알고 있었다.

2부

7

처음에, 나는 내가 매우 잘 안다고 생각한다. 이것이 내가 저지른 첫 번째 실수이다.

나는 피로 미끈거리는 탁자를 상상한다. 어머니에게서 흘러 나온 피이다. 무척 홍건하다. 너무나 홍건해서 피가 잉크처럼 흐른다는 생각이 든다. 피가 그 아래 바닥에 흐르는 걸 막으려고 여자들이 도자기 그릇을 받쳐 놓았고, 그래서 어머니의 비명 사이사이로 흐르는 고요함을 〈똑! 똑!〉 하는 소리가 채우고 있다. 어쩌면 시계가 엇박자로 치는 소리일지도 모른다. 엇박자 소리 뒤편으로 다른 비명들이 좀 더 약하게 들려온다. 미치광이들이 질러 대는 비명과 간호사들이 고함지르고 야단치는 소리이다. 여기는 정신 병원이니까. 어머니는 미치광이이다. 사람들은 바닥으로 굴러 떨어지지 못하게 하려고 어머니를 탁자에 끈으로 묶어 놓았다. 혀를 깨물지 못하게 하려고 턱도 끈으로 벌려 놓았다. 내가 나올 수 있도록 다리 역시 끈으로 묶어 벌려 놓았다. 내가 태어나도 끈은 그대로 어머니를 묶고 있다. 어머니가 나를 갈기갈기 찢어 버릴까 봐 말이다! 사람들이 나를 어머니 가슴에 올려놓자 내 입은 젖을 찾아간다. 나는 젖을 빨고, 병동은 나를 중심으로 침묵에 잠긴다. 아직까지도 〈똑! 똑!〉하고 떨어지는 핏방울 소리만이 들린다. 내 인생 최초의 몇 분을, 어머니의 최후의 몇 분을 세어 나가는 소리이다. 곧, 헤아리는 소리가 느려지기 시작한다. 어머니의 가슴이 올라갔다가 내려가고 다시 올라간다. 그리고 영원히 가라앉는다.

그걸 느끼고 나는 더욱 거세게 젖을 빤다. 그러자 여자들이 나를 어머니에게서 떼어 낸다. 그리고 내가 울자, 여자들이 나를 때린다.

나는 열 살 때까지 정신 병원에서 간호사들의 딸로 큰다. 나는 간호사들이 나를 사랑한다고 믿는다. 간호사들은 병동에서 키우는 얼룩 고양이처럼, 다소간 예뻐해 주고 리본으로 장식해 줄 대상으로서 나를 데리고 있는 것 같다. 나는 간호사복과 똑같이 재단된 청회색 드레스를 입고 앞치마를 두르고 모자를 쓴다. 간호사들은 작은 열쇠들이 끼워진, 고리 달린 허리띠를 내게 준다. 그리고 나를 〈꼬마 간호사〉라고 부른다. 나는 돌아가며 간호사들 침대에서 자고 병실 임무를 도는 저들을 쫓아다닌다. 내 눈에 훨씬 더 크게 보이긴 하겠지만, 실제로도 정신 병원은 무척 크고 두 구역으로 나뉘어 있다. 하나는 여성 환자용이고, 하나는 남성 환자용이다. 나는 오직 여성 환자들만 본다. 나는 환자들에겐 전혀 마음 쓰지 않는다. 어떤 환자들은 간호사들처럼 내게 키스하고 귀여워해 준다. 어떤 환자들은 내 머리를 만지고 흐느껴 운다. 내 모습을 보고 자기 딸을 떠올리는 것이다. 그 외의 환자들은 무척 말썽이 심해서, 간호사들은 내 손에 맞게 만든 나무 막대기를 내게 쥐어 주며 환자들을 때려 주라고 부추긴다. 그리고 그런 내 모습에 간호사들은 이렇게 웃기긴 처음이라며 깔깔댄다.

이렇게 나는 규율과 규칙의 근본 원리를 배운다. 그리고 부수적으로 광기 어린 태도를 이해한다. 이것은 나중에 모두 유용한 지식으로 밝혀진다.

논리적인 사고를 할 수 있을 만큼 충분히 나이를 먹었을 때, 나는 아버지라고 하는 이의 금반지와 어머니라고 하는 숙녀의 초상화를 받고 내가 고아라는 사실을 깨닫는다. 하지만 한 번도 부모의 사랑 같은 건 알았던 적이 없기에, 아니, 수많은 어머니들의 사랑을 맛보았기에, 내가 고아라는 점을 알고도 크게 괴로워하지 않는다. 간호사들이 나를 입히고 먹이며 잘해 준다고 생각한다. 나는 평범하게 생겼지만, 이곳처럼 아이 없는 세상에서는 예쁜 아이로 통한다. 나는 달콤한 목소리로 노래할 줄 알고 글자도 읽을 줄 안다. 나는 죽을 때까지 기꺼이 정신병자들을 긁히며, 남은 내 모든 생애를 간호사로 살 거라 생각한다.

아홉 살 때도, 열 살 때도 우리는 그렇게 믿는다. 열한 살의 어느 날, 수간호사가 나를 간호사 휴게실로 오라고 한다. 나는 수간호사가 내게 뭔가 맛있는 걸 주려고 한다고 생각한다. 틀린 생각이다. 대신 수간호사는 이상한 방식으로 내게 인사를 건네고, 나와 눈을 맞추려 하질 않는다. 수간호사 옆에 누군가가 있고, 수간호사는 그 사람이 신사라고 말해 준다. 하지만 당시에 그 호칭은 내게 별다른 의미를 주지 못한다. 나중에야 더 큰 의미로 다가오게 된다. 「이리로 가까이 오렴.」 수간호사가 말한다. 신사가 지켜보고 있다. 검은 양복을 입고 검은 비단 장갑을 끼고 있다. 상아색 손잡이가 달린 지팡이를 쥔 신사는 나를 좀 더 꼼꼼히 뜯어보려고 지팡이에 몸을 기댄다. 검은 머리는 희끗희끗해지는 중이고 볼은 시체처럼 창백하고 눈은 색이 들어간 안경에 가려 잘 보이지 않는다. 평범한 아이라면 저 신사를 흘끗 보는 것만으로도 몸이 움츠러들 것이다. 그러나 나는 평범한 아이가 어떤지에 대해 아는 게 없다. 그리고 누구도 두려워하지 않는다. 나는 남자 앞까지 걸어 나간다. 남자가 입술을 떼고 혀가 입술 사이를 스친다. 혀끝이 까맣다.

「나이에 비해 체구가 작군요.」 남자가 말한다. 「하지만 그런 데도 발소리가 상당히 크군요. 목소리는 어떤가요?」

남자의 목소리는 낮고, 떨리고, 불만족스럽다는 투이다. 덜덜 떨고 있는 남자의 그림자가 연상된다.

「저 신사 분께 말을 해보려무나.」 수간호사가 조용히 말한다. 「네가 어떻게 지내는지 말씀드려라.」

「저는 잘 지내고 있어요.」 내가 말한다. 아마 내 말투가 단호한가 보다. 신사가 얼굴을 찡그린다.

「그 정도면 됐다.」 남자가 손을 올리며 말한다. 그리고 다시 말을 잇는다. 「속삭일 수 있느냐? 고개를 끄덕일 수 있겠지?」

나는 고개를 끄덕인다. 「오, 네.」

「조용히 할 수 있겠지?」

「할 수 있어요.」

「그럼 조용히 있어라. 그래, 훨씬 낫구나.」 남자가 수간호사 쪽으로 돌아선다. 「아이가 제 어머니와 인상이 비슷하군요. 아주 좋아요. 자기 어머니의 운명이 계속 상기될 테니까 아마 같은 길을 걷지 않게 되는데 도움이 되겠지요. 하지만 저 아이 입술은 정말 마음에 안 드는군요. 너무 포동포동해요. 나쁜 조짐이에요. 저 등도 너무 부드럽고 구부정하군요. 발은 어떤가요? 다리가 두꺼운 여자아이는 원치 않는데요. 왜 저렇게 긴 치마를 입혀서 발을 가린 겁니까? 제가 그렇게 부탁했나요?」

수간호사의 얼굴이 붉어진다. 「아이를 병원 복장으로 입힌 건 여기 여자들이 재미 삼아 악의 없이 해온 일입니다.」

「제가 간호사들에게 재밋거리나 주려고 돈을 줘온 건가요?」

신사는 지팡이를 융단 위로 이리저리 움직이며 턱을 잘근거린다. 다시 나에게 돌아서지만 말은 수간호사에게 건넨다. 「읽기는 얼마나 잘하죠? 손은 얼마나 희지요? 자, 아이에게 글을 주고 읽어 보라고 해보십시오.」

수간호사가 내게 성서를 펴서 건넨다. 한 문장을 읽자 신사가 또다시 얼굴을 찌푸린다. 「부드럽게!」 내가 말을 중얼거리게 될 때까지 그 말을 되풀이한다. 그리고 자기가 보는 앞에서 그 문장을 적도록 시킨다.

「여자아이들의 필체로군.」 내가 쓰기를 마치자 신사가 말한다. 「그리고 너무 멋을 부리며 썼어.」 그러나 그럼에도 목소리는 만족한 듯 들린다.

나도 역시 기쁘다. 신사의 말에서 내가 글씨를 아름답게 썼음을 깨닫는다. 훗날 나는 아무렇게나 휘갈겨 쓸걸 그랬다고, 종이를 얼룩지게 할 것을 그랬다고 생각하곤 한다. 내 깨끗한 필적이 나를 파멸로 이끈다. 신사가 지팡이에 좀 더 깊이 몸을 기댄 뒤 머리를 굉장히 낮게 숙여 안경테 위로 핏기 없는 눈가가 보인다.

「흠, 아가씨.」 신사가 말한다. 「우리 집에 와서 살고 싶지 않으냐? 내 앞에서 그 건방진 입술을 삐죽거리지 말도록. 유념해! 내게 와서 단정한 생활과 소박한 글자체를 배우고 싶지 않으냐?」

그 말에 내가 놀랐던 것 같다. 「전혀 그러고 싶지 않아요.」 내가 바로 대답한다.

수간호사가 말한다. 「무슨 말버릇이 그러냐, 모드!」

신사가 콧바람을 친다. 「아마 결국 이 아이도 제 어미의 불행한 기질을 닮은 것 같소. 하지만 최소한 애 어미 발은 우아하고 가냘팠다오. 그래 쿵쾅대고 싶으신가, 아가씨? 내 집은 무척 크단다. 내 민감한 귀에서 충분히 멀리 떨어진 곳에 네가 쿵쾅거릴 만한 방을 찾아 주어야 하겠구나. 거기에서라면 네 마음대로 발작을 일으켜도 좋다, 아무도 네게 마음 쓰지 않을 테니까. 그리고 아마도 너무 마음을 안 써주다 보면 널 먹이는 것도 잊을 테고 그럼 넌 죽게 되겠지. 이젠 마음에 드느냐, 흠?」

신사가 자리에서 일어나 먼지 한 점 없는데도 외투를 펄럭여 먼지를 턴다. 신사는 수간호사에게 무슨 지시를 내리고 나에겐 다시는 눈길을 주지 않는다. 신사가 가고 나자 나는 아까 읽었던 성서를 들어 마루에 던져 버린다.

「난 〈안 가〉!」 내가 소리 지른다. 「저 사람은 절대로 날 〈못 데려 가〉!」

수간호사가 나를 끌어안는다. 이제까지 다루기 어려운 정신병자들에게 채찍 휘두르는 모습을 보여 주던 수간호사가 나를 자기 앞치마에 꼭 끌어안고는 계집애처럼 흐느낀다. 그리고 심각한 어조로 앞으로 나는 삼촌 집에서 살게 될 거라고 이야기한다.

어떤 사람은 농부를 시켜 자기가 먹을 어린 송아지를 키우게 한다. 우리 어머니의 오빠는 병원 간호사들을 시켜 자기를 위해 날 기르게 했다. 이제 저 신사는 나를 집으로 데려가 구워 먹을 속셈이다. 나는 한순간에 자그마한 내 정신 병원 드레스를, 열쇠 꾸러미를, 막대기를 포기해야 한다. 신사는 자기 취향에 맞춰 날 입히라고 자기 집 가정부에게 옷을 들려 보낸다. 가정부는 장화와 모직 장갑과 가죽 드레스를 들고 온다. 드레스는 몸서리쳐지게 싫은 계집애 취향의 것으로, 장딴지까지 오는 길이이고, 어깨부터 허리까지 골재로 단단히 조여져 있다. 가정부는 줄을 꽉 잡아당기고, 내가 불평을 토하는데도 더욱 단단히 당겨 댄다. 간호사들이 한숨을 쉬며 가정부를 바라본다. 가정부가 나를 데리고 갈 시간이 되자, 간호사들은 내게 키스하고 시선을 다른 곳으로 돌린다. 한 간호사가 재빨리 가위를 내 머리에 대더니 자기 목걸이 로켓[1]에 넣어 둘 요량으로 머리털을 조금 잘라 간다. 이 모습을 보고 다른 이들도 앞의 간호사에게서 머리털을 빼앗거나 제각기 칼과 가위를 집어 들고 내 머리털이 뿌리째 뽑힐 때까지 잡고 당긴다. 떨어지는 머리털에 제각기 손을 내밀고 갈매기처럼 언쟁을 벌인다. 이들의 목소리에 병실에 있던 정신병자들까지 자극을 받아 소리를 질러 댄다. 삼촌의 하녀는 서둘러 나를 이들에게서 빼내 간다. 가정부는 마부 딸린 마차를 가져왔다. 정신 병원의 문이 우리 뒤에서 육중하게 닫힌다.

「저런 곳에서 어떻게 여자아이를 기른다고!」 가정부가 손수건으로 입술을 훔치며 말한다.

나는 가정부에게 아무 말도 건네고 싶지 않다. 뻣뻣한 드레스에 살이 베이고 숨이 가빠 오고, 장화에 발목이 쓸려 아프다. 모직 장갑이 피부를 따끔따끔 찔러 와 나는 결국 손에서 장갑을 벗어 버린다. 가정부는 이를 혼자 흐뭇해하며 바라본다. 「성질머리 있네, 그렇죠?」 가정부가 말한다. 가정부는 뜨개질 바구니와 먹을거리 한 꾸러미를 가지고 있다. 롤빵 몇 개와 소금과 완숙한 흰 달걀 세 개가 들어 있다. 가정부는 달걀 두 개를 치마 위로 굴려 껍데기를 깬다. 달걀흰자는 회색이고, 노른자는 말라서 가루처럼 떨어진다. 반드시 그 냄새를 기억해 둘 것이다. 가정부는 세 번째 달걀을 내 무릎 위에 놓는다. 나는 먹지 않고 그대로 놓아두어 마차 바닥에 떨어져 부서지게 한다. 「쯧쯧.」 가정부는 이걸 보고 혀를 찬다. 그리고 뜨개질 거리를 꺼내지만 고개를 숙이고 잠에 빠진다. 나는 비참함과 분노 속에 꼿꼿한 자세로 가정부 옆에 앉아 있다. 말은 천천히 나아가고, 여정은

1 사진, 머리털, 기념품 따위를 넣어 목걸이에 다는 작은 함.

너무나 길어 보인다. 가끔 나무 사이를 지나간다. 그러면 내 얼굴이 유리창에 반사된다. 피처럼 어둡게 보인다.

　나는 내가 태어난 정신 병원 외에는 집을 본 적이 없다. 나는 음울한 분위기와 고독과 높은 담과 닫긴 창에 익숙해져 있다. 첫날 나는 삼촌집의 침묵에 당황하고 겁을 먹는다. 마차는 가운데가 두 쪽으로 갈라진 높고 불룩한 문 앞에 멈춘다. 우리가 지켜보는 동안 문은 덜덜거리며 안쪽으로 열린다. 문을 여는 남자는 어두운 색 비단 반바지 차림에 분 뿌린 모자로 보이는 것을 쓰고 있다. 「저쪽은 웨이 씨예요, 아가씨 삼촌의 집사이죠.」 내 옆에서 보고 있던 여자가 말한다. 웨이 씨는 나를 살펴보다가 여자를 바라본다. 여자가 분명 모종의 눈짓을 보냈다는 생각이 든다. 마부가 우리를 위해 계단을 놓아 주지만 난 결코 마부에게 내 손을 허락할 마음이 없다. 웨이 씨가 내게 고개 숙여 인사하자, 나는 웨이 씨가 나를 놀리려는 속셈이란 생각을 한다. 간호사들이 미치광이 숙녀들에게 깔깔대며 무릎 굽혀 인사하는 모습을 수없이 보아 왔기 때문이다. 웨이 씨는 안쪽의 저 너머 어둠 속으로 우리를 안내하고, 어둠이 내 가죽 드레스로 감겨드는 듯이 보인다. 웨이 씨가 문을 닫자 어둠이 일시에 더욱 깊어진다. 귀에 물이나 왁스가 찬 것처럼 귓속이 멍해진다. 이것이 침묵이다. 다른 남자들이 포도나무를 기르거나 덩굴식물을 기르듯이, 삼촌이 집에서 기르고 있는 침묵이다.

　여자는 웨이 씨가 지켜보는 가운데 나를 데리고 계단을 오른다. 계단은 살짝 울퉁불퉁하고, 융단도 중간 중간 헤져 있다. 새 장화 때문에 발걸음이 서툴러져 한 번은 넘어지고 만다. 「일어나요, 꼬마 아가씨.」 내가 넘어지자 여자가 말한다. 이제 여자가 내게 손을 대도 나는 뿌리치지 않는다. 우리는 계단을 두 줄 올라간다. 점점 더 높이 올라갈수록 점점 더 겁에 질린다. 천정이 높고 벽이 아무 장식 없이 매끈한 정신 병원과는 달리, 초상화와 방패와 녹슨 검과 액자와 상자에 담긴 동물로 가득한 이 집이 내게는 끔찍하게 느껴지기 때문이다. 계단은 꺾어지면서 홀 주변에 회랑을 이룬다. 꺾어질 때마다 꼭 통로들이 나타난다. 이 희미하고 반쯤 숨겨진 출입구의 그늘 속에 하인들이 서 있다. 벌집의 칸칸마다에서 형세를 관망하는 유충들처럼 하인들이 나와 서서 내가 집 안을 헤치고 나아가는 모습을 지켜본다.

하지만 나는 저들이 하인임을 눈치채지 못한다. 저들의 앞치마를 보고 간호사이리라고 추측한다. 저 그늘진 통로에는 반드시 방들이 있고 조용한 정신병자들이 갇혀 있으리라 생각한다.

「왜 저렇게 지켜보고 있는 거죠?」 내가 여자에게 묻는다.

「뭐긴, 아가씨 얼굴을 보려는 거죠.」 여자가 대답한다. 「아가씨가 어머니처럼 아름다운지 보려는 거예요.」

「전 어머니가 스물이에요.」 내가 말을 받는다. 「그리고 제가 가장 아름다워요.」

여자는 어떤 문 앞에서 발걸음을 멈추고 서 있다. 「행동이 발라야 아름답다는 말을 듣는 겁니다.」 여자가 말한다. 「제가 말한 어머니는 아가씨의 엄밀한 의미에서의 어머니, 돌아가신 분을 말하는 겁니다. 이곳이 어머니가 쓰시던 방들이고 이제는 아가씨가 쓰시게 될 겁니다.」

여자는 나를 저 너머 방으로 데리고 들어가서는 안의 화장방으로 다시 데려간다. 누가 주먹으로 두들기고 있기라도 한 것처럼 창문이 덜걱거린다. 여름에조차 추운 방이고 지금은 겨울이다. 나는 작은 벽난로 쪽으로 간다. 키가 너무 작아 벽난로 위 거울에 얼굴을 비춰 볼 수조차 없다. 나는 벽난로 앞에 서서 덜덜 떤다.

「벙어리장갑을 계속 끼고 있었어야죠.」 내가 손에 호호 입김을 부는 것을 보고 여자가 말한다. 「잉커 씨 딸이 가져갔을 거예요.」 여자는 내게서 망토를 벗기고 머리에서 리본을 푼 다음 부러진 빗으로 머리를 빗긴다. 「당기고 싶은 만큼 당겨요.」 내가 몸을 뒤틀며 빠져나가려 하자 여자가 말한다. 「당기는 사람만 아플 뿐이지 저랑은 상관없으니까. 어이쿠, 어쩌자고 머리를 이따위로 해놨지! 누가 봐도 그 여자들을 야만인이라 했을 거예요. 이래서야 제가 도대체 어떻게 해야 아가씨가 말끔해진 걸 볼 수 있으려나. 자, 이제 봐요.」 여자가 침대 밑에 손을 넣는다. 「이제 요강을 써봐요. 어서요. 바보같이 부끄러워 말고. 여자애가 치마 걷고 쉬하는 것쯤 제가 본 적이 없으리라 생각해요?」

여자가 팔짱을 끼고 나를 지켜보다가 천에 물을 적셔 내 얼굴과 손을 닦는다.

「제가 여기서 잔심부름하던 시절에 다른 사람들이 아가씨 어머니에게 이렇게 해드리는 걸 봤지요.」 여자가 나를 이리저리 당기며 말한다. 「어머니는 아가씨보다 감사할 줄을 알았어요. 그 집에서 아가씨에게 예의는 안 가르쳐 주던가요?」

나는 작은 나무 막대기가 지금 내 손에만 있었어도 하고 간절히 바란다. 그럼 내가 배운 예의가 어떤 건지 저 여자한테 보여 줄 텐데! 그러나 나는 미치광이들도 보아 왔기에, 축 늘어져서 있는 것처럼 보이면서 몸부림치는 방법을 안다. 마침내 여자가 나에게서 물러나 손을 닦는다.

「하느님, 이 아이는 도대체! 아가씨 삼촌이 아가씨를 여기 데려오면서 무슨 짓을 한 건지는 알았으면 좋겠네요. 아가씨를 숙녀로 만들려는 생각인 것 같던데.」

「난 숙녀가 되고 싶지 않아!」 내가 말했다. 「삼촌이 날 강제로 그럴 순 없어.」

「여기는 그분 집이고, 그분은 원하면 뭐든 할 수 있다는 걸 꼭 말씀드려야겠네요.」 여자가 대답했다. 「그럼 그렇지! 아가씨 덕에 시간 제대로 늦어졌네요.」

억눌린 듯한 종소리가 세 차례 들려왔던 것이다. 시계 소리이다. 그러나 나는 종소리를 이 집의 신호로 받아들인다. 비슷한 종소리를 들으며 컸기 때문이다. 미치광이들에게 일어나라고, 옷 입으라고, 기도하라고, 저녁을 먹으라고 알리는 종소리이다. 나는 생각한다. 〈이제 다른 사람들과 만나게 되겠구나!〉 그러나 방에서 나가도 집은 여전히 전처럼 고요할 뿐이다. 나를 열심히 지켜보고 있었던 하인들조차 물러간 뒤이다. 장화가 또다시 양탄자에 걸린다. 「조용히 걸으세요!」 여자가 내 팔을 꼬집으며 속삭인다. 「여기가 아가씨 삼촌 방이에요, 보세요.」

여자가 문을 두드린 다음 나를 들여보낸다. 창에는 몇 해 전부터 페인트가 발라져 있어 겨울 해가 창을 때리자 방에 이상하게 빛이 든다. 벽은 책이 빽빽하게 꽂혀 있어 어두침침하게 보인다. 난 그걸 일종의 장식된 소벽이나 조각이라고 생각을 한다. 내가 아는 책은 딱 두 권뿐이고, 하나는 검고 책등에 주름이 잡힌 성서이다. 나머지 한 권은 미친 사람에게 잘 어울리리라고 생각되는 찬송가를 모아 놓은 책으로, 분홍색이다. 나는 인쇄된 글은 모두 진실이라고 여긴다.

여자가 나를 문 굉장히 가까운 곳에 세우고는 내 뒤에 서서 내 어깨 위로 손을 올린다. 손이 갈고리같이 느껴진다. 내 삼촌이라는 남자가 책상 뒤에서 일어난다. 책상이 온통 종이 뭉치로 덮여 있다. 남자는 닳아 해진 끈에 장식술이 대롱거리는 벨벳 모자를 쓰고 있다. 코에는 지난번에 보았을 때보다 더 옅은 색 안경이 걸려 있다.

「그래, 아가씨.」 남자가 턱을 잘근거리며 내게로 다가온다. 내 뒤의 여자가 무릎 굽혀 인사를 한다. 「성격은 어떻던가요, 스타일스 부인?」 남자가 여자에게 묻는다.

「별로 안 좋습니다, 나리.」

「저 눈을 보니 알 만하군요. 장갑은 어디 갔지요?」

「던져 버렸습니다, 나리. 다신 안 끼려 합니다.」

삼촌이 가까이 다가온다. 「시작이 별로 좋지 않군. 손 줘봐라, 모드.」

나는 손을 줄 생각이 없다. 여자가 내 손목을 잡고 팔을 들어올린다. 내 손은 작고 관절 부위가 통통하다. 나는 감촉이 좋지 않은 정신 병원 비누로 씻는 데 익숙해져 있다. 손톱이 정신 병원의 먼지로 새까맣다. 삼촌이 내 손가락 끝을 잡는다. 손에 잉크 얼룩이 한두 개 보인다. 삼촌이 고개를 젓는다.

삼촌이 말한다. 「그래, 내가 만약 내 책에 천박한 손길이 닿길 바랐다면 분명 스타일스 부인에게 간호사를 데려오라 했을 거다. 저런 거친 손을 부드럽게 하라고 장갑을 주는 게 아니었는데. 하지만 내가 네 손을 부드럽게 만들어 놓으마. 여길 봐라, 우리가 장갑이라곤 모르는 아이들의 손을 어떻게 부드럽게 하는지 말이다.」 남자는 한 손을 외투 주머니에 찌르더니 무언가를 풀어낸다. 책에 쓰는 용품 가운데 하나이다. 책장이 안 넘어가게 눌러 두는, 비단으로 탄탄하게 감아 둔 금속 구슬 줄이다. 남자는 그걸로 고리를 만들더니 무게를 가늠해 보는 듯하다. 그러고는 내 옴폭한 손가락 관절들 위로 잽싸게 내려친다. 그리고 스타일스 부인의 도움을 받아 다시 내 다른 손을 잡고 한 번 더 되풀이한다.

구슬들이 채찍처럼 따끔하다. 그러나 비단 덕분에 살이 찢어지지는 않는다. 첫 방을 맞고 나는 마치 개처럼, 고통과 분노와 순수한 놀라움에서 날카롭게 비명을 올린다. 그리고 스타일스 부인이 내 두 손목을 놓아주자 나는 손가락을 입으로 가져가 흐느끼기 시작한다.

흐느끼는 소리에 삼촌이 얼굴을 찌푸린다. 삼촌은 구슬을 주머니에 도로 넣고 손을 귀에 올린 뒤 바르르 떤다.

「조용히 해라, 꼬마야!」삼촌이 말한다. 나는 몸이 떨리고, 울음을 멈출 수가 없다. 스타일스 부인이 내 어깨 살을 꼬집고, 나는 더 크게 울음을 터트린다. 그러자 삼촌이 구슬을 다시 꺼내고 마침내 내가 조용해진다.

삼촌이 조용히 말한다. 「그래, 이제는 장갑을 잊지 않겠지, 흠?」

나는 고개를 끄덕인다. 삼촌은 보일 듯 말 듯한 웃음을 입가에 건다. 그리고 스타일스 부인을 본다. 「제 질녀가 새로운 의무에 각별히 주의할 수 있도록 애써 주시겠지요? 전 제 질녀가 아주 고분고분해졌으면 합니다. 이 집에서 질풍노도는 허락할 수 없어요. 아주 좋아요.」삼촌이 손을 내젓는다. 「이제, 저 아이는 여기 두고 나가세요. 너무 멀리 가 있진 말고요, 아시겠지요! 반드시 저 아이 손닿는 곳에 있으십시오, 저 아이가 거칠어질 수도 있으니까.」

스타일스 부인은 무릎 굽혀 인사를 하고, 한편으론 내 떨리는 어깨를 구부러지지 않게 해주겠다는 듯이 몰래 확 잡아당기며 한 번 더 꼬집는다. 바람에 구름이 해 쪽으로 밀려감에 따라 노란 창이 밝아졌다가, 다시 어두워지고, 또다시 밝아진다.

가정부가 가고 나자 삼촌이 말한다. 「자, 내가 왜 널 여기로 데려왔는지 알고 있느냐?」

나는 벌게진 손가락을 얼굴로 가져가 코를 닦는다.

「저를 숙녀로 만들려고요.」

삼촌이 짧고 건조하게 껄껄댄다.

「널 비서로 만들기 위해서다. 여기 이 온 벽들에 뭐가 보이느냐?」

「나무입니다, 삼촌.」

「책이다, 꼬마야.」삼촌이 말한다. 삼촌은 가서 한 권을 뽑아 책을 뒤집는다. 표지는 검은색이고 그래서 나는 그게 성서란 걸 알아본다. 나머지 책들은 찬송가가 담겨 있겠지 하고 미루어 짐작해 본다. 결국, 찬송가책을 어떤 광기에 맞을지에 따라 서로 다른 색으로 제본한 것일지도 모른다고 추측해 본다. 나는 이걸 사고의 굉장한 진전이라고 느낀다.

삼촌이 책을 가슴 가까이에 든 채 책등을 두드린다.

「이 제목 보이느냐, 꼬마야? 다가오지 마라! 너보고 읽으랬지, 껑충대며 날뛰라곤 안 했다.」

그러나 책이 너무 멀리 있다. 나는 고개를 내젓고 눈물이 다시 고이는 걸 느낀다.

「하!」내가 힘들어하는 것을 보고 삼촌이 소리를 지른다.「그러면 안 된다는 걸 말해 줘야겠구나! 시선을 깔아라, 이 아가씨야, 바닥을 봐라. 아래로! 더! 네 신 옆에 있는 그 손 보이느냐? 그 손은 내 명령으로 검안사, 즉 안과의사의 조언을 받아 거기 만들어 놓은 거다. 이 책들은 희귀한 것들이고, 모드 양, 일반인이 보라고 만들어진 게 아니다. 그 손가락을 한 번 넘어만 봐라, 그럼 널 이 집의 하인 부리듯이 부려 버리겠다. 그리고 다시 한번만 더 그러면, 피가 날 때까지 눈에 채찍질을 하겠다. 그 손이 가리키는 곳이 이곳에서 무지의 한계선이다. 때가 되면 넘게 될 것이다. 그러나 내 명령에 따라서이고, 네가 준비가 되었을 때다. 알겠느냐, 흐음?」

알 리가 없다. 내가 어떻게 알겠는가? 그러나 나는 이미 충분히 조심스러워졌기에 마치 알겠다는 듯이 고개를 끄덕인다. 삼촌이 책을 제자리에 돌려놓고, 서가에 책을 똑바로 놓으며 잠시 시간을 지체한다.

저 책은 좋은 것이고, 삼촌이 가장 아끼는 책이다. 그리고 때가 되면 나도 저 책에 대해 잘 알게 될 것이다. 제목은…….

하지만 지금 나는 내 무지의 한계보다 앞서 나가고 있다. 이 건 아직 내게 허락되지 않은 부분이다.

삼촌은 말을 마치더니 그다음엔 나를 잊어버린 듯하다. 다시 15분을 선 채로 기다린 뒤에야, 삼촌이 고개를 들어 나를 보고 선 방에서 나가라고 손짓을 한다. 나는 문의 철 손잡이를 가지 고 잠시 씨름을 하고 지렛대가 삐걱거리는 소리에 삼촌이 한 번 더 얼굴을 찡그린다. 문을 닫자 스타일스 부인이 그늘에서 튀어 나와 나를 다시 위층으로 이끈다. 「배가 고프겠군요.」 걸어가며 부인이 말을 건넨다. 「어린애는 언제나 배가 고픈 법이죠. 이제 는 흰 달걀 한 알에도 감사하게 될 겁니다.」

배가 고프지만 난 인정하지 않을 생각이다. 그러나 부인이 여 자아이를 호출하고, 그 아이는 비스킷과 달콤한 적포도주를 한 잔 가져온다. 부인은 음식을 내 앞에 내려놓고 얼굴에 웃음을 띤다. 어째서인지 그 웃음이 아까의 채찍보다도 더 참기 어렵 다. 다시 울음을 터트리게 될까 봐 겁이 난다. 하지만 나는 바싹 마른 비스킷과 함께 눈물을 삼켜 버리고, 여자아이와 스타일스 부인은 나란히 서서 서로 속삭이며 나를 지켜본다. 그다음 둘 은 나만 홀로 남겨 두고 가버린다. 방이 어두워진다. 나는 소파 에 누워 쿠션에 머리를 누이고 채찍질당해 빨개진 작은 손으로 조그마한 망토를 몸 위로 끌어당긴다. 포도주 때문에 졸리기 시작한다. 깨어나 보니 흔들리는 그림자와 문가에 등불을 들고 있는 스타일스 부인이 보인다. 나는 끔찍한 공포와 상당한 시 간이 흘렀다는 생각 속에 잠에서 깬다. 종이 얼마 전에 울렸다 는 생각이 든다. 일곱 시 아니면 여덟 시란 생각이 든다.

나는 말한다. 「괜찮으시다면요, 저를 지금 저희 집으로 데려 가 주세요.」

스타일스 부인이 웃음을 터트린다. 「지금 그 거친 여자들이 있는 집을 말씀하시는 건가요? 참 대단한 곳을 집이라 하는군요!」

「분명 그 사람들은 절 그리워한다고 생각해요.」

「그 사람들은 아가씨가 없어져 무척 기뻐하고 있을 거라고 보는데요. 더럽고 창백하고 조그만 계집애, 그게 바로 아가씨니까요. 이리 와요. 잘 시간이에요.」 부인은 나를 소파에서 끌어당겨 드레스 끈을 풀기 시작한다. 나는 부인에게서 몸을 빼고는 부인을 친다. 부인이 내 팔을 잡더니 비튼다.

내가 말한다. 「당신은 날 아프게 할 권리가 없어! 당신이 뭔데! 난 어머니들을 원해, 날 사랑해 주는 어머니들을 원한다고!」

「아가씨 어머니는 여기 있잖아요.」 내 목의 초상화를 홱 잡아당기며 부인이 말한다. 「여기서 아가씨 어머니는 이분이 다예요. 초상화가 있어서 그분 얼굴이라도 아는 걸 감사하게 생각하세요. 자, 이제 일어나서 가만히 있어요. 이 옷을 입어야 숙녀처럼 보여요.」

부인은 내게서 뻣뻣한 가죽 드레스와 그 아래 입은 리넨들을 모두 벗겨 낸다. 그리고 아까의 드레스보다도 더 몸을 옥죄는 계집애 취향의 코르셋을 몸에 꼭 졸라맨다. 그리고 위로 잠옷을 입힌다. 손목 부분에 자수를 뜬 하얀 가죽 장갑을 손에 끼워 준다. 오직 발만이 벌거벗은 채이다. 나는 소파 위로 쓰러져선 발길질한다. 부인이 나를 잡아 일으켜 내 몸을 흔들더니 꽉 잡고 조용히 시킨다.

「잘 들어요.」 부인이 말한다. 부인의 얼굴이 붉으락푸르락하고, 내 뺨을 꽉 누르고 있는 부인의 가슴은 심하게 요동친다. 「저도 조그만 딸이 있었어요, 이젠 죽었지만요. 곱슬곱슬하면서 칠흑 같은 머리를 하고, 양처럼 순한 아이였죠. 어째서 검은 머리에 성격이 온화한 아이들은 일찍 죽게 되는지, 그리고 아가씨처럼 앙칼지고 창백한 여자애들은 살아남는 건지, 도통 모르겠어요. 왜 아가씨 어머니는 그렇게 많은 재산을 가지고도 쓰레기라고 밝혀져야 했는지, 반면에 저는 왜 살아서 아가씨 손가락을 부드럽게 만들고 아가씨가 숙녀로 자라나는 걸 보아야 하는지, 그것도 제겐 수수께끼예요. 교활한 눈물 따위 흘리고 싶은 만큼 흘려요. 모진 제 마음이 아가씨 때문에 부드러워지는 일은 절대 없을 테니까.」

부인은 나를 잡아 세우고 화장방으로 데려가선, 크고 높은 먼지투성이 침대에 기어 올라가 커튼을 내리게 한다. 돌출된 굴뚝 부분 옆에 문이 하나 나 있다. 부인이 저 문은 다른 방으로 이어지고 성질이 고약한 여자아이가 거기서 잔다고 말해 준다. 그 여자아이는 밤이면 귀를 쫑긋 세우곤 하므로, 만일 내가 조용하고 착하게 있지 않으면, 그 아이가 그 소리를 듣게 될 것이다. 그리고 그 아이의 손은 굉장히 억세다.

「기도하세요.」 부인이 말한다. 「그리고 하느님 아버지께 용서해달라고 비세요.」

그리고 부인은 등불을 집어 들고 가버린다. 나는 끔찍한 어둠 속에 홀로 내팽개쳐진다.

아이에게 이러다니 너무 잔혹하다고 생각한다. 지금 생각해도 너무 잔혹하다. 고통스러운 비참함과 공포 속에 누워 침묵을 듣지 않으려 최대한 애쓴다. 너무나 깊은 어둠 속에서 아프고, 굶주리고, 춥고, 외로운 상태로 완전히 깬 채 누워 있다. 어찌나 깜깜한지 깜빡거릴 때마다 눈꺼풀 안쪽의 검은색이 더 밝게 보인다. 손아귀로 움켜쥔 듯 코르셋이 꽉 조여 온다. 뻣뻣한 가죽 장갑에 쑤셔 넣어진 손가락 관절에 멍이 들기 시작한다. 때때로 저 거대한 괘종시계가 기어를 바꾸고 종을 울린다. 나는 이 집 어딘가에서 미치광이들이 걸어 다니고 있고 그 옆에서 간호사들이 지켜보고 있다는 생각을 하며 최대한 위로를 얻어 보려 애쓴다. 이윽고 나는 이곳의 관습에 대해 궁금해하기 시작한다. 아마도 여기선 미치광이들에게 헤매고 다녀도 좋다고 허락해 주는가 보다. 어쩌면 어떤 미치광이 여자가 내 방을 다른 방으로 잘못 알고 들어올 수도 있지 않을까? 옆방에 자는 성질 고약한 여자아이가 미쳐서 내 방에 들어와 억센 손으로 나를 목조를지도 모른다! 사실, 그런 생각이 들자마자 가까이에서, 비정상적으로 가까이에서 숨죽여 움직이는 소리가 들려오기 시작한다. 미치광이들이 여기 있는 것 같다. 수천 명이 커튼에 살금살금 숨어 수천 개의 손으로 탐색하는 모습이 머릿속에 떠오른다. 나는 울기 시작한다. 입고 있는 코르셋 때문에 눈물이 이상하게 흘러나온다. 조용하게 누워 있어야겠다고 생각한다. 그래야, 몰래 숨어 있는 여자들이 내가 여기 있다고 생각하지 못할 테니까. 하지만 조용히 있으려고 애쓸수록 점점 더 비참한 기분이 든다. 이제는 거미나 나방이 내 뺨을 간질이고 있고, 목조르는 손이 마침내 내게 다가왔다는 상상이 든다. 나는 경련을 일으키며 벌떡 일어나, 아마도 소리를 지른다.

문 열리는 소리가 들리고 커튼 솔기 사이로 빛이 보인다. 얼굴이 나타나 내 얼굴로 가까이 온다. 친절한 얼굴이다. 미치광이의 얼굴이 아니라 내게 아까 간소한 비스킷과 달콤한 포도주를 가져다준 여자아이의 얼굴이다. 아이는 잠옷을 걸치고 있고 머리는 풀어 내려져 있다.

「자, 괜찮아요.」아이가 부드럽게 말한다. 아이의 손은 억세지 않다. 아이가 손을 내 머리에 얹고 얼굴을 쓰다듬고, 나는 진정이 된다. 저절로 눈물이 흐른다. 나는 미치광이들이 무서웠다고 말하고, 아이가 소리 내어 웃는다.

「여긴 미치광이 따위 없어요.」아이가 말한다. 「다른 곳을 생각하고 있군요. 이제, 거길 떠나게 되어 기쁘지 않아요?」 나는 고개를 흔든다. 아이가 말한다. 「흠, 여기 있으니 낯설어 그런 것뿐이에요. 금방 익숙해질 거예요.」

아이가 가져왔던 초를 든다. 나는 아이를 지켜보다가 갑자기 또 울음을 터트린다. 「어이쿠, 금방 잠이 올 거예요!」 아이가 말한다.

나는 어두운 게 싫다고 말한다. 혼자 있는 게 무섭다고 말한다. 아이가 주저한다. 아마도 스타일스 부인 생각을 하는 모양이다. 하지만 나는 용기를 내어 내 침대가 네 것보다 더 부드럽다고 말해 본다. 게다가, 겨울이고 끔찍하게 춥지 않느냐고 말해 본다. 아이는 마침내 내가 잠들 때까지 나랑 누워 있어 주겠노라 말한다. 아이가 촛불을 불어 끄자 어둠 속에서 연기 냄새가 난다.

아이가 자기 이름은 바버라라고 이야기한다. 자기에게 내가 머리를 기대게 해준다. 아이가 말한다. 「자, 이게 원래 아가씨 집이라니 멋지지 않아요? 그리고 여기가 마음에 들지 않아요?」

나는 네가 매일 밤 나와 누워 있어 준다면 조금은 좋아하게 될 것 같다고 말한다. 그리고 그 말에 아이가 다시 소리 내어 웃고는 깃털 침대 위에 좀 더 편안하게 자리를 잡는다.

아이는 하녀들이 잘 그러하듯 곧바로 그리고 깊이 잠이 들어 버린다. 아이에게서 얼굴에 바르는 제비꽃 크림 냄새가 난다. 아이의 잠옷은 가슴팍에 리본이 달렸고, 나는 장갑 낀 손으로 리본을 찾아 잠이 올 때까지 리본을 손에 쥐고 있다. 마치 내가 암흑천지로 굴러 떨어지고 있고, 리본이 바로 날 구해 줄 동아줄이라도 되는 것처럼.

내가 이 이야기를 당신에게 하는 것은, 날 지금의 나로 만든, 나에게 작용하는 힘들을 당신이 제대로 이해하도록 하기 위함이다.

다음 날, 나는 내게 주어진 을씨년스러운 방 두 칸에 갇혀 바느질을 하라고 강요받는다. 그러자 나는 전날 밤 어둠이 두려웠다는 것을 잊어버린다. 장갑 때문에 손놀림이 둔해지고 바늘이 손가락을 찌른다. 「못하겠요!」 나는 천을 찢어발기며 운다. 그러자 스타일스 부인이 나를 때린다. 드레스와 코르셋이 너무나 뻣뻣해서, 부인은 내 등을 때리다가 손바닥을 다친다. 나는 거기서 약간의 위안을 받는다.

초기엔 자주 얻어맞았다고 기억한다. 달리 어떨 수 있었겠는가? 나는 이전엔 활기 넘치는 습관과 병동의 야단법석과 스무 명의 여자들이 보내는 맹목적인 사랑 속에 살았다. 이제는 삼촌의 집에서 침묵과 규칙 때문에 발작을 일으키고 미친 듯이 화를 낸다. 내 생각에, 난 원래는 사랑스럽지만, 속박을 받으며 고집스러워진다. 나는 식탁에 있는 잔과 잔 받침을 바닥으로 집어던진다. 바닥에 누워 장화가 발에서 벗겨져 날아갈 때까지 발길질을 한다. 목에서 피가 나올 때까지 비명을 지른다. 내 격렬함은 처벌로 보답받고, 처벌은 갈수록 엄해진다. 손목을 묶이고 입에 재갈이 물려진다. 독방 또는 찬장에 갇힌다. 한번은 초를 쓰러뜨려 불꽃이 의자 술장식을 감아 오르며 연기가 날 때까지 내버려 뒀다. 웨이 씨가 나를 정원으로 끌고 가더니 외딴 길 끝의 얼음 저장고에 가둔다. 이제 그 냉기는 기억나지 않는다. 회색 얼음덩어리들만이 기억난다. 난 그전엔 얼음덩어리가 수정처럼 맑을 것이라 상상했다. 그러나 회색 얼음덩어리들이 수많은 시계가 한꺼번에 돌아가듯 냉랭한 정적 속에 틱틱거린다. 틱틱거리는 소리는 세 시간 동안 이어진다. 스타일스 부인이 나를 꺼내 주러 왔을 땐, 내 몸은 웅크린 채 굳어 버려 펴지지 않고 마치 약에 취하기라도 한 것처럼 약해져 있다.

부인이 그 때문에 끔찍하게 놀란 듯하다. 부인은 뒤쪽의 하인용 계단을 통해 조용히 나를 데려온 뒤 바버라와 함께 나를 목욕시키고 독한 술로 내 팔을 문지른다.

「만약에 아가씨가 손을 못 쓰게 되기라도 한다면, 하느님 맙소사, 릴리 씨는 평생토록 절대 우리에게 추천서를 써주지 않으실 거야!」

두려움에 떠는 부인을 보게 되다니 참으로 그럴듯하다. 나는 그 뒤로 하루 이틀 동안 손가락이 아프다고, 그래서 힘을 못 쓰겠다고 불평하면서 부인이 벌벌 떠는 모습을 지켜본다. 그리고 잠시 깜빡하고서는 부인을 꼬집는다. 이로써 부인은 내 손가락 힘이 돌아왔음을 알아채고 곧바로 내게 다시 벌을 준다.

이런 일이 한참 동안, 아마도 한 달은 지속한다. 내 어린 마음에는 훨씬 길게 느껴지지만 말이다. 삼촌은 말이 길들길 기다리듯 계속해서 기다린다. 때때로 삼촌은 스타일스 부인에게 나를 데리고 서재로 오라 하여 내 진척에 대해 묻는다.

「어떻게 되어 가고 있습니까, 스타일스 부인?」

「아직 좋지 않습니다, 나리.」

「아직도 난폭한가요?」

「난폭합니다, 그리고 덤벼듭니다.」

「시도는 해보았겠지요?」

부인이 고개를 끄덕인다. 삼촌은 우리를 다시 나가라 한다. 그러고 나면 더 많은 화와 분노와 눈물이 찾아온다. 밤이 되면 바버라가 고개를 흔든다.

「무슨 꼬맹이 아가씨가 이렇게 성질이 고약한가요! 스타일스 부인도 아가씨처럼 사나운 애는 처음 봤대요. 착하게 좀 굴 수 없어요?」

나도 전에 있던 집에선 착했다. 그리고 그 대가로 내가 어떻게 됐는지 보라! 다음 날 아침 나는 요강을 엎은 뒤 내용물을 양탄자에 지근지근 밟아 버린다. 스타일스 부인이 손을 쳐들며 비명을 지른다. 그리고 내 얼굴을 갈긴다. 그리고 나서 나처럼 옷을 반만 입은 상태에서 나만큼이나 멍해져서는 나를 화장방에서 삼촌 방으로 끌고 간다.

삼촌이 우리 모습에 질겁한다. 「하느님 맙소사, 이게 무슨 일이지요?」

「오, 너무나 끔찍합니다, 나리!」

「더 폭력적이 되었다는 건 아니겠지요? 그리고 책들 사이에서 갑자기 난동을 피울지도 모르는데 저 아이를 여기에 데리고 오다니요?」

그러나 삼촌은 시종일관 나를 바라보며 부인의 말에 끝까지 귀 기울인다. 나는 얼얼한 얼굴에 손을 얹고 창백한 머리는 어깨까지 늘어뜨린 채 뻣뻣한 자세로 서 있다.

마침내 삼촌이 안경을 벗고 눈을 감는다. 삼촌 눈이 꼭 발가벗은 듯하고 눈꺼풀이 무척 부드러워 보인다. 삼촌이 엄지와 잉크로 얼룩진 검지를 들어 올려 콧등을 문지른다.

「흠, 모드야.」 삼촌이 콧등을 문지르며 말한다. 「이것 참 유감스러운 소식이구나. 여기 스타일스 부인과 나와 여기서 일하는 모든 분들은 네가 좋은 버릇이 들기만을 기다리고 있단다. 난 간호사들이 널 이보단 좀 더 잘 길러 주었길 바랐는데. 네가 좀더 유순하길 바랐단 말이다.」 삼촌이 눈을 깜빡이며 내게 다가와 손을 내 얼굴에 얹는다. 「그렇게 움츠리지 마라, 꼬마야! 난 단지 네 뺨을 자세히 보려는 것뿐이다. 열이 나는 것 같구나. 그래, 스타일스 부인의 손이 좀 크긴 하다.」 삼촌은 주위를 둘러본다. 「그래, 여기 차가운 게 뭐가 있더라, 흠?」

삼촌이 책장을 자를 때 쓰는 날이 무딘 얇은 놋쇠 나이프를 찾아낸다. 삼촌은 몸을 구부려 칼날을 내 얼굴에 댄다. 삼촌의 태도는 부드럽고, 그래서 나를 겁에 질리게 한다. 삼촌의 목소리는 여자아이처럼 나긋나긋하다. 삼촌이 말한다. 「다친 걸 보니 마음이 아프구나, 모드. 정말이란다. 네가 다치는 걸 내가 바라리라고 생각하느냐? 내가 그럴 이유가 뭐가 있겠느냐? 다치길 바라는 게 분명한 건 너란다. 맞을 만한 짓을 일부러 하고 있으니 말이다. 내 생각에 넌 맞는 걸 좋아하는 게 분명하구나. 어디 보자, 이쪽이 더 차갑구나, 안 그러냐?」 삼촌이 반대쪽 날을 갖다 댄다. 몸이 부르르 떨려 온다. 아무것도 안 걸친 팔에 추위로 소름이 돋는다. 삼촌이 입을 연다. 「다들 기다리고 있어.」 한번 더 되풀이해 말한다. 「네가 좋은 버릇이 들기를 말이야. 음, 우리는, 브라이어에 사는 사람들은 기다리는 것을 상당히 잘한단다. 우리는 기다리고, 기다리고, 또 기다릴 수 있지. 스타일스부인과 여기 사람들은 그러라고 돈을 받는 거다. 나는 학자이고 천성적으로 그런 걸 잘한단다. 네 주위에 있는 내 수집품들을 둘러봐라. 이런 게 인내심 부족한 사람이 할 수 있는 일이라고 생각하느냐? 내 책들은 찾기 어려운 곳에서 오랜 시간에 걸쳐 구해 온 것들이다. 난 너보다 더 형편없는 책들조차 몇 주일이고 지루한 시간을 기꺼이 기다려 왔단 말이다!」 삼촌이 웃음을, 한때는 촉촉했을, 그러나 지금은 건조하기 짝이 없는 웃음을 터트린다. 칼끝을 내 턱 아래 한 곳으로 갖다 대고는 내 얼굴을 위로 올리고 살펴본다. 그러고선 칼을 내리고 한쪽으로 치운다. 안경다리를 귀 뒤로 끼워 넣는다.

삼촌이 말한다. 「저 아이가 또다시 문제를 일으키면, 스타일스 부인, 저 아이를 채찍질하라고 권하고 싶군요.」

아마도 아이들은 결국 말과 비슷한 존재여서, 길이 들 수 있는가 보다. 삼촌은 우리를 물러가게 한 뒤 다시 산더미 같은 종이로 돌아갔다. 그리고 나는 얌전하게 바느질로 복귀했다. 내가 유순해진 것은 채찍질을 당할지도 모른다는 생각 때문이 아니다. 인내심의 잔인함에 대해 알게 되었기 때문이다. 미친 자의 인내심만큼 끔찍한 것은 없다. 나는 미치광이들이 끝이 없는 작업을 수행하는 것을 보아 왔다. 밑이 새는 컵에서 다른 밑이 새는 다른 컵으로 모래를 나르거나, 닳아 올이 풀린 드레스의 땀수를 세거나, 햇살 속의 먼지를 세거나, 그리고 그 합계를 보이지 않는 장부에 적어 넣는 일을 말이다. 만약 저들이 여성이 아니고, 신사였고 부유했다면, 그랬다면 아마도 저들은 학자나 존경받는 고문으로 통했을 것이다. 나도 잘 모르겠다. 그리고 이건 물론, 삼촌의 특정 분야에 대한 열정을 완전히 알게 되면서 나중에야 든 생각이다. 그날 나는 어린 나름으로 그 열정의 표면만 슬쩍 곁눈질할 뿐이다. 그럼에도, 그 어두움이 보이고 그 침묵이 느껴진다. 사실상 그 어두움과 침묵이 바로 물이나 왁스처럼 삼촌의 집을 채우고 있는 어둠과 침묵이다.

만약 내가 대항해 싸운다면, 나는 저 안으로 깊이 끌려 들어갈 것이고, 그 안에 빠져 죽고 말 것이다.

그렇다면, 나는 대항하고 싶지 않다.

나는 저항을 완전히 멈추고, 그 끈적끈적하고 소용돌이치는 물살 속으로 몸을 내맡긴다.

그날이 아마도, 내 교육 첫날이 된다. 하지만 다음 날 여덟 시에 진정한 교육이 시작된다. 가정교사에게 가르침을 받는 일은 없다. 삼촌이 나를 직접 가르친다. 웨이 씨를 시켜 서재 바닥에 박혀 있는 집게손가락 가까이에 내 책상과 의자를 놓게 한다. 의자가 무척 높다. 앉으면 발이 의자에서 대롱거리고 무거운 신발 때문에 발이 욱신거리다가 결국엔 감각이 마비된다. 하지만 내가 안절부절 못하기라도 하면, 기침이나 재채기를 하기라도 하면, 삼촌이 와서 비단을 감은 구슬 줄로 내 손가락을 때리곤 한다. 결국, 삼촌의 인내심은 묘하게 쇠퇴하곤 하는 것이다. 그리고 자기는 날 다치게 하고 싶은 욕구가 전혀 없다고 주장하는데도 상당히 자주 날 상처 입힌다.

그래도 서재는 책에 곰팡이가 피는 것을 막으려고 늘 내 방보다 따뜻한 상태이고, 나는 내가 바느질보다는 글쓰기를 좋아한다는 것을 발견한다. 삼촌은 내게 종이에 조용히 굴러가는, 심이 부드러운 연필을 주고, 내 눈을 보호하라고 초록색 갓이 달린 독서등을 준다.

등은 열을 받으면, 먼지 타는 냄새가 난다. 야릇한 냄새이다. 나는 점점 이 냄새가 싫어진다! 내 젊음이 바싹 말라 타들어 가는 냄새가 난다.

내가 하는 일은 엄청나게 지루한 종류로서, 주로 여러 고서에서 글을 몇 장씩 뽑아 가죽으로 장정된 책에 베껴 쓰는 일이다. 책은 얇고, 책이 다 차면 그다음 일은 고무 지우개로 다시 지우는 것이다. 내가 베껴야 하는 글의 내용보다 이 일이 훨씬 더 기억에 남는다. 수없는 마찰을 통해 책장이 더러워지고 약해지고 잘 찢어지게 되기 때문이다. 그리고 낱장의 얼룩을 보거나 종이가 찢어지는 소리를 듣는 것은 감각이 예민한 삼촌에겐 견디기 어려운 일이기 때문이다. 사람들은 아이들은 누구나 죽은 자의 유령을 무서워한다고 말한다. 아이로서 내가 가장 무서워하는 것은 지나간 수업의 망령, 기억에서 불완전하게 지워진 수업이다.

나는 그걸 수업이라 부른다. 하지만 다른 여자아이들과는 다른 가르침을 받는다. 나는 부드럽고 명확한 발음으로 낭송하는 법을 배운다. 노래하는 법을 배운 적은 한 번도 없다. 꽃과 새의 이름을 배우는 대신, 책을 장정하는 가죽에 대해 훈련받는다.

예컨대, 모로코 가죽, 러시아 가죽, 송아지 가죽, 샤그랭[2] 같은 걸 배운다. 그리고 종이에 대해서도 훈련받는다. 네덜란드 종이, 당지, 색동지, 실크지 따위이다. 잉크도 배운다. 펜의 촉 날에 대한 것도, 잉크 번짐 방지 가루의 사용법도, 활자의 모양과 크기에 대해서도 배운다. 산세리프 , 앤티크체, 이집트체, 파이카체, 브러비어체, 에메랄드체, 루비체, 펄체······ 보석에서 이름을 따왔다. 사기다. 벽난로의 석탄재처럼 딱딱하고 둔탁하기 때문이다.

하지만 나는 빠르게 익혀 나간다. 계절이 바뀐다. 작은 보상이 주어진다. 새로운 장갑, 부드러운 밑창을 댄 슬리퍼, 드레스이다. 드레스는 첫 번 것만큼이나 뻣뻣하지만 벨벳으로 되어 있다. 나는 식당에서 커다란 떡갈나무 식탁의 한 끝에 앉아 은식기로 저녁을 먹어도 좋다고 허락받는다. 삼촌이 다른 끝에 앉는다. 삼촌은 옆에 독서대를 두고 앉으며 거의 말을 않는다. 하지만 만약 내가 운 나쁘게도 포크를 떨어뜨리거나 나이프로 접시를 긁기라도 하면, 삼촌은 고개를 들어 음습하고 무서운 눈길로 나를 뚫어져라 바라본다. 「손에 무슨 문제라도 있느냐, 모드? 그렇게 은식기로 긁어 댈 이유라도 있었느냐?」

「나이프가 너무 크고 너무 무거워요, 삼촌.」 한번은 내가 조바심을 치며 대답한다.

그러자 삼촌은 내 나이프를 치워 버리게 하고, 나는 손가락으로 먹어야 하는 처지가 된다. 삼촌이 좋아하는 요리는 오로지 피가 뚝뚝 떨어지는 고기와 심장, 그리고 송아지 발이어서 내 새끼 염소 가죽 장갑은 핏빛으로 물들어 버린다. 마치 원래 만들어진 재료로 회귀라도 하는 것 같다. 식욕이 싹 가셔 버린

2 장정에 쓰이는 오돌토돌한 가죽.

다. 내가 가장 좋아하는 것은 포도주이다. 포도주는 M 자가 새겨진 크리스털 잔에 담겨 나온다. 은제 냅킨 고리에도 같은 글자가 검게 변색한 채 새겨져 있다. 이 글자는 내 이름 모드를 상기시키기 위함이 아니라 내 어머니인 매리앤을 내게 상기시키기 위함이다.

어머니는 너무나 외딴 정원에서도 가장 외딴곳에 묻혀 있다. 그렇게 많은 하얀 비석 가운데 어머니의 것만이 고독한 회색 돌로 되어 있다. 나는 거기로 끌려가 무덤을 손질하라고 강요받는다.

「그럴 수 있다는 걸 감사하게 여기세요.」스타일스 부인이 가슴께에 팔짱을 끼고 내가 벌초하는 모습을 지켜보며 말한다. 「제 무덤은 누가 보살펴 줄까요? 전 분명 완전히 잊히고 말 거예요.」

부인의 남편은 죽었다. 아들은 선원이다. 부인은 죽은 어린 딸의 검은 고수머리를 모두 가져와 장식해 두고 있다. 부인은 내 머리털이 가시라서 거기에 다치기라도 할 것 같은 태도로 내 머리를 빗긴다. 정말 가시였으면 좋겠다. 내가 볼 때 부인은 날 채찍질할 일이 없어 아쉬워하는 것 같다. 부인은 아직도 날 꼬집어 팔에 멍이 들게 한다. 내 열정보다도 복종이 더 부인을 화나게 한다. 그리고 그런 부인의 모습을 보면서 나는 점점 더 유순해지고, 부인의 슬픔을 언뜻언뜻 봄으로써 내 완강하고 교묘한 유순함은 계속 빈틈없이 유지된다. 그러면 부인은 열을 내게 되고, 나를 더욱 꼬집게 된다. 이건 이제 부인에게 별 이득이 되지 않는다. 그리고 꾸짖는데, 이건 부인에게 손해다. 부인이 애통한 심정을 드러내기 때문이다. 나는 종종 부인을 공동묘지로 데려가 어머니의 비석 앞에서 있는 힘껏 폐를 부풀려 한숨을 쉬려 애쓴다. 시간이 흐르면서, 나는 부인의 죽은 딸 이름을 알아낸다. 난 정말이지 너무나 교활하다! 나는 부엌 고양이가 잔뜩 낳은 새끼 가운데 한 마리를 내 애완용으로 데려와 그 아이의 이름을 붙여 준다. 스타일스 부인이 근처에 오면 최대한 큰 소리로 꼭 이름을 부른다. 「이리 온, 폴리! 오, 폴리! 어쩜 이렇게 예쁘게 생겼니! 이 반지르르한 새까만 털은 또 어떻고! 이리 와, 엄마에게 키스해 줘.」

알겠는가, 어떤 환경이 날 이렇게 만들었는지?

스타일스 부인이 내가 하는 말을 듣고 몸을 떨며 눈을 끔벅인다.

「저 더러운 동물을 잉커 씨에게 가져다주고 물에 빠뜨려 죽이게 해!」 인내심의 한계에 다다르자 부인이 바버라에게 이렇게 말한다.

나는 달려가 얼굴을 숨긴다. 잃어버린 집과, 나를 사랑해 준 간호사들을 생각한다. 그리고 그러한 생각에 내 눈이 뜨거운 눈물로 서늘해진다.

「오, 바버라!」 내가 외친다. 「그런 일 없을 거라 말해 줘! 안 그럴 거라 말해 줘!」

바버라는 절대 자기는 못 그럴 거라고 말한다. 스타일스 부인이 바버라를 쫓아 버린다.

「아가씨는 교활하고 역겨워요.」 부인이 말한다. 「바버라가 그걸 모르리라 생각하지 마요. 바버라가 아가씨를, 그리고 아가씨의 간교한 행동을 꿰뚫어 보지 못하리라 생각하지 마요.」

그러나 그런 다음 격렬하게 펑펑 울게 되고 마는 쪽은 부인이다. 그리고 그런 부인을 살펴보면서 내 눈물은 곧 말라 버린다. 나에게 부인은 무슨 의미인가? 지금 내게 소중한 사람이 누가 있나? 전에는 내 어머니들, 즉 간호사들이 나를 구하기 위해 누군가를 보냈으리라고 생각했다. 여섯 달이 지났고, 다시 여섯 달이, 또다시 여섯 달이 지났다. 그리고 간호사들에게선 아무것도 오지 않았다. 나는 간호사들이 나를 잊었다고 확신한다. 「아가씨를 생각한다고요?」 스타일스 부인이 웃음을 터트린다. 「아이고, 정신 병원에서 아가씨의 자리는 이미 더 발랄한 다른 꼬마 아가씨로 채워졌을 거라고 감히 말씀드리고 싶네요. 확신컨대, 아가씨가 없어져서 간호사들은 무척 기뻤을 겁니다.」 시간이 흐르자, 부인의 말을 믿게 된다. 나도 잊기 시작한다. 새로운 삶이 길어질수록, 예전의 삶은 그에 비례해 점점 희미해진다. 혹은 때때로 예전의 삶이 꿈이나 희미한 기억 속에 떠올라 마음을 휘젓는다. 마치 잊힌 수업의 얼룩진 발작이 때때로 내 베낌책의 책장 위에 발작적으로 나타나듯이 말이다.

나는 어머니가 밉다. 누구보다도 먼저 나를 버리지 않았던가? 나는 침대 옆 작은 나무 상자에 어머니의 초상화를 넣어 둔다. 그러나 어머니의 예쁘장한 하얀 얼굴은 나와 전혀 닮지 않았고, 나는 점점 더 그 얼굴을 증오하게 된다. 「엄마, 안녕히 주무시라고 키스 해드릴게요.」 한번은 상자를 열며 내가 말한다. 그러나 그건 오로지 스타일스 부인을 괴롭히기 위해 하는 말일 뿐이다. 나는 초상화를 들어 입술에 갖다 대고, 부인이 내가 비탄에 젖어 있다고 생각하며 지켜보는 동안 이렇게 속삭인다. 「당신을 증오해.」 내 입김에 금 색깔이 흐려진다. 나는 그날 밤 이렇게 한 뒤, 다음 날 밤도, 또 다음 날 밤도 되풀이한다. 마침내, 시계가 늘 같은 박자로 똑딱거려야 하듯, 나도 이 일을 하지 않으면 침대에 누워 안절부절못하게 되어 버린다. 그러고 나면, 반드시 리본 주름을 완전히 펴서 조심스레 초상화를 놓아두어야 한다. 만약 액자 틀이 나무 상자의 벨벳 안감에 너무 세게 부딪치면 나는 액자를 도로 꺼내 다시 조심스레 넣어 두곤 한다.

스타일스 부인은 내 이 모든 행동을 기묘한 표정으로 바라본다. 나는 바버라가 오기 전에는 절대로 안정이 되질 않는다.

그동안 삼촌은 나를 계속 지켜보면서 내 글씨와 손과 목소리가 모두 현저히 개선되었음을 알아차린다. 삼촌은 때때로 브라이어에 신사들을 불러 즐겁게 해주곤 한다. 이제 삼촌은 나를 저들 앞에 세우고 글을 읽게 한다. 나는 무슨 내용인지 이해도 못하면서 생소한 책을 읽어 내려간다. 그리고 신사들은 스타일스 부인처럼 기묘한 표정으로 나를 바라본다. 나는 점점 거기에 익숙해진다. 낭독을 마치면 삼촌에게 배운 대로 무릎 굽혀 인사를 한다. 나는 무릎 굽히며 하는 인사를 무척 잘한다. 신사들은 손뼉을 치고, 나와 악수를 하거나 내 손을 쓰다듬는다. 저들은 종종 내게 내가 무척 희귀한 재능을 지녔다고 말해 준다. 나는 내가 일종의 천재라고 믿고 저들의 시선을 받으며 얼굴을 붉히고 우쭐해진다.

하얀 꽃도 시들어 떨어지기 전에는 그런 식으로 붉게 물든다. 어느 날 나는 삼촌 방에 갔다가 내가 쓰던 작은 책상이 사라지고 삼촌의 책들 사이에 자리가 마련된 것을 본다. 삼촌이 내 표정을 보고 가까이 오라고 손짓한다.

「장갑을 벗어라.」 삼촌이 말한다. 장갑을 벗자 나는 평범한 물건의 표면을 만지면서도 몸을 떤다. 쌀쌀하고 고요하고 햇살 없는 날이다. 이미 브라이어에 온 지 두 해가 지났다. 나는 아이처럼 뺨이 둥그렇고 목소리가 높다. 아직 여자로서 피를 흘리지는 않는다.

「그래, 모드.」 삼촌이 말한다. 「마침내 저 놋쇠 손가락을 넘어 여기 내 책들 있는 곳까지 오는구나. 이제 네가 할 일의 진정한 부분을 배울 차례이다. 겁이 나느냐?」

「조금은요, 삼촌.」

「겁나는 것도 당연하지. 무서운 일이 기다리고 있으니 말이다. 나를 학자라고 생각하지, 흠?」

「네, 삼촌.」

「음, 난 학자 이상이다. 독(毒)의 관리자이지. 이 책들은……
보렴, 눈여겨봐라! 잘 봐두란 말이지! 이게 바로 내가 말한 독들
이다. 그리고 이건…….」이 부분에서 삼촌은 책상 위에 어지럽
게 흩어져 있는, 잉크로 얼룩진 엄청난 종이 더미 위에 경건하게
손을 올려놓는다. 「이게 독의 목록이다. 이 목록을 통해 새로운
독은 자기 자리를 찾아 적절한 서재에 닿게 되지. 이게 완성되
면, 이 주제에 대해 더 완벽한 작업은 없게 될 거다. 나는 수많은
세월을 바쳐 이걸 만들고 개정해 왔지. 그리고 필요하다면 앞으
로 더 많은 세월을 바칠 거다. 나는 독 속에서 너무나 오래 일해
와서 이제는 여기에 면역이 되었단다. 그리고 내 목표는 네가
날 도울 수 있도록 너도 면역이 되게 만드는 거지. 내 눈은……
내 눈을 봐라, 모드.」삼촌이 안경을 벗고 자기 얼굴을 내게 들
이댄다. 그리고 나는 전에 한 번 그랬듯이, 삼촌의 부드러운 벗
은 얼굴을 보고 뒤로 움찔하고 물러선다. 하지만 이번에는 색안
경 뒤에 숨어 있던 눈을 본다. 어떤 막이, 혹은 흐릿함이 눈 위
를 덮고 있다. 「눈이 갈수록 약해진다.」삼촌이 다시 안경을 끼
며 말한다. 「네가 대신 봐주면 내가 덜 봐도 될 거다. 네 손이 내
손이 될 것이다. 너는 맨손으로 여기서 일을 하게 될 것이다. 바
깥세상, 즉 이 방 너머의 저 평범한 세상에서는 황산과 비소를
다룰 때 반드시 피부를 보호하며 일해야 하지만 말이다. 그러나
넌 저들과 다르다. 여기가 네가 진정으로 있을 곳이다. 내가 그
렇게 만들어 두었다. 한 방울 두 방울씩 네게 독을 먹여 왔지.
이젠 좀 더 많은 양을 삼킬 때가 되었다.」

삼촌이 돌아서서 서가에서 책을 한 권 꺼내 내게 건네며 내
손가락을 책에 대고 꾹 누른다.

「다른 사람들 눈에 뜨이지 않게 해라. 네가 하는 일이 평범하

지 않다는 것을 기억해라. 교육받지 못한 자들의 눈과 귀에는 기묘하게 보일 일이다. 남들에게 말한다면 저들은 네가 오염되었다고 생각할 것이다. 내 말 이해하겠느냐? 나는 네 입술에 독을 묻혔다, 모드. 기억해라.」

책의 제목은 『걷힌 커튼, 혹은 로라의 교육』이다. 나는 홀로 앉아 표지를 넘기고, 마침내 신사들이 박수를 아끼지 않던, 내가 읽어 온 것들의 내용을 이해한다.

세상은 그걸 쾌락이라 부른다. 삼촌은 그걸 수집한다. 철저히 보호되는 서가에 깨끗이 보관하고, 순서대로 정리한다. 그러나 그 보관이란 것이 매우 묘하다. 책을 위해 책을 갖는 것이 아니다. 절대로, 절대로 그렇진 않다. 그보다는, 기묘한 탐욕의 충족을 위한 연료를 제공하기 때문에 보관한다.

내 말은, 책벌레의 탐욕이다.

「여길 봐라, 모드.」 삼촌은 서가의 유리문을 도로 닫고, 꺼낸 책의 표지를 손가락으로 쓰다듬으며 내게 부드럽게 말하곤 한다. 「이 종이의 대리석 무늬와, 책등의 모로코 가죽과 금박 입힌 가장자리가 보이느냐? 이 표지 무늬도 눈여겨봐라, 어서.」 삼촌은 책을 기울여 내게 보여 주지만, 경계심에서 내가 만지게 허락하지는 않는다. 「아직은 안 돼, 아직은! 아, 이것도 좀 보렴. 검은 글씨로 되어 있지. 하지만 보렴, 제목은 붉은색으로 강조했지. 화려하게 장식한 대문자들과, 본문만큼이나 넓은 여백. 이런 엄청난 낭비라니! 그리고 여기도 보렴! 평범한 두꺼운 종이지. 하지만, 여기, 이 권두 삽화를 보렴.」 삽화에는 소파에 기대어 있는 숙녀와 그 옆의 신사가 그려져 있고, 그림 속에서 신사는 발가벗은 채 남근 끝이 심홍색으로 칠해져 있다. 「보렐풍이다. 굉장히 드문 거란다. 내가 젊은 시절에 리버풀의 한 상점에서 단돈 1실링에 샀지. 이젠 50파운드를 준다 해도 안 판다. 이런, 이런!」삼촌은 내 얼굴이 붉어진 것을 보았다. 「여기서 여학생처럼 얌전떠는 것은 금물이다! 내가 겨우 너 얼굴 붉히는 거 보려고 널 여기 내 집까지 데려와 내 수집품에 대해 가르쳤겠느냐? 그래, 더는 그러면 안 된다. 여긴 일하는 곳이지 놀러 온 게 아니다. 표현법을 꼼꼼히 조사하다 보면 내용은 금세 잊게 될 거다.」

그런 식으로 삼촌은 내게 여러 번에 걸쳐 말한다. 나는 삼촌을 믿지 않는다. 나는 열세 살이다. 초기에 책을 볼 때는 일종의 공포심이 한가득 밀려온다. 아이들이 여자와 남자가 되어 가면서 책에 나오는 묘사대로 해야만 한다니, 끔찍하게 여겨지기 때문이다. 욕정이 자라나고, 비밀스러운 돌출부와 구멍이 생겨나고, 열광과 위기를 즐기는 성향이 생겨나고, 오로지 쓰라린 육체의 끝없는 합체만을 추구해야만 하다니 말이다. 나는 내 입이 수없는 키스로 막히는 상상을 한다. 내 다리의 갈라진 부분을 상상한다. 남이 나를 손가락으로 만지작거리고 관통하는 것을 상상한다……. 말했듯이 나는 열세 살이다. 흥분이 공포를 이겨 낸다. 나는 매일 밤 바버라의 옆에서 누워, 바버라가 자는 동안 깨어 있기 시작한다. 한번은 담요를 걷고 바버라의 가슴 굴곡을 살펴본다. 그리고 바버라가 목욕하고 옷을 입는 동안 열심히 바버라를 살펴본다. 바버라의 다리는, 내가 이미 삼촌의 책을 통해 매끄러워야 한다고 알고 있는데도, 털로 거뭇거뭇하다. 다리 사이의 그곳은, 말끔하고 금발이어야 할 텐데도, 가장 색이 검다. 그 점이 날 괴롭힌다. 그리고 마침내, 어느 날 내가 바라보는 것을 바버라가 알아챈다.

「뭘 그리 보고 계세요?」바버라가 말한다. 「네 보지.」내가 대답한다. 「왜 그렇게 새까만 거야?」

바버라는 공포에 사로잡힌 듯이 깜짝 놀라며 저 멀리 떨어져 가서는 치마를 내리고 가슴을 손으로 가린다. 뺨이 선홍색으로 불타 오른다. 「오!」 바버라가 외친다. 「전 아니에요! 어디서 그런 단어를 배우신 거죠?」

「삼촌에게서.」 내가 말한다.

「오, 이 거짓말쟁이! 아가씨 삼촌은 신사이세요. 스타일스 부인에게 이르겠어요!」

바버라는 정말로 이른다. 스타일스 부인이 날 때리리라 생각하지만 부인은 그러는 대신 바버라처럼 깜짝 놀라 뒤로 물러난다. 하지만 그다음에는 바버라에게 나를 잡고 있으라고 하곤 비누를 집어 들고 내 입 안에 눌러 댄다. 세게 누르고, 그다음엔 내 입술과 혀에 앞뒤로 문질러 댄다.

「악마처럼 말하다니, 그러고 싶어요?」 손을 멈추지 않으면서 부인이 말한다. 「창녀나 더러운 야수처럼? 쓰레기 같은 아가씨 어머니처럼? 그러고 싶어요? 그러고 싶은 건가요?」

그리고 부인은 손을 놓아 날 떨어뜨리고선, 선 채로 손을 앞치마에 닦아 마무리한다. 그날 밤 이후로 부인은 바버라를 원래 자기 침대에 가서 자게 한다. 그리고 우리 방 사이의 문을 살짝 열어 놓고 불을 꺼두게 한다.

「하느님 아버지, 아가씨가 최소한 장갑은 끼게 해주셔서 감사합니다.」 부인의 기도 소리가 들린다. 「덕분에 더 나쁜 짓은 저지르지 않을 수 있을 테니까요⋯⋯.」

나는 혀에 상처가 나고 피가 흐를 때까지 입을 씻는다. 울고 또 운다. 그러나 아직도 입에서 라벤더 맛이 난다. 결국, 내 입술에 독이 들어 있는 게 분명하다는 생각이 든다.

하지만 곧 마음 쓰지 않게 된다. 내 보지도 바버라처럼 검어지고, 삼촌의 책이 거짓으로 가득함을 깨닫게 되고, 그래서 책은 모두 진실이라 여겼던 자신을 경멸한다. 뜨겁던 뺨이 식고, 홍조가 사라지고, 사지에서 열이 내린다. 흥분은 전부 냉소로 바뀐다. 나는 목적한 대로 커간다. 나는 사서가 된다.

삼촌이 종이에서 얼굴을 들고 말한다. 「『정욕에 찬 터키인』을 어디에 두었더라?」

「여기에 있어요, 삼촌.」 내가 대답하곤 한다. 1년 안에 나는 서가에 있는 모든 책의 위치를 알게 된다. 나는 삼촌이 세운 위대한 목록 계획을 알게 된다. 삼촌이 만드는 〈프리아포스[3]와 비너스의 문헌 총록〉이다. 다른 여자아이들이 바늘이나 베틀로 훈련을 받을 때, 나는 삼촌에 의해 프리아포스와 비너스에 모든 시간을 바쳤기 때문이다.

나는 삼촌의 친구들을 알게 된다. 이 신사들은 브라이어를 방문해 여전히 내 낭독을 듣는다. 이제는 이들이 출판업자요, 수집가요, 경매인임을 안다. 삼촌이 하는 작업의 열렬한 팬들이다. 이들은 삼촌에게 매주 더 많은 책을, 그리고 편지를 보낸다.

「〈릴리 씨에게: 클리랜드에서 보냅니다. 파리의 그리베는 사라진 소돔 문제에 대해 더 아는 바가 없다고 주장하고 있습니다. 제가 계속 찾아볼까요?〉」

내가 편지를 읽자 삼촌이 안경 뒤로 눈살을 심하게 찌푸린다.

「어떻게 생각하느냐, 모드?」 삼촌이 말한다. 「음, 이젠 마음 쓰지 말자. 클리랜드는 침체 상태로 놔두고 봄에 좀 더 정보가 나오길 희망하자꾸나. 그래, 그건 그렇고. 어디 보자…….」 삼촌이 책상 위에 놓인 긴 종이들을 갈라놓는다. 「이제, 『열정의 축제』차례로구나. 아직도 제2권을 호트리 씨에서 대출받아 둔 상

3 그리스 신화에 나오는 성욕과 생산의 신.

태이더냐? 그걸 베껴라, 모드…….」

「그럴게요.」 내가 말한다.

당신은 내가 고분고분하다고 생각할 것이다. 하지만 그 외에 뭐라 답할 수 있겠는가? 초기에 한번은 나도 모르게 하품을 한다. 삼촌이 그런 나를 살펴본다. 삼촌은 종이에서 펜을 떼고 천천히 펜촉을 굴린다.

「네 일을 지루해하는 것 같구나.」 삼촌이 마침내 입을 연다. 「아마도 네 방으로 돌아가고 싶겠지.」 나는 아무 말도 않는다. 「그러고 싶으냐?」

「그런 것 같아요, 삼촌.」 잠시 후 내가 대답한다.

「그런 것 같다라. 그래, 좋다. 그럼 책을 제자리에 갖다 놓고 가거라. 하지만 모드…….」 내가 문으로 가로질러 가는 동안 말이 이어진다. 「스타일스 부인에게 네 벽난로에 연료를 때지 말라고 일러 두어라. 게으름을 피우는 동안에도 널 따뜻하게 해주려고 내가 돈을 써야 한다고 생각하는 건 아니겠지, 흠?」

나는 망설이다가 문을 나선다. 지금은 다시 겨울이다. 하지만 이 집은 언제나 겨울인 것만 같다! 나는 외투로 몸을 꽁꽁 감싼 채 앉아 있다가 옷을 갈아입고 저녁을 먹으러 내려간다. 하지만 내가 식탁에 앉고 웨이 씨가 내 접시로 음식을 가져오는데 삼촌이 웨이 씨를 저지한다. 「고기를 주지 마십시오.」 삼촌이 무릎에 냅킨을 펼치며 말한다. 「게으른 여자아이에겐 필요 없어요. 이 집에선 안 됩니다.」

그러자 웨이 씨가 고기 접시를 다시 가져가 버린다. 웨이 씨 밑에서 조수로 일하는 찰스가 안되었다는 표정을 한다. 저놈을 때려 주고 싶다. 대신 나는 치맛자락 안에서 손을 비틀며, 예전에 눈물을 삼켰듯 분노를 삼키며, 삼촌의 잉크로 얼룩진 혀에 고기가 미끄러져 들어가는 소리를 들으며, 나가도 좋다고 할 때까지 앉아서 기다려야 한다.

다음 날 여덟 시에 나는 예전의 일로 복귀한다. 그리고 다시는 하품을 하지 않도록 조심한다.

계속 달이 흐르고 나는 성장한다. 좀 더 호리호리해지고 좀 더 창백해진다. 나는 아름다워진다. 치마와 장갑과 슬리퍼가 작아진다. 삼촌이 어렴풋이 알아차리고 스타일스 부인에게 일러 예전 것과 똑같은 모양으로 새 드레스 감을 끊어 주게 한다. 부인은 명대로 하고, 내게 옷을 꿰매게 한다. 부인은 내가 삼촌 취향대로 입는 것을 보면서 사악한 기쁨을 누리는 게 분명하다. 한편으론, 아마도 딸을 애도하느라 부인은 어린 소녀가 결국은 여자가 된다는 것을 잊은 듯하다. 어쨌거나, 나는 브라이어에 너무 오래 있었고, 규칙성에서 이제는 편안함을 느낀다. 장갑과 뼈대가 단단한 드레스에 익숙해졌고, 드레스 끈을 풀면 늘 첫 순간에 몸이 움츠러든다. 옷을 벗으면 마치 삼촌의 안경 벗은 눈처럼 발가벗겨진 듯한, 그리고 안전하지 못한 느낌이 든다.

잠이 들면 나는 가끔 가위에 눌린다. 한번은 열이 나서 의사가 나를 진찰하러 온다. 의사는 삼촌 친구 가운데 한 명이며 내 낭독을 들은 적이 있다. 의사는 내 턱 아래 부드러운 살을 만지작거리고, 엄지를 내 양 볼에 대고, 내 눈꺼풀을 감긴다. 의사가 묻는다. 「평범하지 않은 생각 때문에 마음이 괴로운가요? 하긴, 예상할 수 있는 일이지요. 당신은 특별한 소녀니까요.」 의사는 내 손을 쓰다듬고는 내게 약을 처방한다. 물 한 잔에 한 방울을 타 마시는 약이다. 「흥분을 가라앉히는 약입니다.」 바버라는 스타일스 부인이 지켜보는 가운데 그 혼합물을 만든다.

그리고 바버라가 결혼하여 내 곁을 떠나고 새로운 하녀가 온다. 이름은 아그네스이다. 키가 작고 새처럼, 남자들이 둥지 채 가져오는 조그만, 너무나 조그마한 새들처럼 호리호리하다. 아그네스는 붉은 머리에 피부가 희고 습기에 얼룩진 종이처럼 주근깨가 퍼져 있다. 열다섯 살이고 버터처럼 순수하다. 아그네스는 삼촌이 친절하다고 생각한다. 그리고 처음에는 나도 친절하다고 생각한다. 아그네스를 보면 예전의 내가 생각난다. 한때의 내 모습이, 지금 내가 되어 있어야 할 모습이, 그리고 앞으로 다시는 될 수 없을 모습을 떠올리게 한다. 그래서 아그네스가 싫다. 아그네스가 서투른 모습을 보일 때, 느리게 행동할 때, 나는 아그네스를 때린다. 그러면 아그네스는 더 서툴러진다. 그러면 나는 또 때린다. 아그네스가 운다. 눈물 젖은 아그네스의 얼굴에는 아직도 내 모습이 남아 있다. 나는 닮은 점을 더 많이 생각해 낼수록 점점 더 심하게 때린다.

그렇게 내 삶이 지나간다. 당신은 내가 평범한 삶은 잘 모를 거라고, 그래서 내 삶이 기묘하다는 걸 내가 잘 모르리라고 생각할 터이다. 그러나 나는 삼촌 책 말고 다른 책들도 읽는다. 그리고 우연히 하인들의 말을 듣고 표정을 보고 기타 등등의 그런 것들을 통해, 그리고 잔심부름하는 하녀와 마부들의 궁금해하는, 그리고 동정하는 눈짓을 통해 나는 내가 얼마나 기이하게 자라났는지 잘 알고 있다.

나는 소설에 나오는 가장 지저분한 난봉꾼만큼이나 세속적이다. 하지만 삼촌 집에 온 뒤로는 한 번도 정원 담 이상으로 멀리 가 본 적이 없다. 나는 모든 것을 안다. 나는 아무것도 모른다, 앞으로도 당신은 이 점을 반드시 기억해야 한다. 내가 무엇을 할 수 없고, 무엇을 본 적이 없는지 당신은 기억해야 한다. 예컨대, 나는 말을 타지 못하고, 춤을 추지 못한다. 쓰기 위해 은화를 손에 들어 본 적도 없다. 나는 연극도, 철도도, 산도, 바다도 본 적이 없다.

나는 런던을 본 적이 없다. 하지만 나는 내가 런던도 잘 안다고 생각한다. 삼촌의 책을 통해 알고 있다. 내가 알기로 런던은 강 위에 세워져 있다. 삼촌의 정원 너머로 흐르는 바로 그 강이 훨씬 더 넓어진 강이다. 나는 그 점 때문에 즐겨 강가를 산책하곤 한다. 강에는 반쯤은 썩어 버린 낡은 너벅선이 뒤집혀 있다. 선체에 난 구멍들이 갇혀 있는 내 상태를 끊임없이 조롱하는 것처럼만 보인다. 그러나 나는 배 위에 앉아 물가의 골풀을 바라보는 게 좋다. 바구니에 담겨 떠가다가 왕의 딸에게 발견된 아이에 관한 성서 이야기를 기억한다. 나도 아이를 발견하고 싶다. 기르고 싶어서가 아니다! 내가 바구니 안의 그 자리를 차지하고 아기는 나대신 기르라고 브라이어에 남겨 주고 싶어서이다. 나는 종종 런던에서 살면 어떨지에 대해 생각해 보곤 한다. 그리고 나와 결혼하겠다고 나설 사람에 대해 생각해 보곤 한다.

내가 아직 어릴 때, 그리고 공상에 젖어 살 때는 그런 생각을 한다. 좀 더 나이가 들자 나는 강가를 거닐기보다는 창가에 서서, 직접 보이진 않아도, 강이 있을 곳을 바라보곤 한다. 나는 몇 시간이고 내 방 창가에 서 있다. 그리고 어느 날, 삼촌 서재의 창문 유리를 덮고 있는 노란 페인트 속에 손톱으로 작고 완벽한 초승달을 그려 넣고 그 뒤로 가끔 거기에 기대어 내 눈을 갖다 댄다. 비밀스러운 장롱의 열쇠 구멍을 들여다보는 호기심 많은 부인처럼.

그러나 나는 장롱 안에 있고, 그곳에서 나가기를 열망한다……

그리고 내 나이 열일곱에 리처드 리버스가 브라이어에 온다. 음모와, 약속과, 속아서 나를 돕게 될 어리석은 여자아이의 이야기를 가지고서.

8

이미 말했다시피, 삼촌은 종종 관심 있어 하는 신사들을 집에
초대해 함께 저녁을 든 뒤 내게 책을 낭독케 하는 습관이 있다.
이번에도 삼촌이 신사들을 초대한다.

「오늘 밤엔 단정하게 입어라, 모드.」 서재에 서서 장갑의 단추
를 채우고 있는데 삼촌이 내게 말한다. 「손님들이 오실 거다. 호
트리 씨, 허스 씨, 그리고 또 한 명, 처음 오는 분이 계실 거다.
우리 그림을 배접하는 일로 그 사람을 고용할까 싶구나.」

우리의 그림. 별개의 서재에는 삼촌의 책과 더불어, 삼촌이 마
구잡이로 수집해 온 음탕한 판화들이 가득 든 서랍장들이 있다.
삼촌은 그 그림들을 편집하고 배접해 줄 사람을 고용해야겠다
고 종종 이야기해 왔지만 아직 적당한 인물을 찾지 못하고 있었
다. 그런 종류의 일에는 아주 특별한 자질이 요구되는 법이다.

삼촌이 내 눈빛을 알아차리고 입술을 삐죽이 내민다. 「그 외
에도, 호트리 씨가 우리에게 줄 선물이 있다고 하더구나. 우리
목록에는 없는 내용의 책이라는구나.」

「멋진 소식이네요.」

아마도 나는 무척 건조한 목소리로 말한다. 그러나 삼촌은,
그 자신이 건조한 사람이긴 해도, 내 말투에 그다지 주의를 돌

리지 않는다. 그저 손을 들어 눈앞의 긴 종이들을 두 무더기로 갈라놓을 뿐이다. 「그래, 그건 그렇고. 어디 보자…….」

「이제 나가 봐도 될까요, 삼촌?」

삼촌이 올려다본다. 「시간이 되었느냐?」

「그런 것 같은데요.」

삼촌은 주머니에서 리피터를 꺼내 귀에 갖다 댄다. 손잡이 부분을 빛바랜 벨벳으로 꿰매 놓은 서재 문 열쇠가 시계 옆에서 소리 없이 흔들거린다. 삼촌이 말한다. 「그럼 나가 봐라, 어서. 이 늙은이는 책 사이에 그냥 내버려 두고. 나가 놀아라. 하지만 조용히 놀아야 한다, 모드.」

「예, 삼촌.」

때때로 나는 삼촌이 내가 자기에게 잡혀 있지 않을 때는 어떻게 시간을 보낸다고 생각할지 궁금하다. 내가 볼 때 삼촌은 자기만의 고유한 책 세상, 즉 시간이 이상한 방식으로 흐르거나 혹은 아예 흐르지 않는 그곳에 너무나 익숙해져 있어서 나를 영원히 나이 먹지 않는 아이로 여기는 것이 아닌가 싶다. 가끔은 나도 자신을 그런 식으로, 다르게 살았다면 이미 뛰어넘었어야 할 그런 식으로 생각하곤 한다. 마치 중국의 전족 신처럼 짧고 옥죄이는 드레스와 벨벳 장식 띠가 날 못 자라게 하고 있는 것처럼 말이다. 삼촌 당신은, 아직 50줄은 안 된 게 확실한데도, 언제까지나 엄청나게 나이가 많을 것처럼 느껴진다. 흐릿한 호박 조각 속의 파리가 이제 더는 꼼짝도 하지 않고 변하지도 않지만 늘 나이 든 채로 남아 있듯 말이다.

나는 실눈으로 책장을 바라보는 삼촌을 뒤로하고 나온다. 신에 부드러운 밑창이 대어져 있어 걸어도 거의 소리가 나지 않는다. 나는 아그네스가 기다리는 내 방으로 향한다.

아그네스는 바느질을 하고 있다. 아그네스는 내가 오는 것을 보고 움찔 놀란다. 그런 식으로 움찔대는 게 나처럼 신경질적인 사람에게 얼마나 짜증을 불러일으키는지 아는가? 나는 선 채로 아그네스가 바느질하는 모습을 지켜본다. 아그네스가 내 눈길을 의식하고 몸을 떨기 시작한다. 아그네스의 바늘땀이 점점 길어지고 삐뚤삐뚤거리기 시작한다. 마침내 나는 아그네스의 손에서 바늘을 빼앗아 아그네스의 살에다 대고 부드럽게 찌른다. 그러고는 바늘을 뽑아 올린다. 다시 찌른다. 예닐곱 번 아니, 그이상 바늘을 계속 찌르고, 마침내 아그네스의 손가락 마디에 자리 잡은 주근깨 사이사이로 바늘 침 자국이 보인다.

「오늘 밤 여기로 신사들이 오실 거야.」내가 계속 손을 놀리며 말한다. 「처음 오는 분도 한 분 계시지. 젊고 잘생긴 분이실까?」

나는 아그네스를 놀리려고 굉장히 나른하게 말한다. 나에겐 아무 의미도 없는 일이다. 그러나 아그네스는 내 말에 얼굴을 붉힌다.

「제가 어떻게 알겠어요, 아가씨.」아그네스가 눈을 깜빡이며 고개를 옆으로 돌린다. 하지만 손을 빼지는 않는다. 「어쩌면 그럴지도 모르죠.」

「그렇게 생각해?」

「누가 알겠어요? 그럴 수도 있겠다는 거죠.」

새로운 생각이 번뜩 떠오르며 나는 아그네스를 좀 더 세밀히 살펴본다.

「그랬으면 좋겠어?」

「좋겠느냐고요, 아가씨?」

「좋겠느냐고, 아그네스. 지금 내 눈엔, 네가 좋아할 것 같아 보이는데. 내가 그 사람에게 네 방으로 가는 길을 알려 줄까? 문가에서 엿듣지 않을게. 네가 사생활을 가질 수 있게 방문을 잠가 둘게.」

「오, 아가씨, 말도 안 돼요!」

「그래? 자, 손을 뒤집어.」아그네스는 내 말을 따르고 나는 바늘을 좀 더 세게 찔러 넣는다. 「이제, 손바닥을 바늘로 찔리면서, 안 좋아한다고 말해 봐!」

아그네스는 손을 빼내 입으로 빨다가 울기 시작한다. 아그네스가 우는 모습을, 그리고 내게 찔린 부드러운 살을 입으로 빠는 모습을 보자, 처음엔 마음이 안 좋다가 그다음엔 심란해진다. 그러고는 지겨워진다. 나는 우는 아그네스를 뒤로하고 삐걱대는 창가에 가 서서 벽과 골풀과 템스 강으로 이어지는 잔디밭에 시선을 준다.

「좀 조용히 해줄래?」아직도 숨을 고르고 있는 아그네스에게 내가 말한다. 「꼴이 그게 뭐니! 그깟 신사 하나 때문에 눈물을 쏟다니! 그 남자가 잘생기지도, 심지어는 젊지도 않을 수 있다는 거 몰라? 절대로 그런 남자는 없을 거란 거, 몰라?」

하지만 물론, 그 남자는 양쪽 모두를 갖추고 있다.

「리처드 리버스 씨란다.」삼촌이 말한다. 그 이름이 상서롭게 들린다. 훗날 나는 그 이름이 가짜인 걸 알게 된다. 리버스 씨의 반지들, 미소, 예의범절만큼이나 가짜이다. 하지만 나는 응접실에 서 있고 저 남자는 몸을 일으켜 내게 고개 숙여 인사하려는 이때에 내가 무엇 때문에 저 사람을 의심하겠는가? 잘생긴 용모에, 이가 고르고, 삼촌보다 거의 1피트는 더 크다. 빗어 넘긴 머리에는 기름이 발라져 있지만 장발이다. 곱슬머리가 조금 튀어나와 이마에 흐트러져 있다. 리버스 씨가 계속해 손을 흐트러진 머리에 갖다 댄다. 손이 갸름하고 매끈하고 무척 희다. 그러나 손가락 하나만은 담배 때문에 누렇게 얼룩져 있다.

「릴리 양.」리버스 씨가 내게 허리 숙이며 말한다. 흐트러져 있던 머리가 앞으로 떨어지고 리버스 씨는 얼룩진 손으로 머리카락을 들어 뒤로 넘긴다. 목소리가 상당히 나직하다. 삼촌 때문에 그런 것 같다. 호트리 씨에게 사전에 주의를 받은 게 분명하다.

호트리 씨는 런던의 서적상이자 출판업자로, 브라이어에는 이미 여러 차례 온 바 있다. 호트리 씨가 내 손을 잡고 손등에 키스한다. 그 뒤로 허스 씨가 나타난다. 허스 씨는 수집을 즐기는 신사로, 삼촌과는 젊은 시절부터 친구이다. 허스 씨도 내 손을 잡지만, 손을 당겨 날 자기 가까이 끌더니 내 뺨에 키스한다. 「사랑스러운 아가씨.」 허스 씨가 말한다.

허스 씨는 계단에서 몇 번이나 날 놀라게 한 적이 있다. 허스 씨는 내가 계단을 오를 때 가만히 서서 바라보는 걸 즐긴다.

「잘 지내셨어요, 허스 씨?」 무릎 굽혀 인사하며 내가 말한다.

하지만 내 눈길은 리버스 씨를 향한다. 그리고 리버스 씨 쪽으로 한두 번 정도 고개를 돌렸다가, 리버스 씨가 생각에 잠긴 눈길로 내게 시선을 고정하고 있는 모습을 본다. 리버스 씨는 나를 저울질하고 있다. 아마도 내가 이렇게 아름다울 줄 생각지 못한 듯하다. 어쩌면 리버스 씨가 들은 소문의 미모에 내가 못 미치는지도 모른다. 모르겠다. 하지만 저녁 종이 울리고 삼촌 옆으로 가 함께 식탁으로 가면서 리버스 씨의 주저하는 모습을 본다. 리버스 씨는 내 옆 자리를 택한다. 리버스 씨가 그러지 않았으면 좋았을 것이다. 내 생각에 리처드 씨는 계속 나를 지켜볼 것이고, 나는 식사할 때 시선 받는 걸 좋아하지 않기 때문이다. 웨이 씨와 찰스가 조용히 주위를 돌아다니며 잔을 채워 준다. M 자가 새겨진 내 크리스털 잔에도 채워 준다. 음식이 접시에 담기고, 하인들이 물러간다. 하인들은 손님이 있을 때는 식당을 떠나 있다가 음식을 새로 낼 때만 돌아온다. 브라이어에서 다른 모든 일이 그러하듯, 우리는 시계 종이 울려야 식사를 한다. 신사들은 한 시간 반 동안 저녁 식사를 계속한다.

이날 밤은 산토끼 수프가 나온다. 그리고 껍질은 바삭하고 뼈는 분홍색이며 속은 향신료로 채워진 거위 요리가 테이블을 돈다. 호트리 씨가 맛있는 신장을 가져가고 리버스 씨가 심장을 차지한다. 나는 리버스 씨가 내미는 접시를 사양한다.

「배가 고프지 않으신 것 같다는 생각이 드는군요.」리버스 씨가 내 얼굴을 바라보며 조용히 말한다.

「거위를 좋아하지 않으시나요, 릴리 양?」호트리 씨가 묻는다. 「제 큰딸도 거위를 좋아하지 않죠. 그 아이는 거위 새끼를 생각하고 눈물이 글썽해져 버린답니다.」

「눈물을 받아 보관해 두셨으면 싶군요.」허스 씨가 말한다. 「전 종종 여자아이의 눈물로 만든 잉크가 있으면 좋겠다고 생각한답니다.」

「잉크요? 부탁건대, 제 딸들에게는 입도 벙긋 말아 주십시오. 그 아이들 불평을 들어 주는 것도 일이니까요. 만약 눈물로 종이 위에까지 쓴 뒤 제게 읽게 하겠다는 그런 생각이 그 아이들 머리에 스치기라도 하게 되는 날이면, 제가 분명 장담컨대, 제 인생은 더는 살 만하지 못하게 될 테니까요.」

「눈물로, 잉크요?」삼촌이 뒤늦게 뒷북을 친다. 「그 무슨 쓰레기 같은 짓이랍니까?」

「소녀의 눈물입니다.」허스 씨가 말한다.

「확실히 색깔은 없겠군요.」

「제 생각은 다릅니다. 정말로 제 생각은 다릅니다. 전 그 잉크는 미세하게 색이 날 거라고, 아마도 분홍색, 어쩌면 제비꽃색이 나리라고 생각하고 있답니다.」

호트리 씨가 말한다. 「어쩌면, 눈물을 흘리게 한 감정에 따라서 말이지요?」

「정확합니다. 바로 맞추셨습니다, 호트리. 제비꽃 색 눈물은 감상적인 책을 읽을 때 나오고, 분홍색은 즐거울 때 나올 듯합니다. 소녀의 머리카락으로 펠 수도 있을 겁니다……」 허스 씨가 나에게 눈길을 던지더니 표정이 바뀐다. 그리고 냅킨을 입에 가져간다.

호트리 씨가 말한다. 「그런데 정말로 아무도 그 일을 시도해 본 적이 없는 건지 궁금하군요. 릴리 씨? 아는 사람에게서 야만적인 이야기를 들은 게 있습니다. 아, 물론 가죽과 장정에 대한 이야기지요……」

저들은 이 이야기로 한동안 시간을 보낸다. 리버스 씨는 이야기에 귀를 기울이지만 아무런 말도 하지 않는다. 물론 리버스 씨의 주의는 온통 내게 쏠려 있다. 아마도 저들이 이야기하는 틈을 타 내게 몰래 말을 걸 것이란 생각이 든다. 그래 주었으면 싶다. 그러지 말아 주었으면 싶기도 하다. 나는 포도주를 홀짝이다 갑자기 지쳐 버린다. 이런 식으로 저녁 식사 자리에 앉아, 삼촌이 단단하게 결속된 소수의 친구들과 지루한 논점을 좇는 걸 들어온 게 벌써 몇 번째인지 모른다. 돌연히 아그네스 생각이 난다. 바늘에 찔린 손바닥에 솟은 핏방울을 입으로 어르던 아그네스 생각이 난다. 삼촌이 목을 가다듬고, 나는 눈을 깜빡인다.

「그래, 리버스 씨.」 삼촌이 말한다. 「호트리 씨 말에 의하면, 당신에게 프랑스어 본을 영어로 옮기는 일을 시키고 있다던데요. 만약 그게 저 사람이 하는 출판에 관련된 거라면, 제 생각엔, 별 볼일 없는 내용일 텐데요.」

「사실 별 볼일 없긴 합니다.」 리버스 씨가 대답한다. 「아니라면 제가 시도조차 않았겠지요. 제 전공과는 거의 일치하지 않습니다. 파리에 있다 보면 꼭 필요한 용어 정도는 배우게 되어 있죠. 그러나 그것도 최근에 예술을 배우던 시절에 학생으로서 배웠을 따름입니다. 저는 엉망진창인 프랑스어를 그보다 조금 나을 뿐인 영어로 옮겨 내는 그런 일보다는 제 재능에 좀 더 걸맞은 일을 찾고 싶습니다.」

「오호라, 어디 한번 볼까요.」삼촌이 얼굴에 웃음을 띤다.「리버스 씨께선 제 그림들을 보면 좋아하실 듯싶군요.」

「사실 너무나 보고 싶습니다.」

「으흠, 그건 다른 날로 미루기로 하지요. 보게 되면 리버스 씨도 그렇게 생각하시리라 믿지만, 상당히 아름다운 그림들이랍니다. 그러나 제 책들보다는 마음이 덜 가는 편이지요. 아마도…….」삼촌이 잠시 뜸을 들인다.「제 목록에 대해 들어 보셨겠지요?」

리버스 씨가 고개를 앞으로 내민다.「무척 멋진 일인 것처럼 들리는데요.」

「정말로 멋지답니다. 안 그러냐, 모드? 하지만 우리가 어디 부끄러운 척하는 사람이더냐? 어디 얼굴을 붉히던?」

나는 내 뺨이 차다는 걸 알고 있다. 그리고 삼촌은 촛농처럼 창백하다. 리버스 씨가 돌아서서 생각이 가득한 시선으로 내 얼굴을 탐색한다.

「그 위대한 작업은 어떻게 되어 가고 있습니까?」호트리 씨가 가볍게 묻는다.

「거의 끝나 가고 있습니다.」삼촌이 대답한다.「거의 끝을 보았지요. 마무리하는 사람과 협의 단계에 있습니다.」

「분량은 어느 정도나?」

「천 쪽쯤 됩니다.」

호트리 씨가 눈썹을 치킨다. 만약 삼촌의 성질이 받아 준다면 호트리 씨는 휘파람을 불었을 것이다. 호트리 씨가 손을 뻗어 거위 요리를 한 점 더 집는다.

「그럼 2백 쪽 이상이 늘었군요.」 호트리 씨가 손을 놀리며 말한다. 「지난번 저와 이야기한 이후로 말입니다.」

「첫 번째 권은 물론 그렇습니다. 두 번째 권은 더욱 방대할 것입니다. 어떻게 생각하십니까, 리버스 씨?」

「경탄을 금치 못하겠습니다.」

「세상에 이런 걸 어디 가서 또 볼 수 있겠습니까? 문헌 총록이라니, 게다가 이런 주제로 말입니다. 사람들은 영국인 사이에서 과학은 죽었다고들 하지요.」

「그럼 당신이 과학을 살리셨군요. 환상적인 업적입니다.」

「환상적이죠. 사실 제 주제가 얼마나 엄청나게 모호한 것인지 알게 되면 환상적인 이상임을 깨닫게 되지요. 생각해 보십시오. 제가 수집하는 글의 작가들은 자신의 정체를 속이거나 무명으로 책을 써야 한답니다. 또 글 자체도 출판 및 인쇄의 장소와 시간에 관해서라면 온통 거짓과 오류로 점철되어 있습니다. 흠? 제목도 애매하기 일쑤이고요. 게다가 구할 때도 비밀스러운 경로를 통해서 혹은 소문과 추측의 날개를 타고 은밀하게 전해져야 한답니다. 서지학자의 작업을 막는 이 모든 장애물들을 생각해 보십시오. 그리고 이 일에 얼마나 환상적으로 많은 노동이 필요할지 제게 말해 보시란 말입니다!」 삼촌이 건조한 웃음을 터트리며 몸을 떤다.

「저로선 상상도 되지 않는군요.」 리버스 씨가 말한다. 「그럼 그 목록의 구성은……?」

「제목, 저자명, 저희가 찾은 날짜에 따라 분류합니다. 그리고 기억해 두십시오. 어떤 종류의 쾌락을 주는가에 따라서도 분류합니다. 저희는 실로 정확하게 목록을 만들죠.」

「책들을요?」

「쾌락 말입니다! 지금 우리가 어디까지 했느냐, 모드?」

신사들이 내게로 몸을 돌린다. 나는 포도주를 홀짝인다. 「정욕 부분입니다.」 내가 말한다. 「남성들이 야수에 대해 품는 정욕이에요.」

삼촌이 고개를 끄덕인다. 「그래, 그건 그렇고.」 삼촌이 말한다. 「저희의 총록이 현장에 선 학생들에게 얼마나 큰 도움이 될지, 리버스 씨, 이제 아시겠습니까? 참다운 경전이 될 겁니다.」

「육체가 말로 태어나다.」 호트리 씨가 웃음을 띠고 문장을 음미하며 말한다. 나와 눈길이 부딪치자 내게 눈을 찡긋한다. 그러나 리버스 씨는 아직도 삼촌을 진지하게 바라보고 있다.

「엄청난 야망입니다.」 이제 리버스 씨가 말한다.

「엄청난 노동이고요.」 허스 씨가 말한다.

호트리 씨가 다시 내게로 몸을 돌리며 말한다. 「사실 전, 릴리 양, 삼촌께서 당신을 너무나 무자비하게 부려 먹고 있는 게 아닌가 걱정이 됩니다.」

나는 어깨를 으쓱한다. 「전 그 일을 위해 키워진걸요.」 내가 말한다. 「하인들이 그러하듯이요.」

허스 씨가 말한다. 「하인과 젊은 숙녀는 완전히 다른 종족이지요. 제가 수차례 언급하지 않았던가요? 소녀의 눈은 독서로 닳아서는 아니 되며, 소녀의 조그만 손 또한 펜으로 부드러움을 잃어서는 아니 된다고 말입니다.」

「제 삼촌도 그렇게 믿으세요.」 내가 장갑을 내보이며 말한다. 비록 삼촌이 그토록 지키고자 하는 것은, 물론, 내 손가락이 아니라 자신의 책이기는 하지만 말이다.

이제 삼촌이 말한다. 「만약에 모드가 하루에 일하는 게 고작 다섯 시간이라면 어쩌시겠습니까? 전 열 시간을 일한답니다! 책을 위해서가 아니라면 우리가 무엇을 위해 일해야 한단 말입니까? 흠? 스마트와 드 베리를 생각해 보십시오. 아니면 티니

우스를요. 그 헌신적인 책 수집가는 자기의 서재를 위해 남자 둘을 죽이지 않았습니까.」

「자기 서재를 위해 열두 명을 죽인 프레르 빈센트도 있지요!」 호트리 씨가 고개를 흔든다. 「아니, 아닙니다, 릴리 씨. 꼭 그래야 한다면 당신의 질녀에게 일을 시키십시오. 하지만 문학 그 자체를 위해 질녀 분이 해라도 입게 하신다면, 우리는 당신을 절대 용서치 못할 것입니다.」

신사들이 웃음을 터트린다.

「그래요, 그래.」 삼촌이 말한다.

나는 아무 말 없이 내 손을 열심히 들여다본다. 암적색 포도주를 통해 보이는 손가락은 루비처럼 붉다. 어머니 이름의 머리글자가 보이지 않아 크리스털 잔을 돌린다. 그러자 머리글자가 갑자기 두드러져 보인다.

코스 요리가 두 번 더 나오고서야 나는 자리를 떠도 좋다는 허락을 받는다. 그리고 신사들이 다시 내가 있는 곳으로 올 때까지 나는 응접실에 홀로 앉아 기다리고, 시계가 두 번 더 울린다. 나는 저들의 응얼대는 소리를 들으며, 내가 없는 자리에서 무슨 얘기가 오고 가는지 궁금해진다. 마침내 저들이 돌아오는데 다들 얼굴이 살짝 상기되어 있고 숨결은 담배 냄새로 시큼하다. 호트리 씨가 종이와 끈으로 포장한 상자를 끄집어낸다. 물건을 삼촌에게 건네자, 삼촌이 서툴게 포장을 끄른다.

「그래, 그렇지.」 삼촌이 말한다. 그리고 책을 꺼내 그대로 눈에 가까이 가져간다. 「아하!」 삼촌이 입술을 움직인다. 「여기 보렴, 모드, 이걸 좀 봐, 이 조그만 재간꾼이 우리에게 뭘 가져왔나 봐라.」 삼촌이 내게 책을 보여 준다. 「그래, 어떻게 생각하느냐?」

천박하게 장정한 평범한 소설이지만, 보기 드문 권두 삽화 때문에 희귀한 가치를 지닌 책이다. 나는 책을 보고는, 나도 모르게 건조한 흥분이 솟구치는 것을 느낀다. 흥분 때문에 속이 메스꺼워진다. 내가 말한다. 「삼촌, 정말 멋진 선물이에요. 두말할 것 없네요.」

「여기, 장식 활자도 있구나. 보이느냐?」

「보여요.」

「이런 물건이 있을 수 있다는 걸 우리가 생각도 못했다는 게 믿어지지 않는다. 분명 간과했구나. 다시 시작해야겠다. 도입부가 끝났다고 생각했잖니? 내일부터 도입부로 다시 돌아간다.」 삼촌이 목을 곧추 편다. 삼촌은 쾌락을 예상하는 것을 좋아한다. 「지금 당장은, 음, 장갑을 벗어라, 꼬마야. 호트리 씨가 이 책을 가져온 게 너더러 이 책의 장정에 고기 소스를 묻히라는 뜻일 것 같으냐? 그래, 그게 낫구나. 이제 이 책을 조금 들어 보자꾸나. 앉아서 우리에게 좀 읽어 주려무나. 허스 씨, 당신도 앉으십시오. 리버스 씨, 제 질녀가 얼마나 부드럽고 또렷하게 낭독하는지 한번 들어 보십시오. 제가 직접 지도했지요. 이런, 이런, 책등이 구겨지잖니, 모드!」

「릴리 씨, 사실 릴리 양은 잘하고 있습니다.」 허스 씨가 장갑을 벗은 내 손을 바라보며 말한다.

나는 책을 독서대에 얹고 조심스럽게 책장을 누른다. 등불을 켜 책장을 밝게 비춘다.

「얼마나 읽을까요, 삼촌?」

삼촌이 귀에 시계를 갖다 댄다. 삼촌이 말한다. 「시계가 정각을 가리킬 때까지 읽어라. 자, 눈여겨봐 주십시오, 리버스 씨, 그리고 다른 영국인들의 응접실에서도 이와 유사한 것을 또 볼 수 있을 것 같다고 생각되면 제게 말씀해 주십시오!」

책은, 내가 앞에서 말한 것처럼, 흔히 보이는 음탕한 말들로 가득하다. 하지만 삼촌이 옳다. 너무 훈련을 잘 받아 내 목소리가 어찌나 맑고 음정이 잘 맞는지 음탕한 말들조차 거의 달콤하게 들린다. 내가 읽기를 마치자, 호트리 씨가 손뼉을 치고, 허스 씨는 붉은 얼굴을 더욱 붉히며 다소 괴로워하는 표정을 짓는다. 삼촌이 안경을 벗고 고개를 살짝 기울인 채 실눈을 뜨고 앉아 있다.

「형편없는 글이로군.」 삼촌이 말한다. 「그러나 네 녀석에게도 내 서가 위에 집을 마련해 주지. 집뿐만 아니라 형제들도 소개해 주마. 내일이면 서가 위에서 널 볼 수 있을 거다. 그 장식 활자는 정말 우리가 생각지도 못했구나. 모드, 책표지를 덮고 책등이 안 꺾인 걸 확인했느냐?」

「네, 삼촌.」

삼촌이 귀 뒤로 안경다리를 집어넣으며 안경을 걸친다. 허스 씨가 브랜디를 따른다. 나는 장갑 단추를 채우고 치마 주름을 편다. 등불을 돌려 빛의 강도를 낮춘다. 하지만 나 자신을 의식한다. 리버스 씨를 의식한다. 리버스 씨는 보기에는 전혀 흥분하지 않고 눈을 바닥에 고정한 채 내 낭독을 들었다. 하지만 한편으론 두 손을 꽉 쥐고 한 손 엄지로 다른 손 엄지를 약간 초조하게 때리고 있다. 이제 리버스 씨가 일어선다. 그리고 벽난로가 너무 뜨거워 몸이 화끈거린다고 말한다. 잠시 방을 돌아다니다 엄숙하게 몸을 기울이며 삼촌의 책장들을 들여다본다. 이제 리버스 씨는 손을 뒷짐지고 있다. 그러나 엄지가 여전히 실룩거리고 있다. 내가 지켜보고 있다는 걸 리버스 씨도 아는 것 같다. 이윽고 리버스 씨가 다가와 나와 눈길을 마주치며 조심스레 고개 숙여 인사를 한다. 리버스 씨가 말한다. 「벽난로에서 너무 먼 곳까지 오니 다소 춥군요. 벽난로 쪽으로 좀 더 가까이 가실 생각이 없으신가요, 릴리 양?」

내가 대답한다. 「감사합니다, 리버스 씨, 전 여기가 더 좋습니다.」

「서늘하게 계시는 것을 좋아하시는군요.」 리버스 씨가 말한다.

「전 그늘을 좋아합니다.」

내가 다시 웃음을 짓자 리버스 씨는 웃음을 일종의 초청으로 받아들여 외투를 들고 바지를 잡아당긴 뒤 내 옆에, 그러나 너무 가깝지는 않은 곳에 앉는다. 눈길은 마치 책에 정신이 팔렸다는 듯이 아직도 삼촌의 서가에 둔다. 하지만 이야기할 때는 속삭이듯 말한다. 리버스 씨가 말한다. 「아시나요, 저도 그늘을 좋아합니다.」

허스 씨가 우리 쪽으로 잠시 눈길을 준다. 호트리 씨는 벽난롯가에 서서 잔을 든다. 삼촌은 의자에 앉아 있고 의자 날개에 가려 삼촌 눈이 보이지 않는다. 입술에 주름이 자글대는 바싹 마른 입만 보인다. 「에로스의 가장 위대한 단계?」 삼촌이 말하고 있다. 「우리가 그리워해 온 게 그겁니다. 70년간이나요! 오늘날 관능 문학으로 통하는 저 염세적이고 말도 안 되는 소설들은 제 말에 편자 끼우는 사람에게 보여 주기도 부끄럽습니다……」

나는 하품을 억누르는데 리버스 씨가 내게로 시선을 돌린다. 내가 말한다. 「죄송합니다, 리버스 씨.」

리버스 씨가 고개를 숙인다. 「아마도, 당신은 삼촌의 주제를 별로 좋아하지 않으시나 보네요.」

리버스 씨는 여전히 소리 낮춰 말한다. 그리고 나 역시 목소리를 낮추어 대답해야 한다는 의무감에 사로잡힌다. 「저는 삼촌의 비서예요.」 내가 말한다. 「저 주제가 매력적인가 아닌가는 제게 아무 의미가 없답니다.」

리버스 씨가 다시 고개를 숙여 인사한다. 삼촌이 계속 이야기하는 동안 리버스 씨가 말한다. 「아, 그럴지도 모르겠군요. 열기와 행동을 불러일으키기 위해 만들어진 것을 접하고도 침착하고 전혀 동요하지 않는 숙녀를 보게 되니 단지 흥미가 일어서요.」

「하지만 당신이 말씀하시는 그런 것에 동요치 않는 숙녀는 많다는 게 제 생각이에요. 그리고 그런 주제에 가장 통달한 사람일수록 가장 동요하지 않는 게 아닌가요?」 나는 리버스 씨와 시선을 마주친다. 「물론 저는 직접적인 세상 경험에서 하는 말이 아니라 단지 책에서 읽고 하는 말이랍니다. 하지만 이 점은 꼭 말씀드려야 할 것 같아요. 오, 성직자조차 면병[4]과 포도주를 너무 열심히 연구하면 교회의 신비에 대한 열정이 쇠퇴하는 걸 느끼게 된답니다.」

리버스 씨는 눈도 깜빡이지 않는다. 하지만 결국 금방이라도 소리 내어 웃을 듯한 표정을 짓는다.

「무척 특이한 분이십니다, 릴리 양.」

나는 시선을 돌린다. 「저도 그렇게 알고 있습니다.」

「아. 이제 목소리에 비통함이 묻어나는군요. 아마도 스스로 자신의 교육이 일종의 불운이었다고 생각하시는 것 같군요.」

「그 반대랍니다. 현명해지는 것이 어찌 불운이 될 수 있겠어요? 저는 예컨대, 신사의 의도에 관한 한 절대 속지 않는답니다. 저는 신사가 숙녀를 칭찬하기 위해 쓰는 모든 종류의 방법에 관한 전문가랍니다.」

리버스 씨가 하얀 손을 가슴에 얹는다. 「그렇다면, 사실 겁먹어야 할 것은 저로군요.」 리버스 씨가 말한다. 「제가 오직 당신을 찬미할 마음뿐이었다면요.」

「신사에게 그것 말고 또 다른 욕구가 있는 줄은 정말 몰랐네요.」

---

4 천주교의 성체용 빵.

「아마도 당신이 익히 아는 책들에는 나오지 않겠지요. 하지만 인생에는 아주 많은 욕구가 있답니다. 그리고 주요한 한 가지 욕구가 있지요.」

내가 말한다. 「저도 그게 저 책들이 쓰인 이유라고 생각했어요.」

「오, 아닙니다.」 리버스 씨가 웃음 짓는다. 목소리가 점점 더 낮게 깔린다. 「독자들은 그런 이유로 읽지만, 작가가 책을 쓰는 이유는 좀 더 강렬한 것이지요. 제 말은, 물론, 돈에 대한 욕구를 말하는 거랍니다. 모든 신사는 돈에 마음을 쓰지요. 그리고 우리가 바라는 만큼 신사답지 못한 이들이 무엇보다도 돈에 마음을 쓴답니다. 당혹스럽게 해드려서 죄송합니다.」

나는 얼굴을 붉혔거나, 혹은 움찔했던 것이다. 이제, 냉정함을 되찾으며 내가 말한다. 「잊으셨군요. 저는 절대 당황하지 않도록 길러졌답니다. 단지 놀랐을 뿐이에요.」

「그렇다면, 저는 당신을 놀라게 했다는 사실에서 만족감을 느껴야 하겠군요.」 리버스 씨가 턱수염에 손을 올린다. 리버스 씨가 말을 잇는다. 「평온하고 규칙적인 나날을 보내는 당신께 작으나마 어떤 인상을 남겼다니 제겐 무척 의미가 있습니다.」

이렇듯 넌지시 빗대는 리버스 씨의 말에 내 뺨이 더욱 발그레해진다.

내가 말한다. 「그런 나날에 대해 어떤 걸 알고 계신가요?」

「뭐, 이 집을 살펴보며 추측한 것뿐이지요…….」

이제 리버스 씨의 목소리와 얼굴이 다시 한 번 상냥해진다. 허스 씨가 고개를 기웃하며 리버스 씨를 살피는 모습이 보인다. 그리고 허스 씨가 날카롭게 외쳐 부른다. 「이 점에 대해 어떻게 생각하십니까, 리버스 씨?」

「무엇을 말입니까?」

「호트리 씨가 사진을, 음, 옹호하고 있는 것 말입니다.」

「사진요?」

호트리 씨가 말한다. 「리버스 씨, 당신은 젊지 않습니까. 부탁드립니다. 호색 행위에 대해 이보다 더 완벽한 기록이 있을 수 있겠습니까?」

「기록!」 삼촌이 성마르게 말한다. 「기록 자료! 그건 이 시대의 저주요!」

「호색 행위에서 사진보다 더 완벽한 기록이 있겠느냔 말입니다. 릴리 씨는 사진 과학이 성애 생활의 정신에 정면으로 어긋난다고 주장하시겠지요. 그러나 저는 삶의 표현이라고, 그래서 이쪽이 더 장점이 있다고 말하겠습니다. 삶은, 특히 성애의 삶, 성애의 순간은 반드시 끝이 나고 사라지게 되어 있지만, 사진은 남는단 말입니다.」

「책은 안 남던가요?」 삼촌이 의자의 팔걸이를 휙 잡아당기며 말한다.

「글이 존재하는 한, 책도 남지요. 하지만 사진에는 글 이상의 것이, 그리고 그것을 말하는 입 이상의 것이 있습니다. 사진은 영국인, 프랑스인, 야만인조차 자극할 것입니다. 사진은 우리가 사라져도 살아남을 것이고, 저는 손자들에게도 자극을 줄 수 있지요. 사진은 역사와 별개로 존재하는 것입니다.」

「그건 역사의 손아귀 속에 있습니다!」 삼촌이 답한다. 「역사에 의해 왜곡되는 것입니다! 한가득 피어오르는 연기처럼 사진 주변에는 사진의 역사가 도사리고 있습니다! 슬리퍼와 옷과 머리 모양에서 역사가 나타나는 겁니다. 사진을 손자들에게 주어 보십시오. 손자는 자세히 들여다보고 사진을 기묘하다 생각할 것입니다. 당신 수염 끝에 발린 왁스를 보고 웃어 댈 겁니다! 하지만 글은 어떻습니까, 호트리 씨, 글은요. 흠? 글은 어둠 속에서 우리를 유혹하고, 마음이 글에게 시대에 맞는 옷을 입히고 살을 붙인답니다. 그렇게 생각하지 않으십니까, 리버스 씨?」

「맞는 말입니다, 릴리 씨.」

「제가 은판 사진이나 그런 유의 헛소리들은 제 수집품에 허락하지 않을 거라는 걸 알고 계시겠지요?」

「허락하지 않으시는 게 옳다고 생각합니다, 릴리 씨.」

호트리 씨는 고개를 흔든다. 그리고 삼촌에게 말한다. 「아직도 사진이 곧 지나갈 한때의 유행이라 믿으십니까? 홀리웰 스트리트에 한번 와서 제 가게에서 한 시간만 있어 보실 필요가 있습니다. 저희 가게는 이제 남자 손님들이 사진을 고르라고 앨범도 가지고 있습니다. 저희 고객은 모두 이것 때문에 온답니다.」

「당신 고객들은 모두 짐승이군요. 제가 그런 사람들과 무슨 사업을 한단 말입니까? 리버스 씨, 당신은 그 사람들을 보았지요. 호트리 씨가 하는 거래의 질에 대한 당신 의견은 어떻습니까……?」

토론은 계속될 것이고 리버스 씨에게 도망갈 길은 없다. 리버스 씨는 대답을 하고 그다음 사과라도 하듯 내게 눈길을 준 뒤 일어나 삼촌의 옆으로 옮겨 간다. 저들은 시계가 열 시를 울릴 때까지 이야기한다. 내가 자리를 뜰 시간이다.

그게 목요일 밤의 일이다. 리버스 씨는 일요일까지 브라이어에 머무를 예정이다. 다음 날, 남자들이 책을 둘러보는 동안 나는 서재에 들어가지 못한다. 저녁 식사 때가 되자 리버스 씨는 나를 바라보고 그다음엔 내가 낭독하는 것을 듣는다. 하지만 그 뒤에는 다시 삼촌 옆에 앉아야 하기에 내 옆으로 오지 못한다. 토요일이 되자 나는 아그네스와 정원을 걷지만 리버스 씨는 보이지 않는다. 그러나 토요일 밤, 삼촌이 내게 고서를 한 권 읽게 한다. 삼촌이 가진 가장 좋은 책 가운데 하나이다. 그리고 내가 읽기를 마치자 리버스 씨가 그 책의 독특한 표지를 자세히 보기 위해 내 옆에 와 앉는다.

「마음에 드십니까, 리버스 씨?」삼촌도 옆으로 와 앉으며 묻는다. 「이게 굉장히 희귀본인 것을 아시는지요?」

「분명 그럴 거라는 생각이 듭니다.」

「그리고 제 말로 미루어 이 책의 다른 본들도 어딘가에 조금 더 있으리라고 생각하시겠지요?」

「네, 그렇게 생각했습니다.」

「그러셨겠지요. 그러나 우리 수집가들은 다른 방식으로 희귀성을 잽니다. 당신은 단 하나뿐인 것을 희귀하다고 생각하시겠지만, 만약 아무도 그 책을 원하지 않는다면요? 우리는 그런 책은 죽은 책이라 부릅니다. 하지만 스무 권의 같은 책을 천 명의 사람들이 찾아다닌다면 어떻겠습니까. 이 같은 책 각각이 단 한 권뿐인 앞의 책보다도 희귀해지는 겁니다. 이해하시겠습니까?」

리버스 씨가 고개를 끄덕인다. 「알겠습니다. 글의 희귀성은 그걸 찾는 이들의 욕망이 얼마나 강한가에 비례하는 거로군요.」리버스 씨가 나를 흘낏 본다. 「정말 재미있군요. 그럼 우리가 방금 들은 이 책은 얼마나 많은 분이 찾으시는 겁니까?」

삼촌이 짐짓 쑥스러워한다. 「실제로 얼마나 많은 사람이 찾는가 말입니까? 좋아하실 만한 대답을 들려 드리지요. 경매에 내놓고, 그리고 두고 보라! 하?」

리버스 씨가 웃는다. 「확실히, 그렇군요…….」

하지만 리버스 씨의 공손한 가면 뒤로 여러 생각이 오가는 듯이 보인다. 리버스 씨는 입술을 깨문다. 검은 수염에 대비되는 노랗고 탐욕스러운 이에 비해 입은 부드럽고 놀라울 정도로 분홍빛이 돈다. 리버스 씨는 삼촌이 음료수를 홀짝이는 동안 아무 말도 하지 않고, 호트리 씨는 벽난로를 휘젓는다. 그리고 리버스 씨가 다시 입을 연다.

리버스 씨가 말한다. 「그럼 만약에 어떤 두 권짜리 책이 있는데, 릴리 씨, 단 한 명의 구매자만이 원한다면요? 어떻게 가격이 매겨지겠습니까?」

「두 권요?」 삼촌이 잔을 내려놓는다. 「두 권이 한 질이란 말입니까?」

「서로 짝을 이루는 제목의 한 질을요. 한 사람이 한 권을 가지고 있고 나머지 한 권도 손에 넣으려 합니다. 두 번째 권이 첫 번째 권의 가치를 크게 높여 주게 될까요?」

「물론입니다!」

「저도 그렇게 생각했습니다.」

「남자들은 그런 종류의 일에는 말도 안 될 만큼 많은 돈을 내지요.」 허스 씨가 말한다.

「정말 그렇습니다.」 삼촌이 말한다. 「정말 그렇고말고요. 이런 문제에 관한 관련 자료가 있습니다, 물론, 제 목록에요…….」

「그 목록요.」 리버스 씨가 부드럽게 말한다. 그리고 다른 이들이 대화를 계속한다. 우리는 앉아서 귀 기울이거나, 혹은 듣는 척한다. 곧 리버스 씨가 몸을 돌려 내 얼굴을 살펴본다. 「질문 하나 해도 되겠습니까, 릴리 양?」 리버스 씨가 말한다. 그리고 내가 고개를 끄덕이자 다시 묻는다. 「삼촌의 일을 마치고 나면 당신 자신에게 득이 되는 게 있으십니까? 음, 왜 그 일을 하시는지요?」

나는 리버스 씨에게 일종의 쏠쏠한 웃음을 지어 보이려 애써 본다. 내가 말한다. 「질문이 아무 가치도 없으니 대답하는 것도 거의 불가능하군요. 삼촌의 일은 절대 끝나지 않을 거랍니다. 목록에 더해야 할 새 책들이 너무나 많아요. 다시 찾아내야 할 사라진 책들도 너무 많고요. 불확실성이 너무나 큽니다. 삼촌과 호트리 씨는 영원히 이에 대한 토론을 계속하실 거예요. 지금 저분들을 보세요. 만약 삼촌이 원하시는 대로 목록을 출판한다 해도, 바로 당장에 증보를 달기 시작해야 할 거랍니다.」

「당신 말은, 그럼, 그 모든 시간 내내 삼촌 곁에 있겠다는 건가요?」 대답하지 않겠다. 「삼촌처럼 당신도 헌신하는 건가요?」

「저에겐 선택권이 없어요.」 마침내 내가 말한다. 「제 기술은 무척 드문 것이고, 이미 당신이 언급하셨듯이, 굉장히 독특한 것이라서요.」

「당신은 숙녀입니다.」 리버스 씨가 부드럽게 말한다. 「그리고 젊고, 또 아름답습니다. 전 지금 정중해지려고 하는 말이 아닙니다, 아실 겁니다. 전 오로지 진실만을 말합니다. 당신은 어떤 일이라도 할 수 있습니다.」

「당신은 남자세요.」 내가 대답한다. 「남자의 진실은 숙녀의 진실과 다르답니다. 전 아무것도 할 수 없답니다, 정말로 하는 말입니다.」

리버스 씨가 망설인다. 아마도, 숨을 고른다. 그리고 다시 입을 연다. 「할 수 있는 일 가운데, 결혼이 있습니다.」 리버스 씨가 말한다. 「그건 큰일입니다.」

리버스 씨는 아까 내가 읽던 책에 눈을 고정하고 말한다. 그리고 난 그 말을 듣고 큰 소리로 웃는다. 삼촌은 내가 자신이 던진 어떤 건조하기 짝이 없는 농담에 웃은 거라 여기고 이쪽을 보고 고개를 끄덕인다. 「그렇게 생각하느냐, 모드? 보십시오, 허스 씨, 심지어는 제 질녀조차 그렇게 믿고 있습니다…….」

나는 삼촌이 다시 내게서 얼굴을 돌릴 때까지, 하던 이야기에 다시 주의를 집중할 때까지 기다린다. 그리고 독서대의 책으로 손을 뻗어 부드럽게 책표지를 넘긴다. 「여길 보세요, 리버스 씨.」 내가 말한다. 「이건 삼촌이 책마다 붙여 놓은 금속판이에요. 이 의장이 보이시나요?」

금속판에는 삼촌의 문장, 즉 삼촌이 직접 도안한 정교한 상징인 백합 한 송이가 새겨져 있다. 음경처럼 보이게 하려고 기묘하게 새긴 백합은 뿌리에 들장미[5] 한 줄기가 감겨 있다. 리버스 씨는 고개를 숙여 자세히 보고는 고개를 끄덕인다. 나는 책 표지를 덮는다.

나는 고개를 숙인 채 이야기한다. 「때로는 이런 금속판이 제 피부에도 붙어 있는 게 분명하다는 생각이 들어요. 제 몸에 딱지가 붙고 기록된 다음 서가에 놓이는 거죠. 그런 점에서 저는 삼촌 책과 너무나 닮았어요.」 나는 눈을 들어 리버스 씨의 눈을 본다. 얼굴은 따뜻하지만 말투는 여전히 냉랭하다. 「그저께 밤에 당신이 말씀하셨죠, 이 집의 방식을 연구해 보았다고요. 그럼, 분명히 이해하셨겠네요. 우리는, 제 동료 책들과 저는 일반적인 용도로 만들어진 게 아니에요. 삼촌은 우리를 세상과 갈라놓아요. 삼촌은 우릴 독이라고 부르곤 하죠. 삼촌 말로는 우리가 무방비 상태의 눈을 해칠 거래요. 아니, 오히려, 삼촌은 우리를 자기 아이들이라고 불러요. 즉, 버려졌다가 세상 구석구석에서 삼촌에게 온 아이들이죠. 멋들어지고 아름답게 치장한 채 오는 녀석도 있고, 허름하게 오는 녀석도 있고, 상처입거나 등이 꺾여 오기도 해요. 화려한 모습으로 오기도 하고, 지저분한 상태로 오기도 하죠. 삼촌은, 밖으로 내뱉는 말과는 반대로, 사실은 지저분한 아이들을 가장 좋아한다고 전 믿어요. 왜냐하면, 그런 책들이야말로 다른 부모, 즉 다른 책 애호가와 수집가들에게서 내쳐진 녀석들이기 때문이죠. 저도 그런 책들과 비슷했어요, 그리고 집이 있었지만 잃어버렸죠.」

더는 냉랭한 말투를 유지할 수가 없다. 나는 나 자신의 말에

5 브라이어는 들장미라는 뜻이다.

함몰되어 버렸다. 리버스 씨가 지켜보다가 몸을 기울여 굉장히 부드러운 태도로 독서대 위에 있는 삼촌의 책을 집는다.

내게 얼굴을 가까이 들이대며 리버스 씨가 나지막이 말한다. 「당신의 집이라면 그 정신 병원 말이군요. 그곳에서 보냈던 시간을 자주 생각하시나요? 어머니를 생각하시나요, 그리고 어머니의 광기를 당신 안에서도 느끼시나요?」 삼촌이 우리를 보고 있다. 「릴리 씨, 당신의 책이 제 손을 타서 마음에 거슬리십니까? 이 책이 그토록 진귀해진 특징을 제게 좀 보여 주지 않으시겠습니까……?」

리버스 씨는 굉장히 빠르게 이야기했고, 이 때문에 나는 끔찍하게 놀랐다. 난 놀라는 걸 좋아하지 않는다. 남에게 주도권을 빼앗기는 게 싫다. 하지만 지금은 리버스 씨가 책을 가지고 일어나 벽난로 쪽으로 돌아가는 동안 멍하니 일이 초가 지나간다. 나도 모르게 가슴에 손이 올라가 있다. 그리고 숨을 몰아쉬고 있다. 갑자기 내가 앉아 있는 그늘의 어둠이 한층 더 짙어진다. 어둠이 너무나 짙어져 치마 색이 소파 천에 스미는 듯이 보이고, 심장 위에서 오르락내리락하는 내 손은 부풀어 오르는 깜깜한 구덩이 위의 잎사귀처럼 창백하다.

기절하지 않을 것이다. 오로지 책에 나오는 여자들만이 신사의 편의를 위해 기절한다. 하지만 내 얼굴이 창백해지고 표정이 기묘해졌던 모양이다. 웃음을 띠고 내 쪽으로 시선을 주던 호트리 씨의 얼굴에서 갑자기 웃음이 사라지기 때문이다. 「릴리 양!」 호트리 씨가 말한다. 그리고 다가와 내 손을 잡는다.

허스 씨 또한 내게로 온다. 「사랑스러운 아가씨, 무슨 일인가요?」 허스 씨가 내 겨드랑이 부근을 잡는다.

리버스 씨가 돌아온다. 삼촌이 성마른 표정을 한다. 「그래, 그래.」 삼촌이 말한다. 「이번엔 무슨 일이냐?」 삼촌은 책을 닫지만, 보던 책장 사이로 조심스레 손가락을 끼워 둔다.

사람들이 종을 울려 아그네스를 부른다. 아그네스가 신사들을 흘끗대며 다가와 삼촌에게 무릎 굽혀 인사한다. 얼굴에 공포가 어려 있다. 아직 열 시가 되지 않았다. 「전 괜찮아요.」 내가 말한다. 「일부러 수고하시지 마세요. 단지 갑자기 피곤해진 것뿐이랍니다. 죄송합니다.」

「죄송하다고요? 헛!」 호트리 씨가 말한다. 「죄송해야 할 것은 저희랍니다. 릴리 씨, 당신은 독재자입니다, 이렇게까지 질녀를 무자비하게 부려 먹다니요. 제가 언제나 말했지만, 여기 증거가 있지 않습니까. 아그네스, 아가씨의 팔을 잡아라. 이제 천천히 가거라.」

「계단을 오를 수 있겠습니까?」 허스 씨가 걱정스러운 말투로 묻는다. 허스 씨는 우리가 계단을 오를 준비를 하는 동안 홀에 서 있다. 그 뒤로 리버스 씨가 보인다. 하지만 나는 리버스 씨의 눈길을 무시한다.

응접실 문이 닫히자 나는 아그네스를 밀쳐 버리고 내 방으로 와 얼굴 위에 올려 둘 만한 차가운 뭔가를 찾아 주위를 둘러본다. 그리고 마침내 벽난로 선반 쪽으로 가서 몸을 기울여 거울에 뺨을 댄다.

「치마요, 아가씨!」 아그네스가 말한다. 아그네스가 벽난로에서 치마를 끌어당긴다.

묘한, 그리고 혼란스러운 느낌이 든다. 시계는 아직 울리지 않았다. 시계가 울리고 나면 기분이 나아지리라. 리버스 씨 생각은 하지 않을 터이다. 그리고 리버스 씨가 나에 대해 뭘 알고 있을지, 어떻게 그걸 알아냈을지, 그래서 뭘 어쩌려는 것인지에 대해서도 생각하지 않을 터이다. 아그네스가 겁먹고 반쯤 움츠러들어 손에는 아직도 내 치마를 모아 쥔 채 서 있다.

시계 종이 울린다. 나는 뒤로 물러서 아그네스에게 옷을 벗기게 한다. 펄떡이던 심장이 조금은 가라앉는다. 아그네스는 나를 침대에 눕히고 침대 커튼을 내린다. 이제 평상시와 다름없는 밤이 찾아올 것이다. 아그네스가 자기 방에서 드레스 벗는 소리가 들린다. 만약 내가 머리를 들어 커튼의 틈 사이로 바라본다면 아그네스가 무릎을 꿇고 눈을 꼭 감고 손을 아이처럼 모아쥐고선 입술을 달싹이는 모습이 보일 것이다. 아그네스는 집에 보내 달라고 밤마다 기도를 한다. 그리고 깜빡 졸고 있을 때도 안전하게 지켜 달라고 기도한다.

아그네스가 기도하는 동안, 나는 조그만 나무 상자를 열고 어머니의 초상화에 저주의 말을 중얼거린다. 눈을 감는다. 〈당신 얼굴을 자세히 보지 않을 테야!〉 하고 생각한다. 그러나 한 번 그런 생각을 했다면 반드시 그렇게 해야지, 안 그러면 반드시 잠 못 들고 뒤척이다 병이 나고 만다. 나는 어머니의 창백한 눈동자를 노려본다. 〈어머니를 생각하시나요.〉 리버스 씨는 그렇게 말했다. 〈그리고 어머니의 광기를 당신 안에서도 느끼시나요?〉

내가 그런가?

나는 초상화를 치워 버리고, 아그네스를 불러 물을 한 잔 가져다 달라고 한다. 오랫동안 먹어 온 약을 한 방울 탄다. 그리고는 과연 이 정도로 진정이 될까 의심하며 한 방울을 더 탄다. 그 다음 머리털을 뒤로 넘기고 조용히 누워 있다. 장갑 안의 손이 욱신대기 시작한다. 아그네스가 서서 기다린다. 아그네스도 머리를 풀고 있다. 거칠고 붉은 머리가 고운 흰색 잠옷에 대조되어 그 어느 때보다도 더욱 거칠고 더욱 붉어 보인다. 가느다란 쇄골에 연한 푸른 줄이 나 있다. 아마도 단순한 그림자겠지만 어쩌면, 잘 기억은 나지 않지만, 멍일지도 모른다.

마침내 위 속에서 시큼한 약 기운이 느껴진다.

「됐어.」내가 말한다. 「이제 가봐.」

아그네스가 침대로 기어 들어가 담요를 끌어올리는 소리가 들린다. 정적이 감돈다. 잠시 후 삐걱대는 소리, 속삭이는 소리, 기계가 희미하게 으르렁거리는 소리가 들려온다. 삼촌의 시계가 기어를 바꾸고 있다. 나는 누워 잠을 청한다. 잠이 오지 않는다. 대신 팔다리가 흥분하며 경련을 일으키기 시작한다. 피의 흐름이 너무 크게 느껴진다. 죽어 있는 손가락 끝과 발가락 끝에서 피가 막힌 것이 느껴진다. 나는 머리를 들고 부드럽게 부른다. 「아그네스!」아그네스는 듣지 못한다. 혹은 들었지만 겁을 먹어 대답하지 않는다. 「아그네스!」결국은 내가 내 목소리에 겁을 먹는다. 나는 포기하고 가만히 누워 있다. 시계가 또다시 으르렁거리더니 종을 울린다. 그리고 저 멀리서 다른 소리가 들려온다. 삼촌은 일찍 자고 일찍 일어난다. 문을 닫는 소리, 낮게 울리는 목소리, 계단을 오르는 발소리. 신사들이 응접실을 떠나 각자의 방으로 향하고 있다.

아마도 그러다 잠이 든다. 하지만 설사 잠이 들었다 해도 아주 잠시뿐이다. 갑자기 나는 흠칫 놀라며 잠에서 확 깨어난다. 그리고 나를 깨운 것이 소리가 아니라 움직임이라는 것을 알아차린다. 움직임, 그리고 빛이다. 침대 커튼 너머 등불의 골풀 심지가 갑자기 밝게 타오르고 문과 창문 유리가 문틀과 창틀에서 빠져나가려 애쓴다.

집이 입을 벌리고 숨 쉬고 있다.

그리고 나는 마침내 오늘 밤이 다른 날 밤과는 다르다는 것을 깨닫는다. 마치 어떤 목소리가 불러내기라도 한 듯 나는 일어난다. 아그네스 방으로 이어지는 복도에 서서 아그네스가 잘

자고 있음을 고른 숨소리로 확인한다. 그러고 나서 등불을 들고 맨발로 내 방 응접실로 향한다. 창가로 가 희미하게 반사되는 유리창에 손을 모아 대고 서서 칠흑 같은 어둠 너머로 넓은 자갈밭과 그 너머 잔디밭을 바라본다. 잔디밭의 위치는 원래 알고 있다. 잠시 동안 아무것도 보이지 않는다. 그다음 부드럽게 내려앉는 발소리가, 그리고 좀 더 조용하게 다가오는 발소리가 한 번 더 들린다. 가느다란 손가락 사이로 소리 없이 성냥불이 한 줄기 타오르고, 불 쪽으로 고개를 숙임에 따라 눈이 쑥 들어가고 번쩍이는 얼굴이 나타난다.

리처드 리버스가 나만큼이나 잠을 못 이루고 있다. 브라이어의 잔디밭을 걷는다. 아마도 잠이 오길 기다리는 듯하다.

산책하기엔 추운 날이다. 담배 끝 쪽에 리버스 씨의 숨이 담배 연기보다도 더 하얗게 서린다. 리버스 씨는 목 주위로 옷깃을 모아 쥔다. 그리고 위를 본다. 자신이 뭘 보게 될지 알고 있는 듯하다. 고개를 끄덕이지도 손짓을 하지도 않는다. 그저 내 시선을 끌 뿐이다. 담뱃불이 사그라지다가 밝게 빛나고 다시 사그라진다. 리버스 씨의 자세가 훨씬 유유해진다.

리버스 씨가 머리를 움직인다. 그리고 갑자기 나는 리버스 씨가 뭘 하고 있는지 깨닫는다. 집의 전면을 조사하고 있는 것이다. 리버스 씨는 창문 수를 세고 있다.

리버스 씨는 내 방까지 오는 길을 계산하고 있다! 그리고 경로 조사를 마치자 담배를 떨어뜨리고 불이 오르는 끝을 발뒤꿈치로 뭉갠다. 리버스 씨가 자갈길을 가로질러 돌아오자 누군가가 리버스 씨를 들여보낸다. 웨이 씨인 듯하다. 보이지는 않는다. 단지 정문이 열리는 소리가 들리고 공기의 움직임이 느껴질 뿐이다. 내 방 등불이 다시 한 번 높이 타오르고 유리창이 부풀어 오른다. 하지만 이번에는 집이 숨을 멈추고 있는 듯이 보인다.

나는 손으로 내 부드러운 얼굴의 입과 눈을 가리고 뒤로 물러선다. 창 너머는 다시 어둠으로 돌아가고 이제는 공간 속에서 유영하는 듯, 허공에 걸려 있는 듯이 보인다. 내가 생각한다. 〈그 사람이 그럴 리 없어!〉 어떻게 감히 그럴 수가! 그리고 다시 생각한다. 〈그 사람이라면 그럴 수 있어.〉 나는 문으로 가서 나무문에 귀를 댄다. 목소리가 그리고 발소리가 들린다. 발소리가 점차 사그라지고 다른 문이 열린다. 물론, 리버스 씨는 웨이 씨가 침대로 돌아가길 기다릴 터이다. 그걸 기다리고 있는 것이다.

나는 등을 집어 들고 잽싸게, 아주 잽싸게 움직인다. 등갓 때문에 벽에 초승달 모양으로 빛이 비친다. 옷을 입을 시간이 없다. 도와줄 아그네스가 없으므로 드레스는 입을 수 없다. 그러나 잠옷 차림으로 리버스 씨를 볼 수 없다는 것도 분명하다. 나는 스타킹과 양말대님과 슬리퍼와 망토를 찾아낸다. 풀어 둔 머리를 묶으려 해본다. 하지만 나는 혼자서 핀 꽂는 데 익숙하지 않으며 게다가 장갑을 끼고 있다. 약을 먹은 탓에 한층 더 서투르다. 두려워진다. 심장이 다시 빠르게 뛰기 시작한다. 약의 힘에 대항해 뛰고 있다. 완만한 강물을 열심히 저으며 배로 거슬러 올라가는 기분이다. 손을 가슴에 얹자 심장이 뛰는 것이 느껴진다. 끈에 묶여 있지 않으니 잘 느껴진다. 보호막이 사라져 불안한 기분이 든다.

하지만 약의 힘이 공포심보다 강하다. 결국, 이것이 이 약이 노리는 효과이다. 흥분을 가라앉히는 약이다. 꽤 오랜 시간이 흐르고 리버스 씨가 손톱으로 내 방문을 두드릴 때쯤엔 자신이 꽤 침착해 보일 거라는 생각이 든다. 내가 바로 대답한다. 「제 하녀가 무척 가까이에 있다는 것 아시지요. 잠들어 있지만, 무척 가까운 곳에 있어요. 한 번만 소리 질러도 바로 깰 거예요.」 리버스 씨는 고개 숙여 인사하고 아무 말도 않는다.

나는 리버스 씨가 내게 키스하려 들 것이라고 생각했던 걸까? 리버스 씨는 그러지 않는다. 그저 아주 조용히 방으로 들어와 집을 가늠하던 때처럼 냉정하고 생각 많은 태도로 주변을 둘러볼 뿐이다. 리버스 씨가 말한다. 「창문에서 떨어져 있도록 하지요, 잔디밭에서 불빛이 아주 잘 보이니까요.」 그러고선 안쪽 문으로 고갯짓을 한다. 「여기가 하녀가 자는 방인가요? 우리 말이 들리진 않겠지요? 확실한가요?」

난 리버스 씨가 날 안을 것이라고 생각했던 걸까? 리버스 씨는 절대로 더 가까이 다가오지 않는다. 하지만 리버스 씨의 외투에 여전히 달라붙어 있는 밤의 냉기가 느껴진다. 머리와 구레나룻과 입에서 풍기는 담배 냄새도 맡을 수 있다. 리버스 씨가 이렇게 키가 컸던가 싶다. 나는 소파 옆으로 가서 소파 등받이를 움켜쥐고 긴장한 채 서 있다. 리버스 씨가 소파 저편에 서서 내 쪽으로 몸을 기울이며 속삭인다.

리버스 씨가 말한다. 「절 용서하십시오, 릴리 양. 이런 식으로 당신을 만날 생각은 아니었습니다. 하지만 정말로 각고의 노력 끝에 브라이어까지 왔는데, 내일이면 당신을 뵙지도 못하고 떠나야 할지도 모릅니다. 저를 이해해 주십시오. 절 이런 식으로 맞이하시는 것에도 비난할 마음은 없습니다. 만약 하녀가 뒤척이다 깨어나면 당신은 잠 못 이루고 있었다 말씀하십시오. 그리고 제가 당신 방을 찾아내어 초대도 없이 왔노라 하십시오. 전 다른 집에서도 그런 죄를 진 적이 있습니다. 한눈에 아셨겠지만 전 그런 종류의 인간입니다. 그러나 릴리 양, 오늘 밤 전 당신께 어떤 해도 끼칠 생각이 없답니다. 절 이해해 주실 거라고 믿어도 될까요? 그리고 당신도 제가 오길 바라고 있었다고 생각합니다만?」

내가 말한다. 「당신이 뭔가를 알아내시고선 그게 비밀일 거라 여기신다는 생각이 드는군요. 저의 어머니가 미치광이였다는 것, 또 제 삼촌이 제 어머니가 돌아가신 정신 병원에서 절 데리고 오셨다는 것 말이지요. 하지만 그건 절대 비밀이 아니며, 누구라도 알 수 있는 사실이에요. 바로 이곳 하인들만 해도 모두 알고 있으니까요. 전 그 사실을 잊지 못하도록 되어 있지요. 만일 그 일로 무언가 이득을 보겠다는 생각이셨다면 참으로 미안하게 생각해요.」

　「제가 죄송합니다.」리버스 씨가 말한다. 「다시 한 번 그 사실을 상기시켜 드려서요. 당신이 브라이어에 오게 되고 또 당신 삼촌께 이런 기묘한 방식으로 잡혀 있다는 게 그 때문이란 점을 빼면 제게는 아무 의미도 없는 일입니다. 제가 볼 때, 당신 어머니의 불운으로 이득을 보고 있는 사람은 바로 당신 삼촌이십니다. 이렇게 대놓고 말씀드리는 점을 용서해 주십시오. 저는 일종의 악당이고 그래서 다른 악당들에 대해서도 잘 알고 있습니다. 당신 삼촌이 가장 악질에 속하지요. 왜냐하면, 자신의 극악한 짓거리가 노인의 변덕 정도로 통하는 곳인 자기 집에만 기거하고 있으니까요. 당신이 삼촌을 사랑한다는 말 따위는 하지 말아 주십시오.」리버스 씨가 내 얼굴을 살피며 잽싸게 덧붙인다. 「예의상 하는 말일 테니까요. 당신이 예의 따위는 이미 초월했다는 걸 잘 압니다. 그래서 제가 이런 식으로 온 겁니다. 우리는 각자 자기 방식대로 예의를 차리든지, 아니면 적당한 한쪽 방식을 취하기로 하지요. 하지만 지금으로서는 신사로서 숙녀께 말씀드릴 수 있도록 부디 앉아서 제 이야기를 들어 주시지 않겠습니까?」

　리버스 씨가 몸짓을 하고, 잠시 후 우리는 마치 하녀와 다과상이 들어오길 기다리고 있기라도 한 것 같은 태도로 소파에 앉는다. 어두운 색 망토가 벌어지면서 잠옷이 드러난다. 리버스 씨는 내가 망토를 여미는 동안 눈을 돌리고 있다.

「자, 이제 제가 아는 것을 당신께 말씀드리지요.」리버스 씨가 말한다.

「당신은 지금은 아무것도 없지만 결혼하시면 이득 보실 게 있습니다. 저는 호트리 씨에게 처음 이 사실을 들었습니다. 이미 알고 계실지도 모르지만, 런던과 파리의 비밀스러운 책방과 출판사에서 당신에 대한 이야기가 돌고 있습니다. 놀라운 창조물이라고 말하고들 하지요. 브라이어의 저 아름다운 소녀를 릴리 씨가 신사들에게 음란한 글을 낭독해 주도록 노리개 원숭이처럼 훈련했다고 한다, 어쩌면 더 나쁜 짓도 하도록 훈련했을지 누가 알겠느냐고 그렇게 말합니다. 저들이 하는 말을 모두 당신께 옮길 필요도 없고, 당신께서도 충분히 짐작하시리라 믿습니다. 그 또한 제게는 아무 의미가 없습니다.」리버스 씨는 내 눈을 바라보다가 시선을 돌린다. 「호트리 씨는 최소한, 조금 더 친절한 편입니다. 그리고 저를 정직하다고 생각합니다. 이제 우리의 주제에 좀 더 가까이 왔군요. 그 사람이 동정하는 말투로, 당신의 삶, 당신의 불운한 어머니와 유산, 그리고 유산 상속에 딸린 조건에 대해 조금 말해 주더군요. 음, 누군가 총각이 이런 처녀에 대한 이야기를 듣게 되게 되었다고 생각해 보십시오. 거의 백에 한 명도 진짜가 아니어서 추구할 가치가 없습니다……. 하지만 호트리 씨가 맞았습니다. 저는 당신 어머니의 재산에 대해 조사를 해보았고 당신의 경우는 진짜였습니다. 음, 당신의 가치가 어느 정도인지 알고 계십니까, 릴리 양?」

나는 망설이다가, 고개를 젓는다. 리버스 씨가 숫자를 부른다. 삼촌의 서가에 있는 가장 값비싼 책보다도 수백 배는 더 큰 값이다. 그리고 가장 싼 책보다 수천 배는 더 높다. 책값이 내가 아는 유일한 가치의 척도이다.

「굉장한 액수지요.」 리버스 씨가 내 얼굴을 살피며 말한다.

내가 고개를 끄덕인다.

「이 돈이 모두 우리 것이 될 겁니다.」 리버스 씨가 말한다. 「우리가 결혼한다면요.」

나는 아무 말도 않는다.

「솔직하게 말씀드리지요.」 리버스 씨가 말을 잇는다. 「저는 당신을 일반적인 방식으로 얻어 낼 생각을 하고 브라이어에 왔습니다. 제 말은, 삼촌 집에서 당신을 유혹해 내어 당신 재산을 확보한 다음, 아마도 그다음엔 당신을 버린다는 거지요. 저는 만난 지 10분 만에 당신이 이렇게 살면서 어떻게 변했는지 알게 되었고 제가 목적을 절대 달성할 수 없을 거란 것을 알았습니다. 더구나, 당신을 유혹하려 든다면 그게 당신에 대한 모욕이 될 거란 점도 이제 알고 있습니다. 당신을 또 다른 종류의 포로로 만들려 하다니요. 그렇게 하고 싶진 않습니다. 저는 오히려 당신을 자유롭게 해드리고 싶습니다.」

「굉장히 친절하시네요.」 내가 말한다. 「만약 제가 자유로워지길 바라지 않는다면요?」

리버스 씨가 간단하게 대답한다. 「전 당신이 자유를 갈망한다고 생각합니다.」

나는 고개를 돌린다. 붉어진 뺨 때문에 리버스 씨에게 내 감정을 들킬 것 같아 겁이 난다. 나는 차분한 목소리를 내려 애쓴다. 내가 말한다. 「잊으시지요. 제가 무얼 갈망하든 여기서는 아무 의미도 없어요. 삼촌의 책들이 책장에서 뛰쳐나가길 갈망해도 아무 소용없듯 말이에요. 삼촌은 저도 그 책들처럼 만들어 놓았답니다.」

「그래요, 맞는 말입니다.」 리버스 씨가 조급하게 말한다. 「이미 제게 그런 말을 하신 바 있습니다. 아마 그런 말을 좀 자주

하시는 것 같군요. 하지만 그런 말들이 무슨 의미가 있습니까? 당신은 열일곱 살입니다. 저는 스물여덟 살이고, 지금쯤이면 부자가 되어 나태하게 살 거라 오랫동안 믿어 왔습니다. 그러나 지금 저는 당신이 보는 그대로입니다. 무뢰한이고, 주머니 속이 너무 가난한 건 아니지만 그렇다고 한동안 주머니를 채우려 허둥거리지 않아도 될 정도로 상황이 좋은 것도 아닙니다. 스스로 지긋지긋하다고 생각하시나요? 저는 얼마나 지긋지긋할지 생각해 보십시오! 전 늘 〈이번이 마지막이야〉라고 생각하면서 수없이 많은 지저분한 짓을 해왔습니다. 절 믿으십시오. 소설에 매달려 그걸 진실이라 생각하며 시간을 낭비하는 게 어떤 건지 조금은 알고 있습니다.」

리버스 씨는 손을 머리에 올려 이마에 내려온 머리털을 뒤로 넘긴다. 안색과 눈 주위 그늘 때문에 갑자기 더 나이 들어 보인다. 부드러운 옷깃은 넥타이를 맨 부분이 주름져 있다. 턱수염에 회색털이 한 가닥 섞여 있다. 남자 목이 원래 그러하듯, 목이 기묘하게 솟아 올라와 있다. 마치 자길 부셔 달라고 주먹을 청하는 것만 같다.

내가 말한다. 「이건 미친 짓이에요. 전 당신이 미쳤다고 생각해요. 여기까지 오고, 당신이 악당이라고 고백하고, 제가 당신을 받아들이리라고 생각하다니요.」

「하지만 이미 절 받아들이셨잖습니까. 아직도 받아 주고 계시고요. 하녀를 부르지 않으셨습니다.」

「당신은 절 간교하게 속이고 있어요. 여기서 제가 얼마나 평온하게 사는지 직접 보셨잖아요.」

「거기서 마음 돌릴 곳을 찾고 계시잖아요? 이 생활을 영원히 포기해 버리면 어떻겠습니까? 가능합니다. 금방입니다! 바로 끝납니다! 저와 결혼만 하신다면요.」

나는 고개를 흔든다. 「진지하게 하는 말씀일 리가 없어요.」

「하지만 전 진지합니다.」

「제가 몇 살인지 아시잖아요. 당신이 절 데려가게 삼촌이 허락하지 않으리라는 것도 아시고요.」

리버스 씨가 어깨를 으쓱하고는 가벼운 말투로 이야기한다. 「물론, 부정한 수단에 의지할 겁니다.」

「저마저도 악당으로 만드시려는 건가요?」

리버스 씨가 고개를 끄덕인다. 「맞습니다. 하지만 전 당신도 이미 반쯤은 악당이라고 생각합니다. 그런 눈으로 절 보지 마십시오. 제가 농담하는 거라고도 생각지 마십시오. 당신이 아직 모르는 게 있습니다.」 리버스 씨는 점점 더 진지해지고 있다. 「전 지금 굉장히 멋지고 또 흔치 않은 제안을 하는 겁니다. 아내의 남편에 대한 평범한 복종을 말하는 게 아닙니다. 그런 예속, 합법적인 강탈과 도둑질, 세상이 혼인에 의한 구속이라 부르는 그런 걸 제의하는 게 아닙니다. 저는 당신께 그런 것을 요구하지도 않을 터이고, 지금 제가 말하고자 하는 것도 아닙니다. 제가 얘기하는 것은, 오히려, 자유입니다. 여성 분들에게는 자주 허락되지 않는 종류의 자유입니다.」

「하지만 결혼으로 얻어진다는 거죠?」 나는 거의 소리 내어 웃을 뻔한다.

「결혼 예식으로 얻어집니다. 다소 비범한 조건 아래 이루어지는 예식이지요.」 리버스 씨가 다시 머리털을 매만지고 침을 삼킨다. 그래서 나는 리버스 씨가 긴장하고 있음을, 나보다도 더 긴장하고 있음을 드디어 알게 된다. 리버스 씨가 몸을 좀 더 이쪽으로 기울인다. 그리고 말한다. 「당신이 다른 소녀들처럼 너무 결벽하거나 여리지 않다고 생각합니다만? 당신 하녀가 정말로 자고 있고, 또 문에서 엿듣고 있지 않은 것도 분명하겠지요?」

나는 아그네스를, 그리고 아그네스의 멍을 생각한다. 그러나 아무 말 없이 리버스 씨를 바라볼 뿐이다. 리버스 씨가 손으로 입을 어루만진다.

「만약 제가 당신을 잘못 생각했다면, 릴리 양, 신께서 절 돌보시기를!」리버스 씨가 말한다. 「자, 들어 보십시오.」

리버스 씨의 계획은 이러하다. 리버스 씨는 런던에서 브라이어로 여자아이를 하나 데려와 내 하녀로 넣을 생각이다. 그 아이를 이용한 뒤엔 속여 먹으려 한다. 리버스 씨가 마음에 둔 아이가 하나 있는데, 꼭 내 나이에 나처럼 금발이라고 한다. 일종의 도둑인데 자기 일에 지나치게 주도면밀지도, 지나치게 똑똑하지도 않다고 한다. 리버스 씨는 유산을 살짝 떼어 주겠노라 약속함으로써 아이를 안심시킬 생각이라고 말한다. 「가령, 이삼 천 정도를 약속하는 거죠. 더 요구할 만큼 야망이 있는 아이는 아니라고 보거든요. 그 아이는, 원래 도둑들이 그러하듯, 그릇이 작습니다. 또, 무릇 도둑이 모두 그러하듯, 자신을 실제보다 더 대단하게 여기기도 하지만요.」리버스 씨는 어깨를 으쓱한다. 결국, 아이 몫은 얼마가 되어도 아무 의미가 없다. 아이가 얼마를 요구하든 리버스 씨는 동의할 테니까. 그리고 단 한 푼도 못 만져 볼 테니까. 아이는 나를 순진하다 여기고, 나를 유혹하는 데 자기가 돕고 있다고 생각할 것이다. 아이는 우선 나를 설득해 내가 리버스 씨와 결혼하게 할 것이다. 그리고 그 아이는…… 리버스 씨가 다음 단어, 〈정신 병원〉이라는 말을 꺼내기 전에 잠시 망설인다. 그리고 그 아이는 정신 병원으로 날 보내는 것을 돕게 될 것이다. 하지만 실제로 정신 병원에 들어가는 것은 그 아이가 될 것이다. 아이는 저항할 것이다. 그리고 리버스 씨는 아이가 저항하길 바란다! 아이가 저항하면 할수록 더더욱 정신 병원의 간수들은 이를 광기의 한 형태로 생각할 것이

336

다. 그렇게 해서 아이는 병원의 더욱 엄중한 감시를 받게 된다.

「그리고 그 아이에게는요, 릴리 양.」 리버스 씨가 결론을 내린다. 「간수들이 당신 이름을 붙이고, 당신 어머니의 딸로서, 그리고 당신 삼촌의 조카로서의 당신의 내력을 들이댈 겁니다. 간단히 말해서, 당신을 당신으로 규정하는 모든 것들이 그 아이에게 가는 거죠. 생각해 보세요! 하녀가 망토를 들어 벗겨 주듯 그 사람들이 당신 어깨에서 삶의 무게를 내려 주는 겁니다. 그러면 당신은 모든 굴레를 훌훌 벗어던진 채, 남의 눈도 의식할 것 없이 원하는 곳 어디로든 갈 수 있는 겁니다. 새로운 인생을 향해서요. 그리고 거기서 당신의 마음에 꼭 드는 당신 자신으로 다시 갈아입는 겁니다.」

이것이 바로 리버스 씨가 브라이어로 들고 온 자유, 드물고도 사악한 자유이다. 그 대가로 리버스 씨는 내 믿음과 약속과 향후의 침묵을, 그리고 내 재산의 반을 원한다.

리버스 씨가 말을 마치자 나는 아무 말 없이 그대로 앉아 있다. 리버스 씨에게서 얼굴을 돌린 채로 거의 1분이 지난다. 마침내 내가 입을 연다.

「우린 절대로 성공할 수 없을 거예요.」

리버스 씨가 대번에 대답한다. 「전 된다고 생각합니다.」

「그 아이가 우리를 의심할 거예요.」

「아이는 제가 자길 끌어들이려는 음모에 정신을 빼앗길 겁니다. 누구나 그렇듯 아이도 자기가 보고 싶은 것을 보게 될 겁니다. 아이는 당신 삼촌에 대해선 아무것도 모르는 채 당신을 보게 될 겁니다. 그 아이 위치에서라면 당연한 일입니다. 그러면 아이는 당신이 순진하다고 믿지 않겠습니까?」

「그럼 그 아이의 가까운 이들, 그 도둑들은요, 아이를 찾아 나서지 않겠어요?」

「찾아 나설 겁니다. 수많은 도둑이 자기를 속이고 강탈한 친구들을 날마다 찾듯이요. 그리고 아무런 소득도 얻지 못할 터이고, 아이가 도망쳤다고 생각하고선 잠시 아이를 저주하다가 까맣게 잊게 될 겁니다.」

「잊다니요? 정말로 그렇게 생각하시나요? 어머니가, 어머니가 안 계신가요?」

리버스 씨가 어깨를 으쓱거린다. 「일종의 어머니가 있긴 하죠. 보호자이자 이모쯤 되는 여자입니다. 그 여자는 늘 아이들을 잃어버리죠. 전 그 여자가 아이 하나 더 없어졌다고 해서 너무 마음 아파할 거라곤 생각지 않습니다. 특히 아이가 사기꾼으로 드러난다면 더욱 말입니다. 분명 그럴 여자입니다. 이제 아시겠나요? 아이 자신의 평판이 자기의 무덤을 파는 데 일조할 겁니다. 사기 치는 아이들이 정직한 아이들처럼 돌봄 받길 기대할 순 없는 법이죠.」 리버스 씨가 잠시 말을 끊는다. 「하지만 우리가 데려다 주는 곳에서 그 아이는 더 많은 보살핌을 받게 될 겁니다.」

나는 리버스 씨에게서 시선을 돌린다. 「정신 병원…….」

「저도 그 점은 유감으로 생각합니다.」 리버스 씨가 재빨리 말한다. 「하지만 당신 자신의 평판이, 당신 어머니의 평판이 거기선 우리에게 유리하게 작용할 겁니다. 우리의 작은 사기꾼 계집애에게 처럼요. 그게 어떤 의미인지 아셔야 합니다. 이렇게 기나긴 세월 동안을 그걸 볼모로 잡혀 살아오지 않으셨습니까. 이제 역이용할 기회가 딱 한 번 찾아온 겁니다. 그리고 거기서 영원히 벗어나십시오.」

나는 여전히 딴 곳을 바라본다. 다시 한 번, 리버스 씨의 말에

내가 얼마나 동요하고 있는지 리버스 씨가 알게 될까 봐 겁이
난다. 내가 어찌나 동요하고 있는지 나 자신도 두려울 지경이
다. 내가 말한다. 「제가 자유로워지는 것이 당신에게 무슨 의미
라도 있는 듯이 말씀하시네요. 당신이 관심 있는 것은 제 돈이
잖아요.」

「그거라면 충분히 인정한 것 같은데요, 아닌가요? 하지만 그
렇다 해도, 당신의 자유와 제 돈은 결국 같은 겁니다. 우리의 재
산이 확실히 우리 손에 들어올 때까지 그 점이 당신의 보호막이
되고 당신의 보험이 되어 줄 겁니다. 그때까지는 당신 자신을 믿
으십시오. 제 도의심을 믿지 마시고요. 제게 도의심이라곤 하나
도 없으니까요. 하지만 말하자면, 제 탐욕을 믿으셔도 됩니다.
어쨌거나 이 집 밖의 세상에서는 탐욕이 도의심보다 더 크게 작
용하니까요. 곧 깨닫게 되실 겁니다. 탐욕을 이용해 이득을 취
하는 방법을 가르쳐 드릴 수도 있습니다. 우리는 런던에 집을
얻어 남편과 아내로 살 겁니다. 물론, 따로 살면서요.」 리버스
씨가 웃음 지으며 덧붙인다. 「집 문이 닫혀 있을 때는요…… 하
지만 일단 돈이 수중에 들어오면 당신의 미래는 당신 자신의 것
이 될 겁니다. 그다음부턴 그 돈을 손에 넣은 방법에 대해 반드
시 침묵하셔야 합니다. 이해하시겠습니까? 이런 일에 일단 발
을 들이게 되면, 우리는 서로에게 진실해야만 합니다. 안 그러
면 침몰하게 됩니다. 전 말을 허투루 하지 않습니다. 제가 제안
하는 사업의 성격에 대해 당신이 오해하게 하고 싶지도 않고요.
아마도 삼촌께서 당신에게 법 지식에 대해선 전혀 알려 주지 않
으셨을 것 같군요…….」

내가 말한다. 「제 삼촌께서는 제가 그 짐을 덜 수만 있다면
어떤 책략이라도 고려하도록 만들어 주셨지요. 하지만…….」

리버스 씨는 기다리다가, 내가 더는 말을 않자 다시 입을 연

다. 「음, 당신이 지금 당장 제게 결심을 말씀해 주실 거라 기대하진 않습니다. 삼촌의 그림 배접 건을 빌미로 여기에 머무르는 것이 제 일차 목표입니다. 저는 내일 그림을 보기로 되어 있습니다. 만약 삼촌이 저를 머무르게 해주지 않으신다면, 우리는 재고할 필요가 생기겠지요. 하지만 모든 일이 그러하듯 거기에도 대비책이 있습니다.」

리버스 씨는 다시 한 번 손으로 머리를 넘기고, 다시 더 나이가 들어 보인다.

시계가 열두 시를 치고 벽난로는 이미 한 시간 전에 꺼졌으며 방은 끔찍하게 싱겅싱겅하다. 갑자기 추위가 엄습한다. 리버스 씨가 추위에 떠는 나를 본다. 리버스 씨는 공포 혹은 의심 때문에 내가 떤다고 여기는 것 같다. 리버스 씨가 몸을 기울이더니 마침내 내 손을 감싸 쥔다. 리버스 씨가 말한다. 「릴리 양, 당신은 당신의 자유가 제게 아무 의미도 없다 하셨지요. 하지만 어떻게 제가 당신의 인생을 그대로 보고만 있을 수 있겠습니까? 정직한 남자라면 어찌 당신이 그토록 추락하고, 음란함의 노예가 되어 허스 같은 자들의 추파와 모욕에 시달리는 것을 보고만 있을 수 있겠습니까? 그리고 당신을 거기서 자유롭게 풀어내길 원하지 않을 수 있겠습니까? 제 제안을 잘 생각해 봐주십시오. 그리고 또 어떤 선택이 가능할지 잘 생각해 주십시오. 아마 또 다른 구혼자를 기다리실 수도 있을 겁니다. 그러나 삼촌의 일 관계로 오게 되는 신사 가운데 과연 그럴 만한 사람이 있을까요? 그리고 만일 있다고 해도 그 사람이 당신의 재산을 저만큼 주도면밀하게 다룰 수 있을까요? 삼촌을 저만큼 잘 다룰 수 있을까요? 혹은 삼촌이 죽길 기다려서 그런 식으로 자유를 찾는다고 가정해 보지요. 그때까지 삼촌의 눈은 흐려지고 사지는 경련을 일으키게 되어 삼촌은 자신의 힘이 떨어지는 걸 느끼며 당신에게 더 심하게 일을 시키실 겁니다. 그때쯤이면 당신은 몇 살이나 되어 있을까요? 아마도 서른다섯 혹은 마흔은 될 테지요. 호트리 씨가 포목상의 심부름꾼과 점원들에게 단돈 1실링에 팔아넘기는 그런 종류의 책을 관리하며 모든 청춘을 낭비해 버린 뒤란 말입니다. 당신의 재산은 손끝 하나 닿지 않은 채로 은행 금고에서 잠자고 있고요. 당신의 유일한 위안은 브라이어의 안주인이 된다는 것뿐일 겁니다. 당신에게 남은 일생에서 반이 시계 소리에 공허하게 한 시간 한 시간 날아가 버리는 이곳에서 말입니다.」

리버스 씨가 이야기하는 동안 나는 리버스 씨의 얼굴을 보지 않는다. 대신 슬리퍼를 신은 내 발을 바라본다. 나는 가끔 품어 보던 나에 대한 상상을 다시 떠올린다. 상상 속에서 나는 단단히 구속되어 있는 커다란 가지이고, 그 구속을 벗어나 더 크게 자라고 싶어 한다. 저녁에 먹은 약 기운 때문에 영상이 점점 더 또렷해진다. 가지는 구부러지고 껍질은 거칠고 단단해진다. 나는 너무나 조용히 앉아 있다가 눈을 들어 리버스 씨를 본다. 리버스 씨는 자기가 내 마음을 얻은 것인지 알 수 있기를 기다리며 날 지켜보고 있다. 리버스 씨는 내 마음을 얻었다. 브라이어에서 내 미래에 대해 한 말 때문은 아니다. 리버스 씨가 한 말 가운데 내가 이미 오래전에 결론 내리지 못한 사실은 하나도 없었으니까. 리버스 씨가 내 마음을 얻은 이유는 어쨌거나 지금 여기에서 내게 이야기하고 있다는 점 때문이다. 계획을 짜고, 40마일을 달려왔기 때문이다. 잠자는 집의 심장부에 몰래 들어와, 내 컴컴한 방 속으로, 〈나〉에게까지 도달했기 때문이다.

런던의 그 여자아이에 대해서라면, 리버스 씨가 한 달 안에 비슷한 수법으로 설득해 비참한 운명에 빠뜨릴 그 아이라면,

그리고 그 얼마 뒤 내가 뺨에 눈물을 흘리며 리버스 씨가 했던 주장을 되풀이해 이야기해 줄 그 아이에 대해서라면 나는 아무 것도, 아무것도 생각하지 않는다.

나는 말한다, 「내일, 삼촌의 사진을 보시고 나면, 비록 카라치가 더 희귀한 것이긴 해도, 로마노를 찬양하세요. 롤런드슨보다는 몰런드가 낫다고 칭찬하세요. 삼촌은 롤런드슨을 통속적이라고 여긴답니다.」

그게 내가 한 말 전부이다. 그 정도면 충분하다고 생각한다. 리버스 씨는 나와 눈을 마주치며 고개를 끄덕이지만 웃음 짓진 않는다. 내가 이런 순간에 웃는 모습을 좋아할 리 없음을 아는 듯하다. 리버스 씨는 내 손가락을 쥐었던 손을 풀더니 외투 주름을 펴며 일어난다. 이로써 우리의 공모의 주문이 깨어진다. 이제 리버스 씨는 크고 어둡게 보이며 이곳에 어울리지 않는다. 나는 리버스 씨가 떠나 주었으면 하고 바란다. 다시 한 번 나는 몸을 떨고, 이런 내 모습에 리버스 씨가 말한다. 「너무 늦게까지 붙잡아 둔 게 아닌가 싶습니다. 분명 춥고 피곤하시겠군요.」

리버스 씨가 나를 주의 깊게 살핀다. 아마도 내 체력을 가늠하며 의심이 드는 모양이다. 나는 더 심하게 몸을 떤다. 리버스 씨가 말한다. 「제가 한 말 때문에 괴로워하시지는…… 너무 괴로워하진 않으시겠지요?」

나는 고개를 흔든다. 하지만 다리가 후들거려 약하게 보일지도 모른다는 생각에 소파에서 일어나기가 겁난다. 내가 말한다. 「가주시겠어요?」

「괜찮으시겠습니까?」

「정말 괜찮아요. 이제 그만 가주시면 더 좋아질 것 같네요.」

「물론 그렇게 하겠습니다.」

리버스 씨는 더 말하고 싶어 한다. 나는 고개를 돌려 리버스 씨가 더는 말을 꺼내지 못하게 하고, 잠시 후 리버스 씨가 조심스레 양탄자 위를 걸어가 문을 조용히 열었다 닫는 소리가 들린다. 나는 조금 더 앉아 있다가 발을 들어 망토 아래 자락을 발 위로 끌어당기고 두건을 올린 뒤 단단한 먼지투성이 소파 쿠션 위에 머리를 대고 눕는다.

여기는 내 침대가 아니고, 잘 시간도 이미 종이 치고 지나갔으며, 즐겨 곁에 두고 자는 것들, 어머니의 초상화, 내 상자, 하녀 어느 것 하나 옆에 없다. 그러나 오늘 밤은 어차피 모든 것이 제 궤도를 벗어났으며 내 일과 역시 제대로 지켜진 게 없다. 자유가 나를 손짓해 부른다. 죽음만큼이나 깊이를 가늠할 수 없고 무섭고 피할 수 없는 자유가 손짓해 부른다.

나는 잠이 들고, 뱃머리 높은 배에 앉아 어둡고 조용한 강을 빠르게 나아가는 꿈을 꾼다.

9

그때까지도, 아니 오히려 그때야말로, 우리의 계약이 갓 이루
어지고 증명된 것 없으며 너무도 가늘고 미약한 줄로 엮여 있는
그때에야말로 나를 잡아당기는 리버스 씨의 야망에서 뒤로 몸
을 빼고 풀려날 수도 있었을 때라는 생각이 든다. 나는 계약을
깨겠다고 생각하며 잠에서 깬 듯하다. 지난 한밤중에 리버스 씨
가 바스락거리는 포장지에 독을 싸는 남자처럼 내 손을 잡고
은밀한 목소리로 자신의 위험한 계획을 펼쳐 보이던 그 방이 쌀
쌀한 새벽이 되자 다시 낯익은 엄격한 선을 드러내고 있기 때문
이다. 나는 누워서 방을 바라본다. 곡선 하나하나를, 각 하나하
나를 모두 잘 알고 있다. 아주 잘 알고 있다. 열한 살 소녀 시절
에 브라이어가 이상해 흐느껴 울던 기억이 난다. 침묵이, 정적
이, 굽은 통로와 복잡한 벽면이 무서워 울었다. 그때는 그 모든
것이 영원토록 이상하게만 느껴질 거라 생각했지만, 이제는 이
집의 이상함에 나까지 이상해지는 것을 느낀다. 나를 송곳, 갈
고리, 드릴, 집의 예비 통로에 떨어진 파편으로 바꾸어 놓았다.
하지만 브라이어는 내 위로 살금살금 기어올랐다. 나를 야금야
금 삼켜 버렸다. 이제 몸에 걸친 양털 망토의 사소한 무게조차
나를 짓누르고, 나는 이런 생각이 든다. 〈나는 절대 빠져나갈

수 없을 거야! 못 빠져나가도록 되어 있어! 브라이어가 나를 절대 놓아주지 않을 거야!〉

하지만 내가 틀렸다. 리처드 리버스가 브라이어로 와 모든 것을 완전히 바꿔 버렸다. 효모가 반죽에 퍼지는 것과 비슷하다. 여덟 시에 서재로 가자 삼촌이 나를 내보낸다. 리처드가 삼촌과 함께 그림을 보고 있다. 둘은 함께 세 시간을 보낸다. 그리고 오후에 신사들에게 작별 인사를 하라고 아래층으로 불려 가보니 내가 손을 내밀어 주어야 할 사람은 호트리 씨와 허스 씨뿐이다. 둘은 홀에서 두꺼운 외투를 여미고 장갑을 끼고 있으며, 삼촌은 지팡이에 기대어 있고, 리처드는 약간 떨어진 곳에서 주머니에 손을 찌른 채 바라보고 있다. 리처드가 제일 먼저 나를 발견한다. 나와 시선이 마주치지만 그대로 가만히 있다. 이윽고 다른 이들이 내 발소리를 듣고 고개를 들어 나를 바라본다. 호트리 씨가 얼굴에 웃음을 띤다.

「아름다운 갈라테아[6]께서 오시는군요.」호트리 씨가 말한다.

허스 씨가 이미 썼던 모자를 다시 벗는다. 「사람이 된 후인가요?」허스 씨가 내 얼굴에 눈을 고정한 채 묻는다. 「아니면 아직 조각입니까?」

「흠, 둘 다입니다.」호트리 씨가 말한다. 「하지만 저는 조각을 의미했습니다. 릴리 양이 무척 창백해 보이시네요, 그렇게들 생각지 않으시나요?」허스 씨가 내 손을 잡는다. 「제 딸들이 당신을 얼마나 질시할까요! 제 딸들은, 아시겠지만, 피부가 희어지라고 진흙을 먹는답니다. 순수한 진흙을 말입니다.」허스 씨가 고개를 젓는다. 「전 정말 얼굴색에 관한 이러한 유행이야말로 가장 건강을 해치는 일 가운데 하나라고 생각합니다. 당신에

---

6 피그말리온이 조각한 상아 처녀상으로, 후에 이 조각을 사랑하게 된 피그말리온이 아프로디테에게 청하여 생명을 주게 하여 아내로 삼았다고 함.

관해서라면, 릴리 양, 다시 그런 생각이 드네요. 제가 당신 곁을 떠나야 할 때면 늘 드는 생각입니다! 삼촌이 당신을 여기에 이렇게 지독하게, 그리고 버섯처럼 묶어 두다니 얼마나 부당한지 모르겠습니다.」

「전 너무나 익숙해져 있는걸요.」 내가 조용히 말한다. 「게다가, 집이 어두워서 제가 실제보다 더 창백해 보이는 것 같네요. 리버스 씨는 함께 가지 않으시나요?」

「어두운 조명이 범인이로군요. 정말로, 릴리 씨, 제 외투의 단추조차 거의 안 보일 지경입니다. 문명화된 사회에 동참하셔서 브라이어에도 가스를 들이실 생각이 정말로 없으신지요?」

「책이 있는 한은 안 됩니다.」 삼촌이 말한다.

「그럼 절대 안 된다는 거군요. 리버스 씨, 가스는 책을 오염시킨답니다. 아시고 계셨는지요?」

「몰랐습니다.」 리처드가 말한다. 그리고 내게로 돌아서 작은 목소리로 덧붙인다. 「네, 릴리 양, 당장은 런던으로 돌아가지 않습니다. 삼촌께서 친절하게도 제게 그림 작업을 좀 도와 달라고 하셨습니다. 우리는 몰런드에 대한 열정을 공유하고 있는 듯하더군요.」

리처드의 눈동자 색이 어둡다. 푸른 눈도 어두워 보일 수 있다면 말이다. 호트리 씨가 말한다. 「저, 릴리 씨, 이건 어떨까요? 말하자면, 그림 배접을 진행하는 동안 질녀 분이 홀리웰 스트리트를 방문하게 하시는 겁니다. 런던에서의 휴가라니, 릴리 양, 마음에 들지 않으십니까? 그리고 저는 당신의 원래 얼굴색을 확인하고요.」

「이 아이가 안 좋아할 겁니다.」 삼촌이 말한다.

허스 씨가 가까이 다가온다. 두꺼운 외투 때문에 땀을 흘리고 있다. 허스 씨가 내 손가락 끝을 잡는다. 허스 씨가 말한다.

「릴리 양, 만일 제가 혹시라도…….」

「이런, 이런.」 삼촌이 말한다. 「점점 말이 많아지시는군요. 여기 제 마부가 왔네요, 자. 모드, 문에서 좀 물러나겠느냐…….」

「멍청이들.」 신사들이 가고 나자 삼촌이 말한다. 「안 그런가요, 리버스 씨? 하지만 자, 전 인내심이 부족해서 어서 시작하고 싶군요. 도구 가지고 계신가요?」

「금세라도 가져올 수 있습니다.」

리처드가 고개 숙여 인사하고 걸음을 옮긴다. 삼촌이 뒤를 따른다. 그러다가 뒤로 돌아 나를 본다. 심사숙고하는 표정으로 바라보다가 가까이 손짓해 부른다. 「손 줘봐라, 모드.」 삼촌이 말한다. 나는 삼촌이 계단에 오르게 부축해 달라는 말로 알아듣는다. 하지만 내가 팔을 내밀자 삼촌은 내 팔을 잡고 당기더니 자기 얼굴까지 내 손목을 들어 올려 소매를 걷고, 드러난 가는 팔에 흘끗 눈길을 준다. 그리고 내 뺨을 자세히 살펴본다. 「창백하다고, 그런 말을 해? 버섯처럼 창백해? 흠?」 삼촌이 계속 입을 놀린다. 「버섯이 어떤 것에서 자라는 줄 아느냐? 호!」 삼촌이 웃음을 터트린다. 「이젠 창백하지 않구나!」

나는 얼굴을 붉히며 몸을 뒤로 뺐던 것이다. 계속해 껄껄대며 삼촌은 내 손을 놓고 뒤로 돌아 혼자 계단을 오르기 시작한다. 삼촌은 부드러운 천 슬리퍼를 신고 있어 스타킹에 싸인 발뒤꿈치가 보인다. 나는 삼촌이 계단 오르는 것을 보며 분풀이로써 삼촌의 발을 채찍 혹은 막대기로 때려 굴러 떨어지게 하는 상상을 한다.

이런 생각 속에 삼촌의 발소리가 멀어지는 것을 들으며 서 있는데 리처드가 위층에서 회랑으로 돌아온다. 리처드는 나를 찾아보지 않고, 내가 아직 거기, 닫힌 대문의 그늘 속에 서 있는 것도 모른다. 그저 걸어가기만 한다. 손가락으로 회랑 난간을 두드리며 경쾌하게 걷는다. 심지어 휘파람 혹은 콧노래까지 부르는 듯하다. 브라이어 사람들은 저런 소리에 익숙하지 않다. 게다가, 삼촌의 말 때문에 감정이 격해지고 기분이 상한 터라 리처드의 행동이 무척 자극적으로 느껴지고, 흔들거리는 목재 혹은 대들보처럼 위험하게 여겨진다. 리처드의 신발 아래 오래된 양탄자에서 먼지 구름이 뭉게뭉게 피어나고 있는 게 분명하다는 생각이 든다. 그리고 리처드의 걸음을 쫓아 시선을 드니 미세한 페인트 조각이 천장에서 얇게 떨어져 내리고 있다는 확신이 든다. 그 장면에 그만 정신이 아찔해진다. 리처드가 여기 있음으로써 그 충격에 집 벽이 쩍 갈라지고, 커다란 구멍이 생겨나고 무너져 내리는 상상을 한다. 내가 미처 달아나기도 전에 정말 그렇게 될까 봐 두려울 뿐이다.

하지만 나는 달아나는 것도 겁이 난다. 리처드가 그 점을 알고 있다는 생각이 든다. 일단 허스 씨와 호트리 씨가 가고 나자 리처드와 비밀리에 이야기할 기회가 없다. 그리고 리처드는 감히 다시 내 방으로 몰래 찾아오지 않는다. 그러나 리처드는 나를 자기 계획에 단단히 붙들어 두어야 함을 알고 있다. 리처드는 기다리고 지켜본다. 여전히 우리와 함께 저녁을 들지만 내 옆이 아니라 삼촌 옆에 자리를 잡는다. 그러나 어느 날 밤, 리처드가 삼촌과 대화하다 불쑥 이런 말을 꺼낸다.
「이제 제가 와서 삼촌의 관심을 목록에서 다른 곳으로 돌려 버리고 나니, 릴리 양, 당신이 얼마나 심심해하실지 그 점이 무척 마음에 걸리는군요. 당신이 책 일로 어서 돌아가길 손꼽아 기다리실 거라 생각이 됩니다만.」
「책 일요?」 내가 말한다. 그리고 먹던 고기가 담긴 접시로 시선을 떨어뜨린다. 「무척 그렇지요, 물론이에요.」

「그렇다면, 당신 나날의 짐을 좀 덜어 드리기 위해 뭔가 좀 해드릴 수 있으면 싶군요. 뭔가 제가 있을 때 배접해 드릴 만한 게, 그림이나 스케치나 뭐든 그런 종류의 것이 없으신가요? 분명 있을 거란 생각이 드네요. 이 집은 전망이 정말 좋으니까요.」

오케스트라의 지휘자가 지휘봉을 들듯이 리처드가 눈썹을 치켜뜬다. 물론, 나는 복종을 빼면 남는 게 없는 사람이다. 내가 말한다. 「전 색을 칠할 줄도, 그릴 줄도 몰라요. 배워 본 적이 없어요.」

「뭐라고요? 전혀 그림을 배운 적이 없단 말입니까? 무례하게 들렸다면 죄송합니다, 릴리 씨. 당신 질녀는 모든 방면에 뛰어난 능력이 있어 보였기에 이쪽 방면도 당연히 뛰어나실 거라고 생각했습니다. 하지만 아시겠지만, 아주 적은 노력만으로도 이 사태는 교정될 수 있을 겁니다. 릴리 양이 제게 배우면 어떨지요. 오후 시간에 가르치면 되지 않을까요? 저는 이런 쪽으로 약간 경험이 있습니다. 파리에서도 한 계절 내내 콩트 가의 따님들에게 그림을 가르쳤지요.」

삼촌이 눈을 가늘게 뜬다. 「그럼요?」 삼촌이 말한다. 「그림을 배워서 제 질녀가 그걸 어디다 써먹을 수 있을까요? 화집을 만들 때, 모드야, 네가 우리를 보조하겠다는 뜻이냐?」

「그림 자체를 위한 그리기를 말하고 있었습니다.」 내가 대답하기도 전에 리처드가 부드럽게 말한다.

「그림을 위한 그림요?」 삼촌이 내게 눈을 끔벅인다. 「모드, 네 생각은 어떠냐?」

「제겐 그런 재주가 없을 것 같은데요.」

「재주가 없다고? 흠, 어쩌면 그럴지도 모르지. 내가 처음 널 여기로 데려왔을 때 네 손이 확실히 꼴사납긴 했다. 그리고 지금까지도 물건을 떨어뜨리는 경향이 좀 있지. 말씀해 보십시오,

리버스 씨. 그럼 수업을 받으면 제 질녀 손에 힘을 기르는 데 도움이 될까요?」

「그럴 거라고 말씀드리고 싶군요. 분명히요.」

「그럼, 모드, 리버스 씨에게 배워 보렴. 어찌되었건, 네가 노는 꼴을 보고 싶진 않으니까. 흠?」

「네, 삼촌.」내가 말한다.

리처드가 깜빡 졸고 있는 고양이 눈에 덮인 얇은 막처럼 부드럽고 반짝이는 눈길로 삼촌을 바라본다. 그러나 삼촌이 접시로 몸을 숙이자 잽싸게 나와 시선을 맞춘다. 그러자 막이 사라지고 눈이 가면을 벗는다. 그리고 갑자기 드러내는 친밀한 표정에 나는 몸이 오싹해진다.

나를 오해하지 말아 달라. 나를 실제보다 더 치밀한 사람으로 생각하지 말아 달라. 내가 리처드의 계획에 대한 공포로, 실패에 대한 공포뿐 아니라 성공에 대한 공포로도 몸서리나는 건 사실이다. 하지만 나는 리처드가 보인 대담한 행동 때문에도 떨고 있다. 아니, 리처드의 대담함은 나를 전율케 한다. 사람들 말대로, 죽어라 떠는 현은 게으른 자까지도 몸을 떨게 하는가 보다. 첫날 밤에 리처드는 내게 〈저는 만난 지 10분 만에 당신이 이렇게 살면서 어떻게 변했는지 알아 버렸습니다〉라고 했다. 그러고 나선 〈당신도 이미 반쯤은 악당이라고 생각합니다〉라고 하였다. 리처드의 말이 맞다. 만약 내가 전에는 그게 악당 짓인지 몰랐더라도, 혹은, 만약 알고는 있었지만 그렇게 부르진 않았더라도, 이제는 알고 있고, 그렇게 생각하고 있다.

리처드가 매일 내 방으로 찾아와 내 손을 자기 입에 올리고 내 손가락 관절마다 입술을 갖다 대고, 차갑고, 푸른, 악마 같은 눈알을 굴릴 때마다 나는 그게 악당 짓이란 걸 알고 있다. 아그네스는 우리를 보아도 이해하지 못한다. 아그네스는 그게 정중하다고 생각한다. 정중하다! 사기꾼의 정중한 행동이다. 우리가 종이를 꺼내 연필로 선을 그리고 색을 칠하는 동안 아그네스는 우리를 지켜보곤 한다. 리처드가 내 옆에 앉아 내 손가락을 잡고 곡선과 구불구불한 선을 그리는 동안 아그네스는 우리를 보고 있다. 리처드는 낮은 목소리로 이야기하곤 한다. 남자들이 웅얼거리며 이야기할 때는 보통 듣기 싫은 소리가 난다. 목소리가 끊어지고 갈리고, 커지려는 경향이 생기게 된다. 하지만 리처드는 목소리를 낮게 내면서도 넌지시 말할 수 있고 게다가 마치 노래하는 것처럼 여전히 목소리가 분명하다. 아그네스가 방 길이의 반 정도는 떨어진 곳에 앉아 바느질을 하는 동안, 리처드는 비밀리에 나를 데리고 자기 계획 속으로 한 발 한 발 내디디며 계획을 완성시킨다.

「아주 좋아요.」 마치 유능한 여자아이를 가르치는 거장 화가처럼, 리처드가 말하곤 한다. 「아주 좋아요. 속도가 무척 빠른데요.」

리처드는 웃음 짓곤 한다. 등을 펴고 고개를 젖히곤 한다. 아그네스를 보고 시선이 자기에게 꽂혀 있는 것을 확인하곤 한다. 아그네스는 당황해 시선을 돌리곤 한다.

「흠, 아그네스.」 리처드는 사냥꾼이 사냥할 새를 눈으로 찍어 두듯 아그네스의 소심한 성격을 마음속에 잘 새겨 두며 말하곤 한다. 「예술가로서 아가씨 재능을 어떻게 생각하지?」

「오, 나리! 제가 어찌 감히 판단할 마음이나 품을 수 있겠어요.」

리처드는 연필을 하나 집어 아그네스에게 다가간다. 「내가 릴리 양에게 어떻게 흑연을 잡게 하는지 보았지? 하지만 아가씨 손은 숙녀의 손이라서 아직 힘이 좀 부족하지. 내 생각엔, 아그네스, 네 손이 좀 더 연필을 잘 잡을 수 있을 것 같은데. 어디,

한번 해보지 않겠니?」

　한번은 리처드가 아그네스의 손가락을 잡는다. 손이 닿자 아
그네스의 얼굴이 진홍빛으로 물든다.

　「얼굴을 붉히는 거야?」 리처드가 깜짝 놀라며 말한다. 「내가
널 모욕하려 한다고 생각하는 건 아니겠지?」

　「아닙니다, 나리!」

　「그럼, 왜 얼굴을 붉히지?」

　「전 그냥 좀 더워서요, 나리.」

　「덥다고, 12월에?」

　이런 식으로 계속 진행되어 나간다. 리처드는 나만큼이나 세
련되게 남을 괴롭히는 재주가 있다. 나는 이를 지켜보며 조심스
럽게 행동해야 한다. 그러나 그러지 못한다. 리처드가 골리는
게 늘어날수록, 아그네스가 당황하는 것이 심해질수록, 나 자신
이 아그네스를 비웃는 강도도 더더욱 세어진다. 채찍을 휘두르
면 채찍 끝이 더 빨리 돌아가듯이 말이다!

　「아그네스.」 아그네스가 내 옷을 벗기고 머리를 빗어 줄 때
내가 말한다. 「어떻게 생각해? 리버스 씨 말이야.」 나는 빗질하
던 아그네스의 손목을 멈춰 세우고, 우리의 뼈가 서로 부딪친
다. 「그분이 잘생겼다고 생각해, 아그네스? 그렇게 생각하는구
나, 네 눈을 보면 알 수 있어! 그리고 젊은 처녀들은 잘생긴 남
자를 좋아하지 않아?」

　「사실은요, 아가씨, 잘 모르겠어요!」

　「네가 그런 말을 해? 그럼 넌 거짓말쟁이야.」 나는 아그네스
몸의 부드러운 살을 꼬집는다. 물론 이제 어디 살이 부드러운지
속속들이 알고 있기 때문이다. 「넌 거짓말쟁이이고 바람둥이
야. 침대 옆에 무릎 꿇고 하느님께 용서해 달라고 빌 때 그런 죄
들도 목록에 올릴 거야? 넌 하느님이 널 용서해 〈주실 거라고〉

생각하니, 아그네스? 난 하느님이 빨간 머리 소녀는 용서해 주어어야 한다고 생각해. 왜냐하면 그 아이는 자기 천성이 그래서 어쩔 수 없이 사악해지는 거거든. 빨간 머리 아이에게 욕정을 불어넣어 놓고는 그 아이가 그런 마음을 느꼈다는 이유로 다시 벌을 내린다면, 사실 하느님이 너무 잔인한 거잖아. 안 그래? 리버스 씨가 널 볼 때면 몸 안에서 욕정이 느껴지지 않아? 리버스 씨의 빠른 발소리가 들리지 않나 귀 기울여 보지 않아?」

아그네스는 아니라고 부인한다. 자기 어머니의 목숨을 걸고 맹세한다! 아그네스가 정말 어떻게 생각하는지는 하느님만이 아실 일이다. 아그네스에게 필요한 것은 단지 입 밖에 내어 말하는 것으로, 안 그러면 이 연극은 침몰하고 말 것이다. 아그네스는 입 밖에 내어 말하고 멍이 들고 자신의 결백을 지켜야 한다. 그리고 나는 아그네스를 멍들게 해야만 한다. 평범한 사랑을 하는 평범한 여자아이라면 분명 느낄 리처드에 대한 모든 감정을 보여 주기 위해 나는 아그네스를 멍들게 해야만 한다.

하지만 나는 절대로 느끼지 않는다. 느낄 거라 상상하지 말아 달라. 메르퇴유 부인이 발몽에게 그런 감정을 느끼던가?[7] 느끼고 싶지 않다. 만약 그런 감정을 느끼게 된다면, 나 자신이 싫어질 터이다! 삼촌의 책을 통해 잘 알고 있다. 부풀어 오른 피부의 가려움처럼 너무나 지저분해서, 벽장 안이나 병풍 뒤에서 흥분하고 젖는다 해도 만족되지 않는 종류의 감정이다. 리처드가 내 안에 불러일으킨 것, 내 가슴속에 휘저어 놓은 것, 그 사악한 친근감은 훨씬 보기 드문 종류의 것이다. 이 집에 어둠처럼 피

---

7 1782년 프랑스의 쇼데를로 드 라클로가 쓴 소설 『위험한 관계』에 나오는 인물들. 여기서 사교계의 여왕인 메르퇴유 부인은 자기를 버리고 세실과 약혼하려는 전 애인 바스티드에게 복수하기 위해 바람둥이로 유명한 발몽에게 세실의 순결을 빼앗아 바스티드를 웃음거리로 만들어 달라고 부탁한다.

어 자라고, 꽃처럼 벽을 타고 오른다. 그러나 이 집은 이미 그림자와 얼룩으로 가득하다. 그렇기 때문에 아무도 그걸 알아차리지 못한다.

아마도 스타일스 부인만 제외하고선 말이다. 이곳의 모든 이들 가운데 스타일스 부인만이 리처드를 바라보며 정말로 리처드가 자기주장처럼 신사인지 의심하고 있다는 생각이 들기 때문이다. 가끔 스타일스 부인의 표정이 보일 때가 있다. 나는 부인이 리처드를 꿰뚫어 보고 있다고 믿는다. 부인은 리처드가 나를 속여 해하려고 브라이어에 왔다고 생각하는 것 같다. 하지만 그런 생각을 하며, 그리고 나를 미워하며 부인은 그 생각을 홀로 간직한다. 그리고 한때 자신의 죽어 가는 아이를 돌보았던 때처럼, 웃음 지으며 내 파멸에 대한 바람을 소중히 보듬어 돌본다.

이런 것들이 우리의 덫을 이루는 금속이요, 덫을 벌리고 이빨을 날카롭게 만드는 힘이다. 그리고 이 모든 것이 완벽해지자 리처드가 말한다. 「자, 이제부터 시작입니다.」

「아그네스를 제거해야 합니다.」

창가에 앉아 바느질거리로 몸을 숙이고 있는 아그네스에게 시선을 고정한 채 리처드가 속삭인다. 너무나 차분한 시선으로 너무나 차갑게 이야기하여 나는 거의 리처드가 두려울 지경이다. 내가 몸을 뒤로 뺐는지, 리처드가 나를 바라본다.

「해야 할 일이라는 거 아시지요.」 리처드가 말한다.

「물론이에요.」

「어떻게 할지도 알고 계시지요?

지금 이 순간까지도 모르고 있었다. 나는 리처드의 얼굴을 본다.

리처드가 말을 잇는다. 「이런 정숙한 처녀들에게는 오직 한

가지 방법이 있지요. 입을 다물게 하는 데는 협박이나 돈보다도 훨씬 효과적입니다……」 붓을 쥐고 있던 리처드는 붓 털을 입에 대고 나른하게 입에 넣었다 뺐다 하기 시작한다. 「사소한 부분에는 마음 쓰지 마십시오.」 리처드가 부드럽게 말한다. 「별로 이렇다 할 것도 없으니까요. 그다지, 전혀요……」 리처드가 얼굴에 웃음을 머금는다. 아그네스가 바느질거리에서 고개를 들자 리처드는 아그네스와 눈을 맞춘다. 「오늘 잘 지냈어, 아그네스?」 리처드가 부른다. 「물론 그랬겠지?」

「아주 잘 지내고 있습니다, 나리.」

「좋아. 아주 좋아……」 그다음 아그네스는 고개를 숙인 게 분명하다. 리처드의 얼굴에서 친절함이 사라지기 때문이다. 리처드는 붓을 혀로 빨아 털끝을 뾰족하게 만든다. 「오늘 밤 할 겁니다.」 리처드가 생각에 잠겨 말한다. 「과연 제가 이 일을 할까요? 할 겁니다. 당신 방으로 왔던 것처럼, 아그네스 방으로 갈 겁니다. 당신이 할 일은, 제가 아그네스와 15분만 같이 있게 해주시는 겁니다.」 리처드가 다시 나를 본다. 「그리고 아그네스가 소리를 지르더라도, 오지 마십시오.」

이때까지는 일종의 게임처럼 여기고 있었다. 시골집에 사는 신사들과 젊은 숙녀들은 게임을, 불장난과 계략을 즐기지 않던가? 이제 처음으로 용기가 꺾인다. 혹은 주저한다. 그날 밤 내 옷을 벗기는 아그네스를 바라볼 수가 없다. 나는 고개를 돌린다. 「오늘 하루는 네 방문을 닫고 자도 좋아.」 내가 말한다. 아그네스가 주저하는 것이 느껴진다. 아마도 내 목소리에 힘이 없음을 느끼고 혼란스러워하는 것이리라. 나는 아그네스가 내 곁을 뜨는 것을 외면한다. 걸쇠가 딸깍하고 걸리는 소리와 아그네스가 웅얼대며 기도하는 소리가 들린다. 리처드가 아그네스의 문을 열고 들어가자 웅얼대던 소리가 끊긴다. 아그네스는 결국 소리를 지르지 않는다. 아그네스가 정말로 소리를 질렀다면, 나는 아그네스에게 가지 않고 버틸 수 있었을까? 잘 모르겠다. 하지만 아그네스는 소리를 지르지 않는다. 놀라고 분개하여 그리고, 내 생각에는, 일종의 공황 상태에 빠져 목소리가 높아질 뿐이다. 하지만 그다음엔 목소리가 낮아지다가 잠기고 조용해져, 잠시 속삭이고, 리넨 혹은 팔다리가 스치는 소리로 바뀌고 만다……. 그러고 나서 버스럭거리던 소리조차 없어진다. 침묵이 가장 나쁘다. 아무 소리도 없게 된 것이 아니라, 발로 차고 꿈틀대는 행동으로 가득하다. 맑은 물도 렌즈를 통해 보면 꿈틀댐으로 가득하다고 하듯이 말이다. 나는 아그네스가 몸을 떨고 흐느끼다가 옷을 다시 입는 장면을 상상한다. 하지만 주근깨투성이 팔은 자기도 모르게 리처드의 물러나려는 등을 꽉 붙잡고 있고, 하얀 입으로는 열심히 리처드의…….

나는 손으로 입을 가린다. 건조한 장갑이 스치는 걸 느낀다. 손으로 귀를 틀어막는다. 리처드가 아그네스를 떠나는 소리가 들리지 않는다. 리처드가 가고 아그네스가 어떻게 하는지 나는 모른다. 나는 문을 닫은 채로 둔다. 마침내 잠을 청하려 약을 몇 방울 마신다. 그리고 다음 날, 늦잠을 잔다. 아그네스가 침대에서 약하게 나를 부르는 소리가 들린다. 아그네스는 아프다고 말한다. 입술을 벌려 안쪽을 보여 준다. 빨갛게 부풀어 올라 있다.

「성홍열이에요.」 아그네스가 내 시선을 피하며 속삭인다.

그러자 감염의 공포가 밀려온다. 그것에 대한 공포가! 아그네스는 다락방으로 옮겨 가고, 아그네스의 방에 식초를 태운다. 냄새가 역겹다. 아그네스를 다시 보게 되지만, 딱 한 번, 나에게 작별 인사를 하러 왔을 때뿐이다. 아그네스는 마르고 눈가가 시커멓다. 그리고 머리털을 잘랐다. 나는 아그네스의 손을 잡으려 하지만 아그네스는 움찔하며 물러난다. 아마도 내가 때리리라고 생각한 듯하다. 나는 아그네스의 손목에 그저 가볍게 키스한다.

그러자 아그네스는 나를 경멸의 눈으로 바라본다.

「이젠 제게 부드럽게 대하시네요.」 아그네스가 팔을 빼고 소매를 내리며 말한다. 「이젠 또 다른 사람에게 심하게 대하시겠지요. 행운을 빌어 드릴게요. 리버스 씨가 아가씨를 멍들게 하기 전에 아가씨가 리버스 씨를 멍들게 하는 걸 꼭 보고 싶네요.」

아그네스의 말에 나는 약간 흔들린다. 그러나 아주 약간이다. 그리고 아그네스가 가고 나자 나는 아그네스를 거의 잊어 버린다. 리처드 역시 삼촌의 일, 그리고 우리 일로 집을 비운 상태이다. 이미 사흘이 지났다. 내 생각은 온통 리처드에게, 그리고 런던에 가 있다. 런던! 한 번도 가본 적은 없으나, 그토록 열심히 그리고 그토록 자주 꿈꿔 와서 내가 잘 안다고 확신하는 그곳. 런던, 내가 자유로워질 곳, 나 자신을 벗어던지고, 새로운 형태의 삶을, 아니 정해진 형태가 없는, 가죽과 장정이 없는, 책이 없는 삶을 살 그곳! 내 집에서 종이는 금지할 것이다!

나는 침대에 누워 앞으로 살게 될 런던 집에 대해 상상하려 애쓴다. 상상이 되지 않는다. 음란한 방들만이 떠오를 뿐이다. 어두운 방, 닫힌 방, 방 속의 방이라든지 지하 감옥과 감방, 프리아포스와 비너스의 방 같은 것만이 떠오른다. 그러자 용기가 꺾여 버린다. 포기하고 만다. 언젠가는 좀 더 명확하게 상상할 수 있을 터이다. 확신한다.

나는 일어나 걸으며 다시 리처드 생각을 한다. 내 상상 속에서 리처드는 어둠을 뚫고 런던 거리를 가로질러 강가에 있는 음흉한 도둑들의 소굴로 향하고 있다. 사기꾼들이 리처드를 거칠게 환영한다. 리처드가 외투와 모자를 벗어 던지고 벽난롯가에서 손을 녹이며 주위를 둘러본다. 심술궂은 얼굴의 사람들을 〈빅센 부인, 베티 도시, 제니 디버, 몰리 브레이즌〉 하고 하나하나 불러 나가는 멕히스[8] 같은 느낌이 든다. 그리고 마침내 원하던 얼굴을 찾아낸다…….

〈수키 토드리.〉[9]

그 아이를 찾아낸다. 나는 그 아이를 생각한다. 너무 열심히 생각한 나머지 그 아이 생김새까지 손에 잡힐 듯하다. 금발에, 풍만한 몸매, 걸음걸이며, 눈에 어리는 그림자까지. 분명 푸른 눈이란 생각이 든다. 나는 그 아이에 대한 꿈을 꾸기 시작한다. 꿈속에서 아이는 말하고, 나는 그 목소리를 듣는다. 아이는 내 이름을 부르고 소리 내어 웃는다.

마거릿이 리처드의 편지를 가지고 내 방으로 왔을 때도 나는 그 아이 꿈을 꾸고 있었던 것 같다.

〈그 아이는 우리 것입니다.〉 리처드는 이렇게 편지에 썼다.

나는 편지를 읽은 뒤 베개에 등을 대고 누워 편지를 입으로 가져간다. 입술을 종이에 갖다 댄다. 어쩌면 결국 리처드는 내 연인일지 모른다. 혹은, 이 아이가 내 연인인지도 모른다. 그 어떤 연인보다도 이 아이를 더 원하고 있으니까.

그러나 내가 연인보다 더 바라는 것은 자유이다.

나는 편지를 벽난로에 던져 버리고 답장을 써 내려간다. 〈당장 그 아이를 보내세요. 분명 전 그 아이를 사랑하게 될 거예요. 당신이 있는 런던에서 왔기 때문에 그 아이는 제게 더욱 소중하게 여겨질 거예요!〉 우리는 리처드가 떠나기 전에 편지 내용에 대해 합의했다.

8 18세기 영국 극작가 존 게이의 발라드 오페라 「거지 오페라」에 나오는 도적.
9 「거지 오페라」의 등장인물.

이제 되었다. 오로지 기다리는 일만이 남아 있다. 하루, 또 하루. 그다음 날이 아이가 오는 날이다.

아이는 세 시에 말로에 도착하기로 되어 있다. 나는 시간 맞춰 윌리엄 잉커를 보낸다. 금방이라도 아이가 도착할 것 같은 기분까지 느끼며 앉아 기다리지만, 마차는 혼자 돌아온다. 기차가 안개로 늦는다고 한다. 나는 서성이기 시작하고, 안정이 되질 않는다. 다섯 시가 되자 나는 다시 윌리엄을 보낸다. 윌리엄이 또 돌아온다. 그러자 삼촌과 저녁을 들 시간이다. 찰스가 포도주를 따르는 동안 내가 묻는다. 「아직 스미스 양에게 아무 소식 없어?」 하지만 삼촌이 내가 속삭이는 소리를 듣고 찰스를 내보내 버린다.

「모드, 넌 나보다 하인과 이야기하는 것이 더 좋으냐?」 삼촌이 말한다. 삼촌은 리처드가 우리 곁을 떠나자 무척 날카로워져 있다.

삼촌은 작은 벌로 내게 식후에 책을 한 권 낭독하게 한다. 잔인한 내용을 차분히 낭독하고 나니 마음이 가라앉는다. 그러나 차디차고 조용한 내 방으로 돌아오자, 다시 안절부절 못하게 된다. 마거릿이 내 옷을 벗기고 침대에 누이지만 나는 다시 일어나 걷는다. 벽난롯가에 서 있다가 문가로 갔다가 다시 마차 불빛을 찾아 창가로 간다. 그리고 마침내 불빛이 보인다. 안개 속에 약하게 빛이 보인다. 비춘다기보다는 이글거리는 느낌이다. 그다음, 나무 뒤에서 말의 움직임과 마차의 행로를 따라 불빛이 경고등처럼 번쩍인다. 나는 가슴에 손을 얹고 불빛이 다가오는 것을 바라본다. 불빛이 가까워온다. 느려지고, 작아지고, 사라진다. 그 뒤로 말이, 마차가, 윌리엄이 흐릿하게 보인다. 마차가 집 뒤쪽으로 돌아가자, 나는 아그네스의 방으로 달려가 창가에 서 있다. 이제는 수전이 쓰게 될 방이다. 그리고 마침내 수전이 보인다.

수전은 고개를 들고 마구간과 시계를 올려다본다. 윌리엄이 마부석에서 뛰어내려 수전이 마차에서 내려오게 도와준다. 수전은 얼굴 주위로 두건을 잡고 있다. 어두운 색 옷을 입었고 체구가 작아 보인다.

하지만 수전은 실재한다. 계획도 실재한다. 갑자기 계획이 힘 있게 다가오면서, 몸이 떨린다.

이제 수전을 맞으러 가기엔 너무 늦었다. 대신 나는 수전이 저녁을 먹고 자기 방으로 안내받을 동안 계속해 기다려야 한다. 그다음엔 누워서 수전의 발소리와 웅얼대는 소리를 들으며 내 방과 수전 방 사이 문에 시선을 집중하고 있어야 한다. 문은 바짝 마른 목재로 일이 인치 두께밖에 안 된다!

한번은 일어나 몰래 다가가 벽에 귀를 대어 본다. 그러나 아무 소리도 들리지 않는다.

다음 날 아침, 나는 마거릿을 시켜 내게 조심조심 옷을 입히게 한다. 그리고 마거릿이 끈을 조이는 동안 내가 말한다. 「스미스 양이 이미 온 것 같던데. 그 아일 봤어, 마거릿?」

「네, 아가씨.」

「그 아이가 잘해 내리라고 생각해?」

「해내다니요, 아가씨?」

「내 하녀로서 말이야.」

마거릿이 경멸조로 머리를 쳐든다. 「예의가 좀 없어 보이더군요.」 마거릿이 말한다. 「여섯 번이나 프랑스에 가봤다더군요, 전 거기는 잘 모르지만요. 잉커 씨에게 그 점을 확실히 인식시키더라고요.」

「음, 우린 그 아이에게 상냥하게 대해야 해. 런던에 있다가 여기에 왔으니, 아마도 좀 지루할 거야.」 마거릿은 아무 말도 않는다. 「스타일스 부인더러 아이가 아침을 먹고 나면 바로 내게 데려오라고 해줄래?」

나는 그 아이가 근처에 있다는 점과 아이에 대한 궁금증으로 밤새 자다 깨다 한 터이다. 삼촌에게 가기 전에 당장 그 아이를 보지 않으면 병이라도 날 것 같다. 마침내 일곱 시 반경에 하인용 계단으로 통하는 복도에서 낯선 발소리가 들린다. 그리고 스타일스 부인이 웅얼대는 소리가 들린다. 「다 왔습니다.」 내 방문을 똑똑하고 두드린다. 어떻게 서 있어야 하나? 나는 벽난롯가에 가 선다. 말할 때 내 목소리가 이상하게 들릴까? 아이가 그걸 알아차리려나? 아이가 긴장해 숨을 죽일까? 나는 숨을 죽이고 있다. 이윽고 몸에 열이 난다. 얼굴에도 피가 몰릴 것이다. 문이 열린다. 스타일스 부인이 먼저 들어오고, 잠시 망설이다 아이도 내 앞에 와 선다. 수전, 수전 스미스, 수키 토드리, 속이기 쉬운 아이, 내 인생을 가져가고 자유를 가져다줄 아이.

예상보다 날카롭게 보여 깜짝 놀란다. 나는 아이가 나와 닮았으리라 생각했다. 아름다우리라 상상했다. 그러나 아이는 작고 마르고 점투성이에 머리는 모래색이다. 턱이 무척 뾰족하다. 눈은 나보다 더 어두운 갈색이다. 눈빛은 너무 솔직하고 또 너무 교활하다. 아이는 딱 한 번 탐색의 눈길로 내 드레스와 장갑, 슬리퍼, 스타킹에 놓인 자수를 본다. 그러고는 눈을 끔벅인다. 훈련받은 내용을 생각해 보는 모양이다. 급하게 무릎 굽혀 인사를 한다. 인사를 잘해 내 기뻐하고 있음이 눈에 보인다. 아이는 나에 대해서도 기뻐하고 있다. 아이는 나를 바보라 생각한다. 그 생각에 필요 이상으로 화가 난다. 나는 생각한다. 〈넌 나를 파멸시키려 브라이어에 온 거야.〉 나는 앞으로 한 발 나가 아이의 손을 잡는다. 〈얼굴을 붉히지 않아? 떨거나 눈을 내리깔지 않을 거야?〉 하지만 아이는 내 시선을 되받고 아이의 손가락, 손톱을 물어뜯은 차고 단단한 손가락은 너무나 차분하게 내 손에 머물러 있다.

스타일스 부인이 우리를 지켜보고 있다. 부인은 표정으로 또렷하게 말하고 있다. 〈아가씨가 런던까지 마중 보낸 아이가 왔군요. 아가씨에겐 이 아이 정도면 충분하다는 생각이 드네요.〉

「돌아가 보셔도 돼요, 스타일스 부인.」 내가 말한다. 그리고 부인이 나가려 몸을 돌리는데 내가 다시 말한다. 「하지만 앞으로 스미스 양에게 잘해 주셔야 해요.」 나는 다시 수전을 바라본다. 「너도 들었겠지만, 나는 고아란다, 수전. 너처럼 말이야. 어렸을 때 브라이어에 왔어. 아주 어렸을 때였고, 돌봐 줄 사람이 아무도 없었어. 그때부터 스타일스 부인이 엄마의 사랑이 무엇인지 가르쳐 주려고 얼마나 노력을 했는지, 도저히 말로는 설명할 수 없을 정도였단다…….」

나는 이렇게 말하며 웃음을 띤다. 하지만 삼촌의 가정부를 괴롭히는 일은 이젠 너무나 뻔해서 더는 내 흥미를 끌지 못한다. 내가 원하는 것은 수전이다. 스타일스 부인이 얼굴을 실룩이다가 붉어져 떠나자, 나는 수전을 잡아끌어 벽난롯가로 이끈다. 수전이 걷는다. 앉는다. 따뜻하고 잽싸다. 나는 수전의 팔을 만져 본다. 아그네스처럼 말랐지만 탄탄하다. 숨결에서 맥주 냄새가 난다. 수전이 말한다. 목소리가 내가 꿈에서 들은 것과는 전혀 다르지만 밝고 활기차다. 비록 수전은 좀 더 친절하게 들리게 하려 애쓰고 있지만 말이다. 자기의 여행에 대해, 런던에서 기차를 타고 온 일에 대해 이야기한다. 〈런던〉이라고 말하면서 발음을 무척 의식하는 것 같다. 런던을 발음해 본 적이, 런던을 목적지나 욕망의 대상으로 생각해 본 적이 잘 없는 게 분명하다. 나는 줄곧 브라이어에서만 살아왔는데, 이렇게 마르고 이렇게 경박한 여자아이가 런던에서 살았다니 내게는 일종의 놀라움이자 아픔으로 다가온다. 하지만 역시 위안이 되기도 한다. 저런 아이가 런던에서 살아남았다면, 그렇다면 이렇게 뛰어난 나라면 더 잘 살아남지 않겠는가?

나는 수전에게 해야 할 일들을 설명하며 혼자 이렇게 속으로 중얼거린다. 다시 수전이 내 드레스와 슬리퍼에 눈길을 주는 것이 보이고, 이제 그 시선에서 경멸과 함께 동정이 읽힌다. 얼굴이 달아오르는 것 같다. 내가 말한다. 「물론, 네가 마지막으로 모셨던 분은 굉장히 세련된 숙녀였겠지? 그분이 날 본다면 분명 웃으실 테지!」

내 목소리는 아주 침착하진 못하다. 하지만 내 목소리에 씁쓸함이 깃들어 있다 해도 수전은 알아차리지 못한다. 대신 〈오, 아니에요, 아가씨〉 하고 수전이 말한다. 「그분은 무척이나 상냥한 숙녀이셨어요. 게다가, 언제나 말씀하시길 아무리 훌륭한 옷일지라도 단추만큼의 값어치도 없다 하셨죠. 중요한 것은 그 안에 깃든 마음이라 하셨어요.」

수전은 자기가 지어낸 가상의 이야기에 몰두하고 있다. 너무나 〈몰두〉하고 있어서, 그리고 너무나 순진하고 교활하지 못하여, 나는 잠시 앉아 조용히 수전을 지켜본다. 그리고 나는 다시 수전의 손을 잡는다. 「착한 아이구나, 수전.」 내가 말한다. 수전은 웃고, 그 모습이 무척 소박해 보인다. 수전이 내 손 안에서 손가락을 꼼지락거린다.

「앨리스 부인께서는 늘 그렇게 말씀하셨어요, 아가씨.」 수전이 말한다.

「그래?」

「네, 아가씨.」

그러자 수전이 무언가를 생각해 낸다. 수전은 내게서 손을 빼고 주머니를 뒤지더니 편지를 한 장 꺼낸다. 허세 부리는 여자의 지시로 접고 봉해진 것처럼 보인다. 물론 리처드가 보낸 것이다. 나는 망설이다가 편지를 집는다. 일어나 수전의 시선이 미치지 않는 곳까지 걸어가 편지를 연다.

이름은 쓰지 않겠습니다! 그러나 제가 누군지 아시리라 믿습니다. 여기에 우릴 부자로 만들어 줄 그 아이, 신참내기 어린 핑거스미스를 보냅니다. 과거에 이 아이의 기술을 빌려 써본 적이 있는데, 추천할 만합니다. 제가 이 편지를 쓰는 동안에도 아이는 절 보고 있고, 그리고 오! 이 아이는 정말로 순진하답니다. 지금 당신을 보고 있을 아이가 상상이 되는군요. 기쁨을 누리게 되기 전까지 괴로운 시간을 두 주는 더 보내야할 저에 비하면 이 아이가 훨씬 행운아이지요. 이 편지는 태워 주셔야 합니다, 그래 주시겠지요?

나는 내가 리처드만큼이나 냉정하다고 생각했다. 하지만 아니다. 난 아니다. 수전이 날 바라보는 것을 느낄 수 있다. 바로 리처드가 묘사했던 바대로이다! 그리고 점점 두려워진다. 나는 손에 편지를 쥐고 서 있다가 갑자기 내가 너무 오래 서 있었다는 것을 깨닫는다. 만약 수전이 편지를 보게 되기라도 하면! 나는 종이를 접고, 접고, 또 접는다. 마침내 더는 접히지 않을 만큼 접는다. 수전이 자기 이름 이상으로 읽고 쓰지 못한다는 걸 그때까진 모른다. 나는 수전의 독해 능력을 알자 엄청난 안도 속에 웃음을 터트린다. 하지만 완전히 믿지는 않는다. 「못 읽는다고?」 내가 말한다. 「한 단어도, 한 글자도 못 읽는다고?」 나는 수전에게 책을 한 권 건넨다. 수전은 받으려 하지 않는다. 받아들고 나자 표지를 열고 한 장을 넘기더니 한 단락을 열심히 본다. 하지만 내내 막연하게 걱정에 가득 차 잘못된 방식으로 바라보는데, 꾸며 내기엔 너무나 미묘하다. 마침내 수전은 얼굴을 붉힌다.

그러자 나는 책을 도로 가져온다. 「미안해.」내가 말한다. 하지만 실제로는 미안한 게 아니라 단지 놀랐을 뿐이다. 읽을 줄을 모르다니! 마치 순교자나 성인에게 고통을 참는 능력이 결여되는 것처럼, 일종의 믿기 어려운 능력 결함으로 생각된다.

시계가 여덟 시를 알리며 삼촌에게 갈 시간임을 일깨운다. 나는 문 앞에서 잠시 멈칫거린다. 결국 리처드에 대해 얼굴 붉어질 만한 언급을 좀 해야만 한다. 그리고 나는 내가 해야 할 말을 하고, 당연하게도 수전은 교활한 표정을 짓더니 그다음엔 침착해진다. 수전은 내게 리처드가 얼마나 친절한지에 대해 이야기한다. 수전은 정말 그렇게 믿고 있는 양 그 이야기를 되풀이한다. 아마도 정말 그렇게 믿고 있을지도 모른다. 어쩌면 수전이 있던 곳에서는 친절의 기준이 다른지도 모른다. 내 치마 주머니 속에서, 리처드가 수전 손에 들려 보낸 편지의 접힌 모서리와 각이 느껴진다.

수전이 내 방에 혼자 있을 때면 뭘 하는지 모르겠다. 하지만 내 상상 속에서 수전은 내 비단 드레스를 만지작거리고 내 신발과 장갑과 장식띠를 해보고 있다. 내 보석에 코안경을 갖다 대보고 있을까? 아마도 장차 그 물건들이 자기 것이 되면 어떻게 할까 이미 계획 중이리라. 이 브로치는 자기가 가져가 보석을 빼내 팔고, 아버지 것이었던 금반지는 자신의 젊은 연인에게 줄 테지…….

「딴 생각을 하는구나, 모드.」삼촌이 말한다. 「그렇게 정신을 집중할 다른 일이라도 있는 거냐?」

「아니요, 삼촌.」 내가 말한다.

「아마도 나에게 수고 조금 해준다고 불만인가 보구나. 저 옛날에 너를 그냥 정신 병원에 내버려 둬주지 그랬냐고 생각하나 보지. 날 용서하렴. 난 내가 널 거기서 데려오는 게 네게 약간은 이로우리라고 생각했단다. 하지만 아마도 넌 책에 둘러싸여 살기보다는 차라리 광인들 속에 살았으면 하는 것 같구나? 흠?」

「아닙니다, 삼촌.」

삼촌은 침묵한다. 나는 삼촌이 하던 일로 돌아갈 거라 생각한다. 하지만 삼촌이 다시 말을 잇는다.

「스타일스 부인을 불러 너를 다시 그곳으로 데려가게 하는 것은 굉장히 쉬운 일이다. 내가 그러지 않았으면 하고 정말 진심으로 바라느냐? 윌리엄 잉커와 이륜마차를 부르지 않길 정녕 바라느냐?」 삼촌은 말하면서 몸을 기울여 나를 자세히 살펴보고, 눈을 보호해주는 안경 뒤편에서 삼촌의 약한 눈이 사납게 번득인다. 그러다 삼촌이 다시 뜸을 들이며, 웃을 듯 말 듯한 표정을 입가에 건다. 「그 사람들이 병동에서 널 어떻게 써먹을까 그게 참 궁금하구나.」 삼촌의 목소리가 조금 달라져 있다. 「이제 네가 갖추고 있는 그 모든 지식으로 말이다.」

삼촌은 천천히 말하다가 질문 부분에 이르러서는 마치 혀 밑에 남은 비스킷 부스러기 다루듯 완전히 웅얼거려 버린다. 나는 대답을 않고 시선을 떨군 채 삼촌이 농담을 다 마칠 때까지 기다린다. 이제 삼촌은 다시 책상 위의 책으로 시선을 돌린다.

「그래, 그건 그렇고. 〈채찍질하는 여자 모자 판매인들〉. 그 두 번째 권을 구두점을 완벽히 지키면서 읽어 주렴. 기호도 빼먹지 말고……. 쪽수가 불규칙하니 내가 그 순서를 기록하마.」

수전이 나를 다시 방으로 데려가려고 왔을 때 내가 읽던 것이

이 책이다. 수전은 문가에 서서 책으로 가득한 벽들과 페인트칠 된 창문을 바라본다. 내가 예전에 그랬듯이, 수전은 삼촌이 브라이어에 무지의 경계로 만들어 둔 손가락 근처에서 서성인다. 그리고 다시 한 번 꼭 나처럼, 아무것도 모르기 때문에 그 표시를 보지 못하고 넘으려 한다. 나는 수전이 표시를 넘지 못하게 막아야 한다. 삼촌보다도 더 그럴 필요가 있다! 삼촌이 벌떡 일어나 소리를 지르는 동안, 나는 수전에게 부드럽게 다가가 손으로 잡는다. 내 손가락이 닿자 수전이 몸을 움찔거린다.

내가 말한다. 「겁먹을 것 없어, 수전.」 나는 수전에게 바닥의 놋쇠 손을 보여 준다.

나는 물론 수전이 방에서 어떤 것에라도, 그 어떤 것에라도 눈길을 줄 수 있음을, 그것이 종이 위의 그토록 넘쳐나는 잉크일 수도 있음을 잊고 있었다. 이 점을 기억하자, 나는 다시 놀라움에 사로잡히고, 그러고 나선 악의 가득한 질투에 가득 찬다. 수전의 팔에서 손을 거두어야만 한다. 안 그러면 수전을 꼬집게 될지도 모른다.

나는 수전과 함께 내 방으로 가면서 삼촌을 어떻게 생각하는지 묻는다.

수전은 삼촌이 사전을 만들고 있다고 믿고 있다.

우리는 점심을 먹기 위해 자리에 앉는다. 나는 식욕이 없어 내 접시를 수전에게 건넨다. 그리고 의자에 기대어 수전이 엄지 손가락으로 도자기 접시 가장자리를 쓰다듬는 모습을, 무릎에 펴놓은 냅킨의 촘촘한 조직에 감탄하는 것을 바라본다. 수전은 경매인이나 부동산 소개업자가 되어도 괜찮을 것이다. 마치 원래 주조되기 전 금속의 가치를 재보기라도 하는 것처럼 식기를 일일이 들어 본다. 그리고 달걀 세 개를 숟가락으로 잽싸게 떠서 입 안으로 깔끔하게 집어넣는다. 노른자의 미끈거림에 오싹해하지도 않고, 삼키면서 목이 멜까 걱정하지도 않는다. 수전은 손가락으로 입술을 문질러 닦고 혀로 손가락을 빤 뒤 다시 삼킨다.

〈넌 나를 삼켜 버리려고 브라이어에 온 거야.〉 내가 생각한다.

그러나 물론, 나는 수전이 그래 주길 바란다. 수전이 그래 주어야 할 필요가 있다. 그리고 나는 이미 스스로 내 인생을 포기하기 시작한 것 같은 느낌이 든다. 나는 내 인생을 쉽게 내던진다. 등불 심지가 심지 주위의 유리를 더럽히려 연기를 내뿜는 것과, 혹은 거미가 벌벌 떠는 나방을 꽁꽁 묶으려 은실을 내뿜는 것과 비슷하다. 수전 주위로 자리 잡고 꽉 조여 가는 실을 상상한다. 수전은 전혀 모르고 있다. 너무 늦은 뒤에야 붙잡힌 것을 알게 될 터이고, 그다음에야 실이 어떻게 짜여 있는지, 어떻게 수전을 나로 만들어 놓았는지 알게 될 터이다. 수전은 지금으로선 그저 피곤하고 불안하고 지루할 뿐이다. 나는 정원을 거닐러 나가며 수전을 데려가고, 수전은 느릿느릿 뒤를 따른다. 우리는 앉아서 바느질을 하고, 수전이 멍한 시선으로 하품을 하고 눈을 문지른다. 수전은 손톱을 깨문다. 그러다 내 시선을 느끼고 그만둔다. 그리고 잠시 후 머리카락을 잡아당겨선 그 끝을 씹는다.

「런던 생각을 하고 있구나.」내가 말한다.

수전이 머리를 든다. 「런던요, 아가씨?」

나는 고개를 끄덕인다. 「런던의 숙녀들은 이런 시간이면 무얼 하지?」

「숙녀들요, 아가씨?」

「나 같은 숙녀들 말이야.」

수전이 주위를 둘러본다. 그러고는 곧 이렇게 말한다. 「다른 사람들을 방문해요, 아가씨.」

「방문?」

「다른 숙녀들을요.」

「아.」

수전은 모른다. 거짓으로 지어내고 있다. 나는 수전이 지어내고 있다고 확신한다! 그럼에도, 나는 수전의 말을 곱씹어 생각하고 내 심장은 갑자기 빠르게 쿵쿵거린다. 나는 〈나 같은 숙녀들〉이라고 말했다. 하지만 이 세상에 나 같은 숙녀는 없다. 그리고 잠시 동안, 런던에서 외롭게 방문해 주는 이 하나 없이 지내는 내 모습이 너무나 생생하고 두렵게 그려진다.

하지만 나는 지금도 외롭고 방문자가 없다. 그리고 런던에 가면 나는 리처드와 함께 있을 것이고, 리처드가 나를 지켜 주고 내게 조언해 줄 것이다. 리처드는 우리가 함께 살 집을 얻을 계획이고 그 집에는 방이 여럿 있고 자물쇠가 달려 있다…….

「추우세요, 아가씨?」 수전이 묻는다. 아마도 내가 몸을 떨었나 보다. 수전이 숄을 가져다주려 일어난다. 나는 수전이 걸어가는 모습을 지켜본다. 수전은 양탄자를 대각선으로 가로지르며 걸어간다. 발아래 양탄자의 선과 마름모꼴과 사각형 무늬에는 전혀 개의치 않는다.

나는 수전을 계속해서 지켜본다. 평범한 일들을 너무나 쉽게 해내는 수전의 모습을 그렇게 오래 그렇게 자세하게 보고 있기가 무척이나 어렵다. 일곱 시가 되자 수전은 내게 삼촌과 저녁 먹을 채비를 시킨다. 열 시가 되자 나를 침대로 데려간다. 그리고 수전이 자기 방에 가 서고, 한숨 쉬는 소리가 들린다. 고개를 들자 수전이 기지개를 펴다가 고개를 숙이는 모습이 보인다. 비록 나는 어둠 속에 숨어 있지만, 수전 방에 켜 있는 초 덕분에 수전의 모습이 선명히 보인다. 수전은 조용히 방 출입구를 왔다 갔다 하더니 이제 몸을 숙여 바닥에 떨어진 끈을 줍는다. 그리고 망토를 들어 올려 가장자리의 진흙을 털어 낸다. 수전은 아그네스처럼 무릎 꿇고 기도하지 않는다. 수전은 침대에 앉아, 이젠 내 시야 밖으로 벗어나지만, 발을 들어 올린다. 한쪽 신발 끝으로 다른 쪽 뒤꿈치를 누르는 모습이 보인다. 이제 수전은 일어나 치마 단추를 끄른다. 치마가 아래로 떨어지고 수전은 어색하게 치마 밖으로 걸어 나온다. 코르셋을 풀고 허리를 문지른 뒤 다시 한숨을 쉰다. 이제 시야에서 사라진다. 나는 고개를 들고 눈으로 수전이 사라진 곳을 쫓는다. 수전이 잠옷을 입고 돌아온다. 몸을 떨고 있다. 나도 같은 기분을 느끼며 몸을 떤다. 수전이 하품한다. 나도 하품한다. 수전은 즐기듯이 기지개를 켠다. 잠이 밀려오는 것을 반기고 있다! 이제 수전은 불을 끄고, 침대로 기어 들어간다. 몸이 따뜻해 오고 있을 것이다. 수전은 잠이 든다……

수전은 아무것도 모르는 순진한 상태에서 잠이 든다. 나도 한때는 그랬다. 나는 잠시 기다렸다가 어머니의 사진을 꺼내 입 가까이에 가져간다.

〈저게 그 아이야.〉 내가 속삭인다. 〈저게 그 아이야. 이제 저 아이가 당신 딸이야!〉

이 얼마나 손쉬워 보이는가! 하지만 상자를 닫아 어머니의 얼굴을 치워 버리고 나는 불편한 마음으로 누워 있다. 삼촌의 시계가 부르르 떨더니 시간을 알린다. 정원에서 어떤 동물이 아이처럼 비명을 지른다. 나는 눈을 감고 정신 병원, 내 첫 번째 집을 생각한다. 지난 몇 년 동안 이렇게 생생하게 떠오른 적이 없다. 광기 서린 눈을 한 여자들, 미치광이들, 간호사들을 생각한다. 갑자기 간호사들의 방, 야자나무 껍질 실로 만든 깔개, 회칠

한 벽에 쓰인 글 따위가 한꺼번에 떠오른다. 〈나를 보내신 분의 뜻을 이루고 그분의 일을 완성하는 것이 내 양식이다.〉[10] 다락 방의 계단, 지붕 위 길, 내 손톱 아래 느껴지는 납의 부드러움, 땅으로 곤두박질치던 무시무시한 경험 따위가 떠오른다.

이런 것들을 생각하며 잠으로 빠진 게 분명하다. 밤의 가장 깊은 나락으로 뛰어든 게 분명하다. 그러나 어느 순간, 잠에서 깨어난다. 완전히 깨어나지도, 어둠의 손길에서 완전히 벗어나지도 않는다. 눈을 뜨고 완전히 당황하고 불안에 사로잡히기 때문이다. 나는 침대 속 내 모습을 본다. 몸이 계속 변하고 이상해 보인다. 커지다가 작아지다가 이제는 여러 개로 갈라진다. 내가 몇 살인지 알 수가 없다. 나는 떨기 시작한다. 소리쳐 부른다. 아그네스를 부른다. 아그네스가 이미 그만뒀음을 까맣게 잊고 있다. 리처드 리버스 씨에 대해, 그리고 우리의 그 모든 계획에 대해 전부 잊고 있다. 나는 아그네스를 소리쳐 부르고, 아그네스가 내게 오는 것 같다. 그러나 아그네스가 오는 것은 내 등불을 가져가기 위해서이다. 아그네스가 나를 벌주려고 그런다는 생각이 든다. 「불을 가져가지 마!」 내가 말한다. 하지만 아그네스는 불을 가져가 나를 끔찍한 암흑 속에 버려두고, 커튼 너머로 문들이 한숨짓는 소리, 양탄자 위에 발로 다져진 자국이 한숨짓는 소리가 들린다. 불이 돌아올 때까지 기나긴 시간이 지나간 듯하다. 그러나 아그네스는 불을 들어 내 얼굴을 보고 비명을 지른다.

「날 보지 마!」 내가 외친다. 그리고 다시 외친다. 「여기 있어 줘!」 만약 아그네스가 내 곁에 있어 주기만 한다면, 무엇인진 몰라도, 이름 붙일 순 없어도, 어떤 불행을, 어떤 무서운 것을 피해

10 「요한의 복음서」 4:34.

갈 수 있을 거란 느낌이 들기 때문이다. 그러면 나, 혹은 아그네스는 구원받을 것이라는 느낌이 들기 때문이다. 나는 아그네스 뒤로 얼굴을 숨기고 손을 잡는다. 하지만 주근깨투성이이던 아그네스의 손이 희다. 나는 고개를 들어 쳐다보지만 누구인지 몰라본다.

여자가 낯선 목소리로 말한다. 「수예요, 아가씨. 저 수예요. 알아보시겠어요? 꿈꾸신 거예요.」

「꿈?」

수가 내 뺨을 만진다. 내 머리를 어루만진다. 아그네스는 이렇게 해준 적이 없다. 내게 이렇게 해준 사람은…… 아무도 없었다. 수가 다시 말한다. 「저 수예요. 아그네스는 성홍열에 걸려서 집으로 갔잖아요. 이제 누워 계세요, 안 그러면 한기 들어 병날 거예요. 아프시면 안 돼요.」

나는 잠시 동안 다시 캄캄한 혼란 속을 둥둥 떠다닌다. 그리고 꿈이 갑자기 내게서 미끄러져 나가고 나는 수를, 그리고 나자신을 자각한다. 내 과거, 현재, 그리고 알 수 없는 미래를 자각한다. 수는 내게 낯선 사람이지만 내 모든 시간의 일부이기도 하다.

「날 두고 가지 마, 수!」 내가 말한다.

수가 망설이는 것이 느껴진다. 수가 손을 빼내자 나는 더 세게 수를 잡는다. 하지만 수가 움직인 것은 그저 나를 타 넘어 가기 위함이었고, 수는 이불 밑으로 들어와 자기 팔을 내게 두르고 내 머리에 입을 대고 눕는다.

수의 몸이 차서 내 몸까지도 차가워진다. 나는 몸을 떨지만 곧 조용해진다. 「그래요.」 수가 말한다. 수는 말을 웅얼거린다. 수의 숨결이, 그리고 내 뺨 뼛속 깊이까지 부드럽게 울리는 수의 낮은 목소리가 느껴진다. 「그래요. 이제 주무세요. 아시겠죠? 착하기도 해라.」

〈착하기도 해라.〉 수가 말한다. 브라이어에서 누가 날 착하다
고 마지막으로 믿어 준 게 언제였던가? 그러나 수는 그렇다고
믿는다. 우리 계획이 제대로 돌아가려면 수는 그렇게 믿어야만
한다. 나는 착하고, 상냥하고, 단순해야 한다. 금은 좋은 거라
고 사람들이 그러지 않던가? 나는 수에게 결국 금과도 같다. 수
는 나를 파멸시키러 이곳에 왔지만, 아직은 아니다. 당분간은
나를 보호하고 건강하고 안전하게 유지시켜야 한다. 결국은 자
기가 흥청망청 쓰기로 되어 있는 돈 무더기로써 말이다…….

그 점은 잘 알고 있다. 하지만 실제로는 잘 와 닿지 않는다.
나는 수의 팔에서 꿈도 없이 죽은 듯이 잠들고, 수의 따뜻함과
친밀함을 느끼며 잠에서 깬다. 내가 깬 것을 느끼고 수가 뒤척
인다. 수는 눈을 문지른다. 풀어진 수의 머리가 내 머리에 와 닿
는다. 잠든 수의 얼굴은 덜 날카로워 보인다. 부드러운 수의 눈
썹, 분을 뿌린 듯한 속눈썹, 그리고 눈빛. 내 눈을 보는 수의 눈
빛은 너무나 맑고 속임수나 악의가 전혀 없다……. 수가 웃음
짓는다. 하품을 한다. 일어난다. 담요가 들렸다가 떨어지고 시
큼한 열기가 뿜어져 나온다. 나는 누워서 지난밤을 생각한다.
부끄러움 또는 공포 비슷한 감정으로 심장이 펄떡거린다. 나는
수가 누워 있던 곳에 손을 얹지만 찬 기운만이 느껴진다.

나처럼 수도 변한다. 수는 한결 안정되고 더 친절해진다. 마
거릿이 물을 가져와 대야에 따른다. 「준비되셨어요, 아가씨?」
마거릿이 말한다. 「빨리 하시는 게 좋겠어요.」 마거릿은 천을
적시고 다시 쥐어 짠 뒤, 내가 서서 옷을 벗자 묻지도 않고 내
얼굴과 팔 밑을 닦는다. 마거릿 앞에서 나는 아이가 된다. 마거
릿은 날 앉히더니 머리를 빗긴다. 마거릿이 혀를 찬다. 「왜 이리

도 엉켰담! 엉킨 걸 잘 풀려면요, 머리 아래에서부터 시작해서요……」

아그네스는 나를 씻기고 입힐 때마다 빠르고 신경질적으로 해나갔고, 빗이 걸릴 때마다 인상을 구기곤 했다. 나는 한 번은 아그네스를 슬리퍼로 때렸다. 너무 세게 쳐서 피가 났다. 나는 이제 수전, 아니, 수전이 지난밤에 자신을 부른 대로라면 〈수〉 앞에 앉아 수가 내 엉킨 머리를 푸는 동안 얌전히 굴면서 눈으로는 거울에 비친 내 얼굴을 바라본다…….

〈착하기도 해라.〉

「고마워, 수.」내가 말한다.

나는 그 뒤론 낮이고 밤이고 자주 고맙다고 말한다. 아그네스에게는 한 번도 그렇게 말해 본 적이 없다. 「고마워, 수.」 「응, 수.」 수가 내게 앉아 달라든지, 서 달라든지, 팔이나 발을 들어 달라고 할 때 나는 이렇게 말한다. 「괜찮아, 수.」 드레스에 살이 집힌 것 같다고 수가 걱정할 때면 이렇게 말해 준다.

아니, 춥지 않아. 그러나 수는 우리가 같이 산책할 때면 확실히 해두려고 나를 즐겨 살펴본다. 바람을 막으려고 내 목 높이까지 망토를 끌어올리곤 한다. 아니, 신발 안 젖었어. 그래도 수는 스타킹 신은 내 발목과 신발 가죽 사이로 손가락을 밀어 넣고 확인해 두려 하곤 한다. 나는 무슨 일이 있어도 감기에 걸려선 안 된다. 피곤해져서도 안 된다. 「충분히 산책한 것 같지 않으세요, 아가씨?」 아파서도 안 된다. 「아가씨 아침 식사가 그대로네요, 보세요, 하나도 손도 안 대셨잖아요. 좀 더 드시지 않겠어요?」 말라서도 안 된다. 나는 잡아먹을 가치가 있도록 포동포동해져야 하는 거위이다.

물론, 수는 모르고 있지만, 포동포동해져야 할 것은 수이다. 수는 곧 규칙적으로 신호와 종에 따라 자고, 깨고, 옷을 입고,

산책하는 것을 배운다. 수는 자기가 내 비위를 맞추고 있다고 믿는다. 또 자기가 날 측은해 한다고 생각한다! 수는 나를 구속하고 있는 이 집의 관습과 피륙들이 곧 자기를 구속하게 되리란 사실을 알지 못한 채 이 집의 방식을 배워 나간다. 모로코 가죽이나 송아지 가죽이 책을 단단히 잡듯 이 집의 관습이 수를 잡아매리라……. 나는 이 집에서 크면서 자신을 책의 일종으로 생각하는 데 익숙해졌다. 이제 나는 내가 책처럼 느껴지고, 수는 책을 보는 식으로 나를 본다. 수는 책을 읽지 못하기에 내 겉모양은 보아도 그 안에 쓰인 글의 의미는 알지 못한다. 「창백하시네요!」 수가 말한다. 내 하얀 피부는 알아차리면서도 그 아래로 빠르게 흐르는 더럽혀진 피는 눈치채지 못한다.

난 그러지 말아야 한다. 그러나 어쩔 수 없다. 나는 나를 단순하고, 환경에 농락당하고 있고, 악몽에 잘 시달리는 아이로 보는 수의 생각에 너무 끌려가고 있다. 수가 내 옆에서 잘 때면 악몽을 꾸지 않는다. 그 때문에 나는 수를 다음 날도 그다음 날도 내 침대로 데려오려 애쓴다. 마침내 수는 버릇처럼 내 침대로 오게 된다. 처음에 난 수가 경계심이 강하다고 생각한다. 하지만 수는 단지 침대 위 차양과 휘장 때문에 마음을 썩이는 것뿐이다. 수는 매번 초를 들고 서서 첩첩이 겹쳐진 주름 안을 들여다본다. 수가 말한다. 「저 위에 나방과 거미가 잔뜩 있어서 금방이라도 떨어질 거라는 생각 안 해보셨어요, 아가씨?」 수는 침대 기둥을 잡고 휘두른다. 먼지가 우수수 쏟아져 내리며 딱정벌레가 딱 한 마리 떨어진다.

하지만 일단 익숙해지고 나니 수는 쉽사리 옆에 눕는다. 그리고 수가 적당한 자리에 편하게 팔다리를 펼치는 것을 보며 나는 수가 누군가와 함께 자는 데 익숙한 게 분명하다는 생각을 한다. 그리고 그게 누구인지 궁금해진다.

「자매가 있니, 수?」 수가 오고 한 일주일쯤 지났을 때 한번은 내가 묻는다. 우리는 강가를 거닐고 있다.

「아니요, 아가씨.」

「오빠나 남동생은?」

「제가 알기론 없어요.」 수가 말한다.

「그럼 넌…… 나처럼 완전히 혼자 자란 거야?」

「음, 아가씨, 아가씨 말씀하신 것처럼 혼자는 아니고요…….
말하자면, 늘 주위에 사촌들이 있었죠.」

「사촌이라. 네 말은, 네 이모의 아이들?」

「이모요?」 수는 멍한 얼굴이 된다.

「네 이모 말이야. 리버스 씨의 유모.」

「오!」 수가 눈을 깜빡인다. 「네, 아가씨. 맞아요…….」

수가 시선을 피하며 넋 나간 듯한 표정을 짓는다. 수는 집 생각을 하고 있다. 나는 수의 집을 상상해 보려 애쓰지만 상상이 되질 않는다. 수의 사촌들을 상상해 본다. 거친 남자아이들과 여자아이들, 수처럼 얼굴이 뾰족하고, 혀도 뾰족하고, 손가락도 뾰족하고……. 하지만 수의 손가락은 뭉툭하다. 비록 수의 혀는, 내 머리에 핀을 꽂거나, 풀린 끈에 얼굴을 찌푸릴 때면 가끔 내밀어 보여 주는 수의 혀는 끝이 뾰족하지만 말이다. 나는 수가 한숨 쉬는 것을 지켜본다.

「마음 쓰지 마.」 내가 말한다. 상냥한 여주인이 우울해하는 하녀에게 하는 식으로 말한다. 「봐, 여기 너벅선이 있지. 여기에 소원을 담아 보낼 수 있어. 우리 둘 다 런던으로 소원을 보내자.」〈런던으로.〉 나는 좀 더 음울하게 다시 한 번 생각한다. 리처드가 거기에 있다. 나도 이제 한 달이면 거기에 갈 수 있다. 내가 말한다. 「저 배가 안 해주더라도 템스 강이 실어다 줄 거야.」

하지만 수는 배가 아니라 나를 본다.

「템스 강요?」 수가 말한다.

「런던의 그 강 말이야.」 내가 대답한다. 「여기, 이 강도 템스 강이야.」

「이런 작은 개울이 템스 강이라고요? 오, 아니에요, 아가씨.」 수가 희미하게 웃는다. 「말도 안 되는 걸요? 템스 강은 굉장히 넓다고요.」 수는 양 팔을 쫙 벌려 보인다. 「그리고 이건 좁고요. 아시겠어요?」

잠시 후 내가 강은 흘러가면서 넓어지는 것이라고, 늘 그렇게 알고 있었다고 말한다. 수가 고개를 흔든다.

「이렇게 작은 개울 말이에요?」 수가 다시 말한다. 「어이구, 우리가 집 수도에서 받아 쓰는 물도 이보다는 더 힘 있게 흐른다고요. 저기요, 아가씨! 보세요, 저기요.」 너벅선이 우리를 지나쳐 간 뒤이다. 선미에는 〈ROTHERHITHE〉라고 6인치 크기 글자들이 새겨져 있다. 하지만 수가 가리키는 것은 그 글자들이 아니라 부글거리는 엔진에서 퍼져 나오는 기름 자국이다. 「보이시죠?」 수가 흥분해서 말한다. 「템스 강이 딱 저래요. 1년 내내 저런 식이라고요. 저 색깔들 좀 보세요. 엄청나게 색깔이 많죠…….」

수가 웃음 짓는다. 웃고 있으니 수도 거의 아름답다고 할 만하다. 그리고 기름 자국이 옅어지자 물은 갈색이 되고 수의 웃음도 사라진다. 수는 다시 도둑처럼 보인다.

내가 수를 경멸하기로 마음먹었음을 당신은 이해해 주어야 한다. 그렇지 않다면, 내가 맡은 일을 무슨 수로 해낼 수 있겠는가? 무슨 수로 수를 속이고 해칠 수 있겠는가? 우린 단지 이런 고립된 장소에 너무나 오랫동안 같이 있던 것뿐이다. 친해질 수밖에 없었다. 그리고 친밀감에 대한 수의 생각은 아그네스와 다르다. 바버라와도 다르다. 그 어떤 숙녀의 하녀와도 다르다. 수는 너무나 솔직하고, 너무나 풀어져 있고, 너무나 자유롭다. 수는 하품하고, 기댄다. 여기저기에 스치고, 까인다. 수는 내가 바느질하는 동안 앉아서 관절 부위의 오래된 베인 상처를 꼼꼼히 살펴보곤 한다. 그러고는 〈핀 있으세요, 아가씨?〉하고 묻곤 한다. 내가 상자에서 바늘을 꺼내 주면 그걸로 제 손의 피부를 검사하며 10여 분을 보낸다. 그러고 나면 바늘을 내게 돌려준다.

그러나 수는 바늘을 돌려줄 때면 바늘 끝이 내 부드러운 손가락을 찌르지 않도록 끝을 돌려서 조심스럽게 준다. 「다치지 않게 조심하세요.」수는 그렇게 말하곤 한다. 너무나 간단하고도 너무나 친절해서 나는 수가 이러는 게 단지 리처드를 위해 날 안전하게 지키려는 것일 뿐임을 완전히 잊는다. 나는 수도 그 점을 잊고 있다고 생각한다.

어느 날 같이 산책을 하는데 수가 내 팔을 잡는다. 수에겐 아무 의미 없는 행동이다. 그러나 내겐 따귀를 맞는 듯한 충격이다. 또 한번은, 앉아 있다가 내가 발이 차다고 불평을 하자 내 앞에 무릎을 꿇고 슬리퍼 끈을 푼 뒤 손으로 내 발을 잡고 비벼 따뜻하게 해준다. 마지막엔 고개를 숙이고 내 발 위로 별 생각 없이 입김을 분다. 수는 자기 좋을 대로 나를 입히기 시작한다. 내 드레스와 모자와 방에 약간씩 변화를 준다. 수는 꽃을 가져온다. 언제나 내 응접실 탁자에 있던 잎이 말리는 식물 화분들을 내던져 버리고, 삼촌의 정원 울타리에서 달맞이꽃을 찾아 그 자리에 놓는다. 「물론, 여기 시골에선 런던에서와 똑같은 꽃들을 구할 수 없죠.」수가 꽃을 유리에 꽂으며 말한다. 「그래도 너무 예쁘죠, 안 그래요?」

수는 마거릿을 시켜 내 방에 넣을 석탄을 웨이 씨에게서 더 받아 오게 한다. 이렇게 간단하다니! 그리고 전에는 아무도 나를 위해 해줄 생각을 못했던 일이다. 심지어 나조차 그런 생각을 해보지 못했다. 그 덕분에 나는 일곱 해의 겨울을 춥게 지내왔다. 열기로 창문에 김이 서린다. 수는 창 앞에 서서 유리에 동그라미와 하트와 소용돌이 그리는 걸 좋아한다.

한번은 수가 나를 삼촌 방에서 데리고 돌아오는데 점심 상위에 카드가 펼쳐져 있다. 어머니의 카드인 것 같다. 여기는 어머니의 방이고 어머니의 물건들로 가득하니까. 그리고 잠시 나는 어머니가 여기에, 진짜로 여기에 있는 상상을 하며 굉장히 당황한다. 어머니가 〈여기서〉 걷고 〈여기에〉 앉아 상 위에 색색의 카드를 늘어놓는다. 내 어머니. 미혼이고, 아직 미치기 전이었을 어머니가 손으로 뺨을 나른히 받치고서, 아마 한숨을 쉬면서, 끝없이 기다리고 또 기다린다…….

나는 카드를 한 장 집는다. 장갑 때문에 카드가 미끄러진다. 그러나 수의 손에 들어가자 카드가 완전히 달라진다. 수는 깔끔하고 재빠르게 카드를 모아 분류하고 섞고 나눈다. 카드의 금색과 붉은색이 수의 손가락 사이에서 마치 보석처럼 생생하게 빛난다. 당연하게도, 수는 내가 카드 칠 줄 모른다는 것을 알고 깜짝 놀란다. 수는 당장에 나를 앉히고는 카드를 가르친다. 게임은 운과 단순한 계산에 지나지 않지만, 수는 진지하게, 거의 탐욕스러운 자세로 카드놀이를 한다. 고개를 삐딱하게 기울이고 실눈을 뜬 채 손에 펼친 카드를 훑어본다. 내가 피곤해하면 수는 혼자 카드놀이를 한다. 그렇지 않을 때면, 수는 카드를 세워 끝이 모이게 기울이고 수차례의 이런 행동을 반복하면서 구조물을 세우곤 한다. 일종의 카드 피라미드이다. 그리고 언제나 꼭대기에는 킹이나 퀸을 둔다.

「여길 좀 보세요.」 수는 작업을 마치면 이렇게 말한다. 「여기 보세요, 아가씨. 보이시죠?」 그리고 피라미드의 아랫부분에서 카드를 한 장 빼내곤 한다. 구조물이 와르르 쓰러지면 웃음을 터트린다.

수는 소리 내어 웃곤 한다. 브라이어에서 웃음소리가 나니 낯설게 들린다. 나는 웃음이란 감옥이나 교회에서나 들을 수 있다고 생각하기 때문이다. 때때로 수는 노래를 부르곤 한다. 한번은 춤에 대한 이야기를 나눈다. 수는 일어나 치마를 들어 올리고 내게 스텝을 보여 준다. 그러고는 나를 일으켜 세워 나를 돌리고 또 돌린다. 수가 나를 끌어안자 빨라진 수의 심장 박동이 느껴진다. 심장 박동이 수에게서 내게로 전해져 내 심장까지 빨리 뛰게 되는 것 같은 느낌이 든다.

마침내 나는 수가 은골무로 내 날카로운 이 끝 하나를 부드럽게 갈도록 허락한다.

「어디 봐요.」 수가 말한다. 수는 내가 뺨을 문지르는 걸 보았던 것이다. 「밝은 데로 와보세요.」

나는 창가에 서서 머리를 젖힌다. 수의 손이 따뜻하고, 숨결마다 맥주 효모 냄새가 풍기는 수의 숨결도 따뜻하다. 수가 손을 내밀어 내 잇몸을 더듬는다.

「음, 어 이건 날카롭기가……」 수가 손을 빼며 말한다. 「말하자면……」

「뱀 이빨보다도 더하지, 수?」

「바늘보다 더하다고 말하려고 했어요, 아가씨.」 수가 주위를 둘러본다. 「뱀도 이빨이 있나요, 아가씨?」

「분명 그렇다고 생각해, 왜냐하면 뱀은 문다고들 하잖아.」

「맞아요.」 수가 정신을 딴 곳에 팔며 말한다. 「그냥, 뱀은 이빨이 없을 거라고 생각했어요……」

수는 내 응접실로 간다. 열린 문 사이로 침대와 그 아래 잘 밀어 넣어 둔 요강이 보인다. 수는 내게 몇 번을 경고하길, 침대에서 아무렇게나 내리다 보면 도자기로 된 요강을 밟아 깨기 쉽고 동시에 다쳐서 절뚝이게 될 수 있다고 했다. 비슷한 취지에서 수는 맨발로 걸으면 머리카락을 밟을 수도 있으니 조심하라고 주의를 준 적이 있다(머리카락은 〈꼭 벌레처럼〉 살로 파고들어 곪게 할 수 있다는 게 수의 말이다). 불순물이 섞인 피마자유로 속눈썹을 검게 물들인다든지, 숨거나 도망칠 목적으로 굴뚝을 마구 기어오른다든지 하는 것에 대해서도 주의를 주었다. 이제, 화장대 위의 물건들을 살펴보면서 수는 아무 말도 않는다. 나는 기다리다가 수를 부른다.

「뱀에게 물려 죽은 사람 가운데 아는 사람 없어, 수?」

「뱀에게 물려서요, 아가씨?」 수는 여전히 얼굴을 찌푸린 채 얼굴을 이쪽으로 돌린다. 「런던에서요? 혹시 동물원에서를 말씀하시는 건가요?」

「뭐, 어쩌면 동물원에서.」

「안다고는 말 못하겠네요.」

「이상하겠지만 말이야, 난 네가 그런 사람을 알 거라고 생각했거든.」

비록 수는 웃지 않지만 나는 싱긋 웃음 짓는다. 이윽고 수는 내게 골무를 내민다. 나는 처음으로 수의 의도를 알아차린다. 아마도 내가 묘한 표정을 짓는다. 「안 아플 거예요.」 수가 내 표정이 바뀌는 것을 보며 말한다.

「정말 그렇게 생각해?」

「네, 아가씨. 만약 아프면 소리 지르세요. 그럼 바로 멈출게요.」

아프지 않고, 그래서 나는 소리 지르지 않는다. 그러나 이 덕에 여러 가지 기묘한 느낌들을 한꺼번에 느낀다. 금속이 갈리는 느낌, 내 턱을 잡고 있는 수의 악력, 부드러운 숨결. 수가 이를 갈며 내 입안을 자세히 보고 있는 동안, 오로지 수의 얼굴만이 보인다. 그래서 나는 수의 눈을 바라본다. 이제야 한쪽 눈에 거의 검은색에 가까운, 좀 더 어두운 갈색 점이 박혀 있음을 안다. 뺨 선을 본다. 부드럽다. 귀를 본다. 단정하게 생겼고, 둥근 귀고리며 펜던트를 달기 위해 귓불을 뚫었다. 「귀를 어떻게 뚫었어?」 나는 가까이 다가가 그렇게 물으며 손끝으로 옴폭 파인 곳을 만진다. 「뭐긴요, 아가씨, 바늘로 하는 거죠.」 수가 말한다. 「그리고 얼음 조각으로……」 골무가 계속해 이를 갈아낸다. 수가 웃음 짓는다. 「제 이모가 이 일을 하세요.」 수가 일하면서 말을 건넨다. 「아기들에게 해주죠. 그리고 절 위해 해주셨어요……. 거의 다 됐어요! 하!」 수가 좀 더 천천히 갈다가 손을 멈추고 이를 만져 본다. 그리고 다시 문지른다. 「물론 아기에게 해주는 게 좀 어려운 일이긴 하죠. 실수로 골무가 미끄러지기라도 하면, 음. 그런 식으로 해서 잃은 경우가 제가 아는 것만도 여럿이에요.」

잃었다는 게 골무인지 아기인지 잘 모르겠다. 수의 손가락이, 그리고 내 입술이 축축해진다. 나는 침을 삼키고, 또 삼킨다. 내 혀가 움직여 수의 손에 닿는다. 갑자기 수의 손이 너무 크고 너무 이상하게 보인다. 그리고 나는 변색해 있을 은을 생각한다. 내 숨에 은이 젖고 미끄러워지고 있을 거란 생각이 들고, 맛이 느껴지는 듯하다. 아마도, 수가 내 이에 대고 조금만 더 오래 작업을 했어도 나는 일종의 공황상태에 빠졌으리라. 하지만 이제 골무가 점차 느려지면서 곧 수가 손을 멈춘다. 수는 자기 엄지로 다시 이를 만져 보고는 내 턱을 다시 손으로 잡았다가 물러난다.

나는 약간 불안정하게 수의 손아귀에서 빠져나온다. 수가 나를 너무 꽉, 너무 오래 잡고 있었기에 수가 손을 떼자 얼굴에 차가운 공기가 확 느껴진다. 나는 침을 삼키고는 뭉툭해진 이에 혀를 대본다. 입술을 닦는다. 수의 손이 보인다. 수의 손가락 관절이 내 입을 잡고 있느라 하얗고 빨갛게 바뀌었다. 여전히 골무를 쥐고 있는 손가락 역시 하얗고 빨갛게 색이 바뀌어 있다. 은이 밝게 빛난다. 변색하지 않았다. 전혀 변색하지 않았다. 내가 느꼈던 맛은, 혹은 느꼈다고 생각한 것은 수의 맛이다. 수의 맛뿐이다.

숙녀가 하녀의 손가락을 맛보아도 되나? 삼촌의 책에서라면 그럴 수 있다. 그 생각에 얼굴이 붉어진다.

그렇게 뺨에 피가 어색하게 솟구치는 것을 느끼며 서 있는데, 여자아이 하나가 리처드에게서 온 편지를 가지고 내 방으로 온다. 편지가 올 거란 걸 깜빡하고 있었다. 우리의 계획, 우리의 도망, 우리의 결혼, 어렴풋한 피난처로의 입구에 대한 생각을 잊고 있었다. 리처드를 잊고 있었다. 하지만 이제는 리처드에 대해 생각해야 한다. 나는 편지를 집고 몸을 떨며 봉인을 뜯는다.

저만큼이나 참기 어려우신가요? 그러시다는 거 압니다. 지금 그 아이와 함께 계신가요? 아이가 당신 얼굴을 볼 수 있나요? 기쁜 얼굴을 하십시오. 웃고, 억지로 웃어 보이세요, 그게 전부입니다. 우리의 기다림이 끝났습니다. 런던에서의 일이 끝났고, 이제 제가 갑니다!

10

편지를 읽자 마치 최면술사에게 딱 하고 손가락 튕기는 소리
라도 들은 것 같은 효과가 난다. 나는 최면 상태에서 깨어나기
라도 한 것처럼 눈을 깜빡이고 현기증을 느끼며 주위를 둘러본
다. 수를 바라본다. 수의 손을, 수의 손에 남아 있는 내 입 자국
을 본다. 아직도 우리 둘의 머리 모양대로 움푹 패어 있는 침대
위 베개들을 바라본다. 벽난롯가 탁자에 놓인 꽃병 속 꽃을 바
라본다. 방이 너무 따뜻하다. 방은 너무 따뜻하지만 나는 아직
도 추워하는 것처럼 떨고 있다. 수가 그런 날 본다. 수는 나와
시선이 마주치자 고개로 내 손의 편지를 가리킨다. 「좋은 소식
인가요, 아가씨?」 수가 묻는다. 마치 편지가 수에게도 무슨 마
술을 부린 것 같다. 수의 목소리가 가볍게, 무서울 정도로 가볍
게 들리고, 표정은 교활해 보이기 때문이다. 수는 골무를 치운
다. 하지만 지켜보고 또 지켜본다. 나는 수의 시선을 받아 낼 수
가 없다.

리처드가 온다. 수도 나처럼 그걸 느끼는 걸까? 수는 아무런
내색도 않는다. 수는 평상시처럼 아무렇지도 않게 걷고, 또 앉
는다. 수는 점심을 먹는다. 수는 내 어머니의 카드를 꺼내 혼자
하는 게임인 페이션스를 한다. 나는 창가에 서서 생각에 잠긴

채 수를 지켜본다. 수가 손을 뻗어 카드를 한 장 뽑고, 놓고, 뒤 집고, 다른 카드 위에 놓고, 킹을 집고, 에이스를 뽑는다……. 나 는 내 얼굴을 보며 어디서 내 얼굴이 왔을까 하고 생각한다. 볼 선은 확실하고, 입술은 너무 불룩하고, 너무 통통하고, 너무 분 홍색이다.

마침내 수가 카드를 그러모으고는 말하길, 내가 카드를 섞어 서 쥐고 소원을 빌면 자기가 카드 모양을 읽고 내 미래를 점쳐 주겠노라 한다. 조롱하는 말투는 전혀 아니다. 나도 모르게 수 옆에 앉아 서툴게 카드를 섞자 수가 카드를 받아 늘어놓는다. 「이 카드들은 아가씨 과거를 보여 주죠.」 수가 말한다. 「그리고 이쪽이 현재고요.」 수의 눈이 커진다. 갑자기 수가 어리게 보인 다. 잠시 우리는 고개를 숙이고 속삭인다. 평범한 여자아이라면 평범한 응접실이나 학교나 식기실에서 우리처럼 이렇게 속삭였 을 거란 생각이 든다. 〈여기 젊은 남자가 하나 있어요. 보세요, 말 등에 올라타고 있죠. 이 카드는 여행을 나타내고요. 이 카드 는 다이아몬드 퀸이네요. 부를 나타내요…….〉

내게는 브릴리언트 컷[11] 다이아몬드가 여럿 박힌 브로치가 있다. 지금 나는 그 브로치를 떠올린다. 그리 오래전은 아니지 만 전에 그랬듯이, 나는 다시금 수가 그 가치를 따져 보며 자기 것인 양 보석 위로 숨을 내뿜는 모습을 상상한다…….

결국, 우리는 평범한 여자아이들도 아니고, 평범한 응접실에 있지도 않다. 그리고 수는 자기 것이 되리라 여기는 내 재산에 만 관심이 있다. 수가 다시 눈을 가늘게 뜬다. 속삭이던 수의 목 소리가 올라가더니 활기차진다. 수가 카드를 모아 손에서 돌리 며 얼굴을 찌푸리는 동안, 나는 수에게서 떨어져 앉는다. 수는

11 광학적 특성을 최대로 살리고 최대로 밝은 빛을 내도록 다이아몬드 면을 깎는 방법.

한 장을 떨어뜨리지만 알아채지 못한다. 하트 2이다. 나는 빨갛게 칠해진 하트 가운데 하나는 내 것이리란 상상을 하며 카드 위에 발뒤꿈치를 얹는다. 그리고 카드를 양탄자 안으로 밀어넣는다.

내가 일어나자 수가 카드를 발견하고는 카드의 주름을 펴려 애쓴다. 그러고는 아까처럼 고집스럽게 페이션스 게임을 계속한다.

나는 다시 수의 손을 본다. 전보다 희어지고, 손톱 근처의 물어뜯은 살도 많이 나았다. 손이 작고, 장갑을 끼면 훨씬 더 작아 보일 것이다. 그러고 나면 내 손과 비슷해질 것이다.

반드시 그렇게 되어야 한다. 이미 그렇게 돼야 했다. 리처드가 오고 있고, 나는 아직 임무를 다하지 못했다는 강박관념에 시달린다. 시간이, 날들이, 어둡고 음흉한 시간의 물고기들이 손 사이로 주르륵 흘러 미끄러지듯 지나가고 있다는 공포감이 밀려온다. 나는 초조한 밤을 보낸다. 아침이 되어 잠에서 깨자 수가 와서 내게 옷을 입히고, 나는 수가 입은 드레스 소매의 주름 장식을 잡아당긴다.

「네가 매일 입는 이 평범한 갈색 옷 말고 다른 옷은 없어?」내가 묻는다.

수는 없다고 대답한다. 나는 내 옷장에서 벨벳 드레스를 꺼내 수더러 입게 한다. 수는 마지못해 옷에서 팔을 빼고는 드레스에서 걸어 나와 다소 부끄러워하면서 내 시선을 피해 등을 돌린다. 이 드레스는 통이 좁다. 나는 옷고리를 힘껏 잡아당긴다. 나는 수의 엉덩이 근처에 옷주름을 정리해 펴고는 상자에서 브로치를, 브릴리언트 컷 다이아몬드들이 박힌 바로 그 브로치를 꺼내 수의 가슴에 조심스레 달아 준다.

그리고 나는 수를 거울 앞에 세운다.

마거릿이 들어왔다가 수를 나로 착각한다.

나는 점점 수에게, 수의 활기에, 수의 따뜻함에, 수의 특별함에 익숙해진다. 수는 비열한 계획의 속이기 쉬운 여자아이, 즉수키 토드리가 아니라, 좋아하는 것과 싫어하는 것이 있는, 삶의 발자취가 있는 여자아이로 바뀐다. 이제 나는 갑자기 수의얼굴이며 모습이 내게 얼마나 친근하게 다가와 있는지 알게 되고, 마치 처음인 양, 리처드와 내가 하려는 일이 어떤 것인지 깨닫는다. 나는 침대 기둥에 머리를 기대고, 수가 거울 속의 자신을 바라보는 모습을 구경한다. 수는 왼쪽, 오른쪽으로 조금씩돌아 보고, 드레스의 주름을 펴고, 드레스 솔기에 좀 더 편안하게 살을 밀어 넣으며 점점 더 크게 만족해한다. 「이모가 날 볼수만 있다면!」 수가 점점 발그레해지는 얼굴로 말한다. 그러자나는 런던의 음습한 도둑 굴에서 수를 기다리고 있을 이모란사람, 그 어머니뻘 혹은 할머니뻘의 사람을 생각한다. 집과 먼곳에서 위험한 일을 하고 있는 자기의 귀여운 핑거스미스 생각에 여자가 하루하루 길어지는 날짜를 세며 얼마나 불안해하고있을까 생각한다. 기다리면서 수의 이런저런 물건들을, 허리띠니 목걸이니 조잡한 장식이 달린 팔찌 따위를 손에 놓고 이리저리 살펴보는 모습을 상상한다…….

여자는 비록 지금은 모르고 있겠지만 영원히 그 물건들을 살펴보게 되리라. 지난번 자기의 단단한 볼에 받은 수의 키스가자기 인생에서 수에게 받은 최후의 키스임도 절대 상상치 못하리라.

그런 생각들이 머릿속에 오간다. 그리고 내가 동정이라 여기는 감정에 사로잡힌다. 버겁고, 고통스럽고, 놀랍다. 그걸 느끼고 두려워진다. 나의 미래에 내가 치러야 할 것들이 두려워진다. 미래 그 자체가, 그리고 나의 미래를 채울 낯설고 통제할 수 없는 감정들이 두려워진다.

수는 이 사실을 모른다. 리처드도 알아선 안 된다. 리처드는 그날 오후에 도착한다. 아그네스가 있을 때 오던 식으로 내게 온다. 내 손을 잡고, 시선을 마주치고, 몸을 구부려 내 손가락 관절에 키스한다. 「릴리 양.」 리처드가 부드럽게 말한다. 리처드는 어두운 색으로 말끔하게 차려입었다. 하지만 마치 짙은 색이나 향수가 뿜어져 나오듯, 대담함과 자신감이 진하고 도발적으로 풍겨 나온다. 장갑을 끼고 있는데도 리처드 입의 뜨거운 열기가 그대로 전해진다. 그리고 리처드는 수에게로 돌아서고 수는 무릎 굽혀 인사를 한다. 하지만 조끼가 뻣뻣한 드레스는 인사하기에 적합하지 않다. 수는 비틀대며 무릎을 굽히고, 치마의 술 장식은 엉망이 되어 떠는 듯이 보인다. 얼굴이 붉게 물든다. 리처드가 그걸 보고 얼굴에 웃음을 띠는 게 보인다. 그러나 리처드는 또한 수가 입은 드레스를 알아차린다. 아마도 수의 손가락이 희어진 것도 알아차렸으리라.

「처음 보았을 때는 숙녀인 줄로 착각했습니다. 정말입니다.」 리처드가 내게 말한다. 리처드가 수에게 간다. 저편에 선 리처드는 키가 커 보이고 전보다도 훨씬 더 검어 보여 마치 곰 같은 인상을 준다. 그리고 수는 가늘어 보인다. 리처드는 수의 손을 잡고 손가락으로 만지작거린다. 손가락도 무척 커 보인다. 리처드의 엄지는 거의 수의 손목뼈 근처까지 가 있다. 리처드가 말한다. 「아가씨에게 좋은 인상을 주고 있으면 좋겠구나, 수.」

수가 바닥을 응시한다. 「저도 그렇길 바랍니다, 나리.」

나는 한 발짝을 내디딘다. 「수는 아주 좋은 아이랍니다.」 내가 말한다. 「무척 좋은 아이예요, 정말로.」

하지만 말이 너무 급하고 불완전하다. 리처드가 내 눈을 보고 엄지를 뺀다. 그리고 부드럽게 말한다. 「물론입니다.」 리처드가 부드럽게 말한다. 「물론, 당연히 좋은 사람일 수밖에 없죠. 당신과 함께라면, 릴리 양, 그 누구라도 좋은 사람이 될 수밖에 없지 않겠어요? 당신이 모범이 되어 줄 테니 말이에요.」

「너무 친절한 말씀이시네요.」 내가 말한다.

「어떤 신사라도 〈당신〉과 함께 있으면 친절하게 바뀔 수밖에 없습니다.」

리처드는 계속 나와 시선을 맞춘다. 리처드가 나를 골랐고 내게서 공감을 끌어냈고 브라이어에서 털끝 하나 안 다치고 나를 빼내 주려 한다. 그러면 나는 나 자신, 즉 더는 삼촌의 질녀가 아니게 될 것이다. 만약 리처드가 지금 내게 보여 주는 표정을, 내 가슴속 깊은 곳에서 일어나는 어둡고 무시무시한 어떤 흥분의 소용돌이 없이도 마주할 수만 있다면 말이다. 그러나 이 감정이 어찌나 강하게 느껴지는지 거의 메스꺼울 지경이다. 나는 웃음을 짓는다. 하지만 뻣뻣한 웃음이다.

수가 고개를 갸우뚱한다. 내가 연인에게 웃음 짓는 거라고 생각하는 걸까? 그런 생각을 하자 웃음이 더욱 뻣뻣해지고 목구멍에까지 통증이 느껴지기 시작한다. 나는 수의 눈을, 그리고 리처드의 눈을 피한다. 리처드는 나가다가 수를 자기 쪽으로 부르고, 둘은 문가에 서서 잠시 무언가를 중얼거린다. 리처드가 주화 한 닢을 수의 손바닥에 얹어 준다. 주화가 노랗게 번쩍이는 걸 보고 안다. 리처드는 자기 손으로 수의 손가락을 주먹 쥐여 준다. 수의 분홍색 손바닥에서 리처드의 손톱이 더욱 갈색으로 보인다. 수는 다시 한 번 어색하게 무릎 굽혀 인사한다.

「새로운 하녀가 마음에 드시나요, 릴리 양?」 리처드가 저녁 식사 때 눈은 접시에 둔 채 내게 묻는다. 리처드는 조심스럽게 생선살을 뼈에서 바르고 있다. 뼈는 무척이나 창백하고 가늘어 거의 투명해 보이고, 살은 버터와 소스에 두텁게 덮여 있다. 브라이어에서는 겨울에 음식이 차갑게 나온다. 여름에는 너무 따뜻한 상태로 나온다.

내가 말한다. 「무척…… 유순합니다, 리버스 씨.」

「그 아이가 잘해 낼까요?」

「그렇게 생각해요, 네.」

「제 추천에 대해 불만은 없으시겠죠?」

「없습니다.」

「그렇군요, 그 말을 들으니 안심이 되는군요.」

리처드는 그 일을 농담 삼아 늘 너무 많이 언급하곤 한다. 삼촌이 지켜보다가 말한다. 「무슨 얘기냐?」

나는 입을 닦는다. 「제 새 하녀 이야기예요, 삼촌.」 내가 대답한다. 「스미스 양이라고, 피 양을 대신해 온 아이요. 종종 보셨잖아요.」

「그 애에 관해서라면, 내 서재 문에 대고 신발 바닥을 차는 소리를 더 많이 들었다. 그 아이가 어쨌다는 거냐?」

「리버스 씨의 소개로 오게 된 아이예요. 리버스 씨가 일자리가 필요한 그 아이를 런던에서 알게 됐고, 너무나 친절하게도 절 기억해 내셨지요.」

삼촌이 혀를 날름거린다. 「그랬느냐?」 삼촌이 천천히 말한다. 삼촌은 내게서 리처드에게로, 그리고 다시 내게로 시선을 옮긴다. 마치 어두운 기운을 감지하기라도 한 것처럼 턱을 살짝 든다. 「스미스 양이라고 했지?」

「스미스 양이에요.」 내가 차분하게 되풀이해 말한다. 「피 양을 대신해 왔고요.」 나는 나이프와 포크를 단정하게 놓는다.

「피 양, 그 교황 예찬자 말이에요.」

「그 교황 예찬자! 하!」 삼촌이 흥분하며 자신의 생선으로 돌아간다. 「자, 리버스 씨.」 삼촌이 말을 건넨다.

「네?」

「저는 당신이 로마 가톨릭 교회처럼, 음란하고 극악한 짓거리를 조장하는 그런 기관의 이름을 제 앞에서 입에 담는 그런 일은 단호하게, 정말로 단호하게 거부합니다…….」

삼촌은 저녁 식사가 끝날 때까지 다시는 내 쪽을 보지 않는다. 그리고 나로 하여금 고서 『프라이어 가(家)를 향한 넌 가의 불평』을 한 시간 읽게 한다.

리처드는 미동 하나 없이 앉아 내 낭독을 듣는다. 하지만 내가 낭독을 마치고 자리를 뜨려 일어나자 리처드가 따라 일어난다. 「제가 열어 드리지요.」 리처드가 말한다. 우리는 함께 문으로 향한다. 삼촌은 고개를 숙인 채 잉크에 물든 자기 손에 여전히 시선을 주고 있다. 삼촌에게는 작은 진주 손잡이 칼이 있다. 오래된 칼날은 거의 초승달에 가깝게 날이 세워져 있고, 삼촌은 이 칼로 사과 껍질을 깎고 있다. 사과는 브라이어의 과수원에서 자라는 것으로, 작고 쓴맛이 난다.

리처드는 삼촌의 시선이 우리 쪽을 향하고 있진 않은지 확인한 후 솔직한 얼굴로 나를 바라본다. 하지만 목소리는 여전히 정중하다. 「여쭤 볼 게 있습니다.」 리처드가 말한다. 「이제 제가 돌아왔으니, 그림 수업을 계속하고 싶으신지요? 계속하고 싶어 하셨으면 좋겠습니다.」 리처드는 대답을 기다린다. 그러나 나는 아무 대답도 않는다. 「평상시처럼 내일 들를까요?」 리처드가 또다시 대답을 기다린다. 리처드는 문손잡이를 잡고 잡아당겨 연다. 하지만 내가 지나갈 수 있을 만큼 폭이 충분하지 못하다. 내가 지나가길 바라는 것을 보고도 조금 더 당겨 열어 주지 않는다. 대신 리처드의 표정은 점점 더 아리송해진다. 「겸손해 하실 필요 없습니다.」 리처드가 말한다. 그 말뜻은 이렇다. 〈약해지면 안 됩니다.〉 「그러신 건 아니겠죠?」

나는 고개를 흔든다.

「그럼, 좋습니다. 평상시와 같은 시간에 가도록 하겠습니다. 제가 없는 동안 그리신 작품들을 보여 주셔야 합니다. 조금만 더 하면, 음, 누가 알겠습니까? 당신의 배움의 결실로 삼촌을 깜짝 놀라게 해드릴 수 있을지도 모릅니다. 어떻게 생각하십니까? 다시 두 주 더 해봐야 할까요? 두 주 아니면, 최대한 석 주까지?」

리처드의 용기와 대담함이 다시 느껴지면서, 덩달아 나 자신의 피도 끓어오른다. 그러나 동시에, 그 너머 혹은 저편에서는, 가라앉음 혹은 떠오름, 모호하고 뭐라 말할 수 없는 움직임, 일종의 공포가 느껴진다. 리처드는 내 대답을 기다리고, 칭찬은 점점 더 노골적이 된다. 우리는 이미 신중하게 계획을 짜놓았다. 이미 무시무시한 짓 하나를 해치운 뒤 또 다른 행동을 시작하였다. 이제 모든 것이 실행에 옮겨져야 한다는 것을 안다. 리처드를 사랑하는 것처럼 보여야 함을, 리처드가 내 마음을 얻어 낸 것처럼 보이게 해야 함을, 그리고 수에게 리처드를 사랑하게 되었노라 고백해야 함을 알고 있다. 이 얼마나 손쉬운가! 내 얼마나 이를 기다려 왔던가! 삼촌의 땅을 둘러싼 벽을 뚫겨져라 바라보며 저 벽이 갈라져 나를 내보내 주기를 얼마나 간절히 바라왔던가! 하지만 이제 우리 탈출의 날이 가까워 오니 망설임이 찾아온다. 그리고 그 이유를 입 밖에 내기가 두렵다. 나는 다시 삼촌의 손을, 진주를, 칼에 껍질 깎이고 있는 사과를 바라본다.

「어디 볼까요, 석 주…… 어쩌면 더 오래 걸릴 것 같은데요.」

내가 마침내 입을 연다. 「어쩌면 더 오래요, 만약 제가 그럴 필요가 있다고 느끼게 되면요.」

초조 혹은 분노의 표정이 리처드의 얼굴에 스친다. 그러나 입을 열자 부드러운 목소리가 나온다. 「〈무척〉 겸손하시네요. 당신 재능은 그 이상인걸요. 석 주면 충분할 겁니다, 제가 보장하죠.」

리처드가 마침내 문을 열고 내게 배웅 인사를 한다. 그리고 비록 뒤돌아보진 않았어도 나는 계단을 오르는 내 모습을 리처드가 계속 보고 있음을 안다. 삼촌의 신사 친구들처럼 내 안전을 걱정하면서.

리처드는 곧 더 많은 걱정에 휩싸이게 될 것이다. 그러나 최소한 지금으로선, 일상은 다시 평범한 궤적으로 돌아간다. 리처드는 그림 일을 하느라 아침 시간을 보내고 그다음엔 그림을 가르치러 내 방으로 온다. 말하자면, 내 곁에 가까이 있으려고 온다. 내가 두꺼운 종이에 서투르게 색을 칠하는 동안 나를 바라보고 속삭이기 위해서, 또 심각한 표정을 짓고 친절해 보이기 위해 내 방으로 온다.

일상은 이전의 궤적으로 돌아간다. 다른 점이 있다면, 아그네스가 있던 곳에 이제는 수가 있다는 것뿐이다.

그리고 수는 아그네스와 다르다. 수는 좀 더 많은 것을 알고 있다. 수는 자신의 가치와 목적을 안다. 수는 리버스 씨가 자신이 모시는 아가씨에게 너무 가까이 오거나 너무 비밀스러운 말을 하진 않는지 귀 기울이고 지켜보아야 함을 안다. 그러나 리버스 씨가 가까이 오면 고개를 옆으로 돌리고 리버스 씨의 속삭임이 안 들리는 척해야 한다는 것도 안다. 수는 고개를 돌리고, 나는 수가 그러는 모습을 본다. 하지만 또한 곁눈질로 우리를 훔쳐보는 모습도 본다. 굴뚝 거울과 창문에 비치는 모습을 자세히 보고, 우리 자신의 그림자를 지켜본다! 내 방, 죄수가 자신의 감방을 꿰고 있듯이 내가 너무나 오래 갇혀 지낸 눈에 익은 내 방이 이제 전과 다르게 보인다. 방 안에는 반짝이는 것들로 가득하고 그 하나하나마다 수의 눈이 비친다.

내 눈을 마주할 때면, 수의 눈에는 베일이 드리워져 있고 아무 죄도 없는 듯하다. 하지만 리처드의 눈과 마주치게 되면 갑자기 둘 사이에 지식과 이해가 오가는 것이 보인다. 나는 수를 바라볼 수가 없다.

이는 물론, 수가 많은 것을 알기는 하지만 수의 지식은 날조된 지식이고 가치가 없기 때문이다. 그리고 수가 그러한 지식을 감추면서 느끼는 만족, 즉 자신이 비밀이라 여기는 것을 소중히 간직하며 느끼는 만족이 내겐 무시무시하게 느껴진다. 수는 자기가 우리 계획의 중심이라는 것을, 우리 계획의 구심점 역할을 한다는 것을 모른다. 수는 내가 계획의 중심이라고 생각한다. 수는 리처드가 나를 놀리는 것처럼 보여도 실은 자신을 놀리고 있다고는 의심조차 않는다. 리처드가 몰래 자기에게 와서 웃음 짓거나 얼굴을 찡그린 뒤에 나에게 와서 진심으로 웃음 짓고 찡그린다고는 생각도 하지 못한다.

그리고 리처드가 아그네스를 괴롭힐 때는 내 안에 있던 작은 잔인함이 자극을 받았지만, 지금은 그저 힘이 빠질 뿐이다. 수를 의식하게 되면서 나 자신도 너무나 의식하게 되고, 때로 리처드가 그러하듯 우리의 거짓된 열정 연기에 이제는 나까지도 무모해진다. 경계하고, 주의하게 되고, 망설이게 된다. 나는 한 시간은 대담하게 혹은 유순하거나 수줍게 행동하다가, 그다음 리처드가 떠나기 직전 몇 분간은 몸을 떨곤 한다. 팔다리와 피와 숨이 내 마음과 상관없이 움직이곤 한다. 수는 그런 것들을 사랑으로 해석하는 듯하다.

최소한 리처드는 그걸 마음이 약해져 그러는 거라고 여긴다. 날이 슬금슬금 지나간다. 첫 주가 지나고, 우리는 두 번째 주를 맞는다. 리처드가 좌절하는 게 느껴지고, 리처드가 품는 기대가 나를 무겁게 누른다. 기대가 커지다가 꺾이고 기분이 상하는 게 느껴진다. 리처드는 내 작업을 바라보고 고개를 내젓기 시작한다.

「이런 말씀드리기 송구합니다만, 릴리 양, 아직 훈련이 더 필요하군요.」 리처드가 몇 번이고 이런 말을 한다. 「릴리 양 붓에 이보다는 더 힘이 있다고 생각했습니다. 분명 한 달 전에는 그랬습니다. 잠시 제가 없던 사이에 제 가르침을 잊었다고는 말씀하지 말아 주십시오. 그렇게 열심히 같이 노력해 왔는데 말입니다! 예술가가 작품 활동에서 항상 피해야 할 한 가지가 있습니다. 그건, 망설임입니다. 망설이면 약해지기 때문이죠. 그리고 약해지면 이보다 더 훌륭한 밑그림도 실패하게 되는 겁니다. 이해하셨나요? 제 말 알아들으셨나요?」

대답하지 않을 것이다. 리처드는 떠나고, 나는 자리를 지킨다. 수가 내 옆으로 온다.

「마음 쓰지 마세요, 아가씨.」 수가 부드럽게 말한다. 「리버스 씨가 아가씨 그림에 심한 말을 했더라도요. 이야, 이 배들은 정말 진짜같이 그리셨네요.」

「그렇게 생각해, 수?」

수가 고개를 끄덕인다. 나는 수의 얼굴을, 좀 더 어두운 갈색점이 박힌 수의 눈을 들여다본다. 그러고서 종이에 덕지덕지 발라 놓은 형체 없는 색들을 바라본다.

「참으로 한심한 그림이야, 수.」 내가 말한다.

수가 내 손 위에 자기 손을 포갠다. 「음.」 수가 말한다. 「하지만 배우고 있으시잖아요?」

그건 그렇지만, 배우는 속도가 그다지 빠르지 못하다. 얼마 후 리처드가 정원에 산책하러 나가자고 제안한다.

「이제는 자연에서 직접 그려 볼 차례입니다.」 리처드가 말한다.

「별로 그러고 싶지 않은데요.」 내가 말한다. 나는 수와 함께 즐겨 걷는 나만의 산책길이 있다. 리처드와 함께 걸으면 그 길이 망가질 것만 같다. 「별로 그러고 싶지 않아요.」 내가 다시 말한다.

리처드가 얼굴을 찡그리다가 웃음을 띤다. 리처드가 말한다. 「당신의 선생으로서 꼭 야외에서 그려 보셔야 한다고 권합니다.」

비가 왔으면 하고 바란다. 하지만 하늘은 리처드를 위해 활짝 갠다. 겨우내 잿빛이던 브라이어의 하늘이, 내겐 7년 동안이나 잿빛으로만 보이던 바로 그 하늘이! 웨이 씨가 문을 열어 주는 동안 오직 빠르고 부드러운 바람 한 점만이 치마 아래 내 발목을 휘감고 지나갈 뿐이다. 「고맙습니다, 웨이 씨.」 리처드가 팔을 구부려 내게 내밀며 말한다. 리처드는 낮은 검은 모자 아래 어두운 색 모직 외투를 입고 연보라색 장갑을 끼고 있다. 웨이 씨가 장갑을 보고는 일종의 만족감과 비웃음이 깃든 표정으로 나를 바라본다.

〈자신이 숙녀라고 생각하죠, 그렇죠?〉 발버둥치는 나를 얼음 저장고로 데려가던 날, 웨이 씨는 그렇게 말했다. 〈어디, 두고 보면 알겠지요.〉

오늘 리처드를 데리고 얼음 저장고로 갈 생각은 없다. 대신 다른 길을 택한다. 삼촌의 땅을 둘러싸고 있는 훨씬 길고 밋밋한 길로, 오르막이 되면 삼촌 집의 뒤쪽과 마구간과 숲과 예배당이 내려다보인다. 아주 잘 아는 풍경이라 보고 싶은 마음이 안 들어 땅을 보며 걷는다. 리처드는 계속 나와 팔짱을 끼고 걷고, 수는 우리 뒤를 따라온다. 처음에는 가깝게 붙어 따라오다가 나중에 리처드가 걷는 속도를 높이자 뒤로 처진다. 우리는 아무 말도 나누지 않지만 걸어가면서 리처드가 점점 나를 자기 가까이 끌어당긴다. 내 치마가 기묘하게 들린다.

나는 거리를 두려 하지만 리처드가 그러지 못하게 막는다. 내 가 마침내 이렇게 말한다. 「저와 이렇게 딱 붙어 가실 필요는 없 는데요.」

리처드가 웃어 보인다. 「우리는 그럴듯하게 보여야만 합니다.」

「절 이렇게 꽉 잡으실 필요는 없잖아요. 제가 아직도 모르는 뭔가를 속삭이실 게 있나요?」

리처드가 재빨리 어깨너머를 응시한다. 리처드가 말한다. 「당 신 가까이에 있을 이런 기회를 놓쳐 버린다면 수가 이상하다 생 각할 겁니다. 누구라도 이상하게 볼 겁니다.」

「수는 당신이 날 사랑하지 않는다는 걸 알아요. 맹목적으로 사랑하실 필요 없어요.」

「봄이 되고 기회가 생기면, 신사들은 맹목적인 사랑을 하지 않습니까?」 리처드가 고개를 젖힌다. 「저 하늘 좀 보세요, 모드. 저 얼마나 구역질나게 파랗습니까.」 리처드가 손을 올린다. 「어 찌나 파란지, 제 장갑 색과 도무지 어울리질 않네요. 이게 당신 에게 맞는 자연입니다. 패션 감각이라곤 없죠. 런던 하늘은, 최 소한, 훨씬 예의가 있습니다. 언제나 재단사 점포의 벽 같은 담 갈색이죠.」 리처드는 다시 웃음을 띠고 나를 더욱 가까이 잡아 당긴다. 「하지만 물론 당신도 곧 알게 될 겁니다.」

나는 재단사의 점포에 있다고 상상하려 애쓴다. 『채찍질하는 여자 모자 판매인들』의 장면들을 떠올린다. 나는 고개를 돌리 고, 리처드처럼 재빨리 수를 살핀다. 수는 내가 볼 때 만족감에 서 나오는 것 같은 찡그린 표정을 하고 리처드의 다리 근처에서 불룩해져 있는 내 치마를 보고 있다. 다시 한 번 나는 리처드에게서 떨어져 나오려 해보지만, 리처드도 다시 나를 붙든다. 내가 말한다. 「저 좀 놓아주시겠어요?」 그리고 리처드가 가만히 있자 내가 다시 말한다. 「이렇게 나오신다면 저는 당신이 절 괴롭히면서 즐거워한다고 밖엔 생각할 수 없겠군요. 제가 숨 막혀 하는 걸 좋아하지 않는다는 건 당신도 알고 있으니까요.」

리처드가 내 눈을 바라본다. 리처드가 말한다. 「저도 보통 남자들과 같아서 제가 가질 수 없는 것에 매료되지요. 우리 결합의 날을 앞당깁시다. 그러고 나면 제 관심도 상당히 빠르게 식을 것이라는 건 당신도 아시리라 믿습니다.」

그러자 나는 아무 말도 않는다. 우리는 계속 걷고 얼마 후 리처드는 담배에 불을 붙이려 손을 모아 쥐느라 나를 놓아준다. 나는 다시 한 번 수를 바라본다. 지대가 높아져 산들바람이 거세어지자, 보닛 아래로 흩어져 있던 갈색 머리 두세 가닥이 수의 얼굴을 때린다. 수는 우리의 가방과 바구니를 들고 있어 머리털을 지킬 손이 남아 있지 않다. 수의 뒤에서 망토가 돛처럼 부풀어 오른다.

「수는 어떤가요?」 리처드가 담배를 빨며 묻는다.

나는 고개를 돌려 앞을 본다. 「괜찮아요.」

「어쨌거나 수는 아그네스보다 강합니다. 불쌍한 아그네스! 아그네스가 어떻게 지내는지 궁금하군요, 이봐요?」 리처드가 내 팔을 다시 잡고는 웃음을 터트린다. 내가 대답을 하지 않자 리처드의 웃음이 사그라진다. 「제발, 모드.」 리처드가 훨씬 냉정해진 목소리로 말한다. 「노처녀같이 굴지 마십시오. 도대체 무슨 일입니까?」

「아무 일 없어요.」

리처드가 내 안색을 살핀다. 「그럼, 왜 일을 미루시는 거죠? 모든 게 다 마련되어 있습니다. 다 준비되어 있다고요. 런던에 우리를 위한 집도 이미 마련해 두었고요. 런던의 집이 그냥 얻어지는 건 아닙니다, 모드…….」

나는 말없이 리처드의 시선을 의식하며 계속 걷는다. 리처드가 다시 나를 잡아당긴다. 리처드가 말한다.「혹시라도, 아니겠지만, 심경에 변화를 일으킨 건가요? 그런 겁니까?」

「아니에요.」

「확실합니까?」

「확실해요.」

「그렇지만, 당신은 아직도 지체하고 있습니다. 무엇 때문에 그러시는 겁니까?」나는 대답하지 않는다.「모드, 다시 한 번 묻지요. 제가 마지막으로 당신을 본 이후로 뭔가 일이 있었습니다. 무슨 일이죠?」

「아무 일 없었어요.」내가 말한다.

「아무 일도요?」

「아무 일도요, 우리가 꾸민 일 외에는요.」

「그럼 이제 어떻게 해야 할지도 아시겠군요?」

「물론이에요.」

「그럼 이제 하세요, 아시겠습니까? 연인처럼 행동하십시오. 웃음 짓고, 얼굴 붉히고, 바보처럼 구는 겁니다.」

「제가 그렇게 하지 않고 있나요?」

「그렇게 하고 있습니다. 그리고 나선 얼굴을 찡그리거나 몸을 움찔거려 모든 걸 망치곤 하죠. 자신을 한 번 돌아보십시오. 제 팔에 안기세요, 제기랄. 당신 손 위에 제 손을 그대로 둔다고 해서 죽기라도 한답니까? ……죄송합니다.」나는 리처드의 말에 굳어져 있었다.「죄송합니다, 모드.」

「제 팔 놔주세요.」내가 말한다.

우리는 나란히 그러나 말없이 계속 나아간다. 수가 뒤에서

터벅터벅 따라온다. 수의 숨소리가 한숨 소리처럼 들린다. 리처드가 담배꽁초를 내던지고 수숫대를 꺾어 장화에 대고 때리기 시작한다. 「무슨 땅이 이렇게 더럽고 붉어!」 리처드가 말한다. 「하지만 꼬마 찰스에겐 더할 나위 없이 좋겠군…….」 리처드가 혼자 웃음 짓는다. 그러고선 단단한 돌에 발이 걸려 거의 넘어질 뻔한다. 리처드의 입에서 욕설이 쏟아진다. 리처드는 일어나 나를 살펴본다. 「〈당신〉이 훨씬 잽싸게 걷고 계시군요. 그렇게 걷는 걸 좋아하시죠, 흠? 아시겠지만, 런던에서도 이렇게 걸어 다니실 수 있지요. 공원도 있고, 관목이 무성한 곳도 있죠. 알고 계셨나요? 아니면 혹은, 다시는 걷지 않으셔도 됩니다, 다시는요……. 사륜마차와 가마를 빌리고 사람을 고용해 여기저기 당신이 원하는 곳으로 가는 거죠…….」

「저도 제가 뭘 할 수 있는진 알아요.」

「그러세요? 정말로요?」 리처드는 풀대를 입에 대고 생각에 잠긴다. 「궁금한 게 있습니다. 제가 보기엔 당신은 뭔가 두려워하고 있습니다. 그게 뭐죠? 외로움? 맞아요? 부자가 되면, 모드, 절대로 고독을 두려워할 필요가 없습니다.」

「제가 고독을 두려워한다고 생각하시나요?」 내가 말한다. 우리는 삼촌의 정원 벽에 가까이 와 있다. 벽은 높고, 회색이며, 가루처럼 바싹 말라 있다. 「제가 그런 걸 두려워한다고 생각하세요? 전 아무것도, 아무것도 두려워하지 않아요.」

리처드가 풀을 저 멀리 던져 버리고 내 팔을 잡는다. 리처드가 말한다. 「그럼, 왜, 왜 이렇게 무시무시한 긴장감 속에서도 우리가 계속 여기에 발 묶여 있어야 하는 겁니까?」

나는 대답하지 않는다. 우리는 발걸음을 늦춘 상태이다. 이제 우리 뒤에서 수가 아직도 헉헉대는 소리가 들려오고, 우리는 걷는 속도를 좀 더 높인다. 리처드가 다시 말을 꺼내지만 어조가 바뀌어 있다.

「조금 전에, 괴롭힘에 대해 말씀하셨지요. 진실은, 당신은 여기 있는 시간을 자꾸 연장함으로써 자신을 괴롭히길 좋아한다는 게 제 생각입니다.」

나는 별 관심 없다는 듯이 어깨를 으쓱한다. 사실은 전혀 그렇게 무심하지 못하지만 말이다. 「삼촌도 전에 제게 비슷한 말씀을 하신 적이 있죠.」 내가 말한다. 「제가 삼촌처럼 되기 전의 일이에요. 이제 제게 기다림은 거의 괴로움의 이유가 될 수 없어요. 이젠 익숙해졌거든요.」

「하지만 전 아닙니다.」 리처드가 말을 받는다. 「더는 요령을 배우고 싶은 마음도 않고요. 당신에게든 누구에게든 말입니다. 전 과거에 〈기다리다가〉 너무 많은 것을 잃은 적이 있습니다. 이제는 제 필요를 충족하기 위해 이런저런 일들을 조종하는 데 훨씬 현명하게 처신하고 있습니다. 이것이 바로, 당신이 인내를 배우는 동안 제가 배운 내용입니다. 제가 이해되십니까, 모드?」

나는 반쯤 눈을 감고 고개를 돌린다. 「전 당신을 이해하고 싶지 않아요.」 내가 지쳐하며 말한다. 「당신이 그만 말씀해 주셨으면 해요.」

「당신이 들을 때까지 계속 말하겠습니다.」

「뭘 들어요?」

「이런 것 말입니다.」 리처드는 자신의 입을 내 얼굴 가까이 가져온다. 리처드의 수염, 입술, 숨결이 악마처럼 담배 연기로 찌들어 있다. 리처드가 말한다. 「〈우리의 계약을 기억하십시오.〉 우리가 어떻게 계약을 맺었는지 기억하십시오. 제가 처음 당신에게 왔을 때는 완전히 신사로서 온 것이 아니었고, 그래서 잃을 것도 거의 없음을 기억하십시오. 당신과는 다르지요, 릴리 양. 혼자 한밤중에 자기 방에서 절 만난 당신과는 다르지요……」 리처드가 뒤로 물러선다. 「제 생각엔 여기에서조차 평판은 중요한 것 같은데요. 숙녀의 평판이란 늘 중요하지 않나 싶군요. 하지만 그런 거야 절 받아들이실 때 당연히 알고 계셨던 점이지요.」

리처드의 목소리에 새로운 날이, 내가 이제껏 들어 보지 못한 어떤 것이 섞여 있다. 그러나 우리는 이미 다른 길로 꺾은 상태이다. 리처드의 얼굴을 바라보자 빛이 온통 리처드 뒤에서 비쳐 표정을 읽기가 거의 불가능하다.

내가 신중하게 말한다. 「당신은 절 숙녀라고 부르시는군요. 하지만 전 숙녀라고 하기 어렵답니다.」

「그렇지만, 제 생각에 삼촌께선 당신을 숙녀로 여기시는 게 분명합니다. 삼촌께서 당신이 더럽혀졌다는 생각을 좋아하실까요?」

「삼촌 당신께서 이미 절 더럽혔어요!」

「그럼, 삼촌께선 또 다른 남자의 손으로 다시 그런 일이 행해졌다는 생각도 좋아하실까요? 물론이지만, 삼촌께서 진실이라고 생각하실 일에 대해서만 말씀드리는 겁니다.」

나는 리처드에게서 떨어진다. 「삼촌을 완전히 오해하셨군요. 삼촌은 저를 책을 읽고 베껴 쓰기 위한 일종의 기계 정도로 생각하고 계시답니다.」

「더 나빠질 수도 있지요. 기계가 갑자기 덜컹대면 삼촌도 안 좋아하실 겁니다. 삼촌이 그 기계를 버리고 새로 하나 장만하시게 되면 어떨까요?」

이제 이마에 피가 맥박 치는 것이 느껴진다. 나는 손가락을 눈에 갖다 댄다. 「짜증 나게 굴지 마세요, 리처드. 버리다니, 어떻게요?」

「뭐, 집에 보내 버린다든지…….」

맥이 비틀대다가 다시 빨라지는 것 같다. 손가락을 내려 보지만 빛은 여전히 리처드 뒤쪽에서 들어오고 있고 표정이 잘 읽히지 않는다. 나는 굉장히 조용하게 말한다. 「제가 정신 병원에 들어가면 당신에겐 아무 도움이 안 될 거예요.」

「이렇게 지체하고 있으면 지금도 제겐 아무 도움이 안 됩니다! 제가 이 계획에 지쳐 버리지 않도록 조심해 주십시오. 그럼 저도 더는 친절하게 대하지 않을 테니까요.」

「그럼 지금 〈이러는 것〉도 친절한 건가요?」 내가 말한다.

우리는 마침내 그늘로 들어가고, 리처드의 표정이 보인다. 숨김없고, 즐거워하며, 깜짝 놀라고 있다. 리처드가 말한다. 「이건 무시무시할 정도로 비열한 짓입니다. 모드. 언제 제가 다르게 표현한 적이 있던가요?」

우리는 발을 멈추고 연인들처럼 가까이 다가선다. 리처드의 목소리가 다시 밝아지지만, 눈빛은 차갑다. 너무나 차갑다. 리처드를 두려워한다는 게 어떤 느낌일지 처음으로 느낀다.

리처드가 몸을 돌려 수에게 외친다. 「이제 멀지 않았구나, 수키! 거의 다 온 것 같다.」 내겐 조용히 우물거린다. 「잠시 수와 있을 시간이 필요합니다, 저와 수만요.」

내가 말한다. 「제게 그러셨던 것처럼 수를 확실히 해두려는 거군요.」

「그 일은 끝났습니다.」 리처드가 상냥하게 말한다. 「그리고 수는, 최소한, 훨씬 잘 따라오고 있습니다…… 무슨 일이죠?」 나는 몸을 떨었거나, 혹은 표정이 바뀌었다. 「수가 양심의 가책을 느끼리라 생각하는 건 아니시겠죠? 모드? 수가 마음 약해지거나, 우리를 거꾸로 속일 거라 생각하는 건 아니겠지요? 그게 주저하는 이유입니까?」 나는 고개를 흔든다. 리처드가 말을 잇는다. 「뭐, 제가 수를 보려는 건, 우리가 어떻게 보이는지 알아보려는 겁니다. 오늘이나 내일 수를 제게 보내십시오. 방법을 찾아보십시오, 아시겠습니까? 교활해지십시오.」

리처드는 담배에 찌든 손가락을 입에 갖다 댄다. 이제 수가 오고 내 옆에 자리를 잡는다. 가방 무게 때문에 수의 얼굴이 상기되어 있다. 망토가 여전히 펄럭이고 머리도 여전히 흩날리고 있어서, 나는 무엇보다도 수를 내 옆에 끌어당겨 내 손으로 수를 만지고 정돈해 주고 싶다. 정말로 그러려고, 반쯤 손을 내민 것 같다. 그러다가 리처드를, 그리고 리처드의 날카롭고 주의 깊은 시선을 의식한다. 나는 팔짱을 끼고 몸을 돌려 버린다.

다음 날 아침, 나는 리처드가 담뱃불을 붙일 수 있게 석탄을 벽난로에서 좀 가져다주라고 수에게 시킨다. 그러고는 화장방 창에 이마를 대고 서서 둘이 속삭이는 것을 지켜본다. 수는 내게서 계속 고개를 돌리고 있지만, 수가 리처드 곁을 떠날 때 리처드가 예전에 어둠 속에서 했던 식으로 내게 시선을 준다. 〈우리 계약을 기억하십시오.〉 또다시 이렇게 말하는 것만 같다. 리처드는 담배를 떨어뜨리고 그 위를 지그시 밟는다. 그리고 장화에 붙어 있는 붉은 흙을 털어 낸다.

그 이후로, 나는 우리 계획에 대한 압력이 가중되는 것을 느낀다. 나사가 꽉 조여진 기계, 밧줄에 매인 짐승, 몰려오는 열대 폭풍처럼 압력이 점차 높아진다. 나는 날마다 일어나 생각한다. 오늘은 꼭 하고 말 거야! 오늘은 꼭 나사를 풀어 기계가 돌게 하고, 짐승을 풀어 주고, 다가오는 구름을 터뜨려 버려야지! 오늘은, 리처드가 삼촌에게 나를 달라고 말하게 해야지……!

하지만 그러지 못한다. 나는 수를 보고, 그다음엔 늘 그 그림자가, 그 어둠이 찾아온다……. 공포와 단순한 두려움이다……. 흔들림, 함몰…… 마치 광기의 쓰디쓴 입 속으로 떨어지는 듯한 추락······.

광기, 내 어머니의 병, 아마도 그것이 내 안에서도 천천히 머리를 들기 시작한다! 그런 생각이 들자 나는 더욱 공포에 질린다. 나는 하루나 이틀 동안 약을 좀 더 많이 복용한다. 약 기운에 진정이 되지만 또한 변한다. 삼촌이 그것을 눈치 챘다.

「손이 굼떠졌구나.」어느 날 아침 삼촌이 말한다. 책을 놓쳤던 것이다. 「네 생각에, 내가 널 날마다 서재로 부르는 게 책을 망치라고 그러는 것 같으냐?」

「아니요, 삼촌.」

「뭐라고? 지금 중얼거리는 거냐?」

「아닙니다, 삼촌.」

삼촌은 입에 침을 묻히고 입술을 오므린 다음 나를 더욱 열심히 살펴본다. 다시 입을 여는 삼촌의 목소리가 낯설다.

「지금 몇 살이냐?」삼촌이 말한다. 나는 놀라고 잠시 망설인다. 삼촌이 그런 나의 모습을 본다. 「내 앞에서 수줍은 척 마라, 이 아가씨야! 몇 살이냐? 열여섯? 열일곱? 놀란 표정이구나. 넌 내가 학자라서 세월에 무감각하다고 생각하지? 흠?」

「열일곱입니다, 삼촌.」

「열일곱이라. 말썽 많을 나이로구나. 만약 우리 책에 나온 말을 믿는다면 말이다.」

「네, 삼촌.」

「그래, 모드. 하나만 기억해라. 네 일은 믿음이 아니라 학문으로 하는 거다. 이것도 기억해 둬라. 넌 내게 있어선 그렇게 훌륭한 아이가 아니다. 나도 너무 나이 든 학자가 아니고. 네겐 스타일스 부인을 오라 하여 내가 네게 채찍질할 동안 널 잡고 있게 할 만한 가치가 없다. 흠? 내 말을 잘 기억하겠지? 알겠느냐?」

「네, 삼촌.」내가 말한다.

하지만 이제 내게는 기억해야 할 것이 너무 많은 것처럼 보인다. 나의 얼굴과 관절들은 굳어져 버려 어떤 표정이나 자세를 취하려 하면 통증이 느껴진다. 이젠 내가 취하는 행동 가운데, 심지어는 감정에서조차 어떤 것이 진짜이고 어떤 것이 가짜인지도 확실하게 알 수가 없다. 리처드는 아직도 계속해 나를 자세히 살펴본다. 나는 리처드와 시선을 마주치지 않을 것이다. 리처드는 무모하게 행동하고, 남을 괴롭히고, 위협한다. 나는 이해해 주지 않기로 마음먹는다. 어쩌면 나는 결국 마음이 약한지도 모른다. 어쩌면 리처드와 삼촌이 믿는 것처럼, 나는 고통에서 기쁨을 느끼는지도 모른다. 지금 내게는 분명 리처드에게 수업을 받는 것이, 리처드와 함께 저녁 식탁에 앉아 있는 것이, 리처드에게 밤에 삼촌 책을 읽어 주는 것이 고통이다. 수와 함께 시간을 보내는 것도 고통이 되기 시작한다. 우리의 일상은 엉망이 된다. 나는 리처드와 그러는 동안 수가 기다리고 있는 것이 너무나 마음 쓰인다. 수가 바라보고 평가를 내리고 내가 계속 나아가길 바란다는 게 느껴진다. 설상가상으로, 수는 리처드 편에 서서 말하기 시작한다. 리처드가 얼마나 영리한지, 얼마나 친절하고 재미있는지 무뚝뚝한 말투로 내게 말하기 시작한다.

「그렇게 생각해, 수?」 나는 수의 얼굴을 바라보며 묻는다. 그러면 수는 불안하게 시선을 저 멀리 옮기지만 대답은 언제나 같다. 「네, 아가씨. 오, 그럼요, 아가씨. 누구라도 그렇게 말할걸요?」

그러고 나면 수는 나를 단정하게 매만져 주곤 한다. 언제나 단정하게, 아름답고 단정하게 매만져 준다. 수는 내 머리를 내려서 다시 해주고, 솔기를 바로해 주고, 드레스에서 보푸라기를 떼어 내곤 한다. 나는 수가 그러는 게 나를 진정시킬 뿐만 아니라 자신을 진정시키기 위해서이기도 하다고 생각한다. 「다 됐어요.」 손놀림이 끝나면 수가 이렇게 말하곤 한다. 「이제 훨씬 기분이 나아지셨죠.」 수는 이제 〈자기〉가 훨씬 기분이 나아졌다고 말하는 것이다. 「이제 이마가 매끈하시네요. 아깐 얼마나 구겨져 있었는지 몰라요! 그렇게 이마를 구기시면 안 돼요…….」

〈그렇게 이마를 구기시면 안 돼요, 리버스 씨를 위해서요.〉 나는 숨겨진 말을 듣고, 혈압이 다시 오른다. 나는 수의 팔을 잡고 꼬집는다.

「오!」

비명을 지르는 게 수인지 나인지 누구인지 잘 모르겠다. 나는 맥없이 비틀대며 물러선다. 하지만 잠시 손가락으로 수의 살갗을 잡고 있는 동안 내 몸은 안도감에 싸여 떨린다. 나는 거의 한 시간을 끔찍하게 몸을 떤다.

「오, 하느님!」 나는 얼굴을 숨기며 말한다. 「나는 내 정신 상태가 걱정돼! 넌 내가 미쳤다고 생각하니? 내가 사악하다고 생각해, 수?」

「사악이라고요?」 수가 손을 움켜쥐며 대답한다. 그리고 나는 수의 생각을 읽을 수 있다. 〈당신처럼 단순한 여자가?〉

수는 나를 침대에 누이고 자기도 누워 내게 팔을 두른다. 하지만 수는 곧 잠이 들더니 팔을 빼버린다. 나는 내가 누워 있는 집에 대해 생각한다. 침대가 있는 방에 대해 생각한다. 방의 모서리와 벽면을 생각한다. 저것들을 만지지 않으면 잠들지 못할 거란 생각을 한다. 나는 일어나고, 춥지만, 조용히 여기저기로 걸어 다닌다. 벽난로 선반, 화장대, 양탄자, 옷장을 만지고 다닌다. 그리고 수에게로 돌아온다. 수가 거기 있다는 걸 확인하기 위해 수를 만지고 싶다. 감히 그러지 못한다. 그러나 수를 떠날 수 없다. 나는 손을 들어 1인치씩, 딱 1인치씩만 수의 위로 움직여 간다. 수가 자는 동안 엉덩이, 가슴, 구부린 손, 베개 위에 놓인 머리, 얼굴 위로 손을 움직여 간다.

아마도 내리 사흘 밤을 그렇게 한다. 그리고 그 일이 일어난다.

리처드가 우리를 강가로 가게 하기 시작한다. 리처드는 수를 내게 멀리 떨어진 곳에서 전복된 배를 등지고 앉게 한다. 그리고 언제나처럼 내가 그림 그리는 것을 보는 척하며 내 옆에 바싹 붙어 앉는다. 나는 같은 곳에 칠을 너무나 여러 번 하여 붓 아래에서 종이가 일어나고 갈라지기 시작한다. 하지만 나는 고집스레 칠을 계속하고, 리처드는 가끔 내게 바짝 몸을 기울여 나른하게 그러나 거칠게 속삭인다.

「하느님 맙소사, 모드, 어쩌면 그렇게 침착하고 꾸준하게 앉아 있을 수 있죠? 이봐요? 저 종소리 들리십니까?」 강 옆에서 브라이어 괘종소리가 선명하게 울려 퍼진다. 「또 한 시간이 지났습니다. 우리가 자유 속에 보냈을 수도 있는 시간이죠. 하지만 대신에 당신은 여기에 이렇게 우리를 붙들어 놓고…….」

「좀 비켜 주시겠어요?」 내가 말한다. 「당신이 빛을 가리고 계시네요.」

「당신이 제 빛을 가리고 있어요, 모드. 그 그림자를 없애 버리는 게 얼마나 간단한지 아시죠? 딱 한 발짝이면 모든 게 끝난다고요. 아시겠어요? 눈 좀 들어 보시겠습니까? 않으시네요. 그걸 그리는 걸 더 좋아하시는군요. 저놈의…… 오! 성냥만 줘보십시오, 불태워 버리겠습니다!」

나는 수를 힐끗거린다. 「조용히 하세요, 리처드.」

하지만 날이 갈수록 따뜻해지고, 마침내는 너무나 후덥지근하고 바람조차 없어진 날, 리처드는 열기에 압도당하고 만다. 리처드는 외투를 땅 위에 깔고 그 위로 큰대 자로 뻗어 모자를 기울여 눈을 가린다. 그리고 잠시 동안 조용하고 거의 기분 좋기까지 한 오후가 이어진다. 골풀 속에서는 개구리 울음소리만이 들리고, 강물이 철썩거리고, 새가 지저귀고, 가끔 배가 지나간다. 종이 위 붓질이 점점 더 가늘고 점점 더 느려지다가 나는 깜빡 졸음에 빠진다.

그리고 리처드가 웃음을 터트리고 내 손이 깜짝 놀라 뛰어오른다. 나는 몸을 돌려 리처드를 본다. 리처드가 손가락을 입술에 댄다. 「저길 보십시오.」 리처드가 부드럽게 말한다. 그리고 수를 가리킨다.

수는 아직도 전복된 배 앞에 앉아 있지만, 고개가 썩은 나무배 쪽으로 젖혀지고, 팔다리는 아무렇게나 축 늘어져 있다. 수가 질근거리던 머리 가닥은 끝 부분만 색이 어두워진 채 입 끝으로 굽어 있다. 눈이 감겨 있고, 가슴은 규칙적으로 오르내린다. 완전히 잠에 빠져 있다. 햇살이 수의 얼굴 위로 비스듬히 비추어 턱 끝, 속눈썹, 점점 짙어지는 주근깨가 선명히 드러난다. 수의 장갑과 외투 소매 사이로 살갗이 리본 장식처럼 가늘게 보인다.

나는 다시 리처드를 보고, 시선이 마주치자, 그림으로 고개를 돌린다. 나는 조용히 말한다. 「뺨에 화상 입겠어요. 수를 좀 깨워 주시겠어요?」

「그럴까요?」 리처드는 코를 훌쩍인다. 「수가 온 곳에선 햇빛이 많지 않아 그다지 햇빛에 익숙해질 일이 없지요.」 말투는 거의 상냥하게 들리지만, 리처드는 말과는 달리 웃음을 터트린다. 그리고 웅얼대며 몇 마디를 덧붙인다. 「수가 갈 곳에서도 햇빛에 익숙해지긴 어려울 것 같군요. 불쌍한 년……. 쟤는 자도 됩니다. 제가 처음에 설득해 여기에 데려올 때부터 계속 잠든 상태나 마찬가지이고, 자긴 아직도 그걸 모르니까요.」

리처드는 자기 생각을 즐기며 말하진 않지만 마치 흥미롭다는 듯이 말을 한다. 그러고는 기지개를 켜고 하품을 하고 일어나 재채기를 한다. 날씨가 좋은 것이 리처드에겐 곤욕스럽다.

리처드는 주먹을 코에 대더니 요란스레 킁킁거린다. 「죄송합니다.」 리처드가 손수건을 꺼내며 말한다.

수는 깨지 않지만, 얼굴을 찡그리며 고개를 돌린다. 수의 아랫입술이 가볍게 벌어진다. 머리털이 뺨에서 흔들거리지만 계속 같은 각도와 위치를 유지한다. 나는 울어 버린 그림에 또다시 칠하던 붓을 멈추고 종이에서 붓을 1인치 뗀 채 들고 있다. 그러고는 수가 자는 모습을 지켜본다. 그뿐이다. 리처드가 또다시 코를 훌쩍이고, 태양의 열기와 계절에 대해 부드럽게 저주의 말을 쏟는다. 그러고는 이전처럼, 나는 리처드가 조용해질 거라 생각한다. 리처드가 나를 살펴보리라 생각한다. 손에 쥔 붓에서 물감이 떨어진 듯하다. 나중에 보니 푸른 드레스에 검은 물감이 묻어 있기 때문이다. 하지만 떨어질 때는 알아차리지 못한다. 아마도 내가 알아차리지 못한 점 때문에 내 마음을 들킨 듯하다. 그 점 혹은 내 표정 때문에 마음을 들킨다. 수가 다시 얼굴을 찡그린다. 나는 좀 더 오랫동안 바라본다. 그러고서 나는 몸을 돌리고 리처드의 시선이 내게 박혀 있는 것을 발견한다.

「오, 모드.」 리처드가 말한다.

리처드는 그 말만 하고 입을 다문다. 하지만 리처드의 표정에서 마침내 나는 내가 얼마나 수를 원하는지 알게 된다.

잠시 동안 우리는 가만히 있다. 그리고 리처드가 내게 걸어와 내 손목을 잡는다. 붓이 떨어진다.

「서두르십시오.」 리처드가 말한다. 「수가 깨기 전에 어서 서두르십시오.」

리처드가 줄지어 선 골풀을 따라 비틀대며 나를 데리고 간다. 우리는 강굽이와 벽 근처에서 강을 따라 걷는다. 발걸음이 멎은 뒤 리처드가 손을 내 어깨에 얹고 나를 꽉 잡는다.

「오, 모드.」 리처드가 다시 말한다. 「전에 여기 왔을 땐, 당신이 양심의 가책을 느끼거나 그 비슷하게 마음이 약해진 거라고 생각했지요. 하지만 이건……!」

나는 리처드에게서 고개를 돌리고 있지만 리처드가 웃는 게 느껴진다. 「웃지 마세요.」 내가 떨면서 말한다. 「웃지 말라고요.」

「웃는다고요? 제가 더 못되게 굴지 않는 것만도 다행일 텐데요. 신사의 구미에 맞는 재미란 이런 종류의 일들로 더욱 박차가 가해지는 법이란 걸 당신도 아실 테지요. 모든 세상 사람들이 다 아는 일 아닙니까. 저는 제가 악당인 만큼까지 신사가 아니어서 다행입니다. 우리는 서로 다른 도덕률을 따르니까요. 사랑에 빠져 자신의 앞길을 망치는 건 당신의 자유입니다. 제가 상관할 바도 아니고요……. 그렇게 몸부림치지 좀 마십시오, 모드!」 나는 리처드의 손에서 벗어나려 애쓰고 있다. 리처드는 나를 좀 더 꽉 잡더니 자기에게서 몸을 살짝 뒤로 빼게 해준다. 하지만 내 허리를 잡는다. 「사랑에 빠져 자신의 앞길을 망치든지 말든지 맘대로 하십시오.」 리처드가 다시 말한다. 「하지만 저를 제 돈에 가까이 가지 못하게 하고, 우리가 여기에서 비참하게 시간을 보내게 하다니요. 우리의 계획, 우리의 희망, 당신의 밝은 미래를 뒤집어 버리다니요. 안 될 말씀입니다, 절대로요. 당신이 우릴 이렇게 여기에 묶어 두는 사소한 문제가 무엇인지 알게 된 지금은요. 자, 이제 수를 깨웁시다……. 제가 장담하지만 이렇게 몸부림치시면 당신만큼이나 저도 피곤합니다! ……수가 깨어나 우리를 찾아내게 합시다. 우리의 이런 모습을 보여줍시다. 제 쪽으로 좀 오지 않으시겠습니까? 아주 좋아요. 제가 당신을 이렇게 잡겠습니다. 그래서 수가 결국 우리를 연인으로 생각하게 합시다. 그렇게 해서 끝을 보도록 하지요. 이제, 그대로 서 있으십시오.」

리처드는 내게서 떨어져 괴성을 지른다. 소리가 후덥지근한 공기를 때리자 공기가 크게 파도치다가 점점 조용히 사그라진다.

「이 정도면 수가 깨어날 겁니다.」리처드가 말한다

나는 팔을 움직인다. 「아파요.」

「그럼 연인처럼 서 있으십시오. 그러면 저도 부드럽게 대하겠습니다.」리처드가 다시 웃음을 띤다. 「절 수라고 생각하십시오…….
아!」이제 나는 리처드를 때리려 애쓰고 있다. 「제가 당신을 멍들게 하길 바라십니까?」

리처드는 손을 내게 얹은 채 자기 팔로 내 팔을 꽉 잡아 누르며 나를 더 세게 붙든다. 리처드는 키가 크고 힘이 세다. 내 허리 근처에서 리처드의 손가락들이 만난다. 젊은 남자의 손가락이란 연인의 허리에 감으라고 만들어진 것 같다는 생각을 한다. 잠시 동안 나는 리처드가 누르는 힘에 힘껏 저항한다. 우리는 무대 위의 레슬러들처럼 서로 껴안고 땀을 흘리며 서 있다. 하지만 저 멀리서 보면 우리는 아마도 사랑해서 몸을 흔드는 듯이 보일 거라는 생각이 든다.

하지만 이런 생각은 흐릿하게 들 뿐이다. 그리고 곧 지치기 시작한다. 해는 여전히 우리 위에서 뜨겁게 빛난다. 개구리도 여전히 울어 대고 강물도 여전히 갈대 사이로 철썩거린다. 그러나 이제 낮에 구멍 혹은 틈이 생긴다. 숨 막히고 후덥지근한 첩첩의 공기 속에서도 날씨가 이제 수그러들기 시작하는 것이 느껴진다.

「미안해요.」내가 약하게 말한다.

「이제 미안해하실 필요 없습니다.」

「저는 그저…….」

「강해지셔야 합니다. 전에는 강한 모습을 보이셨지 않습니까.」

「전 그저…….」

하지만 그저 뭐? 어떻게 그런 말을 할 수 있단 말인가? 내가 놀라며 깨어났을 때 수가 가슴에 내 머리를 안고 있었을 뿐이라고. 그리고 입김을 불어 내 발을 따뜻하게 덥혀 준 적이 있다고. 뾰족한 이를 은골무로 갈아 준 적이 있다고. 나에게 수프를, 맑은 수프를 달걀 대신에 먹으라고 가져다주고는 내가 마시는 걸 보고 싱긋 웃어 준 적이 있다고. 수의 눈에는 좀 더 어두운 갈색 점이 박혀 있다고. 수는 내가 착하다고 생각한다고……

리처드가 나의 얼굴을 보고 있다. 「제 말 들어요, 모드.」 리처드가 입을 연다. 나를 세게 잡아당긴다. 나는 리처드의 품 안에서 축 늘어져 있다. 「잘 들어요! 만일 그게 수가 아닌 다른 여자아이였다면요. 만일 그게 아그네스였다면요! 네? 하지만 이 아이는 우리가 자유로워지기 위해 속이고 자유를 빼앗아야 하는 애입니다. 우리가 아무 말 없이 바라보는 동안 의사들이 데려가게 될 아이라고요. 우리 계획을 기억하시는 겁니까?」

나는 고개를 끄덕인다. 「하지만……」

「하지만 뭡니까?」

「결국, 제가 그럴 마음이 없는 게 아닌가 두려워지기 시작했어요……」

「대신 조그만 핑거스미스에게 애정을 품게 됐나요? 오, 모드.」 이제 리처드의 목소리는 경멸로 가득 차 있다. 「수가 당신에게 온 이유를 잊으신 건가요? 수가 잊었을 거라고 생각하나요? 수에게 당신이 사기 칠 대상 외의 뭐라고 생각합니까? 당신삼촌의 책들 사이에 너무 오래 파묻혀 있었군요. 책에서 여자는 쉽게 사랑에 빠지지요. 그게 그런 책에 나오는 여자의 특징입니다. 만일 실제로도 여자가 그런 식으로 사랑에 빠진다면 그런 책을 쓸 이유가 없었을 겁니다.」

리처드가 나를 훑어본다. 「수가 이 사실을 알면 당신 면전에 대고 웃을 겁니다.」 목소리가 교활해진다. 「만약 제가 수에게 말한다면, 제 얼굴에 대고 웃을 테고요.」

「수에게 말하면 안 돼요!」 내가 고개를 들고 뻣뻣해지며 말한다. 너무나 끔찍한 생각이다. 「수에게 어디 말하기만 해보세요, 그럼 전 브라이어에 영원히 틀어박힐 거예요. 삼촌도 당신이 절 어떻게 이용했는지 알게 되실 거예요. 그럼 삼촌이 당신을 어떻게 처리하시든 전 상관도 안 할 거예요.」

「수에게 말하지 않을 겁니다.」 리처드가 천천히 대답한다. 「더는 일을 미루지 않고, 해야 할 일만 해주신다면요. 당신이 저를 사랑하고 그래서 제 아내가 되기로 동의했다고 수가 생각하게만 하시면 저도 수에게 말하지 않겠습니다. 그럼 당신이 약속한 대로 우리는 잘 탈출하는 거죠.」

나는 리처드에게서 얼굴을 돌린다. 다시 정적이 찾아든다. 그리고 내가 중얼거린다. 「그럴게요.」 달리 무어라 중얼댈 수 있겠는가? 리처드가 고개를 끄덕이고 한숨을 쉰다. 리처드는 여전히 나를 꽉 잡고 있고 잠시 뒤 내 귀에 입을 가져다 댄다.

「저기 수가 오네요!」 리처드가 속삭인다. 「수가 벽 쪽에서 살그머니 오고 있어요. 보기만 하고 우릴 방해하진 않을 생각인 거죠. 자, 이제 제가 당신을 차지했다고 수가 믿게 합시다…….」

리처드가 내 머리에 키스한다. 리처드의 거대한 몸집과 열기와 압력, 따뜻하고 농밀한 날씨, 나 자신의 혼란스러움 때문에 나는 그대로 서서 힘없이 리처드가 하는 대로 내버려 둔다. 리처드는 내 허리 쪽을 잡고 있던 한 손을 빼서 내 팔을 들어 올린다. 그리고 내 소맷부리에 키스한다. 손목에 리처드의 입이 닿는 것을 느끼고 내가 움찔거린다. 「이런, 이런.」 리처드가 말한다. 「잠시만 착하게 구십시오. 제 수염이 거칠어 죄송합니다. 제 입술이 수의 것이라고 상상하세요.」 말하면서 입김이 내 살에 촉촉이 와 닿는다. 리처드는 내 장갑을 살짝 밀어 올리고 입술을 벌려 혀끝으로 내 손바닥을 만진다. 그러자 나는 약해지고, 공포와 혐오감으로 몸을 떤다. 내가 리처드에게 넘어갔다고 믿고 만족스러운 표정으로 지켜보는 수의 모습에 놀라 몸을 떤다.

리처드 때문에 나는 내 감정을 알게 된 것이다. 리처드가 나를 수에게로 데려가고, 우리는 집으로 걸어가고, 수는 내 망토를 벗겨 주고 신발을 벗겨 준다. 마침내 수의 뺨이 발그레해진다. 수는 거울 앞에 서서 얼굴을 찡그리고 얼굴 앞에서 손을 가볍게 내젓는다……. 수의 행동은 그게 다이다. 그러나 나는 그 모습을 보고, 심장이 불끈거린다. 그 함몰 혹은 추락, 그 안엔 너무나 큰 공포가, 너무나 큰 암흑이 있고, 나는 그것을 공포 혹은 광기라고 생각했다. 나는 수가 돌아서서 기지개 켜고 방을 아무렇게나 돌아다니는 것을 지켜본다. 내가 그토록 탐욕스럽게 그리고 오랫동안 주시해 왔던, 거칠 것 없고 자연스러운 행동을 지켜본다. 이런 게 욕망인가? 그 누구도 아닌, 내가 모른다니 이 얼마나 기괴한 일인가! 하지만 나는 욕망이 좀 더 작고 좀 더 단정한 것이라고 생각했다. 입맛이 입에 한정된 것이듯, 시력이 눈에 한정된 것이듯, 욕망도 욕망의 기관에만 한정된 것이라고 생각했다. 병에 걸린 것처럼, 이러한 느낌이 자꾸만 들면서 내 안에 머무른다. 피부처럼 나를 덮어 감싼다.

수도 알아야 한다는 생각이 든다. 리처드가 이미 나의 욕망에 이름을 붙였고, 그 욕망이 나를 색칠하거나 표시한 게 분명하다는 생각이 든다. 삼촌 그림에서 입술과 음부와 발가벗고 채찍질당한 사지가 새빨간 색으로 표시되어 있듯이, 나를 진홍색으로 표시해 둔 게 분명하다. 나는 그날 밤 수 앞에서 옷을 벗기가 두렵다. 수 옆에 눕기가 두렵다. 잠들기가 두렵다. 수의 꿈을 꿀까 봐 두렵다. 꿈속에서 내가 돌아누워 수를 만질까 두렵다…….

그러나 결국, 수는 내 안의 변화를 알게 된다 해도, 내가 리처드 때문에 변했다고 생각하리라. 내가 떠는 것을 느낀다 해도, 내 심장이 거세게 뛰는 것을 느낀다 해도, 내가 리처드 때문에 떤다고 생각하리라. 수는 기다리고, 또 기다린다. 다음 날 나는 수를 데리고 어머니의 무덤으로 간다. 나는 무덤 앞에 앉아 그동안 내가 깨끗이, 얼룩 하나 없이 보존해 온 비석을 응시한다. 망치로 비석을 부숴 버리고 싶다. 나는, 그동안 몇 번이나 소망해 왔듯이, 어머니가 살아 있어 내가 다시 어머니를 죽일 수 있으면 좋겠다. 내가 수에게 말한다. 「내 어머니가 어떻게 돌아가셨는지 알아? 나를 낳다가 돌아가셨어!」 나는 목소리에서 승리감을 누르려고 노력한다.

수는 알아차리지 못한다. 수는 나를 보고, 나는 흐느끼기 시작한다. 그리고 무엇이라도, 아무 말이라도 해서 나를 달래려 수가 내뱉은 말은 이렇다. 「리버스 씨요.」

수의 표정에 경멸의 빛이 보인다. 수가 와서 나를 예배당 문으로 데려간다. 아마도 내가 결혼을 생각하게 하려는 것이리라. 문은 잠겨 있어 들어갈 수가 없다. 수는 내가 말을 꺼내길 기다린다. 마침내 내가 의무감에서 수에게 말을 건넨다. 「리버스 씨가 내게 청혼했어, 수.」

수가 기쁘다고 말한다.

나는 다시 흐느낀다. 하지만 이번에는 진짜 눈물을 씻어 내려는 거짓 눈물이다. 내가 흐느끼다 목이 메고 두 손을 움켜쥐며 〈오! 난 어쩌면 좋아?〉 하고 외치자, 수는 나를 만지고 내 눈을 바라보며 말한다. 「리버스 씨는 아가씨를 사랑해요.」

「리버스 씨가 나를 사랑한다고 생각해, 수?」

수는 그렇다고 말한다. 움찔거리지도 않는다. 수가 말한다. 「마음 가는 대로 하셔야 해요.」

「잘 모르겠어.」 내가 말한다. 「내가 내 마음을 확실히 알 수만 있다면 좋을 텐데!」

「하지만 사랑하신다면, 주저하다간 그분을 잃어요!」 수가 말한다.

나는 가까이에서 바라보는 수의 시선이 너무나 의식되어 눈길을 돌린다. 수는 내게 맥이 빨라지고 목소리가 떨리고 꿈을 꾸는 것에 대해 이야기한다. 내게 리처드의 키스는 손바닥에 화상을 입는 듯한 느낌이었다. 그리고 갑자기 수가 알아 버린다. 내가 리처드를 사랑하지 않는다는 사실을, 그리고 얼마나 내가 리처드를 두려워하고 미워하게 되었는지를.

수가 하얗게 질린다. 「어떻게 하실 건가요?」 수가 속삭인다.

「내가 어떻게 할 수 있겠어?」 내가 말한다. 「내게 무슨 선택이 있겠어?」

수는 대답하지 않는다. 그저 내게서 돌아서 닫힌 예배당 문을 잠시 바라볼 뿐이다. 나는 창백한 수의 뺨을, 턱을, 귓불의 바늘 자국을 바라본다. 다시 내게로 돌아섰을 때 수는 표정이 바뀌어 있다.

「리버스 씨와 결혼하세요.」 수가 내게 말한다. 「리버스 씨는 아가씨를 사랑하시잖아요. 그분과 결혼하세요, 그리고 뭐든지 하라는 대로 하세요.」

수는 나를 파멸시키기 위해, 나를 속이기 위해, 나를 해치기 위해 브라이어에 왔다. 〈수를 봐.〉 내가 혼자 중얼거린다. 〈저렇게 천하고 갈색 머리에 경박한 꼴이라니! 도둑, 조그만 핑거스미스……!〉 나는 슬픔과 분노를 삼켜 왔던 것처럼, 욕망도 삼켜 버리겠노라고 생각한다. 수 때문에 〈과거에 붙들리고 미래를 빼앗긴 채, 좌절하고 억눌리며 살겠다고?〉 나는 생각한다, 〈그러진 않겠어.〉 도망치기로 한 날짜가 가까워 온다. 〈그러지 않을 거야.〉 날이 점점 더 따뜻해지고 밤이 후덥지근해진다. 〈그러진 않을 거야, 그러진······.〉

「잔인하시군요.」 리처드가 말한다. 「당신이 저를 충분히 사랑한다고는 생각하지 않습니다. 제 생각엔······.」 리처드가 교활한 눈초리로 수 쪽을 흘깃 본다. 「제 생각에 당신이 좋아하는 사람은 분명 따로 있습니다······.」

종종 나는 리처드가 수를 바라보는 모습을 보고 리처드가 수에게 뭔가를 이야기했다는 생각을 한다. 때로는 수가 나를 너무나 기묘한 눈길로 바라보아서, 혹은 나를 만지는 수의 손길이 너무나 뻣뻣하고 불안하고 어설퍼서, 수가 알고 있다는 생각도 든다. 가끔 나는 둘만이 같이 있을 수 있도록 방에서 나가 자리를 비켜 줘야 한다. 그러면 리처드가 수에게 이런 이야기를 하는지도 모른다.

〈어떻게 생각하지, 수키? 모드는 널 사랑해!

절 사랑한다고요? 숙녀가 하녀를 사랑하듯이요?

일부 숙녀들이 자기 하녀를 사랑하듯이겠지. 모드가 널 자기 가까이 둘 사소한 방법들을 찾아내지 않던?〉 내가 그랬던가? 〈모드가 악몽을 꾸는 척하지 않던?〉 내가 그렇게 했던가? 〈네가 자기에게 키스하게 시키지 않던? 조심해, 수키, 모드는 네게 키스로 답해주려 하지 않으니까······.〉

리처드 말처럼 수가 웃을까? 몸을 떨까? 이제 수가 내 옆에 누워도 팔다리를 잘 모으고 좀 더 조심스럽게 있는 것만 같다. 종종 조심하고 경계하는 것처럼 보인다. 그러나 그런 생각을 하면 할수록 나는 더욱 수를 원하게 되고 욕망도 더욱 커지고 부풀어 오른다. 나는 끔찍하도록 생생히 살아나기 시작한다. 아니 어쩌면 내 주위의 물건들이 살아나게 되면서 색은 너무나 생생해지고 질감도 너무나 거칠어진다. 나는 드리워지는 그림자들로부터 몸을 움찔 피한다. 먼지투성이 양탄자와 휘장의 빛바랜 무늬에서 손가락들이 뻗어 나오는 것만 같다. 아니, 천장과 벽을 가로질러 피어난 젖빛 습기 자국들과 함께 스멀스멀 기어오르는 것만 같다.

삼촌의 책들마저도 다르게 보인다. 책 쪽이 더 심하다. 이쪽이 최악이다. 나는 책을 죽은 것들로 생각해 왔다. 이제는 글자들이 벽의 손가락들처럼 살아 움직이기 시작하고 의미로 가득 찬다. 나는 혼란에 빠져 말을 더듬기 시작한다. 어쩔 줄을 모르게 된다. 삼촌이 새된 소리를 지르고, 책상에서 놋쇠 문진을 집어 들어 내게 던진다. 덕분에 잠시 침착해진다. 그러나 그 뒤 삼촌은 어느 날 밤 내게 어떤 책을 읽게 한다……. 손을 입에 대고 나를 보는 리처드의 얼굴에는 재미있다는 표정이 서려 있다. 이 책에는, 남자가 없을 때 여자가 다른 여자를 기쁘게 하기 위해 쓸 수 있는 모든 종류의 방법이 실려 있기 때문이다.

「〈그리고 여자는 자기의 입술을, 그리고 자기의 혀를 그것에 대고 누르고 그다음엔 안으로 밀어 넣었다…….〉」

「마음에 드십니까, 리버스 씨.」 삼촌이 묻는다.

「솔직히 말씀드리자면, 마음에 듭니다.」

「흠, 다른 많은 남자도 역시 그렇게 여기지요. 비록 안타깝게도 제 입맛에는 거의 맞지 않지만 말입니다. 그래도, 당신이 흥미 있어 하시는 것을 보니 기쁘군요. 물론 저는 목록에 이 항목도 완전하게 기술하고 있답니다. 계속해라, 모드, 계속 읽어라.」

나는 계속해 읽어 나간다. 그리고 리처드의 음습하고 고문하는 눈빛에도 나도 모르게 음란한 말에 흥분한다. 얼굴이 붉어지고 창피해진다. 내 가슴속 깊이 감추어 둔 비밀스러운 책이 결국은 가장 비참한 방식으로 짓밟혔다는 생각에, 삼촌의 수집품 가운데 있었다는 생각에 부끄러움을 느낀다. 나는 밤마다 응접실을 떠나 위층으로 올라간다. 슬리퍼 신은 발가락으로 계단을 하나하나 두드리며 천천히 올라간다. 고른 간격으로 두드렸다면 나는 안전하리라. 그리고 어둠 속에 선다. 수가 내 옷을 벗겨 주려 오면 나는 차분하게 수의 손길을 견뎌 내겠다고 결심한다. 밀랍 마네킹이 재단사의 재빠르고 무관심한 손길을 견디어 내듯이 말이다.

하지만 밀랍 팔다리라도 결국은 자신을 올리고 내리는 손의 열기에 져 녹아내릴 게 분명하다. 결국은, 내가 수에게 지는 밤이 오고 만다.

나는 자면서 말로 형언할 수 없는 꿈들을 꾸기 시작한다. 그리고 매번 갈망과 공포로 뒤범벅되어 깨어난다. 가끔 수가 깨어 몸을 뒤척인다. 가끔은 그대로 잔다. 「더 주무세요.」 수는 살짝 깰 때면 이렇게 말한다. 때로 나는 그렇게 한다. 때로는 그러지 않는다. 때로는 일어나 방을 거닌다. 때로는 약을 먹는다. 이날 밤도 약을 먹는다. 그리고 수의 옆으로 돌아온다. 몸이 까라지지만 잠이 오진 않는다. 단지 좀 더 큰 혼란에 빠질 뿐이다. 최근에 리처드와 삼촌에게 낭독한 책들을 떠올린다. 이제 책 내용이 구절구절, 단편적으로 떠오른다. 〈자기의 입술을, 그리고 혀를 눌렀다……. 내 손을 쥔다……. 엉덩이, 입술, 혀…… 반쯤 몸부림치며 그것을 강요하였다……. 내 가슴을 움켜쥐었다……. 활짝 열었다, 내 작은…… 그녀의 귀여운 보지의 입구를…….〉

글자들을 조용히 시킬 수가 없다. 글자들이 창백한 책장에서 음흉하게 날아오르는 모습이 눈앞에 보이는 듯하다. 모이고 뭉치더니 결합한다. 나는 손으로 얼굴을 가린다. 얼마나 오래 누워 있었는지 모르겠다. 하지만 무슨 소리를 냈거나 움직인 게 분명하다. 내가 손을 떼자 수가 깨어나 나를 바라보고 있기 때문이다. 침대는 너무나 어둡지만 나는 수가 나를 보고 있다는 것을 안다.

「좀 더 주무세요.」 수가 말한다. 목소리가 잠겨 있다.

내 다리가, 드레스 안에서 거의 걸친 것 없이 발가벗은 다리가 느껴진다. 다리가 하나로 붙는 지점이 느껴진다. 아직도 떼지어 모여 있는 단어들이 느껴진다. 수의 팔다리의 온기가 침대 천을 통해 조금씩 다가온다.

내가 말한다. 「무서워⋯⋯.」

그러자 수의 숨소리가 변한다. 수의 목소리가 좀 더 분명해지고 친절해진다. 수가 하품을 한다. 「왜 그러세요?」 수가 말한다. 눈을 비빈다. 이마에 내려온 머리털을 넘긴다. 저 아이가 수만 아니었더라도! 아그네스였다면! 책에 나오는 여자아이였다면⋯⋯!

〈책 속에서 여자아이들은 쉽게 사랑에 빠지지요. 그게 그 아이들의 특징이죠.〉

〈엉덩이, 입술 그리고 혀⋯⋯.〉

「넌 내가 착하다고 생각해?」 내가 말한다.

「착하냐고요, 아가씨?」

수는 그렇게 생각한다. 한때는 그게 안전망처럼 여겨졌다. 이제는 덫처럼 느껴진다. 내가 말한다. 「난 있지⋯⋯. 네가 알려 줬으면 하는 게 있어⋯⋯.」

「뭘 알려 줘요, 아가씨?」

말해 줘. 널 구할 방법을 말해 줘. 나 자신을 구할 방법을. 방이 칠흑처럼 까맣다. 〈엉덩이, 입술⋯⋯.〉

〈책 속에서 여자아이들은 쉽게 사랑에 빠지지요.〉

내가 말한다. 「나는⋯⋯ 나는 네가 알려 줬으면 하는 게 있어.

첫날밤에 아내가 어떻게 해야 하는지 알려 줘⋯⋯.」

그리고 처음엔 쉽다. 결국엔 삼촌의 책에서처럼 이루어진다. 두 여자아이가, 하나는 현명하고 하나는 무지한 두 여자아이⋯⋯. 수가 말한다. 「그분께선요, 아가씨께 키스하려 하실 거예요. 안고 싶어 하실 거고요.」 그건 쉽다. 나는 내가 맡은 부분을 말하고, 수는, 약간의 재촉을 받으며, 자기가 맡은 부분을 말한다. 말들이 다시 책장으로 가라앉는다. 그건 쉽다, 그건⋯⋯.

그리고 수가 내 위로 몸을 일으켜 자기 입술을 내게 갖다 댄다.

예전에도 내 장갑 낀 손 위로, 내 뺨 위로 신사의 조용하고 마른 입술을 느낀 적이 있다. 내 손바닥 위로 리처드의 축축하고 암시가 깃든 키스를 참아 낸 적이 있다. 수의 입술은 차갑고 부드럽고 촉촉하다. 내 입술과 꼭 들어맞지는 않지만 점점 따뜻해지고 촉촉이 젖어든다. 수의 머리털이 내 얼굴 위로 쏟아진다. 수를 볼 수는 없다. 단지 느끼고, 맛볼 수 있을 뿐이다. 수에게서 잠의 맛이, 살짝 시큼한 맛이 난다. 너무나 시큼하다. 나는 입술을 벌린다. 숨을 쉬려고 혹은 삼키려고 혹은 어쩌면 수에게서 비키려고 입술을 벌린다. 하지만 숨을 쉬면서 혹은 삼키면서 혹은 비키려 움직이면서 나는 내 입 안으로 수를 당겨 버렸을 뿐이다. 수도 입술을 벌린다. 수의 혀가 입술 사이로 나와 내 입술을 만진다.

그리고 이에 내가 몸을 떤다. 혹은 경련을 느낀다. 무언가 날 것을, 상처 또는 신경의 고통을 알게 되는 것과 비슷하기 때문이다. 내가 움찔대는 것을 느끼고 수가 몸을 뺀다. 하지만 느릿하게, 느릿하게, 그리고 내켜하지 않으며 뒤로 물러선다. 그래서 우리의 축축한 입은 떨어질 때 서로 붙어 있는 듯이, 찢어지는 듯이 느껴진다. 수는 내 위에서 몸을 멈춘다. 빠르게 뛰는 심장 박동이 느껴지고, 나는 그게 내 심장 박동인 것 같다고 생각한다. 하지만 수의 것이다. 수의 숨결이 빨라진다. 수가 매우 가볍게 몸을 떨고 있다.

그리고 나는 수가 흥분한 것을, 수가 놀라고 기뻐하는 것을 눈치 챈다.

「느껴지시나요?」 수가 말한다. 깜깜한 어둠 속에서 수의 목소리가 이상하게 들린다. 「느껴지시나요?」

느낀다. 유리로 만든 모래시계에서 모래알이 떨어지듯 내게로 떨어지고, 쏟아지고, 흘러내리는 것 같다. 그다음 나는 움직인다. 나는 모래처럼 건조하지 않다. 나는 젖어 있다. 나는 물처럼, 잉크처럼 흐르고 있다.

나도 수처럼 몸이 떨리기 시작한다.

「겁먹지 마세요.」 수가 말한다. 목소리가 메인다. 나는 다시 움직이고, 수도 움직여 내게로 가까이 오고, 내 몸이 수 쪽을 향해 들썩인다. 수는 전보다도 더 격하게 떨고 있다. 나와 가까이 있기 때문에 떨고 있다! 수가 말한다. 「좀 더 리버스 씨를 떠올리세요.」 나는 나를 바라보는 리처드를 상상한다. 수가 다시 말한다. 「겁먹지 마세요.」 하지만 겁먹은 듯이 보이는 것은 바로 수이다. 수의 목소리가 여전히 메인다. 수가 다시 내게 키스한다. 그리고 수가 손을 들어 올리고 내 얼굴 위에 와 닿는 수의 손가락 끝이 떨고 있는 게 느껴진다.

「보이시나요?」 수가 말한다. 「쉬워요, 쉬운 일이에요. 리버스 씨를 더 생각하세요. 그분이 원하실 거예요……. 그분이 아가씨를 만지길 원하실 거예요.」

「날 만지길 원한다고?」

「그냥 만지기만요.」 수가 말한다. 떨리던 손이 아래로 내려간다. 「그냥 만지기만요. 이렇게요. 이렇게요.」

수가 나의 잠옷을 걷어 올리고 내 다리 사이로 손을 넣자 우리는 둘 다 가만히 있다. 다시 움직이기 시작한 수의 손가락은 이제 떨고 있지 않다. 손가락이 축축해지고 미끄러져 들어간다. 내 입술 위를 문지르던 수의 입술처럼, 들어가는 속도가 점점 더 빨라지며 나를 끌어당기는 것 같다. 암흑으로부터, 나의 원래의 몸으로부터 나를 끄집어내는 듯이 느껴진다. 예전에 나는 내가 수를 그저 원한다고 생각했다. 이제 나는 너무나 크고 너무나 날카로워 도대체 채워질 수 없을 것만 같은 갈망을 느끼기 시작한다. 갈망이 커지고 또 커져서 나를 미치도록 몰아가거나 나를 죽일 것만 같다. 하지만 수의 손이 아직도 천천히 움직이고 있다. 수가 속삭인다. 「이렇게 부드러울 수가! 너무 따뜻해요! 난……」 손놀림이 더욱 느려진다. 수가 누르기 시작한다. 나는 숨을 들이쉰다. 그러자 수가 망설이다가 더욱 강하게 누른다. 마침내 수가 너무나 세게 눌러 내 살이 뚫리면서, 내 안에 수가 느껴진다. 나는 소리를 지른 것 같다. 그러나 수는 이제 망설이지 않고 내게로 더욱 바짝 다가와 자신의 엉덩이를 내 허벅다리 근처에 놓는다. 그리고 다시 누르기 시작한다. 어쩌면 이렇게도 호리호리한지! 하지만 수의 엉덩이는 날카롭고, 손은 뭉툭하고, 수는 몸을 기울이고, 누르고, 리듬을 타듯, 점점 빨라지는 박자에 맞추듯, 엉덩이와 손을 움직인다. 수가 〈도달한다〉. 수는 너무나 깊숙이 도달해, 생명을, 나의 떨리는 심장을 느낀다. 곧 나는 수에게 잡혀 있는 내 살 그곳에만 존재하고 있는 것같이 느껴진다. 그러고 나서 〈오, 거기예요!〉 수가 말한다. 「바로 거기! 오, 거기예요!」 나는 수의 손에서 무너지고, 부서지고, 폭발한다. 수가 흐느껴 울기 시작한다. 수의 눈물이 내 얼굴 위로 떨어진다. 수는 눈물에 입을 갖다 댄다. 〈나의 진주.〉 수가 입을 대며 말한다. 수의 목소리는 갈라져 있다. 〈나의 진주.〉

그렇게 우리가 얼마나 오래 누워 있었는지 모르겠다. 수가 내 옆에서 내 머리털에 얼굴을 대고 드러누워 있다. 수가 천천히 손가락을 뺀다. 나의 허벅지는 수가 기대어 움직인 곳에서부터 젖어 있다. 매트리스의 깃털들이 우리 아래에서 꺼져 있고 침대는 후덥지근하고 아직까지 열기와 흥분이 서려 있다. 수는 담요를 걷어 내린다. 아직 밤이 깊어 방은 어둡다. 우리는 아직도 숨이 차고 심장이 크게 고동친다. 짙어 가는 침묵 속에 고동 소리가 더 빠르게, 더 크게 느껴진다. 이 침대, 이 방, 그리고 이 집! 이 모든 곳이 우리의 목소리와 속삭임과 비명의 울림으로 가득한 것처럼 느껴진다.

어두워 수가 보이지 않는다. 하지만 잠시 뒤 수가 내 손을 찾아 세게 누른다. 그리고 자기 입으로 가져가 내 손가락에 키스하고 자기 뺨 아래 내 손바닥을 대고 눕는다. 수 얼굴의 무게와 뼈의 굴곡이 느껴진다. 수가 눈을 깜빡이는 것이 느껴진다. 수는 아무 말도 않는다. 수가 눈을 감는다. 수의 얼굴이 무거워진다. 딱 한 번 몸을 떤다. 수의 열기가 향처럼 위로 올라와 퍼진다. 나는 손을 뻗어 다시 담요를 끌어올려 수를 부드럽게 덮어 준다.

〈모든 게.〉 내가 혼자 중얼거린다. 〈변했어.〉 예전엔 내가 죽어 있었다는 생각을 한다. 이제 수가 내 안의 생명을, 내 깊은 곳을 건드렸다. 수는 내게 살을 돌려주고 나를 활짝 열었다. 〈모든 게 변했어.〉 아직도 내 안에 수가 느껴진다. 아직도 수가 내 허벅지 위로 움직인다는 느낌이 든다. 나의 시선을 받으며 잠에서 깨는 수를 상상한다. 나는 생각한다. 〈그러고 나면 말해야지. 꼭 말해야지. 널 속일 생각이었어. 이젠 널 속이지 못하겠어. 이건 리처드의 계획이었어. 이젠 우리의 계획으로 만들 수 있어.〉 우리의 계획으로 만들 수 있다고 나는 생각한다. 그렇지 않으면, 완전히 그 계획을 포기해 버릴 수도 있다. 난 그저 브라이어에서 탈출하는 게 필요할 뿐이다. 수가 날 도울 수 있다. 수는 도둑이고, 영리하다. 우리끼리 몰래 런던으로 가서 우리를 위해 돈을 찾을 수 있다…….

수가 얼굴을 내 손에 묻고 잠에 빠져 있는 동안 나는 그런 계산을 하고 계획을 세운다. 다시 심장이 격하게 고동친다. 나는 색 혹은 빛으로 가득 차고, 우리가 함께 누릴 삶에 대한 기대로 가득 찬다. 그리고 나도 이제 잠이 든다. 자면서 내가 수에게서 떨어져 나오고, 혹은 수가 나에게서 떨어져 나오고, 그 뒤 날이 밝고 수가 잠에서 깨어 일어난 것이 분명하다. 내가 눈을 뜨자 수가 사라지고 침대는 차가워져 있기 때문이다. 자기 방에서 물을 튀기고 있는 수의 소리가 들린다. 베개에서 몸을 일으키자 잠옷이 가슴팍에서 벌어진다. 수가 어둠 속에서 리본을 풀어 둔 것이다. 나는 다리를 움직인다. 수의 손이 미끄러지고 누르던 곳이 촉촉이, 아직도 촉촉이 젖어 있다.

〈나의 진주.〉 수는 그렇게 말했다.

그리고 수가 와서 나와 시선을 맞춘다. 심장이 두근거린다.

수가 시선을 돌린다.

처음엔 수가 그저 어색해하는 것이라 생각한다. 부끄러움을 타고 내성적이라 그렇다고 생각한다. 수는 내 페티코트와 드레스를 벗기면서 조용히 방을 돌아다닌다. 나는 수가 나를 씻기고 입힐 수 있도록 서 있다. 이제 수가 입을 열거란 생각을 한다. 하지만 수는 말이 없다. 그리고 내 가슴의 홍조를, 자기가 입으로 만들어 놓은 자국을, 내 다리 사이의 축축함을 보자 몸을 떠는 것 같다. 그제야 나도 두려워지기 시작한다. 수가 나를 거울로 부른다. 나는 수의 얼굴을 본다. 반사된 모습이 기묘해 보인다. 일그러지고 왜곡되어 있다. 수는 내 머리에 핀을 찌르

지만 눈은 계속해서 자신의 투박한 손만을 바라본다. 나는 생각한다. 〈수는 부끄러워하는 거야.〉

그래서 내가 입을 연다.

「내가 정말 정신없이 잤지.」굉장히 부드럽게 말을 건넨다. 「안 그래?」

수의 눈꺼풀이 떨린다. 「그러셨어요.」수가 대답한다. 「악몽도 꾸지 않으시고 말이죠.」

「악몽은 안 꿨어. 꿈을 하나 꾸기는 했지만.」내가 말한다. 「하지만 그 꿈은…… 그 꿈은 무척 달콤했어. 그 꿈에 네가 나왔던 거 같아, 수…….」

수의 얼굴이 붉어진다. 그리고 수가 홍조를 띠는 것을 보면서, 입 맞추던 순간 수의 입술이 누르던 힘이, 우리의 격렬하고 불완전하던 키스의 이끌림이, 밀어 올리던 수의 손이 다시 한 번 느껴진다. 나는 수를 속일 생각이었다. 나는 이제 수를 속일 수 없다. 〈난 네가 생각하는 그런 사람이 아냐.〉나는 말할 것이다. 〈넌 나를 착하다고 생각하지. 난 착하지 않아. 하지만 난 너와 함께라면, 착해지도록 노력할 수 있어. 이건 리처드의 계획이었어. 우린 그 계획을 우리 걸로 만들 수 있어…….〉

「아가씨 꿈에서요?」마침내 수가 내게서 떨어지며 말한다. 「아닐 거예요, 아가씨. 제가 아니에요. 리버스 씨일 거예요. 보세요! 저기 계시잖아요. 담배를 거의 다 태우셨네요. 아가씨는 저분이 그리워지실 거예요…….」수는 한 번 말을 더듬는다. 하지만 그다음 계속 말을 잇는다. 「저분이 그리워지실 거예요, 좀 기다려 보시기만 하면요.」

나는 수의 손에 한 대 맞기라도 한 양 잠시 놀라 멍하니 앉아 있다. 그러고선 일어나 힘없이 창가로 걸어가 리처드가 걷고 담배를 태우고 이마에 흐트러진 머리를 뒤로 넘기는 모습을 지켜본다. 하지만 나는 리처드가 잔디밭을 떠나 삼촌에게 간 뒤로도 오랫동안 창가에 서 있다. 날이 충분히 어두웠다면 내 얼굴이 보였을 것이다. 그래도 안 보이는 것은 아니다. 뺨은 우묵해지고 있고, 입술은 너무 통통하고 너무 분홍빛이 돈다. 수의 입에 눌리어 그 어느 때보다도 더욱 통통해 보이고 더욱 분홍빛으로 보인다. 나는 삼촌을 떠올린다. 〈내가 네 입술을 독으로 물들였다, 모드.〉 그리고 바버라가 떠나던 기억을 떠올린다. 스타일스 부인이 내 혀에 라벤더 비누를 문지르던 모습을, 자기 앞치마에 손을 닦고 또 닦던 장면을 떠올린다.

　모든 것이 바뀌었다. 전혀 아무것도 바뀌지 않았다. 수가 내게 살을 돌려주었다. 그러나 살은 닫히고 봉해지고 상처 입고 단단해지리라. 수가 응접실로 가는 소리가 들린다. 나는 수가 앉아서 얼굴을 감추는 모습을 지켜본다. 나는 기다리지만, 수는 내 쪽을 보지 않는다. 다시는 수가 나를 정직하게 바라보지 않을 거란 생각이 든다. 나는 수를 구할 생각이었다. 내가 정말로, 정말로 리처드의 계획에서 발을 뺀다면, 무슨 일이 일어날지가 이제는 너무나 명확하게 보인다. 리처드는 수를 데리고 브라이어를 떠날 것이다. 왜 수가 머물겠는가? 수는 갈 것이고, 나는 남을 터이다. 삼촌 곁에, 책 옆에, 스타일스 부인 옆에, 새로운 유순하고 멍들기 쉬운 여자아이 옆에……. 나는 내 삶에 대해 생각해 본다. 삶을 이루어 온 시간을, 분을, 날을 생각해 본다. 내 앞에 끝없이 펼쳐진, 아직도 살아 나가야 할 시간을, 분을, 날을 생각해 본다. 그 모든 시간이 어떨지를 생각해 본다. 리처드가 없다면, 돈이 없다면, 런던이 없다면, 자유가 없다면. 그리고 수가 없다면.

그리고 그렇게 해서 당신은 알게 된다. 결국은 사랑 때문에, 경멸도, 악의도 아닌, 단지 사랑 때문에 내가 결국은 수를 상처 입히게 된다는 것을 말이다.

11

우리는 계획했던 대로 4월의 마지막 날에 떠난다. 리처드의 체류도 끝난다. 삼촌의 그림들이 배접 후 장정까지 끝난다. 삼촌은 일종의 상으로써 나를 데리고 가 그림을 보여 준다.

「잘되었지.」 삼촌이 말한다. 「안 그러냐, 모드? 흠?」

「네, 삼촌.」

「보고 있는 거냐?」

「네, 삼촌.」

「그래. 아주 일을 잘했어. 호트리 씨와 허스 씨를 부를 생각이다. 여기로 오라고 해야겠다. 다음 주쯤? 그 사람들이 어떻게 생각할까? 그림집을 마친 기념식을 할까?」

나는 대답하지 않는다. 나는 식당을, 응접실을 생각하고 있다. 그리고 저 멀리 떨어진 곳의 어디 다른 그늘진 곳에 있는 나를 상상하고 있다. 삼촌이 리처드에게로 돌아선다.

「리버스 씨.」 삼촌이 말한다. 「호트리 씨와 함께 손님으로 다시 오실 의향이 있으신지요?」

리처드가 공손하게 절을 하며 유감이란 표정을 짓는다. 「죄송하지만 이미 다른 일정이 잡혀 있어서요.」

「유감이로군요. 들었느냐, 모드? 정말로 유감인 일이다……」

리처드가 문을 연다. 웨이 씨와 찰스가 리처드의 가방들을 가지고 회랑 쪽을 걷고 있다. 찰스는 소매로 눈을 문지르고 있다. 「농땡이 피우지 좀 마라!」 웨이 씨가 발로 걷어차며 사납게 말한다. 찰스가 고개를 들고 삼촌의 방에서 나오는 우리를 본다. 삼촌을 본 것 같다는 생각이 든다. 찰스는 경련을 일으키듯 몸을 떨더니 달려간다. 그러자 삼촌 또한 몸을 떤다.

「제가 어떤 고문을 당하는지 보셨습니까, 리버스 씨? 웨이 씨, 저 녀석을 잡아서 채찍질해 주셨으면 합니다!」

「그러겠습니다, 나리.」 웨이 씨가 말한다.

리처드가 나를 보고는 씩 웃어 보인다. 나는 되 웃어 주지 않는다. 그리고 층계에서 리처드가 내 손을 잡자, 나는 아무런 힘 없이 리처드의 손 위에 손가락을 그대로 놓아둔다. 「안녕히 계십시오.」 리처드가 말한다. 나는 아무 말도 않는다. 리처드가 삼촌에게 돌아선다. 「릴리 씨. 부디 안녕히 계십시오!」

「잘생긴 청년이다.」 마차가 시야에서 사라지자 삼촌이 말한다. 「흠, 모드? 뭐냐, 왜 말이 없지? 너는 우리만의 고독한 생활로 돌아온 게 기쁘지 않으냐?」

우리는 집으로 다시 들어간다. 웨이 씨가 부풀어 오른 문을 잡아당겨 닫자 홀이 어두워진다. 나는 삼촌 옆에서 계단을 오른다. 한때 소녀 시절에 스타일스 부인 옆에서 계단을 올랐던 적이 있다. 그 이후로 내가 이 계단을 몇 번이나 올랐던가? 나는 생각한다. 〈이〉 지점, 〈저〉 지점을 내 뒤꿈치로 몇 번이나 찼던가? 얼마나 많은 슬리퍼를, 얼마나 많은 답답한 드레스들을, 얼마나 많은 장갑을 작아져서 혹은 닳아서 버렸던가? 얼마나 많은 음란한 단어들을 말없이 읽었던가? 또한 신사들을 위해 얼마나 많이 소리 내어 읽었던가?

계단, 슬리퍼와 장갑, 단어, 신사 이 모든 것들은 내가 도망쳐도 여기에 그대로 남으리라. 그렇겠지? 나는 다시 삼촌 집의 방들을 생각해 본다. 식당, 응접실, 서재를 생각해 본다. 언젠가 서재 창문을 덮고 있는 페인트를 긁어내 만든 작은 초승달을 생각해 본다. 나는 보지 않고 상상해 보려 애쓴다. 한번은 자다 일어나 내 방이 어둠 속에서 하나로 모이는 듯한 모습에 〈절대 도망치지 않겠어!〉 하고 생각하던 것을 떠올린다. 이제 나는 내가 도망칠 거란 것을 안다. 하지만 브라이어는 내 평생 나를 따라 다니며 괴롭히리라는 생각이 든다. 그렇지 않다면, 브라이어의 담장 밖에서 어렴풋하고 불완전한 삶을 살면서 내가 계속 브라이어를 쫓아다닐 것이다.

나는 내가 만들게 될 유령에 대해 생각한다. 밑창이 부드러운 신발을 신고 삐걱대는 집에서 오래된 양탄자 무늬를 따라 걷는 단정하고 지루한 유령을.

하지만 결국은 나 자신이 이미 유령인지도 모른다. 수에게 가자, 수가 나에게 우리가 어떤 드레스와 리넨을 가져갈지, 어떤 보석에 윤을 낼지, 어떤 가방에 넣을 것인지 따위를 보여 주지만, 수는 그러는 내내 나와 시선을 마주치지 않기 때문이다. 그리고 나는 수를 보며 아무 말도 않는다. 나는 수가 넣는 물건들보다 수의 손을 더 의식한다. 수가 내쉬는 숨이 공기를 흔드는 것을 느끼고, 수의 입술이 움직이는 것을 보지만, 수가 하는 말은 입에서 나오는 순간 내 기억에서 빠져나가 사라져 버린다. 마침내 수는 모든 물건을 다 보여 준다. 우리가 할 일은 오직 기다리는 것뿐이다. 우리는 점심을 먹는다. 우리는 어머니의 무덤으로 걸어간다. 나는 아무런 느낌 없이 비석을 바라본다. 날이 온화하고 습하다. 걸어가는 동안, 신발이 새순 돋는 초록 땅의 이슬을 밟고 드레스에 진흙이 묻는다.

한때 삼촌에게 모든 걸 맡겨 버렸듯, 이제 나는 리처드의 계획에 나를 내맡긴다. 우리의 계획, 도주 작전은 이제 나보다는 리처드의 바람에 의해 본격화되는 듯이 보인다. 나는 아무 바람도 없다. 나는 저녁 식탁에 앉고, 식사를 하고, 책을 읽는다. 수에게 돌아와, 수가 원하는 대로 나를 입히게 하고, 수가 권하는 포도주를 마시고, 수 옆의 창가에 선다. 수가 안절부절못하며 몸무게를 한쪽 발에서 다른 쪽 발로 계속 바꾼다. 「저 달 좀 보세요.」 수가 부드럽게 말한다. 「정말 밝죠! 풀 위에 내린 그림자 좀 보세요……. 지금이 몇 시인가요? 아직 열한 시 전인가요? 리버스 씨가 이제 저 강 위 어딘가에 있다니…….」

떠나기 전에 하려는 일이 딱 한 가지 있다. 브라이어에서 통렬한 분노에 떨고 어둡고 불편한 밤을 보내며 사는 동안, 그 일, 그 지독한 짓에 대한 환상만이 내게 위로와 자극을 주었다. 이제 도주 시간이 가까워 오고 집이 아무 의심 없이 고요에 잠기자, 나는 그 일을 시작한다. 수가 가방을 한 번 더 점검하러 내곁을 떠난다. 수가 버클 푸는 소리가 들린다. 바로 내가 기다리던 소리이다.

나는 은밀히 방을 나간다. 나는 내가 갈 곳을 이미 알고 있고, 등불도 필요치 않으며, 어두운 색 드레스 덕에 남의 눈에 잘 뜨이지 않는다. 층계 제일 위 칸으로 가서 거기 창에서 마루로 쏟아지는 불연속적인 달빛 양탄자를 재빨리 가로지른다. 그리고 멈춰 서서 귀를 기울인다. 조용하다. 나는 다시 나아가 내 앞의 복도로 들어가고, 내 방에서 오던 길과 대칭이 되는 길을 따라간다. 첫 번째 문에서 잠시 멈추어 다시 귀를 기울이고 방 안이 완전히 잠잠한 것을 확인한다.

삼촌 방으로 통하는 문이다. 전에는 한 번도 여기로 들어와 본 적이 없다. 하지만 내 추측대로 문고리와 경첩은 기름칠이 되어 있어 소리 없이 돌아간다. 융단도 두꺼워 내가 밟아도 발걸음이 소곤거리는 소리만 날 뿐이다.

삼촌의 응접실은 내 것보다도 더 어둡고 더 작아 보인다. 벽에 고리가 여럿 붙어 있고. 더 많은 책장이 보인다. 나는 책장 쪽은 보지 않는다. 화장방으로 가서 나무문에 귀를 갖다 댄다. 손잡이를 쥐고 돌린다. 1인치, 2인치, 3인치…… 손을 가슴에 댄 채 숨을 참는다. 아무 소리도 나지 않는다. 나는 문을 좀 더 밀고는 서서 다시 귀를 기울인다. 만약 삼촌이 뒤척이면 나는 돌아 나가리라. 삼촌이 움직이는가? 잠시 동안 아무 소리도 들리지 않는다. 그래도 미덥지 않아 나는 좀 더 기다린다. 그러자 부드러운, 심지어 삑삑거리기조차 하는 숨소리가 들린다.

삼촌은 침대 커튼을 완전히 치고 있지만 나처럼 탁자 위에 등불을 켜둔다. 삼촌이 어둠을 겁내리라고는 한 번도 생각해 보지 않았기에 무척 이상하게 느껴진다. 하지만 침침한 불빛의 덕을 본다. 문 옆에서 발을 옮길 필요도 없이 그저 주변을 둘러본다. 그리고 마침내 내가 목표로 한 물건 두 가지를 발견한다. 경대 위 물병 옆에 놓여 있다. 빛바랜 벨벳으로 싸서 시계 줄에 걸어 놓은 서재 열쇠가 보인다. 그리고 면도기가 있다.

나는 재빨리 다가가 그 물건들을 집는다. 시곗줄이 부드럽게 풀어지면서 장갑 위로 스르륵 미끄러진다. 떨어지기라도 하면……! 떨어지지 않는다. 문 열쇠가 시계추처럼 대롱거린다. 면도기는 생각보다 무거워 살짝 기울면 면도날이 끝을 보이며 걸쇠에서 살짝 빠져나온다. 나는 면도날을 조금 당겨 좀 더 꺼내어 불빛에 비추어 본다. 내가 원하는 대로 쓰려면 반드시 날이 날카로워야 한다. 충분히 날카롭다는 생각이 든다. 나는 고개를 든다. 어두운 방을 배경으로 두드러져 보이는 벽난로 위 거울에 내가 보인다. 내 손이 보인다. 한 손에는 열쇠를, 한 손에는 면도날을 쥐고 있다. 나는 우화 속의 여자아이로도 통할 수 있을 것 같다.

〈악용당한 신뢰.〉

내 뒤, 삼촌 침대의 휘장이 완전히 쳐져 있지 않다. 그 틈새로 한 줄기 빛이, 너무나 미약해 빛이라고 하기도 어렵지만 다소 어둠을 완화하고 있는 빛이 삼촌의 얼굴을 비추고 있다. 잠든 삼촌을 보는 것은 이번이 처음이다. 몸이 아이처럼 가늘어 보인다. 턱까지 끌어올린 담요는 주름 하나 없이 단단하게 당겨져 있다. 삼촌의 입술이 뻐끔거리며 숨을 내뿜는다. 삼촌은 꿈을 꾸고 있다. 아마도 독일 자체(字體) 꿈이거나 혹은 파이카 체나 모로코 가죽이나 송아지 가죽에 관한 꿈이리라. 삼촌은 책등의 수를 세고 있다. 안경은 머리 옆 탁자 위에 팔짱 낀 듯 단정하게 놓여 있다. 부드러운 눈의 한쪽 속눈썹 아래로 습기가 줄지어 반짝인다. 면도기가 내 손 안에서 따뜻해진다…….

하지만 내가 하려던 이야기는 이런 게 아니다. 아직 아니다. 나는 일어나 거의 1분 가까이 삼촌의 자는 모습을 지켜본다. 그러고는 방을 떠난다. 나는 왔을 때처럼 조심스럽게, 그리고 조용하게 나간다. 계단으로 가서 다시 서재까지 간 뒤 일단 서재에 들어서자 문을 잠그고 등을 켠다. 이제 심장이 미친 듯이 뛰고 있다. 공포와 기대감으로 속이 메스껍다. 그러나 시간은 정신없이 흐르고 나는 더는 기다릴 수가 없다. 나는 서가로 가로질러 가 책장의 유리문 걸쇠를 푼다. 『걷힌 커튼』이다. 삼촌이 내게 처음 준 책부터 시작한다. 책을 집어 펼쳐서 삼촌의 책상 위에 올려놓는다. 그리고 면도기를 들어 단단히 쥐고는 면도날을 완전히 빼낸다. 빼기가 뻑뻑하지만 마지막 1인치는 덤비듯 튀어나온다. 결국 면도날의 본질은 베는 것이다.

하지만 힘이 든다. 지독하게 힘이 들어 거의 되지가 않는다. 생전 처음 단정하고 보호막이 벗겨진 종이에 금속을 대는 것이 힘이 든다. 책이 비명을 지를까 봐, 그래서 내가 발각될까 봐 거의 겁에 질린다. 그러나 책은 아무 비명도 지르지 않는다. 오히려, 책은 마치 갈가리 찢기길 갈구해 왔다는 듯이 〈한숨을 쉰다〉. 그리고 한숨 소리를 듣자 면도날을 쥔 손에 더욱 속도가 붙고 내 행동은 더욱 능숙해지고 현실이 된다.

수에게로 돌아오자 수는 창가에 서서 손을 움켜쥐고 있다. 밤이 한참 깊어졌다. 수는 내가 길을 잃었다고 여기고 있었다. 그러나 나를 보자 너무나 마음이 놓여 야단도 치지 못한다. 「여기 망토 입으세요.」 수가 말한다. 「이제 끈을 묶으세요. 서두르세요. 가방 드시고요……. 그거 말고요, 그건 아가씨 드시기엔 너무 무거워요. 자, 어서 가야 해요.」 수는 내가 긴장했다고 생각한다. 내 입에 손가락을 댄다. 그리고 말한다. 「마음을 가라앉히세요.」 그리고 수는 내 손을 잡고 집을 통과해 나간다.

도둑처럼 부드럽게 수가 나아간다. 수는 내가 어디로 걸어야 할지 말해 준다. 수는 내가 조금 전까지 그림자처럼 가볍게 서서 삼촌의 자는 모습을 지켜봤다는 것을 모른다. 어쨌거나 우리는 하인용 복도를 통해 나아가고, 아무것도 없는 통로와 계단이 낯설고, 하인들이 쓰는 이쪽 부분이 전부 낯설다. 수는 우리가 지하실 문에 도착할 때까지 계속 내가 자기 손을 잡고 있게 둔다. 문에 도착하자 수는 가방을 내려놓고 열쇠와 빗장에 기름칠을 해서 돌린다. 수는 나와 시선이 마주치자 남자아이처럼 눈을 찡긋한다. 가슴속 깊이 심장이 아려 온다.

그리고 문이 열리고, 수는 나를 데리고 밤 속으로 나아간다. 정원이 달라져 있고 집이 기괴해 보인다. 물론, 전에는 이런 시간에 집을 본 적이 한 번도 없으며 그저 창가에 서서 내다본 게 전부이기 때문이다. 만약 내가 지금 창가에 서 있었다면 나 자신이 달리는 모습이, 그리고 수가 내 손을 끌어당기는 모습이 보였을까? 잔디밭과 나무와 돌과 담쟁이덩굴 그루터기처럼, 나 역시 깊이감도 색도 없어 보였을까? 아주 잠시 나는 주저하다 가 돌아서서 유리창을 보고는, 만약 기다려 보기만 하면 분명 내 얼굴을 보게 될 거라고 깊이 확신한다. 나는 다른 쪽 창문을 본다. 누군가가 깨어나 창가로 와서 나를 돌아오라고 부르진 않을까?

아무도 깨어나지 않고, 아무도 나를 부르지 않는다. 수가 다 시 내 손을 잡고 당기고, 나는 돌아서서 수를 따라간다. 나는 정 원 벽의 문 열쇠를 가지고 있다. 문을 통과하고 다시 문을 잠근 뒤 나는 열쇠를 골풀 속에 떨어뜨린다. 하늘이 맑다. 우리는 아 무 말 없이 그늘에 선다. 피라모스를 기다리는 두 명의 티스 베.[12] 달이 강을 반쯤은 은색으로, 반쯤은 깊고 깊은 검은색으 로 물들인다.

리처드는 검은색 쪽에 머물러 있다. 배가 강 위에 낮게 떠 있 다. 어두운 색으로 선체를 칠한 가늘고 뱃머리가 올라온 배이 다. 꿈에 나오던 어두운 색 배이다. 나는 배가 다가오는 것을 보 고, 수의 손이 내 손 안으로 들어오는 것을 느낀다. 나는 수에 서 걸어 나가 리처드가 던지는 밧줄을 잡고 아무 저항 없이 리처 드의 안내를 받아 내 자리까지 간다. 수는 완전히 균형을 잃고 휘청거리며 내 옆으로 온다. 리처드가 노 하나로 배를 둑에 힘 껏 잡아 두고 있다가 수가 앉자 배를 돌려 물살에 배를 싣는다.

아무도 말이 없다. 아무도 움직이지 않는다. 단지 리처드만 이 노를 젓는다. 우리는 침묵 속에 부드럽게 물 위를 미끄러져 각자의 어두운 지옥을 향해 나아간다.

12 로마 신화에 등장하는 인물. 피라모스와 티스베는 서로 사랑하는 사이지 만 양가의 반대로 도망치고, 연인 티스베가 죽은 걸로 오해한 피라모스는 자살 하고, 나중에 티스베 역시 자살한다.

그리고 무슨 일이 일어나는가? 강을 따라가는 여행은 순조롭다. 그래서 계속 배 위에 머무르고 싶지만 나는 배를 떠나 말에 올라야 한다. 나는 보통 때는 늘 말을 무서워한다. 그러나 이제는 맥없이 말에 올라 나를 맡긴다. 말하자면, 만약 말이 원한다면 나를 떨어뜨릴 수도 있는 자세이다. 단단한 돌로 만들어진 교회가, 루나리아 줄기들이, 내가 낀 하얀 장갑이 기억난다. 그리고 내 손이 기억난다. 장갑이 벗겨지고, 누군가의 손가락이 다른 이의 손가락으로 내 손을 넘기자 반지가 억지로 끼워지면서 멍이 들고 만다. 나는 이제는 기억도 나지 않는 특정한 단어들을 말하도록 강요받는다. 더러워져 회색이 된 성직자복을 입은 신부가 기억난다. 얼굴은 떠오르지 않는다. 리처드가 내게 키스한다. 책이, 펜을 놀리던 것이, 내 이름을 쓰던 것이 기억난다. 교회에서 어떻게 걸어 나왔는지 기억나지 않는다. 그다음에 기억나는 것은 방으로, 수가 내 드레스를 느슨하게 풀어 준다. 그리고 뺨에 거칠게 와 닿던 베개가 기억난다. 더 거친 담요가, 그리고 흐느껴 울던 것이 기억난다. 내 손은 장갑이 벗겨져 있고 아직도 반지를 끼고 있다. 수의 손가락이 내 손에서 빠져나간다.

「이제는 달라지셔야 해요.」 수가 말하고, 나는 고개를 돌린다.

다시 내가 고개를 돌렸을 때 수는 이미 나간 뒤이다. 수의 자리에 리처드가 서 있다. 리처드는 내게 시선을 고정한 채 잠시 문 앞에 서 있다. 그리고 숨을 내쉬더니 웃음을 참으려 손등을 입에 댄다.

「오, 모드.」 리처드가 고개를 흔들며 조용히 말한다. 리처드는 수염과 입술을 닦는다. 「우리의 신혼 첫날밤이군요.」 리처드가 말한다. 그리고 다시 한 번 웃는다.

나는 리처드를 보고 아무 말도 하지 않는다. 담요를 가슴 위까지 끌어올려 덮고 있다. 나는 이제 훌쩍인다. 완전히 잠이 깨어 있다. 리처드가 조용해지자, 리처드 너머로 집의 소리가 들려온다. 리처드의 체중에 눌렸던 계단들이 다시 부풀어 오르며 소리를 낸다. 서까래 위쪽 공간에서 쥐 혹은 새가 움직인다. 기대했던 소리가 아니다. 내 생각이 얼굴에 나타난 게 분명하다.

「여기가 좀 이상하시겠지요.」 리처드가 내게 다가오며 말한다. 「마음 쓰지 마십시오. 곧 런던에 도착할 테니까요. 거기에 가면 좀 더 사는 것 같지요. 런던을 생각하십시오.」 나는 아무 말도 않는다. 「말 안 하시렵니까? 흠, 모드? 이봐요, 그렇게 예민하게 굴지 마십시오. 지금 제게 그러실 필요는 없습니다. 우리의 결혼 첫날밤이잖아요, 모드!」 리처드는 내 옆에 와 있다. 손을 들어 내 베개 위의 침대 머리판을 잡고 세게 흔들어, 침대 다리가 흔들거리다 못해 바닥에서 삐걱거리게 한다.

나는 두 눈을 감는다. 잠시 더 흔들거림이 지속되다가 침대가 잠잠해진다. 하지만 리처드는 여전히 내 위에 팔을 올리고 있고, 리처드의 시선이 느껴진다. 리처드의 거대한 몸집이 느껴진다. 눈꺼풀을 통해서도 리처드의 어두운 속내가 보이는 것만 같다. 리처드가 움직이는 것이 느껴진다. 쥐 혹은 새가 여전히 방의 천장에서 움직이고 나는 리처드가 움직임을 좇으려 고개를 젖혔다는 생각을 한다. 이윽고 집이 침묵에 빠지고 리처드가 다시 나를 살펴본다.

그리고 내 뺨에 리처드의 숨결이 빠르게 다가온다. 내 얼굴에 대고 리처드가 숨을 훅 분 것이다. 나는 눈을 뜬다. 「이봐요.」 리처드가 부드럽게 말한다. 표정이 기묘하다. 「두렵다고는 말하지 마십시오.」 리처드가 침을 삼킨다. 그리고 침대 머리판에서 천천히 팔을 내린다. 나는 리처드가 때릴지도 모른다고 생각하고 움찔한다. 하지만 그런 일은 없다. 리처드의 시선이 내 얼굴을 살피다가 목의 오목한 부분에 머무른다. 매료되었다는 듯이 리처드가 바라본다. 「심장이 무척 빠르게 뛰시는군요.」 리처드가 속삭인다. 내 맥박의 빠르기를 손가락으로 가늠이라도 해보겠다는 듯이 리처드가 손을 내린다.

「건드려 봐요.」 내가 말한다. 「건드려 봐요, 그리고 죽어 버려요. 제 안엔 독이 있어요.」

리처드의 손이 내 목에서 1인치 떨어진 곳에서 멈춘다. 나는 눈도 깜빡 않고 리처드와 시선을 마주친다. 리처드가 몸을 곧추세운다. 입이 기묘하게 뒤틀리다가 경멸 속에 말려 올라간다.

「제가 당신을 원한다고 생각했나요?」 리처드가 말한다. 「그랬나요?」 거의 쉭쉭거리듯 말을 내뱉는다. 물론 수가 듣게 될지도 모르니 너무 큰 목소리를 낼 수 없기 때문이다. 리처드가 흥분해 머리털을 귀 뒤로 넘기며 내게서 떨어진다. 발에 가방이 거치적대자 걷어차 버린다. 「제기랄.」 리처드가 말한다. 외투를 벗고 소매의 고리를 잡아당기고 사납게 소매를 풀기 시작한다. 「꼭 그렇게 빤히 쳐다봐야 하겠습니까?」 옷에서 팔을 빼며 리처드가 말한다. 「당신은 안전하다고 제가 이미 얘기하지 않았나요? 당신과 결혼해서 제가 당신보다 더 기뻐하고 있다고 혹시라도 생각하신다면…….」 리처드가 침대로 돌아온다. 「하지만 전 기쁜 척해야만 하지요.」 언짢은 말투로 리처드가 말한다. 「그리고 이건 결혼에서 기쁜 일로 통하는 부분에 속하지요. 잊으셨나요?」

리처드가 담요를 걷어 매트리스 위 시트를 내 엉덩이 부근까지 드러낸다. 「비켜 보세요.」 리처드가 말한다. 내가 옆으로 간다. 리처드가 앉아 어색하게 몸을 돌린다. 리처드는 바지 주머니에 손을 넣더니 뭔가를 꺼낸다. 주머니칼이다.

나는 주머니칼을 보고 곧바로 삼촌의 면도칼을 떠올린다. 하지만 모두가 잠든 집을 은밀히 나아가 책장들을 그어 버린 것은 다른 인생에서의 일이다. 이제 나는 리처드가 칼의 홈에 손톱을 대고 칼날을 빼내는 것을 지켜본다. 날이 군데군데 검게 얼룩져 있다. 리처드는 불쾌하다는 얼굴로 칼날을 보고는 자기 팔에 갖다 댄다. 하지만 머뭇거리며 날을 대고, 금속이 닿자 몸을 움찔한다. 그러고는 칼을 내린다.

「제기랄.」 리처드가 다시 말한다. 수염과 머리칼을 매만진다. 내 시선을 받아친다. 「그렇게 쳐다보지 마십시오. 아무짝에도 쓸모없으니까. 당신에겐 제 고통을 덜어 줄 피라고는 없는 겁니까? 여자들이 하는 그거…… 〈월경〉은 지금 전혀 안하고 있나요?」 나는 아무 말도 않는다. 리처드의 입가가 다시 뒤틀린다. 「좋습니다, 아주 당신답습니다. 제가 이렇게 피 흘려야 할 거라고, 당신은 무슨 이득이 있어야만 피를 흘릴 거란 걸 미리 생각했어야 했는데. 하지만 으…….」

내가 말한다. 「당신은 지금 모든 가능한 방법을 동원해 절 모욕하려고 하고 있는 건가요?」

「조용히 하십시오.」 리처드가 대답한다. 우리는 아직도 속삭이고 있다. 「이건 우리 둘 다 좋자고 하는 일입니다. 이 칼에 당신이 팔을 대주는 일은 없겠다는 건 알겠군요.」 나는 바로 팔을 내민다. 리처드가 치워 버린다. 「안 됩니다, 안 돼요.」 리처드가 말한다. 「제가 당장 해버리겠습니다.」 리처드는 숨을 들이쉬고 칼날을 좀 더 아래쪽으로 내려 손바닥의 손금에 갖다 댄다. 털이 없는 부분이다. 리처드는 다시 숨을 멈추더니 한 번 더 숨을 들이쉰다. 재빠르게 긋는다. 「하느님 맙소사!」 얼굴을 찌푸리며 리처드가 말한다. 작은 핏방울들이 상처에서 솟아난다. 촛불 아래 하얀 손바닥에서 피가 검게 보인다. 리처드는 피를 침대 위로 떨어뜨린다. 양이 많지 않다. 리처드가 엄지로 손목과 손바닥 피부를 누르자, 피가 더 빠르게 떨어져 내린다. 리처드는 나와 시선을 마주치지 않는다.

하지만 잠시 후 리처드가 조용히 말한다. 「이 정도면 충분할까요?」

나는 리처드의 얼굴을 살핀다. 「당신이 알지 않나요?」

「아니요, 전 모르겠군요.」

「하지만…….」

「하지만 뭐 말입니까?」 리처드가 눈을 끔벅인다. 「아그네스를 말씀하시나 보군요. 아그네스를 치켜세우지 마십시오. 정숙한 여자아이를 욕보이는 방법은 그런 것 말고도 많습니다. 아셔야 할 것 같군요.」

아직도 미약하게 피가 흐른다. 리처드가 저주의 말을 내뱉는다. 나는 내게 빨갛게 부어오른 입을 보여 주던 아그네스 생각을 한다. 나는 어떤 혐오감에서 리처드를 외면한다. 「자, 모드.」 리처드가 말한다. 「제가 기절하기 전에 어서 말씀해 주십시오. 이런 것들에 대해 필시 읽어 봤을 테니까요. 삼촌께서 그 빌어먹을 목록에 분명 좀 적어 두셨을 거라고 확신합니다. 안 그런가요? 모드?」

나는 마지못해 번져 나가는 핏방울들을 다시 바라본다. 그리고 고개를 끄덕인다. 마지막으로 리처드가 손목을 시트에 갖다 대고 피를 문지른다. 그러고는 상처에 얼굴을 찡그린다. 뺨이 무척 창백하다. 표정이 일그러진다.

리처드가 말한다. 「자기 피가 조금만 흘러도 그걸 보고 남자는 이렇게까지 역겨움을 느낄 수 있는데. 이런 것을 달마다 보고 견디어 내다니 도대체 여자들이란 어떤 종류의 괴물인지 모르겠군요. 당신이 광기를 일으키기 쉽다 해도 놀랄 일도 아닙니다. 살이 어떻게 벌어졌는지 보이십니까?」리처드가 나에게 자기 손을 보여 준다. 「너무 깊이 벤 게 아닌가 싶습니다. 절 건드리시다니, 그게 당신 실수였습니다. 브랜디 있으십니까? 브랜디 조금만 있으면 기운을 좀 차릴 수 있을 것 같습니다만.」

리처드는 손수건을 꺼내 팔에 대고 누르고 있다. 내가 말한다. 「전 브랜디 같은 거 없어요.」

「브랜디가 전혀 없다고요. 그럼 뭘 가지고 계십니까? 물약이나 다른 건요? 자, 얼굴 보니 있다는 거 알겠습니다.」리처드가 주위를 둘러본다. 「어디에 있습니까?」

나는 망설인다. 하지만 리처드가 일단 이야기하자 몇 방울 마시고 싶은 욕구가 가슴과 사지로 스멀스멀 기어오른다. 「제 가죽 가방에 있어요.」내가 말한다. 리처드가 병을 내게 들고 와 마개를 따고 코를 대보더니 낯을 찡그린다. 「잔도 하나 가져오세요.」내가 말한다. 리처드가 잔을 찾아 먼지 앉은 물을 잔에 약간 따른다.

「저는 그렇게 안 먹습니다.」내가 약을 떨어내는 데 리처드가 말한다. 「당신에겐 그거면 되겠지요. 전 더 빠른 걸 원합니다.」리처드가 내게서 병을 가져가 상처 위에 덮은 것을 치우고 벌어진 상처에 한 방울 떨어뜨린다. 따끔한 모양이다. 얼굴을 찡그린다. 액체가 흐르자 리처드가 혀로 핥는다. 그리고 내가 약을 마신 뒤 몸을 부르르 떨고 베개에 몸을 기대어 컵을 가슴에 올려놓자, 리처드는 그 모습을 보며 눈을 반쯤 감은 채 한숨을 쉰다.

드디어 리처드의 입가가 올라간다. 웃음을 터트린다. 「결혼 첫날밤을 맞은 최신 유행의 커플.」리처드가 말한다. 「런던 신문에 우리에 관한 칼럼을 쓴다면 이런 제목이겠군요.」

나는 다시 몸을 떨고 담요를 더 높이 끌어올린다. 핏자국을 덮고 있던 시트가 떨어진다. 병에 손을 뻗는다. 하지만 리처드가 먼저 병을 잡고 내 손길이 미치지 않는 곳으로 옮겨 놓는다.

「안 됩니다, 안 돼요.」리처드가 말한다.「이렇게 완고하게 나오는 동안엔 안 됩니다. 오늘 밤엔 제가 가지고 있겠습니다.」리처드가 병을 자기 주머니에 넣어 버리고, 나는 너무 지쳐 있어 그걸 도로 찾아올 노력조차 하지 못한다. 리처드가 일어나 하품을 하더니 얼굴을 문지르다가 눈을 세게 비빈다.「정말 피곤하네요!」리처드가 말한다.「세 시가 넘었다는 거, 아십니까?」내가 아무 말도 않자 리처드가 어깨를 으쓱한다. 하지만 주저하는 태도로 내 옆 아래쪽을 보며 침대 발치에서 계속 서성인다. 그러고는 내 얼굴을 보고 몸을 떠는 척한다. 리처드가 말한다.「잠에서 깨었을 때 내 목에 당신 손가락이 감겨 있다고 해도 놀라면 안 되겠죠. 안 됩니다. 그런 위험을 무릅쓸 수는 없습니다.」

리처드는 벽난로로 걸어가 혀로 엄지와 다른 손가락을 적셔 초를 끈다. 그리고 안락의자에 웅크리고 앉아 외투를 담요 삼는다. 추위, 자세, 의자의 각도에 대해 1분 정도 욕을 한다. 그러나 나보다도 먼저 잠이 들어 버린다.

리처드가 잠이 들자 나는 일어나 재빨리 창가로 가 커튼을 걷는다. 달이 아직도 밝게 빛나고 있고, 나는 어둠 속에 눕고 싶지 않다. 그러나 은빛을 받는 물체마다 모두가 낯설게 보인다. 손을 뻗어 벽의 얼룩에 손가락을 대자 손이 닿는 얼룩과 벽마다 모두 낯설게 변해 버린다. 망토와 드레스와 리넨이 옷장에 들어 있다. 가방은 잠겨 있다. 나는 무엇이든 내 물건이 없나 찾고 또 찾아본다. 마침내 세면대의 그림자 속에서 내 신발을 찾아낸다. 나는 거기로 가서 몸을 구부리고 신발 위에 손을 얹는다. 그리고 끄집어 낸 뒤 거의 허리를 편다. 그리고 다시 신발을 만진다.

그리고 나는 침대에 누워 내게 익숙한 소리가 들리지 않나 열심히 귀를 기울여 본다. 종소리와 으르렁거리는 지렛대 소리를 찾아 귀를 기울인다. 의미 없는 소리만이 들려온다. 널빤지가 벌어지는 소리, 새 또는 쥐가 살금살금 걸어가는 소리가 들린다. 나는 고개를 뒤로 젖히고 내 뒤의 벽을 바라본다. 저 뒤에 수가 누워 있다. 만일 수가 침대에서 뒤척인다면, 수가 내 이름을 부른다면, 나는 들을 수 있을 것 같다. 수가 내는 소리라면 그 어떤 소리라도 내게 들릴 것이다. 확신한다.

수는 아무 소리도 내지 않는다. 리처드가 의자에서 몸을 튼다. 달빛이 바닥을 살금살금 기어간다. 어느덧 나는 잠이 든다. 자면서 브라이어의 꿈을 꾼다. 하지만 집의 복도가 내 기억과 다르다. 나는 삼촌의 부름에 늦은 데다 길을 잃었다.

그 뒤로 수는 아침마다 와서 나를 씻겨 주고 옷을 입혀 주고 음식을 차려 주고 내가 손도 대지 않은 접시를 치운다. 하지만 브라이어에서 마지막 나날 동안 그랬듯이 수는 절대로 나와 시선을 맞추지 않는다. 방이 작다. 수는 내 가까이에 앉지만, 우리는 거의 대화를 나누지 않는다. 수는 바느질을 한다. 나는 카드 놀이를 한다. 내가 뒤꿈치로 밟아 구겨진 하트 2 카드가 맨손가락에 거칠거칠하다. 리처드는 낮 동안엔 절대 방에 오지 않는다. 밤이 되면 저주를 퍼붓는다. 자기 장화를 진흙투성이로 만드는 더러운 시골길을 저주한다. 나의 침묵을, 나의 별남을 저주한다. 기다림을 저주한다. 무엇보다도, 모난 안락의자를 저주한다.

「여기 보십시오.」 리처드가 말한다. 「제 어깨를요. 보이십니까? 원래 위치보다 나와 있지요. 완전히 튀어나왔습니다. 이대로라면 한 주 안에 제 몸은 엉망으로 망가져 버리고 말 겁니다. 이 주름들로 말하자면…….」 리처드는 화를 내며 바지 주름을 편다. 「결국, 찰스를 데려와야 하는 거였는데 말입니다. 이대로 라면 전 런던에 도착해 봤자 길거리에서 웃음거리가 되어 쫓겨 나는 게 고작일 겁니다.」

〈런던.〉 나는 생각한다. 이제 내게는 아무 의미도 없는 단어다.

리처드는 삼촌 소식을 들으러 하루걸러 말을 타고 나간다. 어찌나 담배를 많이 피우는지 엄지에 눌은 얼룩이 그 옆 손가락까지 번져 나간다. 때때로 리처드는 내게 물약을 먹을 수 있게 한다. 그러나 병은 늘 자신이 가지고 다닌다.

「아주 좋아요.」 내가 물약 먹는 모습을 보며 리처드가 말한다. 「이제 얼마 안 남았습니다. 어이구, 너무 마르고 창백해지셨습니다! 그리고 수는 매시간 더 영양 상태가 좋아지고 있고요. 크림 부인이 기르는 검은 얼굴 돼지 같지 뭡니까. 내일은 당신이 가진 가장 좋은 드레스를 입히십시오, 아시겠습니까?」

나는 그렇게 한다. 이제 우리의 긴 기다림에 종지부를 찍기위해서라면 어떤 일이라도 할 것이다. 리처드가 내게 몸을 기울여 친절히 대하든 나를 꾸짖든, 그동안 나는 공포와 긴장과 울음을 가장하곤 한다. 수는 보지도 않고 해내곤 한다. 혹은, 필사적으로 몰래 눈길을 주며 수가 얼굴을 붉히거나 부끄러워하는지 보곤 한다. 수는 절대로 얼굴을 붉히거나 부끄러워하지 않는다. 수의 손, 내 위로 미끄러지고 나를 누르고 돌리고 열어젖히던 수의 손은 이제 나를 만져도 너무나 힘이 없고 창백하다. 표정이 굳어 있다. 우리처럼 수도 단지 의사가 오길 기다리고 있을 뿐이다.

우리는 기다린다. 얼마나 오래 기다리는지 모르겠다. 2주 혹은 3주. 마침내 때가 된다. 「내일 의사들이 옵니다.」 리처드가 어느 날 밤 내게 말한다. 그리고 그다음 날 다시 말한다. 「오늘 의사들이 옵니다. 기억하고 계시지요?」

나는 끔찍한 꿈에서 깨어난 뒤이다.

「전 그 사람들 못 만나요.」내가 말한다. 「돌려보내세요. 다른 날 오시라 해요.」

「짜증 나게 굴지 마십시오, 모드.」

리처드가 일어나 옷깃과 넥타이를 조이며 옷을 매만진다. 외투가 침대 위에 단정하게 뉘어 있다.

「안 만나겠어요!」내가 말한다.

「만날 겁니다.」리처드가 말한다. 「의사들을 만남으로써 이 일이 마무리될 테니까요. 여기 있는 게 싫으시지 않습니까. 이제 우리가 떠날 때가 왔습니다.」

「너무 긴장되는걸요.」

리처드는 대답하지 않는다. 돌아서서 머리솔을 머리에 올린다. 나는 몸을 굽혀 리처드의 외투를 잡는다. 주머니를, 그리고 약병을 찾아낸다. 하지만 리처드가 보고 재빨리 다가와 내 손에서 병을 빼앗아 간다.

「오, 안 됩니다.」병을 뺏으며 리처드가 말한다. 「반쯤 졸고 있게 놔둘 수는 없지요. 혹은 과용을 해서 모든 걸 망쳐 버리게 두는 그런 위험을 감수할 수는 없지요! 오, 안 될 일입니다. 반드시 아주 맑은 정신으로 계셔야 합니다.」

리처드는 병을 주머니에 다시 넣는다. 내가 다시 손을 뻗자 리처드가 잽싸게 피한다.

「제발 주세요.」내가 말한다. 「리처드, 제발요. 한 방울만 마실게요, 맹세해요.」입술에서 단어들이 튀어 나간다. 리처드가 머리를 흔들고 외투를 가볍게 쳐서 내 손가락에 눌린 자국을 없앤다.

「아직은 안 됩니다.」리처드가 말한다. 「착하게 구십시오. 일에 집중하십시오.」

「못해요! 그 약을 먹지 않으면 진정이 안 된다고요.」

「하실 겁니다, 절 위해서요. 우리를 위해서요, 모드.」

「지옥에나 떨어져 버려요!」

「그래요, 그래, 우리 모두 지옥에 떨어질 겁니다, 우리 모두 요.」리처드가 한숨을 쉬고는 다시 머리를 빗는다. 잠시 후 내가 다시 주저앉자, 리처드가 내 눈을 본다.

「왜 그렇게 역정을 내는 거죠? 네?」리처드가 거의 상냥해진 말투로 말한다. 그러고는 다시 말한다. 「자, 이제 훨씬 진정되었 죠? 아주 좋아요. 의사들이 당신을 보러 오면 어떻게 해야 할지 아시죠? 수더러 당신을 적당히 단정한 정도로만 만져 달라고 하세요. 얌전하게 구십시오. 필요하면 조금 우시고요. 뭐라고 말해야 할지 잘 알고 계시죠?」

나도 모르게 나는 너무도 잘 알고 있다. 굉장히 여러 번 이 계 획을 짜왔기 때문이다. 나는 기다렸다가 고개를 끄덕인다. 「당 연히 알겠지요.」리처드가 말한다. 약병이 든 주머니를 두드린 다. 「런던을 생각하세요.」리처드가 말한다. 「거기에 가면 길모 퉁이마다 약제사들이 있습니다.」

내 입이 경멸로 떨린다. 내가 말한다. 「당신 생각엔 제가 런던 에서도 그 약을 계속 원할 것 같나요?」

내 귀에조차 설득력 없게 들린다. 리처드가 아무 말 없이 고 개를 돌린다. 아마도 웃음을 억지로 참는 것 같다. 리처드는 주 머니칼을 집어 벽난롯가에 서서 손톱을 정리한다. 가끔 신경질 적으로 칼날을 탁탁 쳐서 손톱 찌꺼기를 불 속으로 날린다.

리처드는 의사를 데리고 먼저 수에게 간다. 물론 의사들은 수 가 리처드의 아내인데 머리가 돌아서 자신을 하녀라고 생각하고 하녀처럼 말하고 하녀의 방에 머물고 있다고 생각한다. 의사들의 장화가 지나가면서 계단과 마룻바닥이 삐걱거리는 소리가 들린다. 낮고 단조로운 목소리가 들리지만, 뭐라고 하는지까지는 들리지 않는다. 수의 목소리는 아예 들리지 않는다. 나는 침대에 앉아 있다가 의사들이 들어오자 일어나 무릎을 굽혀 인사한다.

「수전입니다.」리처드가 조용히 말한다. 「아내의 하녀이지요.」

의사들이 고개를 끄덕인다. 나는 아무 말도 않는다. 그러나 표정이 분명 이상해 보일 것 같다. 의사들이 나를 살펴보고 있다. 리처드 또한 열심히 바라본다. 그러더니 리처드가 가까이 다가온다.

「성실한 아이지요.」리처드가 의사들에게 말한다. 「지난 두 주 동안 슬프게도 지나친 혹사를 당해 왔습니다.」리처드는 나에게 침대에서 안락의자로 걸어가게 한 뒤 밝은 창가에 앉힌다. 「여기 앉아라.」리처드가 온화하게 말한다. 「여기 네 마님 의자에 말이다. 이제 진정하고. 여기 신사 분들께서는 그저 네게 몇 가지 사소한 질문을 하시려는 것뿐이란다. 정직하게 대답해야 한다.」

리처드가 내 손을 누른다. 나는 리처드가 나를 안심시키려고 혹은 내게 경고하려고 그런다는 생각을 한다. 그리고 리처드의 손가락들이 내 손가락 근처에서 느껴진다. 나는 여전히 결혼반지를 끼고 있다. 리처드가 반지를 빼서 쥐더니 자기 손바닥 밑에 숨긴다.

「아주 좋습니다.」의사 한 명이 이제 훨씬 만족한 얼굴로 말한다. 다른 의사가 공책에 필기를 한다. 나는 의사가 책장을 넘기는 것을 보다가 갑자기 종이가 너무나 그리워진다. 「아주 좋습니다. 저희는 이미 당신이 모시는 마님을 만나 보았습니다.

당신이 마님의 편안과 건강을 생각하는 것도 당연합니다. 왜냐하면, 말씀드리기 안타깝습니다만, 저희 생각에 마님께서 편찮으신 것 같기 때문입니다. 사실 굉장히 상태가 안 좋습니다. 마님께서 당신 이름을 자기 이름으로 믿고 계시다는 것, 그리고 당신과 비슷하게 살아왔다고 믿고 계시다는 것은 아시지요? 알고 계십니까?」

리처드가 바라본다.

「네, 나리.」 내가 속삭인다.

「그리고 당신 이름은 수전 스미스이고요?」

「네, 나리.」

「그리고 저분이 결혼하시기 전에는 브라이어에 있는 저분 삼촌 집에서 리버스 부인의, 즉 당시 호칭을 쓰자면 릴리 양의 하녀로 일했고요?」

나는 고개를 끄덕인다.

「그리고 그전에는…… 어디에 사셨습니까? 메이페어의 웰크 스트리트라고 추정되는 곳에서 던레이븐이라는 이름의 가족과 함께 지내시진 않으셨지요?」

「아닙니다, 나리. 그런 곳은 들어 본 적도 없습니다. 그건 모두 리버스 부인의 상상입니다.」

나는 하녀처럼 말한다. 그리고 마지못해 다른 집과 가족의 이름을 댄다. 몇몇은 리처드의 지인의 가족이고, 의사들이 만약 추적하게 되면 우리가 원하는 이력을 제공해 주리라 믿을 수 있는 곳이다. 그러나 의사들이 추적하는 일은 없을 거란 게 우리의 생각이다.

의사가 다시 고개를 끄덕인다. 의사가 말한다. 「그리고 리버스 부인에 대해 당신은 부인의 〈상상〉이라고 말했는데, 언제부터 그러한 상상이 시작되었습니까?」

나는 침을 삼킨다. 「리버스 부인은 종종 이상해 보이곤 하셨어요.」 내가 조용히 말한다. 「브라이어의 하인들은 부인에 대해 머릿속이 아주 제대로 되진 않은 숙녀라고 말하곤 했지요. 제가 믿기엔, 부인의 어머니도 미친 분이셨습니다, 나리.」

　「자, 자.」 리처드가 매끄럽게 말을 끊고 들어온다. 「의사 선생님들은 그런 하인들 간의 소문 따위는 듣고 싶어 하지 않으신다. 네가 본 것만 얘기해.」

　「네, 나리.」 내가 말한다. 나는 바닥을 내려다본다. 바닥은 구두에 닳아 있고, 바늘처럼 굵은 나무 가시들이 일어나 있다.

　「그리고 리버스 부인은 결혼을 하셨고요.」 의사가 말한다. 「그게 부인께 어떻게 영향을 미쳤나요?」

　「그건 이렇습니다, 나리.」 내가 말한다. 「결혼으로 부인께 변화가 생겼지요. 그전에는 리버스 씨를 사랑하는 것처럼 보였습니다. 그리고 브라이어의 우리는 모두 리버스 씨 보살핌을 받으면서…….」 나는 리처드의 시선을 인식한다. 「무척 훌륭한 보살핌이었습니다, 나리! ……우리는 모두 그런 보살핌을 받으면 아가씨가 자기 자신에 빠져 허우적대는 일이 더는 없으리라고 생각했습니다. 그런데 결혼 첫날밤 이후로 무척 이상해지기 시작하셨죠…….」

　의사가 동료를 바라본다. 「들었나.」 의사가 말한다. 「리버스 부인 자신의 설명과 너무나 꼭 들어맞지 않나? 정말 놀라운 일이야! 마치 인생을 더 잘 견디기 위해 자기 인생의 짐을 다른 사람에게 넘기려 하는 것 같군. 자기 이야기로 소설을 써냈다고!」 의사가 다시 내게로 돌아온다. 「사실상 한 편의 소설이지요.」 생각에 잠겨 의사가 말한다. 「말해 보십시오, 스미스 양. 당신 주인께선 책을 좋아하셨나요? 책 읽는 것을요?」

　나는 의사와 눈길을 마주하지만 마치 목이 잠기거나, 바닥의 나무판들 마냥 갈라져 버린 것만 같다. 대답할 수가 없다. 리처드가 대신 대답한다. 리처드가 말한다. 「제 아내는 문학적인 인생을 살도록 태어났지요. 제 아내를 길러 준 삼촌은 배움의 추구에 헌신한 분이고, 그래서 마치 아들에게 하듯 제 아내를 교육하는 일을 굉장히 중요하게 여겼습니다. 리버스 부인의 첫 번째 열정의 대상은 책이었습니다.」

「바로 그겁니다!」 의사가 말한다. 「리버스 부인의 삼촌은 분명 의심의 여지 없이 존경할 만한 신사입니다. 그러나 여자아이들이 문학을 지나치게 많이 접하게 하고…… 여자 대학을 설립하고…….」 의사의 이마가 땀으로 반질거린다. 「이 나라는 뇌가 발달한 여자들을 한 무더기 키우고 있는 겁니다. 아내 분의 고통은, 이런 말씀 죄송하지만 좀 더 큰 〈병폐〉의 일부분입니다. 우리 종족의 미래가 걱정스럽다고, 리버스 씨, 이런 말을 드릴 수 있겠군요. 그리고 결혼 첫날밤이 가장 최근에 일어난 발작의 시작이라고 말씀하셨죠?」 의사는 의미심장하게 목소리를 깔고, 받아 적고 있는 다른 의사와 눈빛을 교환한다. 「좀 더 솔직하게 말씀드려도 될까요?」 의사가 입술을 가볍게 톡톡 두드린다. 「제가 손목의 맥을 짚어 보려 살짝 만지자 부인께선 굉장히 몸을 움츠리시더군요. 결혼반지를 안 끼고 계시다는 점도 저는 눈여겨보았습니다.」

리처드가 그 말에 생기를 얻기 시작하고 주머니에서 무언가를 꺼내는 척한다. 의사들은 악한의 편을 드는 행운의 말을 해 준 셈이다.

「여기에 있습니다.」 리처드가 노란색 반지를 꺼내며 심각한 어조로 말한다. 「아내는 욕을 하며 이걸 손에서 뺐습니다. 이제는 하인처럼 말하고, 더러운 말을 입에 담는 것도 개의치 않거든요. 어디서 그런 말을 배웠는지는 하느님만이 아실 겁니다!」

리처드가 입술을 깨문다. 「그때 제가 어떤 마음이었을지 선생님은 이해하시겠지요.」 리처드는 눈에 손을 얹으며 침대 위에 털썩 앉는다. 그러더니 공포에 사로잡힌 듯 벌떡 일어난다. 「이 침대!」 쉰 목소리로 리처드가 외친다. 「전 이걸 우리의 결혼 침대로 생각했는데. 제 아내가 하녀 방에서, 볏짚 침대를 더 좋아한다고 생각하면……!」 리처드가 몸을 떤다. 〈그만해.〉 내가 생각한다. 〈이제 그만해.〉 그러나 리처드는 자신의 깡패 짓과 사랑에 빠진 인간이다.

「정말 비참한 경우로군요.」 의사가 말한다. 「그러나 저희가 부인에게 갖은 노력을 다해서, 저희를 믿으셔도 됩니다, 저 비정상적인 상상들을 떨쳐 내도록 만들겠습니다…….」

「비정상적이라고요?」 리처드가 말한다. 그리고 다시 몸을 떤다. 표정이 묘하게 변한다. 「아, 선생님.」 리처드가 말한다. 「아직도 잘 모르시는군요. 그뿐이 아닙니다. 그 점만은 비밀로 하고 싶었는데 말입니다. 이제는 그래선 안 되겠다는 생각이 드는군요.」

「정말입니까?」 의사가 말한다. 다른 한 의사가 연필을 든 채 잠시 손을 멈춘다.

리처드가 입술에 침을 바른다. 그리고 갑자기 나는 리처드가 하려는 말을 깨닫고 재빨리 얼굴을 리처드의 얼굴 쪽으로 돌린다. 리처드가 내 행동을 알아차린다. 내가 저지하기도 전에 리처드가 입을 연다.

「수전.」 리처드가 말한다. 「네가 네 주인을 대신해 수치심을 느끼는 것도 당연해. 하지만 너 자신에 대해선 아무런 수치도 느낄 필요 없어. 네겐 아무 죄도 묻지 않으마. 내 아내가, 광기 속에서, 네게 강제하려 했던 그 모든 관심들을 네가 불러일으키거나 조장한 적은 한 번도 없으니까…….」

리처드가 자기 손을 깨문다. 의사가 빤히 바라보다가 몸을 돌려 나를 본다.

「스미스 양.」 몸을 좀 더 가까이 기울이며 첫 번째 의사가 묻는다. 「저 말이 정말인가요?」

나는 수 생각을 한다. 지금 만들어 내야 할 모습의 수가 아니라, 저 벽 너머 방에 있는 수를 생각한다. 나를 배신하고 만족하고 있는, 드디어 자기 집, 런던에 있는 음침한 도둑의 소굴로 돌아갈 생각에 기뻐하고 있는 수를 생각한다. 내 위에 타고 앉은 수를 생각한다, 머리를 늘어뜨리고, 〈나의 진주……〉.

「스미스 양?」

나는 눈물을 쏟기 시작한다.

리처드가 다가와 내 어깨 위에 무겁게 손을 얹으며 말한다. 「이 눈물이 모든 걸 확실히 말하고 있지 않습니까? 저 불행한 열정을 꼭 꼬집어 이야기해야 할 필요가 있을까요? 굳이 스미스 양이 이성을 잃은 제 아내에게 강요당한 그 모든 말들을, 그 교묘한 자세들, 애무를 자기 입으로 되풀이하게 해야만 하겠습니까? 우리는 신사가 아니던가요?」

「물론입니다.」 의사가 뒤로 물러나며 재빨리 말한다. 「물론입니다. 스미스 양, 당신은 비통해함으로써 명예를 회복했습니다. 이제 당신의 안전에 대해 걱정할 필요 없습니다. 주인의 안전 또한 걱정할 필요 없습니다. 부인의 치료는 곧 당신이 아니라 저희가 책임지게 될 것입니다. 그러면 저희가 부인을 데리고 있으면서 모든 병을 치료할 것입니다. 리버스 씨, 이런 경우가 늘 그렇듯이, 장기 치료가 될 수 있다는 점에 대해 잘 이해하고 계시겠지요……?」

의사들이 일어난다. 서류를 꺼내 들고 서류 놓을 자리를 찾는다. 리처드가 경대에서 머리솔과 핀을 치우자 의사들이 그곳에

서류를 놓고 서명한다. 장마다 각자 서명을 한다. 나는 그 광경에서 눈을 돌리지만 펜이 사각거리는 소리가 들린다. 셋이 함께 나가며 악수하는 소리가 들린다. 계단을 내려가자 계단이 쿵쿵하고 커다란 소리를 낸다. 나는 창가의 내 자리에 그대로 앉아 있다. 의사들이 대형 사륜마차를 몰고 떠나는 동안 리처드가 집으로 통하는 길에 서 있다.

그리고 리처드가 돌아온다. 문을 닫는다. 내게 와서 내 무릎에 결혼반지를 던진다. 손을 비비더니 거의 깡충거리며 좋아한다.

「당신은 악마야.」 나는 아무 감정도 싣지 않고 뺨에서 흐르는 눈물을 닦으며 말한다.

리처드가 코웃음 친다. 내 의자 뒤쪽으로 돌아가 내 머리에 한 손을 얹고 다른 손으론 내 얼굴 양쪽을 잡는다. 그러고는 내 머리를 뒤로 꺾어 시선이 마주치게 한다. 「절 보십시오.」 리처드가 말한다. 「그리고 솔직하게 말해 보시죠. 제게 감탄하지 않는다고요.」

「당신을 증오해요.」

「그럼 당신 자신을 증오하십시오. 당신과 나, 우리는 닮은꼴이니까요. 당신 생각보다도 훨씬 더 닮았습니다. 당신은 우리 심장 근육이 꼬일 대로 꼬여 있어 이 세상이 우리를 사랑해야 한다고 생각하지요? 세상은 우릴 비웃습니다. 그 점에 대해 하느님께 감사하십시오! 사랑에서 얻을 수 있는 건 아무것도 없습니다. 하지만 천을 짜면 더러운 물이 나오듯 경멸에서는 부를 짜낼 수 있지요. 이게 진실이란 걸 당신은 압니다. 저와 비슷한 사람이니까요. 다시 말씀드리죠. 절 증오하고, 당신 자신을 증오하십시오.」

최소한 내 뺨 위에 얹힌 리처드의 손은 따뜻하다. 나는 눈을 감는다.

내가 말한다. 「증오해요.」

그리고 수가 자기 방에서 나와 우리 방문을 두드린다. 리처드가 그 자세 그대로 수에게 들어오라 외친다.

「여기 보렴.」 수가 들어오자 완전히 돌변한 목소리로 리처드가 말한다. 「네 마님 좀 보렴. 눈빛이 좀 더 밝아지신 것 같지 않니……?」

우리는 다음 날 정신 병원을 향해 출발한다.

수가 마지막으로 내게 옷을 입혀 주러 온다.

「고마워, 수.」 수가 단추를 잠그거나 레이스를 묶을 때마다 내가 예전의 부드러운 목소리로 말한다. 나는 아직도 브라이어를 떠날 때 입었던 진흙과 강물이 튄 드레스를 입고 있다. 수는 내 비단 드레스를 입고 있다. 푸른 비단 드레스로, 이걸 입으면 새하얀 수의 손목과 목이 크림색으로 보이고 갈색 머리와 눈은 훨씬 더 풍부한 색으로 보인다. 수는 훨씬 예뻐졌다. 수는 방을 돌아다니며 나의 리넨과 신발과 머리솔과 핀을 집어 조심스레 가방에 넣는다. 가방은 두 개이다. 하나는 런던으로 가져갈 것이고, 다른 하나는 정신 병원용이다. 수 생각에는, 처음 것은 자기를 위해 싼 짐이고, 두 번째는 나를 위한 것이다. 수가 선택하는 모습을 바라보는 것이 괴롭다. 페티코트와 스타킹과 신발을 두고 얼굴 찌푸리는 모습을 보는 것이, 수가 무슨 생각을 하는지 안다는 것이 견디기 어렵다. 〈이것들〉 정도면 분명 미친 사람들과 의사들에게 족할 것이다. 〈이것〉은 밤에 추울 것을 대비해 수가 가져가려는 것이다. 이제, 〈저것〉과 〈저것들〉(약병과 내 장갑들)은 수가 가져야 한다. 나는 수가 나가자 그것들을 꺼내서 다른 가방 깊숙이 다시 넣는다.

그리고 내가 가지고 있는지 수가 모르는 것 한 가지를 같이 넣는다. 수가 나의 뾰족한 이를 갈아 주었던, 브라이어의 바느질 상자에서 가져온 은골무이다.

마차가 생각보다 빨리 온다. 「하느님 감사합니다.」 리처드가 말한다. 리처드는 모자를 손에 쥐고 간다. 키가 큰 리처드에겐 낮고 기울어진 이 집이 불편하다. 밖으로 함께 걸어 나오자, 리처드는 기지개를 켠다. 하지만 나는 너무 내 방에만 오래 있었던 지라 날이 광막하게 느껴진다. 나는 수의 팔을 끼고 걷다가 마차 문 앞에 도착해 팔을 풀어 주어야 하게 되자 머뭇거린 듯하다. 이제는 영원히 풀어 주어야 한다!

「자, 자.」 리처드가 내 손을 떼어 내며 말한다. 「감상적이 될 시간 없습니다.」

그리고 마차가 출발한다. 단순히 말이 달리고 바퀴가 구르는 이상으로 느껴진다. 스타일스 부인과 함께 정신 병원에서 브라이어로 오던 나의 첫 번째 여행을 되돌리는 것만 같다. 마차가 느려지자 나는 창문에 얼굴을 묻고 정신 병원과, 빼앗긴 어머니들의 모습이 보이길 기대한다. 나는 아직도 어머니들이 기억난다. 그러나 예전의 정신 병원은 컸다. 이 집은 훨씬 작고 더 밝은 색이다. 그리고 여자 미치광이들만 있다. 예전 정신 병원은 맨 땅에 건물만이 서 있었다. 이 집은 문 옆에 화단이 있다. 키가 크고 끄트머리가 대못 같은 꽃들이 피어 있다.

나는 다시 자리에 털썩 주저앉는다. 리처드가 나와 눈길을 부딪친다.

「겁먹지 마시길.」 리처드가 말한다.

그리고 저들이 수를 데려간다. 리처드는 수를 넘기는 것을 돕고 문 옆 내 앞에 서서 바깥쪽을 보고 있다.

「기다려요.」 수의 말이 들린다. 「무슨 짓을 하는 거예요?」 그리고 말한다. 「신사님들! 신사님들!」 기묘하게 격식을 차려 말한다.

의사들이 달래는 어조로 말을 건네고, 수가 욕설을 퍼붓기 시작한다. 그러자 의사들의 목소리가 차가워진다. 리처드가 뒤로 물러난다. 마차 지붕이 기울고 출입구가 올라가 보인다. 그리고 수의 모습이 보인다. 두 남자의 손에 팔을 잡히고 간호사에게 허리를 붙들려 있다. 망토가 어깨에서 떨어지고 모자는 기울었으며 머리칼은 핀에서 제멋대로 빠져나와 있다. 얼굴이 붉으락푸르락하다. 표정이 이미 사나워져 있다.

수의 눈이 내게 고정되어 있다. 나는 리처드가 내 팔을 잡고 손목을 강하게 누를 때까지 돌처럼 굳어 앉아 있다.

「말해요.」 리처드가 속삭인다. 「제기랄.」 그러자 내가 분명하게 그리고 기계적으로 외친다.

「오! 불쌍한 우리 마님!」 고동색 점이 찍힌 수의 갈색 눈이 휘둥그레진다. 수의 흐트러진 머리카락. 「오! 오! 이런 모습을 보니 제 가슴이 미어져요!」

리처드가 마차 문을 꽝 닫고 마부가 채찍으로 말을 몰아 우리를 데리고 떠난 뒤까지도 비명이 여전히 마차 안에 울려 퍼지는 것 같다. 우리는 아무 말도 않는다. 리처드의 머리 옆으로 젖빛 유리의 마름모꼴 창문을 통해 잠시 동안 다시 수가 보인다. 아직도 발버둥치며 팔을 들어 올려 무언가를 가리키려 혹은 닿으려 한다. 그리고 길이 내리막으로 변한다. 나무가 나타난다. 나는 결혼반지를 잡아 빼어 바닥에 던져 버린다. 가방 속에서 장갑을 찾아내 손에 낀다. 리처드가 내 손이 떨리는 것을 지켜본다.

「음……」 리처드가 말한다.

「아무 말도 마요.」 나는 거의 말을 내뱉는다. 「만약 내게 말을 걸면, 죽여 버리겠어요.」

리처드는 눈을 끔벅이다가 웃음을 지으려 노력한다. 하지만 입이 이상하게 움직이고 수염 뒤 얼굴은 새하얗게 질려 버린다. 리처드가 팔짱을 낀다. 앉은 자세를 이리저리 튼다. 발을 꼬았다가 푼다. 마침내 리처드는 주머니에서 담배와 성냥을 꺼낸 뒤 마차 창문을 내리려 노력한다. 열리지 않는다. 리처드의 손이 축축해지고 더 축축해지다가 마침내는 유리에서 손이 미끄러진다. 「이런 빌어먹을!」 리처드가 소리를 지른다. 리처드는 일어나 휘청거리다가 천장을 쳐서 마부에게 말을 세우라고 지시하고 서투르게 열쇠를 만지작거린다. 겨우 일이 마일을 왔을 뿐인데 리처드는 땅으로 뛰어내려 서성이다가 기침을 한다. 이마에 흘러내린 머리털에 자꾸만 손을 올린다. 나는 리처드를 바라본다.

리처드가 다시 앉자 내가 말한다. 「당신 지금 정말 악당 같군요.」

「그리고 당신은 정말 숙녀 같고요!」 리처드가 빈정거리며 대답한다.

그리고 리처드는 내게서 얼굴을 돌려 덜컹거리는 쿠션에 고개를 기댄다. 그리고 눈꺼풀을 씰룩이며 잠든 척한다.

나는 눈을 뜨고 있다. 마름모꼴 유리를 통해 우리가 가는 길을 바라본다. 먼지연기 피어나는 구불거리는 붉은 길이 내 심장에서 도망치는 핏줄기 같다.

우리는 이렇게 한동안 가다가, 그다음엔 이 피난 마차를 버리고 기차를 타야 한다. 지금까지 한 번도 기차를 타본 적이 없다. 우리는 시골 역에서 기차를 기다린다. 삼촌이 우리를 찾으러 사람을 보냈을까 두려워하는 리처드 때문에 우리는 여관에서 잠시 기다린다. 리처드는 비밀리에 방을 얻은 뒤 여관 주인을 시켜 내게 차와 빵과 버터를 가져다주게 한다. 나는 쟁반을 거들떠보지도 않는다. 차가 갈색으로 변하며 식어 가고, 빵이 마른다. 리처드는 벽난롯가에 서서 주머니 안의 동전을 짤랑거리다가 성질을 부린다. 「이런 빌어먹을, 제가 당신을 위해 이 음식을 공짜로 얻어 왔다고 생각하는 겁니까?」 리처드는 자기가 빵과 버터를 먹어 버린다. 「어서 제 돈을 구경했으면 좋겠군요.」 리처드가 말한다. 「당신 그리고 당신 삼촌과 함께 지내면서 삼촌이 신사의 노동이라 부르는 것을 하고 간신히 신사의 예의나 차릴 임금을 받은 게 석 달입니다. 그러고 나니 제게 그 돈이 얼마나 긴요한지는 하느님만이 아실 겁니다. 그 빌어먹을 심부름꾼은 어디 간 거죠? 기차표 값으로 저한테 얼마나 후려칠지 궁금하군요.」

마침내 심부름꾼이 나타나 우리를 데려가고 가방을 날라 간다. 우리는 역 플랫폼에 서서 레일을 열심히 들여다본다. 기차 레일은 마치 닦기라도 한 듯 반짝거린다. 시간이 지나자 레일이 덜덜 울리기 시작하고 그다음엔 윙윙거린다. 썩어 가는 이의 신경처럼 기분 나쁘게 윙윙댄다. 이 소리는 비명으로 바뀐다. 그리고 기차가 꼭대기에 한 줄기 연기를 달고 선로를 따라 돌진해 오고, 수많은 문들이 열린다. 나는 베일로 얼굴을 가리고 있다. 리처드가 차장에게 동전을 건네며 느긋한 말투로 말한다. 「내 아내와 내가 런던에 도착할 때까지 우리 둘이서만 조용히 갈 수 있게 잘 마음 써줄 수 있겠지?」 차장은 그러겠노라 말한다. 그리고 리처드는 돌아와 내 맞은편 자리에 앉은 뒤 전보다도 더욱 심통을 부린다.

「귀여운 숫처녀 아내와 정숙하게 앉아 있기 위해서, 자기를 음란한 놈으로 생각해 달라고 저놈에게 돈을 줘야 하다니! 어디 얘기해 볼까요, 전 여행 경비에서 당신에게 드는 돈은 나중에 당신에게 청구하기 위해 따로 계산하고 있답니다.」

나는 아무 말도 하지 않는다. 기차가 망치에라도 맞은 것처럼 몸을 떨더니 이제 선로 위로 굴러 가기 시작한다. 점차 속도가 높아지는 것을 느끼고 나는 장갑 긴 손에 쥐가 나고 물집이 잡힐 때까지 위에서 늘어져 있는 가죽끈을 잡는다.

여행은 그렇게 계속된다. 마치 엄청난 거리의 공간을 가로질러 가야 하는 것처럼 느껴진다. 나의 거리와 공간 감각이 다소 이상하다는 것을 이해해 주리라고 믿는다. 우리는 붉은 벽돌집들이 들어선 마을에 잠시 멈추고 너무나도 비슷하게 생긴 다른 마을에 또 멈추어 선다. 그리고 좀 더 큰 세 번째 마을에 다시 멈춘다. 역에 설 때마다 내 눈에는 역이 기차에 오르려 와글대는 수없이 많은 사람과 쾅 하고 문 닫는 소리, 그 충격으로 인한 떨림으로 가득 찬 것처럼 보인다. 나는 저 많은 사람이 기차에 지나치게 많이 타서, 그래서 어쩌면 기차를 전복시키는 게 아닐까 두려워진다.

난 내가 부서진 기차에 깔려도 싸다는 생각을 한다. 그리고 그렇게 되었으면 하고 거의 바라기까지 한다.

그런 일은 일어나지 않는다. 엔진이 속도를 내어 나아가고 그 다음엔 느려졌다가 다시 거리와 교회 첨탑이 나타난다. 이제까지 본 것보다도 더 많은 거리와 첨탑이, 더 많은 집이, 그리고 그 사이로 상당한 속도로 거리를 메우고 지나가는 소 떼와 탈 것과 사람들이 나타난다. 〈런던!〉 나는 심장이 요동치는 것을 느끼며 생각한다. 그러나 내가 구경하는 모습을 유심히 바라보며 리처드는 불쾌한 웃음을 짓는다. 「당신에게 어울리는 집이 있는 곳입니다.」 리처드가 말한다. 기차가 역에 멈추자 역 이름이 보인다. 〈메이든헤드〉.

빠른 속도로 여행해 오긴 했어도 우린 이제 겨우 20마일을 왔을 뿐이고 아직도 30마일을 더 가야 한다. 나는 여전히 끈을 손에 쥔 채 앉아 유리창에 몸을 가까이 기울인다. 그러나 역은 남자와 여자로 가득하다. 여자들은 무리를 지어 있고 남자들은 느긋하게 걷고 있다. 그리고 저들을 보고 나는 몸을 움츠린다. 곧 기차가 치익 하는 소리를 내고 큰 몸을 긴장하더니 떨면서 다시 무시무시한 생명력을 얻어 살아난다. 우리는 메이든헤드의 거리를 떠난다. 나무 사이를 지나간다. 그 너머로 탁 트인 초원 지대가 보이고 집이 보인다. 삼촌 집만큼 큰 집도 있고 더 큰 집들도 있다. 여기저기로 돼지우리며, 나뭇가지를 대어 놓은 콩줄기며 빨랫줄이 걸린 정원 따위가 있는 오두막들이 보인다. 빨랫감이 줄에 가득 차면 창문, 나무, 덤불, 의자, 부서진 마차의 끌채 사이에까지 빨래가 가득 널려 있다. 모든 곳에 누런 빨래가 가득 늘어져 있다.

나는 앉은 자세 그대로 모든 것을 지켜본다. 저것 봐, 모드, 내가 생각한다. 〈여기 너의 미래가 있어. 네 모든 자유가 여기에 옷감처럼 활짝 펼쳐져 있다고……〉

수가 아주 많이 다친 건 아닐까 궁금해진다. 저들이 수를 어떤 곳에 넣었을까 궁금해진다.

리처드가 내 베일 속을 들여다보려 애쓴다. 「울고 있는 건 아니겠지요, 그렇죠?」 리처드가 말한다. 「그만해요. 그런 일로 아직까지 마음 썩히지 마십시오.」

내가 말한다. 「날 보지 마세요.」

「차라리 그 책들이 있는 브라이어로 돌아가고 싶은가요? 안그럴 거란 거, 당신이 잘 아시잖습니까. 이건 당신이 원한 일이었다는 것도 아시고요. 어떤 방법으로 여기까지 왔는지 따위는 곧 잊게 될 겁니다. 저를 믿으세요, 전 이런 일들을 잘 압니다. 그저 잘 참고 있기만 하면 됩니다. 지금은 우리 모두 인내할 때입니다. 유산이 우리 것이 될 때까지 우리는 아직 많은 시간을 함께 보내야 합니다. 예전에 심하게 말한 것은 죄송합니다. 아시겠죠, 모드. 우린 곧 런던에 도착할 겁니다. 그럼 모든 게 달라질 겁니다, 제가 장담하지요……」

나는 대답하지 않는다. 마침내 욕을 내뱉으며 리처드가 포기한다. 이제 날이 어두워진다. 혹은 하늘색이 어두워지고 우리는 점차 목표한 도시에 가까워진다. 유리에 검댕 자국들이 그려진다. 풍경이 조금씩 초라해진다. 오두막은 나무집으로 바뀌기 시작하고 어떤 집은 유리와 판자가 깨어져 있다. 정원은 잡초밭으로 바뀌어 간다. 곧 잡초마저 도랑으로, 도랑은 검은 운하로, 황량한 길로, 돌이나 흙이나 재로 된 둔덕으로 바뀐다. 하지만 아직까지 나는 생각한다. 〈재마저 네 자유의 일부야.〉 그리고 나도 모르게 어떤 흥분의 불길이 이는 것을 느낀다. 그러나 곧, 흥분은 불안으로 바뀐다. 나는 늘 런던이 벽으로 둘러싸인 커다란 정원에 서 있는 집 같은 곳이라고 생각해 왔다. 런던이 우뚝 서 있고, 정돈되어 있으며 깨끗하고 하나로 이루어진 곳이라고 상상했다. 이렇게 중간 중간 끊어져 있고, 마을과 교외 등으로 뻗어나갈 거라곤 생각지 못했다. 완결된 곳이라 믿었다. 그러나 이제 쭉 펼쳐진 축축한 붉은 땅과 쑥 들어간 도랑들이 보인다. 반쯤 세워진 집과 반쯤 만들어진 교회가 보인다. 유리창 없는 창문과 석판을 올리지 않은 지붕과 튀어나온 나무 기둥들이 보인다. 살을 발라 놓은 뼈 같다.

이제 유리에 달라붙은 검댕이 너무 많아져 마치 내 베일에 문제가 있는 것처럼 보인다. 기차가 오르막을 오르기 시작한다. 그 느낌이 싫다. 회색 거리, 검은색 거리처럼 단조로운 거리를 수없이 지나기 시작하고, 나는 절대 저 거리들을 구별할 수 없을 거란 생각이 든다! 문과 창문이, 지붕과 굴뚝이, 말과 마차와 남자와 여자가 엄청나게 뒤섞여 있다! 광고판과 요란한 간판들이 엄청나게 뒤죽박죽으로 얽혀 있다. 〈스페인식 블라인드〉. 〈납 관〉. 〈지방&면 부산물〉. 온통 글자들이다. 글자들이 6피트 높이로 적혀 있다. 글자들이 비명을 지르고 고함을 친다. 〈가죽 및 도구점〉. 〈세 놓음〉. 〈브러엄과 멋진 사륜마차 점〉. 〈종이 염색점〉. 〈완벽 지원〉. 〈세 놓음!〉. 〈세놓음!〉. 〈자발적 출자〉.

런던 전체가 글자투성이다. 나는 글자를 보다가 눈을 가려 버린다. 다시 눈을 들었을 때는 이미 내리막길로 들어선 뒤다. 검댕이 짙게 내린 벽돌담이 기차 주변에 솟아 객실에 어둠을 드리운다. 그러고 나서 더러워진 유리로 이루어진 커다란 반원형 지붕이 나타난다. 주위로 연기와 김이 피어오르고 새들이 날개를 친다. 우리가 탄 기차가 몸을 떨다 끔찍하게 멈춰 선다. 다른 엔진들이 비명을 지르고 문이 쿵 하고 울리고 수천 명이 통로를 가득 메운다. 내 눈엔 그렇게 보인다.

「패딩턴 종착역입니다.」 리처드가 말한다. 「내리시지요.」

이제 리처드의 말과 행동이 훨씬 빨라진다. 리처드가 바뀐다. 나를 보지 않는다. 이제 나는 리처드가 날 보아 주길 바란다. 리처드는 우리 가방을 들어 줄 사람을 찾아낸다. 우리는 사람들 뒤로 일렬로 선다. 〈일렬〉, 나는 이 단어를 알고 있다. 그리고 마차를 기다린다. 〈전세 마차〉, 이 단어도 삼촌 책에서 배워 알고 있다. 전세 마차 안에서는 키스를 할 수 있다. 전세 마차 안에서는 연인과 모든 종류의 자유를 누릴 수도 있다. 누군가가 마부에게 리전트 공원 근처로 가자고 한다. 나는 런던에 대해 잘 알고 있다. 런던은 기회로 가득한 도시이다. 난폭하게 서로 밀치고 고함지르는 이곳은 내가 모르는 곳이다. 내가 이해할 수 없는 의도들로 가득하다. 단어들로 가득하지만 읽을 수가 없다. 나는 벽돌과 집과 거리와 사람, 그리고 드레스와 모습과 표현의 규칙성과 수없는 반복에 깜짝 놀라고 지쳐 버린다. 나는 리처드 옆에 서서 리처드의 팔에 내 팔을 끼우고 있다. 만약 리처드가 날 두고 가기라도 하면……! 누가 호각을 불고 어두운 색 정장을 한 남자들이, 보통 남자들, 신사들이 우리 곁을 〈달려〉 지나친다.

우리는 마침내 전세 마차 안에 자리를 잡고 종착역에서 튀어나가 꽉 막힌 더러운 길로 나간다. 내가 긴장한 것을 리처드가 알아차린다. 「저 길들 때문에 놀랐나요?」 리처드가 말한다. 「안타깝지만, 우리는 더 나쁜 상황도 겪어 내야 합니다. 어떤 것을 예상하셨나요? 여긴 도시입니다. 존경할 만한 남자들이 비천한 남자들과 어깨를 나란히 하고 사는 곳이죠. 마음 쓰지 마십시오. 전혀 마음 쓸 것 없습니다. 우리는 당신의 새집으로 갈 거니까요.」

「우리 집으로요.」 내가 말한다. 나는 생각한다. 문과 창문이 닫혀 있는 그곳에 가면 나는 차분해질 것이다. 목욕을 하고, 쉬고, 잠이 들 것이다.

「우리 집으로요.」 리처드가 대답한다. 그리고 잠시 더 나를 자세히 바라보다가 내 건너편으로 손을 뻗는다. 「여기, 이곳 풍경 때문에 심란하시다면……」 리처드가 블라인드를 내린다.

그리고 우리는 마차의 움직임에 따라 흔들거리며 땅거미 속에 다시 이렇게 앉아 있다. 그러나 이번엔 저 모든 런던의 고함에 짓눌린다. 공원 근처를 지날 때 나는 밖을 내다보지 않는다. 마부가 어떤 길로 가고 있는지도 전혀 보지 않는다. 아마 밖을 보더라도, 비록 내가 런던의 지도를 공부한 적이 있긴 하여도, 그리고 템스 강이 어떻게 펼쳐져 있는지 알고 있어도, 나는 길을 알아보지 못할 것이다. 마차가 멈추지만 나는 우리가 얼마나 오래 달려 왔는지 모른다. 나는 온몸과 심장의 절망적인 느낌에 완전히 사로잡혀 있다. 〈용감해지자.〉나는 생각하고 있다. 〈제기랄, 모드! 네가 너무나 갈망해 왔던 일이잖아. 넌 이것 때문에 수를 포기했고, 모든 것을 포기했잖아. 용감해지자!〉

리처드가 마부에게 삯을 주고 가방을 가지러 돌아온다. 「여기부턴 걸어가야 합니다.」리처드가 말한다. 나는 누구의 도움도 받지 않고 혼자 마차 밖으로 나와 빛에 눈을 끔벅인다. 비록 상당히 어둑어둑하긴 하지만 말이다. 해는 사라지고 하늘에는 구름이, 더러운 양털처럼 갈색인 구름이 꽤 짙게 깔려 있다. 나는 마차에서 내리면 리처드의 집 문 앞에 서 있게 되리라고 생각했지만, 여기엔 집이라곤 없다. 우리는 내가 보기엔 말할 수 없이 초라하고 옹색한 거리로 들어선다. 한쪽은 무척 크고 막다른 벽으로 막혀 있고 다른 쪽에는 석회로 얼룩진 홍교가 있다. 리처드가 출발한다. 나는 리처드의 팔을 붙든다.

「여기가 맞나요?」내가 말한다.

「분명합니다.」리처드가 대답한다. 「이런, 그렇게 놀라지 마십시오. 아직은 화려하게 살 수 없습니다. 그리고 아직은 조용히 다녀야 하고요. 그게 전부입니다.」

「아직도 제 삼촌이 사람을 보내 우리를 감시할지도 모른다고 두려워하시는 건가요?」

리처드가 다시 발걸음을 뗀다. 「서둘러요. 집에 들어가면 곧 얘기할 수 있습니다. 여기선 안 돼요. 서두르세요, 이쪽입니다. 치마 드시고요.」

리처드의 발걸음이 그 어느 때보다도 더욱 빨라지고, 뒤따르는 나의 발걸음은 느리다. 리처드가 내가 뒤에 처진 걸 보더니 한 손에는 우리 가방을 들고 다른 손으론 내 손목을 잡는다.

「이제 멀지 않았습니다.」 리처드가 친절한 어투로 말한다. 하지만 리처드의 손힘이 세다. 우리는 걷던 길을 떠나 다른 길로 접어든다. 이제 내가 거대한 집이라고 생각했던 것의 얼룩지고 깨어진 정면이 나타나자, 그게 사실은 지붕이 낮은 집들 테라스의 뒷면이었음을 알게 된다. 공기에서 강 비린내와 코를 찌르는 냄새가 난다. 사람들이 호기심 어린 얼굴로 우리를 본다. 그래서 나는 더욱 빠르게 걷는다. 곧 우리는 석탄재가 서걱서걱 밟히는 길로 다시 들어간다. 여기저기에 아이들이 떼 지어 있다. 아이들은 갈지자로 걷다가 깡충거리는 새 한 마리를 둘러싸고 빈둥거리며 서 있다. 삼실로 새 날개를 묶어 놓았다. 아이들은 우리를 보자 우리 쪽으로 다가와 이리저리 밀쳐 댄다. 아이들은 돈을 바라거나 내 소매, 망토, 베일을 잡아당겨 보고 싶어 한다. 리처드가 아이들을 발로 차 밀어 낸다. 아이들은 잠시 욕하다가 새에게로 돌아간다. 우리는 더욱 더러운 길로 들어선다. 리처드가 걷는 내내 나를 쥔 손에 점점 더 힘을 주면서 자신 있게 점점 더 빠르게 길을 걸어간다. 「이제 거의 다 왔습니다.」 리처드가 말한다. 「이 더러움에는 마음 쓰지 마십시오. 아무것도 아닙니다. 런던 전체가 이렇게 더럽습니다. 아주 조금만 더 가면 됩니다, 제가 약속합니다. 그러면 쉴 수 있습니다.」

그리고 마침내 리처드가 발걸음을 늦춘다. 우리는 진득한 토마루와 쐐기풀로 덮인 좁은 뒷골목에 도착한다. 벽은 높고 습기로 가득하다. 여기서부터는 어둠에 싸이고 감추어진 두세 개의 좁은 길 외에는 눈에 잘 뜨이는 길이란 없다. 좁은 길로 리처드가 나를 이끈다. 그러나 너무도 어둡고 더러워 나는 갑자기 망설이며 리처드에게 잡힌 손을 도로 당긴다.

「어서요.」 리처드가 웃음기 없는 얼굴로 뒤돌며 말한다.

「어디로 가는데요?」 내가 묻는다.

「너무나 오랫동안 시작을 기다려 온 당신의 새로운 삶으로 요. 우리의 집으로요. 우리의 가정부가 우리를 기다리고 있습 니다. 자, 어서요. 아니면 당신을 여기 남겨 두고 그냥 갈까요?」

리처드의 목소리는 지쳐 있고 단호하다. 나는 뒤를 돌아본다. 다른 길들이 보이지만, 리처드가 나를 이끌어 온 진흙길은 가려 져 있다. 마치 반짝거리는 벽이 우리더러 오라고 갈라져 길을 열어 주었다가 다시 닫혀 우리를 가둔 것만 같다.

내가 어떻게 할 수 있겠는가? 혼자서는 그 아이들에게로, 미 로 같은 작은 길과 거리와 도시로 돌아갈 수 없다. 수에게 돌아 갈 수 없다. 그럴 생각은 없다. 모든 것이 나를 이 어두운 곳까 지 밀어 내고 있다. 나는 앞으로 나아가든지, 아니면 삶을 포기 해야 한다. 다시 한 번 나를 기다리고 있는 방에 대해 생각한다. 문을 열쇠로 열고, 침대에 누워 잠을 청하고, 그리고 잠이 들 것 이다…….

나는 다시 아주 잠깐 머뭇거린다. 그러고선 리처드에게 계속 나를 이끌게 한다. 길은 짧고, 아래로 향하는 얕은 계단 앞에서 끝이 난다. 그리고 계단은 어떤 문으로 이어진다. 리처드가 문 을 두드린다. 문 너머로 곧 개 짖는 소리가 들리고 그다음 부드 럽고 빠른 발소리와 빗장 삐걱거리는 소리가 들린다. 개가 잠잠 해진다. 금발의 소년이 문을 열어 준다. 가정부의 아들일 것이 라 생각한다. 아이가 리처드를 보더니 고개를 끄덕인다.

「잘됐나요?」 아이가 말한다.

「잘되었어.」 리처드가 말한다. 「아주머닌 집에 계셔? 봐, 여기 숙녀께서 이곳에 머물러 오셨다.」

아이는 나를 자세히 살펴보고, 나는 아이가 베일 뒤 내 얼굴 을 보려고 쪼그리고 앉는 모습을 지켜본다. 그리고 아이가 웃 더니 다시 고개를 끄덕이고 우리가 들어가게 문을 뒤로 당긴다.

그리고 우리의 등 뒤에서 문이 꽉 닫힌다.

문 너머의 방은 일종의 부엌이다. 나는 이것이 하인들의 부엌
이리라 생각한다. 작고 창문도 없고 어둡고 불결하고, 숨 막히
게 덥기 때문이다. 벽난로 불이 활활 타오르고, 탁자 위에 등불
한두 개가 연기를 내뿜고 있다. 아마도 결국 마부의 숙소인지
도 모른다. 골조 안에는 화로가 들어 있으며 근처에 도구들이
있다. 화로 옆으로 앞치마를 두른 창백한 남자 하나가 우리가
들어오는 것을 보고 갈퀴 혹은 줄을 내려놓고 손을 닦은 뒤 나
를 대놓고 훑어본다. 벽난로 앞에는 젊은 여자와 남자아이 하
나가 앉아 있다. 얼굴이 투실투실한 붉은 머리 여자아이도 나
를 마음대로 살펴본다. 남자아이는 혈색이 나쁘고 얼굴을 찡그
린 채 부러진 이로 마른 고기 조각을 씹고 있다. 나는 혼란한 와
중에도 남자아이가 여러 털가죽 조각들을 꿰맨 특이한 외투를
입은 것을 알아차린다. 아이는 무릎 사이에 몸부림치는 개를
꽉 끼고서 손으로는 개가 짖지 못하게 턱을 잡고 있다. 아이는
리처드를 보고 다시 나를 본다. 내 외투와 장갑과 보닛을 살펴
본다. 아이가 휘파람을 분다.

「굉장히 값나가 보이는걸.」 아이가 말한다.

그리고 다른 의자, 기울 때마다 삐걱거리는 흔들의자에서 백
발의 여자가 몸을 기울여 때리려 하자 남자아이는 얼른 몸을
움츠린다. 나는 저 여자가 가정부일 거라 생각한다. 여자는 그
누구보다도 자세히 그리고 열심히 나를 살펴본다. 여자는 손에
뭉치 하나를 쥐고 있다. 이제 여자는 뭉치를 내려놓고 자리에서
일어나려 애쓴다. 그리고 뭉치가 부르르 떤다. 불꽃이 튀어 오
르는 화로보다도 이게 더 놀랍다. 저 털 뭉치는 담요 안에서 자
고 있는, 얼굴이 부어오른 아기이다.

나는 리처드를 본다. 나는 리처드가 뭐라 말하리라고 혹은

나를 어디로 데려가리라 생각한다. 그러나 리처드는 내게서 손을 빼고 팔짱을 낀 채 무척 편안하게 서 있다. 리처드는 웃고 있지만 웃음이 기묘하다. 아무도 입을 열지 않는다. 백발의 여자 외에는 아무도 움직이지 않는다. 여자는 의자에서 일어나 탁자 근처로 온다. 여자는 바스락거리는 태피터 옷을 입고 있다. 얼굴이 상기되어 있고 반짝거린다. 내 쪽으로 와 앞에 서더니 내 얼굴선을 잘 보려고 고개를 이리저리 움직여 본다. 여자가 입을 움직이고 입술을 적신다. 시선은 아직도 내게 고정되어 있고 끔찍하도록 열심이다. 여자가 뭉툭한 붉은 손을 내게 뻗자 나는 움찔하고 물러난다. 「리처드.」 내가 말한다. 그러나 리처드는 아직도 가만히 서 있을 뿐이고, 여자의 너무나 끔찍하고 너무나 기묘한 표정에 나는 압도당한다. 나는 가만히 서서 여자가 서투르게 내 베일에 손을 뻗게 내버려 둔다. 여자가 베일을 뒤로 젖힌다. 그리고 내 얼굴을 보자 눈빛이 더욱 이상하게 변한다. 여자는 마치 자기 손가락 뒤의 내 얼굴이 사라지기라도 할 것 같다는 태도로 내 뺨을 만진다.

여자가 시선을 내게 고정한 채 리처드에게 말한다. 목소리가 나이 혹은 감정에서 나오는 눈물로 탁하다.

「잘했어.」 여자가 말한다.

12

그리고 일종의 혼돈이 찾아온다.

개가 짖고 뛰어오르고, 담요 속의 아기는 울음을 터트린다. 내가 미처 보지 못한, 탁자 아래 주석 상자에 누워 있던 또 다른 아기도 울기 시작한다. 리처드는 모자와 외투를 벗고 가방들을 내려놓은 뒤 기지개를 켠다. 얼굴을 찌푸린 남자아이가 입을 딱 벌리고, 입 안의 고기가 보인다.

「수가 아니잖아.」 남자아이가 말한다.

「릴리 양.」 내 앞의 여자가 조용히 말한다. 「네가 바로 그 아이로구나. 피곤하지, 아가? 정말 어려운 여행을 했구나.」

「수가 아니잖아.」 남자아이가 조금 더 큰 목소리로 다시 말한다.

「계획에 변화가 있었어.」 리처드가 내 시선을 피하며 말한다. 「수는 마지막으로 정리할 일이 있어 좀 더 거기에 남아 있을 거야. 입스 씨, 오늘은 좀 어떠세요?」

「좋다네, 친구.」 창백한 남자가 대답한다. 남자는 앞치마를 벗고 개를 달래고 있다. 우리에게 문을 열어 준 남자아이는 이미 사라졌다. 작은 화로가 식어 가며 틱틱 소리를 내며 회색으로 변하고 있다. 붉은 머리 여자아이는 병과 숟가락을 들고 빽빽거리는 아기들에게 허리를 굽히지만 눈은 여전히 나를 훔쳐

보고 있다.

얼굴 찡그린 남자아이가 말한다. 「계획에 변화? 이해가 안 되는군.」

「이해하게 될 거야.」 리처드가 대답한다. 「네가 이렇게만 해주면…….」 리처드가 한 손가락을 입에 대고 한쪽 눈을 찡긋한다.

그동안 여자는 여전히 내 앞에 서서 손으로 계속 내 얼굴을 더듬으며 생김생김을 하나하나 어루만진다. 마치 실에 꿰놓은 구슬을 만지는 것 같다. 「갈색 눈.」 여자가 숨결 아래로 나직이 말한다. 여자의 숨결이 설탕처럼 달콤하다. 「분홍색 입술. 입술이 통통하네. 턱은 갸름하고 우아하고. 이는 도자기처럼 희구나. 뺨은…… 정말 부드럽고, 이런 말해도 괜찮겠지? 오!」

나는 마치 최면에 빠진 듯 가만히 서서 여자가 중얼거리게 놓아둔다. 이제 내 얼굴에서 여자의 손가락이 떠는 것을 느끼고 나는 여자에게서 떨어져 나온다.

「어떻게 당신이 감히?」 내가 말한다. 「어떻게 당신이 내게 감히 그런 식으로 말을 하는 거지? 당신들 가운데 누구든 어떻게 감히 날 그런 식으로 바라볼 수가 있지? 그리고 당신…….」 나는 리처드에게 가서 조끼를 잡는다. 「이게 다 뭐죠? 절 어디로 데려온 거죠? 여기 사람들이 수를 어떻게 아는 거죠?」

「진정, 진정하라고.」 창백한 남자가 부드럽게 부른다. 남자아이가 웃는다. 여자는 침울해 보인다.

「말을 할 줄 아네?」 여자아이가 말한다.

남자가 말한다. 「칼날처럼 맑은 목소리야.」

리처드가 나와 눈을 부딪치더니 시선을 돌려 버린다. 「제가 뭐라 말씀드릴 수 있겠습니까?」 리처드가 어깨를 으쓱한다. 「전 악당인걸요.」

「지금 그 빌어먹을 태도는 뭐죠!」 내가 말한다. 「이게 무슨 일인지 말해 봐요. 이 집은 누구 집이죠? 당신 집인가요?」

「이게 당신 집이냐는데!」 남자아이가 더 크게 웃다가 고기가 목에 걸려 컥컥거린다.

「존, 조용히 해, 안 그러면 마구 패줄 테다.」 여자가 말한다. 「저 녀석은 무시해, 릴리 양, 제발 부탁이야, 마음 쓰지 마!」

여자가 자기 손을 꼭 움켜쥐는 게 느껴지지만 나는 여자 쪽에는 눈길을 주지 않는다. 나는 리처드에게 계속 시선을 고정한다. 「말해 봐요.」 내가 말한다.

「제 집은 아닙니다.」 마침내 리처드가 대답한다.

「우리 집이 아니라고요?」 리처드가 고개를 젓는다. 「그럼, 누구 집이죠? 그럼, 여긴 어디에요?」

리처드가 눈을 비빈다. 피곤해하고 있다. 「저 사람들 집입니다.」 리처드가 여자와 남자 쪽으로 고갯짓을 하며 말한다. 「저 사람들 집이고, 여기는 버러이죠.」

버러…… 전에도 한두 번 리처드가 언급하는 것을 들은 적이 있다. 나는 잠시 말없이 서서 리처드가 했던 말들을 되새겨 본다. 그리고 심장이 덜컹한다. 「수의 집이로군요.」 내가 말한다. 「수의 집, 도둑들의 집.」

「정직한 도둑들이지.」 여자가 좀 더 가까이 다가서며 말한다. 「우리를 아는 사람들에게는 그렇게 통하지!」

나는 생각한다. 〈수의 이모야!〉 한때는 저 여자에게 미안했다. 이제 나는 돌아서서 여자에게 거의 침을 뱉다시피 하며 말한다. 「내게서 떨어져 주겠어, 이 마녀야?」 부엌이 조용해진다. 더 어두워지고 더 갑갑해진 듯하다. 나는 아직도 리처드의 조끼를 단단히 쥐고 있다. 리처드가 나를 떨쳐 내려 하자, 나는 더욱 세게 조끼를 잡는다. 토끼만큼이나 빠르게 생각이 이리저리로 튀어 다닌다. 나는 생각한다. 〈리처드는 나와 결혼한 뒤, 나를 제거할 장소로 여기를 택해 날 여기로 데려온 거야. 내 돈을 자기 혼자 차지할 작정이야. 나를 죽이는 대가로 저들에게 약간의 돈을 줄 생각이겠지. 그리고 수는……〉 충격과 혼란의 와중에서도 그 생각을 하자 다시 한 번 심장이 덜컹한다. 〈수는 저들이 풀어 줄 거야. 수는 이 모든 걸 다 알고 있어.〉

「그럴 순 없어!」 내 목소리가 높아진다. 「당신이 무슨 짓을 하려는지 내가 모르는 줄 알아? 당신들 모두가 무슨 짓을 하려는지, 무슨 계략인지 내가 모르는 줄 알아?」

「당신은 아무것도 몰라, 모드.」 리처드가 말한다. 리처드는 자기 외투에서 내 손을 떼어 내려 애쓴다. 나는 놔주지 않을 것이다. 만약 내가 리처드를 놓치면, 저들이 분명 날 죽일 거라는 생각을 한다. 아주 잠시 우리는 몸싸움을 한다. 그리고 리처드가 말한다. 「옷 뜯어져, 모드!」 리처드가 내 손가락을 옷에서 뽑아낸다. 나는 대신 리처드의 팔을 잡는다.

「날 다시 데려다 줘.」 내가 말한다. 말하면서 생각한다. 〈네가 겁먹은 걸 저들이 알지 못하게 해!〉 하지만 이미 목소리가 높아져 있고, 단호한 목소리가 나오질 않는다. 「날 다시 데려가, 당장, 아까 왔던 거리와 전세 마차로 돌려놔.」

리처드가 고개를 흔들더니 내 눈길을 피한다. 「그렇겐 못해.」

「당장 날 꺼내 줘. 아니면 혼자 갈 테야. 나 혼자 갈 수 있어……. 길을 봐놓았어! 열심히 봐놓았다고! ……그리고 찾아갈 테야……. 경찰에게!」

남자아이와 창백한 남자와 여자와 여자아이 모두가 움찔하거나 얼굴을 찌푸린다. 개가 짖는다.

「이거, 이거 참.」 남자가 수염을 쓰다듬으며 말한다. 「이런 집에선, 말할 때 조심을 좀 해야 하는데, 아가.」

「조심해야 할 건 당신들이야!」 내가 말한다. 나는 한 사람 한 사람 차례대로 바라본다. 「이런 짓으로 무엇을 얻을 수 있다고 생각하지? 돈? 오, 아니야. 조심해야 할 건 당신들이야. 당신들 모두가 조심해야 해! 그리고 당신, 리처드…… 당신이 누구보다도 가장 조심해야 할걸. 일단 내가 경찰을 찾아서 이야기를 털어놓기 시작하면 말이야.」

그러나 리처드는 날 보면서 아무 말도 않는다.

「내 말 듣고 있는 거야?」 내가 소리 지른다.

남자가 다시 얼굴을 찡그리더니 귀지라도 파내는 것처럼 손가락을 귀에 집어넣는다. 「정말 칼날 같아.」 남자가 특정한 사람 없이 모두를 상대로 말한다. 「안 그러냐?」

「빌어먹을!」 내가 말한다. 나는 잠시 거칠게 주위를 둘러보다가 갑자기 내 가방에 손을 뻗는다. 하지만 리처드가 먼저 긴 다리로 가방을 낚아채선 거의 즐기듯이 바닥 저편으로 걷어차 버린다. 남자아이가 가방을 들어 무릎 사이에 낀다. 칼을 꺼내 자물쇠를 따기 시작한다. 칼날이 번득인다.

리처드가 팔짱을 낀다. 「여길 떠날 수 없다는 걸 알겠지, 모드.」 리처드가 간단하게 말한다. 「아무 데도 못 가. 아무것도 못 가져가고.」

리처드는 문 앞에 가 서 있다. 집에는 다른 문들도 있고, 아마도 어떤 문은 거리로, 어떤 문은 어두운 다른 방들로 통하리라. 나는 절대 옳은 문을 골라 내지 못할 것이다.

「미안.」 리처드가 말한다.

남자아이의 칼이 다시 번득인다. 〈이제〉 나는 생각한다. 〈저들이 날 죽일 테지.〉 생각 자체가 칼날처럼 놀랍도록 섬뜩하게 다가온다. 브라이어에서 나는 내 인생을 날려 버릴 생각이 아니었나? 내 인생이 내게서 떨어져 나가는 걸 느끼며 기뻐하지 않았나? 이제 저들이 날 죽일 작정이란 생각이 든다. 전에 예상했던 것보다 훨씬 더 두렵다. 모든 것이, 모든 것이 다 두려워진다.

〈이 바보야.〉 나는 자신에게 말한다. 그러나 저들에겐 이렇게 말한다. 「당신들은 그렇게 못해. 그렇게 못한다고!」 나는 이리로 뛰었다가 저리로 뛰어간다. 마침내 무언가에 부딪힌다. 그러나 리처드 등 뒤의 문이 아니라 잠에 취해 있는 얼굴이 부은 아기에게 부딪친다. 나는 아기를 쥐고 흔들다가 아기 목에 손을 올려놓는다. 「그렇겐 못해!」 내가 다시 말한다. 「제기랄, 내가 이러자고 이렇게 멀리까지 온 줄 알아?」 나는 여자를 바라본다. 「당신 아기를 먼저 죽여 버리겠어!」 나는 정말 그렇게 하겠다고 생각한다. 「봐, 여길! 목 졸라 죽여 버리겠어!」

남자, 여자아이, 남자아이가 재미있다는 표정을 짓는다. 여자가 유감이란 얼굴을 한다. 「애야.」 여자가 말한다. 「난 지금 여기에만도 아기가 일곱이야. 원한다면 여섯으로 만들어도 좋아. 그렇게 하렴.」 여자는 탁자 아래 주석 상자를 가리킨다. 「다섯으로 만들든지. 어쨌거나 내겐 똑같아. 어쨌든 이제 이 사업을 그만둘 때도 된 것 같구나.」

내 팔 안의 생명은 계속 자다가 한 번 발길질을 한다. 손가락 아래로 빠른 심장 박동이 느껴지고, 부풀어 오른 머리 꼭대기에서 경련이 인다. 여자는 계속해 지켜본다. 여자아이가 손을 목에 얹더니 문지른다. 리처드는 주머니를 뒤져 담배를 꺼낸다. 담배를 찾으며 리처드가 말한다. 「그 빌어먹을 아기를 내려놔, 모드.」

리처드가 부드럽게 말한다. 하지만 나는 나 자신을 의식하고, 아기 목에 올려놓은 내 손을 의식한다. 나는 아기를 조심스럽게 탁자 위 접시와 도자기 컵들 사이에 내려놓는다. 그러자마자 남자아이가 내 가방의 자물쇠에서 칼을 떼고 칼을 머리 위로 흔든다.

「하-하!」 남자아이가 외친다. 「숙녀 분께서 못하시겠다는군.

존 브룸 님이라면 해내실 텐데. 입술, 코, 귀를 베어 낼 텐데!」

여자아이는 누가 건드리기라도 한 것처럼 비명을 지른다. 나이 든 여자가 날카롭게 말한다. 「그만 됐다. 아니면 여기 모든 갓난아기들이 요람에서 꺼내져 무덤에 들어가게 될까 봐 걱정이라도 해야 하는 거냐? 내 평판도 생각을 해줘야지 않겠니. 데인티, 꼬마 시드니가 화상을 입지 않도록 잘 돌봐라. 릴리 양이 자기가 야만인들 사이에 있다고 여길 테니까. 릴리 양, 네가 용기 있는 아가씨란 걸 알겠어. 그러리라고 생각했지. 그러나 우리가 널 해치리라 생각하진 않겠지?」 여자는 다시 내게로 온다. 여자는 내 앞에 서면 꼭 나를 만진다. 이제는 내게 손을 얹고 내 소매를 쓸어내린다. 「네가 여기서 그 누구보다도 환영받고 있다고 생각 안 하니?」

나는 여전히 조금 떨고 있다. 「어떻게 그런 생각을 하겠어?」 나는 여자의 손에서 몸을 잡아 빼며 말한다. 「내가 이토록 이곳을 떠나고 싶어 하는데도 계속 여기에 묶어 두겠다고 우기고 있으니 당신에게 좋은 의도가 있다는 생각은 조금도 들지 않아.」

여자가 고개를 기웃한다. 「저 아이 문법 들으셨나요, 입스씨?」 여자가 말한다. 남자가 들었다고 대답한다. 여자가 다시 나를 쓰다듬는다. 「앉아라, 아가. 이 의자 좀 보렴. 굉장한 곳에서 가져왔어. 널 위한 의자 같지 않니? 망토와 보닛을 벗지 않겠니? 우리 집 부엌이 무척 따뜻해서 땀이 많이 날 거야. 장갑도 벗지 않으련? 그래, 네가 가장 잘 알겠지.」

나는 손을 끌어당긴다. 리처드가 여자와 시선을 마주친다. 리처드가 조용히 말한다. 「릴리 양은 손가락에 좀 까다롭지요. 아주 어려서부터 장갑을 끼도록 교육받아서요.」 리처드는 여전히 목소리를 깔고 있고 마지막 단어는 과장되게 발음한다. 「삼촌에게요.」

여자가 알겠다는 표정을 짓는다.

「삼촌.」여자가 말한다. 「있지, 난 네 삼촌에 대해 잘 알고 있단다. 네게 더러운 프랑스어 책을 잔뜩 보게 했지. 그리고 아가, 그 사람이 만져선 안 될 곳을 만지진 않았니? 이젠 마음 쓰지 마라. 여기선 마음 쓰지 않아도 돼. 난 늘 〈낯선 사람보다는 삼촌이 낫다〉라고 말하지……. 오, 하지만 이제 보니 정말 부끄러운 일 아니니?」

나는 후들거리는 다리를 감추려고 의자에 앉아 있다. 그러나 여자를 내게서 밀쳐 낸 뒤이다. 의자는 벽난로에 가까이 있고, 여자 말이 옳다. 덥다. 끔찍하게 더워서 뺨이 화끈거린다. 그러나 움직이면 안 된다. 생각을 해야 한다. 남자아이는 아직도 자물쇠를 따고 있다. 「프랑스어 책이라.」남자아이가 킬킬대며 말한다. 붉은 머리 여자아이는 아기 손을 자기 입에 넣고 느긋하게 손가락을 빨고 있다. 남자가 아까보다 가까이 다가와 있다. 여자는 아직도 내 옆에 있다. 벽난로 불빛에 여자의 턱, 뺨, 눈, 입술이 두드러져 보인다. 입술이 부드럽다. 여자가 입술을 핥는다.

나는 고개를 돌리지만 시선은 그대로 둔다. 「리처드.」내가 말한다. 리처드는 대답하지 않는다. 「리처드!」여자가 손을 뻗어 내 보닛의 끈을 풀고 머리에서 벗긴다. 여자가 내 머리를 가볍게 쓰다듬더니 머리털 한 줌을 들어 손가락으로 비빈다.

「상당한 금발이구나.」놀랍다는 말투로 여자가 말한다. 「굉장히 금발이야. 거의 금 같구나.」

「내 머리를 팔려고?」내가 말한다. 「자, 가져!」나는 여자가 잡은 머리털을 잡아채어 핀에서 잡아 뽑는다. 「알겠지.」여자가 얼굴을 찡그리자 내가 말한다. 「당신은 나만큼 날 해칠 수 없어. 자, 이제 날 가게 해줘.」

여자가 고개를 젓는다. 「점점 거칠게 구는구나, 아가, 그리고 네 예쁜 머리를 망치고. 내가 말 안 했니? 우린 널 해칠 생각이 없단다. 여기가 존 브룸이야. 봐라. 그리고 이쪽은 딜리어 워런, 우리는 데인티라고 부르지. 시간이 흐르면 사촌처럼 여기게 될 거야. 그렇게 되길 바란다. 그리고 여긴 험프리 입스 씨야. 널 기다리고 계셨단다. 안 그래요, 입스 씨? 그리고 여기 나. 나는 그 누구보다 간절하게 널 기다리고 있었지. 얼마나 간절히 기다렸는지 모른단다.」

여자가 한숨을 쉰다. 남자아이가 여자를 올려다보고는 얼굴을 찌푸린다.

「얼씨구?」 남자아이가 말한다. 「지금 내가 상황을 제대로 이해하고 있다면…….」 남자아이가 내 쪽으로 고갯짓을 한다. 남자아이가 팔로 자신을 껴안고 혀를 날름거리고 눈을 굴린다. 「저 여자 지금 폭력적인 방향으로 가려는 게 아닌가요?」

여자가 팔을 치켜들자 남자아이가 눈을 찡긋하고는 뒤로 물러선다.

「얼굴 조심해.」 여자가 사납게 말한다. 그러고선 나를 부드럽게 바라본다. 「릴리 양은 자기 재산을 우리에게 나눠 줄 거란다. 아직은 자기 마음을 모를 뿐이야. 릴리 양 처지가 되면 누군들 알겠어? 릴리 양, 아무래도 몇 시간을 음식이라곤 한 조각도 입에 대지 않은 게 분명하구나. 우리에게 릴리 양 입맛을 돋울 만한 게 뭐가 있나?」 여자가 손을 비빈다. 「두껍게 자른 양고기 좋아하니? 네덜란드 치즈는? 생선은? 모퉁이에 생선이란 생선은 다 파는 가게가 하나 있단다. 생선 이름만 대면, 데인티를 보내 재빨리 사 와 눈 깜빡할 사이에 잘 튀겨 주마. 먹고 싶은 게 뭐지? 우린 도자기 접시도 있단다. 봐라, 왕가를 모셔도 될 정도란다. 은제 포크도 있고……. 입스 씨, 포크 하나만 줘보세요. 여길 봐라, 아가. 손잡이 부분이 살짝 거칠지, 안 그래? 마음 쓰지 마라, 아가. 우리가 거기 있던 문장을 긁어내 그렇단다. 그래도 무게 한번 느껴 보렴. 갈퀴가 굉장히 날카롭지? 하원 의원이 쓰던 거란다. 생선으로 할까, 아가? 아니면 양고기?」

여자가 내 쪽으로 허리를 숙인 채 내 얼굴 가까이 포크를 들고 서 있다. 나는 포크를 옆으로 밀어 버린다.

내가 말한다. 「당신은 내가 당신과 앉아 저녁을 먹으리라고 생각해? 당신들 가운데 누구와라도? 하, 당신들은 하인이라 부르기도 창피해! 내 재산을 당신들에게 나눠 준다고? 차라리 빈털터리가 되고 말겠어. 차라리 죽어 버리겠어!」

아주 잠시 침묵이 흐른다. 이윽고 남자아이가 말한다. 「화났나 봐요. 그렇죠?」

그러나 여자가 고개를 흔들더니 거의 존경스럽다는 듯한 표정을 짓는다. 「데인티도 화를 낸 적이 있지.」여자가 말한다. 「뭐, 나도 그래 봤어. 평범한 여자아이라면 누구나 그럴 수 있어. 숙녀가 그럴 땐, 그걸 뭐라고 다르게 부르던데. 그걸 뭐라고 하지요, 젠틀먼?」여자가 리처드에게 묻는다. 리처드는 피곤한 듯이 몸을 기울인 채 군침 흘리는 개의 귀를 잡아당기고 있다.

「역정 내시다.」리처드가 고개도 들지 않고 대답한다.

「역정 내시다.」여자가 따라한다.

「황송합니다.」남자아이가 나를 곁눈질하며 말한다. 「데인티 양께서 역정 내시는 것을 일반적인 예의 없는 행동과 혼동해서 한 방 먹인 적이 있는데, 미안해 죽겠구먼.」

남자아이는 다시 내 가방의 걸쇠로 돌아간다. 남자가 바라보다가 표정을 일그러뜨린다. 남자가 말한다. 「자물쇠 다루는 법은 이미 배우지 않았느냐? 억지로 비틀어 열지 마라, 이 녀석아. 그리고 지렛대를 짓이기지 마라. 간단하고 쉬운 작업이야. 그러다 아예 망가뜨리겠구나.」

남자아이는 칼을 마지막으로 쑤셔 넣어 보더니 얼굴이 어두워진다. 「씨팔!」 남자아이가 말한다. 욕에 저 단어가 쓰이는 것을 듣기는 처음이다. 남자아이는 칼날 끝을 자물쇠에서 빼내더니 아래 가죽에 찌르고 내가 미처 소리 지르며 저지하기도 전에 재빠르게 길게 그어 버린다.

「그래, 참으로 너답구나.」 남자가 무관심한 태도로 말한다.

남자는 파이프를 꺼내 불을 붙인다. 남자아이가 가죽에 난 구멍으로 손을 넣는다. 남자아이의 행동을 지켜보면서, 비록 볼은 불기운에 아직 화끈거려도 몸에 한기가 돌기 시작한다. 가방을 칼로 그어 버린 일에 말로 할 수 없을 만큼 충격을 받았다. 나는 떨기 시작한다.

내가 말한다. 「제발, 제발 내 물건들을 돌려줘. 내 물건을 돌려주고, 날 가게 해주기만 하면 경찰에게 가서 말썽 피우지 않을게.」

내 목소리가 약간은 새로이 애처로운 어조를 띠었나 보다는 생각을 한다. 저들이 모두 고개를 돌려 나를 살피고 있고, 여자가 자꾸만 더 가까이 다가와 내 머리를 어루만지기 때문이다.

「아직도 겁먹은 거 아니지?」 여자가 놀라하며 말한다. 「존 브룸을 겁내는 건 아니겠지? 뭐, 저 녀석은 그저 장난치는 것뿐이야. 존, 네놈이 감히? 칼을 치우고 릴리 양의 가방을 이리 내놔라. 그래. 가방 때문에 기분이 안 좋니, 아가? 어이구, 50년은 쓴 것 같은 그런 구겨진 고물일 뿐이야. 우리가 다시 괜찮은 걸로 하나 구해 주마. 내가 장담하지!」

남자아이는 불평을 늘어놓는 척하지만 가방을 포기한다. 그리고 여자가 내게 가방을 건네자 나는 가방을 받아 끌어안는다. 눈물이 나며 목이 멘다.

「제길.」 내가 눈물을 꾹 참는 것을 보고 남자아이가 진저리치

며 말한다. 남자아이가 몸을 기울여 다시 나를 흘겨본다. 남자
아이가 말한다. 「네가 의자였을 때가 훨씬 좋았어.」

분명히 그렇게 말했다. 그 말에 혼란스러워져 나는 기가 죽는
다. 나는 허리를 틀어 리처드를 본다. 「제발, 리처드.」 내가 말한
다. 「제발이지, 날 속인 걸로는 부족해? 저 사람들이 날 이렇게
괴롭혀 대는데 어쩜 그렇게 냉정하게 서 있을 수가 있지?」

리처드가 수염을 쓰다듬으며 나와 시선을 마주친다. 그러더
니 여자에게 말한다. 「모드가 앉아 있을 만한 좀 더 조용한 곳
없나요?」

「좀 더 조용한 곳?」 여자가 대꾸한다. 「뭐, 이미 방을 준비해
두었지. 난 그저 릴리 양이 여기서 얼굴을 먼저 따뜻하게 하길
바랐을 거라 생각했을 뿐이야. 이제 날 따라 올라가겠니, 아가?
머리 손질을 하고? 손도 좀 씻고?」

「거리에, 그리고 전세 마차 안에 있고 싶어.」 내가 대답한다.
「바라는 건 단지 그것, 그것뿐이야.」

「흠, 널 창가에 두어야 하겠구나. 거기선 거리가 보일 거다.
이리 올라가자, 우리 아가. 그 낡은 가방은 내가 들어 주마. 네
가 가지고 있겠다고? 좋아. 손힘이 꽤 좋구나! 젠틀먼, 당신도
같이 가요. 그러실 거죠? 제일 위층에 있는 원래 쓰던 방을 쓰
실 거죠?」

「그러려고 합니다.」 리처드가 대답한다. 「저를 여기 있게 해
주신다면요. 우린 기다릴 게 있으니까요.」

둘이 시선을 교환한다. 여자는 내게 손을 얹은 채이고 나는
여자의 손에서 빠져나오느라 일어나 있다. 리처드가 다가와 가
까이에 선다. 나는 리처드에게서도, 그리고 저들 사이로부터도
몸을 피한다. 마치 개 두 마리가 양 한 마리를 우리 안으로 위협
해 몰아넣는 것 같다. 저들이 나를 여러 문 가운데 하나를 통해

부엌에서 데리고 나가 계단으로 이끈다. 이제 훨씬 더 어둡고 추워지고, 외풍이 든다. 아마도 거리로 통하는 문이 있는 듯하다. 나는 발걸음을 늦춘다. 그러나 또한 나는 여자가 창문에 대해 한 말을 떠올린다. 창문에서 외치거나 뭔가를 던지거나, 아니면 창밖으로 뛰어내릴 수도 있겠다는 상상을 한다. 이 사람들이 나를 해치려 한다면 말이다. 계단은 좁고, 양탄자가 없다. 층계의 여기저기에 놓인 이 빠진 도자기 잔들에 액체가 반쯤 채워져 있고 심지가 떠 있다. 잔들이 그림자를 드리우고 있다.

「불꽃에 닿지 않게, 아가, 치마를 잘 잡으렴.」여자가 내 앞에서 계단을 오르며 말한다. 리처드가 내 뒤에 딱 붙어 따라온다.

꼭대기 층에는 문이 여럿 있고 모두 닫혀 있다. 여자가 첫 번째 문을 열고 작은 정사각형 방을 보여 준다. 침대, 세면대, 상자, 서랍장, 마미단으로 짠 가리개…… 그리고 창문이 보인다. 나는 곧장 창가로 걸어간다. 창문은 폭이 좁고 앞에 색 바랜 망사 스카프가 걸려 있다. 걸쇠는 오래전에 망가져 있다. 창틀은 못으로 고정되어 있다. 창으로 진흙투성이 길 약간과 하트 모양 구멍이 여럿 있는 연고 색깔 덧문의 집 한 채, 노란색 분필로 동그라미와 나선들을 그려 놓은 벽돌 벽이 하나 보인다.

나는 선 채로 거리를 열심히 본다. 여전히 가방을 꽉 붙들고 있지만 팔이 점차 무거워진다. 리처드가 잠시 가만히 멈춰 서 있다가 또 다른 계단을 오르는 소리가 들린다. 그리고 내 머리 위의 방을 걸어 다닌다. 여자는 세면대로 가로질러 가 물병의 물을 그릇에 약간 붓는다. 이제 나는 서둘러 창가로 오느라 저지른 실수를 깨닫는다. 여자가 나와 문 사이에 서 있는 것이다. 여자는 몸집이 강건하고 팔도 튼튼하다. 그러나 만약 여자를 놀라게 할 의도라면 여자를 옆으로 밀칠 수도 있겠다는 생각을 한다.

아마 여자도 같은 생각을 하는 듯하다. 고개를 기웃하고 손은 세면대 근처를 왔다 갔다 하지만 전과 똑같이 내게 열심히 주도면밀한, 반쯤은 두려워하고 반쯤은 경탄하는 듯한 시선을 보내고 있다.

「향 비누 여기 있다.」 여자가 말한다. 「그리고 여기 참빗이 있고. 머리솔은 이쪽에 있고.」 나는 아무 말도 않는다. 「얼굴 닦는 수건은 여기 있어. 오 드 콜로뉴는 여기 있고.」 여자가 구정물이 든 병마개를 뽑는다. 여자가 내게 다가온다. 드러난 손목에 구역질나는 향수가 발라져 있다. 여자가 말한다. 「라벤더 향을 싫어하니?」

나는 여자에게서 물러나 있다. 그리고 문을 본다. 부엌에서 남자아이의 목소리가 선명하게 들려온다. 「창녀 같은 년!」

나는 뒤로 한 발 더 내디디며 말한다. 「속기 싫어.」

여자도 발을 내디딘다. 「뭘 속였다는 말이지, 아가?」

「내가 이런 곳에 올 생각이 있었다고 생각해? 내가 머물 거라고 생각해?」

「난 그저 네가 놀랐을 뿐이란 생각이 드는구나. 아직 온전하게 제정신으로 돌아오지 않았다고 생각한단다.」

「아직 온전한 정신이 아니라고? 내가 당신에게 뭔데? 당신이 뭔데, 내가 이럴 거다 저럴 거다 하는 거지?」

그러자 여자가 시선을 떨어뜨린다. 여자는 소매를 손목 위로 걷어 올리고 세면대로 돌아가 다시 비누와 참빗과 머리솔과 수건을 만진다. 아래층에선 바닥에 의자가 끌리고, 무언가가 던져지거나 떨어지고, 개가 짖는다. 위층에선, 리처드가 걷고 기침하고 투덜거린다. 만약 달아날 생각이라면 지금 해야만 한다. 어디로 가야 하지? 왔던 길, 내가 왔던 길로 거슬러 가야 한다. 제일 아래층에서 저들이 날 들여보낸 것이 어느 문이었더라? 두 번째 문이었나, 아니면 첫 번째 문? 잘 모르겠다. 〈그런 건 잠시 제쳐 두자.〉 내가 생각한다. 〈지금이야!〉 그러나 달아나지 않는다. 여자가 고개를 들어 내 눈을 보고, 나는 주저한다. 그리고 주저하는 순간 리처드가 위에서 자기 방을 가로질러 가서 쿵쿵대며 계단을 내려온다. 리처드가 방으로 들어온다. 귀 뒤에 담배를 꽂고 있다. 팔꿈치까지 소매를 말아 올리고 턱수염은 물에 젖어 색이 진해져 있다.

리처드가 문을 닫고 잠근다.

「망토를 벗지, 모드.」 리처드가 말한다.

나는 생각한다. 〈이제 리처드가 내 목을 조를 거야.〉

나는 망토를 꽉 부여잡고는 리처드와 여자에게서 멀어지며 천천히 창가 쪽으로 뒷걸음질 친다. 필요하면 팔꿈치로 창을 부숴 버리리라. 그리고 거리를 향해 비명을 지르리라. 리처드가 나를 보며 한숨짓는다. 리처드가 눈을 크게 뜬다. 리처드가 말한다. 「그렇게 토끼처럼 굴 필요 없어. 내가 당신을 해치려고 이 먼 길을 데려왔다고 생각해?」

내가 말한다. 「그럼 당신은 내가 당신이 안 그럴 거라 믿으리라고 생각해? 당신이 브라이어에서 직접 그랬잖아. 돈을 위해서라면 어떤 일도 마다하지 않겠다고. 그때 좀 더 귀 기울여 들어야 했는데! 날 속여 재산을 뺏을 작정이 아니었다고 말씀해 보시지. 수를 통해 재산을 뺏을 셈이 아니었다고 말해 보라고. 내 생각에 당신은 곧 수를 데려올 작정이야. 수는 병이 나을 거고.」 심장이 오그라든다. 「똑똑한 수. 착한 애야.」

「입 닥쳐, 모드.」

「왜? 그래서 날 조용히 죽이려고? 어디 한번 해봐. 그리고 평생 가슴에 양심의 가책을 품고 살아 보시지. 이미 한 번 해본 짓이 아닐까 싶은데?」

리처드가 빠르고 가볍게 말한다. 「그 누구도 당신이 죽었다고 괴로워하지 않을 거야, 내가 장담하지.」 리처드가 손가락으로 눈을 지그시 누른다. 「하지만 석스비 부인이 좋아하지 않을 거야.」

「저 여자.」 나는 여자에게 눈길을 주며 말한다. 여자는 아직도 말없이 비누와 머리솔을 바라보고 있다. 「당신이 뭐든 〈저 여자〉 말대로 한다고?」

「이 경우엔 그렇지.」 리처드가 의미심장하게 말한다. 그리고 내가 이해하지 못하고 잠시 멈칫거리자 리처드가 말을 잇는다. 「내 말 잘 들어, 모드. 이 계획은 모두가 석스비 부인의 생각이었어. 처음부터 끝까지 다 석스비 부인이 꾸몄어. 그리고 나는 악당이긴 해도, 석스비 부인을 속일 수 있을 만큼 훌륭한 사기꾼은 못 돼.」

리처드의 얼굴이 정직해 보인다. 그렇지만, 전에도 나는 리처드가 정직해 보인다 생각한 적이 있다. 「거짓말이야.」 내가 말한다.

「아니. 이건 진실이야.」

「저 여자의 계획이라니.」 나는 믿을 수가 없다. 「저 여자가 당신을 브라이어로, 내 삼촌에게 보냈다고? 그리고 그전엔 파리로? 호트리 씨에게로?」

「부인이 날 당신에게 보냈어. 당신에게 가기까지 아무리 경로가 복잡했어도 상관없어. 부인이 없었다면, 어찌어찌 같은 경로를 거쳤다 해도 끝이 어떻게 날지 몰랐을 거야. 그저 당신을 지나쳤을 수도 있어! 아마 많은 남자가 이미 그랬을 거야. 그 사람들은 자기의 앞길을 이끌어 주는 석스비 부인이 없었으니까.」

나는 저 둘 사이 공간을 바라본다. 「그렇다면, 저 여자는 내 재산에 대해 알고 있었군.」 내가 잠시 뒤 입을 연다. 「그럼 누구라도 알 수 있었단 얘기네. 저 여자가 알았던 게…… 누구지? 삼촌? 우리 집의 하인?」

「부인은 널 알았어, 모드, 널. 세상 누구보다도 제일 먼저 널 알고 있었어.」

여자가 마침내 시선을 들어 다시 나를 보고는 고개를 끄덕인다.

「난 네 어머니를 알았지.」 여자가 말한다.

내 어머니를! 내 손이 목으로 올라간다. 이상한 일이다, 어머니의 초상화는 해져 가는 리본과 더불어, 보석 옆에 보관하고 있을 뿐 몇 년이나 목에 건 적이 없었기 때문이다. 내 어머니! 나는 어머니에게서 도망치려고 런던으로 왔다. 이제, 브라이어의 정원에 있는 어머니의 무덤이 갑자기 생각난다. 아무도 돌보지 않고, 아무도 손질해 주지 않아 점차 회색으로 변하고 있을 어머니의 하얀 비석이 떠오른다.

여자는 아직도 바라보고 있다. 나는 손을 떨어뜨린다.

「당신을 믿을 수 없어.」 내가 말한다. 「내 어머니라고? 어머니 이름이 뭐지? 말해 봐.」

여자가 교활한 표정을 짓기 시작한다. 「알고 있지.」 여자가 말한다. 「하지만 지금 당장 말해 주진 않겠어. 그래도 머리글자는 알려 주지. 네 어머니 이름도 네 이름처럼 〈M〉으로 시작해. 두 번째 글자도 말해 주지. 〈A〉야…… 흠, 그것도 네 이름과 같구나! 하지만 그다음 글자는 다르게 가지. 〈R〉야…….」

여자는 알고 있다, 나는 여자가 안다는 사실을 안다. 저 여자가 어떻게? 나는 여자의 얼굴을 꼼꼼히 살핀다. 눈과 입술을 본다. 낯이 익다. 어떻게 된 거지? 저 여자는 누구지?

「유모.」 내가 말한다. 「당신은 유모였어…….」

그러나 여자가 거의 웃음을 띠며 고개를 흔든다. 「흠, 내가 뭐 하러 유모 따윌 했겠니?」

「그럼, 당신은 사실 아무것도 모르는 거야!」 내가 말한다.

「당신은 내가 정신 병원에서 태어난 것도 몰라!」

「네가?」 여자가 곧바로 대답한다. 「왜 그렇게 말하는 거지?」

「당신은 내가 내 진짜 집도 기억 못한다고 생각해?」

「네가 기억하는 곳은 네가 어렸을 때 살았던 곳이라고 말해 주고 싶구나. 그래, 우리 모두 어릴 적 살던 곳을 기억해. 그게 우리가 거기서 태어났다는 뜻은 아니지.」

「난 거기서 태어났어, 난 알아.」 내가 말한다.

「그렇게 이야기 들었겠지.」

「삼촌 하인들이라면 누구나 다 아는 사실이야!」

「아마 그 사람들도 그렇게 들었겠지. 그런다고 그게 사실로 바뀌겠니? 어쩌면 그럴지도. 안 그럴 수도 있고.」

여자는 말하면서 천천히 그리고 육중하게 세면대에서 침대로 움직여 가 침대에 앉는다. 여자는 리처드를 바라본다. 손을 귀에 대고 귓불을 문지른다. 개의치 않는 척하려고 여자가 말한다. 「방은 마음에 드시던가요, 젠틀먼?」 마침내 나는 리처드가 여기에서, 도둑들 사이에서 젠틀먼이란 이름으로 통한다는 추측을 한다. 「방은 마음에 드시던가요?」 리처드가 고개를 끄덕인다. 여자가 다시 나를 바라본다. 여자가 역시 무심하고 다정하면서 위험하게 느껴지는 어조로 말을 잇는다. 「우린 그 방을 젠틀먼이 와서 자게 될 때를 대비해 늘 준비해 둔단다. 분명 굉장히 수준 높고, 특별한 종류의 방이라고 자신할 수 있지. 거기서 온갖 종류의 사업이, 온갖 종류의 속임수가 일어났지. 여기 오는 사람들은 조금은 조용하게 등장한다고 알려졌단다.」 여자가 놀란 척한다. 「뭐, 딱 네가 온 그런 식이야! 그리고 하루, 이틀, 보름을 지내. 얼마나 길어질지 누가 알겠어? 저 위에 처박혀 있는 거야. 경찰들이 단골이라고 부르는 그런 사람들이, 일단 여기 오면 누구 눈에서도 사라지는 거야. 무슨 말인지 알겠어?

단골, 여자아이들, 어린애들, 숙녀들…….」

이 말을 마지막으로 여자가 뜸을 들인다. 여자는 자기 옆 자리를 가볍게 친다. 「여기 앉지 않으련, 아가? 싫다고? 흠? 그럼 조금 있다가 오렴.」 침대 위에 담요가 깔려 있다. 성기게 짠 색색의 사각 천을 큰 땀으로 바느질해 붙인 퀼트 담요이다. 여자는 한눈이 팔린 듯 솔기 하나를 잡아당기기 시작한다. 「그래, 내가 무슨 이야기를 하고 있었더라?」 여자가 내게 눈길을 주며 말한다.

「〈숙녀들〉까지 말했죠.」 리처드가 말한다.

여자가 손을 움직이더니 한 손가락을 든다. 「숙녀들.」 여자가 말한다. 「맞아. 물론, 진짜 숙녀는 거의 없어서 그런 숙녀는 정말 오래도록 마음에 남는다는 걸 너도 알게 될 거야. 나도 유난히 기억에 남는 한 명이 있어. 그 숙녀가 왔던 게…… 오, 몇 년 전이었지? 16년 전? 17년 전? 18년 전……?」 여자가 내 얼굴을 본다. 「아마도, 아가, 네겐 무척 긴 시간으로 여겨질 거야. 거의 평생처럼 보이지, 안 그래? 하지만 아가야. 내 나이만큼 먹을 때까지만 기다려 보렴. 그럼 그 모든 세월이 한꺼번에 흐른단다. 눈물이 철철 흐를 때처럼 그렇게 한꺼번에 흘러가 버려…….」 여자가 머리를 갑자기 흔들더니 빠르고 슬프게 숨을 깊이 들이쉬며 한숨을 쉰다. 여자가 기다린다. 그러나 나는 조용하고 냉정하고 조심스러워져 아무 말도 않는다. 그러자 여자가 계속 말을 잇는다.

여자가 말한다. 「음, 이 특별한 숙녀는 지금 너보다 나이가 그리 많진 않았지. 그러나 임신 중이 아니었겠니? 숙녀는 버러의 어떤 여자에게서 내 이름을 알게 되었지. 여자아이들의 문제를 해결해 주는 여자에게서 말이야. 내 말이 무슨 말인지 알겠니, 아가? 아프던 게 멎어 버린 여자애들이 다시 정기적으로 아플 수 있게 해줬다고. 알겠어?」여자가 손을 움직이며 얼굴을 찡그린다. 「난 그런 일로 머리 썩여 본 적 없어. 그건 내 전공 밖이었거든. 내 생각은, 낳다가 자기가 죽을 것만 아니라면 그냥 낳아서 팔라는 쪽이었어. 아니면 더 좋은 방법은 내게 주면 내가 대신 팔아 주는 거지! 내 말은, 하인이나 조수로 혹은 평범한 아들이나 딸로서 신생아를 원하는 사람들에게 판다는 거야. 이 세상엔 그런 사람들이 있다는 걸 알고 있었니, 아가? 그리고 그런 신생아들을 제공하는 나 같은 사람도 있다는 걸? 몰랐다고?」나는 다시 아무 대답도 않는다. 여자가 다시 손을 움직인다. 「흠, 지금 내가 이야기하는 이 숙녀도 나에게 오기 전까진 그 점에 대해서 몰랐던 것 같아. 불쌍한 것. 그 버러 여자는 숙녀를 도우려 했지만, 숙녀는 시간이 너무 오래 지났고 병만 얻은 뒤였지. 〈남편은 어디 있나요?〉난 숙녀를 집에 들이기 전에 물었어. 〈어머니는요? 당신 가족은 다들 어디 있나요? 그 사람들이 당신을 따라서 여기로 오는 일은 없을까요?〉숙녀는 그런 일은 없을 거라 말했어. 숙녀에겐 남편이 없었어. 물론, 그게 숙녀의 문제였지. 어머니는 돌아가셨고. 숙녀는 런던에서 40마일이나 강을 거슬러 올라가야 있는 커다란 저택에서 도망쳐 나왔다고, 그렇게 말했지……」여자가 여전히 내게 시선을 고정한 채 고개를 끄덕인다. 온몸에 소름이 돋는다. 「숙녀의 아버지와 오빠가 자기를 찾고 있고 당장에라도 자기를 죽일 듯하다고 했어. 하지만 버러까지 찾아내어 따라올 수는 절대 없을 거라고, 숙녀는 맹세했지. 숙녀에게 사랑한다고 말함으로써 그 모든 문제를 일으키기 시작했던 신사에 관해서는…… 음, 그 신사는 아내와 어린 친자식이 있었고, 망가진 숙녀를 버린 뒤 자기 손을 씻어 버렸어. 물론, 신사들이 곧잘 그러긴 하지.」

「그건, 나 같은 직업에서 보면, 하늘에 감사할 일이지!」여자가 거의 눈을 찡긋하며 웃는다. 「이 숙녀는 돈이 많았어. 나는 숙녀를 집에 들이고 위층으로 데려갔지. 그러지 말아야 했는지도 몰라. 입스 씨는 내게 들이지 말아야 한다고 했지. 이미 집에 아기가 대여섯은 있어서 난 완전히 지치고 짜증을 내고 있었으니까. 게다가 죽긴 했지만 나 자신의 아기를 막 낳은 터라 훨씬 더 짜증을 부리고 있었단다……」 이때 여자의 표정이 변하고, 여자는 자기 눈앞에서 손을 내젓는다. 「하지만 그 일은 말 못 해. 못하겠어.」

여자는 침을 삼키고 이야기가 어디서 끊겼더라 생각하는 듯이 잠시 주위를 둘러본다. 그리고 생각이 난 듯하다. 여자의 얼굴에 혼란스러운 표정이 스치고 다시 나와 시선을 마주치더니 위쪽을 가리킨다. 나는 여자를 따라 천장을 쳐다본다. 더러운 노란색 천장에 등불 연기로 인한 회색 자국이 나 있다.

「그 숙녀를 저 위에 묵게 했단다.」 여자가 말한다. 「젠틀먼의 방에 말이야. 그리고 하루 종일 숙녀 옆에 앉아 손을 잡고 있다가 밤이면 숙녀가 침대에서 뒤척이며 우는 소리를 듣곤 했지. 내 심장이 다 찢어지는 것 같았어. 나쁜 마음이라곤 조금도 없는 사람이었거든. 숙녀가 죽을지도 모르겠다고 생각했어. 입스 씨도 그렇게 생각했고. 숙녀 자신마저도 그렇게 여겼다고 생각해. 앞으로 두 달은 더 버텨야 하는데 누가 봐도 그 숙녀는 그 반도 버틸 힘이 없어 보였거든. 하지만 아마 아기도 그 사실을 알았던가 봐. 종종 알아채는 아기들이 있어. 우리가 숙녀를 받아들이고 겨우 일주일 지났는데 양수가 터지고 아기가 나오기 시작하는 거야. 꼬박 하루 밤낮이 걸렸어. 정말로 나오려고 했던 거야! 그렇다곤 해도, 아기는 정말 작았는데도 숙녀는 어찌나 힘들어했는지 몰라. 완전히 진이 빠져 버렸더구나. 그리고 아기 울음소리가 들리자 숙녀는 베개에서 고개를 들어. 〈어떻게 됐나요, 석스비 부인?〉숙녀가 말해. 〈당신 아기예요!〉내가 숙녀에게 말하지. 〈제 아기요?〉숙녀가 말하는 거야. 〈남자아이인가요, 아니면 여자아이인가요?〉〈여자 아기예요.〉내가 대답해. 그리고 그 말을 듣자 숙녀는 목이 터져라 펑펑 울기 시작하는 거야. 〈신의 가호가 있기를! 세상은 여자아이들에게 잔인하니까요. 아기가 죽고 저도 그 뒤를 따랐다면 좋았을 것을!〉」

여자가 머리를 젓고 손을 올렸다가 무릎에 떨어뜨린다. 리처드가 문에 기댄다. 문의 옷 거는 고리에 비단 실내복이 한 벌 걸려 있다. 리처드는 실내복의 허리띠를 집어 공연히 입에 스쳐 본다. 눈을 살짝 감고 시선은 내게 향하고 있다. 표정을 가늠할 수 없다. 아래층 부엌에서 웃음소리와 째진 비명이 들린다. 여자가 귀 기울이더니 또다시 앞서처럼 슬프게 한숨을 들이쉰다.

「데인티가 또 우는구나……」여자가 눈알을 굴린다. 「하지만 내가 너무 수다를 떨었네! 그렇지, 릴리 양? 내가 지루하지 않니, 아가? 아무래도 이런 옛날이야기들은 별 재미가 없지……」

「계속해.」내가 말한다. 입이 마르고 쩍쩍 들러붙는다. 「아까 그 여자 이야기, 계속해.」

「여자 아기를 낳았던, 그 숙녀 말이야? 그 아기는 어찌나 마르고 조그맸는지 몰라. 금발에 푸른 눈이었고…… 음, 물론 처음에는 두 눈 모두 푸른색이었어. 그리고 나중엔 갈색으로 변했지……」

여자가 의미심장하게 내 갈색 눈을 들여다본다. 나는 눈을 깜빡이다가 얼굴을 붉힌다. 그러나 목소리를 차분하게 유지한다. 「계속해.」내가 다시 말한다. 「나에게 말할 심산이었던 거 알아. 지금 얘기해. 그 여자는 자기 딸이 죽길 바랐어. 그래서 그다음엔?」

「죽길 바랐다고?」여자가 머리를 젓는다. 「말은 그렇게 했지.

가끔 여자들은 그렇게 말해. 그리고 가끔 정말 그런 의도로 말할 때도 있어. 그러나 그 숙녀는 아니었어. 그 여자에겐 그 아기가 전부였고, 직접 기르기보다 내게 넘기는 것이 훨씬 좋겠다고 내가 말하자, 숙녀는 굉장히 사납게 변했어. 〈뭐라고요, 딸을 직접 기를 생각은 아니겠지요?〉 내가 말했어. 〈남편도 없는 당신 같은 숙녀가요?〉 숙녀는 과부인 척하겠다고 했지. 아무도 자길 모르는 외국으로 가서 침모로 삶을 꾸리겠노라고 하더군. 〈나의 이런 수치스러운 과거를 알기 전에 딸이 가난한 남자에게 시집가는 걸 내 이 두 눈으로 볼 테예요.〉 숙녀가 그러더군. 〈난 이제 상류 사회 생활이라면 지긋지긋해요.〉 그게 숙녀의 생각이었어. 불쌍한 것. 내가 어떤 이성적인 얘기를 해도 씨알만큼도 먹히지 않았어. 숙녀는 자기가 속해 있던 부유한 세계로 돌아가느니 차라리 자기 딸이 가난하지만 정직하게 사는 것을 보고 싶어 했지. 숙녀는 몸이 회복되는 대로 프랑스로 떠날 생각이었어. 그리고 이제야 이야기하지만 난 숙녀를 멍청이라고 생각했어. 그러나 숙녀를 돕기 위해서라면 내 팔이라도 떼어 줬을 거야. 숙녀는 그 정도로 단순하고 착했어.」

여자가 한숨을 쉰다. 「그렇지만, 그런 단순함과 착함이 바로 이 세상에서 고통받는 원인이 되지. 그게 현실이야! 숙녀는 계속해서 몸이 심하게 안 좋았고, 그래서 아기도 거의 크질 않았어. 그래도 숙녀는 늘 프랑스 얘기를 했고, 머릿속엔 온통 그 생각뿐이었어. 그러다 어느 날 밤, 내가 숙녀를 침대에 누이는 데 누가 우리 부엌문을 똑똑 하고 두드리더군. 처음에 숙녀를 내게 보낸, 버러의 그 여자였어. 나는 여자의 얼굴을 보고 문제가 생겼음을 알아챘지. 정말 그랬어. 뭐였다고 생각해? 숙녀의 아버지와 오빠가 결국은 여기까지 여자를 쫓아온 거야. 〈그 사람들이 올 거예요.〉 여자가 말하더군. 〈신께서 도와주시길. 당신이 있는 곳을 저들에게 말할 생각은 절대 없었어요. 하지만 그 여자 분 오빠가 지팡이로 절 마구 후려치는 거예요.〉 여자가 내게 자기 등을 보여 주는데 검게 멍이 들어 있었어. 〈저들은 마차를 구하러 갔어요.〉 여자가 말하는 거야. 〈그리고 자기들을 도와줄 불량배도요. 한 시간이면 들이닥칠 거예요. 그 여자 분이 가겠다고 하면 어서 내보내세요. 숨기려고 하면 저들이 집을 동강 낼 거예요!〉 어이구! 불쌍한 숙녀는 내 뒤를 따라 내려와 모든 이야기를 들어 버렸고, 비명을 지르기 시작했어. 〈오, 다 끝장났어!〉 숙녀가 말했지. 〈오, 프랑스에만 갔더라도!〉 하지만 계단을 내려오는 것만으로도 반쯤 죽어갈 만큼 숙녀는 몸이 약했어. 〈그 사람들이 내 아기를 데려갈 거예요!〉 숙녀가 말했어. 〈그 사람들은 내 아기를 데려가 키우려 할 거예요! 대저택에 가둘 거예요. 그러느니 차라리 무덤에 갇히는 게 나아요! 아기를 데려가 날 미워하게 만들 텐데……. 오! 그리고 난 아직 아기 이름도 못 지어 줬어요! 이름조차 못 지어 줬다고요!〉 숙녀는 계속 그 이야기만 했어. 〈이름도 못 지어 줬어요!〉〈그럼 어서 이름을 지어 줘요!〉 난 단지 숙녀를 조용히 시키려 한 말이었어. 〈아직 기회가 있을 때 어서 이름을 지어 줘요.〉〈그럴래요!〉 숙녀가 말했지. 〈하지만 어떤 이름을 지어 줘야 할까요?〉〈글쎄요.〉 내가 말했어. 〈생각해 보죠. 현재 상황으로서는 결국엔 숙녀가 될 수밖에 없으니 숙녀에게 어울릴 이름을 지어 주세요. 원래 당신 이름이 어떻게 되시죠? 그 이름으로 지어 주세요.〉 그러자 숙녀의 얼굴이 어두워졌어. 숙녀가 말했지. 〈제 이름은 가증스러워요. 아기를 메리앤이라고 부르게 하느니 차라리 아기를 저주하고 말겠어요…….〉」

여자가 내 얼굴을 보며 말을 멈춘다. 이야기는 결론으로 갑자기 건너뛰어, 또는 꼬이고 꼬여 여기까지 온다. 비록 이야기가 여기에 이를 줄 알고 있었지만, 그리고 이미 서서 듣는 동안 숨이 가빠 오고 배 속이 조여 오고 있었지만 말이다. 나는 숨을 들이쉰다. 「거짓말이야.」 내가 말한다. 「어머니가 남편도 없이 여기에 왔다고? 어머니는 정신병자였어. 아버지는 군인이었고. 아버지 반지도 있어. 잘 봐, 여길 보라고!」

나는 가방으로 가서 허리를 숙이고 찢어진 가죽 가방을 잡아 당겨 보석들을 싸놓은 자그마한 정사각형 리넨 천을 찾는다. 정신 병원에서 받은 반지가 거기에 있다. 나는 반지를 집어 올린다. 손이 떨린다. 석스비 부인이 반지를 자세히 보더니 어깨를 으쓱한다.

부인이 말한다. 「반지야 어디서든 구할 수 있지.」

「아버지에게서 나온 거야.」 내가 말한다.

「어디서든 가능해. 이렇게 〈V. R.〉[13]이라고 찍힌 비슷한 반지 열 개라도 구해다 줄 수 있어. 그따위 글자 좀 찍었다고 반지가 여왕의 반지로 변하기라도 한다던?」

아무 대답도 할 수 없다. 반지가 어디서 나고 어떻게 글자를 찍는지 내가 어떻게 알겠는가? 나는 좀 약해진 목소리로 다시 말한다. 「어머니가 남편도 없이 여기에 왔다니. 아픈 채로 여기에 왔다니. 아버지가…… 삼촌이…….」 나는 올려다본다. 「삼촌이, 무엇 때문에 삼촌이 거짓말을 하겠어?」

「왜 그자가 진실을 말하겠어?」 리처드가 앞으로 나서며 마침내 입을 연다. 「감히 맹세컨대, 그 사람 누이야말로 파멸을 앞두고 진실했고, 그리고 단지 운이 없었어. 하지만 그런 종류의 불운이 바로, 흠, 남자들이 너무 터놓고 얘기하기 싫어하는 그런 종류지…….」

13 Victoria Regina의 약자. 빅토리아 여왕.

나는 다시 반지를 바라본다. 반지에는 내가 아이 적에 총검에 의해 생겼다고 믿고 싶어 했던 긁힌 자국이 있다. 이제는 이 금 반지조차 마치 구멍을 뚫어 속을 비우기라도 한 것처럼 가볍게 느껴진다.

내가 고집스럽게 말한다. 「어머니는 정신병자였어. 탁자에 묶인 채 나를 낳았어……. 아냐.」 나는 손으로 눈을 가린다. 「그 부분은, 어쩌면 내가 만든 환상인지도 몰라. 그러나 다른 부분들은 진짜야. 어머니는 미쳤고…… 정신 병원에 갇혀 지냈어. 그리고 내가 어머니의 선례를 따르지 않도록, 사람들이 내게 계속 어머니를 상기시켰어.」

「붙잡힌 뒤로는 확실히 병실에 갇혀 있긴 했지.」 리처드가 말한다. 「우리가 아는 바와 같이, 때때로 소녀들은 신사들을 만족시키기 위해 존재해. 흠, 아직까진 그 이상은 아니야.」 리처드가 석스비 부인과 시선을 교환하고 있다. 「그리고 분명 당신은 어머니의 선례를 따를지 모른다는 공포 속에 컸고, 모드. 그리고 그게 어떤 영향을 미쳤지? 당신을 걱정에 떨게 하고, 복종하게 하고, 자신의 안락엔 무심해지게 하는 것 외엔 없잖아. 다시 말해서, 당신 삼촌의 환상에 그대로 맞추어 당신을 바꾸었을 뿐이잖아? 그 사람이 어떤 악당인지 내가 한 번 당신에게 말해 주지 않았나?」

「당신이 틀렸어.」 내가 말한다. 「당신이 틀렸어, 아니면 오해한 거야.」

「오해가 아니야.」 석스비 부인이 대답한다.

「지금 이 순간조차 당신은 거짓말하는 걸 거야. 당신 둘 다!」

「그럴 수도 있지.」 부인이 입을 두드린다. 「하지만 아가, 우리가 거짓말하는 게 아니란 거 알고 있잖아.」

「삼촌과.」 내가 다시 말한다. 「삼촌의 하인들. 웨이 씨, 스타일스 부인…….」

그러나 이 말을 하자 예전에 느꼈던 감각이 유령처럼 다시 느껴진다. 내 갈비뼈에 와 닿던 웨이 씨의 어깨와, 내 무릎의 굴곡을 만지던 웨이 씨의 손가락이 느껴진다. 〈자신이 숙녀라고 생각하죠, 그렇죠?〉 그리고, 그러고는, 여드름 난 내 팔을 잡던 스타일스 부인의 억센 손과 내 뺨에 닿던 숨결이 느껴진다.

〈왜 아가씨 어머니는 그렇게 많은 재산을 가지고도 쓰레기라고 밝혀져야 했는지……!〉

나는 안다, 알고 있다. 나는 아직도 반지를 쥐고 있다. 이제, 울음을 터트리며, 나는 반지를 바닥에 던져 버린다. 한때 내가 거친 어린아이였을 때 잔과 잔 받침을 집어 던지던 것처럼.

「빌어먹을 인간!」 내가 말한다. 삼촌의 침대 발치에서 손에 면도날을 쥐고 삼촌의 안경 벗은 눈을 보던 나를 떠올린다. 〈악용당한 신뢰〉 「빌어먹을 인간이지!」 리처드가 고개를 끄덕인다. 나는 리처드에게로 돌아선다. 「그리고 당신도 그 인간만큼 빌어먹을 인간이야! 당신은 그동안 내내 이 사실을 알고 있었지? 왜 브라이어에서 내게 말하지 않았지? 말하면 내가 당신과 갈 가능성이 더욱 커졌을 거라고 생각 안 해? 왜 기다렸다가 나를 여기에, 이런 추잡한 곳까지 데려와서 날 속이고 충격을 주는 거지?」

「충격을 줘?」 리처드가 기묘한 웃음을 띠며 말한다. 「오, 모드, 사랑스러운 모드, 우린 충격 줄 일은 아직 시작도 안 했어.」

나는 리처드의 말을 이해하지 못한다. 이해하려는 노력조차 거의 않는다. 나는 아직도 삼촌과 어머니를 생각하고 있다. 아프고 망가져 여기까지 오게 되는 어머니를……. 리처드가 턱에 손을 올리고 입술을 실룩거린다. 「석스비 부인.」 리처드가 말한다. 「마실 게 좀 있나요? 입이 좀 건조하네요. 제 생각엔 이게 흥분의 전조 같은 데요. 카지노에서 룰렛 앞에 있는 것 같은 꼭 그런 기분이 드는군요. 그리고 팬터마임에서 요정을 날려 보내려는 찰나의 기분 같기도 하고 말입니다.」

석스비 부인이 망설이다가 선반으로 가서 상자를 열고 병을 하나 꺼낸다. 부인은 가장자리에 금테가 둘러진 낮은 텀블러 세 개를 가져오더니 치마 주름으로 닦는다.

「릴리 양, 이걸 셰리주라고 생각하지 않았으면 좋겠어.」 부인이 술을 따르며 말한다. 방의 갑갑한 공기 속으로 술 냄새가 날카롭고 역겹게 피어오른다. 「숙녀의 방에 셰리주라니 절대 찬성할 수 없어. 하지만 순수한 브랜디 아주 조금이라면, 가끔 강장제로 쓴다면야 뭐. 생각해 봐, 해될 게 뭐 있겠어?」

「전혀 해가 안 되지요.」 리처드가 말한다. 리처드는 내게 잔을 내밀고, 나는 너무나 혼란에 빠져, 너무나 멍해지고 분노가 치밀어, 바로 받아 들고 마치 포도주라도 마시듯 홀짝거린다. 석스비 부인이 내가 술을 삼키는 모습을 바라본다.

「독한데 잘 마시네.」 만족스럽다는 말투로 부인이 말한다.

「정말 잘 마시죠.」 리처드가 말한다. 「〈약〉이라고 표시되어 있을 때는요. 이봐, 모드?」

나는 대답하지 않을 것이다. 브랜디가 뜨겁다. 나는 마침내 침대 가에 앉아 망토 끈을 푼다. 방이 아까보다 훨씬 어두워졌다. 낮이 밤으로 바뀌고 있다. 마미단으로 만든 가리개가 검게 보이면서 그림자를 드리운다. 여기는 꽃무늬, 저기는 칙칙한 다이아몬드 무늬로 벽지를 바른 벽은 음침하고 답답하다. 창문을 배경으로 스카프가 두드러져 보인다. 창문 뒤에 갇힌 파리 한 마리가 절망적인 분노를 표출하며 유리에 대고 윙윙거린다.

나는 머리를 손으로 감싸 쥐고 앉아 있다. 방처럼 내 뇌도 어둠에 갇힌 것 같다. 헛되이 생각하고, 또 생각한다. 내가 다른 아이의 이야기를 읽거나 듣고 있는 거였다면 뭐라고 물어봤겠지만 지금은 아무것도 묻지 않는다. 왜 날 여기에 데려왔느냐고, 이제 나를 어쩔 작정이냐고, 나를 속이고 놀라게 해서 어떻게 이득을 볼 작정이냐고 묻지 않는다. 아직도, 그저 삼촌에 대해 분노할 뿐이다. 그저 생각하고 또 생각한다. 〈어머니는 망가지고, 망신당하고, 여기에 오고, 도둑들의 집에서 피를 흘리며 누워 있었어. 미치지 않았어, 미치지 않았어……〉

내 표정이 이상한 모양이다. 리처드가 말한다. 「모드, 나를 봐. 이제 삼촌과 삼촌 집 생각은 그만해. 그 여자, 메리앤 생각 좀 그만해.」

「생각할 거야.」 내가 대답한다. 「언제나처럼 어머니 생각을 할 거야. 멍청이로! 하지만 아버지는…… 당신, 내 아버지가 신사라고 했지? 저들이 날 이 오랜 세월 동안 고아로 살게 했어. 아버지가 아직도 살아 있어? 이제까지 아버지가 한 번도……?」

「모드, 모드.」 리처드가 문 앞 아까의 자리로 돌아가며 한숨을 쉰다. 「네 주위를 둘러봐. 네가 어떻게 여기에 오게 되었는지 생각해 봐. 당신은 내가 당신을 브라이어에서 구해 와 오늘 아침 내가 그런 행동을 한 게, 이제까지의 그런 위험을 무릅썼던 게, 그저 당신에게 가족의 비밀을 알려 주기 위해서였다고, 그게 다라고 생각해?」

「모르겠어!」 내가 말한다. 「이제 내가 아는 게 뭐지? 나에게 잠시만 생각할 시간을 준다면. 내게 말해 주기만 한다면…….」

그러나 석스비 부인이 다가와 내 팔을 가볍게 만진다.

「잠깐만, 아가야.」 부인이 굉장히 부드러운 어조로 말한다. 입술에 손가락을 대고 한쪽 눈을 반쯤 감는다. 「잠깐만, 그리고 들어 보렴. 아직 내 이야기를 모두 듣지 않았단다. 아직 좋은 소식이 남아 있어. 완전히 녹초가 된 숙녀가 있었다는 거, 기억하지. 한 시간 정도면 도착할 아버지와 오빠와 불량배가 있고. 아기가 있고, 그리고 내가 이렇게 말을 했지. 〈아기에게 뭐라고 이름을 지어 주죠? 당신의 이름, 메리앤으로 지어 주는 건 어떨까요?〉 그리고 숙녀는 아기에게 그런 이름을 붙여 주느니 자기가 아기를 저주하고 말겠다고 말했지. 기억하니, 아가? 그 불쌍한 여자가 말하더구나. 〈숙녀의 딸이 된다는 것에 대해 제게 한번 말씀해 보세요. 숙녀가 된다는 게 자기 파멸 외에 당신에게 어떤 의미가 있나요? 전 아기에게 평범한 이름을 주고 싶어요. 보통 사람의 딸처럼요. 평범한 이름을 가지게 하고 싶어요.〉〈그럼 직접 평범한 이름을 지어 주세요.〉 내가 말하지……. 아직까진 사실 숙녀의 기분을 맞춰 주려는 생각뿐이었어. 〈그럴래요.〉 숙녀가 말해. 〈예전에 제게 친절하게 대했던 하녀가 하나 있어요. 아버지나 오빠보다도 훨씬 친절했어요. 그 하녀 이름을 따서 아기 이름을 지어 주고 싶어요. 그 하녀 이름으로 아기 이름을 지어 줄래요. 그 하녀 이름은…….」

「〈모드.〉」 내가 비참한 목소리로 말한다. 나는 다시 고개를 숙인다. 그러나 석스비 부인이 침묵을 지키고 있어 나는 고개를 든다. 표정이 기묘하다. 침묵이 기묘하다. 부인이 천천히 고개를 흔든다. 숨을 들이쉬더니, 다시 잠시 망설였다가 말한다.

「〈수전.〉」

리처드가 손으로 입을 가린 채 보고 있다. 방에, 집에 정적이 감돈다. 분쇄기처럼 돌아가던 생각들이 갑자기 멈추는 것 같다. 수전. 수전. 이 단어에 내가 얼마나 당황하는지 저들에게 들키지 않으리라. 〈수전.〉 아무 말도 않을 것이다. 움직이지도 않을 것이다. 비틀거리거나 몸을 떨게 될지도 모르니까. 난 그저 석스비 부인의 얼굴을 계속 응시할 뿐이다. 부인이 브랜디 잔을 다시 집어 이번엔 좀 더 오래 홀짝거리다가 입을 닦는다. 부인이 침대 위 내 옆에 다시 와서 앉는다.

「수전.」 부인이 다시 말한다. 「그게 숙녀가 자기 아기에게 지어 준 이름이야. 하녀 이름을 따서 아기 이름을 지어 주다니 이게 웬 망신이냐, 안 그러냐? 난 어쨌든 그렇게 생각했지. 하지만 내가 무어라 말할 수 있었겠니? 불쌍한 것, 숙녀는 완전히 정신이 나가 있었어. 계속 울고, 계속 비명 지르고, 계속 말하는 거야. 아버지가 올 거라고, 아기를 빼앗아 갈 거라고, 아기가 자기의 친어머니의 이름을 증오하게 할 거라고 말이야. 〈오, 제가 어떻게 하면 아기를 구해 낼 수 있을까요?〉 숙녀가 말했지. 〈아버지나 오빠보다는 차라리 딴 사람이 아기를 데려가게 하겠어요! 오, 어쩌면 좋죠? 어떻게 해야 아기를 구할 수 있을까요? 오, 석스비 부인, 진심으로 맹세 드리는데, 저들이 제 아기를 데려가게 두느니 차라리 다른 불쌍한 여인의 아기를 데려가게 하겠어요!〉」

부인의 목소리가 올라간다. 뺨이 붉어진다. 눈꺼풀에 잠깐, 아주 빠르게 파르르 떨린다. 부인이 눈에 손을 대더니 다시 술을 한 입 마시고 또 입을 닦는다.

「그렇게 숙녀가 말했어.」 부인이 좀 더 차분해진 목소리로 말한다. 「그렇게 숙녀가 말했어. 그리고 숙녀가 그 말을 하자 이 집에 누워 있는 모든 신생아들이 숙녀의 말을 듣는 듯하더니 모두가 갑자기 동시에 울음을 터트리기 시작하는 거야. 아기 어머니가 아니라면 아기 울음소리는 다 똑같게 들리는 법이야. 어쨌거나 숙녀에게도 다 똑같은 소리로 들렸지. 나는 숙녀를 문 바로 밖의 계단으로 데려갔어.」 부인은 고개를 기웃하고, 리처드가 자세를 바꾸자 문에서 삐걱거리는 소리가 난다. 「그리고 갑자기 숙녀가 조용해져. 나를 쳐다보는데 숙녀가 무슨 생각을 하는지 알겠는 거야. 심장이 싸늘해졌어. 〈그건 안 돼요!〉 내가 말했어. 〈왜 안 되죠?〉 숙녀가 대답해. 〈당신이 직접 그랬잖아요, 제 딸은 숙녀로 자랄 거라고. 왜 엄마 없는 다른 조그만 여자아이가 수전 대신 숙녀로 자라면 안 되는 거죠……. 불쌍한 것, 그 아기도 저와 같은 슬픔을 안게 될 거예요! 그렇지만, 제가 맹세하죠. 제 재산의 반을 그 아기에게 주겠어요. 그리고 수전이 나머지 반을 갖게 될 거예요. 만약 당신이 지금 절 위해 제 아기를 데려가 준다면, 그리고 그 아이를 정직하게 기르고, 아이가 가난하게 자라 가난의 가치를 깨닫게 될 때까지 자기의 유산에 대해 모르게만 해주신다면요!〉 숙녀가 말했어. 〈수전 대신 제 아버지께 줄 다른 엄마 없는 아기가 있잖아요? 안 그래요? 안 그래요? 하느님 제발, 그렇다고 말해 주세요! 제 드레스 주머니에 50파운드가 들어 있어요. 그걸 가지세요! 더 보내 드릴게요! 절 위해 그렇게만 해주시면, 그리고 이 일에 대해 살아 있는 사람에게는 아무에게도 말하지 않아 주신다면요.〉」

아마도 방 아래에서, 거리에서 누군가가 움직이는 것 같다. 알 수 없다. 그런 일이 있다 해도 내겐 들리지 않는다. 나는 석스비 부인의 붉어진 얼굴에, 눈에, 입술에 시선을 고정한다. 부인이 말한다. 「자, 이제 나는 부탁을 받은 거야. 안 그러니, 아가? 그래, 부탁을 받았어. 내 평생 그렇게 열심히 혹은 그렇게 빨리 생각해 본 적은 다시 없었어. 나는 마침내 이렇게 말했지. 〈돈은 그냥 가지고 계세요. 그 50파운드는 당신이 가지고 계세요. 전 그 돈을 원하지 않아요. 제가 원하는 건 이런 거예요. 당신의 아버지는 신사이고, 신사들은 교활하죠. 제가 당신의 아기를 맡을게요, 하지만 제게 문서를 한 장 써주세요. 당신이 말한 모든 것을 쓰고, 그리고 서명하고, 봉해 주세요. 그래서 법적 구속력이 생기게요.〉〈할게요!〉 숙녀가 바로 말했어. 〈그렇게 할게요!〉 그리고 우리는 이 방으로 들어왔고, 내가 종이 한 장과 잉크를 가져오고, 숙녀가 모든 약속을 써 내려갔어. 방금 내가 말했던 것처럼, 수전 릴리는 비록 내게 맡겨지긴 했으나 자기 자신의 아이이고 재산은 나누어질 것이며 기타 등등을 말이야. 그리고 숙녀가 종이를 접고 자기가 낀 반지를 빼어 날인한 뒤, 자기 딸이 열여덟 살이 되는 날까지 개봉해선 안 된다고 앞면에 썼지. 숙녀는 스물한 살로 하고 싶어 했어. 그러나 숙녀가 쓰는 동안에도 내 마음은 한참 앞서가고 있어서 내가 열여덟 살로 해야 한다고 주장했지. 왜냐하면, 아이들이 뭐가 뭔지 알게 되기도 전에 남편을 얻는 위험을 감수할 순 없었으니까.」 부인이 얼굴에 웃음을 띤다. 「숙녀도 내 생각을 마음에 들어 했어. 그 점에 대해 내게 감사했어.

그리고 숙녀가 서류를 봉하자마자 입스 씨가 비명을 질러. 입스 씨 상점 문 앞에 마차가 한 대 서고 두 신사가, 하나는 나이가 들고, 한 명은 훨씬 젊은데, 마차에서 내리고, 그 뒤를 따라 불량배 하나가 곤봉을 들고 나와. 흠! 숙녀는 비명을 지르며 자기 방으로 뛰어가고 난 머리카락을 잡아당기며 서 있어. 그리고 나는 아기 침대로 가서 거기에 있던 이 특별한 아기를 들어 올려. 숙녀의 아기와 같은 체구에, 역시 머리가 금발로 변할 만한 여자 아기야. 위층으로 데려가지. 내가 말했어. 〈여기요! 어서 이 아기를 받고 자상하게 대하세요! 이 아기의 이름은 모드이고, 어떤 숙녀의 이름을 따서 지은 거예요. 당신이 한 약속을 기억하세요.〉 〈당신도 당신 약속을 기억하세요!〉 불쌍한 숙녀는 울음을 터트려. 그리고 자기 아기에게 키스해. 내가 아기를 건네받아 아래층으로 내려가 빈 간이침대에 누여…….」

부인이 고개를 젓는다. 「너무나 말도 안 되게 손쉬운 일이었지!」 부인이 말한다. 「……1분도 안 걸렸어. 신사들이 아직도 문을 쿵쿵 두들겨 대는 동안 이미 다 끝난 거야. 〈그 여자 어딨어?〉 저들이 이렇게 외치고 있었어. 〈여기 있는 거 다 알아!〉 그

러자 더는 저지할 거리가 없어. 입스 씨가 문을 열어 주자, 신사
들은 미친 듯이 집을 뛰어 올라가. 나를 보곤 쳐서 넘어뜨려. 내
가 기억나는 다음 일은 저 불쌍한 숙녀가 아버지 손에 잡혀 계
단을 질질 끌려 내려가는 거야. 드레스가 온통 필링이고, 신발
이 벗겨지고, 얼굴에는 오빠가 휘두른 몽둥이 자국이 나 있고,
그리고 네가 있어, 아가…… 숙녀의 팔에 안겨 있어, 아무도 네
가 숙녀의 아기이지, 다른 사람의 아기라고 생각하지 않지…….
무엇 때문에 의심을 하겠어? 이제 되돌리기엔 너무 늦어 버린
거야. 숙녀는 아버지에게 끌려 내려가는 동안 내게 짧은 시선을
보냈고, 그게 다였어. 그래도 나는 숙녀가 마차 창문으로 나를
보았다고 생각해. 하지만 혹시 숙녀가 자기가 한 일에 대해 미
안해했는지는, 그건 모르겠다. 종종 수 생각을 했을 거라곤 감
히 단언할 수 있지. 하지만 그 이상은 나도 몰라. 음, 그 이상은
몰라.」

　부인은 눈을 깜빡이다 고개를 돌린다. 부인은 침대 위 우리
사이에 브랜디 잔을 놓아두었다. 퀼트 천의 솔기 덕에 쏟아지지
않고 있다. 단단히 주먹을 쥐고 있던 부인은 이제 한 손의 뭉툭
한 붉은 엄지로 다른 손의 관절들을 어루만지고 있다. 슬리퍼
를 신은 발이 바닥을 탁탁 치고 있다. 부인은 말하는 내내, 지금
까지도 내 얼굴에서 시선을 거두지 않고 있다.

　나는 눈을 감아 버린다. 눈을 손으로 가리고 손바닥이 만든
어둠을 응시한다. 정적이 흐른다. 정적이 계속된다. 석스비 부
인이 내게 더 가까이 몸을 기울인다.

　「아가.」 부인이 속삭인다. 「우리에게 뭐라 한마디 해주지 않
으련?」 부인이 내 머리털을 만진다. 하지만 나는 말하지도 움직
이지도 않을 것이다. 부인이 손을 떨어뜨린다. 「이 이야기로 네
가 다소 기운을 잃은 건 알겠다.」 부인이 말한다. 리처드가 다가

와 내 앞에 쭈그리고 앉은 것으로 보아 아마도 부인이 리처드에게 손짓을 한 듯하다.

「석스비 부인이 한 말들을 이해하겠지, 모드?」 리처드가 내 손가락 사이로 보려 애쓰며 말한다. 「한 아기가 다른 아기가 되었어. 네 어머니는 네 어머니가 아니고, 네 삼촌도 네 삼촌이 아니야. 네 인생은 네가 살아야 했던 인생이 아니라, 수가 살아야 했던 인생이었어. 그리고 수는 네 인생을…….」

사람은 죽을 때가 되면 눈앞에 자기 인생이 믿을 수 없이 빠른 속도로 펼쳐지는 것을 보게 된다고 한다. 리처드가 말하는 동안, 나는 나의 인생을 본다. 정신 병원, 내가 지녔던 나무 막대기, 브라이어에서 입었던 아름다운 드레스들, 구슬이 달린 줄, 안경을 벗은 삼촌의 눈, 책들, 책들……. 인생이 깜빡이며 지나가다 사라지고, 진흙탕에 빠진 동전의 반짝임처럼 사라지고 어쩔 수 없어진다. 나는 몸을 떨고 리처드는 한숨을 쉰다. 석스비 부인이 고개를 젓고 혀를 찬다. 그러나 내가 저들에게 얼굴을 보여 주자, 둘 다 뒤로 물러선다. 나는 저들 생각처럼 울고 있지 않다. 나는 웃고 있고, 끔찍한 웃음에 사로잡혀 있고, 내 표정이 무시무시해 보이는 게 분명하다.

「오, 하지만 이건 너무 완벽하잖아!」 나는 내가 말하고 있다고 생각한다. 「바로 내가 너무나 간절히 원해 왔던 바로 그것이잖아! 왜 그렇게 보지? 뭘 뚫어져라 보는 거야? 여기 여자애가 하나 앉아 있는 거라고 생각해? 그 애는 죽었어! 물에 빠져 죽었다고! 천길만길 아래 가라앉아 있다고. 그 애에게 팔과 다리가 있고 살과 옷이 덮여 있다고 생각해? 머리털이 있다고 생각해? 하얗게 드러난 뼈밖에 안 남았어! 백지장처럼 하얗다고! 그 애는 책이야. 글자들이 떨어져 나와 둥둥 떠다니는…….」

나는 숨을 쉬려 노력한다. 입에 물을 좀 무는 편이 나을 것 같다. 공기를 들이켜 보지만, 들이켜지지 않기 때문이다. 숨을 헐떡이고 몸을 떨다가 다시 숨을 헐떡인다. 리처드가 지켜보며 서있다.

「미친 척하지 마, 모드.」 리처드가 혐오스럽다는 표정으로 말한다. 「기억해. 이제 넌 미치려야 미칠 이유가 없어.」

「있어.」 내가 말한다. 「전부 다! 전부 다 미칠 이유가 된다고!」

「아가…….」 석스비 부인이 말한다. 부인은 술이 담긴 텀블러를 내 얼굴 가까이에서 흔들고 있다. 「아가…….」 그러나 나는 아직도 웃음에 몸을 떨고 있다. 가증스러운 웃음이다. 그리고 낚싯줄에 걸린 물고기처럼 나도 갑자기 몸을 뒤튼다. 리처드가 욕하는 소리가 들린다. 그리고 내 가방으로 가서 안을 뒤져 약병을 꺼내는 모습이 보인다. 리처드는 약을 세 방울 브랜디 잔에 떨어뜨린 뒤 내 머리를 잡고 잔을 내 입술에 대고 누른다. 나는 맛을 보고 삼킨 뒤 기침을 한다. 입에 손을 올린다. 입이 얼얼해진다. 다시 눈을 감는다. 얼마나 오래 앉아 있었는지 모르겠지만, 마침내 침대를 덮고 있던 담요가 내 어깨와 빰에 와 닿는 것을 느낀다. 담요 위로 쓰러진 것이다. 나는 여전히 웃음처럼 느껴지는 발작 속에 간헐적으로 몸을 뒤틀며 누워 있다. 그리고 다시 리처드와 석스비 부인이 조용히 서서 나를 바라본다.

하지만 곧 저들이 좀 더 가까이 다가온다. 「그래.」 석스비 부인이 부드럽게 말한다. 「이제 좀 낫니, 아가?」 나는 대답하지 않는다. 부인이 리처드를 본다. 「그만 애가 자게 나가 줘야 하지 않겠어요?」

「잠은 엿이나 처먹으라죠.」 리처드가 대답한다. 「제 생각에 모드는 아직도 우리가 자기 좋으라고 여기 데려왔다고 생각하는 것 같은데요.」 리처드가 다가와 내 얼굴을 톡톡 친다. 「눈 뜨시지.」 리처드가 말한다.

내가 말한다. 「난 눈이 없어. 어떻게 눈을 뜨겠어? 네가 내게서 눈을 빼앗아 갔어.」

리처드가 내 눈꺼풀을 하나 잡고 억지로 벌린다. 「그 빌어먹을 눈 좀 떠!」 리처드가 말한다. 「훨씬 낫군. 그래, 네가 알아야 할 게 조금 더 있어……. 조금뿐이야, 그 뒤엔 자도 좋아. 내 말 잘 들어. 들으라고! 네가 어떻게 될지 내게 묻지 마. 묻는 경우엔, 네 빌어먹을 놈의 귀를 머리에서 잘라 내버리겠어. 그래, 듣고 있군. 이것도 느껴지나?」 리처드가 날 때린다. 「아주 좋아.」

때리는 힘이 생각만큼 세지 않다. 석스비 부인이 리처드가 손을 올리는 것을 보고 막으려 했던 것이다.

「젠틀먼!」 부인이 뺨이 시꺼메지도록 열을 내며 말한다. 「그런 부탁은 하지 않았어요. 전혀요. 성질 죽여요. 알겠어요? 저 애를 멍들게 했잖아요. 오, 아가.」

부인이 내 얼굴로 손을 내민다. 리처드가 얼굴을 찡그린다. 「저 애는 우리에게 감사해야 해요.」 리처드가 몸을 펴고 머리를 뒤로 넘기며 말한다. 「지난 석 달간 어느 한순간도 이 이상으로 심하게 대한 적은 없다고요. 제가 다시 한 대 팰 수 있고 아무렇지도 않게 생각할 거란 걸 저 애는 알아야 해요. 내 말 듣고 있어, 모드? 브라이어에선 날 일종의 신사로 생각했지. 하지만 여기선 나도 친절함과는 잠시 안녕이야. 알겠어?」

나는 아무 말 없이 리처드를 바라보며 누운 채 뺨을 문지른다. 석스비 부인이 손을 꼭 쥔다. 리처드는 귀 뒤에서 담배를 뽑아 입에 물고 성냥을 찾는다.

「계속해요, 석스비 부인.」 리처드가 성냥을 찾으며 말한다. 「나머지 부분도 말씀하세요. 너에 관한 거야, 모드. 열심히 들어, 그럼 네 인생이 결국 무엇을 위한 것이었는지 알게 될 거야.」

「내 인생을 산 적 없어.」 내가 속삭인다. 「네가 말한 거잖아,

그건 한 편의 소설이었다고.」

「뭐.」리처드가 성냥을 찾아내 긋는다. 「소설이란 끝이 나게 마련이지. 이제 네 인생이 어떻게 될지 들어 보라고.」

「내 인생은 이미 끝났어.」내가 대답한다. 그러나 리처드의 말에 경계심이 생겨난다. 머리가 술과, 약과, 충격으로 멍하다. 그렇지만, 다음에 저들이 내게 하려는 이야기가 무엇인지, 저들이 날 어떻게 묶어 두고 있으려는 건지, 왜 나를 데리고 있으려는 건지 두려움이 일기 시작할 만큼은 정신이 남아 있다…….

석스비 부인이 점점 생각이 많아지는 나를 보고 고개를 끄덕인다. 「이제야 알아듣기 시작하는구나.」부인이 말한다. 「이제 깨닫기 시작했구나. 나는 숙녀의 아기를 받았고, 더 멋진 부분은, 숙녀의 약속을 받아 놨다는 거였지. 물론 약속이 가장 중요한 부분이지. 그 약속이야말로 돈이 들어 있는 핵심이니까. 안 그래?」부인이 코를 만지며 웃음 짓는다. 그리고 좀 더 가까이 몸을 기울인다. 「보고 싶니?」부인의 목소리가 달라진다. 「숙녀의 약속을 보고 싶니?」

부인은 기다린다. 나는 아무 대답도 않지만, 부인은 다시 웃으며 뒤로 물러나 리처드를 보고 다시 리처드에게 등을 돌린 뒤 잠시 자기 드레스의 단추들을 만지작거린다. 태피터 천이 바스락거린다. 조끼가 부분적으로 열리자 부인은 안에 손을 집어넣는다. 내가 보기엔 마치 자기 가슴 안으로, 심장에 손을 뻗치는 것만 같다. 접힌 종이를 한 장 꺼낸다. 「이렇게 봉한 채로 십수 년을 가지고 살아왔지.」부인이 내게 종이를 내밀며 말한다. 「금덩이보다도 더 몸에 딱 붙이고 다녔어! 여길 봐라.」

종이는 편지처럼 접혀 있고, 기울인 글씨로 주의사항이 적혀 있다. 〈내 딸, 수전 릴리의 열여덟 번째 생일에 개봉할 것.〉나는 이름을 보고 몸을 떨고 손을 뻗는다. 그러나 부인은 삼촌(이젠

508

내 삼촌이 아니다!)이 고서를 다룰 때처럼 조바심치며 종이를 잡고 내가 가져가지 못하게 한다. 그렇지만 만질 수는 있게 해준다. 종이는 부인 가슴의 온기로 따뜻하다. 잉크는 갈색이고, 접힌 부분에 때가 묻고 변색해 있다. 봉한 부분은 완전히 그대로이다. 도장은 내 어머니의, 아니, 내 말은, 수의 어머니의 것이다. 내 어머니의 것이 아니다. 내 어머니가 아니다……

〈M. L.〉

「알겠지, 아가야?」 석스비 부인이 말한다. 종이가 떨린다. 부인이 수전노 같은 몸짓과 표정으로 다시 종이를 가져간다. 얼굴 높이로 들어 올리고 종이에 입술을 맞춘 뒤 등을 돌리고 다시 드레스 안 원래 자리로 집어넣는다. 부인이 드레스 단추를 잠그면서 다시 리처드를 바라본다. 리처드는 빈틈없는 눈초리로 묘하게 바라보고 있다. 그러나 아무 말도 않는다.

대신 내가 입을 연다. 「그 여자가 그걸 썼어.」 내가 말한다. 목소리가 탁하고, 현기증이 난다. 「그 여자가 그걸 썼어. 저들이 여자를 데려갔고. 그러고 나서는?」

석스비 부인이 돌아선다. 드레스는 잠겨 있고 다시 완벽하게 매끈해 보인다. 그러나 부인은 마치 옷 아래 종이를 얼루기라도 하듯 조끼에 손을 얹고 있다. 「그 숙녀?」 부인이 다른 곳에 정신을 팔며 말한다. 「숙녀는 죽었단다, 아가.」 부인이 코웃음을 치고 말투가 바뀐다. 「그렇지만, 내가 장담하는데, 죽기 전에 한 달은 더 근근이 살아남았어! 누가 생각이나 했겠어? 우리에겐 불리한 한 달이었어. 숙녀의 아버지와 오빠가 숙녀를 집으로 데려가선 유언을 바꾸게 했거든. 어떻게 바꾸었을지 짐작이 가겠지. 딸에게는, 여기서 그 사람들이 딸이라고 하는 건 널 말하는 거야, 아가, 결혼 전까지는 한 푼도 돌아가지 않게 되었지. 신사들이란 그런 존재란다. 안 그러냐? 숙녀는 간호사 편으로 내게 쪽지를 보냈어. 그땐 저들이 숙녀와 너를 함께 정신 병원에 넣은 뒤였지. 뭐, 그게 곧 숙녀를 끝장냈단다. 이제 사정이 어떻게 돌아가고 있을지 그게 궁금하다고 숙녀는 썼지. 그러나 나의 정직함을 생각하며 위안을 받는다 했어. 불쌍한 것!」 부인의 얼굴이 거의 비통해 보인다. 「……그게 숙녀의 문제점이었지.」

리처드가 웃는다. 석스비 부인이 입을 매만지고, 교활한 표정을 짓기 시작한다. 「나에 관해서라면…….」 부인이 말한다. 「……글쎄, 처음부터 내가 유산의 반만 받기로 되어 있는 상황에서 어떻게 하면 전 재산을 차지할 수 있을까 하는 것이 유일한 숙제란 걸 나는 처음부터 알고 있었지. 내게 위안이 되는 것이 있다면, 그 방법을 알아낼 시간이 18년 있다는 것이었지. 네 생각을 참 많이 했단다.」

나는 고개를 돌린다. 「당신 생각 따위는 물어본 적 없어.」 내가 말한다. 「그따위 건 지금 듣고 싶지 않아.」

「감사할 줄을 모르는군, 모드!」 리처드가 말한다. 「여기 석스비 부인은 널 대신해 그렇게 오랫동안 계획을 꾸며 오셨는데 말이야. 여자애들이란 오로지 로맨스의 주인공이 될 생각밖에 못 하는 거야? 아니면 자기가 특별한 운명을 타고났다고 착각하거나 말이야.」

나는 리처드에게서 시선을 돌려, 아무 말도 않고 있는 석스비 부인을 본다. 부인이 고개를 끄덕인다. 「네 생각을 자주 했단다.」 부인이 다시 말한다. 「그리고 네가 어떻게 컸을까 궁금했단다. 분명 예쁠 거라 생각했지. 아가, 넌 정말 예쁘게 컸단다!」 부인이 침을 삼킨다. 「내가 두려워 한 점이 딱 두 가지 있었어. 첫 번째는, 네가 죽을지도 모른다는 거였어. 두 번째는, 네 할아버지와 삼촌이 널 잉글랜드에서 데리고 나가 숙녀의 비밀이 드러나기 전에 널 결혼시킬 수 있다는 거였지. 그리고 신문에서 네 할아버지가 죽었다는 기사를 보았어. 그다음엔 네 삼촌이 시골에서 조용히 살고 있다는 소식을 들었고. 그리고 널 데려가 역시 조용히 살게 하고 있다는 소식을 들었지. 그렇게 해서 나의 두 가지 걱정거리가 모두 사라졌단다!」 부인이 얼굴에 웃음을 띤다. 「그동안…….」 부인이 말한다. 그리고 이제 부인의 눈꺼풀이 파르르 떨린다. 「그동안, 수는 여기에 있었지. 너도 보아 알겠지만, 아가, 난 정말로 숙녀와의 약속을 확실하게 비밀로 지켜 왔단다. 부인이 드레스를 탁탁 친다. 「글쎄, 약속을 못 박아 두는 〈수〉가 없었다면, 그 약속이 내게 어떤 의미가 있었을까? 내가 수를 얼마나 은밀하게 감춰 왔는지 생각해 보렴. 얼마나 안전하게 지켜 왔는지 말이야. 이 거리 같은 데에 있는 우리집 같은 곳에서라면 여자아이가 얼마나 교활하게 클지 생각해 보라고. 그리고 입스 씨와 내가 그 아이가 물드는 것을 막으려고 얼마나 노력했을지도 생각해 보렴. 내가 얼마나 깊이 고민을 했겠니. 결국은 내가 수를 이용해야 할 것은 알지만, 어떻게 이용해야 할지는 잘 모르고 있으면서 말이야. 젠틀먼을 알게 되자, 해결 방법이 어떤 식으로 명확해지기 시작했을지 생각해 봐. 네가 비밀리에 결혼할지도 모른다는 나의 두려움이 저 사람이야말로 너와 비밀리에 결혼해야 할 상대란 생각으로 순식간에 바뀌는 걸 생각해 봐……. 그다음 수를 보고 수를 어떻게 해야 할지 알게 되는 것도 한순간의 일이었지.」 부인이 어깨를 으쓱한다. 「뭐, 이젠 이미 끝난 일이야. 네가 수야, 아가. 그리고 우리가 널 여기 데려온 목적은…….」

「잘 들어, 모드!」 리처드가 말한다. 나는 눈을 감고 고개를 돌려 버렸던 것이다. 석스비 부인이 내게로 다가와 손을 들어 내 머리를 어루만지기 시작한다.

부인이 훨씬 더 부드러워진 목소리로 계속 말을 잇는다. 「우리가 널 여기 데려온 목적은 네가 수로서 다시 시작하게 하기 위함이야. 그뿐이야, 아가! 그뿐이야.」

나는 눈을 뜨고 내 표정이 분명 바보처럼 보이리란 생각을 한다.

「알겠어?」리처드가 말한다. 「우린 수를 내 아내로서 정신 병원에 묶어 두고, 그 아이의 어머니가 쓴 글이 개봉되면 그 아이 몫의 재산은, 내 말은 〈모드〉의 재산은 내게로 오게 되는 거야. 그 재산은 한 푼도 남김없이 다 내 것이라고 말하고 싶군. 그러나 결국 이 계획은 석스비 부인이 꾸민 것이고, 그러니까 그 반은 부인에게 갈 거야.」리처드가 공손하게 절을 한다.

「공정하지, 안 그러냐?」석스비 부인이 여전히 내 머리를 쓰다듬으며 말한다.

리처드가 계속 말을 잇는다. 「그러나 나머지 반은, 말하자면, 수의 〈진짜〉 몫은 역시 석스비 부인이 가져가게 될 거야. 그 문서에서는 부인을 수의 후견인으로 지목하고 있거든. 그리고 후견인들이란, 아쉽게도, 피후견인의 재산을 꼼꼼하게 관리하지 못하는 일이 종종 있거든……. 물론, 수 자신이 사라졌다면 이 또한 아무 의미가 없지. 그렇지만 한편으로는, 사라진 건 모드 릴리, 즉 진짜 모드 릴리야.」리처드가 눈을 찡긋한다. 「물론 내가 의미하는 사람은 가짜 모드 릴리이지. 그게 네가 원한 것 아니었어? 사라지는 것? 네가 조금 전에 말했지, 이젠 모든 게 미칠 이유가 된다고. 그럼 네가 수로 행세하여 석스비 부인을 부유하게 해준다 해도 네게 해가 될 것 없지 않겠어?」

「우리 둘 다 부자가 되는 거야, 아가.」석스비 부인이 재빠르게 말한다. 「난 네게서 전부 다 강탈해 갈 만큼, 아가, 그렇게 인정머리 없는 사람은 아니란다! 넌 숙녀이고, 그렇잖니, 그리고 예쁘잖니? 흠, 난 내 재산을 손에 넣게 되면 내게 뭐가 뭔지 알려 줄 수 있는 예쁜 숙녀가 필요하단다. 우리 둘 다를 위한 계획을 세운 거란다, 아가, 아주 근사한 계획을 말이다!」부인이 자기 코를 톡톡 친다.

나는 부인에게서 떨어져 성큼 몸을 일으킨다. 그러나 아직도 서 있기엔 너무 현기증이 난다. 「당신들은 미쳤어.」나는 둘 다에게 말한다. 「당신들은 미쳤어! 나더러…… 수 행세를 하라고?」

「왜 안 되겠어?」리처드가 말한다. 「단지 변호사를 이해시킬 필요가 있을 뿐이야. 그렇게 될 거야.」

「변호사를 납득시킨다고, 어떻게?」

「어떻게? 그거야, 여기 석스비 부인과 입스 씨가 계시지……. 네겐 부모와도 같은 분들이고, 따라서 내 생각엔 널 잘 안다고 여겨질 분들이지. 그리고 또 존과 데인티도 있지. 너도 잘 알겠지만, 돈이 관련된 일이라면 어떤 일에라도 맹세할 녀석들이야. 그리고 내가 있어. 네가 모드 릴리 양, 즉 훗날 나의 아내가 된 여자의 하녀로 있을 때 브라이어에서 처음 만났지. 신사들이 하는 말이 어떤 가치를 갖는지 이미 보아 알잖아, 안 그래?」리처드가 자기가 한 말의 내용에 깜짝 놀라는 척한다. 「하지만 물론 넌 아주 잘 알지! 그 시골 정신 병원에 의사 두 명이 있거든……. 그 의사들이 널 기억할 거라고 생각해. 그리고 넌 어제만 해도 그 사람들을 돕고, 절도 하고, 20분이 넘도록 밝은 곳에 앉아 수전이란 이름으로 질문에 답하고 있지 않았나?」

리처드는 내게 생각할 시간을 준다. 그리고 다시 말한다. 「우리 부탁은 이것뿐이야, 그때가 오면, 넌 변호사 앞에서 다시 한 번 그 연기를 하는 거야. 네가 잃을 게 뭐 있어? 모드, 넌 잃을 게 아무것도 없어. 런던에 친구도 없고, 네 앞으로 되어 있는 돈도 없고……. 뭐, 잃을 건 이름뿐이지!」

나는 입을 손가락으로 가리고 있다. 내가 말한다. 「만약 내가

513

안 하겠다면? 만약, 변호사가 왔는데 내가 변호사에게……」

「변호사에게 무슨 말씀을 하시려고? 순진한 여자아이를 속이려고 어떻게 계획을 짰는지 말해 주려고? 의사들이 그 아이에게 약을 먹이고 끌고 가는 동안 지켜만 봤다고? 흠? 변호사가 어떻게 생각할 것 같은데?」

나는 앉아서 리처드가 말하는 것을 지켜본다. 마침내 내가 속삭인다. 「당신, 정말로 이렇게 사악해?」 리처드가 어깨를 으쓱한다. 나는 석스비 부인을 돌아본다. 「그리고 당신.」 내가 말한다. 「당신도 그렇게 사악해? 생각해 봐, 수를……. 당신 그렇게 야비할 수 있어?」

부인은 얼굴 앞에서 손을 내젓고 아무 말도 않는다. 리처드가 코웃음 친다. 「사악함.」 리처드가 말한다. 「〈야비함.〉 그게 다 뭔데! 소설에서나 쓰는 용어지. 당신은, 여자들이 아이들을 바꿔치기하는 게, 희극에서 유모들이 하는 식으로 웃겨 보자고 그러는 거라고 생각해? 당신 주변을 둘러봐, 모드. 창문으로 가서 거리를 내다봐. 그건 소설이 아니라 현실이야. 가혹하고, 비참한 거라고. 석스비 부인이 친절하게 널 거기서 구해 내지만 않았어도, 저게 네가 누려야 했을 삶이야……. 젠장할!」 리처드가 문에서 앞으로 걸어 나와 팔을 머리 위로 뻗어 기지개를 켠다. 「정말 피곤하군! 굉장한 하루였어……. 안 그래? 여자애 하나는 정신 병원에 처넣고, 또 하나는…… 뭐.」 리처드가 날 살펴보고 자기 발로 내 발을 쿡 찌른다. 「또 할 말 없나?」 리처드가 말한다. 「또 고함칠 일 없어? 나중에 또 치겠지. 그래 봤자 상관없어. 수의 생일은 8월 초야. 널 설득해 우리 계획에 끌어넣기까지 석 달은 더 시간이 있어. 내 생각엔 사흘이면, 버러에서 사흘만 살아 보게 하면 충분하겠지만 말이야.」

나는 리처드를 보고 있지만 아무 말도 못한다. 아직도 수 생각을 하고 있다. 리처드가 고개를 기웃한다. 「우리가 네 기를 꺾었다고는 말하지 말아 줘, 모드.」 리처드가 말한다. 「이렇게 빨리? 그럼 정말 유감일 거야.」 리처드가 잠시 뜸을 들인다. 리처드가 덧붙인다. 「네 어머니도 유감으로 생각할 거야.」

「내 어머니.」 나는 말하기 시작한다. 나는 눈에 광기가 번득이는 메리앤을 생각한다. 그리고 숨을 들이쉰다. 이때까지도 미처 이 점을 생각지 못했다. 리처드가 교활한 표정으로 날 보고 있다. 손을 옷깃에 얹고 목을 잡아당기고는 약하게 여자애처럼, 하지만 침착하게 기침을 한다.

「자, 젠틀먼.」 리처드가 기침을 하는 사이 석스비 부인이 불안한 듯이 말한다. 「너무 아이를 괴롭히지 마요.」

「괴롭힌다고요?」 리처드가 말한다. 아직도 리처드는 옷깃이 목에 스쳐 아프다는 듯이 옷깃을 잡아당기고 있다. 「전 그저 말하느라 목이 좀 마를 뿐입니다.」

「너무 많이 말해서 그래요.」 부인이 대답한다. 「릴리 양…… 이렇게 불러도 되겠지, 아가? 자연스러워 보이잖아, 안 그래? 릴리 양, 리처드에게 너무 마음 쓰지 마. 이런 이야기 할 시간은 충분히 많아.」

「내 어머니 이야기를 말하는 거겠지.」 내가 말한다. 「당신이 수의 어머니로 만들었던 나의 진짜 어머니 말이야. 핀 때문에 죽은 여자 말이야. 봐, 나도 아는 게 있다고! 내 어머니는 핀을 삼키고 목에 걸려 죽었다고.」

「아, 핀!」 리처드가 껄껄 웃으며 말한다. 「수가 그렇게 말했어?」 석스비 부인이 입술을 깨문다. 나는 둘을 번갈아 바라본다.

「내 어머니는 누구였어?」 내가 힘없이 묻는다. 「제발, 말해 줘. 아직도 내가 놀랄 수나 있다고 생각해? 내가 상관이나 할 거 같아? 어머니는 어떤 사람이었어? 당신 같은 도둑이었나?

음, 어머니가 미친 여자가 아니라면, 그 대신으로 도둑도 괜찮을 것 같아……」

리처드가 다시 콜록거린다. 석스비 부인이 내게서 시선을 돌리고 두 손을 모아 만지작거린다. 입을 여는 부인의 목소리가 조용하고 침울하다. 부인이 말한다. 「젠틀먼, 이제 릴리 양에게 더 할 말이 없겠지요. 하지만 전 할 말이 좀 있어요. 숙녀가 여자 아이에게 비밀스럽게 얘기하고 싶어 할 그런 종류의 말이에요.」

리처드가 고개를 끄덕인다. 「알겠습니다.」 리처드가 말한다. 팔짱을 낀다. 「듣고 싶어 죽겠군요.」

부인이 기다리지만 리처드는 자리를 뜨려 하지 않는다. 다시 부인이 내 옆에 와서 앉는다. 그리고 또다시 내가 몸을 움찔하며 옆으로 물러난다.

「아가.」 부인이 말한다. 「사실은 말이다, 네게 즐겁게 얘기할 방법이 없구나. 누구라도 즐겁게 얘기할 방법을 안다면, 나도 필시 알게 될 거다! 이미 수에게 한 번 얘기한 적이 있단다. 네 어머니는……」 부인이 입술을 적시고는 리처드를 바라본다.

「얘기하세요.」 리처드가 말한다. 「아니면 제가 하겠어요.」

그러자 부인이 다시 입을 열어 좀 더 빠르게 말하기 시작한다. 「네 어머니는.」 부인이 말한다. 「재판을 받았어. 도둑질로는 아니었지만, 남자를 하나 죽인 죄였지. 그리고, 오, 아가, 저들이 그 죄를 물어 네 어머니를 교수형에 처했단다!」

「교수형이라고?」

「살인자였어, 모드.」 리처드가 즐기듯이 말한다. 「내 방 창문으로 교수형에 처한 자리를 볼 수도 있어……」

「젠틀먼, 제가 분명히 말씀드렸지요!」

리처드가 입을 다문다. 내가 다시 말한다. 「교수형을 당했다고!」

「운이 없어 매달린 거지.」 석스비 부인이 말한다. 마치 그 말이 무슨 뜻이건 간에, 그렇게 말하면 내가 좀 견디기 쉬워질 거라는 듯이 말한다. 그러고는 내 얼굴을 살핀다. 「아가, 더는 그 생각은 마렴.」 부인이 말한다. 「이제 그게 무슨 상관이니? 넌 숙녀잖아, 안 그래? 네 출신이 어떻건 누가 그 일로 널 괴롭히겠어? 뭐, 여기 네 주위를 둘러보려무나.」

이미 일어나 있던 부인이 등불에 불을 붙인다. 어둠 속에 묻혀 있던 수많은 물건이 화려한 모습을 드러내기 시작한다. 비단 실내복, 침대의 먼지 낀 놋쇠 틀, 벽난로 선반 위의 도자기 장식들……. 부인이 세면대로 돌아가 다시 입을 연다. 「여기 비누가 있지. 정말 좋은 비누야! 서쪽에 있는 가게에서 구해 온 거란다. 1년 전에 구해 놨어. 이 비누를 보고 생각했지, 〈그래, 릴리 양도 이 비누를 좋아할 거야!〉 이 순간이 올 때까지 종이에 잘 포장해 보관해 뒀지. 그리고 여기 이 수건, 봐라. 복숭아처럼 부드러운 보풀이 보이니. 그리고 향기는 또 어떻고! 라벤더를 안 좋아한다면, 장미향으로 가져다주마. 보고 있니, 아가?」 부인이 서랍 장으로 가서 가장 깊은 서랍을 당겨 연다. 「자, 여기에 뭐가 들어 있게!」 리처드가 허리를 숙여 서랍을 들여다본다. 나도 끔찍하게 놀라면서 서랍을 본다. 「페티코트, 스타킹, 그리고 코르셋이야! 이것 참, 숙녀가 머리에 꽂는 핀까지 있단다. 이건 숙녀 뺨에 바를 볼연지이고. 이건 수정 귀걸이. 한 쌍은 푸른색, 한 쌍은 붉은색이지. 눈 색이 어떤지 모르니, 아가, 어떤 귀걸이가 어울릴지 몰랐거든! 음, 푸른색은 데인티에게 주어야 하겠군…….」

부인이 고리를 잡고 화려한 귀걸이를 들어 올리고 나는 크리스털이 빙글빙글 돌아가는 것을 지켜본다. 색이 흐릿하게 보인다. 나는 절망 속에 흐느끼기 시작했던 것이다.

울면 이 상황에서 구해질 수 있기라도 한 것처럼.

석스비 부인이 날 보더니 혀를 찬다. 「오, 이런.」 부인이 말한다.「너무하네! 울어? 이 모든 멋진 물건들을 보고도? 젠틀먼, 저 애 봤어요? 울다니, 왜?」

흔들리는 목소리로 내가 쓰디쓰게 내뱉는다.「내가 여기 있다는 걸 확인하려고 우는 거야. 이런 꼴로 말이야! 어머니를 단지 바보라고 여겼을 때 내가 꾸었던 꿈에 대해 생각하려고 우는 거야! 더럽고 치사한 당신과 이렇게 가까이 있다는 게 소름 끼쳐 우는 거야!」

부인이 뒤로 물러선다.「아가.」부인이 목소리를 깔고 재빨리 리처드를 보며 말한다.「널 그곳으로 보냈다고 이렇게 날 경멸하는 거니?」

내가 말한다.「내가 당신을 경멸하는 건 당신이 날 여기로 다시 데려왔기 때문이야!」

부인이 빤히 바라보다가 거의 웃음을 짓는다. 방 여기저기로 손짓을 한다. 즐거운 표정으로 부인이 말한다.「내가 널 랜트 스트리트에 가두어 둘 작정이라곤 생각하지 마라! 아가, 우리 아가, 너를 여기서 떠나보낸 건 널 숙녀로 자라게 하려는 뜻이었단다. 그리고 저들이 널 숙녀로, 완벽한 보석으로 만들어 냈지! 내가 이런 누추한 곳에서 네 광채를 낭비하게 할 거라 생각지 마. 내가 말 안 했니? 내가 부자가 되었을 때, 아가, 그때 널 내 곁에 두고 싶어. 숙녀는 말벗을 데리고 다니잖아? 내가 네 재산을 차지하게 되는 날까지만 기다리렴. 그러고도 우리가 런던에서 가장 멋진 집을 못 갖게 될지 두고 보라고! 그리고 어떤 마차들과 하인들을 갖게 될지도! 진주와 드레스들도!」

부인이 다시 내게 손을 얹는다. 나에게 키스하려고, 나를 먹어 치우려 한다. 나는 일어나 부인을 떨쳐 버린다. 내가 말한다.「당신의 교활한 계략이 성공한 다음에도 내가 당신 곁에 머물러 있을 거라 생각진 않겠지?」

「안 그러면 어쩔 수 있는데?」부인이 말한다. 「내가 아니면 누가 널 거둬 주겠니? 널 데려간 건 운명이었어. 널 다시 데려온 건 나야. 17년간이나 계획을 짜왔어. 그 불쌍한 숙녀의 품에 널 처음 안겨 주던 이후로 순간마다 이 일을 계획하고 생각해 왔어. 수를 지켜보면서…….」

부인이 침을 삼킨다. 나는 더욱 서럽게 운다. 「수…….」내가 말한다. 「오, 수…….」

「자, 왜 그런 표정을 짓지? 그 아이 어머니가 원한 그대로 수에게 모든 걸 다 해주었는데? 안전하게 지키고, 단정하게 입히고, 평범한 아이로 키워 냈는데? 네가 수에게서 가져갔던 삶을 다시 돌려준 것 말고 내가 뭘 했다고?」

「당신이 수를 죽였어!」내가 말한다.

「수를 죽였다고? 그 모든 의사들이 수를 숙녀로 여기며 근처에서 지키고 있는데? 그리고 확실히 말해 두겠는데, 거저 보내 놓은 것도 아니야.」

「분명히 아니지요.」리처드가 말한다. 「부인이 그 돈을 주고 계시지요. 잊지 마십시오. 그게 제 돈으로 해야 할 일이었다면, 전 분명 시골 보호 시설에 보내 버렸을 겁니다.」

「알겠니, 아가? 내가 수를 죽였다고! 허, 내가 없었다면, 수는 언제라도 죽음을 당할 수 있었다고! 수가 아플 때 누가 수를 돌보았는데? 누가 수를 남자애들에게서 지켰는데? 수를 살리기 위해서라면 나는 손도 발도 허파까지도 내놓았을 거야. 하지만 내가 그 모든 것을 수를 위해 했다고 생각하니? 내가 부자가 되면 평범한 여자애 따위가 내게 무슨 소용이 있는데? 다 널 위해 했던 거야! 수 생각은 하지 마. 지금의 너에 비하면, 수는 물이고, 석탄이고, 먼지였어.」

나는 부인을 응시한다. 「세상에!」내가 말한다. 「어떻게 당신이 그럴 수가? 어떻게 당신이?」

다시 한 번, 부인이 깜짝 놀란 척한다. 「왜 내가 못 그러는데?」

「하지만 수를 속이다니! 거기에, 수를 버려두다니……!」

부인이 손을 뻗어 내 소매를 쓰다듬는다. 「의사들이 수를 돌보게 놔두렴.」 부인이 말한다. 그리고 표정이 바뀐다. 눈을 찡긋거린다. 「그리고 오, 아가, 네가 누구 딸인지를 생각해 보렴.」

방 아래에서 다시 비명과 치고받는 소리와 웃음소리가 들려온다. 리처드는 팔짱을 끼고 서서 바라보고 있다. 창문에서 파리가 여전히 윙윙거리면서 계속 유리를 친다. 그리고 윙윙 소리가 멈춘다. 그게 신호였다는 듯이 나는 몸을 돌리고 무너져 내리며 석스비 부인의 손아귀에서 빠져나온다. 침대 옆으로 털썩 무릎을 꿇고 퀼트의 솔기에 얼굴을 묻는다. 이제까지 나는 용감하고 단호했다. 자유를 위해 분노와 광기와 욕망과 사랑을 억눌러 왔다. 이제 그토록 원하던 자유를 완전히 빼앗겼는데, 내가 졌다고 생각하는 게 뭐가 그리 놀라운 일인가?

나는 어둠에 몸을 내맡겨 버린다. 그리고 다시는 얼굴을 들어 밝은 빛을 마주하도록 요구받을 일이 없기를 기도한다.

13

그날 밤은 토막토막 기억이 난다. 나는 눈을 완전히 가린 채 계속 침대 옆에 머무르고, 석스비 부인의 바람대로 일어나 부엌으로 내려갈 생각은 전혀 없다. 리처드가 다가와 발로 내 치마를 다시 쿡쿡 찌르다가 내가 아무 반응도 없자 일어나 웃음을 터트리고는 나가 버린다. 누가 내게 수프를 가져다주지만, 나는 입에 대보려고도 하지 않는다. 등불을 가져가 버려 방이 어두워진다. 나는 마침내 옥외 변소에 가기 위해 일어난다. 붉은 머리에 얼굴이 통통한 여자아이, 즉 데인티가 명령을 받고 날 변소에 데려다 준 뒤 문 옆에 서서 내가 밤거리로 도망치지 못하게 지킨다. 나는 다시 울고, 그래서 저들이 브랜디에 약 방울을 더 많이 떨어뜨려 준다. 옷을 벗고 내 것이 아닌 잠옷을 입는다. 나는 아마도 한 시간 정도를 잠들었다가 태피터 천이 바스락거리는 소리에 깨어나 석스비 부인을 보고 공포에 질린다. 머리를 풀어 늘어뜨린 부인은 드레스를 벗어 던지고 살과 더러운 리넨을 드러낸 채 초를 불어 끄고는 내 옆으로 눕는다. 내가 잔다고 생각하고 곁에 누운 뒤, 내게 손을 얹었다가 거두더니 마침내 금 조각을 쥔 구두쇠처럼 내 머리털 한 줌을 집어 입에 가져다 댄다. 그런 기억들이 난다.

부인의 열기와 내게는 낯선 거대한 부인의 몸집과 시큼한 수프 냄새를 의식한다. 내가 잠에 빠졌다 깨어나길 반복하기 시작하는 사이 부인은 빠르게 고른 잠으로 빠져 들어 코를 곤다. 잠이 들었다 말았다 하는 바람에 시간이 느리게 흘러간다. 하룻밤 사이에 수많은 밤이 흘러가는 것 같다. 몇 년어치의 밤이 흘러가는 것 같다! 마치 흩날리는 연기 속에 있는 것처럼, 나는 의지와 상관없이 비틀거리며 밤을 헤치고 나아간다. 이제 나는 브라이어의 화장방에 있다고 믿으며 깨어난다. 크림 부인 집의 내 방에서 깨어난다. 정신 병원 침대에서 몸집이 거대하고 편안한 느낌의 간호사를 옆에 두고 깨어난다. 백번도 더 깨어난다. 신음하고 잠을 갈망하며 깨어난다. 결국은 내가 정말로 있는 곳은 어디인지, 어떻게 여기에 오게 되었는지, 내가 누구이고 어떤 이인지 통렬하고 소름끼치는 깨달음이 찾아온다.

마침내 깨어난 뒤 다시는 잠들지 않는다. 어둠이 조금 옅어져 있다. 가로등불 하나가 타오르고 있고, 그 불빛이 창에 걸린 빛바랜 성긴 스카프의 날실과 씨실들을 밝게 비춘다. 이제 가로등불이 꺼진다. 불빛이 지저분한 분홍빛으로 변한다. 머지않아 분홍빛이 역겨운 노란빛으로 바뀐다. 빛이 살금살금 움직여 가고 그와 함께 이런저런 소리가 슬그머니 들려온다. 처음엔 조용히 들려오다가 깜짝 놀랄 만한 강도로 높아진다. 수탉 울음소리, 호각 소리와 종소리, 개 짖는 소리, 빽빽거리는 아기 울음소리, 격한 외침, 기침 소리, 침 뱉는 소리, 쿵쿵대는 발소리, 끝없이 울리는 둔탁한 말발굽 소리와 바퀴 구르는 소리가 들린다. 런던의 목구멍에서 점점 더 큰 소리가 울려 나온다. 여섯 시 혹은 일곱 시이다. 석스비 부인은 내 옆에서 계속 자지만, 나는 완전히 깨어서 비참한 기분으로 배에 통증을 느낀다. 나는 자리에서 일어나고, 비록 지금이 5월이고 브라이어보다 따뜻하지만 몸을

떤다. 아직 장갑은 끼고 있지만, 옷과 신발과 가죽 가방은 석스
비 부인이 상자에 넣고 잠가 버렸다. 「혹시나 네가 혼란스러워
하면서, 아가, 지금 집이라고 잘못 생각하며 잠에서 깨어나 옷
을 차려입고 밖으로 걸어 나가 길을 잃는 일이 생길까 봐 말이
지.」약에 취해 멍한 상태로 부인 앞에 서 있었을 때 부인이 했
던 말을 이제 다시 떠올린다. 부인이 상자 열쇠를 어디에 두었
더라? 그리고 방 열쇠는 어디에 두었더라? 몸이 아까보다 더 격
하게 떨려 오고 더 메스꺼워진다. 그러나 생각만큼은 끔찍하도
록 명료하다. 여기서 벗어나야 한다. 여기서 벗어나야만 한다!
런던을 벗어나야 한다. 어디로든지 가야 한다. 브라이어로 돌
아가야 한다. 돈을 구해야 한다. 〈반드시.〉나는 생각한다. 가장
선명하게 드는 생각이다. 〈반드시 수를 구해야 해!〉석스비 부
인이 거칠게, 그리고 고르게 숨을 쉰다. 부인이 어디에 열쇠를
두었을까? 부인의 태퍼터 드레스가 마미단 가리개에 걸려 있
다. 나는 조용히 드레스로 가서 치마 주머니를 살짝 쳐본다. 비
어 있다. 선 채로 선반과 서랍장과 벽난로 선반을 열심히 살펴
본다. 열쇠는 보이지 않는다. 그러나 열쇠를 숨길 곳은 많다는
생각을 한다.

　부인이 뒤척인다. 깨어나진 않지만 머리를 움직인다. 그러자
알겠다는 생각이 든다. 기억나는 것 같다……. 부인은 베개 아
래 열쇠를 두었다. 나는 부인이 교활하게 손 놀리던 모습과 열
쇠가 소리 죽여 쩔그렁거리던 것을 떠올린다. 나는 한 발 내디
딘다. 부인의 입술이 벌어져 있고, 하얀 머리털은 뺨에 느슨하
게 풀어져 있다. 나는 다시 한 발 내디디고, 마룻바닥이 삐걱거
린다. 부인 곁에 선다. 확실히 하기 위해 잠시 기다렸다가 손가
락을 베개 끄트머리 아래쪽으로 집어넣고 천천히, 아주 천천히
손을 밀어 넣는다.

부인이 눈을 뜬다. 내 손목을 잡고 얼굴에 웃음을 띤다. 기침을 한다.

부인이 입가를 훔치며 말한다. 「아가, 노력은 가상하다만, 내가 뭔가를 마음을 두고 있을 때 나 몰래 그 물건에 손댈 수 있던 여자애란 아직까지 없었지.」 내 팔을 쥔 부인의 손아귀 힘이 세다. 하지만 곧 애무로 변한다. 나는 몸을 떤다. 「하느님 맙소사, 네 몸이 차지 않니!」 부인이 말한다. 「자, 아가, 뭘 좀 덮어 주마.」 부인이 침대에서 퀼트를 가져와 덮어 준다. 「훨씬 낫지, 아가?」

내 머리털이 엉켜 얼굴에 늘어져 있다. 나는 머리털 사이로 부인을 유심히 바라본다.

「죽어 버리고 싶어.」 내가 말한다.

「오, 이런.」 부인의 목소리가 높아진다. 「무슨 말을 그렇게 하니?」

「그럼 당신이 죽어 버렸으면 좋겠어.」

부인은 고개를 저으면서도 여전히 웃음을 띠고 있다. 「말이 거칠구나, 아가!」 부인이 코를 킁킁거린다. 부엌에서 끔찍한 냄새가 올라온다. 「이 냄새 나니? 입스 씨가 우리 아침을 다 만드셨구나. 자, 누가 감히 훈제 청어 요리를 앞에 놓고서도 죽었으면 좋겠다고 소원할지 한번 두고 보자꾸나!」

부인이 다시 양손을 비빈다. 손은 붉지만, 출렁이는 팔뚝 살은 상앗빛이 돈다. 부인은 슈미즈와 페티코트 차림으로 자고 있었다. 이제 부인은 코르셋을 잠그고 태퍼터 드레스를 입은 뒤 빗을 물에 적셔 머리를 빗는다. 「트랄 라, 히 히.」 부인은 머리를 빗으며 간간이 노래를 부른다. 나는 여전히 엉킨 머리를 눈앞에 늘어뜨린 채 부인을 바라본다. 부인의 벗은 발은 갈라져 있고 발가락 부분이 불룩 튀어나와 있다. 다리에는 거의 털이 없다. 부인은 스타킹으로 몸을 구부리며 신음을 내뱉는다. 뚱뚱한 허벽지에는 양말대님에 조여 생긴 흉터가 나 있다.

「그래, 그렇지.」 부인이 옷을 입으며 말한다. 아기 하나가 울기 시작했다. 「저놈이 다른 아기들까지 다 울리고 말 거야. 내가 기저귀를 갈아 주는 동안 내려가 있으렴, 아가. 응?」

「내려가라고?」 내가 말한다. 도망치려면 아래층으로 내려가야만 한다. 그러나 나는 내 모습을 바라본다. 「이런 모습으로? 내 드레스와 신발 안 돌려줄 거야?」

아마도 내 말투가 너무 날카로웠나 보다. 아니면 내 얼굴이 교활하거나 필사적인 표정을 하고 있었나 보다. 부인이 망설이다가 입을 연다. 「그 더럽고 낡은 옷 말이냐? 그 신발이랑? 어이구, 그건 외출복이지. 여기 이 비단 실내복 보렴.」 부인이 문 뒤 고리에 걸려 있던 실내복을 손에 든다. 「이게 바로 숙녀들이 집에서 아침 시간에 입는 옷이란다. 여기 비단 슬리퍼도 있단다. 이런 걸 걸치면 멋져 보이지 않겠니? 어디 걸쳐 봐라, 아가, 그리고 아침 먹으러 내려가렴. 부끄러워할 것 없다. 존 브룸은 열두 시 전엔 안 일어나니까, 식사할 사람은 나와 젠틀먼, 그리고 입스 씨뿐이란다. 젠틀먼은 네가 단정치 못하게 있을 때 널 본 적이 분명 있을 것이고! 그리고 아가, 이제 입스 씨는 일종의, 음, 삼촌 정도로 여기렴. 응?」

나는 고개를 돌린다. 방이 끔찍하게 느껴진다. 그러나 옷도 제대로 입지 않고 저 어두침침한 부엌으로 부인과 함께 내려갈 생각은 없다. 부인이 잠시 더 간청하고 꾀어 본다. 그러고는 나를 포기하고 가버린다. 열쇠가 돌아가고 문이 잠긴다.

나는 바로 내 옷이 담긴 상자로 걸어가 뚜껑을 열려고 노력해 본다. 꽉 닫혀 있고 상자는 무척 튼튼하다.

그래서 나는 창가로 걸어가 창틀을 민다. 창틀이 일이 인치까지 올라가고, 좀 더 세게 민다면 창을 붙들고 있는 녹슨 못들이 빠질 수도 있겠다는 생각이 든다. 그러나 창문 폭이 좁고 지면에서 너무 멀리 떨어져 있다. 게다가 나는 아직도 제대로 갖춰 입지 못했다. 더 나쁜 것은, 거리에 사람들이 있다. 처음엔 소리쳐 사람들을 부를 생각, 유리를 깨고, 신호를 보내고, 소리 지를 생각을 해보지만, 곧 사람들을 자세히 살피기 시작하고, 얼굴과 더러운 옷과 들고 다니는 꾸러미들과 그 옆으로 뛰고 구르는 아이들과 개들을 본다. 〈저게 현실이야.〉 열두 시간 전에 리처드는 그렇게 말했다. 〈가혹하고, 비참한 거라고. 석스비 부인이 친절하게 널 거기서 구해 내지만 않았어도, 저게 네가 누려야 했을 삶이야······.〉

더러운 붕대를 한 여자가 하트 모양 구멍이 난 덧문이 달린 집 문간에 앉아 아기에게 젖을 먹이고 있다. 여자는 고개를 들고 나와 시선을 마주친다. 그리고 내게 주먹을 휘두른다.

나는 창문에서 물러나 손으로 얼굴을 가린다.

하지만 석스비 부인이 돌아왔을 때, 나는 이미 준비를 마친 상태이다.

「내 말 잘 들어.」 내가 부인에게 다가가며 말한다. 「당신은 리처드가 날 삼촌의 집에서 빼냈다는 거 알지? 삼촌이 부자이고 나를 찾아낼 거란 것도 알지?」

「삼촌이라고?」 부인이 말한다. 부인은 쟁반을 들고 왔지만, 내가 뒤로 물러설 때까지 문턱에 그대로 서 있다.

「릴리 씨 말이야.」 내가 물러서며 말한다. 「내 말뜻 알잖아. 최소한 삼촌은 아직도 날 자기 질녀로 생각해. 삼촌이 사람을 보내 날 찾을 거라고 생각 안 해? 날 이렇게 가둬 줘서 고맙다고, 삼촌이 당신에게 그렇게 말할 것 같아?」

「분명 고마워하실 거다. 그 사람이 그 정도까지 마음 쓰기라도 한다면 말이지. 우리가 널 편히 있게 해주지 않았니, 아가?」

「그렇지 않단 거 알 텐데. 내 의지에 반해서 날 여기에 가두고 있단 거 당신도 알잖아. 제발, 내 드레스를 돌려줘.」

「괜찮아요, 석스비 부인?」입스 씨이다. 내 목소리가 높아지면서 입스 씨가 부엌을 나와 계단참까지 온 것이다. 리처드 또한 침대에서 몸을 뒤척이더니 방을 가로질러 가 문을 열고 귀 기울이는 소리가 들린다

「괜찮아요!」석스비 부인이 가볍게 외친다. 부인이 내게 말한다. 「어서 먹으렴. 식기 전에 먹어야지.」

부인이 쟁반을 침대 위에 놓는다. 문이 열려 있다. 그러나 나는 입스 씨가 아직도 계단참에 서 있고, 리처드가 위층에서 계속 귀 기울이며 기다리고 있단 걸 알고 있다. 「어서 먹으렴.」부인이 다시 말한다. 쟁반 위에 접시 하나와 포크, 리넨 냅킨을 올려놓았다. 접시에는 버터와 물로 된 즙 속에 호박색 생선 두세 토막이 얹혀 있다. 지느러미와 머리가 보인다. 냅킨은 윤이 나게 닦아 놓은 은제 고리에 끼워져 있고, 냅킨 고리는 내가 브라이어에서 특별한 때에만 쓰던 것과 약간 비슷해 보인다. 그러나 머리글자가 새겨져 있지 않다.

「날 보내 줘.」내가 말한다.

석스비 부인이 고개를 흔든다. 부인이 말한다. 「아가, 어디로 갈 건데?」

내가 대답을 못 하자, 부인이 기다리고 있다가 나가 버린다. 리처드가 자기 방문을 닫고 다시 침대로 돌아간다. 리처드가 흥얼거리는 소리가 들린다.

나는 접시를 집어 들어 천장에, 창문에, 벽에 던져 버릴까 하는 생각을 한다. 그러고는 생각한다. 〈강해져야 해. 강해져서 도망갈 준비를 해야 해.〉 그래서 나는 자리에 앉아 음식을 먹는다. 천천히, 비참하게, 조심스럽게 호박색 생선에서 가시를 발

라내며 먹는다. 장갑이 축축해지고 얼룩진다. 그리고 내겐 갈아 낄 장갑이 없다.

한 시간이 지나자 석스비 부인이 빈 접시를 가지러 돌아온다. 다시 한 시간이 지나자 커피를 가져온다. 부인이 나간 동안 나는 다시 창가에 서거나 문에 귀를 대본다. 천천히 걷다가, 앉아 있다가, 다시 천천히 걸어 다닌다. 분노가 눈물 가득한 비통함으로 바뀌고 결국엔 무감각한 상태로 들어선다. 그러나 그다음 리처드가 온다. 「흠, 모드……」 리처드는 이 말뿐이다. 나는 리처드를 보고 격렬한 분노에 사로잡힌다. 얼굴을 때릴 작정으로 리처드에게 달려든다. 리처드는 내 주먹을 막은 뒤 나를 쳐 넘어뜨린다. 그리고 나는 바닥에 누운 채 발로 차고, 또 찬다……

정신이 돌아왔을 때는 다시 비정상적으로 이른 새벽이다. 새빨간 쿠션을 놓은 작은 금색 버들가지 의자가 새로이 보인다. 나는 의자를 창가로 끌고 가 석스비 부인이 하품하며 눈을 뜰 때까지 실내복을 걸친 채 앉아 있다.

「아가, 괜찮니?」 부인이 말한다. 부인은 날마다 이렇게 말하곤 한다. 모든 것이 괜찮기는커녕 너무나 잘못되어 있어, 이걸 참고 견디느니 거의 죽어 버리고 싶은 지경이다. 이 질문의 멍청함 혹은 고집스러움에 나는 자극을 받아 이를 갈고 머리를 잡아당기며 부인을 증오 속에 노려본다. 「착하지.」 부인이 말한다. 「의자가 마음에 드니, 아가? 마음에 들어 할 줄 알았단다.」 부인이 다시 하품을 하고는 주위를 둘러본다. 「쉬 했니?」 부인이 말한다. 말하기 부끄럽지만 나는 마미단 가리개 뒤에서 요강을 사용하는 데 익숙하다. 「그거 이리 주련, 응, 아가? 난 터질 지경이거든.」

나는 움직이지 않는다. 잠시 후 부인이 일어나 스스로 가져간다. 요강은 겉은 하얀 자기이지만, 안쪽은 새까맣다. 새벽의 어슴푸레한 빛 속에서 처음 보았을 땐 털 뭉치가 가득 들었다고 생각하고 역겨워했다. 그러나 알고 보니 단순한 장식일 뿐이었다. 속눈썹이 붙은 커다란 눈이 그려져 있고, 그 둘레로는 평범한 검은 글씨체로 금언이 적혀 있다.

　　사용 후 깨끗이 씻어 주세요.
　　제가 본 일에 대해선 반드시 함구하겠습니다!
　　　　　　　　　　　　웨일스에서 보내는 선물

　저 눈을 볼 때마다 잠시 마음이 불편하다. 그러나 석스비 부인은 요강을 내려놓고 치마를 대충 들친 뒤 허리를 굽힌다. 내가 몸을 떨자, 부인이 얼굴을 찡그린다.
　「별로 보기 좋진 않지, 안 그러니, 아가? 마음 쓰지 마라. 멋진 집으로 이사 가면 네 전용 변소를 하나 마련해 주마.」
　부인이 일어나 다리 사이로 페티코트를 밀어 넣는다. 그러고는 손을 비빈다.
　「자, 그러면…….」 부인이 말한다. 내 모습을 살펴보며 눈빛을 번득인다. 「이러면 어떨까? 오늘 우리가 널 차려입혀서 멋지게 꾸며 보면? 상자에 네가 입고 온 드레스가 들어 있지. 하지만 저 옷은 너무 낡았어, 안 그래? 게다가 모양도 이상하고 구식이기까지 하잖니? 좀 더 멋진 옷을 입어 보면 어떨까. 내가 널 위해 드레스를 몇 벌 마련해 뒀단다. 은종이로 잘 싸두었지. 얼마나 멋진지, 네 눈을 못 믿을걸. 데인티를 데려와 널 입히게 하면 어떨까? 데인티가 그래 보여도 바느질은 참 잘하거든. 좀 거칠어 보이긴 하지? 걔가 좀 그래. 말하자면, 곱게 크질 못하고 거칠게 자라서 그래. 하지만 마음 깊은 곳은 따뜻한 애란다.」

부인의 말이 이제 내 관심을 끈다. 〈드레스.〉 내가 생각한다. 드레스만 입으면 도망갈 수 있다.

부인이 내 심경의 변화를 알아채고 기뻐한다. 부인이 내게 아침 식사로 또 생선을 가져다주고, 나는 생선을 먹는다. 부인이 시럽처럼 단 커피를 가져다준다. 커피 때문에 심장이 심하게 쿵쿵거린다. 그리고 부인이 뜨거운 물 한 양동이를 가져온다. 수건을 물에 적셔 날 닦아 주려 한다. 나는 부인의 손길을 거부하고 수건을 건네받아 얼굴을, 팔 아래를, 다리 사이를 누른다. 처음으로, 평생 처음으로 나는 스스로 몸을 닦는다.

이윽고 부인이 방을 나간다. 물론, 나가면서 문을 잠근다. 데인티를 데리고 돌아온다. 종이 상자를 몇 개 가지고 온다. 침대 위에 상자를 내려놓고 줄을 푼 뒤 드레스를 꺼낸다. 데인티가 드레스를 보고 탄성을 지른다. 드레스는 모두 비단으로 만들어져 있다. 하나는 노란 리본으로 가장자리를 댄 보랏빛이고, 또 하나는 은색 줄무늬의 초록빛이며, 세 번째 것은 진홍색이다. 데인티가 천의 가장자리를 잡고 쓰다듬는다.

「퐁지[14]인가요?」 데인티가 감탄하며 말한다.

「퐁지야. 풀라르[15] 주름 장식을 달았지.」 석스비 부인이 말한다. 버찌 씨를 내뱉듯 입에서 단어가 어색하고 퉁퉁하게 나온다. 부인이 진홍빛 치마를 들자 턱과 뺨이 비단 빛에 반사되어 코치닐[16]에 물든 것처럼 붉다.

부인이 내 시선을 알아차린다. 「이 드레스들 어떻니, 아가?」

난 저런 색깔이, 저런 옷감이, 저런 드레스들이 존재하는 줄도 몰랐다. 저 옷을 입고 런던 거리에서 활보하는 자신을 상상

14 옅은 황갈색 견직물.
15 날염한 얇은 명주 천.
16 엄지벌레의 암컷에게서 채취하는 붉은 색소.

해 본다. 심장이 덜컹 내려앉는다. 내가 말한다. 「끔찍해, 끔찍한 옷들이야.」

부인이 눈을 깜빡이다가 곧 자신을 수습한다. 「네 지금 생각은 그렇구나. 그러나 삼촌의 황량한 저택에 너무 오래 갇혀 있었지 않니. 네가 박쥐보다도 더 패션 감각이 없다 해도 뭐 놀랍겠니? 런던 사교계에 데뷔를 하고 나면, 아가, 정말 화려한 드레스들이 생길 거고, 그럼 이 옷들을 다시 돌아보고는 이런 걸 〈화려하다 생각했다니〉 하고 배꼽이 빠져라 웃게 될 거야.」 부인이 손을 비빈다. 「자, 어떤 게 가장 마음에 드니? 진녹색과 은색 옷?」

내가 말한다. 「회색이나 갈색 아니면 검은색 옷은 없어?」

데인티가 혐오스럽다는 표정으로 나를 본다.

「회색, 갈색이나 검은색이라고?」 석스비 부인이 말한다. 「여기 은색과 보라색 옷을 두고?」

「그럼 보라색으로 하지.」 내가 마침내 말한다. 줄무늬는 눈이 멀 것 같고, 진홍색은 메스껍다. 어쨌거나 지금도 메스껍긴 마찬가지이지만 말이다. 석스비 부인이 서랍장으로 가서 서랍을 연다. 스타킹과 코르셋과 화려한 페티코트를 꺼낸다. 페티코트 때문에 나는 깜짝 놀란다. 리넨은 늘 흰색이어야 한다고 생각해 왔기 때문이다. 내가 아이 적에 까만 책은 모두 반드시 성서여야 한다고 생각했던 것처럼 말이다.

그러나 이제는 색색으로 치장해 입든지, 아니면 벌거벗는 수밖에 없다. 둘이 내게 옷을 입힌다. 마치 여자아이 둘이서 인형에게 옷을 입히는 것 같다.

「자, 이제 어디를 조여야 할까?」 석스비 부인이 드레스를 꼼꼼히 살펴보며 말한다. 「아가, 데인티가 가늠을 하는 동안 가만히 있으렴. 하느님 맙소사, 이 허리 좀 봐……. 움직이지 말라니까! 데인티가 손에 핀을 쥐고 있는 동안은 몸부림 좀 치지 않는

게 좋을 텐데……. 훨씬 낫구나. 너무 느슨한가, 그래? 음, 우리
식으로 물건을 구해 오다 보면 사이즈를 마음대로 골라올 수가
없거든. 하, 하!」

둘이 장갑을 벗긴다. 그러나 새로운 장갑을 가져다준다. 발
에는 하얀 비단 슬리퍼를 신긴다. 「신을 신으면 안 돼?」 내가 말
하자, 석스비 부인이 대답한다. 「신발? 아가, 신발은 걷기 위해
신는 거야. 네가 걸어갈 곳이 어디 있다고……?」

부인이 한눈을 팔며 대답한다. 부인은 커다란 나무 상자를
열고 내 가죽 가방을 꺼낸 참이다. 이제, 내가 지켜보는 동안,
그리고 데인티가 바느질을 하는 동안, 부인은 가방을 가지고
밝은 창가로 가서 삐걱거리는 버들가지 의자에 편하게 앉아 가
방 안의 물건들을 골라내기 시작한다. 나는 부인이 슬리퍼, 카
드, 빗을 만지작거리는 모습을 본다. 그러나 부인이 원하는 것
은 내 보석이다. 곧 부인이 작은 리넨 꾸러미를 찾아내 꾸러미
를 열고 내용물을 무릎에 쏟는다.

「자, 여기 뭐가 있나? 반지 하나, 팔찌 하나, 숙녀의 초상화가
하나.」 부인이 초상화를 평가하는 눈길로 바라본다. 그러더니
갑자기 표정이 변한다. 나는 부인이 그 초상화에서, 한때는 나와
닮은 점을 찾아보던 그 얼굴에서 누구의 얼굴을 보고 있는지 안
다. 부인이 초상화를 재빨리 옆으로 치운다. 부인이 계속 말한
다. 「에메랄드 팔찌가 하나 있고. 조지 왕 시대 유행하던 양식이
군. 하지만 보석은 예쁘네. 이것들을 좋은 가격으로 팔아 주마.
진주가 하나 달린 사슬 목걸이가 있고. 루비 목걸이가 하나…….
너무 무겁구나. 내 말은, 너 같은 표정의 여자아이에겐 너무 무
거워. 내가 널 위해 멋진 구슬로 된 장신구 일습을 준비해 뒀어.
유리구슬이지만 어찌나 반짝이는지 사파이어라고 해도 믿을
걸! 그게 네겐 훨씬 잘 어울릴 거다. 그리고…… 오! 이게 뭐지?

정말 예쁘지 않니? 이것 봐, 데인티, 여기 이 환상적인 멋진 보석들 좀 봐!」

데인티가 본다. 「끝내주네요!」 데인티가 말한다.

한때 내 상상 속에서 수가 숨을 몰아쉬며 광을 내고 실눈으로 가치를 가늠하던, 브릴리언트 컷 다이아몬드들로 이루어진 브로치이다. 이제 석스비 부인이 그 브로치를 들고 한 눈을 가늘게 뜬 채 꼼꼼히 살펴본다. 브로치가 반짝거린다. 여기에서조차 반짝반짝 빛을 낸다.

「이게 꼭 어울릴 곳을 알지.」 부인이 말한다. 「아가, 괜찮겠지?」 부인이 걸쇠를 열고 브로치를 자기 드레스 가슴에 꽂는다. 데인티가 실과 바늘을 떨어뜨리고 부인을 바라본다.

「오, 석스비 부인!」 데인티가 말한다. 「진짜 여왕님 같아요.」

심장이 다시 격하게 쿵쾅거린다. 「다이아몬드 퀸이로군.」 내가 말한다. 부인이 내게 애매한 눈빛을 보낸다. 내가 칭찬을 하는 것인지 조롱하는 것인지 알지 못하는 것이다. 나 자신도 모른다.

그리고 잠시 동안 침묵이 흐른다. 데인티가 자기 일을 끝내고는 내 머리를 빗기고 머리털을 꼰 뒤 핀을 꽂아 매듭을 지어 준다. 그러고는 날 일으켜 세우고 살펴본다. 기대에 찬 표정으로 고개를 기웃거린다. 둘의 안색이 어두워진다. 데인티가 코를 문지른다. 석스비 부인이 손가락으로 입술을 치다가 얼굴을 찡그린다.

벽난로 선반 위로 회반죽 하트 모양 장식들이 있고 그 중앙에 정사각형 거울이 보인다. 나는 돌아서서 거기 비치는 내 얼굴과 모습을 열심히 바라본다. 내 모습을 거의 못 알아볼 지경이다. 입이 하얗다. 눈이 붓고 빨갰으며 뺨의 피부와 색깔은 누렇게 변하고 있는 무명 같다. 머리를 감지 않아 두피가 기름으로 거뭇하다. 낮게 파인 드레스 목 부분으로 목 근처의 뼈가 그대로 드러나 보인다.

석스비 부인이 말한다. 「보라색은 아무래도 네 색깔이 아닌 것 같다, 아가. 눈 아래 그늘이 더 두드러지고 꼭 멍든 것처럼 보이는구나. 그리고 뺨은…… 장밋빛이 돌아오게 좀 꼬집어 보면 어떻겠니? 싫어? 데인티가 대신 하게 해줄 수도 있어. 손힘이 보통이 아니야, 정말 그래.」

데인티가 와서 내 뺨을 잡고, 나는 데인티의 손아귀에 붙들린 채 비명을 지르며 몸을 비튼다.

「좋아요, 고양이 같은 아가씨!」 데인티가 머리를 뻣뻣이 들고 발을 구르며 말한다. 「확실히 아가씨는 그냥 노란 얼굴로 지내도 되겠어요!」

「이런! 이런!」 석스비 부인이 말한다. 「릴리 양은 숙녀잖아! 숙녀에게 말하듯 해라. 그 입 좀 집어넣고.」 데인티가 입술을 삐죽였던 것이다. 「훨씬 낫구나. 릴리 양, 그 드레스 벗고 초록색과 은색 옷을 입어 보면 어떨까? 진녹색이 아주 살짝 들어간 옷을 입는다고 해가 될 거 전혀 없어. 저 조끼를 입고 너무 심하게 땀 흘릴 일만 피한다면 말이야.」

그러나 나는 다시 옷 입혀지는 걸 견뎌 낼 수도 없고, 보라색 드레스 끈을 끄르게 놔둘 생각도 없다. 「그게 마음에 드니, 아가?」 부인이 훨씬 부드러워진 표정과 목소리로 말한다. 「그래! 비단이 결국 네 마음을 돌려놓을 줄 알았다니까. 자, 이제 내려가서 신사 분들을 놀라게 해주면 어떨까? 릴리 양? ……데인티, 네가 먼저 내려가라. 저 계단들에서 얼마나 잘 넘어지는지 몰라. 릴리 양이 넘어지는 건 절대 보고 싶지 않다.」

부인은 이미 문을 열고 있다. 데인티가 앞서 가고, 잠시 후 내가 뒤따른다. 아직도 신발과 모자와 망토가 있었으면 하고 바란다. 그러나 모자도 없고 비단 슬리퍼 차림일지라도, 필요하다면 그대로 달릴 것이다. 브라이어까지 내내 달려가리라. 내가 나가야 하는 게 층계참의 어느 문이었더라? 잘 모르겠다. 보이지가 않는다. 데인티가 앞장서고 석스비 부인이 걱정스레 내 뒤를 따르고 있다. 「발 조심하렴, 아가.」 부인이 말한다. 나는 대답하지 않는다. 가까운 방 어딘가에서 특이한 소리가 들려왔기 때문이다. 암공작 울음소리처럼, 높아져서는 떨다가 점차 잠잠해진다. 나는 깜짝 놀라 고개를 돌린다. 석스비 부인 역시 고개를 돌리고 있다. 「어디 계속해 봐, 이 늙다리야!」 부인이 주먹을 휘두르며 소리 지른다. 그리고 내겐 좀 더 달콤한 목소리로 말한다. 「놀란 건 아니지, 아가? 아, 저건 그냥 입스 씨의 늙은 누이인데, 자기 방에만 갇혀 지내지. 불쌍한 것, 곧잘 공포에 질리곤 한단다.」

부인이 웃음을 띤다. 비명이 다시 들려오고, 나는 그 소리를 들으며 어두운 계단을 서둘러 내려간다. 팔다리가 아파 오며 딱딱 소리가 나고, 숨이 거칠어진다. 데인티가 계단 아래에서 기다린다. 홀이 작아서 데인티만으로도 꽉 차 보인다. 「이쪽으로 들어오세요.」 데인티가 말한다. 이미 부엌문을 열어 두었다. 데인티 뒤로 보이는 빗장 지른 문이 거리로 나가는 문일 거란 생각을 한다. 나는 발걸음을 늦춘다. 그러나 석스비 부인이 따라와 내 어깨에 손을 얹는다. 「맞아, 아가, 이쪽 길이야.」 나는 다시 발걸음을 내디디고 거의 구를 뻔한다.

부엌은 내 기억보다 훨씬 더 따뜻하고 더 어둡다. 리처드와 남자아이, 즉 존 브룸이 탁자에 앉아 주사위 놀이를 하고 있다. 내가 나타나자 둘 다 고개를 들어 보고는 웃음을 터트린다. 존이 말한다. 「저 얼굴 좀 봐! 누가 저렇게 눈에 멍이 들게 한 거야? 데인티, 네가 그랬다고 해, 그럼 내가 너한테 키스해 줄게.」

「내가 이 주먹으로 네 눈에 멍을 들여 주지.」석스비 부인이 말한다. 「릴리 양은 그저 피곤한 것뿐이야. 그 의자에서 썩 일어나, 이 쓸데없는 꼬맹이 놈아, 릴리 양이 거기 앉을 거다.」

부인이 등 뒤로 문을 잠그고 열쇠를 주머니에 넣으며 이렇게 말한다. 그리고 부엌을 가로질러 가 다른 문 두 개도 다 잘 잠겨 있는지 잡아당겨 본다. 「외풍이 안 들게 하려는 거야.」부인이 자길 보는 날 바라보며 말한다.

존이 다시 주사위를 던지고 자기 점수를 계산하고서야 일어난다. 리처드가 빈자리를 탁탁 친다. 「이리 와, 모드.」리처드가 말한다. 「자, 내 옆에 앉아. 다시 내 눈에 주먹을 날리려 드는 일이 없다고 약속만 하면, 알지, 왜, 수요일에 한 번 그랬잖아. 그러면 내가 존의 목숨을 걸고 맹세하지! 다시 널 쳐 넘어뜨리지 않겠다고.」

존이 얼굴을 찡그린다. 「그렇게 마음대로 내 목숨을 걸지 마.」존이 말한다. 「안 그럼, 나도 네 목숨을 내 마음대로 걸 거야. 알겠어?」

리처드는 대답하지 않는다. 대신 내 눈을 보며 웃음 짓는다. 「이리 와, 다시 친구 하자고, 흠?」

리처드가 내게 손을 뻗자, 나는 치마를 잡아당기며 피한다. 잠긴 문과 갑갑한 부엌 공기 때문에 나는 일종의 황량한 허장성세로 가득 찬다. 내가 말한다. 「나는 당신들과 친구가 되고 싶지 않아. 어느 누구와도 싫어. 내가 여기에 당신들과 있는 건 어쩔 수 없었기 때문이야. 석스비 부인이 그러길 바라고, 내겐 부인을 저지할 힘이 남아 있지 않기 때문이야. 그 외에는, 기억해 둬, 난 당신들 모두를 증오해.」

그리고 나는 리처드 옆의 빈자리가 아니라 탁자 앞 커다란 흔들의자에 앉는다. 내가 앉자 의자가 삐걱거린다. 존과 데인티가 재빨리 석스비 부인에게 시선을 보내고, 부인은 나를 향해 눈을 두세 차례 끔벅인다.

「안 될 거 있나?」 마침내 억지웃음을 터트리며 부인이 말한다. 「편히 지내렴, 아가. 난 여기 딱딱한 낡은 의자에 앉도록 하지. 몸에 좋을 거야.」 부인이 앉아 입을 닦는다. 「입스 씨는 어디 가셨어?」

「일하러 나가셨어요.」 존이 말한다. 「찰리 왝을 데리고 가셨어요.」

부인이 고개를 끄덕인다. 「그리고 아기들은 모두 자고 있고?」

「젠틀먼이 반시간 전에 아기들에게 약을 먹였어요.」

「잘했어. 착하기도 하지. 아기들을 아주 조용하게 해라.」 부인이 나에게 시선을 돌린다. 「괜찮니, 릴리 양? 차 한 잔 하겠니?」 나는 대답 없이 굉장히 느릿느릿 의자를 흔든다. 「아니면 커피라도?」 부인이 입술을 핥는다. 「그럼 커피로 하자. 데인티, 물 좀 끓여라. 입가심으로 케이크도 같이 먹겠니, 아가? 존더러 사 오게 할까? 케이크 싫어하니?」

내가 천천히 말한다. 「여기에는 내 입맛에 맞는 건 아무것도 없어. 차라리 잿가루가 더 나을 거야.」

부인이 고개를 젓는다. 「이런, 어떤 말을 해도 정말 시적으로 하는구나! 케이크는, 지금……?」 나는 시선을 돌려 버린다.

데인티가 커피를 끓이기 시작한다. 화려한 시계가 틱틱 돌아가다 정각을 알린다. 리처드가 담배를 만다. 담배 연기와 등불과 녹아 흐르는 양초에서 나오는 연기가 벽에서 벽으로 떠돈다. 갈색 벽은 마치 고기즙이라도 칠한 것처럼 희미하게 번쩍인다. 여기저기에 천사 그림, 장미 그림, 그네를 탄 여자아이들 그림, 오려 낸 지 오래되어 말려 올라간 신문 기사, 운동하는 남자, 말, 개, 도둑을 그린 판화들이 여기저기 걸려 있다. 입스 씨의 화로 옆으로도 세 장의 초상화, 즉 첩, 예일, 브라마[17]의 초상화가 코르크판에 붙어 있다. 던지는 화살에 맞은 자국이 수없이 나 있다.

만약 내게 저 화살이 있다면 이 사람들을 위협해 석스비 부인이 열쇠를 내놓게 할 텐데 하고 내가 생각한다. 깨진 병만 있어도. 칼만 있어도.

리처드가 담배에 불을 붙이고 연기 사이로 눈을 가늘게 뜬 채 나를 자세히 바라본다. 「드레스 예쁘네.」 리처드가 말한다. 「딱 널 위한 색이로군.」 리처드가 옷 가장자리에 댄 노란 리본에 손을 뻗고, 내가 리처드의 손을 쳐낸다. 「쳇, 쳇.」 리처드가 말한다. 「유감스럽게도 성질은 별로 좋아진 것 같지 않은걸. 가두어 두면 좀 부드러워지지 않을까 기대했는데. 사과나 송아지 고기처럼 말이야.」

「지옥에나 떨어지시지, 응?」 내가 말한다.

리처드가 빙그레 웃는다. 석스비 부인이 얼굴을 붉히더니 크게 웃는다. 「저 말하는 것 좀 들어 보라지.」 부인이 말한다. 「평범한 여자애가 저런 말을 하면 끔찍하게 천박해 보이지. 저 말도 숙녀가 하니 거의 달콤하게까지 들리는걸. 그래도, 아가.」 이제 부인이 탁자 너머 이쪽으로 허리를 숙이며 목소리를 깐다. 「난 네가 그렇게 고약하게 말하지 않았으면 좋겠구나.」

나는 부인의 시선을 맞받는다. 내가 노골적으로 대답한다. 「당신은 당신 희망 사항이 내게 무슨 의미라도 있다고 생각하나 보지, 안 그래?」

부인이 움찔하더니 더욱 심하게 얼굴을 붉힌다. 눈꺼풀을 떨다가 시선을 돌린다.

17 셋 모두 자물쇠를 발명한 사람들.

나는 커피를 마시고 다시는 입을 열지 않는다. 석스비 부인이 앉아 손으로 탁자 위를 부드럽게 두드리며 이마를 찌푸리고 있다. 존과 리처드는 다시 주사위 놀이를 하고 게임에 대해 언쟁을 벌인다. 데인티는 갈색 물이 담긴 그릇에 냅킨을 빨아 벽난로 앞에 넌다. 냅킨에서 김이 나며 악취가 뿜어져 나온다. 나는 눈을 감는다. 위가 쓰리고, 아프다. 내게 칼만 있어도. 나는 다시 생각한다. 아니면 도끼만 있어도…….

그러나 부엌은 여전히 숨 막히게 덥고, 나는 너무나 지치고 아프다. 고개가 뒤로 떨어지고 잠이 든다. 깨어나자 다섯 시다. 주사위는 치워져 있다. 입스 씨가 돌아와 있다. 석스비 부인은 아기들을 먹이고, 데인티는 저녁을 만든다. 베이컨, 양배추, 부스러지는 감자와 빵이 저녁이다. 나는 접시를 받자 아침 식사 때 생선에서 가시를 발라내듯 베이컨에서 지방을, 빵에서 딱딱한 빵 껍질을 대충 떼어 낸 뒤 먹는다. 부인이 식탁에 잔을 놓는다. 「술 조금 하겠니, 릴리 양?」 석스비 부인이 말한다. 「흑맥주로 할래, 아니면 셰리주?」

「진?」 리처드가 짓궂은 눈빛으로 말한다.

나는 진을 마신다. 맛은 쓰디쓰지만, 잔을 휘젓는 동안 잔에 부딪히는 은 숟가락 소리에 막연하게 알 수 없는 위안을 느낀다.

그렇게 그날이 지나간다. 다음 날도 마찬가지로 지나간다. 나는 일찍 잠자리에 든다. 매번 석스비 부인이 내 드레스와 페티코트를 벗긴 뒤 가져가 상자에 넣고 잠그고, 나 역시 방에 넣고 잠근다. 나는 간신히 얕은 잠을 자다가 아침마다 아픈 몸과 명료한 머리로 공포에 떨며 깨어난다. 그리고 작은 금색 의자에 앉아 감금 상태를 일일이 검토해 보며 탈출 계획을 짠다. 반드시 탈출해야 하기 때문이다. 탈출하고 말리라. 탈출하여 수에게 가리라. 수를 데려간 남자들의 이름이 뭐였지? 기억이 나지 않는다. 그 병원이 있는 곳이 어디였더라? 모르겠다. 괜찮다. 마음 쓰지 말자. 찾아내고 말 테니까. 그렇지만, 우선 브라이어로 가서 삼촌에게 돈을 달라고 간청할 것이다. 삼촌은 물론 날 아직도 조카로 믿고 있으리라. 만약 삼촌이 돈을 한 푼도 주지 않는다면, 하인들에게 간청할 것이다! 스타일스 부인에게 빌 것이다! 아니면, 훔칠 것이다! 서재에서 책을 한 권, 가장 희귀한 책으로 훔쳐서 팔 것이다⋯⋯!

그렇지 않으면, 아니다. 이 계획은 포기다. 아직까지도, 브라이어로 돌아간다는 생각을 하면 몸이 떨려 온다. 그리고 얼마 뒤, 런던에 친구들이 있다는 걸 마침내 생각해 낸다. 허스 씨와 호트리 씨가 런던에 있다. 허스 씨. 이 사람은 내가 계단 오르는 모습 보길 좋아했다. 과연 내가 허스 씨에게 가서 날 보호해 달라고 할 수 있을까? 그럴 수 있다는 생각이 든다. 난 그 정도로 절박하다⋯⋯. 하지만 호트리 씨가 더 친절했다. 그리고 날 자기 집으로, 홀리웰 스트리트에 있는 자기 가게로 날 초대한 적이 있다. 호트리 씨라면 날 도와주리란 생각이 든다. 분명 그러리라 확신한다. 그리고 홀리웰 스트리트가 멀지 않으리라는 생각을 한다. 멀까? 모르겠다. 그리고 지도도 없다. 그러나 어떻게든 찾아가고 말겠다. 그다음엔 호트리 씨가 날 도와주리라. 호트리 씨는 내가 수를 찾아내도록 도와줄 것이다⋯⋯.

내 주위로 런던의 새벽 동이 지저분하게 터오는 동안 그런 생각들이 흘러간다. 그동안 입스 씨는 훈제 청어를 요리하고, 입스 씨의 누이는 비명을 지르고, 젠틀먼은 침대에서 기침을 하고, 석스비 부인은 자기 침대에서 몸을 뒤척이고 코를 골고 한숨을 쉰다.

저들이 내게 이렇게 딱 붙어 있지만 않았어도! 〈언젠가는.〉

내 뒤로 문이 굳게 잠길 때마다 나는 생각한다. 〈언젠가는 문 잠그는 걸 잊는 날이 올 거야. 그럼 나는 달려가야지. 언젠가는 감시하는 데 지치는 날이 올 거야.〉그러나 저들은 잊지도, 지치지도 않는다. 나는 탁하고 답답한 공기에 대해 불평한다. 점점 높아지는 열기에 대해 불평한다. 변소에 가고 싶다고 필요 이상으로 자주 부탁한다. 변소는 이 어둡고 먼지 낀 복도 맞은편에, 집 뒤쪽에 있고, 햇빛을 볼 수 있기 때문이다. 기회만 생기면 거기서 달려 나가 자유를 찾을 수 있다. 그러나 기회는 오지 않는다. 데인티는 매번 나와 함께 변소까지 걸어가 내가 나올 때까지 기다린다. 한번은 도망치려 시도하지만 데인티가 쉽사리 나를 붙잡는다. 그리고 내가 도망치게 둔 죄로 석스비 부인이 데인티를 때린다.

리처드가 계단 위에서 잡아 날 때린다.

「미안.」 리처드가 때리면서 말한다. 「하지만 우리가 얼마나 공을 들여 이 일을 꾸며 왔는지 알잖아. 네가 할 일은 그저 변호사가 오길 기다리는 것뿐이야. 전에 네가 말한 것처럼, 넌 기다리는 거 잘하잖아. 왜 우리에게 은혜를 베풀려 하질 않지?」

리처드에게 맞은 자리에 멍이 든다. 나는 옅어져 가는 멍을 보며 날마다 생각한다. 〈이 멍이 완전히 사라지기 전에 탈출하고 말겠어!〉

나는 침묵 속에 이런 생각을 하며 많은 시간을 보낸다. 부엌에서 등불 빛 가장자리 어둠 속에 앉아 나는 생각한다. 〈어쩌면 날 잊을지도 몰라.〉가끔은 거의 그런 것처럼 보이기도 한다. 집이 늘 소란하다. 데인티와 존이 키스하고 다투고, 아기들이 빽빽거리고, 남자들은 카드놀이와 주사위 놀이를 하곤 한다. 가끔 못 보던 남자들이 나타난다. 혹은 남자아이들, 그것도 아니면, 아주 드물게 여자들과 여자아이들이 찾아온다. 장물을 가지고 와 입스 씨에게 판다. 깜짝 놀랄 물건들을 가지고 아무 때나 나타난다. 보잘것없는 물건도 있고, 화려한 물건도 있다. 그러나 내 눈엔 다 하찮은 물건들이다. 모자, 손수건, 싸구려 장신구, 긴 레이스……. 아직도 리본에 묶여 있는 노란 머리털 한 뭉치를 가져온 적도 있다. 물건들이 허겁지겁 줄지어 들어온다. 브라이어로 오는 책들과는 다르다. 마치 어두침침하고 조용한 물속으로 한없이 떨어지다가 끈적이는 바다의 밑바닥에 가라앉는 것 같다. 책에 묘사되는 물건들과도 다르다. 그런 물건들엔 편의와 목적이 있다. 의자, 베개, 침대, 커튼, 밧줄, 회초리…….

여기에는 책이 없다. 오로지 끔찍한 혼란에 빠진 삶만이 존재한다. 그리고 저 물건들이 만들어진 유일한 목적은 돈을 벌기 위함이다.

그리고 그 가운데에서도 가장 큰 돈벌이는 바로 나이다.

「안 춥니, 아가?」 석스비 부인은 이렇게 말하곤 한다. 「배는 안 고프고? 어이구, 이마가 따끈하구나! 열이 나는 건 아니겠지? 아프게 내버려 둘 순 없지.」 나는 대답하지 않는다. 모두 처음 듣는 말이 아니다. 나는 부인이 내 위로 무릎 담요를 끌어올리도록, 내 옆에 앉아 내 손가락과 뺨을 따뜻해지게 비비도록 그냥 둔다. 「좀 기운이 없는 거야?」 부인은 말한다. 「저 입술 좀 봐. 웃으면 참 예쁠 텐데 말이야. 안 웃을 거야?」 부인이 침을 삼킨다. 「날 위해서라도? 저 달력 좀 보렴, 아가.」 부인은 검은 가새표를 치며 날짜를 세고 있다. 「벌써 거의 한 달이 지나고 겨우 두 달 남았구나. 그다음에 무슨 일이 일어날지 알지! 그렇게 오래 걸리진 않을 거야, 그렇지 않니?」

부인은 거의 간청하듯 말한다. 그러나 나는 줄곧 부인의 얼굴만 바라본다. 마치 당신과 함께라면 하루도, 한 시간도, 1초도 너무 길다고 말하는 듯이 바라본다.

「오, 그래!」부인이 손가락으로 내 손을 꽉 쥔다. 그러고는 힘을 풀더니 쓰다듬기 시작한다. 「아직도 네겐 다소 기묘해 보일 거야, 그렇지, 아가?」부인이 말한다. 「마음 쓰지 마. 뭘 가져다주면 네 기분이 좋아질까? 응? 꽃다발? 네 예쁜 머리에 묶을 나비 리본? 보석상자? 잘 지저귀는 새를 새장에 넣어 줄까?」아마도 내가 살짝 움직인 모양이다. 「아하! 존 어디 갔어? 존, 여기 1실링 받아라. 가짜 돈이니까 재빨리 주어야 한다. 얼른 튀어나가서 릴리 양 줄 새장과 새 한 마리 사 오너라. 노란 새가 좋니, 아가, 아니면 파란 새가 좋니? 상관없어, 존, 예쁘기만 하면 돼……」

부인이 눈을 찡긋한다. 존이 나가더니 30분이 지나 손에 되새가 든 버들가지 새장을 들고 나타난다. 그러자 저들이 새를 가지고 법석을 떤다. 새장을 천장 보에 늘어뜨려 건 뒤, 새가 푸드덕거리게 하려고 새장을 흔든다. 찰리 웩, 즉 이 집의 개가 뛰어오르고 새장 밑에서 낑낑거린다. 하지만 새는 노래하려 하지 않는다. 방이 너무 어둡다. 새는 그저 날개를 치고 깃털을 잡아 뽑고 새장의 대를 깨물 뿐이다. 마침내 저들은 새에 대해 잊어버린다. 존이 성냥의 푸른색 머리 부분을 새에게 먹이는 데 맛을 들인다. 존은 시간이 지나 새가 긴 심지를 삼키게 되면 심지에 불을 붙일 계획이라고 말한다.

수에 대해선, 아무도 말하는 사람이 없다. 한번은 데인티가 저녁을 차리다가 나를 보고 귀를 긁는다.

「정말 이상해요.」데인티가 말한다. 「수는 왜 아직도 시골에서 안 돌아오는 거죠? 안 이상해요?」

석스비 부인이 리처드를, 입스 씨를, 그리고 나를 본다. 부인이 입을 침으로 적신다. 「있잖니.」부인이 데인티에게 말한다. 「이런 얘기는 하고 싶지 않았다만, 이젠 너도 아는 게 좋겠구나.

사실, 수는 영원히 돌아오지 않을 거란다. 젠틀먼이 수에게 시킨 마지막 작은 일은 돈을 가져오란 거였어. 수의 몫보다 훨씬 많은 돈이었지. 수는 그 돈을 들고 날아 버린 거야, 데인티.」

데인티의 입이 딱 벌어진다. 「그럴 리가요! 수 트린더가요? 아주머니 친딸 같던 걔가요? 존!」 존이 그 순간에 저녁을 먹으러 내려온다. 「존, 무슨 일인지 넌 상상도 못할걸! 수가 석스비 부인의 돈을 모두 가져갔대. 그리고 그래서 안 돌아오는 거래. 도망쳤다고. 석스비 부인의 가슴이 얼마나 찢어지겠어. 수를 보면 죽여 버리자.」

「도망을 쳐? 수 트린더가?」 존이 코웃음 친다. 「걔가 그럴 만한 배짱이 어디 있어?」

「그게, 그랬대.」

「정말 그랬단다.」 석스비 부인이 다시 내게 눈길을 주며 말한다. 「그리고 이 집에서 다시는 걔 이름을 듣고 싶지 않구나. 그게 다.」

「수 트린더, 사기꾼으로 밝혀지다!」 존이 말한다.

리처드가 말한다. 역시 나를 바라본다. 「네게도 흐르는 그런 나쁜 피는 기묘한 방식으로 모습을 드러내게 마련이지.」

「내가 방금 뭐라고 했지?」 석스비 부인이 쉰 목소리로 말한다. 「이 집에서 걔 이름 듣기 싫다.」 부인이 팔을 쳐들고, 존이 금세 조용해진다. 그러나 존은 고개를 흔들며 휘파람을 분다. 그리고 1분이 지나자 존이 웃음을 터트린다.

「그렇지만, 우리에게 돌아올 고기는 더 많아졌네, 안 그래?」 존이 접시에 음식을 담으며 말한다. 「…… 아니면, 저기 숙녀 분만 없었어도 더 많았겠지.」

석스비 부인이 내게 얼굴 찌푸리는 존을 바라본다. 그리고 몸을 기울여 존을 친다.

그 뒤로 누구든 이 집에 왔다가 수의 안부를 묻는 이는 구석에 끌려가 존과 데인티처럼 수의 소식을 듣게 된다. 수가 더러운 정체를 드러내 석스비 부인을 배신하고 가슴에 못질을 했다는 말을 듣는다. 사람들은 늘 똑같은 말을 한다. 「수 트린더가요? 그 애가 그런 식으로 튈 줄 누가 상상이나 했을까요? 그러니까, 걔 어머니가 그 애 안에서 모습을 드러낸 거라니깐요……」 다들 고개를 젓고 유감이란 표정을 짓는다. 그러나 내게 사람들은 수를 너무나 빨리 잊는 것처럼 보인다. 존과 데인티조차 수를 잊는 듯이 보인다. 결국, 뭐든 금세 잊어버리는 집이다. 금방 잊어버리는 동네이다. 나는 몇 번이나 발소리에, 삐걱거리는 바퀴 소리에 잠을 깬다. 누가 도망을 치거나, 어떤 가족이 소리 없이 어둠을 틈타 도주를 한다. 하트 모양 구멍이 있는 덧문이 달린 집 계단에서 얼굴에 붕대를 감고 아기를 돌보던 여자가 사라진다. 다른 여자가 그 자리를 대신한다. 그리고 다시 술을 마시는 다른 이로 바뀐다. 저들에게 수는 어떤 존재였을까?

내게 수는 어떤 존재일까? 여기선 수의 입의 감촉을, 미끄러지던 수의 손의 감촉을 떠올리기가 두렵다. 그러나 잊는 것도 두렵다. 수의 꿈을 꾸고 싶다. 절대로 꾸지 않는다. 가끔 나는 어머니라 여겼던 여자의 사진을 꺼내 생김새를 열심히 살펴본다. 눈을, 뾰족한 턱을 본다. 석스비 부인이 내 행동을 본다. 안절부절못하며 나를 지켜본다. 마침내 부인이 내게서 사진을 빼앗는다.

부인이 말한다. 「끝난 일, 되돌릴 수 없는 일은 생각하지 마라. 알겠니, 아가? 앞으로 올 일에 대해 생각하렴.」

부인은 내가 과거에 대한 생각에 빠져 있다고 생각한다. 그러나 나는 아직도 내 미래에 대해 골똘히 생각하고 있다. 아직도 열쇠들이 돌아가는 것을 지켜본다. 곧 열쇠 하나는 자물쇠에 깜박하고 꽂힌 채 남기리라. 나는 안다. 나는 데인티와 존과 입스 씨를 지켜본다. 저들은 점차 나에게 익숙해지고 있다. 부주의해지고 잊어버리게 되리라. 〈금방이야.〉 나는 생각한다. 〈금방이야, 모드.〉

나는 그렇게 생각한다. 이 일이 생기기 전까지는.

리처드가 매일 집을 나서기 시작한다. 어디로 가는지는 말하지 않는다. 리처드는 빈털터리이고 변호사가 오기 전까진 생길 돈도 없다. 나는 리처드가 그저 먼지투성이 거리를 산책하거나 공원에 앉아 있으러 나간다고 생각한다. 버러 부엌의 열기와 갑갑함에 나만큼이나 숨 막혀 하는 거라고 생각한다. 하지만 어느 날 리처드가 나가더니 한 시간 만에 돌아온다. 간만에 집이 조용하다. 입스 씨와 존은 외출해 있고, 데인티는 의자에 앉아 자고 있다. 석스비 부인이 리처드를 부엌으로 들이자, 리처드는 모자를 벗어 던지고는 부인의 뺨에 키스한다. 리처드의 얼굴이 붉어져 있고 눈이 번득인다.

「흠, 어떻게 생각해요?」 리처드가 말한다.

「세상에, 상상이 안 돼요! 일이 한꺼번에 다 잘 풀렸다고?」

「그보다도 더 좋은 상황이죠.」 리처드가 말한다. 내게 손을 뻗는다. 「모드? 넌 어떻게 생각해? 자, 그늘에서 나와. 그렇게 성난 표정 짓지 말고! 내가 가져온 소식을 들은 다음 그런 표정을 짓든지 해. 다소는 너와도 관련이 있으니까.」

리처드는 내가 앉은 의자를 잡더니 날 탁자 가까이 끌고 가기 시작한다. 내가 몸부림쳐 리처드를 떨쳐 버린다. 「나에 관한 거라고? 그게 뭔데?」 내가 우울하게 말한다. 나는 내 삶의 궤적을 생각하며 앉아 있었다.

「들어 보면 알아. 여길 보라고.」 리처드가 손을 조끼 주머니에 넣고 무언가를 꺼낸다. 종이다. 리처드가 종이를 흔든다.

「채권인가요?」석스비 부인이 리처드 옆으로 다가가며 말한다.

「편지예요.」리처드가 말한다. 「어디서 온 거냐 하면…… 흠, 맞춰 보시겠어요? 네가 맞춰 볼래, 모드?」나는 아무 말도 않는다. 리처드가 얼굴을 찡그린다. 「안 맞춰 볼 거야? 힌트 하나 줄까? 네가 아는 사람이야. 너와 친해. 무척이나.」

심장이 덜컥 내려앉는다. 「수구나!」내가 바로 말한다. 그러나 리처드가 고개를 휙 젖히더니 코웃음 친다.

「〈수〉는 아니야. 수가 있는 곳에서 사람들이 수에게 종이를 줄 거라고 생각해?」리처드가 데인티에게 눈길을 준다. 데인티는 눈을 떴다 감았다 하다가 계속 잔다. 「〈수〉는 아니야.」리처드가 좀 더 조용하게 다시 말한다. 「내 말은, 네 다른 친구야. 맞춰 보지 않을래?」

나는 고개를 돌린다. 「왜 내가 맞춰야 하지? 어차피 내게 말할 작정이잖아, 안 그래?」

리처드가 잠시 더 기다린다. 그러고는 말한다. 「릴리 씨야. 네 삼촌, 한때는 그랬지……. 아하!」내가 앞으로 나서고 있다. 「〈분명〉 관심이 있군!」

「보여 줘.」내가 말한다. 결국은 삼촌이 나를 찾고 있는지도 모른다.

「이런, 이런.」리처드가 편지를 높이 쳐든다. 「이 편지는 내 앞으로 온 거야. 네가 아니라.」

「보여 줘!」

일어나 리처드의 팔을 잡아 내리자 잉크로 쓴 글 한 줄이 보인다. 난 리처드를 밀어 버린다.

「삼촌 글씨체가 아니야.」내가 말한다. 어찌나 실망스러운지 거의 리처드를 때릴 뻔한다.

「난 네 삼촌이 썼다고 말한 적 없어.」리처드가 말한다. 「삼촌에게서 온 편지이지만, 다른 사람이 부쳤어. 집사인 웨이 씨가 부친 거야.」

「웨이 씨가?」

「더 흥미가 생기지, 흠? 뭐, 읽어 보면 이해할 거야. 자.」리처드가 종이를 펴서 내게 건네준다. 「이쪽 면을 먼저 읽어. 그건 추신이야. 내가 항상 수상쩍게 생각하던 점이 있는데, 최소한 이젠 왜 브라이어에서 아무 소식도 들을 수 없었는지 설명이 되지…….」

손에 경련이 인다. 잉크가 번져 있다. 나는 가능한 많은 빛을 모아서 보려고 종이를 기울인다. 그리고 읽는다.

삼가 아룁니다. 저는 오늘 주인님의 개인 문서에서 이 편지를 찾았으며 그분께서는 이 편지를 부치려 하셨다고 생각합니다. 하지만 주인님께서는 이 편지를 쓰신 뒤 곧바로 심각한 신체적 불편을 겪게 되셨고 오늘까지도 계속 불편한 상태이십니다……. 처음에 스타일스 부인과 저는 그렇게 수치스럽게 도망친 그분의 질녀가 원인이라고 생각했습니다. 그렇지만, 실례를 무릅쓰고 알려 드릴 점이 있습니다. 주인님이 편지에 쓰신 글을 보면, 주인님은 그 일로 과도하게 충격 받진 않으셨음을 암시하고 있습니다. 다시 실례를 무릅쓰고 말씀드리자면, 저희도 크게 다르지 않습니다. 편지를 삼가 보내드리오며, 감히 이로써 귀하께서 즐거워하시길 희망합니다. 마틴 웨이, 브라이어의 집사 드림.

나는 고개를 들어 리처드를 보지만 아무 말도 않는다. 리처드가 내 표정을 보고는 웃음 짓는다. 「나머지도 마저 읽어.」리처드가 말한다. 나는 종이를 뒤집는다. 편지는 짧고 5월 3일 자로 되어 있다. 벌써 7주 전이다. 편지에는 이렇게 적혀 있다.

리처드 리버스 씨게, 향사(鄕士) 크리스토퍼 릴리로부터. 선생. 저는 당신이 제 질녀, 모드 릴리를 데려가셨다고 믿고 있습니다. 제 질녀에게서 기쁨을 누리셨으면 합니다! 모드의 어머니는 매춘부였으며 모드 또한 제 어미의 본능을 모두 그대로 물려받았습니다. 비록 얼굴은 많이 닮지 않았으나 말입니다. 이 일로 제 일의 진척에 상당한 저해가 있을 것입니다. 그러나 전 다음과 같은 점에서 제 손실에 대한 위안을 찾고 있습니다. 전 당신이 창녀를 다루는 적절한 방법을 아는 남자라고 생각합니다. 크리스토퍼 릴리 드림.

나는 두세 번은 편지를 읽는다. 그리고 또다시 읽는다. 그리고는 편지를 떨어뜨린다. 석스비 부인이 바로 편지를 집어 들어 직접 읽는다. 어렵게 읽어 내려가던 부인의 얼굴이 시뻘게진다. 편지를 다 읽고 나자 부인이 소리를 지른다.

「이런 망할 놈 같으니! 오!」

부인이 지르는 소리에 데인티가 깨어난다. 「누가요, 석스비 부인? 누가요?」 데인티가 말한다.

「저열한 자식, 그뿐이야. 저열한 놈, 아프다니, 응당 그래도 싸. 네가 모르는 사람이다. 다시 자렴.」 부인이 내게 손을 내민다. 「오, 아가야……」

「날 혼자 내버려 둬.」 내가 말한다.

편지 내용에 생각보다도 훨씬 더 속이 뒤집힌다. 내게 가장 상처 준 부분이 편지의 말들인지, 아니면 석스비 부인의 이야기가 진실이라는 결정적 증거가 생긴 점인지 모르겠다. 그러나 부인이, 그리고 리처드가 이렇게 동요하는 나를 보고 있다는 게 참을 수 없다. 나는 둘에게서 최대한 멀리 떨어진다. 두세 걸음쯤 간다. 갈색 부엌 벽으로 간다. 그러고는 다시 다른 벽으로, 그리고 또다시 문으로 간다. 그리고 문 손잡이를 잡고 헛되이 돌린다.

「날 내보내 줘.」 내가 말한다.

석스비 부인이 내게로 다가온다. 부인이 손을 내밀지만, 문이 아니라 내 얼굴을 향한 것이다. 나는 부인을 밀어 버린다. 재빨리 두 번째 문으로, 그리고 다시 세 번째 문으로 향한다. 「내보내 줘! 내보내 달란 말이야!」 부인이 따라온다.

「아가.」 부인이 말한다. 「그런 늙은 악당 때문에 속상해하지 마라. 그래, 그놈은 네가 눈물 흘릴 가치도 없어!」

「날 내보내 줄 거야?」

「널 내보내 주면, 어디로 가려고? 네게 필요한 건 지금 여기에 다 있지 않니? 다 있거나, 생길 거잖아? 보석들을, 드레스들을 생각해 보렴…….」

부인이 다시 가까이 다가와 있다. 다시 한 번 나는 부인을 밀친다. 고기즙 색깔의 벽으로 물러서 벽에 손을 댄다. 주먹을 쥐고 있다. 그리고 치고 또 친다. 나는 위를 올려다본다. 눈앞에 달력이 보이고, 장마다 검은 십자표로 가득하다. 나는 핀에 꽂혀 있는 달력을 잡아당겨 뽑아낸다. 「아가…….」 석스비 부인이 다시 말한다. 나는 돌아서서 부인에게 달력을 던진다.

그러나 그다음 나는 울음을 터트린다. 발작적인 울음이 지나가고 나자, 자신이 변했다는 생각이 든다. 용기는 온데간데없이 사라졌다. 편지가 내게서 모든 용기를 빼앗아 갔다. 달력이 다시 벽에 꽂히고, 나는 달력을 그대로 둔다. 달력이 천천히 점점 더 검어지고, 우리는 운명에 조금씩 더 가까워진다. 계절이 무르익는다. 6월이 점차 따뜻해지다가 상당히 따뜻해진다. 집에 파리가 끓기 시작한다. 파리 때문에 리처드가 불같이 성을 낸다. 리처드는 시뻘게진 얼굴로 땀을 뻘뻘 흘리며 슬리퍼로 파리를 쫓는다. 「내가 신사의 아들인 거 알지?」 리처드가 말한다. 「지금 내 모습을 보면서도 그 점을 상기해 줬으면 해. 그래 줄 거지?」

나는 대답하지 않는다. 나도 리처드처럼 8월에 있는 수의 생일이 다가오길 갈망하기 시작했다. 법무사든 변호사든 누가 오든지 간에 리처드와 석스비 부인이 바라는 말은 뭐든지 해주겠다고 생각한다. 그러나 낮에는 일종의 불안한 무감각 속에 하루하루를 보낸다. 그리고 밤이면 잠들기엔 너무 덥기 때문에 석스비 부인 방에 있는 좁은 창가에 멍하니 서서 거리를 내다본다.

「거기서 좀 떨어지렴, 아가.」 잠에서 깨면 석스비 부인은 이렇게 웅얼거리곤 한다. 사람들 말이 버러에 콜레라가 창궐하고 있다고 한다. 「바깥바람 때문에 열이 나는 일이 생기지 않는다고 누가 장담할 수 있겠니?」

악취 가득한 바깥바람 때문에 열이 날 수도 있나? 나는 부인 옆에 누워 부인이 잠들길 기다렸다가 다시 창가로 돌아가 창틀 사이 틈에 얼굴을 짓누르고는 더 깊이 숨을 들이쉰다.

탈출하려던 것도 거의 잊는다. 저들이 그런 날 알아차린 듯하다. 어느 날 오후, 아마도 7월 초에, 마침내 감시역인 데인티와 나만 두고 나가기 때문이다.

「정신 똑바로 차리고 지켜봐.」 석스비 부인이 장갑을 끼며 데인티에게 말한다. 「저 애에게 무슨 일이라도 생기면, 널 죽여 버릴 테니까.」 부인이 내게 키스한다. 「괜찮니, 아가? 한 시간 안에는 돌아올 거야. 선물을 가져다줄까, 응?」

나는 대답하지 않는다. 데인티가 부인을 내보내고는 열쇠를 주머니에 감춘다. 데인티는 자리에 앉고, 탁자 위 등불을 끌어당긴 뒤 일에 착수한다. 냅킨은 빨지 않는다. 이제 아기 숫자가 훨씬 줄었기 때문이다. 석스비 부인이 아기들에게 집을 찾아 주기 시작했기에 날이 갈수록 집이 점점 더 조용해진다. 대신 데인티는 훔쳐 온 손수건에서 비단실로 박힌 땀들을 뽑는다. 하지만 데인티의 손길엔 의욕이 없다. 「지루해요.」 내가 지켜보는 것을 본 데인티가 말한다. 「이 일은 수가 하곤 했는데. 해보실래요?」

나는 고개를 흔들고 눈을 감는다. 그리고 이제 데인티가 하품을 한다. 그 소리를 듣고 나는 갑자기 잠에서 확 깨어난다. 데인티가 잠이 들면, 문 쪽을 시도해 볼 수도 있겠다는 생각이 든다. 데인티의 주머니에서 열쇠를 훔치는 것이다! 데인티가 다시 하품을 한다. 나는 땀을 흘리기 시작한다. 시계가 똑딱거리며 몇 분이 흘러간다. 5분, 20분, 25분. 반시간이 지난다. 나는 보라색 드레스와 하얀 비단 슬리퍼 차림이다. 모자도, 돈도 없다. 괜찮다. 마음 쓰지 말자. 호트리 씨가 마련해 줄 것이다.

잠들어라, 데인티. 데인티, 어서 자. 잠들어, 잠들어……. 〈잠들란 말이야, 젠장!〉

그러나 데인티는 오로지 하품을 하며 고개를 끄덕일 뿐이다. 거의 한 시간이 다 지나간다.

「데인티.」 내가 말한다.

데인티가 깜짝 놀라 펄쩍 뛰어오른다. 「왜요?」

「있잖아……. 변소에 가야 될 것 같아.」

데인티가 일감을 내려놓고 인상을 쓴다. 「꼭 가야 해요? 바로 지금, 이 순간에요?」

「응.」 나는 배에 손을 올려놓는다. 「몸이 안 좋은 거 같아.」

데인티가 눈알을 굴린다. 「아가씨처럼 잘 아픈 여자는 처음

봐요. 그게 사람들이 말하는 숙녀 체질이란 건가요?」

「확실히 그런 것 같아. 미안해, 데인티. 문 좀 열어 주겠어?」

「그렇긴 해도, 제가 같이 가줄게요.」

「그럴 필요 없어. 원한다면 계속 바느질해도 돼⋯⋯.」

「석스비 부인 말씀이 반드시 매번 아가씨와 함께 가랬어요. 아님 제가 혼나요. 어서요.」

데인티가 한숨을 쉬고는 기지개를 켠다. 비단 드레스 팔 아래쪽으로 얼룩이 져 있고 얼룩 가장자리가 희다. 데인티가 열쇠를 꺼내 문을 열고 나를 복도로 데리고 나간다. 나는 흔들거리는 데인티의 등을 바라보며 천천히 걸어간다. 전에도 데인티에게서 도망치려다 잡혔던 적이 있다. 지금 데인티를 옆으로 밀쳐낼 수 있다 해도 데인티는 바로 일어나 날 쫓아와 잡을 것이다. 벽돌로 된 벽에 데인티의 머리를 찧을 수도 있다⋯⋯. 그러나 그런 상상을 한 뒤 점점 약해져 가는 손목을 떠올리곤 안 된다는 생각을 한다.

「계속 가세요.」 내가 주저하자, 데인티가 말한다. 「왜요, 무슨 일 있어요?」

「아무것도 아냐.」 나는 변소 문을 잡고 천천히 당긴다. 「기다릴 필요 없어.」 내가 말한다.

「아니요, 기다릴게요.」 데인티가 벽에 기댄다. 「잠시 밖에 나와 있는 게 저한테도 좋아요.」

공기가 따뜻하고 불결하다. 변소 안은 더 따뜻하면서 더욱 불결하다. 그러나 나는 안으로 들어가 문을 닫고 빗장을 채운다. 그리고 주위를 둘러본다. 내 머리보다도 크지 않은 작은 창문이 하나 있고, 깨진 유리창은 누더기로 막혀 있다. 거미와 파리가 돌아다닌다. 변소 의자는 금이 가고 때가 져 있다. 나는 거의 1분 정도 선 채로 생각에 잠긴다. 「괜찮아요?」 데인티가 부

른다. 나는 대답하지 않는다. 흙바닥이 굳게 다져져 있다. 벽은
분칠한 듯 희다. 철사에 길게 찢은 신문지가 몇 장 매달려 있다.
〈상태와 상관없이 신사 숙녀 분의 헌옷을 웨일스 양고기 & 신
선한 계란 상회에서 구하고 있습니다…….〉

〈생각해, 모드.〉

나는 문 쪽으로 돌아서 나무 사이 구멍에 입을 갖다 댄다.

「데인티.」내가 조용히 부른다.

「무슨 일이에요?」

「데인티, 나 몸이 안 좋아. 뭐 좀 가져다줘야겠어.」

「뭘요?」데인티가 문을 열려 한다. 「나오세요, 아가씨.」

「안 돼. 그럴 순 없어. 데인티, 위층 내 방 서랍장의 서랍에 다
녀 와. 그래 줄 거지? 거기에 그게 있어. 가져다줄 거지? 오, 제
발 서둘러 줘! 오, 정말 급해! 남자들이 돌아오면 어떡해…….」

「오.」데인티가 마침내 말귀를 알아듣는다. 목소리를 낮춘다.
「지금 그거 시작한 거예요?」

「제발 갔다 와줄 거지, 데인티?」

「하지만 전 아가씨 곁을 떠나면 안 되는데요!」

「그럼 석스비 부인이 올 때까지 꼭 여기에 있을게! 하지만 만
약 존이나 입스 씨가 먼저 도착한다고 생각해 봐! 아님 내가 기
절이라도 하면? 문도 빗장을 질러 놨는데! 그럼 석스비 부인이
우릴 뭐라고 생각할까?」

「오, 하느님.」데인티가 웅얼거린다. 그러고선 다시 말한다.
「서랍장의 서랍에 있다고 하셨죠?」

「가장 위 서랍, 오른쪽에 있어. 서둘러 줄 거지? 몸만 단정하게
가다듬고 나면 누워 있을 거야. 늘 너무 아프게 지나가거든…….」

「알았어요.」

「서둘러!」

「알았어요!」

데인티의 목소리가 멀어져 간다. 나는 귀를 나무에 꾹 누르고서 발소리를, 부엌문이 열렸다가 다시 제자리로 돌아오는 소리를 듣는다. 빗장을 밀어 열고 도망친다. 복도를 달려 나와 좁은 뒷골목으로 들어선다……. 이곳이, 저 쐐기풀들이, 벽돌들이 기억난다. 여기서 어디로 가더라? 주변이 온통 높은 담으로 둘러싸여 있다. 그러나 계속 달리자 담이 끝난다. 먼지투성이 길이보인다. 전에 지날 때는 진흙으로 미끄러웠다. 그러나 저 길을보자 기억이 난다. 알고 있다! 저 길은 골목으로 이어지고, 그다음엔 다시 다른 좁은 길로 이어진다. 그러고 나선 거리를 하나가로지르고 그다음엔……. 어디로 가야 하지? 내가 알지 못하는 큰길이 나온다. 위로 여러 개의 홍교가 보인다. 홍교는 기억나지만, 더 가깝고 더 낮았다는 기억이다. 높은 막다른 벽이 있었다는 기억을 해낸다. 여기엔 벽이 없다.

상관없다. 계속 가자. 집을 등지고 뛰자. 이제 더 넓은 길을타자. 길과 골목들이 꼬여 있고 어두워, 저들은 날 잡지 못한다.뛰어라, 뛰어. 하늘이 아무리 광활하고 무시무시하게 보여도 상관없다. 런던이 아무리 시끄러운들 상관없다. 여기 사람들이 있어도 상관없다. 저들이 보건 말건 상관없다. 저들의 옷이 아무리 해어지고 낡은들, 그리고 내 드레스가 아무리 화려한들 아무상관없다. 저들은 모자를 쓰고 있고, 난 안 쓰고 있더라도 말이다. 슬리퍼가 비단이라 마주치는 돌과 석탄재마다 발을 베어도상관없다…….

나는 그렇게 계속 자신을 채찍질한다. 내 발걸음을 늦출 수있는 것은 서두르는 말과 바퀴들뿐이다. 나는 교차로마다 멈춰섰다가 합승마차와 짐마차의 물결에 몸을 던진다. 마부들이 고삐를 당기고 나를 치지 않으려 애쓴다. 단지 내가 서둘러서, 내가 주의를 산만하게 해서, 그리고 아마도 내 드레스가 너무 원색적이라서 그러는 것 같다는 생각을 한다. 계속, 계속 나는 달린다. 한번은 개가 날 보고 짖다가 치마에 달려들었던 것 같다. 한동안은 남자아이들 두셋이 내가 비틀거리는 걸 보려고 새된 소리를 지르며 내 옆에서 달린 듯하다. 내가 옆으로 손을 뻗으며 말한다. 「너, 홀리웰 스트리트가 어디 있는지 말해 줄래? 어느 길로 가야 홀리웰 스트리트가 나오지?」 그러나 내 목소리를 듣고 아이들이 주춤하며 뒤로 빠진다.

나는 이제 속도를 조금 늦춘다. 사람들이 훨씬 많이 붐비는 큰길을 가로지른다. 여기는 건물들이 훨씬 웅장하다. 그렇긴 해도, 건물 너머로 보이는 거리 둘은 집들이 무척 허름하다. 어느 길로 가야 하지? 다시 물어볼 것이다. 곧 물어볼 생각이다. 당분간은, 그저 걸어갈 것이다, 나와 석스비 부인, 리처드, 입스 씨 사이에 거리가 몇 개는 떨어져 있으니까. 길을 잃게 된들 무슨 상관이랴? 이미 길을 잃었는데…….

노란 벽돌로 된 오르막 샛길의 입구를 가로지르자, 저 끝에 부서진 지붕 꼭대기 위로 검게 볼록 솟은, 황금빛 십자가가 번쩍이는 세인트 폴 성당이 보인다. 책에서 그림으로 보아 알고 있다. 홀리웰 스트리트가 저 근처라는 생각이 든다. 나는 돌아서서 치마를 들고 교회를 향해 간다. 샛길에서 지독한 냄새가 난다. 그러나 교회가 가까이 있는 것처럼 느껴진다. 굉장히 가깝게 보인다! 벽돌이 녹색으로 바뀌고, 냄새가 갈수록 더 지독해진다. 땅을 기어오르고 있는데, 갑자기 바닥이 꺼지면서 탁트인 곳이 나오고, 거의 구를 뺀한다. 나는 거리를, 광장을 기대했다. 대신 내가 서 있는 곳은 더러운 강으로 이어지는 구불구불한 계단의 꼭대기이다. 강가에 도착한 것이다. 결국, 세인트 폴 성당과 가까워진 셈이다. 그러나 넓디넓은 템스 강이 나와

556

교회 사이로 흐르고 있다.

나는 서서 일종의 공포와 외경 속에 강을 바라본다. 브라이어에서 템스 강을 따라 걷던 기억이 난다. 강이 둑을 침식하고 흔드는 것같이 보이던 기억이 난다. 난 저 강이, 마치 나처럼, 미치도록 빨라지고 싶어 한다고, 넓어지고 싶어 한다고 생각했다. 이렇게까지 넓어지리라곤 생각지 못했다. 독처럼 퍼져 나간다. 강바닥이 부서진 물건들로 어지럽다. 짚, 나무, 잡초, 종이, 천 조각, 코르크와 기우뚱한 병들이 보인다. 강이 움직인다. 강이 아니라 바다처럼 움직인다. 파도가 친다. 그리고 선체에 부딪히면서, 강변에 철썩 떨어지면서, 강변에 솟아 있는 계단과 벽과 나무 부두에 부딪히면서 강은 쉬어 버린 우유처럼 거품을 가득 문다.

거품은 강물과 쓰레기의 고뇌이다. 그러나 쥐처럼 자신만만한 태도로 인간들이 그 위에 있다. 배의 노를 젓고, 돛을 잡아당긴다. 그리고 강가 여기저기에서 여자들과 여자아이들과 남자아이들이 맨다리에 등을 굽히고 밭에서 이삭 줍듯이 쓰레기를 휘저으며 조심조심 걷고 있다.

저들이 물속을 걸어 다니는 모습을 1분 정도 지켜보지만, 저들은 고개를 들지 않고, 따라서 나를 보지 못한다. 하지만 내가 걸어온 강변을 따라 늘어선 창고들 주변에서 남자들이 일하고 있다. 그리고 이제 내가 저들을 인식함에 따라 저들도 나를 알아차린다. 내 드레스를 알아차린 거란 생각이 든다. 처음엔 가만히 보고 있다가 신호를 보내고 소리쳐 부른다. 덕분에 나는 멍하니 있다가 갑자기 정신이 든다. 나는 몸을 돌린다. 노란 벽돌 길을 따라 돌아가 다시 큰길로 나간다. 세인트 폴 성당으로 가는 다리를 찾았지만, 가려던 곳보다 하류로 온 것 같다. 그리고 상류 쪽으로 올라갈 큰길도 보이지 않는다. 지금 내가 걷고 있는 거리는 좁고 비포장이며 아직도 더러운 물이 고여 있다. 여기에도 남자들이 있다. 배에 탄 남자들과 창고에서 일하는 남자들이 앞서 사람들처럼 내 시선을 끌려 하고 휘파람을 불고 때때로 소리를 지른다. 그래도 내게 손대지는 않는다. 나는 손으로 얼굴을 가리고 발걸음을 재촉한다. 마침내 하인처럼 차려입은 남자아이를 하나 만난다. 「어느 쪽으로 가야 반대편 강가로 가는 다리가 나오지?」 내가 말한다. 아이는 계단을 하나 가리키고는 내가 계단 오르는 모습을 지켜본다.

다시 붐비는 큰길로 들어오지만 여기에서조차 남자, 여자, 아이 할 것 없이 모두가 나를 바라본다. 벗은 머리를 가리기 위해 치마 주름을 한 겹 찢어 낼까 하는 생각을 해본다. 동전 한 닢만 달라고 구걸해 볼까 생각해 본다. 돈을 얼마나 구걸해야 할지, 모자 가격이 얼마나 될지, 어디서 모자를 살 수 있는지만 알아도 구걸을 해볼 텐데. 그러나 나는 하나도, 단 하나도 아는 게 없다. 그래서 그저 계속 걸어간다. 슬리퍼 밑창이 찢어지기 시작하는 것 같다. 〈괜찮아, 모드. 그런 것에 마음 쓰기 시작하면 울음보가 터지고 말 거야.〉 이제 큰길이 오르막이 되기 시작하고, 다시 반짝이는 강물이 보인다. 마침내 다리가 나타난다! 나는 더욱 발걸음을 재촉한다. 그러나 걸음이 빨라질수록 슬리퍼도 더 크게 찢어진다. 그리고 잠시 후엔 멈출 수밖에 없다. 다리 입구의 벽에 공간이 있고, 그 안에는 낮은 돌 의자가 놓여 있다. 그 옆으로 코르크로 된 띠가 걸려 있다. 강에서 문제가 생긴 사람에게 던지라는 글이 쓰여 있다.

나는 의자에 앉는다. 다리는 내가 상상했던 것보다 높다. 이렇게 높이 올라와 보긴 처음이다! 이 생각을 하자 현기증이 난다. 망가진 신발을 만져 본다. 여자가 공공 다리 위에서 자기 발을 어루만져도 되는 걸까? 모르겠다. 말과 마차들이 으르렁거리는 강물처럼 빠르게 연속적으로 지나간다. 리처드가 오면 어떡하지? 나는 다시 얼굴을 가린다. 잠깐만 쉬었다가 계속 나아가리라. 햇살이 뜨겁다. 잠깐만 숨을 돌리자. 눈을 감는다. 이제 사람들이 나를 보아도, 나는 저들을 볼 수 없다.

그리고 누군가가 와서 내 앞에 서서 말한다.

「어디 편찮으신 게 아닌가 싶군요.」

나는 눈을 뜬다. 다소 나이 들어 보이는 남자이다. 모르는 사람이다. 나는 손을 내린다.

「두려워하지 마십시오.」 남자가 말한다. 아마도 내 표정이 당혹스러웠나 보다. 「당신을 놀라게 할 생각은 아니었습니다.」

남자가 모자를 만지며 일종의 절을 한다. 삼촌의 친구 가운데 한 명일지도 모른다. 신사의 목소리를 내고, 옷깃이 하얗다.

남자가 얼굴에 웃음을 짓더니 나를 좀 더 자세히 살핀다. 표정이 친절하다. 「〈정말로〉 편찮으신 건가요?」

「도와주시겠어요?」 내가 말한다. 남자가 내 목소리를 듣더니 표정이 변한다.

「물론입니다.」 남자가 말한다. 「무슨 일인가요? 다치신 건가요?」

「아닙니다.」 내가 말한다. 「하지만 대단히 고통스러운 상황에 처해 있어요. 저는……」 나는 다리 위의 합승마차와 짐마차들에 눈길을 던진다. 내가 말한다. 「저는 피하고 싶은 사람들이 있어요. 도와주시겠어요? 오, 제발 그러겠다고 말해 주셨으면 좋겠어요!」

「이미 저는 도와 드리겠노라 말씀드렸습니다. 그러나 이건 정말 이상하군요! 그리고 당신은 숙녀이신데……. 저와 함께 가시겠습니까? 어떤 일이 있었는지 제게 전부 말씀해 주셔야 합니다. 전부 듣겠습니다. 아직은 말하려 애쓰지 마십시오. 일어설 수 있으시겠습니까? 발 쪽을 다치지 않았나 싶습니다. 이런, 이런! 제가 마차를 찾아보지요. 괜찮습니다.」

남자가 내게 팔을 빌려 주고, 나는 그 팔을 잡고 일어난다. 안도감에 마음이 약해진다. 「하느님 감사합니다!」 내가 말한다. 「오, 하느님 감사합니다! 하지만 말씀드릴 게 있어요.」 나는 팔을 쥔 손에 힘을 준다. 「전 지금 빈털터리랍니다…… 당신에게 한 푼도 갚을 수가 없어요…….」

「돈이라고요?」 남자가 내 손 위에 자기 손을 겹친다. 「그런 건 받지 않겠습니다. 그런 생각 마십시오!」

「……하지만 절 도와줄 만한 친구가 하나 있어요. 절 그 사람에게 데려다 주시겠어요?」

「물론입니다, 물론입니다. 그 외에는요? 자, 보십시오, 우리에게 필요한 게 여기 있군요.」 남자가 큰길로 몸을 굽히고 팔을 든다. 합승마차 한 대가 교통의 행렬을 벗어나 우리 앞에 와 선다. 신사가 문을 잡고 당겨 연다. 합승마차는 지붕이 있고 안이 어둡다. 「조심하십시오.」 신사가 말한다. 「올라갈 수 있으시겠습니까? 조심하십시오. 계단이 다소 높습니다.」

「하느님 감사합니다!」 나는 다리를 올리며 다시 말한다. 내가 오르는 동안 남자가 내 뒤로 온다.

「잘하고 계십니다.」 남자가 말한다. 그러고는 다시 말한다. 「오이런, 정말 예쁘게 오르시는군요!」

나는 계단 위에 발을 올린 채 멈춘다. 남자가 내 허리에 손을 얹는다. 「어서 들어가십시오.」 남자가 마차 속으로 들어가라고 나를 재촉하며 말한다.

나는 발을 다시 내린다.

내가 빠르게 말한다. 「아무래도 전 걸어가야 할 것 같군요. 길좀 일러 주시겠어요?」

「걷기엔 너무 더운 날입니다. 너무 지치셨고요. 어서 오르십시오.」

남자의 손이 아직도 내 허리에 있다. 남자가 좀 더 강하게 나를 민다. 나는 몸을 틀어 빠져나오고 우리는 거의 몸싸움을 한다.

「이런, 이런!」 남자가 말하며 얼굴에 웃음을 띤다.

「전 마음이 바뀌었답니다.」

「어서 오르시지요.」

「절 놓아주세요.」

「소동이라도 벌이고 싶으신 건가요? 자, 어서요. 제가 집을 하나 알고 있습니다…….」

「집이라고요? 전 단지 제 친구에게 가고 싶다고 제가 말씀드리지 않았던가요?」

「음, 제 생각에 친구 분께선 당신이 손발을 씻고 스타킹을 갈아 신고 차를 마신 후에 만나면 더 좋아하실 것 같군요. 아니면…… 누가 알겠습니까? 차까지 마시고 나면 당신이 〈저〉를 더 좋아하게 되실지도 모르지요……. 흠?」

남자의 표정은 여전히 친절하고, 여전히 웃음을 띠고 있다. 그러나 손으론 내 손목을 잡고 자기 엄지를 돌려 다시 나를 마치 안에 밀어 넣으려 한다. 우리는 이제 상당한 몸싸움을 벌인다. 아무도 우리 일에 끼어들려 하지 않는다. 큰길의 다른 마차들 쪽에선 우리가 거의 보이지 않는가 보다. 다리 위를 지나는 남자와 여자들이 우리 쪽을 한 번 보고는 고개를 돌린다.

하지만 마부가 있다. 나는 마부를 소리쳐 부른다. 「여기 안 보이세요?」 내가 외친다. 「여기 오해가 좀 있어요. 이 남자가 절 모욕하고 있어요.」 그러자 남자가 나를 놓아준다. 나는 계속 외쳐 대며 마차를 돌아간다. 「절 데려가 주실래요? 저 혼자만 데려가 주시겠어요? 도착하면 삯을 치를 사람을 찾아 드릴게요.

약속드려요.」

내가 말하는 동안 마부는 무표정한 얼굴로 나를 훑어본다. 내게 돈이 전혀 없다는 것을 알자 마부는 고개를 돌리고 침을 뱉는다.

「삯 없이는 안 움직입니다.」 마부가 말한다.

남자가 다시 가까이 다가온다. 「이리 오시죠.」 남자가 말한다. 이제 웃음은 사라져 있다. 「이럴 필요가 뭐 있습니까. 저랑 장난치시는 건가요? 당신이 무슨 곤경에 빠져 있는 건 분명한데요. 스타킹과 차가 필요 없으신가요?」

그러나 나는 아직도 마부를 소리쳐 부른다. 「그럼 말씀 좀 해주세요.」 내가 말한다. 「어느 쪽으로 걸어가야 하죠? 전 홀리웰 스트리트로 가야 해요. 거기 가려면 어떤 길로 가야 하는지 그것만 좀 알려 주시겠어요?」

마부가 거리 이름을 듣더니 코웃음 친다. 경멸인지 웃는 건지 모르겠다. 그러나 마부는 채찍을 들어 올린다. 「저쪽입니다.」 마부가 다리 너머를 가리킨다. 「그다음엔 플리트 스트리트에서 서쪽으로 가십시오.」

「고맙습니다.」 나는 걷기 시작한다. 남자가 내게 손을 뻗는다. 「놓아주시죠.」 내가 말한다.

「진심이 아니잖습니까.」

「놔줘요!」

내가 거의 비명을 지르듯이 말한다. 남자가 뒤로 물러선다. 「그럼 가든지!」 남자가 말한다. 「빌어먹는 조그만 창녀 주제에.」

나는 최대한 빠른 속도로 걷는다. 거의 달리다시피 한다. 그러나 잠시 후에 아까의 마차가 내 옆에 와 내 속도에 맞춰 느리게 간다. 아까의 신사가 창밖으로 내다본다. 표정이 다시 바뀌어 있다.

「미안합니다.」 남자가 달래듯이 말한다. 「어서 오르십시오. 제가 잘못했습니다. 마차에 오르실 거죠? 제가 친구 분께 데려다 드리겠습니다, 맹세합니다. 여길 보세요, 여기요.」 남자가 내게 동전을 하나 보여 준다. 「이걸 당신께 드리지요. 올라오십시오. 홀리웰 스트리트로 가시면 안 됩니다. 거기엔 나쁜 사람들이 가득합니다…… . 다 저 같지 않습니다. 어서요, 당신이 숙녀란 거 압니다. 자, 친절하게 대하겠습니다…… .」

남자는 다리의 반을 지나도록 그렇게 부르고 중얼거린다. 마침내 짐마차들이 이 느릿느릿 기어가는 합승마차 뒤로 줄을 짓고, 마부가 전진해야 한다고 소리를 지른다. 그러자 남자가 자리로 돌아가 탕 하고 창문을 닫아 버린다. 합승마차가 저 멀리 사라진다. 나는 숨을 내쉰다. 몸이 떨리고 있다. 잠깐 멈추어 쉬고 싶다. 이젠 감히 그러지 못한다. 나는 다리를 떠난다. 이제 큰길이 다른 큰길과 만난다. 남쪽 강변로보다 붐빈다. 그러나 훨씬 익명성이 보장되리란 생각이 든다. 인파에도 그 점에 감사하다. 사람들 물결이 정말로 끔찍하다. 괜찮아, 괜찮아, 뚫고 지나가자. 계속 나아가. 마부가 말해 준 대로 서쪽으로 가자.

이제 거리 모습이 다시 한 번 바뀐다. 창이 불룩한 집들이 늘어서 있다. 〈가게야.〉 나는 결국 그렇게 이해한다. 물건들이 전시되어 있고, 종이쪽지에 가격이 적혀 있기 때문이다. 빵도 있고, 약도 있다. 장갑도 있다. 신발과 모자가 있다. 오, 싸구나! 나는 아까 신사가 마차 창으로 제의하던 동전을 떠올린다. 그걸 받아 쥐고 도망쳐야 했나? 이젠 고민하기에도 너무 늦었다. 상관없다. 계속 나아가자. 강이 다리 기둥에서 나뉘듯, 이제 길이 교회를 중심으로 나뉜다. 어느 쪽으로 가야 하지? 나처럼 모자를 쓰지 않은 여자가 하나 지나간다. 나는 여자의 팔을 잡고 여자에게 길을 물어본다. 여자가 방향을 가리키고는 다른 사람들처럼 내가 가는 것을 바라보며 서 있다.

그러나 결국은 홀리웰 스트리트에 도착한다! 하지만 이제 나는 머뭇거린다. 상상 속에서는 저 거리가 어땠지? 아마도 이렇진 않았다. 이렇게 좁지도, 이렇게 구불거리지도, 이렇게 어둡지도 않았다. 런던의 낮은 아직도 덥고 밝다. 하지만 홀리웰 스트리트로 들어서자 해 질 녘에 발을 들인 것 같다. 그렇지만, 결국은 해 질 녘도 괜찮다. 얼굴을 가려 주고 내가 입은 드레스의 색깔을 죽여 준다. 나는 앞으로 나아간다. 길이 점점 더 좁아진다. 땅은 먼지투성이에 갈라지고 비포장이다. 내 양쪽으로 불을 켠 상점들이 보인다. 어떤 가게는 넝마가 된 옷을 줄지어 진열해 놓았고, 또 어떤 가게에선 부서진 의자와 채색유리가 떨어지려는 빈 그림틀이 보인다. 하지만 대부분은 서점이다. 나는 이 광경에 다시 주저한다. 브라이어를 떠난 뒤론 책을 한 권도 만져 보지 않았다. 그리고 이제 이렇게 많은 책 앞에 갑자기 맞닥뜨린다. 책들이 빵처럼 쟁반에 표지를 위로 하고 뉘어 있거나 바구니에 위험하게 가득 담겨 있는 광경에 직면한다. 해지고, 얼룩이 지고, 색이 바래 있다. 〈2판〉, 〈3판〉, 〈이 상자에 있는 책은 초판본〉이라고 표시되어 있다. 상당히 당혹스럽다. 나는 발걸음을 멈추고, 어떤 남자가 한가롭게 표지 없는 책들을 뒤지다가 한 권을 집어 올리는 모습을 지켜본다. 『사랑의 빛』이다. 내가 아는 책이다. 삼촌에게 어찌나 자주 읽어 주었던지 이제는 거의 외우고 있는 책이다!

남자가 고개를 들고, 내가 자기를 보는 걸 알아차린다. 그래서 나는 다시 걷기 시작한다. 가게들이, 책들이, 사람들이 더욱 많아진다. 그리고 마침내 이제까지보다 조금 더 밝게 불을 밝힌 창문이 하나 나온다. 인쇄물들이 줄에 매달려 전시되어 있다. 유리에 호트리 씨의 이름이 쓰여 있고, 이름을 쓴 금박이 조각

조각 떨어지고 있다. 이름을 보고 나는 거의 구를 정도로 몸을 세차게 떤다.

가게 안은 작고 갑갑하다. 전혀 예상치 못했다. 벽은 온통 책과 인쇄물로 덮여 있고, 그 외에도 진열장들이 보인다. 서너 명의 남자가 그 앞에 서서 각자 사진첩이나 책을 들고 빠르게 장을 넘겨 가며 열심히 보고 있다. 문이 열려도 바라보지 않는다. 그러나 내가 발을 딛고 치마가 부스럭거리자, 모두 고개를 돌리더니 대놓고 뚫어져라 바라본다. 그렇지만, 이제 저런 눈길엔 익숙해져 있다. 가게 뒤쪽에 작은 책상이 있고, 그 앞에 조끼와 소매 있는 윗옷을 입은 청년이 앉아 있다. 청년도 다른 사람들처럼 나를 뚫어져라 바라본다. 그리고 내가 앞으로 나아가는 것을 보고는 자리에서 일어난다.

「뭘 찾으시는지요?」 청년이 말한다.

나는 침을 꿀꺽 삼킨다. 입 안이 건조하다.

나는 조용히 말한다. 「호트리 씨를 찾고 있어요. 호트리 씨와 얘기하고 싶은데요.」

젊은이가 내 목소리를 듣더니 눈을 깜빡거린다. 손님들이 자세를 조금 바꾸고는 다시 나를 훑어본다. 청년의 어조가 살짝 바뀐다. 「호트리 씨는 가게에서 일하지 않으십니다. 이 가게로 오지 않으셨어야 합니다. 약속은 하셨는지요?」

「호트리 씨와 아는 사이에요.」 내가 말한다. 「약속은 필요 없어요.」

청년이 손님들을 흘끔거린다. 청년이 말한다. 「호트리 씨에게 무슨 볼일이 있으신지요?」

「사적인 용무예요.」 내가 말한다. 「절 그분에게 데려가 주시겠어요? 아니면 그분을 제게 데려오시겠어요?」

하지만 내 표정 혹은 목소리에 무언가가 비쳤던 게 분명하다.

청년이 좀 더 경계를 하며 뒤로 물러선다.

「어찌되었건, 지금 안에 계시는지 잘 모르겠습니다.」 청년이 말한다. 「정말로 여기 오시면 안 됩니다. 이 가게는 책과 인쇄물을 파는 곳입니다……. 어떤 종류의 것들을 파는지 아시나요? 호트리 씨의 방은 위층입니다.」

청년의 뒤로 문이 하나 보인다. 「제가 호트리 씨에게 가게 해 주실 건가요?」 내가 말한다.

청년이 고개를 젓는다. 「명함이나, 뭐 그런 걸 위층으로 보내실 순 있습니다.」

「전 명함이 없어요.」 내가 말한다. 「하지만 종이를 주시면 제 이름을 써드릴게요. 그걸 보시면 호트리 씨께서 내려오실 거예요. 종이 한 장 주시겠어요?」

청년은 움직이지 않는다. 청년이 다시 말한다. 「지금 집에 계시지 않은 것 같은데요.」

「그럼, 필요하다면, 기다리겠어요.」 내가 말한다.

「여기서 기다리실 순 없습니다!」

내가 대답한다. 「그렇다면, 분명 사무실이나 뭐 그런 비슷한 방이 있으시리라고 생각해요. 거기서 기다리도록 하지요.」

청년이 다시 손님들을 본다. 연필을 들었다가 내려놓는다.

「그렇게 할까요?」 내가 말한다.

청년이 인상을 쓴다. 그러고는 내게 종이 한 장과 펜을 찾아준다. 청년이 말한다. 「하지만 호트리 씨가 안 계시다고 밝혀지면, 기다리실 수 없습니다.」 내가 고개를 끄덕인다. 「거기 이름을 적으십시오.」 청년이 손가락으로 가리키며 말한다.

나는 이름을 쓰기 시작한다. 그러고는 리처드가 내게 했던 말을 떠올린다……. 런던의 가게마다 서점상들이 나에 대해 어떻게 얘기하는지에 대해 떠올린다. 〈모드 릴리〉라고 쓰기가 두려

워진다. 저 청년이 볼까 봐 두려워진다. 마침내 다른 것을 생각해 내고 이렇게 쓴다. 〈갈라테아.〉

나는 종이를 접어 청년에게 건넨다. 청년이 문을 열고 복도 저 너머로 휘파람을 분다. 귀를 기울이다가 다시 휘파람을 분다. 발소리가 들려온다. 청년이 몸을 기울이고 소곤거리다가 나를 가리킨다. 나는 기다린다.

기다리는 동안 손님 가운데 하나가 사진첩을 닫고 나와 시선을 부딪친다. 「저 사람에게 마음 쓰지 마십시오.」 남자가 청년을 의미하며 부드럽게 말한다. 「저 사람은 당신이 음란한 여자라고 생각하는 것뿐이니까요. 하지만 누구라도 당신이 숙녀란 걸 알 수 있지요…….」 남자는 다시 나를 훑어보고는 서가에 고갯짓을 한다. 「저런 책들 좋아하십니까, 흠?」 남자의 어조가 달라진다. 「물론 좋아하시겠지요. 왜 아니겠습니까?」

나는 아무 말도, 아무 행동도 하지 않는다. 청년이 돌아온다.

청년이 말한다. 「지금 계신지 알아보고 있습니다.」

청년의 머리 뒤로 파라핀 종이 포장지에 싸서 벽에 핀으로 걸어놓은 그림들이 보인다. 다리를 드러내며 그네를 타는 소녀. 배 위에서 막 미끄러질 찰나인 소녀. 부러지는 나뭇가지에서 떨어지고 있는 소녀……. 나는 눈을 감는다. 청년이 손님 가운데 하나에게 소리를 친다. 「그 책 사실 생각이십니까, 선생님……?」

하지만 이제 더 많은 발소리가 나면서 문이 다시 열린다.

호트리 씨다.

내 기억보다 더 작고 더 말라 보인다. 외투와 바지가 구겨져 있다. 호트리 씨는 좀 흥분하여 복도에 선 채 가게로 들어오려 하지 않는다. 나와 시선이 부딪치지만 웃음 짓지 않는다. 내가 혼자인 걸 확인이라도 하듯 내 주위를 살핀다. 그러고는 나를 손짓해 부른다. 청년이 내가 지나가게 뒤로 비킨다. 「호트리 씨…….」 내가 말한다. 하지만 호트리 씨가 고개를 젓는다. 내 뒤로 문이 닫힐 때까지 기다렸다가 그제야 입을 연다. 거의 쉭쉭대는 소리에 가까울 정도로 격앙된 목소리로 호트리 씨는 이렇게 속삭인다.

「하느님 맙소사! 당신 맞습니까? 정말로 여기에, 절 찾아오신 겁니까?」

나는 아무 말도 없이 그저 서서 호트리 씨에게 시선을 고정한다. 호트리 씨가 산만하게 손을 머리에 올린다. 그러고는 내 팔을 잡는다. 「이쪽으로.」 나를 계단으로 이끌며 말한다. 계단에 상자들이 쌓여 있다. 「조심하십시오. 조심하세요.」 계단을 오르며 호트리 씨가 말한다. 그리고 계단 끝까지 오르자 이렇게 말한다. 「이 안으로 들어가십시오.」

방이 세 칸 보이고, 거기서 인쇄와 장정이 이루어지고 있다. 한 방에서는 남자 둘이 활자를 올리며 일하고 있고, 다른 한 방은 호트리 씨 자신의 사무실인 듯하다. 마지막 세 번째 방은 조그맣고 풀 냄새가 강하게 난다. 이 방이 호트리 씨가 가리킨 방이다. 탁자에 종이가 가득 쌓여 있다. 가장자리가 너덜너덜한 아직 철해지지 않은 종이로, 미완성 책의 책장들이다. 아무것도 깔지 않은 바닥에 먼지가 가득하다. 한쪽 벽, 즉 식자공들의 방쪽 벽에 젖빛 유리창이 붙어 있다. 허리를 숙이고 작업하는 일꾼들의 모습이 겨우 알아볼 만하게 보인다.

의자가 하나 있지만, 호트리 씨는 앉으라고 권하지 않는다. 문을 닫고 의자 앞에 선다. 손수건을 꺼내 자기 얼굴을 닦는다. 얼굴이 희면서도 누런 기가 돈다.

「하느님 맙소사.」 호트리 씨가 되풀이해 말한다. 그리고 다시 입을 연다. 「용서하십시오. 용서해 주십시오. 그저 놀라서 그럽니다.」

말투가 좀 더 친절해진다. 나는 그 말을 듣고 몸을 반쯤 돌린다.

「죄송해요.」 내가 말한다. 목소리가 불안정하다. 「울음을 터트릴지도 모르겠어요. 울려고 당신에게 온 건 아닌데요.」

「원하신다면, 우셔도 됩니다!」 젖빛 유리를 흘끔거리며 호트리 씨가 말한다.

그러나 나는 울지 않을 것이다. 호트리 씨는 내가 애써 눈물 참는 모습을 잠시 보다가 고개를 흔든다.

「이런, 이런.」 마침내 호트리 씨가 부드럽게 말을 꺼낸다. 「무슨 짓을 하신 겁니까?」

「묻지 마세요.」

「도망치셨지 않습니까.」

「네, 삼촌에게서 도망쳤지요.」

「남편 분에게서 도망치셨다고 생각하는데요.」

「제 남편요?」 내가 침을 꿀꺽 삼킨다. 「그럼, 그 일에 대해 알고 계시는군요?」

호트리 씨가 어깨를 으쓱하고 얼굴을 붉히더니 시선을 돌린다.

내가 말한다. 「오해하시는 거예요. 제가 어떤 어려운 일을 겪어야 했는지 모르시잖아요! 걱정하지 마세요.」 호트리 씨가 다시 눈을 들어 젖빛 유리창을 바라보았던 것이다. 「걱정하지 마세요, 난폭하게 굴지 않을게요. 저에 관해 좋을 대로 생각하셔도 전 상관없어요. 그렇지만, 절 도와주셔야 해요. 도와주실 거죠?」

「오, 그건…….」

「도와주시겠죠. 도와주셔야 해요. 전 수중에 아무것도 없으니까요. 전 돈과 머물 집이 필요해요. 절 환영하겠다고 그렇게 말씀하곤 하셨잖아요…….」

나도 모르게 목소리가 격앙된다.

「목소리 낮추십시오.」 호트리 씨가 말한다. 나를 달래려는 듯 손이 올라간다. 그러나 문가에서 움직이지 않는다. 「목소리 낮추십시오. 사람들이 얼마나 이상하게 볼지 아십니까? 네? 제 직원들이 뭐라고 생각하겠습니까? 여자가 와서 다급하게 절 찾더니 수수께끼 같은 이름을 보내고……」호트리 씨는 소리 내어 웃지만 그다지 즐겁지 않은 목소리이다. 「제 딸이, 제 아내가 뭐라고 생각하겠습니까?」

「죄송해요.」

호트리 씨가 다시 얼굴을 닦는다. 숨을 내쉰다. 「제게 말씀해 주셨으면 합니다.」호트리 씨가 말한다. 「왜 제게 오셨는지에 대해서요. 제가 당신 삼촌에 대적하여 당신 편을 들리라고 생각하시면 안 됩니다. 전 삼촌 분이 당신을 그렇게 못됐게 다루던 걸 한 번도 좋아한 적은 없지만, 삼촌께서 당신이 여기 왔다는 사실을 아셔도 안 됩니다. 다시 당신이 삼촌 마음에 들 수 있게 도와줄 거라고 생각하셔도 안 되고요. 삼촌 마음에 다시 들려던 게 원하시던 바인가요? 글쎄, 삼촌은 이제 당신을 완전히 버리셨습니다. 그 외에도 삼촌은 이쪽 사업 관계로 편찮으십니다. 심각하게 편찮으시지요. 알고 계셨습니까?」

나는 고개를 흔든다. 「이제 삼촌은 제게 아무 존재도 아니에요.」

「그러나 제겐 중요한 분입니다. 이해하시겠지요. 만약 당신이 여기 왔다는 소식을 들으신다면…….」

「그런 일 없을 거예요.」

「거참.」호트리 씨가 한숨을 쉰다. 다시 괴로운 표정이 된다. 「하지만 제게 오시다니! 여기로 오시다니!」호트리 씨는 나를 다시 훑어보며 화려한 드레스와 장갑을 눈여겨본다. 더러워져 있다. 엉켜 있을 머리털과, 먼지투성이에 윤기 없이 창백할 게 분명한 얼굴을 살펴본다. 「당신을 잘 알고 지내지 말아야 했는데.」여전히 얼굴을 찡그리며 호트리 씨가 말한다. 「너무나 변하신 것 같군요. 외투는, 그리고 모자는 어디 있습니까?」

「그럴 시간이 없었어요…….」

호트리 씨가 충격 받은 표정을 짓는다. 「이런 차림으로 오신 겁니까?」 눈을 가늘게 뜨고 치맛단을 본다. 그러더니 발을 보고 깜짝 놀란다. 「아니, 슬리퍼가 말이 아니군요! 발에서 피가 흐릅니다! 신발도 없이 나오신 건가요?」

「어쩔 수 없었어요. 제겐 아무것도 없었으니까요!」

「신발도요?」

「네. 그 정도도 없었어요.」

「리버스 씨가 신발도 안 줬단 말입니까?」

호트리 씨는 믿겨 하지 않는다. 내가 말한다. 「당신에게 상황을 말씀드릴 수만 있어도 좋을 텐데요.」 그러나 호트리 씨는 내 말을 듣고 있지 않다. 생전 처음 탁자를, 종이 뭉치를 보는 듯이 주위를 둘러보고 있다. 빈 종이를 몇 장 집어 들더니 황급히 제본되지 않은 인쇄물들을 덮기 시작한다.

「여기 오시지 말아야 했습니다.」 종이를 덮으며 호트리 씨가 말한다. 「이게 뭐람! 도대체 무슨 꼴이람!」

인쇄물의 글이 한 줄 눈에 들어온다. 〈…… 충분히 안겨 주마, 내가 보장하지, 그리고 채찍질해 주겠다…….〉 내가 말한다. 「제게서 이걸 감추려고 하시는 건가요? 전 브라이어에서 이보다 더한 것들도 봤어요. 잊으셨나요?」

「여기 브라이어가 아닙니다. 이해 못하시는군요. 어떻게 그러실 수가 있지요? 당신은 거기서 신사들 사이에 있었습니다. 제가 탓하는 것은 리버스 씨입니다. 당신을 데려갔으면, 최소한 곁에 두고 잘 지켰어야지요. 당신이 어떤 사람인지 알고 있었으니까요.」

「당신은 몰라요.」 내가 말한다. 「그 사람이 날 어떤 식으로 이용했는지 당신은 모른다고요!」

「전 알고 싶지 않습니다! 알 처지도 아니고요! 저에게 말씀하지 마십시오……. 오, 당신을 좀 돌아보십시오! 거리에서 사람들에게 어떤 식으로 비쳤을지 아십니까? 연락 없이 와서도 안 되고요, 네?」

나는 치마와 슬리퍼를 내려다본다. 내가 말한다. 「다리 위에 어떤 남자가 있었어요. 절 도와주려 한다고 생각했지요. 그러나 그 사람이 바란 건 그저…….」 목소리가 떨리기 시작한다.

「아시겠습니까?」 호트리 씨가 말을 받는다. 「아시겠어요? 가령 경찰이 당신을 보고 여기까지 따라오기라도 했다면 어땠겠습니까? 경찰이 우릴 작정하고 덮치기라도 했다면, 그럼 제게, 제 직원들에게, 그리고 제 물건들에 어떤 일이 일어났을지 아십니까? 이런 종류의 일이라면, 경찰들은 그렇게 했을 겁니다……. 오, 하느님, 그 발만 해도! 정말, 아직도 피가 흐르고 있지 않습니까?」

호트리 씨가 나를 부축해 의자에 앉히고는 주위를 살핀다. 호트리 씨가 말한다. 「옆방에 세면대가 있습니다. 여기서 기다리십시오. 알겠지요?」 호트리 씨가 식자공들이 일하는 방으로 간다. 나는 일꾼들이 고개를 들고 호트리 씨의 말을 듣는 모습을 바라본다……. 호트리 씨가 무슨 말을 하는지 모르겠다. 상관없다. 앉아 있으니 피곤해진다. 그리고 거의 감각이 없던 발바닥이 따끔거리기 시작한다. 이 방에는 밖으로 난 창도, 굴뚝도 없고, 풀 냄새만 갈수록 심해지는 것 같다. 나는 탁자 가운데 하나로 다가간다. 허리를 굽히고 탁자 위를 살펴본다. 종이 더미는 아직 가장자리가 들쭉날쭉하고 실로 꿰매지도 않았으며, 일부는 호트리 씨가 어지럽히거나 감추어 놓았다. 〈…… 그리고 채찍으로 때려 줄 테다. 네 등에서 발꿈치까지 피가 흐를 때까지…….〉 갓 찍은 글자가 새까맣다. 그러나 종이 질이 조악하고 잉크가 흔들려 있다. 이게 무슨 활자체지? 알고 있지만, 이름이 생각나지 않는다. 그래서 심란해진다.

〈……그래, 그래, 그래, 그래, 그래, 넌 자작나무 회초리를 좋아하는구나, 그렇지?〉

호트리 씨가 돌아온다. 물이 반쯤 채워진 사발과 천을 들고 있다. 그리고 유리잔에 내가 마실 물을 담아 왔다.

「여기 있습니다.」 내 앞에 사발을 내려놓고 천을 적셔 건네며 호트리 씨가 말한다. 그러더니 신경질적으로 시선을 돌린다. 「할 수 있으시겠죠? 당장 피를 닦아 낼 정도는 됩니다…….」

물이 차다. 발을 닦고 나는 다시 천을 물에 적셔 잠시 동안 얼굴에 천을 대고 앉아 있다. 호트리 씨가 주위를 둘러본 뒤 내 행동을 지켜본다. 「열이 나는 것은 아니지요?」 호트리 씨가 말한다. 「아픈 건 아니시겠죠?」 「살짝 후끈거리는 것뿐이에요.」 내가 말한다. 호트리 씨가 고개를 끄덕이고 다가와 사발을 치운다. 그러고는 내게 물잔을 주고, 나는 물을 조금 마신다. 「아주 좋습니다.」 호트리 씨가 말한다.

나는 다시 탁자 위의 인쇄물들을 바라본다. 그러나 아직도 활자체 이름이 기억나지 않는다. 호트리 씨가 시간을 확인한다. 손을 입에 올리고 엄지손가락을 깨물다가 이맛살을 찌푸린다.

내가 말한다. 「절 도와주시다니 정말 친절하세요. 다른 남자들이라면 절 비난할 텐데요.」

「아닙니다, 아니에요. 제가 말씀드리지 않았습니까? 제가 비난하는 것은 리버스 씨입니다. 마음 쓰지 마십시오. 자, 이제 말씀해 보십시오. 솔직하게 말씀하셔야 합니다. 지금 수중에 돈이 얼마나 있으십니까?」

「한 푼도 없어요.」

「돈이 전혀 없단 말인가요?」

「제가 가진 거라곤 이 드레스뿐이에요. 그러나 팔 수 있을 거예요, 아마도요? 어쨌거나 곧 좀 더 무난한 것으로 하나 사야 하니까요.」

「드레스를 판다고요?」 호트리 씨의 이마에 생긴 골이 더욱 깊어진다. 「그렇게 말도 안 되는 이야기는 하지 마십시오, 네? 당신이 돌아가시면…….」

「돌아가다니요? 브라이어로요?」

「브라이어라니요? 제 말은 당신 남편에게요.」

「그 사람에게요?」 나는 깜짝 놀라 호트리 씨를 바라본다. 「그럴 순 없어요! 그 남자에게서 도망치는 데 두 달이나 걸렸다고요!」

호트리 씨가 고개를 젓는다. 「리버스 부인…….」 호트리 씨가 말한다. 나는 몸을 떤다.

「절 그렇게 부르지 마세요.」 내가 말한다. 「제발 부탁이에요.」

「또, 그렇게 말도 안 되는 소리를! 그럼 제가 당신을 뭐라 불러야 한단 말입니까?」

「모드라고 부르세요. 제게 방금 수중에 제 것이 뭐가 있냐고 물어보셨지요. 제 이름이 있어요. 그 외에는 아무것도 없어요.」

호트리 씨가 손을 꼼지락거린다. 「바보같이 굴지 마십시오.」 호트리 씨가 말한다. 「이제 제 말 잘 들으십시오. 당신 일은 유감입니다. 말다툼을 조금 하셨지요, 그렇죠……?」

나는 웃음을 터트린다. 웃음소리가 어찌나 날카로운지 호트리 씨가 깜짝 놀란다. 그리고 식자공 둘이 고개를 들어 바라본다. 호트리 씨가 식자공을 보고는 내게로 시선을 돌린다.

「좀 이성적으로 행동해 주시겠습니까?」 호트리 씨가 조용히 경고한다.

그러나 내가 무슨 수로 이성적이 될 수 있단 말인가?

「말다툼이라.」 내가 말한다. 「당신은 말다툼 때문이었다고 생각하시는군요. 제가 겨우 말다툼 때문에 발에 피를 흘리며 런던을 반이나 가로질러 달려왔다고 생각하시는 건가요? 당신은 아무것도 모르세요. 제가 어떤 위험에, 어떤 문제에 휘말려 있는지 짐작도 못하실 거예요……! 하지만 말씀드릴 수 없어요. 너무 엄청난 일이에요.」

「그게 무슨 일입니까?」

「비밀스러운 일이에요. 계략이 있었지요. 말할 수 없어요. 전 말할 수…… 오!」 시선을 내리자 눈길이 다시 인쇄물로 향한다. 〈넌 자작나무 회초리를 좋아하는구나, 그렇지?〉「이게 무슨 활자체죠?」 내가 말한다. 「말씀해 주시겠어요?」

호트리 씨가 침을 삼킨다. 「이 체요?」 목소리가 확연히 달라져 있다.

「이 활자체요.」

호트리 씨는 잠시 동안 말이 없다. 그러더니 조용히 대답한다. 「클래런던입니다.」

클래런던. 클래런던. 결국은 내가 아는 활자체이다. 나는 계속해서 종이를 응시한다. 손가락으로 종이를 건드린 것 같다. 호트리 씨가 와서 그 위에 빈 종이를 덮어 버린다. 다른 인쇄물도 덮어 버린다.

「보지 마십시오.」 호트리 씨가 말한다. 「그렇게 뚫어져라 보지 마십시오! 도대체 무엇이 문제입니까? 분명 병이 나신 것 같군요.」

「전 아프지 않아요.」 내가 대답한다. 「그저 피곤할 뿐이에요.」 나는 눈을 감는다. 「여기 머물다가 좀 잤으면 싶네요.」

「여기에 머문다고요?」 호트리 씨가 말한다. 「여기, 제 가게에 머물겠다고요? 〈미쳤습니까?〉」

미쳤다는 말에 나는 눈을 번쩍 뜨고 호트리 씨의 눈을 똑바로 본다. 호트리 씨의 얼굴이 상기되더니 재빨리 시선을 돌린다. 나는 좀 더 침착한 목소리로 다시 말한다. 「전 그저 피곤한 것뿐이에요.」 그러나 호트리 씨는 대답하지 않는다. 손을 입에 가져가 또다시 엄지손가락을 깨물기 시작한다. 그러고는 조심스럽게, 경계하는 태도로 나를 곁눈질한다. 「호트리 씨.」 내가 말한다.

호트리 씨가 갑자기 입을 연다. 「전 그저 당신이 뭘 하려는지 말해 주셨으면 싶을 뿐입니다. 제가 어떻게 당신을 가게에서 끌어낼 생각이라도 하겠습니까? 건물 뒤쪽으로 합승마차를 불러야 할 것 같군요.」

「그래 주시겠어요?」

「가실 곳은, 먹고 주무실 곳은 있으십니까?」

「전혀 없어요!」

「그럼 집으로 돌아가셔야 하겠군요.」

「그럴 순 없어요. 전 집이 없어요! 그저 돈 조금과 약간의 시간이 필요할 뿐이에요. 제가 찾으려는, 구해야 할 사람이 있어요…….」

「〈구한다〉고요?」

「찾아야 한다고요. 찾는다고요. 그리고 그 사람을 찾아내고 나면 다시 도움이 필요해질 거예요. 아주 조금만 도와주시면 돼요. 전 사기를 당했어요, 호트리 씨. 부당한 취급을 받았다고요. 제 생각엔, 변호사가 있으면, 만약 우리가 정직한 변호사를 구할 수 있다면요, 제가 부자라는 거 아세요? 혹은, 그렇게 될 거라는 걸요.」 다시 호트리 씨는 나를 바라보지만 아무 말도 않는다. 내가 말한다. 「제가 부자라는 거 아시잖아요. 지금 절 도와주시기만 하면요. 그저 절 받아들여 주시기만 하면…….」

「당신을 〈받아들인다〉고요! 지금 당신이 무슨 말을 하고 있는지 아십니까? 당신은 받아들이다니, 어디에요?」

「당신 집에 머물면 안 될까요?」

「제 집에요?」

「제 생각엔……」

「제 집이라고요? 아내와 딸들이 있는 제 집에요? 안 됩니다, 안 돼요.」 호트리 씨는 방을 왔다 갔다 하고 있다.

「하지만 브라이어에서 몇 번이나 말씀하시길……」

「제가 이미 말씀드리지 않았나요? 여긴 브라이어가 아닙니다. 이 세상은 브라이어와는 달라요. 그 점은 분명히 아셔야 합니다. 지금 몇 살이십니까? 당신은 어린아이입니다. 삼촌을 떠난 것처럼 남편도 떠날 순 없습니다. 먹고 살 아무런 것도 없이 런던에서 살 순 없습니다. 어떻게 살려고 생각하시는 겁니까?」

「모르겠어요. 전……」 〈전 당신이 제게 돈을 주리라고 생각했어요.〉 그렇게 말하고 싶다. 나는 주위를 둘러본다. 그리고 좋은 생각이 떠오른다. 내가 말한다. 「제가 당신 밑에서 일하면 안 될까요?」

호트리 씨가 그대로 멈춰 선다. 「제 밑에서요?」

「여기서 일하면 안 될까요? 책을 정리하면요? 쓰는 건 어떨까요? 그쪽 일은 잘 알고 있어요. 제가 얼마나 잘 아는지 당신도 아시잖아요! 임금으로 주셔도 돼요. 제가 방을 얻을게요. 제게 필요한 건 딱 한 칸, 조용한 방 한 칸뿐이니까요! 리처드가 절대 알지 못하도록 비밀스럽게 방을 얻을게요. 당신은 절 위해 제 비밀을 지켜 주시고요. 저는 일을 하고 약간의 돈을 버는 거죠. 제 친구를 찾을 정도면, 정직한 변호사를 찾아낼 정도면 충분해요. 그러고 나면…… 왜 그러시죠?」

호트리 씨는 내내 침묵을 지키고 있었지만, 표정이 기묘하게 바뀌었던 것이다.

「아무것도 아닙니다.」호트리 씨가 움직이며 말한다. 「저는……
아무것도 아닙니다. 물을 좀 드시지요.」

내 얼굴이 상기되었나 보다. 빠르게 지껄이고 나니 몸이 덥
다. 물을 삼키자 차가운 물이 비수처럼 가슴속을 파고든다. 호
트리 씨가 탁자로 가 그 위에 몸을 숙이고 내게서 시선을 돌린
채 계속해 생각에 잠긴다. 잔을 내려놓는데 호트리 씨가 돌아선
다. 나와 눈길을 마주치려 하지 않는다.

「제 말 잘 들으십시오.」호트리 씨가 말한다. 말투가 조용하
다. 「여기 머무실 순 없습니다. 당신도 아시겠지요. 타고 가실
합승마차를 한 대 부르겠습니다. 그리고…… 여자 한 분도 같이
부를 겁니다. 당신과 함께 가라고 돈도 줄 거고요.」

「저와 함께 가다니, 어디로요?」

「일종의…… 호텔로요.」이제 호트리 씨는 다시 탁자로 몸을
돌려 펜을 집는다. 책을 들여다보고 종이에 위치를 쓰기 시작한
다. 「일종의 집입니다.」쓰면서 호트리 씨가 이야기한다. 「쉬면
서 저녁을 먹을 수 있는 곳이지요.」

「제가 쉴 수 있는 곳이라고요?」내가 말한다. 「저는 다시는,
절대로 쉬지 않을 거예요! 하지만 방이라니! 방! ……거기로 절
찾아와 주실 건가요? 오늘 밤은요?」대답이 없다. 「호트리 씨?」

「오늘 밤은 안 됩니다.」호트리 씨가 여전히 종이에 쓰면서
말한다. 「오늘 밤엔 제가 안 됩니다.」

「그럼 내일요.」

호트리 씨가 잉크를 말리려 종이를 흔든 뒤 반으로 접는다.
「내일요.」호트리 씨가 말한다. 「가능하다면요.」

「꼭 오셔야 해요!」

「네, 네.」

「그리고 일은…… 당신 밑에서 제가 일하는 거요. 고려해 보

실 거죠? 그러시겠다고 대답해 주세요!」

「휴. 네. 고려해 보겠습니다. 네.」

「하느님 감사합니다!」

나는 손으로 눈을 가린다. 「여기 계십시오.」 호트리 씨가 말한다. 「아시겠지요? 이 방에서 나가지 마십시오.」

호트리 씨가 옆방으로 걸어가는 소리가 들린다. 그리고 식자공에게 조용히 이야기하는 모습이 보인다. 식자공이 웃옷을 입고 나간다. 호트리 씨가 내가 있는 방으로 돌아온다. 고갯짓으로 내 발을 가리킨다.

「이제 다시 신을 신으십시오.」 호트리 씨가 돌아서며 말한다. 「곧 마차가 올 겁니다.」

「정말 친절한 분이세요, 호트리 씨.」 허리를 숙여 망가진 슬리퍼를 발에 끼우며 내가 말한다. 「하느님은 아실 거예요. 이렇게 제게 큰 친절을 베풀었던 사람은 당신이……」 내 목소리가 잦아든다.

「그래요, 그래.」 호트리 씨가 다른 곳에 정신을 팔며 말한다. 「이제 그 생각은 그만하십시오……」

그러자 나는 조용히 앉아 있다. 호트리 씨는 기다리다가 시계를 꺼내 보고 때때로 층계 쪽에 가서 가만히 서서 귀를 기울인다. 마침내 호트리 씨가 층계에 나갔다가 재빨리 돌아온다.

「마차가 왔습니다.」 호트리 씨가 말한다. 「자, 다 챙기셨나요? 이쪽으로 오십시오. 조심하세요.」

호트리 씨가 나를 아래층으로 데려간다. 나무궤짝과 상자가 높이 쌓인 방을 몇 개 지나고 일종의 식기실을 지나 문에 도착한다. 문을 열자 작은 회색 지대가 나오고 다시 계단을 지나 골목으로 이어진다. 거기서 마차가 한 대 기다리고 있다. 마차 옆의 여자가 우리를 보고 고개를 끄덕인다.

「할 일이 뭔지 아시죠?」 호트리 씨가 여자에게 말한다. 여자가 다시 고개를 끄덕인다. 호트리 씨가 여자에게 주소를 적은 종이로 돈을 싸서 준다. 「자, 이쪽이 그 숙녀 분입니다. 리버스 부인이라고 합니다. 친절히 대해 주십시오. 숄 있으신가요?」

여자는 격자무늬 모직 숄을 가져와 내 몸에 둘러 머리를 가린다. 뺨에 닿은 숄이 뜨겁게 느껴진다. 거의 해 질 녘이긴 해도 날이 아직 따뜻하다. 해는 이미 하늘에서 보이지 않는다. 랜트 스트리트를 떠난 뒤로 세 시간이 지났다.

나는 마차 문 앞에서 돌아선다. 호트리 씨의 손을 잡는다.

내가 말한다. 「내일 와주실 거죠?」

「물론입니다.」

「이 일을 아무에게도 이야기하지 않으시겠죠? 제가 이야기했던 위험에 대해 기억하시겠죠?」

호트리 씨가 고개를 끄덕인다. 「어서 오르십시오.」 호트리 씨가 조용히 말한다. 「이 여자 분이 이제 당신을 저보다도 더 잘 돌보아 드릴 겁니다.」

「고마워요, 호트리 씨!」

호트리 씨가 내 손을 잡고 나를 마차 안으로 이끈다. 그리고 잠시 주저하다가 내 손가락에 입을 맞춘다. 여자가 옆으로 온다. 호트리 씨는 여자 뒤로 문을 닫고 마차 앞길에서 비킨다. 나는 유리창에 몸을 기울이고 호트리 씨가 손수건을 꺼내 얼굴과 목을 닦는 모습을 지켜본다. 이제 마차는 방향을 틀어 골목을 벗어나기 시작하고, 호트리 씨는 가버린다. 우리는 홀리웰 스트리트를 벗어나 북쪽으로 간다. 그게 내가 알 수 있는 전부이다. 강은 건너가지 않기 때문이다. 건너가지 않았다고 거의 확신한다.

그러나 마차가 무척 자주 멈춘다. 교통량이 아주 많다. 나는 처음엔 거리의 인파와 가게를 보느라 얼굴을 계속 창문에 대고 있다. 그러다 〈혹시 리처드를 보게 되면?〉이라는 생각이 들어 다시 가죽 의자로 돌아온 뒤 거기서 거리를 살펴본다.

그리고 잠시 후 나는 내 옆의 여자를 다시 본다. 여자는 무릎에 손을 모으고 있다. 장갑을 끼지 않은 손이 거칠다. 여자가 내 눈을 바라본다.

「괜찮니, 얘야?」 여자가 웃음 띠지 않은 얼굴로 말한다. 목소리가 손가락만큼이나 거칠다.

그 말에 처음 경계심이 일었나, 잘 모르겠다. 나는 결국 호트리 씨가 시간에 쫓기느라 여자를 구하면서 충분히 조심하지 못했다는 생각을 한다. 그래도 여자가 정직하기만 하다면 친절하지 않은 것이 무슨 대수이랴? 나는 여자를 좀 더 세밀히 살핀다. 치마는 빛바랜 검은 색이다. 신발은 구운 고기 색과 질감을 띠고 있다. 마차가 부르르 떨다가 덜커덩거릴 때도 여자는 말없이 차분하게 앉아 있다.

「아직 한참 더 가야 하나요?」 내가 마침내 여자에게 묻는다.

「그렇게 멀진 않아, 얘야.」

목소리가 아직도 거칠고, 얼굴은 무표정하다. 나는 초조해하며 말한다. 「절 계속 그렇게 부르실 건가요? 안 그랬으면 좋겠는데요.」

여자가 어깨를 으쓱한다. 으쓱하는 몸짓이 어찌나 대담하면서도 무관심하던지 나는 불안해지기 시작한다. 나는 다시 창문에 얼굴을 묻고 공기를 들이쉬려 애쓴다. 공기가 빨아들여지지 않는다. 〈홀리웰 스트리트는 여기서 어디로 가야 있나?〉 내가 생각한다.

「이렇게 가는 게 별로 마음에 안 드네요.」 내가 여자에게 다시 몸을 돌리며 말한다. 「걸어가면 안 될까요?」

「걷다니, 그런 슬리퍼를 신고?」 여자가 코웃음을 친다. 그리고 밖을 내다본다. 「여기는 캠던 타운이야.」 여자가 말한다. 「아직 갈 길이 멀어. 제자리에 앉아서 착하게 굴어.」

「계속 그런 식으로 제게 말씀하실 건가요?」 내가 다시 말한다. 「전 어린아이가 아니라고요.」

그리고 여자가 다시 한 번 어깨를 으쓱한다. 마차가 좀 더 부드럽게 계속 나아간다. 오르막길을 거의 반시간은 나아간다. 날이 훨씬 어두워진다. 점점 더 긴장이 된다. 가로등과 상점들을 뒤로하고 어떤 거리에 닿는다. 평범한 건물들이 늘어서 있다. 모퉁이를 돌자 건물들이 점점 더 평범해진다. 이제 커다란 회색 저택 앞에 마차가 선다. 계단 아래에 등불이 하나 있다. 너덜너덜한 앞치마를 걸친 여자아이가 가느다란 양초를 내밀어 등에 불을 붙이고 있다. 그늘에 가려진 유리창에 금이 가 있다. 거리가 완전히 적막하다.

「여긴 어디죠?」 마차가 멈추고 이제 더는 가지 않을 게 분명해지자 내가 여자에게 묻는다.

「여기가 네가 묵을 집이야.」 여자가 말한다.

「그 호텔이라는 곳인가요?」

「호텔?」 여자가 웃는다. 「그렇게 부를 수도 있겠지.」 여자가 문의 걸쇠에 손을 뻗는다. 나는 여자의 손목을 잡는다.

「기다려요.」 내가 말한다. 이제, 마침내 진짜로 공포를 느끼기 시작한다. 「뭐 하시려는 거죠? 호트리 씨가 당신에게 일러준 곳은 어디였어요?」

「이런, 여기 맞는데!」

「그리고 여기가 어디라고요?」

「집이지, 안 그래 보여? 네게 어떤 의미가 있는 곳인지, 어떤 종류의 곳인가를 묻는 거야? 그래도, 저녁은 거르지 않고 먹을 수 있어⋯⋯. 이제 손 좀 놓아주지 않겠어?」

「제가 있는 곳이 어디인지 말해 주기 전엔 안 돼요.」

여자가 손목을 빼내려 애쓰지만, 나는 놓아주지 않는다. 마침내 여자가 이를 뺀다.

「숙녀들을 위한 집이야.」여자가 말한다. 「너 같은.」

「나 같은?」

「너 같은 숙녀들. 가난한 숙녀들, 남편을 잃은 숙녀들…… 부도덕한 숙녀들 말이야. 당연하잖아……. 이런!」

내가 여자의 손목을 옆으로 밀쳐 버린 것이다.

「당신 말 안 믿어요.」내가 말한다. 「전 호텔에 가기로 되어 있단 말이에요. 호트리 씨가 당신에게 돈을 준 건 그러라고…….」

「그 돈은 널 여기로 데려와서 놔두고 가라고 준 거야. 정말 정확한 지시였다고. 만일 그게 마음에 안 든다면…….」여자가 주머니에 손을 넣는다. 「자, 그 사람이 직접 쓴 종이야.」

여자는 종이 한 장을 꺼내 쥐고 있다. 호트리 씨가 동전을 쌌던 종이이다. 이 집의 이름이 적혀 있다…….

〈가난한 귀부인을 위한 집.〉 호트리 씨는 그렇게 적어 두었다.

잠시 나는 믿을 수 없어 하며 종이를 내려다본다. 마치 이렇게 쏘아보면 글이, 내용이나 모양이 바뀌기라도 할 것처럼. 나는 여자를 바라본다. 「이건 실수예요.」내가 말한다. 「호트리 씨가 이랬을 리 없어요. 호트리 씨나 당신이 오해한 거예요. 절 다시 호트리 씨에게로 데려가 줘야 해요…….」

「난 널 여기 데려오고, 그다음 놓고 가라고, 정확한 지시를 받았어.」여자가 다시 완강하게 말한다. 「〈정신적으로 약한 가난한 숙녀로, 자선 시설이 필요합니다.〉정말 자비롭지, 안 그래?」

여자가 다시 고갯짓으로 우리 앞의 집을 가리킨다. 나는 대답하지 않는다. 호트리 씨의 표정을, 말과 기묘한 어조를 떠올리고 있다. 나는 생각한다. 〈돌아가야 해! 반드시 홀리웰 스트리트로 돌아가야 해!〉그렇지만 그러는 동안 심장이 무시무시하도록 차갑게 수축하면서 나는 돌아가면 무슨 일이 벌어질지 깨닫는다. 가게, 손님들, 그 청년. 그리고 자기 집으로 가버린 호트리 씨…… 그 집은 런던 어딘가에, 어디에든 있겠지……. 그러면 그다음엔, 그 거리…… 어둠에 잠긴 그 거리…… 어떻게 그 거리를 헤쳐 나가지? 어떻게 런던에서 나 혼자만의 힘으로 밤을 나지?

나는 몸을 떨기 시작한다. 「전 어쩌면 좋죠?」 내가 말한다.

「어쩌긴, 저리로 가야지.」 여자가 집을 고갯짓하며 말한다. 양초를 들고 있던 여자아이는 이미 사라지고, 등불이 약하게 타오르고 있다. 창문이 닫혀 있고, 그 위 유리가 까맣다. 건물 안 방들이 어둠으로 가득 찬 듯하다. 높이 솟은 문은 브라이어의 커다란 대문처럼 둘로 나뉘어 있다. 나는 문을 보고 공포에 사로잡힌다.

「안 돼요.」 내가 말한다. 「전 못해요!」

여자가 다시 이를 빤다. 「길거리보단 낫지…… 안 그래? 이게 싫으면 길거리로 가든가. 난 널 여기 데려다 주고 가라고 돈을 받았고, 그게 다야. 자, 어서 나가. 나도 집에 가야지.」

「전 못해요.」 내가 다시 말한다. 여자의 소매를 부여잡는다. 「어디로든 다른 곳으로 절 데려가요.」

「내가 왜?」 여자가 웃는다. 그러나 더는 날 떨쳐 내진 않는다. 대신 여자의 표정이 바뀐다. 「그럼, 그렇게 하지.」 여자가 말한다. 「보수만 준다면.」

「보수라고요? 전 드릴 돈이 한 푼도 없는데요!」

여자가 다시 웃는다. 「돈이 없다고?」 여자가 말한다. 「드레스나 뭐 그런 건?」

여자가 내 치마를 바라본다.

「오, 맙소사.」 나는 절망하며 치마를 거머쥔다. 「그럴 수만 있다면 드레스를 드릴게요!」

「그럴래?」

「숄을 가져가요!」

「숄은 원래 내 것이야!」 여자가 코웃음 친다. 여전히 내 치마를 보고 있다. 그리고 고개를 갸웃거린다. 여자가 좀 더 조용히 말한다. 「아래에는 뭘 입었지?」

몸이 떨린다. 천천히, 몸을 움츠리며, 나는 치맛단을 걷고 여자에게 페티코트를 보여 준다. 흰색과 붉은색 두 벌을 입고 있다. 여자가 보고는 고개를 끄덕인다.

「그거면 되겠네. 비단, 맞지? 그 두 벌이면 되겠어.」

「뭐라고요, 두 벌 다요?」 내가 말한다. 「두 벌 다 가져가겠다고요?」

「마부에게도 삯을 주어야지, 안 그래?」 여자가 대답한다. 「나에게도 줘야 하고. 하나는 나, 하나는 마부에게 줘야지.」

나는 망설인다. 그러나 달리 무슨 수가 있겠는가? 나는 치마를 높이 걷고 허리께의 줄을 찾아 당겨 푼다. 그리고 가능한 한 가장 품위 있는 태도로 페티코트를 벗는다. 여자는 시선을 돌리지 않는다. 내게서 페티코트를 받아 잽싸게 자기 외투 밑으로 끌어당긴다.

「그 신사는 모르게 하는 거지, 에?」 여자가 낄낄거리며 말한다. 이제 우리가 긴밀한 공모자가 된 듯한 말투이다. 여자가 손을 비빈다. 「이제 어디로 모실까, 에? 어디로 가자고 마부에게 말해야 할까?」

여자는 이미 갈 곳을 외치려 창문을 열어 두었다. 벗은 허벅다리에 드레스 천이 따끔따끔 찔러 오는 것을 느끼며 나는 팔로 몸을 감싸고 앉는다. 그럴 힘만 충분했다면 얼굴이 붉어지고 울음을 터트렸을지도 모르겠다.

「어디로 가?」 여자가 다시 묻는다. 여자의 머리 너머로 거리가 어둠에 잠겨 있다. 달이 떠 있다. 더럽고 가느다란 갈색 초승달이다.

나는 고개를 숙인다. 이곳을 마지막으로 희망은 끔찍하게 질식당하고, 이제 갈 곳은 한 군데뿐이다. 내가 목적지를 이르자 여자가 마부에게 외치고 마차가 출발한다. 여자는 훨씬 편안한 자세로 자리에 앉아 외투를 매만진다. 여자가 나를 바라본다.

「괜찮아, 얘야?」 여자가 말한다. 내가 대답하지 않자, 여자가 웃음을 터트린다. 그리고 몸을 돌린다. 「이젠 괜찮아 보이네. 흠?」 여자가 혼잣말처럼 말한다. 「이젠 괜찮아 보여.」

우리가 도착했을 때 랜트 스트리트는 이미 깜깜해져 있다. 나는 맞은 편 집을 보고 어디서 멈춰 서야 할지를 알아낸다. 내가 석스비 부인 방의 창으로 그토록 열심히 바라보던 연고색 덧문이 달린 집이다. 문을 두드리자 존이 문을 연다. 얼굴이 하얗다. 존이 나를 보더니 잠시 눈길을 고정한다. 「제길.」 존이 말한다. 나는 존을 지나쳐 들어간다. 입스 씨의 가게라고 내가 생각하는 곳이 나오고, 복도를 지나자 바로 부엌으로 이어진다. 리처드만 빼고 다들 부엌에 모여 있다. 리처드는 나를 찾아 밖에 나가 있다. 데인티가 울고 있다. 뺨에는 전보다도 더 심하게 멍이 들어 있고, 입술이 갈라지고 피가 나고 있다. 입스 씨가 셔츠바람으로 삐걱거리는 나뭇바닥을 왔다 갔다 하고 있다. 석스비 부인은 멍한 눈으로 존만큼이나 백지장처럼 하얀 얼굴을 하고 서 있다. 가만히 서 있다. 그러나 내가 오는 것을 보자 주저앉아 얼굴을 찡그린다. 충격 받은 듯이 손을 가슴에 얹는다.

「오, 아가.」 부인이 말한다.

그 뒤에 저들이 한 행동은 잘 기억나지 않는다. 데인티가 비명을 지른 것 같다. 나는 아무에게도 눈길을 주지 않고 저들을 지나친다. 계단을 올라 석스비 부인의 방, 아니 〈나〉의 방, 〈우리〉의 방이라고, 이제는 그렇게 불러야 할 방으로 가서 창문 쪽으로 고개를 돌리고 침대에 앉는다. 무릎에 손을 얹고 고개를 숙인다. 손가락이 먼지로 지저분하다. 발에서 다시 피가 나기 시작한다.

1분 정도 있다가 부인이 올라온다. 조용히 다가온다. 문을 닫고 등 뒤로 문을 잠근다. 자물쇠에 열쇠를 넣고 부드럽게 돌린다. 마치 내가 자고 있어 나를 깨울까 걱정된다는 듯한 태도이다. 그러고는 내 옆에 선다. 나를 만지려 하지 않는다. 그러나 나는 부인이 떨고 있다는 것을 안다.

「아가.」 부인이 말한다. 「우린 널 잃은 줄 알았다. 물에 빠져 죽었거나 살해당했을 거라고도 생각했어……..」

목소리가 메지만 끊어지진 않는다. 부인이 내 대답을 기다리다가 내가 가만히 있자 다시 말한다. 「일어나렴, 아가.」

나는 일어난다. 부인이 내게서 드레스와 코르셋을 벗긴다. 내 페티코트에 대해서는 묻지 않는다. 슬리퍼와 발을 보고서도 비명 지르지 않는다. 스타킹을 벗기며 몸을 떨긴 했지만 말이다. 부인은 옷을 다 벗긴 뒤 날 침대에 누인다. 턱까지 담요를 끌어당긴다. 그리고 내 옆에 앉는다. 머리를 쓰다듬는다. 핀과 엉킨 머리를 손으로 풀어낸다. 머리가 산발이 된 지라, 부인이 손으로 풀 때마다 머리가 잡아당겨진다. 「됐어, 이제.」 부인이 말한다.

집이 조용하다. 입스 씨와 존이 이야기를 하는 것 같다. 그러나 소곤대는 듯하다. 부인의 손길이 좀 더 느려진다. 「됐어, 이제.」 부인이 다시 말한다. 목소리가 수의 목소리와 똑같아 나는 몸을 부르르 떤다.

목소리는 수의 목소리이지만, 얼굴은……. 하지만 부인이 초를 가져오지 않아 방이 어둡다. 부인은 창에 등을 돌리고 앉아 있다. 그래도 그 시선이, 그 숨결이 느껴진다. 나는 눈을 감는다.

「우린 널 잃은 줄 알았어.」 부인이 다시 중얼거린다. 「하지만 돌아왔구나. 아가, 난 네가 돌아올 줄 알았어!」

「갈 곳이 없었어.」 내가 천천히 그리고 좌절하며 말한다. 「갈 곳도, 갈 사람도 없었어. 난 내가 그 점을 아는 줄 알았는데. 지금까지도 난 전혀 몰랐던 거야. 내겐 아무것도 없어. 집도 없고…….」

「〈여기〉가 네 집이란다!」 부인이 말한다.

「친구도 없고…….」

「〈여기〉 네 친구들이 있잖니!」

「사랑도…….」

부인이 숨을 들이마신다. 그러고는 속삭인다.

「아가, 모르겠니? 내가 백번도 더 말하지 않았니……?」

나는 좌절하고 탈진하여 흐느끼기 시작한다. 「왜 그렇게 〈자꾸〉 그러는 건데?」 내가 눈물을 쏟으며 소리 지른다. 「왜 〈자꾸만〉 날 당신 아가라고 부르는 건데? 날 여기 데려온 걸론 충분치 않아? 왜 당신이 날 사랑하기까지 해야 하는데? 왜 내 심장을 움켜쥐고 날 숨 막히게 하고 고문해야만 하는 건데?」

나는 벌떡 일어나 있다. 그러나 우느라 마지막 힘까지 다 써버려 곧 다시 주저앉는다. 부인은 아무 말도 않는다. 날 본다. 내가 조용해질 때까지 기다린다. 그러고는 고개를 돌려 살짝 기울인다. 나는 부인의 뺨 모양을 보고 부인이 얼굴에 웃음을 띠고 있다고 생각한다.

「집이 참 조용하구나.」 부인이 말한다. 「그 많던 아기가 모두 사라졌으니 말이야! 안 그러니?」 부인이 나를 돌아본다. 부인이 침 삼키는 소리가 들린다. 「내가 말했지, 아가?」 부인이 부드럽게 말한다. 「내게도 내 배 아파 낳은 아기가 하나 있었는데 죽었다고. 그 숙녀, 수의 어머니가 왔던 즈음에 말이야.」부인이 고개를 끄덕인다. 「그렇게 내가 말했지. 이 근처에서 다시 물어봐도 똑같은 대답을 들을 거야. 아기들은 잘 죽거든. 그러니 누가 이상하단 생각을 했겠어……?」

목소리에 무언가가 있다. 몸이 떨려 오기 시작한다. 부인이 내가 떠는 것을 알아차리고 다시 손을 뻗어 내 엉킨 머리를 어루만진다. 「됐어, 이젠. 휴, 그래. 넌 이제 안전하단다…….」그리고 어루만지던 손길이 멈춘다. 부인이 내 머리털 한 줌을 쥐고 있다. 부인의 얼굴에 다시 웃음이 떠오른다. 「참 재미있지.」부인의 목소리가 달라진다. 「네 머리 말이야. 난 네 눈이 갈색이고 피부는 하얗고 허리와 손은 가늘 거라 생각했어. 오직 네 머리만이 내가 상상하던 이상으로 더 금발이구나…….」

말이 갑자기 뚝 끊긴다. 손을 뻗으며 부인은 고개를 움직였다. 가로등 불빛과, 변색한 은 같은 달에서 나오는 달빛이 부인 얼굴을 비추면서 갑자기 부인의 얼굴이 눈에 들어온다. 부인의 갈색 눈과 창백한 피부, 통통한 입술. 그리고 갑자기 나는 깨닫는다. 저 입술은 한때는 훨씬 더 통통했으리라……. 부인이 입술을 적신다. 「아가.」부인이 말한다. 「나의, 나의 소중한 딸…….」

부인이 다시 잠시 주저하다가 마침내 입을 연다.

3부

14

나는 비명을 질렀다. 지르고 또 질렀다. 악귀처럼 몸부림쳤다. 그러나 내가 몸을 뒤틀수록, 나를 잡은 손에 힘만 더욱 들어갔다. 젠틀먼이 자기 자리에 다시 앉았고, 사륜마차가 출발하고 방향을 틀기 시작하는 모습이 보였다. 모드가 뿌연 창문 유리에 얼굴을 갖다 대는 것이 보였다. 모드의 눈을 보고 나는 다시 비명을 질렀다.

「저기 있잖아요!」 나는 손을 들어 가리키며 소리 질렀다. 「저기 가잖아요! 놓치면 안 돼요! 빌어먹을, 저렇게 보내면 안 돼요……!」

그러나 말이 속도를 냄에 따라, 바퀴로 먼지와 자갈을 휘날리며 마차는 계속 나아갔다. 그리고 마차가 빨라질수록 내 싸움도 더욱 격렬해졌던 것 같다. 이제 크리스티 의사를 도우려 다른 의사가 나섰다. 앞치마를 두른 여자도 나섰다. 그리고 다 같이 나를 정신 병원으로 끌고 가려 애쓰고 있었다. 그렇게 둘 순 없었다. 마차는 자꾸만 속도를 더하며 점차 작아지고 있었다. 「도망치고 있잖아요!」 내가 소리 질렀다. 그러자 앞치마를 두른 여자가 뒤로 다가와 허리를 잡았다. 남자처럼 힘이 셌다. 마치 깃털로 가득 찬 가방이라도 다루듯 나를 끌어안고 정신 병원의 정문으로 두세 걸음 갔다.

나를 데려가며 여자가 말했다. 「아니, 이게 다 무슨 짓이지? 발버둥을 치며 의사 선생님들을 괴롭히시겠다?」

여자는 내 뒤에 서서 입을 내 귀에 바짝 대고 있었다. 나는 내가 무슨 행동을 하고 있는지도 잘 몰랐다. 내가 아는 거라곤, 여자가 날 붙잡아 두고 있고, 젠틀먼과 모드는 도망치고 있다는 것뿐이었다. 여자가 내 귀 바로 뒤에 있다는 사실을 깨닫고 나는 머리를 앞으로 숙였다가 갑자기 뒤로 확 젖혔다.

「오!」 여자가 외쳤다. 여자의 손길이 느슨해졌다. 「오! 오!」

「갈수록 광기를 드러내는군요.」 크리스티 의사가 말했다. 나는 의사가 여자에 대해 말하고 있다고 생각했다. 그러다가 그게 나에 대한 말임을 깨달았다. 크리스티 의사가 주머니에서 호각을 꺼내 불었다.

「제발요.」 내가 외쳤다. 「제 말 좀 믿어 보지 않으실래요? 저 사람들이 절 속인 거라고요, 절 속였다고요⋯⋯!」

여자가 다시 나를 꽉 쥐었다. 이번엔 목 쪽이었다. 내가 여자의 팔 안에서 몸을 돌리자, 여자가 손가락을 세워 배를 세게 쳤다. 의사가 모르게 한 짓이었다고 생각한다. 나는 경련을 일으키고 숨을 들이쉬었다. 그러자 여자가 다시 한 번 나를 쳤다. 「발작을 일으켜요!」 여자가 말했다.

「손 조심하세요!」 그레이브스 의사가 외쳤다. 「물지도 모릅니다.」

그 사이 나는 정신 병원 복도까지 끌려 들어갔고, 호각 소리에 다른 남자 둘이 더 나왔다. 새로 온 남자들은 외투 소매에 갈색 종이 소맷부리를 끼우고 있었다. 의사 같진 않았다. 이쪽으로 오더니 내 발목을 붙잡았다.

「잘 잡아요.」 그레이브스 의사가 말했다. 「경련을 일으키고 있으니까요. 관절이 탈구될지도 모릅니다.」

594

발작이 아니라 단지 숨이 찰 뿐이라는 말을 할 수가 없었다. 저 여자가 날 때렸다는 것을, 난 미친 게 아니라 당신들처럼 정상이란 말을 할 수가 없었다. 숨 쉬려고 애쓰느라 아무 말도 할 수 없었다. 껄껄거리는 것이 고작이었다. 남자들이 내 다리를 잡아당겨 쭉 펴자 치마가 무릎까지 올라갔다. 치마가 더 올라갈까 봐 걱정이 되기 시작했다. 그 때문에 다시 몸을 뒤틀었던 것 같다.

「단단히 잡아요.」 크리스티 의사가 말했다. 손에는 뿔로 만들어진 커다랗고 납작한 숟가락 같은 것을 꺼내 쥐고 있었다. 옆으로 와 내 머리를 잡고는 이 사이로 숟가락을 물렸다. 부드러웠지만 의사가 단단히 눌러 아팠다. 숨이 막힐 것만 같았다. 나는 숟가락이 목구멍으로 넘어가지 못하게 하려고 숟가락을 깨물었다. 끔찍한 맛이 났다. 아직까지도 나는 그 숟가락이 나 이전에도 수많은 사람 입으로 들어갔으리라는 생각을 하곤 한다.

내가 턱을 단단히 문 모습을 크리스티 의사가 보았다. 「이제 물었군!」 의사가 말했다. 「바로 그거야. 환자를 꽉 잡아요.」 크리스티 의사는 그레이브스 의사를 보았다. 「부드러운 방으로? 내가 보기에는 그게 좋을 거 같은데. 스필러 간호사?」

내 목을 잡았던 그 여자였다. 여자가 크리스티 의사에게 고개를 끄덕이고 종이 소맷부리를 한 남자들에게 다시 고개를 끄덕이자, 남자들이 병원 더 깊숙한 곳으로 나를 데리고 가려고 몸을 돌렸다. 나는 남자들이 움직이는 것을 느끼고는 다시 몸부림치기 시작했다. 이제 젠틀먼과 모드는 안중에도 없었다. 오직 나 자신만을 생각하고 있었다. 무시무시하게 겁이 나고 있었다. 간호사에게 맞은 배가 아팠다. 입에는 숟가락이 물려 있었다. 일단 이 사람들이 날 방으로 데려가고 나면 날 죽이리란 생각이 들었다.

「지독히 몸부림치네요, 그렇죠?」 내 발목을 더 단단히 잡으려 손을 움직이며 남자 하나가 말했다.

「굉장히 심각한 경우지요.」 크리스티 의사가 말했다. 그리고 내 얼굴을 들여다보았다. 「최소한 경련은 끝나 가고 있군요.」 의사가 목소리를 높였다. 「두려워 마십시오, 리버스 부인! 저희는 부인에 대해 모든 걸 파악하고 있습니다. 저희는 부인의 친구입니다. 부인을 낫게 해주려고 여기로 모셔 왔습니다.」

나는 말하려 애썼다. 「도와줘요! 도와줘요!」 이야기하려 애썼다. 그러나 숟가락 때문에 새처럼 꾸르륵거리는 게 고작이었다. 또한, 숟가락 때문에 침이 질질 흘렀다. 그리고 침이 약간 입 밖으로 튀어 크리스티 의사의 뺨에 튀었다. 아마도 내가 일부러 침을 뱉었다고 생각한 것 같다. 어쨌거나 크리스티 의사는 잽싸게 뒤로 물러섰고 표정이 엄숙해졌다. 의사는 손수건을 꺼내 들었다.

「아주 좋아요.」 크리스티 의사는 뺨을 닦으며 남자들과 간호사에게 말했다. 「이 정도면 됐습니다. 이제 데려가세요.」

남자들이 나를 데리고 복도를 걸어갔다. 문 여러 개와 방 하나를 지나쳐 층계참에 이른 뒤 다시 복도를 지나고 또 방을 지나쳤다. 길을 눈여겨보려 애썼지만, 나는 등을 대고 누운 채 끌려가는 중이었다. 보이는 거라곤 수많은 담갈색 천장과 벽들뿐이었다. 약 1분이 지나자 나는 병원 깊숙한 곳까지 왔으며 길을 도통 모르겠다는 사실을 알게 되었다. 소리를 지를 수가 없었다. 목에는 간호사의 팔이 둘려 있고, 입에는 여전히 뼈 숟가락이 물려 있었다. 층계에 이르자 사람들이 나를 데리고 내려가며 말했다. 「이봐, 베이츠 씨.」 그리고 다시 말했다. 「이번에 돌 때 조심해. 길이 심하게 꺾인다고!」 이제 나는 깃털 가방이 아니라 트렁크나 피아노쯤 되는 취급을 받고 있었다. 남자들은 단 한 번도 내 얼굴을 보지 않았다. 마침내, 남자 중 한 명이 휘파람을 불더니 손가락 끝으로 내 다리에 대고 박자를 두드리기 시작했다.

그리고 천장이 좀 더 옅은 담갈색으로 칠해진 또 다른 방이 나왔다. 그리고 여기서 멈추었다.

「이제 조심해.」 사람들이 말했다.

남자들이 내 다리를 내려놓았다. 여자가 내 목에서 팔을 풀며 나를 떠밀었다. 아주 살짝 밀었을 뿐이지만, 나는 그동안 어찌나 잡아당겨지고 흔들렸던지 휘청거리다 쓰러졌다. 손을 짚으며 쓰러졌다. 입을 벌리고 숟가락을 떨어뜨렸다. 남자 하나가 잽싸게 다가와 숟가락을 집어 들었다. 그리고 흔들어 내 침을 떨어냈다.

「제발.」 내가 말했다.

「이젠 제발이라고 말해도 좋아.」 여자가 말했다. 그리고는 남자들에게 이야기했다. 「계단 위에서 이게 머리로 날 박았어. 멍들었어?」

「분명 멍들겠는데.」

「이런 악마 새끼!」

여자가 날 발로 눌렀다. 「자, 우릴 멍들게 하라고 의사 선생님이 널 여기로 데려오신 걸까? 응, 우리 숙녀 분? 이름이. 어떻게. 되시더라? 워터스 부인, 아니면 리버스 부인? 이름 맞으셔?」

「제발.」 나는 다시 말했다. 「전 리버스 부인이 아니에요.」

「리버스 부인이 아니시라는데? 들었어, 베이츠 씨? 그럼 나도 스필러 간호사가 아니겠구먼. 헤지스 씨도 본인이 아니고. 거참 그럴듯한 소리네.」

여자가 다가와 내 허리를 잡았다. 날 들어 올렸다가 다시 떨어뜨렸다. 던졌다고는 할 수 없지만, 높이 들어 올렸다가 떨어뜨린 것이다. 나는 마침 그때 굉장히 멍하고 약해져 있던 지라 아주 심하게 떨어졌다.

「내 얼굴을 박은 대가야.」 여자가 말했다. 「여기가 계단 위나 지붕 위가 아닌 걸 다행으로 알라고. 한 번만 더 날 박았다간······ 누가 알겠어? 정말 그런 데 가게 될지도 모르지.」 여자는 빳빳 한 앞치마를 잡아당겨 편 뒤 몸을 기울여 내 옷깃을 잡았다. 「좋아, 이 드레스는 벗도록 하자. 불같이 화를 내는 표정도 허락해 주지. 나한텐 아무 의미 없으니까. 어이구, 고리들이 참 작기도 하지! 그런데 내 손이 좀 억세거든, 알지? 너 이런 거 익숙하다며, 엉? 듣기론 분명 그렇다던데.」 여자가 웃음을 터트렸다. 「글쎄, 여기선 숙녀의 하녀 따윈 키우질 않아서 말이야. 우리에겐 헤지스 씨와 베이츠 씨가 있지.」 남자들은 아직도 문가에서 우릴 보며 서 있었다. 「이리 오라고 부를까?」

나는 여자가 날 발가벗기려 한다고 생각했다. 차라리 죽는 게 나았다. 나는 무릎 꿇고 몸을 비틀어 여자에게서 벗어났다.

「누구든지 원하는 대로 불러 봐, 이 더러운 년아.」 내가 헐떡이며 말했다. 「내 드레스는 못 내줘.」

여자의 얼굴이 시꺼메졌다. 「년이라고, 나한테?」 여자가 말을 받았다. 「그러셔!」

그리고 손을 뒤로 빼더니 주먹을 쥐고 날 쳤다.

버러에서 난 온갖 지독한 사기꾼과 도둑들에게 둘러싸여 자랐다. 그러나 내 곁엔 어머니 같은 석스비 부인이 있었고, 그래서 한 번도 맞아 본 적이 없었다. 여자의 주먹에 맞자 거의 넋이 나갈 지경이었다. 나는 얼굴에 손을 대고 바닥에 웅크리고 누웠다. 그러나 여자는 결국 드레스를 벗겨 냈다. 미치광이들 옷을 벗기는 데 익숙한 듯했다. 다음엔 코르셋을 잡더니 역시 벗겨 갔다. 그다음엔 양말대님을, 신발과 스타킹을, 마지막으로 머리핀까지 가져갔다.

여자는 훨씬 더 검어진 얼굴로 땀을 흘리며 섰다.

「다 됐다!」 여자가 페티코트와 시미 차림의 나를 훑어보며 말했다. 「이제 리본도 레이스도 모두 사라졌군. 이젠 스스로 자기 목을 조른다 해도, 우리랑은 상관없는 일이야. 내 말 알겠어? 리버스. 부인이. 아니라. 하시는. 부인? 밤새 거기 앉아 속 끓여 보시지. 네가 그러는 걸 얼마나 좋아하는지 한번 보자고. 경련? 나도 발작이랑 성질부리는 것 정도는 구별할 줄 안다고. 이 안에서 뭐든 좋을 대로 해봐. 관절을 뽑든, 혀를 씹어 끊든. 조용히만 해. 우린 환자들이 조용히 있는 걸 좋아하거든. 일이 좀 더 쉬워지니까.」

여자는 이 모든 말을 지껄인 뒤 내 옷을 한 뭉치로 만들어 어깨에 걸치고 방을 나가 버렸다. 남자들도 따라 나갔다. 남자들은 여자가 날 때리는 것을 보고도 가만히 있었다. 스타킹과 코르셋을 벗기는 것도 그냥 보고 있었다. 남자들이 종이 소맷부리를 빼는 소리가 들렸다. 한 명이 다시 휘파람을 불기 시작했다. 스필러 간호사가 문을 닫고 잠그자 휘파람 소리가 점차 희미해져 갔다.

소리가 더는 안 들릴 만큼 작아지자 나는 일어났다. 그리고 다시 쓰러졌다. 다리가 엄청나게 잡아당겨지고 고무처럼 흔들렸던 데다, 머리는 주먹에 맞아 아직도 울리고 있었다. 손이 떨리고 있었다. 이것저것 얘기할 것도 없이, 나는 엄청나게 겁을 먹고 있었다. 문으로 기어가 열쇠 구멍으로 내다보았다. 손잡이가 없었다. 문 자체는 짚을 넣은 더러운 캔버스 천으로 싸여 있었다. 벽도 짚을 넣은 캔버스 천으로 덮여 있었다. 바닥에는 유포가 깔려 있었다. 굉장히 해지고 얼룩진 담요가 한 장 보였다. 주석 요강도 보였다. 쇠창살로 막아 놓은 창문이 저 높은 곳에 있었다. 말려 올라간 담쟁이덩굴 잎들이 창살 너머로 보였다. 연못물처럼 어두운 초록빛이 방으로 스며들었다.

나는 선 채 이 모든 것을 일종의 놀라움 속에 바라보았다. 차가운 발을 유포 위에 딛고 있다는 것도, 쓰린 얼굴과 팔에 초록빛을 받고 있다는 것도 거의 믿기지가 않았다. 나는 뒤로 돌아 문에 손가락을 갖다 댔다. 열쇠 구멍으로, 캔버스 천으로, 문 가장자리로, 모든 곳으로 손가락을 움직여 가며 문을 당겨 보려 애썼다. 그러나 문은 조개처럼 꽉 다물고 있을 뿐이었다. 심지어 문을 잡아당기고 있는데 더러운 캔버스 천 위로 작게 움푹 들어간 부분과 찢어진 부분들이 보이기 시작했다. 작은 초승달 모양으로 직조가 해져 있었다. 정신이 퍼뜩 들었다. 나보다 앞서 이 방에 갇혔던 다른 모든 미치광이들, 내 말은 진짜로 미친 자들이 남긴 손톱 자국이 분명했다. 그 사람들이 했던 짓을 내가 이렇게 서서 똑같이 하고 있다니, 끔찍했다. 문에서 뒷걸음질 치자 멍하던 것이 가시면서 무시무시한 공포가 밀려왔다. 나는 뒤쪽으로 달려가 손으로 짚이 든 캔버스를 때리기 시작했다. 칠 때마다 먼지구름이 피어올랐다.

「도와줘요! 도와줘요!」 내가 외쳤다. 목소리가 낯설게 들렸다. 「오, 도와줘요! 사람들이 절 미쳤다고 생각하고 여기에 가뒀어요! 리처드 리버스를 불러 주세요!」 기침이 나왔다. 「도와주세요! 의사선생님! 도와주세요! 제 말 들려요?」 나는 다시 기침을 했다. 「제발! 제 말 들리나요……?」

그렇게 계속했다. 서서 소리를 지르고 기침을 하고 문을 두드렸다. 가끔 누구 가까이 오는 사람이 없나 알아보려고 문에 귀를 대고 잠시 멈추었을 뿐이었다. 얼마나 그랬는지도 모르겠다. 아무도 오지 않았다. 짚으로 만든 안감이 너무 두꺼웠단 생각이 든다. 그게 아니면, 내 목소리를 들은 사람들은 모두 미치광이들이 소리 지르는데 익숙해져 있어서 마음 쓰지 않는 법을 터득했지 싶다. 그래서 나는 다음으로 벽 쪽을 시도해 보았다. 벽도 역시 안감이 두텁게 씌워져 있었다. 두드리고 소리 지르던 것을 포기한 뒤, 창문 아래에 담요와 작은 주석 항아리를 함께 쌓아 놓고는 그 위로 기어올라 유리창에 손을 뻗치려 해보았다. 그러나 주석 항아리가 찌그러지고 담요가 주르륵 미끄러지면서 나는 아래로 떨어졌다.

마침내 나는 유포 바닥에 주저앉아 울음을 터트렸다. 울자 눈물에 얼굴이 따끔거렸다. 나는 손가락 끝을 뺨에 대고 부어오른 얼굴을 더듬었다. 손에 머리털이 느껴졌다. 간호사가 핀을 빼려 머리를 잡아당겨 머리털이 어깨 위로 온통 흩어져 있었다. 빗으려고 머리털 한 줌을 잡아 들어 올리자 일부가 빠져 손에 남았다. 더욱 서럽게 울음이 터졌다. 내가 아주 미인이었다고 하는 건 아니다. 그러나 그때 나는 작업장에서 바퀴에 머리털을 잃은 뒤 다시는 머리털이 나지 않았던 여자아이를 떠올렸다. 대머리가 되면 어떡하지? 나중에 가발을 만들려면 보관해 두어야 하는 것인지 고민하면서 나는 머리를 더듬어 빠지는 머리카락들을 잡아당겨 빼냈다. 하지만 많이 빠지지는 않았다. 마침내 나는 빠진 머리카락들을 하나로 뭉쳐 구석에 밀어 놓았다.

머리카락들을 치우는데 마루 위에서 희미한 무엇인가가 눈에 띄었다. 처음엔 주름이 잔뜩 진 하얀 손인 줄 알고 기겁을 했다. 그리고 정체를 깨달았다. 간호사가 드레스를 벗겨 갈 때 내 가슴에서 떨어진 뒤 발에 차여 눈에 보이지 않는 곳으로 밀려갔던 것이다. 위로 신발 자국이 나 있었고, 단추 하나는 부서져 있었다.

모드의 장갑이었다. 그날 아침 모드에 대한 기념으로 가지고 있으려고 품에 넣었던 것이었다.

나는 장갑을 주워 손안에서 뒤집고 또 뒤집어 보았다. 잠시 전까지 날 지배했던 감정을 두려움이라 표현한다면, 글쎄, 지금 장갑을 바라보고 모드와 젠틀먼이 내게 친 끔찍한 사기를 생각하며 느끼는 감정에 비하면 그건 아무것도 아니었다. 굉장한 수치심에 나는 팔에 얼굴을 묻었다. 이 벽에서 저 벽으로 그리고 다시 또 반대 방향으로 걸었다. 가만히 있으려고 하면 바늘방석에 앉은 듯한 기분이 들었기 때문이다. 나는 크게 울음을 터트리고 땀을 흘리며 벌떡 일어났다. 자기가 사기꾼인 줄 알았지만 사실은 너무나 얼간이였던 브라이어에서의 시절을 떠올렸다. 저 두 악당과 보냈던 나날을 생각했다. 한쪽이 다른 악당에게 보냈을 표정을, 웃음을 생각했다. 〈모드를 혼자 내버려 둬요.〉 나는 모드에게 미안함을 느끼며 젠틀먼에게 그렇게 말했다. 그리고 모드에겐 이렇게 말했다. 〈리버스 씨를 멀리하지 마세요, 아가씨. 그분은 아가씨를 사랑하세요. 그분과 결혼하세요. 그분은 아가씨를 사랑해요.〉

〈그분은 이렇게 하실 거예요…….〉

오! 오! 아직까지도 그때의 격렬한 고통이 그대로 느껴진다. 그러고는 정말로 정신이 나갔던 듯하다. 나는 걸었고, 맨발이 유포 위에 척 척 척 소리를 냈다. 장갑을 입에 물고 씹었다. 〈젠틀먼〉에게선 처음부터 기대한 것도 없었다. 내가 가장 많이 생각했던 것은 모드였다. 그년, 교활한 년, 더러운…… 오! 내가 모드를 보고 멍청이라 생각했다니. 모드를 비웃었다니. 모드를 사랑했다니! 모드가 날 사랑한다고 생각했다니! 젠틀먼의 이름을 빌려 모드에게 키스했다니. 모드를 만졌다니! 그리고, 그리고……!

모드의 결혼식 날 밤 모드의 울음소리를 듣지 않으려고 머리를 베개 밑에 파묻었다니. 만약 귀 기울였다면, 모드의 한숨 소리가 들렸을지도 모른다고 생각했다니. 과연? 정말로 들리긴 했을까?

견딜 수가 없었다. 그 순간만큼은 모드가 어떻게 내 계략을 이용해 날 속여 먹었는지 상세한 부분들을 잊었다. 나는 걷고 신음하고 욕하고 저주했다. 창밖의 빛이 사그라지고 방이 어두워질 때까지 모드의 장갑을 움켜쥐고 씹고 비틀었다. 아무도 나를 보러 오지 않았다. 음식이나 드레스나 스타킹을 가져다주는 사람도 없었다. 계속해서 걷느라 처음엔 따뜻했지만, 결국엔 너무나 지쳐 담요에 눕든지 주저앉아야 할 지경이 되었고 추워지기 시작했다. 그리고 다시는 몸이 따뜻해지지 않았다.

나는 자지 않았다. 병원 안 여기저기서 너무나 자주 이상한 소리들이 들려왔다. 울부짖는 소리, 달려가는 발소리, 그리고 한 번은 의사가 호각을 부는 소리도 들렸다. 그날 밤 어느 순간 비가 내리기 시작했고, 창문을 따라 빗방울이 뚝뚝 떨어졌다. 정원에서 개가 짖어 댔다. 개 짖는 소리에 또 생각이 들기 시작했다. 모드가 아니라, 찰리 왝에 대한 생각이, 입스 씨와 석스비 부인에 대한 생각이 들었다. 침대에 누워 옆 자리를 비운 채 나를 기다리고 있을 석스비 부인을 떠올렸다. 부인은 얼마나 오래까지 날 기다려 줄까?

젠틀먼이 석스비 부인에게 갈 때까지 얼마나 걸릴까? 뭐라고 말할까? 내가 죽었다고 할지도 모른다. 그러나 그렇게 되더라도 부인은 날 묻어 주려고 내 시체에 대해 물어볼 것이다……. 나는 내 장례식에 대해 생각해 보고 누가 가장 많이 울어 줄까 궁금해졌다. 젠틀먼은 내가 물에 빠져 죽었다거나 늪에서 실종되었다고 할지도 모른다. 부인은 사망 증명서를 요구할 것이다. 그런 서류도 위조할 수 있을까? 젠틀먼은 내가 내 몫의 돈을 들고튀었다고 할지도 모른다.

젠틀먼이 그렇게 말할 줄 나는 이미 알고 있었다. 그러나 석스비 부인은 젠틀먼을 믿지 않을 터였다. 유리처럼 투명하게 젠틀먼을 꿰뚫어 볼 터였다. 나를 찾아 나설 터였다. 이런 식으로 잃어버리려고 17년이나 날 키워 온 것은 아니었다! 부인은 나를 찾아낼 때까지 영국의 모든 집을 다 뒤질 터였다!

마음이 진정되면서 나는 그런 생각들을 했다. 의사들과 반드시 이야기를 해야만 하고 그럼 의사들이 실수를 알아채고 날 보내 주리란 생각을 했다. 그러나 어쨌거나 석스비 부인이 찾아올 것이고, 나는 그런 식으로 나가게 될 터였다.

그리고 자유의 몸이 되면 모드 릴리가 어디에 있든 반드시 찾아내리라. 그리고 결국, 나는 어머니의 딸이 아니었던가? 모드를 죽여 버리리라.

이런 게 바로 내가 이 끔찍한 난관에 빠졌을 때 한 생각들이었다.

다음 날 아침, 나를 집어 던졌던 여자가 다시 왔다. 앞서 봤던 두 남자, 즉 베이츠 씨와 헤지스 씨가 아닌 새로운 여자와 함께 왔다. 그곳에서 이 사람들은 자신을 〈간호사〉라고 불렀다. 그러나 실제론 나보다도 더 간호사라고 할 수 없었다. 이 사람들에게 간호란 그저 완강하게 굴며, 엄청나게 큰 손을 탈수기처럼 휘둘러 대는 것뿐이었다. 둘이 방에 들어와 서더니 나를 훑어보았다. 스필러 간호사가 말했다.

「이 환자야.」

같이 온 검은 머리 여자가 말했다.

「어린 나이에 미치다니.」

「있잖아요.」 나는 무척 조심스럽게 말을 꺼냈다. 이미 생각해 둔 바가 있었다. 나는 간호사들이 오는 소리를 듣고는 일어나 페티코트를 단정하게 펴고 머리를 정돈한 뒤 기다리고 있었다.
「저기, 제가 미쳤다고 생각하시죠? 아니에요. 전 당신과 의사
선생님들이 생각하는 그 숙녀가 전혀 아니에요. 그 숙녀, 그리
고 그 남편인 리처드 리버스는 사기꾼들이에요. 그 사람들이 당
신들과 저를, 그리고 거의 모든 사람들을 다 속인 거예요. 그리
고 의사 선생님들이 이 점을 아시는 게 정말 중요해요. 그래야,
제가 풀려나고 저 사기꾼들이 잡힐 테니까요. 저는…….」

「바로 얼굴에 그랬다니깐.」 스필러 간호사가 내 말을 가로막
으며 말했다. 「바로 여기를, 자기 머리로 말이야.」

스필러 간호사는 손을 뺨에 올렸다. 눈에 잘 보이지도 않는
아주 작고 희미한 붉은 자국이 코 근처에 나 있었다. 물론 내 얼
굴은 푸딩처럼 부어올라 있었다. 그리고 장담컨대 내 눈은 멍이
들어 거의 시꺼메져 있었다. 그러나 나는 여전히 조심스럽게 말
했다.

「얼굴을 다치게 해서 죄송해요. 여기에 미치광이로 오인당하
여 끌려오고 나니 제가 정말 제정신이 아니었거든요. 원래 여기
와야 했던 사람은 다른 숙녀인 릴리 양, 즉 리버스 부인이었으
니까요.」

다시 간호사들이 나를 훑어보았다.

「우리에게 말할 땐 간호사님이라고 불러야 해.」 검은 머리 여
자가 마침내 입을 열었다. 「하지만 우리 둘 사이라면, 이봐, 전혀
말을 걸지 않아 주면 더 좋겠어. 정말 말도 안 되는 소리를 잔뜩
듣고 있으니까……. 음. 어서 가자고. 크리스티 선생님이 널 볼
수 있게 먼저 목욕을 시켜야 하니까. 드레스도 입혀야 하고. 어
이구, 정말 조그맣기도 하지! 잘해 봤자 열여섯 살이겠구먼.」

검은 머리 여자가 가까이 다가와 내 팔을 잡으려 손을 뻗었
다. 나는 뒷걸음질쳤다.

「제 말 안 들으실 건가요?」 내가 말했다.

「네 말을 들어? 저런, 여기서 듣는 헛소리마다 죄다 귀 기울이면, 내가 먼저 미칠걸. 자, 어서.」

부드럽던 여자의 목소리에 점점 날이 서고 있었다. 여자가 내 팔을 잡았다. 손가락이 닿자 나는 움찔하고 물러났다. 「조심해.」 내가 몸을 뒤트는 것을 보고 스필러 간호사가 말했다.

내가 말했다. 「만지지만 않는다면, 어디든 원하시는 곳으로 함께 갈게요.」

「허!」 검은 머리 여자가 말했다. 「예의가 있군. 저희와 함께 가시겠어요? 그럼 정말 황송하겠나이다.」

여자가 나를 잡아당겼고, 내가 저항하자 스필러 간호사가 다가와 여자를 도왔다. 둘은 내 팔 밑에 손을 집어넣고 반 정도는 들다시피 하며 나를 방 밖으로 질질 끌고나갔다. 내가 놀라 발버둥치며 항의하자 스필러 간호사가 내 겨드랑이 밑에 끼고 있던 억센 손가락으로 강하게 한 방을 먹였다. 겨드랑이의 멍은 눈에 보이지 않는다. 나는 스필러 간호사가 그 점을 알고 있었다고 생각한다. 내가 비명을 지르자 스필러 간호사가 말했다. 「이제 됐어!」

「오늘은 하루 종일 내 머리가 울리겠네.」 검은 머리 여자가 말했다. 그리고 나를 좀 더 세게 잡고 흔들었다.

그러자 나는 조용히 했다. 다시 한 대 맞을까 무서웠다. 그러나 가는 길을 열심히 지켜보았다. 창문과 문을 열심히 보았다. 어떤 문에는 자물쇠가 걸려 있었다. 창문은 모두 쇠창살로 막혀 있었다. 다 정원을 향하고 있었다. 여기는 정신 병원의 뒤쪽이었다. 브라이어 같은 집에서라면 하인들의 영역이어야 할 곳이었다. 이곳에서는 집 뒤편이 간호사들에게 주어져 있었다. 걸어가는 동안 간호사 두세 명을 더 만났다. 앞치마를 두르고 모자를 썼으며 바구니나 병이나 시트를 들고 있었다.

「잘 잤어?」 간호사들이 다 같이 합창했다.

「안녕. 잘 잤어?」 내 담당 간호사가 대답했다.

「새 환자네?」 한 명이 마침내 나를 고개로 가리키며 물었다. 「안전실에서 오는 건가 봐? 상태가 나빠?」

「낸시의 뺨을 으깨어 놨어.」

여자가 휘파람을 불었다. 「환자들은 묶어서 데려와야 한다니까. 그래도 아직 어린데. 안 그래?」

「열여섯 살인 게 확실하군.」

「열일곱이에요.」 내가 말했다.

새로운 간호사가 뭔가 생각하는 눈치로 나를 보았다.

「얼굴형이 뾰족하네.」 잠시 후 여자가 말했다.

「그렇지?」

「문제가 뭐지? 망상?」

「그 외에도 많아.」 검은 머리 간호사가 말했다. 그리고 목소리를 깔았다. 「그거 있잖아…… 알지?」

새로운 간호사가 더욱 흥미가 생긴다는 표정을 지었다. 「애가?」 간호사가 말했다. 「너무 가늘어 보이는데.」

「흠, 그게 뭐 몸집을 가리는 게 아니니까…….」

도대체 무슨 말을 하는지 알 수가 없었다. 그러나 모르는 사람들이 날 관찰하고 이야기하고 웃음을 흘리는 와중에 붙잡혀 있자니 부끄러워져 나는 가만히 침묵을 지켰다. 새로운 간호사가 원래 가던 길로 떠나자, 간호사들은 다시 나를 꼭 잡고는 또 다른 복도를 지나 작은 방으로 데려갔다. 예전엔 찬방이었던 듯했다. 브라이어에 있던 스타일스 부인의 찬방과 굉장히 비슷했다. 자물쇠 달린 찬장들과 안락의자와 개수대가 보였던 것이다. 스필러 간호사는 크게 한숨을 내쉬며 안락의자에 앉았다.

검은 머리 간호사가 개수대에 물을 부었다. 그리고 내게 길쭉한 노란 비누와 더러운 수건을 보여 주었다.

「자, 받아.」검은 머리 간호사가 말했다. 내가 가만히 있자, 간호사가 다시 말했다.「어서. 손 있잖아, 엉? 어디 손 씻어 봐.」

물이 차가웠다. 나는 얼굴과 팔을 적신 뒤 발을 씻기 시작했다.

「그 정도면 됐어.」나를 지켜보던 간호사가 말했다.「네 발가락이 얼마나 더럽든 크리스티 선생님이 상관이나 하실 것 같아? 자, 그래. 네 리넨 좀 보자.」간호사가 내 시미 가장자리를 잡더니 스필러 간호사에게 고개를 돌렸고, 스필러 간호사는 고개를 끄덕였다.「좋은걸. 안 그래? 여기서 입기엔 과분하네. 그렇게 입고 뻐겨 봤자 여기선 아무 소용없지.」간호사가 시미를 당겼다.「벗어, 애야. 네가 여기서 나가게 되는 날까지 우리가 진짜 안전하게 보관해 줄게…….뭐야, 부끄러움 타는 거야?」

「부끄러움을 타?」하품을 하며 스필러 간호사가 말했다.「우리 시간 낭비 시키지 마. 그리고 넌 결혼한 숙녀잖아.」

「전 결혼하지 않았어요.」내가 말했다.「그리고 제 리넨에서 손 떼주시면 두 분 다 무척 감사하겠어요. 드레스와 스타킹과 신발도 돌려받고 싶어요. 전 그냥 크리스티 선생님과 얘기만 하면 되고, 그다음엔 두 분이 제게 미안해지실 거예요.」

간호사들이 나를 보더니 웃음을 터트렸다.

「거만하기도 하시지!」검은 머리 간호사가 외쳤다. 그러고는 눈물을 훔쳤다.「어이쿠, 이런. 자, 어서. 그렇게 샐쭉해져 봤자야. 우린 네 리넨을 가져가야 해. 나나 스필러 간호사에겐 아무 필요 없지만 그게 이 병원의 규칙이야. 여기 새 거 있잖아, 자, 그리고 드레스랑, 여기 좀 봐, 슬리퍼도 있고.」

검은 머리 간호사는 찬장에서 회색 속옷들과 모직 드레스와 장화를 꺼내 와 들고 있었다. 검은 머리 간호사가 옷을 손에 쥐고 내 뒤로 돌아가자 스필러 간호사가 여기에 가세했다. 그러자 아무리 싫다고 하고 욕을 해도 둘은 손쉽게 나를 잡고 발가벗겨 버렸다. 페티코트가 벗겨지자 모드의 장갑이 바닥에 떨어졌다. 내가 장갑을 허리 쪽에 넣어 놨던 것이다. 나는 몸을 구부려 장 갑을 집어 들었다. 「저게 뭐지?」 간호사들이 동시에 말했다. 단 순한 장갑임을 알자 손목 안쪽의 바느질 부분을 들여다보았다.

「여기 네 이름이 있네, 〈모드〉라고.」 간호사들이 말했다. 「수 를 잘 놓았는걸, 참으로 잘 놨어.」

「그건 안 돼요!」 내가 도로 낚아채며 외쳤다. 이미 옷과 신발 을 빼앗겼다. 그러나 밤새 지칠 때까지 걷다가 저 장갑을 물어 뜯는 것, 그것만이 내가 스스로 용기를 북돋우는 유일한 방법이 었다. 장갑마저 빼앗기고 나면 머리털 깎인 삼손같이 될 것만 같았다.

아마도 내 눈빛을 알아차린 듯했다.

「장갑 한 짝만으론 결국 아무 쓸모도 없잖아.」 검은 머리 간 호사가 스필러 간호사에게 조용히 말했다. 「그리고 테일러 양 이라고 기억나? 실에 단추들을 꿰어 놓고 자기 아기들이라고 부르던 여자 있잖아. 왜, 단추를 빼앗으려고 한 사람 손을 뜯어 내려 했잖아!」

그래서 결국 장갑은 내가 가지고 있게 되었다. 마음을 바꿀 지도 모른다는 공포에 나는 비틀거리며 서서 간호사들이 내게 옷을 입히게 두었다. 옷가지는 전부가 정신 병원용이었다. 코르 셋에는 레이스 끈 대신 갈고리가 달렸고, 내게는 너무 컸다. 「마 음 쓰지 마.」 간호사들이 웃으며 말했다. 간호사들은 가슴이 배 [船]처럼 컸다. 「몸이 자라도 잘 맞겠네.」 체크무늬였을 드레스 는 색이 다 바래 있었다. 스타킹은 남자아이용처럼 짧았고, 신 발은 고무로 만들어져 있었다.

「다 됐다, 신데렐라야.」검은 머리 간호사가 내게 옷을 입히며 말했다. 그러고는 날 훑어보았다. 「히야! 이렇게 입으니 공처럼 튀어 오를 것 같은데!」

그리고 간호사들은 다시 1분은 족히 웃어 젖혔다. 그러고는 이 짓을 했다. 나를 의자에 앉힌 뒤 머리를 빗기고 땋아 늘인 다음 바늘과 실을 꺼내 머리털을 머리에 바느질해 붙인 것이다.

「이렇게 하든지, 아님 자르든지.」내가 저항하자 검은 머리 간호사가 말했다. 「어떻게 하든 난 전혀 손해 볼 것 없어.」

「내가 마무리할게.」스필러 간호사가 말했다. 그러고는 마치 실수인 양 두세 번 두피에 바늘을 찔러 가며 일을 마쳤다. 보이지 않게 베고 멍들일 수 있는 또 다른 장소였다.

그렇게 하여 둘은 나를 준비시켰다. 그리고 새로이 내 방이 될 곳으로 데려갔다.

「이제 예의 지키는 걸 잊지 않도록 유념해.」걸어가며 간호사들이 말했다. 「한 번만 더 미친 짓을 하기 시작하면, 어제의 안전실에 다시 가둘 거야. 아니면 쑤셔 박아 버리겠어.」

「이건 불공평해요!」내가 말했다. 「너무나 불공평하다고요!」

간호사들은 나를 흔들 뿐 아무 대답도 하지 않았다. 그렇게 다시 조용해진 뒤 나는 어디로 해서 끌려가는지 잘 보아 두려고 굉장히 애를 썼다. 동시에 무서워지기 시작했다. 이전까지 나는 그림이나 연극을 통해 정신 병원은 이러저러하리라 상상했다. 하지만 아직까지는 내 상상과 전혀 달랐다. 나는 생각했다. 〈여태까진 의사와 간호사들이 사는 곳에 있었지만, 이제는 정신병자들이 있는 곳으로 데려가겠지.〉나는 정신 병원이 지하 감옥이나 교도소와 비슷하리라 상상했던 듯하다. 그러나 우리는 좀더 우중충한 색깔의 복도를 걸으며 우중충한 빛의 문을 두 번 지날 뿐이었고, 주위를 둘러보자 작은 것들이 눈에 들어오기 시작했다. 가령, 놋쇠 등불들은 평범했지만 불꽃 주위로 튼튼한 철사가 둘러져 있었고, 문의 걸쇠는 예뻤지만 흉측한 자물쇠가 달렸고, 벽에는 마치 돌리면 종이 울릴 것만 같은 손잡이가 여기저기 붙어 있었다. 마침내, 여긴 결국 정신 병원이란 생각이 들었다. 예전엔 평범한 신사의 집이었을 것이고, 벽에는 그림과 거울이 붙어 있었을 것이며, 바닥엔 융단이 깔려 있었을 거란 생각도 들었다. 그러나 지금은 모두가 미친 여자들 손으로 넘어간 것이다……. 똑똑하고 아름다운 사람이 스스로 미치듯이 그렇게 되었다는 생각이 들었다.

그리고 왜인지는 모르지만, 정신 병원이 지하 감옥처럼 보이는 경우보다 지금 같은 경우가 더 나쁘고 더 섬뜩하게 느껴졌다.

나는 몸을 떨며 발걸음을 늦추다가 거의 구를 뻔했다. 고무 장화는 너무나 걷기가 힘들었다.

「서둘러.」 스필러 간호사가 재촉했다.

「우리가 찾는 게 뭐였지?」 검은 머리 간호사가 문들을 바라보며 말했다.

「14번이야. 다 왔어.」

문마다 나사로 고정한 작은 평판이 있었다. 우리는 그 가운데 하나에 멈춰 섰고 스필러 간호사가 문을 두드린 뒤 자물쇠에 열쇠를 넣고 돌렸다. 열쇠는 평범했고, 여러 번 써서 반질거렸다. 스필러 간호사는 열쇠를 자기 옷 주머니 안 사슬에 걸었다.

스필러 간호사가 우리를 들여보낸 방은 완전한 방 하나가 아니라, 나무 벽을 세워 둘로 가른 방이었다. 내가 말했던 것처럼, 이 집은 모조리 난도질되고 미쳐 돌아가고 있었던 것이다. 나무 벽은 위에 유리가 대어져 있었고, 유리 너머에서 빛이 들어왔지만 방 자체에는 창문이 없었다. 공기가 답답했다. 안에는 간호사가 자는 간이침대 외에 네 개의 침대가 있었다. 침대 세 개에는 옷을 입은 여자들이 옆에 있었다. 침대 하나에는 아무것도 없었다.

「이게 네 거야.」 스필러 간호사가 나를 빈 침대로 데려가며 말했다. 간호사의 간이침대와 무척 가까웠다. 「여긴 우리가 미심쩍은 숙녀들을 두는 곳이지. 수상한 속임수라도 쓰면 베이컨 간호사가 모조리 알아내고 말 거야. 안 그래, 베이컨 간호사?」

베이컨 간호사가 이 방의 간호사였다. 「오, 물론이지.」 베이컨 간호사가 말했다. 고개를 끄덕이고는 손을 비볐다. 손가락이 무척 굵어지고 소시지처럼 분홍색이 되는 무슨 병이 있었다. 저런 이름을 가진 사람에겐 무척 재수 없는 병이란 생각이 들었다. 그리고 베이컨 간호사는 손 비비는 걸 좋아했다. 다른 간호사들처럼 차갑게 나를 훑어보더니 역시 똑같은 말을 했다.

「어리네, 그렇지?」

「열여섯이야.」 검은 머리 간호사가 말했다.

「열일곱이에요.」 내가 말했다.

「열여섯? 베티만 없었으면, 널 이 집의 어린이라고 불렀겠다. 여기 좀 봐, 베티! 여기 새로 어린 숙녀가 왔어, 보라고, 거의 네 나이 또래인걸. 굉장히 빠르게 뛰어다니며 계단을 오르내릴 수 있을 게 분명해. 굉장히 잘할 거 같은걸. 응, 베티?」

간호사는 내 대각선 방향의 침대 옆에 서서 엄청나게 뚱뚱한 배 위로 드레스를 잡아당기고 있는 여자에게 소리를 쳤다. 처음엔 여자애라고 생각했다. 그러나 여자가 돌아서 얼굴을 보이자, 상당히 나이가 많은 성인이지만 바보임을 알 수 있었다. 여자는 불안한 듯한 얼굴로 나를 보았고, 간호사들은 웃음을 터트렸다. 후에야 알았지만, 간호사들은 베티를 하녀 대하듯 부려 먹었고 온갖 잡일을 다 시켰다. 믿을진 모르겠지만, 베티가 굉장한 집안의 딸이었음에도 말이다.

베티는 간호사들이 웃는 동안 머리를 수그리고는 내 발에 몇 번 교활한 시선을 던졌다. 진심으로, 내 발이 얼마나 빠른지 직접 알아보려는 것 같았다. 마침내 다른 두 환자 중 한 명이 조용히 말했다.

「마음 쓰지 마, 베티. 간호사들은 그저 널 약 올리려는 것뿐이야.」

「누가 너한테 말 걸었어?」 스필러 간호사가 바로 받아쳤다.

말을 했던 여자가 입술을 실룩였다. 나이가 많고 말랐으며 뺨이 무척 창백했다. 나와 시선을 부딪치더니 부끄러운 듯 시선을 돌렸다.

아무 해도 끼칠 것 같아 보이지 않았다. 그러나 그 여자를 보고, 베티를 보고, 저쪽의 또 다른 여자, 즉 얼굴 앞으로 머리를 잡아당기고 있는 멍한 시선의 여자를 보고는 생각했다. 내가 아는 바로는 이 사람들이 그토록 많은 미치광이 가운데 일부일 터였다. 그리고 여기 나도 미치광이들 사이에 자리를 틀라고 강요받고 있었다. 나는 간호사들에게 돌아섰다. 그리고 말했다.

「전 여기 못 있어요. 그런 식으로 저한테 강요할 순 없어요.」

「과연 그럴까?」 스필러 간호사가 말했다. 「우리가 법을 좀 아는 것 같은데. 입원 동의서에 이미 서명했어. 안 그래?」

「하지만 이건 모두 실수예요!」

베이컨 간호사가 하품을 하고 눈알을 굴렸다. 검은 머리 간호사가 한숨지었다. 「자, 모드.」 검은 머리 간호사가 말했다. 「이제 그만해.」

「제 이름은 모드가 아니에요.」 내가 맞받아쳤다. 「몇 번이나 말씀드려야 해요? 전 모드 리버스가 아니라고요!」

검은 머리 간호사가 베이컨 간호사의 눈을 바라보았다. 「들었어? 늘 저런 식으로 얘기한다니까.」

베이컨 간호사가 손가락 관절을 엉덩이에 대고 문질렀다.

「말 좀 곱게 하는 게 어때?」 베이컨 간호사가 말했다. 「부끄럽지도 않나! 얘는 간호사를 하면 딱 맞겠어. 얼마나 잘 어울리겠어. 하지만 작고 하얀 손이 망가질 테지.」

여전히 치마에 손을 문지르면서 베이컨 간호사가 내 손을 바라보았다. 나도 따라서 바라보았다. 손가락이 모드 것과 비슷하게 보였다. 나는 등 뒤로 손을 감추었다. 그리고 말했다.

「숙녀의 하녀로 지내다 보니 손이 이렇게 희어진 것뿐이에요. 절 속인 게 그 숙녀라고요. 전⋯⋯.」

「숙녀의 하녀!」 간호사들이 다시 웃음을 터트렸다. 「이야, 이거야말로 타의 추종을 불허하는데! 지가 공작 부인이라고 생각하는 애들은 참 많았지만, 자기가 공작 부인의 하녀라고 생각하는 애는 처음이야! 세상에, 진짜 소설 쓴다니까. 광택제랑 천을 들려서 부엌으로 보내 줘야 하겠는걸.」

나는 발을 굴렀다.

「이런 빌어먹을!」 내가 외쳤다.

그러자 간호사들의 웃음소리가 뚝 그쳤다. 나를 붙잡더니 마구 흔들어 댔다. 그리고 스필러 간호사가 다시 내 얼굴을 쳤다. 그때만큼 심하진 않았지만 전에 맞은 바로 그곳이었다. 아마 전에 든 멍에 가려 새로 든 멍이 보이지 않을 거라고 생각했던 것 같다. 창백한 얼굴의 나이 든 여자가 스필러 간호사가 하는 짓을 보더니 비명을 질렀다. 바보 베티는 신음하기 시작했다.

「그래, 이제 네가 쟤들을 다 휘저어 놨구나!」 스필러 간호사가 말했다. 「이제 금방이라도 의사 선생님들이 오실 텐데 말이야.」

스필러 간호사가 다시 나를 흔들었고 내가 비틀대며 물러나자 앞치마를 정돈했다. 간호사들에게 의사는 왕과도 같았다. 베이컨 간호사가 베티에게 가서 울음을 그치라고 위협했다. 검은 머리 간호사가 나이 든 여자에게 달려갔다.

「어서 단추 채워, 이것아!」 검은 머리 간호사가 팔을 휘두르며 말했다. 「그리고 너, 프라이스 부인, 너도 당장 입에서 머리카락 빼. 그러다 머리털을 한 움큼 삼켜 숨 막혀 죽을 거라고 내가 수백 번도 더 말하지 않았어? 도대체 내가 왜 너한테 경고해 주는지 나도 모르겠다. 네가 죽으면 우리 모두 참 기쁠 텐데…….」

나는 문을 바라보았다. 문은 스필러 간호사가 열어 둔 채여서, 달려가면 문에 닿을 수 있지 않을까 싶었다. 그러나 내가 고민하는 사이, 우리 옆방에서, 그다음엔 온통 복도를 따라, 우리가 지나왔던 모든 다른 방들에서 자물쇠를 따고 문 여는 소리가 들려왔다. 그리고 간호사의 툴툴거리는 소리와 기묘한 비명이 들려왔다. 어딘가에서 종이 울렸다. 의사들이 온다고 알리는 신호였다.

그리고 마침내 나는 고무장화를 신고 달려 나가다 의사와 마주치기보다는, 가만히 서서 크리스티 의사와 차분하게 얘기를 나눔으로써 훨씬 나은 인상을 주어야겠다고 마음을 정했다. 침대 가까이 다가가 다리가 후들거리는 것을 막으려고 침대에 무릎을 댔다. 그리고 머리를 단정히 하려고 손을 머리로 뻗었다. 간호사들이 머리털을 실로 꿰매 머리에 고정해 놨다는 걸 잠시 깜박하고 있었다. 검은 머리 간호사가 달려 나갔다. 남은 사람들은 조용히 서서 의사의 발소리에 귀를 쫑긋거렸다. 스필러 간호사가 내게 손가락을 흔들어 보였다.

「네 더러운 입 조심해라, 이년아.」 스필러 간호사가 말했다.

거의 10분을 기다린 뒤 통로에 동요가 일면서 크리스티 의사와 그레이브스 의사가 잰걸음 치며 방으로 들어왔다. 둘 다 그레이브스 의사의 공책에 머리를 숙이고 있었다.

「아름다운 숙녀 분들, 편히들 주무셨나요.」 크리스티 의사가 고개를 들며 말했다. 그리고 베티에게로 제일 먼저 다가갔다. 「오늘은 어때요, 베티? 착하기도 하지. 당연히 약이 필요할 테지요.」

크리스티 의사는 손을 주머니에 집어넣더니 설탕 한 조각을 꺼냈다. 베티가 설탕을 받아 들고는 무릎 굽혀 인사했다.

「착하기도 하지.」 크리스티 의사가 다시 말했다. 그러고는 베티를 지나쳤다. 「프라이스 부인. 간호사들 말이 요즘 눈물이 심하다면서요. 좋지 않아요. 부군께서 어떻게 생각하시겠습니까? 당신이 수심에 잠겼다는 생각을 하며 기뻐하시겠습니까? 흠? 그리고 아이들은 어떻고요? 무슨 생각을 하겠어요?」

프라이스 부인이 속삭이며 대답했다. 「모르겠습니다.」

「흠?」

크리스티 의사가 그레이브스 의사에게 내내 중얼거리며 부인의 손목을 잡았고, 그레이브스 의사는 마침내 공책에 무언가를 끼적였다. 그리고 둘은 창백하고 나이 든 여자에게 걸어갔다.

「윌슨 양, 오늘은 무슨 불만 사항을 제기하실 건가요?」 크리스티 의사가 물었다.

「그냥 평소 하던 것들뿐이야.」 윌슨 양이 대답했다.

「으흠, 그거라면 몇 번이나 들었습니다. 다시 말씀하지 않으셔도 됩니다.」

「신선한 공기가 부족해.」 윌슨 양이 재빠르게 말했다.

「예, 예.」 크리스티 의사가 그레이브스 의사의 공책을 바라보았다.

「그리고 건강식.」

「좀 드셔 보시기만 한다면 지금 드리는 음식들도 충분히 건강에 좋다는 걸 알게 되실 텐데요, 윌슨 양.」

「차가운 물도.」

「강장제입니다. 결판난 신경에는요. 아시잖아요, 윌슨 양.」

윌슨 양이 입술을 실룩이고는 다른 발로 무게 중심을 옮겼다. 그리고 갑자기 소리를 질렀다. 「도둑놈들!」

나는 그 소리에 깜짝 놀라 튀어 올랐다. 크리스티 의사가 윌슨 양을 쳐다보았다. 「이제 그만하십시오.」 크리스티 의사가 말했다. 「당신의 혀를 기억하십시오. 혀에 뭐가 있지요?」

「도둑놈들! 악마들!」

「혀요, 윌슨 양! 우리가 혀에 뭘 해드렸습니까? 흠?」

윌슨 양이 입을 실룩이다가 1분 뒤 입을 열었다.

「재갈.」

「맞습니다. 재갈이지요. 매우 좋아요. 재갈을 꽉 조여 봅시다. 스펄러 간호사.」 크리스티 의사가 몸을 돌려 간호사를 부르더니 조용히 말을 건넸다. 윌슨 양이 마치 사슬을 더듬어 찾는 것처럼 입에 손을 가져갔다. 그리고 다시 나와 시선을 마주치더니 손가락을 떨었고 부끄러워하는 듯했다.

다른 때였다면 윌슨 양에게 분명 동정을 느껴야 마땅했다. 그러나 지금으로선, 만약 간호사들이 윌슨 양과 그 비슷한 숙녀를 열 명 넘게 바닥에 눕혀 놓고 여기서 나가려면 저 사람들 등을 지나야 한다고 말했다면, 나는 분명 나막신을 신은 채라도 달렸을 터였다. 나는 그저 크리스티 의사가 간호사에게 지시 내리는 걸 마치길 기다리고 있을 뿐이었다. 나는 입술을 핥고 몸을 숙인 뒤 말했다.

「크리스티 선생님!」

크리스티 의사가 돌아서 내게로 다가왔다.

「리버스 부인.」 크리스티 의사가 웃음기 없는 얼굴로 내 손목을 잡았다. 「어떠신가요?」

「선생님.」 내가 말했다. 「선생님, 저는……」

「맥박 다소 빠름.」크리스티 의사가 그레이브스 의사에게 조용히 말했다. 그레이브스 의사가 그 말을 받아 적었다. 크리스티 의사가 다시 내게로 돌아섰다. 「자기 얼굴을 상하게 하다니, 유감이군요.」

내가 입을 열기도 전에 스필러 간호사가 앞질러 말을 꺼냈다.

「바닥에 자기 몸을 내던졌어요, 크리스티 의사 선생님.」스필러 간호사가 말했다. 「발작을 일으키고 있을 때였죠.」

「아, 그랬군요. 리버스 부인, 부인이 여기 도착했을 때 상태가 얼마나 심각했는지 아시지요. 잠은 좀 주무셨겠지요?」

「잠요? 아뇨, 전······.」

「이런, 이런. 그렇게는 둘 수 없지요. 간호사들에게 일러 부인께 물약을 좀 주라고 해야겠습니다. 잠을 안 자면 절대 좋아질 수 없습니다.」

의사가 베이컨 간호사에게 고갯짓을 했다. 베이컨 간호사가 고개를 끄덕여 대답했다.

「크리스티 의사 선생님.」내가 좀 더 큰 소리로 말했다.

「맥박이 점점 빨라지고 있는데.」의사가 중얼거렸다.

나는 손을 뺐다. 「제 말 좀 들어 주시겠어요? 지금 실수로 절 여기 잡아 두고 계신 거예요.」

「그런가요?」의사가 눈을 가늘게 뜨고는 내 입 안을 들여다보았다. 「이는 충분히 건강한 것 같군요. 하지만 잇몸은 썩은 내가 나는 것 같고. 잇몸에 문제가 생기면 꼭 저희에게 말씀해 주셔야 합니다.」

「전 여기 있지 않을 거예요.」내가 말했다.

「여기 안 계시겠다고요, 리버스 부인?」

「리버스 부인요? 하느님 맙소사, 제가 어떻게 리버스 부인일 수 있어요? 전 리버스 부인 결혼하는 것도 봤다고요. 제게 오셨을 때 제가 말하는 것 들으셨잖아요. 전…….」

「그랬지요.」 의사가 느릿느릿 말했다. 「그리고 부인께선 부인이 모시는 마님의 건강이 심히 염려된다 하셨지요. 마님이 조용히 지내면서 해를 입지 않을 수 있길 바란다고 하셨고요. 때로는 자기 자신보다 다른 사람을 위한 도움을 청하는 게 더 쉬울 때도 있지요, 안 그렇습니까? 저희는, 리버스 부인, 부인을 무척 잘 이해하고 있습니다.」

「전 모드 리버스가 아니라니까요!」

의사가 손가락을 들고는 거의 웃음에 가까운 표정을 지었다.

「부인은 자신이 모드 리버스란 사실을 인정할 준비가 아직 안 되었습니다. 흠? 그건 다음 단계입니다. 그리고 부인께서 그 사실을 인정할 준비가 되시면, 저희 일은 끝나는 거지요. 그때까지는…….」

「절 여기 가둬 두실 순 없어요. 절대로! 선생님이 절 가두고 있는 동안, 저 사기꾼 악당들이…….」

의사가 팔짱을 꼈다. 「어떤 사기꾼 악당들 말인가요, 리버스 부인?」

「전 모드 리버스가 아니에요! 제 이름은 수전…….」

「으흠?」

그러나 이 대목에서 처음으로 나는 말을 더듬었다.

「수전 스미스예요.」 마침내 내가 말했다.

「수전 스미스. 출신지는…… 그거 어디 있지요, 그레이브스 의사? 메이페어의 웰크 스트리트라고요?」

나는 대답하지 않았다.

「이거, 이거 참.」 의사가 다시 입을 열었다. 「모두 부인이 만들어 낸 상상입니다, 안 그런가요?」

「젠틀먼이 만들어 낸 거예요.」 나는 허를 찔려 당황하며 말했다. 「그 악마가……!」

「젠틀먼이라니, 어떤 신사 말인가요, 리버스 부인?」

「리처드 리버스요.」 내가 대답했다.

「부인의 남편 말이군요.」

「〈모드〉의 남편이죠.」

「아.」

「〈모드〉의 남편이라니깐요! 그 사람들이 결혼하는 걸 제가 봤다니까요. 그 결혼을 주관한 목사를 찾아보셔도 돼요. 크림 부인을 데려와 보시라니까요!」

「크림 부인이라면, 부인이 묵으셨던 곳의 안주인 말씀인가요? 저희는 크림 부인과도 상세한 이야기를 나누었습니다. 크림 부인께선 무척 슬퍼하시면서 당신이 자기 집에 있는 동안 어느새 우울한 성격이 생겨났다고 말해 주시더군요.」

「크림 부인이 말하는 건 모드예요.」

「물론입니다.」

「부인은 제가 아니라 모드에 대해 말하는 거라니까요. 크림 부인을 여기로 데려오세요. 그리고 제 얼굴을 보여 주시고, 부인이 뭐라고 하나 보세요. 모드 릴리와 저를 다 알던 사람 누구든 여기로 데려와 보세요. 브라이어에서 가정부로 일하던 스타일스 부인을 데려오세요. 릴리 씨를 데려와 보시라니까요!」

의사가 고개를 내저었다. 의사가 말했다. 「부인의 남편께서도 부인 삼촌만큼은 부인을 잘 아실 거란 생각 안 드십니까? 부인 하녀 만큼은요? 부인의 하녀는 저희 앞에 서서 부인 얘기를 하고는 울더군요.」 의사가 목소리를 낮추었다. 「하녀에게 어떻게 하셨기에, 흠, 하녀가 울기까지 하는 겁니까?」

「오!」 나는 두 손을 모아 비틀며 말했다. 「부인 안색이 변하는 것 보십시오, 그레이브스 의사.」 크리스티 의사가 부드럽게 말했다.)「당신을 속이려고 운 거예요! 완전히 배우라니까요!」

「배우요? 부인 하녀가요?」

「모드 릴리요! 제 말 안 들려요? 모드 릴리와 리처드 리버스요. 그 두 사람이 절 여기에 처넣은 거예요. 저한테 사기를 치고 속였다고요. 그 사람들이 절 모드로, 모드를 저로 생각하게끔 선생님을 속였다고요!」

크리스티 의사는 다시 고개를 젓더니 미간을 찡그렸다. 다시 웃음에 가까운 표정을 지었다. 그러고는 천천히 그리고 매우 아무렇지도 않게 말했다.

「하지만 친애하는 리버스 부인, 뭐 하러 그분들이 그런 수고를 마다 않고 하시겠습니까?」

나는 입을 열었다. 그러고는 다시 다물었다. 뭐라고 말할 수 있었겠는가? 아직까지도 나는 만약 내가 의사에게 진실을 말하기만 하면 의사가 믿어 줄 것이라고 여기고 있었다. 그러나 그 진실이라는 것은 내가 한 숙녀에게서 재산을 훔치고자 계략을 꾸몄다는 것이었다. 사실은 도둑인데 스스로 하인인 척 굴었다는 것이었다. 밤새 안전실에서 그렇게 두려움에 떨고 그렇게 지치고 그렇게 멍들지만 않았어도 똑똑한 이야기 하나쯤 생각해 낼 수 있었을지도 모른다. 그러나 지금은 전혀 생각을 할 수가 없었다. 베이컨 간호사가 손을 비비다가 하품을 했다. 크리스티 의사는 여전히 나를 보고 있었지만 얼굴에는 나를 어르는 듯한 표정이 떠 있었다.

「리버스 부인?」크리스티 의사가 말했다.

「모르겠어요.」마침내 내가 대답했다.

「아.」

크리스티 의사가 그레이브스 의사에게 고갯짓을 했고 둘은 자리를 뜨기 시작했다.

「잠깐만요! 잠깐만요!」내가 외쳤다.

스필러 간호사가 앞으로 나섰다. 「이제 그만해.」스필러 간호사가 말했다. 「의사 선생님들 시간을 빼앗고 있잖아.」

나는 스필러 간호사에겐 눈길도 주지 않았다. 크리스티 의사가 내게서 돌아서고 있었다. 크리스티 의사 뒤로 창백하고 나이든 숙녀가 여전히 입을 손가락으로 비비고 있는 모습이 보였다. 그리고 슬픈 얼굴의 여자는 머리털을 온통 눈앞으로 당기고 있었다. 베티, 이 바보 여자애는 설탕으로 입술이 번쩍이고 있었다. 나는 다시 사나워지기 시작했다. 나는 생각했다. 〈그 일로 저사람들이 날 감옥에 처넣는다 해도 상관없어! 정신 병원보다는 도둑과 살인자들로 가득한 감옥이 더 나아!〉내가 입을 열었다.

「크리스티 선생님, 제발! 그레이브스 선생님! 제 말 좀 들어보세요!」

「그만하라니까.」스필러 간호사가 다시 말했다. 「선생님들이 얼마나 바쁜 분들인지 몰라? 네 헛소리를 전부 듣고 있는 것보다 더 중요한 일들이 있으실 거라고 생각 안 해? 네 자리로 돌아가!」

나는 크리스티 의사 뒤로 발을 내디디고는 의사의 외투에 손을 뻗고 있었다.

「제발요, 선생님.」내가 말했다. 「제 말 좀 들어 주세요. 완전히 솔직하게 얘기하지 못했어요. 제 이름은 사실 수전 스미스가 아니에요.」

나를 떨치려 하고 있던 크리스티 의사가 이제 다시 조금 내게로 돌아섰다.

「리버스 부인.」의사가 입을 열었다.

「수전 트린더예요, 선생님. 수 트린더요. 제 출신지는…….」나는 랜트 스트리트라고 말하려 했다. 그러나 이 이름도 물론 말하면 안 된다는 것을 깨달았다. 경찰이 입스 씨의 가게로 쳐들어갈지도 몰랐다. 나는 눈을 감고 고개를 흔들었다. 머리가 뜨거워졌다. 크리스티 의사가 내 손을 뿌리쳤다.

「제 외투에 손대시면 안 됩니다.」 훨씬 엄격해진 목소리로 크리스티 의사가 말했다.

나는 다시 외투를 움켜잡았다. 「제 말 좀 끝까지 들어만 주세요, 부탁이에요! 제가 리처드 리버스 때문에 끼게 되었던 끔찍한 계략에 대해 말씀드리게만 해주세요. 그 악마! 리처드 리버스가 선생님을 비웃고 있다고요! 우리 모두를 비웃고 있단 말이에요! 리처드 리버스는 엄청난 재산을 훔쳤어요. 만 5천 파운드나 훔쳤다고요!」

절대 외투를 놔주지 않을 생각이었다. 개가 컹컹대는 소리처럼 목소리가 높아져 있었다. 스필러 간호사가 내 목에 팔을 감았고, 크리스티 의사는 자기 손을 내 손 위에 겹친 뒤 내 손가락을 하나하나 떼어 냈다. 그레이브스 의사가 다가와 크리스티 의사를 도왔다. 의사들의 손이 닿자 나는 비명을 질렀다. 그때는 정말로 미친 것처럼 보였을 거란 생각이 든다. 하지만 그건 오로지 진실만을 말하고도 망상에 빠져 있다고 여겨지는 데서 오는 끔찍함 때문이었다. 나는 비명을 질렀고, 크리스티 의사는 전처럼 호각을 꺼냈다. 종이 울렸다. 베이츠 씨와 헤지스 씨가 갈색 종이 소매를 한 채 달려왔다. 베티가 고래고래 소리를 질렀다.

간호사들은 나를 안전실에 다시 넣었다. 그러나 드레스와 장화는 벗겨 가지 않았다. 그러고는 차를 한 사발 주었다.

「제가 여기서 나가게 되면, 정말 저한테 미안해질걸요!」 나가며 문을 닫는 남자들 뒤로 내가 말했다. 「런던에 어머니가 있어요. 이 나라 집집이 다니며 절 찾고 있다고요!」

스필러 간호사가 고개를 끄덕였다. 「그러셔?」 스필러 간호사가 말했다. 「네 어머니가 그렇다면, 그럼 여기 있는 다른 모든 숙녀들 어머니도 다 그렇지.」 그러고는 웃음을 터트렸다.

쓰디쓰던 그 차에 분명 약이 들어 있었을 거란 생각이 든다. 하루 종일 잤다. 혹은 이틀이었을지도 모른다. 마침내 깨어났을 땐 정신이 멍했다. 나는 비틀거리며 다시 침대방으로 간호사들이 날 데려가게 두었다. 크리스티 의사가 회진을 돌았고 내 손목을 잡았다.

「오늘은 훨씬 진정이 되셨군요, 리버스 부인.」 크리스티 의사가 말했다. 약과 잠 때문에 입이 말라 있던 나는 잇몸에 붙어 있던 혀를 떼는 것이 고작이었다.

〈전 리버스 부인이 아니에요!〉 그렇게 대답하고 싶었다.

그러나 내가 말하기도 전에 크리스티 의사는 가버렸다.

그래도 시간이 갈수록 머리가 맑아졌다. 나는 침대에 누워 생각해 보려 애썼다. 아침이면 환자들은 방에만 있어야 했고, 우린 베이컨 간호사의 감시 아래 조용히 기다리며 앉아 있어야 했다. 혹은 원하면 책을 읽어도 좋았다. 그러나 병원에 있는 책들은 모두 숙녀들이 이미 읽어 본 책들이었다고 생각한다. 숙녀들은 나처럼 그저 침대에 앉아만 있을 뿐이었기 때문이다. 오로지 베이컨 간호사만이 걸상에 다리를 올려놓고 앉아 조그만 잡지를 보았다. 그리고 가끔 책장을 넘기려 뚱뚱한 빨간 손가락을 핥거나 킬킬거렸다.

그리고 열두 시가 되자 베이컨 간호사는 잡지를 한쪽으로 치우고 크게 하품을 한 뒤 저녁을 먹이려 우리를 데리고 내려갔다. 다른 간호사가 와서 도왔다. 「서둘러, 어서.」 간호사들이 말했다. 「게으름 피우지 마.」

우리는 일렬로 걸었다. 창백한 나이 든 숙녀, 즉 윌슨 양이 내 뒤에 딱 붙어 걸었다.

「겁먹지 마.」 윌슨 양이 말했다. 「그…… 고개 돌리지 마! 쉿! 쉿!」 내 목에 윌슨 양의 숨결이 와 닿았다. 「겁먹지 마.」 윌슨 양이 말했다. 「그래 봤자 수프야.」

나는 걸음을 재촉해 베이컨 간호사 쪽으로 더 가까이 다가갔다.

베이컨 간호사는 우리를 식당으로 데려갔다. 식당에서 종이 울리고 있었고, 우리가 들어가자 다른 간호사들이 각자 관리하던 방에서 데려온 숙녀들을 데리고 우리 줄에 합류했다. 이 병원에는 숙녀들이 60명 정도 수용되어 있는 듯했다. 안전실에서 지내고 나니 이제 내 눈엔 숙녀들이 광포하고 끔찍한 무리로 보였다. 옷차림이 나와 비슷했다. 내 말은, 어떻게 보아도 유행 면에서 무척 심각했다는 뜻이다. 그리고 머리카락을 두피까지 바짝 깎은 이도 있었고, 이가 빠졌거나 자기가 뺀 사람도 있었으며, 또 베이고 멍이 든 사람도 있었고, 캔버스 천으로 만든 수갑이나 손마개를 하고 있기도 했다. 이런 점들 때문에 숙녀들은 어쩌면 실제보다도 더 기이하게 보이는지도 몰랐다. 그 사람들 모두가 자기들 식으로 보면 미치지 않았다는 말은 아니다. 그때 내 눈에는 다 쇠등에만큼이나 미친 사람들로 보였다. 그러나 마음이 비뚤어지는 데 여러 방식이 있는 것만큼 미치는 방식도 다양하기 마련이다. 어떤 이들은 완전히 미치광이였다. 두셋은 베티처럼 단순한 바보였다. 하나는 욕지거리 외치는 걸 좋아했고, 또 한 명은 주먹을 날렸다. 나머지는 그냥 비참한 사람들이었다. 그 사람들은 눈을 내리깔고 걷다가 앉아 무릎 위에 손을 올리고 뭐라고 중얼거리다가 한숨을 쉬었다.

나는 그 사이에 앉아 주어진 저녁을 먹었다. 저녁은 윌슨 양 말대로 수프였고, 수프를 먹는 동안 윌슨 양이 나를 바라보다가 고개를 끄덕였다. 그러나 나는 시선을 마주치고 싶지 않았다. 누구와도 시선을 마주칠 생각이 없었다. 전에는 약에 절어 멍해 있었지만, 이제는 다시 공포에 사로잡혀 있었다. 공포로 열이 오르며 땀을 흘리고 경련을 일으키고 사나워져 있었다. 나는 문과 창문들을 바라보았다. 아마 평범한 유리가 달린 창문이 하나라도 있었다면, 분명 그리로 돌진해 깨고 나갔을 거란 생각이 든다. 그러나 창문마다 쇠창살이 덧대어져 있었다. 불이라도 나면 어떻게 했을지 모르겠다. 문에는 평범한 자물쇠가 걸려 있었고 제대로 된 도구만 있으면 딸 수도 있었을 것이다. 그러나 내겐 아무런 도구도, 심지어는 머리핀 같은 것조차 없었고, 도구를 만들 재료도 아무것도 없었다. 스프를 떠먹는 숟가락은 주석으로 만들어져 있고 어찌나 부드러운지 고무 같았다. 그걸로는 코도 팔 수 없었다.

저녁 식사는 30분 동안 이어졌다. 간호사들과 건장한 남자 몇, 즉 베이츠 씨와 헤지스 씨, 그리고 다른 남자 한두 명이 우리를 감시했다. 이들은 방 가장자리에 서 있다가 가끔 식탁 사이로 걸어 다녔다. 한 명이 가까이 오자, 나는 재빨리 손을 들고 말했다.

「제발요, 선생님, 의사 선생님들은 어디 계시나요? 선생님? 크리스티 선생님을 만날 수 있을까요, 선생님?」

「크리스티 선생님은 바쁘셔.」 남자가 말했다. 「조용히 해.」 남자가 걸어가 버렸다.

한 숙녀가 말했다. 「지금은 의사들을 만날 수 없어. 아침에만 오거든. 몰랐어?」

「쟤는 여기 새로 온 애야.」 다른 숙녀가 말했다.

「어디서 왔는데?」 처음에 말했던 숙녀가 물었다.

「런던에서 왔어요.」 나는 여전히 남자의 뒷모습을 눈으로 쫓으며 말했다. 「저 사람들은 비록 제가 다른 데서 왔다고 생각하고 있지만요.」

「런던에서 왔다고!」 숙녀가 소리를 질렀다. 다른 숙녀들도 몇몇 따라 말했다. 「런던!」 「아! 런던! 정말 그럽다!」

「이제 겨우 봄이 시작인데. 정말 힘들겠다. 그리고 이렇게 어리다니! 쫓겨난 거야?」

내가 말했다. 「쫓겨나다니요?」

「너희 집은 무슨 가문이야?」

「뭐라고요?」 아까의 건장한 남자가 방향을 돌려 우리 쪽으로 돌아오고 있었다. 나는 다시 손을 들고 흔들었다. 내가 말했다. 「크리스티 선생님을 어디서 찾을 수 있는지 말씀 좀 해주실래요? 선생님? 부탁할게요, 선생님.」

「조용히 해!」 남자가 빠르게 걸어가며 다시 말했다.

옆의 숙녀가 내 팔에 손을 올렸다. 숙녀가 말했다. 「분명 켄싱턴에 있는 광장들을 잘 알겠구나.」

「뭐라고요?」 내가 말했다. 「아뇨.」

「나무들에 잎이 한창 무성하겠어.」

「전 몰라요. 모른다고요. 본 적도 없어요.」

「너희 집은 〈뭐 하는〉 가문이냐니까?」

아까의 건장한 남자가 창문까지 걸어갔다가 돌아서서 팔짱을 꼈다. 나는 다시 손을 들고 있었지만 이제 힘없이 손을 내렸다.

「우리 가족은 도둑질을 해요.」 나는 비참한 기분으로 대답했다.

「오!」 숙녀들이 얼굴을 찡그렸다. 「이상한 여자애야…….」

하지만 내 옆의 숙녀는 내게 가까이 오라고 손짓했다.

「재산을 잃었구나?」 숙녀가 속삭였다. 「나도 그래. 그러나 여길 봐.」 숙녀가 내게 줄에 꿰어 목에 걸고 있던 반지를 보여 주었다. 도금된 반지로 보석이 빠져 있었다. 「이게 내 머리글자야.」 숙녀가 말했다. 「내 전 재산이지.」 숙녀가 옷깃 밑으로 반지를 감추고 코를 만지더니 고개를 끄덕였다. 「나머지는 언니들이 가져갔어. 하지만 이건 못 가져가! 오, 안 돼!」

그 뒤로 나는 누구와도 말하지 않았다. 저녁 식사가 끝나자 간호사들이 우리를 정원에 데려가 한 시간을 걸어 다니게 했다. 정원은 사방이 담으로 둘러져 있고, 큰 문이 하나 있었다. 문은 잠겨 있었다. 그러나 빗장들 사이로 병원 부지 중 나머지 부분이 보였다. 나무가 많이 있었고, 일부는 커다란 정원 벽에 가까이 서 있었다. 나는 그 점을 눈여겨봐 두었다. 평생 단 한 번도 나무에 올라 본 적이 없었지만 어려운들 얼마나 어려우랴? 만약 충분히 높이까지 올라갈 수 있다면 두 다리가 모두 부러지는 위험을 감수하더라도 뛰어내릴 작정이었다. 그렇게 뛰어내려 자유로워질 수만 있다면.

석스비 부인이 먼저 도착하지만 않는다면.

그러나 한편으론 크리스티 의사에게 내 주장을 펼쳐야 한다고 여전히 생각하고 있었다. 내가 얼마나 정상인지 보여 줄 작정이었다. 정원에서의 시간이 다 되자 종이 울렸고, 간호사들은 우리를 병원으로 돌아오게 한 뒤 자기들이 응접실이라 부르는, 가스 새는 냄새 나는 커다란 회색 방에 앉아 티타임까지 기다리게 했다. 그리고 다시 침실에 갇혔다. 나는 여전히 경련을 일으키고 여전히 땀을 흘리면서 돌아갔고 아무 말도 하지 않았다. 다른 숙녀들, 즉 슬픈 얼굴의 프라이스 부인과 창백한 윌슨 양, 그리고 베티가 하는 일은 뭐든 나도 다 했다. 숙녀들이 세수를 다 마치면 나도 세면대에서 얼굴과 손을 씻고, 숙녀들이 칫솔질을 마치면 나도 이를 닦고, 그리고 가증스러운 체크무늬 드레스를 단정히 벗어 놓고 잠옷을 잡아당겨 입었다. 베이컨 간호사가 기도를 웅얼거리면 나도 아멘 하고 말했다. 그러나 스필러 간호사가 차가 담긴 깡통을 가지고 와 문가에서 차 사발을 내밀자, 받아 들긴 했지만 마시지는 않았다. 아무도 안 보고 있다는 생각이 들 때 바닥에 쏟아 버렸다. 잠시 김이 올라왔지만 곧 널빤지 사이로 스며들어 버렸다. 나는 차를 쏟은 부분에 발을 올려놓았다. 고개를 들자 베티가 나를 쳐다보고 있었다.

「엉망이 됐잖아.」 베티가 큰 목소리로 말했다. 목소리가 남자 같았다. 「못된 아이야.」

「못된 아이라고?」 베이컨 간호사가 뒤로 돌며 말했다. 「누가 못된 아이인진 내가 잘 알지. 침대로 들어가. 어서! 어서! 너희 전부. 하느님, 굽어 살피소서, 무슨 놈의 삶이 이 모양이란 말인가요!」

베이컨 간호사가 투덜거리면 꼭 엔진이 돌아가는 것 같은 소리가 났다. 이 병원의 간호사들은 다 그랬다. 어쨌거나 우리는 조용히 해야 했다. 얌전히 누워 있어야 했다. 안 그러면 간호사들이 와서 꼬집거나 철썩 때렸다. 「너, 모드.」 첫날 밤 내가 뒤척이며 몸을 떨자 베이컨 간호사가 말했다. 「그만 좀 움직여!」

베이컨 간호사는 책을 보며 앉아 있었고 베이컨 간호사가 켜둔 불빛에 눈이 시렸다. 몇 시간이 지나 잡지를 내려놓고 앞치마와 가운을 벗은 뒤 침대에 들어간 후에조차 베이컨 간호사는 여전히 불을 끄지 않았다. 밤에 소동이 일어나면 누구 짓인지 보려는 속셈이었다. 베이컨 간호사는 바로 잠이 들었고 코를 골기 시작했다. 코 고는 소리가 철에 줄질하는 소리 같았다. 그래서 그 어느 때보다도 더욱 집이 그리워졌다.

베이컨 간호사는 열쇠를 가지고 침대에 들었고, 잘 때도 열쇠 더미를 목 근처에 놓고 잤다.

나는 모드의 흰 장갑을 움켜쥐고 누웠고 때때로 장갑 손가락 끝 부분을 입에 문 다음 모드의 부드러운 손이 장갑 안에 들었다고 상상하며 씹고 또 씹었다.

그러나 나는 마침내 잠이 들었고, 다음 날 아침 의사들이 스필러 간호사와 회진을 왔을 때 나는 모든 준비를 마친 상태였다.

「리버스 부인, 어떠신가요?」 크리스티 의사가 베티에게 설탕 조각을 주고 프라이스 부인과 윌슨 양을 1분간 살펴본 뒤 내게 물었다.

「머릿속이 완벽하게 맑아졌어요.」 내가 말했다.

크리스티 의사가 시계를 들여다보았다. 「멋지군요!」

「크리스티 선생님, 제발 부탁이에요……!」

나는 머리를 꾸벅 숙여 인사하고 의사와 눈을 맞춘 뒤 다시 한 번 내 이야기를 늘어놓았다. 난 모드 리버스가 아니며, 이 병원에는 어찌어찌해서 끔찍한 계략에 걸려 갇히게 된 것이며, 이러저러한 방법으로 리처드 리버스가 나를 모드 릴리의 하녀로서 브라이어에 들어가게 했으며, 또 그건 장차 자기가 모드와 결혼한 뒤 모드를 미쳤다고 몰아 내쫓기 위함이었노라고 말했다. 그리고 어떻게 하여 저 두 사람이 나를 속이고 모드의 재산을 자기네끼리 가져갔는지를 털어놓았다.

「그 둘이 절 속여 넘긴 거예요.」 내가 말했다. 「〈선생님〉도 속였고요! 그 사람들은 지금 선생님을 비웃고 있다고요! 절 안 믿으세요? 브라이어에서 아무나 데려와 보세요! 그 사람들이 결혼한 교회의 목사를 데려와 보세요! 그 커다란 교회 성서를 가져와 보세요……. 거기 그 사람들 이름이 적혀 있거든요. 그리고 그다음엔 제 이름이 있고요!」

크리스티 의사가 눈을 문질렀다. 「당신 이름이라.」 의사가 말했다. 「수전…… 요즘은 이름을 뭐라고 부르고 있었죠? ……트린더?」

「수전…… 아니에요!」 내가 말했다. 「그 책에는 다르게 썼어요. 책에는 수전 스미스라고 쓰여 있어요.」

「다시 수전 스미스가 되었군요!」

「그 책에서만 그래요. 그 사람들이 제가 그렇게 적게 했거든요. 리처드 리버스가 제게 어떻게 쓰는 건지 보여 줬어요! 모르시겠어요?」

그러나 이제 나는 거의 흐느끼고 있었다. 크리스티 의사가 다시 엄숙한 표정을 짓기 시작했다. 「부인이 너무 많이 말하게 내버려 뒀군요.」 의사가 말했다. 「너무 흥분하고 계십니다. 그렇게 둘 순 없지요. 언제나 차분한 상태를 유지하게 해야 합니다. 부인의 이 모든 상상들은…….」

「상상이라고요? 하느님 맙소사, 너무나 명백한 사실이에요!」

「〈상상〉입니다, 리버스 부인. 내면의 소리에 귀 기울여 보십시오! 끔찍한 계략이라고요? 악당들이 비웃는다고요? 재산을 훔치고 여자애들을 미쳤다고 몰아간다고요? 비극 소설에나 나오는 내용이죠! 부인 같은 그런 병을 저희가 부르는 이름이 있습니다. 저희는 그걸 초심미적 질환이라고 부릅니다. 그동안 문학에 지나치게 몰두하도록 장려되어 왔고 그게 부인의 상상 기관에 불을 붙인 겁니다.」

「불을 붙여요?」 내가 말했다. 「지나치게 몰두해요? 문학?」

「책을 너무 많이 읽으셨다고요.」

나는 의사를 바라보았고 아무 말도 할 수 없었다.

의사가 돌아서자 나는 마침내 입을 열었다. 「제가 한 줄에서 두 단어만 읽어도 그건 하느님이 도우시는 거예요! 글쓰기라면……. 제게 연필을 줘보세요, 그럼 제 이름을 써 보여 드릴게요. 절 붙들어 앉히고 1년을 애써 보셔 봤자 그게 제가 쓸 수 있는 전부

일 테니까요!」

크리스티 의사는 문 쪽으로 걷기 시작한 뒤였고, 그레이브스 의사가 바로 뒤를 따르고 있었다. 내 목소리가 갈라져 있었다. 스필러 간호사가 내가 의사들을 따라가지 못하게 하려고 날 잡았기 때문이다. 스필러 간호사가 말했다. 「의사 선생님들 등 뒤에 대고 어떻게 감히 지껄일 수가 있지! 버둥거리지 마! 이미 그 정도 거칠게 굴었으면 충분히 안전실에 처넣을 만해. 크리스티 선생님?」

그러나 크리스티 의사는 내 말을 듣고 문가에서 몸을 돌려 손을 수염에 댄 채 새로운 표정으로 나를 보고 있었다. 크리스티 의사가 그레이브스 의사를 흘낏 바라보았다. 크리스티 의사가 조용히 말했다.

「결국, 그건 망상의 정도가 얼마나 심한지 보여 주는 또 다른 척도가 되겠지요. 그리고 어쩌면 스스로 깜짝 놀라 망상에서 벗어나게 될지도 모르고요. 어떻게 생각하십니까? 좋습니다, 제게 종이 한 장 줘보세요. 스필러 간호사, 리버스 부인을 놓아줘요. 리버스 부인……」

「리버스 부인을 조심하세요, 선생님!」 스필러 간호사가 연필 끝을 보더니 말했다. 「교활하다고요, 이 환자는!」

「아주 좋습니다. 잘 알겠습니다.」 의사가 대답했다. 「그러나 저희에게 무슨 해를 끼칠 생각으로는 보이지 않는군요. 그럴 생각이신가요, 리버스 부인?」

「아니요, 선생님.」 내가 대답했다. 나는 연필을 손에 쥐었다. 연필이 덜덜 떨렸다. 크리스티 의사가 나를 응시했다.

「부인께선 연필을 좀 더 바르게 잡으실 수 있을 거라는 생각이 드는데요.」 크리스티 의사가 말했다.

나는 손 안에서 연필을 움직이다가 떨어뜨렸다. 나는 연필을 주웠다. 「조심하세요! 조심하세요!」 스필러 간호사가 다시 나를 잡을 준비를 하며 외쳤다.

「연필 잡는 데 익숙하지 않아서요.」 내가 말했다.

크리스티 의사가 고개를 끄덕였다. 「그러시리라 생각합니다. 자, 이 종이 위에 한 줄 적어 보시지요.」

「못해요.」 내가 말했다.

「당연히 하실 수 있습니다. 침대 위에 반듯하게 앉아 종이를 무릎 위에 올려놓으십시오. 그게 글을 쓸 때 앉는 방식이지요, 안 그렇습니까? 부인께선 제 말이 맞다는 걸 알고 계십니다. 자, 이제 이름을 써주십시오. 최소한 그 정도는 하실 수 있습니다. 그렇게 말씀하셨으니까요. 어서 하십시오.」

나는 주저하다가 이름을 썼다. 연필심이 지나가면서 종이가 찢어졌다. 크리스티 의사가 지켜보다가 내가 이름을 다 쓰자 종이를 가져가 그레이브스 의사에게 보여 주었다. 둘이 얼굴을 찌푸렸다.

「〈수전〉이라고 쓰셨군요.」 크리스티 의사가 말했다. 「왜 그렇게 쓰셨지요?」

「그게 제 이름이니까요.」

「글씨체가 엉망이군요. 일부러 그러신 겁니까? 받으십시오.」 크리스티 의사가 내게 종이를 돌려주었다. 「제가 처음에 요청한 대로 글을 한 줄 써보십시오.」

「전 못 써요, 못 쓴다고요!」

「아니요, 부인은 할 수 있으십니다. 그럼 먼저 단어 하나만 써보십시오. 이걸 써보시지요. 〈수치심〉이라고요.」

나는 고개를 흔들었다.

「어서요, 자.」 크리스티 의사가 말했다. 「어렵지 않은 단어입니다. 그리고 첫 글자는 아시지 않습니까. 이미 쓰시는 걸 저희가 봤으니까요.」

다시 한 번 나는 주저했다. 그러고는 크리스티 의사가 너무나 뚫어져라 보고 있어서, 그리고 그 너머로 그레이브스 의사와 스필러 간호사와 베이컨 간호사와 심지어는 프라이스 부인과 윌슨 양까지도 고개를 기울이고 나를 지켜보고 있어서 결국 〈수〉 자를 썼다. 그리고 나머지 글자들을 쓰는 모험을 무릅썼다. 계속 써나감에 따라 글자가 점점 커졌다.

「여전히 연필을 너무 눌러 쓰시는군요.」 크리스티 의사가 말했다.

「그런가요?」

「스스로 아실 텐데요. 그리고 글자들이 엉망진창이고 너무 삐뚤삐뚤하군요. 이건 무슨 자입니까? 이것도 부인의 상상 중 일부라는 생각이 드는군요. 이거야 원, 부인의 삼촌 분······ 제가 알기에는 학자시지요? 그분께서 조수가 일을 이런 식으로 하는 것을 용인해 주셨으리라고, 전 그렇게 이해해야 하는 것인가요?」

이제 내가 기다리던 순간이 왔다. 내내 몸을 떨고 있었다. 나는 크리스티 의사와 눈을 마주치며 최대한 차분하게 말했다.

「제게는 삼촌이 없습니다. 선생님께선 릴리 씨를 말씀하고 계시죠. 그분의 질녀인 모드는 굉장히 단정하게 쓴다고 장담할 수 있어요. 그러나 이미 보셨듯이 전 모드가 아니랍니다.」

크리스티 의사가 턱을 톡톡 두드렸다.

크리스티 의사가 말했다. 「그 이유가 부인이 수전 스미스 혹은 수전 트린더라서 그렇다는 거고요.」

나는 다시 몸을 떨었다. 「선생님, 맞아요!」

크리스티 의사는 아무 말도 하지 않았다. 나는 생각했다. 〈바로 이거야!〉 그리고 안도감에 거의 넋이 나갈 지경이었다. 그리고 크리스티 의사가 그레이브스 의사에게 돌아서더니 고개를 저었다.

「너무나 완벽하군요.」 크리스티 의사가 말했다. 「안 그런가 요? 이렇게까지 완전한 경우는 정말 처음 봅니다. 망상이 운동 신경 능력에까지 영향을 주다니요. 바로 여기가 우리가 고쳐 주 어야 할 부분입니다. 치료 방법을 결정할 때까지 이 점을 연구 해야 합니다. 리버스 부인, 괜찮으시다면 제 연필을 돌려주시지 요. 숙녀 여러분, 좋은 하루 되십시오.」

크리스티 의사가 내 손가락 사이에서 연필을 뽑더니 뒤로 돌 아 나가 버렸다. 그레이브스 의사와 스필러 간호사도 같이 나 갔고, 그 뒤로 베이컨 간호사가 문을 잠갔다. 열쇠 돌리는 모습 을 보자 마치 한 대 맞거나 나가떨어진 것만 같은 기분이 들었 다. 나는 침대 위로 쓰러져 울음을 터트렸다. 베이컨 간호사가 혀를 찼다. 그러나 여기 간호사들은 환자들이 울음을 터트리는 데 너무 익숙해져 있어서, 누가 저녁 식사 자리에서 수프 위로 울음을 쏟아 내거나 정원을 산책하며 목 놓아 우는 걸 보아도 전혀 개의치 않았다. 혀를 차던 소리는 하품 소리로 바뀌었다. 그리고 날 한 번 살펴보더니 시선을 돌려 버렸다. 자기 의자에 앉아 손을 문지르고는 몸을 움츠렸다.

「넌 네가 고통받고 있다고 생각하지.」 베이컨 간호사가 나에 게 혹은 우리 모두에게 말했다. 「한 시간만 나 같은 손가락 관 절을 느껴 봐. 이런 마비 상태를 겪어 보라고. 손에 겨자를 뿌린 것 같은 고통이야. 채찍으로 맞는 거 같아. 오! 오! 하느님 굽어 살피소서. 죽을 것만 같아! 어서, 베티, 이 불쌍한 늙은 간호사 에게 좋은 일 좀 해. 가서 내 연고 좀 가져와, 그래 줄 거지?」

베이컨 간호사는 여전히 열쇠 사슬을 쥐고 있었다. 열쇠들을 보자 더욱 서럽게 울음이 터졌다. 베이컨 간호사는 열쇠 하나를 뺐고, 베티는 그걸 받아 베이컨 간호사의 찬장으로 가서 찬장 문을 열고 기름 단지를 꺼내 왔다. 돼지기름처럼 희고 단단한 기름이었다. 베티는 앉아 한 손 가득 기름을 꺼내 베이컨 간호사의 부풀어 오른 손가락에 바르고 주무르기 시작했다. 베이컨 간호사가 다시 몸을 움츠렸다. 그러고는 한숨을 쉬었고 얼굴이 점차 부드러워졌다.

「잘하고 있어!」 베이컨 간호사가 말하자, 베티가 키득거리며 웃었다.

나는 고개를 베개 속에 파묻고 눈을 감았다. 만일 이 병원이 지옥이고, 베이컨 간호사가 악마고, 베티는 그 옆을 지키는 악령이라면, 이보다 더 비참할 악몽은 없을 터였다. 나는 더는 울음이 나오지 않을 때까지 울었다.

그리고 침대 옆에서 무언가가 움직이더니 굉장히 부드러운 목소리가 들려왔다.

「뚝, 착하기도 하지. 눈물에 지면 안 돼.」

창백한 나이 든 숙녀, 윌슨 양이었다. 내게 손을 내밀고 있었다. 그 모습을 보고 나는 주춤거렸다.

「아.」 그러자 윌슨 양이 말했다. 「내게서 몸을 피하는구나. 별로 놀랍지 않아. 난 완전히 제정신은 아니니까. 여기 있으면 그런 것에 익숙해질 거야. 쉿! 아무 말 마. 베이컨 간호사가 보고 있어. 쉿!」

윌슨 양이 소매에서 손수건을 꺼내 내게 얼굴을 닦으라는 신호를 보냈다. 손수건은 오래되어 누렇게 바래 있었지만 부드러웠다. 손수건의 부드러운 감촉과 윌슨 양의 표정에서 느껴지는 친절함에 나는 다시 울먹이기 시작했다. 비록 윌슨 양이 미쳤다 해도, 이곳에 온 뒤 처음 받아 보는 친절이었던 것이다. 베이컨 간호사가 이쪽을 건너보았다. 「내가 지켜보고 있어.」 베이컨 간호사가 내게 말했다. 「눈을 뗄 거라곤 생각 마.」 그리고 베이컨 간호사는 다시 의자에 앉았다. 베티가 여전히 베이컨 간호사의 손가락에 기름을 문지르고 있었다.

내가 조용히 말했다.

「제가 집에서도 이렇게 쉽게 울음을 터트린다고 생각하시면 안 돼요.」

「분명 아닐 거라고 믿어.」 윌슨 양이 대답했다.

「그냥 여기 갇히게 된 데 너무 놀라서 그래요. 정말 억울하게 당했어요. 저 사람들이 저보고 미쳤대요.」

「정신 차려야 해. 이곳은 다른 데만큼 심하게 굴진 않아. 그렇지만, 완전히 친절한 곳도 아니야. 우리가 숨쉬는 이 방의 공기만 해도 외양간의 황소 같잖아. 저녁 식사는 어떻고. 저 사람들은 우리를 숙녀라 부르지만, 음식은 정말 말도 안 되는 빵죽이야! 정원사의 조수에게 주기도 얼굴 붉어질 음식이야.」

윌슨 양의 목소리가 높아졌다. 베이컨 간호사가 다시 건너다보고는 입술을 말았다.

「네 얼굴이 붉어지는 것 좀 보고 싶다, 이 유령아!」 베이컨 간호사가 말했다.

윌슨 양이 입술을 실룩이고는 당혹스럽다는 표정을 지었다.

윌슨 양이 내게 말했다. 「내 안색에 대해 말하는 거야. 여기서 주는 물에 석회와 관련된 뭔가가 들었다고 말하면 넌 믿을 거야……? 하지만 쉿! 더는 안 돼!」

윌슨 양이 손을 젓고는 잠시 굉장히 슬픈 표정을 지었고, 나는 가슴이 심하게 내려앉았다.

「여기 굉장히 오래 계셨나요?」 윌슨 양이 떨리는 손을 내리자 내가 물었다.

「내 생각엔…… 어디 보자……. 여기선 계절 지나가는 걸 알기가 정말 어려우니까…… 분명 여러 해가 지났는데.」

「스물두 해야.」여전히 귀 기울이고 있던 베이컨 간호사가 말했다.「내가 젊어서 여기에 처음 왔을 때도 넌 이미 상당히 오래된 환자였으니까. 안 그래? 그리고 그게 이번 가을이면 열네 해야. 아, 더 세게 눌러, 베티, 거기! 착하기도 하지.」

베이컨 간호사가 얼굴을 찡그리고 숨을 내쉰 뒤 눈을 감았다. 나는 경악 속에 생각했다. 〈스물두 해!〉……그리고 그런 생각이 내 표정에 비쳤는지 윌슨 양이 말했다.

「너도 여기에 그렇게 오래 머물 거라 생각하면 안 돼. 프라이스 부인은 해마다 와. 그러나 부인은 가장 큰 발작이 지나가면 남편이 다시 집으로 데려가. 내 생각인데, 네 입원 동의서에 서명한 게 남편이지? 날 여기 가둔 건 내 남동생이야. 그렇지만, 남자들은 여자 형제는 없어도 상관없어 하지만 아내는 있길 원하거든.」윌슨 양의 손이 올라갔다.「할 수만 있었다면 좀 더 똑똑히 말했을 거야. 내 혀가…… 이해하겠지.」

내가 말했다.「날 여기 밀어 넣은 남자는 가공할 만한 악당이에요. 그리고 남편인 척하는 것뿐이지요.」

「견디기 어렵겠구나.」윌슨 양이 고개를 흔들고 한숨을 쉬며 말했다.「최악이네.」

나는 윌슨 양의 팔을 만졌다. 무너졌던 심장이 다시 부표처럼 솟아올랐다. 어찌나 거세게 치밀었던지 가슴이 아플 지경이었다.

「믿어 주시는군요.」내가 말했다. 나는 베이컨 간호사를 보았다. 그러나 베이컨 간호사가 내 말을 듣고 눈을 떴다.

「그딴 말엔 아무 가치도 두면 안 돼.」편안한 목소리로 베이컨 간호사가 말했다.「윌슨 양은 어떤 헛소리라도 다 믿어. 윌슨 양에게 한번 물어봐. 달에 어떤 생물이 살고 있냐고.」

「당신을 저주해!」윌슨 양이 말했다.「난 당신을 믿고 비밀을 말해 주었는데! ……저들이 어떤 식으로 내 위치를 깎아내리는 지 알겠지, 리버스 부인…… 내 남동생이 당신더러 날 모욕하라 고 일주일에 1기니씩 주는 줄 알아? 도둑놈들! 악마들!」

베이컨 간호사가 의자에서 일어나 주먹을 쥐는 척하자 윌슨 양이 다시 조용해졌다. 잠시 뒤 내가 말했다.

「달에 대해 믿고 싶은 대로 믿으셔도 돼요, 윌슨 양. 왜 안 되 겠어요? 그렇지만, 사기꾼들이 절 여기 넣었다는 것과 제가 완 전히 제정신이라는 제 얘기는, 정말 진실만을 말하고 있는 거예 요. 크리스티 선생님도 곧 알게 될 거예요.」

「그렇게 되길 바라.」윌슨 양이 대답했다.「분명 그렇게 될 거야. 하지만 알지, 네가 나가려면 반드시 네 남편이 서명을 해야 해.」

나는 윌슨 양을 빤히 바라보았다. 그러고는 베이컨 간호사를 보았다.「진짜예요?」내가 물었다. 베이컨 간호사가 고개를 끄 덕였다. 나는 다시 울기 시작했다.「그럼, 하느님 맙소사, 전 끝 난 거예요!」내가 외쳤다.「그 야바위꾼은 절대로, 절대로 서명 해 주지 않을 테니까요!」

윌슨 양이 고개를 흔들었다.「어떡해! 어쩌면 좋아! 하지만 어 쩌면 여기를 방문한 뒤 마음을 바꿀지도 모르잖아? 있지, 병원 은 방문자가 오면 반드시 우릴 만나게 해주어야 해. 법이 그래.」

나는 눈물을 훔쳤다.「안 올 거예요.」내가 말했다.「오면 내 손에 죽을 거란 걸 자기도 알고 있으니까요!」

윌슨 양이 공포에 사로잡혀 주위를 둘러보았다.「여기선 그런 말 하면 안 돼. 착하게 굴어야 해. 저들에겐 널 데려갈, 꼼짝 못 하게 할 방법이 여럿 있다는 거 모르니…… 저들은 물을 써…….」

「물.」프라이스 부인이 떨면서 웅얼거렸다.

「그만들 해!」베이컨 간호사가 말했다.「그리고 너, 머릿 양.」 베이컨 간호사는 나를 지목하고 있었다.「숙녀들 좀 그만 휘저어 놔.」

그리고 다시 베이컨 간호사가 주먹을 쥐여 보였다.

그렇게 우리는 모두 조용해졌다. 베티는 다시 일이 분간 기름 마사지를 해주다가 단지를 치우고 자기 침대로 돌아갔다. 윌슨 양은 고개를 숙였고 눈빛이 어두워졌다. 프라이스 부인은 머리털로 얼굴을 가리고 그 뒤에서 때때로 뭐라고 중얼거리거나 신음을 내뱉었다. 옆방에서 찢어지는 비명이 터져 나왔다. 나는 입스 씨의 여동생을 생각했다. 우리 집을, 같이 살던 모든 사람들을 떠올렸다. 다시 땀이 나기 시작했다. 거미줄에 휘감긴 파리가 반드시 느끼게 되듯 나도 갑자기 느낌이 왔다. 나는 일어나 방 안을 이 벽에서 저 벽으로 왔다 갔다 걸어 다녔다.

「창문만 있었어도!」 내가 말했다. 「밖을 볼 수만 있었어도.」 그리고 다시 말했다. 「버러를 떠나지만 않았더라도!」

「좀 앉지?」 베이컨 간호사가 말했다.

그리고 베이컨 간호사가 욕지거리를 했다. 문을 두드리는 소리가 나고, 베이컨 간호사는 의자에서 일어나 문을 열어 주어야 했다. 다른 간호사가 종이를 들고 있었다. 나는 두 간호사가 머리를 가까이 모을 때까지 기다렸다가 윌슨 양의 뒤로 숨었다. 절망의 끝에서 나는 교활해지고 있었다.

「제 말 잘 들으세요.」 내가 조용히 말했다. 「전 여기서 최대한 빨리 벗어나야 해요. 전 런던에 돈 있는 사람들을 좀 알아요. 어머니도 있고요. 당신은 여기 이토록 오래 있었으니 분명 방법을 알 거예요. 어떻게 하면 되죠? 사례는 톡톡히 할게요. 맹세해요.」

윌슨 양이 나를 보고는 뒤로 물러났다. 일상적인 목소리로 윌

---

1 영국 전래동요에 나오는 인물로, 동요는 다음과 같음. 〈꼬마 머핏 양, 잔디밭에 앉아서 응유(凝乳)와 유장(乳漿)을 먹고 있었지, 갑자기 커다란 거미가 찾아와 옆에 앉아서 머핏 양을 겁주어 쫓아냈다네.〉

슨 양이 말했다. 「난 말이지, 난 네가 날 속삭이며 말하라고 배우며 큰 그런 여자라고 여기지 말아 줬으면 좋겠는데?」

베이컨 간호사가 주위를 둘러보고는 시선을 고정했다.

「너, 모드.」 베이컨 간호사가 말했다. 「지금 뭐 하는 거지?」

「속삭이고 있어요.」 베티가 걸걸한 목소리로 말했다.

「속삭인다고? 내가 모드에게 속삭여 주지! 네 침대로 돌아가고 윌슨 양은 내버려 둬. 1분만 등을 돌려도 숙녀들에게 몰래 다가가 이야기하려 드는구나?」

나는 베이컨 간호사가 내가 도망치려 애쓴다고 짐작했을 거라 생각했다. 나는 침대로 돌아갔다. 베이컨 간호사는 다른 간호사와 문가에 서서 무언가를 웅얼거렸다. 다른 간호사가 코를 찌푸렸다. 그러고는 전에 다른 간호사들이 날 보던 것과 똑같은 차갑고 기분 나쁜 눈초리로 나를 살펴보았다.

나는, 물론이지만, 아직도 너무나 무지하여 저 기분 나쁜 표정의 의미를 몰랐다. 그렇지만, 하느님 맙소사! 정말로 얼마 지나지 않아 그 의미를 깨닫게 된 것이다.

15

하지만 그때까지도 나는 굳이 궁금해하진 않았다. 아직까진 분명 나가게 될 거라고 믿고 있었기 때문이다. 한 주가 지나고, 또 한 주가 지나가도 그렇게 믿고 있었다. 그러나 크리스티 의사가 날 풀어 줄 거란 생각을 버려야 함을 결국 깨달았다. 만약 처음 들어왔을 때부터 크리스티 의사가 날 미쳤다고 믿었다면, 그다음엔 내가 무슨 말을 하더라도 내가 더욱 미쳐 간다고 생각할 뿐이었을 테니 말이다. 더 나쁜 건, 크리스티 의사가 내가 글을 쓸 수만 있게 되면 내가 치료되고 내가 누군지도 다시 깨달게 되리란 자기 생각에 집착하고 있다는 점이었다.

「부인은 문학과 관련된 일에 너무 몰두해 오셨습니다.」 한번은 회진을 온 크리스티 의사가 이렇게 말했다. 「그리고 그게 병의 원인입니다. 그러나 가끔 우리 의사들은 역설적인 방법을 써서 일해야 하지요. 제 말은, 부인을 치료하기 위해 다시 문학적인 일에 접촉시킬 거란 뜻입니다. 여기 보십시오.」 크리스티 의사는 종이에 싼 무언가를 들고 있었다. 석판과 분필이었다. 「이 빈 석판을 앞에 놓고 앉아 계십시오.」 크리스티 의사가 말했다. 「그리고 오늘 하루가 다 가기 전에 부인 이름을 써서 제게 주셔야 합니다. 단정하게 쓰셔야 합니다, 반드시요! 제 말은, 부인의 진짜 이름 말입니다. 내일은 부인 인생에 대해 쓰시는데, 제일 첫 부분을 써주십시오. 그리고 날이 갈수록 덧붙여 쓰셔야 합니다. 부인은 펜을 쓰는 능력을 회복해 가심에 따라 이성을 사용하는 방법도 회복하게 되실 겁니다……」

그 뒤로 크리스티 의사는 베이컨 간호사를 시켜 내가 한 번에 몇 시간씩 손에 분필을 쥐고 앉아 있게 했다. 그리고 물론이지만, 나는 아무것도 쓸 수 없었고 분필은 부서져 가루가 되곤 했다. 혹은 손바닥에서 솟은 땀 때문에 축축해지고 미끄덩거렸다. 나중에 크리스티 의사가 돌아와 빈 석판을 보고는 얼굴을 찌푸린 채 고개를 흔들곤 했다. 스필러 간호사를 같이 데리고 오기도 했다. 「한 글자도 쓰지 않은 거야?」 스필러 간호사가 말하곤 했다. 「의사 선생님들이 널 낫게 하려고 온종일 시간을 쓰고 계시잖아. 고마운 줄도 모르고.」

크리스티 의사가 가고 나면 스필러 간호사는 나를 흔들곤 했다. 그리고 내가 울며 욕을 하면 더 심하게 흔들었다. 그렇게 흔들리고 나면 이가 다 덜그럭거리는 것 같았다. 구역질이 다 날 때도 있었다……「정신이 드나 봐.」 다른 간호사에게 눈을 찡긋하며 말하기도 했다. 그러고는 서로 웃음을 터뜨렸다. 간호사들은 숙녀를 미워했다. 나를 미워했다. 나는 내게 자연스러운 방식으로 이야기를 했지만, 간호사들은 내가 자기들을 놀린다고 생각했다. 간호사들은 내가 친한 척해서 크리스티 의사에게 특별한 관심을 받고 있다고 떠들어 댔다. 그래서 숙녀들도 나를 미워하게 되었다. 오직 미친 윌슨 양만이 가끔 내게 친절하게 대해 주었다. 한번은 윌슨 양이 내가 석판을 쥐고 흐느끼는 것을 보고는, 베이컨 간호사가 등 돌리고 있는 동안 내게 다가와 내 이름을 써주었다. 내 말은, 모드 이름을 써주었다. 그러나 비록 윌슨 양은 좋은 의도였어도, 그러지 않아 주는 게 좋았겠다는 생각을 하게 되었다. 크리스티 의사가 와서 보고는 얼굴에 웃음을 띠며 외쳤기 때문이다. 「아주 잘했어요, 리버스 부인! 이 제 반은 성공한 셈이군요!」 그리고 다음 날 내가 다시 아무것도 못 쓰고 그저 끼적이고만 있자 당연히 크리스티 의사는 내가 못 쓰는 척한다고 여겼던 것이다.

크리스티 의사가 단호하게 말했다. 「리버스 부인이 다시 쓰게 될 때까지는, 베이컨 간호사, 부인에게 저녁을 주지 마십시오.」

그래서 나는 썼다. 〈수전〉, 〈수전〉……. 50번은 썼다. 베이컨 간호사가 나를 때렸다. 스필러 간호사도 나를 때렸다. 크리스 티 의사가 고개를 내저었다. 내 상태가 생각보다도 훨씬 안 좋 다며 다른 방법이 필요하다고 말했다. 그러고는 내게 크레오소 트[2]를 먹였다. 크리스티 의사가 내 입에 크레오소트를 붓는 동 안 간호사들이 나를 잡고 있었다. 내 머리에서 피를 빼기 위해 거머리 다루는 사람을 데려오겠다는 얘기도 했다. 그리고 새로 운 숙녀가 병원에 들어왔다. 자기가 만든 언어 말고는 아무 말 도 하지 않는 숙녀였는데, 자기 말이 뱀의 언어라 했다. 그 뒤로 크리스티 의사는 모든 시간을 그 숙녀와 보냈다. 바늘로 찌르 고 귀 뒤에서 종이 봉지를 터트리고 뜨거운 물로 화상을 입혔 다. 크리스티 의사는 숙녀가 깜짝 놀라 다시 말을 하게 할 방법 을 찾고 있었다.

나는 크리스티 의사가 그 숙녀를 찌르고 화상 입히며 영원히 거기에 매달리길 바랐다. 크레오소트에 거의 숨이 막힐 지경이 었다. 거머리 때문에 겁에 질려 있었다. 그리고 크리스티 의사 가 나를 내버려 두면 앉아서 도망갈 방법을 궁리할 시간이 더

---

2 살균제.

많아질 것 같았다. 내 머릿속엔 온통 그 생각뿐이었던 것이다. 6월이 가까워 오고 있었다. 병원에 들어온 게 5월이었다. 그러나 아직은 병원의 구조를 배우고 어디가 약한지 창문과 문을 연구할 정도의 기개는 있었다. 베이컨 간호사가 열쇠를 꿴 사슬을 꺼낼 때마다 나는 어느 열쇠가 어디 용인지를 열심히 지켜보았다. 그리고 침실 자물쇠와 복도 문들까지는 한 열쇠로 모두 열고 닫는 것을 알았다. 간호사의 열쇠 사슬에서 그 열쇠를 빼낼 수만 있다면 도망칠 수 있으리라는 확신이 들었다. 그러나 사슬은 너무 견고했다. 그리고 간호사들 모두가 열쇠를 몸 아주 가까이에 지니고 다녔다. 내가 교활할 거란 경고를 받았던 베이컨 간호사는 그 가운데에서도 가장 몸에 딱 붙이고 다녔다. 열쇠를 남에게 맡기는 경우는 자기 찬장에서 뭘 가져오라고 베티에게 줄 때뿐이었다. 물건을 받고 나면 당장 열쇠를 다시 가져가 자기 주머니에 집어넣었다.

그런 모습을 볼 때마다 절망적인 분노에 몸이 떨리는 걸 참을 수가 없었다. 내 것이었던 모든 것과 나를 이토록 비참하고 이토록 오래 갈라놓는 게 겨우 열쇠 하나 때문이라는 게 너무나 견디기 어려웠다. 하필이면 그 많은 세상 사람들 중에 바로 나라니! 그리고 단순하게 생긴 열쇠 겨우 하나 때문이라니! 복잡하지조차 않은 평범한 열쇠로 직선 홈이 네 개 파여 있었고, 적당한 반제품 열쇠와 줄만 있으면 눈 깜짝할 새 복사할 수 있었다. 하루에 골백번도 더 그 생각을 했다. 얼굴을 씻으면서도, 저녁을 먹으면서도 그 생각을 했다. 조그만 정원을 걸을 때도, 숙녀들이 웅얼대고 훌쩍이는 소리를 들으며 응접실에 앉아 있을 때도, 간호사 옆 침대에 누워 등불에 눈이 부셔 할 때도 그 생각뿐이었다. 생각이 망치나 송곳이 될 수 있다면 만번도 더 자유의 몸이 되었을 터였다. 그러나 내 생각은 독에 더 가까웠다. 너무 많이 생각하여 몸이 다 아파 왔다.

병원에 온 첫날처럼 땀 흐르는 날카로운 통증이 아니라, 멍한 종류의 아픔이었다. 온몸을 기어오르는 비참한 감정이었다. 굉장히 느리게 기어올랐고, 벽 색깔, 저녁 식사의 냄새, 울음소리와 비명처럼 굉장히 전형적인 병원의 모습이었기에, 내가 그 감정에 잠식당한 것을 깨달은 때엔 이미 너무 늦은 뒤였다. 아직도 나는 말 걸어 주는 사람마다 나는 완전히 제정신이라고, 실수로 병원에 들어오게 되었다고, 나는 모드 리버스가 아니라고, 그러니 당장 날 여기서 나가게 해주어야 한다고 말하고 있었다. 그러나 너무 자주 그렇게 말하다 보니, 너무 자주 쓴 동전의 면이 닳듯이 내 말도 점차 부드러워지고 있었다. 마침내 어느 날은 정원에서 같이 산책하던 숙녀에게 이야기를 되풀이했을 때, 숙녀가 안됐다는 표정으로 나를 바라보았다.

「저도 한때는 똑같은 생각을 했어요.」 숙녀가 친절한 말투로 말했다. 「그러나 유감스럽게도, 여기 들어온 이상 부인도 미치신 게 분명해요. 우리 모두에겐 뭔가 이상한 부분이 있답니다. 그저 주위를 좀 둘러보실 필요가 있어요. 자신을 돌아보시고요.」

숙녀는 아까처럼 다시 웃음 지었지만 이번 웃음엔 동정이 어려 있었다. 그리고 계속해 걸었다. 하지만 나는 발걸음을 멈추었다. 얼마나 오래 있게 될지, 남들에게 내가 어떻게 보일지 생각해 본 적도 없었고 알지도 못했다. 크리스티 의사는 깨질까 봐 거울을 놓지 않았고, 이제 생각해 보니 내 얼굴을 마지막으로 살펴본 게 크림 부인 집에서였던 듯했다. 크림 부인 집에서가 맞나? 그때 모드는 내게 자기의 푸른색 비단 드레스를 입힌 뒤 작은 거울을 들어 보여 주었다. 그 드레스도 푸른색이 맞았던가? 아니면 회색이었나? 나는 손으로 눈을 가렸다. 드레스는 푸른색이었다는 확신이 들었다. 그랬지, 정신 병원에 끌려올 때도 그 옷을 입고 있었다! 간호사들이 그 드레스를 벗기고는 가져가 버렸다. 모드 어머니의 가방, 그리고 그 안에 들어 있던 모든 물건들, 즉 머리솔, 빗, 리넨, 붉은색 프루넬라 슬리퍼 등도 다시는 볼 수 없었다. 그 대신…… 나는 체크무늬 드레스와 고무장화 차림의 내 모습을 내려다보았다. 이제 거의 익숙해져 있었다. 옷과 신발을 다시 살피며 좀 더 잘 볼 수 있었으면 좋겠다는 생각이 들었다. 우리를 감시해야 할 간호사는 햇살 속에 졸며 눈을 감고 앉아 있었고, 그 약간 왼쪽으로 응접실 창문이 보였다. 응접실이 어두워, 한 줄로 돌고 있는 숙녀들이 거울처럼 맑게 반사되어 보였다. 숙녀 중 한 명이 발을 멈춘 채 얼굴에 손을 대고 있었다. 나는 눈을 깜빡였다. 숙녀도 눈을 깜빡였다. 바로 나였다.

나는 천천히 거울 속의 숙녀에게로 다가가 경악 속에 내 모습을 살펴보았다.

아까 숙녀의 말처럼 나는 미치광이같이 보였다. 머리털은 아직도 머리에 꿰매어져 있었지만 머리털이 자라거나 꿰맨 게 빠지면서 더부룩해져 있었다. 얼굴은 희었지만 여기저기 기미와 긁힌 자국과 희미해져 가는 멍으로 얼룩덜룩했다. 잠이 부족해서 그런지 눈이 부어 있었고 가장자리가 벌겠다. 얼굴은 전보다도 더 뾰족해져 있었고, 목은 막대기 같았다. 체크무늬 드레스는 빨래 자루처럼 몸에 걸려 있었다. 목 깃 아래로 모드의 오래된 장갑이 더러워진 하얀색 손가락 끝을 드러내고 있었다. 나는 아직도 장갑을 심장 옆에 넣어 두고 있었다. 새끼 염소 가죽 위로 내 잇자국이 보였다.

아마도 1분 정도 바라보았다. 그러다가 석스비 부인이 머리를 감기고 빗질하고 반짝거리게 해주던 어린 시절이 생각났다. 날 자기 침대에 눕히기 전, 춥지 말라고 미리 침대를 데워 주던 일을 생각했다. 고기에서 가장 부드러운 부분은 나 먹으라고 따로 떼어 놓던 일, 이가 날카로워지자 부드럽게 갈아 주던 일, 팔다리가 곧게 자라고 있는지 어루만지며 확인하던 일 등을 생각했다. 같이 살던 내내 부인이 나를 얼마나 곁에 끼고 안전하게 지켜 주었는지를 기억했다. 내가 브라이어에 간 것은 돈을 벌어 부인과 공유하기 위해서였다. 이제 내 돈은 사라져 버렸다. 모드 릴리가 내 재산을 훔치고 자기 것을 내게 넘겼다. 여기 있기로 되어 있던 것은 모드였다. 모드는 나를 자기로 만들고, 반면 자신은 세상에 나가 마음대로 살면서 거울마다 들여다보고 있었다. 가령 드레스를 맞추고, 모자 가게에서, 혹은 극장에서, 혹은 춤추러 간 홀에서……. 거울에 비친 모드는 내가 되지 못한 모든 존재가 되어 있었다. 아름답고, 명랑하고, 자부심 넘치고, 자유롭고…….

분노가 치밀었던 듯하다. 분노가 일기 시작했다고 생각한다. 그리고 나는 내 눈빛을 보았고 내 얼굴에 내가 놀랐다. 어찌할 바를 모르고 서 있는데 마침내 당직 간호사가 깨어나 다가오더니 주먹을 날렸다.

「그만해, 허영덩어리 아가씨.」 간호사가 하품을 하며 말했다. 「네 발꿈치도 바라볼 가치가 있다고 말해 주지. 그럼 함께 볼까.」 간호사는 돌고 있는 줄 가운데로 나를 떠밀었고, 나는 고개를 숙이고 내 치맛단과 장화와 앞에 가는 숙녀의 장화를 바라보며 걸었다. 무엇이라도, 응접실 창문에 시선을 들어 내 미친 눈빛을 다시 보지 않게만 해준다면 무엇이라도 바라보며 걸었다.

그 일이 있던 때가 6월 말이었던 것 같다. 좀 더 전이었을지도 모른다. 날짜가 어떻게 되는지 알기가 어려웠다. 무슨 요일인지 알아내기도 마찬가지로 어려웠다. 단지, 오전 내내 침대에서 시간을 보내는 대신 응접실에 서서 크리스티 의사의 기도 소리에 귀를 기울여야 하게 되면, 그날이 일요일임을 알게 되고 그렇게 해서 또 한 주가 지났음을 깨닫게 될 뿐이었다. 아마 죄수들처럼 돌아오는 일요일마다 표시를 해두어야 했을지도 모른다. 그러나 물론이지만, 아무리 시간이 지나도 그 주일이 그 주일 같았다. 매번 일요일이 될 때마다 나는 다음 일요일까지는 꼭 나가게 되리라고 생각했다. 그러고는 무디어지기 시작했다. 어떤 주에는 일요일이 두세 개씩은 있는 것처럼 느껴졌다. 어떤 주에는 일요일 없이 지나간 것처럼 느껴지기도 했다. 확실하게 아는 게 있었다면, 봄이 여름으로 바뀌었다는 것뿐이었다. 날이 길어지면서 햇볕도 점점 더 따가워졌기 때문이다. 그리고 병원이 찜통처럼 더워지기 시작했다.

무엇보다도 그 뜨겁던 열기가 기억난다. 그 자체만으로도 미치기에 충분했다. 예를 들어, 우리 방의 공기는 수프처럼 변해버렸다. 숙녀 한둘이 죽었는데, 내 생각엔 그 공기 때문이었다. 비록 물론 의사였던 덕에 그레이브스 의사와 크리스티 의사가 그 죽음을 뇌졸중으로 처리하긴 했지만 말이다. 간호사들이 그렇게 이야기했다. 간호사들은 날이 따뜻해져 감에 따라 성질이 고약해지고 있었다. 두통과 땀에 대해 투덜거렸다. 그리고 간호사 옷에 대해 불평을 늘어놓았다. 「내가 왜 모직 옷을 입고 너희를 돌보면서 여기 있는 거지.」 간호사들은 우리를 이리저리 떠밀면서 그렇게 말하곤 했다. 「턴브리지 정신 병원에서 일하고 있다면 포플린으로 만든 간호사복을 입고 있었을 텐데……!」

그러나 사실은, 우리 모두가 알고 있었듯이, 다른 어떤 정신 병원에서도 이 사람들을 고용하지 않을 터였다. 그리고 어쨌거나 간호사들이 이 병원을 떠나지도 않을 터였다. 간호사들에게 이곳 일은 너무나도 쉬웠다. 간호사들은 온종일 자기가 맡은 숙녀들이 얼마나 말썽꾸러기이고 교활한가를 떠들어 대고 멍 자국을 자랑했다. 그렇지만, 물론 숙녀들은 교활해지기엔 너무나 멍하고 비참한 상태였으며, 모든 말썽은 재미를 보고 싶은 간호사들이 일으키는 것이었다. 남은 시간에는 정말 별 할 일이 없었다. 일곱 시 정각이면 우리를 침대로 보냈고, 잠들게 하려고 약까지 먹였다. 그러고는 한밤중까지 앉아 신문과 책을 읽고 토스트를 굽고 코코아를 끓이고 수를 놓고 휘파람을 불고 방귀를 뀌고 문가에 서서 복도에 대고 서로에게 소리 지르고 심지어는 정말 심심하면 담당 숙녀들을 감시자 없이 방에 잠가 놓고 나가 서로의 방에 몰래 들락날락거리곤 했다.

그리고 아침이 되어 크리스티 의사가 회진을 마치면 간호사들은 모자를 벗고 머리의 핀을 빼고 스타킹을 말아 내린 뒤 치마를 올리곤 했다. 그리고 우리에게 신문을 주고는 자기들 옆에 서서 커다란 흰 다리에 부채질을 하게 했다.

어쨌거나 베이컨 간호사는 그렇게 했다. 손이 가려웠기 때문에 누구보다도 열기에 대해 불평을 늘어놓았다. 하루에도 열 번씩 베티를 시켜 자기 손가락에 기름을 문지르게 했다. 때로는 비명을 지르기도 했다. 그리고 하루 중 가장 더운 시간이 되면 자기 단지 두 개를 침대 옆에 놓고 물에 손을 담그고 잤다. 그러면 베이컨 간호사는 꿈을 꾸었다.

「그 남자는 너무 잡기 어려워!」 어느 날 밤 베이컨 간호사가 소리를 질렀다. 그러고는 중얼거렸다. 「그래, 그 사람은 떠났어……」

나도 꿈을 꿨다. 눈을 감을 때마다 꿈을 꾸는 것 같았다. 짐작하겠지만, 랜트 스트리트에 대한 꿈을, 버러에 대한 꿈을, 집에 대한 꿈을 꾸었다. 입스 씨와 석스비 부인에 대한 꿈을 꾸었다······. 그러나 괴로운 꿈이었다. 종종 울면서 꿈에서 깼다. 때로는 정신 병원에 대한 꿈만 꾸기도 했다. 일어나 하루를 시작하는 꿈을 꾸곤 했다. 그다음 나는 정말로 일어나 여전한 하루를 시작했다. 그러면 꿈과 실제가 너무나 비슷해 차라리 둘 다 꿈으로 꾸는 게 나았다······. 이런 꿈을 꾸면 혼란스러워졌다.

하지만 몇 주가 휙휙 지나가고 밤이 갈수록 더워지면서 최악의 꿈들을 꾸기 시작했다. 마음속이 점점 더 멍해졌다. 그 악몽들은 브라이어에 대한 꿈, 모드에 대한 꿈이었다.

왜냐하면, 꿈속에서 모드는 내가 알고 있는 실재대로, 즉 독사 혹은 도둑으로 나오지 않았기 때문이다. 젠틀먼에 대한 꿈은 한 번도 꾼 적이 없었다. 오직 우리가 다시 모드 삼촌 집에 살고 있고 내가 모드의 하녀인 꿈만 꾸곤 했다. 나는 모드와 함께 모드 어머니의 무덤까지 걸어가거나 강가에 앉아 있는 꿈을 꾸었다. 모드를 입히고 머리를 빗겨 주는 꿈을 꾸었다. 꿈속에서 나는······ 자기가 꾼 꿈 때문에 비난받을 수는 없는 법이다, 안 그런가? 꿈속에서 나는 모드를 사랑하고 있었다. 꿈꾸지 않을 때의 나는 분명 모드를 미워했다. 분명 모드를 죽이고 싶었다. 그러나 가끔 밤에 이유 없이 깨곤 했다. 눈을 뜨고 주위를 둘러보곤 했다. 방이 너무 더워서 모두 침대 속에서 뒤척이고 안절부절못했다. 베티의 커다란 맨다리와 베이컨 간호사의 땀 투성이 얼굴, 윌슨 양의 팔 따위가 보이곤 했다. 프라이스 부인은 잘 때면 머리털을 뒤로 넘기고 잤는데 다소 모드가 하던 방식과 비슷했다. 선잠이 든 채로 프라이스 부인을 응시하다 보면 4월 말 이후의 시간에 대해선 완전히 잊곤 했다. 브라이어에서 도망 나온 일, 단단한 검은 석조 건물 교회에서의 결혼식, 크림 부인 집에서의 나날, 정신 병원으로 마차를 달리던 일, 끔찍한 계략 따위에 대해 잊곤 했다. 정신 병원에서 도망치려 작정했던 것, 도망친 뒤의 계획까지도 잊곤 했다. 멍한 공포 속에서 〈모드는 어디 갔지? 어디로 간 거지?〉 하는 생각만을 하곤 했다. 그러고 나면 갑자기 안도감이 밀려왔다. 〈저기에 있네…….〉 다시 눈을 감으면 곧바로 내 침대가 아닌, 모드의 침대 속에 있곤 했다. 커튼이 내려지고, 모드가 내 옆에 있곤 했다. 모드의 숨결을 느끼곤 했다. 「오늘 밤은 정말 덥지 뭐야!」 부드러운 목소리로 모드가 말하곤 했다. 그러고 나면 다시 말하는 것이었다. 「무서워! 난 무서워……!」

「두려워 마세요.」 나는 늘 그렇게 대답하곤 했다. 「오, 두려워 마세요.」 그리고 그 순간 꿈이 달아나면서 나는 깨어나곤 했다. 베이컨 간호사처럼 크게 말을 내뱉었을지도 모른다고, 혹은 한숨을 쉬거나 몸을 떨었을지도 모른다는 생각을 하며 공포 속에 깨어나곤 했다. 그다음 나는 누워 끔찍한 부끄러움에 사로잡히곤 했다. 나는 모드를 미워하고 있었으니까 말이다! 난 모드를 미워했다! 그러나 매번 그 꿈이 끝까지 이어지길 남몰래 바랐다는 걸 스스로 알고 있었다.

나는 자다 일어나게 될까 봐 두려워하기 시작했다. 가령 내가 프라이스 부인이나 베티에게 키스하려 들기라도 하게 된다면? 그러나 깨어 있으려 노력하면, 더욱 혼란스러워졌다. 무서운 상상이 들었다. 참으로 기묘한 밤들이었다. 더위가 모두를 멍하게 했지만 동시에 때때로 숙녀들을 발작하게 하기도 했기 때문이다. 심지어 가장 조용하고 순종적인 숙녀들조차 발작을 했다. 침대 속에서도 소란이 느껴졌다. 비명, 종소리, 달려가는 발소리. 그런 소리들이 천둥소리처럼 뜨겁고 조용한 밤을 산산조각 냈다. 그 소동을 이미 겪어 알고 있더라도 매번 소리들이 낯설게 들렸다. 때로 한 숙녀가 다른 숙녀까지 소동에 전염시키곤 했다. 그러면 나는 누운 채 〈나도〉 덩달아 소동 피우게 되지 않을지 고민하곤 했다. 내 안에 발작의 기운이 모이는 듯 느껴지고, 땀이 흐르기 시작하고, 어쩌면 몸이 경련을 일으키기 시작하고…… 오, 너무나 무서운 밤들이었다! 베티가 신음했던 것 같다. 프라이스 부인은 훌쩍이기 시작하곤 했다. 베이컨 간호사는 일어나곤 했다. 「쉿! 쉿!」 그렇게 말하곤 했다. 문을 열고 몸을 밖으로 기울인 채 귀 기울이곤 했다. 그다음 비명이 멈추고 발소리가 멀어지곤 했다. 「조용히 시켰네.」 베이컨 간호사는 그렇게 말하곤 했다. 「자, 궁금한 게 있는데, 이제 저 숙녀를 안전실에 가둘까, 아니면 쑤셔 박을까?」 그리고 〈쑤셔 박다〉라는 말에 베티가 다시 신음을 하고 프라이스 부인과 심지어는 나이 든 윌슨 양까지도 몸을 떨며 머리를 숨기곤 했다. 나는 그 이유를 몰랐다. 무언가를 지칭하는 말이었지만 아무도 설명해 주려 하지 않았다. 나는 그저 검은 고무 피스톤으로 배수구처럼 펌프질당하는 것과 관련이 있으리라 짐작할 뿐이었다. 너무나 끔찍한 생각이었기에 나도 곧 베이컨 간호사가 그 말을 할 때마다 같이 몸을 떨기 시작했다.

「무엇 때문에 그렇게들 바들바들 떠는지 모르겠네.」 베이컨 간호사는 침대로 돌아가며 우리 모두를 향해 심술궂게 말하곤 했다. 「너희 가운데 아직까진 그 정도로 맛이 간 사람은 없잖아, 안 그래?」

그러나 그 뒤 한 번은 당한 사람이 생겼다. 컥컥대는 소리에 깨어나 보니, 슬픈 표정의 프라이스 부인이 침대 옆 바닥에 누워 손가락을 깨물어 피를 내고 있었다. 베이컨 간호사가 종을 울리러 나가고, 남자들과 크리스티 의사가 뛰어왔다. 그리고 프라이스 부인을 묶어 아래층으로 데려갔다. 한 시간이 지나 돌아온 부인은 옷과 머리에서 물이 줄줄 흐르고 반쯤은 익사할 뻔한 모습이었다……. 그 뒤로 나는 〈쑤셔 박다〉라는 말이 물통에 떨어뜨린다는 말임을 알게 되었다. 그리고 최소한 약간의 위로는 받을 수 있었다. 왜냐하면, 물에 빠지는 건 빨아들여졌다가 펌프질당하는 것만큼 나빠 보이진 않았기 때문이다…….

난 아직도 아무것도, 아무것도, 정말로 아무것도 모르고 있었다.

그리고 그 일이 일어났다. 숨 막히게 더운 여름날 중에서도 가장 더운 날이었던 것 같다. 알고 보니 베이컨 간호사의 생일이었다. 그날 밤 베이컨 간호사는 다른 간호사들 몇 명을 몰래 방으로 들어오게 해 파티를 열었다. 이미 말한 적이 있는 것 같지만, 간호사들은 종종 이런 짓을 하곤 했다. 해서는 안 되는 일이었을 뿐더러, 말소리 때문에 우리는 그 어느 때보다도 더 잠들기가 어려웠다. 그러나 감히 의사에게 말해선 안 되었다. 결국은 간호사들이 우리의 망상이라고 몰아간 뒤 우리를 때릴 터였기 때문이다. 간호사들은 우리를 조용히 누워 있게 하고 그동안 자기네들은 앉아 카드놀이나 도미노를 하고 레모네이드 그리고 때로는 맥주를 마셨다.

이날 밤도 간호사들은 베이컨 간호사의 생일이란 이유로 맥주를 마셨다. 그리고 날이 더웠기 때문에 간호사들은 맥주를 너무 많이 마시고 취해 버렸다. 나는 얼굴에 시트를 덮고 누워 있었지만 눈은 반쯤 뜨고 있었다. 간호사들을 지적에 두고 감히 잘 생각은 없었다. 다시 모드 꿈을 꾸게 될지도 몰랐고 그랬다가는 병적 공포증(크리스티 의사라면 이렇게 표현했을 터이다)에 걸려 나도 모르게 발작을 할 수도 있기 때문이었다. 그리고 다시 한 번 나는 반드시 깨어 있어야겠다고 생각했다. 간호사들이 너무 많이 마시고 취하면 그때 일어나 열쇠를 훔칠 수 있을지도 몰랐다…….

하지만 간호사들은 뻗지 않았다. 대신 더 생기가 넘치고 더 시끄러워지고 더 붉어졌고, 방도 더 더워졌다. 난 가끔 졸았던 것 같다. 간호사들의 목소리가 꿈결처럼 저 멀리서 공허하게 들리기 시작했다. 간호사 하나가 너무 자주 비명을 지르거나 콧바람 치며 웃기 시작했다. 나머지 사람들은 그 간호사에게 조용히 하라고 이르다가 자기들도 같이 콧바람 치며 웃곤 했다. 그러면 나는 끔찍하게 놀라 벌떡 깨어나곤 했다. 마침내 나는 간호사들의 뚱뚱하고 붉고 땀이 흥건한 얼굴과 커다랗고 축축한 벌어진 입을 바라보며 총으로 쏴 죽이고 싶다고 생각하기 시작했다. 간호사들은 앉아서 가장 최근에 자기가 다치게 한 숙녀가 누구인지, 어떤 식으로 해냈는지를 자랑하고 있었다. 그리고 주먹을 비교하기 시작했다. 서로 손바닥을 대보며 누구 것이 가장 큰지 보았다. 그러다 한 명이 자기 팔을 자랑했다.

「네 팔을 보여 줘, 벨린더.」 다른 간호사가 외쳤다. 벨린더는 베이컨 간호사를 말하는 것이었다. 간호사들 모두가 그렇게 우아한 이름이 있었다. 간호사들이 아기였을 시절엔 어머니들이 들여다보며 자기 아이가 발레리나로 자라리라고 생각했을지도 모른다. 「어서. 보여 줘.」

베이컨 간호사는 겸손한 척을 했다. 그러더니 소매를 걷어 올렸다. 팔이 석탄 나르는 인부처럼 두꺼웠지만 희었다. 팔을 구부리자 바로 불룩해졌다. 「아일랜드인의 근육이지.」 베이컨 간호사가 말했다. 「우리 할머니에게 물려받았어.」 다른 간호사들이 만져 보고는 휘파람을 불었다. 그리고 한 명이 입을 열었다.

「그런 팔이라면, 플루 간호사와 거의 맞먹겠는걸.」

플루 간호사는 아래층 방의 사팔뜨기 여자였다. 한때 감옥에서 여자 교도관으로 일했다는 소문이 있었다. 이제 베이컨 간호사의 얼굴이 붉어졌다. 「맞먹는다고?」 베이컨 간호사가 말했다. 「팔을 나란히 놓고 보고 싶군. 그럼 끝나는 거야. 누구 팔이 더 대단한지 다들 알게 되겠지. 맞먹어? 좋아, 내가 상대해 주지!」

베이컨 간호사의 목소리에 베티와 프라이스 부인이 잠에서 깼다. 베이컨 간호사는 둘이 움직이는 것을 보더니 말했다. 「다시 자.」 반쯤 감은 눈으로 자기를 보며 어서 죽으라고 기도하는 내 쪽은 보지 않았다. 베이컨 간호사가 다시 팔을 보여 주며 재차 근육을 불룩하게 만들었다. 「진짜로 상대해 보자고.」 베이컨 간호사가 으르렁거렸다. 간호사 중 한 명에게 고갯짓을 했다. 「플루 간호사를 여기 위층으로 데려와. 그리고 어디 보자고. 마가레타, 넌 끈을 가져와.」

간호사 둘이 일어나 휘청거리더니 킥킥거리며 밖으로 나갔다. 곧 먼저 나갔던 간호사가 플루 간호사와 스필러 간호사, 그리고 일전에 내가 처음 온 날 내 옷 벗기는 것을 도왔던 검은 머리 간호사를 데리고 돌아왔다. 다들 아래층에서 같이 술을 마시던 참이었다. 스필러 간호사가 엉덩이에 손을 얹고 주위를 둘러보더니 말했다.

「이거, 크리스티 의사가 너희를 보기라도 하면 어쩔 거야!」 스필러 간호사가 딱딱거렸다. 「팔 얘긴 또 웬 소동이고?」

스필러 간호사가 팔을 걷었다. 플루 간호사와 검은 머리 간호사도 팔을 걷었다. 심부름 갔던 간호사가 긴 리본과 자를 가지고 돌아왔고, 다들 돌아가며 근육 크기를 쟀다. 나는 어두운 숲에서 고블린을 만난 사람처럼 눈을 의심하며 간호사들의 행동을 지켜보았다. 간호사들은 둥그렇게 서서 팔에서 팔로 등불을 옮기고 있었다. 등불이 기묘한 빛과 이상야릇한 그림자를 만들었다. 그리고 맥주, 열기, 팔 둘레 측정의 흥분으로 간호사들은 비틀대고 깡충거리는 것처럼 보였다.

「15!」 간호사들이 외쳤다. 목소리가 점점 커지고 있었다. 「16! ……17! …… 18 반! ……19! 플루 간호사가 이겼어!」

원이 흐트러지면서 간호사들은 등불을 내려놓고 말다툼을 벌이기 시작했다. 갑자기 고블린보다는 선원들에 가까워지기 시작했다. 문신이 있을지 모르겠다는 기대까지도 살짝 들었다. 베이컨 간호사의 얼굴이 굉장히 어두웠다. 베이컨 간호사가 뚱하게 말했다.

「팔에 관해서라면, 뭐, 이번엔 플루 간호사가 이긴 걸로 하겠어. 비록 지방을 근육과 똑같이 재선 안 된다고 생각하지만.」베이컨 간호사가 허리에 대고 손을 문질렀다. 「자, 체중을 재는 건 어때?」베이컨 간호사가 턱을 쳐들었다. 「나보다 더 나갈 사람이 있겠어?」

갑자기 두세 명이 베이컨 간호사 옆으로 다가와 자기가 더 나간다고 말했다. 다른 간호사들이 증명하기 위해 그 사람들을 들어 올리려 했다. 한 명이 아래로 떨어졌다.

「이건 아무 소용없어.」간호사들이 말했다. 「그렇게 몸부림치는데 무슨 수로 알아내. 뭔가 다른 방법이 필요해. 의자에 올라가 뛰어내리면 어때? 누가 뛰어내렸을 때 마루가 가장 삐삐거리는지 보는 거야.」

「그렇다면.」검은 머리 간호사가 웃음을 터트리며 말했다. 「베티 위로 뛰어내리는 건 어때? 누가 가장 〈베티를〉 삐삐거리게 하는지 보자고.」

「누가 가장 베티를 삐삐거리게 하는지 보자!」

간호사들은 베티의 침대를 바라보았다. 베티가 자기 이름을 듣고 눈을 떴다가 이제 다시 눈을 감고 몸을 떨고 있었다.

스필러 간호사가 콧바람을 불었다. 「베티는 벨린더에게 반응할 거야.」스필러 간호사가 말했다. 「늘 그런다고. 베티를 쓰는 건 불공평해. 노처녀 윌슨 양을 쓰자.」

「윌슨 양은 바로 소리 낼걸!」

「그럼 프라이스 부인이나.」

「프라이스 부인은 울어 버릴 거야! 울면 아무…….」

「〈모드〉로 하자!」

누군가가 그렇게 말했다. 누구인지는 모르겠다. 그리고 다들 웃고 있었지만 이제는 웃음이 그쳤다. 간호사들이 서로 바라보았던 것 같다. 그리고 스필러 간호사가 말했다.

「의자 건네줘.」 스필러 간호사의 목소리가 들렸다. 「그 위에 올라서게…….」

「잠깐! 잠깐만!」 다른 간호사가 외쳤다. 「무슨 생각을 하는 거야? 저 위로 뛰어내리면 안 돼. 그럼 쟤는 죽을 거라고.」 여자는 입을 닦으려는 듯 잠시 말을 멈추었다. 「대신, 모드 위에 눕자.」

그리고 그 말에 나는 시트를 얼굴에서 걷고 눈을 크게 떴다. 바로 그때 그러지 말아야 했던 것 같다. 어쩌면 결국은 그냥 장난치고 있었는지도 모른다. 그러나 내가 시트를 걷자 모두 내가 보고 있었던 걸 알았다. 다들 다시 웃기 시작하더니 내 쪽으로 돌진해 왔다. 담요를 젖히고 머릿밑에서 베개를 빼갔다. 간호사 둘이 내 발 위로 몸을 숙이고, 다른 둘이 내 팔을 잡았다. 순식간의 일이었다. 50개의 머리와 50개의 헐떡이는 입과 백 개의 팔을 가진 거대하고 뜨거운 땀투성이 괴물처럼 보였다. 내가 몸부림치자 간호사들이 나를 꼬집었다. 내가 말했다.

「날 내버려 둬요!」

「입 닥쳐.」 간호사들이 말했다. 「널 해칠 생각은 없어. 우린 그저 베이컨 간호사와 스필러 간호사와 플루 간호사 중 누가 가장 무거운지 알고 싶을 뿐이야. 우리가 알고 싶은 건 오로지 네가 누구 때문에 가장 크게 소리를 지를 것이냐 하는 거야. 준비됐어?」

「저리 가! 저리 가! 크리스티 선생님에게 말하겠어!」

누군가가 내 따귀를 때렸다. 누군가는 내 다리를 잡아당겼다. 「남의 흥을 깨다니.」 간호사들이 말했다. 「자, 누가 먼저 올라갈래?」

「내가 먼저 할게.」 플루 간호사의 말소리가 들리고, 다른 이들이 조금씩 뒤로 물러서 길을 만들어 주었다. 플루 간호사는 드레스 주름을 펴고 있었다. 「잘 잡았어?」 플루 간호사가 말했다.

「우리가 잡고 있어.」

「좋아. 꽉 잡고 있어.」

그러자 간호사들이 나를 마치 젖은 시트 짜내듯 힘껏 잡아당겼다. 그 순간 말로 형언할 수 없는 생각들이 스쳐 지나갔다. 내 팔다리를 뽑아내려 한다는 확신이 들었다. 내 뼈를 부러뜨릴 거란 확신이 들었다. 나는 소리 지르기 시작했고 다시 얼굴을 맞고 팔다리가 당겨졌다. 나는 조용해졌다. 그러자 플루 간호사가 침대로 올라와 치마를 들고는 내 양옆으로 무릎을 꿇고 자세를 잡았다. 침대가 삐걱거렸다. 플루 간호사가 손을 문지르더니 사팔눈으로 나를 쏘아보았다. 「자, 간다!」 내 위로 떨어질 준비를 하며 플루 간호사가 말했다. 나는 얼굴을 잔뜩 찡그리고 숨을 들이쉬며 준비를 하였으나 아무 일도 일어나지 않았다. 베이컨 간호사가 플루 간호사를 중단시킨 것이다.

「갑자기 내려앉지 마.」 베이컨 간호사가 말했다. 「불공평해. 천천히 앉든지, 아니면 하지 마.」

그러자 플루 간호사는 뒤로 물러났다가 앞으로 천천히 다가오며 느리게 몸을 내렸다. 내 위에 완전히 몸무게를 실을 때까지 팔과 무릎으로 몸을 지탱하고 있었다. 내가 들이쉬었던 숨이 모두 눌려 빠져나왔다. 내 밑이 침대가 아니라 마룻바닥이었다면 난 죽었을지도 모른다. 눈과 코와 입에서 액이 흘러나오기 시작했다. 「제발……!」 내가 말했다.

「〈제발〉이라고 외치네!」 검은 머리 간호사가 말했다. 「플루 간호사에게 5점!」

그러자 간호사들이 잡아당기던 손을 풀어 주었다. 플루 간호사가 내 뺨에 키스하고는 내려갔다. 권투 경기에서 이긴 사람처럼 손을 머리 위로 들고 서는 모습이 보였다. 나는 공기를 빨아들이고 컥컥대며 기침을 했다. 간호사들이 다시 나를 힘껏 잡아당기고, 스필러 간호사의 차례가 되었다. 플루 간호사보다 더 지독했다. 더 무거운 건 아니었지만 훨씬 만만치 않았다. 사지의 관절을 세우고 누워, 무릎과 팔꿈치와 엉덩이로 내 몸을 찍어 눌렀던 것이다. 게다가 딱딱한 코르셋 가장자리가 톱처럼 벨 것만 같았다. 기름 바른 머리에선 시큼한 냄새가 났고 귓가에서 숨결이 천둥처럼 울렸다. 「어서 해, 이 조그만 년아.」 스필러 간호사가 내게 말했다. 「고함치란 말이야!」……그러나 그때까진 내게도 자존심이란 게 있었다. 나는 턱을 악물었고 스필러 간호사가 아무리 누르고 또 눌러도 소리 지르지 않았다. 마침내 간호사들이 외쳤다. 「아이고, 창피하기도 하지! 스필러 간호사는 빵점!」 그러자 스필러 간호사가 마지막으로 무릎을 내게 세게 문지르고 욕을 하며 일어났다. 나는 매트리스에서 머리를 들었다. 눈물이 줄줄 흘렀다. 그러나 나를 둘러싼 간호사들 뒤로 베티와 윌슨 양과 프라이스 부인이 이쪽을 보며 몸을 떨면서도 자는 척하는 모습이 보였다. 그다음 자기들에게 닥쳐올지도 모르는 일에 대해 두려워하고 있었다. 나는 그들을 비난하지 않는다. 나는 고개를 떨어뜨리고 다시 턱을 악물었다. 이제 베이컨 간호사의 차례였다. 베이컨 간호사는 여전히 얼굴이 상기되어 있었고, 부풀어 오른 손은 하얀 팔에 비해 어찌나 붉은지 흡사 장갑을 낀 것만 같았다.

베이컨 간호사가 플루 간호사처럼 내 위에 걸터앉아 손가락 관절을 굽히며 손을 풀었다.

「자, 모드.」베이컨 간호사가 말했다. 내 잠옷 단을 잡더니 당겨 주름을 폈다. 그리고 내 다리를 두들겼다.「자 그럼, 머펏 양. 누가 내 말 잘 듣는 착한 아이지?」

그리고 베이컨 간호사가 내 위로 올라왔다. 다른 사람들보다 훨씬 빠른 속도였고, 그래서 그 충격과 무게가 무시무시했다. 나는 비명을 내질렀고, 간호사들이 손뼉을 쳤다.「10점!」간호사들이 말했다. 베이컨 간호사가 웃음을 터트렸다. 밀방망이처럼 웃음의 진동이 느껴졌다. 그래서 눈을 가늘게 뜨고 더 크게 비명을 질렀다. 베이컨 간호사가 고의로 다시 몸을 흔들었다. 간호사들이 환호했다. 그러자 베이컨 간호사는 손을 짚고 몸을 끌어올려 얼굴을 바로 내 위에 가져다 댔다. 그러나 가슴과 배와 다리로는 여전히 내 몸을 강하게 누르고 있었다. 베이컨 간호사가 엉덩이를 움직였다. 일정한 방향으로 돌리고 있었다. 나는 눈을 번쩍 떴다. 베이컨 간호사가 내게 추파를 던졌다.

「좋아하지, 그렇지?」여전히 엉덩이를 돌리며 베이컨 간호사가 말했다.「아니라고? 네가 좋아한다는 거 우리 모두 들었는데 뭘.」

그러자 간호사들이 아우성을 쳤다. 아우성치며 날 바라보는 얼굴에서, 전에는 보아도 이해하지 못했던 심술궂은 표정을 다시 보았다. 이제는 물론 이해하고 있었다. 그리고 갑자기 예전에 모드가 크림 부인의 집에서 크리스티 의사에게 했을 말이 짐작이 갔다. 모드가 그 일을 얘기했을 거란 생각이, 나를 미쳤다고 몰기 위해 젠틀먼 앞에서 그 일을 얘기했을 거란 생각이 갑자기 들면서 심장이 멎는 듯했다. 브라이어를 떠난 뒤로는 심장 멎을 일이 무척 많았다. 그러나 바로 그 순간이 최악 같았다. 화약으로 가득 차 있는데 막 성냥으로 그어진 듯한 느낌이었다. 나는 몸부림치고 비명 지르기 시작했다.

「떨어져!」 나는 비명 질렀다. 「내게서 떨어져! 떨어져! 떨어져!」

내가 몸부림치는 것을 느낀 베이컨 간호사의 웃음소리가 사그라졌다. 다시 한 번 엉덩이로 나를 더욱 강하게 압박했다. 나는 내 얼굴 위로 베이컨 간호사의 시뻘건 얼굴이 있는 것을 보고 머리로 받아 버렸다. 베이컨 간호사의 코가 깨졌다. 베이컨 간호사가 비명을 질렀다. 내 뺨 위로 피가 떨어졌다.

그리고 그다음에 일어난 일은 확실히는 모르겠다. 날 잡고 있던 간호사들이 손을 풀었던 것 같다. 그러나 나는 아직도 잡혀 있는 것처럼 계속 몸부림치고 비명을 질렀던 것 같다. 베이컨 간호사가 몸을 굴려 내게서 떨어졌다. 누군가가 나를 쳤다. 아마도 스필러 간호사였을 것이다. 그러나 아직도 나는 계속해 발작하고 있었다. 베티가 고함지르기 시작하고, 가까운 방의 다른 숙녀들도 같이 비명 지르고 고함을 쳤다는 생각이 든다. 간호사들이 달려 나갔던 것 같다. 「여기 병과 잔 치워!」 다른 이들과 함께 달려 나가며 말하는 소리가 들렸다. 그리고 누군가가 공포에 질려 홀의 손잡이 가운데 하나를 잡았던 게 분명하다. 종이 울렸다. 종소리에 남자들이 왔고, 잠시 뒤 크리스티 의사도 도착했다. 크리스티 의사는 외투를 입으며 왔다. 그리고 베이컨 간호사의 피를 묻힌 채 여전히 침대 위에서 발길질하고 몸부림치는 나를 보았다.

「주기적 발작이군요.」 크리스티 의사가 외쳤다. 「심한걸. 하느님 맙소사, 무엇 때문에 이렇게 발작이 온 거지요?」

베이컨 간호사는 아무 말도 하지 않았다. 손을 얼굴에 대고 있었지만 눈은 내게 꽂혀 있었다. 「무슨 일이 있었죠?」 크리스티 의사가 다시 말했다. 「꿈을 꿨나요?」

「꿈이에요.」 베이컨 간호사가 대답했다. 그러고는 의사를 본 뒤 생기를 되찾았다. 「오, 크리스티 선생님.」 베이컨 간호사가 말했다. 「자면서 어떤 숙녀의 이름을 부르며 움직이더라고요!」

그 말에 내가 다시 비명을 지르기 시작했다. 크리스티 의사가 말했다. 「좋습니다. 주기적 경련에 대한 치료법을 아시지요. 거기, 그리고 스필러 간호사. 냉수에 쑤셔 박으세요. 30분간입니다.」

남자들이 팔을 잡고 날 들어 올렸다. 간호사들에게 너무나 심하게 눌렸던 지라 남자들이 나를 일으켜 세우자 이제 몸이 둥둥 뜨는 느낌이었다. 하지만 실제로는 질질 끌려갔다. 다음 날 보니 발가락이 까져 있었다. 그러나 이제는 마룻바닥에서 병원 지하실로 끌려가던 게 기억나지 않는다. 안전실로 통하는 문을 지나치고 계속 나아가 어두운 복도를 지나고 욕조가 있는 방으로 간 것도 기억나지 않는다. 수도꼭지가 콸콸거리던 것과 발 아래 타일이 차가웠다는 건 기억난다. 그러나 아주 희미하게 기억날 뿐이다. 가장 잘 기억나는 것은 팔다리를 묶였던 나무틀이다. 그리고 남자들이 손잡이를 돌려 틀을 들어 올린 뒤 물 위에서 흔들자 틀이 삐걱거리던 게 기억난다. 내가 팔다리를 묶은 줄을 잡아당기자 틀이 흔들거린 것도 기억난다.

그리고 남자들이 바퀴를 놓아 버리자 휙 떨어지던 것, 다시 바퀴를 잡았을 때 받았던 충격, 얼음장 같은 물이 얼굴을 감싸던 것, 숨 쉬려 하자 물이 입과 코로 밀려 들어가던 것, 컥컥대고 기침을 하며 삼키던 것이 기억난다.

교수형당했다고 생각했다.

내가 죽었다고 생각했다. 그때 나를 다시 감아올렸다가 쑤셔 박았다. 감아올리는 데 1분, 쑤셔 박는 데 1분이었다. 총 열다섯 번 쑤셔 박았다. 열다섯 번 충격을 받았다. 내 생명이 밧줄에 열다섯 번 매달린 것이다.

그 뒤로는 아무것도 기억나지 않는다.

결국, 나는 그때 죽었던 건지도 몰랐다. 나는 암흑 속에 누워 있었다. 꿈은 없었다. 아무 생각도 없었다. 난 누구도 아니었기 때문에 나 자신이라고도 말할 수 없었다. 아마도 다시는 완전히 나 자신으로 돌아갈 수 없을 터였다. 깨어나자 모든 것이 변해 있었기 때문이다. 간호사들은 내게 다시 예전에 입던 드레스와 장화를 신긴 뒤 예전의 방에 돌려놓았고, 나는 양처럼 순하게 굴었다. 온통 멍과 화상 자국이었지만 거의 아무 느낌도 없었다. 나는 울지 않았다. 다른 숙녀들처럼 멍한 시선으로 앉아 있었다. 다시 발작을 일으킬 때를 대비해 내게 캔버스 천 수갑을 씌우자는 말이 오갔다. 그러나 내가 너무나 조용히 누워 있었기에 간호사들은 그 생각을 접었다. 베이컨 간호사가 크리스티 의사와 이야기하며 내 편을 들어 주었다. 내가 박은 눈자위가 시커멓기에 나는 베이컨 간호사가 날 혼자 있게 한 뒤 두들겨 패려는 것이리라 생각했다. 만약 베이컨 간호사가 정말 그렇게 했다면 나는 움츠리는 일 없이 주먹을 받아 냈으리라고 생각한다. 그러나 다른 모든 것처럼 베이컨 간호사도 변한 듯이 보였다. 베이컨 간호사는 나를 묘한 눈길로 바라보았다. 그날 밤 내가 침대 위에 누워 있고 다른 숙녀들이 눈을 감고 있었을 때 베이컨 간호사가 나와 시선을 마주쳤다. 「괜찮아?」 베이컨 간호사가 부드럽게 말했다. 다른 침대를 흘깃 보더니 다시 나를 바라보았다. 「아무 해 없었잖아…… . 어, 모드? 그냥 재미삼아 그런 거였어. 이곳에서 일하면서 자그마한 재미라도 있어야지, 안 그러면 우리는 정말 미치고 말 거야…… .」

나는 고개를 돌려 버렸다. 그래도 베이컨 간호사는 계속 나를 보았던 것 같다. 상관없었다. 이제는 아무것도 상관없었다. 나는 언제나 용기와 기개를 잃지 않았었다. 도망갈 기회만 기다렸지만 한 발짝도 떼어 보지 못했다. 갑자기 석스비 부인과 입스 씨에 대한 기억, 젠틀먼에 대한 기억, 심지어는 모드에 대한 기억마저도 희미해지는 듯했다. 머릿속이 연기로 꽉 찬 듯한 혹은 머릿속에 커튼이 펄럭이는 듯한 느낌이 들었다. 머릿속으로 버러의 거리를 다녀 보려 하였으나 길을 잃고 말았다. 병원의 누구도 그 거리를 아는 이가 없었다. 숙녀들이 런던에 대해 이야기한다 해도 어렸던 시절 상류 사회에 속해 있던 당시에 기억나는 장소에 대해 말하곤 했다. 그 장소는 내가 알던 런던과는 너무나 달라 차라리 봄베이 얘기를 하는 게 나을 것 같았다. 아무도 나를 진짜 이름으로 불러 주지 않았다. 나는 〈모드〉와 〈리버스 부인〉이라는 이름에 반응하기 시작했다. 가끔은 너무나 많은 사람이 날 모드라 부르기에 내가 모드인 게 〈분명하다〉고 느끼기도 했다. 때로는 심지어 꿈을 꾸어도 나 자신의 꿈이 아니라 모드의 꿈을 꿀 때가 있었다. 그리고 브라이어에 대한 것들을 기억할 때도 모드가 말하고 행했던 일들을 마치 내가 했던 것처럼 기억할 때도 있었다.

쑤셔 박혔던 그날 밤 이후로, 간호사들은 베이컨 간호사를 제외하고는 모두 내게 더욱 냉랭하게 대했다. 그러나 나는 흔들리고 굶림 당하고 따귀 맞는 데 익숙해져 있었다. 다른 숙녀들이 자기 차례가 되어 굶림 당하는 걸 보는 데도 익숙해졌다. 그 모든 것에 익숙해졌다. 내 침대, 눈을 찌르는 등 불빛, 윌슨 양과 프라이스 부인, 베티, 크리스티 의사에게도 익숙해졌다. 이제 거머리가 온다 해도 개의치 않았을 것이다. 그러나 크리스티 의사는 거머리를 데려오지 않았다. 크리스티 의사는 내가 날 모드라고 부르는 건 내가 나아졌음을 보여 주는 게 아니라 단지 내 병이 다른 국면으로 접어들었을 뿐이며 다시 원점으로 돌아올 거라고 말했다. 그리고 그때까진 나를 치료하려 애써 봤자 아무 의미가 없다고 했다. 그래서 크리스티 의사는 치료의 노력을 그만두었다. 하지만 사실은 크리스티 의사가 치료에 완전히 물린 거라는 말이 들렸다. 크리스티 의사가 뱀의 말을 하는 숙녀를 치료했고 그게 잘되어서 숙녀의 어머니가 숙녀를 집으로 데려갔는데, 이에 더해, 죽은 숙녀들 때문에 병원 측이 돈을 잃었기 때문이었다. 이제 아침마다 크리스티 의사는 심장 박동을 확인하고 입 안을 들여다본 뒤 바로 가버렸다. 공기가 너무나 후덥지근해지고 너무나 탁해진 뒤로는 침실에서 절대로 오래 머물지 않았다. 우리는 물론, 침실에서 대부분의 시간을 보냈다. 그리고 나는 심지어 이런 점에조차 익숙해졌다.

내가 또 어떤 것에까지 익숙해질 수 있었을지는 하느님만이 아실 터였다. 그곳에 내가 얼마나 오래 갇혀 있게 될지도 하느님만이 아실 터였다. 어쩌면 몇 년이 될지도 몰랐다. 불쌍한 윌슨 양만큼 오래 있게 될지도 몰랐다. 남동생이 윌슨 양을 처음 병원에 넣었을 때는 윌슨 양도 어쩌면 나만큼이나 정상이었을지도 몰랐기 때문이다. 윌슨 양이 어땠는지 그 누가 알겠는가? 난 오늘까지도 거기에 있었을지 모른다. 아직도 그 생각을 하면 몸이 떨린다. 절대로 빠져나오지 못했을지도 모른다. 그렇다면, 석스비 부인과 입스 씨, 젠틀먼, 모드는 지금 어디에 있었을까?

나는 그 점에 대해서도 생각해 본다.

그렇지만, 나는 빠져나왔다. 빌어먹을 운명의 여신. 운명의 여신은 장님이고, 그래서 특유의 방식으로 일한다. 운명의 여신은 트로이의 헬레네를 그리스로 보냈다. 안 그런가? 그리고 왕자를 잠자는 숲 속의 공주에게로 보냈다. 운명의 여신은 그 여름 거의 내내 나를 크리스티 의사의 병원에 붙잡아 두고 있다가 누군가의 목소리에 귀 기울이고 그 사람을 내게 보냈다.

쑤셔 박힌 뒤로 아마 대여섯 주가 지난, 7월 언젠가의 일이었다. 나는 그때 즈음엔 정말로 멍청해져 있었다. 아직도 날이 따뜻할 때였고, 우리는 하루 종일 자기 시작했다. 아침마다 저녁 식사 종이 울리길 기다리며 잠이 들었다. 오후가 되면 응접실은 온통 졸고, 고개를 꾸벅이고, 옷깃에 침을 질질 흘리는 숙녀들로 가득 찼다. 다른 할 일이 아무것도 없었다. 깨어 있을 이유가 없었다. 그리고 자고 있으면 시간이 잘 갔다. 나도 다른 사람들처럼 많이 잤다. 너무 많이 자서, 스필러 간호사가 어느 날 아침 우리 방에 와서 〈모드 리버스, 함께 가야겠어. 방문자가 있어〉라고 말했을 때도 간호사들이 나를 깨워 다시 말해 주어야 했을 지경이었다. 그리고 그렇게 깨어나서도 나는 간호사들의 말을 이해하지 못했다.

「방문자요?」내가 말했다.

스필러 간호사가 팔짱을 꼈다. 「그럼 그 남자를 만나기 싫다는 건가? 집으로 돌려보낼까?」스필러 간호사가 여전히 손 관절을 문지르며 인상을 쓰고 있는 베이컨 간호사를 바라보았다. 「안 좋아?」스필러 간호사가 말했다.

「전갈에 찔린 기분이야, 스필러 간호사.」

스필러 간호사가 혀를 찼다. 내가 다시 말했다.

「방문자? 저에게요?」

스필러 간호사가 한숨을 쉬었다. 「리버스 부인에게 온 방문자지. 어쨌거나. 오늘은 리버스 부인이야, 아니야?」

어느 쪽인지 나도 몰랐다. 그러나 나는 심장에서 피가 급격히 퍼져 나가는 것을 느끼며 후들거리는 다리로 일어났다. 방문자가 남자라면, 내가 모드이든 수이든, 그 누구이든, 방문자는 젠틀먼일게 분명하단 생각밖에 안 들었기 때문이다. 나의 정신세계는, 내가 상당한 해를 입었는데 그게 젠틀먼 짓이란 게 내가 아는 전부인 수준까지 줄어들어 있었다. 나는 윌슨 양을 바라보았다. 젠틀먼을 만나면 죽여 버리겠다고 석 달 전에 윌슨 양에게 말했다는 기억이 났다. 그땐 진심이었다. 이제는 젠틀먼을 만나게 된 것이 너무나 뜻밖이어서 속이 다 메스꺼웠다.

스필러 간호사가 주저하는 내 모습을 보았다. 「서둘러.」 스필러 간호사가 말했다. 「갈 생각이 있다면 말이야! 머리는 마음 쓸 것 없어.」 나는 머리에 손을 올리고 있었던 것이다. 「내가 장담하는데, 그 사람이 널 미쳤다고 생각하는 게 심할수록 더 좋아. 실망할 일이 줄거든. 안 그래?」 스필러 간호사가 베이컨 간호사에게 시선을 던졌다. 그러고는 다시 말했다. 「어서!」 나는 움찔하며 스필러 간호사를 따라 비틀대며 복도로 나가 계단을 내려갔다.

그날은 수요일이었다. 그땐 몰랐지만 그건 행운이었다. 수요일마다 크리스티 의사와 그레이브스 의사가 새로운 숙녀 정신 병자를 모으러 마차를 타고 떠났고 그래서 병원이 조용했기 때문이다. 간호사 몇 명과 남자 한두 명이 홀 여기저기에 서서 열린 문으로 들어오는 공기를 마시고 있었다. 남자 하나는 담배를 들고 있다가 스필러 간호사를 보자 담배를 숨겼다. 그러나 내 쪽을 보는 사람은 아무도 없었고, 나도 간호사들에게 거의 시선을 주지 않았다. 무슨 일이 일어날지를 생각하고 있자니, 기분이 점점 더 메스껍고 야릇해지고 있었다.

「이리로 들어가.」 스필러 간호사가 응접실 문 쪽으로 짧게 고갯짓을 하며 말했다. 그러고는 내 팔을 잡고 나를 자기 쪽으로 잡아당겼다. 「그리고 잊지 마. 절대 거짓말은 안 돼. 오늘 같은 날엔 안전실이 정말 시원할 거야. 꽤 오래 비어 있었지. 의사 선생님들이 안 계실 땐 내 말이 곧 법이야. 알겠어?」

스필러 간호사가 나를 흔들었다. 그러고는 방 안으로 떠밀었다. 「환자가 왔습니다.」 응접실에서 기다리고 있던 사람에게 스필러 간호사가 사뭇 달라진 목소리로 말했다.

나는 젠틀먼을 기대하고 있었다. 그러나 젠틀먼이 아니었다. 짧은 푸른색 외투를 입은, 금발에 푸른 눈의 남자아이였다. 그리고 그 아이를 보자마자 갑자기 너무도 강렬한 안도감과 실망이 함께 몰려오면서 나는 거의 쓰러질 뻔했다. 내가 모르는 사람이며, 내가 아닌 다른 사람을 찾아왔는데 실수가 있었다고 생각했던 것이다. 그러나 남자아이는 당황한 눈빛으로 내 모습을 살펴보고 있었고, 마침내 안개와 구름 낀 강물을 뚫고 내 의식의 표면으로 그 아이의 얼굴과 이름이 떠올랐다. 하인 복장이 아님에도, 나는 드디어 남자아이를 알아보았다. 찰스, 즉 브라이어에서 나이프를 닦던 아이였다. 내가 말한 대로, 찰스는 나를 살펴보았다. 그리고 고개를 갸웃하고는 마치 모드가 뒤에서 같이 나타날 거라고 생각했다는 듯이 내 너머를, 그리고 스필러 간호사 너머를 넘겨보았다. 그리고 다시 나를 보고는 눈이 휘둥그레졌다.

그리고 바로 그 점이 나를 구했다. 크림 부인의 집을 떠난 이후로 나를 보고는 내가 모드가 아니라 수라는 것을 알아본 첫 번째 시선이었다. 그 시선이 나의 과거를 돌려주었다. 그리고 미래도 주었다. 현관에 서서 찰스와 시선을 부딪치고, 찰스가 내게 시선을 돌렸다가 다시 혼란스러워하며 날 바라보는 모습을 보는 짧은 순간 동안, 나는 혼란이 걷히고 계획을 굳혔던 것이다. 아주 세세한 부분까지도 완전하고 완벽하게 계획이 섰다.

나는 필사적이었다.

「찰스!」 내가 말했다. 말하는 데 익숙하지 않았기 때문에 쉰 목소리가 나왔다. 「찰스, 나를 거의 몰라보는구나. 나는…… 나 굉장히 변했지. 하지만 오, 이렇게 옛 주인을 만나러 일부러 와주다니 정말 착하구나!」

그리고 나는 찰스에게로 가서 찰스에게 시선을 고정한 채 손을 잡았다. 그다음 내게로 끌어당겨 귀에 대고 거의 흐느끼다시피 속삭였다.

「내가 모드라고 말해, 안 그럼 난 끝장이야! 뭐든 다 줄게! 내가 모드라고 말해! 오, 제발 내가 모드라고 해!」

나는 찰스의 손을 계속 쥔 채 손에 힘을 주었다. 찰스가 뒤로 물러났다. 모자를 쓰고 있다 벗었기에 이마에 붉은 줄이 남아 있었다. 이제 찰스의 온 얼굴이 붉어졌다. 찰스가 입을 열었다.

「아가씨, 전…… 아가씨…….」

물론 찰스는 브라이어에서 나를 아가씨라 불렀다. 그게 얼마나 다행이었는지! 스필러 간호사가 찰스의 말을 듣더니 심술궂은 만족감 속에 말했다. 「오, 집에서 반가운 얼굴이 왔다고 해서 숙녀의 정신이 이렇게까지 빨리 맑아질 수 있다니 정말 대단한걸? 크리스티 선생님께서 정말 기뻐하시지 않겠어?」

나는 뒤로 돌아 스필러 간호사와 눈을 마주쳤다. 언짢은 표정을 하고 있었다. 스필러 간호사가 말했다. 「계속 그 젊은이를 세워 둘 작정이야? 이렇게 먼 길을 와주었는데? 그렇지, 거기 앉아요. 하지만 젊은이, 제가 당신이라면 너무 가까이 앉진 않겠어요. 아무리 유순한 환자라도 언제 날아올라 할퀴어 댈지 모르니까요. 훨씬 낫군요. 자, 전 여기 문가에 있을 테니 언제든 모드가 소동을 벌이기 시작하면 소리를 질러요……. 알겠죠?」

우리는 창가의 딱딱한 의자에 각각 앉았다. 찰스는 여전히 혼란스러워 보였다. 그러다 눈까지 끔벅이기 시작하더니 두렵다는 표정을 짓기 시작했다. 스필러 간호사는 열린 복도에 서 있었다. 그쪽이 훨씬 시원했기 때문이다. 스필러 간호사는 팔짱을 끼고 우리를 지켜보았지만, 가끔 고개를 홀 쪽으로 돌려 저 너머의 간호사들에게 고갯짓을 하거나 웅얼거리기도 했다.

나는 여전히 두 손으로 찰스의 손을 잡고 있었다. 놓을 수가 없었다. 떨면서 찰스 쪽으로 몸을 기울이고 속삭였다. 내가 말했다.

「찰스, 나…… 찰스, 내 평생 누굴 만나서 이렇게 기쁜 건 정말 처음이야! 날…… 날 도와줘야 해.」

찰스가 침을 꿀꺽 삼켰다. 그리고 똑같이 낮은 목소리로 말했다.

「〈스미스 양〉 맞지요?」

「쉿! 쉿! 맞아. 오, 맞아!」 눈물이 흐르기 시작했다. 「하지만 여기선 그렇게 말하면 안 돼. 반드시 날…….」 나는 스필러 간호사를 흘끗 보고는 좀 더 작은 목소리로 말했다. 「반드시 날 릴리 양이라고 불러야 해. 왜 그런지는 묻지 마.」

내가 무슨 생각을 하고 있었던 걸까? 글쎄, 사실 나는 뱀처럼 말하는 숙녀와 죽어 버린 나이 많은 두 숙녀 생각을 하고 있었다. 크리스티 의사가 내 병이 이제 다른 국면에 접어들었지만 조만간 원점으로 돌아올 게 분명하다고 말했던 것을 생각하고 있었다. 만약 크리스티 의사가 내가 모드가 아니라 수라고 말하는 찰스의 말을 듣는다면 나를 좀 더 확실하게 묶어 둘 방법을 찾아낼지도 모른다고 생각하고 있었다. 아마도 나를 묶고, 안전실에 가두고, 쑤셔 박고, 찰스까지도 쑤셔 박을지도 몰랐다. 다시 말해서, 나는 공포로 머리가 돌았던 것이다. 그러나 계획이 있기도 했다. 계획은 순간마다 더욱더 분명해지고 있었다.

「왜 그런지는 묻지 마.」 내가 다시 말했다. 「하지만 오, 나를 그딴 식으로 속여 넘기다니! 날 미쳤다고 몰았어, 찰스.」

찰스가 주위를 둘러보았다. 「이곳은 미친 사람들을 위한 곳인가요?」 찰스가 말했다. 「멋진 호텔이라고 생각했는데. 여기 오면 릴리 양을 만날 수 있으리라고 생각했어요. 그리고…… 그리고 리버스 씨도요.」

「리버스 씨.」 내가 말했다. 「오! 오! 그 악마 말이지! 그놈이 날 속였어, 찰스, 그리고 내 몫이었던 돈을 들고 런던으로 가버렸다고. 그놈과 모드 릴리가! 오! 대단한 한 쌍이야! 날 여기에 죽으라고 버려두고 말이야……!」

목소리가 커지고 있었지만 멈출 수가 없었다. 누군가 딴 사람이, 정말로 돌아 버린 어떤 사람이 내 입을 빌려 말하고 있는지도 몰랐다. 나는 더 크게 얘기하지 않기 위해서 찰스의 손가락을 꽉 잡았다. 거의 관절이 튀어나오도록 꽉 잡았다. 그리고 문가의 스필러 간호사를 공포에 질린 눈으로 바라보았다. 스필러 간호사는 고개를 돌리고 있었다. 문설주에 등을 대고 간호사들 그리고 남자들과 웃고 있었다. 나는 다시 말하려고 찰스를 돌아보았다. 그러나 표정이 바뀐 찰스가 내 말을 가로막았다. 시뻘겋던 얼굴이 다시 하얗게 돌아와 있었다. 찰스가 내게 속삭였다.

「리버스 씨가 런던에 가셨다고요?」

「런던에 갔어.」 내가 말했다. 「아니면 아무도 모를 곳으로. 지옥으로 갔다 해도 절대 놀라지 않을 거야!」

찰스가 숨을 삼켰다. 갑자기 얼굴을 실룩였다. 그러고는 억지로 내게서 손가락을 빼내더니 손으로 얼굴을 감쌌다.

「오! 오!」 나처럼 찰스도 목소리가 떨리고 있었다……. 「오, 그럼 난 파멸이야!」

그리고 울기 시작했다. 나는 너무나 놀라고 말았다.

그리고 눈물 사이사이로 찰스가 이야기를 털어놓기 시작했다. 내가 짐작하기에는 몇 달쯤 전에, 젠틀먼이 떠나고 나자 찰스는 브라이어에서 나이프나 갈며 사는 인생은 가치가 없는 삶이란 생각을 하게 되었다. 그 생각이 너무나 강하게 들어 우울해지기 시작했다. 너무나 오래 의기소침해 있어서 집사 웨이 씨가 찰스에게 채찍질을 했다.

「웨이 씨 말이 절 맨살로 채찍질하겠다고 하셨어요.」찰스가 말했다. 「그리고 정말 그렇게 하더라고요. 세상에, 제가 얼마나 비명을 질렀는지 몰라요! 하지만 채찍질은 아무것도 아니었어요. 백번을 맞아도 그건 아무렇지도 아니에요! 제 낙담한 가슴의 쓰라림에 비긴다면요, 아가씨.」

찰스의 말하는 방식으로 볼 때, 미리 연습하고 온 것 같았다. 그리고 찰스는 내가 자기를 치거나 비웃으리라고 생각하고 어떤 충격도 감당할 준비가 되었다는 듯이 경직된 자세로 앉아 있었다. 그러나 나는 비통하게 말했다. 「널 믿어. 리버스 씨는 남의 가슴을 잘 찢어 놓지.」

나는 모드가 한 짓을 생각하고 있었다. 찰스는 알아채지 못한 듯했다. 「정말 그래요!」찰스가 말했다. 「무슨 신사가 그래요! 오, 하지만 제 말이 맞지 않나요?」

찰스의 얼굴이 밝아졌다. 찰스가 코를 닦았다. 그러고는 다시 울기 시작했다. 스필러 간호사가 이쪽을 보더니 입술을 뒤틀었다. 그러나 그게 다였다. 아마도 사람들은 크리스티 의사의 병원에서 숙녀 친척을 만나게 되면 많이들 우는 모양이었다.

스필러 간호사가 다시 홀로 시선을 옮기자 나는 찰스에게로 고개를 돌렸다. 이렇게 불쌍하게 구는 찰스를 보니 머릿속이 더욱 차분해졌다. 나는 찰스가 좀 더 몸을 떨도록 내버려 둔 채 찰스를 좀 더 자세히 관찰했다. 처음엔 보지 못했던 점들이 보였다. 목은 더러웠고 머리 모양은 이상했다. 여기는 색이 옅고 깃털처럼 보송거렸지만 저기는 색이 어둡고 뻣뻣한 게 물을 묻혀 눕히려 했던 것 같았다. 모직 외투 소매에 작은 가지가 붙어 있었다. 바지는 먼지로 더러웠다.

찰스가 눈물을 훔친 뒤 내가 자기를 보는 것을 알고는 얼굴을 굉장히 심하게 붉혔다. 내가 조용히 말했다.

「이제 착하게 굴어야지, 내게 사실대로 말해 봐. 너 브라이어 에서 도망친 거지, 맞지?

찰스가 입술을 깨물더니 고개를 끄덕였다. 내가 말했다. 「그 리고 그게 다 리버스 씨 때문이지?」 찰스가 다시 고개를 끄덕였 다. 그러고는 숨을 떨며 들이쉬었다.

「리버스 씨는 제게 이렇게 말씀하곤 하셨어요, 아가씨.」 찰스 가 말했다. 「자기가 임금을 잘 줄 수 있을 만큼 돈을 벌기만 하 면 절 고용하실 거라고요. 전 브라이어에 있느니, 전혀 임금을 못 받더라도 리버스 씨를 위해 일하는 게 낫겠다고 생각했지요. 하지만 제가 런던에서 무슨 수로 리버스 씨를 찾아내겠어요? 그리고 릴리 양이 떠나시면서 그 모든 소동이 일어났죠. 그 뒤 론 집이 계속 뒤죽박죽이에요. 우린 릴리 양이 리버스 씨를 따 라 도망갔다고 생각했지만 아무도 확신하진 못했죠. 치욕스러 운 일이라고들 말해요. 여자애들 중 반은 브라이어를 떠났어 요. 케이크브레드 부인도 다른 집 부엌으로 가셨고요! 지금은 마거릿이 요리를 해요. 릴리 씨는 제정신이 아니세요. 웨이 씨 가 릴리 씨께 저녁을 숟가락으로 떠먹이셔야 한다니깐요!」

「케이크브레드 부인.」 내가 얼굴을 찡그리며 말했다. 「웨이 씨.」 이름마다 모두가 불빛 같았다. 하나가 불이 켜지면 뇌 속 의 다른 부분이 밝아졌다. 「마거릿. 릴리 씨.」 그리고 내가 말했 다. 「숟가락으로 떠먹인다고! 그리고 이 모든 게…… 이 모든 게 모드가 리버스 씨와 도망쳐서라고?」

「모르겠어요, 아가씨.」 찰스가 고개를 흔들었다. 「사람들 말 로는 릴리 씨가 그 일을 실감하시는 데 일주일이 걸렸대요. 처음 엔 정말 침착하셨거든요. 그러고는 책 중 일부에 문제가, 뭐 그 비슷한 게 생긴 걸 알게 되셨어요. 그러더니 발작을 일으켜 서재 바닥으로 떨어지신 거예요. 이젠 펜이고 뭐고 아무것도 못 잡으시고 말도 잊으셨어요. 웨이 씨는 커다란 휠체어에 릴리 씨를 앉히고 제가 밀고 다니게 했죠. 하지만 전 울음보가 터져서 10야드도 가기 어려웠어요. 거의 아무것도 할 수 없었죠! 결국은 아주머니 댁으로 보내져 검은 얼굴 돼지를 치게 됐어요. 사람들 말에……」 찰스는 다시 코를 닦았다. 「사람들 말에, 돼지를 치면 우울함이 낫는다잖아요. 하지만 전혀 좋아지지 않았죠……」

나는 이미 더는 듣고 있지 않았다. 그리고 갑자기 이제까지 중에 가장 밝은 빛이 머릿속에 켜졌다. 나는 다시 찰스의 손을 잡았다. 「검은 얼굴 돼지라고?」 내가 눈을 가늘게 뜨며 말했다. 찰스가 고개를 끄덕였다.

찰스의 아주머니가 크림 부인이었다.

시골에선 원래 그런 식이라고 생각한다. 나는 한 번도 찰스의 성을 물어볼 생각을 한 적이 없었다. 찰스는 나와 완전히 같은 방에서 벌레로 가득한 똑같은 짚 침대를 깔고 잤던 것이다. 찰스의 아주머니가 자기 집에 와서 몰래 결혼한 신사와 숙녀에 대해 이야기하기 시작하자, 찰스는 당장에 누구 이야기인지 짐작했지만 자기의 행운을 못 미더워하며 아무 말도 않았다. 찰스는 우리가 대형 사륜마차를 타고 다 같이 떠났음을 알아냈다. 그리고 그때의 마부와 이야기했던 자기 사촌, 즉 크림 부인의 장남에게서 크리스티 의사의 병원 이름과 위치를 알아냈다.

「난 여기가 큰 호텔인 줄 알았어요.」 찰스가 다시 말했다. 찰스는 다시금 무섭다는 눈으로 주위를 둘러보며 등불 주위의 철사와 황량한 회색 벽과 창문의 쇠창살에 눈길을 주고 있었다. 사흘 밤 전 크림 부인의 집에서 도망친 찰스는 그 뒤로 도랑이나 울타리에서 잤다……. 찰스가 말했다. 「여기까지 왔더니 돌아가기엔 너무 늦었더라고요. 정문에서 리버스 씨를 찾았어요. 정문에 있는 사람들이 책을 찾아보더니 리버스 부인을 말하는 거겠구나 하더군요. 그리고 모드 양이 늘 친절한 분이었다는 기억이 났죠. 절 고용하라고 누가 리버스 씨를 설득해야 한다면 모드 양이 해주실 거란 것도요. 그리고 이제……!」

찰스가 다시 입술을 떨기 시작했다. 정말로, 웨이 씨가 맞았다. 찰스는 이렇게 눈물을 질질 짜기엔 너무 나이가 많았고, 다른 때였다면, 어디든 다른 평범한 곳에서였다면 나 스스로 찰스를 때려 주었을 게 분명했다. 그러나 지금 찰스를 보니, 내 멍들고 절망적인 눈에는 찰스의 눈물이 모조리 자물쇠 따는 도구와 열쇠로 보였다.

「찰스.」 나는 찰스 쪽으로 좀 더 몸을 기울이고 스스로 침착하라고 기운을 북돋우며 말했다. 「넌 브라이어로 못 돌아가.」

「맞아요, 아가씨.」 찰스가 말했다. 「오, 정말 그건 안 돼요! 웨이 씨가 날 산 채로 껍질을 벗길 거예요!」

「그리고 감히 말하지만 네 아주머니는 널 원하지 않으시고.」 찰스가 고개를 저었다. 「아주머니는 도망갔다고 절 바보라고 부르실 거예요.」

「네가 원하는 건 리버스 씨이지.」

찰스가 입술을 깨물고는 여전히 울면서 고개를 끄덕였다.

「그럼 내 말 잘 들어.」 내가 말했다. 나는 거의 들리지 않게 말하고 있었고, 이제는 거의 속삭이지조차 않았다. 그저 단어들을 숨결에 담아 벙긋거릴 뿐이었다. 스필러 간호사가 들을까 봐 두려웠다. 「잘 들어. 내가 널 리버스 씨에게 데려다 줄 수 있어. 어디 있는지 알거든. 바로 그 집을 알아! 널 리버스 씨에게 데려다 줄 수 있어. 그러나 우선은 내가 여기서 나가게 도와주어야 해.」

내가 젠틀먼이 있는 곳을 안다는 게 완전한 사실은 아니라 해도, 완전한 거짓말도 아니었다. 일단 런던에 도착해 석스비 부인의 도움을 받게만 되면 분명 젠틀먼을 찾아낼 수 있다고 강하게 확신하고 있었기 때문이다. 그러나 지금 이 순간에는 어쨌거나 거짓말을 해야 했다. 감히 말하건대, 누구라도 그랬으리라 생각한다. 찰스는 나를 빤히 바라보더니 손바닥 아래쪽으로 눈물을 훔쳤다.

「여기서 나가게 도와 달라니, 어떻게요?」 찰스가 물었다. 「왜 나가고 싶을 때 그냥 걸어 나가면 안 되나요, 아가씨?」

나는 침을 삼켰다. 「저 사람들은 내가 미쳤다고 생각하거든, 찰스. 뭐, 누구 짓인지는 마음 쓸 것 없지만, 이미 서명된 입원 동의서 상으로 나는 여기 갇혀 있게 되어 있거든. 그게 법이야. 저 간호사 보여? 저 팔도 보여? 팔뚝이 저렇게 두꺼운 간호사가 여긴 스무 명이나 있어. 그리고 저 사람들은 팔 쓰는 법을 알지. 자, 내 얼굴 봐. 내가 미쳤어?」

찰스가 보더니 눈을 깜빡였다. 「글쎄요…….」

「물론 난 안 미쳤어. 그러나 세상엔 굉장히 교활해서 정상으로 통하는 미치광이도 있어. 그리고 의사와 간호사들은 나랑 그런 사람을 구분하지 못해.」

찰스가 다시 주위를 둘러보았다. 그러더니 조금 전 내가 자기를 보았던 식으로, 마치 날 처음 본다는 식으로 나를 바라보았다. 내 머리, 드레스, 고무장화를 바라보았다. 나는 치마 아래로 발을 끌어당겼다.

「전…… 전 잘 모르겠어요.」 찰스가 말했다.

「잘 모르겠다고? 뭘 잘 모르겠는데? 아주머니 집으로 돌아가 돼지나 치며 살고 싶은 건지 잘 모르겠다고? 아니면 런던에서 리버스 씨 하인이 되고 싶은지 잘 모르겠다고……. 런던이야, 정신 차려! 1실링만 내면 코끼리를 탈 수 있다는 거 기억해? 참 어려운 결정이긴 하겠지.」

찰스가 시선을 내리깔았다. 나는 스필러 간호사를 바라보았다. 스필러 간호사는 하품을 하며 우리 쪽을 한 번 보고는 시계를 꺼내는 참이었다.

「돼지야?」 내가 재빠르게 말했다. 「아니면 코끼리야? 어느 쪽이야? 하느님 맙소사, 어느 쪽이야?」

찰스가 입술을 실룩였다.

「코끼리요.」 끔찍한 침묵이 끝나고 찰스가 입을 열었다.

「잘했어. 아주 잘했어. 하느님, 감사합니다. 자, 잘 들어. 돈 얼마나 가지고 있어?」

찰스가 침을 꿀꺽 삼켰다. 「5실링 6펜스요.」 찰스가 말했다.

「좋아. 이제 네가 해야 할 일이 있어. 아무 마을로나 가서 자물쇠 수리점을 찾아. 그리고 찾으면…….」 나는 손으로 눈을 눌렀다. 다시 안개 낀 강물이 차오르고 커튼이 펄럭이는 것 같았다. 나는 공포에 거의 비명을 지를 뻔했다. 그리고 커튼이 걷혔다. 「병동 열쇠를 달라고 해.」 내가 말했다. 「앞쪽 1인치가 비어 있는 반제품 병동 열쇠야. 네 주인이 사 오라 했다고 말해. 만약 안 팔려고 하면 꼭 훔쳐 내야 해. 자, 그런 표정 짓지 말고! 런던에 도착하면 그 사람에게 새로 하나 보내 주면 되잖아. 열쇠를 구하면 안전하게 보관해 둬. 그다음엔 대장간으로 가. 내 손가락 보여? ……딱 이만 한 너비의 줄을 하나 구해. 내가 말한 너비 한 번 보여 줘. 잘했어, 잘 알아들었구나. 열쇠처럼 줄도 안전하게 보관해. 다음 주에 여기로 다 가지고 와. 다음 수요일이야, 딱 수요일만 돼! 내 말 듣고 있어? ……그리고 나에게 슬쩍 건네줘. 알아들었어? 찰스?」

찰스가 물끄러미 바라보았다. 나는 다시 거칠어지기 시작했던 것이다. 그러나 그다음 찰스가 고개를 끄덕였다. 그리고 내 너머를 응시한 뒤 얼굴을 움찔거렸다. 스필러 간호사가 문을 떠나 우리 쪽으로 오고 있었다.

「시간 다 됐어.」 스필러 간호사가 말했다.

우리는 일어났다. 나는 무너지지 않으려고 의자 뒤쪽을 잡고 있었다. 눈빛을 이글거리며 찰스를 바라보았다. 이미 놓아준 손에 나는 다시 손을 뻗었다.

「내가 한 말, 기억할 거지, 그렇지?」

찰스가 겁에 질려 고개를 끄덕였다. 그리고 시선을 떨어뜨렸다. 손을 빼려 하면서 내게서 뒷걸음질 쳤다. 그리고 이상한 일이 일어났다. 찰스의 손가락이 내 손바닥을 빠져나가는 게 느껴지자, 나는 도저히 손가락을 놓아줄 수가 없었다.

「날 두고 가지 마!」 내가 말했다. 뜬금없이 그런 말이 튀어나왔다. 「날 두고 가지 마, 제발!」

찰스가 놀라 펄쩍 뛰어올랐다.

「자, 자.」 스필러 간호사가 말했다. 「이럴 시간 없어. 어서.」

스필러 간호사가 내 손가락을 펴기 시작했다. 일이 분 정도가 걸렸다. 찰스는 손이 자유로워지자 재빨리 손을 빼고 입에 손가락 관절을 갖다 댔다.

「슬픈 일이죠, 안 그런가요?」 스필러 간호사가 내게 팔을 두르며 찰스에게 말했다. 내 어깨가 움찔했다. 「하지만 마음에 담아 두지 마세요. 환자들은 다들 이런 반응을 보인답니다. 그래서 우리는 아예 안 오는 게 낫다고 말하죠. 집 생각을 불러일으키지 않는 게 낫다고요. 흥분시키게 되니까요.」 스필러 간호사가 나를 더욱 강하게 끌어당겼다. 찰스가 몸을 움츠리며 물러났다. 「이제 가족들에게 돌아가면 모드를 보면서 얼마나 슬펐는지 말하셔야죠…… 안 그런가요?」

찰스가 스필러 간호사에게서 내게로 시선을 옮기고는 고개를 끄덕였다. 내가 말했다.

「찰스, 미안해.」 내 이가 그런 말을 떠들어 대고 있었다. 「마음 쓰지 마. 아무 의미 없었어. 전혀 아무 의미 없었어.」

그러나 이제 찰스가 나를 보며 결국은 내가 미친 게 분명하다고 생각하고 있음을 알 수 있었다. 그리고 만약 찰스가 그런 생각을 한다면, 나는 끝장이었다. 영원토록 크리스티 의사의 병원에 머물러야 할 터였고, 석스비 부인을 다시는 만날 수 없을 터였고, 절대로 모드에게 복수할 수도 없을 터였다. 공포보다도 그런 생각이 더 날카롭게 가슴을 저며 왔다. 나는 애써 마음을 진정시켰고, 스필러 간호사가 마침내 나를 놓아주었다. 또 다른 간호사가 와서 찰스를 문까지 배웅했다. 간호사들은 내가 찰스가 가는 것을 볼 수 있도록 해주었고, 오! 내가 할 수 있는 건 뒤쫓아 달려 나가지 않으려 참는 게 전부였다. 찰스는 가다가 방향을 틀면서 비틀거렸고 나와 시선이 부딪혔다. 그러자 다시 충격 받은 표정을 지었다. 나는 웃으려 노력하고 있었다. 웃는 모습이 무시무시해 보였나 보다.

「기억해!」 내가 외쳤다. 목소리가 높고 괴이하게 들렸다. 「코끼리를 기억해!」

그러자 간호사들이 껄껄대며 큰 소리로 웃었다. 한 명이 나를 떠밀었다. 나는 온몸에 힘이 빠져 있었기에 그대로 바닥에 굴러 버렸다. 웅크리고 누웠다. 「코끼리!」 간호사들이 말했다. 눈물이 나올 때까지 나를 비웃으며 서 있었다.

끔찍한 한 주였다. 제정신을 차리고 보니 병원이 더욱 잔인한 곳으로 느껴졌고, 이제까지 거기에 익숙해지면서 내가 얼마나 추락했는지도 알게 되었다. 7일 새에 내가 다시 거기에 익숙해진다면? 멍청해진다면? 너무 겁에 질려 찰스가 돌아와도 못 알아본다면? 생각만으로도 거의 미칠 것만 같았다. 나는 다시 꿈에 빠져 들지 않으려 최선을 다했다. 검게 멍이 들 때까지 팔을 꼬집었다. 혀를 깨물었다. 아침마다 내가 모르는 새 며칠이 훌쩍 지나가 버렸다는 끔찍한 느낌을 받으며 깨어났다. 「오늘이 무슨 요일이죠?」 나는 윌슨 양과 프라이스 부인에게 묻곤 했다. 물론 둘이 그걸 알 리가 없었다. 윌슨 양은 늘 즐거운 토요일이라고 생각했다. 그러면 나는 베이컨 간호사에게 묻곤 했다.

「오늘이 무슨 요일이죠, 베이컨 간호사?」

「벌받는 요일.」 베이컨 간호사가 얼굴을 찌푸리고 손을 비비며 대답하곤 했다.

그러고 나면 찰스가 결국은 오지 않을 거란 생각, 내가 너무 미쳐 있었다는 생각, 찰스가 용기를 잃거나 끔찍한 사고를 당할 거란 생각으로 공포에 떨곤 했다. 찰스가 내게 못 오게 될 모든 가능한 이유와 불가능한 이유에 대해 생각했다. 가령, 집시나 도둑에게 잡힌다든지, 황소에게 쫓긴다든지, 정직한 사람들과 갑자기 친해져서 집으로 돌아가란 설득을 당한다든지 하는 것들이었다. 어느 날 밤 비가 내리자 나는 찰스가 도랑에서 자다가 물이 차서 익사하는 생각을 했다. 그리고 천둥번개가 치자 새로운 상상을 시작했다. 찰스가 줄을 손에 쥐고 나무 밑에서 비를 피하다가……

한 주가 온통 그런 식으로 지나갔다. 그리고 수요일이 되었다. 그레이브스 의사와 크리스티 의사는 아침 느지막이 마차로 떠났고, 스필러 간호사가 우리 방문에 와서 나를 보며 말했다. 「이것 참, 멋지지 않아? 아래층에 어떤 애송이가 널 다시 찾아왔어. 이런 속도라면 결혼 공고를 내걸어야겠는걸……」 그러고는 나를 데리고 아래층으로 내려갔다. 홀에서 스필러 간호사가 나를 쿡 찔렀다. 「장난은 금물이야.」 스필러 간호사가 말했다.

이번엔 찰스의 얼굴이 굉장한 두려움에 젖어 있었다. 우리는 전과 똑같이 각자 의자에 앉았고, 스필러 간호사는 문가에 서서 홀의 간호사들과 장난을 쳤다. 우리는 잠시 침묵에 잠겼다. 찰스의 뺨이 분필처럼 창백했다. 내가 속삭이며 말했다.

「찰스, 그거 했어?」

찰스가 고개를 끄덕였다.

「반제품 열쇠는?」

찰스가 다시 고개를 끄덕였다.

「줄은?」

또다시 찰스가 고개를 끄덕였다. 나는 손을 눈에 얹었다.

「하지만 반제품 열쇠 때문에 돈을 거의 다 썼어요.」 찰스가 불평이 가득한 말투로 말했다. 「자물쇠 수리공이 열쇠마다 가공 정도가 다르다고 했거든요. 나에게 그런 말 안 하셨잖아요. 거기서 가장 가공이 덜 된 걸로 사 왔어요.」

나는 손가락을 쫙 벌리고는 찰스의 눈을 보았다.

「돈을 얼마나 줬는데?」 내가 물었다.

「3실링이에요, 아가씨.」

6페니짜리 물건에 3실링이나 주다니! 나는 다시 눈을 가렸다. 「괜찮아.」 내가 말했다. 「괜찮아. 잘했어…….」

나는 다음에 할 일을 일러 주었다. 그날 밤 크리스티 의사의 정원 벽 바깥쪽에서 나를 기다리라고 했다. 가장 키 큰 나무를 찾아서 거기서 기다리라 했다. 필요하다면 밤새라도 기다리라고 했다. 탈출하는 데 시간이 얼마나 걸릴지 나도 확실히는 몰랐기 때문이다. 그저 기다리고, 또 도망칠 준비를 하고 있으라고 했다. 그리고 만약 내가 결국 오지 않는다면 내게 무슨 일이 생겼다는 것으로 알고 다음 날 밤 다시 와 기다리라고 일렀다. 사흘 밤은 그렇게 하라고 일렀다.

「그래도 만약 안 온다면요?」 찰스가 눈을 크게 뜨고 물었다.

내가 말했다. 「만약 내가 안 나타나면 이렇게 해. 런던에 가서 랜트 스트리트라는 곳을 찾아가 거기에 사는 석스비 부인이란 분을 찾아. 그리고 내가 있는 곳을 말씀드려. 신의 가호로, 찰스, 그분은 나를 사랑하시거든! 내 친구라는 걸 알면 석스비 부인은 너도 사랑해 주실 거야. 그다음에 어떻게 해야 할지는 부인이 아실 거야.」

나는 고개를 돌렸다. 눈에 눈물이 고이고 있었다. 「알겠어?」 내가 마침내 말했다. 「약속하지?」

찰스는 알았다고 대답했다. 「네 손 줘봐.」 내가 말했다. 찰스의 손이 떨리는 것을 보자, 감히 열쇠와 줄을 몰래 건네 달라고 할 수가 없었다. 찰스가 물건을 떨어뜨릴지도 몰랐기 때문이다. 물건은 찰스의 주머니에 들어 있었고, 나는 헤어지기 직전에 물건을 슬쩍 빼냈다. 그동안 스필러 간호사는 찰스가 내 뺨에 키스하고 얼굴을 붉히는 것을 지켜보며 웃고 있었다. 나는 줄을 소매에 감추었다. 반제품 열쇠는 쥐고 있다가 위층으로 올라가면서 마치 스타킹을 올리려는 듯 허리를 숙이면서 장화 안에 떨어뜨렸다.

그리고 나는 침대에 누웠다. 내가 이제까지 들었던 모든 강도들에 대해, 그 강도들의 허풍에 대해 생각했다. 이제 나도 그런 강도들과 다를 바 없었다. 내겐 줄이 있었고, 반제품 열쇠가 있었다. 정신 병원 담장 밖에 친구도 있었다. 이제 원본 열쇠를 손에 넣은 뒤 복제할 충분한 시간만 있으면 됐다.

나는 그 일을 이렇게 해냈다.

그날 밤, 베이컨 간호사가 의자에 앉아 손가락을 쥐었다 폈다 하는데 내가 말했다.

「오늘 밤은 베티 대신 제가 손을 문질러 드리게 해주세요, 베이컨 간호사. 베티는 그 일을 별로 안 좋아하거든요. 기름 때문에 자기 손에서 고깃덩이 같은 냄새가 난대요.」

베티가 입을 딱 벌렸다. 「오! 오!」 베티가 외쳤다.

「아이고, 하느님.」 베이컨 간호사가 말했다. 「이렇게 더운 걸로 만은 부족하셨나요? 조용히 해, 베티! ……고깃덩이 같은 냄새가 난다고, 그렇게 말했어? 내가 그렇게 잘해 주었는데?」

「그런 적 없어요!」 베티가 말했다. 「그런 적 없다고요!」

「그랬어요.」 내가 말했다. 「냄비에 들어갈 준비가 끝난 고깃덩이 같은 냄새라고. 제가 대신 하게 해줘요. 제 손이 얼마나 솜씨 있고 부드럽다고요.」

베이컨 간호사는 내 손이 아니라 얼굴을 바라보았다. 그러고는 눈을 가늘게 떴다. 「베티, 입 닥쳐!」 베이컨 간호사가 말했다. 「웬 난리야. 게다가 살이 화끈거리고 있다고. 누가 하든 상관없어. 하지만 시끄러운 애보단 조용한 애가 좋아. 자.」 베이컨 간호사가 엄지손가락 끝을 치마 주머니 가장자리에 걸치더니 다시 뺐다. 「꺼내.」 베이컨 간호사가 내게 말했다.

베이컨 간호사는 열쇠를 말하고 있었다. 나는 주저하다가 손을 집어넣고 열쇠를 꺼냈다. 다리 체열 때문에 따끈했다. 베이컨 간호사가 내 행동을 지켜보고 있었다. 「가장 작은 열쇠야.」 베이컨 간호사가 말했다. 나는 가장 작은 열쇠를 쥐고 다른 열쇠를 흔들거리며 찬장으로 가 기름 단지를 꺼냈다. 베티는 침대 위에 엎어져선 발을 차며 베개에 얼굴을 파묻고 울었다. 베이컨 간호사는 편안한 자세로 고쳐 앉아 소매를 걷었다. 나는 그 옆에 앉아 백번도 더 보아 온 대로 베이컨 간호사의 부은 손에 연고를 골고루 발랐다. 반 시간을 문질렀다. 가끔 베이컨 간호사가 움찔거렸다. 그리고 눈을 반쯤 감고는 눈꺼풀 아래로 나를 내려다보았다. 따뜻하고 생각이 가득한 눈길로 보고 있다가 거의 웃을 듯 말 듯한 표정을 지었다.

「그리 나쁘지 않은데, 응?」 베이컨 간호사가 웅얼거렸다.

나는 대답하지 않았다. 생각하고 있었다. 베이컨 간호사가 아니라, 그날 밤에 대해, 그리고 앞으로 해야 할 일에 대해 생각하고 있었다. 만약 내 얼굴에 홍조가 돌았다면 베이컨 간호사는 분명 내가 부끄러워한다고 생각했을 터이다. 내가 이상하게 보인다면, 그리고 자신을 의식하는 듯이 보였다면 뭐라고 생각했을까? 우리는 그곳에서 다들 이상한 사람들이었다. 마침내 베이컨 간호사가 하품을 하더니 손을 빼고 기지개를 켰고, 나는 가슴이 두근거리기 시작했다. 그러나 베이컨 간호사는 알아차리지 못했다. 나는 기름 단지를 다시 찬장에 가져다 두기 위해 베이컨 간호사의 옆을 떴다. 심장이 다시 쿵쿵거렸다. 필요한 일을 아주 짧은 시간 안에 해내야 했다. 열쇠고리가 자물쇠에서 대롱거리고 있었고, 내게 필요한 열쇠, 즉 문 열쇠는 가장 아래쪽에 매달려 있었다. 훔칠 생각은 없었다. 그러면 베이컨 간호사가 알아차릴 터였다. 그러나 랜트 스트리트에 오는 남자들은 늘 비누 조각, 연마제, 왁스 따위를 가지고 왔다……. 나는 열쇠를 잡고는 재빠르게 그러나 매우 조심스럽게 열쇠를 단지 안에 대고 눌렀다.

기름 위에서 열쇠 홈은 다른 어떤 것에 했을 때와 견주어도 괜찮게 새겨졌다. 나는 새겨진 모양을 한 번 보고는 마개를 돌려 닫고 단지를 다시 찬장에 가져다 두었다. 찬장 문은 닫았지만 잠그는 척만 했다. 열쇠에 묻은 기름은 소매에 닦아 냈다. 나는 열쇠고리를 다시 베이컨 간호사에게 가져다주었고 베이컨 간호사는 언제나처럼 엄지손가락 끝으로 주머니를 열었다.

「이 안에 넣어.」 내가 열쇠를 넣으려 하자 베이컨 간호사가 말했다. 「가장 아래에 넣어 놔. 잘했어.」

나는 눈을 마주치지 않으려 했다. 내가 침대로 돌아가자, 베이컨 간호사는 하품을 하더니 의자에 앉아 언제나처럼 졸기 시작했다. 스필러 간호사가 약을 가지고 왔다. 나는 다른 숙녀들처럼 약을 먹는 데 익숙해져 있었지만, 오늘 밤엔 살짝 버렸다. 이번엔 매트리스 안으로 쏟아 버렸다. 그리고 빈 그릇을 돌려주었다. 그리고 일종의 흥분 상태에서 베이컨 간호사가 다음엔 무슨 행동을 할까 지켜보았다. 만약 베이컨 간호사가 가령 종이나, 케이크나, 뜨개질거리나 그런 소소한 것들을 가지러 찬장으로 갔다면, 만약 베이컨 간호사가 찬장으로 가서 찬장 문이 열려 있는 것을 알고 문을 잠가 내 계획을 망쳐 버렸다면, 난 무슨 짓을 했을지 모르겠다. 베이컨 간호사를 죽여 버렸을지도 모르겠다는 생각이 든다. 하지만 어쨌거나 그런 일은 없었다. 베이컨 간호사는 그저 의자에 앉아 자고 있었다. 꽤 오래 잠들어 있어, 나는 저러다 베이컨 간호사가 그대로 의자에서 계속 자버리는 게 아닌가 좌절하기 시작했다. 나는 기침을 했고, 장화를 집어 떨어뜨렸고, 침대 다리를 바닥에 대고 문질렀다. 그래도 베이컨 간호사는 계속 잠들어 있었다. 그러다 꿈 때문에 깨어났다. 베이컨 간호사는 일어나 잠옷을 입었다. 나는 손가락으로 얼굴을 가리고 틈새로 베이컨 간호사를 지켜보았다. 베이컨 간호사가 잠옷 사이로 배를 문지르며 일어나는 게 보였다. 무슨 생각이 난 것처럼 숙녀들을 보고 나를 바라보는 모습이 보였다…….

그러나 베이컨 간호사는 그 생각을 포기했다. 아마도 더위 때문이었던 듯했다. 다시 하품을 하더니 목에 열쇠 줄을 걸고 침대로 들어갔다. 그러고는 코를 골기 시작했다.

나는 베이컨 간호사가 코 고는 회수를 세었다. 스물까지 세고는 유령처럼 일어나 찬장으로 살금살금 다가가 기름 단지를 꺼냈다.

그러고는 열쇠를 깎기 시작했다. 얼마나 오래 걸렸는지 모르겠다. 몇 시간이 걸렸다는 것밖에 모르겠다. 비록 줄이 좋은 것이었고, 또 소리를 죽이기 위해 손에 시트와 담요를 둘둘 감고 일하긴 했지만, 줄 쓸리는 소리가 여전히 크게 나는 것 같아 베이컨 간호사가 코를 골 때만 자를 수 있었기 때문이었다. 그때조차 너무 빨리는 줄질을 할 수가 없었다. 단지에 찍은 열쇠 모양과 반제품 열쇠를 계속 맞춰 보면서 제대로 자르고 있는지 확인을 해야 했던 것이다. 그다음엔 다시 손가락이 아파 오곤 하여 나는 가끔 일을 멈추고 손가락을 운동시켜야 했다. 그러지 않으면 손가락이 축축해져 반제품 열쇠가 손에서 미끄러져 손 안에서 돌곤 했다. 절박한 심정으로 일한다는 것은 끔찍한 일이었다. 밤이 모래알처럼 쉭쉭 빠져나가는 듯했다. 그렇지 않으면 베이컨 간호사가 갑자기 조용해져, 나는 일을 멈추고 주위를 둘러본 뒤 정신을 가다듬고 침대로, 그리고 잠든 숙녀들 사이로 돌아가곤 했다. 그러면 방이 너무나 조용해 보여 나는 시간이 멈추고 내가 여기에 영원히 갇히게 되는 건 아닌지 두려움에 떨곤 했다. 그날 밤은 소리 지르는 사람도, 악몽을 꾸는 사람도 없었고, 종도 울리지 않았으며, 모두가 깊은 잠에 빠져 있었다. 나만이 그곳에서 유일하게 깨어 있는 영혼이었으며, 어쩌면 세상에서 유일하게 깨어 있는 영혼인지도 몰랐다. 찰스만 제외한다면 말이다. 찰스 또한 깨어 크리스티 의사의 병원 담장 바깥쪽에서 기다리고 있었다. 나를 기다리고 있었다. 그리고 찰스 저 너머로는 석스비 부인도 기다리고 있었다. 아마도 침대에 누워 한숨을 쉬고 있거나, 두 손을 꼭 쥐고 내 이름을 부르며 걷고 있는지도 몰랐다……. 그 생각에 나는 용기를 얻고 제대로 줄질을 할 수 있었던 게 분명하다.

마침내 마지막 순간이 왔다. 나는 반제품 열쇠를 단지에 놓고 홈이 모두 제대로 팼는지를 보았다. 열쇠 작업이 끝났다. 나는 아찔한 기분으로 열쇠를 쥐었다. 손가락이 철에 물들고 줄에 쓸려 까져 있었으며 작업하며 열쇠를 쥐고 있느라 거의 무감각한 상태였다. 그러나 감히 붕대를 감느라 시간을 지체할 순 없었다. 나는 무척 조심스럽게 일어나 체크무늬 드레스를 입고 고무장화를 집었다. 베이컨 간호사의 빗도 집었다. 그걸로 끝이었다. 베이컨 간호사의 탁자에서 빗을 집는데 베이컨 간호사가 고개를 움직였다. 나는 숨을 죽였지만, 베이컨 간호사는 깨지 않았다. 나는 조용히 서서 베이컨 간호사의 얼굴을 들여다보았다. 그리고 갑자기 죄책감에 사로잡혔다. 나는 생각했다. 〈내가 자길 속인 걸 알면 베이컨 간호사가 얼마나 실망할까!〉 내가 자기 손을 문질러 주겠노라 했을 때 베이컨 간호사가 얼마나 기뻐했는지를 생각했다.

그런 때에 하기엔 참으로 기묘한 생각이다. 나는 다시 잠깐 베이컨 간호사를 지켜보고는 문으로 갔다. 천천히, 천천히 나는 열쇠를 구멍에 꽂았다. 그리고 천천히, 천천히 열쇠를 돌렸다. 「하느님 제발.」 열쇠가 돌아가자 나는 속삭였다. 「하느님 아버지, 맹세합니다, 착한 사람이 될게요, 앞으론 죽을 때까지 정직하게 살게요, 맹세합니다……」 열쇠가 걸리더니 박혀 버렸다. 「젠장! 젠장!」 내가 말했다. 자물쇠가 막혀 버렸다. 결국, 내가 제대로 깎아 내지 못했던 것이다. 이제는 앞으로도 뒤로도 돌아가지 않았다. 「〈젠장!〉 이런 젠장할 놈! 오!」 나는 열쇠를 더욱 세게 쥐고 다시 시도해 보았다. 아무 반응도 없었다. 나는 마침내 열쇠를 놓아 버렸다. 조용히 침대로 돌아가 베이컨 간호사의 연고 단지를 가지고 살금살금 문으로 돌아와 열쇠 구멍에 기름을 바르고 자물쇠 안으로 불어 넣었다. 그리고 공포로 거의 기절할 것 같은 상태에서 나는 다시 열쇠를 잡았다. 이번에는……

이번에는, 열쇠가 돌아갔다.

　이 다음에도 지나야 할 문이 세 개는 더 있었다. 문마다 다 똑같은 과정을 거쳤다. 열쇠가 걸리고, 기름칠을 해주어야 했다. 그리고 매번 나는 자물쇠 안에서 철이 갈리는 소리를 들으며 몸을 떨었고, 갈수록 속도가 빨라졌다. 그러나 아무도 깨지 않았다. 복도는 덥고 조용했으며, 계단과 홀은 너무나 고요했다. 정문은 빗장과 걸쇠가 걸려 있었고, 여기엔 열쇠가 필요 없었다. 나는 정문을 열어 둔 채로 떠났다. 모드와 함께 브라이어를 떠나던 때처럼 쉬웠다. 병원 앞뜰 길에서만 겁을 먹었다. 길의 자갈을 지나가려는데 발소리가 그리고 목소리가 들려왔기 때문이다. 부드럽게 〈이봐!〉 하고 부르고 있었다. 그 소리에 거의 숨이 넘어갈 뻔했다. 나를 부르는 소리라고 생각했던 것이다. 그리고 여자의 웃음소리가 들려왔고 형체가 보였다. 남자 둘도 보였다(한 명은 베이츠 씨인 듯했다). 그리고 간호사가 보였다. 사팔뜨기 플루 간호사였다.「당신……」한 명이 말했다. 그러나 그게 전부였다. 둘은 병원 옆의 수풀을 지나갔다. 플루 간호사가 다시 웃음을 터트렸다. 그리고 웃음소리가 잦아들더니 침묵이 찾아왔다.

　나는 침묵 뒤로 무엇이 찾아올지 기다리지 않았다. 달렸다. 처음에 자갈길을 지날 땐 가볍게, 그리고 잔디밭에선 빠르고 힘차게 달렸다. 병원은 뒤돌아보지 않았다. 아직도 그 안에 있는 숙녀들에 대해서도 생각하지 않았다. 담장으로 둘러진 작은 정원 안에 열쇠를 던져 놓아 숙녀들 가운데 누군가가 열쇠를 발견할 기회를 주었다고 말하고 싶다. 하지만 그러지 않았다. 나는 나만을 구했다. 너무나 두려움에 떨고 있었다. 가장 큰 나무를 찾아냈다. 그리고 다시 30분이 걸려 둥치를 오르다 떨어졌다. 그리고 두 번, 세 번, 네 번 다시 떨어졌고, 마침내 가장 낮은 가지에 몸을 올리고 다시 윗가지로 기어 올라갔다. 삐걱거리는 나뭇가지를 타고 열심히 올라 담장에 도달했다……. 내가 어떻게 해냈는지는 하느님만이 아실 일이었다. 그저 해냈다는 것만이 내가 아는 전부였다. 「찰스! 찰스!」 나는 담장 벽돌 맨 위에서 외쳤다. 대답이 없었다. 그러나 나는 기다리지 않았다. 뛰어내렸다. 땅에 부딪히자 날카로운 비명이 들렸다. 찰스였다. 너무 오래 기다리다 잠이 든 것이었다. 나는 거의 찰스와 부딪힐 뻔했다.

비명에 병원 뒤편에서 개가 짖어 댔다. 그러자 다른 개가 또 짖기 시작했다. 찰스가 손으로 입을 막았다.

「서둘러!」 내가 말했다.

나는 찰스의 팔을 잡았다. 우리는 담장을 뒤로하고 달리고 또 달렸다.

우리는 풀밭을 지나고 울타리를 넘어 달렸다. 밤이 아직 캄캄해 길이 잘 보이지 않았으며, 처음엔 너무 겁에 질려 시간을 가지고 길을 찾을 수가 없었다. 찰스가 자꾸만 구르거나 옆구리에 손을 대고 숨을 돌리려 발걸음을 늦추곤 했고, 그러면 나는 고개를 기웃거리며 귀 기울이곤 했다. 그러나 새 소리, 바람 소리, 쥐 소리만이 들려왔다. 곧 하늘이 밝아지면서 우리는 희미한 길을 하나 찾아냈다. 「어느 쪽 길로 가죠?」 찰스가 말했다. 나도 몰랐다. 길에 서서 어디로 갈지 고민해 본 지도 벌써 몇 달 만의 일이었다. 주위를 둘러보자, 땅과 동트는 하늘이 갑자기 광대하고 두렵게 보였다. 그리고 찰스를 보자, 찰스는 나를 보며 기다리고 있었다. 런던을 생각했다. 「이쪽이야.」 내가 걷기 시작하며 말했다. 그리고 공포가 사라졌다.

늘 그런 식이었다. 매번 두 갈래 혹은 세 갈래 길을 만날 때마다 나는 잠시 서서 열심히 런던을 생각했다. 그러면 내가 딕 위팅턴[3]이라도 된 것처럼 어느 길로 가야할지가 떠오르곤 했다. 하늘이 점차 밝아지면서 말 소리와 바퀴 소리가 들리기 시작했다. 마차를 탈 기회가 생겨 기뻐해야 마땅했지만 나는 매번 짐차나 마차가 정신 병원에서 우릴 찾으러 온 게 아닌지 두려웠다. 당나귀가 끄는 짐차를 타고 문을 나서는 늙은 농부를 보고서야 나는 크리스티 의사가 보낸 사람이 아닐 거라 확신할 수 있었다. 우리는 마차 앞길로 나갔고, 농부는 당나귀를 늦춘 뒤 한 시간 정도 우리를 옆에 태워 주었다. 땋은 머리와 꿰맨 곳을 빗질해 풀자 머리털이 코코넛 껍데기의 실처럼 말려 올라갔다. 모자가 없었기에 찰스의 손수건을 머리에 둘렀다. 나는 우리가 남매이며, 아주머니 댁에 묵었다가 런던에 돌아가는 길이라고 말했다.

「런던이라고, 에?」 농부가 말했다. 「거기선 40년을 살아도 이웃을 모른다고들 하던데. 정말인가?」

농부는 우리를 어떤 마을 입구의 길가에 내려 주었고 앞으로 가야 할 길도 일러 주었다. 아마도 9마일이나 10마일쯤 왔다는 생각이 들었다. 앞으로 40마일은 더 가야 했다. 아직도 이른 아침이었다. 우리는 빵집을 찾아 빵을 샀다. 그러나 빵집의 여자가 내 머리와 드레스와 고무장화를 어찌나 이상한 눈길로 바라보던지, 그냥 빵을 포기하고 굶을 걸 그랬다는 생각이 들었다. 우리는 교회 뜰의 기울어진 바위 두 개를 등지고 잔디 위에 앉았다. 교회 종이 울리자, 우리 둘 다 깜짝 놀랐다.

「일곱 시네.」 내가 말했다. 갑자기 우울해지기 시작했다. 나는 베이컨 간호사의 빗을 보았다. 「이제 간호사들이 깨어나 내 침대

---

3 14세기 말~15세기 초 런던의 시장. 그의 일생을 다룬 동화가 유명함.

가 비어 있는 걸 발견하겠지. 이미 발견하지 않았다면 말이야.」

「웨이 씨는 구두를 닦고 계시겠네요.」 찰스가 말했다. 그리고 입술을 떨기 시작했다.

「리버스 씨의 장화를 생각해 봐.」 내가 재빨리 말했다. 「그 장화도 닦을 필요가 있다고 장담해. 런던은 신사의 신발엔 끔찍하게 안 좋은 곳이거든.」

「정말요?」

그러자 찰스는 힘이 난 듯했다. 우리는 빵을 마저 먹은 뒤 일어나 풀을 털어 냈다. 어떤 남자가 삽을 들고 옆으로 지나갔다. 그러더니 다소 빵집 여자 같은 눈길로 우리를 보았다.

「우리를 거지라고 생각하나 봐요.」 남자가 지나가는 걸 보고 있는데 찰스가 말했다.

그러나 나는 남자가 정신 병원에서 보낸 사람이고 체크무늬 드레스에 고무장화를 신고 다니는 여자아이에 대해 묻고 다니는 거란 상상이 들었다. 「그만 가자.」 내가 말했고, 우리는 다시 큰길 대신 들판을 가로지르는 조용한 오솔길을 택했다. 비록 풀이 더 높고 걷기에 더 힘이 들고 느리긴 해도, 우리는 최대한 울타리 쪽으로 걸었다.

해가 떠 공기가 훨씬 따뜻해지고 있었다. 나비와 벌이 보였다. 가끔 나는 멈춰 서서 머리에서 손수건을 풀어 얼굴을 닦았다. 내 평생 이렇게 멀리, 이렇게 힘들게 걸어 본 적은 처음이었다. 그리고 지난 석 달간 정신 병원의 담장으로 막힌 작은 정원을 돌고 또 도는 것 이상으로 멀리 가본 적이 없었다. 발꿈치에 은화만 한 크기로 물집이 잡혔다. 나는 생각했다. 〈우린 절대 런던에 도착하지 못할 거야!〉

그러나 그런 생각이 들 때마다 나는 석스비 부인을 떠올렸고 내가 랜트 스트리트의 집 문에 나타나면 부인 얼굴에 떠오를 표정을 상상했다. 그다음엔 어딘가에 있을 모드를 생각하고 모드의 표정을 상상했다.

하지만 모드의 얼굴은 이제 희미해져 있었다. 희미하게 기억난다는 사실이 날 괴롭혔다. 내가 말했다.

「말해 봐, 찰스, 릴리 양의 눈이 무슨 색이었지? 갈색이었어 아니면 푸른색이었어?」

찰스가 나를 이상하다는 듯이 바라보았다.

「갈색이었던 것 같은데요, 아가씨.」

「확실해?」

「그렇다고 생각해요, 아가씨.」

「나도 그렇다고 생각해.」

그러나 나는 확신할 수 없었다. 발걸음을 좀 더 빠르게 옮겼다. 찰스가 헐떡이며 내 옆에서 뛰었다.

정오가 가까워지면서, 우리는 마을로 가는 길 한 편에 일렬로 늘어선 작은 집들을 지나게 되었다. 나는 찰스를 멈춰 세우고 울타리 뒤에 함께 서서 문과 창문을 지켜보았다. 어떤 집에서 여자아이가 서서 옷을 흔들고 있었다. 비록 잠시 후 집 안으로 사라지고 창문이 닫히긴 했으나 말이다. 다른 집에서는 양동이를 든 여자가 밖은 보지도 않고 앞뒤로 왔다 갔다 하고 있었다. 다음 집 창문은 모두 닫혀 있었고 깜깜했다. 그러나 저 집에 분명 훔칠 만한 것이 있으리란 생각이 들었다. 아무도 나오지 않으면 가까이 가서 문을 두들겨 보고 자물쇠를 따볼 생각이었다. 그러나 용기를 다지며 서 있는 동안 바로 그 마지막 집에서 목소리가 들려왔다. 계속 지켜보자 정원 문에 여자와 어린아이 둘이 보였다. 여자는 보닛을 쓰면서 아이들에게 작별 키스를 하고 있었다.

「자, 재닛.」 여자가 가장 큰 아이에게 말하고 있었다. 「아기를 잘 지켜보는 거 잊지 마렴. 너 먹을 달걀 가지고 돌아올게. 원한 다면, 그리고 바늘을 조심하기만 하겠다면, 네 손수건 단을 꿰 매도 좋아.」

「알았어요, 엄마.」 여자아이가 대답했다. 여자는 얼굴을 들어 키스를 받은 뒤 문을 열었다. 그러고는 빠른 걸음으로 집에서 멀어져 갔다. 자신은 몰랐겠지만, 나와 찰스도 지나쳐 갔다. 우 리는 아직도 울타리 뒤에 숨어 있었던 것이다.

나는 여자가 가는 모습을 지켜보았다. 그러고는 여자에게서 어린 여자아이에게로 시선을 옮겼다. 이제 여자아이는 문가를 떠나 남동생을 데리고 열려 있는 집 문으로 들어가고 있었다. 나는 찰스를 바라보았다. 내가 말했다.

「찰스, 드디어 운명의 여신이 우리 편으로 돌아섰어. 6펜스짜 리 은화를 줘봐, 응?」 찰스가 주머니를 뒤졌다. 「그거 말고. 더 반짝이는 거 없어?」

나는 찰스가 가진 은화 가운데 가장 반짝이는 것을 집어 들 고는 드레스 소매에 닦아 더욱 광을 냈다.

「뭐 하시려고요, 아가씨?」 찰스가 물었다.

「넌 상관하지 마. 그냥 여기 있어. 그리고 누가 오면, 휘파람 을 불어.」

나는 일어나 치마 주름을 폈다. 그러고는 울타리 뒤에서 나가 마치 길을 따라 걷는 척하며 집 문 쪽으로 힘차게 걸어갔다. 어 린 여자아이가 고개를 돌리고 나를 보았다.

「괜찮니?」 내가 말했다. 「네가 재닛이겠구나. 방금 네 어머니 를 만났단다. 여기 보렴. 네 어머니가 내게 주신 거야. 6펜스짜 리 은화야. 멋지지 않니? 네 어머니가 〈제발 이 6펜스짜리를 제 어린 딸 재닛에게 주세요. 그리고 어서 가게에 가 밀가루를 사

694

오라고 말해 주세요〉라고 했단다. 사다 놓는 걸 잊어버렸다고
방금 말하더구나. 밀가루가 뭔지 알지? 잘했어. 또 어머니가 뭐
라 하셨는지 아니? 어머니가 〈제 딸 재닛은 아주 착한 애이니,
사탕 사 먹게 거스름 돈 반 페니는 가지라고 해주세요.〉아. 사
탕 좋아하는구나, 그렇지? 나도 그래. 맛있잖아. 안 그래? 그러
나 이에는 안 좋지. 괜찮아. 아직 넌 이도 다 안 난 게 분명하니
까. 어머, 이가 반짝이는 것 좀 봐! 실에 꿰어 놓은 진주 같네!
나머지가 다 나기 전에 어서 가게에 다녀오는 게 좋겠다. 내가
여기서 집을 볼게, 그렇게 할까? 그 은화로 햇빛 장난치지 마
렴! 그리고 이 애가 네 남동생이구나, 어디 볼까. 네 동생도 같이
데리고 가고 싶지 않니? 착하다……」

　너무나 구태의연한 속임수였고, 나도 그러기 싫었다. 그러나
달리 어쩌겠는가? 나도 낡은 수법에 당했다. 나는 말하는 내내
주위와 다른 집 창문과 길을 재빨리 둘러보고 있었다. 그러나
아무도 오지 않았다. 어린 여자아이는 앞치마 주머니에 은화를
넣고는 남동생을 안아 들고 휘청거리며 나갔다. 그리고 나는 여
자아이를 지켜보다가 집 안으로 쏜살같이 달려 들어갔다. 상당
히 가난한 집이었지만 위층 가방에서 적당히 발에 맞는 검은 신
발과 종이에 싸놓은 날염 무늬 드레스를 찾을 수 있었다. 드레
스는 아마도 여자가 결혼할 때 입었던 것이리란 생각이 들었다.
하느님께 맹세하지만 나는 그 옷을 가져가고 싶지 않았다. 하
지만 결국은 집어 들었다.

　그리고 검은 밀짚 보닛과 숄, 모직 스타킹, 찬방에 있던 파이,
칼도 집었다.

　그다음 찰스가 숨어 있는 울타리로 다시 달려 돌아왔다.

　「뒤로 돌아.」나는 옷을 갈아입으며 말했다. 「뒤로 돌라니까!
그렇게 겁먹은 표정 짓지 말고, 이 멍청하고 몸만 커다란 계집

애 같은 녀석아. 빌어먹을 년! 빌어먹을 년!」

나는 모드를 말하고 있었다. 나는 손에 밀가루와 사탕 봉지를 들고 집으로 돌아오고 있을 꼬마, 재닛을 생각하고 있었다. 차 마실 시간에 맞춰 집으로 왔다가 웨딩드레스가 사라진 걸 발견할 재닛의 어머니를 생각하고 있었다.

「빌어먹을 년!」

나는 모드의 장갑을 쥐고 바느질 자리가 터질 때까지 쥐어뜯었다. 그러고는 땅바닥에 팽개치고 위에서 뛰며 발길질했다. 찰스가 공포 어린 얼굴로 바라보았다.

「날 그렇게 보지 마, 이 하룻강아지야!」 내가 말했다. 「오! 오!」

그러나 그다음엔 누가 오는 게 아닌지 두려워졌다. 장갑을 다시 주워 다시 가슴 옆에 넣고는 보닛의 줄을 묶었다. 정신 병원에서 입던 드레스와 고무장화는 도랑에 던져 버렸다. 발의 물집이 터져 눈물처럼 흐르고 있었다. 그러나 스타킹은 두꺼웠고, 검은 신은 낡았지만 부드러웠다. 드레스에는 장미 문양이 있었고, 모자는 가장자리에 데이지가 그려져 있었다. 목장 벽에 그려진 우유 짜는 아가씨처럼 보일 게 분명하다는 생각이 들었다.

그러나 이게 바로 시골식일 거란 생각을 했다. 우리는 들판과 어두운 오솔길을 벗어나 다시 큰길로 돌아갔다. 그리고 잠시 후 다른 늙은 농부가 지나갔고 우리를 몇 마일 태워 주었다. 그 다음 우리는 다시 걸었다.

우리는 여전히 열심히 걸었다. 찰스는 내내 아무 말이 없었다. 마침내 찰스가 침묵을 깨고 말했다.

「그 신발이랑 드레스, 허락도 안 받고 가져오신 거죠.」

「이 파이도 같이 가져왔어.」 내가 말했다. 「그래도 네가 먹는다는 데 걸지.」

나는 런던에 닿으면 그 여자에게 옷을 돌려보내고 파이도 사보낼 거라고 말했다. 찰스는 나를 의심하는 표정이었다. 우리는 열려 있는 헛간의 건초 위에서 밤을 보냈고, 찰스는 내게 등을 돌리고 잤다. 찰스의 어깨뼈가 떨리고 있었다. 내가 자는 사이 찰스가 브라이어로 도망칠지 모른다는 생각이 들었다. 그래서 나는 찰스가 조용해질 때까지 기다렸다가 찰스의 장화 끈 한쪽을 내 장화 끈과 묶었다. 찰스가 도망치려 하면 바로 깨어나기 위해서였다. 사람을 짜증 나게 하는 녀석이었다. 그러나 지금으로선 찰스가 없는 것보다 있는 게 낫다는 걸 알고 있었다. 크리스티 의사가 보낸 사람들이 혼자 있는 여자아이를 찾지, 남동생과 함께 있는 여자아이를 찾고 있진 않을 터였다. 필요하다면, 런던에 닿은 후 찰스를 따돌려야겠다고 생각했다. 그러나 런던은 아직도 한참 멀어 보였다. 공기가 아직도 너무나 깨끗했다. 밤중에 깨어나 보니 헛간이 젖소로 가득했다. 젖소들은 둥글게 서서 우리를 내려다보았고, 한 마리가 사람처럼 기침을 했다. 그게 정상이라는 말은 하지 말아 주었으면 좋겠다. 나는 찰스를 깨웠고, 찰스도 나만큼이나 겁에 질렸다. 찰스는 일어나 도망치려 했고, 물론 넘어지면서 거의 내 발을 끊어 낼 뻔했다. 나는 묶었던 끈을 풀었다. 우리는 헛간 뒤쪽으로 빠져나가 달리다가 걸었다. 언덕 너머로 해 뜨는 모습이 보였다.

「저기가 동쪽이네요.」 찰스가 말했다. 밤은 겨울밤처럼 추웠지만, 가파른 언덕을 오르다 보니 몸이 따뜻해져 왔다. 꼭대기에 오르자 해가 훨씬 하늘 높이 떠 있었고 날이 밝아 오고 있었다. 나는 생각했다. 〈막 새벽 동이 텄어.〉 아침이 마치 금이 가 터져 버린 계란 같았다. 우리 앞에 잉글랜드의 푸른 땅이 온통 펼쳐져 있었다. 강과 큰길과 울타리와 교회와 굴뚝과 거기서 피어오르는 연기 기둥이 보였다. 먼 땅일수록 굴뚝이 갈수록 높아지고, 큰길과 강이 점점 넓어지고, 연기 기둥이 갈수록 시커메지

고 있었다. 그리고 마침내 가장 먼 끝에 더럽고 얼룩지고 시커
먼 부분이 보였다. 벽난로 속 석탄처럼 시커멨다. 유리창, 돔과
첨탑의 금빛 꼭대기에 햇빛이 반짝이는 점으로 반사되면서 시
커먼 부분이 군데군데 끊겨 있었다.

　「런던이야.」 내가 말했다. 「오, 런던이야!」

16

하지만 런던까지 가는 데 그날 하루 종일이 걸렸다. 기차역을 찾아 기차를 탈 수도 있었지만, 음식을 사려면 남아 있는 약간 의 돈이나마 아껴야 한다고 생각했다. 우리는 등에 굉장히 커다 란 양파 바구니를 짊어진 남자아이와 한동안 같이 걸었다. 아 이는 런던 시장으로 채소를 실어 나르는 마차가 오는 곳으로 우리를 안내해 주었다. 가장 마차가 많이 지나가는 시간대는 놓쳤지만 결국은 해머스미스로 붉은 콩을 싣고 가는 남자의 느 릿느릿한 짐마차에 탈 수 있었다. 남자는 찰스를 보니 자기 아 들 생각이 난다고 했다. 찰스가 좀 그렇게 보이는 얼굴이긴 했 다. 나는 둘이 앞에 같이 타게 한 뒤, 콩과 함께 짐마차 뒤쪽에 앉았다. 뺨을 궤짝에 대고 앞길을 바라보며 앉아 있으니 때때 로 오르막길이 될 때마다 조금씩 더 가까워지는 런던의 모습이 보이곤 했다. 자도 괜찮았다. 그러나 눈길을 뗄 수가 없었다. 길 이 점점 붐비고, 시골식 관목 울타리가 말뚝과 벽으로 바뀌기 시작했다. 잎이 벽돌로 변하고, 풀은 석탄재와 먼지로, 도랑은 연석으로 변하였다. 한번은 마차가 펄럭이는 전단지가 2인치 정도 뒤덮인 집 가까이를 지나갔고, 나는 손을 내밀어 포스터 한 장을 뜯어냈다. 그리고 잠시 쥐고 있다가 날려 보냈다. 권총을 든 손이 그려져 있었다. 손에 검댕 자국이 남았다. 나는 고향에 돌아왔음을 깨달았다.

해머스미스에서부터는 걸었다. 런던이긴 해도 이 근방은 낯설었다. 그래도 어디로 가야 할지는 정확히 알고 있었다. 말로에서 갈림길에 섰을 때 어느 길로 가야 할지 알았던 것과 똑같은 식이었다. 찰스는 눈을 깜빡이며 내 옆에서 걸었고 가끔 내 소맷자락을 잡았다. 결국 나는 거리를 가로지를 때 찰스의 손을 잡았고, 찰스는 그대로 손을 맡겼다. 커다란 가게 유리창에 우리 모습이 비쳤다. 나는 보닛을 쓰고 있었고, 찰스는 평범한 짧은 외투를 입고 있었다. 둘 다 세상물정 모르는 애송이 같아 보였다.

웨스트민스터에 도착하자 처음으로 템스 강이 모습을 제대로 드러냈다. 그리고 나는 어쩔 수 없이 걸음을 멈추었다.

「잠깐만, 찰스.」 내가 가슴에 손을 얹고 찰스에게서 돌아서며 말했다. 이렇게 동요하는 모습을 보이고 싶지 않았다. 하지만 한편으로는, 최고조에 달했던 감정이 누그러지면서 머릿속이 돌아가기 시작했다.

「아직은 저 강을 건너선 안 돼.」 다시 같이 걷기 시작하며 내가 말했다. 나는 우리가 마주칠 수도 있는 누군가에 대해 생각하고 있었다. 만약 우연히 젠틀먼과 부딪치게 된다면? 아니면, 젠틀먼이 우리를 발견하게 된다면? 젠틀먼이 날 때릴 거란 생각은 안 들었다. 그러나 만 5천 파운드면 큰돈이었고, 젠틀먼은 깡패들을 고용해 더러운 일을 대신하게 할 만한 사람이었다. 그 전까지는 이 점에 대해 생각해 본 적이 없었다. 그저 런던에 가야 한다는 생각뿐이었다. 나는 새로운 시각에서 주위를 둘러보기 시작했다. 찰스가 그런 나의 행동을 지켜보고 있었다.

「왜 그러시나요, 아가씨?」 찰스가 말했다.

「아무것도 아냐.」 내가 대답했다. 「그저, 크리스티 의사가 보낸 남자들이 있지 않을까 겁이 나서 그래. 어서 여길 벗어나자.」

나는 찰스를 데리고 어둡고 좁은 거리로 들어섰다. 그러나 그때 어둡고 좁은 거리야말로 젠틀먼을 만났을 때 최악의 상황이 벌어질 수 있는 장소라는 생각이 들었다. 나는 대신 방향을 틀어 스트랜드로 들어갔다. 우리는 채링 크로스 근처 어딘가에 있었던 것이다. 잠시 뒤 헌옷 파는 매대가 한두 개 있는 큰길 끝에 도착했다. 나는 첫 번째 매대에서 찰스에게 모직 스카프를 사주었다. 내가 쓸 베일도 샀다. 물건을 팔던 남자가 나를 놀렸다.

「대신 모자를 사는 게 어때요?」 남자가 말했다. 「숨기기엔 너무 예쁜 얼굴인데.」

나는 거스름돈 반 페니를 받으려 손을 내밀었다. 내가 짜증내며 말했다. 「알았으니까 적당히 하고 닥치시죠.」

찰스가 움찔했다. 나는 개의치 않았다. 베일을 쓰니 기분이 한결 나아졌다. 보닛 위의 베일과 희미한 색의 날염 드레스라니 별로 보기 좋진 않았지만, 얼굴에 흉터나 병이 있는 여자아이로 보일 수도 있을 거란 생각이 들었다. 나는 찰스에게 모직 스카프를 입 근처에 두르고 모자를 눌러쓰게 했다. 날이 덥다고 찰스가 불평하자 내가 말했다.

「만약 내가 널 리버스 씨에게 데려다 주기 전에 크리스티 의사의 스파이들에게 잡히면, 그땐 얼마나 후끈거릴까, 엉?」

찰스는 시선을 앞으로 들고 러드게이트 힐을 가득 채운 마차와 말의 행렬을 바라보았다. 여섯 시였고, 교통 상황은 최악이었다.

「그럼 언제 절 리버스 씨에게 〈데려다 주실〉 건가요?」 찰스가 말했다. 「그리고 얼마나 더 가야 리버스 씨 사는 데가 나오죠?」

「많이는 아냐. 하지만 우린 조심해야 해. 생각 좀 해봐야겠어. 어디 조용한 데를 찾아보자…….」

우리는 세인트 폴 성당에서 멈춰 섰다. 우리는 안으로 들어갔고, 찰스가 이리저리 걸어 다니며 성상들을 구경하는 동안 나는 긴 의자에 앉았다. 그리고 생각했다. 〈반드시 랜트 스트리트까지 가야 해. 그러고 나면 도움을 받을 수 있을 거야.〉 그러나 젠틀먼이 버러에 퍼트렸을 이야기가 걱정이 되었다. 만약 입스 씨의 조카들이 모두 내게 등을 돌렸다면? 석스비 부인을 만나기도 전에 존 브룸을 먼저 만나게 된다면? 존 브룸은 등 돌릴 필요조차 없었다. 그리고 베일 너머로도 충분히 날 알아볼 터였다. 조심해야만 했다. 집안 사정을 자세히 연구할 필요가 있었다. 상황을 완전히 파악한 뒤에만 움직여야 했다. 신중하게 그리고 천천히 움직이는 것은 어려운 일이었다. 그러나 나는 조심성이 부족했던 어머니를 떠올렸다. 그래서 어머니가 무슨 일을 당했는지 보라.

몸이 떨렸다. 세인트 폴 성당은 7월에도 추웠다. 오후에서 밤으로 넘어가면서 유리창이 제 색을 잃고 있었다. 이제 크리스티 의사의 병원에서는 저녁 식사에 데리고 내려가려고 환자들을 깨우고 있을 터였다. 빵과 버터, 그리고 차 1파인트를 주겠지……. 찰스가 다가와 내 옆에 앉았다. 한숨 쉬는 소리가 들렸다. 찰스는 손에 모자를 쥐고 있었고 금발이 반짝였다. 입술은 완벽한 분홍색이었다. 하얀 가운을 입은 남자아이 세 명이 불꽃이 일렁이는 놋쇠 막대기를 들고 다니면서 등과 초에 불을 붙였다. 나는 찰스를 바라본 뒤, 찰스도 가운을 입으면 저 사이에서 참 잘 어울릴 거란 생각을 했다.

그다음 나는 찰스의 외투를 바라보았다. 흙먼지 자국이 좀 나 있긴 해도 좋은 외투였다.

「우리 지금 돈이 얼마나 있지, 찰스?」 내가 말했다.

1페니 반이 있었다. 나는 찰스를 워틀링 스트리트의 전당포로 데려가 2실링에 찰스의 외투를 저당 잡혔다.

찰스는 외투를 건네주며 울부짖었다.

「오, 이런.」 찰스가 말했다. 「이제 리버스 씨를 어떻게 다시 본다지요? 그분은 셔츠 바람의 급사는 원하지 않으실 텐데요!」

나는 하루 이틀만 지나면 외투를 다시 찾아올 것이라고 말해 주었다. 그리고 찰스에게 새우 약간과 버터 바른 빵 한 조각, 차를 사주었다.

「런던 새우야.」 내가 말했다. 「으음. 맛깔스럽지 않니?」

찰스는 대답하지 않았다. 다시 걷기 시작하자 찰스는 시선을 내리깐 채 팔짱을 끼고 내 뒤로 한 걸음 떨어져 걸었다. 눈이 눈물과 모래로 붉어져 있었다.

우리는 블랙프라이어스에서 템스 강을 건넜다. 그리고 그 이후로는 (이제까지도 무척 조심하며 움직였지만) 더욱 주의를 기울였다. 오솔길과 뒷골목은 피하고, 훤히 뚫린 대로로만 갔다. 박명 덕에 몸을 숨기기가 쉬웠다(박명은 가짜 빛이고, 으슥한 일을 하기에는 늘 어둠보다도 훨씬 나은 좋은 빛이다). 하지만 한 걸음 한 걸음 내디딜 때마다 집에 조금씩 더 가까워지고 있었다. 익숙한 것들이, 심지어는 익숙한 사람들까지 보이기 시작했다. 그리고 다시 머릿속과 심장이 요동치기 시작했다. 진정하지 못하면 완전히 파멸이란 생각이 들었다. 어느덧 그래블 레인과 서더크 브리지 로드에 도착하였고, 길을 꺾자 랜트 스트리트의 서쪽 끝이 나타났다. 나는 길을 보며 서 있었다. 피가 어찌나 빨리 돌고 심장이 어찌나 쿵쿵대는지 기절할 것만 같았다. 나는 우리가 기대고 있던 벽돌 벽을 움켜쥐고 고개를 숙인 채 피가 좀 천천히 돌게 될 때까지 기다렸다. 입을 열자 쉰 목소리가 나왔다. 내가 말했다.

「창이 달린 검은 문 보여, 찰스? 저게 우리 집이야. 나에겐 어머니 같은 분이 저기 사셔. 당장에라도 저 문으로 달려가고 싶지만, 그럴 순 없어. 안전하지 못하거든.」

「안전하지 않다고요?」 찰스가 말했다. 겁에 질려 주위를 둘러보았다. 내 눈엔 너무나 사랑스러운, 그래서 엎드려 입이라도 맞출 수 있었을 그 거리들이 찰스의 눈에는 다소 천해 보였을지도 모르겠다.

「안전하지 못해.」 내가 다시 말했다. 「크리스티 의사가 보낸 사람들이 아직 우리 뒤를 쫓고 있는 동안에는 말이야.」

그러나 나는 거리를, 입스 씨 가게 문을, 그다음엔 그 위의 창문을 바라보았다. 내가 석스비 부인과 함께 쓰던 방의 창문이었다. 좀 더 가까이 다가가고 싶은 마음이 너무나 간절했다. 나는 찰스를 잡고 내 앞으로 민 다음 같이 걸어가다가 튀어나온 창문 두 개 사이로 그늘이 살짝 드리워진 벽 앞에서 멈췄다. 아이 몇 명이 지나가다 내 베일을 보고 비웃었다. 나는 아이들의 어머니들을 알았고, 아이들은 이웃에 살던 꼬마들이었다. 나를 알아보는 사람이 있을까 봐 다시 두려워지기 시작했다. 이렇게 거리 안쪽까지 들어온 게 결국 바보짓이었다는 생각이 들었다. 그다음엔 이런 생각이 들었다. 〈왜 그냥 문까지 달려가 석스비 부인을 외쳐 부르면 안 되는 거지?〉 아마 그렇게 해야 했을지도 모른다. 확실하게 말하긴 어렵다. 왜냐하면, 보닛을 바로 쓰는 척하며 몸을 돌린 채 여전히 어쩔까 생각하고 있는데 찰스가 입을 손으로 가리더니 외쳤던 것이다. 「오!」

베일을 비웃던 아이들이 이미 거리 저 멀리 달려갔다가 누군가를 사이에 끼우고 걸어오고 있었다. 젠틀먼이었다. 젠틀먼은 차양이 넓은 낡은 모자를 쓰고 목에 진홍색 천을 감고 있었다. 머리털과 구레나룻이 보던 가운데 가장 길어 있었다. 우리는 젠틀먼이 어슬렁거리며 오는 모습을 지켜보았다. 젠틀먼은 휘파람을 불고 있었던 듯하다. 그러더니 입스 씨의 가게 문 앞에서 멈추어 섰다. 손을 외투 주머니에 넣더니 열쇠를 끄집어냈다. 계단에 대고 오른발, 그다음엔 왼발에서 먼지를 떨어냈다. 그러고는 자물쇠에 열쇠를 찌르고 주위를 무심히 둘러본 뒤 안으로 들어갔다. 너무나 편안하고 익숙한 태도였다.

젠틀먼을 지켜보는 내내 몸이 떨려 왔다. 그러나 묘한 기분이 들었다. 「저런 악마 자식!」 내가 말했다. 죽여 버렸으면, 쏴버렸으면, 달려가 얼굴을 후려쳤으면 싶었다. 그러나 정작 모습을 보자 두려워졌다. 필요 이상으로 두려워졌다. 마치 아직도 여기가 크리스티 의사의 병원이고, 당장에라도 끌려가 흔들리고 묶이고 물에 쑤셔 박힐 것 같아 무서워졌다. 숨이 탁탁 걸리면서 숨소리가 이상하게 났다. 찰스가 알아챘다고는 생각지 않는다. 찰스는 자기가 셔츠 바람이란 생각을 하고 있었다. 「오!」 찰스는 아직도 이렇게 말하고 있었다. 「오! 오!」 찰스는 자기의 손톱을, 그리고 소매의 땟자국을 바라보고 있었다.

나는 찰스의 팔을 잡았다. 온 길로 되돌아 달려가고 싶었다. 그저 도망치고만 싶었다. 거의 그럴 뻔했다. 「어서.」 내가 말했다. 「자, 서둘러.」 그리고 나는 다시 입스 씨 가게 문을 바라보았다. 문 뒤에 있을 석스비 부인을 생각했고, 냉정하고 편안하게 그 옆에 있을 젠틀먼을 생각했다. 내가 내 집을 무서워하게 만들다니, 빌어먹을 자식 같으니라고! 「난 〈도망〉치지 〈않을〉 거야!」 내가 말했다. 「우린 안 떠나, 하지만 숨어 있을 거야. 자, 이리로 와.」 나는 찰스를 좀 더 단단히 잡고는 밀기 시작했다. 랜트 스트리트에서 멀어지는 쪽이 아니라 더 깊숙이 밀었다. 길을 따라 하숙집들이 늘어서 있었다. 그 가운데 한 곳으로 갔다. 「빈 침대 있어요?」 나는 문가의 여자아이에게 물었다. 「반 개 있어요.」 여자아이가 말했다. 반으론 부족했다. 우리는 다음 집으로 갔고, 또 다음 집으로 발을 옮겼다. 모두 다 차 있었다. 마침내 입스 씨 가게 바로 맞은편의 집까지 오게 되었다. 계단에 아기를 안은 여자가 앉아 있었다. 모르는 여자였다. 그 점이 마음에 들었다.

「방 있어요?」 내가 재빨리 말했다.

「아마도.」 여자가 내 베일 너머를 보려 애쓰며 대답했다.

「입구 쪽은?」 나를 고개를 들며 가리켰다. 「저 방은요?」

「저 방은 더 비싸요.」

「이번 주에 우리가 쓰겠어요. 지금 1실링을 주고, 내일 나머지를 내지요.」

여자가 얼굴을 찡그렸다. 그러나 여자는 진이 필요했고, 난 그걸 알았다. 「좋아요.」 여자가 말했다. 일어나 아기를 계단에 내려놓고 우리를 미끄러운 층계 위로 데리고 올라갔다. 층계참에 술로 떡이 된 남자가 있었다. 여자가 우리를 들여보낸 방은 문에 자물쇠가 없었고 닫아 둘 때 버텨 놓는 돌멩이가 있을 뿐이었다. 작고 어두웠으며, 낮은 침대 두 개와 의자 하나가 있었다. 길가를 향한 창문은 덧문이 닫혀 있었고, 유리창 옆에 고리 달린 막대기가 하나 걸려 있었다. 창문 여는 용이었다.

「이렇게 하면 돼요.」 여자가 시범을 보이기 시작하며 말했다. 나는 여자를 막았다. 눈이 약해 햇빛을 꺼린다고 말했다.

이미 덧문에 작은 구멍들이 나 있는 것을 바로 알아챈 뒤였고, 그거면 내가 원하는 목적에 그런대로 부합했기 때문이었다. 여자가 우리에게서 돈을 받고 나가자, 나는 문을 닫고 베일과 보닛을 벗은 뒤 창가로 가 밖을 내다보았다.

하지만 볼 게 아무것도 없었다. 입스 씨의 가게 문은 아직도 닫혀 있었고 석스비 부인 방의 창문은 어두컴컴했다. 나는 거의

1분을 내다보다가 찰스를 기억해 냈다. 찰스는 서서 손으로 모자를 비틀며 나를 보고 있었다. 어딘가 다른 방에서 남자 하나가 소리를 지르자 찰스는 깜짝 놀랐다.

「앉아.」내가 말했다. 나는 다시 고개를 창문으로 돌렸다.

「제 외투를 원해요.」찰스가 말했다.

「안 돼. 가게 닫았어. 내일 찾을 거야.」

「당신을 못 믿겠어요. 눈이 안 좋다고 아까 숙녀에게 거짓말했잖아요. 드레스랑 신발, 파이도 훔쳤고요. 파이 때문에 속이 안 좋았어요. 그리고 절 끔찍한 집으로 데려왔고요.」

「난 널 런던으로 데려온 거야. 그게 네가 원한 것 아니었어?」

「전 런던이 이럴 거라고 생각 안 했어요.」

「아직 가장 좋은 부분을 못 봐서 그래. 그만 가서 자. 아침에 외투 찾으러 가자. 그럼 기분이 새로워질 거야.」

「어떻게 찾아요? 방금 우리가 갖고 있던 1실링을 저 숙녀에게 줬잖아요.」

「내일 1실링이 또 생길 거야.」

「어떻게요?」

「묻지 마. 가서 자. 안 피곤해?」

「침대에 검은 털들이 있어요.」

「그럼 다른 침대를 써.」

「다른 침대엔 붉은 털이 있는 걸요.」

「붉은 털이 널 잡아먹진 않아.」

찰스가 앉아 얼굴을 문지르는 소리가 들렸다. 다시 울음을 터트리려는 건가 하는 생각이 들었다. 그렇지만, 1분 정도가 흐르고 나자 찰스가 입을 열었고, 목소리가 달라져 있었다.

「그래도, 예전에는 리버스 씨의 구레나룻이 짧지 않았나요?」찰스가 말했다.

「짧았지.」 나는 여전히 덧문에 눈을 대고 말했다. 「수염을 손질해 줄 아이가 필요할 거야.」

「그렇죠!」

그다음 찰스는 한숨을 쉬었다. 그리고 침대에 도로 누워 모자로 눈을 덮었다. 나는 계속해 창을 바라보았다. 고양이가 쥐구멍을 주시하듯 계속해 살폈다. 몇 시간이 흘러도 상관없었고, 내가 보고 있는 것 말고는 아무것도 생각하지 않았다. 밤이 되어 어두워지고, 여름이면 붐비던 거리도 점차 한산해지고 조용해졌으며, 아이들은 모두 침대에 들고, 남자들과 여자들도 선술집에서 돌아오고, 개들도 잠들었다. 우리가 묵은 하숙집의 다른 방들에서 사람들이 걸어 다니고 바닥에 의자를 끌었다. 아기가 울음을 터트렸다. 취한 듯한 여자아이 하나가 계속해 웃음을 터트렸다. 나는 아직도 밖을 살피고 있었다. 어딘가에서 시계가 종을 울리며 시간을 알렸다. 이제 종소리가 울리면 늘 움찔움찔했고 종소리 한 번 한 번이 선명하게 느껴졌다. 마침내 열두 시가 되고 열두 시 반이 되었으며, 나는 12시 45분을 알리는 소리를 들으려 귀를 기울였다. 여전히 밖을 살피고 여전히 기다리고 있었다. 그러나 내가 무엇을 보게 되리라고 생각했던 것일까 하고 의문이 들기 시작했다. 그리고 그 일이 일어났다.

석스비 부인의 방에 불이 켜지고 그림자가 드리워졌다. 그리고 사람 형체가 나타났다. 바로 석스비 부인이었다! 심장이 급격히 쿵쾅대기 시작했다. 석스비 부인의 머리가 희어 보였고 낯익은 검은 태피터 드레스를 걸치고 있었다. 손에 등불을 들고 내게서 얼굴을 돌린 부인이 턱을 움직이는 게 보였다. 방 안 저 멀리 누군가에게 이야기하고 있었다. 부인이 뒤로 물러남에 따라 그 사람은 앞으로 나오고 있었다. 여자아이였다. 허리가 무척 가늘었고……. 그 여자아이를 보자 몸이 떨리기 시작했다. 석스비 부인이 그 아이 뒤쪽에서 방을 왔다 갔다 하는 동안 여자아이는 브로치와 반지들을 빼내며 이쪽으로 다가왔다. 바로 유리창 앞까지 왔다. 창틀의 가로막대 위에 팔을 걸치고 손목에 이마를 대고 서더니 조용해졌다. 오로지 손가락만이 창문의 레이스를 일없이 당기며 움직이고 있었다. 장갑을 끼지 않은 맨손이었다. 머리는 곱슬곱슬했다. 나는 생각했다. 〈그럴 리 없어.〉

그리고 석스비 부인이 다시 입을 열자 여자아이는 얼굴을 들었고 가로등 불빛이 얼굴을 정면으로 비추었다. 그리고 내 입에서 커다란 비명이 터져 나왔다.

여자아이가 내 목소리를 들었는지도 모르겠다. 들을 수 있었다는 생각은 안 들지만 말이다. 여자아이는 고개를 돌리더니 내쪽을 바라보는 것 같았고, 거의 1분 동안이나 먼지투성이 거리와 어둠을 가로질러 나와 시선을 마주치는 듯했기 때문이다. 그동안 나는 눈도 깜빡이지 않았던 것 같다. 여자아이도 그랬다는 생각이 든다. 여자아이는 계속 눈을 뜨고 있었다. 나는 그 눈을 바라보았고 마침내 눈 색깔이 기억났다. 그리고 여자아이는 자기 방으로 돌아서서 한 발 물러나더니 등불을 집었다. 그리고 여자아이가 불꽃을 낮추는 동안 석스비 부인이 여자아이에게 다가가 손을 올려 여자아이의 옷깃 뒤쪽 고리를 풀기 시작했다.

그리고 방이 어두워졌다.

나는 창문에서 물러났다. 내 하얀 얼굴이 창문에 반사되어 보였다. 눈 아래쪽 뺨에 가로등 불빛이 하트 모양으로 새겨졌다. 나는 창에서 돌아섰다. 내 울음소리에 찰스가 깨어났고, 내 표정이 무척 기괴했을 듯하다.

「아가씨, 무슨 일이에요?」 찰스가 속삭였다.

나는 손으로 입을 가렸다.

「오, 찰스!」 내가 말했다. 나는 휘청거리며 찰스에게로 두어 발 나아갔다. 「찰스, 나를 봐! 내가 누군지 말해 줘!」

「누구요, 아가씨?」

「〈아가씨〉가 아냐, 날 〈아가씨〉라고 부르지 마! 저 사람들이 날 아가씨로 둘러대긴 했어도, 난 한 번도 아가씨였던 적 없다고…… 오! 저 여자가 내게서 모든 걸 빼앗아 갔어, 찰스. 저 여자가 다 빼앗아 가서 대신 자기 걸로 만들었어. 그러면서…… 석스비 부인까지 자길 사랑하게 했어……. 오! 죽여 버릴 테야. 오늘 밤에 말이야!」

나는 열에 들떠 다시 덧문으로 달려가 맞은 편 집을 보았다. 내가 말했다. 「자, 내가 창을 오를 수 있을까? 저 빗장을 억지로 들어 버리고 기어 들어가 저 여자가 자는 동안 찔러 버리는 거야. 칼 어디 있지?」

나는 다시 달려가 칼을 들고 날을 시험해 보았다. 「날카롭지 않아.」 내가 말했다. 주위를 둘러보고는 문에 굄돌로 쓰던 돌을 집어 들어 칼날에 대고 갈았다. 「이렇게 하는 건가?」 내가 찰스에게 말했다. 「아니면 이렇게? 어떻게 해야 가장 날을 잘 갈 수 있지? 어서, 어서. 네가 바로 나이프 담당이잖아, 안 그래?」

찰스는 공포에 떨며 나를 지켜보고 있었다. 그러더니 내게 다가와 떨리는 손가락으로 어떻게 하는지를 보여 주었다. 나는 날을 갈았다. 「좋아.」 내가 말했다. 「이 끝을 저 심장에 박으면 기분이 아주 좋을 거야.」 그리고 나는 멈추었다. 「하지만 그건 그렇다 쳐도, 칼에 찔리면 좀 빨리 죽어 버리겠지? 좀 더 천천히 죽게 할 방법을 찾아야 하지 않을까?」 나는 질식시켜 죽이기, 목 졸라 죽이기, 곤봉으로 때려죽이기 등을 고려해 보았다……. 「우리에게 곤봉이 있던가, 찰스? 그게 죽는 데 더 오래 걸릴 거야. 그리고 오! 죽을 때 내가 누군지 알게 하고 싶어. 나랑 같이 가는 거야, 찰스. 날 도와줘야 해……. 왜 그래?」

찰스는 벽 쪽으로 걸어가 벽에 등을 대고 서 있었다. 그리고 떨기 시작했다.

찰스가 말했다. 「당신은…… 당신은 제가 브라이어에서 알던 그 숙녀가 아니에요!」

내가 말했다. 「너 자신을 봐. 너도 그 아이가 아냐. 그 녀석은 용기가 있었어.」

「전 리버스 씨를 만나고 싶어요!」

나는 웃음을 터트렸다. 광기 어린 웃음이었다. 「네게 들려줄 소식이 있어. 리버스 씨도 네가 생각하는 그런 신사가 아니야. 리버스 씨는 악마고 악당이야.」

찰스가 앞으로 나섰다. 「아니에요!」

「하지만 정말이야. 리버스 씨는 모드 양과 도망친 뒤 모든 사람들에게 내가 모드라고 말하고선 나를 정신 병원에 처넣었어. 내 입원 동의서에 서명한 게 그럼 또 달리 누구일 거라고 생각해?」

「만약 리버스 씨가 서명했다면, 그게 분명 사실이었을 거예요!」

「그 사람은 악당이야.」

「리버스 씨는 신사 중의 신사예요! 브라이어의 모든 사람들이 그렇게 말했어요.」

「나처럼 그 사람을 잘 알진 못했으니깐. 나쁜 놈이야. 썩었다고.」

찰스가 주먹을 쥐었다. 「상관없어요!」 찰스가 외쳤다.

「악마의 하수인이 되고 싶어?」

「차라리 그게 나아요, 차라리…… 오!」 찰스는 마루에 주저앉아 얼굴을 묻었다. 「오! 오! 이렇게 비참할 수가. 당신이 미워요!」

「나도 네가 싫어.」 내가 말했다. 「빌어먹을 계집아이 같은 녀석.」

나는 아직도 손에 돌을 쥐고 있었다. 나는 돌을 찰스에게 던졌다.

돌은 1피트 정도 차이로 찰스를 비켜갔다. 그러나 벽과 바닥에 돌 부딪치는 소리가 무시무시했다. 나는 이제 찰스만큼이나 심하게 몸을 떨고 있었다. 손에 쥔 칼을 바라본 뒤 내려놓았다. 얼굴을 만졌다. 뺨과 이마가 땀으로 끔찍하게 젖어 있었다. 나는 찰스에게 가 그 옆에 무릎을 꿇었다. 찰스가 나를 밀어 버리려 했다.

「저리로 가요!」 찰스가 소리 질렀다. 「그럴 게 아니면, 절 당장 죽이든지요! 상관없어요!」

「찰스, 내 말 잘 들어.」 내가 한층 차분해진 목소리로 말했다. 「사실은 널 미워하지 않아. 그리고 너도 날 미워해선 안 돼. 네겐 내가 전부니까. 넌 브라이어의 일도 잃었고, 네 아주머니도 널 원하지 않아. 이제 거기로는 못 돌아가. 게다가, 내 도움 없이는 절대 서더크를 못 빠져나가. 헤매다가 당황해 버릴 거고, 런던은 당황한 금발 남자아이들에게 말로 형언할 수 없는 짓들을 하는 잔인하고 못된 놈들로 가득해. 선장에게 끌려가 자메이카에서 인생을 종칠 수도 있어. 그게 좋을 거 같아? 울지 마, 제발!」 찰스는 훌쩍이기 시작하고 있었다. 「나는 안 울고 싶을 거같아? 난 끔찍하게 속은 것도 모자라, 날 가장 나쁘게 속인 사람이 바로 지금 내 어머니 품에 안겨 내 침대에 누워 있어. 네가 이해할 수 있는 수준 밖의 일이야. 죽고 사는 문제라고. 오늘 밤 그 여자를 죽여 버리겠다고 말한 건 내가 바보 같았어. 하지만 하루 이틀만 더 생각할 시간을 줘. 저쪽에 돈이 있고, 정말 맹세해, 찰스! 그리고 사람들도 있어. 그 사람들은 내가 어떻게 부당한 취급을 받았는지 알게 되면, 내가 여기로 돌아올 수 있게 도와준 아이에게 얼마든지 돈을 줄 거야…….」

찰스가 여전히 울면서 고개를 흔들었다. 그리고 마침내 나가지 울음이 터졌다. 내가 찰스에게 팔을 두르자 찰스가 내 어깨에 기대었으며 우리는 몸을 떨며 통곡했다. 마침내 옆방의 누군가가 벽을 쾅쾅 두드리며 그만하라고 소리를 질렀다.

「그래, 자.」내가 코를 닦으며 말했다. 「이제 안 무섭지? 착하게 잘 잘 거지?」

찰스는 내가 자기 옆에 있어 주면 그러겠노라 대답했고, 그래서 우리는 붉은 털이 든 침대에 같이 누웠다. 찰스는 분홍빛 입술을 벌리고 잠이 들었고 가슴이 고르고 부드럽게 오르락내리락거렸다.

그러나 나는 밤새도록 깨어 있었다. 길 건너편에서 찰스처럼, 꽃처럼 입을 벌리고 완벽하게 희고 가는 목을 드러내고 석스비 부인의 팔에 안겨 잠들어 있을 모드를 생각하고 있었다.

아침이 밝을 무렵 나는 계획을 시작했다. 창가에 서서 한동안 입스 씨 가게 문을 지켜보았지만 아무런 인기척이 없어 그만두었다. 기다릴 수 있었다. 지금 내게 필요한 것은 돈이었다. 돈을 얻을 방법은 알고 있었다. 찰스에게 머리를 빗고 가르마를 타게 한 뒤 뒷문으로 조용히 집에서 데리고 나갔다. 나는 찰스를 화이트채플로 데려갔다. 내 생각엔 베일 없이 돌아다니는 위험을 무릅써도 괜찮을 만큼 버러에서 충분히 먼 곳이었다. 나는 하이 스트리트의 한 곳을 찍었다.

「여기 서.」내가 말하자 찰스가 멈춰 섰다. 「자, 지난밤에 네가 얼마나 심하게 울었는지 기억하지? 여기서 다시 해봐.

「뭘 해보라고요?」

나는 찰스의 팔을 잡고 꼬집었다. 찰스가 꽥하고 소리를 지르더니 훌쩍이기 시작했다. 나는 찰스의 어깨에 손을 얹고 걱정스럽다는 듯이 거리를 이리저리 돌아보았다. 사람들 몇이 우리를 궁금한 눈초리로 바라보았다. 내가 사람들을 손짓해 불렀다.

「제발요, 선생님, 제발요, 부인.」내가 말했다. 「방금 이 불쌍한 녀석을 만났는데 오늘 아침 시골에서 올라와선 주인을 잃어 버렸다는군요. 다시 제 길로 돌아갈 수 있게 몇 파딩[4]만 나눠 주시면 안 될까요? 네? 완전 외톨이인 데다가 아는 사람 하나 없고, 올위치하고 챈서리 레인도 구별을 못해요 외투도 주인님 짐마차에 두고 내렸다네요…… . 신의 축복이 내리시길, 나리! 울지 마, 친구야! 봐, 이 신사 분께서 네게 2펜스를 주셨어. 여기 더 주시네! 시골 사람들은 런던 사람들이 냉정하다고들 하지만 안 그렇잖아……?」

물론, 신사들이 돈을 준다는 생각이 들자 찰스는 더욱 심하게 울어 대기 시작했다. 찰스의 울음은 자석처럼 사람들을 끌어당겼다. 우리는 첫날에 3실링을 벌어 들였다. 그 돈은 방값으로 냈다. 그리고 그날 오후 다른 거리에서 같은 수법으로 4실링을 벌었다. 그 돈으로는 저녁을 먹었다. 그 뒤에 남은 돈은 찰스의 외투 보관증과 함께 신발에 넣어 두었다. 나는 침대에서조차 신발을 신고 잤다. 「제 외투 줘요.」찰스는 한 시간에도 백번도 더 똑같은 말을 하곤 했다. 그리고 그때마다 나는 이렇게 대답하곤 했다. 「내일 찾자. 맹세할게. 약속할게. 딱 하루만 더…… .」

그러고 나면 나는 하루 종일 하트 모양 구멍에 눈을 대고 덧문 앞에 서 있곤 했다. 언제 무슨 일을 하는지 마음에 담아 두며 집을 지켜보았다. 금고털이처럼 인내심을 가지고 주의를 기울였다. 도둑들이 장물을 가지고 입스 씨를 찾아왔다. 입스 씨가 문의 자물쇠를 돌리고 창문 가리개를 내렸다. 입스 씨의 손을, 그리고 정직한 얼굴을 보자 울고 싶어졌다. 이런 생각이 들곤

4 영국의 옛 화폐.

했다. 〈입스 씨에게 가면 《왜 안 돼?》〉 그리고 조금 후면 젠틀 먼의 모습이 보였고, 그러면 공포가 밀려오곤 했다. 그다음엔 모드의 모습이 보이곤 했다. 모드는 창문에 모습을 드러내곤 했다. 즐겨 창틀에 얼굴을 대고 서 있곤 했다. 마치 내가 보고 있는 걸 알고 나를 놀리는 듯했다! 아침마다 드레스 입는 것을 도와주고 머리를 틀어 올려 주는 데인티의 모습도 보았다. 그리고 밤이면 석스비 부인이 머리를 풀어 내려 주곤 했다. 한번은 석스비 부인이 모드의 머리털 한 다발을 들어 자기 입에 대고 키스하는 모습도 보았다.

새로운 걸 볼 때마다 나는 서 있던 창가의 유리에 얼굴을 대고 창틀이 다 삐걱거리도록 얼굴을 세게 눌러 대곤 했다. 밤이 되고 집이 어두워지면, 초를 집어 들고 앞뒤로, 이쪽 벽에서 저쪽 벽으로, 수도 없이 왔다 갔다 했다.

「둘이서 완전히 속아 넘겼군.」 나는 이렇게 말하곤 했다. 「데인티, 그리고 입스 씨, 그리고 석스비 부인. 게다가 존과 심지어는 필마저도 분명 그리 됐어. 커다란 거미 두 마리처럼 자기들의 거미줄을 자아 낸 거야. 우린 조심해야 해, 찰스. 오, 정말 그래! 만약 저 사람들이 크리스티 의사를 통해 내가 도망친 걸 알게 된다면? 지금쯤엔 〈분명〉 알고 있을 거야! 저 사람들은 기다리는 거야, 찰스. 날 기다리고 있어. 모드는 석스비 부인을 자기 주위에 묶어 두려고 집 안에만 머무르고 절대 부인 곁을 떠나지 않아. 정말 똑똑하지 뭐야! 하지만 〈젠틀먼은 외출을 해〉. 나가는 걸 본 적이 있어. 나도 기다리고 있어. 저 사람들은 그걸 모르지. 〈젠틀먼은 외출을 해.〉 다음번에 또 나가면, 우리도 우리 대로 움직이는 거야. 내가 저 사람들이 원하는 파리지. 저 사람들은 절대 날 못 잡아. 저 사람들에게 널 보낼 거니까. 저 사람들도 그 생각은 못 했을걸! 이것 봐, 찰스?」

찰스는 대답하는 법이 없었다. 어두운 방 안에 아무 할 일도 없이 너무 오래 붙잡아 둬서 얼굴이 창백해지고 눈은 인형 눈처럼 흐리멍덩하게 변해 가고 있었다. 「제 외투 줘요.」 때때로 찰스는 가냘프게 우는 소리로 아직도 그렇게 말하곤 했다. 그러나 나는 찰스가 무엇 때문에 자신이 외투를 원했는지도 이미 거의 잊어버린 상태였다고 생각한다. 마침내 찰스의 말에 내가 〈좋아. 오늘 가서 찾아와. 충분히 오래 기다렸잖아. 오늘은 우리를 위해 쓰자〉라고 대답하자 찰스는 기쁜 표정을 짓는 대신 나를 뚫어져라 바라보더니 소스라치게 놀란 표정을 지었기 때문이다.

아마도 찰스는 내 눈 속에서 자제력을 잃은 듯한 무엇인가를 보았다고 생각한 것 같았다. 모르겠다. 내게는 평생 처음 사기꾼처럼 머리를 굴렸던 듯한 순간이었다. 나는 찰스를 워틀링 스트리트로 데려가 전당포에서 외투를 찾았다. 그러나 나는 외투를 계속 쥐고 있었다. 그러고는 합승마차에 데리고 올라탔다…….
「상이야.」 내가 말했다. 「창밖으로 가게들을 봐.」

우리는 아기를 안은 여자 옆에 자리를 잡았다. 무릎에 외투를 걸쳐 놓고 앉았다. 그러고는 아기를 보았다. 여자가 나와 시선을 마주치자 나는 웃어 보였다.

「예쁜 왕자님이에요.」 여자가 말했다. 「예쁘지 않나요? 하지만 어머니를 위해 자줄 생각을 안 하네요. 합승마차에 데리고 타면 덜컹거릴 때마다 깨버려요. 저희는 풀엄에서 보로 가는 중이에요. 이제 돌아가는 길이죠.」

「정말 예쁜 아가네요.」 내가 말했다. 몸을 기울여 아가의 뺨을 쓰다듬었다. 「이 속눈썹 좀 보라지! 나중에 여자들 꽤 울리겠어요, 진짜로요.」

「그렇죠!」

나는 몸을 뒤로 젖혔다. 다음 역에 닿자 나는 찰스를 내리게 했다. 여자가 잘 가라고 인사를 했고 합승마차가 멀어지는 동안 창밖으로 손을 흔들었다. 그러나 나는 같이 손을 흔들어 주지 않았다. 찰스의 외투 밑에 여자의 허리끈이 있었고 시계까지 훔친 차였던 것이다. 멋진 조그만 숙녀용 시계였고 바로 내가 원하던 것이었다. 나는 찰스에게 시계를 보여 주었다. 찰스는 마치 시계가 뱀이기나 해서 자기를 물 것 같은 표정으로 시계를 바라보았다.

「그건 어디서 났어요?」 찰스가 말했다.

「누가 준 거야.」

「못 믿겠어요. 제 외투 주세요.」

「금방 줄게.」

「제 외투 달라니까요!」

우리는 런던 브리지를 걷는 중이었다. 「입 닥쳐.」 내가 말했다. 「안 그러면 외투를 다리 밑으로 던져 버리겠어……. 훨씬 낫네. 자, 말해 봐. 글 쓸 줄 알아?」

찰스는 내가 다리 벽으로 다가가 외투를 강 위에 대롱거리는 걸 보고서야 입을 열었다. 그러더니 다시 울음을 터트리긴 했지만, 글을 쓸 줄 안다고 대답했다. 「착하네.」 내가 말했다. 나는 찰스와 좀 더 걷다가 손수레에 종이와 잉크를 싣고 다니며 파는 남자를 만났다. 나는 평범한 흰 종이와 연필을 샀다. 그리고 찰스를 방으로 데려가 앉히고 편지를 쓰게 했다. 찰스의 목 뒤에 손을 얹고 서서 지켜보았다.

「〈석스비 부인〉이라고 써.」 내가 말했다.

찰스가 말했다. 「철자가 어떻게 되는데요?」

「모르는 거야?」

찰스가 얼굴을 찌푸리더니 쓰기 시작했다. 내 눈엔 맞게 보였다. 내가 말했다.

「이젠 이렇게 써. 자. 〈저는 정신 병원에 갇혀 있었어요. 부인의 친구라고 자칭하는 악당, 젠틀먼의 짓이었어요!〉」

「너무 빨라요.」 찰스가 쓰면서 말했다. 그리고 고개를 기웃했다. 「〈부인의 친구라고〉…….」

「〈자칭하는 악당, 젠틀먼의 짓이었어요! 그리고 그 쌍년 모드 릴리도 한패였고요…….〉 이름을 꼭 눈에 잘 뜨이게 써야 해.」

연필이 계속해 나아가다가 멈추었다. 찰스가 얼굴을 붉혔다.

「그 단어는 안 쓸래요.」 찰스가 말했다.

「무슨 단어?」

「쌍시옷으로 시작하는 단어요.」

「뭐?」

「릴리 양 앞에 쓴 단어요.」

나는 찰스의 목을 꼬집었다. 「어서 써.」 내가 말했다. 「내 말 알겠어? 그리고 이렇게 써, 아주 큰 글자로. 《숙맥이라니!》 모드가 《젠틀먼보다 훨씬 더》 악질입니다!〉」

찰스가 머뭇거리다 입술을 깨물고는 써 내려갔다.

「잘했어. 자, 이제는 이렇게 써. 〈석스비 부인, 저는 병원에서 탈출하여 아주 가까운 곳까지 와 있어요. 이 아이 편으로 신호를 보내 주세요. 제 친구이고, 지금 이 편지를 쓰고 있으며, 이름은 찰스예요. 이 아이를 믿고, 절 믿어 주세요. 오! 만약 이 시도가 실패하면 전 죽어 버릴 거예요! 제가 늘 당신 딸처럼 착하고 충실하단 걸 믿어 주세요…….〉 그다음엔 공간을 비워 놔.」

찰스는 내 말대로 했다. 나는 찰스에게서 종이를 받아 제일 아래에 내 이름을 썼다.

「내 쪽 보지 마!」 나는 이름을 쓰며 말했다. 그리고 쓴 곳에 키스를 하고 종이를 접었다.

「이제 네가 다음으로 할 일이 있어.」 내가 말했다. 「오늘 밤, 젠틀먼, 그러니까 리버스 씨가 집을 나가면, 넌 길을 건너가서 문을 두드리고 입스 씨를 만나러 왔다고 해. 팔 물건이 있다고 말해. 바로 알아볼 수 있을 거야. 키가 크고 구레나룻을 다듬은 사람이야. 뒤따라온 사람이 없는지 물어볼 거야. 그때 반드시 뒤는 깨끗하다고 말해야 해. 그러면 무슨 물건을 가져왔는지 물어볼 거야. 필을 안다고 말해. 만약 입스 씨가 네가 어떻게 필을 아느냐고 물으면 이렇게 말해. 〈조지란 친구를 통해서 알게 됐어요〉라고. 어떤 조지 말이냐고 묻거든 꼭 이렇게 대답해야 해. 〈조지 조슬린이에요. 콜리어스 렌츠에 사는 조지요.〉 조지 누구고, 어디 산다고?」

「조지 조슬린, 어…… 오, 아가씨! 차라리 다른 걸 시켜 주세요!」

「차라리 자메이카에서 잔인하고 나쁜 사람들에게 말로 형언할 수 없는 짓을 당하고 싶다고?」

찰스가 침을 삼켰다. 「조지 조슬린, 콜리어스 렌츠 아래에 사는 조지요.」 찰스가 말했다.

「잘했어. 그다음엔 그 시계를 넘겨줘. 입스 씨가 가격을 부를 거야. 하지만 얼마를 부르든, 그게 백 파운드가 되건, 천 파운드가 되건, 충분치 않다고 말해야 해. 좋은 시계라고, 제네바산이라고 말해. 가령, 네 아버지가 시계를 만드신다고 하고, 네가 시계를 잘 안다고 말해. 몰라, 알아서 해. 입스 씨가 시계를 좀 더 열심히 보게 해. 운이 좋으면 입스 씨가 시계 뒤를 열어 볼 거야. 그럼 네가 주위를 둘러볼 기회가 생기겠지. 네가 찾아야 할 사람은 숙녀야. 나이가 좀 들었고, 머리가 은발이야. 흔들의자에 앉아 있을 거고, 아마 무릎에 아기를 안고 있을 거야. 그분이 날 키워 주신 석스비 부인이야. 나를 위해서라면 무슨 일이라도 해주실 거야. 부인 옆으로 다가갈 방법을 찾아서 이 편지를 전해 드려. 그렇게 하면, 찰스, 우리는 구원받는 거야. 하지만 잘 들어. 만약 얼굴이 까맣고 못되게 생긴 남자아이가 근처에 있으면, 그 아이를 피해. 우리의 적이야. 빨간 머리 여자애도 그래. 그리고 만약 그 독사 년 모드 릴리가 어디든 근처에 있으면 얼굴을 숨겨. 이해했지? 만일 모드가 널 보면, 그 남자애보다도 더 나빠. 우리는 끝장나는 거야.」

찰스가 다시 침을 삼켰다. 편지를 침대에 놓고 앉더니 공포에 가득 찬 표정으로 편지를 바라보았다. 그리고 자기가 해야 할 말을 연습했다. 나는 창가에 서서 밖을 내다보았고 기다렸다. 먼저 땅거미가 깔리고, 그다음 어둠이 내리면서 젠틀먼이 입스 씨 가게 문으로 슬며시 미끄러져 나왔다. 모자를 살짝 기울여 쓰고 목에는 진홍색 천을 감고 있었다. 나는 젠틀먼이 가는 것을 보고, 확실히 해두기 위해 다시 반시간을 기다렸다가 찰스를 바라보았다.

「외투 입어.」 내가 말했다. 「움직일 시간이야.」

찰스의 얼굴이 창백해졌다. 나는 찰스에게 모자와 스카프를 주고 옷깃을 세워 주었다.

「편지 가지고 있지? 아주 좋아. 자, 용기를 내. 가볍게 생각하지 마. 내가 보고 있을 거야. 잊지 말라고.」

찰스는 아무 말도 하지 않았다. 찰스가 방을 나간 뒤 잠시 후 거리를 가로질러 입스 씨 가게 앞에 서는 모습이 보였다. 교수대에 끌려가는 것처럼 걷고 있었다. 스카프를 좀 더 얼굴 높이 올리고는 고개를 돌려 덧문 뒤 내가 있는 곳을 보았다. 「돌아보지 마, 이 멍청아!」 찰스가 돌아보자 나는 생각했다. 찰스는 다시 스카프를 위로 당기더니 문을 두드렸다. 계단에서 도망치는 건 아닐지 의심스러워졌다. 꼭 그러고 싶은 표정이었다. 그러나 그러기도 전에 문이 열렸다. 데인티였다. 둘이 이야기를 나누더니 데인티가 밖에 찰스를 세워 두고 안으로 입스 씨를 찾으러 들어갔다. 그리고 다시 나왔다. 데인티는 거리 양쪽을 살폈다. 바보처럼 찰스도 데인티가 뭘 찾는 건지 알고 싶다는 듯이 같이 두리번거리고 있었다. 그리고 데인티가 고개를 끄덕이고 뒤로 물러났다. 찰스가 들어가자 문이 닫혔다. 나는 데인티가 예쁜 하얀 손으로 걸쇠를 돌리는 모습을 상상했다.

그리고 기다렸다.

약 5분이 흘렀다. 어쩌면 10분이.

난 어떤 일이 일어나리라고 생각했던 걸까? 어쩌면 문이 열리고 석스비 부인이 밖으로 튀어나오고 입스 씨가 뒤따라 나올 거라 생각했는지도 모른다. 어쩌면 석스비 부인이 그저 자기 방으로 가 불을 켜 신호를 보내길 기대했는지도 모른다. 모르겠다. 그러나 집은 여전히 조용했다. 그리고 마침내 문이 열렸을 때 나온 것은 찰스뿐이었고, 뒤에 여전히 데인티가 있었다. 그리고 다시 문이 닫혔다. 찰스는 선 채 몸을 떨었다. 나는 이제 찰스가 몸을 떠는 데 익숙해져 있었고, 그때의 표정을 보고 일이 나쁘게 풀렸음을 알았던 것 같다. 찰스가 고개를 들어 우리 방 창을 보며 달아날까 생각하는 모습이 보였다……. 「도망치지 마, 이 망할 녀석아!」 내가 말하고 유리를 쳤다. 아마도 찰스가 그 소리를 들었는지 고개를 숙이고 거리를 건너 위층으로 올라왔다. 방에 왔을 무렵엔 얼굴이 시뻘겠고 온통 눈물 콧물로 범벅이 되어 있었다.

「하느님 맙소사, 절대 그럴 생각은 없었어요!」 찰스가 울음을 터트리며 말했다. 「하느님 맙소사, 그쪽에서 절 알아보고 그렇게 하게 했다고요!」

「뭘 어떻게 하게 했다고?」 내가 말했다. 「무슨 일이 있었는데? 무슨 일이야, 이 진드기 새끼야?」

나는 찰스를 잡고 흔들었다. 찰스가 손으로 얼굴을 가렸다.

「편지를 빼앗아 가 읽었어요!」 찰스가 말했다.

「누가 그랬다고?」

「모드 양요! 모드 양요!」

나는 전율 속에 찰스를 바라보았다. 「모드 양이 절 봤어요.」 찰스가 말했다. 「그리고 알아봤어요. 전 말한 대로 모두 다 했어요. 제가 시계를 주고, 그 키 큰 남자가 시계를 가져가 뒤를 열었어요. 제 스카프가 이상해 보였는지 제게 두통이 있냐고 묻더라고요. 그렇다고 했죠. 저한테 집게를 보여 주더니 이를 뽑을 때 좋다고 했어요. 절 놀리는 거 같더라고요. 말씀하신, 얼굴이 시커먼 남자아이도 거기 있었어요. 종이를 태우고 있었죠. 절…… 절 숙맥이라고 불렀어요. 빨간 머리 여자애는 제게 눈길도 안 줬고요. 하지만 그 숙녀, 즉 아가씨 어머니는 주무시고 계셨어요. 그래서 그 옆으로 가려 했는데 모드 양이 제 손의 편지를 봤죠. 그러더니 제 얼굴을 봤고 절 알아본 거예요. 그러곤 이러시더라고요. 〈이리 와, 얘, 너 손을 다쳤구나.〉 그러고는 다른 사람들이 보기 전에 절 잡았죠. 탁자에서 카드놀이를 하고 있었는데 편지를 탁자 밑으로 숨기고 읽더니 제 손가락을 너무나 아프게 비트는 거예요…….」

찰스의 말이 눈물에 녹아든 소금처럼 가물거리기 시작했다.

「그만 울어!」 내가 말했다. 「제발 인생에서 딱 한 번만 울음을 멈춰 봐, 안 그러면 맹세컨대 널 때릴 테야! 어서 말해, 모드가 어떻게 했어?」

찰스가 숨을 들이쉬더니 손을 주머니에 넣고 무언가를 꺼냈다.

「아무것도요.」 찰스가 말했다. 「하지만 제게 이걸 주셨어요. 앉아 있던 탁자에서 가져온 거예요. 마치 비밀이라도 되는 것처럼 주시던데요. 그리고 키 큰 남자가 시계 뚜껑을 닫자 모드 양이 절 떠밀었어요. 키 큰 남자가 제게 1파운드를 주었고, 제가 받아 들자 빨간 머리 여자애가 절 내보냈어요. 모드 양이 제가 가는 모습을 지켜보는데 눈이 이글이글거리시더라고요. 그러나 아무 말도 안 하셨어요. 그냥 이것만 주셨고, 이걸로 모드 양이 아가씨에게 뭔가 뜻을 전달하려 했다고 생각해요, 오, 아가씨! 절 바보라고 불러도 좋아요, 하지만 하느님 맙소사, 전 그 뜻까지는 정말 몰라요!」

찰스가 내게 물건을 넘겨주었다. 모드가 무척 작게 만들어 놓았기에 그걸 풀고 알아보기까지 시간이 좀 걸렸다. 알아본 뒤에는 손에 쥐고 돌리고, 또 돌렸다. 그리고 일어나 멍청히 바라보았다.

「이게 다야?」 내가 말했다. 찰스가 고개를 끄덕였다.

그건 카드였다. 브라이어에서 모드가 가지고 놀던 프렌치 덱의 한 장이었다. 하트 2였다. 기름때가 묻고 접힌 자국이 나 있었다. 그러나 붉은 하트 하나에 아직도 모드가 발로 밟아 생긴 주름이 그대로 남아 있었다.

나는 카드를 손에 쥐고, 모드 방 응접실에 앉아 모드에게 점을 쳐주겠다고 카드를 섞던 일을 떠올렸다. 모드는 푸른 드레스 차림이었다. 손으로 입을 가리고 있었다. 〈겁주지 마!〉 모드는 그렇게 말했다.

나중에 그걸 가지고 모드가 얼마나 웃어 댔을까!

「나랑 놀아 보자는 거지.」 내가 말했다. 목소리가 아주 침착하진 못했다. 「모드가 내게 이걸 보낸 건…… 카드에 메시지나 자국이나 신호 같은 거 없다고 분명히 확신하지? 이걸 보낸 건, 날 놀리려는 거야. 다른 이유가 없잖아?」

「아가씨, 전 모르겠어요. 탁자에서 이걸 빼서 주신 거예요. 정말 빨리 빼냈고, 눈에…… 눈에 광기 같은 게 보였어요.」

「어떤 광기?」

「모르겠어요. 꼭 다른 사람 같았어요. 장갑도 안 꼈고요. 머리털을 말아 놓았는데 이상했어요. 모드 양 자리 옆에 유리잔이 있었는데, 별로 말하고 싶진 않지만, 잔에 진이 들어 있던 거 같아요.」

「〈진〉?」

우리는 서로 바라보았다.

「어떻게 하죠?」 찰스가 물었다.

나도 몰랐다.

「생각해 봐야겠어.」 방 안을 걷기 시작하며 내가 말했다. 「모드가 뭘 하려는지 생각해 봐야겠어. 젠틀먼에게 말하겠지. 안 그렇겠어? 그리고 우리 편지를 보여 주겠지. 그럼 젠틀먼이 우리를 찾으러 나설 거야. 굉장히 신속하게 말이야. 저 사람들이 네가 이리로 돌아오는 걸 보지 못했지? 그래도 누가 봤을지도 몰라. 확신할 순 없어. 이제까지는 우리 쪽에 운이 따랐어. 이제 운이 걷히려고 해. 오, 내가 그 여자의 웨딩드레스만 안 가져 왔어도! 그 때문에 악운이 따를 걸 알고 있었는데. 운은 조류 같은 거야. 한 번 방향을 바꾸면, 점점 더 빨라지고 절대 멈출 수 없지.」

「그런 말 마세요!」 찰스가 소리를 질렀다. 손을 꼭 움켜쥐고 있었다. 「그 숙녀에게 드레스를 돌려보내요, 네?」

「운을 그런 식으로 속일 순 없어. 네가 할 수 있는 최선은 주어진 운에 힘껏 맞서는 거야.」

「운에 맞선다고요?」

나는 다시 창가로 다가가 집을 바라보았다.

「석스비 부인이 지금 저 안에 있어.」 내가 말했다. 「내게서 한 마디만 들으면 충분하지 않을까? 존 브룸 때문에 겁에 질린 게 언제가 마지막이었지? 데인티는 날 해치지 않을 거야. 입스 씨도. 그리고 모드는 진 때문에 멍해져 있는 것 같고. 찰스, 기다리기만 했다니 내가 바보였어. 칼 이리 줘. 건너가자.」

찰스는 입을 딱 벌린 채 가만히 서 있었다. 나는 직접 칼을 집고 찰스의 손목을 잡은 뒤 방에서 끌고 나가 미끄러운 계단을 내려갔다. 아래층에 남녀가 서서 말다툼을 하고 있었다. 그러나 우리가 지나가자 목소리가 작아지고 고개를 돌려 우리가 지나가는 모습을 바라보았다. 아마도 내 칼을 본 듯했다. 칼을 숨길 곳이 없었다. 거리에는 잔모래와 종이가 섞인 돌풍이 불고 있었고, 밤은 아직도 더웠다. 나는 머리에 모자를 쓰고 있지 않았다. 누구든 나를 보면 내가 수전 트린더임을 알아볼 터였다. 그러나 이제 어떻게 해보기엔 너무 늦어 있었다. 나는 찰스와 함께 입스 씨 가게 문으로 달려가 문을 두드리고는 찰스를 계단에 세워 둔 채 나는 벽에 등을 대고 옆에 섰다. 문이 잠시 후 딱 1인치만큼 열렸다.

「시간이 너무 늦었어요.」데인티의 목소리였다.「입스 씨는⋯⋯ 오! 다시 당신이로군요. 이번엔 무슨 일이죠? 마음을 바꿨나요?」

문이 조금 더 열렸다. 찰스가 서서 데인티에게 눈길을 준 채 입술을 핥았다. 그리고 나를 보았다. 데인티가 찰스의 행동을 보고는 역시 고개를 내밀고 이쪽을 보았다. 그러고는 비명을 질렀다.

「석스비 부인!」내가 외쳤다. 나는 문으로 돌진했고 데인티도 순식간에 안으로 사라졌다. 나는 찰스의 팔을 잡고 가게 안으로 잡아당겼다.「석스비 부인!」내가 다시 외쳤다. 나는 베이지색 커튼 쪽으로 달려가 커튼을 젖혔다. 커튼 뒤의 통로가 어두워 발이 비틀거렸다. 찰스도 나와 함께 비틀거렸다. 그리고 통로 끝 문에 도착해 문을 쾅하고 열었다. 열기와 연기와 빛이 뿜어져 나와 눈이 깜빡거려졌다. 처음으로 눈에 들어온 것은 입스 씨였다. 입스 씨는 외침을 듣고 문으로 다가오던 참이었다. 나를 보자 멈춰 서더니 깜짝 놀랐다. 그 뒤에 개가죽 외투를 입은 존 브룸이 보였다. 존 브룸 뒤로 석스비 부인이 보였다. 부인을 보는 순간 나는 거의 계집애처럼 울어 버릴 뻔했다. 탁자 옆 석스비 부인의 커다란 의자에 모드가 앉아 있었다.

의자 아래에 찰리 왝이 있었다. 이 모든 소동에 짖어 대고 있었다. 이제 나를 보자 찰리 왝이 훨씬 요란하게 짖어 대며 꼬리를 치고는 다가와 내 앞에 서서 앞발을 내밀었다. 굉장한 난리법석이었다. 입스 씨가 앞으로 손을 뻗더니 찰리의 목 끈을 잡고 잽싸게 뒤로 잡아당겼다. 너무 세게 잡아당겨 찰리는 거의 목이 졸릴 지경이었다. 나는 뒤로 움찔하며 물러나 팔을 들었다. 다른 사람들은 모두 나를 보고만 있었다. 그전엔 내 칼을 보지 못했더라도 이제는 보고 있었다. 석스비 부인이 입을 열었다. 그리고 말했다.

「수, 나는…… 수…….」

그리고 데인티가 입스 씨의 가게에서 내 뒤쪽으로 달려왔다.

「수 어딨어요?」 데인티가 외쳤다. 주먹을 쥐고 있었다. 찰스를 옆으로 밀더니 나를 보고 발을 굴렀다. 「여기로 돌아오다니 뻔뻔하기도 하지. 이 망할 년! 석스비 부인의 가슴을 찢어 놓은 지 얼마나 됐다고!」

「내게서 떨어져.」 나는 칼을 휘두르며 말했다. 데인티가 깜짝 놀라며 칼을 바라보더니 뒤로 물러났다. 데인티가 그러지 않길 바랐다. 그 모습을 보니 끔찍했기 때문이었다. 어쨌든, 데인티는 아무런 잘못이 없었기 때문이다. 칼이 떨리기 시작했다.

「석스비 부인.」 내가 부인에게 돌아서며 말했다. 「저 사람들이 거짓말한 거예요. 전 절대로…… 저 사람들이, 젠틀먼과 모드가 저를 가두어 놨어요! 그리고 전 그동안 내내, 5월 이후로 줄곧 부인께 돌아오려고 노력했어요.」

석스비 부인이 손을 가슴에 댔다. 굉장히 놀랍고 두렵다는 표정이었다. 아마도 내가 칼끝을 부인에게 겨누고 있었던 모양이었다. 부인이 입스 씨를 보고 다시 모드를 보았다. 그러고는 정신을 수습한 듯했다. 재빨리 부엌을 가로질러 두세 걸음을 딛더니 나를 끌어안았다.

「아가.」 부인이 말했다.

부인이 내 얼굴을 자기 가슴에 눌렀다. 무언가 단단한 것이 내 뺨을 쳤다. 모드의 다이아몬드 브로치였다.

「오!」 브로치를 느끼고 내가 외쳤다. 그리고 몸부림쳐 품에서 벗어났다. 「모드가 보석으로 부인을 제게서 빼앗아 갔어요! 보석이랑 거짓말로요!」

「아가.」 석스비 부인이 다시 말했다.

그러나 나는 모드를 보았다. 모드는 나를 보고도 다른 사람들처럼 주춤하지도, 놀라지도 않았다. 그저, 바로 석스비 부인처럼, 손을 가슴에 올렸을 뿐이었다. 버러의 여자아이들처럼 입고 있었다. 모드의 얼굴은 등불이 비추지 않는 곳에 있었고 눈은 그늘에 가려 있었지만 아름답고 당당해 보였다. 그렇지만, 손은 떨리고 있었다.

「바로 그거야.」 손을 보자 내가 말했다. 「떨고 있군.」

모드가 침을 삼켰다. 「여기 오지 않는 게 훨씬 좋았을 텐데, 수.」 모드가 말했다. 「멀리 떨어져 있어야 했어.」

「어련하시겠어!」 내가 소리를 질렀다. 모드의 목소리는 맑고 달콤했다. 이제 정신 병원에 있을 때 꿈속에서 그 목소리를 들었던 기억이 났다. 「어련하시겠어, 이 사기꾼, 독사, 배신자야!」

「여자애들끼리 싸운다!」 존이 손뼉을 치며 외쳤다.

「이봐! 이봐!」 입스 씨가 말했다. 손수건을 꺼내 이마를 닦고 있었다. 입스 씨가 석스비 부인을 바라보았다. 부인은 아직도 내게 팔을 두르고 있었고, 나는 부인의 얼굴이 보이지 않았다. 그러나 부인의 팔이 점차 풀리는 것이 느껴졌다. 내 손에서 칼을 빼앗아 가려고 손을 내밀고 있었다. 「어이구, 칼 한번 날카롭구나, 안 그러니?」 부인이 신경질적인 웃음을 터트리며 말했다. 그리고 부드럽게 칼을 탁자에 내려놓았다. 나는 허리를 숙여 다시 칼을 잡아챘다.

「거기 두지 마세요.」 내가 말했다. 「〈모드〉가 칼을 집을 수도 있다고요! 오, 석스비 부인, 저년이 얼마나 나쁜 악마 새끼인지 부인은 몰라요!」

「수, 내 말 좀 들어 봐.」 모드가 말했다.

「아가.」 모드의 말을 끊으며 석스비 부인이 다시 말했다. 「정말로 너무나 기이한 일이구나. 이건 정말…… 네 모습이 이게 뭐니! 마치, 하하! 진짜 군인 같잖니.」 부인이 입을 훔쳤다. 「자, 거기 앉아서 좀 차분해지면 어떨까? 릴리 양 모습에 화가 나면, 릴리 양은 위층으로 보낼까? 응? 저기 존과 데인티가 있네. 쟤들에게도 그래 달라고 하자꾸나, 그럴까?」 부인이 고개를 휙 돌렸다. 「위층으로 얼른 올라가라고 말이야.」

「보내지 마요!」 데인티가 움직이자 내가 소리를 질렀다. 「모드도, 쟤들도 남게 해요!」 나는 칼을 휘둘렀다. 「너, 존 브룸, 거기 가만히 있어.」 내가 말했다. 그리고 석스비 부인과 입스 씨에게 말했다. 「쟤들은 젠틀먼에게 갈 거예요! 저 사람들을 믿지 마세요!」

「제정신이 아니야.」 존이 의자에서 일어나며 말했다. 나는 칼로 존의 외투 소매를 쳤다.

「내가 가만있으랬지!」 내가 외쳤다.

존이 석스비 부인을 보았다. 부인은 입스 씨를 보았다.

「앉아라, 애야.」입스 씨가 조용히 말했다. 존이 앉았다. 나는 찰스에게 고갯짓을 했다.

「찰스, 내 뒤에 서 있어. 가게로 통하는 문 옆에. 혹시 저 사람들이 도망치려 하면 그쪽으로 못 가게 해.」

찰스는 모자를 벗어 끈을 물어뜯고 있었다. 찰스는 문으로 갔지만 얼굴이 너무나 창백해 어둠 속에서 빛이 나 보였다.

존이 찰스를 보더니 웃음을 터트렸다.

「걔를 가만 뒤.」내가 바로 말했다. 「너보다도 훨씬 더 친구가 돼주었어. 석스비 부인, 저 애가 없었다면 전 절대로 부인에게 돌아올 수 없었을 거예요. 절대로…… 그 정신 병원에서도 도망칠 수 없었을 거고요.」

부인이 뺨에 손가락을 올렸다. 「그렇게나 널 많이 도와줬다고, 정말?」부인이 찰스에게 눈을 돌리며 말했다. 얼굴에 웃음을 띠었다. 「그럼 분명 좋은 아이지. 확실히 대가를 줘야겠네. 안 그래요, 입스 씨?」

입스 씨는 아무 말도 하지 않았다. 모드가 의자에서 몸을 기울였다.

「나가, 찰스.」모드가 특유의 맑고 낮은 목소리로 말했다. 「여기서 나가야 해.」모드가 나를 보았다. 표정이 기묘했다. 「젠틀먼이 돌아오기 전에 둘 다 나가야 해.」

나는 모드를 향해 입술을 삐죽이 내밀었다. 「젠틀먼.」내가 말했다. 「〈젠틀먼〉이라고. 버러식 습관을 참 빨리도 배웠네.」

모드의 뺨이 붉어졌다. 「난 바뀌었어.」모드가 중얼거렸다. 「난 이전의 내가 아냐.」

「아니지.」내가 말했다.

모드가 시선을 내리깔았다. 자기 손을 바라보았다. 그러더니 마치 이제야 손에 아무것도 안 꼈다는 것을 알았다는 듯이,

그리고 마치 한 손으로 벌거벗은 다른 손을 가릴 수 있다는 듯이, 두 손을 어색하게 하나로 모아 쥐었다. 희미하게 금속 쩔렁이는 소리가 났다. 손목에 가는 은뱅글 두세 개를 걸치고 있었다. 내가 즐겨 끼던 종류였다. 소리를 없애려고 모드가 뱅글을 잡았다. 그러고는 다시 고개를 들고 나와 시선을 맞추었다. 나는 딱딱하고 가라앉은 목소리로 말했다.

「숙녀인 걸로는 부족해서, 그래서 꼭 버러까지 와서 우리 것까지 다 차지해야 했어?」

모드는 대답하지 않았다.

「엉?」 내가 말했다.

모드가 뱅글을 빼내려 애쓰기 시작했다. 「가져가.」 모드가 말했다. 「난 필요 없어!」

「〈내게는〉 필요할 거라고 생각하나 보지?」

석스비 부인이 모드 쪽으로 재빨리 손을 뻗으며 앞으로 나섰다. 「그냥 둬!」 부인이 소리쳤다.

목소리가 쉬어 있었다. 부인이 나를 보더니 어색하게 웃었다. 「아가.」 부인이 뒤로 물러나며 말했다. 「이 집에서 은이 무슨 의미가 있지? 네 얼굴을 보는 기쁨에 비한다면야 은인들 뭐 중요하겠어?」 부인은 한 손으로는 목을, 다른 손으로 의자 뒤쪽을 잡고 몸을 기울였다. 너무 몸을 기울여 의자 다리가 바닥에 삐걱거렸다. 「데인티.」 부인이 말했다. 「브랜디 큰 잔으로 좀 가져다줄래, 응? 상황이 이리 되고 보니 정말 당혹스럽구나.」

입스 씨처럼 부인도 손수건을 꺼내 얼굴을 닦았다. 데인티가 술을 가져오자 부인이 홀짝거리더니 자리에 앉았다.

「내 옆으로 오렴.」 부인이 내게 말했다. 「그 낡은 칼은 내려놓고, 그럴 거지?」 그리고 내가 망설이자 부인이 다시 말했다. 「뭐야, 릴리 양이 무서운 거야? 나랑 입스 씨가, 그리고 네 친구 찰스가 함께 널 지키고 있는데도? 자, 어서 앉아.」

나는 다시 모드를 바라보았다. 모드를 배신자라고 생각하고 있었다. 그러나 브랜디를 가져와 따르느라 등불이 이리저리 옮겨지자, 불빛 아래 드러난 모드는 너무나 가늘고 창백하고 지쳐 있었다. 석스비 부인이 소리를 지른 뒤로 모드는 꼼짝도 않고 있었다. 그러나 손은 아직도 떨리고 있었고, 모드는 앉아 있던 의자의 높은 등받이에 머리가 너무 무거워 견디기 어렵다는 듯 머리를 기대고 있었다. 얼굴이 축축했다. 머리칼 몇 가닥이 얼굴에 붙어 있었다. 눈 색이 원래보다 더 어두워 보이고 반짝거리는 듯했다.

나는 의자에 앉은 뒤 칼을 앞에 놓았다. 석스비 부인이 내 손을 잡았다. 내가 말했다.

「전 그동안 정말 심한 일들을 당했어요, 석스비 부인.」

석스비 부인이 천천히 고개를 저었다. 「아가, 이제 알겠어.」 부인이 말했다.

「저 사람들이 부인께 어떤 거짓말을 했는지는 하느님만이 아시겠지요! 진실은, 모드가 처음부터 그 작자와 한패였다는 거예요. 저 사람들이 자기들끼리 짜고 절 속여서 모드를 대신하게 했어요. 그러고는 절 정신 병원에 처넣었어요. 다들 절 모드라고 여겼죠…….」

존이 휘파람을 불었다. 「배반이네.」 존이 말했다. 「아주 제대로 했네. 하지만…… 오!」 존이 웃음을 터트렸다. 「이런 멍청이!」

나는 존이 저렇게 말할 거란 걸 내내 알고 있었다. 그럼에도, 지금은 별문제가 되지 않았다. 석스비 부인은 내가 아니라 우리가 잡은 손을 보고 있었다. 부인은 엄지로 내 손을 문지르고 있었다. 나는 부인이 내 말에 충격을 받았다는 생각을 했다.

「나쁜 짓이야.」 부인이 조용히 말했다.

「그 이상이죠!」 내가 외쳤다. 「오, 훨씬, 훨씬 더 나쁘다고요! 정신 병원이에요, 석스비 부인! 간호사들이 절 때리고 굶겼어요! 한 번은 너무나 심하게 맞아서……! 그리고…… 그리고 욕조에 떨어뜨려지기도 하고……!」

부인이 손을 빼더니 얼굴을 가렸다.

「그만, 아가! 그만해라. 더는 들을 수가 없구나.」

「그 사람들이 집게로 괴롭혔어?」 존이 물었다. 「구속복도 입혔어?」

「체크무늬 드레스를 입혔어. 그리고 장화를…….」

「철로 된 장화?」

나는 망설이다가 찰스를 응시했다.

「끈 없는 장화였어.」 내가 말했다. 「그 사람들은 내게 줄을 주면 그걸로 내가 목을 맬 거라고 생각했어. 그리고 머리를…….」

「머리털을 잘렸어?」 한 손으로 입을 막고 앉아 있던 데인티가 말했다. 입 옆에 희미한 멍 자국이 있었다. 존이 때린 걸 거라고 나는 생각했다. 「그 사람들이 머리털을 밀어 버렸어?」

나는 다시 망설이다가 말했다. 「내 머리털을 머리에 꿰맸어.」

데인티의 눈에 눈물이 고였다. 「오, 수!」 데인티가 말했다. 「정말 맹세컨대, 방금 내가 널 욕한 건 정말 진심이 아니었어.」

「괜찮아.」 내가 말했다. 「몰랐잖아.」 나는 다시 석스비 부인에게 고개를 돌린 뒤 입고 있던 치맛자락을 만졌다. 내가 말했다. 「이 드레스랑 신발은 훔친 거예요. 그리고 런던까지 거의 줄곧 걸어왔어요. 그저 부인에게 돌아와야 하겠다는 생각뿐이었어요. 정신 병원에서 당한 그 어떤 잔인한 짓보다도, 젠틀먼이 제 행방에 대해 부인에게 했을 게 뻔한 거짓말에 대한 생각이 더 괴로웠어요. 처음엔 젠틀먼이 제가 죽었다고 말했을 거라고 생각했어요.」

부인이 다시 내 손을 잡았다. 부인이 말했다. 「아마도 젠틀먼은 그 생각도 해봤을 거야.」

「하지만 전 부인이 제 시체에 대해 물어볼 줄 알고 있었어요.」

「물론이야! 듣자마자 그랬겠지!」

「그래서 전 젠틀먼이 뭐라 말했을까 생각해 봤죠. 젠틀먼은 제가 돈을 들고 튀었다고, 제가 여기 사람들 모두를 속였다고 말했을 거란 생각을 했죠.」

「맞아.」 존이 말했다. 이를 빨았다. 「난 늘 네가 그럴 용기가 없는 애라고 말했지.」

나는 석스비 부인의 얼굴을 들여다보았다. 「하지만 전 부인이 안 믿으실 줄 알았어요.」 내가 말했다. 「당신 자신의 딸에 대한 거니까요.」 내 손을 잡은 부인의 손에 힘이 들어갔다. 「절 찾아낼 때까지 찾으러 다니실 줄 알고 있었어요.」

「아가. 난…… 오, 한 달만 더 있었으면 분명 널 찾아냈을 거야. 난 그저, 알겠지만, 존과 데인티 몰래 혼자서 조용히 널 찾아다녔단다.」

「정말요, 석스비 부인?」 데인티가 말했다.

「아가, 정말이야. 비밀스럽게 사람을 보냈단다.」

부인이 입술을 닦았다. 그리고 모드를 보았다. 그러나 모드는 내게 시선을 고정하고 있었다. 모드를 비추는 불빛이 나도 비추고 있을 거란 생각이 들었다. 부드럽지만 갑작스럽게 모드가 말을 꺼냈기 때문이다.

「아파 보인다, 수.」

모드가 내 이름을 부른 게 이걸로 세 번째였다. 모드의 목소리를 듣자 나도 모르게 모드가 저토록 부드럽게 내 이름을 불렀던 이전의 기억이 났다. 얼굴이 뜨거워졌다.

「정말 기진맥진해 보여.」 데인티가 말했다. 「일주일간 한잠도 안 잔 거 같아 보여.」

「안 잤으니까.」 내가 말했다.

「그럼.」 석스비 부인이 일어나며 말했다. 「이제 올라가 좀 쉬지 그러니? 내일 나랑 데인티가 네게 입던 드레스를 입혀 주고 머리도 만져 주고…….」

「여기서 자면 안 돼, 수!」 모드가 의자에서 몸을 내밀고 내게 손을 뻗으며 말했다. 「여긴 위험해.」

내가 다시 칼을 집자, 모드가 손을 도로 움츠렸다. 내가 말했다.

「내가 위험이 뭔지 모른다고 생각해? 널 보면서, 여배우의 입술에 거짓 홍조를 띤, 못 믿을 갈색 눈의 얼굴에 서린 위험을 내가 못 보고 있다고 생각해?」

그 말이 혀에서 석회 덩어리처럼 매달렸다. 끔찍한 말이었지만, 뱉어 내든지 아니면 삼키고 목에 걸리는 수밖에 없었다. 모드가 내 눈을 바라보았고, 모드의 눈은 전혀 거짓되어 보이지 않았다. 나는 칼을 돌렸다. 칼날에 불빛을 모아 모드의 뺨에 쏘았다.

「내가 여기 온 건 널 죽이기 위해서야.」 내가 말했다.

석스비 부인이 자리에서 몸을 뒤척였다. 모드는 계속 반짝이는 눈으로 내 눈을 바라보고 있었다.

모드가 말했다. 「네가 브라이어에 온 건 결국…….」

그리고 나는 시선을 돌리고 칼을 떨어뜨렸다. 갑자기 피곤해지고 메스꺼워졌다. 갑자기 이제까지 걸어온 피로가, 그리고 신경을 곤두세우고 바라보며 쌓였던 모든 피로가 한꺼번에 몰려왔다. 이제 어떤 것도 생각대로 풀리지 않고 있었다. 나는 석스비 부인에게 고개를 돌렸다.

내가 말했다. 「그렇게 앉아서 모드가 절 놀리는 걸 듣고 계실 건가요? 모드가 절 어떻게 사악하게 속였는지 알고서도 모드를 여기 둔 채 목을 안 조르고 싶으실 수가 있어요?」 난 진심이었지만, 허풍같이 들리기도 했다. 나는 방을 둘러보았다. 「입스씨, 그럴 수 있어요?」 내가 말했다. 「데인티, 날 위해 모드를 갈기갈기 찢어 버리고 싶지 않은 거야?」

「왜 아니겠어!」 데인티가 말했다. 주먹을 들어 보였다. 「내 가장 친한 친구를 속이다니, 엉?」 데인티가 모드에게 말했다. 「정신 병원에 가두고 머리털을 꿰매?」 모드는 아무 말도 없었다. 그러나 고개를 살짝 돌렸다. 데인티가 다시 주먹을 휘두르다가 내려놓았다. 그리고 내 눈을 바라보았다. 「그렇지만, 끔찍하게 부끄러운 일이 될 거야, 수. 릴리 양은 조롱거리가 되겠지만, 그게 다야. 그리고 용감하지 않아? 지난주에 내가 릴리 양의 귀를 뚫어 주었는데, 릴리 양은 단 한 번도 소리를 지르지 않았어. 그러고는 실밥을 뽑게도 했어……」

「그만해라, 데인티.」 석스비 부인이 재빨리 말했다.

나는 다시 모드를 보았다. 이제 보니 모드의 단정한 귀에는 물방울 모양 크리스털이 달랑거리는 금귀걸이가 꽂혀 있었다. 금발은 고불거렸다. 그리고 진한 눈썹이 눈에 들어왔다. 족집게를 써서 가는 초승달 모양으로 손질되어 있었다. 그리고 역시 이때까지는 못 보고 있었지만, 모드가 앉은 의자 위쪽으로, 물방울 귀걸이와 곱슬머리와 아치 모양 눈썹과 손목의 뱅글에 이르기까지 모두와 너무나 잘 어울리는 물건이 있었다. 의자 위쪽 대들보에 버드나무로 만든 작은 새장이 매달려 있었고 그 안에 노란 새가 들어 있었다.

목구멍 깊이에서 눈물이 치밀어 올랐다.

「내 것이었던 것들은 모조리 다 가져가 버렸구나.」 내가 말했다. 「다 가져가고 더 낫게 만들었어.」

「내가 가졌어.」 모드가 대답했다. 「〈왜냐하면〉 원래 네 거였으니까. 왜냐하면, 난 그래야 하니까!」

「네가 왜 그래야 하는데? 왜?」

모드가 입을 열었다. 그러고는 석스비 부인을 보고 표정이 바뀌었다.

「그게 악당이 할 짓이니까.」 모드가 억양 없이 말했다. 「악당은 그래야 하니까. 네가 한 말이 옳았으니까. 내 얼굴은 거짓된 얼굴이고, 내 입은 배우의 입이고, 내 뺨의 홍조는 거짓 홍조이고, 내 눈은…… 내 눈은…….」 모드가 시선을 돌렸다. 목소리가 높아지고 있었다. 모드는 다시 목소리에서 억양을 없앴다. 「리처드가 알아냈는데, 결국, 우린 돈을 받으려면 생각했던 것보다 더 오래 기다려야 한다.」

모드는 두 손으로 잔을 들고 남은 술을 모두 삼켰다.

「아직 돈을 못 받았다고?」

모드가 잔을 다시 내려놓았다. 「아직.」

「그럼 이제 이야기할 만하네.」 내가 말했다. 「난 내 몫을 요구할 거니까. 반을 원해. 석스비 부인, 듣고 계세요? 저 사람들은 그 재산에서 최소한 반은 제게 주어야 해요. 역겨운 3천 파운드가 아니라 반을요. 그걸로 우리가 같이 뭘 할지 생각해 보세요!」

그러나 내겐 그 돈이 필요치 않았다. 그래서 내게도 내 목소리가 불쾌하게 들렸다. 석스비 부인은 아무 말도 하지 않았다. 모드가 말했다.

「원하는 만큼 가져가. 뭐든지, 뭐든지 다 줄게. 리처드가 돌아오기 전에만, 지금 여기서 나가 준다면.」

「여기서 나가라고? 나보고 네 말을 들으라고? 여긴 내 집이야! 석스비 부인…… 석스비 부인, 모드에게 말 좀 해주시겠어요?」

석스비 부인은 다시 손으로 입을 가렸다.

「그게 있잖니, 수.」 부인이 천천히 말했다. 「릴리 양 말이 맞을

지도 몰라. 염두에 둔 돈이 있다면, 지금으로선 젠틀먼과 부딪치지 않는 게 나을 거야. 내가 젠틀먼과 먼저 얘기해 볼게. 내 성깔 맛 좀 보게 할게!」

말투가 기묘하고 마지못하게 들렸고, 얼굴에는 억지로 웃음을 띠려 하고 있었다. 마치 카드 게임에서 젠틀먼이 부인을 속여 이삼 실링을 따간 것을 막 발견한 뒤에 부인이 했을 것 같은 말투였다. 나는 부인이 모드의 재산에 대해, 그리고 어떻게 나누어야 할지에 대해 생각하고 있으리라고 추측했다. 결국은 그 돈이 부인에게 아무 의미도 없기를 바라는 수밖에 없었다. 내가 말했다.

「절 내보내실 건가요?」 속삭이듯 말이 나왔다. 나는 부인에게서 눈길을 돌려 부엌을 살펴보았다. 선반 위의 낡은 네덜란드 시계와, 벽의 그림들을 보았다. 계단으로 통하는 문 옆 바닥에 안에 검은 눈이 그려진 하얀 자기 요강이 보였다. 씻으려고 내 방에서 가지고 내려왔다가 잊어버린 게 분명했다. 나라면 잊지 않았을 터였다. 손을 얹고 있던 탁자 위에 하트가 보였다. 작년 여름에 탁자 나무에 새겨 둔 것이었다. 아직 애 같던 시절이었다. 나는 갓난아기와도 같았다……. 다시 주위를 둘러보았다. 왜 아기가 하나도 안 보이는 거지? 부엌이 조용했다. 모두 조용히 나를 보고 있었다.

「절 내보내실 건가요?」 나는 다시 석스비 부인에게 말했다. 「그리고 모드는 있게 하고요?」 이제 목소리가 남자아이처럼 갈라져 있었다. 「저 사람들이 절 크리스티 의사에게 보내지 않을 거라고 믿으세요? 모드의…… 모드의 드레스를 벗겨 주시고, 머리핀을 빼주시고, 키스하시고, 모드를 부인 곁에, 원래 제 자리였던 곳에 재우실 건가요? 전…… 전 붉은 털이 있는 침대에 누워 있는 동안요?」

「내 옆에 재운다고?」 석스비 부인이 재빨리 말했다. 「누가 그러던?」

「붉은 털?」 존이 말했다.

그러나 모드가 고개를 들고 있었다. 눈빛이 날카로워져 있었다. 「우리를 지켜보고 있었구나!」 모드가 말했다. 그러고는 곰곰이 생각하더니 말했다. 「그 덧문이구나!」

「지켜봐 왔어.」 내가 좀 더 단호한 말투로 대답했다. 「널 지켜봤어, 이 거미야! 내 모든 걸 가져가는 걸 다 봤어. 빌어먹을! 넌 네 남편이랑 자느니, 그러는 게 더 좋을 테지!」

「자다니…… 리처드와?」 깜짝 놀란 표정이었다. 「설마 너……?」

「수.」 석스비 부인이 내게 손을 얹으며 말했다.

「수.」 동시에 모드가 탁자 너머로 몸을 내밀고 내게 손을 뻗으며 말했다. 「설마 너 그 사람이 내게 어떤 의미라도 있다고 생각하는 거 아니겠지? 그 사람은 내게 허울뿐인 남편이라고 생각 안 해? 내가 그 남자를 미워하는 거 모르니? 내가 브라이어에서도 그 사람을 미워했다는 거 몰라?」

내가 경멸에 몸을 떨며 말했다. 「이제 와서 젠틀먼의 강요로 그랬을 뿐이라고 말하려는 거야?」

「정말로 강요당했어! ……하지만 네가 의미하는 그런 식은 아니었어.」

내가 말했다. 「네가 남을 속이는 사기꾼이 아닌 척하시겠다?」

모드가 말했다. 「넌 안 그래?」

모드가 재차 나와 시선을 마주쳤다. 그 눈빛에 다시 거의 부끄러움에 휩싸이며 나는 눈길을 돌려 버렸다. 잠시 후 나는 좀 더 조용한 어조로 말했다.

「정말 싫어했어. 네가 등을 돌리면 그 사람과 있을 땐 웃지도 않았어.」

「난 웃었다고 생각해?」

「왜 아니겠어? 넌 배우잖아······. 지금도 연기하고 있는 거잖아!」

「내가?」

여전히 내 얼굴에 눈을 고정하고 여전히 내게 손을 뻗고 있지만 간신히 닿을락 말락 한 거리에서 손을 멈춘 채 모드가 말했다. 빛이 온통 우리에게만 들었고, 부엌의 나머지 부분은 거의 어둠에 잠겨 있었다. 나는 모드의 손가락을 바라보았다. 먼지로 더럽혀져 있거나 멍들어 있었다. 내가 말했다.

「젠틀먼을 싫어했다면, 왜 그렇게 했던 거야?」

「다른 방법이 없었어.」 모드가 말했다. 「내 삶이 어떤지 봤잖아. 난 내가 되어 줄 네가 필요했어.」

「그래서 네가 여기 와서 내가 되려고!」 모드는 아무 대꾸도 하지 않았다. 내가 말했다. 「우리가 젠틀먼을 속일 수도 있었어. 네가 내게 말만 해주었다면. 어쩌면 우리가······.」

「어떻게?」

「어떻게든. 뭐라도. 나도 몰라······.」

모드가 고개를 저었다. 모드가 조용히 물었다. 「네가 얼마나 많이 포기할 수 있었을까?」

모드의 시선은 굉장히 어두웠지만 또한 굉장히 차분하고 진실했다. 그러나 갑자기 석스비 부인이, 존과 데인티, 입스 씨가, 모두가 조용히 궁금해하는 눈치로 지켜보며 〈이게 무슨······?〉이라고 생각하고 있음을 깨달았다. 그리고 그 순간 나는 자신의 겁쟁이 같은 마음을 들여다본 뒤, 내가 모드를 위해서 어떤 것도, 아무것도 포기하지 않았을 거라는 점을 알았다. 그리고 또한 지금 모드 때문에 부끄러움을 느끼느니 차라리 죽고 싶었다.

모드가 다시 손을 내밀었다. 손가락으로 내 손목을 쓸어내렸다. 나는 칼을 집어 들고 모드의 손에 대고 휘둘렀다.

「건드리지 마!」 찌르며 내가 말했다. 그리고 일어섰다. 「너희 중 누구도 날 건드리지 마!」 목소리가 거칠었다. 「어느 누구도! 알겠어? 난 여길 집이라고 생각하고 돌아왔는데, 이제 날 다시 내치려 하다니. 당신들 모두를 증오해! 그냥 그 시골에 있을걸 그랬어!」

나는 사람들을 하나하나 바라보았다. 데인티가 울음을 터뜨렸다. 존은 입을 딱 벌리고 깜짝 놀란 채 앉아 있었다. 입스 씨가 손을 뺨으로 가져갔다. 모드는 피가 흐르는 손가락들을 처치하고 있었다. 찰스는 몸을 떨었다. 석스비 부인이 말했다.

「수, 그 칼 내려놔. 널 내친다고? 무슨 생각을! 난……..」

석스비 부인이 말을 멈추었다. 찰리 왝이 고개를 들었던 것이다. 입스 씨의 가게 쪽에서 자물쇠에 열쇠 돌아가는 소리가 들렸다. 그리고 장화 차는 소리가 들렸다. 그다음 휘파람 소리가 났다.

「젠틀먼이야!」 석스비 부인이 말했다. 부인은 모드를, 입스 씨를, 그리고 나를 보았다. 자리에서 일어나 허리를 숙여 내 팔을 잡았다. 「수.」 석스비 부인이 나를 잡으며 말했다. 거의 속삭임에 가까웠다. 「수, 아가, 위층으로 올라가겠니……?」

그러나 나는 아무 대답 없이 그저 칼을 좀 더 단단히 잡았을 뿐이었다. 찰리 왝이 약하게 컹컹 짖었고, 젠틀먼이 그 소리를 듣고 같이 짖었다. 그리고 다시 휘파람으로 느린 왈츠 곡을 불었다. 복도를 휘청대며 걸어오는 소리가 들렸고, 우리는 젠틀먼이 문을 미는 모습을 지켜보았다. 젠틀먼은 술에 취해 있었던 것 같다. 모자는 찌그러지고, 뺨은 완전히 상기되었으며, 입이 완전히 O자로 벌어져 있었다. 젠틀먼은 서서 약간 흔들거리며 눈을 가늘게 뜨고 그늘을 응시하며 방을 둘러보았다. 휘파람 소리가 사라졌다. 입술을 다물고 혀로 핥았다.

「안녕.」 젠틀먼이 말했다. 「찰스가 와 있네.」 젠틀먼이 눈을 찡긋했다. 그리고 나를 보고 칼을 보았다. 「안녕, 이건 수잖아.」 젠틀먼은 모자를 벗고 목에서 진홍색 천을 풀기 시작했다. 「네가 올지도 모른다고 생각했지. 거길 좀 늦게 떠났다면 널 맞을 준비를 좀 했을 텐데 말이야. 이제야 막 멍청이 크리스티에게서 편지를 받았거든. 네 탈출 소식을 내게 알릴 때까지 확실히 시간을 끄셨더군! 편지를 미루고 미루면서 어떻게든 널 다시 잡아보겠다는 계획이었나 봐. 미친 숙녀 환자가 도망치면 평판이 나빠지니까.」

젠틀먼은 진홍색 천을 모자 안에 넣고는 모자를 내려놓았다. 그리고 담배를 꺼냈다.

「지독히도 침착하시군.」 내가 말했다. 나는 몸을 떨고 있었다. 「여기 석스비 부인과 입스 씨가 모든 걸 다 알고 계셔.」

젠틀먼이 웃음을 터뜨렸다. 「분명히 다 알고 있다고 내가 장담하지.」

「젠틀먼!」 석스비 부인이 말했다. 「제 말 잘 들어요. 수가 우리에게 끔찍한 이야기를 해줬어요. 전 당신이 떠나 주면 좋겠어요.」

「나가게 하지 마세요!」 내가 말했다. 「젠틀먼은 크리스티 의사를 부를 거예요!」 나는 칼을 휘둘렀다. 「찰스, 젠틀먼을 막아!」

젠틀먼은 담배에 불을 붙였지만 그 외엔 아무 행동도 보이지 않았다. 젠틀먼은 몸을 돌려 자기 쪽으로 조심스레 두세 걸음 다가온 찰스를 보았다. 그리고 찰스의 머리에 손을 얹었다.

「그래, 찰리.」 젠틀먼이 말했다.

「제발, 나리.」 찰스가 말했다.

「내가 악당이란 걸 알아냈구나.」

찰스의 입술이 떨리기 시작했다. 「하느님께 맹세코, 리버스 씨, 절대 그럴 의도가 아니었어요!」

「그럼, 그럼.」젠틀먼이 말했다. 그리고 찰스의 뺨을 쓰다듬었다. 입스 씨가 입술로 뻐끔거리는 소리를 냈다. 존이 일어나더니 자기가 왜 일어났는지 모르겠다는 듯이 주위를 둘러보았다. 존이 얼굴을 붉혔다.

「앉아라, 존.」석스비 부인이 말했다.

존이 팔짱을 꼈다. 「전 일어나고 싶으면 일어날 거예요.」

「앉아, 안 그럼 때려 줄 테다.」

「절 때리겠다고요?」존의 목소리가 쉬어 있었다. 「저 두 명을 때려요, 저기 두 사람요!」존이 젠틀먼과 찰스를 가리켰다. 석스비 부인은 빠르게 두 걸음을 내디디더니 존을 쳤다. 세게 때렸다. 존은 두 팔을 머리에 올리고는 팔꿈치 사이로 부인을 바라보았다.

「이 늙은 암소가!」존이 말했다. 「내가 태어나던 날부터 날 깔고 뭉갰지. 한 번만 더 손대 봐, 본때를 보여 주겠어!」

존의 눈빛이 번득였다. 그러나 눈에 눈물이 고이고 존은 훌쩍이기 시작했다. 벽으로 걸어가 발로 걷어찼다. 찰스가 떨다가 더 심하게 울기 시작했다. 젠틀먼이 둘을 번갈아 보다가 깜짝 놀란 척하며 모드를 바라보았다.

젠틀먼이 말했다. 「저 조그만 놈이 우는 게 내 탓인가?」

「제길, 난 조그맣지 않아!」존이 말했다.

「좀 조용히 해줄래?」모드가 낮고 맑은 목소리로 말했다. 「찰스, 그만해.」

찰스가 코를 닦았다. 「네, 아가씨.」

젠틀먼이 여전히 담배를 뻐끔거리며 문설주에 몸을 기댔다. 「그래, 수.」젠틀먼이 말했다. 「이젠 다 알겠군.」

「네가 더러운 사기꾼이란 건 알지.」내가 말했어. 「하지만 그건 반년 전부터 알고 있었어. 널 믿다니 내가 바보였어, 그게 전부야.」

「아가.」 석스비 부인이 재빨리 말했다. 눈은 젠틀먼의 얼굴을 향해 있었다. 「아가, 바보는 널 그리하게 둔 나와 입스 씨였어.」

젠틀먼은 입에서 담배를 빼 끝을 불고 있었다. 이제 그 말을 듣고 부인과 시선을 마주친 젠틀먼은 입술 앞에 담배를 든 채 아주 잠시 동안 미동도 없이 서 있었다. 그러더니 시선을 돌리고는 웃음을 터트렸다. 못 믿겠다는 듯한 웃음이었다. 그리고 고개를 흔들었다.

「하느님 맙소사.」 젠틀먼이 조용히 말했다.

나는 젠틀먼이 석스비 부인 때문에 수치심을 느낀 거라고 생각했다.

「좋아요.」 부인이 말했다. 「좋아.」 부인이 손을 들어 올렸다. 뗏목 위의 남자처럼 서 있었다. 너무 빨리 움직이면 가라앉을까 봐 겁내는 것처럼 보였다. 「자, 이제 더는 거칠게 굴지 말자고요. 존, 그만 샐쭉거려라. 수, 제발 그 칼 좀 내려놔, 내가 부탁할게. 아무도 안 다칠 거야. 입스 씨. 릴리 양. 데인티. 찰스. 찰스는 수의 친구예요. 착한 아이죠. 다들 앉아요. 젠틀먼. 젠틀먼.」

「석스비 부인.」 젠틀먼이 말했다.

「아무도 안 다쳐요. 됐죠?」

젠틀먼이 나를 응시했다. 「수에게 말해요.」 젠틀먼이 말했다. 「눈에 살기를 띠고 절 보고 있잖아요. 이런 상황에선 저런 거 정말 싫다고요.」

「어떤 상황?」 내가 말했다. 「당신이 날 정신 병원에 가두고 죽게 내버려 둔 그런 상황? 당신 머리를 잘라 피가 철철 흐르게 하고 말겠어!」

젠틀먼이 눈을 가늘게 뜨고 얼굴을 찌푸렸다. 젠틀먼이 말했다. 「넌 가끔 네가 굉장히 징징대는 목소리를 낸다는 거 알아?

아무도 말 안 해주던?」

나는 젠틀먼에게 칼로 찌르는 시늉을 했다. 그러나 사실 나는 아직도 당혹스러웠고 기분이 이상했고 지쳐 있었으며 찌르는 시늉도 무척 힘이 없었다. 젠틀먼은 내가 자기 가슴에 칼끝을 겨누고 서 있는 동안 꿈쩍도 않으며 지켜보고 있었다. 그러자 나는 칼끝이 떨릴까 봐, 그리고 젠틀먼이 그걸 보게 될까 봐 두려워졌다. 나는 칼을 내려놓았다. 탁자 위에 내려놓았다. 탁자 끄트머리에, 등불의 불빛이 미치는 범위 바로 바깥쪽에 내려놓았다.

「자, 이게 훨씬 좋지 않니?」 석스비 부인이 말했다.

존은 눈물은 말라 있었지만 얼굴빛이 시커멓다. 석스비 부인에게 맞은 한쪽 뺨 색이 특히 시커멓다. 존은 젠틀먼을 보았지만 내 쪽으로 고갯짓을 했다.

「수는 방금 막 릴리 양을 공격하고 있었어.」 존이 말했다. 「릴리 양을 죽이러 온 거라고 하면서 말이야.」

젠틀먼이 모드에게 시선을 던졌다. 모드는 손수건으로 피가 흐르는 손가락들을 감싸고 있었다. 젠틀먼이 말했다. 「그 광경을 보고 싶군.」

존이 고개를 끄덕였다. 「수는 당신 재산의 반을 원해.」

「그래?」 젠틀먼이 느릿느릿 말했다.

「존, 입 닥쳐.」 석스비 부인이 말했다. 「젠틀먼, 쟤 말은 무시해요. 말썽만 만드는 놈이거든요. 수는 반이라고 말했지만, 그건 감정적인 발언이었어요. 지금 제정신이 아니거든요. 수는 절대로⋯⋯.」 부인은 한 손을 이마에 올리고 약간 묘한 눈길로 방 안을 둘러보았다. 나를, 그리고 모드를 보았다. 부인은 손가락으로 눈을 눌렀다. 부인이 말했다. 「잠시만, 잠시만이라도 생각할 시간이 있으면 좋겠어!」

「열심히 생각하세요.」젠틀먼이 느긋하게, 그리고 심술궂게 말했다.「무슨 생각을 해낼지 정말 알고 싶으니까.」

「나도 그래.」입스 씨가 말했다. 조용한 말투였다. 젠틀먼이 입스 씨와 눈을 마주치더니 한쪽 눈썹을 치켰다.

「성가시게 되었죠, 안 그래요?」

「너무나 성가시게 되었지.」입스 씨가 말했다.

「그렇게 생각해요?」

입스 씨가 고개를 끄덕였다. 젠틀먼이 말했다.

「일을 쉽게 풀기 위해, 어쩌면 제가 나가는 게 좋겠다고 생각하세요?」

「미쳤어요?」내가 말했다.「젠틀먼은 자기 돈을 위해서라면 어떤 짓이라도 할 자란 걸 모르시겠어요? 가지 못하게 하세요! 크리스티 의사를 부를 거라고요.」

「못 가게 해.」모드가 석스비 부인에게 말했다.

「어디로도 갈 생각은 하지도 마세요.」석스비 부인이 젠틀먼에게 말했다.

안색을 붉히며 젠틀먼이 어깨를 으쓱했다.「2분 전에는 나보고 나가라며요!」

「마음을 바꿨어요.」

모드는 입스 씨를 보았다. 입스 씨는 시선을 돌려 버렸다.

젠틀먼이 외투를 벗었다.「제길.」벗으며 젠틀먼이 말했다. 그러고는 징그러운 웃음을 터트렸다.「이런 식으로 일하기엔 너무 날이 덥군.」

「제길.」내가 말했다.「이 빌어먹을 놈의 악당아. 석스비 부인이 시키는 대로 해, 알았어?」

「너처럼 말이지.」젠틀먼이 의자에 외투를 걸치며 말했다.

「그래.」

젠틀먼이 코웃음을 쳤다. 「이런 불쌍한 계집.」

「리처드.」 모드가 말했다. 모드는 일어나 탁자에 몸을 기대고 있었다. 모드가 말했다. 「내 말 잘 들어. 네가 이제까지 한 모든 더러운 짓에 대해 생각해 봐. 이게 가장 나쁜 짓이 될 거고, 넌 아무것도 얻지 못하게 될 거야.」

「무슨 짓을 하면?」 존이 말했다.

그러나 젠틀먼은 다시 코웃음을 쳤다. 「말해 봐.」 젠틀먼이 모드에게 말했다. 「네가 언제 처음으로 친절해지는 법을 배웠는지. 수가 뭘 알든 그게 네게 무슨 상관이야? ……세상에, 뺨은 왜 그렇게 붉히시나! 아직도 그건 아니야? 석스비 부인을 보는 거야? 석스비 부인의 생각에 네가 마음 쓴다는 말 따윈 하지 마! 어이구, 너도 수만큼 나쁜 년이야. 떨기는! 좀 더 용감해지시지, 모드. 네 어머니를 생각해.」

모드는 심장에 손을 얹고 있었다. 이제 모드는 젠틀먼에게 꼬집히기라도 한 것처럼 깜짝 놀라고 있었다. 젠틀먼이 그 모습을 보더니 다시 웃음을 터뜨렸다. 그러고는 석스비 부인을 바라보았다. 부인 역시 젠틀먼의 말에 깜짝 놀라고 있었다. 모드처럼 다이아몬드 브로치 아래 가슴에 손을 대고 일어났다. 그러고는 젠틀먼의 시선을 느끼고 얼른 모드를 홀깃 본 뒤 손을 떨어뜨렸다.

젠틀먼의 웃음소리가 사라졌다. 미동도 하지 않았다.

「이건 뭐지?」 젠틀먼이 말했다.

「뭐가 뭔데?」 존이 말했다.

석스비 부인이 움직이며 말했다. 「자 그럼, 데인티…….」

「오!」 젠틀먼이 말했다. 「오!」 젠틀먼은 탁자 근처를 걸어가는 부인을 지켜보았다. 그러고는 흥분하여 부인에서 모드에게로 시선을 옮겼다. 얼굴이 점점 더 붉어지고 있었다. 손을 머리에 올리더니 이마에 내려온 머리털을 세게 뒤로 잡아당겨 넘겼다.

「이제 알겠군.」 젠틀먼이 말했다. 웃음을 터트렸다. 그러고는 웃음이 뚝 그쳤다. 「오, 이제야 알겠어!」

「당신은 아무것도 몰라.」 모드가 젠틀먼에게 한 걸음 내디디며 말했다. 그러나 눈길은 내 쪽을 흘끔거리고 있었다. 「리처드, 당신은 아무것도 몰라.」

젠틀먼이 모드에게 고개를 흔들어 보였다. 「좀 더 빨리 알아차리지 못했다니 내가 바보였어! 오, 정말 대단한데! 언제부터 알고 있었어? 네가 발로 걷어차고 욕을 퍼부었던 것도 당연하지! 심통을 부린 것도 당연해! 부인이 널 그냥 내버려 둔 것도! 늘 그 점이 놀라웠어. 불쌍한 모드!」 젠틀먼이 몹시 웃어 댔다. 「그리고, 오, 석스비 부인, 정말 안됐군요!」

「그만해요!」 석스비 부인이 말했다. 「제 말 알겠어요? 그 얘기가 나오게 두지 않겠어요!」

부인도 젠틀먼에게 한 발자국 다가갔다.

「불쌍한지고.」 여전히 껄껄거리며 젠틀먼이 다시 말했다. 그러고는 외쳤다. 「입스 씨, 당신도 이 일을 알고 계셨나요?」

입스 씨는 아무 대답도 하지 않았다.

「뭘 알아?」 존이 물었다. 두 눈이 검은 점 두 개 같았다. 존이 나를 보았다. 「뭘 안다는 거야?」

「나도 몰라.」 내가 말했다.

「아무것도 몰라.」 모드가 말했다. 「아무것도, 아무것도 모른다고!」

모드는 여전히 천천히 앞으로 나가고 있었다. 이제 거의 검게까지 보이는 두 눈이 그 어느 때보다도 더욱 번득이고 있었으며 계속해서 젠틀먼의 얼굴을 보고 있었다. 모드가 탁자의 어두운 가장자리에 손을 내려놓는 모습이 보였다. 마치 방향을 찾으려는 듯했다. 석스비 부인도 그 모습을 보았다고 생각한다. 아마도 다른 무언가를 더 본 것 같았다. 부인이 갑자기 움직이며 재빨리 말했기 때문이다.

「수.」 부인이 말했다. 「난 네가 가주었으면 좋겠다. 네 친구도 데리고 가.」

「전 아무 데도 안 가요.」 내가 말했다.

「아냐, 수, 넌 여기 있어.」 젠틀먼이 굵직한 목소리로 말했다. 「석스비 부인이 뭘 바라건 마음 쓸 것 없어. 넌 너무 오랫동안 너무 말을 잘 들어 왔어. 부인이 뭘 바라건, 결국 그게 네게 무슨 의미가 있는데?」

「리처드.」 모드가 거의 간청하는 말투로 말했다.

「젠틀먼.」 부인이 모드에게 여전히 눈길을 고정한 채 말했다. 「조용히 있어요, 네? 전 두렵다고요.」

「두려워요?」 젠틀먼이 말했다. 「당신이? 당신은 평생 두려움이라곤 티끌만큼도 몰랐다고 생각하는데요. 그 딱딱하고 질긴 가죽 같은 가슴 뒤에 숨겨진 당신의 딱딱하고 질긴 가죽 같은 심장은 이제 너무나 조용히 뛰고 있을 게 분명하다고 생각하는데 말이죠.」

젠틀먼의 말에 석스비 부인의 얼굴에 경련이 일었다. 부인은 드레스 조끼로 손을 올렸다.

「만져 봐요!」 부인이 손가락을 움직이며 말했다. 「여기 박동을 느껴 봐요, 그리고 제가 두려움을 모른다고 말해 보라고요!」

「만져 보라고요?」 젠틀먼이 부인의 가슴을 흘끔 쳐다보며 말했다. 「그러고 싶지 않군요.」 그러고는 웃음을 띠었다. 「하지만 당신 딸에게는 해보라고 할 수 있겠군요. 당신 딸은 이미 연습을 해봤으니까요.」

그리고 무슨 일이 있었는지 확실히는 모른다. 젠틀먼의 말을 듣고 내가 젠틀먼을 때리거나 조용히 시키려고 한 걸음 젠틀먼에게 나아갔던 것은 알고 있다. 모드와 석스비 부인이 먼저 젠틀먼에게 닿았다는 것도 안다. 그러나 석스비 부인이 몸을 날렸을 때, 부인이 젠틀먼에게 몸을 날린 것인지 아니면, 모드가 돌진하는 것을 보고 모드에게만 몸을 날린 것인지는 모르겠다. 무언가 밝은 것이 반짝였고, 어지러운 신발 소리가 났고, 태피터와 비단이 버스럭거렸고, 누군가가 숨을 몰아쉬었다는 건 안다. 의자가 질질 끌리거나 바닥에 부딪혔다는 기억이 난다. 입스 씨가 소리를 질렀던 것은 알고 있다. 「그레이스! 그레이스!」입스 씨가 외쳤다. 그리고 그 모든 소동의 와중에서도, 나는 무척 기묘한 외침이란 생각을 했다. 그리고 그다음에야 그것이 한 번도 직접 들어 보지 못했던 석스비 부인의 이름이라는 걸 깨달았다.

그래서 그 일이 일어났을 때 내가 보고 있던 것은 입스 씨였다. 젠틀먼이 휘청거리기 시작했을 때 그쪽은 보고 있지 않았다. 그러나 젠틀먼이 신음하는 소리는 들었다. 부드러운 신음 소리가 났다.

「당신이 날 쳤어?」 젠틀먼이 말했다. 목소리가 이상했다.

그리고 나는 젠틀먼을 보았다.

젠틀먼은 자기가 그저 주먹으로 맞았다고 여기고 있었다. 나도 그렇게 여겼다고 생각한다. 젠틀먼은 배에 손을 대고 앞으로 몸을 숙이고 있었다. 맞아서 생긴 고통을 줄이려는 듯한 자세였다. 모드가 젠틀먼 약간 앞에 서 있다가 이제 뒤로 물러났다. 그러면서 무언가 떨어지는 소리가 났다. 하지만 그게 모드의 손에서 떨어졌는지, 아니면 젠틀먼의 손에서, 혹은 석스비 부인의 손에서 떨어졌는지는 잘 모르겠다. 석스비 부인이 젠틀먼에게 좀 더 가까이 있었다. 부인이 확실히 더 가까이 있었다. 부인은 젠틀먼을 안았고, 젠틀먼이 맥없이 바닥에 쓰러지자 부인은 온 힘을 다해 버티며 젠틀먼을 잡았다. 「당신이 날 쳤어?」 젠틀먼이 다시 말했다.

「모르겠어요.」 부인이 말했다.

누구도 몰랐다고 생각한다. 젠틀먼의 옷 색깔이 어두웠고 석스비 부인의 드레스는 검은색이었으며 저 둘은 어둠 속에 서 있었기에 잘 보이지 않았다. 그러나 마침내 젠틀먼이 조끼에서 손을 떼고 얼굴 앞으로 내밀었다. 그리고 하얗던 젠틀먼의 손바닥이 피로 검게 물든 것이 보였다.

「하느님 맙소사!」 젠틀먼이 말했다.

데인티가 비명을 질렀다.

「불을 가져와!」 석스비 부인이 말했다. 「불을 가져오라니까!」

존이 몸을 떨며 등불을 집어 들었다. 검던 피가 갑자기 선명한 붉은빛으로 바뀌었다. 젠틀먼의 조끼와 바지가 피로 흠뻑 젖어 있었고, 석스비 부인이 젠틀먼을 붙잡으며 닿았던 태피터 드레스에도 붉은 피가 흐르고 있었다.

그렇게 철철 흐르는 피는 처음 보았다. 한 시간 전에 모드를 죽이겠다고 이야기한 적이 있었다. 그리고 칼을 날카롭게 갈았다. 탁자 위에 그 칼을 놓아두었다. 이제 칼은 거기에 없었다. 이렇게 피가 흐르는 것은 처음 보았다. 구역질이 났다.

「안 돼.」 내가 말했다. 「안 돼, 안 돼!」

석스비 부인이 젠틀먼의 팔을 잡았다. 「손 저리 치워요.」 부인이 말했다. 젠틀먼은 그래도 배를 움켜쥐고 있었다.

「못해요.」

「손 저리 치우라니깐!」

부인은 상처가 얼마나 깊은지 보려 했다. 젠틀먼이 얼굴을 찡그리더니 손가락을 뗐다. 조끼에 난 깊은 틈에서 거품이, 마치 비누거품 같지만 소용돌이치는 새빨간 거품이 솟아올랐다. 그러고는 피가 뿜어져 나와 철썩이며 바닥을 쳤다. 물이나 수프처럼 평범하게 철썩이며 떨어졌다.

데인티가 다시 비명을 질렀다. 빛이 흔들거렸다. 「젠장! 젠장!」 존이 말했다.

「젠틀먼을 의자에 앉혀.」 석스비 부인이 말했다. 「상처에 놓을 천을 가져와. 뭐든 피를 막을 걸 가져와. 뭐든지, 뭐든지……」

「도와줘.」 젠틀먼이 말했다. 「도와줘. 오, 하느님!」

사람들이 신음하고 한숨을 쉬며 어렵사리 젠틀먼을 옮겼다. 등받이가 단단한 의자에 앉혔다. 나는 선 채로 사람들을 지켜보았다. 공포로 몸이 뻣뻣해져 있었던 것 같다. 이제는 그때 내가 가만히 있었던 것이 부끄럽게 느껴지지만 말이다. 입스 씨가 벽의 고리에서 수건을 황급히 가져오자, 석스비 부인이 젠틀먼의 옆에 무릎을 꿇고 수건을 상처에 대고 눌렀다. 젠틀먼이 움직이거나 배에서 손을 뗄 때마다 피가 용솟음쳤다. 「양동이나 단지 가져와.」 부인이 다시 말했다. 그리고 마침내 데인티가 문으로 달려가 문 옆에 놓여 있던 요강을 가지고 와 의자 옆에 놓았다. 피가 자기 요강을 때리는 소리가, 그리고 붉은 피가 하얀 자기를, 그리고 커다란 검은 눈을 때리는 광경이 너무나 끔찍했다. 젠틀먼이 피 소리를 듣고 겁에 질려 하기 시작했다.

「오, 하느님!」 젠틀먼이 다시 말했다. 「오, 하느님, 저 죽어요!」 말하는 사이사이 젠틀먼이 신음했다. 불가항력으로 몸을 떨고 이를 덜덜거리며 신음했다. 「오, 하느님, 저 좀 살려 주세요!」

「괜찮아요.」 석스비 부인이 젠틀먼의 얼굴을 만지며 말했다. 「이제 괜찮아요. 용기를 내요. 아기를 낳을 때 이렇게 피 흘리는 여자들을 봤어요. 꼭 살아나 이 일을 얘기해야죠.」

「이건 달라요!」 젠틀먼이 말했다. 「이건 다르잖아요! 난 찔렸다고요. 얼마나 심하게 찔린 거죠? 오, 하느님! 의사가 필요해.

그렇죠?」

「술을 가져와.」 석스비 부인이 데인티에게 말했다. 그러나 젠틀먼이 고개를 흔들었다.

「술 말고. 담배 줘요. 여기, 내 주머니에.」

젠틀먼이 조끼 쪽으로 살짝 턱짓을 하자, 존이 주머니에 손을 넣어 담배 한 갑과 성냥을 꺼냈다. 담배의 반은 피에 푹 젖어 있었지만, 존이 마른 담배를 하나 찾아내 자기 입에 물고 불을 붙인 뒤 젠틀먼의 입에 담배를 물렸다.

「잘했어.」 젠틀먼이 기침을 하며 말했다. 그러나 얼굴이 찌푸려지고 담배가 떨어졌다. 존이 떨리는 손으로 담배를 집어 다시 젠틀먼의 입술 사이로 밀어 넣었다. 젠틀먼이 다시 기침을 했다. 손 사이로 더 많은 피가 흘러나왔다. 석스비 부인이 수건을 떼고 비틀어 짰다. 물에 흠뻑 젖은 수건인 양 비틀어 짰다. 젠틀먼이 몸을 떨기 시작했다.

「어떻게 된 거지?」 젠틀먼이 말했다. 나는 모드를 보았다. 젠틀먼이 넘어질 때 뒤로 물러난 이후 모드는 미동도 않고 있었다. 눈은 젠틀먼에게 고정한 채, 모드도 나처럼 꼼짝도 않고 있었다. 「어떻게 이럴 수가?」 젠틀먼이 거칠게 주위를 둘러보았다. 존을, 입스 씨를, 나를 보았다. 「왜 그렇게들 서서 날 보고 있는 거지? 의사를 데려와. 의사를 데려오라고!」

데인티가 한 발 내디뎠던 것 같다. 입스 씨가 데인티의 팔을 잡았다.

「여기에 의사는 안 돼.」 입스 씨가 단호하게 말했다. 「그런 사람은, 이 집에 못 들여.」

「그런 사람?」 젠틀먼이 외쳤다. 담배가 떨어졌다. 「무슨 말 하는 거예요? 절 봐요! 세상에! 부정한 의사 몰라요? 절 보라니깐요! 죽어 가고 있어요! 석스비 부인, 당신은 절 사랑하잖아

752

요. 사람을 데려와요, 제발요.」

「제발 가만히 있어요.」 부인이 여전히 수건을 상처에 대고 누르며 말했다. 고통과 공포로 젠틀먼이 소리를 질렀다.

「제기랄!」 젠틀먼이 말했다. 「이년들! 존······.」

존이 등불을 내려놓고 손을 들어 눈을 가렸다. 존은 울었고 그걸 숨기고 있었다.

「존, 가서 의사 불러와! 존! 보답할게! 빌어먹을!」 피가 다시 용솟음쳤다. 이제 얼굴이 백지장처럼 하얘지고, 구레나룻은 검었지만 여기저기 피가 말라붙어 있었으며, 뺨은 기름 덩어리처럼 번득이고 있었다.

존이 고개를 흔들었다. 「못해! 나한테 부탁하지 마!」

젠틀먼이 내게로 고개를 돌렸다. 「수키!」 젠틀먼이 말했다. 「수키, 이 사람들이 날 죽이고 있어······.」

「의사는 안 돼.」 내가 바라보자 입스 씨가 다시 말했다. 「그런 사람을 들이면, 우리는 끝장이야.」

「거리로 데리고 나가요.」 내가 말했다. 「안 되나요? 거리로 의사를 부르면 되잖아요.」

「너무 심하게 찔렸어. 젠틀먼을 봐. 사람들이 여기로 몰려올 거야. 너무 피를 많이 흘렸어.」

그랬다. 피는 자기 단지를 거의 다 채우고 있었다. 젠틀먼의 신음이 점점 약해지고 있었다.

「제기랄!」 젠틀먼이 부드럽게 말했다. 울고 있었다. 「날 도와줄 사람 없어? 난 돈이 있어. 맹세해. 누구 없어? 모드?」

모드의 뺨이 거의 젠틀먼만큼이나 창백했다. 입술이 완전히 백지장이었다.

「모드? 모드?」 젠틀먼이 말했다.

모드가 고개를 흔들었다. 그러고는 속삭였다. 「미안해. 미안해.」

「빌어먹을! 도와줘! 〈오!〉」젠틀먼이 기침했다. 입 안 침 속에 한 줄기 붉은 줄이 섞여 나왔다. 그리고 잠시 후엔 피가 세차게 쏟아져 나왔다. 젠틀먼은 떨리는 손을 들었고, 손가락에 묻은 선홍색을 보자 표정이 점차 험악해졌다. 젠틀먼이 불빛이 비치는 영역 밖으로 손을 뻗었고 마치 의자에서 일어나려는 듯이 몸부림치기 시작했다. 찰스에게 손을 내밀었다. 「찰리?」젠틀먼이 말하는 동안 피가 거품을 내뿜으며 용솟음쳤다. 젠틀먼은 찰스의 외투를 움켜쥐고 자기 쪽으로 끌어당겼다. 그러나 찰스는 저항했다. 그전까지 찰스는 끔찍한 공포로 얼굴이 굳어진 채 내내 그늘에 서 있었다. 이제 젠틀먼의 입술과 구레나룻의 피 거품을, 자기 외투의 거친 푸른색 옷깃을 잡고 있는 붉고 미끈거리는 손을 보고는 산토끼처럼 벌벌 떨었다. 몸을 돌려 뛰기 시작했다. 내가 데려온 길로, 입스 씨의 가게 쪽 복도를 따라 뛰었다. 그리고 우리가 부르거나 쫓아가 저지하기도 전에 문을 열어젖히고 나가 랜트 스트리트에 대고 계집애처럼 소리를 질러 댔다.

「살인이다! 도와줘요! 도와줘요! 살인이다!」

이 소리에 석스비 부인과 모드를 제외한 모두가 뒤로 펄쩍 뛰어올랐다. 존이 가게 쪽으로 향하기 시작했다. 「너무 늦었어!」입스 씨가 말했다. 「너무 늦었어.」입스 씨가 손을 올렸다. 존이 서서 귀를 기울였다. 열린 가게 문에서 뜨거운 바람 한 줄기가 들어왔고, 바람과 함께 무슨 소리가 들렸다. 처음엔 찰스의 외침 소리가 메아리치는 거라고 생각했다. 그다음 소리가 점차 커졌다. 답하는 외침소리였다. 아마도 근처의 집 창문에서 누가 듣고 외치는 듯했다. 곧 다른 누군가가 외침에 합류했다. 그리고 바로 이 소리, 우리 모두에게 가장 최악의 소리인, 몰아치는 바람 속에 커졌다 작아졌다 하는 덜그럭거리는 소리가 들려왔다. 그리고 점점 가까워졌다.

「푸른 옷이다!」 존이 말했다. 그리고 몸을 돌려 데인티에게 갔다. 「데인티, 뛰어!」 존이 말했다. 데인티는 아주 잠시 서 있다가 뒷문으로 달려가 빗장을 열었다 「뛰어!」 데인티가 돌아보자 존이 말했다. 그러나 존은 데인티와 함께 가지 않았다. 대신 존은 젠틀먼의 옆으로 왔다.

「젠틀먼을 데려갈 수 있을 거예요.」 존이 석스비 부인에게 말했다. 존은 나를 보고, 그다음 모드를 보았다. 「빨리 움직이면 우리가 부축해 데려갈 수 있을 거야.」

석스비 부인이 고개를 흔들었다. 젠틀먼은 머리를 가슴께까지 늘어뜨리고 있었다. 입술에 아직도 피 거품을 물고 있었다. 훅 하고 분출하더니 다시 거품이 일었다.

「너 자신이나 구해.」 부인이 존에게 말했다. 「수를 데려가.」

그러나 존은 가지 않았다. 만약 간다 해도 존을 뒤따를 생각은 없었다. 지금 다시 같은 상황이 되더라도 그럴 것이다. 나는 마치 마법에 걸린 것처럼 거기에 박혀 있었다. 입스 씨를 보았다. 화로 옆 벽으로 달려간 입스 씨는 벽돌 하나를 빼내고 있었다. 나는 나중에야 입스 씨가 거기의 낡은 담배 상자에 몰래 돈을 보관해 오고 있었음을 알았다. 입스 씨는 상자를 조끼 안에 넣었다. 그러고는 주위를, 요강을, 칼과 갈퀴들을, 선반 위의 장식품들을 둘러보기 시작했다. 자기를 파멸로 이끌 물건이 없는지 보고 있는 것이었다. 젠틀먼이나 석스비 부인 쪽은 보지 않았다. 내 쪽도 보지 않았다. 한 번은 내 가까이 왔다가 나를 옆으로 밀치고는 내 뒤의 자기 컵에 손을 뻗었다. 그리고 컵을 잡자 바닥에 던져 박살냈다. 찰리 왝이 뒷발로 일어나 목 졸린 듯한 목소리로 짖자 입스 씨가 녀석을 발로 찼다.

그러는 동안 외침과 덜그럭거리는 소리가 점차 가까워졌다. 젠틀먼이 고개를 들었다. 수염과 뺨과 눈 가장자리에 피가 묻어 있었다.

「저 소리 들려요?」젠틀먼이 약한 목소리로 말했다.

「들려요.」석스비 부인이 말했다. 여전히 젠틀먼 옆에 무릎을 꿇고 있었다.

「저게 무슨 소리죠?」

부인이 붉은 손을 젠틀먼의 손 위에 포갰다. 「운명의 여신이 오는 소리예요.」부인이 말했다.

부인이 나를, 그다음 모드를 바라보았다. 「너희는 도망가도 돼.」

나는 아무 말도 하지 않았다. 모드가 고개를 흔들었다. 「이 일에서 도망치진 않겠어.」모드가 대답했다. 「지금은 싫어.」

「무슨 일이 일어날지 알아?」

모드가 고개를 끄덕였다. 석스비 부인이 다시 나를 훔끔 보고는 다시 모드에게 시선을 돌렸다가 눈을 감았다. 지쳤다는 듯이 한숨을 쉬었다.

「넌 이미 한 번 잃었단다, 아가.」부인이 말했다. 「그리고 이제, 널 다시 잃다니……」

「절 잃는 일은 없을 거예요!」내가 외쳤다. 그러자 부인이 눈을 번쩍 뜨고는 마치 이해할 수 없다는 듯이 잠시 내 눈을 바라보았다. 그러고는 존을 보았다. 존은 고개를 기울이고 있었다.

「푸른 옷들이 왔어!」존이 말했다.

입스 씨는 그 말을 듣자 달리기 시작했다. 그러나 집 뒤편의 어두운 조그만 뒷골목을 채 벗어나기도 전에 경찰들이 와서 입스 씨를 잡아 다시 안으로 데려왔다. 그리고 그때쯤엔 경찰 두 명이 더 도착해 가게를 지나 부엌에 와 있었다. 경찰들이 젠틀먼을 보았다. 그리고 피로 가득 찬 요강을 본 뒤 칼을 보았다. 미처 찾거나 치울 생각을 하지 못하고 있었다. 발에 차여 어둠 속에 떨어져 있었던 칼 위로 피가 묻어 있었다. 경찰들이 고개를 저었다. 버러에서 경찰들은 이런 종류의 일들을 보면 고개를 젓곤 했다.

「너무하는데. 안 그래?」 경찰들이 말했다. 「굉장히 심각하군. 어디 얼마나 심각한지 보자고.」

경찰들은 젠틀먼의 머리를 잡고 고개를 뒤로 젖혔다. 그리고 목의 맥박을 짚어 보았다. 그러고는 말했다.

「추악한 살인이야. 자, 누구 짓이지?」

모드가 움직였다. 혹은 한 발을 내디뎠다. 그러나 존이 더 빨랐다.

「저 여자 짓이에요.」 존이 주저 없이 말했다. 부인에게 맞은 뺨이 시꺼메져 있었다. 존이 팔을 들어 가리켰다. 「저 여자 짓이에요. 제가 봤어요.」

존은 석스비 부인을 가리키고 있었다.

나는 존의 행동을 보고, 말도 들었지만 꿈쩍도 할 수 없었다. 그저 이렇게 말하는 게 다였다. 「뭐……?」 그리고 모드 역시 소리를 질렀던 것 같다. 〈뭐……?〉 혹은 〈잠깐……!〉이라고.

그러나 석스비 부인이 젠틀먼의 옆에서 일어났다. 태피터 드레스가 피에 흠뻑 젖어 있었고, 가슴에 매단 다이아몬드 브로치는 루비 브로치로 변해 있었다. 손끝에서 손목까지 온통 선명한 붉은색이었다. 대중지에 나오는 살인자 사진 같은 모습이었다.

「제가 한 짓입니다.」 부인이 말했다. 「제가 지금 후회하고 있다는 걸 하느님은 아실 겁니다. 그러나 제가 한 짓입니다. 그리고 여기의 이 여자아이들은 결백합니다. 그리고 이 일에 대해선 아무것도 모릅니다. 이 아이들은 아무도 해치지 않았습니다.」

17

그 시절, 내 이름은 수전 트린더였다. 이제 그 시절은 모두 끝이 났다.

경찰은 데인티를 제외한 우리 모두를 연행했다. 그리고 증거물과 돈과 장물을 찾아 랜트 스트리트 집의 부엌을 샅샅이 뒤지는 동안 우리는 모두 감옥에 갇혀 있었다. 모두 서로 다른 감옥에 가둔 뒤 매일 찾아와 같은 질문을 반복했다.

「살해당한 남자와는 어떤 관계였지?」

나는 젠틀먼이 석스비 부인의 친구였다고 말했다.

「랜트 스트리트에 산 지는 오래되었나?」

나는 거기서 태어났다고 대답했다.

「살인이 있던 날 밤 무엇을 보았지?」

하지만 여기서 나는 늘 머뭇거렸다. 모드가 칼을 집는 모습을 본 것도 같다는 생각이 가끔 들었다. 가끔은 모드가 칼을 휘두르는 걸 본 기억까지도 나는 듯했다. 탁자 위를 만지는 모드를 보았던 것은 안다. 칼날이 번득이는 것도 보았다. 젠틀먼이 비틀거리기 시작할 때 모드가 뒤로 물러났던 것도 안다. 그러나 석스비 부인도 거기에 있었고 누구보다도 빨리 움직였다. 그리고 획 하고 휘두르며 번쩍였던 손이 〈부인의〉 손이었다는 생각이 가끔 든다……. 마침내 나는 간단한 진실을 말했다. 뭘 봤는지 모르겠다고 말했다. 어쨌거나 내 말은 중요치 않았다. 경찰들은 존 브룸의 말을 들었고, 석스비 부인 자신의 자백도 받았던 것이다. 경찰에게 나는 필요치 않았다. 연행된 지 나흘째 되던 날, 나는 석방되었다.

다른 이들은 좀 더 오래 잡혀 있었다.

입스 씨가 치안 판사 앞에 첫 번째로 불려 나갔다. 재판은 반 시간 동안 진행되었다. 결국 입스 씨는 끝장나고 말았다. 부엌에 놓여 있던 장물 때문은 아니었다. 그런 일로 잡혀가기엔 입스 씨가 문장을 벗겨 내고 지우는 솜씨가 너무 능숙했다. 그러나 담배 상자 안에 넣어 두었던 지폐 몇 장 때문에 걸렸다. 표시가 되어 있는 돈이었다. 경찰은 한 달도 넘게 입스 씨의 가게에서 행해지던 사업을 지켜보던 것으로 드러났다. 그리고 마침내 경찰이 필을 시켜 입스 씨에게 표시가 된 지폐를 쥐여 주게 했다. 기억할지 모르겠지만, 필은 어떤 경우에도 다시는 감옥에 들어가지 않겠노라고 맹세한 적이 있었다. 입스 씨는 장물을 거래했다는 유죄 판결을 받고 펜턴빌로 보내졌다. 물론, 입스 씨는 펜턴빌에 아는 사람들이 많았고 그래서 편하게 지내지 않겠느냐고 기대했다. 그러나 일이 웃기게 돌아갔다. 감옥 밖에선 1실링만 더 받아도 그렇게 고마워하던 핑거스미스와 금고털이들이 이젠 완전히 입스 씨에게 등을 돌린 것이다. 나는 입스 씨가 무척 비참하게 지냈다고 생각한다. 입스 씨가 감옥에 들어가고 일주일 뒤 나는 면회를 갔다. 입스 씨는 나를 보고 손으로 얼굴을 가렸다. 전반적으로 어찌나 바뀌고 기가 꺾이고, 어찌나 묘한 눈초리로 나를 보던지 도저히 견뎌 낼 수가 없었다. 나는 다시는 입스 씨를 찾아가지 않았다.

입스 씨의 불쌍한 누이는 랜트 스트리트 집의 자기 침대에 누워 있다가, 집을 헤집고 다니던 경찰에게 발견되었다. 우리 모두 그 여자를 잊고 있었다. 여자는 구립 병원에 보내졌다. 하지만 집을 옮기자 여자는 너무 큰 충격을 받아 죽고 말았다.

존 브룸은 어떤 범죄로도 걸리지 않았다. 그러나 입고 있던 외투 때문에 딱 하나, 오래전 개를 훔쳤던 일이 들통 났다. 존은 토틸 필즈에서 여섯 밤을 지내고 채찍질을 당하는 형을 받았다. 감옥에서 사람들이 존을 어찌나 싫어했던지 간수들은 누가 존을 채찍질할 것인가를 두고 카드놀이를 했다고 한다. 그리고 원래의 열두 대에 더해 재미삼아 한두 대를 더 때렸으며, 그 뒤 존은 아기처럼 울었다고 한다. 데인티는 감옥 정문에서 존을 만났는데, 존이 데인티를 때려 눈을 멍들게 했다. 그렇지만, 데인티가 랜트 스트리트에서 깨끗이 도망칠 수 있었던 것은 존 덕분이었다.

나는 다시는 존과 이야기하지 않았다. 존은 다른 집에 데인티와 함께 살 방을 얻었고 내 앞에서 사라졌다. 딱 한 번 존을 본 적이 있었다. 석스비 부인의 재판에서였다.

재판은 무척 빨리 시작되었다. 그 전날 밤 나는 랜트 스트리트에서 원래의 내 침대에 누워 뜬눈으로 지새웠다. 가끔 데인티가 와서 내 옆에서 자며 말동무가 되어 주었다. 옛 친구 중에 그렇게 해준 사람은 데인티가 유일했다. 물론 그건 전에 퍼졌던 소문 때문에 다들 나를 사기꾼으로 여겼기 때문이었다. 내가 입스 씨 가게 맞은 편 집에 방을 얻어 거기서 거의 일주일을 엿보며 살았노라는 식의 이야기였다. 내가 그런 게 뭣 때문인데? 그 다음엔 내가 살인이 있던 날 밤 광기 서린 눈으로 달리는 걸 봤다는 사람까지 있었다. 사람들은 어머니에 대해 지껄여 댔고 어머니의 나쁜 피가 내 안에 흐른다고도 했다. 이제 내가 용감하다는 말은 나오지 않았다. 내가 뻔뻔하다고들 했다. 결국엔 칼을 찔러 넣은 장본인이 나였다 해도 놀랍지 않을 거라고들 했다. 그리고 배신을 당했는데도 나를 딸처럼 사랑했던 석스비 부인이 스스로 나서 죄를 걸머진 것이라고들 했다…….

버러 거리에 나서면 사람들이 내게 욕을 퍼부었다. 한번은 어떤 여자아이가 내게 돌을 던졌다.

다른 때였다면 그 일로 가슴이 찢어졌을 것이다. 하지만 이제는 상관없었다. 내 머릿속엔 가능한 한 자주 석스비 부인을 만나야겠다는, 그 한 가지 생각뿐이었다. 부인은 호스몽거 레인 감옥에 갇혀 있었다. 나는 거기서 하루 온종일을 나곤 했다. 들어가기에 너무 이른 시간이면 문밖 계단에 앉아 있었다. 간수들과 이야기하거나, 법정에서 부인의 사건을 변론할 남자와 이야기를 했다. 입스 씨의 친구 하나가 찾아 준 사람이었다. 가장 악질인 악당도 사형대에서 곧잘 구해 낸다는 평이 있었다. 그러나 그 사람도 우리 사건이 무척 좋지 않다고 솔직하게 털어놓았다. 남자가 말했다. 「우리가 품을 수 있는 최대의 희망은 판사가 부인의 나이를 보아 자비를 베풀어 주길 바라는 겁니다.」

최소한 두 번은 물어보았다. 「만약 절대로 부인이 그 일을 저지르지 않았다는 걸 증명한다면요?」

남자는 고개를 흔들곤 했다. 「그 증거가 어디 있나요?」 남자가 말하곤 했다. 「게다가, 부인이 스스로 시인했단 말입니다. 아닌데 시인할 이유가 어디 있단 말입니까?」

나도 그 이유를 몰랐기에 대답할 수 없었다. 그러면 남자는 감옥 문에 나를 버려둔 채 재빨리 거리로 걸어 나가 마부를 소리쳐 부르곤 했다. 나는 두 손을 머리에 올린 채 남자가 가는 모습을 지켜보곤 했다. 남자가 외치는 소리와 말발굽 소리와 바퀴 덜컥이는 소리, 사람들이 움직이는 소리, 내 발아래에서 돌이 절걱이는 소리 같은 게 너무나 귀에 거슬렸기 때문이다. 그 당시엔 모든 소리가 너무나 귀에 거슬리고 컸으며, 실제보다도 더 참기 어렵고 더 빠르게 들렸다. 나는 몇 번이나 멈춰 서서, 젠틀먼이 배의 상처를 움켜쥐고는 못 믿겠다는 표정으로 우리의 믿을 수 없어 하는 얼굴을 바라보던 장면을 떠올리곤 했다. 〈어떻게 된 거지?〉 젠틀먼은 그렇게 말했다. 나도 이제 마주치는 사람마다 이렇게 말하고 싶었다. 〈어떻게 된 거지? 어떻게 이럴 수가? 왜 그렇게들 서서 나를 보고만 있는 거지……?〉

나는 편지를 썼을 것이다. 만약 쓸 줄만 알았다면, 그리고 누구에게 보내야 할지만 알았다면 말이다. 재판을 맡게 된 판사의 집에라도 찾아갔을 것이다. 집이 어디인지 알아낼 수만 있었어도 말이다. 그러나 나는 그렇게 하지 못했다. 나는 바로 석스비 부인의 곁에서, 그리고 감옥에서 작은 위안을 얻었다. 감옥은, 비록 너무나 우울하고, 너무나 어둡고 황량한 곳이긴 했어도, 최소한 조용하기는 했다. 간수들의 친절 덕분에 나는 규정 이상으로 많은 시간을 거기서 보낼 수 있었다. 내 생각엔 간수들이 나를 실제보다 어리고 덜 똑똑하게 봐주었던 것 같다. 「딸 왔다.」 간수들은 석스비 부인의 감옥 문을 열어 주며 그렇게 말하곤 했다. 그리고 매번 부인은 재빨리 고개를 들고 내 얼굴을 유심히 보거나 혼란스러운 표정으로 내 어깨너머를 흘깃거리곤 했다. 마치 간수들이 날 다시 들여보내고 거기 있게 해준 걸 믿을 수 없어 하는 것 같았다.

그리고 부인은 눈을 깜빡이다가 웃으려 노력하곤 했다. 「아가. 너 혼자 온 거야?」

「혼자 왔어요.」 나는 그렇게 대답하곤 했다.

「잘했다.」 잠시 후 부인은 내 손을 잡으며 대답하곤 했다. 「안 그래? 너랑 나랑 단둘이잖니. 잘했다.」

부인은 자기 손으로 내 손을 감싸고 앉아 있는 걸 좋아했다.

말은 하고 싶어 하지 않았다. 처음에 나는 울고 욕하며 자백을 거두어 달라고 간청하곤 했다. 내 말에 부인이 어찌나 화를 내던지, 나는 부인이 병이 날까 봐 겁이 났다.

「그만해라.」부인은 얼굴이 굉장히 창백해져서는 말을 쏘아대곤 했다. 「내가 한 거야. 그게 다야. 더는 그 일에 대해 듣고 싶지 않다.」

그래서 그다음부터 나는 부인이 성내던 것을 기억하며 침묵을 지켰고 단지 손으로 부인 손가락을 쓰다듬기만 했다. 부인을 찾아갈 때마다 손가락은 점점 더 야위어지는 것 같았다. 간수들은 부인이 저녁을 거의 들지 않는다고 했다. 그렇게 크던 손이 작아지는 것을 보고 있자니 말할 수 없이 속이 상했다. 석스비 부인의 손이 다시 당당해지기만 하면 그토록 잘못되어 가던 모든 일들이 다시 정상으로 돌아올 것만 같았다. 랜트 스트리트의 집에 있던 돈은 이미 모두 꺼내 변호사를 찾는 데 써버린 뒤였다. 그러나 나는 이제 빌리거나 저당을 잡혀 가며 가능한 많은 돈을 구했고, 새우니 새벌로이[5]니 수이트 푸딩[6] 따위 작은 요리로 부인의 식욕을 돋우려 전력을 다했다. 한번은 부인이 나를 자기 침대에 재우며 『올리버 트위스트』에 나오는 낸시 이야기를 해주던 시절을 기억할까 싶어 설탕 쥐를 가져갔다. 하지만 부인이 기억해 냈다는 생각은 들지 않는다. 그저 다른 모든 음식에 그랬듯이, 받기는 했지만 나중에 먹어 보겠다며 무관심하게 옆으로 밀어 두었을 뿐이었다. 결국, 간수들이 내게 돈을 아끼라고 말하였다. 부인이 계속 음식을 간수들에게 줘버렸던 것이다.

부인은 종종 손으로 내 얼굴을 감싸곤 했다. 키스도 자주 해

5 양념을 많이 한 마른 돼지고기 소시지.
6 쇠기름으로 만드는 푸딩.

주었다. 한 번인가 두 번인가는 나를 힘껏 잡더니 무언가 끔찍한 일에 대해 이야기하려는 듯했다. 그러나 늘 결국엔 화제를 돌리면서 그 이야기는 비껴가 버리곤 했다. 물어볼 게 있어도, 이상한 생각과 의심에 괴로워도, 나도 부인처럼 침묵을 지켰다. 충분히 괴로운 시절이었다. 악화시킬 필요가 뭐 있겠는가? 우리는 나에 관한 이야기 대신 내가 이제 그리고 앞으로 어떻게 해야 할지에 대해 이야기했다.

「랜트 스트리트의 그 옛날 집에 계속 머무를 거니?」 부인이 묻곤 했다.

「당연하지요!」 나는 대답하곤 했다.

「거기를 떠날 생각은 없니?」

「떠난다고요? 그럴 리가요, 전 부인이 풀려날 때를 대비해 깨끗이 치워 놓고 기다릴 생각인걸요…….」

부인과 입스 씨와 그 누이가 떠나면서 이제 그 집이 얼마나 많이 바뀌었는지에 대해선 말하지 않았다. 이웃들이 더는 찾아오지 않는다는 말도 하지 않았다. 어떤 여자아이가 내게 돌을 던졌다는 것도, 낯선 사람들이 찾아와 젠틀먼이 죽은 곳을 어렴풋하게라도 볼 수 있을까 하고 문가와 창문가에 몇 시간씩 서있곤 한다는 말도 하지 않았다. 바닥에서 핏자국을 지우느라 데인티와 내가 얼마나 열심히 노력했는지, 얼마나 닦고 또 닦고, 시뻘게진 물을 몇 통이나 갖다 버렸는지, 결국은 너무나 문지른 탓에 바닥의 결이 다 일어나고 희미하던 나무색이 끔찍한 분홍색으로 바뀌어 버려 포기해야만 했다는 것도 말하지 않았다. 문이며 천장이며 부엌 전체에, 벽에 걸린 그림부터 벽난로 선반 위 장식품과 접시와 칼과 포크에 이르기까지 모든 물건에 젠틀먼의 핏줄기가 그려지고 핏방울이 튀었더라는 것도 말하지 않았다.

그리고 부엌을 쓸고 닦던 중에 옛날을 기억나게 하는 온갖 소소한 것들을 보았다는 말도 하지 않았다. 개털과 부서진 컵 조각, 위조 동전, 카드패, 내가 키 크는 것을 기록하려고 입스 씨의 칼로 문설주에 새겼던 홈 같은 것이었다. 그리고 물건 하나하나마다 내가 얼굴을 감싸고 굉장히 울었다는 말도 하지 않았다.

밤마다 잠이 들면 살인에 대한 꿈을 꾸었다. 꿈에서 남자를 죽였고 다 들어가지도 않는 가방에 시체를 넣어 들고 런던 거리를 걸어가야 했다. 젠틀먼에 대한 꿈도 꾸었다. 브라이어의 붉은색 작은 예배당에 있는 비석들 사이에서 젠틀먼을 만났고, 젠틀먼은 내게 자기 어머니의 묘를 보여 주었다. 젠틀먼 어머니의 묘에는 자물쇠가 걸려 있었고, 나는 가지고 있던 반제품 열쇠와 줄로 그 자물쇠를 열 열쇠를 깎아 내야만 했다. 그리고 매일 밤 나는 빠르게, 빠르게 일해야 한다는 것을 알면서 일을 시작해야 했다. 그리고 매번 일이 거의 끝나 갈 무렵마다 이상한 사고가 터지곤 했다. 열쇠가 줄어들거나 너무 커지거나, 줄이 손가락 사이에서 부드러워지거나, 절대로, 절대로 시간 안에 파낼 수 없는 마지막 홈이 나타나곤 했다…….

〈너무 늦었어.〉 젠틀먼은 그렇게 말하곤 했다.

한번은 모드의 목소리가 들리기도 했다.

〈너무 늦었어.〉

나는 고개를 들었지만 모드는 보이지 않았다.

젠틀먼이 죽은 밤 이후로 모드는 보이지 않았다. 어디 있는지도 몰랐다. 모드가 나보다 더 오래 경찰에 잡혀 있었다는 것은 알고 있었다. 모드가 경찰에게 이름을 대자 이름이 신문에 실렸고 당연히 크리스티 의사가 보았기 때문이었다. 감옥의 간수들이 말해 주었다. 모드가 어떻게 젠틀먼의 아내가 되었으며, 사람들 말에 따르면 어떻게 정신 병원에 갇혀 있다가 탈출했으며, 그래서 경찰이 모드를 놓아주어야 할지 아니면 정신병자로 가두어야 할지 어쩔지 어찌할 바를 몰랐다는 이야기 따위가 항간에 떠돌았다. 크리스티 의사는 자기만이 결정권이 있다고 말했고, 그래서 경찰들이 모드를 조사해 달라고 크리스티 의사를 불렀다. 나는 그 이야기를 듣고 거의 발작을 일으킬 뻔했다. 아직도 욕조에는 가까이에도 갈 수 없었다. 그러나 일은 이렇게 풀려 나갔다. 크리스티 의사는 모드를 보자마자 비틀대며 얼굴이 창백해졌다고 한다. 그러고는 모드가 이렇게 완벽하게 병이 나은 걸 보니 감정이 북받쳐 그랬을 뿐이라고 주장했다. 자기의 치료법이 얼마나 효과적인지를 보여 주는 증거라고 하였다. 그리고 신문에 자기 병원에 대해 상세한 설명을 신게 하였다. 나는 크리스티 의사가 그 일로 새로운 숙녀 환자들을 잔뜩 얻고 굉장한 돈을 벌었다고 생각한다.

그리고 모드 자신은 자유를 얻었다. 그 뒤에 모드는 사라진 듯했다. 나는 모드가 브라이어의 집으로 돌아갔다고 추측했다. 다시는 랜트 스트리트에 오지 않았다는 것은 분명했다. 나는 모드가 너무나 두려워 그랬으리라고 생각했다! 당연하지만 랜트 스트리트로 돌아왔다면 내가 모드를 목 졸라 죽였을 테니 말이다.

하지만 모드가 혹시 돌아오지 않을까 싶기도 했다. 날마다 그 점을 생각했다. 〈어쩌면 오늘은 모드가 오지 않을까.〉 아침마다 그런 생각을 하곤 했다. 그리고 밤이 되면 다시 생각하곤 했다. 〈어쩌면 내일은 올지도 몰라…….〉

그러나 말했다시피, 모드는 돌아오지 않았다. 대신 재판의 날이 다가왔다. 8월 중순이었다. 끔찍하던 그 여름 내내 해는 계속 작렬하고 있었고, 방청객이 가득 들어찬 법정은 찌는 듯이 더웠다. 시간마다 어떤 남자가 불려와 열기를 식히려 바닥에 물을 뿌려 댔다. 나는 데인티와 함께 앉았다. 마음은 석스비 부인과 함께 피고석에 앉아 손을 잡고 있고 싶었다. 그러나 내 부탁을 듣자 경찰은 내 면전에 대고 비웃었다. 경찰들은 부인을 홀로 앉혔고 부인을 법정에 데리고 들어오고 나갈 때마다 손에 수갑을 채웠다. 부인은 회색 죄수복을 입고 있었고 때문에 얼굴이 거의 누렇게 보였다. 그러나 법정의 어두운 색 나무 벽을 등진 부인의 은발은 무척 밝은 색으로 보였다. 처음 법정에 들어왔을 때 부인은 자기의 재판을 보려고 법정을 꽉 채운 낯선 사람들을 보고 주춤거렸다. 그리고 낯선 이들 사이에서 내 얼굴을 본 뒤엔 훨씬 편안해진 것 같았다. 그 뒤로 내가 계속 보고 있는데도 부인은 누군가를 찾는 양 계속해 법정을 둘러보다가 내게로 눈길을 돌리곤 했다. 하지만 결국엔 시선을 내리깔곤 했다.

말할 차례가 되자 부인에게선 힘없는 목소리가 흘러나왔다. 부인은 젠틀먼에게 빌려 준 방 세 때문에 말다툼을 하다가 화가 나 젠틀먼을 찔렀다고 했다.

부인은 방을 빌려 주고 돈을 벌었습니까? 검찰관이 물었다.

「네.」 부인이 말했다.

그리고 장물 거래나 고아 아기들을 허가 없이 돌보는 일, 즉 일반적으로 위탁 부양으로 알려진 일로 돈을 번 것은 아니고요?

「아닙니다.」

그러자 서로 다른 시기에 서로 다른 장물을 가지고 있는 부인을 보았다는 사람들이 소환되었다. 그리고 더 나쁘게도, 부인에게 아기를 맡겼는데 얼마 못 가 바로 죽었다고 맹세하는 여자들이 나타났다…….

그리고 존 브룸이 증언을 했다. 경찰은 존을 점원처럼 입히고 머리를 빗질한 뒤 광까지 냈다. 전보다 훨씬 더 아기같이 보였다. 존은 살인이 있던 밤 랜트 스트리트의 집 부엌에서 일어난 모든 일을 보았노라 했다. 석스비 부인이 칼로 찌르는 것을 보았다고 했다. 부인이 〈이 깡패 놈아, 내 칼을 받아라!〉 하고 외쳤다고 했다. 그리고 칼을 쓰기 전에 최소한 1분은 부인이 칼을 손에 쥐고 있는 것도 보았다고 했다.

「최소한 1분이오?」 검찰관이 말했다. 「분명히 확신합니까? 1분이 얼마나 긴지 아십니까? 저쪽의 시계를 보십시오. 시곗바늘이 돌아가는 것을 보십시오…….」

우리는 모두 시곗바늘이 돌아가는 것을 지켜보았다. 그러느라 법정이 조용해졌다. 1분이 이렇게 긴지 몰랐다. 검찰관이 다시 존을 바라보았다.

「저렇게 오랫동안이었습니까?」 검찰관이 말했다.

존이 울기 시작했다. 「네, 나리.」 존이 눈물 사이로 말했다.

그리고 존에게 확인해 달라고 칼이 제출되었다. 사람들은 칼을 보자 갑자기 웅성대기 시작했다. 존이 눈물을 훔치고 본 후 고개를 끄덕이자 숙녀 한 명이 기절했다. 배심원 하나하나에게 칼을 볼 기회가 주어졌고, 검찰관은 칼날이 원래 이런 종류의 것보다 얼마나 더 날카롭게 갈아졌는지 꼭 눈여겨보셔야 한다고, 젠틀먼이 그렇게 심한 상처를 입었던 게 저토록 날이 날카로웠기 때문이라고 말했다. 계획적이라는 저런 증거로 인해, 말다툼에 관한 석스비 부인의 이야기가 신뢰성을 잃는다고 했다…….

나는 그 말을 듣고 거의 자리에서 뛰쳐나갈 뻔했다. 그리고 석스비 부인과 눈이 마주쳤다. 부인이 고개를 흔들더니 내게 조용히 있어 달라고 어찌나 간청하는 표정을 지었던지, 나는 다시 주저앉고 말았다. 칼날이 날카로웠던 것은 부인이 아니라 내가 날을 세웠기 때문이라는 말은 절대 입 밖으로 나오지 않았다. 내가 증인석에 불려 나가는 일도 절대로 없었다. 석스비 부인이 그렇게 놔두지 않았을 것이다. 찰스가 소환되었다. 그러나 찰스가 어찌나 울고 몸을 떨던지 판사는 찰스를 부적격자로 선언했다. 찰스는 아주머니 댁으로 돌려보내졌다.

나나 모드에 대한 이야기는 절대로 나오지 않았다. 아무도 브라이어나 릴리 씨에 대해 언급하지 않았다. 젠틀먼이 악당이었으며, 상속녀들을 갈취하려 했고, 위조 증권을 팔아 사람들을 파멸시켰다고 나서 말하는 사람도 없었다. 사람들은 젠틀먼이 미래가 창창한 훌륭한 젊은이였다고 주장했고, 석스비 부인이 단순한 욕심 때문에 젠틀먼의 빛나는 미래를 앗아 갔다고 말했다. 심지어는 젠틀먼의 가족을 찾아내 부모를 법정에 데려왔다. 믿을 수 없겠지만, 자기가 신사의 아들이라던 젠틀먼의 이야기는 전부 심하게 부풀려진 것이었음이 드러났다. 젠틀먼의 아버지와 어머니는 할러웨이 로드에서 조금 떨어진 거리에서 작은 포목점을 하고 있었다. 누이는 피아노를 가르쳤다. 젠틀먼의 진짜 이름은 리처드 리버스도, 리처드 웰스도 아니었다. 프레더릭 번트가 젠틀먼의 진짜 이름이었다.

젠틀먼의 사진이 신문에 실렸다. 잉글랜드의 모든 여자아이들이 그 사진을 잘라 가슴에 품고 다녔다는 말이 있었다.

그러나 나는 그 사진을 보아도, 그리고 사람들이 번트 씨의 끔찍한 죽음에 대해, 그리고 악덕과 더러운 매매 행위에 대해 이야기하는 것을 들어도, 마치 사람들이 얘기하는 대상이 우리집 부엌에서 내 가족들과 함께 있을 때 실수로 다친 젠틀먼이 아니라, 완전히 다른 무언가, 무언가 다른 인물처럼 느껴졌다. 판사가 배심원단을 내보내고, 우리는 기다리고, 신문기자들이 선고가 나오자마자 달려가려 준비하는 것을 보고서도, 한 시간이 지나 배심원단이 돌아오고 그 가운데 한 명이 일어나 한 단어[7]로 자신들의 결정을 말해줄 때조차, 심지어는 판사가 검은 천으로 말총 가발을 덮고 신께서 석스비 부인의 영혼에 자비를 베풀어 주시길 기도할 때도, 그때조차, 나는 남들 생각처럼 실감하질 못했다. 심각하고 단조로운 말을 그토록 많이 하던, 그렇게 음침하고 냉정하던 신사들이 석스비 부인과 나 같은 사람들의 삶에서 용기와 열정과 활기를 끊어 낼 수 있다는 게 믿기지 않았다.

그리고 나는 부인의 얼굴을 보았다. 부인의 얼굴에서 이미 용기와 열정과 활기가 반은 사라져 있었다. 부인은 웅성대는 사람들을 멍하니 둘러보고 있었다. 나를 찾는다는 생각에 나는 일어나 손을 들었다. 그러나 나와 시선이 마주치고도 부인은 앞서처럼 계속 다른 곳으로 시선을 돌렸다. 누군가 혹은 무언가를 찾는 것처럼 눈길이 계속 방 안을 떠돌다가 마침내 한곳에 고정되더니 눈빛이 분명해졌다. 나는 부인의 시선을 따라가 방청객열 뒤쪽에서 여자아이 하나를 찾아내었다. 온통 검은 옷을 입고 막 베일을 내리는 중이었다. 모드였다. 보리라고 생각도 못하고 있다고 보게 된 것이다. 분명히 말해 두지만, 그 순간에는 마음이 활짝 열렸다가, 전의 일이 모두 떠오르면서 다시 마음이 굳게 닫혔다. 모드의 모습이 비참해 보였다. 별일이라는 생각을 했다. 모드는 혼자 앉아 있었다. 어떤 신호도 보내지 않았다. 내 말은 내게 보내지 않았다는 말이다. 그리고 석스비 부인에게도 보내지 않았다.

그리고 우리 측 변호사가 나를 불러 악수를 하며 유감이라고

---

7 유죄를 뜻하는 〈guilty〉. 무죄일 경우 〈not guilty〉라고 두 단어로 말한다.

말했다. 데인티가 울며 내 팔에 기대어 걸었다. 내가 다시 석스비 부인을 보았을 때 부인은 고개를 숙이고 있었다. 모드 쪽을 보자 모드는 이미 사라지고 없었다.

이제 돌이켜 보면, 그 후로 지나간 한 주는 한 주라기보다는 단 하루가 끝없이 이어지는 것만 같았다. 잠도 없는 하루였다. 잠이 들면, 곧 죽게 될 석스비 부인에 대한 생각을 못하게 될 텐데 어찌 내가 잠을 잘 수 있었겠는가? 거의 어둠도 없는 하루였다. 부인의 감방에 등불이 밤새도록 켜져 있었던 것이다. 부인과 함께 있을 수 없는 시간이면, 나는 랜트 스트리트의 집에 내내 불을 켜두었다. 집에 보이는 모든 불을, 그리고 빌릴 수 있는 모든 불을 다 켜두었다. 그리고 눈을 번득이며 홀로 앉아 있었다. 마치 부인이 병이 나 옆에 있는 것처럼 앉아 지켜보았다. 거의 먹지도 않았다. 거의 옷도 갈아입지 않았다. 내가 걸을 때는, 부인 옆으로 가기 위해 호스몽거 레인 감옥으로 재빨리 걸어갈 때였다. 혹은 부인을 남겨 두고 느릿느릿 집으로 돌아올 때뿐이었다.

물론 부인은 이제 사형수 방에 갇혀 있었고 늘 두어 명의 여자 교도관이 붙어 있었다. 상당히 친절했다고 기억한다. 그러나 크리스티 의사 병원의 간호사들처럼 몸집이 크고 강건했으며, 비슷한 캔버스 앞치마를 걸치고 열쇠를 몸에 지니고 다녔다. 교도관들과 시선이 부딪칠 때마다 나는 움찔하며 놀라곤 했고 옛 상처들이 모두 다시 욱신대는 것만 같았다. 그러자 나는 다시는 교도관들을 좋아하기가 어려웠다. 설사 교도관들이 호감 갈 만한 사람들이었더라도 문을 열고 석스비 부인을 나가게 하지는 않았을 터였다. 대신 교도관들은 사형을 집행할 사람들이 올 때까지 부인을 잡아 두고 있었다.

하지만 나는 그 점은 생각하지 않으려 애썼다. 아니, 오히려 전처럼 내가 그 점을 생각하거나 믿을 수 〈없다〉는 걸 발견했다. 석스비 부인은 거기에 대해 얼마나 많은 생각을 했을지 모르겠다. 내가 알기로는, 부인에게 감옥 목사가 왔고, 부인은 목사와 몇 시간을 함께 보냈다. 하지만 부인은 목사가 뭐라고 했는지, 거기서 위안을 얻었는지 절대로 말해 주지 않았다. 부인은 이제 그 어느 때보다도 더욱 말하고 싶지 않은 듯했고, 오직 자기 손으로 내 손을 부드럽게 감싸 안고 있기만 바라는 듯했다. 오히려 예전보다 훨씬 더, 마치 말하지 못한 일의 끔찍한 무게 때문인 것처럼, 나를 보는 부인의 시선이 가끔 흐려지면서 얼굴이 붉어지고 자신을 억제하곤 했다…….

그러나 부인은 단 한 가지만은 말해 주었다. 자기 말을 기억해달라고 하였고, 그것이 내가 부인을 최후로 본 날의, 부인의 마지막 날 전날의 일이었다. 나는 거의 찢어지는 가슴으로 부인에게 갔고, 감방 안을 왔다 갔다 하거나 창문의 쇠창살을 잡아당기고 있는 부인의 모습을 볼 거란 생각을 했다. 사실, 부인은 무척 침착했다. 흐느낀 쪽은 나였고, 감옥 의자에 앉아 있던 부인은 내가 옆에 무릎 꿇고 앉아 자기 무릎에 머리를 기대게 두었다. 그리고 내 머리에 손을 얹었다. 핀을 뽑아 내 머리털을 풀어 자기 무릎에 펼쳐 놓았다. 나는 감옥에 찾아오기 전에 머리털을 말 만한 기분이 아니었다. 그리고 여기서 나가도 다시는 그럴 기분이 나지 않을 것 같았다.

「부인 없이 전 어떻게 하죠, 석스비 부인?」 내가 말했다.

부인의 온몸에 전율이 지나가는 것이 느껴졌다. 그리고 부인이 속삭였다. 「나와 함께 있을 때보다, 훨씬 잘 지낼 거야, 아가.」

「아녜요!」

부인이 고개를 끄덕였다. 「훨씬 잘 지낼 거야, 무척.」

「어떻게 그렇게 말하실 수 있어요? 그때, 만약 제가 부인과 같이 있었다면……. 만약 제가 젠틀먼과 함께 브라이어로 가지 않았다면……. 오, 부인 곁을 떠나지 말았어야 했는데!」

나는 부인의 치맛자락에 얼굴을 묻고, 다시 흐느꼈다.

「자아, 쉬잇.」 부인이 말했다. 내 머리를 쓰다듬었다. 「자아, 쉬잇…….」 부인의 드레스가 뺨에 거칠거렸고, 옆구리에 와 닿는 감옥 의자는 딱딱했다. 그러나 나는 마치 아이처럼 그대로 앉아 부인이 나를 어르게 두었다. 그리고 마침내 우리 둘 다 조용해졌다. 감방 벽 높이 달린 작은 창문을 통해 햇빛 두세 줄기가 스며들었다. 우리는 햇빛이 바닥의 판석을 기어가는 것을 지켜보았다. 빛이 저렇게 기어갈 수 있다는 것을 예전엔 전혀 몰랐다. 햇빛은 손가락처럼 기어갔다. 그리고 한쪽 벽에서 다른쪽 벽으로 거의 다 기어갔을 무렵 발소리가 들리고 교도관이 허리를 숙여 내 어깨에 손을 얹는 것이 느껴졌다. 「시간 다 됐어.」 교도관이 속삭였다. 「자, 이제 안녕하고 헤어져야지. 응?」

우리는 일어났다. 나는 석스비 부인을 바라보았다. 부인의 눈빛은 아직 명료했지만, 뺨은 잠시 동안 색이 바뀌어 있었다. 뺨이 진흙처럼 회색이고 축축했다. 부인이 몸을 떨기 시작했다.

「우리 수.」 부인이 말했다. 「그동안 내게 너무 잘해 줬어…….」 부인이 나를 가까이 당기더니 내 귀에 입을 갖다 댔다. 벌써 시체처럼 입이 차가웠다. 그러나 중풍에 걸린 것처럼 경련을 일으키고 있었다. 「아가…….」 부인이 토막토막 속삭이기 시작했다. 나는 거의 몸을 빼버렸다. 〈말하지 마세요!〉 나는 생각했다. 도대체 부인이 말하려 하지 않던 게 뭔지 내가 알고는 있었을까 지금도 모르겠지만 말이다. 갑자기 두려워졌다는 것만 알고 있었다. 〈말하지 마세요!〉 부인이 나를 더 강하게 잡았다. 「아가…….」 그리고 속삭임이 거칠어졌다. 「내일, 나를 지켜보렴.」 부인이 말했다. 「날 지켜봐. 눈을 감지 마. 그리고 내가 죽은 뒤 나에 대해 견디기 어려운 이야기를 듣게 되면 지금 이 순간을 다시 생각하렴……」

「그럴게요!」 내가 말했다. 반은 공포에 떨며, 반은 안도감에 젖어 내가 말했다. 「그럴게요!」 그것이 내가 부인에게 한 마지막 말이었다. 그리고 분명 교도관이 나를 다시 만졌을 것이다. 분명 문 너머 통로까지 비틀거리는 나를 데리고 갔을 것이다……. 기억나지 않는다. 그다음 기억나는 것은 얼굴 위로 쏟아지는 햇볕을 느끼며 감옥 뜰을 지나간 것이다. 그리고 고개를 돌리며 울음을 터트렸다. 그곳에서조차 햇빛은 빛날 것이고, 지금 이 순간에도 빛나고 있다니 이 얼마나 기묘하고 부당하며 끔찍한가 하고 생각하고 있었다.

간수의 목소리가 들려왔다. 우르릉거리며 들릴 뿐 말소리로 들리지 않았다. 내 옆의 교도관에게 무언가를 묻고 있었다. 교도관이 고개를 끄덕였다.

「걔네들 가운데 하나야.」 나를 흘끗 보며 교도관이 말했다. 「다른 하나는 오늘 아침 다녀갔어……」

나는 나중에야 교도관이 한 말의 의미에 대해 궁금증을 품었다. 당시엔 너무나 멍하고 비참하여 아무것도 궁금하지 않았다. 나는 비몽사몽 중에 걸으며 랜트 스트리트까지 돌아왔다. 가능한 한 눈부시게 내리쬐는 태양을 피해 그늘로만 걸었다. 입스 씨 가게 문 앞에서 남자아이들이 분필로 계단에 올가미를 그리고 있었다. 내가 오는 것을 보고는 소리를 지르며 달아났다. 하지만 나는 거기에 익숙해져 있었고 아이들이 도망치게 두었다. 그러나 올가미 그림은 발로 차 지워 버렸다. 집 안에 들어서자 나는 잠시 서서 숨을 들이쉬고 주위를 둘러보았다. 먼지로 줄이 그려진 자물쇠점 계산대, 반짝임을 잃은 연장과 반제품 열쇠들, 고리가 뜯어져 축 늘어진 베이지색 커튼 따위가 눈에 들어왔다. 부엌으로 발을 옮기자, 발소리가 저벅저벅 났다. 확실히는 모르겠지만 언제인가 화로가 받침대에서 떨어졌는데, 석탄과 석탄재가 아직도 바닥에 흩어져 있었다. 떨어진 걸 주워 담고 화로를 바로 세우는 게 너무나 아무렇지도 않은 일로 보여, 할 수가 없었다. 그러나 어쨌든 간에 바닥은 엉망이 되어 있었다. 경찰이 바닥을 뜯어내면서 깨어지고 벌어져 있었다. 바닥 아래는 너무나 어두워 불을 가져오고서야 2피트 아래의 땅이 보였다. 축축한 땅에 뼈와 굴 껍데기와 풍뎅이와 꿈틀거리는 벌레들이 보였다.

탁자는 방구석까지 밀려나 있었다. 나는 그쪽으로 가 탁자 옆 석스비 부인의 의자에 앉았다. 찰리 왝이 아래에 누워 있었다. 불쌍한 찰리 왝은 입스 씨가 목걸이를 너무나 세게 잡아당겼던 그때 이후로는 짖는 일이 없었다. 이제 나를 보더니 꼬리를 치고 다가와 귀를 잡아당기게 했다. 그러나 그다음 슬금슬금 떨어져 가서 앞발 위에 고개를 받치고 엎드렸다.

나는 거의 한 시간을 찰리처럼 조용히 앉아 있었다. 그리고 데인티가 왔다. 우리가 먹을 저녁을 들고 있었다. 나는 먹을 생각이 없었고, 데인티도 그랬다. 그러나 데인티는 저녁을 사려고 지갑을 훔쳤기에, 나는 그릇과 숟가락을 꺼내 왔고 우리는 시계가 돌아가는 것을 바라보며 말없이 천천히 먹었다. 벽난로 선반 위의 낡은 네덜란드 시계는 석스비 부인의 생애 마지막 몇 시간을 끊임없이 틱틱거리며 돌아가고 있었다……. 가능하다면 시간을 느껴 보고 싶었다. 매분 매초를 느껴보고 싶었다. 「나 여기 있으면 안 될까?」 갈 시간이 되자 데인티가 말했다. 「너 혼자 여기 있게 하다니 옳지 않은 것 같아.」 그러나 나는 그게 내가 원하는 것이라고 대답했다. 그리고 마침내 데인티가 내 뺨에 키스하고 떠났다. 다시 나와 찰리 왝 뿐이었다. 우리 주위로 집이 점차 어두워져 갔다. 나는 불을 좀 더 많이 켰다. 밝은 감방에 있을 석스비 부인을 생각했다. 감방이 아니라 여기, 자기의 부엌에 있을 때의 부인의 모습을 하나하나 모두 떠올렸다. 아기들에게 약을 먹이던 모습, 차를 홀짝이던 모습, 내 키스를 받으려 고개를 들던 모습. 고기를 썰던 모습, 입을 닦던 모습, 하품하던 모습을 떠올렸다⋯⋯. 시계가 계속해 돌아갔다. 전보다 훨씬 더 빠르고 더 큰 소리로 돌아가고 있는 것처럼 느껴졌다. 나는 탁자 위에 팔을 대고 그 위로 머리를 뉘었다. 어찌나 피곤한지! 나는 눈을 감았다. 그러지 않을 수가 없었다. 깨어 있을 생각이었지만, 눈이 감기고 잠이 들었다.

이때만은 꿈도 없이 잠이 들었다. 그리고 이상한 소리에 잠이 깼다. 바깥 거리에서 발을 쿵쿵거리는 소리와 끄는 소리, 오르락 내리락하는 목소리들이 들려왔다. 나는 반쯤 잠이 덜 깬 상태에서 생각했다. 「오늘이 축일이라 축제가 있나 보네. 오늘이 무슨 날이지?」⋯⋯그리고 나는 눈을 떴다. 켜두었던 초들이 타서 밀랍 덩어리로 변하고, 불꽃은 유령처럼 일렁이고 있었다. 그러나 초를 보자 내가 어디에 있는지 기억이 났다. 아침 일곱 시였다. 석스비 부인은 세 시간 뒤 교수형을 당할 예정이었다. 내가 들은 소리는 사람들이 구경할 자리를 확보하러 호스몽거 레인 감옥으로 가는 소리였다. 우리 집을 구경하러 우선 랜트 스트리트에 들린 것이었다.

시간이 갈수록 더 많은 사람이 몰려왔다. 「그게 여기야?」 사람들이 말하는 소리가 들렸다. 「여기가 바로 그 장소야. 피가 어찌나 빠르고 거세게 흘렀던지 벽들이 다 피로 물들었대.」⋯⋯「살해당한 젊은이가 하늘을 저주한다고 외쳤다던데.」⋯⋯「그 여자가 아기들도 목 졸라 죽였대.」⋯⋯「그 젊은이가 여자에게 줄 방세를 떼어먹었다던데.」 ……「소름이 다 끼치지?」 ……「그런 일을 당해도 싸.」 ……「사람들 말이…….」

사람들은 와서 잠시 멈춰 섰다가 지나가곤 했다. 집 뒤편으로 와서 부엌문을 당겨 보고 창가에 서서 덧문의 틈새로 안을 들여다보려 하는 사람들도 있었다. 그러나 나는 모든 문과 창문을 잠그고 막아 둔 터였다. 내가 안에 있다는 걸 사람들이 알았는지 모르겠다. 때때로 남자아이 하나가 소리치곤 했다. 「들여보내 줘요! 부엌을 보여 주면 1실링을 드릴게요!」 그리고 이렇게 외쳤다. 「이히히히! 나는 칼에 찔린 자의 영혼이다. 널 잡아먹으러 왔다!」 하지만 그건 자기 친구들을 놀리려는 말이었지 나를 향한 것은 아니었다고 생각한다. 그래도 그 소리들은 참으로 귀에 거슬렸다. 그리고 찰리 왝, 이 불쌍한 것은 내 옆에 딱 붙어 벌벌 떨다가 깜짝 놀라 모든 외침과 덜컥이는 소리마다 짖으려 했다……. 마침내 나는 찰리 왝을 데리고 한결 조용한 위층으로 올라갔다.

그러나 어느 정도 시간이 흐르자 소리들이 훨씬 잦아들었다. 그게 더 나빴다. 소리가 조용해진다는 것은 사람들이 모두 우리 집을 지나갔고 구경할 장소를 찾아냈으며 거의 시간이 다 되었다는 것을 뜻했기 때문이었다. 나는 찰리 왝을 두고 혼자 더 위층으로 올라갔다. 팔다리가 납이라도 되는 것처럼 천천히 올라갔다. 그리고 다락방 문 앞에 서서 들어가길 주저했다. 내가 태어났던 침대가 거기 있었다. 세면대가 있었고 벽에는 유포 조각이 붙어 있었다. 내가 마지막으로 다락방에 들렀을 때는 젠틀먼이 살아 있었고 술에 취해 데인티 그리고 존과 함께 아래층에서 춤을 추고 있었다. 그때 나는 창가에 서서 엄지손가락을 유리창에 대고 서리를 시커먼 물로 만들었다. 석스비 부인이 와서 내 머리를 쓰다듬었다……. 이제 나는 창가로 갔다. 가서 버

777

러의 거리를 내다보았고 거의 기절할 뻔했다. 어둡고 비어 있던 거리가 이제 환하게 밝아지고 사람들로 꽉 차 있었다. 저렇게나 많은 사람이라니! 사람들은 큰길에 서서 교통을 막고 있었다. 길 말고도 사람들은 벽 위에, 토대 위에 올라가 기둥과 나무와 굴뚝에 달라붙어 있었다. 아이들을 높이 쳐든 사람들도 있었고, 좀 더 잘 보려고 목을 길게 빼고 있는 사람들도 있었다. 대부분의 사람이 햇빛을 가리려 눈을 손으로 가리고 있었다. 모든 사람들이 고개를 한 방향으로 돌리고 있었다.

다들 감옥 정문의 옥상을 바라보고 있었다. 교수대가 세워지고, 밧줄이 이미 걸려 있었다. 남자 하나가 교수대의 발판을 검사하며 주위를 걸어 다니고 있었다.

남자를 보고 있자 마음이 거의 가라앉으면서, 구역질이 날 것 같았다. 나는 석스비 부인이 마지막으로 내게 부탁했던 것을 떠올렸다. 자기를 지켜봐 달라고 했다. 나는 그러겠노라고 하였다. 그럴 수 있을 줄 알았다. 부인이 견뎌 내야 할 것에 비하면 보는 것은 아무것도 아닐 줄 알았다……. 이제 남자가 손에 밧줄을 쥐고 길이를 점검하고 있었다. 사람들이 그 광경을 보려고 좀 더 목을 뽑아댔다. 두려움이 몰려오기 시작했다. 하지만 나는 아직도 마지막까지 지켜보겠다고 생각하고 있었다. 아직까지도 혼자 중얼거리고 있었다. 「〈해낼 거야〉. 〈해낼 거야〉. 부인도 내 어머니를 위해 그렇게 해주었잖아. 나도 부인을 위해 해내겠어. 이제 〈이 일〉 말고 부인을 위해 내가 해줄 수 있는 일이 또 뭐가 있겠어?」

그리고 내가 그렇게 말하는 동안 시계가 천천히 규칙적으로 열 시를 알렸다. 밧줄을 쥐고 있던 남자가 교수대에서 내려오고, 감옥 층계로 통하는 문이 활짝 열리고, 감옥 목사가 옥상 위로 모습을 드러내고, 간수장이 나타났다. 지켜볼 수가 없었다.

나는 창을 등지고 손으로 얼굴을 가렸다.

그리고 거리에서 울려 퍼지는 소리를 통해 그다음 벌어진 일들을 알았다. 시계가 울리고 목사가 나타나자 사람들이 갑자기 조용해졌다. 이제 사람들은 모두 야유하고 고함치기 시작했다. 교수형 집행인을 향한 것이었다. 물 위로 기름이 퍼져 나가듯 군중 사이로 야유 소리가 퍼져 나가는 것이 들렸다. 고함이 더욱 커지자, 나는 교수형 집행인이 무슨 신호를 보냈거나 절을 했다는 것을 알았다. 그리고 곧바로 그 소리가 다시 들리고 이번엔 좀 더 빠르게, 전율이나 오싹함이 퍼지듯, 온 거리로 퍼져 나갔다. 외침이 들렸다. 「모자를 벗으시오!」 그리고 무시무시한 웃음소리가 터져 나오며 외침이 섞여 들렸다. 석스비 부인이 도착한 게 분명했다. 사람들이 부인을 보려 애쓰고 있었다. 저 모든 낯선 사람들이 부인의 모습이 어떤지 보려고 두 눈이 빠져라 보고 있을 모습을 상상하니 속이 점점 더 메스꺼워졌지만 아직도 직접 보지는 못하고 있었다. 그럴 수가 없었다. 할 수가 없었다. 돌아설 수도, 땀으로 축축해진 손을 얼굴에서 뗄 수가 없었다. 귀를 기울이는 게 고작이었다. 웃음소리가 수군거리는 소리와 조용히 하라는 외침으로 바뀌었다. 목사가 기도를 올리고 있다는 뜻이었다. 조용히 하라는 소리가 이어지고, 또 이어졌다. 온 거리가 내 심장 소리로 가득한 것처럼 느껴졌다. 그리고 아멘 하는 소리가 들렸다. 아직도 아멘 소리가 거리에 울리는 중에, 군중의 다른 쪽, 즉 감옥에서 가장 가까워 가장 잘 보이는 쪽의 사람들이 침묵을 깨고 불안하게 웅성거리기 시작했다. 웅성거리는 소리가 점차 커지더니 모든 사람들이 웅성거리기 시작했고 마침내는 신음 또는 욕설에 가까운 소리로 바뀌어 갔다……. 부인이 교수대로 끌려 나왔다는 뜻이었다. 사람들이 부인의 손을 묶고 있다는 뜻이었다. 그리고 얼굴을 가리고, 부인의 목에 밧줄을 걸고…….

그러고 나서 그다음에, 한순간, 딱 한순간, 말로 하기에도 부족할 만큼 짧은 시간 동안 완전한 그리고 끔찍한 정적의 순간이 이어졌다. 아기들이 울음을 멈추고, 숨이 멎고, 심장과 벌어진 입에 손이 올라가고, 맥박이 느려지고, 아무 생각이 없어졌다. 이럴 〈수는〉 없어, 이럴 〈리가〉 없어, 그렇게 〈하진〉 않을 거야, 그러지 〈못할〉 거야……. 그리고 다음 순간, 너무나 곧, 너무나 빠르게, 교수대의 발판이 덜컹거리고, 사람들이 비명을 질렀다. 밧줄이 휙 풀어지는 순간, 사람들은 마치 어떤 거대한 손에 모두가 공유하는 배를 얻어맞은 것처럼 동시에 헐떡이며 신음했다.

이제 나는 아주 잠시 눈을 떴다. 눈을 뜨고, 뒤로 돌았고, 보았다……. 내가 본 것은 전혀, 절대로 석스비 부인이 아니었다. 코르셋과 드레스를 입히고 여자처럼 보이게 해놓은 재단사의 인형이었다. 생기 없는 팔이 달렸고, 짚을 채워 넣은 캔버스 천 부대 같은 머리가 축 늘어져 있었다…….

나는 뒷걸음질을 쳤다. 울지 않았다. 침대로 가 누웠다. 사람들이 다시 숨을 쉬고 목소리를 되찾으면서, 소리가 다시 바뀌었다. 사람들은 쉬지 않고 입을 놀리고, 아기를 안은 손에 힘을 풀고, 이리저리 춤을 추었다. 좀 더 많은 야유와 외침과 무시무시한 웃음소리가 터져 나왔다. 그리고 결국엔 환호까지 들려왔다. 나는 전에도 교수형 장면들을 보면서 환호에 익숙해져 있었다. 한 번도 환호가 뭘 뜻하는지 생각해 본 적이 없었다. 이제 높아져 가는 저 〈만세〉소리에 귀 기울이며, 슬픔 속에서도 나는 깨달았다. 〈저 여자는 죽었다.〉 사람들은 차라리 그렇게 외치는 게 나을 터였다. 심장이 뛸 때마다 피보다도 더 빠르게 그런 생각이 머리로 솟구쳤다. 〈저 여자는 죽었다……. 그러나 우리는

살아 있다.〉

그날 밤 데인티가 저녁을 가지고 다시 찾아왔다. 우리는 음식에 손도 대지 않았다. 그저 같이 울고 우리가 본 것에 대해 이야기했다. 데인티는 감옥에 가까운 장소에서 필 그리고 입스 씨의 다른 조카들과 함께 지켜보았다. 존은 숙맥들이나 그런 데서보는 거라고 말한 적이 있었다. 존은 구경할 만한 건물 옥상을가진 주인을 안다면서 그 위로 올라가겠다고 가버렸다. 존이결국 지켜보았을지 궁금했다. 그러나 데인티에게 그런 말은 하지 않았다. 데인티는 마지막 떨어지는 장면 말고는 모두 지켜보았다. 그 장면마저 지켜본 필은 깨끗한 죽음이었노라고 말했다. 필은 교수형당하는 여자들에 관한 한은, 교수형 집행인이매듭을 어떻게 짓는지에 대한 사람들의 말이 진실이라고 생각했다. 어쨌거나 석스비 부인이 무척 용감하게 처신했으며 굉장히 당당하게 죽어 갔다는 점에는 모두가 동의했다.

나는 코르셋과 드레스로 꽉 조여진 재봉사의 인형이 대롱거리던 모습을 떠올렸다. 그리고 설사 부인이 몸을 떨며 발길질을했다 하여도 우리가 과연 알 방법이 있었을지 의문이 들었다.

그러나 그건 더는 생각할 거리가 되지 못했다. 이제 돌보아야할 다른 일들이 있었다. 나는 다시 고아가 된 것이었다. 그리고어디서나 고아들이 그러하듯, 나는 그 뒤 이삼 주일간 고통스러운 마음으로 주위를 돌아보며 세상이 너무나 냉혹하고 컴컴하다는 것을 깨닫기 시작했다. 완전히 홀로 거친 세상을 헤쳐 나가야 했다. 나는 무일푼이었다. 가겟세와 집세는 8월로 이미 만기를 맞은 터였다. 어떤 남자가 와서 문을 쾅쾅 두드려 댔지만, 데인티가 팔을 걷어붙이고 맞아 볼 테냐고 하자 그냥 가버렸다. 그 뒤로 남자는 우리를 가만히 내버려 두었다. 내 생각엔 집이 살인 사건이 있었던 곳으로 알려지면서 아무도 이사 오려 하지 않았던 것 같다. 그러나 시간이 지나면 누군가가 들어올 터였다. 어느 날 다른 사람들을 데리고 돌아와 문을 부수고 들어올 것이었다. 그럼 난 어디서 살아야 할까? 나 혼자 어떻게 살아야 할까? 취직할 생각을 해보았다. 목장은, 염색소는, 모피 가공소는 어떨까……. 하지만 생각만으로도 역겨워지려고 했다. 내가 살던 세계의 사람들은 모두가 취직이란 강탈당하고 지루해 죽는 것의 다른 이름일 뿐이라는 것을 알고 있었다. 차라리 부정하게 살아가는 게 나았다. 데인티는 셋이 한패가 되어 울위치 근방에서 노상 절도를 하며 사는 여자아이들을 안다면서, 네 번째 동료를 구한다는 얘기를 했다……. 그러나 말하는 동안 나와 눈을 마주치려 하지 않았다. 우리 둘 다, 내가 전에 속하던 부류에 비하면 노상 절도는 굉장히 천한 계급임을 잘 알고 있었던 것이다.

그러나 내 선택의 범위는 거기까지가 끝이었다. 그것도 당연하다는 생각이 들었다. 더 나은 일을 찾아낼 만한 심정이 아니었다. 어떤 일도 할 마음이나 정신이 없었다. 랜트 스트리트 집의 물건들이 하나하나 사라져 갔다. 저당을 잡히거나 팔아 버렸다. 나는 여전히 시골 여자에게서 훔친 희미한 날염 드레스를 입고 있었다! 그 옷을 입으면 몰골이 너무나 말이 아니었다. 크리스티 의사의 병원에서도 살이 빠졌었는데 이제는 더욱 말라 버렸던 것이다. 데인티는 내가 어찌나 뾰족해졌는지 내게 실을 꿸 수만 있다면 나를 가지고 바느질도 할 수 있겠다고 말했다.

그렇게 하여, 울위치로 가져갈 짐을 꾸릴 때가 되자 집에는 남아 있는 물건이 거의 없었다. 찾아가 작별 인사를 고할 사람들을 생각해 봐도 떠오르는 사람이 하나도 없었다. 떠나기 전에 해야 할 일이 딱 한 가지 있다면 그건 호스몽거 레인 감옥에 가서 석스비 부인의 물건을 챙겨 오는 것뿐이었다.

나는 데인티를 데리고 갔다. 혼자서 감당해 낼 자신이 없었다. 재판이 있던 때에서 한 달도 더 지난 9월의 어느 날 우리는 집을 나섰다. 런던은 그 이후로 많이 달라져 있었다. 계절이 바뀌고, 날씨도 으슬으슬해지고 있었다. 거리는 먼지와 짚과 말려 올라간 잎으로 가득했다. 감옥은 전보다도 더 어둡고 황량해 보였다. 그러나 문지기가 나를 알아보고 안으로 들여보내 주었다. 나를 보는 문지기의 시선에 동정이 가득하다는 생각이 들었다. 교도관들도 그랬다. 이미 석스비 부인의 물건을 기름종이에 싸서 끈으로 묶어 두고 나를 기다리고 있었다. 「딸에게 양도.」 교도관들이 장부에 적으며 말했다. 그리고 그 아래에 내 이름을 적게 했다. 이제 나는 누구와 견주어도 뒤지지 않을 만한 속도로 이름을 쓸 수 있었다. 크리스티 의사의 병원에서 보낸 시간 이후로 생긴 변화였다……. 그리고 나는 교도관들 손에 이끌려 뜰을 지나 회색 감옥 부지로 갔다. 석스비 부인이 묻힌 곳이라고 알고 있었다. 부인의 무덤 위에는 아무 비석도 없었고 그래서 누구 하나 찾아와 부인을 위해 울어 줄 수도 없었다. 교도관들은 다시 나를 정문 아래로 데리고 나왔다. 정문 위로 낮고 평평한 옥상이 있었다. 내가 교수대가 올라가는 것을 마지막으로 본 곳이었다. 교도관들은 날마다 그 아래를 지나며 살아갔기에, 그 사람들에게 그곳은 아무 의미도 없었다. 교도관들이 와서 작별을 고하며 내 손을 잡으려 했다. 나는 손을 내어 줄 수 없었다.

꾸러미는 가벼웠다. 그러나 나는 일종의 두려움 속에 꾸러미를 가지고 집으로 왔다. 공포심 때문에 꾸러미가 무겁게 느껴졌다. 랜트 스트리트에 도착할 무렵, 나는 거의 비틀거리고 있었다. 나는 얼른 부엌으로 가서 탁자에 꾸러미를 내려놓고 숨을 고른 뒤 팔을 문질렀다. 꾸러미를 열고 부인의 모든 물건들을 보아야 한다는 게 두려웠다. 안에 들어 있을 물건에 대해 생각해 보았다. 부인의 신발, 아마 아직도 발가락과 뒤꿈치 모양이 그대로 남아 있을 부인의 스타킹, 부인의 페티코트, 아직도 머리카락이 붙어 있을 부인의 빗…… 〈열지 마!〉 나는 생각했다. 〈그냥 둬! 숨겨 버려! 언젠가는 열겠지만, 오늘은 싫어, 지금은 싫어……!〉

나는 자리에 앉아 데인티를 바라보았다.

「데인티.」 내가 말했다. 「나 못할 거 같아.」

데인티가 내 손 위에 자기 손을 얹었다.

「난 네가 꼭 열어 봐야 한다고 생각해.」 데인티가 말했다. 「시체공시소에서 어머니 물건을 받았을 때 나와 내 동생이 딱 이랬어. 그 꾸러미를 서랍에 그냥 넣어 놓고 거의 1년 동안 눈도 주지 않았어. 주디가 꾸러미를 열었을 때는 강물에 젖은 채로 너무 오래 놔둬서 드레스는 완전히 썩어 버리고 신발과 보닛은 거의 형체도 알아보기 어렵더라. 그리고 나니 우리에겐 어머니를 기억할 물건이 전혀 안 남게 된 거야. 간신히 남은 게 어머니가 늘 걸고 다니던 작은 목걸이 하나뿐이었어…… 결국은 그것도 아버지가 진 살 돈을 구한다고 저당 잡혀 버렸어……」

데인티의 입술이 떨리기 시작했다. 데인티의 눈물을 차마 볼 수 없었다.

「알았어.」 내가 말했다. 「그래, 열어 볼게.」

하지만 나는 아직도 손이 떨리고 있었고, 꾸러미를 앞으로 당겨 끈을 풀려 하자 교도관들이 끈을 너무 꽉 묶어 놨음을 알게 되었다. 그러자 데인티가 나섰다. 그러나 데인티 역시 풀지 못했다. 「칼이 있어야겠다.」 내가 말했다. 「아니면 가위나……」 그러나 젠틀먼이 죽은 뒤로 나는 한동안 종류를 막론하고 날이 선 것을 볼 때마다 깜짝깜짝 놀라곤 했다. 그래서 데인티를 시켜 모두 치워 버리게 했기에, 온 집에 날카롭거나 뾰족한 것이라고는 나를 빼고는 단 하나도 없었다. 나는 다시 매듭을 당기고 뜯어 봤지만 신경만 더 날카로워지고 손만 축축해지고 말았다. 마침내 나는 꾸러미를 들어 이로 매듭을 물고 당겼다. 드디어 끈이 풀리고 종이가 풀렸다. 나는 깜짝 놀라 뒤로 물러났다. 석스비 부인의 신발과 페티코트와 빗이 탁자 위로 쏟아져 나왔다. 딱 내가 우려하던 모습이었다. 그리고 그 위로 부인이 즐겨 입던 검은 태피터 드레스가 칠흑처럼 검게 펼쳐졌다.

드레스는 미처 생각지 못한 터였다. 왜 내가 그 생각을 못했지? 가장 최악의 물건이었다. 석스비 부인 자신이 기절해서 탁자 위에 누워 있는 것만 같이 보였다. 드레스에는 아직도 모드의 브로치가 가슴께에 꽂혀 있었다. 누군가가 다이아몬드들을 뽑아 갔다. 그건 별로 상관없었다. 그러나 은으로 된 몸체 안에는 아직도 피가 남아 있었고, 갈색이 되어 버린 피는 너무 말라 거의 가루로 변해 있었다. 태피터 자체는 아직도 뻣뻣했다. 피 때문에 색이 바래 있었다. 피 얼룩 주위로 흰 선이 그려져 있었다. 검찰관들이 법정에서 드레스를 보여 주면서 얼룩마다 주위에 분필로 선을 그려 놓았던 것이다.

내 눈엔 그 선들이 석스비 부인의 몸에 직접 표시를 해놓은 것처럼 보였다.

「오, 데인티.」 내가 말했다. 「견딜 수가 없어! 천이랑 물 좀 가져다줄래? 오! 이 끔찍한 모양이라니……!」 나는 드레스를 닦기 시작했다. 데인티도 거들었다. 우리는 부엌 바닥을 문지르던 때와 똑같이 우울한 마음으로 몸을 떨며 옷을 닦아 냈다. 천이 점점 칙칙해졌다. 숨이 가빠져 왔다. 우리는 치마부터 닦고 있었다. 그리고 나는 옷깃을 잡고 조끼를 내 앞으로 당겨 조끼를 닦기 시작했다.

그리고 일하는 내내 드레스에선 이상한 소리가 났다. 끽끽거리는 소리와 바스락거리는 소리가 났다.

데인티가 천을 내려놓았다. 「이게 무슨 소리야?」 데인티가 말했다. 나도 알지 못했다. 드레스를 가까이 잡아당기자 다시 그 소리가 났다.

「나방인가?」 데인티가 말했다. 「안에서 날개를 치는 걸까?」

나는 고개를 흔들었다. 「아닐 거 같은데. 종이 소리 같아. 아마 교도관들이 안에 뭔가를 넣어 뒀나 보지……」

그러나 내가 드레스를 들고 흔든 뒤 안을 들여다봤을 때 거기엔 아무것도, 전혀 아무것도 없었다. 하지만 드레스를 도로 내려놓자 다시 버스럭거리는 소리가 났다. 아마 조끼 쪽에서 나는 소리 같았다. 부인의 심장 바로 아래에 닿는 조끼 앞쪽 부분인 것 같았다. 나는 거기에 손을 대고 주위를 더듬어 보았다. 그 부분의 천이 빳빳했다. 젠틀먼의 피가 얼룩져 빳빳한 게 아니라 다른 무언가가 그 뒤에, 태피터 겉감과 공단 안감 사이에 붙어 있어 혹은 들어가 있어 빳빳했다. 이게 뭐지? 만져 보는 것만으로는 알 수가 없었다. 그래서 조끼를 뒤집어 솔기를 살펴보았다. 솔기가 뜯어져 있었다. 공단 끝단이 나와 있어도 해지지 않도록 가장자리가 꿰매어져 있었다. 드레스 안에서 일종의 주머니 역할을 하고 있었다. 나는 데인티를 바라보았다. 그리고 손을 집어넣었다. 다시 바스락거리는 소리가 나고 데인티가 뒤로 물러났다.

「정말 이게 나방 아닌 거 같아? 박쥐면 어쩌지?」

하지만 편지였다. 석스비 부인이 거기에 편지를 숨겨 두었던 것이다. 얼마나 오래된 것일까? 짐작도 가지 않았다. 처음엔 나를 위해 거기에 편지를 넣어 둔 것이리란 생각을 했다. 감옥에서 편지를 써서 넣어 두었으며, 교수형을 당한 뒤 내가 편지를 찾아내게 하려던 거란 생각을 했다. 그러자 마음이 초조해졌다. 그러나 편지에는 젠틀먼의 핏자국이 나 있었다. 그러니 최소한 젠틀먼이 죽은 날 밤 이전에 드레스 안에 넣은 게 분명했다. 그러자 다시 이 편지는 굉장히 오랫동안 보관되어 왔을 거란 생각이 들었다. 좀 더 자세히 들여다보자 굉장히 오래된 편지란 게 눈에 보였기 때문이다. 접힌 부분이 부드러웠다. 잉크는 변색해 있었다. 석스비 부인의 태피터 조끼 안에서 코르셋에 밀착되어 있던 부분의 종이가 구부러져 있었다. 봉인은……

나는 데인티를 바라보았다. 봉인은 온전한 상태였다. 「말짱해!」 내가 말했다. 「어떻게 된 거지? 왜 부인은 편지를 이렇게 은밀하고 이렇게 조심스럽게 그리고 이렇게 오래 지니고 다니면서 왜 아직도 안 읽었을까?」 나는 편지를 뒤집어 보았다. 주의사항을 다시 뚫어져라 바라보았다. 「여기 누구 이름이 적혀 있는 거야?」 내가 말했다. 「알아보겠어?」

데인티가 보더니 고개를 흔들었다. 「너도 모르겠니?」 데인티가 말했다. 그러나 읽을 수가 없었다. 내 눈엔 인쇄된 글씨보다 더 읽기 어려운 게 손으로 쓴 글씨였다. 그리고 이 글씨는 작고 기울어져 있었고, 이미 말한 바처럼, 그 끔찍한 얼룩들 때문에 부분적으로 번지고 얼룩이 져 있었다. 나는 등불 쪽으로 다가가 편지를 심지에 가까이 가져갔다. 실눈을 떴다. 보고 또 보았다……. 마침내 접혀 있는 종이 위로 적혀 있는 게 혹시 이름이라면, 〈내〉 이름인 것 같이 보였다……. 〈ㅅ〉자는 확실히 알아볼 수 있었다. 그리고 〈ㅜ〉자를 알아보았다. 그리고 다시 〈ㅈ〉자가…….

다시 초조해지기 시작했다. 「뭐라고 되어 있는 거야?」 데인티가 내 얼굴을 보며 물었다.

「나도 모르겠어. 내 앞으로 된 편지 같아.」

데인티가 손으로 입을 가렸다. 그러고는 말했다. 「네 어머니가 보낸 거야!」

「내 어머니?」

「그럼 또 누가 있어? 오, 수, 너 꼭 열어 봐야 해.」

「난 잘 모르겠어.」

「하지만 편지에…… 편지에 보물 위치가 적혀 있을지도 모르잖아! 편지가 그 지도일지도 모르고!」

편지가 보물 지도란 생각은 들지 않았다. 공포로 배가 싸해졌다. 나는 다시 편지를 보았다. 〈ㅅ〉자와 〈ㅜ〉자를 보았다. 「네가 열어.」 내가 말했다. 데인티가 입술을 핥고는 편지를 받아 천천히 편지를 뒤집은 뒤 천천히 봉인을 뜯었다. 부엌이 어찌나 조용하던지 종이를 봉했던 왁스 조각이 바닥에 떨어지는 소리까지 들렸던 것 같다. 데인티가 종이를 폈다. 그러고는 얼굴을 찌푸렸다.

「그냥 글자밖에 없어.」 데인티가 말했다.

나는 데인티 옆으로 갔다. 잉크 줄들이 보였다. 작고 촘촘하고 당혹스러웠다. 열심히 들여다보면 볼수록 더 당혹스럽게 보였다. 편지가 내 앞으로 온 게 분명하지만 차라리 알고 싶지 않은 끔찍한 비밀에 대한 열쇠를 쥐고 있는 것도 분명하단 사실에 나는 이미 굉장히 초조하고 두려워지고 있었다. 그러나 가장 나쁜 점은 편지를 열어 쥐고 있는데도 무슨 말인지 이해할 수 없다는 점이었다.

「서두르자.」 나는 데인티에게 말했다. 데인티에게 보닛을 찾아주고 내 보닛도 가져왔다. 「밖에 나가서 이걸 읽어 줄 사람을 찾아보자.」

우리는 뒷문으로 나갔다. 누구건 아는 사람에겐, 나에게 욕했던 사람에겐 부탁하고 싶지 않았다. 낯선 사람이 필요했다. 그래서 우리는 북쪽으로 갔다. 강가 위쪽의 양조장 쪽으로 빠르게 걸어갔다. 모퉁이에 남자가 하나 보였다. 육두구 강판과 골무로 가득한 얕은 상자를 줄로 목에 걸고 있었다. 그러나 안경을 끼고 있어 어쩐지 지적인 인상을 주었다.

내가 말했다. 「저 사람이면 될 거 같아.」

남자가 우리가 오는 걸 보고 고갯짓을 했다. 「강판 필요해, 아가씨들?」

나는 고개를 흔들었다. 「있잖아요.」 내가 말했다. 혹은 말하려고 노력했다. 걸어오느라 그리고 나 자신의 감정과 공포 때문에 숨을 쉬기가 어려웠다. 나는 손을 가슴에 얹었다. 「읽을 줄 아세요?」 내가 마침내 남자에게 물었다.

남자가 말했다. 「읽다니?」

「숙녀가 손으로 쓴 글자 말예요? 책 말고요.」

그러자 남자가 내가 들고 있는 종이를 보더니 코 위로 안경을 치킨 뒤 고개를 기웃했다.

남자가 읽었다. 「〈열여덟 번째 생일에 개봉할 것.〉」 듣는 내내 몸이 떨려 왔다. 남자는 그런 나를 눈치 채지 못했다. 대신 고개를 바로 하고 코를 쿵쿵댔다. 「이런 건 내 알 바가 아닌데.」 남자가 말했다. 「여기 서서 편지나 읽어 주는 게 내게 무슨 소용이야. 이런다고 골무가 날길 하겠어, 어쩌겠어. 안 그래……?」

뭔가를 해주는 대가로 돈을 바라는 사람들도 있다. 나는 떨리는 손을 주머니에 넣고 잡히는 대로 모두 꺼냈다. 데인티도 그렇게 했다.

「7펜스예요.」 내가 주화를 모아 본 뒤 말했다.

남자가 주화를 뒤집어 보았다. 「진짜 맞지?」

「진짜예요.」 내가 말했다.

남자가 다시 코를 킁킁댔다. 「좋아.」 남자는 돈을 받아 숨겼다. 그러고는 안경을 벗어 문질렀다. 「자 그럼, 어디 한번 볼까.」 남자가 말했다. 「그렇지만, 네가 편지를 들고 있어. 굉장히 법률적으로 보이는걸. 전에 법 때문에 바가지 쓴 적이 있지. 이 편지를 만진 일로 다시 또 그런 일이 생기진 않았으면 좋겠네…….」 남자는 다시 안경을 쓰고는 읽을 준비를 했다.

「거기 있는 모든 단어를 다 읽으세요.」 남자가 준비하는 동안 내가 말했다. 「모두 다요. 알겠어요?」

남자가 고개를 끄덕이고는 읽기 시작했다. 「〈내 딸, 수전 릴리의 열여덟 번째 생일에 개봉할 것.〉」

나는 종이를 내려놓았다. 「수전 트린더.」 내가 말했다. 「수전 트린더, 그렇게 말하려던 거겠죠. 잘못 읽었어요.」

「〈수전 릴리〉, 그렇게 쓰여 있다고.」 남자가 대답했다. 「다시 들어, 어서, 그리고 뒤집어 봐.」

「거기 쓰인 대로 읽을 게 아니라면, 읽은들 무슨 소용이냐고요…….?」 내가 말했다.

그러나 내 목소리는 점차 작아졌다. 심장 근처에 뱀이 기어오르는 것만 같았다. 단단하게 똬리를 틀고 있었다.

「진정해.」 남자가 말했다. 표정이 바뀌어 있었다. 「이거 재미있는걸. 이거 참. 이거 정체가 뭐야? 유언장이야? 아니면 사후 재산처분에 관한 증서? 〈메리앤 릴리의 마지막 진술.〉 여기 쓰여 있네. 〈서더크 랜트 스트리트에서 1844년 9월 18일 자로 그레이스 석스비 부인의 입회하에…….〉」 남자가 말을 멈추었다. 표정이 다시 바뀌어 있었다. 「그레이스 석스비?」 남자가 충격받은 목소리로 말했다. 「뭐야, 그 살인자? 정말 별일인걸, 안 그래?」

나는 대답하지 않았다. 남자가 다시 종이를, 그리고 얼룩을 들여다보았다. 아마도 아까 전까지는 얼룩을 잉크나 물감이라고 생각했던 모양이었다. 이제 남자가 말했다. 「잘 모르겠네. 과연 내가 이걸……」 그러고는 내 표정을 본 게 분명했다. 「좋아, 좋다고.」 남자가 말했다. 「어디 보자. 이게 뭐지?」 남자가 편지를 가까이 끌어당겼다. 「〈나, 메리앤 릴리는 버킹엄셔의〉…… 이게 뭐지? 브다어어 하우스? 브라이어 하우스?…… 〈브라이어 하우스 출신으로…… 나, 메리앤 릴리는, 몸은 비록 약하지만 정신은 온전한 상태에서, 지금 여기에서 내 갓 태어난 딸 수전을…….〉 어이, 편지를 그렇게 계속 흔들어 델 거야? 훨씬 낫네. 〈지금 여기에서,〉 흠, 흠. 〈그레이스 석스비 부인의 후견하에 맡긴다. 그리고 내 딸이 자신의 진짜 출생에 대해 모르는 상태로 부인의 손에 키워지길 바란다. 자신의 출생에 관해서는 딸의 열여덟 번째 생일, 즉 1862년 8월 3일이 되었을 때 알려져야 한다. 그날이 되면 내가 가진 재산의 반이 딸에게 가기를 또한 바란다.〉

〈그에 상응하여, 그레이스 석스비는 자신의 사랑하는 딸 모드를 내게 맡긴다…….〉 세상에, 또 그러진 않겠지! 잘 좀 들고 있어, 알겠어? 〈내게 맡긴다. 그리고 부인도 부인의 딸이 비슷하게 자신의 이름과 출생에 대해 모르는 채로 키워지길 소망한다. 이는 앞에서 언급한 날짜까지 지속한다. 그날이 되면 내 재산의 반이 부인의 딸에게 주어지길 바란다.〉

〈이 문서는 나의 바람을 적은 진실하고, 법적 구속력이 있는 진술서이다. 아버지와 오빠의 뜻을 무릅쓰고 이루어진, 나 자신과 그레이스 석스비 간의 계약이다. 이는 법적으로 인정되는 바이다.〉

〈수전 릴리는 자신의 불행했던 어머니에 대해서는, 어머니가 자신을 돌보지 않기 위해 굉장히 노력했다는 것 외에는 아무것

도 알지 못할 것이다.〉

〈모드 석스비는 지체 높은 숙녀로 키워질 것이다. 그리고 자신의 어머니가 자신의 생명보다도 더 자신을 사랑했다는 것을 알게 될 것이다……〉 어이쿠! 남자가 고개를 바로 했다. 「자, 이제 이게 7펜스 가치도 없는지 말해 보시지. 이런 내용의 종이였다니, 잘 봐, 분명 훨씬 더 큰 가치가 있다고……. 뭐야, 그런 이상한 표정이라니! 기절하려는 건 아니지, 응?」

나는 비틀거리다가 남자의 상자를 움켜쥐었다. 강판들이 주르륵 미끄러졌다. 「조심해, 엉!」 남자가 짜증을 내며 말했다. 「여기 내 물건이 모두, 봐, 구르고 엉망이 됐잖아…….」

데인티가 나서서 나를 잡았다. 「미안해요.」 내가 말했다. 「미안해요.」

「괜찮아?」 남자가 강판을 바로 세우며 말했다.

「네.」

「충격 받았나 보네, 그렇지?」

나는 고개를 흔들었다. 혹은 어쩌면 끄덕였는지도 모른다. 기억이 나지 않는다. 그리고 편지를 손에 꼭 쥐고 비틀대며 남자에게서 떨어져 섰다. 「데인티.」 내가 말했다. 「데인티…….」

데인티가 나를 벽에 기대어 앉혔다. 「어떻게 된 거야?」 데인티가 말했다. 「오, 수, 저게 무슨 뜻이야?」

남자가 아직도 우리를 보고 있었다. 「물이 필요하겠는데.」 남자가 외쳤다.

그러나 물은 필요 없었다. 데인티가 내 곁에 있어 주길 바랐다. 나는 데인티를 잡고 가까이 당긴 뒤 데인티의 옷소매에 얼굴을 묻었다. 몸이 떨려 오기 시작했다. 삐걱대는 용수철 위로 날름쇠가 올라가고 볼트가 풀려 튀어 오르면 녹슨 자물쇠가 덜덜 떨 듯이 나도 그렇게 떨고 있었다. 「어머니가……」 내가 말했다. 말을 끝맺을 수가 없었다. 말로 하기엔 너무 버거웠다. 안다는 것조차 너무 버거웠다! 〈내 어머니, 모드의 어머니!〉 믿을 수가 없었다. 브라이어에서 보았던, 상자 안의 잘생긴 숙녀의 초상화를 떠올렸다. 모드가 닦고 손질하곤 하던 비석을 떠올렸다. 모드를, 그리고 석스비 부인을 떠올렸다. 그리고 젠틀먼을 떠올렸다. 〈오, 이제야 알겠군!〉 젠틀먼은 그렇게 말했다. 이제 나도 알게 되었다. 석스비 부인이 감옥에서 그토록 내게 말하고 싶어 하면서도 차마 말하지 못했던 것이 무엇인지 이제야 알게 되었다. 〈나에 대해 견디기 어려운 이야기를 듣게 되면······.〉 왜 부인은 이 비밀을 그토록 오래 간직했던 것일까? 왜 내 어머니에 대해 거짓말을 했을까? 어머니는 살인자가 아니라 숙녀였다. 막대한 재산을 가진 숙녀였고, 어머니는 그 재산을 나누어······.

〈나에 대해 견디기 어려운 이야기를 듣게 되면 지금 이 순간을 다시 생각하렴······.〉

나는 생각하고 또 생각했다. 속이 메스꺼워지기 시작했다. 편지를 눈앞에 놓고 신음했다. 골무 파는 남자가 아직도 약간 떨어져 서서 나를 지켜보고 있었다. 곧 다른 사람들이 모여들어 역시 지켜보았다. 「술 취했나 봐, 그렇지?」 누군가가 말했다. 그리고 이런 말들도 들려왔다. 「공포에 질린 건가?」「발작을 일으킨 거야, 맞지? 혀를 삼키지 않게 친구가 입에 숟가락을 넣어주어야 할 텐데.」 그 목소리들이, 그 눈빛들이 견딜 수가 없었다. 나는 데인티를 잡고 일어났다. 데인티는 내게 팔을 두르고, 비틀거리는 나를 부축하며 집까지 데려다 주었다. 그리고 브랜디를 가져다주었다. 탁자 옆에 앉혔다. 석스비 부인의 드레스가 아직도 탁자 위에 그대로 있었다. 나는 드레스를 집어 두 주먹으로 부여잡고 옷주름 사이로 얼굴을 묻었다. 그러고는 야수처럼 울음을 터트리고 드레스를 바닥에 내팽개쳤다. 편지를 펼치

793

고 잉크 줄들을 다시 바라보았다. 〈수전 릴리…….〉 다시 신음이
터져 나왔다. 나는 일어나 걷기 시작했다.

「데인티.」 내가 헐떡이며 말했다. 「데인티, 부인은 분명 알고
있었어. 분명히 내내 알고 있었어. 날 젠틀먼에게 붙여 거기로
보낸 것도 분명히 부인이야. 결국은 젠틀먼이 날 어떻게 할지
알면서도…… 오!」 목소리가 쉬기 시작했다. 「부인이 날 거기로
보냈어. 그래서 젠틀먼이 날 거기 두고 자기 딸 모드를 데려오
게 하려고. 부인이 내내 원했던 건 단지 모드뿐이었던 거야. 날
안전하게 지켜 주다가 포기해 버렸어. 다 모드를, 모드를…….」

그러나 그 뒤로 나는 입을 다물었다. 칼을 쥐고 나서던 모드
를 생각하고 있었다. 자기를 미워하게 내버려 두었던 모드를 생
각하고 있었다. 나를 가장 해친 이가 누군지 알면서도 내가 모
르게 하기 위해 자기가 나를 해친 것이라 믿게 하던 모드를 생
각하고 있었다…….

나는 손으로 입을 가리고 흐느끼기 시작했다. 데인티도 울기
시작했다.

「왜 그래?」 데인티가 말했다. 「오, 수, 표정이 왜 그래! 〈무슨〉
일이야?」

「최악이야.」 내가 눈물 사이로 말했다. 「최악이라고!」

검은 하늘에 번쩍이는 번개처럼 너무도 극명하고 분명하게
알아 버렸다. 모드는 나를 구하려 노력했던 것이다. 그리고 나
는 몰랐다. 나는 모드를 죽이고 싶어 했는데, 그동안 내내 모드
는…….

「그리고 내가 그냥 보내 버린 거야!」 나는 일어나 이리저리
걸어 다니며 말했다. 「지금 어디 있지?」

「〈누가〉 어디에 있는데?」 거의 비명을 지르듯 데인티가 말했다.

「모드!」 내가 말했다. 「오, 모드!」

「릴리 양?」

「석스비 양 말이야, 어서 연락해! 오! 미쳐 버릴 거 같아! 모드가 거미처럼 너희 모두를 거미줄에 옭아매고 있다고, 내가 그런 생각을 했다니! 한때는 내가 서서 모드의 머리를 핀으로 올려 주던 때도 있었다는 생각을 하면! 내가 말만 했어도…… 모드가 돌아서기만 했어도…… 내가 알고만 있었어도…… 모드에게 키스했을 텐데……」

「키스를 해?」 데인티가 말했다.

「키스한다고!」 내가 말했다. 「오, 데인티, 너라도 모드에게 키스했을 거야! 누구라도 그렇게 했을 거야! 모드는 진주였어, 진주였다고! ……그리고 이제, 이제는 모드를 잃어버렸어, 내가 모드를 팽개쳐 버린 거야……!」

나는 계속 그렇게 주절거렸다. 데인티가 나를 달래려 했으나 실패했다. 나는 그저 걷고 손을 움켜쥐고 머리를 쥐어뜯기만 했다. 그게 아니면, 바닥에 주저앉아 신음하며 누워 있곤 했다. 마침내 나는 완전히 무너져 일어나려 하지 않았다. 데인티가 울며 사정했다. 물을 가져와 내 얼굴에 뿌렸다……. 이웃집으로 달려가 소금을 한 병 얻어 왔다. 그러나 나는 마치 죽은 듯이 누워 있었다. 병이 난 것이다. 그렇게 한순간에 병이 나버렸다.

데인티가 나를 원래의 내 방으로 데리고 올라가 침대에 뉘었다. 후에 데인티가 해준 말에 따르면, 내가 다시 눈을 떴을 때 데인티를 몰라보더라고 했다. 옷을 벗기려 하자 심하게 저항하더라고도 했다. 미친 여자처럼 체크무늬 드레스니 고무장화니 떠들어 댔고, 그리고 무엇보다도, 내가 자기에게 뺏긴 게 있는데 그게 없으면 죽을 거다 하는 따위의 이야기를 하더라고 했다. 「어디다 놨어?」 데인티는 내가 소리 지르더라고 했다. 「어디다 놨느냐니까? 오!」 ……데인티 말로는 내가 너무나 자주 그리

795

고 너무나 불쌍하게 소리를 질러 대서 결국 내 물건을 모조리 가지고 와 눈앞에 하나하나 들어 보였다고 한다. 그리고 마침 내 내 드레스 주머니에서 심하게 구겨지고 때가 타고 물어뜯긴 낡은 새끼 염소 가죽 장갑 한 짝을 찾아냈다고 한다. 그 장갑을 들어 보이자 내가 낚아채더니 가슴이 무너진다는 듯 장갑에 대고 울고 또 울더라고 했다.

기억나지 않는다. 거의 일주일을 열에 들떠 지냈고 그 뒤엔 너무나 몸이 약해져서 아직도 열이 나는 것과 별 차이가 없었다. 데인티가 내내 간호해 주었다. 차와 수프와 죽을 떠먹이고, 요강을 쓸 수 있게 몸을 잡아 받쳐 주고, 얼굴에 흥건한 땀을 닦아 내주었다. 나는 석스비 부인과 부인의 속임수를 생각할 때마다 여전히 울고, 욕하고, 몸부림쳤다. 그러나 모드를 생각할 때 더 크게 울음이 나왔다. 이제까지 내내 나는 심장 주위에 일종의 댐을 치고 사랑의 감정을 막고 있었다. 이제 벽이 무너져 내리고 심장에 담겨 있던 사랑이 흘러넘치면서, 그 안에 빠져 죽을 것만 같았다……. 그러나 몸이 다시 회복되면서 사랑의 물살도 잔잔해지기 시작했다. 잔잔해지고, 침착해졌다. 마침내는 내 평생 이렇게 침착했던 적이 다시는 없었던 것만 같았다. 「난 모드를 잃었어.」 나는 데인티에게 이렇게 말하곤 했다. 몇 번이라도 반복해 말하곤 했다. 그러나 차분하게 말하곤 했다. 처음엔 속삭이며 말했다. 그러다가 날이 지나가며 힘을 되찾게 되자 웅얼거리기 시작했다. 마침내는 원래의 목소리로 돌아왔다. 「난 모드를 잃었어.」 그렇게 말하곤 했다. 「하지만 찾아낼 거야. 한 평생이 걸리더라도 상관없어. 찾아내고 말 거야. 그리고 내가 어디까지 알고 있는지 말해 줄 거야. 멀리 떠났을지도 몰라. 지구 반대편에 있을지도 몰라. 결혼했을지도 모르지! 상관없어. 찾아낼 거야. 그리고 모든 걸 말해 줄 테야…….」

머릿속에 온통 그 생각뿐이었다. 나는 떠날 수 있을 만큼 건강해지기만을 기다렸다. 그리고 마침내 충분히 기다렸다는 생각이 들었다. 나는 침대에서 일어났다. 고개를 들 때마다 기울어지며 돌아가는 것처럼 느껴지던 방이 이제 흔들리지 않고 있었다. 몸을 씻고 옷을 입은 뒤, 울위치로 가져가려고 싸두었던 가방을 집어 들었다. 편지를 꺼내 드레스 안에 밀어 넣었다. 데인티는 내가 다시 열이 나는 게 분명하다고 생각하는 듯했다. 나는 데인티의 뺨에 키스했고, 내 얼굴은 차가웠다. 「나 대신 찰리 왝을 잘 돌봐 줘.」 내가 말했다. 데인티는 내가 얼마나 심각하고 진지한지를 알고는 울기 시작했다.

「어떻게 찾아낼 건데?」 데인티가 말했다. 나는 브라이어부터 찾아볼 작정이라고 말했다. 「하지만 거기까지는 어떻게 갈 건데? 돈은 어떻게 구할 건데?」 내가 대답했다. 「걸어갈 거야.」 데인티는 그 말을 듣자 눈물을 닦고는 입술을 깨물었다. 「잠깐 여기서 기다려.」 데인티가 말했다. 그리고 달려 나갔다. 20분이 지났다. 그리고 손에 1파운드를 움켜쥐고 돌아왔다. 자기가 죽으면 자기를 묻는 데 써달라며 풀 먹이는 집 벽에 오랫동안 숨겨두고 있던 돈이었다. 데인티는 그 돈을 내게 억지로 쥐여 주었다. 나는 다시 데인티에게 키스했다. 「돌아올 거야?」 데인티가 말했다. 나는 모르겠다고 대답했…….

그렇게 나는 두 번째로 버러를 떠나 다시 한 번 브라이어로 가는 여행길에 올랐다. 이번엔 안개가 전혀 끼지 않았다. 기차가 부드럽게 달려 나갔다. 말로에 닿자, 내가 합승마차를 부탁했을 때 나를 비웃었던 바로 그 차장이 이제는 내가 기차 칸에서 내리는 것을 도와주러 다가왔다. 나를 전혀 기억하지 못했다. 기억하고 있더라도 나를 알아보지 못했을 것이다. 내가 너

무나 말라 있었기에 차장은 아마도 날 아픈 아이로 여겼을 것
이다. 「요양하려고 런던에서 여기까지 온 거죠, 그렇죠?」 차장
이 친절하게 말했다. 그리고 내가 들고 있던 작은 가방을 보았
다. 「들 수 있겠어요?」 그러고는 저번처럼 말했다. 「마중 나올
사람이 아무도 없는 건가요?」

나는 걸어갈 거라고 말했다. 실제로 일이 마일을 걸어갔다.
그리고 잠시 멈춰 목책의 디딤대에서 발을 쉬었다. 남자와 여자
아이가 말이 끄는 짐마차를 타고 지나가다가 나를 보고는 역시
환자라고 생각한 듯했다. 말을 멈춰 세우고 나를 태워 주었던
것이다. 나를 좌석에 앉게 해주었다. 남자가 내 어깨에 자기 외
투를 걸쳐 주었다.

「멀리 갑니까?」 남자가 말했다.

나는 브라이어로 간다며 브라이어 근처 어딘가에 내려 주면
좋겠다고 말했다…….

「브라이어요!」 내 말을 듣자 둘이 말했다. 「하지만 거긴 도대
체 왜 가는데요? 그 노인이 죽은 뒤로 거기엔 아무도 없어요.
몰랐나요?」

아무도 없다고! 나는 고개를 흔들었다. 나는 릴리 씨가 아팠
던 것은 안다고 말했다. 손을 못 쓰게 되고 목소리도 잃고 숟가
락으로 떠먹여야 했던 것은 안다고 말했다. 남자와 여자아이가
고개를 끄덕였다. 〈불쌍한 양반!〉 둘이 말했다. 릴리 씨는 여름
내내, 그 끔찍하던 더위 내내 무척 비참한 상태로 목숨을 부지
했다고 했다. 「결국엔 그 양반, 냄새가 아주 코를 찌르더래요.」
둘은 목소리를 낮추며 말했다. 「그러나 그 질녀가…… 어떤 신
사와 도망쳤던 그 말 많던 여자애, 그 얘기 아시나요?」 나는 대
답하지 않았다. 「그 아이가 돌아와 간호해 줬는데도 한 달 전에
죽고 말았죠. 그 뒤론 집이 완전히 닫혔어요.」

그럼 모드가 왔다 간 거로구나! 내가 알기만 했어도……. 나는 고개를 돌렸다. 입을 열자 목소리가 메였다. 마차가 흔들려 그런 거라 여기길 바랐다. 내가 말했다.

「그럼 그 질녀, 릴리 양은요? 어떻게…… 어떻게 되었나요?」

그러나 둘은 어깨를 으쓱할 뿐이었다. 정말로 몰랐다. 누구 말로는 남편에게 돌아갔다더라고 했다. 누구 말로는 프랑스에 갔다더라고 했다…….

「하인 중 누굴 찾아가는 중인가 보죠?」 둘이 내 날염 드레스를 보며 말했다. 「하인들도 모두 떠났어요……. 도둑이 들까 봐 집을 지키려 남은 한 명만 빼고요. 〈그 남자〉인들 자기 일이 좋겠어요? 사람들 말이 그 집에는 이제 유령이 나온다는군요.」

뜻밖의 충격이었다. 그러나 충격 받을 일이 있을 줄 알았기에, 견뎌 낼 준비가 되어 있었다. 말로로 데려다 줄까 하고 묻는 말에 나는 됐다고, 그냥 계속 가겠노라고 했다. 남은 하인은 분명 웨이 씨일 거란 생각이 들었다. 나는 생각했다. 〈웨이 씨를 찾아야겠어. 날 알아볼 거야. 그리고 오! 모드를 보았겠지. 모드가 어디로 갔는지 말해 줄 거야…….〉

그래서 둘은 브라이어 정원 담이 시작되는 곳에 나를 내려 주었다. 그곳에서부터 나는 다시 걷기 시작했다. 말발굽 소리가 점차 희미해졌다. 길에는 나 혼자뿐이었고, 날씨가 을씨년스러웠다. 겨우 두세 시쯤인데도 그늘엔 벌써 땅거미가 깔리며 웅크리고 있다 피어날 준비를 하는 듯했다. 담이 윌리엄 잉커가 몰던 이륜 경마차를 타고 지나가던 때보다 훨씬 더 길게 느껴졌다. 느낌으론 한 시간은 족히 걷고서야 정문의 특징적인 홍예문과 그 뒤 관리인 주택의 지붕이 보였다. 나는 발걸음을 재촉했다. 그러나 이윽고 가슴이 하염없이 무너져 내렸다. 관리인 주택은 완전히 닫혀 있었고 어두컴컴했다. 정문도 사슬과 자물쇠로 꽉 잠기고 주위에 잎이 잔뜩 쌓여 있었다. 바람이 쇠 빗장을 때릴 때마다 낮은 신음 같은 것이 났다. 정문으로 다가가 문을 밀자 문이 끼익거렸다.

「웨이 씨!」 내가 외쳤다. 「웨이 씨! 아무도 없나요?」

내 목소리에 검은 새 10여 마리가 깜짝 놀라 까옥대면서 덤불 밖으로 날아올랐다. 굉장한 소리였다. 나는 생각했다. 〈분명 누군가는 나오겠지.〉 그러나 아니었다. 새들이 계속 까옥거리고, 바람은 빗장 사이로 더욱 크게 웅웅거렸다. 나는 다시 소리쳐 불렀다. 아무도 나오지 않았다. 그래서 나는 사슬과 자물쇠를 바라보았다. 사슬이 길었다. 그저 소를 못 나가게 하고 남자애들을 막기 위한 용도로 보였다. 하지만 이제 나는 남자애들보다도 더 가늘어져 있었다. 나는 생각했다. 〈이건 법을 어기는 게 아냐. 나는 여기서 일도 했어. 아직도 여기서 일하는지도 모르지……〉 나는 다시 정문을 최대한 밀었다. 그러자 내가 간신히 빠져나갈 만큼의 공간이 생겼다.

문을 지나자 등 뒤로 무시무시한 굉음이 나며 문이 다시 닫혔다. 새들이 다시 날아올랐다. 그래도 아무도 나오지 않았다.

나는 잠시 기다리다가 걷기 시작했다.

담 안쪽은 전보다도 더 조용해 보였다. 더 조용하고 더 이상 야릇했다. 나는 길로만 걸었다. 바람 때문에 나무들이 속삭이고 한숨을 쉬는 것처럼 보였다. 가지가 벌거숭이였다. 잎이 땅에 높이 쌓여 있었다. 젖어 있던 잎들이 치마에 들러붙었다. 여기저기에서 진흙투성이의 물웅덩이가 눈에 뜨였다. 너무 무성해진 덤불들도 많이 보였다. 공원의 잔디도 웃자라 있었고, 여름의 열기에 바싹 말랐다가 비에 두들겨 맞은 뒤였다. 잔디 끝이 질척해지면서 특이한 냄새를 풍겼다. 생쥐가 있었던 것 같다. 어쩌면 시궁쥐일 수도 있었다. 내가 걸어가는 동안 쥐들이

후다닥 도망치는 소리가 들렸다.

나는 걸음을 더욱 빨리하기 시작했다. 길이 내리막이 되었다
가 다시 오르막으로 바뀌었다. 윌리엄 잉커와 함께 어둠 속을
마차로 가던 기억이 났다. 다음에 뭐가 나올지 알고 있었다. 어
디서 꺾어지고 그러면 뭐가 보일지 알고 있었다……. 나는 알고
있었다. 그런데도, 갑자기 집이 다시 보이자 깜짝 놀라고 말았
다. 너무나 잿빛이고 우울한 모습을 하고 갑자기 땅 위로 솟아
오른 듯 보였다. 나는 자갈길 가장자리에서 걸음을 멈추었다.
거의 무서워지기까지 했다. 너무도 완벽하게 조용하고 어두웠
다. 창의 덧문이 모두 닫혀 있었다. 지붕 위에 더 많은 검은 새
들이 앉아 있었다. 담쟁이덩굴은 벽에서 떨어져 머리털처럼 흔
들리고 있었다. 비 때문에 늘 부풀어 있었던 거대한 정문은 전
보다도 더 튀어나와 보였다. 현관에 젖은 잎이 더욱 많이 쌓여
있었다. 사람이 아니라 유령이 살라고 만들어 놓은 집 같았다.
나를 태워다 주었던 남자와 여자아이가 유령이 나온다고 했던
말이 갑자기 떠올랐다…….

몸이 떨려 왔다. 나는 주위를 둘러보고, 온 길을 뒤돌아보았
다. 그리고 잔디밭을 훑어보았다. 어둡고 뒤얽힌 숲으로 이어지
고 있었다. 내가 모드와 걷곤 하던 길은 사라지고 없었다. 나는
고개를 젖혔다. 하늘이 잿빛으로 변하고, 비가 쏟아지고 있었다.
바람은 아직도 나무 사이에서 속삭이고 한숨짓고 있었다. 다시
몸이 떨려 왔다. 집이 나를 보고 있는 것같이 느껴졌다. 〈웨이
씨를 찾을 수만 있어도! 도대체 어디에 있는 거지?〉……나는
걷기 시작했다. 집을 빙 돌아 뒤편으로, 마구간과 안뜰 쪽으로
갔다. 발소리가 크게 나서 조심스럽게 걸었다. 그러나 여기도
다른 곳처럼 조용하고 텅 비어 있었다. 개 짖는 소리도 나지 않
았다. 마구간 문이 열려 있고, 말도 보이지 않았다. 커다란 하얀

시계는 그대로였지만, 시곗바늘이 멈춰 있고 시간도 틀렸다. 이 때문에 나는 이제까지 가운데에 가장 놀라고 말았다. 시계는 내가 걸어오던 내내 한 번도 종을 울리지 않았던 것이다. 그래서 그곳의 정적이 그토록 기묘하게 느껴졌던 것 같다. 「웨이 씨!」내가 외쳤다. 그러나 부드럽게 외쳤다. 여기선 크게 소리치면 안 될 것 같았다. 「웨이 씨! 웨이 씨!」

그리고 굴뚝 하나에서 연기가 한 줄기 피어오르는 모습이 눈에 들어왔다. 갑자기 용기가 났다. 나는 부엌문으로 가서 똑똑 두드렸다. 대답이 없었다. 손잡이를 돌려 보았다. 잠겨 있었다. 정원 문으로 갔다. 그날 밤 모드와 함께 도망쳤던 바로 그 문이었다. 역시 잠겨 있었다. 그래서 나는 다시 대문으로 갔다. 창문에 다가가 덧문을 잡아당겨 열고는 안을 들여다보았다. 아무것도 보이지 않았다. 손과 얼굴을 유리에 바짝 대었다. 그러자 내가 누르는 힘에 창문 빗장이 흔들리는 것 같았다……. 나는 거의 1분을 망설였다. 잠시 후 빗줄기가 굵어지며 미친 듯이 쏟아져 내렸다. 나는 창문을 밀었다. 빗장이 나사못에서 **빠지면서** 창문이 안쪽으로 휙 열렸다. 나는 창틀에 몸을 올리고 안으로 뛰어내렸다.

그리고 가만히 서 있었다. 빗장 **빠지는** 소리가 대단했을 터였기 때문이다. 웨이 씨가 그 소리를 듣고 도둑인 줄 알고 총을 들고 나타나면 어떡하지? 이제 스스로 도둑 같은 기분이 들었다. 나는 어머니를 생각했다. 하지만 어머니는 절대로 도둑이 아니었다. 숙녀였다. 이 거대한 집의 숙녀였다……. 나는 고개를 흔들었다. 믿기지가 않았다. 나는 조용히 주위를 돌아다니기 시작했다. 방이 어두웠다. 식당일 거라고 생각했다. 한 번도 와본 적이 없었다. 그러나 전에 모드가 저녁 시간이 되어 삼촌과 앉아 있는 모습을 곧잘 상상해 보곤 했다. 주어진 고기를 깨작거리며 먹는 모습을 상상해 보곤 했다……. 식탁으로 다가갔다. 아직도 촛대와 함께 칼과 포크와 사과 한 접시가 놓여 있었다. 그러나 모두 먼지와 거미줄로 뒤덮여 있었고, 사과는 썩어 있었다. 공기가 탁했다. 바닥에 깨진 잔이 보였다. 금테가 둘러진 크리스털 잔이었다.

문은 닫혀 있었다. 몇 주씩이나 열린 적이 없었던 것 같다. 그러나 손잡이를 돌려 밀자 문은 아직도 완벽하게 아무 소리 없이 움직였다. 이 집에서는 모든 문이 소리 없이 움직였다. 바닥에 깔린 먼지 앉은 카펫이 내 발소리를 지웠다.

그래서 나는 소리 없이, 마치 〈내〉가 유령인 양 미끄러지듯 나아갔다. 그런 생각을 하니 기분이 야릇했다. 건너편에 또 다른 문이 보였다. 응접실로 통하는 문이었다. 응접실에도 가본 적이 없었다. 그래서 이제 복도를 건너가 안을 들여다보았다. 응접실 역시 어두웠고 거미줄이 쳐져 있었다. 벽난로에서 재가 쏟아져 나와 있었다. 그 주변으로 의자들이 있었고, 나는 여기가 릴리 씨와 젠틀먼이 한때 함께 앉아 모드의 낭독에 귀 기울였던 장소임이 분명하다는 생각을 했다. 옆에 등이 놓인 작고 단단한 소파가 모드의 것일 듯했다. 나는 모드가 소파에 앉아 있는 장면을 상상했다. 모드의 부드러운 목소리가 들리는 듯했다.

그러한 회상을 하느라 나는 웨이 씨에 대한 생각을 잊고 있었다. 어머니에 대한 생각도 잊고 있었다. 어머니가 내게 무슨 의미가 있었던가? 내가 생각하는 것은 모드였다. 원래는 부엌으로 내려갈 생각이었지만, 생각을 바꿔 부풀어 오른 정문 옆의 홀을 천천히 걸어 다녔다. 계단을 올라갔다. 모드가 쓰던 방에 가보고 싶었다. 모드가 서 있던 자리, 즉 창가에, 유리 앞에 서보고 싶었다. 모드의 침대 위에 누워 보고 싶었다. 모드에게 어떻게 키스를 했고 모드를 어떻게 잃었는지 생각해 보고 싶었다…….

말했듯이, 나는 유령처럼 걸었다. 그리고 울 때도 유령처럼 울었다. 떨어지는 눈물방울엔 개의치 않으면서 조용히 울었다. 백년은 울 수 있을 만큼 눈물이 충분한 걸 알지만 곧 다 울어 버릴 것처럼 울었다. 나는 회랑에 도착했다. 서재 문이 살짝 열려 있었다. 박제된 동물 머리가 유리 눈알 한 알과 날카로운 이빨을 드러내며 아직도 문 옆에 걸려 있었다. 처음 모드를 찾아 여기에 왔을 때 손가락으로 만져 보던 기억이 났다. 그때 나는 문밖에서 기다리고 있었고 모드가 책 읽는 소리가 들려왔다…….. 다시 나는 모드의 목소리를 떠올리고 있었다. 어찌나 열심히 생각했던지 결국엔 정말로 거의 들리는 듯했다. 조용한 집 안에서 모드의 목소리는 속삭임처럼, 웅얼거림처럼 들렸다.

나는 숨을 멈췄다. 웅얼대는 소리가 멎었다가 다시 들려왔다. 내 머릿속에서 나는 소리가 아니고, 〈정말로〉 들려오고 있었다. 서재에서 나는 소리였다…….. 몸이 떨리기 시작했다. 결국엔 정말로 집에 유령이 나타나는 모양이었다. 아니면 어쩌면, 어쩌면…… 나는 문으로 가서 떨리는 손을 얹고 문을 밀어 열었다. 그리고 선 채 눈을 깜박였다. 방이 변해 있었다. 창문에 붙어 있던 페인트는 모두 벗겨지고, 바닥의 놋쇠 손가락은 뽑혀 있었다. 책꽂이에는 거의 책이 남아 있지 않았다. 벽난로에 작은 불꽃이 타오르고 있었다. 나는 좀 더 문을 열었다. 릴리 씨의 낡은 책상이 보였다. 등불이 켜져 있었다.

그리고 불빛 속에 모드가 보였다.

모드는 의자에 앉아 글을 쓰고 있었다. 책상에 팔꿈치를 괴고 뺨을 손바닥에 올린 채 손가락을 눈 쪽으로 반쯤 굽히고 있었다. 불빛 덕에 모드의 모습이 선명하게 보였다. 미간을 찌푸리고 있었다. 손은 장갑 없이 맨손이었으며, 소매는 걷어붙였고, 손가락은 잉크 얼룩으로 시커멨다. 나는 선 채로 모드가 글

쓰는 모습을 지켜보았다. 종이는 이미 글자들로 빽빽했다. 모드가 종이에서 펜을 떼더니 마치 그다음엔 무엇을 써야 할지 잘 모르겠다는 듯이 펜을 돌리고 또 돌렸다. 다시 모드는 숨결 아래로 웅얼거렸다. 모드가 입술을 깨물었다.

그리고 다시 써 내려갔다. 그러고는 잉크병에 펜을 담았다. 그러면서 눈가에서 손을 떼고 얼굴을 들었다. 자신을 지켜보는 나를 보았다.

모드는 꼼짝도 하지 않았다. 아무 움직임도 없어졌다. 소리 지르지도 않았다. 처음엔 아무 말도 하지 않았다. 그저 나와 눈을 마주치며 앉아 있었다. 얼굴에 놀랐다는 표정이 떠올라 있었다. 내가 한 걸음을 뗐다. 그러자 모드가 잉크 묻은 펜을 내려놓고 일어났고, 펜이 종이 위로 그리고 책상 위로 구르다가 바닥에 떨어졌다. 모드의 뺨이 창백해져 있었다. 모드가 의자 등을 잡았다. 마치 손을 떼면 넘어지거나 기절할 것 같다는 태도였다. 내가 다시 한 걸음을 더 떼자 모드는 의자를 더욱 강하게 쥐었다.

모드가 말했다. 「날 죽이려고 온 거야?」

아주 낮은 목소리로 속삭였다. 나는 모드의 목소리를 듣고, 얼굴이 창백해진 것을 알았다. 단순히 놀라서만이 아니라 또한 공포심에서 창백해져 있었다. 그런 생각을 하다니 끔찍했다. 나는 고개를 돌리고 손으로 얼굴을 가렸다. 쏟았던 눈물로 얼굴이 아직도 축축했다. 다시 눈물이 떨어지면서 더욱 축축해졌다. 「오, 모드!」 내가 말했다, 「오, 모드!」

전에는 이렇게 모드의 이름을 직접 불러 본 적이 없었다. 그저 늘 〈아가씨〉라고 불렀던 것이다. 그리고 지금조차, 여기에서조차, 그 모든 일을 겪고 나서도 이름을 부르자니 참으로 생경했다. 나는 손가락으로 눈을 문질렀다. 1분 전까지만 해도 나는 얼마나 모드를 사랑하는지에 대해 생각하고 있었다. 모드를 잃었다고 여기고 있었다. 몇 년이 걸려서라도 찾아낼 작정이었다. 이제 모드 때문에 아파하고 또 아파하다가 이렇게 마주치고 보니, 이렇게 따뜻하고, 이렇게 살아 있는 모드를 만나고 보니……감당이 되질 않았다.

「나는……」 내가 말했다. 「나는……」 모드는 다가오지 않았다. 그저 여전히 창백한 얼굴로 여전히 의자 등받이를 잡은 채 서 있을 뿐이었다. 그래서 나는 소매에 얼굴을 문질러 닦고 좀 더 차분하게 말을 이었다. 「편지가 있었어.」 내가 말했다. 「석스비 부인의 드레스 안에 숨겨진 편지를 발견했어……」

말하면서도 드레스 안에 들어 있는 편지의 빳빳한 감촉이 느껴졌다. 그러나 모드는 대답하지 않았고, 그래서 나는 모드의 반응에서 이미 모드가 그게 어떤 편지인지, 즉 무슨 내용인지 알고 있다는 생각이 들었고, 표정을 보자 확신이 왔다. 나도 모르게 잠시 모드가 미워졌다. 정말로 한순간이었다. 그리고 그 순간이 지나자 몸에 힘이 빠졌다. 나는 창가로 가서 창틀에 걸터앉았다. 내가 말했다. 「편지를 읽어 달라고 돈 주고 사람을 시켰어. 그리고 아팠어.」

「미안.」 모드가 말했다. 「수, 미안해.」

하지만 모드는 여전히 내 쪽으로 가까이 오지 않았다. 나는 다시 얼굴을 훔쳤다.

내가 말했다. 「어떤 남자랑 여자애가 날 태워다 줬어. 그 사람들 말이 삼촌이 돌아가셨다던데. 여기 웨이 씨 말고는 아무도 안 남아 있다고 하더라고……」

「웨이 씨?」 모드가 얼굴을 찡그렸다. 「웨이 씨는 갔어.」

「하인이 있다고 그러던데.」

「윌리엄 잉커를 말한 거였겠지. 나랑 함께 여기 머물고 있어.

그리고 그 사람 부인이 내 식사를 차려 줘. 그게 다야.」

「그 사람들이랑, 너뿐이라고? 이렇게 큰 집에서.」 나는 주위를 둘러보고 몸을 떨었다. 「안 무서워?」

모드가 어깨를 으쓱하고는 두 손을 내려다보았다. 표정이 어두워졌다. 모드가 말했다. 「이제 나에게 더 두려워할 게 뭐가 남아 있다고?」

그 말에, 그리고 말하는 태도에 너무나 많은 것들이 깃들어 있어 나는 처음엔 아무 대답도 하지 못했다. 다시 입을 열었을 땐 한결 조용하게 목소리가 나왔다.

「언제 알았어?」 내가 말했다. 「언제 그 모든 사실을 알게 됐어? 우리에 대해, 그리고…… 처음부터 알았던 거야?」

모드가 고개를 저었다. 모드 역시 조용히 말했다. 「그땐 몰랐어.」 모드가 말했다. 「리처드가 날 런던으로 데려갈 때까지도 몰랐어. 그리고 부인이…….」 모드가 얼굴을 붉혔다. 그러나 고개를 들었다. 「그리고 그 이야기를 들었어.」

「그전엔 아니었고?」 내가 말했다.

「그전엔 몰랐어.」

「그럼 너도 속았구나.」

예전이라면 이런 생각에 기뻐했을 터이지만 지금은 그렇지 않았다. 이제 지난 아홉 달 동안 내가 겪고 보고 알게 되었던 모든 으스스하고 끔찍한 모든 일들이 다 하나로 맞아 들어가고 있었다. 잠시 동안 침묵이 감돌았다. 나는 창문에 몸을 완전히 기대고 뺨을 유리에 댔다. 유리가 차가웠다. 비가 아직도 거세게 내리고 있었다. 비가 집 앞 자갈을 때리면서 흙탕물이 마구 튀어 올랐다. 잔디밭은 멍든 것처럼 보였다. 우거진 숲의 벌거벗은 젖은 나뭇가지들 사이로 주목과 작은 붉은 예배당의 뾰족한 지붕이 희미하게 보였다.

「어머니가 저기 묻혀 있어.」 내가 말했다. 「난 아무 생각 없이 어머니 묘를 바라보곤 했지. 어머니는 살인자라고 생각했으니까.」

「난 내 어머니가 미친 사람이었다고 생각했어.」 모드가 말했다. 「그 대신…….」

모드는 더는 말을 잇지 못했다. 나도 그랬다. 아직은 힘들었다. 그러나 나는 고개를 돌려 다시 모드를 보고 침을 삼킨 뒤 입을 열었다.

「너, 감옥에 부인을 보러 갔었지.」 나는 교도관이 한 말을 떠올렸다.

모드가 고개를 끄덕였다. 「부인이 네 얘기를 하더라.」 모드가 말했다.

「내 얘기? 뭐라고 했는데?」

「네가 끝까지 몰랐으면 좋겠다고. 네가 사실을 알기 전에 저들이 열 번이라도 더 자기를 목매달았으면 좋겠다고. 자기랑 네 어머니랑 둘 다 잘못한 거였다고. 자기들은 널 평범한 여자애로 키울 생각이었다고. 그건 보석을 가져다가 흙 속에 숨기는 것과 똑같은 짓이었다고. 먼지가 떨어져 나가면…….」

나는 눈을 감았다. 다시 눈을 뜨자, 모드가 드디어 좀 더 가까이 다가와 있었다.

「수.」 모드가 말했다. 「이 집은 네 거야.」

「원하지 않아.」 내가 말했다.

「돈은 네 것이야. 네 어머니의 돈 반이 네 것이야. 원하면 전부 가져가. 난 하나도 청구하지 않았어. 넌 부자가 될 거야.」

「난 부자가 되고 싶지 않아. 부자가 되고 싶다고 바란 적 한 번도 없어. 내가 원하는 건 그저…….」

그러나 나는 주저했다. 심장이 너무나 묵직했다. 모드의 시선이 너무나 침착하게, 너무나 가까이 다가와 있었다. 나는 마지막으로 모드를 보았을 때가 어땠는지를 생각했다. 법정에서가 아니라, 젠틀먼이 죽던 날 밤에 말이다. 그때 모드의 눈은 번득이고 있었다. 이제는 번득이지 않았다. 그때는 머리털이 말려 있었는데 이제는 풀어져 있었고, 핀으로 찌르는 대신 단순한 리본으로 뒤에서 묶여 있었다. 손은 떨고 있지 않았다. 장갑을 끼지 않았고 이미 말한 바대로 잉크 방울이 튀고 번져 있었다. 이마에도 손으로 누르고 있던 부분에 잉크가 묻어 있었다. 드레스는 어두운 색이었으며 길었지만 바닥에 닿을 정도는 아니었다. 비단이었지만 앞에서 묶는 옷이었다. 가장 위쪽 고리는 풀려 있었다. 풀린 고리 뒤로 모드의 목젖이 뛰는 것이 보였다. 나는 시선을 돌렸다.

그리고 다시 고개를 돌려 모드의 눈을 들여다보았다.

「내가 원하는 건 너뿐이야.」 내가 말했다.

모드의 얼굴이 새빨개졌다. 모아 쥐었던 손을 풀고 내게 한 발자국 다가와 거의, 거의 닿을 듯이 손을 내밀었다. 그러나 곧 고개를 돌리고 시선을 내리깔았다. 책상 옆에 섰다. 그리고 손을 종이와 펜에 뻗었다.

「넌 날 몰라.」 모드가 기묘하고 단조로운 목소리로 말했다. 「전에도 절대 알지 못했고. 넌 모르는 일들이 있어…….」

모드는 숨을 들이쉬고는 더는 말하지 않으려 했다. 「무슨 일?」 내가 말했다. 모드는 대답하지 않았다. 나는 일어나 모드에게 다가갔다. 「무슨 일인데?」

「내 삼촌…….」 모드가 두려움에 찬 눈길로 위를 보았다. 「삼촌의 책들…… 넌 날 착하다고 생각했지. 안 그래? 난 절대로 착하지 않았어. 난…….」 모드는 잠시 동안 자신과 싸우는 듯이 보였다. 그러더니 다시 움직여 책상 뒤 서가로 가 책을 한 권 꺼내 들었다. 책을 가슴에 꼭 껴안았다. 그러고는 몸을 돌려 내게로 가지고 왔다. 모드는 책을 펼쳤다. 모드의 손이 떨리고 있었던 것 같다. 「여기.」 모드가 책장을 훑어보며 말했다. 「혹은 여기.」 나는 모드의 시선이 고정되는 것을 보았다. 그리고 여전히 단조로운 목소리로 모드가 책을 읽기 시작했다.

「〈내가 마차 안에 억지로 그녀를 눕혔을 때에.〉」 모드가 읽었다. 「〈그녀의 아름다운 목과 발가벗은 상아색 어깨 위로 비치는 빛은 그 얼마나 달콤했던지. 심한 혼란 속에서도 눈처럼 새하얀 그녀의 작은 언덕은 내 가슴에 얼마나 우아하고 봉곳하게 와 닿았던지…….〉」

「뭐?」 내가 말했다.

모드는 대답하지도 올려다보지도 않았다. 그저 책장을 넘기고 계속 다른 장을 읽어 나갔다.

「〈나는 이제 거의 어찌할 바를 모르고 있었다. 이제 모든 것이 역동적으로 움직이고 있었다. 우리의 혀, 입술, 배, 팔, 허벅지, 다리, 엉덩이, 모든 곳이 관능적으로 움직이고 있었다.〉」

이제 내 뺨이 붉게 물들었다. 「뭐?」 나는 속삭이며 말했다.

모드가 책장을 더 많이 넘기고는 다시 읽기 시작했다.

「〈무서움을 모르는 나의 손이 재빨리 그녀의 가장 비밀스러운 보물을 움켜쥐었다. 부드럽게 저항하던 그녀의 목소리는 나의 불타는 키스에 단순한 웅얼거림으로 변하였고 그동안 나의 손가락들이 감추어져 있던 사랑의 통로로 뚫고 들어갔다…….〉」

모드가 읽기를 멈추었다. 목소리가 그렇게 단조로운데도, 심장은 더욱 거세게 뛰고 있었다. 나 자신의 심장도 다소 거세게 쿵쿵거리고 있었다. 내가 말했다. 아직도 완전히 이해하진 못하고 있었다.

「삼촌의 책들이야?」

모드가 고개를 끄덕였다.

「다, 이렇다고?」

모드가 다시 고개를 끄덕였다.

「전부 다 이렇다고? 확신해?」

「확신해.」

나는 모드에게서 책을 받아 활자를 들여다보았다. 내게는 다른 책과 마찬가지로 보였다. 그래서 나는 책을 내려놓고 서가로 가서 다른 책을 꺼내 들었다. 역시 똑같아 보였다. 그래서 나는 또 다른 책을 꺼냈다. 이 책에는 그림이 들어 있었다. 다른 곳에서는 구경하기도 어려울 만한 그림들이었다. 그림 하나에는 벌거벗은 여자아이 두 명이 그려져 있었다. 나는 모드를 바라보았고 심장이 조여 오는 것 같았다.

「넌 다 알고 있었구나.」 내가 말했다. 그게 처음으로 든 생각이었다. 「내내 아무것도 모른다고 하면서…….」

「아무것도 몰랐어.」 모드가 말했다.

「다 알고 있었어! 넌 내가 너한테 키스하게 했어. 다시 키스하고 싶게 만들었어! 그동안 내내 넌 여기에 들락거리면서…….」

갑자기 말이 막혔다. 모드가 내 얼굴을 보았다. 나는 서재 문 앞에 와서 모드의 오르락내리락하던 숨죽인 목소리를 듣던 시절을 떠올렸다. 내가 스타일스 부인 그리고 웨이 씨와 함께 타르트와 커스터드를 먹는 동안, 신사들에게, 젠틀먼에게 책을 읽어 주던 모드를 생각했다. 나는 심장에 손을 얹었다. 심장이 너무나 강하게 옥죄어 와서 가슴이 아팠다.

「오, 모드.」 내가 말했다. 「내가 알기만 했어도! 널 생각하면 …….」 나는 울기 시작했다. 「네 삼촌을 생각하면…… 오!」 내 손이 빠르게 입으로 올라갔다. 「〈내〉 삼촌!」 그 생각에 너무나 기분이 이상해졌다. 「오!」 나는 여전히 책을 쥐고 있었다. 이제 나는 책을 바라보고는 마치 책에 데기라도 한 것처럼 바닥에 떨어뜨렸다. 「오!」

그게 내가 말할 수 있던 전부였다. 모드는 무척 조용히 서서 손을 책상에 올리고 있었다. 나는 눈물을 훔쳤다. 그리고 다시 모드 손가락의 잉크 얼룩을 바라보았다.

「어떻게 그걸 참아 냈어?」

모드는 대답하지 않았다.

내가 말했다. 「그 사람을 생각하면, 그 〈망할 자식〉! 오, 고약한 냄새가 났다 해도 그놈에겐 너무 가벼운 벌이었어!」 나는 손을 움켜쥐었다. 「그리고 이제, 널 보고, 네가 여기 있는 걸, 아직도 여기에 저 책들 사이에 있는 걸 보게 되다니……!」

나는 서가들을 둘러보았다. 다 부숴 버리고 싶었다. 나는 모드에게 가서 가까이 잡아당기려 손을 뻗었다. 그러나 모드가 나를 막았다. 다른 때였다면 내가 분명 당당하다고 생각했을 그런 태도로 모드가 고개를 움직였다.

모드가 말했다. 「〈그 사람〉 때문에 날 동정하진 마. 그 사람은 죽었어. 그러나 난 아직도 그 사람이 만들어 놓은 나 그대로야. 언제까지나 이렇게 살아야만 해. 책의 반절은 훼손되거나 팔렸어. 그러나 난 여기 있어. 그리고 여길 봐. 넌 모든 걸 다 알아야만 해. 내가 어떻게 생계를 꾸려 가고 있는지 봐.」

모드가 책상에서 종이를 한 장 집었다. 모드가 무언가를 적고 있던 그 종이였다. 잉크가 아직도 덜 말라 있었다. 「한때 삼촌의 친구였던 사람에게 물어본 적이 있어.」 모드가 말했다. 「내가 글을 쓰면 받아 주겠느냐고. 그 사람은 날 가난한 귀부인들을 위한 집으로 보냈어.」 모드가 슬프게 웃어 보였다. 「사람들은 숙녀는 그런 글을 쓰지 않는다고들 하지. 하지만 난 숙녀가 아니야……」

나는 이해하지 못한 채 모드를 바라보았다. 모드가 손에 든 종이를 바라보았다. 그리고 순간 심장이 멎었다.

「삼촌 책 같은 책을 쓰고 있구나!」 내가 말했다. 모드가 말없이 고개를 끄덕였다. 얼굴이 침울했다. 내 표정이 어땠는지는 모르겠다. 아마 이글거리고 있었을 것이다. 「저런 종류의 책을!」 내가 말했다. 「믿을 수 없어. 네가 어떻게 되어 있을지 온갖 모습을 다 상상했지만 하필이면 그중에서도…… 그리고 이제 여기에, 이렇게 큰 집에 완전히 홀로 처박혀 있는 너를 보게 되다니…….」

「난 혼자가 아니야.」 모드가 말했다. 「말했잖아. 윌리엄 잉커와 그 사람 부인이 날 돌봐 주고 있어.」

「여기에 완전히 홀로 처박혀 〈이딴 책들〉이나 쓰고 있는 너를 보게 되다니……!」

다시 모드가 당당한 표정을 지었다. 「왜 그러면 안 되지?」 모드가 말했다.

나는 답을 몰랐다. 「옳지 않은 것 같으니까.」 내가 말했다. 「너 같은 여자아이가…….」

「나 같은? 나 같은 여자아이는 세상에 없어.」

나는 잠시 대답하지 않았다. 모드 손의 종이를 다시 바라보았다. 그리고 조용히 말했다.

「돈이 벌려?」

모드의 얼굴이 붉어졌다. 「조금.」 모드가 말했다. 「열심히 쓰면 살아가기엔 충분해.」

「그럼 넌…… 넌 이 일이 좋아?」

모드의 얼굴이 한층 더 붉어졌다. 「내가 이 방면에 소질이 있다는 걸 알았어…….」 모드가 입술을 깨물었다. 아직도 내 얼굴을 주시하고 있었다. 「내가 이런 일을 해서 내가 미워?」 모드가 말했다.

「미워!」 내가 말했다. 「이미 널 미워할 만한 이유가 쉰 개는 있어. 단지……」

〈단지 널 사랑해.〉 나는 그렇게 말하고 싶었다. 그러나 말하지 않았다. 무어라 할 수 있으랴? 만약 모드가 아직도 당당할 수 있다면, 그렇다면, 지금으로선, 내가 과연…… 어쨌거나 내겐 말할 필요가 없었다. 모드는 내 표정에 쓰인 그 말을 읽을 수 있었으니까. 모드의 얼굴색이 바뀌고 시선이 차분해졌다. 모드는 손으로 눈을 가렸다. 손가락 때문에 이마에 검은 얼룩이 더 많이 생겼다. 여전히 얼룩이 참기 어려웠다. 나는 재빨리 손을 내밀어 모드의 손목을 잡았다. 그리고 엄지에 침을 묻혀 모드의 이마를 문지르기 시작했다. 그저 잉크와 모드의 하얀 살결만을 생각하며 이마를 문질렀다. 그러나 모드는 내 손을 느끼더니 아주 조용히 있었다. 엄지의 움직임이 느려지기 시작했다. 손가락이 모드의 뺨으로 움직여 갔다. 그리고 나는 어느덧 손으로 모드의 얼굴을 감싸고 있었다. 모드가 눈을 감았다. 뺨이 부드러웠다. 진주와는 달랐다. 진주보다 따뜻했다. 모드가 고개를 돌려 내 손바닥에 입을 맞추었다. 입술이 부드러웠다. 잉크 얼룩이 모드의 이마에 검게 남아 있었다. 결국엔 잉크일 뿐이란 생각을 했다.

모드에게 키스하자, 모드가 몸을 떨었다. 그러자 모드에게 키스해 모드가 몸을 떨게 하는 것이 어땠는지 기억이 났다. 그리고 나 역시 몸이 떨려 왔다. 나는 얼마 전까지 아팠던 사람이었다. 기절할지도 모르겠다는 생각이 들었다! 우리는 떨어져 섰다. 모드가 손을 가슴에 갖다 댔다. 아직까지 모드 손에 쥐여 있던 종이가 이제 바닥으로 펄럭이며 떨어졌다. 나는 허리를 숙여 종이를 집어 종이에 생긴 주름을 폈다.

「뭐라고 쓰여 있는 거야?」 내가 주름을 잡아당기며 말했다.

모드가 말했다. 「내가 널 얼마나 원하는지에 대한 말들로 가득해…… 봐.」

모드가 등불을 집어 들었다. 방이 어두워지고, 비는 여전히 유리창을 때리고 있었다. 그러나 모드는 나를 벽난롯가로 데려가 앉힌 뒤 옆에 앉았다. 모드의 비단 치마가 갑자기 부풀어 올랐다가 가라앉았다. 모드는 등불을 바닥에 내려놓고 종이를 평평하게 폈다. 그리고 자기가 쓴 글자들을 하나하나 보여 주기 시작했다.

노트

    역사적 세부 사실과 영감을 위해 많은 책들을 참고하였다. 특히 V. A. C. 게트럴의 『교수형 나무: 처형과 영국인, 1770~ 1868』(옥스퍼드, 1994)와 마샤 해밀카의 『법적 죽음. 사설 정 신 병원에서 감금되어 보낸 7주간의 경험』(런던, 1910)에서 많 은 도움을 받았다.

    크리스토퍼 릴리가 작업하던 인덱스의 분류는 헨리 스펜서 애 시비가 피사누스 프락시라는 가명으로 펴낸, 주해가 달린 도서 목록 다음 세 가지에 기초하였다. 『*Index Librorum Prohibitorum* (금지서 목록): 흥미롭고 흔하지 않은 책들에 대해 인명식 서지 학적 도상학적 및 비평적 기록』(런던, 1877), 『*Centuria Librorum Absconditorum*(비밀 백서): 흥미롭고 흔하지 않은 책들에 대해 인명식 서지학적 도상학적 및 비평적 기록』(런던, 1879), 『*Catena Librorum Tacendorum*(금지되어 사슬에 묶인 책): 흥미롭고 흔 하지 않은 책들에 대해 인명식 서지학적 도상학적 및 비평적 기 록』(런던, 1885). 릴리 씨의 책 수집에 관한 발언들은 애시비의 말을 되풀이한 것이지만, 다른 모든 점에서 릴리 씨는 완전히 꾸며 낸 인물이다.

    모드가 인용한 모든 텍스트는 진짜이다. 『열정의 축제』, 『여성의 쾌락에 대한 회고록』,『걷힌 커튼』,『매춘굴 잡문기』,『자작나무 부케』,『정욕에 찬 터키인』 등이 그러하다. 이 책들의 서지에 관련하여서는 위의 애시비 책을 참고하기 바란다.

작가와의 인터뷰[1]

『핑거스미스』를 쓰는 데 얼마나 걸렸습니까?

시작해서 끝낼 때까지 2년 반이 걸렸어요. 시작 단계에서 등장인물과 플롯을 만들어 가며 3개월 동안 탄탄한 조사를 했던 기간을 포함해서요. 그 뒤로 글을 써나가면서 더 자료 조사를 했죠.

『핑거스미스』에 대한 아이디어는 어디에서 얻었나요?

전 빅토리아 소설을 많이 읽었고 그러면서 〈센세이션 소설〉이라 알려진 19세기 장르를 사랑하게 되었어요. 통속극적이며 고딕풍이고 또한 예기치 못한 급변과 반전으로 가득한 소설들이죠. 아주, 정말로 열중했어요. 그리고 그 소설들에는 종종 아주 강인하고 흥미로운 여성들이 등장했죠. 저는 〈센세이션 소설〉의 전통을 살리면서 동시에 현대의 편견도 언급할 수 있는 저만의 소설을 쓰고 싶었습니다. 빅토리아 시대 사람들은 점잖은 소설에서 언급할 수 없었던 일들, 즉 레즈비언의 욕망이나 외설 문학과 같은 이야기를 통해서요.

---

1 이 글은 『핑거스미스』의 한국어판 출간에 맞춰 작가 세라 워터스를 인터뷰한 것이다. 김민혜 씨와 임선영 씨의 도움을 받았다 ― 옮긴이주.

어떤 책에서 가장 영향을 받았나요?

제가 읽은 모든 책이 제게 흔적을 남겼다고 생각해요. 하지만 작품에 영향을 준 책들은 찰스 디킨스의 『위대한 유산』, 샬럿 브론테의 『제인 에어』, 앤절라 카터의 『서커스의 밤Nights At the Circus』 (1984)과 『피로 물든 방The Bloody Chamber』(1979)이에요.

디킨스의 『올리버 트위스트』가 『핑거스미스』에 영향을 준 건가요?

네, 다소는요. 사실 『올리버 트위스트』는 첫 페이지에 나오죠. 수가 어렸을 때 『올리버 트위스트』 연극을 보러 가잖아요. 그리고 의심할 여지 없이, 랜트 스트리트의 부엌은 디킨스 소설에서 볼 수 있는 도둑들 소굴과 비슷하게 묘사하려고 했어요. 석스비 부인은 일종의 여자 페이긴이라 할 수 있다고 생각해요. 또한 석스비 부인은 『위대한 유산』에 나오는 매그위치의 여성 버전이기도 하죠.

빅토리아 시대를 배경으로 소설을 세 권 쓴 뒤 1940년대로 옮겨 갔습니다. 무슨 이유가 있습니까?

가장 큰 이유는 변화를 원했기 때문이에요. 처음 세 권을 쓸 때는 빅토리아 배경을 사용하는 게 좋았지만, 이러다가는 19세기에만 집착할 위험이 있다는 사실을 깨달았어요. 19세기에 더 오래 있을수록 빠져나오기가 더 힘들다는 사실을 알았죠. 또한 중요한 점은, 내가 다른 시대로 옮겨 갔을 때 내 글에 무슨 변화가 일어나는지 알고 싶었어요. 제게 좋을 거라고 생각했어요. 새로운 도전요.

빅토리아 시대를 배경으로 더 쓸 계획은 없나요?

19세기로 당장 돌아갈 계획은 없어요. 하지만 언젠가는 갈 수도 있겠죠. 저는 여전히 그 시대와 그 시대에 나온 소설들에 빠져 있으니까요.

소설 속 인물은 순전히 당신의 상상에서 나오는 건가요, 아니면 다른 사람으로부터 빌려 오는 건가요?

소설 속에 등장하는 한두 명은 아는 사람으로부터 빌려 왔어요. 하지만 그게 반드시 좋은 생각은 아니라는 걸 알죠. 〈이 등장인물은 어떤 성격이죠?〉라는 질문을 받을 때면 결국 〈이 사람은 누구랑 닮았더라?〉라고 자신에게 묻게 되잖아요. 그러면 당황할 거예요. 하지만 결국 작가이기에 누군가 실제 삶에서 세밀한 부분들은 훔쳐 와요. 친구나 아니면 그냥 거리에서 만난 사람들한테서요. 그렇게 훔쳐 온 부분을 내가 잘 위장하고 서로 섞어서 당사자들이 내가 자신들한테서 그 부분을 가져와 썼다는 사실을 깨닫지 못했으면 좋겠군요!

수나 모드가 당신의 모습을 반영하는 건가요?

내가 만든 등장인물 모두에 조금씩은 내 모습이 들어가 있어요. 수는 나와는 정말 달라요. 수가 훨씬 더 대담하고 기지가 뛰어나죠. 하지만 모험을 하고 싶은 내 충동을 수를 통해 달랠 수 있던 건 재미있었어요. 모드는 좀 더 나와 비슷해요. 우리 둘 다 지극히 신경과민이며 지극한 비밀주의거든요.

당신 작품 가운데 가장 맘에 드는 인물은 누구인가요?

대답하기 어렵군요. 저는 대부분의 등장인물을 다른 방식으로 좋아해요. 『티핑 더 벨벳』의 낸시는 아주 소중하죠. 제 첫 번째 여주인공이니까요. 『핑거스미스』의 젠틀먼도 좋아해요. 지독한 악당이잖아요! 하지만 가장 최근에 쓴 『나이트 워치』의 주인공인 케이도 아주 좋아합니다. 케이는 정말로 선하고 사랑스럽죠.

작품 가운데는 어떤 것을 가장 좋아하죠?

역시 대답하기 어렵군요. 『끌림』을 많이 좋아해요. 좀 저평가되는 경향이 있지만 그건 다른 작품들이 텔레비전 드라마로 각색되어 방영된 덕분에 많이 알려져 그런 거죠. 하지만 저는 『끌림』에 나오는 고딕풍의 분위기와 유령이 나올 듯 무척이나 으스스한 게 맘에 들어요.

그렇다면 어느 책을 쓸 때 가장 즐거웠나요?

『티핑 더 벨벳』은 시작부터 끝낼 때까지 무척 즐거웠어요. 정말 쾌활하고 로맨틱하며 때때로 글을 쓰는 도중에 소리 내어 웃곤 했죠. 그리고 섹스 장면을 쓰는 것도 즐겼어요. 하지만 『핑거스미스』 역시 즐거웠어요. 책에 나오는 모든 속임수들이 독자들을 어떻게 속여 먹을지 상상하는 걸 즐겼죠.

글을 쓸 때 뭔가 치르는 의식 같은 게 있나요?

아니요. 내게 글쓰기는 어느 정도 직업과 비슷해요. 하루에 1천 단어를 쓰는 것 말고는 없어요. 하지만 그것에 대해서는 거의 미신에 사로잡혀 있는 수준이죠.

자신이 글을 쓰고 싶어 한다는 걸 언제 알게 되었습니까?

어렸을 적에는 글 쓰는 것을 좋아했지만 1990년대에 박사 학위 논문을 쓰면서 소설을 써보겠다고 결심하기 전까지는 저도 몰랐어요. 저는 레즈비언/게이 역사 소설에 주목하고 있었고 점차 레즈비언 역사 소설에 대한 아이디어가 생겼어요……. 그게 『티핑 더 벨벳』이 되었죠. 바로 소설을 쓰려 했지만 두 가지를 한꺼번에 하기가 너무 어렵더군요. 그래서 논문을 마치자마자 소설을 썼어요. 전부 18개월이 걸렸죠. 논문을 쓰며 준비했던 자료를 써먹을 수 있을 거라고 생각했지만 소설을 써나가면서 다른 자료들도 찾아야 했죠.

학계를 떠난 뒤 돌아가고 싶은 생각을 한 적은 없습니까?

아니, 전혀요. 저는 글쓰기와 연구하는 것을 좋아해요. 그리고 여전히 그 일을 하고 있죠. 일을 만들어 낼 수 있다는 보너스까지 덧붙여 말이에요! 학문 쪽 글쓰기에는 주석, 정당성, 검증, 지원 등등이 있어야 해죠. 그쪽과 비교했을 때 소설을 쓰는 것이 훨씬 더 자유로워요.

작가가 되는 과정을 처음부터 다시 시작할 수 있다면 어떻게 바꾸고 싶나요?

아니요. 저는 시작 단계에서부터 믿을 수 없을 정도로 운이 좋았어요. 권마다 쓰는 게 즐거웠고요. 제 성공은 무척 점진적이었고, 저는 그게 최선의 길이라고 생각해요.

지금 쓰는 작품에 대해 조금 말씀해 줄 수 있을까요?

지금 단계에서는 많이 얘기할 수 있는 게 없어요. 다음 책도 1940년대 후반이 배경이지요. 하지만 현재로서는 그게 말해 줄 수 있는 전부군요. 아직 연구하고 구상하는 단계거든요.

지금은 무슨 책을 읽고 있나요?

지금 읽고 있는 건 프리모 레비의 『주기율표*The Periodic Table*』(1975)예요. 멋진 책이죠.

마지막으로 작가가 되고 싶어 하는 사람에게 조언을 해주신다면요.

네 가지가 있군요. 1. <u>미친 듯 읽어라.</u> 모든 작가는 기본적으로 열정적인 독자여야 해요. 그래서 자신이 느꼈던 멋진 독서 경험을 다른 사람들도 즐길 수 있도록 제공하고 싶어 해야죠. 2. <u>되도록 날마다 일정한 분량의 글을 써라.</u> (앞서 말했듯이 저는 평일에는 1천 단어씩 써요. 주말에는 글을 안 쓰고요.) 만약 영감이 올 때까지 앉아서 기다리고 있다면, 영감은 절대로 찾아오지 않아요. 그리고 쓴 글이 쓰레기라 할지라도 나중에 더 낫게 고칠 수 있죠. 그게 바로 세 번째예요. 3. 〈다시〉 써라! 잘라내는 걸 두려워하지 말아야죠. 그리고 마지막으로, 4. <u>계속 노력하라.</u> 거절을 두려워하면 안 돼요. 제 처음 소설은 열 곳에서 퇴짜를 맞았어요. 자신에게 맞는 출판사를 찾아내야 하고, 그 과정에는 인내와 끈기가 필요하죠.

옮긴이의 말

핑거스미스 — 마음을 훔치다

『핑거스미스』는 1860년대 런던 뒷골목과 시골 대저택, 상류 사회, 정신 병원, 외설물 전문 서점을 배경으로 악한들과 상류층 인물들이 펼치는 음모와 사랑, 배신을 다루고 있다. 그러나 빅토리아 시대 사람들은 절대 쓸 수 없었던 빅토리아 시대의 이야기, 아니 제대로 말하자면, 설령 썼다 하더라도 책에 등장하는 모드의 삼촌 같은 사람들 사이에서만 유통되었을 소설이다.

빅토리아 시대 작가 가운데 가장 유명한 사람을 꼽는다면 찰스 디킨스일 것이다. 그리고 『핑거스미스』는 디킨스에게 많은 부분을 빚지고 있다. 〈디킨스〉 하면 바로 떠올릴 위탁아 이야기, 『올리버 트위스트』의 페이긴처럼 모든 일을 조종하는 석스비 부인, 정신 병원에서 일하는 거대한 체구의 간호사, 모드의 책벌레 삼촌까지 등장인물들에서 알 수 있다. 실제로 세라 워터스는 첫 장면에서 『올리버 트위스트』의 연극 이야기를 꺼내며 자신이 디킨스의 후예임을 당당히 드러냈다. 그러나 세라 워터스가 단지 디킨스의 흉내를 내는 데 그쳤다면 우리가 지금 이 책을 읽고 있을 리가 없다. 세라 워터스는 튼실한 연구를 통해 빅토리아 시대 런던의 어두운 모습을, 그 속의 더럽고 음울한 뒷골목, 범죄자, 가학적인 하인, 음산한 건물, 고아의 삶, 기괴하다고까지 할 수 있는 빅토리아 시대의 캐릭터 등을 생생히 잡아냈다. 그리고 거기에 거미줄처럼 복잡하고 정교한 플롯을 집어넣었다.

세라 워터스는 이 책 외에도 빅토리아 시대를 배경으로 보석처럼 반짝이는 소설을 몇 권 더 썼다. 섹스 장면을 과감히 묘사하며 빅토리아 시대의 연예장과 레즈비언의 삶을 다룬 데뷔작 『티핑 더 벨벳*Tipping the Velvet*』(1998), 여자 감옥과 강신술을 소재로 어둡고 무겁게 이야기를 전개했던 『끌림*Affinity*』(1999)이 그것이다. 그 반짝임은 치밀한 연구를 바탕으로 한 자신감과 날마다 정해진 분량을 꼭 쓴다는 성실한 글쓰기의 힘에서 비롯한다. 그러나 1940년대 런던 공습을 배경으로 하고 최근 출간되어 호평을 받고 있는 『나이트 워치*The Night Watch*』(2006)까지 포함하더라도 가장 반짝이는 소설은 단연 『핑거스미스』라고 하겠다.

이 책에는 운명, 속임수, 위험한 사랑, 배반과 같은 낡은 소재가 잔뜩 등장하면서도 진부한 느낌을 전혀 주지 않는다. 이는 바로 정확한 세부와 살아 있는 듯 풍부한 인물 묘사를 바탕으로 한, 요즘 유행하는 칙릿*Chick-lit*에서 간과하고 있는 연구와 서사의 힘이라 할 수 있다.

소설의 제목인 〈핑거스미스〉는 도둑을 뜻하는 빅토리아 시대의 은어이자 소설 속 주인공인 수의 직업이기도 하다. 그리고 크게 보면 이 소설에 등장하는 인물 대부분이 각자 나름대로 핑거스미스라 할 수 있다. 그러나 이 작품에 관련된 인물 가운데 가장 재능 있는 핑거스미스를 꼽으라면 역자는 서슴없이 바로 작가 세라 워터스를 꼽을 것이다. 여기서 그 이유를 말하지는 않겠다. 읽고 나면 알게 될 테니 말이다.

읽는 재미를 해치지 않으면서 이 책에 대해 더 말하기란 어렵다. 세라 워터스가 보여 주는 빅토리아 시대 런던의 뒷골목과 시골 대저택의 모습, 그리고 그 뒤에 숨겨진 음모와 비밀을 즐기시길. 책을 읽게 될 독자를 상상하며 웃음 지었다는 작가 (그리고 역자) 편에 서서 앞으로 책을 읽게 될 독자를 상상하며 당신도 슬그머니 웃게 되리라.

세라 워터스에 대해

세라 워터스는 1966년 웨일스의 펨브로크셔에서 태어났다. 켄트 대학교 영문학과를 졸업하고 랭커스터 대학교에서 석사 학위를 받았다. 워터스는 학생 때 굴로 유명한 윗스터블에서 2년 동안 살았으며, 이 장소는 첫 번째 소설인『티핑 더 벨벳』에 등장하기도 한다. 1988년 워터스는 런던으로 옮겨 가 작은 서점에서 일을 하다 공공 도서관에 직장을 얻는다. 1991년 다시 대학원으로 돌아가기로 결심한 워터스는 이후 레즈비언과 게이역사 소설에 관한 연구로 런던 퀸 메리 대학에서 영문학 박사학위를 받았으며, 성, 성의 표출과 역사에 대한 논문들을 발표했다. 박사 학위 논문을 쓰는 동안 세라 워터스는 19세기 런던의 삶에 대한 관심이 커지게 되었고, 졸업 후 소설을 쓰기 시작해 현재까지 4권의 소설을 썼으며, 발표하는 작품마다 이성애자와 동성애자 독자 양측으로부터 모두 높은 평가를 받았다.

데뷔작인『티핑 더 벨벳』을 쓰게 된 동기는 박사 학위 논문을 준비하며 조사했던 레즈비언 역사 소설들이었다. 연구를 하는 동안 워터스는 19세기 외설 문학을 많이 읽어야만 했으며 그 과정에서 〈존재하나 들을 수 없는 이야기〉에 관심을 품게 되었다. 그 결과가 바로 『티핑 더 벨벳』이다. 원제인 *Tipping the Velvet*은 〈여성에 대한 구강성교〉를 뜻하는 빅토리아 시대 은어이다. 빅토리아 시대 연예장과 레즈비언의 사랑을 다룬 이 이야기는 2002년에 앤드루 데이비스에 의해 3부작 드라마로 각색되었고 BBC TV에서 상영되어 많은 찬사를 받았다. 또 BBC TV가 내보낸 딜도 장면은 보수적인 시청자들을 놀라게 하며 논란을 일으키기도 했다.

두 번째 소설 『끌림』은 빅토리아 시대 여자 감옥과 강신술을 다뤘다. 데뷔작에 비해 성적인 묘사는 거의 없고 내용은 훨씬 더 무겁고 어두워졌으며, 작가가 말한 대로 실체에 비해 저평가를 받고 있기도 하다. 이 작품이 풍기는 무거운 색채 때문이라고 역자는 생각한다. 하지만 이야기 서술과 구조 측면에서는 데뷔작을 능가한다. 세라 워터스는 이 작품으로 서머싯 몸상과 「선데이 타임스」가 주는 올해의 젊은 작가상을 받았다.

2002년 발표한 『핑거스미스』는 1860년대 런던을 배경으로 범죄자들의 음모와 사랑, 배신을 다루었으며 세라 워터스가 발표한 빅토리아 시대 소설의 정점이라 할 수 있다. 『핑거스미스』는 부커상 최종 후보와 오렌지상 최종 후보에 올랐으며 추리 소설 부분에 주는 대거상 역사 부문을 수상했다. 『핑거스미스』 역시 2005년에 BBC에서 3부작 미니시리즈로 만들어 방영했다.

그리고 세 권에 걸쳐 빅토리아 시대를 다룬 워터스는 2006년, 배경을 1940년대로 옮겨 『나이트 워치』를 발표한다. 1947년부터 1940년까지 시간을 역순으로 다룬 이 작품은 런던 공습을 배경으로 레즈비언들의 삼각관계를 다루고 있다.

워터스는 현재 런던에 살고 있으며 1940년대 말을 배경으로 한 새로운 이야기를 준비하고 있다.

작품 목록

『티핑 더 벨벳』

1999년 Betty Trask Award

1999년 Library Journal's Best Book of the Year

1999년 Mail on Sunday/John Llewellyn Rhys Prize

1999년 New York Times Notable Book of the Year Award

2000년 Ferro-Grumley Award for Lesbian and Gay Fiction (최종 후보)

2000년 Lambda Literary Award for Fiction

『끌림』

2000년 American Library Association GLBT Roundtable Book Award

2000년 Arts Council of Wales Book of the Year Award(최종 후보)

2000년 Ferro-Grumley Award for Lesbian and Gay Fiction

2000년 Lambda Literary Award for Fiction(최종 후보)

2000년 Mail on Sunday/John Llewellyn Rhys Prize(최종 후보)

2000년 Somerset Maugham Award for Lesbian and Gay Fiction

2000년 Sunday Times Young Writer of the Year Award

『핑거스미스』

2002년 British Book Awards Author of the Year

2002년 Crime Writers' Association Ellis Peters Historical

829

Dagger

　2002년　Man Booker Prize for Fiction(최종 후보)

　2002년　Orange Prize for Fiction(최종 후보)

『나이트 워치』

　2006년　Orange Prize for Fiction(최종 후보)

그리고⋯⋯.

　몇 년 전 우연히 서점에서 표지와 감촉에 반해(그렇다! 인연이라는 것은 참으로 묘하게 찾아온다) 집어 든 이 책을 읽고 난 뒤, 〈좋은 책을 읽었구나!〉라는 생각은 했어도 번역을 하게 되리라고는 생각하지 않았다. 감히 탐내지 못했다고 해야 하겠다. 그러기에 이 책을 번역할 수 있게 도와준 여러분은 각별히 고맙다.

　여러 질문과 인터뷰에 흔쾌히 응해 준 세라 워터스.
　이 책이 나올 수 있도록 많은 시간을 써준 김민혜 씨와 임선영 씨.
　그리고 언제나처럼, 웹에 정보를 올려 주신 여러분,
　특히 우리말 배움터: http://urimal.cs.pusan.ac.kr/urimal_new

　또한 이곳에 일일이 그 이름을 넣을 수는 없지만 이 글을 읽고 있다면 깨달으리라 믿는 바로 〈당신〉에게 고마움을 전한다.

최용준

옮긴이 **최용준** 대전에서 태어나 서울대학교 천문학과를 졸업했으며, 미국 미시간 대학에서 이온 추진 엔진에 대한 연구로 비(飛)천문학 박사 학위를 받았다. 저온 플라스마를 연구한다. 옮긴 책으로 데이비드 브린의 『스타타이드 라이징』, 아이작 아시모프의 『아자젤』, 세라 워터스의 『끌림』, 『티핑 더 벨벳』, 마이클 프레인의 『곤두박질』, 마이크 레스닉의 『키리냐가』, 루이스 캐럴의 『이상한 나라의 앨리스』, 어슐러 K. 르 귄 걸작선 등이 있다. 헨리 페트로스키의 『이 세상을 다시 만들자』로 제17회 과학 기술 도서상 번역 부문을 수상했다. 열린책들의 〈경계 소설선〉, 시공사의 〈그리폰 북스〉, 샘터사의 〈외국 소설선〉을 기획했다.

핑거스미스

발행일   2006년 9월 30일 초판 1쇄
          2015년 11월 10일 초판 19쇄
          2016년 3월 15일 신판 1쇄
          2022년 9월 5일 신판 14쇄

지은이   세라 워터스
옮긴이   **최용준**
발행인   홍예빈 · 홍유진
발행처   주식회사 열린책들

경기도 파주시 문발로 253 파주출판도시
전화 031-955-4000 팩스 031-955-4004
www.openbooks.co.kr

Copyright (C) 주식회사 열린책들, 2006, 2016, *Printed in Korea.*
ISBN 978-89-329-1754-2 03840

이 도서의 국립중앙도서관 출판예정도서목록(CIP)은 서지정보유통지원시스템 홈페이지(http://seoji.nl.go.kr)와 국가자료공동목록시스템(http://www.nl.go.kr/kolisnet)에서 이용하실 수 있습니다.(CIP제어번호 : CIP2016004823)